U0613138

·

心里满了，就从口中溢出

羊孩贾尔斯

GILES GOAT-BOY

JOHN
BARTH

[美]约翰·巴思 著
童彤 鲁劢 译

SPM 南方传媒 | 广东人民出版社
·广州·

前言

FOREWORD TO DOUBLEDAY ANCHOR EDITION

回顾过去，我们可以认为美国的 60 年代始于 1963 年约翰·肯尼迪总统遇刺，止于 1973 年的“赎罪日”，埃及攻击以色列，引发阿拉伯石油禁运。据此定义，《羊孩贾尔斯》——写于 1960 年到 1965 年之间，首次出版于 1966 年——有只脚在 50 年代，另一只脚则迈入了 60 年代，就像书中主人公一样，一只脚在“大学”图书馆，另一只（至少一只）脚在学校的山羊棚里。

60 年代末，冷战进入了真正的严寒期：美国和苏联，那时都拥有作战氢弹、洲际弹道导弹和核潜艇。1957 年，苏联成功发射“史普尼克”，引发太空竞赛，同时导致美国国内学术“巨人症”大流行：这是为了“赶上”而采取的大动作，联邦资金的注入和推动，使得学术界在整个 60 年代得到了滋养。1962 年古巴导弹危机——衡量几十年风云变幻的又一合理基准——令很多人深切感受到了世界末日的恐惧，这是进行热核武器大气层试验时都不曾有的。其他方面，国家已大规模介入越南，黑人民权运动全面展开，商用喷气式航空服务建立不久，电视机上安装了磁带录音机和立体声音响设备以供家庭娱乐。私人计算机还是后话，不过大型计算机已然“到位”，尤其在发展迅速的大学校园里皆有安装，电子数据处理实实在在地影响着公共意识。嬉皮士尚未成形，但“垮掉的一代”已人所共知，他们崇尚禅宗佛教，反对主流文化，沉迷毒品。在美国小说中，“黑色幽默”这一现象得到认可，而且发展顺利。

这些元素在整本小说中有大量体现，它们化身为简单的——我甚至要说是有意地、有计划地“幼稚的”——寓言性的表达方式，以但丁或卡夫卡式的风格而论，这根本不是寓言，而仅仅是一种说话方式。作者那时在文学创作上的一些关注点也有所体现，希望那不是很“幼稚”，此外作者当时的一些个人境况也有呼应。

先从前者说起。到 1960 年，我已经完成了我认为联系并不紧密的小说三部曲——《漂浮的歌剧》《路之尽头》和《烟草经纪人》——我觉得我已经将一些东西抛在了身后，转而进入了新的叙事国度，这一想法在写作那夸张的第三部时尤甚。这种转变到底是什么，我也说不清楚；今天或许可以将其描述为很多美国作家都经历过的，从 50 年代的黑色幽默到 60 年代的寓言主义的转变。在写作《烟草》的四年中，我或多或少地潜心于那有些奇幻的美国殖民历史相关记载：全心投入于“美洲”的各种起源，包括我们的文学的起源。此种投入，加之有些文学评论家称那本小说是“流浪英雄”这一古老神话的重新编排，让我重新审视这个神话：它不是某种特定文化的起源，而是文化本身的起源；不是某种特定文学的起源，而是叙事冒险概念的起源，尤其是那种超验的、可以改变生活和文化的冒险的起源。

再谈后者。我那时住在宾夕法尼亚中部的一个乡村里，在一所庞大的州立大学里教书，大学每学期都越发庞大。与此相反，我自己的母校是小而集中的，起码在学术上是精英式的；大学规模庞大，盛行“杰克逊民主”，还有美国赠地大学是那么的包罗万象，绝非像美国这片土地那般糟糕。种种都让我着迷，令我印象深刻。我在英语系教书，系里有近百人。我上课的地方的不远处，有进行导弹潜艇船型实验的水洞，有实验性核反应堆，有冰激凌研究和蘑菇培养实验室，有一个斥巨资打造的足球节目，上演着好莱坞规模的中场秀，还有一台带有精密冷却系统的、畜棚般大的计算机（如果我没记错的话，那机器从来没关过，甚至“离线”时也没关过）——还有畜牧学系那平实但却壮丽的一个个畜棚，四周环绕着实验农场和牧场，在那里，具有放射性的火鸡在其他牲畜中间徘徊，我和我尚且年幼的孩子们也是如此。

没有山羊。我会靠我的想象力弥补这一缺陷。

我已经跨过了诗人们经常论及的界限，年逾三十，正向着英雄神话中经常谈到的另一关卡迈进，这阶段与其说是中年危机的年纪，不如说是“成熟关键”的年纪：三十四、三十五或三十六岁，这要取决于你是否想到了“耶稣受难”，或者但丁的黑暗森林里的困境（《圣经》中七十年满的半程），再或者卡尔·荣格精密计算出的个性化的节点。在《贾尔斯》中，我把这个年龄设定为三十三又三分之一：在这个特殊时刻，神话的主人公——显而易见，是我们所有人——受召唤，去完成他神秘的使命。他必须离开自己的家和父母（他通常是被收养的），离开他所熟悉的，认知的，满是个人记号的白昼世界；他必须穿过暮光下，梦幻的，危机四伏的地域；在向导和帮手，直觉、窍门和秘诀加持下，他必须要解决启蒙性的谜题，应对初步的考验，得到潜意识的非真实（但不是虚构）的畸形产物；他必须最终得到公主，获得灵丹妙药：在那黑暗的、无意识的、不可名状的中心获得直接的、本体的知识，找到真相。

无论是事实上还是打比方，这都是一种肉体上的冒险，也是一种心灵/精神上的冒险。有史以来，这两者都可以互相体现：神话人物通往统一超凡的过程常以真实的旅途和冒险的形式呈现；流浪英雄的探索常以降临或升天，以及与神灵沟通的形式体现。而且（正如伟大的实用主义者威廉·詹姆斯在《宗教经验之种种》有关神秘主义那一章中清楚地阐释的），那是一种有准悲剧结局的冒险。获得了戴维·琼斯的箱子，拉过了食人魔漂亮女儿的手，见识过了“玫瑰”或者“罗马”，现在主人公必须回到日常的现实世界，做着实际的工作。他受到一种妙不可言的启示，必须将这种启示转变为行动——转变为法律和城市、宗教信仰、诗歌、小说——即使知道或发现这种转变将不可避免地违背、背叛见识。(在一些颇为智慧的语言里，表示“转变”和“背叛”的动词是一样的；《羊孩贾尔斯》已经被“背叛”为几种语言了。)就是在这一点上，传统上与“东方智慧”相联系的神秘主义，与古典的西方悲剧观点不期而遇；也就是在此，流浪英雄俄狄浦斯宿命般地遇见了那个比他年长的人。

但我们记得，俄狄浦斯的交叉路口是一个**三条**路相交的地方，不是两条路。而且，这样谈论悲剧主义和神秘主义的邂逅属实让我们远离了我的写作重点，即喜剧小说。人类经验中的悲剧的观点和神秘主义的观点，常有喜剧的观点相伴左右，起码在西方文明中是如此。“欢乐把一切恐惧改变了形状”，正如叶芝在《天青石雕》中写哈姆雷特和李尔时这样说道。不仅在西方传统中如此，叶芝的这首伟大诗歌便以山顶上的两位中国智者形象结尾：

那里，他们凝视着群山、
天空，还有一切悲剧性的景象。
一个人要听悲哀的音乐，
娴熟的手指开始演奏，
他们皱纹密布的眼睛呵，他们的眼睛，
他们古老的、闪烁的眼睛，充满了欢乐。

（裴小龙译）

我之所以以喜剧的方式书写神秘主义和悲剧，除了我的缪斯总是笑容脸上挂这一事实外，还有另一个原因：这与意大利符号学家、小说家安伯托·艾柯所说的“反讽的双重编码”(艾柯认为，这是后现代主义的一个特征）有关。在一个自我意识过剩、缺乏纯真的时代，简单直白的神秘主义(或悲剧主义、神话主义）很可能让知识渊博的小说读者们反感厌恶，这就像——借用艾柯的例子来说——“我疯狂地爱着你”这句稚嫩宣言很可能让情场老手倒胃口。可是，知识渊博的人和情场老手，可能仍然需要发出或者接受爱的宣言，就像人们仍然需要悲剧的或神秘主义的观点——而且，如艾柯所言，需要这种观点但不能屈从于虚假的纯真，或者甘于无视“在先之言”。喜剧——尤其是反讽和那所谓充满激情的戏仿——有时候便是一条出路。“就像很多俗气的言情小说中的人物一样”，艾柯的情人实际上可能会对心上人说：“我疯狂地爱着你。”之后在某个重要的日子，爱的宣言仍然会发表，或许还会被接受。

神秘，悲剧，喜剧；于我而言，三条路相交的地方，便是《羊孩贾尔斯》——一个年轻人的历险故事：父亲是一台巨型计算机，母亲是一位不幸但逆来顺受的女图书管理员，养在一所包罗万象的大学的实验山羊棚里，大学在意识形态上分为东校园和西校园。一注册入学，他便被指派完成一系列扑朔迷离的任务，他必须学会同时接受自己的山羊性和人性（更别说还有机器性）；就在那所大学的最最深处，他不仅要超越“东”和“西”的范畴，而且还要超越其他一切的范畴；超越语言本身——之后再回到天光下的校园，驱逐他认为代表自己的另一面的冒牌“大导师”，尽其所能地让那些不可言说的变得可言。

这本小说写于我三十岁到三十五岁生日之间。写作始于宾夕法尼亚州立大学，在遍地山羊的西班牙南部继续，最终在纽约布法罗完成。无须说，它为它的作者和它山羊式的主人公指明了一条通路。那时（此刻依旧如此）我试图去做羊孩贾尔斯和我们每个人必须做的事情：在最深层次上理解存在于这个世界上的我们和我们的生活是怎样的，并且在这理解的基础上努力——以悲剧式的、喜剧式的，无论以何种方式——去做点什么。

约翰·巴思

1987 年，马里兰州，兰福德溪

目录 CONTENTS

出版社免责声明

PUBLISHER'S DISCLAIMER

阅读本书须始于虔诚，终于善举。务必请读者们相信此声明背后的诚意及其真实性。作为回敬，我社尊重读者对此后整本书质疑的权利。

几年前，我社收到一本手稿，原名为《修订版新大纲》，后我们将其改名为《羊孩贾尔斯》。此书太过与众不同，极大可能会惹上官司。因而像“如有雷同，纯属巧合”等一般的免责声明是不够的。这本书无论是内容还是作者身份，方方面面总能引起质疑，所以之前我们一直不确定要不要出版这本书，还有没有必要发这份免责声明，最终我们认为这是很有必要的。书名页（我们编辑之后的书名页，不是作者投稿信之后的那页）上有作者姓名，但是这位教授，或者说原以为的作者否认这是他的作品，并且“怀疑”这本书根本子虚乌有——不过读者只需读上两页便可证实真假了。据他所言，这本书的作者貌似是位名叫斯托克·贾尔斯或贾尔斯·斯托克的人——下落不明，无人知晓他的行踪，是否真有其人也还有待证实——但此人似乎声称自己也仅仅是做了编辑工作，文字部分则完全是由一台自动计算机完成的。他还称这本书既非寓言故事，也非历史演义，除了小部分运用了“必要的基本技巧”[1]外，所述之事完完全全是事实。而那台计算机，那强大的WESCAC——它难道承认自己是作者了吗？它也没有承认。

坦白而言，《羊孩贾尔斯》出版后，我们希望关于作者身份的探讨只关乎文学，而不会引起法律问题。当然，这可是个风险买卖。倘若如我们所愿，只就数月来发生在我社内部的争执来看，本书存在更多值得探讨的地方，耐人寻味。单是决定出版本书，我们已经失去了两位重要成员，其中缘由，大不相同。我们五位成员的争论愈演愈烈，也愈加冗长复杂。最终，作为主编，我有义务终结一切，终结对这本书的争论。鉴于最终责任由我来承担，我要求我的四位副编辑，每人就以下问题给出简短的书面陈述：我们该不该将这本手稿定名为《羊孩贾尔斯》，该不该出版这本书？该或不该，理由分别是什么？

我觉得，看他们几位的回答，便可预测出版后读者会对此书作何反应，此书又会收获何种评价。我将他们的回答置于此（省略了签名和相关个人信息），并不是想预先透露读者反应，而是为了证明我们的决定并不是仓促而为，也并非用意不良。

编辑甲

我切实感到，与我担任主编之时相比，世道确实是变了：婚姻不再神圣不可侵犯，性之一事也不再神秘；一切污秽丑恶之事，皆以坦诚的名义公开发布；遵纪守法，已是天方夜谭，行事得当、合乎礼节更是无从谈起，反之人们竟对礼节嗤之以鼻。人人皆玩世不恭：学生不作弊，好比少女不滥交，编辑重义不重利，此皆可称之为怪谈。一切旧事——年老之人、古之建筑、旧时道德——不再被奉为权威，反被斥为陈腐过时；留存，也皆因文物研究

1. 我们被告知，采用第一人称叙事视角就是这台电脑的“基本技巧”之一。读者还会发现其他“技巧”，或许也会质疑这些“技巧”是否“必要”。

之需，觉得碍眼时，便毫不留情地丢之弃之。要说碍眼，也是碍了那自私自利、耽于酒色的年轻人的眼。的确，世道多变，一贯如此，这是关键之所在。诚然，每代人免不了书写自己的“新大纲”，或者重新定义“旧大纲”。他们反抗自己的老师，挑战一切规则——更有甚者挑战秉承多年的教规。好比运动，道德建设亦有其法。每代人总在祖辈的反对声中获得动力，好比跑步者用力蹬地才能向前。但是任何人一旦革除（我不用“重申”“重新表述”或者“修改”，因为那总是必不可少的）一切旧答案，便会将脚下的路变为泥沼，招来致命后果。

这本《修订版新大纲》根本毫无新意可言，陈腐如同精神顽疾；并未见任何修正，反倒否定了一切有益健康、救赎心灵之事。这营生写来便是让我们批评的。无论如何，出版还是关乎道德的事业，便是那叫嚣着出版物应迎合其偏好的人，也打从心底认为出版应讲究道德。一切哗众取宠、粗俗不堪、耸人听闻、质量低劣和陈词滥调的写作——因为披着传统的外衣，加之生产规模大，尚且情有可原，甚至还有一丝可取之处；那些畅销小说家，自己赚得盆满钵盈，也填饱我们的私囊，于我们有利无害。他们为人随和，行事从不令人咋舌；他们以传统的方式反抗，在约定俗成中出人意料，讲老生常谈的大道理。他们关注的一切都中规中矩，语言表达和表现手法极少激进，只有他们的私生活，会成为好素材：他们以直白平淡的文字向我们揭示，作为少数族裔和文化上的少数人会如何，作为年轻人、瘾君子、通奸之人、地痞流氓又怎样；尤其他们以此透露出，有着丁点儿的自我厌弃和自我夸大的作者本人，到底是怎样的。我认为此种小说，才是艺术真谛之所在，才是有利可图的。出版这些书，就是为极少数还会买书看书的人造梦，读者在梦中天马行空，由此可防止他们堕落：在书中，读者间接地感受堕落，又间接得到救赎；他有所领会但不会有负担，他天生的邪恶可能会得到释放但终将得到约束；他可以发挥想象而不被抨击，他可以全心投入而没有后顾之忧。读书完毕，他还是以前那个他，只不过比之前更有学问了些，而且因为在堕落边缘试探过，他身心反而更健康了。他甚至会在午饭的时候跟同伴说：“生活真是荒唐啊，你不觉得吗？什么事都没答案。”对此同伴表示完全赞同，随后一杯酒下肚，他们转身投入更愉快的事情中去。

反之，再看这本《新大纲》：通奸、私通，甚至强奸，再加上谋杀（更甚者自欺、叛国、渎神、崇拜邪神、表里不一，还有蓄意伤害等），在这本书里均被拿来取乐，不仅如此，此等行为有时竟会得到认可，甚至推崇！且从审美角度讲（这在道德面前，显得苍白无力），也有理由反对这本书出版。其修辞过度，比喻、情节荒诞至极，历史解读浅薄而偏颇透顶，叙述充满矛盾，节奏混乱，有时枯燥无味，但多数时候又太过极端；形式和风格一般糟，另类、不对称、前后矛盾。再说人物刻画，特别是主人公的刻画，可谓不切实际。羊孩，从古至今，闻所未闻，简直一派胡言！

总之，这是一本糟粕之书，一本邪恶之书，所以不该出版，要我说应该禁止出版。这根本不是什么计算机写的，完全就是出自一个自大的无能之辈之手：此人充其量就是个怪人，很有可能就是个精神病患者。作为这个编辑组的长者（虽然职位上是数不上了），我主张，我们这次不要过于看重利益，应借机来挽回我社过去潜心出版、和睦融洽时的些许声望，扭转最近这种偏重出版晦涩、怪诞、夸张和邪恶书籍的可悲局面。我强烈要求，我们不仅应立即退回这份手稿，同时还应告知这位作者的院长或者系主任，让他的上司知晓他们的学生的思想正面对着什么样的毒害。我想知道，现任的主编大人可否允许这种人教自己的女儿？从一切正派得体的原则出发，我们难道要让自己的子女看他的胡言乱语吗？

编辑乙

我赞成出版《修订版新大纲》，而且赞成主编的看法，改名为《羊孩贾尔斯》销路会更好。我们都知道甲先生为什么反对出版这本书，我们也都知道为什么甲不再是主编了，此前他曾以相似的“道德”原因为由拒绝出版《***》[1]。还有一点，尽管说出来可能不合适，我还是要说。那就是对于比《同性恋达什利的学前时代》更大胆的作品，甲想必都会抱有偏见。此外，甲唯独讨厌这部作品是有个人原因的。这件事我恰好知道：他女儿上大学时，跟一个留胡子、会写诗的年轻学生“逃走”了。后来男方投身于养绵羊，潜心创作讲述田园浪漫故事的自由体诗歌来抒发对女方的爱，为此抛弃了已经怀孕的女方。然而，她的父亲再也不会原谅她了；他似乎再也看不得这种小儿女的恋爱情事了，讨厌极了胡子、田园诗之类的，而且怨恨有关牧羊人的一切。因为养绵羊的迁怒于山羊[2]，可真是“一视同仁”啊。一方面，我十分重视您的要求，给出客观的陈述。但另一方面，作为一名新人，除了表达不同意见之外，我犹豫着要不要批评其他同事。我必须要说，在这个问题上，“私人因素”和“职业操守”是紧密联系的（其实，在评价作品时，这两者何曾分开过呢？）。要在《羊孩贾尔斯》的问题上表明立场，就如同表决我们出版社选书的眼光是否精准。在《羊孩贾尔斯》的问题上表明立场，就如同在我社的存亡问题上表明立场，未来是在和谐、多元化中繁荣发展，还是在针锋相对的争吵中逐渐衰败？在决定出版或拒绝出版一本书时，不应该有负担，不能怕得罪朋友，也不能怕树敌。现在这个问题就来了，而作为新人，我唯一的选择就是，赌上自己的前途，坚定地顺从自己的判断。我由衷地提出建议，负责人要想重整局面，最大的希望在于彻底摆脱某些威胁性言论（比如甲的言论），借机重建成员之间的和谐关系，恢复社内活力。

事实上，我刚好也同意——我想我们可能一致同意——《羊孩贾尔斯》有些地方艰涩难懂，创作时好时坏，触犯（当然，我们得说是挑战）了某

1. 为了不给这位杰出的（现已退休）老先生（也就是这里的甲）造成不必要的名誉损害，这里我们不妨这样说：多年前，我们面临同今天类似的一次选择，他不顾我和其他几个徒弟的意见，力排众议，拒绝了乙这里所说的小说。结果这本小说让我们的竞争对手大赚一笔。之后，他光辉灿烂的编辑生涯便再也不复从前了。这本书是关于奇遇、情爱的小说。年轻英俊的主人公，勇敢地克服了重重困难，经受住种种诱惑，最终实现了自己的命运。作者现已为知名作家，但彼时普遍认为这本书情节并非原创。而且这本书有望成为永远的畅销书。除此之外，关于这本书，不便透露更多信息。

2. 拐跑他女儿的是养绵羊的，而这本书里的羊孩是山羊。——译者注

些文学创作的惯例和道德规范。我个人并不是本书作者的书迷。相反地，跟编辑丙（他的观点紧随其后）一样，我发现他早期的作品足够生动，但是有点儿幼稚，而他上一部作品各个方面都随性过了头。坦白讲，我不知道这一本要如何评价。当其他作家都在努力还原现代生活，揭露人们生活的空虚时，他却宣称他唯一的目的就是要让人“吃惊”；当其他人都努力寻求事实时，他却承认他更偏爱谎言，谎撒得越大越好。当其他作家理所当然地寻求认可，设法吸引更多读者时，他却为只有十二位读者而感到高兴（他自己这样说），因为第十三位可能会背叛他。目前为止他的书就没有赚过钱，一次次失败他完全不丧气，但他自认令他吃惊的是，从来没有人对他进行过严词批评。有人为他最新的弥天大谎买账，他明显是得到这一事实的支持，开始新的创作，编织着冗长的篇幅和令人眼花缭乱的虚构情节。情节，用在我们所称道的年轻小说家身上并不恰当，因为老一辈的小说家才配得上谈情节；故事，对于他们而言意味着虚构，虚构意味着技巧堆砌，技巧堆砌意味着虚假。至于文风，无论到哪里大家都认为，最好的语言是消失在叙述中的，如此完全消除读者和内容之间的障碍。但是这位作者却坚持（虽在文中不起眼的地方，但能体会到），语言恰恰是他的书的一部分，和其他要素一样重要，而且因为这个原因，他主张语言应当被凸显出来。他也不管现实情况如何，只是抛弃熟悉的，追求令人吃惊的，热衷于技巧和夸张。他不再追求真理，而自称“追求美的小贩”，或者“缪斯女神的看门人”。总之，他自成一派，与时代格格不入；至于他是高人一等还是低人一头，是超前三十年还是落后三百年，这必须留给他的十二位读者自己决断了。

出于纯粹的情感，我得出的结论是：有人告诉我，我们所说的这位作者，他的读者不多，但却在缓慢增加。这些读者不一定目光敏锐或具有影响力，但一定是最忠实的。在这些人身上，我们不必花大价钱做宣传，因为他们自有一套传播信息的手段，他们大都是学文学的穷学生、二流大学的教授，还有些前卫的评论家。《羊孩贾尔斯》不大可能让我们发财，不过只要我们抓住这群读者，至少它能回本，说不定还能弥补作者其他书的亏损。说不定哪一天，那些穷学生就有钱了，那些二流教授变得更有影响力了，事实也证明那些前卫的评论家一直以来都是有先见之明的……或者，作者转运了（更确切地说，是我们转运了，因为作者似乎并不在意这些事）：奇迹发生了，他下本书突然间就火了，毕竟更神奇的事情也发生过。这样，我们就可能赢得那种著名出版社拥有的声誉，也许还会得到税款减免，以此扭亏为盈。我们要做的就是尽可能压低预付款和宣传费用，并且同作者续约，同时挖掘他的潜力，利用他的剩余价值。

编辑丙

我反对出版这本名为《修订版新大纲》的书，不是因为道德、法律或者政治原因，而是单纯出于审美和商业考虑。这玩意儿并不会为我们赚钱，而且我也没看到有什么道德和关乎“声望”的理由，让我们非得在这上面浪费一个子儿。像甲所说的，出版是一项道德事业，但是它首先得是一项事业。就我来看，因为道德原因（这是年轻的乙紧抓不放的）就决定出版或不出版一本书，这都是不专业的。很显然甲反对出版这本书是掺杂私人原因的，但我认为乙大力支持出版这本书，即使更多地出于同情，却也是有个人原因的。作为新来的，他非常清楚，除了从对家挖现成的作家之外，发掘新作家也是一条成功的捷径。作为一个年轻人，他能同情失败者，这值得赞扬；作为一位年轻学者，他免不了同情那些无名之辈；作为一名年轻的知识分子，他喜欢离经叛道、深奥晦涩的东西。此外，他自己也写小说，他肯定会不自觉地亲近跟他一样怀才不遇的人。最后一点，这是他第一次被征求意见，而他的雇主也已经表明了立场，他决不想违背雇主的意见。当然这不影响他本质上还是正直的。正直归正直，以上情况或许也应该考虑在内——特别是他自认赞成出版这本书“出于纯粹的情感”，那么多严肃正经的理由他不用，偏偏拣了这一个。

我可以说我的立场是相对客观的。我知道，有时候我们为了留住一位好作家，亏点钱也要出版次点的书，这么做无可厚非，有时候遇到一本好书

（尽管这少之又少），我们不考虑其商业价值，就是单纯想出版它。但是现在说的这部书均不属于此两类：作者差劲，作品差劲。这本书缺乏写作技法，又无精妙之细节。故事与其说让人“吃惊”，倒不如说是反常，情节也荒谬。主人公生理畸形，是个不符合审美和伦理的怪物，其他人物的刻画也不写实，有时甚至不合常规；对话不自然，人物与人物之间没有差别——每个人都在以作者的口吻说话！旧式的文风，辞藻华丽又浮夸，半押韵。这种不良风格还会传染（看看甲和乙就知道了），甚至像梅毒一样可怕。主题不明确，或许带有亵渎上帝的色彩；书中的俏皮话用得也不雅，甚至会让人产生不良的联想；再说这本书的精神世界——但是这本书压根儿也没有精神世界。显然，作者不了解现实中的人和事到底是怎样的，想想看他无视读者就知道了！如果近期有什么长篇小说卖得好，大家一定得明白，它们不是因为篇幅长才卖得好；而且要是厚厚的整本书都在说理、训诫和说教（很高兴我终于看到马克西·施皮尔曼那个爱吹牛的老疯子被处死了），那可谓是销量毒药。说真的，我想不出像《新大纲》之流的作品会吸引什么人，有的话也可能是些不幸的人，或多或少地都有点儿精神病，还有一生穷困的知识分子——孤僻、古怪、无能——作者也就只能收到这种书迷的来信吧。

因此，我建议最好的处理方式就是，不要顾忌我们之前的投入了，不要出版这本《修订版新大纲》（下一本书也要拒绝，以后这位作者的书都不要出版），我们要悬崖勒马，不能再往这个无底洞扔钱了。基于我“纯粹的情感”，我的看法是：郑重地退回这份手稿，也彻底将这位作者拒之门外。他从来没让我们挣过一分钱，他的创作力（且称为不屈不挠的精神吧），都是脱离大众的阅读诉求的，于我们而言更是一种负担，像杂草和癌症一样顽固。他是受到了几个不靠谱的书评人的称赞，在蓄着胡子（也许只是精神上）的大学生间小有一点名气——这种学生更可能去偷书而不是买书——而对于有影响力的评论家而言，他还是无名小卒，广大读者更不知道他是谁。万一他日后真成了“大文豪”，或者说我有眼不识，人家本来就是，我们还保有他前几本亏钱的书的版权，到时拿来再版就可以了。不过这是不可能的，这种事儿简直就像他书里的故事一样扯淡！他自己也说，没有什么是越来越好的，一切都是越变越糟的：他只会越来越老，越来越暴躁，更加古怪，脑子越来越不灵活；他那点小名气也将消磨殆尽，他的毅力要么变成偏执，要么全部耗尽。连为数不多的几位书迷也厌倦了他的书，雇主不再给他加薪，不再包容他工作和社交方面的不足；他的妻子也将容颜老去，他们的婚姻终将失败，他的孩子长大后会以他为耻。最后单看他自己，他将疾病缠身，陷入痛苦和绝望，郁郁寡欢，最后没有自杀的话，也会整日手淫、酗酒或发疯。大家都明白的。

编辑丁

不及格，不及格，还是不及格！我看看自己，看看周围，看到的全部是不及格。满口道德的老家伙，年纪轻轻的马屁精，失意的作家；那些曾经风光的，前途无量的，名不见经传的；不及格的艺术家，不及格的编辑，不及格的学者和评论家，不及格的丈夫、父亲、爱人；不及格的思想，不及格的身心，不及格的灵魂——我们没有一个人是“及格”的，我们全是“不及格”的！

要不要出版《修订版新大纲》，由这个或者其他出版社出版，对我来说都不重要了。“答案”会关心有没有人“找到”它吗？它根本就不需要被找！金子没有主动要求被人挖出来，药也没有央求人吃下它；病人不吃药恶化的又不是药。至于“医生”——谁会介意他是在挨饿还是发达呢？让他挨饿，也许他会再给人开药！让他饿死，反正我们的药也足够了！

甚至，让他去笑吧，我真诚地吞下了他给的药片，而那药片只是他在搞恶作剧：而我痊愈了，他就成了笑话！人们开始意识到森林里的某位隐居者不是怪人，而是一位“毕业生”，一位“大导师”。极少的人从千万庸庸碌碌的人中找出了他，想要膜拜他、供养他。我们给他带去钱，以贡品敬拜他，为他轻唱四声部和声赞美诗，为他取来美酒和佳肴。哎，我们太喧闹，打断了他的沉思，吓跑了他晚饭要吃的蝗虫；美酒让他上头，把吃下去的佳肴全吐了出来；我们的香水味让他闻不到花香，我们的歌声让他听不见鸟鸣，给他的钱也没地方花。难怪他清醒过来要低声诅咒我们。他想以恶作剧来报复我们，就戴上面具将我们吓跑。我们向他问天机，他却讲他荒唐的梦糊弄我们。“请向我们展示美好吧。”我们请求，他却脱光了屁股给我们看。“请向我们展示善良吧。”我们请求，他却对着我们的妻子女儿行苟且之事。“啊，先生，”我们请求他，“请告诉我们真理吧！”他在两旁太阳穴边各竖起一根食指，道：“你们都戴了绿帽子。”

然而我告诉你们，骗人反被骗，害人反害己——聪明反被聪明误，这就是最大的笑话。情愿为知识而死，也不愿无知地活着——成为智慧的牺牲品才能捍卫智慧。被骗过，我们才意识到自己的自欺欺人；尝过谎言的滋味，我们才明白了真相；知道自己不及格，我们才希望通过。

出版或者不出版这本《修订版新大纲》，称它为艺术或是技巧堆砌，虚构故事、事实又或是骗局，都无所谓了，它的作者不会在意，我也不会在意了。我不赞美它，我也不指责它；我不问作者到底是谁，也不想知道它是否能卖出去，评论家们又会作何评价。我评判的不是这本书，而是我自己。我已经读过这本书了。在此，我要辞去在这个出版社的一切职务。

大家看到我要面对多少种不同的声音了吧（我还未提及我社法律顾问的不同意见，还有两件“好事”我也未透露：一是，恰恰就是编辑甲给了我第一份出版工作；二是，编辑丁——现在仍不知去向——正是我的独子）。其次，大家明白每种选择分别要付出什么代价了吧。最后，大家也看到了我最终的决定。做这个决定我既没得到作者的帮助，也没得到他的支持，顺便一提，他甚至很少回邮件。出版确实是一项道德事业，但是却比可敬的甲先生所认为的复杂一些：像这类行业，需要投入很大心力，风险奇高，又极富挑战。而且出版事业很可能就像其他道德事业一样，是通向“毕业认证大门”的康庄大道（不知我对《羊孩贾尔斯》的理解是否还正确），而这也是我的希望之所在了。

以上，兹声明：《羊孩贾尔斯》，又名《修订版新大纲》，故事纯属虚构，若与任何真人真事雷同，纯属巧合。[1]本书每一版都将含有作者的附信，读者可看作作者自序，亦可看作开章；请自行阅读，自行理解；最后，就让暴风雨来得更猛烈些吧！

——主编

1. 由于多次邀请作者共商出版一事均未收到回复，我们只能慎重行使合同权利，修改或删减书中明显带有诽谤和淫秽色彩的片段，以及自相矛盾或虚假的内容。除了以上所做删减（多为简短且无关紧要的片段），本书内容将原样呈现。

致编辑及出版社的投稿信

COVER-LETTER TO THE EDITORS AND PUBLISHER

先生们:

随信附寄的手稿并非《追寻者》。虽然我们已经就《追寻者》签订了合同，我也承诺要在两年内完成写作，但“追寻者”怕是寻不见了。无须去寻找他，也不必再向我这烂笔头索稿：我和缪斯经过数月分居，终究是离婚了，永久地解除了婚姻关系。我们之间会结束不奇怪，奇怪的是这段关系竟维系了这么久，竟也结了果，毕竟我是如此冥顽不灵。我不会承认跟她结婚是错误的，纵然婚姻可能是感情的坟墓，但也不是所有婚姻都会结果。错就错在（当然我的错误绝不止这一项），我相信一切都可以持久，相信我的计划或者说任何计划都会奏效。一切都不会如大家所期望的那样，没什么会奏效——这还是一个羊孩教我的。一切都只会越来越糟，越来越糟；我们取得的成功仅仅是道德上的，而且通常得不偿失；实际上，我们得到的只有大大小小的毁灭性的失败。

啊还有，我现在就像中了“爱的病毒”一般，一下子受教颇多，见识见长。我明白了，并非我以前的力量都是想象，而是那些想象充满了力量：反正想象女士当真成了我的情妇；也确实诞下了我那天真欲望的果实——只是现在都是孤儿了，不过她的冷情忽视，从长远看未尝不是对他们的拯救。如果你们愿意，也可以认为我仍是天真的。我坚信她爱我时是真的爱我，而恰恰是她所爱的那一点，最终毁掉了我们：我是说我那可歌可泣的天真烂漫。这是因为，她并不像人们认为的那样，反倒是内里与外表相反，和我一样天真烂漫。这即便称不上是她的内在本质，至少当属她最重要的秉性之一，而她如此美好，也与这甚有关系。她总能不囿于过去，保持光彩夺目；她总是容光焕发，朝气蓬勃，让一个个求爱者误认为她还是处子之身。这一点，除了她的天真烂漫，还有什么能解释得了呢？我立志成为她唯一且永远的丈夫，就如同立志要将爱情女神变作家庭主妇[1]——我这般志向，你以为她只当笑话乐在其中？又或者只是没事扮作平凡无奇，只为换换口味？好吧，我选择相信：我甘之如饴的这一尝试同样也取悦了她，带给她朴素单纯的快乐。尝试失败，她的痛苦不亚于我，而且无论我们的后代命运如何，我相信她都会像我一样，清楚地记得他们降临时的喜悦。

都过去了。我现在是独身主义者：是宣扬真理的神父，也是追求美的小贩；不再是追寻者而是谦卑的发现者——这全都得感谢附寄的这份非同一般的手稿。我将其呈递与贵社，并不如寻常那般，以作者或者代理人自居，而是作为一个毫无利害关系的奴仆，我们文化的公正奴仆；你们也可以认为，这文化是在时代的培养皿上长出的最新的成果。这本书篇幅长，偶有几个段落还存在争议，甚至这儿那儿的正确性还有待考证。我早就知道贵社定会对这些问题有所顾忌。但是，无论这本书是讲“事实”，还是纯属“虚构”，它都是我们迫切需要的，而且具有重要的文学价值（也许这价值不会贯穿始终，甚至最终毫不相干），这是不容忽视的。我相信贵社最终会对它感兴趣

1. 原著中多处出现德语、法语、拉丁语、俄语等外语词汇，并以手写体表示。译本不区分语种，一律采用“方正新楷体GBK”字体标注这部分外语词汇，以示区别。但有少量外语词汇在原著中并未以手写体表示，译本中同样不使用特殊字体标注。——中文编者注

的。正如书中某处大导师说道："就是'大学小姐'长了个痞子，那也是个痞子，我不会叫它美人痣，但我也不会因此将她赶下床。"这本《修订版新大纲》"痞子"是够多的，也可能是基于真正的历史；但这些"痞子"，可以说，都是表面的，所以我认为没有出版社会因此将其拒之门外。

作为对作品的必要且适当的介绍，请允许我讲一下这本书的来源以及它是如何辗转到我手中的。你们可能知道，我跟现在的大部分作家一样，靠教别人写书养活自己。在小说创作学校，人们往往很熟悉这三种类型的学生：一种是上了年纪的女士和更年期的男士，他们将写作视作业余爱好，也可能以写作贴补养老金；第二种是文学专业的年轻学生，他们性别各异，衣冠楚楚，聪明伶俐，天资过人；还有一种是不足挂齿的泛泛之辈——遵守纪律，过分敏感，外表不修边幅，内里也混乱不堪——他们万分渴望做个艺术家，可能只顾着渴望了，到现在几乎没能真正创作出作品。我想，那人大概属第三种之列。在几个学期前，一个刮着风的秋天傍晚，他走进了我的办公室，腋下夹着一盒打印稿，脸上闪着微光。

我之前并未见过他——不过，这些波希米亚人总是神出鬼没的，一时兴起就易容（很像这书里的**哈罗德·布雷**），与所属系的联系也可有可无。且想象一下，一个约莫二十岁的清瘦年轻人，黑眼睛，黄褐色皮肤，像是个黑白混血儿，但却顶着满头乱糟糟且未经修剪的红褐色鬈发，胡子拉碴，就连两条眉毛也像铜屑堆起来的。脚上的工作鞋破旧不堪，鞋带是生牛皮的。裤子不伦不类，塞到脚踝的靴袜里。上身穿毛茸茸的短上衣，也透着怪异，现在想来应该是他自己做的——不久大家也许能想到是什么材料的。他走路看起来脚不跛，却偏要装模作样，手中拄根拐杖，其形怪异至极，堪比他那身奇特装扮：一根白蜡树的三足拐杖，比球杆粗一点儿，通身到处装点着似是折叠镜头之类的东西和其他小玩意儿。整条拐杖饰有粗陋的雕刻（凹雕、浅浮雕都有），雕的是有翼的男性生殖器像、**希拉纳吉人像**、鹿角，还有整串的葡萄。

这样的拐杖可谓见所未见，在靠近尖端的地方镶着一个小小的钝钩子，我的客人先是用这钩子拉开又关上了门，然后又用它灵活地拉出一张椅子，在我办公桌旁的桌子前坐了下来。他进来时，我正修改自己的手稿，他一连串动作我只瞥了两眼，然后头也不抬地继续改稿。这朋友的穿着，称得上另类，却也不是独一份——学生“艺术家”们一聚首，这种另类装扮便随处可见，就连我自己，有时哪根筋搭不对，也会穿上羊毛或劣质毛绒外套，当然我还是偏爱中规中矩的打扮。大家眼中，波希米亚人的一贯作风就是：在自己尊重的人面前如幼儿园孩童一般害羞拘泥，而在其他人面前则目空一切。可我的这位访客并非如此：他干脆利落，直截了当却又不失热情友好。他把他那纸盒子往我桌上随意一扔，两肘撑在两膝上，身体前倾，双手交叠搭在手杖顶端，下巴搁在手上，就这样让他那瞩目的长胡子悬着。他咧着嘴笑，等我主动开口说话，这让我很是不解。同样令人困惑的还有他的容貌，我从未见过长他这样的。之前误入我办公室的那些人，要么长着黑胡子、黑眼睛，满心热切，有意模仿自己欣赏的诗人，要么长着一头泛着麦秸色的金发，有着勿忘我一样的蓝眼睛，外貌举止都像被阉割的小鹿。可这家伙却不同：他头发是红褐色的，眼睛明亮，不带丝毫忧郁，只是滴溜溜地转动；他的肌肉干瘦结实，他撇嘴微笑，浑身还隐隐散发着一股不算难闻的味道，不是体臭，也不是古龙水的味道——总之，他是“山羊一样”的人。我发誓，我还没开口跟他说话，这个词儿就出现在我脑海中了，更别提读了他带给我的东西以后。还有那根拐杖，那举世无双的拐杖……

“不要恐惧，”他直接开口——吐字清晰，声如洪钟，停顿处带点儿吸气音，“我不是作家，不过这倒是本小说。”

他说话漫不经心，又是这样的音色，让我松了口气，听到他的话后，我更是放下了戒备。他的话，听来仿佛只是在陈述事实，并非话里有话，真诚又客观，仿佛是在说“我不是左撇子”或“我不是单簧管手”。“我不是作家”，他如孩童一般不假思索地脱口而出，我听了更感到懊悔心痛。这种恐惧，没有小说家能逃得过。在过去的十二个月中，这恐惧就在我想象的阁楼上安了家，神出鬼没，挥之不去。我刚过三十，这是我在文学创作的苦海中浑浑噩噩挣扎的第七个年头，我笔耕不辍，却仍没有相应的收获，反而像我们的造物主在第七日清晨时那样，感到厌倦疲惫。但我仍然相信，星期一，会再来的。同时，我那时在写的，可以说是本“休假之书”——不过那本书你们永远都不会看到了。我明白小说该是什么样的：《追寻者》算不得小说。让各色人物兜兜转转，为他们设定场所，赋予他们不同的性情、不同的过去，让他们一次次不期而遇——这让我厌倦。我志不在此，也没这头脑。尤其我总过分痴迷于“曲折”，无“曲折”，不成书。我上一部小说，情节杂乱，跟现在的书一样，毫无章法，有百十号人物穿梭其中，生生把书多写了七八倍。而现在，纵使是二年级的学徒，写作诸般青涩，也能在这方面超过我。他的灵感？是残缺的，但是他将灵感展现出来，实属勇敢之举，我满心敬畏。他的人物？那就是一个个会说话的原始发动机，粗制滥造，就如同我那些邻居——可他们只是一路咆哮，便以为自己是鲜活的，我只是摇摇头。我以前写的故事就是小孩子各走各道，种种都证明他们什么都不是，我几乎都认不出他们的脸。总之，我现在处于闲置状态，并不是熄火或者没油了，就是干着急地空转；我的书页数是越来越多，无休无止，不过都是吵闹呼啸，毫无进展，就如同空转的发动机。其他方面的运势好转，于我又是什么安慰呢？房子气派非凡，花园一派繁荣，刚刚升职又加薪，我在各学院也变得小有名气——但对于一个正慢慢丧失想象力的人来说，这一切都是身后名。我面前的这本书（现在我搁在了一边，一副被打扰到的样子），它的重点在哪儿呢？它想表达什么呢？有些东西是亟须的：这东西不是靠争取来的，而必须是犹如天赋，不求自来；是灵感的果园里的落果，是天外来音，是神来之笔。的确，它不是小说……我的心慢慢下沉。

最终我只说：“哦？”

“我叫斯托克·贾尔斯。”年轻人说道。他仍将头撑在那根独一无二的拐杖上，继续打量我，脸上带着不明所以的喜色。或许我有意回想这个名字，无奈我一向记不住这种事情。尤其是最近，我讲课还是一样充满活力，甚至可以说是激情澎湃，但是我感觉到记忆力正慢慢衰退，注意力也越来越不集中。我开始忘事：我记不起自己的电话号码，在最熟悉不过的校园里也会迷路。该回家的那天，一家人等我回去，结果是我走到了陌生人的家里。他们一开始是调侃我，后来是担心，再后来是不耐烦，最后竟成了幽怨。我虽然感受到了他们这种转变，但似乎也不能计较。

我问他是不是个研究生。

“嗯，至少我是个毕业生。”他脸上显而易见的愉悦这下是真的惹恼了我，特别是一想到他应该自报家门而不是等着我问他，我就更来气。之后他还客气地补了一句：“我想知道你是不是。”

我认为我一定不会因为傲慢自大而遭人非议。事实上，我怪我自己太过胆小，轻易就答应别人的要求；怪自己从不敢张扬放肆，甚至到了怯懦的地步；也怪自己渴望取悦他人而遭人轻视。但是眼前这人实在太放肆无礼了！我觉得他指的是博士学位；这很好，打从多年前我跟缪斯私奔，我就放弃攻读博士学位了。而且，我从来没虚伪地假装自己有做学术的记忆力和性情，或者假装自己有那才智：我曾不止一次跟着一些厉害人物做学术，我拼尽全力也不得不只是从旁观看。我只能站在浅滩眺望，而他们却已然到了我所不及的深度。我谦卑有度——也平庸得恰到好处。真正去做不同于只是想想，要探究事物的本质也不是只有一条路。

“你最好拿上这个盒子出去，”我说道，“我有事要做。”

“可不是吗，”他说，“你的确有事要做！”说得就好像我们认识很久似的！然后他以最温和的语气（我觉得，他的口音很奇怪，我不知道是哪儿的口音，但听起来不是本地的）叫出了我的名字，指着我手头上的工作接着说：“但是你也知道这不是你要做的。你要做的还有很多，你不能再浪费时间了。”看到我生气了，他声音正经起来，也干脆多了，不过还是透着欢快。“我也没时间了，”他说道，“现在请听我说，我读过你的书了，完全能读懂，然后就千里迢迢来见你了。我敢问你给这本书取什么名字？”

听完我心中一时诸多惊叹。当然不仅仅吃惊于他的傲慢——我甚至很欣赏他这种姿态，这让我回想起自己曾经拥有现在却梦寐以求的自信。他的确很像记忆中的我，但他又是**那么陌生**，那么野蛮，让我一下子想起了几十个老故事，故事的主人公要么遇到了自己的影像，要么在跟来自阴间的人谈判。不过，这家伙身上可没有半点恶魔的影子，倒是像极了那半人半羊的农牧神；倘若他真长着羊腿，我倒也不奇怪，但是他应该手拿芦笛，而不是干草叉。我发现自己太过沉浸于这些想法，心思一次次被这家伙刻意乔装的形象牵着走。满心疑惑，我都顾不上生气了，也丢了自己的判断。我不知道该如何应付这样一个人，这形势超出了我的控制，就像近来似乎有很多事情也脱离了我的掌控。比如，我又忘记吃药了，我需要按时吃药才能保证在工作的时候不睡着：这就能解释我现在的困倦了，一定是这样的。我告诉他我要把本书命名为《追寻者》——或者叫《业余爱好者》，还不确定……

“没什么问题。”他捋着胡子，脸上带笑，不过很明显不是赞赏我书名取得好，“一个**追寻者、业余爱好者**：也就是说只是爱好者，却不是知者，只是空有一腔热情的**无知者**——我说得对吗？”

嗯，他说对了。不知您是不是有这种感觉，在一次次相遇中，我们犯的大错误并不在于结局，而就在此刻，就在最开始的地方，我们就错了。我们这位造访者来到门口的那一刻，或者说我们意识到自己在某个地方转错了弯，进入了陌生的地界——**那时**我们应该立即采取有力行动：抵制一切不寻常，关紧门，闭上眼睛，堵上耳朵，千万不要放他进门。再跟着他往前一步就无法回头了——就让我们停在此刻吧！可惜啊，好奇心一作祟，理智便靠边站，“总之一切都来不及了”。我们还得继续下去。

“他大约三十岁。”我的客人猜测。

“三十三岁，我猜。”

“三十三岁零四个月？我敢肯定他受着某种折磨——一种身体上的折磨，那就是他生下来就——他是不是个跛子？”

我从没想过要把我的主人公写成个跛子，虽然他确实是很少走出自己的住处（住在一座塔楼的塔顶），比起与人为伍，他更喜欢与书籍为伴，更喜欢摆弄自己那些业余科学器材。“他只是近视，仅此而已，”我回答，“不过他太阳穴上倒是有块红胎记——”

“是癌性的！”那陌生人喊道，“你最后一定会把它写成癌性的！啊，那可太好了。不过，难道我们不该把他的近视改成散光吗？”

啊，说得太对了，追寻者不该只是视线模糊，而是视线被**扭曲**，如此更好——把这胎记写成是恶性肿瘤的先兆，这是多么妙的主意啊！半年来我第一次对我这本书提起了兴趣。我打开了话匣子，向我这位非凡的客人讲了一下大致情节。我的关注点是什么，他总有着一针见血的见解，这是我读过的任何批评或书评所不及的——我不得不笑着承认，他比我还了解我自己在想什么，毕竟最近几个月来，我都快忘记自己对事物的见解了。

“就像你说的，它是关于爱的，但却是一种很特别的爱。你知道的，人们说的爱分两种，一种爱试图逃避自我，另一种爱试图肯定自我。但在我看来，这种爱似乎属于第三种，这种爱不寻求与爱的对象的结合或交融，而仅仅是站在完全超然的立场欣赏爱的对象——我把这叫作单纯的想象。”我解释道，我的主人公，会是一个世间万物的爱好者，他沉醉于历史、地理、自然，还有他周围的人——痴迷于一切**真真切切当下的事物**——因为他看到了它们的随意性，却不能理解或接受它们的终结。他对待现实像是对待一本书，像是读一本小说，他不是作者，也不是其中的人物，就只是一个纯粹欣赏的读者，当然他也会想到还存在其他小说，有更好的，也有更差的……但事实上，他当然不只是个观众，他无法置身事外；他与各色男女打交道时遭遇的失败——尤其是其揭示了自己孑然一身的命运——这些就算最终不能让他成为一个真正的人，至少也会成为一位业余专家，也就是说，他也许渴望成为人类兄弟会的名誉会员。

“我觉得这带点儿英雄主义，你不觉得吗？”事实上，这是我对我这故事最上心的一次。反正我刚刚的设想是很了不起的，说话间，我又有了点灵感：这位追寻者不仅要是散光眼，而且要痴迷于各种透镜、望远镜和显微镜；他住的塔楼，我要改成一个大大的暗箱，外面世界的各种影像都能投射进去，比实物要清晰十倍，也更加有趣——完美，简直完美！还有，我的这位人生业余者还会拥抱并且珍惜自己的癌症，这与同胞打成一片的通行证……

我的热情越发高涨，可斯托克·贾尔斯却摇头。

“你错了，同学。”他甚至一只手放在了我胳膊上——我只能说他动作很**友善**。他不遗余力地扮演着“千里眼”的角色，这我看得清楚，所以他的触碰让我有所触动。那双眼睛里透着笑盈盈的直率，那张脸上带着淘气（肯定是对着镜子练过）——这坏家伙对人可真是有一套！我的沮丧一闪而过，取而代之的是疲乏，畅快的疲乏。的确是错的，当然是错的，我所做的一切都是错的。事情总在我手里失控。我每一次对现实的把握——作为一个作家、老师、情人、公民、丈夫、朋友——总是古怪非常，错得离谱，一个个的骗局可能只是当时引人赞叹，但最终结果都是毁灭性的。他不知道自己的话对我触动有多深，那几乎是直达心底！一时间，我还接受不了他是个**预言家**（我明白这都是些逆反情绪，以至于他的话会适用于满腔不满的人），我只能让自己承认现在的情况是具有预见性的。您要明白，接下来跟他的所有谈话，我都抱有一种矛盾心理：一方面，我从来没有放弃这样一种可能性——他只不过又是个古怪的艺术生，甚至是个疯子，他的话完全牛头不对马嘴；另一方面，我深刻意识到，这是预言家在验证预言，一定是这样——他如假包换，不仅在于他说的话，而且体现在他的举止风度上，还有他的每一个姿势和他整个人的性格上。在预言这个重要方面（我在思考这方面，因为这与他留给我的手稿有关），斯托克·贾尔斯先生倒的确很靠谱。

现在他平静地说："你很像之前给过我父亲一块小透镜的一个人，那人说那透镜可以真实地反映一切。就在这儿……"

在近拐杖顶端的地方他翻出一块圆圆的凹透镜，拿给我，让我用它来检查我的手稿。可笑的是，它的背面是镀银的，用它根本就看不到我写的字，别说放大和缩小了，就只能看到我放大了的一只眼睛。我感觉脸上发热，越想越觉得脸上更热。

他说："你一定会失败。你从未确确实实地失败过，对吗？你也从未到最后承认了事情的真相。如果我现在掐你一下，让你醒过来，看到所有的一切都消失了，发现你知道的所有事、认识的所有人都不是**你以为的那样**——你不会太过惊讶。"

没等我回答，他就抓住我的胳膊，掐了我的肉。我大叫一声从椅子上弹起来，拍打他的手，可却拍不掉。"快醒来！快醒来！"他命令我，冲我咧嘴笑。我发现我自己不停眨眼，喘着粗气。我确实，确实是满心渴望摆脱梦境，清醒过来，迎接与现在不同、焕然一新的状态！而且我不是第一次有这种感觉了。

他放开了我的胳膊，用拐杖帮我钩回刚才弹开的椅子。

“插句题外话，其他所有人也都是不及格的，”他接着说，“你不觉得吗？重要的是要**通过**，你必须得通过。而且你还有很长的路要走呢！不要认为这只是拐个弯，走到毕业认证大门就可以了：你必须再次成为幼儿园孩童，或是刚出生的孩子。如果不是这样的话，我爸爸也不会这么说了。不过这你自己都知道。”他又摸了一下我的胳膊，这次很轻，上次他生气掐我的地方还火辣辣的，然后他脸上露出喜爱之情，“你没有张口就来那些老掉牙的说辞，可真让人开心！不过这正是你的创作天赋所在（你的作品虽都是错的，不过你的创作天赋是毋庸置疑的）。你知道的，音乐可不是靠推理创作出来的；争辩毕业这一事实，就好比争辩一段旋律或一句诗的美妙。你没跟我争辩真是太棒了。我就知道你是我要找的人。”

我心里仍然是一团乱，但是我必须得指出，无论如何我总是无法反驳他的观点。他晃晃红褐色的脑袋，笑了笑，然后脸上的微笑变得正经：“我爱你，同学。”我的恐惧一定是太过明显了，他轻笑一声解释道，“啊，不是那种爱！没有时间了，因为你跟我都有很多事要去做。你必须得修新课程，然后努力让自己毕业；之后你必须在这里建立贾尔斯主义，这样让其他人也能通过终考。还有就是，这所大学里不止这一个学院，而且大学也不止这一所，这你也知道。**我的**工作只能由我去做。”

就在那根拐杖的顶端镶着一块银色的手表，面朝上，他低头看了一眼。我原本百感交集，这会儿却开始感到失落：要是事实证明他只是个人见人烦的怪胎，那该多让人失望啊！

我满脑子能想到的就只有：“贾尔斯主义。”

“这是必经之路，”他愉快地说道，“别人都叫我们疯子、骗子、颠覆分子——这都没关系，他们对我们做的那些事我也不介意，要是连这些都预想不到我们就是傻子了。我真正心痛的是，《修订版新大纲》指明了如何通过，我却还得看着他们全都不及格。”

我叹了口气：“你是教育学院来的吧。你绕这么多弯子不过是为了你的论文。既然你还特地买我的书来读，我应该读一下你的文章，给些建议。”

“拜托，”他温和地说，“《新大纲》什么建议都不需要，我已经校对过WESCAC读出的文本，把出错的地方都改过来了。倒是你才需要《新大纲》。”

“那你就是学商业管理的，”我再次开口试探，但是我心中仍很混乱，并没有领会他话里的讽刺，“说了这么多，只是你们推销课本的手段。”

一直到我说完他都平静地闭着眼睛。然后，他仍然好脾气地说：“我挺喜欢开玩笑的，同学，不过现在不是时候。你必须清楚，我不是这个学校的人（这你早就猜到了）。我是新坦慕尼学院的——你肯定没听说过这个学院，它属于另一所完全不同的大学。先父乔治·贾尔斯，”他顿了顿，“他是真正的‘贾尔斯’（GILES）；同学，他是我们西校园的大导师。”

我往后靠着转椅椅背。天色不早了。外面，风在呼啸。什么事情都没做完。我烦透了，可还是回应——“你是说，‘先父’。”但是我几乎快要听不到他在说什么了。

第一次也是唯一一次，他脸上露出了悲伤的神情。“他不在了。他只是……暂时离开了。”

恍惚间我说：“可是他还会再回来的，一定会的。”

他看着我说：“一定会的。”

“有一天——我们再次需要他的时候，他会回来的。”天知道我多么想睡觉。

他再度微笑，只是仍然忧郁。“我们现在就需要他。一切都比他在的时候更糟了。但是——你可以认为，他只是去休假了。现在要靠我们继续下去。”

然后他跟我讲了他的故事，我当时昏昏沉沉地听着，现在知道的这些也是后来回想起来的。他的父亲是或者曾经是什么“临时教授”（至于什么科目我到现在也不知道）。他成功地帮助一个个学生通过了期末考试，因此享誉全校。他的教学法并非正统，所以就像很多激进分子一样，他遭到了强烈的反对，甚至遭到了现实的迫害：我推测，他才三十出头，就因被指控道德败坏而被终止任期，最终被解职——虽然我不知道他在学校是否担任过什么正式职位。我也不清楚之后他身上又发生了什么事：显然，他曾短暂离开了学校，然后又秘密（别问我为什么是“秘密”）回来，与他的一干门生相会，之后就永远消失了。这样的故事不知已经听过多少次了，我都能推测一二——比如，后来正是这些门生，倾尽一生传播他们导师的语录，在理解的基础上将他的教学法转化为制度；再比如，这些门生奔走于一个又一个学院，他们的学说却没有得到完全的应用，不过所到之处，他们都以十足的热忱，吸引一批人改变信仰，成为新的追随者。还有一件事也不叫人稀奇，这位贾尔斯教授，或者我们随着他儿子叫他作“大导师”，从来就无心发表著述：一学期又一学期地只讲课，从来不曾在自己的领域里发表过只言片语，哪个学院里没个这样的老前辈呢？事实上，第一次听到这个故事时，有一点让我感觉与众不同，而且不是很光彩，那就是这位先生跟一位有夫之妇生了个孩子，否则这就是标准的改革者或革新者坎坷的一生了。

我的这位客人——红杏出墙的果实——他所面临的问题，是任何先驱者的继任者都要面临的：将大师的教义制定成一种易于传播的教规，以此为迅速壮大的信徒队伍定标准、立权威。等斯托克·贾尔斯成年了，他父亲的第一批学生已经分裂成了一个个小派系。斯托克·贾尔斯一开始想将这些人对他父亲生平的回忆录编纂成一本原始资料集，但是在整理的过程中，实在有太多出入甚至矛盾之处，他不得已放弃了这个计划。可是他前期已经做了很多工作，为了更快速地比较几个文本，他将它们读入到一台自动计算机中（现在很多赶时髦的古典派学者也喜欢这样做）——尊敬的各位编辑及出版商，和我一样，接下来你们的判断力将受到巨大的挑战，请尽最大努力相信这件事的真实性。

据说，这台神奇的计算机（一台叫作 WESCAC 的设备）不仅能够根据自己的程序指出这些文本离谱透顶的矛盾之处，而且，不知是自动地还是根据某种预设的指令，它还主动提供了乔治·贾尔斯本人在得志时断断续续读入存储的大量一手资料：包括讲义、与门生开会的会议记录之类的材料。更神奇的是，这机器自称能并且随时能准备好（以让我这种愚人汗颜的精密度，在“模拟设备”的帮助下）汇总、整理、编辑这些材料，并从回忆录等现有的其他资料中提取可靠信息，然后将所有素材以这位大导师的视角重写，形成连贯的叙述，最后用它自带的自动打印机，“读出”文本，还是格式都已经调整好的文本！这位大导师的儿子，像他父亲一样不喜写作，但显然在他们学院还是颇有威望的。即使“贾尔斯派”和“反贾尔斯派”都有人反对，他还是同意让这台计算机付诸实践。几次尝试失败，程序一再调整之后，它最终生成了一本第一人称传记，记录了这位大导师的生平和学说。文本十分忠实于现有的证据，叙述炉火纯青，连年轻的斯托克都称其完美，他自认只需“改几处日期和地名”便可。

斯托克告诉我，这个文本还得通过一次重要检验，它还得过彼得·格林那一关。彼得·格林是贾尔斯早期的学生，现已年过六十，是“WESCAC 计划”最强烈的批判者，他那时已凭自己的努力成了有名的教师。他一见斯托克就一脸怒容，多番劝说之后才同意听上几页。开始朗读的时候，他都不屑坐下，只是在他的办公室里踱来踱去，一脸嫌弃（斯托克是这样说的）。读完一页的时候，他站着不动了；第二页一半时，他掩面而泣；到第三页时，他直接跪在斯托克面前，请求他的原谅，并且宣称那一页页就是“‘贾尔斯’本人的声音”啊！

由此《修订版新大纲》就诞生了，它的叙述者和传播者注定命途多舛，成书过程同样也是一波三折。这本书与贾尔斯派某些人的学说相矛盾——那时这些人已经位居所在单位的高位——他们指责这本书是伪造的，就算不是“挂科院长”[1]自己捏造的，也是 WESCAC，或者自命不凡的斯托克·贾尔斯，再或者这两者合谋杜撰的。最反感这本书的那些人甚至不承认斯托克·贾尔斯是大导师的儿子，认为他投机取巧，根本是个反贾尔斯主义者，不过是在利用自己与大导师巧合的相似之处。而那些非贾尔斯派的人，自然是从一开始就认为名叫乔治的那人压根就不是真正的“贾尔斯”，而是个冒牌货，是个危险分子，不管《新大纲》是真是假，它都是反理性的、邪恶的、具有破坏性的，根本不适合列入本科生的书单。

---

1. 请参看下文。

讲完这些，我的客人叹了口气，闷闷不乐地摆弄着拐杖的杆部。然后，他一耸肩，又恢复了之前的活力。“但是这一切对我们都是有利的，你明白的——审查、禁令、打倒我们、把我们抓进监狱，这所有一切都是有利的。就连人人争相打印的那些仿本和盗版，对我们也有帮助——你肯定希望你自己的书也能造成如此轰动！像我爸爸以前那样，我们一一忍受，反正无论如何新课程迟早会设置的。因为你看啊，同学，我们这边把握着从长远看唯一要紧的条件：那就是我们是**正确**的，而其他人都是错的。”他一脸快乐，“那可能还得花上百个学期，但是我们知道新课程会胜利的。不修新课程的人会不及格，所有的冒牌货和假导师都会暴露。假以时日大学里每个校园每个公文包里都会有一本你桌上的这本书，这只是时间的问题。必定会是这样的，这是众生唯一的希望。”

他又看了一眼手杖上的表，然后突然起身要离开。我才想起我都忘记听主塔楼的钟声了。

“我得走了，我还得再去其他学院——甚至还得去其他大学，”他冲我眨眼，“确实**有**很多所大学的，这你知道的。”

“等等，这……”我用力摇摇头，赶走所有的困意，指着那盒稿件说，“我该怎么处理这个？我没时间……”

“你是没时间！”他笑了——他手里拿着那根可笑的拐杖，那是个什么姿势呀！“是晚了，晚了，晚了，这是肯定的！不过反过来说，你总是有时间的，就是这样的。”他用拐杖戳了戳那份手稿，“你想的话也可以不管你自己。不用看直接把它寄给你的出版社吧，他们会感激不尽的，你的学生也会感激你的。或者，如果你不介意学生的终考会怎样的话，也可以把它扔出去。我为别的校园另准备了一份，而这一份完全是你自己的事儿……”

他话语间没有一丝暴躁，只是带点戏谑。可是现在，他却拿拐杖碰我的肩膀，而且他的声音里满是热心的关怀。“但是同学，还是读读它吧！我们给众生讲课，然而就像我爸爸常说的，根本没有什么众生——有的只是一个个学生，他们只能一个个毕业。我希望为了他们好，你能成为这个校园的贾尔斯主义教授。不过我更希望为了你自己，你能够得到毕业认证。务必读一下它吧！”

那拐杖在我肩膀上待了片刻。然后他用它猛地敲了我一下，之后便离开了，只听走廊里传来：“我会跟你保持联系的！”

但是他从此没再联系过我。他那份手稿就丢在我的手稿旁边——一份未读，另一份未完成——两份手稿甚至被一个粗心的清洁工弄混了。我不过喘了口气，冬季学期就结束了。我稍事停顿再来想，发现自己三十二了。有什么变好了呢？面对一屋子的学生，我会忘记自己对于某件事的看法，因此不得不装病。有名的人物一个个去世，政治形势恶化。我再也不像年轻时那样，就算睡前吃东西，依然能睡个好觉。邀我参加社交活动的越来越少，到现在再没人邀请我了。科学家们发出警告，极地冰盖就要融化。人口问题无从解决。“今天的新生比起前辈们对待学习更加认真——但他们是否也更少为自己着想呢？”昨天正值二十年华，明天却已然老死。

三月的暮光中，天气格外晴朗，空气中还带有寒意，人们追忆躺在坟墓中的一颗颗满怀激情的心，希望飞逝的时光过得再快点。年轻男女正是热血沸腾，却要被迫隔离，现在跑到田地里睡觉；老人们一声咒骂断了气。无怨无悔的好人，无法无天的坏人——全都进了坟墓里，坟头上长满了地衣，小花在摇曳。如果一个人渴望远航，那么他为什么不是个英雄呢？

我读了《修订版新大纲》，正在看这封信的先生或者女士，您也会和我一样的！

最后再说几句。我苦苦寻找斯托克·贾尔斯先生，也许是贾尔斯·斯托克先生（扉页上他的名字之间有个逗号，再加上那个决定性的夜晚的一些细节我记不清了，所以他的名字我不确定），我是何等急切，你们不久就能领会到。一切都是徒劳：学生通信簿中根本没有这个名字，在已认证高校名单中也没有什么“新坦慕尼学院”。同时，我还向我们一位计算机专家咨询《新大纲》作者的问题：他认为，他所知的现有自动计算机还只能用于基本的记叙文写作和文体学研究——但是他也说，我们的机器将来能自己写小说，这在理论上是完全可行的。这只是电路更复杂、程序更精细的问题，比如，计算机将来肯定能自己运算。据他说，在覆盖整个校园的实验项目中，文学和写作，就像其他科目一样，是可以用计算机来教授的。而且他坚信，一切“计算机可教的”（用他的话说）都是“计算机可学的”。此外，他也不能确定军事领域的计算机研究已经到了哪一步，更不能确定“另一边”是什么情况。他认为计算机竞赛跟军备竞赛同样重要，因此计算机竞赛是严格保密的。他认为我们的敌人更注重原始的计算能力的开发，而不追求多功能性和精细化——最起码没有迹象表明他们也像我们一样，利用计算机操控香肠制作、婚配、体育赛事赌博、作曲这些事——但是这谁也说不准。

下面，请同我一道承认，这本《修订版新大纲》很可能并不是“WESCAC”的作品，而是出自一个**名不见经传**的怪才之手，“斯托克，贾尔斯”起码是他的笔名；并且，我们还得承认这并不是唯一的可能性——因为正如那个了不起的怪家伙所说，事实上“并不止我们这一所大学”。对于受教于本书智慧的学生来说，有关作者的争议是无关紧要的。并且在我看来，出版这本书，并不会侵犯任何已存在的著作权。我保证随函附寄的文本跟那个重要的夜晚交到我手上的手稿是一致的（只有在作者使用我们的习语不恰当的地方，我斗胆因为作者曾公开表示欣赏我的艺术判断力才做了修改和整理）。我有以下几个打算：（1）暂且不考虑我作为代理人的费用，直至作者再次现身；（2）立即辞去教授职务，不管我的家庭会因此经历什么困难，都要开始我自己的再教育，必要的话就从“成为幼儿园孩童”做起；（3）对羊孩的学说进行更正式和系统的阐述，并且对《修订版新大纲》做详尽的评论，为其编辑完整的索引——后者作我开设的“新课程”的课堂之用，不过这还在计划中。

我希望并且相信，以上几个计划，再加上这本非凡的《大纲》，不仅会填补贵社之前因我的书所遭受的亏损，而且还会有盈利，还能证明贵社的托付是正确的：坚持不懈、令人动容地给予信任于

这重获新生的答案追寻者，J.B.。

R.N.S.

《修订版新大纲》

记

我们的大导师
乔治·贾尔斯

于新坦慕尼学院以自传式勉励性磁带形式读给其子

贾尔斯（,）斯托克

由西校园的自动计算机所作
由他准备，作贾尔斯主义课程发展之用

上部

Volume One

第一卷

First Reel

1. 管理员，童年

乔治是我的大名，我的事迹早已传遍塔楼大厅，我的童年纪事可见《实验心理学期刊》。我就是当年那个叫比利·山羊蹄兹的人物。比利·山羊蹄兹，这误称真让人难受。倘若真有一双蹄状的脚，我现在也不必拄着拐杖蹒跚而行，也不必在阴天下雨时让人背着去上课。唉，正是没有那么一双羊蹄子，我才在十四岁那年惨被羊踢，却无力反击；也正是如此，我才会身负伤残，倒在臭烘烘的泥地上，眼睁睁看着我的初恋任由一头粗暴的安哥拉山羊糟蹋。这头公羊把我从一个世界撞入另一个世界。他那凶猛的羊角让我的心上人移情别恋，将我赶出草场，又让我一瘸一拐地踏上我现在的道路，老天且保佑他吧。这光秃秃的额头，是我孩提时的耻辱，他以男人的耻辱冠之于我：我告别了没有羊角的山羊时期，成了“有角”的人类学生，迈向了毕业认证大门。

换句话说，我就是农业山上的羊孩。我父亲是谁，是谁生下我？谁知晓我的身世？我在这所大学的哪个角落呱呱坠地？没有一个男人我能喊作爸爸，也没有一个女人我能喊作妈妈，这就是我的命。施皮尔曼教授是我的管理员：马克西米利安·施皮尔曼是位伟大的数学精神病学直肠病学家，是前大学教务会少数党领袖。同样，就是这位杰出的马克西以自己的名字命名了循环学定律。年轻时，他曾领导所在系，极力争取增设某种考试，作为口头考试的补充。可惜啊，他的改革热情最终引火烧身。所以他不仅没能荣誉退休、安享晚年，反倒在离退休还有一年时，因学术不端的不实指控被逐出了学院。直到最后他所承认的唯一罪行也只是：他在一次公开演讲中表示，单凭他的学科便可深入探索人类本质。身无分文，受人唾弃，他只能做各种工作，勉强糊口。所以后来一直到死，他都只是新坦慕尼学院农场的高级山羊羊倌。这有失体面，但谁能说马克西没有乐在其中呢？他的著作《括约肌之谜》写了二十年，除了索引都已经完成了，他一次喂给山羊们一章；多年后，在吃着奶酪芝士、喝着烈性黑啤酒时，他告诉我，我把附录二当午餐吃了。附录二是一首用数字写成的诗，旨在用数学的方法论证他的观点：学生们生而正直诚实。虽心有怨恨，但他却也看得开，倒不感到绝望。他主动完全脱离社会，将满腔才华奉献给羊群。他终年与我们同住：冬天时安家在畜栏，天暖时就与我们同去牧场。你可以认为实地研究员必须得这么做，但他很快就发觉，比起教务会的同事，他更爱自己的研究对象。他成了素食者，留一点胡子，又摘掉帽子，脱下礼袍，换上了安哥拉山羊毛外衣，只怪自己多年来竟没练就四肢着地行走。尽管此后他再不屑于发表研究，但他在这一时期头几年的研究却最为大胆而精细。这是因为（用他日记里的一段话来说），山羊“不会因为害羞而隐藏它们那方面的美，而那正是我渴望探索的；它们依照自己的方式，从容地意识到完美的整体是各完美部分的总和，它们我行我素，张扬自我……”。他在公羊当中有个死对头，那是一只褐色的土根堡老山羊，名叫弗雷迪，在羊群中横行霸道。弗雷迪暗中监视马克西，每当马克西俯身检查母羊时，弗雷迪就会将他视作对手，用头顶他。马克西则被顶得一头撞向他的检查对象，这在母羊们看来是一种侵犯，她们因此不愿再信任自己的管理员了。研究者与研究对象的和谐关系遭到如此破坏，这是决不能被允许的。恼人的是，新坦慕尼学院演辩学系系主任恰巧也叫弗雷迪。这位弗雷迪大发反对言论，阻挠教务会通过“肛门资格议案”，将施皮尔曼拉下马。马克西觉得这巧合是天意，于是借机报仇。他不敢公然接近这只土根堡山羊，只能另作安排。十月的一天晚上，公羊们照常咩咩叫着发情(叫得最大声的还属叛逆的弗雷迪)，他放一只敏捷的小母山羊自行跑入敌人的畜栏。片刻后，马克西手拿自制的剪尾器悄悄尾随。那老流氓没能好好享受这飞来艳福，正交配时被马克西下了手，真是倒霉！此后他凶猛不再，反倒长膘了，也越发温顺，就连几周后马克西切掉他的羊角他都没吭一声。至于羊睾丸和羊角这两件战利品，马克西将前者做成了护身符，不久又将后者做成了羊角号，用来号令羊群。自此马克西便可继续做研究，再无烦恼了。不知是因为公羊们认为马克西打垮了弗雷迪，他们感激不已，还是因为在羊群里，无论谁持有弗雷迪的羊角和睾丸，都会赢得尊敬，总之事实就是：公羊们纷纷臣服于马克西，母羊们一见马克西来就欢欣雀跃。接下来的几个月恐怕是马克西最幸福的日子了。他创立了“类比直肠镜检查法”，建立了“精神象征宇宙结构学”，他还提出了直肠计量指数，从算术上彻底区分开了绵羊和山羊。经过探索，他的“施皮尔曼定律”也在这段时间初现雏形。这一定律是他对人类认识这所大学的最新贡献，影响也最为深远。这是立于他的天才所构筑的神庙顶端的拱顶石，是他对答案宏大壮丽的探寻的高潮：它现在听起来或许稀松平常，近乎平庸与陈腐，然而那却是多么干劲十足，雄心勃勃啊！马克西·施皮尔曼才华横溢，那时已对多个领域有所涉猎，他将这一个个领域整合为三个词，证明了“括约肌之谜”和这所大学的奥秘是一样的，即个体发育史重演宇宙发展史——这不就是说直肠镜检查重演圣徒传记吗？不就是说我们奠基者山上的奠基者和大一**初经人事**的毛头小子是父子？不就是说我的每一天、每一年，我的一生与大学的历史是环环相扣的吗？“个体发育史重演宇宙发展史”，这种话我只听我的管理员以他那温柔的莫伊舍人口音说过。所有伟大假设的命运是什么，老马克西再清楚不过了。可惨痛教训在前，无论如何他都不再指望他那群同事有脑子了。也正是因他为人孤僻，错失了 WESCAC 的最终认可。他说，他的循环相关理论在五十年内必不会受西校园的待见，结果二十年不到，校长就将这一理论奉为信条，首席程序员将其录成磁带，给 WESCAC 吞下了。

虽然他晚年料事如神，但现在的名声大振总是他没能预见的。就算早料到如此，也并不会让他的厌世情绪减轻多少。理事会授予他荣誉退休头衔，他拒绝了这迟来但应得的待遇。尽管如此，他晚年有变随和的迹象，甚至自觉有点孤单。那么多引用马克西的格言“山羊比人类更有人性，人类比山羊更有羊性”的人，其中有多少能明白这当中的矛盾心理呢？他后宫母羊成群（这么说可能夸大了他那方面的本事和胃口），并且赐予她们“女职员俱乐部”领导的芳名。这都是事实，但每每他召唤海伦、莫德或者雪莉进他的羊棚，他的声音里可没有一丝恶意。而且他十分尊重我亲爱的羊妈妈玛丽·维·阿彭策勒，这般尊重，是个男孩都希望自己母亲能得到。但是最能体现他对人类还有爱的一件事也恰好是让他名誉扫地的一件事。我说的是人们发现在山羊棚里，我和西校园牧群里的其他小山羊养在一起。

现在我知道了自己不是马克西和玛丽的孩子。我知道自己是人类的那天，马克西告诉我很多事。那些为我童年生活抱憾的人注意了：知道自己是人和知道自己是山羊，我都会同样地伤心难过。我的孩提时光是多么美好快乐啊！善良的玛丽·阿彭策勒给我喂奶，连自己的孩子也顾不上。感谢她那伟大的乳房，那两汪奶泉为我流淌，为我索取。就这样我从茁壮的婴儿长成了男孩，长成了所有人类男性梦寐以求的样子。疲倦是我唯一的宵禁令，自然醒是我唯一的闹钟。我吃什么，什么时候吃，在哪儿吃都随我乐意。我吃金雀花、荆豆和牛毛草，还吃油渣饼、柳树皮和矮树苗。我拉肚子时就吃橡子，我便秘时就吃甜菜。因为没什么规矩要我遵守，马克西从来没抽打过我。又因为他为我叉干草，总爱拍拍我的头，我非常爱他。与我的同圈们一样，我害怕火，害怕大的动静，还有比我大只的公羊。要不是时不时面临这些恐惧，我都不知道忧虑为何物。高兴了我就到处嬉戏玩耍，和兄弟们顶顶角，在苜蓿地里咩咩叫。生气了我就踢畜栏，踢我哥们儿或玛丽·阿彭策勒，反正谁在我身后我就踢谁。他们要么不搭理我，要么马上踢回来。直到十岁我才开始学习算术和讲话，但我五岁时屈膝跑就比十二岁的人类孩子更快。我能像岩羚羊一样在岩石间跳跃，能用头撞破栅栏，还能区分六百九十种植物，并且只挑其中八十三种吃。我的道德培养从来不靠说教，这一点与人类德育完全不同。我只知道：不好好吃饭就得挨饿，行事鲁莽就会挨顿胖揍，弄脏了羊圈就得与污物同睡。我明白：对你好的人，就和他待在一起；伤害你的人，千万远离他；不要走出围墙；给你食物，能吃多少就吃多少，能吃多久就吃多久；不要拿确定的去换不确定的；有能力就做老大，没本事就喊老大，但不要脱离羊群。道理很朴素但却充满智慧。在无数个吃着草的快乐午后和无梦的夜晚，我留心记住了这些。十三年来它们围建起了我灵魂的牧场，我无忧无虑地玩耍。在第十四年我溜出了这牧场的大门——就像之前一次又一次溜出去那样——然后我回头看，才发现我告别的是我的幸福。

2. 占山为院长

有人认为这么多年来我一直对“人”没有什么概念，认为我只要见过正常的人，就会拼命想要离开羊群，这可真是自以为是。实际上，马克西并没有刻意隐瞒我的存在。早在《实验心理学期刊》那些文章发表以前，人们就已经知道我的存在了。新坦慕尼动物保护协会实在是非常爱管闲事，曾不止一次“为了我”介入此事。要不是校长直接介入阻止他们（且让我们认为他这是因为解雇了马克西而感到愧疚），他们就会硬生生拆散我和我的家人。每到周末，围墙外会聚集很多学生和老师。我见到他们就像见到我的朋友们一样开心。我们蹿上跳下，给他们取乐。这时马克西总是禁止我接近他们，他并不是担心我会叛变。他知道我不会牺牲自己的自由，去做可怜巴巴的人。可怜的人类用两条腿蹒跚而行，浑身散发着怪异的气味，用一层又一层的布裹着自己，从不能在牧场上奔跑。他们之前用烟草毒害过我认识的一只一岁的黑颈母羊。唉，马克西真正担心的是，就算他们不会故技重施，也会把我带坏。终于有一天，我对这种管束感到不满：马克西觉得我太单纯，但我知道我不是。于是跟所有的年轻人一样，我高估了自己的定力。

要是知道我十四岁就知道那么多，他应该会大吃一惊。通过简单的观察，我知道了如何区别男人和女人，就算女人穿着裤子，剪掉羊毛，我也可以认出来。当然，我尚未猜到人类的脆弱程度：身边的兄弟们还没度过一岁生日便成了父亲，自己也是才刚会爬就在嬉戏时爬跨母羊，这种情况下你不太可能完全理解一种十三岁了可能还没交配过的动物。但是我十分理解为什么人类的管理员能毫无顾忌地让人类公羊和母羊混在一起，我也能明白他们为什么都以自己的身体为羞，因此在黑暗中交配。有件事马克西不知道：曾不止一天晚上，成对的人类偷偷进入我们的荞麦地。若我听到他们推倒麦秆——这我经常听到，他们努力不出声，听起来真是笨手笨脚——我就会溜出圈，就近躲起来看他们表演。我发现他们真是夜盲得厉害，嗅觉和听觉也都不好，这时我就大胆向前，近到只差打个照面了。这样他们在咩咩什么，我就能一字不漏地听到，而且从来没被发现过。就这样，我发现山羊没长毛的几个地方，这些家伙毛发浓密，而其余的最该长羊毛的地方（我那安哥拉羊毛外套我一直当作身体的一部分，很少脱下来），他们倒是光溜溜。我曾设想过所有的男人都是被阉割了的，因为他们跟女人混在一起时身上竟闻不到一丝情欲；现在我晓得了，男人和女人情欲都不是那么旺盛。这也不足为奇。打个比方，谁会上一个有两头的怪物呢？那头还是从后面冒出来的。我看到的第一个没穿衣服的女人像个庞然大物，两个乳房出奇地小，长在身体的另一侧。不过要赞美大自然，为每只母龙找到只公龙，还得赞美本能，使蠕虫爱的是蠕虫。她终究跟她那没毛的公羊完成了一场无力的性交，我的学识也因此迈进了一大步。

眼见着我就跑题了，这就像我越来越偏离羊群，也越来越失掉良好的判断力。以上我的所见与接下来的事情有关——总之就让这来证明我并没有温厚的马克西想的那么天真吧。因为在十四岁时我还知道，马克西也是某种人类，尽管他留着白色的长须，散发着无与伦比的气味。此外，虽然整个羊群都接受了我，视我为兄弟，可是我知道我不是阿尔卑斯山羊，不是穆尔西亚羊，也不是施瓦茨贝格古吉斯伯格羊，我自成一个品种。那些人来看的是我，这点我一直知道。我的伙伴们长得比我快，腿脚也更加敏捷。才一年他们就加入了成年人的行列，取而代之的是一批新的羊羔，而我却年复一年地待在小羊羊圈里。他们更强壮，更帅气，也更呆板（让他们通过吧）。而我只是聪明——但因此认为我比他们强，也是够蠢的。我自己可以爬树，咬树皮，可以自己抓虱子，会模仿听到的一切声音，还会把牧羊人的曲柄杖变成武器。我们都爱耍把戏玩杂技，但是要论创意，他们都比不上我一半。而且放眼整个羊群，能耍得了比利·山羊蹄兹的只有比利·山羊蹄兹。

我们的游戏场上有很多大圆桶和木板，我们用来玩“占山为院长”游戏。为取悦我的仰慕者们，我会搭一座“小山”：竖一个大桶，在桶顶两边分别搭一块木板。雷德费恩的汤姆，我特别的朋友，沿着一边的木板往上爬，我从另一边爬，我们全力角逐，只为抢占顶点。某个周末的上午，听到掌声我心中鼓舞，把“小山”摞到了两个大桶高，随后又摞到了两个大桶加一个箱子那么高，我费了好大劲才从一边爬上去。这个高度，木板已经非常陡，别人都爬不上去。我坐在高处摇晃不定，他们在下面只有崇拜我的份儿。而眼下他们就好像没有听到我有多么得意，也没有听到人群发出的喝彩，只是相互顶顶角，把对方撞倒在地，假装无动于衷。但我知道他们心中一定充满了嫉妒。尤其是雷德费恩的汤姆，特别想上来找我。“来啊，汤姆！”我喊道。他想继续沿着陡峭的木板往上爬，可总是站不稳脚跟。围观的人类接着我的话，纷纷嘲笑：“来啊，汤姆！来啊，汤姆！”我那可怜的通身棕色的老兄，鼓足劲儿从一边往上冲，落回了泥地上，然后再次往上冲。我故意学他咩咩叫，他又加了把劲儿，我的小高塔摇晃了起来。“来啊，小汤姆！”我大喊。这时我发觉自己发出了我曾听人类发出过的奇怪声音：“哈哈哈！来啊，小汤姆！哈哈哈！”那时我的字典里还没有“笑”这个字。我常模仿“笑”的声音，却不明白“笑”的用法以及为什么“笑”。我灵机一动，朝我的朋友撒了泡尿。“哈哈哈！”全场大笑，他狼狈逃窜。

我听到了马克西在羊棚门口喊：“比尔，你胡闹。”他声音中透着严厉，“下来。”他命令道，这时我产生了一个奇怪的念头：他嫉妒我。观众们嚷嚷着起哄：虽然我之前没有听过那种声音，但我立马就明白了那是什么意思，也知道了那根本用不着回应。我因此兴致大起，献上了我最后的，也是最绝的绝活：我爬起来跪在上面，两手在嘴边弯成喇叭状，完美地模仿了马克西那支羊角号的声音。

“**禁止！**”他大喝，抓住自己的胡子，朝我挥着曲柄杖。

这可是个危险的词。一瞬间周围所有的山羊都抬起了头，草也不吃了。多年的训练让我一听到这个词，感觉就像有只手攫住了我，我浑身一激灵。但是哪有什么危险呢？人类就在我身边，他们又开始大笑起来，所以我一遍又一遍地模仿羊角号的召唤，声音响彻游戏场。

“呼呜！呼呜！”

警告召唤齐下，整个羊群都疯狂了：山羊们跳着，叫着，撞向围墙；母羊们找自己的孩子，小羊们找羊妈妈；我听到玛丽在羊圈里咩咩地叫我；大点儿的公羊在畜栏里疯狂跺地，上蹿下跳；雷德费恩的汤姆在马克西和那些木桶之间飞跑。我们的管理员站在那儿大喊，“禁止！”的声音响起，但这召唤是来自小山院长，比利·山羊蹄兹！

听我又一声“呼呜”，汤姆便认定了：之前是他玩伴的我现在变成了他的管理员，他必须服从我。他像之前那样往木桶上猛冲，发狂似的要上来找我，其他羊见了纷纷跟随。我不该要他们的。只听“哈哈哈”，我的小山就塌了。

我把小山搭在了围墙旁边，小山一倒，我滚了下来，直接摔到了我那群观众的脚边。我没摔到骨头，就是喘不过气来。我想我是跌入了人类的棚里，很是害怕。他们惊得往后退，女人们发出尖叫，但是当我喘过气来，比她们叫得还凶。我不久后才知道，人类会张开血盆大口，吞食羊腿和公山羊。真庆幸我那时不知道。不过我觉得他们会攻击我，就像是我们公羊也会攻击摔在眼前的人类一样。我踉跄着爬起来，唯一的想法就是要逃回小羊羊圈里。但是眼前是一圈裹着裤子的腿，我心中惊慌未平，四处乱窜。有人拿着棍子对着我的鼻子狠狠地抡了一下。我跌跌撞撞地往围墙里走，但泪水模糊了我的视线，我翻不过去。马克西在羊圈里急得直跳脚，呵斥他们停下来。我疼得朝他咩咩叫，几度挣扎着去找大门。羊栏里一片骚乱。“哈哈哈！”人类叫嚷着，用他们套着皮革的蹄子踢我。

几小时后，马克西终于安抚好了羊群。他往我的伤处贴药棉冷敷，极力向我解释，攻击我的人只是和我一样，被吓坏了，以为我会伤害他们，所以才会打我。这解释我能理解也能接受。但有件事深深地刺痛了我，相比之下我的伤都不算什么，而且就连马克西也很难以言语解释清楚。我不明白，为什么他们前脚还为我的绝技欢呼，后脚却边“哈哈”边踢我？对于任何物种，雄性之间相互攻击是再正常不过的，他们以多欺少也就算了，但是对自己手下败将的狼狈处境极尽嘲笑，这又是什么道理？

正努力寻找这个问题的答案时，我感觉后背被推了一下。雷德费恩的汤姆不再那么害怕了，他从小羊羊圈走来，像往常一样紧挨着我坐到了马克西的大腿上。他身上还有我的尿味。我刚要给他捉虱子来补偿他，他吓得一哆嗦。

“好了。”马克西只这样说，善解人意地没再多说。

3. 奶油头发夫人

汤姆很善良，就这么原谅了我——我虽干了坏事，却因此免于受罚——而我可没那么宽宏大量。我越回想自己对雷德费恩的汤姆干的那些坏事，就对那些折磨我的人越发愤怒。我第一次真正地尝到了仇恨的滋味儿。体味着仇恨那苦涩的味道，我第一次失眠了。汤姆到了第二天早上已经完全心无芥蒂，又能继续玩耍了。那天下午，自行车来到我们的羊圈外，人类又被放出来观赏我了——因为大家都知道了昨天的游戏，这次来的人更多了——这时我恶狠狠地朝着围墙攻击，满意地看着他们四散而逃。这后来成了我的一个惯例：我就在羊栏里等着那些观众，等他们聚集起来，一下子扑向他们，然后就退回栏里，度过一天剩下的时间。待惊慌平复之后，他们又是恳求我又是嘲弄我，只为我再攻击他们一次——“这里，比利！”“来呀，比利！”——这时他们就拿好树枝，准备透过铁网戳我。但是我的第一次攻击总是让他们措手不及：他们无一例外全部吓得后退一步；女人们尖叫着，男人们咒骂着。我可从不会让他们享受第二次。

“这样不好。”马克西提醒我，但是他没有像之前那样说“禁止”，而且我注意到他一般都在某个地方看着这些畜生逃窜。

这个新游戏——或者叫**消遣**更好，我一点儿都不想玩游戏了——让我一度痴迷，一直到三月份的一天傍晚，距离我摔到墙外还不到两个星期。我那一整天都没有吓过任何人。那是个星期五，马克西早就告诉过我人类有多么愚钝，一周花五天学东西都让他们感到痛苦。晚饭过后，我正和雷德费恩的汤姆欢乐地舔着盐渍，这时我听到路上传来了叮叮当当的声音，我知道这是**自行车**的声音。我们一同看向羊栏：暮色中，一位身材圆润、身穿棕色外套的女士下了自行车，朝着围墙走来了。看她的样子，她不是母山羊——事实上，除了马克西，我看所有的人类都长得差不多。她的头发是奶油的淡黄色，跟萨能奶山羊的颜色似的，看起来精心梳理过；她戴着镶宝石的眼镜，拐角处尖尖的；她的腿从肘部到蹄子都是光着的……该怎么描述一个每天都换外套的人呢？她走到围墙边上，四下环顾羊栏，里面有三四只羊羔吃饱了在睡觉。她朝着它们叫着什么，虽然于它们毫无意义，但它们很有礼貌地走上前去，嗅嗅她透过铁网递过来的杂草。当然了，她来逗弄的绝不是这些羊羔：她先假意对它们感兴趣，不过片刻就朝着羊棚打招呼。她的声音听起来小心翼翼，我猜她是害怕马克西听到了，不让她来骚扰我。

“哟呼，比利？过来啊，比利比利？”

她这样直呼其名地喊我，戳到了我的痛处。我怒气冲冲地跑到羊栏，跳起来扑向她，嘴里发出跟路对面的牧羊犬学来的嗥叫。羊羔们四散而逃，跑得太快自己被自己绊倒；这女人也丢了手中的草，收回了手，但是她却没有逃跑。她脸上全无恐惧之色，有的只是震惊和不明的神情。我后腿跪着，身体直立起来，前腿使劲扒着铁网，冲她嗥叫。

“不，不要。”她说道。她甚至迁就着我的身高蹲了下来，从包里拿出个东西，递给我吃。我躲开了，然后又一次冲上去，我现在狂怒不已，也顾不得她要对我耍什么花样了。我撞向围墙，然后被弹了回来，然后再次撞上去。我嘶鸣着，跺着脚，龇牙咧嘴；我咩咩叫，汪汪叫，咴咴地叫；我朝她挥着木板，向她扔粪便，终于她求饶道：“不要，比利！请不要这样！”听到了这边的动静，马克西一瘸一拐地从羊棚里走了出来，羊羔们都在里面跑来跑去。他看到我愤怒地在泥里打滚。

“走开！走开！”他冲那个女人喊道，“去！回家去！”

然后她就开始发出非常奇怪的声音，我从来没有听过：一种具有感染力的、带着鼻音的呜咽声。她转身离开时，我看到镜片后面她的眼睛流下了泪水。我最后跳了一下，想快点赶她走。

“**停止！**”马克西厉声说道。更过分的是，他用曲柄杖的手柄戳了一下我的胯——这还是他第一次这样对我——而我则本能地哼了一声，像只种公羊一样对他低下了头，他又冲着我的背猛敲了一下，然后说道：“快进去，不然就给你这蠢货上鼻环！”

我没想到他会打我，他的话让我非常难受，我尖叫着跑回了羊棚，比我的小山倒了那会儿还要害怕。而那女人，跨上了自行车，又发出了一阵那种奇怪的声音。我听到马克西仍然“去去”地赶她走。我的脸颊湿润了。想着他一定是打伤我，我流血了，我拿胳膊抹了一把——结果只看到了水，和我手腕上的泥土混在一起，脏兮兮的，味道跟我们舔的盐渍一样咸。我的喉咙很疼，嘴唇也在发抖，这下我痛苦地又哭又喊，马克西啧啧地走进来安慰我时，我哭得更伤心了。然后他抱了抱我，又亲了我的眼睛，说道：“哎，孩子啊，你哭什么呢？”我人生第一份悲伤回荡在整个羊圈里。

跟之前一样，马克西负责跟我解释这种奇怪的声音。这并不是什么难事：一方面是因为，近两个星期，我们使用语言的时候更多了，所以我的词汇量涨了三四倍；再者，这种声音本身也不难解释。此后的几周里，每每当我待在自己的圈里沉思时（现在我对失眠已经不陌生了），我总会尝试着笑和哭：我发现，笑呢，容易模仿，但真心实意地笑很难，可是真情实感地哭却很容易。我能想起的最欢乐的记忆，比如雷德费恩的汤姆把我误认成马克西，也只不过让我莞尔；不过，一想到那几件难过的事——汤姆躲开了我的触碰，马克西威胁要给我戴鼻环，那个奶油头发的女人不惧怕我的攻击，等等这些——我都不禁要抽噎，泪流满面。事实上，我动不动就会哭泣。我再也不攻击来看我的人了，而是躲在羊棚的一角流泪；看到其他羊羔嬉戏，看到皎洁的月光照在荞麦上，我都会流泪；马克西有心哄我，我会流泪，他见我哭不耐烦，我也会流泪；我甚至为了自己总这样哭泣而哭泣；我就只是无缘无故哭泣。

此外，那个春天，躁动常与我为伴。当整个羊群和他们的管理员都睡着，我就悄悄溜到草场上，吓醒睡梦中的鹿，惊起一群丘鹬；要么我就趴在围墙墙头上，盯着那条通往人类就寝的羊棚的路——马克西告诉我，山羊一旦踏上这条路，必死无疑。白天时，我们都出去吃草，这时我喜欢从羊群中溜走，独自在小溪两边高高的黑柳林中徘徊，或者爬到近林处被啃食过的矮杉树上。

四月的一天早上，天气晴朗，我看到矮杉树丛里有一束光。走近点看，我发现有什么东西在矮树丛里移动，离我们吃草的地方约两百米。那极有可能是一头鹿，而会发光，很可能是因为它身上有块儿锡铁或玻璃随它而动；也有可能是个人类学生，逃到了我们的牧场。反正不管是什么，那都激起了我的好奇心，我故意逗雷德费恩的汤姆，引他朝那个方向追我。那时亲爱的汤姆已经长得高大健壮，那是他跟我们在一起的最后一个月，之后他就要被关入栏中配种了，但是他还是喜欢玩耍。虽然我没办法告诉他我的意图，但我知道，一旦他也看到了那个入侵者，我们就会一路追赶，把他赶回树丛。

“这边，汤姆！”我怂恿他。就在羊群到矮杉丛的半路上，我又看到了那道光；汤姆一定也看到了，因为他突然停了下来，快速掉头——飞快地跑回去了，假装没有听到我在背后讥笑他。我四下看看马克西在不在，那天他没有跟我们一同出来。我独自一人往前走去。小心起见，我边走边弄出点动静，算是给那东西警告。我多么希望我走到那儿时，看到的就只是些粪便或者几个蹄印。然而并非如此，就在第一棵树的后面，我看到了那天那个长着奶油头发、哭着走了的人。她在十几米开外的地方踟蹰着，这次穿着绿色的衣服，手拿一个皮包置于身前。我发现，原来是她的眼镜，在太阳底下闪着光。

“乖乖比利？”

我刨着脚下棕色的针叶，头伸向前，做出威胁的姿势。

“看这儿，我给你带了好东西。”跟上次一样，她从包里掏出一块白色的方形的东西。我没有生气，只觉得异常尴尬：我就该跟汤姆一起回去的。我佯装攻击，只是为了吓跑她，让她回自己的草场，但是她却只是冲我摇了摇手里的东西。

“来啊，亲爱的，不要害怕。这只是个花生酱三明治。”

我嗥叫一声朝她扑过去——但却在她跟前停了下来。显然，如果我真的攻击她，她早就遭罪了。她是真的这么无惧无畏，还是只是愚蠢呢？现在她竟敢把那白色的食物扔到我脚下，并且伸出双手走向我。我无视她的贿赂（虽然那东西奇香无比），注意力完全被她的双眼吸引，那里面已经蓄满了泪水，最近我对这可再熟悉不过了。她跪下来，轻轻地拍我的卷毛，我的鼻息间全都是她身上人类的气味；我甚至忘了吼叫。

“你瞧，他是友好的比尔，他真的很友好呢。”她的声音是多么地不同于亲爱的马克西，而且她的触摸也如此不同。我在她的抚摸下颤抖着，当她抚摸我的身体时，我因为不安尿了。“他肯定不会伤害他的朋友的，”她继续说道，“你知道我多么希望你看到我吗？天知道我多么害怕跟你一起玩的那畜生！好比利，乖比利，都是比利呀。好了，你就尝一下这个，施皮尔曼博士不会介意……”

她把那个三明治递到我的嘴边。我撕了一角，嚼了起来，为它奇特的味道流下了口水。那个女人拿一块有香味的白布为我擦去口水，看到我身上的污垢啧啧不已。我狼吞虎咽地吃下了剩下的那块三明治。

“好吃吗？明天我会再给你一个。如果你想喝牛奶的话，我还会给你牛奶，还有其他一些你从来没吃过的东西。你觉得怎么样呢，比利？”

她问得很礼貌，明明白白地提问，也只需要回答好或不好，但是听到我回答“*是*，*是*，无问题”，我的这位新朋友似乎很吃惊。

“啊，天啊，你会*说话*，你竟然会说话！”她伸出双臂搂住了我的脖子。我觉得自己受到了威胁，“哼”了一声，挣脱她。但是那个女人在哭泣，虽然我还不适应她这种行为，但我明白她把我抱在怀里，靠着她那编织的外套，并不是因为愤怒。她拥抱我，就像我学会哭的那天马克西拥抱我那样——但是她的拥抱更触动人心，也更柔情——我配合着她的节奏哭了起来，这可比自己一个人哭要好。

我们在那儿度过了我一生中最新奇的一个上午。自从发现我能说话，她就不停地问我问题，比如：马克西有没有打过我？我待在那臭烘烘的羊棚里会不会难受？有没有人教我读书写字？除了山羊以外我是不是一个朋友都没有？她问的有一半我都理解不了；有时她说的每个字我都很熟悉，但我还是不能理解她问的是什么意思。比方说，她问我有没有人对我的腿做过什么，那是什么意思？我的腿一直都是这样的——瘦长结实，关节处有漂亮粗硬的保护垫，虽然不如汤姆的腿那么灵活，但比马克西的有用多了。为什么应该对我的腿做点什么呢？难道她的腿还做过其他处理？为了跟我解释**阅读**是什么，她再次伸手进包里，拿出一本白色的书。我误以为那又是个三明治，便试图从她手中抢过来。

“不，不行，”她轻声责备，“你要知道，那只是纸而已。小可怜，你从没听过睡前故事，是吧？我们坐下来，我给你读点东西……”

我假装听她的话，等她一坐下来，我便从那本书上撕了一页，然后跑到一边吃了下去。

“哦，天哪！”她哭笑不得，“原来是这样！小伙子，其实你不用抢的，这有点儿不礼貌哦。你只需要自己走上前，然后说一句‘请给我’，你就会得到你想要的。”为了证明自己说的是真的，她亲自从书上撕下一页递给我，“好了，这下我们撕了扉页和卷尾页，是吧。那么剩下的我们不读完不可以吃了。”她喋喋不休，而我只觉得她语气轻缓，脾气温和。我们又哭了，我也不知道为什么——实际上，在那无忧无虑的一天，我们哭了一次又一次。到最后，我把头枕在她的大腿上，听她给我读书，把玩着她脖子上挂的那只银色的表。为什么我没跟羊群在一起呢？马克西会怎么想呢？

比起我那天上午听到的种种，那个“故事”可真是通俗易懂，又十分扣人心弦：里面有非常优秀的三兄弟，他们想通过一座桥，美美地吃上一顿卷心菜。他们这样做并没有恶意，但通常总会杀出个人类跟他们作对，那人叫作巨怪。你们明白的，这巨怪自己根本不想吃卷心菜，而且据我理解，那座桥也不是他的私人领地，就算是的话，他也不是为了保卫自己的私人领地才发难，他的意图可没有这么光彩。啊，不要，听到我的朋友淡定地说出那禽兽竟然要杀死我们三个英俊的主人公，然后**吃他们的肉**，我十分惊恐。一想到这儿，我就感到愤怒，我简直咽不下那张写着这恶行的纸。看我如此激动，那女人拍拍我的脖子，强调这“只是个故事”——好像这么说就可以赦免巨怪的邪恶，拯救小威利似的！她一再保证三兄弟最终会胜利，我才止住了眼泪，决定不喊马克西去救他们——虽然三位格鲁夫先生不在眼前，可他们就存在于那个女人所讲的一字一句中，对我来说，就像雷德费恩的汤姆那么真实熟悉。三兄弟中最小的一个表现得是多么足智多谋呀，他利用巨怪的杀戮欲，成功化劣势为优势：这个故事中没有指明任何的族类，但我心中确信，里面的格鲁夫三兄弟（我心中真正的英雄）跟我是一个族类的。我聚精会神地听着故事慢慢展开，我希望它永远不会结束。我为二哥紧张得发抖，担心他不明白大哥先前的计谋，于是我支招："告诉他等着他大哥呀！"——但是我怎么敢奢望巨怪这样被骗两次呢？伟大的威廉·格鲁夫出场的时候我都忘记了吃东西。听到正义最终得到了伸张（尽管过程血腥），最让人敬仰的三兄弟得到了应有的回报，我环抱住了我的新朋友的腰。

这**故事**精彩极了，简直前所未有！它的激情抽走了我所有的力气，但是我还想听更多，可这时远方响起了马克西的羊角号的声音。

"怎么回事？你得回去了吗？"她把那本宝贝书放回了包里。明天还会有新的故事，她知道一大串故事呢。而且还会有花生酱三明治。

"拜拜了。"她喊道。我误解了她的意思，于是又跑向她；羊角号悠长的声音终是让我停在原地，我眼里充满了泪水。啊，只能这样吗？**再会**，然后，等到明天……羊群差不多已经回到了羊棚。

"拜拜！拜拜！"我眼泪汪汪，飞快地跑过一块块草地。在路过第一个种羊圈时，我停下来，恭敬地跟布里克特·瑞南克尤勒斯说拜拜，他是一只努比亚山羊，除了被剪了羊角以外，他就是我心中伟大的威廉。

接着我跑了进去，马克西正在用叉子把草叉下来，我奔过去，双手环抱住他，说："我爱你，马克西！"

"你疯了吗，小子？"马克西放下手中的干草叉，"你不跟羊群待在一起，是去哪儿了，还不告诉别人？"他语气严厉，但是却没有生气。我的行为怪异，虽然会让他不高兴，但是他已经见怪不怪了。我满心希望能告诉马克西我的奇遇——尤其是那叫作"故事"的奇妙东西，这些都是无法与雷德费恩的汤姆倾诉分享的。但是我克制住了这种冲动，事实就是我对花生酱三明治、洋白菜地，还有我明天的约会都只字未提，今天的一切奇遇定会让我彻夜不眠。直觉告诉我，这样是被"**禁止**"的；不过我从那位富有创新精神的人物小威利·格鲁夫身上受到了启发，作别了十四年的完全坦白——第一次对马克西·施皮尔曼有所隐瞒。

4. 小树林遇奶油头发夫人

从五月到六月，我的心性已截然不同。“我讨厌羊栏。”我说。“那就随羊群一起出去啊。”但我断然拒绝，直言跟羊群一起很无聊；谁喜欢整天跟老母羊待在一起吃草啊？我假装是雷德费恩的汤姆不在我才不开心——但是却不肯留下来跟他一起待在种羊圈里。

“别管我，”我说道，“别老缠着我，让我跟羊群待在一起。”

马克西只是耸了耸肩。“谁缠着你了？我只是希望，你不要让自己不开心。”我看到他扬了扬他那蓬乱的眉毛：不管是雷德费恩的汤姆还是玛丽·维·阿彭策勒，都从不曾有这种想法。但我已经不再在意自己是不是伤害了别人的感情或是别人的看法了。奶油头发夫人也觉得我变得不好相处了。除了天气不好或者我耍脾气不想去小树林，我现在每天都跟她见面。我期待着我们的每一次会面，但却因为一点小事就把它搞砸。她没有告诉我她的真实姓名，以免我告诉马克西；她也没告诉我为什么马克西不能知道我们的关系。我非常明白，他知道了我们的关系肯定会有些不开心——我一定会被关进栏里，永远和我的公羊兄弟们待在一起，而且奶油头发夫人的管理员也势必会把她关在她的圈里。只有在心情最低落的时候，我才想将事情和盘托出，可我还是生奶油女士的气，因为我们的秘密就好像她强加给我的负担，而我并不愿意承担。她有无数个故事讲给我听，而且她开始教我自己阅读。我的口音，也是那时我才发现自己有口音，也开始慢慢消失了——或者说得更确切些，我认为是变成了另一种说话方式，不过依旧奇怪。她告诉我，她的祖父曾经是西校园某系教古典写作的教授。因为我吞下的那些都是他的藏书，我讲话也慢慢带有古时候的味道了。我以前会说“哎”，但现在开始说“嗟乎”；我不再说“不是”，而很可能哀叹“非也”。

受到影响的不只是我的说话风格，还有我的想象力。之前我不知道自己的想象力可以这么丰富，但读了《受托人传说》《奠基者萨迦》，还有那些传奇学者穿越远古校园荒野的伟大事迹之后，我感到了极大的满足。真是丰富多彩啊。然而，就像一个快要饿死的人因突如其来的美食而害了病，在那个春天我的想象力也出了问题。某一天我会把自己看作伟大的威廉·格鲁夫，而马克西和奶油女士都是巨怪。他们一心想以自己的方式阻止我吃洋白菜，阻挡我完成光荣使命。我本来会成为比布里克特·瑞南克尤勒斯更杰出的公羊，而奶油女士就是妒忌我的势力派来的，她想迷惑我，让我去做野蛮的人类，难道不是这样吗？或者说，我本来是出身高贵的人类（呜呼），是主席或者校长之类的人，只是——像其他学生王子一样——我被马克西·施皮尔曼施了魔法，变成了动物，难道不是这样？有时候我想得比这两种情况都糟，我觉得自己根本就不是什么英雄，也不是王子或者长着黑毛的比利牛斯山羊，而是巨怪。我是一个悲惨的怪物，恨自己是个怪物，因此决心要毁灭一切走到我桥边的正派力量。就这样，不管在哪种情况下，我都会对亲近的人发脾气，而事后我又十分渴望求得他们的原谅；要么我伤害了他们，就干脆鄙视他们，这都是因为我把过剩的自我厌恶转嫁给了他们。真是痛苦的时节啊。

奶油头发夫人毕竟是我刚认识不久的朋友，而且比起小树林我还是更喜欢羊棚，所以通常是马克西和玛丽承受着我的鄙视。我以前习惯，或者说是经常，依偎进玛丽的怀里；可是现在，她仍把我当作没断奶的羊羔一样喊我，而我一回家就会和雷德费恩的汤姆睡在一起。马克西一定知道我一次次外出的情况并不单纯：我跟他讲话常常只是发个单音节，唐突又无礼，我甚至不屑于伪装出之前那让我厌恶的口音；他诚心诚意地为我准备小点心和凉拌沙拉作饲料，我却嗤之以鼻；我适应了每天下午谈话的慵懒步调，因此拒绝与雷德费恩的汤姆摔跤来博我的管理员开心。即便这样，他最多也就啧啧几声，不会再激起我更加顽劣的行为，尽量躲着我走。每当夜晚，我经过他的羊栏，去田地间徘徊，他总是假装已经睡着了；但如果我五分钟后悄悄溜回去看，就会看到他坐在稻草堆里，对着空气比比画画，低着头喃喃自语，不然就是盯着他那古董小提琴。

我的问题连珠炮似的，一个接一个轰炸着奶油头发夫人。我故意揶揄她，问题问得露骨直白。她告诉我她曾当选过“五月女王”，而我却问她漂亮女学生的事。女学生们常被老游侠学者从邪恶的科学家们手中解救出来，我问她：那些女学生是不是比她年轻，比她漂亮呢？为什么英雄的服装总是交代得清清楚楚，而他的配种记录却从不提及呢？某位长着亚麻色头发的校长之女，和**传说**中那样的，在与高大英俊的博士配种后产奶，她的乳脂产量能不能超过玛丽·阿彭策勒第一年产奶时的七十三磅呢？如果不能的话，那产奶量与体重之比到底要**达到**多少呢，也就是说，女人的产奶量要达到多少才有资格上大学呢？七比一吗，还是五比一？为什么奶油头发夫人不每隔一会儿就解手呢？她这样，跟我，还有包括马克西在内的我认识的每个人，都不一样。我怀疑这是因为她独特的饮食让她没什么可排泄的。要是这样的话，我吃了那些食物怎么没有变化呢？她的领导，也就是她比作管理员的人，上一次召她服侍他是什么时候呢？他上她是习惯使然，还是为了配种呢？

“小朋友，”她只是答道，“你问这些全是在调皮捣蛋。”

“可我是只山羊。”我说道。

“你问出这些不礼貌的问题时，你真的成了只羊。关于婚姻和那事儿，我已经把一个十四岁的男孩该知道的都告诉你了。至于剩下的——反正在露天里去上厕所总归是不好的。”

我不明白她后面说的那句话。那些老故事里可没讲到“厕所”是什么，即便已经知道了“厕所”的定义，我还是不明白，露天里明明没有厕所，却还要说在露天里“去厕所”。直到我最后终于搞清楚了，我就取笑这个说法有多奇怪。我跪在地上，围着她转，掀起我的外衣，亮出我的“私处”（她是这么叫的），以示我对人类这种**瞎讲究**的鄙视。

“看看啊！”她叫道。我误解了她的话，立马停了下来，等着她也展示一下自己。其实我只是突然对她那地方很好奇而已，我之前可从来没有这种想法。但是她并没有掀起衣服的意思。“你别想着我能容忍**这个**。”她说道。

我整个儿趴在地上，看她的裙底，我的脸紧贴着地上的铁杉落叶。她不得已只能紧攥着裙边跑到一边。

“好啊，比利，很好，我要回家了。”我看到了她眼中的泪水，立马就后悔了。

“对不起！对不起！”

可她这次比我想象的要生气。“没用的，我要走了。我知道你感到对不起，可是我——我觉得我们还是不要再见面了吧。”

听她这么说，我在地上打起了滚，可怜巴巴地哀号，直到她再也说不下去。

“你信不信我自杀给你看！”我喊道，“我这就去吃女贞子，像奇那蒙·达菲一样死掉！”为了证明我是认真的，我开始用头猛撞杉树干，直到她回到我身边，求我停下来。

我边撞边问她：“你还会再来吗？”

“你根本不明白问题出在哪里！”她擦去我的眼泪，也抹去自己的眼泪，“我必须得想想怎么做才是正确的。”

但是我不能接受任何不确定的回答。我对她说，我爱她，胜过爱雷德费恩的汤姆和玛丽·阿彭策勒，甚至胜过爱马克西。她必须得答应每天都来见我，不能威胁说不再见我。

“哦，比利！”她把我抱进怀中，我们一时间哭作一团，“多希望你知道你自己在说什么啊！每次施皮尔曼博士喊你回家谁还不是难过得要死呢？我的小比利呀！**通过一切挂掉一切**，难道我会不爱你吗？”

最终我们决定仍然会见面——只不过情况有变。她说她现在是在休长假，如今**假期**要结束了，她必须回去工作了。不过她还是会在周末下午来小树林见我，或者等天气转暖，天变长了，她晚上下班后也会来见我。同时，我们会面的性质也必须有所改变。

“这对我们每个人都不公平，”她说道，“我想让你做个人，施皮尔曼教授想让你做只羊，而你就夹在中间。我们这样秘密见面也是不对的。我是这样想的：你必须做出选择，是做个人还是做只羊，而施皮尔曼博士和我必须尊重你的选择。”

我的头靠在她的胸前，感觉可真好。

“为什么我不能两个都做呢？”

“亲爱的，你就是不可以。如果你想两个都做的话，结果只会是你变得什么都不是。”“那我想做个人。”我这样说道——更多的是出于情急，而非发自肺腑。老实说，两种选择我都不能忍受。比起我见过的或听说过的那些人类，我更欣赏山羊，无论从哪个方面讲都是如此：山羊更加强壮、从容、高尚，也更加英俊，更加有爱，更加可靠。而做人类呢，不论好坏，都会有趣得多；而且，眼下我身边也没有山羊。

“不可以，”她说，“你不可以这么草率就决定。好好想想这个问题，下周六再说。如果到那时你还是觉得想做个人，你就应该被养在正常的人类家庭里，每天穿着得体，跟其他孩子一起去上学。而且我会跟施皮尔曼博士商量这件事，如果他不同意，我就——就给校长写信说明这件事。但是，比利，你做决定前一定要想清楚。你要赶上其他男孩并不容易，在你还没有摆脱山羊的习性之前，他们很可能会嘲笑你。”

我脸上发热了。“那我就用头撞死他们！我会用我的蹄子踢他们，把他们撕碎，或者把他们摁在小河里淹死。”

奶油头发拔了我一根卷毛。“我说的正是那个。”

我小口啃着一朵蒲公英，吐了出来说道：“假设我想做只像布里克特·瑞南克尤勒斯一样的公羊呢？”

她满脸遗憾地看着我：“比利，你永远都不可能成为一只真正的公羊。早晚你会明白的——你可能现在还不懂——我也没法跟你解释我是什么意思……啊，该死的马克西·施皮尔曼！”她又哭了（她时常哭泣），不时抚摸着我的额头，“不过还轮不到我来指责他，天知道呀！他只是做了他自认为最好的——谁又敢保证，我没有来找你，你不会过得更好呢？”她拿了一张香香的手帕纸狠狠地擤了一下鼻子，“反正，你就是你，你喜欢什么就成为什么。如果你选择跟施皮尔曼博士和你那些朋友住在一起——那也很有可能是最好的选择——唔，我再来跟你见面就是不对的，因为……对我来说，你永远都不会是只山羊！你能明白吗？对我来说，你永远都只是一个小男孩……只是被狠心错待了而已……”

她的话我只能理解一部分，不过大概意思我很清楚。“我确实想做一个男孩！”我断然道，这次更加认真了，“我根本就不想再回到羊棚了——不过我得跟玛丽·阿彭策勒、马克西还有雷德费恩的汤姆告别。我才不介意马克西会说什么呢。如果他再对我说‘禁止’，我就直接跑掉，和你住在一起。”

她几番劝我不要先下决定，可我信誓旦旦，表示就这样决定了，她很是高兴。而且，我打算当场就跟我的羊生一刀两断：我努力站直身体，却失去平衡，摔了个跟斗；忘记了她曾教过我要有羞耻之心，我脱掉了外衣，我认为来去光裸着比一身安哥拉羊毛要像人类得多。奶油女士虽反对我这么做，却不如之前那般强烈；她的话语中少了几分不赞同，多了些对我这鲁莽行为的担忧。

“下周末太远了，我想现在就开始。”

她迟疑良久，同时又感到很开心，最终她同意第二天来，看我做什么决定。但是我坚持，在我们分开前，我要在远离山羊的道路上迈出一大步：她必须给我剪毛，或者让我戴戴她的太阳镜。

“但是我包里没有剪刀啊！”她笑道，“而且天快黑了，你现在也不需要戴太阳镜啊。”最终她建议——我可不好就这么被打发了——我用她包里的一块粉色的肥皂，在附近的小溪里洗一下脸。我兴冲冲地走向小溪，那肥皂的味道很冲，直让我打喷嚏，不过我也顾不得；洗完脸和脖子还没完，我一屁股坐在了冰凉的溪水中，从头到脚都涂上了肥皂。奶油头发夫人站在一边，抱怨我太过急切了。她帮我把刺眼的泡沫抹掉，亲自帮我冲洗头发，还说我这样会得重感冒，然后她用自己的毛衣为我擦拭，直到擦得我浑身发热。之后她坚持，我必须得穿上我的外衣，在太阳落山之前赶回羊棚。透过平静的水面，我端详自己的容貌——棱角分明，毛发浓密，下颌上长着金色的绒毛——自认还不错。

“你会是个帅气的人，”那天我们分别的时候她这样跟我说，“天啊，他现在闻起来香香的，叫我怎么能不爱他呢！”她一直在给我梳头发，她俯下身子，就和我面对面，接着她亲吻了我的嘴唇。

羊角号吹响了。“拜拜！”隔着田地，我们一次又一次地互道再见。我的外衣硬挺粗糙，扎着我的皮肤。“拜拜！”成群的黑鸟扫过天空，向西北飞去；燕子从羊棚中飞起，俯冲向最后一丝光亮。我撅起嘴，我亲了亲胳膊。心中突然感到莫名的痛苦，那些燕子正三五成群，叽叽喳喳地飞向高空。

5. 袭击马克西，荞麦地偷窥“松垮”主义者

灯都亮了起来。羊棚里热气腾腾，令人窒息，泥煤散发出阵阵氨气，气味逼人，我一进门，都禁不住要往后退。我的声音哽在喉咙里，眼睛被熏得生疼，泪眼婆娑间我看到马克西急忙走向我。

“怎么回事！怎么啦！”

他皱着眉头，满脸惊慌，想上前拥抱我。可是他身上臭气实在浓重，刺激着我的鼻孔，我一把推开了他。

“你个死挂的[1]！你真臭！”

我这两句话，就像打了他两棍子，他突然停止了动作，踟蹰不前。此刻我的痛苦如决堤的水，滔滔不绝。“我讨厌这样！“

“哼！”马克西扯了一把胡子，重重地点头。我站起来打他。就像一只被挽具驯服的公羊，他并没有逃到一边——只是眼睁睁看着我的拳头，本能地往后缩，等着吃我的拳头。我朝他的胸前打去，我们两个都向后倒，重重跌坐在泥煤里。马克西一只手捂着被我打的地方。我们喘着粗气，一时间谁也没起来。

没过多久我便说道：“说这些话，我真该死。”

马克西摇摇头：“我知道，现在你希望从来没说过那些话。”

我已经哭干了眼泪，只干巴巴地说：“我打了你，对不起。”

“我知道。”

---

1. 原文为flunk you，flunk意为挂科，考试不及格。（此处往后的注释若无特殊注明均为中文版编者注或译者注）

“那你能原谅我吗？”我垂头丧气地问他。

“我自然可以原谅你。不过，先生，这次我不会。除非你能从中吸取教训。”

心中正好有些怨愤，我们就在这怨气支撑下爬了起来。我冷静多了，但是心里难过，于是苦涩开口：“我看你根本不爱我。”马克西胳膊搭在我的肩上，我扶他起来。

“傻瓜。我是太爱你了。我爱你才会这样做。原谅不是你讨礼物一样讨来的，而是靠你自己挣来的。”

我信了他的话。他的味道可真是刺鼻。他轻笑一声，我的鼻孔正好张开，他一把把我摁进怀中，贴着他那满是公羊味儿的羊毛外套。

“是啊，现在讨厌那种臭味了，他就把那味道洗掉了。你说对了，比利，那臭味是什么你说对了：那是挂科者的臭味，是莫伊舍人的臭味，也是山羊的臭味。那是三种味道合而为一的臭味。希望你有一天能学着喜欢这种味道，像异邦人[1]爱他们的学位考试[2]一样。”

我不明白他提到的那些词，不过他这样的态度却让我们重归于好。我们蜷作一团，一起吃了油渣饼，喝了水——这么多星期来我们第一次一起吃饭——然后他也没拐弯抹角，直接问我这段时间在跟谁见面，是谁改变了我的说话方式、我的想法，还有我的味道。我把自己和奶油头发夫人的关系一五一十地告诉了他。马克西点点头又摇摇头，没有表现出很惊讶，也没反对，更多的只是无可奈何地接受。我跟他讲了那天我们的争执、奶油头发夫人的最后通牒，还有我的决定——现在我的决定不仅是发自内心的，而且是认真的——我决心永远离开羊群。

“啊，”听我说完之后马克西很惊讶，“我得说，几天前还是羊羔子，几天后都能配种了。”

“我会履行承诺的，”我说道，“一切都已经尘埃落定了。”

---

1. Goyim，单数为goy，犹太人对非犹太人的称呼，含贬义。

2. Tripos，剑桥大学的一种制度，通常指本科生为取得学士学位需通过的考试或者为准备该考试而上的课程。

他眼中有无法掩饰的遗憾。“没什么事情能‘尘埃落定’。你不知道什么‘尘埃落定’了。别说什么‘尘埃落定’了！”他嗤笑道，叹了口气，“所以呢，就是她或者我的问题了。嗯，对，我觉得就是这样的。”

我恳切地问道：“那我是什么呢，马克西？”

我们认真注视着对方。马克西说道：“你以后会是什么我不知道，但是你以前一直是只山羊，你也一直很快乐。”

他的话触动了我的心。我告诉他，可我现在不快乐了。

“除了吃奶的羊羔，谁会快乐呢？你以为他们叫我学生会主义者，往我脸上吐唾沫我会快乐吗？你以为那些天照人在第二次暴乱中被活活吃掉，他们会快乐吗？我来告诉你这些痛苦吧，比利：人类最是明白‘痛苦’二字的含义了。”

没有任何前提的铺垫，马克西直接给我讲了这些，语气中满是懊悔，而这一个个全新的概念却一遍遍在我耳边回响。毫无疑问，他那时就已经深谙这种省略式推理法，而我到后来才看透。他怎么能在短短十分钟内谈及这么多秘密？这比这么多年来困扰我的秘密加起来还要多！“学位考试”“天照人”“第二次暴乱”——我敢肯定，一字不差，但悲哀的是，这些词儿放在马克西的话中，我却理解不了，这激发了我的好奇心。我谨慎思量——我也不知道为什么要这样——然后毕恭毕敬地询问：“莫伊舍人是什么？”

他面容缓和下来。“嗯，是这样的。莫伊舍人就是‘受拣选之人’。”

“受拣选去做什么？”

他回答得不带任何情绪。“去受苦难，比利呀，受拣选去不及格，去受苦。”

我思索他的话：“谁拣选你们，让你们那么做呢？”

马克西得意地笑了笑：“谁来选择你做一只山羊还是成为一名本科生呢？孩子啊，当然是我们拣选我们自己。这是莫伊舍人最了不起的天分，我们一入学时，WESCAC 就把这写在了我们的能力测试卡上。这我以后会告诉你的。”

我明白了：他这不是在敷衍我，而是想先回答我更急迫的问题。此时我的好奇心仍然强烈，但却不是那么急不可待了。一扇扇宏伟的大门已经在不知不觉中打开了，它们通往广阔的校园和我要学习的一切。**一切**我都得从头学起，而且我觉得那一扇扇门永远都会为我敞开，既然如此，我也不必急于一时。突然间我觉得筋疲力尽，如释重负。

“好吧，”我问他，“那莫伊舍人和山羊一样吗？”

“并不是所有的山羊都是莫伊舍派的，”他笑着答道，“倒是所有的莫伊舍人身上都有点儿山羊气。当然，山羊跟山羊也是不一样的。”

现在我想知道：我是莫伊舍人吗？

“可能是，也可能不是。”马克西说道。他亮出衰老的阴茎对我说：“莫伊舍在《旧大纲》中说，‘你们若不像我一样受割礼，不会及格’[1]。但是在《新大纲》中，以挪士·以诺[2]却说‘我渴望你精神的包皮，毋庸置疑’。”

一时间，我又被先前那种苦恼紧紧攫住，我大声嚷道：“我根本什么都不明白！”

“这是事实，不过你会明白的。慢慢地，一点点地。”他温和地拥抱我，而且他就像在给我上第一堂课，不知不觉中已经向我解释了我一直以来很想问的问题：他怎么会放弃与人为伍，转而与山羊为伴呢？

“这位以挪士·以诺，比利，多年以前他是**异邦人**的牧人，我还挺喜欢他的。他是为自己的绵羊舍命的‘荣誉羊倌’。但是你注意：他告诉他的学生，‘你问，你就会找到答案’，也因此**异邦人**尊他为自己的‘大导师’，称他作奠基者的儿子。但是我们莫伊舍人说，‘你问，你就会一直问……’，这就是我们的不同之处，”马克西继续说，“山羊存在，就得被绵羊驱逐，这不就是这个校园运作的方式，**嗯**？如果他们不让我们不及格，他们自己就会不及格，然后就没人会及格了。我告诉你吧，做一只山羊注定命途多舛，但也注定会及格。而现在，以挪士·以诺不想让山羊待在他的羊群中了；他将山

1. 《圣经·新约》徒15：1：“你们若不按摩西的规条受割礼，不能得救。”

2. Enos Enoch，两个圣经人物名字的合成。以挪士是亚当的第三子塞特的儿子，该南的父亲，在《路加福音》中被列为耶稣的先祖之一；以诺是该隐的儿子，亚当的孙子。

羊赶出了羊栏，将它们置于左手边，因此他就能做绵羊的好牧人了。好吧，比利，可是当**异邦人**真的要驱逐我的时候，我想到了：‘谁来照顾山羊呢？’于是我决定，‘就让马克西·施皮尔曼来吧’。”

“我终于知道，为什么奶油头发夫人不想让你知道她的存在了，”我说道，“也难怪你仇恨人类。”

马克西却表示否认：“我甚至连西格弗里德学院的博尼法希斯都不恨，他们在第二次暴乱中可是大肆烧杀莫伊舍人啊。我的意思是，我对他们只有一点点仇恨，因为学生之流的都得有点恨意，因为这个而仇视他们——是爱他们的一种方式，你想想看是不是这样。但是我真正所爱的正是那些仇敌所仇视的，我是说山羊们。”他再次开口，声音平和得不可思议，“今晚你满心欢喜地回家，为你是个人而不是只山羊而高兴，对吗？可是你开口说的第一句话就是‘你个死挂的’，第二句就是‘我讨厌……’。”他叹了口气，“这就是我为什么与山羊为伴。”

我垂下了脑袋。现在我反倒鄙视奶油头发夫人了，而且我也瞧不起我自己，因为我毫不留情，欣然爽快地推翻了对我来说最珍贵的东西。可是呢：讨厌她，我就意识到自己身上有人类才有的厌恶情绪，我因此更加讨厌我自己。就这样我深陷其中无法自拔，只能仰天长叹：没有什么比自我厌恶者的自我厌恶更加令人讨厌了。

“我不想做人了！”我喊道，“我也不知道我想做什么！”

“没有关系，你只是想长大，”我的管理员这样说道，“这是最根本的。而且不管是人是山羊，你总会长大的。”

我告诉他我已经向奶油头发夫人保证，明天就告诉她我的决定了。

“那也告诉我吧。”马克西咕哝着，躺下睡觉了。

美美地睡一觉——我是没有这个福气了。马克西都开始打鼾了，可过了很久我仍然在我的小角落里辗转反侧。我想起他的话，又回想起奶油头发的吻。在这驱使下，我不久后就跑到雷德费恩的汤姆的圈里去拥抱他了。但是他被我身上奇怪的味道（我的鼻子就像它的主人一样善变，现在已经闻不出这种味道了）吓了一跳，警告我离他远点。虽然我不甘心，也很伤心，但也没跟他计较，然后我去了隔壁的母羊圈。同样，我一进去也引起了一阵骚乱。可是不管我身上是什么味道，玛丽·维·阿彭策勒总能认出我。那儿还有我这几年来的好朋友，年轻漂亮的萨能奶山羊海达。我拥抱她们，她们不安地咩咩叫，但是待在角落里，靠在一起，任由我在她们油亮亮的羊毛上蹭来蹭去。就这样抹了一身油，我兴冲冲地跑到了牧场，打算让夜晚的露水洗净我的躁动不安，这时我之前提起过的那对人类情侣来了。

他们放下自己的自行车，翻过围墙，步伐沉重地走了一百多米，来到草地上。起初我以为他们是在逃跑，可是他们在地上铺了一张毯子，那男的又回去从他的自行车上拿回几罐饮料，我便打消了先前的念头。此时此刻，他单手环抱着她，同时喝着一小罐饮料，我慢慢意识到他们要做什么。那男人看起来精力充沛，而那女人依偎进他的怀里，有些局促，我知道原因是什么。我认为他们是他们的种族中最优秀的个体了。一方面是因为，他们比大多数人类毛发都多，而且闻起来也更像正常的动物。那男的长着漂亮的、羊毛般的胡须，脖子上的毛发像我的一样浓密，不过不是很长，也没有精心梳理；而他的伴侣并没有剃掉上天赐予人类的一点点腿毛，她真是好品位。更重要的是，他们接着就摘了眼镜，脱了皮鞋，这让他们的气味更好闻了，样子也更好看了。总之，他们是我看过的，让我很欣赏的一对儿，而我现在满心好奇，等着看他们交配。

你能想象，看到他们没有脱掉衣服，而是开始谈话时，我有多么莫名其妙吗！想到奶油头发夫人，我突然想知道是不是人类在交配时都是这样的；如果是的话，那么眼前这男人当真是个情场老手。他拿着那小罐，手指着西边新坦慕尼那片光亮，用充满情欲的嘶哑声音说道：“妞儿，看那些灯呀！”

那母的摇摇头，颤抖了一下，说道：“我知道，我知道你是什么意思。”

他的声音覆上她的：“**这个校园……没有什么是更美丽的……**”

“不要，你不要这样。”她请求道，但却把头放在他的肩上。我呼吸变得急促了。他接着说：“你不能害怕它，你必须得由它去。”听到这儿，我便跟他一齐欲火焚身了。

她要由什么去呢？我往前挪了一点，眯起眼去看。她的鼻子贴着他的高领毛衣，不满地说道："你都不知道那首诗对我来说意味着什么！"

"受着它，"只听她的伴侣命令道——布里克特·瑞南克尤勒斯都没这样强势地掌控自己的母羊！——"学前主义的诗人总明白赤裸裸的感觉。"

"是这样的，"那女人说，"就是这样。我——我在那首诗面前简直是一丝不挂，你明白吗？"

到这儿我勃起了，因为那家伙故意让她跟自己面对面，嘴里还念念有词："**一座座讲堂真像一件外衣，披着夜晚的美丽……**"她闭上双眼，咬住嘴唇，是痛苦还是快乐呢？"**实验室、塔楼、宿舍和教室，全都光辉灿烂地坐落在无烟的空气中……**"她紧抓着他两个毛线衣袖，虽然非常渴望，但她仍是推拒他，几乎所有的母羊都这样。最后，她不再挣扎，低哑着声音说："**我从未见过，从未感受过，如此深刻的冲动！塔钟随心所欲地走着……**天啊！我不能！"

自然，她的男人是不会停下他求爱的步伐的，他坚持到底："**亲爱的莫基者啊！看看那图书馆——光荣地收藏着你所有非凡的智慧——现在光辉依旧！**"

在他发出倒数第二个音节时，女人也发出一声轻吟，随之身子转向一边。有好几秒钟，她躺着就像生病了，而她的伴侣呢，喘着粗气，喝光了手中的饮料，丢掉了那空罐子。我感觉我也被掏空了。

片刻他换了一种声音："抽烟吧。"她摇摇头，然后又改变了主意，坐起来抽烟。奶油头发夫人也经常抽烟。他们沉默地抽着烟，并不看对方。直到男的突然开口，近乎无礼地问她是什么感觉。

"你觉得我会是什么感觉？"她嘀咕着，"你知道你自己在做什么。"

他拉她一起躺在毯子上。"我们说了那首诗你觉得后悔吗？"

她说不后悔。她并不认为她有什么后悔的。"我觉得，我对第一次约会仍是一知半解。两个人一上来就以**那种事情**开始——那他们以后要做什么？"

我本来已经往后退了几步，以免暴露自己。我刚刚实在太激动了，心还是怦怦跳个不停。可一听到这些话，我又蹑手蹑脚地凑近了些。他们现在正在接吻，他们的手上动作让我开始怀疑我一开始的猜测。我勉强能听到他向她发誓，他从来没有跟其他女孩分享过那首十四行诗：她允许他在他们的第一个夜晚朗诵那首诗，他却不会因此而不尊重她，这点她不必害怕。

“我知道你是什么感觉，”他向她保证，边抚摸着她的外衣，“现如今的事情都这样，性行为根本不算什么。这就跟打网球似的，像是一项运动，你明白吗？而男人和女人之间真正亲密的事情是**交流**。”

她拿掉他的手，表示同意：“那才是最重要的。现如今谁还会相信及格不及格这种事儿？”

“是啊！”

“如果没有了主考官和挂科院长，学生做什么都是没有意义的。反正，**我**就是这么看的。”

“你一直在读伊斯密主义那些人的东西，”她的同伴说道，并且不顾她的推拒，沿着她的紧身衣开始探索，“而且就他们目前的状况而言，他们也是正确的。学生的处境也是荒唐，你要么得辍学，要么就得甘心忍受这种荒唐。”他进一步强调（同时用左手拦着她对他右手的阻挡），这荒唐有让人高兴的一面，也有让人心酸的一面，而且前者居多。而他认为那是衰退——甚至可以说是传统的中位阶层道德的衰亡。“说到那一套假正经的做派，最糟糕的就是——哦，该死的扣子！——我刚才要说的是，它让每个人都如此**害怕自己的欲望**——”

“等一下，哈利，”她抱怨道，“我不认为……老实说，现在——”

“不，”他强硬道，“你不是这样想的，你不诚实。我们都不诚实，只有我们能自然而然忠于自己的身体时，我们才算诚实，就像——就像**山羊**那样。那些女学生相信终考之类的老掉牙的邪恶谎言，压抑自己的天性——就是她们让精神病诊所爆满。我们来吧。”

“不要这样！”那女孩正想坐起来，她抗议，声音中透着一丝惊慌。但是她的同伴却拉她躺下。

“妞儿，我们要**交流**，你明白吗？我觉得你是真的对学前主义的东西有感觉！”

她猛地抬头："我当然有，我敢发誓！"

"你可不是滥竽充数之人，是吧，妞儿？"他看起来生她的气了，甚至迟疑了一会儿才继续手头上的事，就好像不确定她是否值得自己这样做。他几乎毫不客气地声称，在这所疯狂的大学里，除了美，其他的一文不值：艺术之美、语言之美，以及最重要的，单纯存在之美。他认为——现在他们是真的缠在一起了——那种存在之美是**松垮主义**的第一要义，而松垮主义又是伊斯密主义这个范畴中最深刻的、影响最深远的学说。

"啊！哈利！我的天啊！"

"好了，妞儿。没事的。"

就想想大学的现状吧，他让她思考：两个武装的校园，每一边都时刻准备着吞掉对方，却还可笑地宣扬心境平和。创作诗歌的伟大教授沦为乞丐，而那些穿着花里胡哨的工程师们却因为开发 WESCAC 的武器而薪酬颇丰。而正是 WESCAC 的武器测验，极有可能会荼毒所有在校的和将要入校的本科生的头脑。像他那样的学生干部规劝西校园单方面放弃开发 WESCAC 以抢占道德先机，都只是白费唇舌。他们这群人的信条是"宁为东校人，不能人吃人"，但却没有几个人追随，而那偏听错信的爱院主义者和"预防性暴乱"的拥趸，他们的言论才是压倒性的。那些人自以为是地高喊着充满好战因子的口号"宁愿人吃人，不愿被人吃"……

"且看看施皮尔曼，"他提议，听到这个，我竖起了耳朵，也顾不得我还有其他事情得好好盯着，"他所要的不过是不要再开发那死挂的计算机的程序，免得它能自动吞食它的敌人。结果他们就叫他学生会主义者，并且剥夺了他的一切特权——"

"天呐！"女人变得不安起来，宛如马克西的头衔和职位被剥夺一样，她的紧身衣现在已经被剥掉了。

"所以，都是毫无意义的，"长胡子的那位仍在继续，"根本就没有什么终考；如果我们没及格，根本不会有挂科院长在南出口等着惩罚我们。每个问题都是选择题。在这所大学里根本没有终极重点或最终的意义，就像——看，就像是这个：是一个赤裸裸的事实！"

我跟着妞儿倒抽了一口气。

“就像伊斯密主义说的那样，一切都归结于我们心中的差异，我们从来就不能进入事物的本身。我们可以不断推进，我们可以推进……”

“不！”

“……可是那**屏障**……那死挂的**屏障**……总在**那儿**。当你用力……用力**冲破**它……却恰巧**证实**……证明它就在**那儿**。”

“天啊！”

他稍顿一下。“可是，我和伊斯密主义者产生分歧的地方，就在于他们说我们唯一的选择就是接受那屏障，并且对完全、绝对认识事物不要抱任何希望。你必须得读一下近来的《释咖尼安注解》——那是松垮主义的大纲，你知道……”

“别说话了！”他的女人嚷道。

“当然。你已经很明白了。你要说，**死挂去吧**屏障，**死挂去吧**现实，**死挂去吧**对与错。死挂吧一切！”

“**我**该挂的，哈利！我觉得我要叫出来了……”

“没用的，问——”

“打住！打住！”

“——你必须得要，妞儿！要！要！”

毫无疑问，接下来是真的“要”了，他们之前的所有谈话都淹没在了怪异的身体交缠中。我经过他们的引导，也处在了“要”的边缘。无论是或不是，我血液沸腾，浑身颤抖着想要。

跟母羊一样，那个叫妞儿的女孩要过之后，就渴望再要一次。她丢掉外衣，解掉乳房的束缚，请求哈利以这种方式再教她些。然而，他呢，似乎不想再交配了。

“我说‘打住’是让你不要说话的意思。”她向他道歉，环抱着他的脖子。

“不，不，你是对的，肯定的。”虽这么说，可是他语气傲慢无礼，伸手打开了另一罐饮料，对贴着他身体的东西不以为意。

尽管她对他又是恳求，又是指责，咬他的耳垂，在金雀花间放荡嬉戏，都不能激发他的欲望。甚至她主动念起他们刚才念的那首诗，他仍是不为所动。

“不要再粗俗了。”他说道。

她嗤笑，她娇斥，她说她丈夫是个更好的男人；可是除了穿上衣服离开，她也没辙。她黑色的外套被扔到了我藏身的那丛秋橄榄上，她急忙套上衣服，我就蹲在离她不到一米的地方。

“这些松垮主义者。”她噘嘴道，她的朋友已经将毯子收了起来，朝公路走去，“我的松垮主义程度可有你的两倍呢。”

她提上裤子，盖住了屁股，我颤巍巍地，想抓住在我身旁荡起的涟漪。啊，妞儿！看着她跟着他走，我的下半身嫉妒得叫嚣：美丽可怜的母羊啊，急切渴望被上，如果你跟着的是个禽兽，快到这里来！快到这个备受煎熬，急切想要的人这里来；这人单是看到了你的臀和胯就把持不住，不管你愿不愿意，请再停留一会儿，再次准备好吧！当“危机解除”，我撕裂了我的衣服，像妞儿那样活蹦乱跳地穿过灌木丛，畅快地喊出我的苦恼。要，再要一次！去让万物突然新生！只有要，不停要，直到一切都换新面貌：没有比利·山羊蹄兹，没有山羊或者本科生，没有我，也没有你，更没有大学，只有一种不分地点、不分时间、不明原因只想要的冲动！

6. 欲与奶油头发夫人“在一起”

第二天是一年中最长的一天。昨晚我躺在牧场上浑身湿透了，而现在露水都蒸发了，我的欲望也随之消散了，只是我仍决心要满足自己的欲望。我一路小跑，回羊棚吃早饭，这时碰到了马克西，他正把羊群带出来关进羊栏里。我走近时，母羊们都绕着走——但是不像上次，我满身肥皂味儿，她们躲着我走。这次，她们只是小心翼翼地绕开，并没有任何嫌弃，就好像她们遇见的只是一只好色的公羊。我发现，美丽的海达似乎格外慌乱，这让我很满意。我抚摸她的耳朵，她直哼哼；我轻声细语，大着胆子摸了她一只带斑点的奶头。她没有哺乳过，奶头一点儿也不肿胀，可她却跳开了——但是并没有离我很远，她还瞪大眼睛回头看我。马克西和我一同笑了，犹豫着捏了我的胳膊一把。看起来，他昨晚也没睡，不过他的表情轻松多了。

“所以，”他先开口，“你已经想好了？”

“还差一点，”我回答，“我得先做件事。”看到他苍老的双眼中透着忧虑，我紧接着说：“不过我没问题的，马克西，我一会儿就会想好的。”

他点头。“是这样啊，我知道了。好吧，好吧……”似乎是为了让自己平静下来，他开始跟我交代一些事情。他说一直到晚饭，羊群都会待在羊栏里，因为他在图书馆畜牧分馆还有工作要做，就在路对面。他现在正在研究应用循环学领域的几个概念，那是他独创的；或许我以后也会觉得那些很有趣；反正他肯定很乐意当晚就讲给我听——当然，那得假设……

但假设被打断了，因为有辆自行车渐渐驶来，奶油头发夫人进入我们的视线中。我的心提了起来：我以为她到傍晚才会来的。难道是她自己也做了什么决定，所以才直接骑车出现在了马克西的视线中？不过我这样想，显然是忘记了她是近视眼：她沿着围墙骑车，一路上不断伸长脖子，使劲地看。

还没走到羊栏，她好像已经看到了我和马克西在一起，于是立马低下头，踩着车子往小树林的方向骑去。

马克西摸着胡子，五根手指都插进了胡子中："天呐，现在……"

我尴尬地解释我也不知道为什么那个女人这么早就出现了，但是我认为，她要骑自行车到哪里，都是她的权利。

"不，这没关系，"马克西说道，"我不是指这个。虽然猝不及防，如果说有什么是在我意料中的……"他皱着眉头，眨着眼睛，拍了拍我的肩膀，"她现在在等你，是吗？"

"那让她等着吧。"我说道。我一时脾气上来了，就邀请他，或者说是逼着他和我一同去见我的朋友。我也未曾想到她这么早就来了，不过这倒是燃起了我的决心。但是他拒绝了，还是失魂落魄的。

"唉，比利，我不知道要跟你说些什么。我都快要以为——算了！无论如何，怎么都行！就这样吧，这样吧。"他猛地捶了一下我的肩膀，"有什么区别呢？如果你是，你就是；如果你不是——那没关系！但是我要再看到你，你能保证吗？你要等我回来，告诉我具体情况，嗯？之后或许——再说吧！"

我们两个分开了，各自都激动不安。马克西去做他的研究了（不停地点头，发出啧啧的声音），我穿过牧场，前往小树林。白嘴鸦和矢嘲鸫已经完成了第一次捕食，喳喳叫个不停。太阳高高升起，照在我的外衣上热烘烘的。我变作了小跑。我的困惑烟消云散了；我偷听到的那首诗，冲击着我的灵魂：

我从未见过，从未感受过，如此深刻的冲动！

有一种冲动，不可抗拒也不容置疑，急迫不得也不容否定；塔钟啊，它随心所欲地走着，让存在的一切都成熟。

看到奶油头发夫人冲我挥手，我的脚步变沉重了。她穿着和头发一样颜色的衣服。一只手提着野餐篮子，另一只一会儿向我挥手，一会儿挡在眼前眺望我。我没有回应她，只是昂起头大步向前走。她开始说话，笑了起来。

“我是个愚蠢的老女人，这点不用你说——施皮尔曼博士一直就站在那儿！我没想到会看到你，是真的，我就是一直很焦虑，不能专心做其他事。我知道你想说什么：我说过让你好好考虑清楚的，结果却这么快就来了！我不会逗留的，我保证——我现在应该待在办公室的——但是我必须得骑车经过，我不知道我要如何才能等到傍晚！”

她有点语无伦次，我听完后直立起上半身。她急忙让我吻她，请求我原谅她这个可怜的傻女人，唠唠叨叨讲了这么多。她热情地回应了我的拥抱，也顾不得我已不像昨天那般干干净净，浑身散发着香味。我再次吻她，她让我亲吻她那散发着香气的、干燥洁净的脸颊。

“谢天谢地！我还以为你会生我的气呢。”

“小奶油，”我只知道这一种取昵称的方式，就这么叫她了，“我想‘要’，和你一起。”

她本来已经将我轻轻推开了，一听到我最后几个字，她再次拥我入怀，激动得都不能好好说话了。

“你——天哪。哦，亲爱的比利！”

她明白我的意思吗？好像是明白了。但是保险起见，我告诉她我亲眼看到了人类是如何享受一起的过程的。而且我打算尝试一下。“如果任何时间只要我想‘要’的话，你就让我和你一起，我就会离开羊群。”

“**允许**和我在一起？”她满脸疑惑地笑了，“你以为我这段时间求的是什么？你想要的话，可以日日夜夜和我一起，亲爱的！在这校园里我最想要的就是我们两个在一起！”

我所希望的就是她最终点头同意，我本来都做好胁迫或恳求她的打算了。她这么积极，让我受宠若惊，我简直不敢相信这是真的。

“现在我就‘要’，跟你一起，可以吗？”

“你在说什么奇奇怪怪的话呀！你是说现在就离开吗？我们要不要先在这儿吃完午饭呢？”

她稍有一点迟疑都会让我更加坚定我的决心。“不，我说的就是现在。”

她站在一步之外，抬起头看着我说：“好吧！如果我的小朋友想要的话，那就这样吧。我还没把你的房间整理好——但如果你都准备好了我就没问题！”

她的话让我不解。“我的意思是，我现在就‘要’，就在这儿。我答应了马克西晚饭时候得回去的，我得告诉他我的决定。过后我们还‘要’，在你家里一起。”

她就要去拿野餐篮子。听到我的话她摇摇头，佯装生气地说道：“看来我们的交流不是很顺畅呀！”

我固执地跟她说，我想跟她交流，不过得等到我学好诗能交流的时候；可这种事，是不需要学习的，只要爱就够了，而我已经陷入爱里，无法自拔，要是她不让我跟她“一起”，我就得去跟羊群里的母羊“一起”，否则我就会死掉。

“天哪！”她说道，“我们不能那样的，知道吗？”但是让我高兴的是，她铺开了她经常随野餐篮子带着的那块毯子。她铺毯子的时候我不禁发抖，然后她在毯子中间随意坐下来。

“听着，先生，我坐在这儿，你站在那儿。我也不知道以后该怎么跟我的领导说，但依你想要的，你现在可以在这毯子上，和我一起。”

听到她这么直接的邀请，我咧嘴一笑，迫不及待地扑向她。我想到了她可能会反抗几下，只当调情，可没想到她一声尖叫，把我吓了一跳，而且她那么大力反抗也出乎我的意料。她握紧拳头打我的头；她挣扎着，都快从我身下挣脱了。但是我及时制止，重新将全部的重量压在了她身上，同时将脸埋进了她丰满的胸部（隔着亚麻衣物咬住），而且学着哈利开始动手。

她尖叫着，不停用拳头打我。到了她的膝盖时，有个不知名的东西阻挡了我的攻势，我不知如何下手。当我正摸索着找寻破解它的秘诀时，她用力揪我的头发，疼得我眼泪直流。

“别太用力了！”我不满道，她疯狂地反抗，让我震惊不已。如果这样做要付出这么惨痛的代价，那乐趣何在？

“走开！”她尖叫道，“你不可以这样做！”

我是真的解不开那玩意儿，但是她现在那么躁动不安正说明了——我的目标，虽然包裹在一个结实的外罩（跟妞儿穿的那个不一样）之下，但它会像玛丽·阿彭策勒那地方一样，展露无遗的。

“你这样做大错特错，比利！停下来让我跟你说！”

唉，我既斗不过她，也没办法让她服从。比起小孩我算是强壮的，可是奶油头发夫人身量更大，也更重一些。而且，她奋力挣扎，一点儿也没有妞儿那种渴望被征服的热情；她是为了胜利而战斗。

“你根本就不想‘要’我！”我没好气地说。我本来是用一只手臂压着她的双臂的，可是当我松开手去掀自己的衣服时，她抓住了一块石头，拿起来砸我的头。我的不满瞬间演变为愤怒，不顾一切地掐住她的脖子。她发出沙哑的声音，猛烈地扭动身子挣扎；她试图推开我的屁股，不过为了不被勒死，她只能去抓我的前臂。我怕她用膝盖顶我，就压住她。因为她的外衣已经被掀起了一大截，我们就这样肌肤相贴了。

“啊！啊！”我猛地仰头。奶油头发夫人的眼里充满了恐惧——然后她闭上了双眼，哭了。我瘫在她的胸前；要是她真拿石头砸碎我的头盖骨，我反倒不介意了。但是她却安安静静的。她抚摸我的头发；我感受到了她悲伤的呜咽，我的脸颊贴着她的胸口，她的心跳得很慢，可是我的心却如雷鸣般跳动。我稍一冷静，便感到懊悔，尽管我绝不认为我有什么地方做错了；懊悔之余，我还有些恼怒，因为我终是没能达到自己的目标。不过没关系。一切都没关系。我已经离我要的很近了，就要尝到它的甜头了，眼下发生的这些其实只是开胃小菜而已。就在这时奶油头发夫人挣脱了我，我的感觉又来了。我并不是很想阻止她。我只是恹恹地躺在毯子上，看着她把自己收拾整齐，不时地拿手指摸着脖子。

“很抱歉掐了你，”我道歉，不计较她也用石头砸了我，我的头还在疼，“你是就喜欢这样的呢，还是真的生气了？”

她蒙住脸，摇着头。“你根本不知道。我简直太失望了。”她的声音很反常。

“如果你教我怎么做的话我会做得更好的，”我向她保证，“你不要再用石头打我了。”

我的朋友悲叹一声，不过不是因为我的话。她背过脸去，然后，她赶走悲伤，强装镇定——但是仍然不看我的眼睛——命令我从毯子上下来，她要把毯子叠起来。

“我发誓我下次不会再勒着你了。”我主动开口。

她摇摇头。她说，让她感到悲哀的是我这个人：她早就应该明白的，她就是个傻瓜才没想到会发生这种事。谁能保证她以后不会受到我这样的对待，落得这样的下场呢？或许（她这样想着，将叠好的毯子贴着肚子一遍又一遍地捋平）刚才发生那样的事已经是最好的情况了，我们应该庆幸这发生在现在，而不是发生在实际承诺做出以后。

我几乎听不懂她在说什么，不过我看到她紧张得颤抖，就觉得很是羞愧。“啊！啊！”

尽管如此，我还是红着脸问她，要知道，那样做的快乐简单又炽烈，显然大学里的万物都享受其中，那还有什么理由要反对呢？仅仅是彼与此的结合，一分钟的事儿，但却能点燃每一次漫不经心的擦肩而过或偶然相遇；陌生人之间的一种礼节，对客人的一种欢迎，朋友之间的一种牵绊。正餐后最棒的甜点，故事最好的结局。什么样的问候会更加亲切？什么样的告别会更加甜蜜？哪里有更温柔的“早安”、更抚慰人心的“晚安”？“要”，或不要“不要”，是我的艰巨任务，也是我满腔抱负之所在。就连谈及此都让我为之精神一振。忏悔被抛到脑后了——我是说，忏悔变成了狡诈的伪装。我说道：“不要走，求你了。我再也不会惹你生气了。”——我边说边想着如何才能让她改变心意顺从我。

“我想不到该怎么做。”奶油头发夫人说道。始终皱眉蹙额，一只手放在脖子上。她朝公路走去。“你不明白！”

我大步跟上她：“我跟你一起走。”

“不！”她摇摇头，加快了脚步，左拐右拐，像在梦游。她有什么好委屈的？我就只看到了她那结实外罩包裹下漂亮的门的两侧而已。那地方是想象的牧场，那地方是渴望的盐渍地和羊圈；其他一切都不重要，重要的是我再次找到那个入口，然后推进。我会将一切杂念抛诸脑后，克服所有的障碍，进入那黑暗的深处，在我灵魂的家园中体会“要”的安乐。

她一定是感受到了我在她背后的这种想法，因为一看到牧场的围墙，她便开始跑了起来。她一路恸哭，跑得比小母羊还快，而我毫不怜惜地追了上去。我跳起来想把她推倒；我紧紧抓住了她的衣领，抓住了她表上的银链子。她猛地一扭头，尖叫一声，挥起野餐篮子砸向我的脸。

“**这**就是你能从我这儿得到的！”

她这一砸让我吓了一跳。为了不踩到散落在我脚下的水果和叉子，我失去平衡摔倒了，而奶油头发夫人则趁我慌乱的当儿逃跑了。当我冲到围墙前为时已晚：她已经翻过去了。她连跑带爬地到了公路上（她“呼哧！呼哧！”地喘着），看到我不敢翻过围墙，她又回来骑她的自行车。她的脸红红的，她的奶油头发乱糟糟的，她的大腿上沾满了野草种子。

我渐渐意识到她不会再来了，绝望之中我大脑一片空白，只能想到问她：“你现在能告诉我你是谁吗？”

这个问题是如此悲哀，泪水涌上了我的双眼。不过她的眼泪来得更汹涌；在她费力地将自行车拖到公路上时，她说：“你就不该被生下来。根本就没有希望……”

这是她跟我说的最后一句话。她推着自行车跑了几米之后，骑上自行车，慌乱地往西离开了，朝着新坦慕尼林立的厅堂骑去。我想过，我起码可以沿着围墙拼命跑，赶上她；我甚至想过鼓足勇气踏上那条路——就算我立马死去那又怎么样呢？但是我只是抓着一根槐树树干，心急如焚地看着她离去。

有个东西在围墙边的草丛里闪光，像信号灯一样，就在她摔倒的地方。是她的表挂在了一棵蓟草上。表链子落在了牧场里，我抓住链子，把表从人类的领地拿了过来；她的表安静地嘀嗒走着，就像她的心跳传入我的耳中。现在我自己的呼吸声也变成“呼哧！呼哧！”了——像她一样，可能是因为哭喊，呼吸声才变了。一时间我就只是蹲在灌木丛里，想着自己有多么害怕，思考我应该做什么。没有希望吗？一扇门已经关上了——或者不如说，啊，它从来没有向我打开过，就像没有向布里克特·瑞南克尤勒斯打开过一样。可是还有第二扇门。今天才过了一半而已，我还在老地方，也还是以前的我：一只山羊，一只山羊。

我把银链子断了的地方打了个结，把奶油头发夫人的表挂在了自己的脖子上，然后离开了小树林。太阳底下，我的肌肉已经不像小孩子那样了，虽然有些疲劳却充满力量，它们的伸展性很好。再者，我的蛋蛋也像公羊那样摇荡了，我到此时才发现，一开始这让我感兴趣，然后我为之喜悦，最后我感到狂喜。这里有牧场，这里有羊圈；我用全新的眼光去审视，不禁颤抖……再也不是因为绝望而颤抖了！

雷德费恩的汤姆在他的圈里招呼我。我没有喊他的名字，而是发出很大声的羊叫声回应他，他立马欢欣雀跃。叫完我就嗓子疼了。比人类高尚的朋友啊！爱经得住考验，刀枪不入的爱啊！我打了个响鼻，快跑到他的圈门前，然后进到他的圈里。拥抱是不及格的，那是人类问候才会做的事：汤姆立马朝我冲过来，还是在小羊羊栏时的老样子，而我及时跳到了一边，他兴冲冲地撞到了门上。我们玩耍了有一刻钟，开心极了。我们都比小时候壮多了，只是身手可能没那么敏捷了。我两个胳膊锁住他长得极好的颈脊——我多么忌妒呀！——一下子将他放倒在地；他虚晃一招，我一下站不稳，他一边脑袋撞得我直喘粗气。我们顶角，我们相互躲闪对方的攻击，我们不知疲倦地一起疯闹；看到我们嬉戏，布里克特·瑞南克尤勒斯（那时羊群中仅有的另一只公羊）只能像两岁的羊羔子一样砰砰撞他的羊栏。不一会儿，原本在隔壁羊栏中懒懒散散的母羊们，听到我们的动静也躁动起来。我看娇美的海达格外兴奋，她在这个月就该第一次配种了：我们的圈门前拥满了淑女，海达挤到了最前面；她挨着圈门的雪白毛发，透过铁网伸进来；她请求进来。

于是我们的玩耍就变了味儿。母羊们的热情，以及她们大胆直白的求爱，都让汤姆发疯。他不停地对着母羊们依靠的那铁网动手动脚，现在他攻击我是动真格的了。事实上他都不认我这个朋友了，只是把我看作对手——这让我很高兴。他对所有的羊都有欲望：随便一只母羊都能满足他；要是他把我撞倒在地，就是我他也可以。而我呢——我像在小树林里那样又燃起了炽热的欲望——我是为了海达！这我怎么会不清楚呢？昨天晚上，我用鼻子蹭她的毛；就在今早，我抚摸她——我要的，从来都不是什么难搞的、性格扭曲的老家伙，而是有斑点奶头的海达。真是尤物啊！而且她也爱我，这是显然的事儿：她那金褐色的眼睛里，她那颤抖的叫声里，无不散发着爱意。

雷德费恩的汤姆站在门口，发了疯似的。我抱住他精壮的腰身，把他放倒；然后跳起来骑在他身上，也不管会不会伤到他的蹄子，只是骑着他把他压在了地上。我把胸膛撑在他的头上，避开了他的腿，嘲笑他只能拍起层层尘土。我们身后，在一群喧闹的母羊中，我清楚地听到了我的甜心的声音，那是充满热情的尖叫。好样的汤姆，顽强的汤姆——我比他更厉害！我俩倒在地上，我浑身发热，打败汤姆着实费力，我气喘吁吁；大学里愿望千千万，我只希望马克西能在现场跟我分享我的喜悦，这样我的喜悦才是完整的。

我受赏的时候到了。我拍了拍雷德费恩的汤姆的屁股，把他放开了。他挣扎着爬起来，抖了两下身上的毛，然后三两步跑到了羊圈的最里面，好让自己镇定下来。或许我这么对他太过分了。公羊之间的斗争，其实一般是象征性的，并非动真格的。不过没关系，作为胜利者我打算大方一点。就这一次，且把马克西的配种计划放一边：我会放一只活泼机灵的母羊进圈里给汤姆（要不，就美丽的帕特里夏吧），而在羊圈外面，我会头顶胜利的光环，敲定自己的选择。

她为我叫得可真动情！我走近时，她猛地抬起了头。帕特里夏也颇为激动，和她站在一起；只要把一个放进来，然后在其他羊涌进来之前悄悄溜出去，就这么简单而已。我直起上半身，扒着门打开了门闩，不忘向我亲爱的萨能奶羊海达诉衷情。我顶住门，只让它半开着，以便我绕到帕特里夏一侧并且抓住她。当我听到身后那一阵羊蹄声时，为时已晚：雷德费恩的汤姆全力冲过来撞上了我的大腿，就像一块滚动的大石头砸向了我，我被撞得转向了一边，撞上了门柱子。我从屁股到脚底板都受到一股冲击，然后又一下，他用前额撞我的髋部时，冲击力更大了。都没来得及叫喊，我直接就跪下了。他后退几步准备进行下一次攻击，可这时母羊们都冲进了门，把我撞倒在了他脚下。母羊们有的踩着我，有的跨过我，挤满了羊圈；我害怕极了，但为了不被她们踩扁，我只能吃力地爬到一旁，顾不得每动一下都伴随着钻心的疼痛。就在我的手边放着一根白蜡木的曲柄杖，我抓起它以防卫再一次袭击。我翻过身来准备自我防卫，已是虚弱不堪，浑身冷汗，可就在这时，我看到了比袭击更可怕的一幕：母羊们从各个方向朝雷德费恩的汤姆围了过去，站在外围的不惜爬到自己姐妹的身上也要靠近一点。甚至连玛丽·阿彭策勒（我可是憧憬着她满脸自豪地见证我的婚礼的）都没看我一眼，她跟其他母羊一样，呜咽着倾诉自己的热情，而且为了占据有利位置，她还猛推了帕特里夏一下。啊，我还没能站起来，就听到了最糟糕的事：只有海达还在叫！她就站在中央，我的爱人啊：雷德费恩的汤姆骑在她身上，不停地摇着头，蹲下来推进，最后一声欢愉的尖叫，一击到底。

我觉得喉咙里像卡了东西。心痛至极，我拄着那根牧羊人的曲柄杖，穿过乱作一团的母羊们，走到那对爱侣面前。同样，他们也无视我。汤姆的鼻孔大张着；海达那两根短小的前腿大叉开着，支撑着她背上的重量，她的头——因为在激情中放松了下来——就耷拉在两腿之间了。此时我已是泪流满面——我最后一次流眼泪。站稳之后，我拿起曲柄杖冲着我朋友的两个羊角中间敲了下去。母羊们都惊得往后退，只除了海达。汤姆一倒，她便跪在了地上。从她身上翻下去时，汤姆痛苦之中踢到了她的肋腹，然后抽搐了一下死掉了。打他用的力气太大，我也一屁股坐到了地上。我不生气了，也不愤怒了，躁动的母羊们对眼前的巨大伤害毫无察觉，而我也感觉不到她们的存在了。海达，失去了情人，也和她们一块儿跑开了；不一会儿她们就找到了大开着的门，消失得无影无踪了。

好汤姆和我——圈里又一次只有我们两个了。他的眼睛大睁着，脑袋被敲破了。我并没有像其他嫉妒发狂的公羊一样，打破他的羊角，让他流血：只是我杀了他。而且与山羊不同，我满心希望——是我自己被打得更惨，遍体鳞伤地躺在这儿。

母羊们已经平静下来了。现在所有的母羊都是布里克特·瑞南克尤勒斯的了，他既没有幸灾乐祸，也没有悲伤难过；事实上他已经忘记了两分钟前让他慌乱的那件事，跑到一边去吃干草了。海达仍然在羊栏里徘徊，她抖一抖脖子，想去舔自己的羊毛；然而她只是觉得焦躁，却不明白发生了什么，她更不可能知道自己突然之间承担了多么沉重的罪责。其余的羊都在各自忙各自的。

除了觉得腿非常痛之外，我现在只想——啊，奶油头发，我和你一起，诅咒我的出生！我根本就是个巨怪，是肮脏得见不得光的错配的私生子，或者是桥下面臭泥地里的蛆虫，难道不是吗？没人，甚至都没有人愿意顶伤我、践踏我——毫无希望！

我手脚并用爬出了羊圈，穿过了羊栏，越过了羊棚。我觉得我会疼痛而死，只想留着命听马克西像奶油头发夫人一样，也诅咒我。为什么我要害怕这条路呢？反正这只是山羊的必死之路。我费力却安然无恙地穿过了那条路，就像尸虫也会爬过汤姆的身体，然后朝着第一座建筑物走去。那是一座石头小屋，我知道那就是图书馆畜牧分馆。我想——半是希望着——遇到狗攻击我，就好比隔壁牧场上围捕绵羊的那些狗，或者至少有人类看守抽我一顿；可是这个地方空无一人。我见到的第一道门很小，在正午热辣辣的太阳下大开着。向里看去，就像一个洞穴，一条黑漆漆的过道向里延伸，当我的眼睛适应了里面的光线时，我发现过道两侧立着一排排书架。有什么可怕的东西在这儿等着我，我并不在意；我脚步沉重地跨过了门槛，踏上了冰凉的石板路。

7. 受“马克西礼”

“马克西！”我声音咩咩的，像刚出生的羊羔。在阴暗处，离我不远的某个地方，一直有一阵阵嗡嗡声传来，我这一喊，那声音咔嗒一声突然停止了。现在就只剩下水流声了，像是水龙头或是喷泉发出来的。

从书架的后面传来一个人的声音，不过不是马克西的声音。“谁在俺的地盘上嚷嚷？”

这是来自巨怪的提问。我紧张得发抖。

“俺乔治的地盘儿上没有学生。谁在那儿？”

从嗡嗡声的方向传来了脚步声，我觉得那一定是怪物在打鼾。“就是我而已，”我答道，“真的，就是——羊孩子而已。”

我回头看向我身后走过的过道，看到了一双充满邪恶的眼睛；然后看到了一个男人，就是普通人的样子，要么他就是披着人的外表的巨怪——可是他就像他这洞穴一样，黢黑一片。更可怕的是，他脖子上盘着一条蛇，头是银色的，嘴巴大张着；它的身体，有牧场上那些响尾蛇的十二倍大，弯弯曲曲的，消失在拐角处。他们就这样出现在我面前，站在我跟门口之间。

我又大喊了一声马克西。

“你嚷啥呀，羊孩子？”那家伙放下他的蛇，蛇后退了一点，停下来不动了。我试图往过道深处逃跑。

“小子，站住！”他一瞬间就追上了我，堵住了我前面的路，这样我前后的路都被堵上了。

“不要吃掉我，”我请求道，并且搬出了我能想到的最后一招，“等施皮尔曼博士来了，吃他好了。”

“啥？吃掉？谁吃人？没人吃人。”

我必须得承认，他的话语里没有一丝威胁，虽然他的眼睛实在恐怖，可他只是轻轻地抓着我的肩膀。我看看那条蛇有没有悄悄爬过来。

“那，那条蛇呢？”我赶忙指给他看，他貌似是吓了一跳，顺着我指的方向看了一眼。“它死了吗？”

明白了我在说什么后，他露出了如他的眼白一样白的牙齿。“老清扫器吗？老清扫器会咬人**俺**如今早翘辫子了！”他放轻声音说，“没人吃**俺**，小子，**俺老早就被吃过了。**”

他说着，倒自己笑了起来；之后过了一会儿他又说：“俺来给你打个谜，谁生的孩子最多，又养大一个吃掉一个哩？”

“求您了，先生，”我可怜巴巴地说，“我不是个学生，我就只是羊孩子而已，我来这儿是找施皮尔曼博士的。我伤到了腿。”

我边说边捂住我疼痛的大腿。那个黑人检查了我的伤，非常担忧地皱起了眉头。我的腿不像刚伤到时那么疼了，但是我身上汗津津的，遇上这阴冷的空气，不禁起了一身鸡皮疙瘩。

“伤到腿，”那人自言自语道，“没伤到才怪哩。浑身光溜溜滴。谁把你困在图书升降机里的哩，小子？”他好像不是在跟我说话。我尽量坐直了。他大大地耸了一下肩，一只胳膊搂住了我的肩膀支撑着我，然后凑近了看我的胸前。他似乎是从我胸前挂着的表中读出了什么，开口说道：“**通过一切……通过一切……**”

“**是通过一切挂掉一切！**”我大声说道，因为他的行为实在让我困惑不已，我现在倒是忘记害怕了，“不管怎样，这是什么意思呢？”

他往后退了一点：“行行好吧，大人，俺可没弄乱磁带！俺不过带着老清扫器路过，赶巧听着这哭声——俺能咋办，让这可怜的娃被吃去大脑吗？”

他抱怨着什么——可是对着谁，我无从知晓——又开始胡言乱语，之后唱起了一段悲伤的歌，歌里唱到了某个岸（跟格鲁夫兄弟里的河岸不一样），他指望着能从那个岸上找到自己内心的渴望，因此他不得不上岸。突然他嗤笑一声，停止了歌声。

“通过一切挂掉一切！没娃子要死在这地儿！”他把另一只胳膊伸到我的腿下面，把我抱了起来，然后沿着过道往外走。我一开始是反抗的，直到我听他说——仍然更像自言自语，而不像对我说话——“俺带你离开这地儿，不然咱两个都得给吃掉。施皮尔曼博士明白是咋回事。”

就在这时我听到一个熟悉的声音。“乔治？”我的心振奋起来了，因为马克西正好穿过我们所在的过道。他往这边看，有一瞬间没有认出我，不一会儿他就匆匆走向我们。

“咦，比利，这是怎么回事！”

“这娃子的腿卡在了那老图书升降机里！”乔治气愤地说道，“是个光溜溜的可怜娃啊！”

“啊，马克西！”我还在强壮的黑乔治怀里，可是我紧紧地搂住了我亲爱的管理员的脖子，“我杀了雷德费恩的汤姆！”

“不是，你说什么！”马克西苦恼地用力扯着胡子，“把他放在那儿，乔治。腿是怎么伤的？”

“俺打包票没动那些个磁带，”乔治急忙澄清，“没有娃在那图书升降机里受伤，啥人的事儿都不关，都没有！”他们就近把我放在一张木头桌子上；没人明白我做了什么，这让我双眼刺痛。

“我用曲柄杖打了小汤姆，”我大喊，“他死了！”

我哽咽地说着我悲伤的故事，马克西把我紧紧搂在怀里。“**啊**，比尔！”每听到我说一点他就这样悲叹。我决心做个人类男人，我攻击了奶油头发夫人，还有她的诅咒……“**啊**，比尔！”之后我决心做一只公山羊，海达被糟蹋，以及我如何亲手谋杀了汤姆……“**啊**，比尔！”

“我**就不该**被生下来！”我悲痛地说道，马克西已经轻轻放开了我，检查我的伤势，“别管我的腿了！它们就该断掉！”

本来那黑人在忙自己的事儿，听到我这话，他突然想到了什么，然后说道：“没谁的骨头断了。小山羊的奶，这儿这娃儿像塔钟一样直立立站着。”然后他又唱起来了：

“又是一条河，”莫基人阁下如是说，

“你们会毕业，只等你们一通过。”

“他为什么这样说话呢？”我大声说。

不过一秒钟，乔治似乎恢复成了他本来的样子。他带着笑，可是却有些愤慨，他埋怨我的管理员：“你咋能一直不教他直立走呢？”

现在马克西看起来像我一样心烦意乱了。“啊，乔治，原谅我！还有比利——原谅我，原谅我！”

我本以为马克西会很生气，可没想到他竟然这样痛苦。马克西拥抱了这位已经有些年纪的黑人，甚至跪在了他面前。“你一定要爱这个人，比利！”他命令我，“他这是被活活吃掉的结果——他是为了你才遭这罪的，是为了救你的命啊！”

我们一没注意，乔治已经走开了，去找我误认为蛇的那东西了，边走边快乐地唱着：

老虎大人他咆哮，狮子大人他吼叫——

可一遇到 WESCAC，你们都要被吃掉。

“这都是些什么啊？”我烦躁地说，接着又一股强烈的悲伤涌上了我的心头，将我的好奇心一扫而空，“马克西——我杀了汤姆！”

马克西点点头，站了起来。“是，是，这是件坏事，他是只很好的公羊。”他的话语里还是听不出半点怒气，就连他现在的悲伤看起来也并不是因为我那死去的朋友，“可是我做了比这更坏的事情。真正杀死可怜的汤姆的，难道不是马克西·施皮尔曼吗？我觉得像是我亲手敲死了他。”

这时乔治打开了他那机器，用喷嘴打扫一排书上面的灰尘。马克西摇了摇头，好像这样的场景让他很难过。再一次确认了我只是疼得厉害，伤得并不严重（这是我两痛相权较轻者），他让我好好听着他要说的话，也就是那个黑人和我，是如何沦落到这般悲惨境地的。

“乔治·赫罗尔德现在是个图书清扫员，”他从头讲起来，“这里这些书库都太小了，也很少有人用，其实我们根本不需要它们，但是雷克斯福德校长问我时，我这么跟他说：‘如果您为了我好，打算让山羊分馆继续开下去，那就雇乔治·赫罗尔德来当清洁工。他本不应该遭受这些的，我才应该承受这些罪过。’

“过去的时候，比利，也就是十五年前，他曾是新坦慕尼图书总馆的首席图书清扫员。我是暴乱的后几年认识乔治的，那时我正助纣为虐，要把WESCAC发展成为一种武器去吞食那些博尼法希斯……”

“你们每个人说的WESCAC到底是什么呀？”我问道，“是某种巨怪，要吃掉所有人吗？”

马克西点头。“就是这样的，比尔。WESCAC比故事书里的所有坏人都坏：一群山羊自己学着如何造一个能在半小时内就吃掉整个大学的巨怪，这你能想象吗？”

“他们为什么要那么做呢？”我想知道。

“知道问‘为什么’就对了：那些山羊不会问为什么，它们聪明反被聪明误。”他叹了口气接着说，“所以，嗯，反正，乔治是唯一允许进入塔楼大厅地下室的图书清扫员。那座楼是委员会聚首的地方，图书馆主库也在那儿——还有，WESCAC也在那儿，那儿也可以说是WESCAC核心之所在，在地下室的某个地方存在所有投喂给WESCAC的磁带。这些都是些秘密，你明白吗？没有得到‘最高许可’谁也不许进入地下室。我是得到了许可的，不过后来他们炒了我，乔治也得到了许可，只不过是进去清扫的。”

他不讲了，反而问我还疼不疼，犹豫着问我要不要他去请个医生来。就算我的两条大腿上已经是青一块紫一块的了，我还是有点不耐烦地说，我不需要曼凯维奇医生（他是羊群的指定医生）；事实上我说，我一门心思只想知道我这痛苦的真正源头，我唯一的关注点就是：既然雷德费恩的汤姆已经回不来了，我只想尽可能地搞清楚杀死他的那个怪兽。我越是诉说我的自我厌弃，马克西就变得越痛苦：这是一种神秘的力量，而且竟神奇地让我的自我厌弃得到宽慰，还有我必须得承认，我夸大了我的自我厌弃。我再一次自责地说道，我什么都不是，就是个恶心东西，跟 WESCAC 没两样，我就该被从校园里清除。他终于忍不住请求道："不，孩子，别这么说，现在的事实是，你是谁，没人知道。我不知道，乔治不知道，谁也不知道。可是你是什么——这才是你需要认真听的。这段过往你必须要了解。"

他接着讲下去，说话时边摇头边感伤地用手指捋着胡子。他说，二十年前，有一群残忍的人，他们叫博尼法希斯，住在西格弗里德学院，他们攻击邻近的学院。其他一些机构也加入了西格弗里德人的阵营，很快整个大学都卷入了第二次校园暴乱中。双方死亡人数不计其数。西格弗里德学院里人数众多的莫伊舍人团体也被摧毁。而马克西呢，他出生并受教育于那赫赫有名的讲堂群，在以前美好的学期里，科学、哲学和音乐都在那里繁荣发展。他侥幸免于非命，逃到了新坦慕尼学院。尽管他从根本上是反对暴乱的，可他还是将他的数学天赋奉献给了自己的新母院。他第一个提到，就在写给赫克托校长的那封有名的备忘录中，WESCAC——已经能够控制西校园里重要的非军事操作了——还有潜力输出不可估量的破坏性杀伤力。

"哦，比尔，这 WESCAC 呀！"他现在情绪很激动，"那到底是怎样的一种存在啊！不是我造的它；它根本就不是人造的——思想存在的时候它就存在了，可以说是它自己造了自己。它的力量就是支撑这个校园运转的力量——这力量到底是什么，我现在先不跟你解释了。它所释放的力量——啊，比尔，是这个大学的第一能源：那是思想的力量，我们离了它一刻也活不了。就是那力量让你明白存在着'你'，不同于'我'的'你'，就是那力量将山羊和绵羊分开……就像是体温，有它就意味着我们还没死，可是那要以我们自己的房子作燃料。要我们燃烧自己来保暖……唉，唉，比尔啊！"

所以呢！是怎样！马克西平复了一下激动的情绪，继续讲 WESCAC 的故事——对于那段历史，我虽然一无所知，而且也不大有耐心了解那跟我有什么关系，可我还是听得明明白白。我知道了，那野兽早在这所大学刚建立的时候就存在了，它以精神的形式存在于人们之间，而且重点是在西校园里。只是在最近几百年里，它才有了最简单的形体。一开始，它只是被用于执行最简单的任务：做算术以及验证某些问题的答案。随后，学生群体对它的信心日益增加，而它的大小、复杂程度以及力量也日益增长；就像一只昆虫，或者是一个发育中的胎儿，它需要汲取越来越多的营养，影响力也越来越大，在经过一系列的变形之后，终于在我出生的前几年，它割断了与自己的前身的最后纽带，有了自己独立的生命。只是在这个过程中，是很多的小生物最终融合成了一个巨大的生物，还是说，就像布里克特·瑞南克尤勒斯一样，WESCAC 某一天长得太过强大，不愿再俯首听命，于是挣脱了束缚，甚至攻击自己的管理员。事情具体是怎样的，我不清楚。反正关于那野兽的一切我都是模棱两可的，只能参照我自身的矛盾性来自行想象。不过我自身的矛盾性自己也没弄明白，还总是给我拖后腿。我猜想，也许谈不上整个大学，但至少新坦慕尼学院已经逐渐归于 WESCAC 的霸权之下了，这或许是自愿的，又或许不是：WESCAC 预估自己的需求，然后确保那些人的需求也能得到满足；它为自己设问题，然后又自己解决。它统治着学生生涯的每一个阶段，包括决定他们应该跟谁结婚，应该生几个孩子，孩子应该怎么养；它自己教他们，在觉得合适的时候为他们的表现评分，将他们派往它那广阔领地的一角，安排给他们毕生的事业。它已经非常聪明了，还能高效完成各种任务，这些远超过了它的主人们，于是从那开始，它的主人们就命令它在一些重大关头号令他们，管理员因此就变成了被管理的。马克西说，那就好比奠基者本人出现在了人们面前，然后告诉他们“你要去做什么什么事”；当然人们可以选择不这么做，可是在当时那种情况下，没人不照着指令去做，除非他疯了。甚至是人们让 WESCAC 这样统治自己对不对这一问题，也只能去问 WESCAC。它不久便掌握了众生的生死：它以这个学院的全部财富为食，吞下整个学院积累多年的知识盛宴；反之，它吐出大量新的物质——唉，可是太多了，它的臣民们根本消化不了……所以这些东西反而又进了它的肚子，就像奶牛反刍一样。

然而，一直到第二次校园暴乱，还是有一些像马克西这样的人，认为那野兽不再是供他们使唤的仆人，可也不是完全掌控他们的主人。对于他们来说，WESCAC 更像是一个体型极大的年幼兄弟，还要指望他完成自己的发育。就是他们，在马克西的领导下，教会 WESCAC 如何吞食的……

“你想象一下一只巨大的年轻公羊，”马克西说道，“他有着完美的肌肉，而且他明白，只要他知道如何跳过围墙、杀死你的敌人，他就能做到。不仅如此，他还知道谁能教他！所以他找到了自己的管理员，说他需要上些课。然后他就可以跳出自己的羊圈，想攻击谁就攻击谁了，你能明白吗？甚至包括他的老师……”

看起来 WESCAC 以前的操纵者已经教会了它大量的**计谋**，教了它学院军队的基本内容——也就是新坦慕尼后备军官训练团的相关内容——而且很久以前就指导它，让它给他们建议，如何才能更好地抵御所有的对手，保护它自己（以及它的领地）。因此，有一天那野兽在开发用四肢交流的更有效方式时，借机向马克西透露，它在正常活动时所释放的某种能量——马克西把那叫作“脑电波”——理论上是能够无限增强的，它跟人类的“脑电波”有相同的振幅和频率，就像是探照灯一样可以穿透巨大的空间。很显然那要运用于军事科学。在极端保密的情况下，那野兽和他的操纵者完善了一种技术，他们把它叫作“脑电波扩增和传播”[1]（EAT）——赫克托将军教授警告博尼法希斯说：“有了它，就能更好地‘吞食’（EAT）你们。”

“我们那时正在进行可怕的竞赛，”马克西遗憾地说道，“WESCAC 不仅仅是真实存在于新坦慕尼，你知道的，学生的头脑中也一直存在着一个 WESCAC。我们不得不加快进度，而且我们从一开始就犯了两个大错误：我们教会了它在没有我们的帮助时也能自己教自己，自己变聪明；而且我们给它看如何根据它自己的认识自行**决策**。从那以后，WESCAC 就不受控制了，而且过了一段时间后我们才意识到一件可怕的事情：我们没人能肯定它的利益是否和我们的利益还是一致的！

“就这样。我们赢了那时的暴乱，可是之后西格弗里德人和他们的同伙天照人都**不正常**了，而且我们自己知道，我们也是损失了无数的学生才获得胜利的。然后我们发现了一件我们一直以来害怕发生的事情：博尼法希斯也

---

1. Electroencephalic Amplification and Transmission

在发展自己的‘吞食计划’。那是他们赢得暴乱的最后希望了。如果我们不速战速决的话，他们肯定会吞食我们，因为 WESCAC 想做的不过是学会这些招数，它才不会在意是谁教它的，谁会因此死掉。我们赢得了竞赛……”

我有些坐不住了。虽然这故事很有趣，可是我发现马克西讲的这些跟我迫切想知道的事情一点关系也没有。可此时我的管理员情绪十分激动，完全沉浸在痛苦中。

“有一天黎明前，我们将 WESCAC 的两根天线瞄准了天照学院的某个院区。只有我们几个人，在塔楼大厅的地下室里。莫里斯·斯托克打开了电源——他是新校长同父异母的兄弟，我直到今天还诅咒他。埃布利·艾尔科普夫设定的波长：他那时候还是个年轻人，他是个西格弗里德人，可是只要给他最好的实验室他才不在乎为哪边工作。我诅咒他。还有，我也诅咒柴门汀斯基，他是尼古拉学院的人，是他集中了信号。现在只剩下了罪大恶极的一项工作了，那就是打开放大器，按下‘吞食按钮’。在这偌大的校园里，但凡头脑健全的人无不诅咒按下按钮的那只手！”马克西眼里闪着泪光，他将右手伸到我面前，张开大拇指和剩下的三根手指，“比利，负责人的手啊，我也诅咒它！是马克西·施皮尔曼按下了那个按钮！”

因此（他顿了一会儿，然后机器般冷静地说道）成千上万的天照人——男人，女人，孩子——瞬间被活生生吃掉了：也就是说，他们就像超负荷的保险丝一样烧断了，全部遭受了不同程度的“精神损伤”。在那院区正中心的那些人，当场死亡；离得最近的那些人，得了全身僵硬症。再往外第一圈的教室里，人们人格崩溃，丧失了自我认识，丧失了选择和行动能力，除非偶尔冲动，否则不能行动。教室之外再往外几圈的宿舍里，出现不同类型的疯癫之人：绝望想自杀，歇斯底里，自我意识迷幻。信号最外围的人，性无能，精神崩溃，或者都有点儿严重精神症。所有的损害都是机能性的，也就是“永久性”的——也就是说，只有受害人死了，伤害才会终结，而无数的受害人不久就死了。

“想象一下，整个学院里瞬间装满了疯疯癫癫的人！”马克西大声说道，“所有人都各司其职，可是在同一秒钟都疯了！”他说，公交车司机把车撞向了一座座大楼和疯疯癫癫的行人，医务室里的医生切割着自己的病人，建筑工人漫不经心地从高耸的脚手架上走下来。谋杀和自杀率飙高了几千倍，意外死亡人数有过之而无不及。无人照看的锅炉爆炸了；大火四处蔓延，可是学生消防员要么麻木地瘫在自己的座位上，要么疯疯癫癫地在街上晃。本科生们涌入着火的教室、商店还有剧院，就好像没看到着火了一样。能吃饭的人没几个了，能做饭的更是少之又少。很多人大小便失禁；大部分人连基本卫生也不讲究了；有些人洁癖到近乎病态，没日没夜地洗脸，可是很可能往自己的洗脸水里尿尿；没人还能操控公共健康设备，没人给病人开药，也没人把死人埋葬。结果就是，疾病很快就像火势一样暴发、肆虐。等到其他院的救援人员控制住形势，目标区域已经有三分之一的建筑物遭受了不同程度的毁坏（其中包括镰仓时代之前的一千七百本珍贵插图手稿），一半的教员和学生已经死亡或者濒死，除极个别人之外几乎所有人都进了收容所接受看护。一周之内，天照学院和西格弗里德学院就无条件投降了，第二次校园暴乱就此结束。

“可是造成的伤害啊！”马克西悲伤地说，“造成的伤害却远没有结束。我上一次读报纸是在五年前——那是我按下那个按钮的第十年。报纸上报道了一位天照幸存者的故事，每个人都认为他没事，直到有一天他骑着摩托车，疯狂撞死了四个小女孩。还有那些孩子们，他们是那些幸存者的后代：百分之二是白痴，三分之一是弱智，都出现了尿床、做噩梦之类的症状。这伤害还会延续多少代，没人知道，”他用拳头打自己的脑门儿，“比利啊，这就是被吞食的后果！现在，山羊们，你喂它们什么它们都会统统吃掉，可只有我们人类聪明到吃掉彼此！”

满心疑惑，我摇了摇头。“疯癫”这一概念对我来说不是那么容易理解，因为我只知道两个例子，就是那个图书清理员和《受托人传说》中的傻瓜卡普，他们看起来不可怜，倒是可怕得很。我问乔治是不是也是那一次袭击的受害者。我之所以这么问，不是想了解更多 WESCAC 的恐怖行为，而主要是想不动声色地把马克西引回到他一开始说的事情上。目前看我算是成功了，他不再拿拳头打脑门，也不再说他的过去：

“嗯，其实，乔治不是在暴乱的时候受伤的，而是在和平时期受伤的。”他向我解释道，虽然那两次校园暴乱很可怕，可是从某种意义上来说，它们也算不了什么。暴乱发生，不是交战各方的基本矛盾导致的，而是由于老派的学院尊严（他管这叫**激进的母院主义**）以及信息化经济下的逆差（比如西格弗里德学院和西校园其他学院之间的逆差）导致的。然而，一直以来这些因素都潜伏在两次暴乱之中，于是波及更广的冲突慢慢爆发了：那是基本原则的矛盾。这些原则超越了学院的界限，涉及校园中的各个系——不仅仅是经济和政治学科，还有哲学、文学、教育学，甚至还涉及了农学和宗教。

“我说的，”马克西严肃地说道，“是学生会主义和信息化主义的对抗。你往下听就知道了：这是当前大学不得不面对的最大现实，没人能一下子解释清楚。”当下我也只能凑合着听他讲了。我知道了很多以前的事情。很多个学期之前，在历史教授所说的“再入学时期”，西校园的人们相信万能的奠基者和“终考”，相信它们会将自己送往毕业认证大门或送到挂科院长面前。不过这种旧的信仰已经不再（正如妞儿的情人在牧场上说的那样），由智慧的力量沦为了仪式性的民间信仰。每周学生们还是会涌入奠基者大厅，去祈求看不见的“主考官”，求得**宽大处理**；小学生们仍然要学《莫伊舍法典》和山上研讨会的道德准则，可实际上，只有那些迷信的人仍然认为，那些他们终其一生的信仰最终都会应验。新的科学依据最是令人不安：似乎根本就没什么“奠基日”，这所大学本就是一直存在的；人类的种种行为，之前一直是看作受自由意志的驱使，由自由意志负责，但与其相反，现在看来那很大程度上源于邪恶的欲望，源于不理智的、狡猾的欲望。道德准则，被心理学系视为类似于梦的症状，被人类学系视为陶瓷碎片一类的历史遗迹，而哲学系的观点则多种多样，要么把道德准则视为用于逻辑解剖的尸体，要么视其为无法避免的荒谬言行。结果就是（尤其对于那些有想法的学生来说）无尽的迷惑、焦虑、挫败、绝望，以及时不时地寻找可以填补自己学院的道德空白的东西。于是往上几代，新的宗教、非宗教以及其他各派大量涌现：学前派，秉持颓废的原始主义派，几乎病态地注重情绪、暗黑的想象以及深度睡眠；课程主义派，坚持自己的教学秘方，单纯地相信“学生群体的可教育性”；进化主义派；类神秘主义的伊斯密主义；新以诺派，异想天开地想回归到旧时的兄弟会——然而，大势已去，只能沦为唯美主义和思想上的神话崇拜；博尼法希斯，狂热地纯化自己的性欲，上升到了行政的层面，而且把自己的**校长**当作奠基人一样崇拜；世俗学生主义（经常被他们的抨击者称作中位阶层，或者中产阶级自由派本科生），固执地相信学生理性是独立的，马克西对他们表示喜爱；伦理院区派，他们同意绝对相对论的学说；还有性实用主义学派、悲剧派和新堂吉诃德派、“愤怒的年轻新生”和“松垮的一代”等等。

马克西说，在这些新信仰中，有一种叫学生会主义。它是一种政治宗教哲学，在信息化革命之后就在最底层群体发展壮大了起来。因为人们已经从追求毕业梦想转而关注校园里实实在在的东西，他们就发起了声势浩大的知识大爆炸，其影响延续至今。学生们起来反抗老师，老师们反抗主席；各个系团结一致，组成了我们现在所知的学生会，他们从重型工程、应用科学实验室和大量的图书馆中汲取力量。可是那些“狭隘的信息化主义家”行事却仍然像旧时的系领导一样无法无天，甚至有过之而无不及：在以前，公费生遭到鞭打，女学生被**权势者**强奸，这种事情时有发生，而现在是成千上万的无知的人被有学问的人剥削。只不过还是幼儿园小孩，就要被送到煤炭研究的矿区；怀孕的大二女生在血汗实验室和老鼠肆虐的小阅读室累死累活。这种种虐待，让学前派的诗人们忍不住高呼“校园比教室要现实！”，而那些哲学家们却主张，众生的一切弊病都是正规教育的结果。尽管伟大的艺术创作层出不穷，可学前派的思想并没有把安慰——也没有把希望——带给黑漆漆的宿舍和肮脏的礼堂中的文盲大众。就是这些人，在绝望之中，转投向了**学生管理工会**。在他们深红色的三角旗下，一位新的大导师，满脸胡须，表情严肃地高喊：“各个学院的学生们，团结起来吧！”

《学生会主义章程》（马克西接着说）本身并不损害大学生活的“开放学院”或“自由研究”的精神，只是针对过度的、毫无节制的公开和自由。他们崇尚和平，主张哪里有博学的学生和无知的学生之分，有师父和弟子之分，哪里就必然会有融合；因此以知识私有为基本观念的信息化主义，必然会因其自身的矛盾被打垮，最终逃不过在它之前的系别主义的结局。所有的信息和厂房都会变成学生会的财产；头衔和任期将会被废除，博学者和文盲的界限也被划掉；既然奠基者和终考都是谎言，是教授们为约束学生而编造的谎言，那么事实上根本没有什么答案：相比提心吊胆、辛辛苦苦地追求个人毕业认证的自私目标，众生更应该作为一个十分有纪律的整体待在一起，生活在秩序井然的书院里，在规定的时间里一起学习规定的课程，而这些课程就是教他们要将个人想法服从于群体的想法。如此主张，这一运动吸引了大批追随者，其中不仅有愚蠢的和受压迫的人，还有知识分子。他们纷纷放弃之前的信仰，在学生会主义崇尚无私的学说中看到了一种新选择，可以代替“开放学院”最过头的卑鄙兜售——逻辑学院用红色的霓虹牌规劝人们“用三段论论证滥用自己的权势”，玄学家们通过无线电宣扬“运用哲理推究的人永不会僵化”。马克西承认，他自己在大一时，也像很多莫伊舍知识分子一样，属于某个学生会组织——这使他在晚年饱受折磨——而且他真心地同情尼古拉学院的课程主义者，他们在第一次校园暴乱中，推翻了他们专横的校长，建立起了第一个学生会政权。

“直到后来，”他悲哀地说，“我们才发现，‘底层群体的统治’不过是又一个专制的校长统治而已，只不过是某个糕点师和工艺课老师掌握了政权而已。信息化主义最大的缺点是自私；可是学生会那些人又做了什么呢，他们只是把自私的学生换成了自私的学院而已。他们到处宣扬的这种‘学院自我’——就如同新坦慕尼最富有的信息化主义者艾拉·赫克托一样的贪婪，不知满足。”他摇摇头，“你知道吗，比利，我并不同意马库斯老教授的看法：我认为群体的想法总是不如群体中最杰出成员的想法的——**啊**，如果是个委员会，那就应该是比不上**任意**一个成员的想法。而且一个学院的**热情**——那才是最可怕的事情！我告诉你，‘学院自我’就是一个被惯坏了的大孩子；它简直是恶霸，是野兽！”

尽管尼古拉学院出现了很多叛逃者，但是学生会主义在两次暴乱之间，尤其是在东校园，影响力迅速扩大。东校园的所有学院，无一例外都扩招了，但在愚昧无知方面始终毫无长进；本质上，他们的一贯信仰是唯心论的、先验的、消极主义的和超个人的——总之，就是伊斯密主义。而《释咖尼安注解》——他们的总章程，可以说——教导大家“真正的毕业生”可以理解并且说出：“我和奠基者是一体；我是这所大学，我又不是。”这种超越自我的学说很轻易就会变质为学生会主义的压抑自我，而且在第二次校园暴乱之后——在人满为患的悉达塔学院各系，在寺院林立的唐学院——数百万的人已经走向了压抑自我。

“注意了，孩子，”马克西突然叫我，“下面就要讲到你了。”

我承认，他这么静静地讲述那段历史，再加上黑暗的过道里乔治的清扫器嗡嗡响，我已然昏昏欲睡；今天上午灾难接踵而至，我已经精疲力竭，我靠在一张桌子上，那桌面比我平时躺的羊棚地面也硬不了多少。可是马克西点到我，我瞬间清醒了。

“我已经告诉你了，”马克西说道，“西格弗里德人不等第二次暴乱结束就已经在学习如何吃人了。所以尼古拉人就挖走了他们能找到的所有的西格弗里德科学家，新坦慕尼也这样做了。之后，柴门汀斯基，我最好的老朋友——柴门汀斯基就想，一方可以吃人而另一方不可以，那么这校园该有多么不安全。他的想法就是：如果能有一个 EASCAC 能够和 WESCAC 匹敌，那么就没人敢吃掉其他人了！所以他就悄悄溜走，去了尼古拉学院，而且还携带着他所知道的一切机密。于是在一年后的一天晚上，WESCAC 就告诉我们，有两千个政治系的挂科学生在尼古拉一所少管所被活活吃掉了，不过不是 WESCAC 吃的……”

他认为，由此，就开始了东校园和西校园之间所谓的“宁静暴乱”。这两个全副武装的校园都要千方百计地通过非暴乱的方式扩张自己的霸权；正如叛徒柴门汀斯基所愿，谁也不敢吃掉对方，只是双方都绞尽脑汁地完善自己的武器。校园里，但凡有头脑的学生都人人自危，唯恐哪个鲁莽的傻蛋或者谁一不小心就触发了第三次校园暴乱，那样的话众生就完蛋了；可是谁抗议谁就会被叫作“同志学员”或者被扣上“粉红旗教员”的帽子。学生会主义的“猎巫行动”席卷了整个校园，没有自由主义者能够安全逃脱。在暴乱后的第一任校长，将军教授雷金纳德·赫克托的领导下，新坦慕尼实施了空前的安全措施。马克西·施皮尔曼——大学生科技协会的英雄人物、有关这所大学的伟大定律的发现者、公正无私的校园天才人物——马克西·施皮尔曼被解雇了，没有得到事先通知，也没有获得各种救济金，理由竟是他的忠心值得怀疑。

“他们才该被吃掉呢！”我大喊。

马克西却啧啧地不以为然，他略带责备地说：“不是的，比尔，这不关赫克托校长和学院参议员的事儿；他们也只是像其他人一样，害怕而已。而且，我的朋友柴门汀斯基也是个莫伊舍人……”

“那，这是谁的错呢？我去吃了他！”当然，我以前一直知道，我亲爱的管理员之前被他的同事们卑鄙地利用，可是直到这次马克西给我集中讲授校园的历史，我怕才深切地感受到他们是多么的不讲道义。

马克西笑了。“你知道的，他们之前叫我‘WESCAC之父’：好吧，我承认。可是就在你出生之前，儿子就跟自己的爸爸反目了，就像你之前在羊棚里那样。”

他继续说下去。EASCAC（比它西校园的兄弟更大块儿，更简陋）基本上只是用于军事科学和重型工程事业上，相比之下，WESCAC早就已经被训练去做这个“自由校园”里几乎所有脑力劳动了；更重要的是，它可以教授新坦慕尼课程目录上的每一门课程，同时还能更新和实施扩展计划，不断扩大自己的力量和影响力。当它的管理员要求它说出自己最薄弱的方面，以便强化这些方面，它的回答可谓令人印象深刻，“就是那些死挂的篡改我进食程序的人”；而且它还自己制定了两个改进措施：“给我编程让我自己设定进食计划”(也就是说，自己决定什么时候，谁要被吃掉)，另一点就是“给我编程让我吃掉试图改变我设定的进食计划的人”。马克西对此感到无奈，只能徒然表示，WESCAC的兴趣已经发展得十分广泛，超出了任何一个人的认知——或许它甚至会搞两面派了。出于不得已，WESCAC和EASCAC不得不共用电源，都要使用来自奠基者山的电力。而且一定的交流——表面上是间谍活动——在它们之间进行；从某种特殊意义上来说，也可以认为它们是兄弟，甚至可以说是同一个大脑的左右半球。此外，有人怀疑，柴门汀斯基在叛变之前已经对那“进食计划”做了微妙的“篡改”：如果他真的是学生会主义的人，谁知道 WESCAC，会不会因为大脑被篡改，自己叛变，与 EASCAC 联手摧毁这个“自由校园”呢？又或者说，真如马克西所说，若柴门汀斯基只是一个过于狂热的和平主义者，很可能就是他指示 WESCAC 发出这种要求，要求它自行设定“进食计划”，之后什么人都不会吃——这样的话，除非他也对 EASCAC 进行了同样的编程，不然西校园面对袭击将会毫无反击之力。虽然利弊参半，可那些将军教授可没有耐心管这种猜测，他们也没耐心等任何武器装备替换 WESCAC 的武器装备。到最后，只有可能“死挂的人”根本就不是柴门汀斯基那些人。教授参谋们认为，假设尼古拉人想出其不意地吃掉我们，我们不就没人活着指示 WESCAC 实施报复了吗？如果 WESCAC 不仅能够自动实施报复，而且在袭击来临时可以真正做决定并先发制人，这将是多么强大的震慑力，又会给校园和平带来多大的支持啊——它自己宣称可以自行编程这么做！

总而言之，马克西的意见被否决了。“我所有的反对意见，”他说道，“都是要提醒赫克托校长，不应该让学生们认为 WESCAC 已经不受我们控制了，即便事实的确如此。所以那些将军们就告诉 WESCAC，‘自行设定进食计划——但是不要毁掉新坦慕尼——吃掉除大导师外任何靠近你腹部的人’。WESCAC 腹部指的是塔楼大厅地下室里的一个洞，里面存放着 WESCAC 的食物，还维系着一切反间谍和进食程序。先前它从来不需要维修，所有人都不允许进到那里，可是现在没人敢靠近那里。‘大导师’什么的那些话也是随口说的：只是为了糊弄异邦人，也就是说让他们相信以挪士·以诺有一天还会回到校园里，平息所有的暴乱。”

哪个管理员同意或者哪个管理员反对它扩大自己的力量，这些都会按时汇报给 WESCAC。自从柴门汀斯基事件之后，教务会就采取这种做法了。

“进食计划”之争后立马又发生了另一场更大的争论，而那就是马克西最后一次参与争论。虽然 WESCAC 已经很强大，可以执行多种多样的任务，可是它的脑力仍然停留在最基本的层面：也就是所谓的 MALI，是“操纵分析和逻辑推理”（Manipulative Analysis and Logical Inference）的缩写。用马克西的话说：“WESCAC 能做的，打个比方说，就是**一只山羊加一只山羊是两只山羊，比利比汤姆强壮，布里克特比比利强壮，那么布里克特比汤姆强壮**，这一类的问题，这能明白吗？现在呢，它能把这一类的问题做得精细复杂，而且眨眼间就能做好；可是那归根到底，就是数百万个小脉冲而已，就像公羊圈之间的一道道门：一扇门也就是开或关的问题。它只能回答一种问题，就是我们可以归结为很多个小的‘是’或‘不是’的问题，它用同一种语言做出回答。”

这个基本功能是 WESCAC 延续自它最原始的祖先的，当然它的这一功能多年来已经得到极大的改进。在这一功能上，马克西·施皮尔曼和他的同事们又加了最重要的功能：能根据所得信息形成基本的概念，并通过试错法加以完善。（“就好像当你还是个小羊羔时，你不太清楚你是你，羊群是羊群。然后你清楚了这儿有个你饿了，而且有个玛丽·阿彭策勒的奶头不是你，但却可以让你填饱肚子。在接下来，你有了名字，有了过去，可以区分开七百多种植物了。”）所以，一开始那东西的名字叫 CACAC，是“校园分析器、概念生成器和计算机”（Campus Analyzer，Conceptualizer，and Computer）的缩写；之后，情况允许下，那野兽开始自我教育，这是任何人所不及的，它设想和执行自己的项目，而且展现出了可以称之为有智谋、有创造力、狡诈的这些特点。尽管它拥有能吃掉众生，还能自行选择要不要吃的能力，可是在某些方面，它连最稚嫩的大一新生也比不上。比如说，强大的 WESCAC 不能像我一样享受在金雀花丛间嬉戏的快乐；它也不会沉思或做梦。它可以以它的方式设计、外推、概括和推断；它可以经过运算谱出乐曲，也可以创作出一种程式化的文学作品（总是不太有趣）；它可以一次评估五六十个变量并且做出最精准的预测——可是它却不能凭直觉行动，也不会有灵光一现；它没有直觉，也不会感到兴奋；它会提要求，但没有渴望；它会直接指出，却不会旁敲侧击或婉转规劝；它会下命令，但却不会报以关心。它对风格没有感知，或者说感受不到那些可意会不可言传的东西。它能准确判断相关性，可暗喻却用得一塌糊涂；它会下棋，却不会玩扑克。马克西的循环学中极其复杂的代数，它可以在几分钟内解出来，可是它这辈子都不可能会说个玩笑话。

正是前博尼法希斯，那时还年轻的埃布利·艾尔科普夫博士，首次提议 WESCAC 应该再附加另一种智能功能。他管这种智能叫 NOCTIS，“非概念思考和直觉整合”（Non-Conceptual Thinking and Intuitional Synthesis）。他认为，这种能力，如果和强大的 MALI 能力结合，将会使 WESCAC 从此拥有真正惊人的潜力，让它在各个思维层面都优于众生，就像学生群体优于昆虫一样。Wescacus malinoctis，他这样命名自己这一设想中的创造物。它不仅可以向科学家们、数学家们和生产主管们提问并解决最复杂的问题，而且可以解决哲学家、诗人和神学教授们的难题。马克西自己也觉得这个想法很有趣，然后就让艾尔科普夫把这个项目继续做下去，虽然他也拿不准这样做是否明智，是否可行：因为这位残疾的年轻西格弗里德人，满腹才华，但大家却都认为他满脑子都是不切实际的想法。那时第二次校园暴乱刚刚结束，每个人都忙于为 Wescacus mali 系统寻找和平时期的用途。因此，“艾尔科普夫派”和“施皮尔曼派”的争论，也就只停留在学术层面，而且氛围相当融洽。可是当尼古拉人给 EASCAC 喂下第一顿饭时，也就证明了他们在军事上足以与西校园匹敌了。于是艾尔科普夫强烈要求实施紧急措施，大力主张发展 NOCTIS 计划，认为那才是重中之重。于是他越过马克西，直接到了校长办公室请愿。他主张，这是我们唯一的希望了，是能够重获脑电波方面的优势的唯一希望：WESCAC 增添了 NOCTIS 功能后，不仅可以在暴乱中以战术打败它头脑简单的对手，而且在“宁静暴乱”时，它比尼古拉整个宣传所的手段都高出百倍，有着不可估量的价值。事实上，他甚至提到了，改装后的 WESCAC 还可以验证所有学生的毕业认证，它就是这个校园里从未出现过的大导师。毕竟，以挪士·以诺，还有释咖尼安，一定是有着影响深远的人格魅力以及与生俱来的非凡的非概念化能力，否则他们的过人之处又体现在哪儿呢？可是据他估计，WESCAC 会在各个方面都优于这些大导师的，就像是它的数学造诣已是无人能敌了；它只可以用“**媲美奠基者**”来形容，而且正如奠基者本人一样，它可以永远地解决威胁众生的不和谐因素。

赫克托领导班子的高层们对此产生了兴趣，比起道德影响，自然是对它的军事前景更感兴趣，他们支持 NOCTIS 计划，但是马克西和其他几个人竭尽全力反对这个计划。NOCTIS 的能力，正是 WESCAC 的头脑和学生头脑的不同之处，这点他们和艾尔科普夫想法一致；之前 WESCAC 的思维有局限性，虽然会引起很多问题，但那却是保证 WESCAC 服务于学生群体而不是学生群体服务于 WESCAC 的底线。对那些有想法的信徒来说，学生自造的奠基者这种想法一定是大不敬的；另一方面，对于高洁的不信教的学生而言，就算是整个校园被学生会统治——学生会至少还是人，这样他们还可以曲意逢迎，然后以智取胜，最后推翻他们——也好过永远地绝对地臣服于一种超人的力量。在一次慷慨激昂的演讲中——就是他的最后一次演讲，对着学院教务会的演讲，马克西宣称："我，我不需要任何的超级大脑，**谢谢**，只有你们的头脑和我的头脑就够了。你们想让 WESCAC 成为你们的奠基者，然后每个人都通往毕业认证大门吗？可是呢，我的想法是，我的朋友们啊，那太诗意了，而我更喜欢生活。暴乱是真实发生在校园里的，不是发生在教堂钟楼里的，敌人也不是学生会主义，而是无知和苦难，而这些，现在的 WESCAC 就可以帮我们克服。要我说的话，发明了乙醚的医科学生对众生做的贡献都比释迦尼安和以挪士·以诺加起来做的贡献大。"

针对他这些可能不太明智的话，政治学系一位有名的教务会成员进行了反驳：他表示这番话在他听来，既不虔诚，也没有一丝热爱母院的意味。毋庸讳言，自己这位杰出的同事——是出于什么原因，他也不敢擅自揣测——反对一切可以加强 WESCAC 的威慑力，帮助这个自由校园抵御无奠基者的学生会主义的措施；而且，他还为叛徒柴门汀斯基说话，公开对列入检察院院长的黑名单的多个组织表示同情。可是，一个只知道搞研究的怪人（他最好是只专注于自己的算法，而把政治上的事情留给专攻政治的教授），难道就不能认为这个校园里痛苦和无知都是过去了，都只是（如果他乐意的话）通往生命的真正终点的小插曲吗？当痛苦和无知都被打败了，众生都抱着毕业认证的希望归于奠基者，难道不是一直都这样，这次不也一样吗？而且，既然这就是新坦慕尼领导打败无知和痛苦的方式，难道我们的学院不应该倾尽军械库里的所有武器，领导神圣暴乱，打败无奠基主义者和不信教的人吗？

说了这么多，至少有一点是对的：马克西不是政治家。关于第一个问题，他只是冷哼一声，表示无知会一直与我们同在，教务会也免不了。关于第二个问题，他很不耐烦地大喊：“你们那些奠基者都挂科去吧——我与失败者站在一起！”

在那次群情激奋的会议之后，马克西就被解雇放逐了。会上还通过了NOCTIS秘密计划，任命埃布利·艾尔科普夫接替马克西，担任WESCAC研究组总负责人。

“现在好好听着，”听我还在抱怨他被驱逐的事，我的管理员说道，“艾尔科普夫并不讨厌我。他也不讨厌任何人，那就是他的问题之所在。‘寻求答案’是他的座右铭，这跟新坦慕尼奉行的原则是一样的。可是他根本就不在意问题是什么，也并不在意回答这个问题要损失多少学生。在西格弗里德学院时，他就支持‘**优等学生**’的观点，不过这不是因为他认为西格弗里德人是‘天选种族’，只是因为他对数学优生学很感兴趣，而且他觉得研究被抓捕女学生比研究果蝇更有利于实验进行。天啊，比利，我之前看着埃布利，然后就想啊，改造后的WESCAC就是这样的：那就是个超级艾尔科普夫啊！所以，你猜我离开塔楼大厅时听说的最后一件事是什么？NOCTIS项目将会和另一个秘密项目结合。埃布利提出那个秘密项目让赫克托校长很是兴奋——他们把那个计划命名为‘优等生计划’……”

那么多学期以来，WESCAC一直主持着和平时期的诸多日常事务。它的工作之一是服务于动物饲养系的人工育种实验室，负责分析所有牲畜的基因特点和养殖记录，然后选出最佳的配对方案，以完成几种动物的长期育种目标——这类似于它匹配室友和提供婚配咨询的功能。这些活动实在太类似了，于是艾尔科普夫就希望能把它们结合起来并加以扩展。优等生计划的即期目标看起来并无什么不妥：无非就是WESCAC从无数份历史记载以及个人记录中筛选出一种典型的理想西校园毕业生，或者若干这种理想型，之后它会对这些典型案例进行基因和心理分析。而且参考西校园每一个本科生的类似分析（早就存储在它的记忆中了），它会指出哪个年轻男人，应该跟哪个年轻女人配对，最快要经过几代，才能培育出接近于理想型的人。当然，实际要不要结合，纯属自愿，而且要通过婚姻使结合合法化（至少在试点试验中是这样的）：整个过程无外乎就是一个复杂化的、有计划的配对咨询，说简单一点，这就是 WESCAC 之前提供的一种很普遍的服务而已。而且，这操作应该会不断改进众生：学生们生理和心理都更加健康，智商更高，学术严谨，有以诺式的谦逊等优点，正常人都不会拒绝这一点。可是，跟他们称为“羊皮行动”的这项优生学分析一起进行的，还有更加激进的，真正 NOCTIS 化的名为“去羊角行动”的一系列实验。马克西一听就非常清楚他的老部下在搞什么东西了。WESCAC 在牲畜研究实验室的设备已经应用良好，因此它可以不借助任何学生的帮助就能完成预选优生目标。根据它要求的规格，一个小型的绵羊棚建成，里面养着生殖力旺盛的多赛特母羊。给 WESCAC 提供每只母羊的遗传史和各种各样的公羊的装瓶的精液，而且 WESCAC 管理着从饲料混合到羊羔孕育的每一步操作；给它的指令就是培育出这样一种公羊：脖子短，骨头轻，肩厚实，颈脊深，腰部肌肉紧实，腿部肌肉发达——不过不能有羊角。然后就放手全交给它了。WESCAC 抓住自己需要的母羊，用自己选中的精液在羊栏里让母羊受孕；它的工具会自动进行血液测试，注射激素和维生素，调整饲料配比、运动次数以及孕育温度；等新一批小公羊足龄之后，它会从某些公羊身上采集新的精子，然后培育第二代、第三代，而且（大概就在马克西第一次流浪到新坦慕尼山羊牧场时）最终准确创造出了理想的产品：这种小公羊，只有一个缺点——一般认为这个缺点再经过几次实验就很容易可以克服——就是，像骡子和其他杂交物种一样，这种羊是不育的。

“而且不要忘了，”马克西说着，摇摇头，“在和绵羊做爱的同时，它还在经营着整个学院，从教平面几何到编制工资单，它操纵着各种活动。这就是 WESCAC，这就是它呀！”

现在，牲畜还是由一些学识渊博的畜牧学专业学生打理，这样更省钱，效率也更高，而且无疑将一直由他们掌管。“去羊角行动”的意义，马克西解释道，不在于 WESCAC 除了能做优生学的脑力分析还能自己饲养和培育绵羊——谁知道这件事要是和“羊皮行动”放一起会有什么不好的事情发生呢——而是体现在这项实验的另外两个方面。我的管理员想想就胆寒，他觉得再也听不到优等生计划的任何消息也不错。首先一点，一个更为复杂的“去羊角”实验，这实验涉及了老鼠，在WESCAC的帮助下已经编程完成了。一位谷物管理教授要求WESCAC消灭学院谷仓中的老鼠，而WESCAC却表现出了前所未有的无能：它没有制造一种更好的鼠药或者设计一款防老鼠的谷物升降机。相反地，它建议和足够多的猫进行交配，培育出一种绝佳的老鼠杀手，然后让这些**“超级猫”**和老鼠进行混种交配，目的是让它们繁殖出一种自己吃自己而且只能和WESCAC进行交配的物种，然后WESCAC再让它们的后代全都不育！这是一个怎么看都不靠谱的建议，那位谷物管理教授只能幻灭而归，继续老老实实研究鼠药和正常的猫去了。WESCAC出的这个**洋相**成了西校园的一个笑话，同时也打消了很多人的恐惧，毕竟他们因为马克西忧心忡忡的警告而惶惶不安。《新坦慕尼时报》的一篇社论调侃道：一个连捕鼠器都不能改进的智能机器，众生有什么好怕的呢？

可是艾尔科普夫博士和他的副手们却并不感到失望，也不觉得好笑。写报纸的和谷物管理的那些人并不知道，这次的老鼠事件是NOCTIS系统第一次测试：WESCAC的思维已经算得上具备真正的MALI和NOCTIS能力了，尽管还不成熟，但它的思维已经如同一个思维简单的本科生了；**“超级猫”**建议的荒唐之处正是成功的一个标志，因为那恰恰证明，WESCAC的推理已经受到了一种力量的影响——不，应该说是被支配——也就是它的**性欲**。值得注意的是，它的计划虽然不可行，但绝不是不合逻辑：它平生第一次为自己的性欲找借口。这就意味着它已经具备了一种潜意识——不理智、专横无理，总之一句话，就是具备了NOCTIS能力——它之前的MALI意识不得不妥协于这种潜意识。WESCAC就像一个好色的大一新生，脑子中除了性之外几乎没别的东西；它满脑子都是与那些多赛特母羊风流的记忆，一心只想着交配，并不介意跟谁，或者谁要为此付出代价；理性沦为欲望的皮条客。当然，这样一点都没有大导师的样子——最起码不明显。而且这也不像一般本科生的样子。可是，俗话说，最虚弱的一年级生可谓比牧场上最强大的公牛运动潜力更大，仅仅因为他是人。所以，就算是最无知、最好色的本科生，只要加以正确管教，有朝一日也可能成为大导师——而这是全校园最好的计算机所做不到的。令艾尔科普夫博士高兴（同时令马克西绝望）的是 WESCAC 已经具备了成为大导师的第一个前提条件：不论好坏，反正它已经明显地表现出人类的思维了，只是现阶段有些尴尬，不过这已是不可改变的事实。

“那接下来发生了什么？”我迫切问道，“我们就不能直接跳到我出生的那部分吗？”

“我们就是在说这个，”马克西说道，“我的意思是，我不知道接下来发生了什么；我那时在养山羊，从未见过以前那些人。我只知道，也是几年后我才想到，一定是发生了什么事，塔楼大厅的人才意识到 NOCTIS 计划有多么危险。甚至早于卢修斯·雷克斯福德当选校长之前，赫克托校长就已经叫停了优等生计划，而且把埃布利·艾尔科普夫下放到他不能再造成伤害的岗位上去了。那时候‘猎巫行动’已经结束了，雷克斯福德博士问我会不会回去重掌 WESCAC，我被解雇他感到抱歉。但是我已经见过了太多的学生，我知道我爱的是人类，怕的也是人类，可是我对山羊却只有单纯的喜爱。而且 WESCAC 已经不是从前的 WESCAC 了。雷克斯福德先生说现在都过去了，他们已经处理掉了 NOCTIS 系统，一切都已经在控制之中了。可是我比他们更了解 WESCAC。它不会忘掉它所学过的任何东西，如果它已经有了 NOCTIS 能力，有了渴望，哪怕这个过程只有一分钟，它都会保留对那些绵羊的渴望，甚至变本加厉。它总是很狡猾，WESCAC 就是这样的。现在的它任性又易怒，谁试图违背它的意志，改变它的思维，它就会吃掉谁——而且一切都会以校园安全为名义进行，这就像一个博尼法希斯的**校长**！‘不了，谢谢，’我这么跟雷克斯福德博士说道，‘很高兴你当选了，你为人心术端正，可是我不会再与 WESCAC 有任何瓜葛了。它在装死，肯定是这样的，’我告诉他，‘或者在跟学生们玩猫捉老鼠；尽管让它过来吃掉我吧，反正我不会把自己装盘呈给它。而且，我还要照顾比利·山羊蹄兹，他就像我的亲生儿子一样……’”

就在这时，乔治恰巧关掉了他的清洁器；我听着他在远处又唱起了：

老虎大人他咆哮，狮子大人他吼叫——

可一遇到 WESCAC，你们都要被吃掉。

现在我想我明白了他是如何沦为现在这番境地的了，还有我欠了他什么。我原本是转向了歌声传来的方向，现在我看着马克西，他扭曲的双唇证实了我的想法。

“比利，你被关的那个升降机，它之前是个图书升降机，后来我们用它来给 WESCAC 往下送吞食的磁带。只有六个人有资格从上面操纵它，通过它喂入关于尼古拉人的秘密情报，然后读取 WESCAC 的防御指令——只有军事联合主席、WESCAC 负责人和暴乱研究副校长这些人才有资格。把你放在那儿的人，是想要你死，因为那个升降机到达的地方是所有人类学生都不敢去的地方——那可是直接通往 WESCAC 腹部的啊！事情发生在‘进食计划’之争之后。那时，WESCAC 的设定就是：它会吃掉靠近它的暴乱资料存储的任何人。我不知道你的父母是谁，可是我敢打赌 WESCAC 知道。你一定经历过了所有新坦慕尼婴儿都会经历的‘产前能力测试’，因为当乔治打开 WESCAC 腹部的门，把你抱出来时，你的脖子上挂着一张产前能力测试卡片——那是你身上带着的唯一的东西。上面没写名字，也没写智商，只是在应该写每个孩子应修专业的地方，WESCAC 印上了‘通过一切挂掉一切’这几个字……”

“老天啊！”我惊叫。

马克西伸手打断我。“对于老天来说，那不代表什么，要是我看到也觉得没什么意义。一个学生如何能通过一切又挂掉一切，这讲不通。不过要是它的意思是你要选择其一去做，比方说以优等成绩毕业或者干脆退学，之前也有很多学生是这样的，也没人因为这个就惹来杀身之祸。”

他表示，唯一可能的假设就是：我的出生，对于学院当权的某位高层来说是一种威胁或难堪。为了除掉我，那个人不惜犯下谋杀婴儿的滔天大罪。

他的计划具有充分的可行性：几天之内就会有其他高层发现我的死亡（假设他们没有集体参与这个阴谋）。因为涉及 WESCAC，情势微妙，所以这件事不会被宣扬出去，以免行政当局难堪或者损失一名珍贵的科学家；校园秘密警察会进行秘密调查，这会遭到某位将军教授或者副校长的阻挠；调查结果，如果有结果的话，会递交给检察院院长，检察院院长就算自己没有参与这件事的话，也不能不经校长同意就提起诉讼。然而，马克西认为更重要的是，显然根本就没人进行调查，这是一方面，另一方面，那犯人也无意继续实施犯罪。可能罪犯已经知道我被悄悄带出了升降机，尽管很有可能他没想到我还活着。可怜的乔治听到了我的哭声，为了救我进入了 WESCAC 腹部，然后被吃掉了一部分。那以后，他既无法对他的英勇事迹守口如瓶，也没法将事情讲清楚了。他没有被歌颂为英雄，甚至都没有拿养老金提前退休，而是一声不响地被解雇了。这就证明我的敌人知道他的行动已经暴露了——他当时一定很煎熬，他多么想知道乔治后来把我怎么样了啊！或者说，如果他当真知道我还活着，并且在马克西手中（马克西当时已经不是行政当局的朋友了），但是却放过了我跟乔治，那么还有两件事应该考虑：他是不是宁愿冒着被那个神志不清的图书清扫员或者那个“莫伊舍老疯子”——马克西的敌人都这么叫他——揭发的危险，也不愿意继续实施犯罪，加重自己的罪行了？是不是就像把白雪公主带入森林的骑士，他并不是罪魁祸首，只是奉命行事，任务不成功，他也很高兴，只是不敢上报任务失败，那个罪犯是不是也是这样呢？又或者说，如马克西所想，虽然有某个或者某些大人物想要我死，不过还有一股与之势均力敌的势力不想我死，所以呢，谋杀就没能成功而且还曝光了，我的神秘朋友阻止了我的神秘敌人的谋杀行动——或许都没让他们知道谋杀没有成功，是不是这样的呢？马克西认为，有些事情绝不是巧合。在我被发现之前，他只是山羊棚的一个小助手，山羊棚本会照计划被夷为平地，山羊被处理掉，为养更多的家禽腾地方；然后他从乔治手里接过我还不到一个月，这些计划就毫无理由地改变了：高级羊倌成了位列畜牧学副主席的职位，几乎是心照不宣，马克西被默许管理羊棚和羊群。后来雷克斯福德政权上台后，授予马克西荣誉头衔，还拨给他一点研究基金。

“所以你看啊，比尔，你是有妈妈、有爸爸的，只是不知道在哪儿；不管怎么说你是有的。而且你的母亲不是什么可怜的下等人，被男朋友搞大了肚子不想让别人知道；事实是，你是在珍本书藏书室被发现的，你是知道的，除了那上了年纪的大校长和他的左膀右臂之外，没人有那儿的钥匙。”

我想到一件让我沮丧的事情。“所以比利·山羊蹄兹可能不是我正确的名字喽！”

马克西拍拍我的腿——因为那硬邦邦的橡胶桌面，我的腿已经麻了，感受不到痛也感受不到爱的抚摸。“孩子，我接过你的时候那就是你的正确名字，不过不是你的**真**名，就是你说的那个意思。像我一样，你是那场风暴中的孤儿，是学生们的替罪羊。可怜你的腿和脚就这样被磁带盒挤伤了，就算没人把你偷走或者在羊栏里杀了你，我也以为你这辈子都不会走路了。当我看到你喝着玛丽·阿彭策勒的奶，在慢慢长成一只多么健康的小公羊，我就说：‘玛丽啊，就当他是我们自己的一只小公羊，**不好吗？**他就是冒出两只角来搭配他蹄状的脚，我也不会吃惊的……’”

现在他紧紧抓着我毫无知觉的腿。“**啊**，比利，我告诉你，我看到你第一眼就喜爱你，我痛恨我们人类做的那些事，如果要我许愿的话，我只希望你是一只真正的**公山羊**！我想让你像布里克特·瑞南克尤勒斯一样，长着厚厚的羊毛、大大的羊角，像他一样凶猛但又温顺，如此强壮，如此冷静，如此漂亮……你就永远不会讨厌任何人了！”

然后一切如他所愿（他满是懊悔地开始讲这段历史，中途迷失了，最后又以相同的懊悔结尾），他给我取名为比利·山羊蹄兹，而且要乔治·赫罗尔德发誓务必保持沉默。在秘密照顾了我一年之后，他对外宣布自己某天早上在羊栏里发现了我和其他羊羔在一起，他打算收养我做他的儿子。他有很多担忧。其中一点就是，他担心那些小报报道会让这个故事轰动校园，因为他们做的一些专题曾将雷穆斯学院建立时的一些传说翻了出来；可不知怎的，他们要么就是把这个报道随便放在了背页，要么压根就没报道这件事。同样莫名其妙的是，幼儿园的学龄前学生福利部，主席是位出了名的爱管闲事的女士，他们部也只是象征性地视察了一下我的情况；有些官员们殷勤地请马克西填写几张表格以将我的监护权合法化，之后就没再管我们。马克西暂时松了口气，心中仍是不安。他发现从表面上看，他是可以自由选择了，不过他面临的选择要比一开始的“收养”更难。

“每一天，我看着那些来羊棚参观的人类小孩，”他说道，“他们都是好孩子，漂亮的孩子，热情洋溢，充满好奇心。我就问他们是谁，他们就会回答‘我是约翰尼·某某某，我的爸爸是新坦慕尼海军的炮手，等我长大了我要做一个有名的科学家，吃掉那些尼古拉人’。然后我就问布里克特·瑞南克尤勒斯，他那时候还是只小公羊：‘你是谁？’他只是动动耳朵，继续吃干草。就这样了，比尔。一方面，是苦难的命运和十二个学期的暴乱，是以挪士·以诺和博尼法希斯！而另一方面，布里克特·瑞南克尤勒斯吃着自己的干草，对这种事情一无所知。我看着你和玛丽的孩子一起嬉戏玩耍，他们永远都不会听到‘对’和‘错’之类的话，然后我又看看校园里最卑鄙的人，他写了《大学之理论》，爱大学里的每个学生，但却用一束脑电波杀死了上万的学生！所以啊！看看啊！我决定，为了他好，我的比尔最好做只山羊，他永远不必去想自己是谁！”

马克西的长篇大论就此突然打住，这个冗长复杂的历史故事也就此结束了，我一时间都没反应过来他已经说完了。可是他嘴巴闭得紧紧的，闭上双眼，用大拇指和食指搓着眉毛。过道里很安静，还是黑漆漆的——尽管外面至日正午的阳光一定很耀眼。我还能听到门旁的喷泉欢乐的流水声。可怜的雷德费恩的汤姆啊，他没有被遗忘，他的尸体倒在他的圈里，就如同倒在我的脑海里——可现在他被一个更重大的事实的阴影所遮盖，这一事实正需要这汩汩水声映衬下的安静才能完全看清。腿还没恢复知觉，我就强撑着站了起来。

“也就是说我不是只山羊？我的羊爸爸和羊妈妈都是人类吗？”

一开始马克西只是回答：“原谅我，原谅我，比利！”

“一直以来我都是个人类学生，只是我不知道而已！”

“**是，是。**”此刻马克西跪了下来，所以我只能看到他苍老的额头抵着桌子边缘，“我本应该想到事情会变成什么样的。可是原谅我吧，比利！”

唉，我一心只想着他所说的种种真相了，过了一会儿之后我才发现他竟这么痛苦。然后我迅速前倾，靠着他的头发为他做祈祷。我还是没法陪他一起哭，十几个推断和猜想搅扰着我。显赫的人类身份！高层有意除掉我拯救我的阴谋！被拯救去“**通过一切挂掉一切**”！

似乎是被我的惊讶所召唤，此刻我的救命恩人，拿着清扫器，出现在了我们面前。“你们都走开，”他咧嘴一笑，命令我们，“我要清扫这张桌子了。”

那乱蓬蓬的头发，那双大眼睛，黄白色的，第一次看到时把我吓坏了——现在看来却十分和蔼可亲。还有他那温和的疯癫，牵动着我的心。

“再有五分钟，”马克西请求道，站起身来，“我叫个轮椅，把这个孩子接到医务室。”

可是我坚持我能行。“我这就站起来走一走。”

“不行，比尔！”他要阻止我，可是我摆手让他走开，然后半转过身，坐到了桌子边缘，两条腿耷拉着。我的腿一阵剧痛——不过不是因为它们一开始的畸形，也不是因为雷德费恩的汤姆的攻击，只是因为里面的血液流动，开始唤醒了它们。从桌上滑下来的时候，两腿打弯，我不得不抓住桌子支撑自己。

“一次太勉强了，”马克西无奈地说，“慢慢来！”

可是我不能忍受还像之前那样走。从屁股到脚趾，我感受到一阵阵的震颤，我只能活动活动肌肉，再次铆足力气，下定决心从此刻起这些肌肉必须能承受我的重量。

“给我搭把手，乔治。”

“好嘞，**大人**，”乔治·赫罗尔德爽快地放下他的清扫器，将我的一只胳膊搭在肩上扶着我，“你们全想躺下，”他乐呵呵地责骂道，“你得在宿舍躺，那才是你躺的地儿，在俺的地盘上可不行。”

“从今往后我会的。”我答道。

他仍是满脸焦虑，马克西从另一边扶着我，我手松开桌子站了起来。最难的是把膝盖打直，因为之前十四年的步法，我的膝盖是弯曲的。可是我的膝盖、我的大腿内侧，正好是汤姆撞过的地方，于是我自欺欺人地认为，他的撞击就像是锤子打在生锈的折页上，让折页能活动了。无论如何我是把膝盖伸直了。

“现在你们可以放开我了。”

乔治·赫罗尔德轻笑一声，立马放开我，往后退了退。马克西迟疑了，可能看到我脸上因为激动冒出的汗水，他没放开我；我只是看了他一眼，他也松手了。之前我曾经两次在奶油头发夫人面前站直身子，一次，唉，在雷德费恩的汤姆面前站直身子，这次我同样站直了身子——可是这一次我没有倒下。突然我一个没站稳，开始摇晃起来，眼看我是要摔翻天了，马克西随时准备着冲过来帮我。我也只能将我的目标打个折扣了，于是把一只手搭在了乔治·赫罗尔德的肩上。可是我没有摔倒。

“这娃跟刚出生似的，”我的救命恩人嘲笑道，“不过他没啥毛病。”

马克西为我拍手。“比利·山羊蹄兹！看看你现在啊！”

这样站起来了，我激动万分；我的心跳得很快，像当初在羊栏中踉踉跄跄走在那些木桶上时一样。可是听到马克西这么叫我，我感到不快，就像被人掐了一下。我喘着粗气说道：“我现在不要再做**比利**了，**山羊蹄兹**也不要，都不要！我要做个人类学生。”

“**是**，**是**，你得取个新名字！我们要做的，我们得给你取个新名字。**呜呼**，比尔！”马克西太高兴了，他过来双手圈着我的胸口抱住我，差点把我撞倒——可是我没有摔倒。我惊奇地发现，现在我站直了身子，他是个多么矮的人啊：我比他整整高出一个头！真的，有很多东西，在这之前我只能仰望，而现在我发现自己可以在高处看，这样的视角让我再次想到了我在玩“占山为院长”时短暂的统治。

“我要学所有的东西！”我大声说道，“我想让你教我我该知道的所有事情，然后我要成为一名新坦慕尼学院的学生！之后你知道我要做什么吗，马克西？我要找到 WESCAC 的洞穴，然后对它说：‘我的母亲父亲在哪儿？你对他们做了什么？’他最好是老实交代，不然我一定会**吃掉**他！”

马克西高兴地摇摇头："真是孩子气的话！"

可能是以为我提到了他，乔治·赫罗尔德又开始吟唱起他最喜欢的警告："**要是你们不留神，WESCAC 就要把你们吃掉……**"

"你看着吧！"我不假思索地向他保证。

马克西放开了我，皱起了眉头。"听着，比利！我刚想到一些事情！"

某个问题直到那一刻他才想到，他惊讶不已——这段历史故事的任何一个听众老早就有这个问题了。可是既然那个问题他花了十四年才想到，恐怕还要再过七年他才能问出来——我怕他仍然不能回答那个问题。我打断了他的话，主动提起了我的名字。

"不要叫我**比利**了！比利·山羊蹄兹已经死在山羊圈里了。"后面一句话，是我突然想到的，说出来让我有种意想不到的快感。

马克西笑了。"所以我应该叫你什么呢？"他提醒我，没人知道我真正的姓氏是什么，可是他觉得没理由我不能现取一个名字。如果我也想要一个新的姓氏，他很乐意帮我选一个。我知道，山羊们取名字，是严格按照系谱图来的，可是我不知道人类是怎么取名的。

"嗯，莫伊舍人取名呢，"马克西说道，"他们叫自己的孩子家里上一个死去的人的名字，如此那个人的名字便得到了延续。"他漫不经心地说出了这些话，可是这让我们都想到了我死去的朋友，因为在山羊家族里我们都是兄弟。

"你想叫汤姆吗，孩子？"

我摇摇头：这样的枷锁太痛苦了——而且，高贵如汤姆毕竟也还是……一只山羊。同理，我拒绝叫**马克西三世**，以我的管理员的父亲的名字为名：虽然很贵气，甚至有种朝代感，可是在我看来，名字中的这种数字听起来，仍然是在暗示牲畜的等级。

图书清扫员乔治·赫罗尔德现在已经对我们的谈话不感兴趣了，也不想再看我摇摇晃晃站不稳的样子了；他找回自己的机器，让它"嗡嗡"响着自娱自乐。我眼睛盯着他看。不一会儿，马克西的声音从背后传来："**是**，我是把你养大了，可是可以说，是乔治·赫罗尔德，是他把你带到这个校园来的。”

我微笑着转向他：“**乔治**是个好名字，不是吗？”

“是个好名字，”马克西表示赞同，“有好多叫乔治的名人呢。”而且他接着说道，“自从他被吞食了以后他的妻子就离开了他。我觉得他不会再有孩子了。”

“要是没人介意的话，”我说道，“从现在起我想叫乔治。”

马克西点点头。“你这样做很好。”

然后我发觉自己不可名状地感到疲惫，于是提议回家。站起来是一回事，走路又是另一回事了；马克西请乔治·赫罗尔德来帮忙，可是就算是他们两个人一起扶着我，我也只走到喷嘴式饮水龙头那儿就精疲力竭了。不过我仍然拒绝用四条腿走路。

“那就让你的同名人抱着你吧。”马克西提议。那个黑人双手抱起我的时候，马克西说：“等一下，我还有件重要的事情要做。”他从喷嘴式饮水龙头里沾湿了手指。“以诺派的人给孩子取名的时候，”他一本正经地说道，“他们把孩子带到一个奠基者大厅，然后往他的头上洒一些特殊的水；他们还会说类似于这样的话：**亲爱的奠基者请将这个孩子身上山羊的影子赶走，让挂科院长远离他，帮助他通过终考，让他能和你还有以挪士·以诺一起坐在奠基者山上，永远永远。**嗯，算了，这儿只有好的饮用水，也不是在一个奠基者大厅里，只是在图书馆里。只有个**黑人**做你的奠基者之父，一个疲惫的老莫伊舍人做你的牧师。所以这不能算是个正常的‘以诺礼’；或者可以说，我要为你施‘马克西礼’。”

说完这些，他对着空荡荡的书库宣布：“这个孩子，他不再是一只山羊了，而是一个人类学生。就让苦难令他更机智，这是我唯一所愿。”他的声音拔高了些，“以大导师的名义，无论真假，曾让学生们痛苦的大导师；以所有的受难的一切的名义——莫伊舍人，**黑色公山羊**，还有所有的挂科学生——我授予你**乔治**的名字，你要通过一切挂掉一切。”

就在这时，远处塔楼大厅的钟恰好敲响，一点钟了（可是我们那时正好是夏令时，钟表比标准时间拨快一小时），他将水滴点在我的额上。然后我们三个就走进了没有影子的正午阳光下，我的同名人抱着我唱了起来：

“又是一条河，”莫基人阁下如是说，
“你们会毕业，只等你们一通过。”

第二卷

Second Reel

1. 准备与离家

我花了七年时间做准备——时间都去哪儿了呢？这是我人生中十分不明朗的一段时光。就像古时候那些胸无点墨的人横扫了雷穆斯学院大大小小的殿堂，又被他们所洗劫的一切所教化，年轻的破坏分子一定会把他们遗留的神庙变为瓦砾，然后面对着自己手中的碎石块，他们开始思考，变得聪明，后悔自己的愚昧，最终还得需要研钵和泥刀。对于我早年时光的描述也是这样一种重建，那时光的裂缝和泥灰填物也难逃崩坏的命运；同样，我也必须得重建我的知识与教育，就像一位考古学家，根据文物残渣还原古代遗物的源头。毋庸置疑，特定的时间点一定会发生特定的事件，比如，玛丽·维·阿彭策勒，乳房瘪了，上了年纪，在雷德费恩的汤姆死后不到一个月便归于更绿的牧场了——她给了我唯一的、世上最慈爱的母亲般的爱护，愿她获得永恒的内心平静。这些事件为我竖起了一道道标杆，是我一片狼藉的过去的墩基和立柱。剩下的事情我靠记忆中马克西的教学片段来回忆——

肯定与事实有所出入，这点我毫不怀疑，因为时间过了很久，我的记忆不可能精确无误，而且过去该是怎样的，我有自己的想法。众所周知的马约，他的名言经过他的徒弟斯开普拉思的对话传播之后，也都变了味儿；以挪士·以诺的伟大事迹，经过他的门徒们的回忆（绝不会毫无出入），也难逃如此。我尽量精确地复刻事实，不足之处，就由善意和诚挚弥补，也请接受我刻意有所隐瞒吧：这段时期如此不明朗，我的叙述也因此含糊不清，这都是有道理的，甚至是有一定意义的，原因是什么，过后就知道了。

比如，是谁埋葬了雷德费恩的汤姆，我说不上来。我们一回到羊棚他们就把我放在床上了，我比我想象的还要虚弱，也因此不用再看我犯下的罪行。这项沉重的工作很有可能落在了乔治·赫罗尔德的头上，因为我在那图书馆分馆受"马克西礼"之后，我的管理员就把羊群全权交由他来管理了。乔·赫罗尔德（我们现在这样称呼他，只喊他的姓，因为我用了他的名）立马就跟山羊们打成了一片，他放下了他最爱的清扫器，拿起了羊角号，每天都会去牧场——他看起来也很神气，就像是来自黑弗鲁门齐乌斯的某位校长酋长，强壮有力的黑色胳膊上挂着他白色的羊毛帽子和羊角号。天气好时，我们会跟他一起去；天气不好时，我们就待在羊棚里或者畜牧书库里不出门，因为马克西的身体状况大不如前了，至少近几年，他由健康结实变得干瘦苍老。总之，我们全身心地投入到了我的教育大业中。

"我们得赶上别人才行，"马克西对我说道，"我们要做的，是要大体上了解这所大学，然后再有针对性地了解你自己；我们找到在这所大学里你想做的事情时，我们就学习它。"

"我已经知道我想做什么了，"我说道，"我想成为一名出色的学生，通过我所有的考试。我还想让 WESCAC 告诉我我父母的事情。我还要惩罚你的敌人们。"

马克西跟我解释，人类与山羊不同，山羊唯一的愿望（如果某些无意识的东西可以被称作愿望的话）是做各方面一等一的山羊，而人类并不追求做各方面一等一的人。更确切地说，人类选择生活中的某一种活动，比如看星星、做音乐，然后争取只将这一种活动做好，而不管其他的。"专业"和

"职业"这样的概念对我来说并不容易理解：布里克特·瑞南克尤勒斯是一只种羊——也就是说，这是一个让母羊怀孕的专业——可是他在这方面的长处正是表明了他整个儿就是一只出色无比的公山羊，这就像玛丽·维·阿彭策勒的产奶记录表明她是一只出色的奶羊；这两个长处根本不必选择，也不用为了发展一种长处而牺牲其他的。事实恰恰相反。为什么到了人类这儿就要有所不同呢，这我很想知道；体格不健壮的科学家就像不能生育的奶山羊一样鲜有产出，难道不是这样吗？

哎，你看，我可不总是个聪明听话的学生。我挑明说，我坚决要成为伟大的格鲁夫一样的人，一半是因为怨恨马克西，一半是因为尊敬他。因为这么多年来，他一直都非常温和地指出，我这种举动很幼稚。我慢慢明白了，WESCAC并不是什么巨怪，除非把它比作巨怪；跟这种比喻上的怪兽，人们是不能跟它实打实地干一架的——而这是我唯一尝试过的。我和他都很清楚，摆在我们面前的真正任务是单调乏味的，那就是弥补我小时候所缺失的。原则上，我很渴望尽我所能，学习有关真实的人类大学的一切神秘的知识；可是事实上，尽管我有赤诚的好奇心，可是一想到我可能永远不能真正"赶上"我未来的同学们，我的自尊心就很受伤。我永远不会像他们一样；我肯定会挂掉我所有的考试，什么都通不过。因此，一方面我因为马克西不遗余力地教导而对他感激不尽，而另一方面我又怨恨他，因为他没有从一开始就让我和我的同学们一样接受教育。如果就因为他这般养我，让我必须比其他人要更努力才能出人头地，那他当初还不如不收养我！

我慢慢喜欢上了辩论，这背后的原因并不完全是体面的，其中有些吹毛求疵的成分。另一方面我确实是在劣势之下费力地学习。我在数学、形式逻辑、语法和理论科学方面进步最快——这些科目，理解起来不需要特别涉及有关人类的事。可是他们是从学生经验的领域抽象出来的，这点恰恰让我感到无趣。更为有趣的是跟身体灵活性相关的事，在这方面我之前的山羊习性可是笔宝贵财富：我不仅喜欢体操和摔跤（摔跤是跟好人乔·赫罗尔德学的。在那些无忧无虑的学期里他曾是一名运动员，虽然上了年纪，人也疯了，可是不妨碍他仍身手敏捷），而且喜欢工具作业，各种各样的手工，还有音乐，我吹奏的是我自己用一排小接骨木树枝做的管乐器。

然而在我最想涉猎的领域我却表现得极其没有天赋。我第一次接触书面语——就是在小树林里与奶油头发夫人在一起的那段时间，她给我读了《奠基者萨迦》和《受托人传说》——那对我的影响比我想的还深。我仍然喜欢文学多于其他学科，喜欢古老的历险故事多于其他的文学形式，可是我对它们的领悟却完全没有思想深度。我根本不在乎在古代学期它们曾带给学生文明什么启示，也不在乎它们在西校园艺术史上有什么重要地位；尽管耳聪目明，我却对文体学、寓言意义，或者有关形式的问题毫不感兴趣，重要的只有主人公的事迹。比如，《狼和孩子》的寓言故事我能从头到尾复述（同样的我还能复述一百个别的故事，那些情节对我来说就像我们牧场上的路那么熟悉），可是仍然记不住作者的名字。我充满愤慨，惟妙惟肖地说出马背上的那孩子对下面走过的那只狼的指责，可是“智慧总有答案”就跟“远处做英雄总是简单”同样适合做故事的寓意。要我复述故事我记忆力好得很，可是要我解释总是能难倒我，特别是故事的意义与人类的是非观念而不是与实际经验有关时，最是困难。比如，有一点我不赞同马克西的看法，他认为那个孩子的做法是不对的：要真的是在远处做英雄总是简单的，一个人又想展示自己的勇敢，难道他不应该像那个杰出的少年一样站得远远的吗？再比方说，《不进狮子洞的狐狸》，假设**落入敌人的圈套比再出来要简单**（这个观点就马克西的解释来看似乎与前面的那个观点相矛盾），那只狐狸应该会更乐意留在洞里完成英雄事迹，难道不是吗？

“天啊。”马克西这时会叹气。

更严重的是，因为新坦慕尼学院的各个院落离我的生活太遥远（更不必说雷穆斯学院和古典的莱克昂学院了），不如格鲁夫先生们离我近，我打算像看待小说里的事件一样，以批判性的眼光来看待历史事件。任凭马克西拿“政治需要”或“历史背景”提醒我都没用：如果某位校长谨慎地做了X，而我最喜欢的游侠院长则冲动之下做了Y，那么我就不会再尊重那位校长，而且我往往会觉得学习他的行政管理也没什么**意义**。一位无畏的地理学家在环游整个校园时，克服了每一次危险的风暴，战胜了一群又一群野蛮人活了下来，却在旅途的最后一段败给了该死的疾病，这有悖于一切叙事逻辑；它并没有让马克西所主张的那句“事情**总是**这样的”变得有所不同。事情本不**应该**是这样的，而且既然名字和日期于我来说无关紧要，就像我记不住威利·格鲁夫眼睛的颜色，索性我就把一切统统忘干净，要么就根据自己的喜好做修改。

我对经济学、生理学，或者伦理学的掌握也不牢固，甚至因为态度问题，我在理论物理方面的学习能力也大不如前。每一个作用力都有一个大小相等、方向相反的反作用力，或者胚胎的孕育重演了其所属门的进化，这些充其量只让我觉得有点儿诗意。大多数情况下，我只是以一种暂时不偏不倚的态度看待自然规律，就像人们看待比赛的基本规则或寓言故事阐述一样。一想到人没有选择比赛的余地（明明可以想到那么多其他比赛），无论如何我都会郁闷不已。事实上，如果我从不曾为“事实”这种可怕的任意性而感到真正的绝望，那是因为我从来只是在名义上接受了它们而已。本着读《旧时学院传说》一样的精神，我把《坦慕尼百科全书》从 A 读到了 Z，我发挥想象力，把每个条目的开头都加上了“很久以前……”。

尤其，我会以这种方式看待我自己的存在和本性这些“事实”。我的出生日期不详，出生地不详，家世也不详。我看着一代又一代的小羊羔长成了大山羊，然后自己生了小羊，最后死去，就像一长串滚动的演员表，而我自己似乎根本就没长岁数。之前我一直以小羊比利·山羊蹄兹的身份生活在羊群里，现在我打算以本科生乔治的身份生活在学生中间；毫无疑问，在其他领域里还会有其他角色等着我，一个接一个的名字和身份，无穷无尽。这也难怪我把自己的生活和其他人的生活看作是剧院里上演的一种即兴表演，自我认知不过是即兴创作的事儿，还有道德禁令，比如**寓言故事**中那些或是高尚或是邪恶的道德禁令，不过是些舞台说明。事实，就算是自传性质的事实，我也不会理解和承认，不管接受还是不接受，那都只是自吹自擂的一个细节罢了。对我来说，没什么是永远而正确的**真实情况**，我只在乎“**当下的情况**”。观众、批评家，还有剧团的临时成员，我本着一种完全自由的精神去看剧本和马克西做的注解。尽管这种精神的魅力和效力实在值得称道，可是却充满了危险性，能让一个学生变得难以管束。我认为那就是我那段时间里行为反复无常的罪魁祸首。

每天的上午和下午，都花在了我的教学上。事实上我一整天都在学习，而且某种意义上说，连夜晚时间也是，这你很快就知道了；马克西分分钟都能开始说教。我们像之前那样，天不亮就和羊群一起起床，为了锻炼身体，我会把干草叉开，或者在泥地上做几个俯卧撑。在这个时候，趁着记忆还热乎，我会复述我一整夜做的梦——比起以前我现在做的梦可是多多了——我们会根据人类共同的本性和我自己独特的个性（事实证明我就是个邪恶狡诈的家伙）来谈论我的梦。比如，在我二十二岁的一天晚上，我梦到了一件可怕的祸事：听到羊角号的声音，老弗雷迪疯狂地冲入了羊棚（以前那是只不服管教的吐根堡山羊，我是在他被阉割后才认识他的），正对着马克西的胸膛撞去，马克西摔倒了，正好倒在他自制的剪尾器上，他受了重伤，再也爬不起来了；然后，身披一身奇怪的安哥拉羊毛，那吐根堡畜生竟想爬上玛丽·维·阿彭策勒的背，梦中的玛丽风华正茂，她意欲翻过牧场的围墙逃跑，却只是徒做挣扎，我拿着一根棍子拼尽全力保护她，只是徒劳无益；那畜生毫不留情地爬上了她的背，在她短促的呼喊声中，我惊醒了。尽管坏蛋弗雷迪那时已经死了八年了，而且死之前就已经被阉割，我还是急得去拥抱我那在睡梦中的管理员，再三确认他没有受伤。

第二天一早，我一边叉着干草，一边流着泪向马克西讲述这个梦。可马克西平静地对我说：“这个梦的意思是，你实际上是希望我对弗雷迪做的事也发生在我身上。这样我就不能像你以前看到的那样，把玛丽带到我的房间里了。那就是这个意思，小乔治。”想象一下他这么说，我有多么反感。更糟的是，他告诉我，我梦里的弗雷迪不是别人，正是我自己。的确有一次，我对着我管理员的胸膛将他撞倒在地，而一般的山羊是够不到他的胸膛的。至于我表面上对玛丽的保护，实际上是我新的人类意识对旧的山羊意识的反应——而在我的山羊意识中，我仍然暗暗地嫉妒雷德费恩的汤姆，嫉妒他死的那天一群充满情欲的母羊（包括玛丽）层层围住了他。在梦里我拿着曲柄杖做了徒劳的防卫，而现实中我却拿着曲柄杖实施了极其成功的攻击，看到这样的梦就足够了。最后，这个梦以及其他一些细节还反映了：我希望马克西被阉割，毫无招架之力，而且希望自己能强行将自己的人类身份放在一边，像只山羊一样，毫无顾忌地和给予我母亲般照顾的山羊交配。

“你说的真是太可怕了！”我表示抗议，“根本就不是这样的！”

“然后更糟糕的是……”马克西又开口说道。他赶紧补充说，这种愿望没什么不正常的，也不一定是**错误**的，而且就算真的有这种愿望也不能表示我讨厌我的管理员，或我赞同那种相当于乱伦的事情；可能我当下还没有这种愿望——我不认同这种愿望，这是一定的，可是它的真实性也是毋庸置疑的。对此我表示质疑，为什么我的梦就不能仅仅意味着好的事情呢？比如，我强烈希望我的管理员不要受伤，要是我的羊妈妈真的再次回到我们身边，我愿意为了她牺牲自己的生命。马克西回答：“每个人都是一半山羊一半‘大导师’的，是山羊的一面在做梦，在晚上肆无忌惮地胡闹，正是如此我们白天才会把那一面给关起来！如果你没有在梦里杀死我的话，那么你有一天可能真的会杀了我。”

看透一切的管理员在天之灵，请原谅我曾质疑你深刻的见解。我认为，在我近乎要成为一只真正的山羊的那段时间里，在我看来，我做梦从来都是直来直去的，我梦到吃柳树皮，撞我的对手们，与羊棚里所有的小母羊交配；在这些想象的性交体验中，我的“妈妈”从来都没有被排除在外过（而且她也没有被单独挑选出来），如果她在世时我能顺利成长为一只公山羊，事实也本该如此，因为在自由自在的山羊世界里，一种爱从来不会排除另一种爱的存在。我不再光明正大地梦到这些快乐的体验了；在确认了我的人类身份之后，我的口味发生了变化，仅仅是这样，难道不可以吗？依我所见，我对任何母羊都没有欲望了，甚至对斑点奶头的海达也没有欲望了，曾经她可是激起过我强烈的欲望，让我这个人类无法自拔。此外，我醒来时那种恐惧的感觉让我迷惑不解：那种恐惧似乎是由梦中的两件事共同导致的，一是袭击，二是强奸。可是一醒过来，我却只是担心马克西，而不是玛丽，甚至是在我还没意识到她已经受不到伤害之前，我也没有为她担心。那是完全正常的，因为后一件事完全讲不通嘛！一只公羊是不会“袭击”一只母羊的，就像一个本科男生不会“引诱”一个妓女：他只是利用她罢了。如果袭击是无意义的命题，那么防卫也是一样；要是羊棚中真的有只发情的公羊挣脱了束缚，我绝对会像梦中一样替马克西着急，要是我还有什么放心不下，那也该是担心我们的繁育计划不能按正常顺序进行，而不是担心一只奶山羊的清白，不会有这种可笑的想法。不，我坚持认为（手拄着干草叉，我坚定地说出了自己的想法）那个梦还有其他的解释，还有一种善意的解释，一定是这样的。我并不想跟玛丽·维·阿彭策勒交配。她已经死了。再说，无论如何，她到底不是我真正的母亲；就算她是我的亲生母亲，从山羊的角度讲，与她交配也没什么不对，只要不是专门挑她交配就好。可以这样说，我并不邪恶，我很好。我曾经袭击过我的管理员，我也杀死了我最好的朋友，这些都无可否认——不过这些悲剧都是无心之过，也可以说是意外；只是回想起这些事都很残忍，这些事情之所以会发生，并不是因为我有一颗不及格的心，而是因为我可怜的无知，在小树林里侵犯奶油头发夫人也是一样的……

“是吗？”马克西礼貌发问，“你还记得梦里的其他事情吗，小乔治？”

“没有。如果你总是将我的梦解读成丑陋的事情，我就再也不告诉你我的梦了。”事实是，关于那个不寻常的尴尬梦境，我怀疑马克西已经猜到了更多我不想让他知道的事情。有好几次，我擦我的银表时，我都看到他一脸深思的表情：他肯定认为那是我从奶油头发夫人那儿偷来的（设想和怀疑，哪种人性更肮脏？），而且他以揶揄、刻毒的方式捏造这种愤世嫉俗的梦的理论，目的就是要我困在一种告解之中。

我把叉子深深地插到了干草中。马克西看我的样子更加让我恼火：温顺，小心翼翼，可是又很固执，似是期待我的暴力行为——似是故意刺激我。我往食槽里多扔了很多干草。

“你们这种心理真是该挂！”我大声说道，“我做什么事就不能是无辜的吗？”

我边反驳，叉子不自觉地抬了起来——都抬到了肩膀的高度！——然后用力地再次插入干草中。我停下来，倚着干草叉（因为我虽然学会了站立，甚至能在没有帮助的情况下站立着干活，但是没有支撑的话我仍然走不远），接着，我很快脸红了，说了几句道歉的话。以后的每天早上，我还是向马克西报告更加道德沦丧的梦（事实上，一旦我摸清了梦的解读规律，我发现没什么坏事是夜晚的我不敢做的，我的梦越恶劣就越好。结果就是，如果同时存在几种合理解释的话，我会眼不眨一下地选择最坏的那一个，作为最合适的解释。直到马克西泼我冷水，他指出，"'先验的'承认，最坏的情况下"——他的原话，可能跟不承认一样，都是徒劳的自欺行为），只是不再感到苦恼了；我惭愧得红了脸，这并没有让我看透那个梦的重要意义，倒是让我看清了自己的乖戾是多么的狡诈和罪恶。羞愧然后道歉，道歉然后又羞愧——在我单调的学习生涯中，它们可谓闪闪发光，贯穿始终。

当然，马克西也只是耸耸肩。"所以，今天早上的至理名言是什么？《奠基者卷轴》里说，'自我认知总是坏事'。"

我们的学习内容多变，总是由这样或那样的方式决定。我们会在早饭的时候讨论选定的内容在文学和历史方面的表现、它的道德和心理意义，或者探讨它与前一节课的关系。比如，就像前面提到的课程，就让我了解了"悲观的大学观"，了解了古老的莱克昂学院的哲学系和戏剧系，了解了思想和行为在期末成绩单上同样重要这一以诺派教义，甚至还了解了医学和数学领域的知识——因为我的老师学识非常渊博，而且不用多说，整合能力是他独特的才华。

我可以确定地说出，我们这样做的最终结果是什么。因为就在那一天的早上，我们吃完早饭，到牧场上去上更为正式的课时，马克西第一次提到了循环学的关键命题和"大导师"。我把那一天安排在了我二十二岁的春天，那时我的预备教育已经接近尾声。雷德费恩的汤姆死了七年了，他的美娇娘海达——现在已是中年发福，成了乳脂产量冠军，戴上了象征荣誉的缎带——因为他们唯一一次不愉快的结合生下了一个儿子，他的儿子（汤姆的汤玛斯）也已经到了最佳的配种时期：他长得像他的父亲，跟已故的伟大的布里克特·瑞南克尤勒斯一样，在公羊中属第一。根据全新的育种计划，时机合适时就该这两位佼佼者配种繁殖了——五个月前，我非常高兴地协助乔·赫罗尔德帮他们进行了第一次交配。就在我做这个梦的午夜，羊群里诞生了一只小公羊，那羊羔被取名为汤姆三代登记在册。所有人到了第二天早上才发现了他，我们没人能预想到“汤姆三代”将在我未来的人生中发挥怎样的作用——事实上，是在西校园的历史上发挥什么作用。他那时可真是不讨喜，浑身只能看到羊角和羊蹄子，从海达的肚子里出来，还有点儿湿漉漉的。可是回想起来，我们的人生从一开始就纠缠在了一起：很可能，就是他母亲分娩时的叫声，让我梦到了处于困境中的小母羊，他祖父的悲剧也在这个梦的意义中占有一席之地；他在种羊簿上登记在册为这段对话设定了日期；这段对话——一开始是由这场梦引发的，然后因为海达的过去跟梦的解释有关系又再次引发了这段对话——我认为，正是这一天的对话，像我犯下的谋杀自己朋友的原罪，再一次把我置于人生的拐角处。我用那根白蜡树的拐杖抚弄那小羊的颔毛，那也正是支撑着我一瘸一拐地去上课的拐杖；而现在我说这些话时，也正拄着这根拐杖，将来它还会支撑我到那山顶上，在那里我再也不需要支撑了——你可能已经猜到了，这就是我在梦里四面出击用的那根棍棒。如果我再告诉你，这根拐杖是我用扔在羊棚里的一根断了的牧羊人曲柄杖削成的，你难道不会啧啧不停吗？难以洞见的联系啊！事情一件件一桩桩，错综复杂啊！

“**自我认知**，”马克西开始讲课了，又重复道，“**总是不好的事情。**”可是他又停顿了一下，“你确定梦里没有其他事情了吗？”

我不打算说出奶油头发的名字，又想不起其他的事，只是摇摇头。

“那，好吧，”他口气愉快，“你认为你不会有堕落的愿望，可是现在你知道了你会有。这就是你对自己有了一点了解，**对吧？**”然后他开始讲述旧《奠基者卷轴》和斯开普拉思的对话之间的矛盾。据他所说，前者劝诫学生们要接受自己的无知，要寄希望于奠基者的智慧，而在后者中，讲师马约对他的门徒们说，教育的终点就是完全了解自己。可是，他一定是发现了我注意力不集中，于是提出这样一个问题：如果我们最终寻求的真理就是寻求者永远不及格，那么我们还要不要去探寻真理？提问中途他突然停下来。

“你没在听，乔治。”

我确实没听他讲话，只觉脸上火辣辣的，我承认了自己的心不在焉。一开始我很抗拒对我的梦的解释，后来一想到梦里的几个画面，我还是会焦躁不安。现在我不会再感觉到震惊、厌恶或者是羞耻，而是感受到一股强大的倦怠：这种躁动隐隐约约，但却似乎已经在我梦境的某个地方生了根。我无心去想自我认知和其他的事情；对我来说，打倒我的朋友以来的七年似乎是一个漫长的课时，而我现在突然渴望下课休息了。我一无所知；现在我眼见之处，是一片片无边无际的信息的草原；一肚子的人类知识，我觉得撑肠拄肚。躺在小床上做梦，午饭间还在算对数的这个乔治——他于过去那个常常在夜晚月光下的牧场徘徊的比利已经是个陌生人了。然而有些东西还是一样的。啊，我现在想知道有什么东西是真正改变了的。如果说我做小羊的那段时间是一场记不太清的梦，那么之后的这几年我没有清醒而是陷入了更深的睡眠，或许直到现在我才开始苏醒。我导师的声音听起来那么陌生，就连马克西本人也很陌生。那张苍老的脸是那么熟悉，可与我脑海中的那张脸却对不上号——自我们关于我的梦的争论之后，我发觉自己看清了它，仿佛是第一次看清了它。尤其是那种固执的畏缩，我突然意识到这就是他的性格。这里的这种成长叫作马克西，完全不同于我的成长，他乱蓬蓬的胡子变白了，形容枯槁，声音也已苍老；这种成长有自己的感觉和生命，其历程就要到尽头，除了有这样或那样的事件，再无其他。他做了事情 A、B、C，也遭受了 X 和 Y；而他时日不多的命数 Z，就在前方。马克西……是存在的！他是个活生生的人，一直是个人，在为数不多的时日里还将会是个人，就像我一样真实。我忍不住要颤抖，为着他的真实，也为着那完全与我不同的物质大学的真实。那个梦与它有关：我徘徊于睡着的边缘，不是吗？我觉得一切都那么奇怪，满心都是这种强烈的感觉，糊里糊涂地感到厌恶，突然间感到不满。

“我不知道我怎么了！”我没打算这么沉不住气的，而且惊觉我的嗓子痛极了。为什么，我是要哭了吗？

“我不理解的地方就是，”我小心翼翼地说，“一个人怎么能够忍受，不能成为……不能成为了不起的人呢？”

马克西深深地皱起了眉头，追问我到底是什么意思。可是我也不知道自己是什么意思。

“我高兴自己不是只山羊，原因在于，”我开口，“在于我永远不会像布里克特·瑞南克尤勒斯一样。可是，如果我只能像每天来到围墙跟前的那些人一样，做个普通人，我敢肯定我也看不到做人有什么意义。我也不想成为乔·赫罗尔德一样的人，或者曼凯维奇医生一样的人……”

“那你想成为像谁一样的人呢？”

我又脸红了，我想他想让我说“马克西·施皮尔曼”，可是我说不出口。尽管我心有怨恨，脾气乖戾，可我并不想伤马克西的心；可是另一方面，我也不想我的生活和性格像他的一样。事实上，我的叛逆期部分就是来源于这种无力的挫败感：在所有的我见过和听说过的凡人中，我的管理员是我最钦佩的人，可奇怪的是，我又不屑以他为榜样。那我想成为像谁一样的人呢？我不能说是伟大的威廉·格鲁夫，也不能说是荣誉羊倌以挪士·以诺；于是我回答：“我认识的人中没有。”

马克西有点不耐烦地点点头。“是啊，当然啦，一直这个态度，你谁也成不了。”他说，如果我厌烦我的学习，那是因为我没看到学习的重要性；确切地说，我认为我没有明确的职业，所以学习确实没有什么重要意义。只要我找到一生的事业，我讨厌学习的问题就迎刃而解了。

“不要在意你的专业是什么，主要是你找到那件对你来说比其他东西都重要的事情。学医，学诗学，学修路——一个人把他的生命花费在什么上并不重要，只要那件事适合他，而他也喜欢就好了……”出于习惯，他在发表这段见解时伸出一根手指——不可避免地，那是食指，是他伤残的右手。这时他恰好看到自己的断指，他停了下来，放下手，也放低了声音，然后补充道：“只要他不以自己的职业伤害别人就可以。”

他继续告诉我，我也不应该认为，全心投入一个专题的学习，就一定会阻断我对其他课程的学习。正好相反，在西校园的历史上，最知识渊博的天才人物——比如，哲学家隐德莱希斯，或再入学时期的艺术家和发明教授里奥纳德——都是他们各自领域的专家，对自己的事业充满热情。他们的伟大之处不在于他们拒绝将自己囿于一方天地，只研究专门的课题，而在于他们集中从事那些自己擅长的课题：从伦理学到政治学再到生物学，从绘画到解剖学再到工学。马克西提醒我，他自己，最开始也是在西格弗里德学院学习小提琴的；他对音乐感兴趣，于是开始研究声学物理学、数学和知觉相关的心理生理学，从这些领域到人工思维和自动调控这些学科只需要一小步，可是却有严重后果。他从博尼法希斯的反莫伊舍人迫害下逃离，以及其后卷入WESCAC，这让他深深地投入政治学和军事科学中；而按下那个关键性的按钮又使他一头扎入了哲学、直肠病学（过程怎样我也不清楚）的研究，并成了一名羊倌，而且最后（应该说是现在），他还投入了教学，研究如何把一个羊孩教成一个优等毕业生的问题。直到我离开他去追求自己的毕业时，他都不会认为自己的职业生涯结束了：一方面，教育我的这段经历让他从中得出了教育和认识论的方法，他始料未及，也期待着未来能研究它们；另一方面，他不认为自己的过去是一次旅行，每当走出新的一步都会把之前的旅程抛到一边，他把自己的过去当作一座有很多房间的房子，他住在已经建好的房间里，修补旧房间并修建新的房间。

“而且所有的门都是打开的，小乔治，”他最后总结道，“你不能同时走进每一扇门，但是这些门永远不会关闭，除非你自己关上它们。我仍然还在探索有关小提琴的东西。”然后他开始讲述他自己用松鸡蛋蛋白制成的小提琴琴箱漆的声学特性，可是我不想听他讲这些。

“马克西——”

“你一直在打断我。”他看起来不怎么生气，更多的是心神不安；事实上，在我看来，他讲话就是为了阻止我讲话。

“我确实知道我要主修什么，”我急迫地说道，“那不是你已经学过的东西。”

“**那太好了**！好吧，现在——”他抬起头，假装在搜索自己的记忆，“那就剩下了明渠水力学、学院食堂经营、矿井通风……还有棒球运动历史了。除非他们炒了我之后改了新坦慕尼的课程目录。你选哪一个呢？”

“我要成为一个英雄。”

马克西仅剩的那点欢喜消失了。他撅起嘴，转过身去，拔了一棵荞麦。

“你说的英雄是什么？什么类型的英雄呢？”

我不确定他是什么意思。他很平静，只是带着一种凶狠，依然不去看我。马克西解释道，学院游泳池的救生员，如果冒着生命危险去救学生也被称作英雄，而军事科学的将军教授牺牲自己的生命去摧毁学生也可能被贴上相似的标签。那么我想从事哪一种英雄事业呢？

我承认我现在还没有想到特别的计划。“一个英雄不必提前知道自己将要做什么，不是吗？他只需要知道他是谁——”

“你还不知道你是谁呢。”马克西咕哝道。

“我不是指我的身世！”他莫名其妙的不善让我恼火，“我的意思是，在他向别人证明自己是英雄之前他要知道自己是英雄。然后当他找到需要他去做，并且除了最厉害的英雄谁也做不了的事情时，他就到那里去完成那件事。就像那些古老的游侠系主任和流浪学者一样——他们出发的时候，并不知道自己会有怎样的冒险经历，但是他们知道他们是去冒险，难道不是这样吗？反正，我就是这么想的。”

马克西摇摇头。“你错了，乔治。”

“我没错！”

“嘿，别这样——”他抬起手，恢复了之前的亲切，“我的意思是，你要是认为我没研究过做英雄，那你就错了。我比任何人都明白做英雄的事儿，”我的管理员只是陈述事实一样说出这些话——他从来不自夸，“我自己不是个英雄，也不想成为英雄。可是我的确知道何为英雄事业。”

“可是，我是个英雄，”我说道，“这就是为什么我厌倦学习一切科目：我想从我必须要做的事情做起。我会找到那是什么的。”

马克西还是摇头，好像我的话让他心痛。“我不相信那种事情，小乔治。”他说，只有两种人配得上英雄二字。一种人做着平凡的工作，但却发现自己不得不面对舍己救人的境况，情况要求他们牺牲自己的幸福去保障他人的幸福，于是他们勇敢地做出回应；乔·赫罗尔德就属于这一种，一个完全平凡的人做了一件完全无私的事。另一种人，他们兢兢业业，努力工作得来成果，帮助学生群体渡过了苦难，战胜了困难，比如疫苗研制人员、良法的制定者。在马克西看来，后者同前者一样，都值得钦佩：一种需要行动上的勇气，另一种需要道德上的勇气；两种情况的结果都是救人于水火，哪种情况下的主人公都不会认为自己很英勇（至少在成为真的英雄之前他们不会这样认为）。但是英雄式的职业——比如暴乱前线医生或者大学和平主义者——决不能和职业式英雄混为一谈，马克西也正是担心我所想的是职业式英雄。“应该是痛苦成就了英雄；是先有了问题，而真正的英雄是问题的一种意外结果。莫伊舍不是因为自己是个英雄才带领自己的子民走向‘应许院子’的，是他先这么做了，才恰好成了英雄。可是反观像亚瑟·萨克勒院长这类人，他们首先决定自己是英雄，然后去寻找问题的解决以证明自己是英雄，却常常以自己惹一身麻烦收场。”他问我，安喀萨尔斯为了满足自己的野心建立雷穆斯学院，雷穆斯学院统治西校园，这个过程有多少不幸的二年级学生丢了性命呢？安菲特律翁的儿子偷了狄俄墨得斯的马匹，还让这些马杀死了马厩的养马人，明明养马人从来没伤害过他，他这样做有什么值得敬仰的呢？“你读的那些故事，英雄不是为了恶龙才在那里的，事情正好相反，这很明显。我看不出那样的英雄有什么用。”

“可是总是*存在*很多恶龙的，不是吗，马克西？如果一个人知道自己是个英雄，难道他不能总为自己找到恶龙吗？”

马克西表示确实是这样，他的确可以为自己找到恶龙，而且即使那是条从不作恶的龙——他也可以残忍地找出它。他坚信，对于正常人来说，校园里根本没有恶龙，只有问题，问题不需要诛杀，只需要解决。如果说他对冒险英雄持怀疑态度，那是因为这些冒险英雄，例如最绅士的那位堂吉诃德，至少也会以诛杀恶龙的名义破坏有用的风车。“英雄啊，呸！”他不屑。

听了他的话，我立马想反驳（这并不是出于我先前承认的吹毛求疵），除了恶龙的问题，马克西之前也确实承认，不同的人有不同的工作要去做，现在众生正处于有史以来最大的危难中，就不可能是有个人受到了感应，要去完成这最伟大的英雄事迹，拯救众生吗？

“好，他们哪里需要你拯救？”我的管理员问道，“我想，是‘我要拯救他们，不让他们吃掉彼此’。”

“太对了！”尽管他的话带着讽刺，却给我带来了灵感，“你告诉我的关于 WESCAC 的系统的那个地方——你们管它叫什么呢？——就是可以决定敌人是谁，何时吃人的那地方……”

“叫 AIM，”马克西沉重地说道，“全名‘自动实施机制’[1]。它设定学院的目标，然后实施那些目标。”

我越来越兴奋。“假设一个人知道怎么进入 WESCAC 和 EASCAC 内部，然后改变它们的 AIM，让它们不会再伤害任何人了！这算是英雄的事迹吗？”

“这算得上英雄了，”马克西异常坚决地说，“任何人一旦踏入 WESCAC 的腹部，都会被当场吃掉。”

“是任何人吗，马克西？”

我那朋友的表情已经非常严肃了。“我还在教务会的时候他们就通过了这个决定，小乔治，”他提醒我，“而且总程序员把这个决定读入 WESCAC 时，我就在旁边。没人能够改变 WESCAC 的 AIM。”

我的心此时跳得很快。“没有人，除了一位大导师，你曾经告诉过我的。这才是你们输入 WESCAC 的内容吧？“

“你这孩子，现在给我听好了！”马克西心急之下抓住了我的胳膊；他语气严肃，很不耐烦，可是他心急如焚，止不住浑身颤抖，“你不小了，不能犯这种傻了，**明白吗**？首先，我就不喜欢什么大导师，况且也不存在什么大导师……”

我打断他：“如果以挪士·以诺还活着的话，他可以改变 WESCAC 的 AIM，不是吗？而且他还会让众生都得到毕业认证。”

“什么毕业认证，**我呸**！”马克西厉声说，“不要想什么毕业认证了！你的朋友以挪士·以诺医好了几十个生病的学生，让一个学生起死回生；那你有没有想过他害死了多少万个学生？无论如何，你不是以挪士·以诺，你

---

1. Automatic Implementation Mechanism

只是个普通男孩，跟其他男孩没区别，如果你乐意的话你就学习怎么做个人——什么英雄不英雄的话到此为止！”

可是我犟嘴说道：“我不是个男孩。我是个羊孩。”

“反正，你不是个大导师。”

“那我就是个怪胎，马克西，我的选择就是这些。”

马克西使劲地摇头，一副咄咄逼人的样子。“你那不是选择，小乔治，那都是一回事儿。你快不要再想什么大导师的事情了。你注册入学后我就不能时时看着你，到时候你得靠你自己了。可是把头伸进 WESCAC 腹中的人——**啊**，出来都像乔·赫罗尔德一样了。”

“我不会。”我说道。我的声音很坚决，可是我突然弄懂了我生命的深层意义，意识到这一点我很兴奋。马克西放开了我的胳膊，近乎害怕地问：“你说的是什么啊，孩子？你难道不明白这样都是白费力气吗？”

我浑身充满了敬畏之情，然后笑着摇摇头。“我刚刚才意识到，马克西：**我之前一直都在那里！**我实际上是出生在 WESCAC 的腹中的，难道不是吗？所以我是个像以挪士·以诺一样的大导师，一定是这样的——不然我早就被吃掉了！你是不是觉得，我疯了？”

在我看来，他听了我的话大惊失色。总之，不管他怎样费尽心思解释这种神奇的情况，我都不会被说服。他承认这件事确实不寻常——一方面，我没有落得像我的救命恩人一样的下场，另一方面，他从来没有想过这件事的可疑之处。可是他也指出，是什么事情导致我被遗弃在 WESCAC 的磁带升降机里，我们一无所知。把我放在那里的人的身份和本性也同样是个谜。那个升降机到底是为我准备的棺材，还是像装莫伊舍的篮子一样拯救了我，这谁也说不准；尽管马克西曾是 WESCAC 编程的最高权威，可是这些事发生在他被免职之后，尽管他曾无所不知，可是在那之后菜单很可能被那电脑自己修改了，要么就是被它的新负责人埃布利·艾尔科普夫秘密篡改了。而且也没有人就“脑电波扩增和传播”对新生儿的影响进行过确凿可靠的研究：尽管在第二次校园暴乱中被吃掉的天照婴儿都发育不正常，这点毋庸置疑，但是他们的精神错乱有多少直接归咎于“吞食波”，而又有多少归咎于那场灾难带来的创伤，调查者们莫衷一是。各地的和平主义者们认为，那些儿童（现在已经长大成人）无一例外地智力发育迟缓，甚至到了白痴的地步，可是还是有一位新坦慕尼的科学家主张，虽然他们的精神病很严重，又是官能性的，但是他们的病多种多样，很可能其中就包括某种综合征，其患病者反倒天赋异禀。

“而且，”马克西继续说，“腹中的波和我们对天照学院发射的波一定是不同的，否则乔·赫罗尔德不会还有理智残存。听着，小乔治——”他坚定地摇摇头，“你不是什么疯子，你也不是什么大导师！你只是有志气，这样而已；你起步晚，你想做件大事证明自己不是个怪胎。可是你不能想着做个英雄来超过你的同学们：那是徒劳无益而且愚蠢至极的——甚至，那还很邪恶。以挪士·以诺，我呸！”而且他重申自己的观点（就是这种观点让他在教务会麻烦缠身），大导师和**学院领袖**不过是同一枚硬币的两面；学生群体要想生存，需要的不是奠基者，也不是挂科院长，而是更多有耐心的研究人员，更多宽容的讲师，和受过更好教育的教务会成员。“毕业的意思就是，”他说，“学会不要以学生群体的名义杀害学生。唯一重要的测试也不是终考，而是时时刻刻你都要回答的一个简简单单的问题：**我是在减轻所有人的痛苦，还是在增加所有人的痛苦？**如果我老早就问自己这个问题，我永远都不会发明吞食波。”

这里我也许本该好心地反驳他的，尽管我们之前已经多次且详细地讨论过这一点了：就算**他**没有发展WESCAC的武器装备，早晚也会有其他人那么做的，要么是博尼法希斯，要么是学生会的人，他们会牺牲更多学生的生命；要不是新坦慕尼吃掉了那些天照人，第二次校园暴乱就不会那么快结束，而且西校园必定遭到入侵，暴乱双方死亡人数只会成倍增加；而且，科学是没有好坏的，知识是不能倒退的，虽然智慧有可能衰退——诸如此类。可是我一心都扑在了自己的种种问题上，就没有细究马克西的问题。

“我知道你不喜欢这个想法，”我说道，“但是你必须得承认那是有可能的，不是吗？即便我很有可能不是大导师，可还是有很多迹象表明我可能是大导师。如果我是的话，我就有很多重要的事情要去做。”马克西的态度再次惹怒了我，“即便是很小的可能性，如果我不去做那么我就会不及格的！如果我搞错了，那么死的只会是我自己而已。可是假设我没搞错呢！想象一下，如果我明明是个大导师而你却让我认为我不是，那你将会造成多少苦难啊！”

最后这么说不确切，我还想做补充，表明我无论如何都不会改变心意，因为那对我来说已经不只是个猜想了，而是一件确定的事，甚至说话时我又确定了几分自己的心意。可是不等我开口，马克西就问我：“你知道大导师的生活是怎样的吗？我说的是像以挪士·以诺和莱克昂人马约一样的真正的大导师，不是故事书里讲的那些。你知道最后他们身上会发生什么事吗？你何时听说过一位快乐的英雄？他们总是要受难的——他们几乎是为了受难而存在的……”他轻哼一声，“可是你根本不在意这个，年轻人就只能看到自己在山顶上时有多么光鲜亮丽，只能看到自己的遗言是什么，从来不在乎自己要遭受什么！而且，他的学生还总拿他造福人类的那些训诫来折磨人们，让不顺从他们的人们挂科，可他从来不想这些事情！”

我生气地站了起来。“一切都挂科去吧，马克西！山羊就是山羊，英雄就是英雄！以挪士·以诺忍不住地向人们展示如何获得毕业认证，就像布里克特忍不住地用羊角砰砰撞东西。他不是想造成伤害，他只是做他自己罢了！”我突然动作，竟然看到马克西稍稍退缩，这让我心痛。“别担心。”我说道，故意讽刺他，“我不会打你的。”

他耸了耸肩，可是双眼泛着光。“这我怎么知道呢，你不是忍不住地要做你自己吗？或许我们就不该怪博尼法希斯烧死了所有的莫伊舍人，是吧？反正，小乔治，就算你生来是位大导师，我也能向你论证，不做大导师也能更英勇。还有我想问你为什么一直争论——布里克特从来不这样。”

我也有过同样的想法，我不可避免地感到难为情。我恼火地说：“或许是因为在让你看到我是如何毕业的之前，我想让你相信我！”可是我的脸红出卖了我，削弱了我的气势，我最终只能半是愤懑地笑着，我的导师也回以同样的笑容。

“不过有一点，你确实是开窍了，”他眯着眼睛看向天空，用手遮住眼睛，“所以，快到午饭时间了，你都学到了什么？”

我的情绪稍微平静了，只是仍然很别扭，我回答道我知道了我是什么，至少是开始明白我是什么了。他一开始教我的箴言是：自我认知总是不好的事。而我觉得这与我得到的重要启示正好相反。或者（我扶他站起来时忍不住嗤笑）我们也可以进行补充：“对**某些人**来说是不好的事。”因为我认识到自己大导师的身份无疑对西校园的巨怪是不好的事。

我们挽着胳膊向羊棚的方向走去，这样做既是为了增进感情，也是为了马克西的腿。最近他只要坐一小会儿腿就不听使唤了。我明白，争辩还没有结束，可是不再带有敌意了。

“不用多说什么废话，你会成为我们需要的英雄的，”我的老师说道，“你有精神，你有抱负，你有做好事的智慧。即使当你脑海中有了恶意的想法，比如当你告诉你自己马克西是在嫉妒你——不，不要说没那么想过，那也没关系，很多英雄都是这样蛮不讲理的，差不多是英雄都要那样的。可是我没有嫉妒，我的孩子。我甚至都不羡慕你，”他拍拍我的胳膊，“我的任务就快要完成了，我已经做完了我的大事，我不羡慕任何想做大事的人。归结到底，我想让你立马忘了大导师这件事有两个原因：第二个原因就是，如果你相信自己是什么人，而你实际上不是，那会让你不能成为你本可以成为的人……”

“那没关系，”我说，“那第一个原因是什么呢？”我感觉我的愤怒又被他那——我得说是**莫伊舍人**的固执——激起来了。“你不是个大导师”，这就是他所想的。啊，我觉得我的语气让他退缩，我失望得快要哭了。他的脆弱让我意识到自己的力量，或者说，尽管脆弱，他还是一再挑衅我；不仅如此，他恰恰知道他会挑起什么，畏缩于这挑衅的后果：他知道，老马克西确实知道，我的胳膊紧绷绷的，我爱他，敬佩他——也想用尽全力打他，甚至打死他。

“今天先到这里。”他喃喃地说。

我气得发抖。一到羊棚门口我便松开了他的胳膊，告诉他我不饿。

“**是啊**，那是，”他点点头，“我也不饿，可是请听一下关于大导师的这些话，小乔治：**大导师是善良的。大导师是聪明的。**要是他身上有那么一丝邪恶和愚蠢——啊，那他就不是个大导师。想想这些话吧。要是明天你还在这儿的话我还有更多话要告诉你。”

不知道他有没有去吃午饭，反正他是进羊棚里了，我则疯狂地踱来踱去。我的太阳穴突突地跳。母山羊们朝着围墙跑去，免得挨我的棍棒，我所到之处，蓟草落了一地。很快我发现乔·赫罗尔德正蹲在一个小土丘上，眼睛盯着什么东西。我大喊：“嗬，乔·赫罗尔德！嗬！”他接收了到我的信号，他黢黑的脸上带着笑，笑嘻嘻地蹲在了我面前。屈膝，挥动胳膊，我们两个严阵以待，就地转圈，互相叫嚣。他的右手抓住了我的后颈，我放下拐杖去抱他的左膝；我们都摔倒了，搅在一起，在地上相互扭打，直到他的经验战胜了我的三脚猫技术，我被他压制住了。我们衣衫不整，上面挂满了草籽；我的皮肤散发出强烈的气味，与身上的汗味儿混在一起。

“他长大了！”乔·赫罗尔德惊叹！他不再保持擒拿术的姿势，而是松开手抱着我，然后从内到外地检查了我。我对自我实践并不是一无所知，我的喜好也并没有受到是非对错的影响（除了在雷德费恩的汤姆的死这件事上）。一个羊孩，被圈养起来那么多年，远离学生世界，我根据他们的政治格局和服装也学会了那个世界的道德规范：作为一个学习的对象，种类繁多，受时尚影响，又有点儿有趣。通过阅读，我知道了为什么奠基者要在平原五院区降火，也知道了古典时代的花儿，和莱克昂那些出色的小伙子是如何在马约的脚下尽情玩耍的：这之间的差别，跟这两个学院的建筑和诗歌风格之间的差别一样，让我印象深刻。总之，我的思想就像我的外衣一样开放。尽管我能够想象一个正常的新坦慕尼新生在我这种情况下会是什么感觉，可是当乔·赫罗尔德把手放在我身上时，我还是只知道好奇。我的顾虑都只留在心里，想到我欠他一条命的事实，又想到他精神不正常，不太清楚自己在干什么，我的顾虑就打消了。此外，我也确实不知道他在搞什么。

然而，谨慎起见，我还是对我的朋友说：“我最好先告诉你，乔·赫罗尔德。我是个大导师，大导师是好人。这样好不好？”

他咕咕哝哝。“没关系，白人男孩。”因为他自身和我自己身有残疾，他已经教了我一些体操，而现在和接下来的日子里，他也教我一点情爱艺术——在这方面我发现自己比在马克西的课上得心应手多了。在这两种运动中，因为环境一成不变，也没有其他的练习伙伴，我的技艺一度得不到精进，一段时间之后我才有机会在愤怒之下和男人干架，充满爱意地和女人纠缠。可是作为一个已为人夫的黑人，作为一个运动员和书库夜间清扫员，乔·赫罗尔德知道很多种类的爱和搏斗；他经验丰富（只是记不清），再加上我读过的东西（只是一知半解）和我无边的想象力，我们还算能从容应对。

那天晚上，我与羊群一起回家，心情大好，我思维清晰，心境明亮，宛如3月中旬的暮色。我觉得从马克西的课中解脱了，为此，我现在莫名比以往更加乐意接受马克西的指导了。我和乔·赫罗尔德唱着他那两支歌，走进了羊棚。我立马请求马克西原谅我今天上午和他起了争执。他放下他的小提琴，坐在畜栏里他的座位上点点头。

“看看你们两个。”他惊叹。我的头发上粘着稻草，我那引以为傲的新长出来的胡子上还粘着枯叶；我们永远也摘不完衣服上的毛刺儿和草籽。“你们两个搞什么呢？”

我笑了。“只是把坏脾气都发泄在和我体型差不多的人身上了。”我沉静了许多，但依然未完全平复下来。我给了我的黑人朋友一个朋友间的短暂拥抱，然后看到马克西皱眉我又笑了，赶忙也去拥抱他，亲吻他的额头。“我今天上午那么对你真是太坏太愚蠢了。”我说道。

“好了，**哎呀**，去你的吧！”他微笑着挡开了我的拥抱，“你承认了你不是一点半点儿的邪恶和愚蠢？”

“不只那样，我享受邪恶和愚蠢。但是从现在起，我会对你很好，也会很聪明，然后把邪恶和愚蠢留给乔·赫罗尔德。等我给你看今天下午他把我按住之后都做了什么！”

我那黑人伙伴在畜栏一边咧嘴笑。马克西在我们两人之间看来看去。“我明白了。”他的声音中满是担心，但是并没有过多责备。

“你生气了？”

马克西向我保证他没有生气。他说，我是个精力旺盛的年轻人，有正常的需求。在没有正常的发泄方法时，他认为我最好能利用现有的资源，采取不怎么被认可的方法发泄，这总比无处发泄强。他还说，只要我的环境没有改观，那么我这样做就不会被认为是变态。在他看来自慰和同性恋活动没有太大差别。手淫，虽然在大多数的新坦慕尼人看来更加平常，也更不容易公开出丑，因为只需要自己完成而受到推崇，可是同样也会带来危害：没有爱也很隐秘，容易让胆小之辈整日想入非非，也更容易造成性无能，不愿与他人接触——自恋症和精神分裂症，马克西认为，是手淫者最容易患的精神病。另一方面，鸡奸，虽然在新坦慕尼被认定为犯罪情节，是变态行为，可是至少我们得承认，这个过程涉及自己与他人热情的甚至是充满爱的接触。只要是在健康的心态下进行——在一个人人认为它是邪恶的学院里，这几乎是不可能的——用它来代替正常的男女关系，马克西认为也不会有太大问题，这跟我过去与母羊们荒唐地混在一起差不多。不过他提醒我，一旦我注册入学之后，我就不能这么做了，以免我丑闻缠身，患上肛瘘，或者陷入逻辑实在论——那是马约和斯开普拉思的哲学思想，马克西断言，鸡奸者往往支持这种思想，就像手淫者支持唯我论一样。

“所以那也没什么问题，”他最后说道，“乔·赫罗尔德不会伤害你，我也做了这么多年直肠镜检查，思想已经很开放了。”

“我知道那算是该被挂掉的行为，”我承认，“可是无论如何我很享受。”

“没关系的，小乔治。挂科是什么，不是你做了你不应该做的事情；挂科是**因为**你不应该那么做却故意那么做。而如果你正是**因为**知道那是要挂科的才喜欢那么做，那就是堕落了。‘虽然’是没问题的，‘因为’就是不及格了。”

“所以我还是个大导师，”我高兴地说，“我就知道我是。”

马克西笑了笑。让我高兴的是，他好歹同意了我跟乔·赫罗尔德一起玩乐，只要我们两个没有恶意，老老实实的就行，而且我说我是大导师，他没有反驳。“现在，我们以山羊为例，”他说道，“作为一只年轻的公羊你怎么可能不与母羊交配呢？你之前就很喜欢海达，是不是？你知道的，对于山羊来说，一只小母羊是不错的。可是自从你知道了自己是人类以后，你就对她们没兴趣了，不是吗？”

我承认确实如此。

“所以你一点儿都不会再被诱惑了。那么，要是海达的侄女在这儿会怎么样呢？”他手一挥，招来一只名叫贝姬的普莱德·苏的漂亮黑白母羊——她还是只小羊羔，真的——然后轻轻抱她到他大腿上，安慰她不要害怕，“她不是很可爱吗？”

我有些吃惊——马克西从来没有跟我这样说过话——我再次声明，再美的母羊我也不感兴趣了。“而且，”这次我的语气有些严肃，“会伤到她的，不是吗？她还那么小。”

马克西点点头。显然我说出了他想听的话。“所以，即使你想那么做，你也不应该那么做。既然你不想那么做而且没必要那么做，你那么做了只是因为它会让你挂科。因为你知道那是错的，也就是不及格的，所以你才会喜欢那样，或者说那样做能伤害她，你才那样做，这样做更加不及格。好人都不会做出这种事，你觉得呢？大导师尤其不会做这种事。”

“你说的就好像我真的那么做了似的！”我不满，然后拍了拍苏的头，“我连做梦都没想过这种事！”

“嗯，好啊，那很好；我也不会。有人那么做的话，那他一定是挂科院长附体。我们不要再谈这件事了。”

我欣然同意，我们三个一起吃了晚饭。之后，我乖乖地去看书了，但是我发现自己根本看不进去。我们关于挂科的讨论一直停留在我脑海里：奠基者果园试验林里第一个男人和第一个女人的传说让我胆战心惊，之前看来那个传说只是很有趣，又有点儿不公平。生平第一次，我理解了**邪恶**。我被这种恐惧深深地攫住，所以我每看一次贝姬的普莱德·苏，就会由内而外地战栗，我时不时地看向她。撕碎那个娇美的女孩——出于纯粹的兽性，别管她哭得多么大声——真是一个无法想象的想法！但却在我的脑海中挥之不去。

那天晚上我又做梦了。我是一只山羊，一只出色的种羊；我头一抬，骄傲地站在那儿，头上顶着沉甸甸的羊角，锋利的蹄子狠狠地踏在地上。我正处于发情期：我的双眼骨碌碌地转动，我已是箭在弦上，谁能够逃脱呢？我疯狂地冲破了羊栏，来到人类女孩的牧场上；年轻姑娘在那里，就像之前在荞麦地里一样，十几个没长羊毛、白里透红的年轻姑娘，大吵着“要！”“来啊，比利！”，她们恳求我。我是一只风流倜傥、玉树临风的山羊，还是个不知疲倦的性伴侣；我发现让她们快乐简直是小菜一碟，即便我的欲望已经熄灭很久了我仍然有无尽的力量。更让我觉得好笑的是，一旦姑娘得到满足之后，她就会逃跑。我没有手去抓住她，这我也管不了，只是沿着小树林的小路紧追其后——**呼哧！呼哧！**我的呼吸加重了——半路上，她那轻薄的外衣被野蔷薇的刺勾住了；我只需要威风凛凛地站住，用我那锋利的威严，将她完全刺穿。我并没有那么做，而是搂住了她，将她压在了身下。远方羊角号吹响了——Tekiah！Shebarim！Teruah！[1]——是在召唤我，而且很紧急。可是我现在可以做任何我想做的事情了，不再像之前一样，需要女孩自愿，而是因为她完全在我的手里了，完全在我的掌控之下。

“啊，你会伤害到我的！”我的猎物哭着说，“一只山羊对一个年轻的淑女！”

“我会那样的，”我表示赞同，不管羊角号再一次召唤我（Tekiah！Shebarim！Teruah！），我大声地主动地说道，“不要认为我一定要做不及格的事情！”

“什么？”

“我说，不要认为——事实是，我得立马醒来，那非常重要。”

“我还只是个孩子，”那个女孩请求道，“你等我姐姐来吧。”

“我想的话我会的，”我说道，“及格的事情自然是放你离开了。”

她一开始开心地叫了出来：“啊，感谢您，先生！”可是她第二声叫就不是因为开心了，因为就在号声倒数第二次响起时，伴随着每一声号响，我

1. 犹太习俗中要在犹太新年时吹响羊角号，Tekiah、Shebarim（或称Shevarim）及Teruah为其中三种吹羊角号的方式，分别是吹响一声、吹响三声以及连续约九声短促的吹响。

都对她造成一次严重伤害。羊角号最后响起，Tekiah！Teruah！Tekiah！

我醒了——猝然一动，一个不明生物尖叫着离开了我的胸膛。我睡觉的时候一只小羊蜷在我身边（这种事时有发生），我翻身时不小心压到了她，我现在发现了，我还把她紧紧抱在了怀里。羊栏里一片骚动，似乎是她的尖叫吵醒了羊群。我坐起身，满身是汗。而且悲催的是，我发现我自己射精了，而且被看到了：马克西坐在羊棚门口，月光勾勒出他的身形，他快速地点点头。

“你在做梦，”他语气波澜不惊，“没什么好担心的。不是贝姬的普莱德·苏。”

我昏昏沉沉地躺下了，很快又睡过去了。早上醒来时，我一下子想起了昨晚的情节：有一瞬间我觉得看到马克西坐在羊棚门口也是我在做梦；然后我大腿上已经干了的欲望的痕迹告诉我，那不是梦，我感到沮丧。我听到他在指挥乔·赫罗尔德做各种杂事，我躺了一段时间，梦境让我觉得畏惧，看到自己的内心就展现在别人眼前，我觉得畏惧。

那天早上马克西一直小心翼翼，甚至让人觉得他不敢说话。谁也没开口说要取消原本的活动，只是我们心照不宣。没人提起晚上的事——事实上是什么都没说——我们沉默地吃着早饭，直到早饭快结束时，他才试探着去摸我的手。

“你没真的**做**什么不及格的事情，你知道的。你之前只是个孩子，而现在你已经知道了，你和我们所有人一样，身上也有邪恶的地方。那不一定会表现出来。”

“残忍又愚蠢，”我说道，“那会显露出来的。”

“或许这儿那儿的会表现出一些。可谁是完美的呢？”

我看着他的眼睛说：“以挪士·以诺就是。”

“**对**，”马克西快速点点头，就如昨晚月光中那样，“那我们就一次把这个事情说清楚吧，好孩子：你是另一个以挪士·以诺吗？”

我摇摇头。

我的老师掩饰不住他的喜悦了：他两只手把我的手攥得紧紧的，不停地点头，又是皱眉又是微笑，不知如何是好。

“你是及格的，孩子！承认了这一点你就是及格的！”他眼泪都出来了，说话也语无伦次了，“艾尔科普夫说的那些‘贾尔斯’的事——全都是鬼话。我就知道是这样的！完全是这样，我就知道！我照章办事是对的，而且不止一次，是两次，三次，很多次，我一直都知道——啊，小乔治！”他过来拥抱我，我还有些不自然，他丝毫不在意，“你再说一遍，让我这个老人家高兴高兴——就是你刚才说的。”

“我不是以挪士·以诺，”我又说了一遍，“我身上还有很多山羊的东西，离毕业还很远。而且还有很多挂科院长一样的东西。”

“不要在意那些！不要因为你只是个普通的人类学生而感到遗憾，好吗？”

我平静地向他保证，我没有因为暴露自己本性中的黑暗面而感到沮丧，只是清醒了，还有些迷惑；可是鉴于这些黑暗面，我一定不会再把自己当作智慧和正义的化身了——连这种可能性都不会再想了。马克西只是开心地在羊棚里手舞足蹈。

“我从一开始就知道！”他大喊，“不过就是碍着磁带升降机那些事，还有艾尔科普夫那个疯子和他的故事。‘贾尔斯’，**我呸**！我打赌一定是他把你放在那儿的！”

抵不住我央求他说清楚一点，马克西自认，关于我的身世，他这么多年来一直有一个猜测——一开始是因为我年纪小，后来我又认为自己是大导师，执迷不悟——他一直没有提起，只是为了不伤害我。

“我一辈子都是单身汉，”他说道，“全都在工作！没有时间找女人！可是以前在新坦慕尼，我和埃布利·艾尔科普夫在研究 WESCAC 的时候，我认识了校长的女儿，她是塔楼大厅的磁带管理员。她叫赫克托小姐——弗吉尼娅·雷·赫克托，她的名牌上是这么写的。那时候，我和埃布利正为了 Wescacus malinoctis 计划和优等生计划而争斗，什么我们两个都要争……可是我们都很欣赏赫克托小姐。她是个**非莫伊舍姑娘**，你不知道，她长着浅色头发，政治信仰也不正确；要是在西格弗里德学院，她就是博尼法希斯，就像在**帝国总理**的农场上的那些女学生一样，这些我都知道；埃布利就是爱她这些，她身材丰满圆润，白肤金发碧眼。‘真是个完美的弗丽嘉！’他常这么说——他说那话时的样子真让人心里发凉，小乔治。因为埃布利，他满脑子都是优等生计划！他根本就不在乎**她**，他只在乎什么精子该跟什么卵子结合才能造出一位**英雄**……”

马克西说起“英雄”，就像这两个字有多么肮脏似的。他自己呢，他继续说下去，虽然名义上仍然是艾尔科普夫的上司，可是那时候已经不受赫克托校长待见了，而且他已经被完全禁止插手优等生计划了。可是他私下里在研究优生学和比较神话学，希望能推测出艾尔科普夫想要什么花招，同时(根据我的理解)，试图以此讨好赫克托小姐圈子里的人。他公开表示自己只是想保护她，不让他同事的企图得逞；然而谣言不善，都说他是想利用女儿成为她父亲眼前的红人；反正不管怎样，根据马克西所说的，我明白了，赫克托小姐也开始回应马克西对她的仰慕了——事实上，可以说，不是赫克托小姐不情愿，而是马克西不愿意，才让他们的关系一直是斯开普拉思式的：“一个五十岁的莫伊舍激进分子和一个年仅二十五岁的保守派**非莫伊舍**女孩，她可曾是新坦慕尼学院的‘春之女王’啊！我们的孩子一定会是英雄人物的。”

他们之间到底发生了什么，他没有说，不过他们好像吵架了。或许是为了气他，赫克托小姐开始花大把时间和艾尔科普夫博士待在一起。她甚至换了工作，在优等生计划项目中担任某种技术员，负责磁带管理工作。而且因为她知道了这个项目的很多机密（她曾向马克西透露过)，她丝毫不掩饰对这个项目的推崇。马克西所能看到的就是，她用轮椅推着他的同事穿梭在校园的小路上和过道走廊里；他对我说，他自己体质弱，也很鄙视西格弗里德认为蓝眼睛身体健壮才是完美人种的这种说法，可是弗吉尼娅·赫克托挺拔秀丽，而艾尔科普夫虚弱臃肿，这种对比实在让他反感。

“一个漂亮的莫伊舍女孩，你知道的，小乔治，会让你想到黑暗的大厅和烈酒，还有没药和乳香；可是这个**非莫伊舍**女孩，她会让你想到明亮的白天——你几乎能从她身上嗅到阳光的味道！我并不想将她占为己有，就算我不是这般年老、瘦骨嶙峋，我也不想；我希望她能嫁给一个北方的护林人，你能明白吗？或者是一个高大健壮的、长着金色胸毛的年轻冰山研究员。并不是因为她是个**异邦人**，恰恰是她那**异邦人**的风度让她看起来那么美丽。”

我的管理员这个人生新片段让我十分感兴趣。我问他那个女人后来有没有嫁给埃布利·艾尔科普夫。马克西脸色一沉。“我被新坦慕尼解雇的原因你已经听过一些了，只有这个还没和你说过，也是最后的导火索。一天，就在我做完了我在教务会最后的演讲之后，赫克托校长派人传信说，他要立刻见我。安保人员带我坐私人电梯去了他的办公室。我还没来得及跟他打招呼，那位弗吉尼娅就冲了进来。她满脸泪痕，一把搂住了我，然后她说：‘没关系的！没关系的！’她爸爸正站在窗边叼着烟卷，所以我问他：‘什么没关系啊？’他吐掉烟头，看都没看我一眼。‘好了，施皮尔曼。’他开口说道，‘我战术上输给别人时，我自己心里是有数的。’你知道的，他竞选校长以前，曾担任第二次暴乱的大将军。”

然后我渐渐搞清楚了，校长召见我的原因竟是：赫克托小姐发现自己有了孩子，而且说马克西应该负责！就算现在是在羊棚中，事情已经过去二十多年了，我的管理员在说起这件事时仍是难以置信：她委身于卑鄙可耻的艾尔科普夫（那个残废是如何狡猾地引诱和完成交配的，马克西想想就不寒而栗），这已经够可怕了，而她把这脏水泼到了别人身上更是让人愤懑。那个人可是一心要保护她的人啊！心痛失望之下，马克西揭穿了她，逼她承认不是他自己，而是艾尔科普夫糟蹋了她——或者是跟她私下里鬼混的其他人。赫克托小姐一直不敢看他的眼睛，只是一味重复自己的指控；她承认，艾尔科普夫教授对自己的工作充满热情，这让他曾很有礼貌地建议她放下矜持，为科学献身，为了某些实验用途，把自己献给优等生计划（“我就知道！我就知道！”马克西对着校长大吼，“啊，天啊，看我会不会拧断他的脖子！”），可是她一直没答应。至于和那位残疾的科学家有亲密关系，她愿意对着《旧大纲》发誓她从来没有，也从来没人提过这事；她表示只是有那种想法，她都觉得恶心。马克西几乎要晕倒了，他对她说，她恶心的不是有那种**想法**，而是那些不堪的记忆，而且那件事的后果也让她害怕。

“她为什么说是你呢？”我问他——他告诉我，在人类众生中，一个走投无路的女人做出这种不实指控，是很常见的。

“是她要和埃布利·艾尔科普夫……**在**一起……你知道的……”他很艰难地吐出那个词，而且他的“要”，很明显是跟妞儿一样的意思，这让我更加**不明白**这个词的用法了。我想起了奶油头发夫人，在小树林里的时候，她并没有明白我说想“要”(这种活动乔·赫罗尔德有很多其他的叫法）的真正意图；马克西也是这么用这个词的，表明这个词是个常见的说法。果真如此的话，她一开始鼓励我，后来又疯狂抗拒我的进一步行动，这根本说不通。一想起那些事我就焦虑，找时间我应该让马克西专门解释一下这个词，可是他继续讲他的故事。“——她**一定**跟他在一起了：每天管理磁带怎么会怀孕呢！可是他并没有对她负责，然后她就想：‘那老施皮尔曼，我会说都是他的错，不管怎样他都能开开心心地娶我。然后孩子一出生我想做什么就可以做什么了。’你还没有读过很多古老的史诗故事，小乔治，不然你就会明白老男人和年轻女人是怎么回事了。”

我冒昧地说我明白那种情形，可能只是不太明白为什么**会是**那样而已。做小羊羔的那几年，并不能让我理解人类嫉妒的原因，那对山羊来说太陌生了；可是我的心对那种反常的情感，哎，却并不陌生，雷德费恩的汤姆就是死于此。可是我尽量小心翼翼地问马克西，他这么温和理智的人，为何会被一个女人的权宜之计惹恼，她可是被人抛弃，走投无路，才出此下策的。

“是的，嗯，”他轻哼一声，皱着眉头看我，镜片后面的双眼充满了探究，“这个问题真是难回答啊，乔治！你能这么问我，可真是敏锐！”他这么说，一点儿也没有批评我的意思，而是感到吃惊和欣慰，“能提出这种问题的孩子很聪明，应该会对这答案感到吃惊。我希望他能足够聪明，明白有时候事实听起来就像谎言。”

事实就是，他坚称：他那么敬重的女人有任何不忠的行为，他都可以原谅；他没指望自己能配得上她的爱（埃布利·艾尔科普夫也不配，不过那就是**她**的事情了）；他曾经想过，自己最多也就是赢得她的尊敬，或许得她像爱自己的父亲一般爱他，其他别无所求了。作为回报，他会满心欢喜地跟她结婚，即便她一年换一个情人，每年都怀孕也无所谓。可是无视社会公德，不顾及他的感受是一回事，无视事实就是另一回事了。只要她坦白承认孩子不是他的，他会跟她结婚，怀着一颗感恩的、虔诚的心，让孩子跟他姓；可是他不能容许谎言作为她的陪嫁，因为他毕生的事业就是寻求事实。总之，校长严词威胁，赫克托小姐哭得梨花带雨，都没能让他同意与自己心仪的女人结婚。除非她能公开承认是艾尔科普夫糟蹋了她，让她怀孕，可是她不承认。

"所以事情就是这样了，"马克西最后说道，"他爸爸嚷着要亲手打得我皮开肉绽，要不是为了他女儿的名声他就把我告上法庭了。赫克托小姐给了我一个耳光后就跑开了。从那以后，我再没见过她。就在那一周之后，我就被解雇了，以后的事你都知道了。那又有什么关系呢，我应该为自己申辩吗？所以我就来到了这里，与羊为伍。半年以后，乔·赫罗尔德把他从磁带升降机中救出来的那个跛脚的孩子交给了我，他因为把你救出来自己被解雇了……"他摸着自己的左脸，就好像赫克托小姐的耳光仍然有刺痛感，"我该怎么想呢，小乔治？我该怎么做呢？我只能亲亲你受伤的腿和你异邦人的金发，像我这样的莫伊舍人是不会有个金发的孩子的。"

马克西这些话再次证明了他是多么善良，我听了之后亲了亲他长长的头发，他也亲了我的头发；可是我还是有一点点怪他，怪他那么久都不告诉我他关于我身世的这种猜想——考虑到所有的事情，这个猜想很有可能是真的——我向他保证，就算讨人厌的艾尔科普夫很可能是我的父亲，那也并不会困扰我，而他收养了我，他的宽厚仁慈才令我感动。我说这话的时候，脑子里一直有个想法，那就是这个故事并没有切中要害。正好相反！他不是正通过这个故事，解释了他对我出身不寻常的可能性真实存在的怀疑吗？就是说我一厢情愿地认为自己是英雄，可能并不是毫无根据的？但如果我真的是艾尔科普夫博士和弗吉尼娅·赫克托的孩子，我的出生也并没有什么非凡的，仅仅是不正规而已。我还需要一些时间才能将我的想法说清楚，因为马克西早就忘了他一开始要说明什么，不幸的是他在这个年纪总是这样。然后他要费好大力气才能意识到自己还没有说自己要说的事。

"对了，所以，我的意思是，"他接着说，"乔·赫罗尔德把你带到这里来的时候，我想着你是弗吉尼娅和埃布利的孩子；这是我的猜想，我也希望你真的是。可是有时候我又会忘了其实你不是，我记忆力不好了。可是事实是，她没有儿子：她生了个女儿，她让自己的叔叔艾拉·赫克托替自己抚养。很久以前我不知道听谁这么说的，我忘记从哪儿听说的了。她生了个女儿。”

我闭上眼睛，试图消化这个新信息。“好吧，那——我们又回到了原点！大门还是开着的！”

“不，”马克西坚定地摇头，“不，门不是开的。没开，”他似乎是在重新整理思路，“知道你不是弗吉尼娅和埃布利的孩子，你又开始胡言乱语说自己是英雄，之后‘贾尔斯’那些事儿让我感到好奇。不过都只是一个老人的胡思乱想，就这样而已！你现在知道了你不是什么大导师，只是个有自己的正常的人生事业的好孩子而已。你身上也有些不好的地方，你还有点愚笨，不过像我们一样，你有一颗及格的心。”

费了好大劲（因为他回忆了那么多事情实在太劳神了，而且他觉得自己的观点已经比较成熟了）我才从最后的话中得到了以下信息，就在优等生计划被放弃的一个月之前，出现了很多离奇的情况。其中之一就是，WESCAC在艾尔科普夫的管理下，在准备一项十分机密的项目，那就是“贾尔斯”（GILES）项目——马克西只是解释这个词是“理想大导师，实验室优生标本”[1]的首字母缩写，其他的他不能或者不想再说了。这个短语是什么意思(在我看来那就是绵羊语)，准备“贾尔斯项目”的这种尝试有没有成功，这个项目的目的又是什么——这些事情直到后来我才弄明白。可是我认为这个秘密和我自诩英雄的主张有某种不确定的联系。

“我就只说这些了，”马克西说道，“有些关于以前的英雄和大导师的事情。你傻里傻气地满脑子觉得自己是个英雄，让我想到了这些和其他一些事情。有人可能会曲解这些英雄和大导师的事情，然后套在自己身上。所以我想了几个试验来证明事实到底是什么，之后我会告诉你的。可是这些试验证

1. Grand tutorial Ideal, Laboratory Eugenical Specimen

实了，乔治——它们证实了——你目前对自己的认识：你就是个好孩子，一个人类学生，仅此而已。”

我想他的意思是我表现得愚不可及的时候，还有在雷德费恩的汤姆和贝姬的普莱德·苏的事儿上我展现出了自己不及格的方面，虽然只有一点点。我想马克西有可能事实上是鼓励这种行为的，而且有可能我受到诱惑的情形都是他安排的，或许他还串通了乔·赫罗尔德，甚至是奶油头发夫人（这谁知道呢）。不过鉴于他坦白承认了，我一点也不生气。显然这些事情都不是重点；无论他采取何种实验，都是为了启发我，为了我好，而且他的目的也达到了。大导师是非常聪明的，大导师是非常善良的。我的身世充满疑点和各种征兆，而且又恰好满足成为英雄的前提条件，尽管如此，我却不能认为自己是非常聪明、非常善良的。我不再坚持，从内心接受了这个结论，只是请示不上白天的课了，我需要一点时间适应一下。

那天上午剩下的时间我都在牧场周围反省，无视乔·赫罗尔德让我跟他在凉爽的三月天里摔跤的请求；吃过午饭，我带着铅笔和纸躲到了小树林里。我想把自己经历过的几件人生大事都写下来，想把前方的路筹划好。我坐在一个树桩上，开始写道“不聪明也不善良”，我用正体大写字母，把这句话写在纸的最顶端。可是当我想在下面写上“通过一切挂掉一切”和那句箴言“自我认知总是不好的事”时，我一时不知道要将哪个排在第二位了。而且我也不是特别上心，于是很快就陷入了无边的空想。我手里把玩着纸。在我小时候，我曾见过来参观的人类啃着纸筒装着的五颜六色的冰，于是我也习惯了每次找到纸，先卷成纸筒再吃。现在，我不经意间就把那张纸卷成了那样，可是我却不像小时候那样爱吃纸了。于是，我没有吃那纸筒，而是把它放在头顶上，就这样戴着纸帽子，坐在树桩上沉思，一下午就过去了。

那天晚上我做了最奇怪的一个梦。在我们以前相会的地方，奶油头发夫人就坐在地上。那是黑漆漆的夜晚，不是野餐时间；可是她的大腿上却放着那个熟悉的野餐篮子，我就像几个学期之前一样，蹲在她的脚边。可是我们没有吃东西。她就像个小孩子一样做了个滑稽的鬼脸，两根食指弯起来伸进了篮子里，然后一下子打开了盖子。她让我看，我看到那黑咕隆咚的匣子里没有花生酱三明治，而是有一些奇奇怪怪的、邪恶的人。我看到一个长着一对翅膀和一条尾巴的男人、一个倚着拐杖的古代人、一个什么都不做的姑娘。我看到一个身体上长了两个头，两个头摞在一起。我看到了一个头长着两个身体，一直在眨眼。我还看到了其他一些眼睛，在看着我：有双眼睛没有身体，不眨眼，也不转动，甚至连视线也不改变。有个男人，我一看他他就消失，可是我一移开视线他就又出现了。还有其他一些，许许多多的幻影，有男人有女人，有绵羊也有山羊——他们也不说话，就是四处游荡，一会儿消失一会儿移动。他们全部向我招手，要么是邀请，要么是威胁——只有那个姑娘孤孤单单，不慌不忙地待着，我喜欢她。我之前怎么从来没猜想过篮子里装着什么东西呢？我要走向那些人，不过不是要吃掉他们。不管会遇到什么危险，我都要进入他们的世界，从那里我听到了清晰的对我的召唤。**呜呼**！那些山羊全部集合到了一起。**呜呼**！

尽管我没有醒来的感觉，场景也没有变换，我还是从我的小床上爬起来，最终完全清醒地站在漆黑的羊棚里。马克西没有在他的房间里，乔·赫罗尔德也不在。管它呢！我彻底地脱下了我的旧外套，然后从供应室的储藏区里拿来一件新外套，那是乔·赫罗尔德为我注册入学那天特地准备的：那是一件华丽的长披风，银白色的羊毛外套，是由我亲近的雷德费恩的汤姆和玛丽·维·阿彭策勒，他们两个的毛皮缝制而成的。我把它披在肩上（里面穿了一件干净的羊毛里衣），美滋滋地看着它垂下的漂亮弧度，就在这时，我听到在不远处，羊角号又一次响起了。

我都等不及打包个三明治，只是把表链子缠绕几下挂在了脖子上，找到我必需的拐杖，然后就离开了羊棚。东方闪耀着微弱的光，预示着就要黎明了；西方，从新坦慕尼林立的讲堂群传来的光更加微弱，是那么遥不可及。我一度在大门边打哆嗦，直到一声尖锐的笛声打破了寂静：是远方那力量的召唤，十分紧急！当下我就不发抖了，也不迟疑了，只是闩上门，在那召唤的指引下，借着微弱的星光，踏上了坚硬的公路。

2. 路遇分岔路口

沿着出羊棚的那条路走有一个拐弯处，那是之前我站在牧场门口能看到的最远的地方。我在那里停了下来（那奇怪的哨声停止了），好好看一下我家那一个个圆屋顶和复折式屋顶。我唯恐自己一直看下去，便继续前行了。可是就在拐角处我发现路分成了两条。我是右撇子，倾向于往右边的路走；然后我控制住自己这种倾向，偏偏走了左边的路，这理由真是牵强。可是最后证明，这个选择并不明智，因为我发现自己没法往前走了，一下子泄了气。

我在那儿一筹莫展，不知道过了多久；在面临左右选择时那股不容异议的坚定决心没有给我带来任何好处。然而，正当我又开始发抖的时候，我在这个分岔路口听到了一阵窸窸窣窣的动静，马克西在乔·赫罗尔德的搀扶下，从一丛漆树后面走了上来。

“你睡着觉就跑出来了？”他问我。

我本来想问他同样的问题，我看到他腋下夹着那个把我吵醒的羊角号。可是我在这个问题中看到了一种谜一般的严肃性——那听起来不像是询问的口吻，而是带着一种哨兵的挑衅的口气——同时我算是更明白了，最近几晚我梦中的羊角号声是真的。

“我该入学了。”我说道。

“你知道你要做什么，是不是？”

“我到那儿就知道了。”

“这样啊，”这时马克西已经走到我面前了，他凑近我，想在这昏暗的光线中看到我的脸，“还有，你知道路吗？路可不好找。”

“我会找到的。”我信誓旦旦。

“是，好吧。可是你现在得先回来，乔·赫罗尔德给你打包午饭，收拾点行李。等天亮你再走，能看清路。”

可是我拒绝了，因为我看天色不早了，可以说是很晚了，至于食物和换洗衣物，我带不了了。事实上是我着急离开。如果他能接受我如此匆忙但却是发自内心的感谢，感谢他为我做的一切，并且乐意告诉我哪条是去新坦慕尼的路的话，我会一切安好，永远记得他的大恩大德。

“哪条路吗，小乔治？你是说你也不确定？”

“那没关系，”我立马说道，“一定会有路标的。就这样吧，拜拜，马克西。拜拜，乔·赫罗尔德。我真的得走了。”

我仿佛真的知道路一样，想都没想就冲了出去，希望自己不要总想着是左还是右，这样就能凭直觉自动选出左右。当然了，我没办法不去想，也并没有什么直觉替我做选择；可是我既不愿再停下来，也不愿因此暴露自己的窘迫（因为我能感觉到他们都在看着我），我迅速走进了漆树丛。

“我觉得从这里走过去更近。”我回头冲他们喊。

“啊，乔治！等一下！”马克西的声音带着笑意。尽管我听到他又叫了我一声，还催促乔·赫罗尔德帮忙追上我，我还是披荆斩棘往前走——只是稍微慢了一点，怕划破我的羊毛外套。

“等一下，我要告诉你我们都做了些什么！”我并没有停下。他命令乔·赫罗尔德抱起他跑了起来。我们拨开小树枝奋力往前走，很快他们就追上了我。

“右拐，孩子，不是这边。哎，乔治！我无法相信！就是一个莫伊舍老人！”

我什么也没说，只是按照他的指示往右拐。不久我们再次踏上了马路。此刻阳光从我们后方照过来，一切都变得更加清晰了。我毫不犹豫地继续往前，步伐坚定敏捷（没有荆棘缠身了），马克西不得不让乔·赫罗尔德一直抱着他，才能赶上我。

“你知道自己是谁，那很好！”他说道，“就是你一直所想的那样——可是谁会相信这种事情呢？我们得先证明它！”

看也没看他，我直接问：“所以你才吹羊角号的？”

“对，对，就是这样！”我从没见过马克西如此激动，他描述着他前一天提到的“试验”。他断定，经他判断，我差不多已经具备了做英雄的所有前提条件：我身世神秘，唯一的可能就是我是某个高层人士的子女；我也不是以正规的方式出生的，似乎对某人构成了威胁，于是他试图要我的命；我因此伤了腿；我被救，被人收养，一直被当作山羊养大，叫着一个不属于我的名字，等等——这些情况和其他一些细节，都与马克西所发现的许多英雄人物的经历相吻合。可是另一方面，这一切似乎又都模棱两可，无法下定论，尤其对于一个毕生都怀疑英雄的存在的人来说，更是如此。也许事实证明我的父亲母亲是近亲；我的母亲在雷雨交加的天气里怀上了我，在山洞里生下我；有谣言说我不是我父亲的儿子；或者想杀我的人是我的父亲或者是我母亲的父亲——即便如此，接下来的事情也无法确定。正如马克西说的：“不是每一个有伤疤的人都是真正的英雄，他还有可能是个傻蛋。”

为了解除他对这件事的疑惑（也就是说，为了向他证明我说自己是英雄只是小孩子说大话），他命令乔·赫罗尔德在某一天晚上吹羊角号，吹出特定的声音：据马克西预计，如果我被叫醒，并且问是怎么一回事，那么因为某些原因，我的话就不能当真。

另一方面，如果听到羊角号的声音，我没有疑问、毫不犹豫地就出发踏上了某一条路……可是准确来说这两种情况都没有出现，我只是做着混乱的梦，继续睡觉。于是，第二天羊角号再一次吹起。这次无论我给出什么样的回应，都可以视作一种反驳（马克西没有说是为什么）：很幸运，我仍然不为所动，只是做了几个性梦。今夜羊角号第三次也是最后一次吹响，要是我没被吵醒，或者只是问一下发生了什么事，那么我的未来就很明确了：这个秋天马克西会给我在新坦慕尼学院注册报名，让我做一个普通的大一新生，就像其他本科生一样，上着普通的课程，通过一些考试，或挂掉某一门考试——他承认，思前想后，这是他最希望看到的。

“可是我忍不住去想你说的 WESCAC 和它的 AIM 的那些话，小乔治。我可能是疯了，我忍不住想起我这只手是如何按下那个吞食按钮的，拯救我于永世不及格的唯一办法就是：用同一只手把一位大导师带到西校园。”

我从眼角处瞥见他伸出紧挨着那根断指的手指，强调自己说的话。我虽一门心思听他说的话，但是却没有放慢脚步。

“所以我们吹了一声又一声。今夜我们吹了两次，就在乔·赫罗尔德深吸一口气准备吹最后一声时——你听到了什么，我的孩子？”

“听到了一种完全不同的声音，”我说，“那不是我们的羊角号的声音。”

“那是吞食汽笛的声音！”马克西大声说，“在那之前我从来没想过，你万一受到羊角号的号召那意味着什么。可是那吞食汽笛，是发电厂为了暴乱操练而吹响的——召你去的是那个汽笛声啊！确实如此！”

既然他已经改变了想法，其实我私心想知道马克西要如何解释我的迟钝和那些挂科院长的品性，那些可都是他通过实验发现的。我不打算问他，但我觉得至少我必须说出那时我已经醒了，在听到更加奇怪的声音之前就已经准备要出发了。

“那没关系！”马克西断言，“可是如果你不是怎么办？假如我说那证明了你只是羊孩乔治，我们掉头回家吧，那怎么办？”

我想不到如何回答，便不置一词，继续往前走。

“你看到了吗，乔·赫罗尔德？他无论如何都要走，你就不该问！”

我亲爱的黑人朋友，不用我说，还是跟之前一样，不明就里。可是他哼哼着，一直在微笑。

“小乔治，你自己之前说的，只能是这两者其一：如果你不是大导师，你就是和乔·赫罗尔德一样的疯子，WESCAC 让你精神错乱，就像乔·赫罗尔德经历的一样；如果你没有疯掉，你一定是位大导师，因为只有大导师可以安然无恙待在 WESCAC 的腹中，不被吞食。”

“你说得没错。”我表示赞同。

“所以听着，”马克西说，“你一定要听我说：《校园诗章》里迷路的教授是如何找到路，通过南出口，到达毕业认证大门的呢？”

“他有‘诗学工作坊’的前负责人为他指路。”我答道。

“就是这样！还有在安喀萨尔斯自作的《安喀萨尔斯纪》中，他是如何通过‘下界学院’的呢？要不是‘指引夫人’和他一起，他难道不会像其他人一样，最后以不及格收场吗？”

我明白他的意思了：我不知道怎么去新坦慕尼，也不太清楚自己的使命，这并没有什么丢脸的。恰恰相反，不管是拉俄忒德斯，还是其他流浪研究员，没有特别顾问，都不可能完成他们的实地项目。我缺少一位顾问，就是这样的；我的任务是完成英雄任务，不是选择它……

“甚至是了解英雄任务，”听了我的观点马克西补充道，“看看《亚瑟院长和他的精锐》，他的魔法羽毛笔：你以为他知道**为什么**那笔总能写出正确答案吗？他应该留心！”

可是我有一个疑问：我不记得释咖尼安、马约或者以挪士·以诺也需要指导顾问。流浪研究员的那套也同样适用于大导师吗？马克西立马回答了我这个疑问：“那得看情况！看看《新大纲》里，以挪士·以诺治好了很多疯子，你知道他为什么这么做吗？”

“嗯，他希望那些可怜的本科生能继续学习，而且我觉得那时候没有精神病诊所。”

“不止如此！据说，他这么做是因为‘这是要应验顾问埃赛亚说的，说：他代替我们的软弱……’[1]好啦！如果以挪士·以诺，像你一样，没有读过《旧大纲》呢？”他告诉我，事实就是，以挪士·以诺与其他大导师一样，也是提前接受过建议的，他在很多情况下都做自己要做的事情，不差分毫，那是因为，他知道“一位大导师应该做这样那样的事”，这些都是规定好的。并不是实现了那些预言让以挪士·以诺成为大导师，而是成为大导师的先决条件指引他找到那些预言，然后务必保证实现那些预言。

我现在已经能放心地停下来，去拥抱我那年迈的管理员了，乔·赫罗尔德把他放了下来。我只是问他：“你会做我的顾问吗，马克西？”

他一时说不出话，他实在是太高兴了——我也非常高兴——他最后能和我一起去。他抹了把眼睛，一会儿才开口说：“你以为我在做什么？天啊，

---

1. 《圣经·新约》太8：17，“这是要应验先知以赛亚的话，说：他代替我们的软弱，担当我们的疾病”。

天啊。你不知道这意味着什么啊，小乔治，一个莫伊舍人竟相信校园里有大导师！”

我提醒他我们现在还没到新坦慕尼学院的主校区呢，他最好还是继续尽好他的本分，我们三个还是得继续上路，除非他有工作得在我们所在的树林里做。

“只有一件事，要在这里做。”他回答道。他伸出一只枯瘦的手抓着我的胳膊，这才站稳。他用另一只手从腰间取下他一直带着的牧羊人身份的象征：他的老对头弗雷迪干瘪的睾丸，还有上面拴着的皮绳。“把这个系到你的衣服上，”他提议，“现在优秀的山羊羊倌就是你了，你比我有更多的山羊要照看。”我按照他指示做，然后他十分认真地说道：“乔治，这意味着，如果之前你身上有半人半羊的特性，时不时会流露出种羊的特性，你明白吗？那么，从现在开始你要完全摆脱那些特性，否则你就不是大导师。不管发生什么事，不能再想什么海达、奶油头发夫人那些人了。”

我脸红了，也答应了他。想到我过去那些过错，以及在梦中的胡作非为（我的顾问只知道其中的一部分）再也不会让我的良心受谴责，我感到宽慰多了。我果断地命令自己，**不再去想**海达和奶油头发夫人的样子了；还有最近活跃在我的记忆中的臀部凹凸有致的妞儿，再加上贝姬的普莱德·苏，统统都不要再想；更别提乔·赫罗尔德了，我跟他可不仅学了纳尔逊式摔跤，而且他深沉地笑看这所有的一切。再也不能在长春花丛中痛快地搏斗了；再见了，小树林里追女孩以及我梦中配种的那些事儿。再也不渴望“要”了，这是我坚定的决心：我高高兴兴地把那个护身符拴在身前，并且我相信，有了马克西作顾问，我能把我的那对东西的麻烦都传递给弗雷迪的。

“我会告诉你去新坦慕尼的路，”他向我保证，“我也会告诉你怎么通过主大门和入学测试。然后我们要让你偷偷溜进 WESCAC 的腹中，你要改变它的 AIM。校园和平！”

最后一句，他忍不住慷慨激昂地喊了出来。我从来没见我的管理员如此兴奋；这也感染了我，我的内心平静了下来，可同时又觉得有点儿难受。“好了，”我说道，“我们走吧。”

3. 乔治峡谷

我现在才发现，我青年时期住的羊棚，坐落于一片高高的山地上，距离新坦慕尼比我想象的要远得多——除非马克西出于某些原因，选的路并不是最近的。我们一整天都沿着一条蜿蜒的山路前进，途经一片片橡树和崎岖不平的田地，经常因为马克西累了而停下来休息。乔·赫罗尔德随身带着一大块儿曼彻格奶酪，中午时我们就着泉水吞下。用我们之前住的牧场的长度来丈量，我推测，到傍晚我们也就走了十几千米，不能更多了。就在这时路上突然出现了一道峡谷，或者说是两山之间的狭隘河谷。“这是西校园的后门。”马克西如是说。一条河从谷口流出，一直流进我们西边的山谷中，我看那儿有个巨大的湖泊。我们在悬崖边上逗留了一会儿，看着傍晚的霞光照在岩石上，肆意变幻，太阳完全落到谷口中时，景色更为壮观。然后我们爬下悬崖，决心在天黑前穿过峡谷，在山对岸找个落脚地。

可是当到达谷底时，我们沮丧地发现前方的路中断了：那条河，看起来不深，不过水流倒是很急。我们一路所见的春季的洪流，使得河水猛涨，水流更加湍急，冲走了河上木桥中段的几个桥墩。唉，今天的进度让我有点儿着急——这样跟在牧场周围散步没什么两样，更别提什么冒险——可是就在这时，发生了一连串让人惊慌和惊喜的事情，给那段平平无奇的记忆增添了色彩。

我们这一边的桥也被河水冲走了。我们正站在桥原本的位置，考虑接下来怎么办，这时乔·赫罗尔德突然就唱起了他的歌：

“又是一条河，”莫基人阁下如是说……

他的眼睛大睁着，就像我第一天见他时那样；顺着他的视线，越过激流，我们看到对岸有一个穿着连衣裙和凉鞋的年轻女人。那女人一定是从那边那条公路上来的，路的尽头是一片柳树林。她走出来，站在那断桥的另一端，离我们有一个马棚那么远。她目不转睛地看着我们，我们也不停地打量她。

“或许她能告诉我们哪儿还有一座桥，”马克西说道，“安静，乔·赫罗尔德，让乔治问一问。”

可是乔·赫罗尔德并不听话，只是大喊“**喂——嘿！**”，并且走到了水边。那女人看看他，又看向我们；然后她双手在嘴边拢成喇叭状，对着我们喊着什么东西。好像是三个字，两短一长；那呼唤甜美中带着哀怨：

“**克罗——克！**”她似乎带着哭腔，“**克罗——克！**”

“这是怎么回事？”我问我的顾问。可是我没等到他的回答，因为乔·赫罗尔德这时又喊“喂——嘿！”，而且开始一股脑儿往浅滩走去，也不管脚上还穿着袜子和凉鞋。我喊他停下来，一瘸一拐地去追他，可是却被更为惊人的一幕吸引了：那个女孩又喊了一声，同时拉起了她的连衣裙，她动作十分优雅，就像过泥地的人轻轻提起裙摆——可是过了膝盖还没有停，她一直把裙子拉到了最高处。她纹丝不动地站在那儿，双脚分开，就像只奶羊一样，私处完全暴露在风中，然后声音甜美地喊道：“克罗克，克罗克！”此情此景，如此引人注目，我也顾不上乔·赫罗尔德又发疯了；可是他在水中跌跌撞撞，奋力朝那女人奔去，激流冲击着桥墩，也冲击着他的双腿。

“**俺——来——了，**”他大喊，“**天晓得！**”

我紧随其后，可是要追上他已经不可能了：那些石头上长满了苔藓，我的拐杖根本使不上力，我一下子滑倒了，重重摔在了浅滩上，浑身麻木。

“快回去！”我听那女人警告他。奠基者保佑啊，她还站在那儿。虽然她挥动一只手，让乔·赫罗尔德回去，可是另一只手仍然拉起裙边，一直拉到胸部以下。更糟糕的是，她像一只发情的母羊一样，撅起了屁股，然后继续呼喊。我现在很担心乔·赫罗尔德的性命，他一门心思地要去找那女人；洪流已经没过了他的屁股，激流打得他失了平衡。我挣扎着爬起来，看向马克西求助——而在那边，我发现他正目不转睛地盯着另一个令人诧异的场面。

我看到了我从未见过的一群人，他们一行九人，不知是从岸上游来，还是从我们身后的石壁路上来，又或者是凭空出现。他们都剃着光头，肤色比我深，比乔·赫罗尔德浅，都身着黄色的长袍。他们中有八个，像稻草人一样干瘦，肩上扛着一个两条腿的平台，上面坐着剩下那一个体态圆满之人。那个人双腿盘在身前，双手合十放在胸前；他闭着眼睛（可是不是在睡觉），嘴角微微向上弯起，表情严肃，很符合现在的气氛。他们走过浅滩，走入水中，对断桥、露出私处的女人和我们那在水中奋力挣扎的朋友视若无睹。刺骨的河水（唉，把乔·赫罗尔德打倒了，他好不容易抱住了一块大圆石保命）对他们来说，就像个浴羊槽，因为他们走走停停，蹒跚而行；河水已经到他们的腰了，他们就在那块大圆石上游约两米处，眼看就要走过去了。

“顺便救救乔·赫罗尔德吧！”马克西喊道。我也喊：“抓住他！抓住他！”

他们可以先把抬着的那人放在我们这边的岸上，或者腾出下面一个人一小会儿，总之他们是一定能救乔·赫罗尔德的；如果他们有意往下游走一点，他们每人都有一只胳膊闲着，能搭把手；即便他们连这个忙也不肯帮，至少乔·赫罗尔德还能抓住他们的黄袍子，借机站稳脚跟。可是他们没有，我们如此害怕着急，他们仍然无动于衷。结果，只听桥上那女子又喊了一声“克罗克”，乔·赫罗尔德就哀号一声沉了下去。我们看到他被河水往下冲了几米，浮浮沉沉。那个女人终于放下了自己的裙子，抓着头发尖叫。乔·赫罗尔德被水流裹挟着，又撞上了一块石头，他挣扎着想重新起身，白色的羊毛帽子被掀翻冲走了，他看起来像是能再直起身体——可是激流击垮了他。河水将他一直往下冲，羊角号“噗”一下掉入了水中：在那泛着泡沫的激流中，我想我只看到他的外衣一次，之后我就看不到了，他被冲走了。

好一会儿我们只是呆呆地站着，然后，我和马克西急忙沿着沙滩往下跑。可是他年纪大了，我又跛脚，脚下又都是石头和湿滑的泥地，我们走得实在是慢，但我们至少往下游找了一千米，试图找到乔·赫罗尔德的一点踪迹。可这一切都是徒劳。在谷口处有一个尖尖的页岩岬角挡住了我们，一道坝拦住了河水的去路。我们泄了气，哭了起来，估计我们的朋友的尸体随着河水而下，经过了那溢洪道，与河水一同汇入了湖泊。

“他一定是被冲到了岸上我们看不到的地方，”我执意说，“他可能是在对岸的某个地方休息一下。”

马克西只是摇摇头。

“他们为什么不帮他呢？”我生气地质问，“那个女孩在桥上做那些事情干什么？”

马克西抓着他的胡子，叹息一声道：“你问我吗？我也从没见过这种事啊！”

暮色笼罩着我们，再等下去已经没什么意义了。听从马克西的建议，我们往断桥的方向走去：土木工程系的工作人员就算当晚赶不过来，明早一定会来。他们会来检查这断桥，这桥是不能不修的。我们所能做的，就只有在他们接我们过河的时候，向他们报告这个不幸的消息，以便他们在河里打捞乔·赫罗尔德的尸体。

“还有树林里也要找，”我坚持，“万一他上岸了，只是受了伤在哪里躺着呢。”

“对，是，”马克西表示同意，“树林里也要找，是的。”我边往上游走边喊乔·赫罗尔德的名字，照顾到我的情绪，马克西也假装这样做是有意义的。我心里的愧疚不必向他解释，毕竟他一直是我的责任导师：乔·赫罗尔德之所以会淹死，不仅仅是河水作乱，还因为他脑子坏掉了，而这都因为WESCAC，因为救我他才会这样。

在最后一丝亮光中我们回到了断桥边，我们看到穿黄袍的那伙人已经到了对岸。安然过了河后，他们把上面抬着的人放下，自己也在沙滩上坐了下来，好像是在休息。他们也像自己抬着的那人一样，双腿盘起，双手合十；我觉得他们也会像那人一样，闭上双眼，对什么都视而不见，置若罔闻，连心也被蒙蔽了。之前看到的那个女孩还在桥的另一端，只是现在跪了下来，可以认为她正沉浸在悲伤中。至少她双手掩面，双手埋入了长长的深色头发中。

我看着她，心中不知是何滋味。可就在这时，她抬起头，看见我们，然后再一次对着我们这边喊了起来，声音尖细。

“克罗——克！”

我攥紧了拳头：她在发什么疯呢？虽然难以置信，不过她有没有可能再次在我们眼前掀起裙子呢？白天过去了，差别也就慢慢地消失了，她的裙子差不多要跟她雪白的皮肤融为一体了——不过，确实如此，我眯着眼睛看到了她的羞处，就像是她雪白肌肤上的一块补丁，或者像是一片夜色落到了她的大腿上。这次没有落水的朋友让我分神了，尽管马克西警告我不要看，我还是移不开眼睛。马克西说，他现在能明白她为什么这么做了。他愤愤地说起拉俄忒德斯遇到的那些可怕的唱歌的海妖。要是他没有堵上他同事们的耳朵，把自己绑在桅杆上，那么他们一定会受到那些海妖的诱惑，把调研船开到礁石上。马克西告诫我（因为我一直盯着看，他语气中多了点严厉），每一位英雄，或早或晚，都会遇到那些海妖似的人，最危险的莫过于真的着了她们的道。事实上，桥上那女孩的呼唤一点儿也不吸引人，可是她的诱惑却像那塞壬一样危险。而且（为了看得清楚一点，我往水边迈一步，马克西抓住了我的羊毛披风），要是认为她只是个无关紧要的妓女或者暴露狂，她出现在桥上也只是巧合，那可真是大错特错了。最大的可能就是，西校园的那些邪恶势力——就是他们一开始要置我于死地——这些年来一直密切注意着我，害怕我有一天明白了自己的使命，而且不知道用什么手段知道我离开了羊棚，因此决心要给我设置种种障碍，不让我摧毁他们。

我虽没有转过头去，却听得津津有味，也十分赞同。我的话从嘴角飘出，我表示，大导师一般都要有强大的敌人。特别是对于一位决心彻底终结宁静暴乱，带给众生内心安宁的大导师，这更是在所难免，毕竟暴乱防御已经成为各个学院生活和预算的一个重要特征。此外，我还承认，那个掀裙子的女孩很有可能就是敌人派来阻拦我的，她要么是尼古拉人派来的，要么是新坦慕尼那些偏听错信的教授参谋派来的，因为他们能从宁静暴乱中谋取既得利益：我童年时代的榜样小威利·格鲁夫，也是差点在桥上被吃掉，不是吗？

“快闭上你的眼睛吧！”马克西恳求我，绕到我身前推我，脚趾都陷入了沙里。

可是我却无法将眼睛挪开，那东西吸引着我（虽然我仍为乔·赫罗尔德悲伤），激起了我的欲望，这是自荞麦地里的妞儿以后再也没有过的情况。我无视我的管理员的忧虑——他一会儿用头撞我的肚子，一会儿跳起来摆手，想打断我的视线——一直盯着那一小片黑色看，直到它慢慢扩大，与包裹着一切的巨大夜幕融为一体，就像峡谷在我们头顶上闭合了。

“你沦陷了，”马克西绝望地说，头也不回地大步走到了我的身后，“所谓的大导师。”

对岸的那伙人生起了一小堆火，借着火光我看到那棕色头发的美人最后转身走了。现在我自己已经对吸引我的那地方感到非常好奇了，同时也好奇那对我自称是大导师的主张有什么影响。当我再一次听到马克西在我身后喊叫，和我身后一阵脚踩鹅卵石的脚步声时，我第一反应就是，马克西害怕我会像乔·赫罗尔德一样，跑进水里去追那女人。我正要回过头去，告诉他魔咒已经解除，他可以放心了——可是却发现自己被人从身后抓住了，那力气之大，是我的管理员的几倍。唔，我被一双强有力的手臂抱起来，双脚离地，举到了半空中，又被强行带到了水边！马克西惊慌不已，我也害怕了，挥动拐杖，一阵乱打，最后拐杖从我手中飞了出去。我已经被带到水里，离岸好几米了，才发现抱着我的腰的胳膊是黑色的；然后经过一番挣扎，我发现攻击我的人没穿衣服——其他的我看不见——我瞬间紧张起来：难道是乔·赫罗尔德，他没被淹死？或者是他的鬼魂回来找我像以前那样摔跤，或者他来带我去找我们渴望的那女人，再或者——把我拉下去做伴？

最后一种假设最有可能，毕竟良心上过不去，我也曾想过那么做；这不仅是因为那符合我读过的那些鬼怪复仇的故事，更是因为我现在已经在水里了，正在水中挣扎，与攻击我的人搏斗。我尝试着喊了一声乔·赫罗尔德，只听到一声咕哝，然后耳朵、嘴巴里就灌满了水。之后我也没空管是什么把我扔了下来，只是拼了命地呼吸，努力寻找立足点。他想把我拽倒，我就在上游处奋力挣脱他的钳制，可是我越是费力挣扎，就越往下沉——直到最后，我在激流的冲击下失了平衡，水流带着我一直撞向我的对手。我不想就这么淹死，于是惊慌之中，我屏住呼吸吐了几口水，爬到他身上，就像爬到一块黑色的大圆石上；只一小会儿，我便爬到了他的肩上，骑在了他的脖子上。随后他的态度发生了一百八十度的转变：他没有把我甩下来，也没有一弯腰把我丢下来，而是紧紧抓住我的两个脚踝，不再攻击我，而且有目的地前进，往河水中流走去。

现在我才得空听到马克西在我们身后喊："啊啊啊！"而在对岸，桥上那女孩在火光中忽隐忽现，又再次呼唤了起来。如果驮着我的是乔·赫罗尔德的鬼魂，那么死亡让他有些变化：我抓着的那颗脑袋光秃秃的，不是毛茸茸的，他长出了腹肌，总之他体型更高大、更魁梧了。然后我听到他发出奇怪的声音，来回应那个女孩喊的"克罗克"，而且在我看来他确实是在"呱呱叫"[1]而非咕哝。我自己也以那样的方式跟他交流。果不其然，他更是抓紧了我的脚踝，而且在他呱呱示意时，他似乎是点了点头。可是我们不一会儿就到了水更深的地方，现在河水已经到了他的胸膛；要是这个畜生打算跟我同归于尽，也没什么必要知道他的名字。

"驾！克罗克！"我命令道，还特意敲了几下他的脑壳，"这边走，你这个笨蛋！"我揪住他的耳朵，努力把他的头往上游的方向转；就算不能让他转个身，我希望至少能让他慢慢迂回走向桥墩。这样，如果幸运的话，我就可以摆脱他，在那儿等待救援。可是那个白衣服的塞壬（我现在多么讨厌她，害怕她，而且明白了马克西的提醒——总是追悔莫及——都是真的！），她竟要召他过去，还要再次露出她那在火光中若隐若现的羞处，那地方曾吸引着乔·赫罗尔德和我的目光，现在则让克罗克移不开眼，让一切舵手的优秀品质都化为泡影。就在一瞬间，我把自己毁灭的源头和方式看得清清楚楚：它让我失去了奶油头发夫人，还有我的朋友；同样，也是在它驱使下我

---

1. 克罗克原文名字为Croaker，croak有"呱呱叫"之意。

杀死了雷德费恩的汤姆，殴打亲爱的马克西！我那不堪的欲望就是对我的诅咒，就是我的不及格——我的敌人无疑早就看准了这一点。还需要巨怪或恶龙来对付我吗？只需要雇个女学生，高高掀起她的裙子，我就会因为自己不堪的欲望，把自己和身边人的关系搞得一团糟——殴打，侵犯，杀害——我准会失去我这条贱命，连私生子也做不成，而且还会放弃我大导师的主张和使命。整个学生群体可能会惶惶终日，不得毕业，甚至是自己活活吃掉自己，因为我从来没有出于原则而把自己好色的本性放一边。

我就该为自己的不争气而哭一场。事实上，我的眼里真的有泪水，要么就是因为我泡在水里沾上了河水；无论是什么我都一把抹掉，免得视线模糊，看不清岸边那让我堕落的人的身影。我放开了克罗克的耳朵，也放弃了自救的希望。我不再跟他斗，不再跟河水斗，也不再跟让我毁灭的欲望斗，我放任一切顺其自然。我们扎进了河流中间，这里的河水比那些身穿黄袍的人走过的地方要深得多：有好几次驮着我的那个人完全没入了水中，最惊险的一刻，我觉得我们是完全漂在水中的——可是我并没有憋气或者一脚踢开他。在临终时我没有满心想着奠基者，而是让我自己都鄙视的欲望尽情宣泄，边哭边对着对岸那个少女喊："再见了，小姐！很高兴遇到你！"

本以为这是我在这个校园里的遗言了。然而，一喊完这些话，我就感觉克罗克重新找到了落脚点，而且他顺着水势，很快就从深水处的下游侧露出了脑袋。他到底是不想淹死我，现在可以确定了。他从一开始就想带我过河，而我和他搏斗，只是让他的工作更加难做。现在我们加快了脚步：这边河段的石头较少，河底似乎也更加坚实；克罗克没有逆流而上，因为河水很可能会掀翻他，他只是顺着水流，以合适的角度，迂回地往岸边走去。很快我们就到达了浅水区；我还被他扛在肩上，他上了岸，向着呼唤他的那女人的方向一路小跑。

可奇怪的是，我们靠近时，那个女人却突然变了卦。她放下了裙摆，佯装正经地站着，甚至有点儿紧张。她就站在那些围坐在一起的黄袍人旁边，可是他们却一直无视她，也无视我们（他们其实是闭着眼的），似乎我们不存在似的。我现在能看清她的脸了。她长着大大的眼睛，满脸的不安；克罗克呱呱一叫，明显是发情了。这时她往火堆边退了一两步——不知她怎么想，反正在我看来是这样的——我知道她害怕了。我想不出，在那般撩拨之后，她为什么害怕呢，又害怕什么呢，除非她根本就没想过我们能过河上岸。

克罗克的意图相当明显：在离她还有十米左右的时候，他便放开了我的脚踝，伸出手去抓她。

“你让他停下他就会停下的！”那女孩突然大喊。可就在这时，他开始全力冲刺，我从他肩上滚了下去，摔到了沙滩上，衣服的前襟开了。

我挣扎着跪坐起来，然后大喊：“克罗克，停下！”可是那个塞壬高估了我，我的命令根本没人听。如果她指望我的话能救她，她要为自己判断失误而付出惨重代价。可是最为奇怪的是，她并没有像奶油头发夫人一样，逃跑或者是宁死不屈。那身材魁梧的家伙把她压在沙滩上时，她呻吟了一声，偏开脸躲他的口水——可是她自己掀起了裙子，而且看起来，十分顺从地曲起双膝等着跟他交配，真是令人难以置信！

我迷惑不解地站在他们旁边——因为丢了拐杖，不得不以四肢撑起身体。难道不是因为她乔·赫罗尔德才死的吗，她不是还打算害死我吗？她是我的敌人派来引诱我堕落的，难道我不该为她的失败而高兴吗？可是当她在那施暴者的身下，一言不发地以恳求的眼神望着我时（同时紧紧环着他的脖子！），我到底还是拼尽全力去把他从她身上拉开。当然，我只是白费力气，他纹丝不动。就在我拉他的胳膊时——他的胳膊粗壮坚硬如洋槐树干——他呱呱一叫，身体一颤，一只白色的凉鞋就飞走了。

我生气地喊那些穿黄袍的人过来帮我，同时拿起岸上的石头。我跳到克罗克的背上，试图勒住他的脖子，拿石头打他的脑袋。那女孩闭着眼睛；我分明看到了她眼角有泪，因为我和克罗克一样，离她的脸很近，随着他的运动我也不得不跟着上下起伏。即便如此，当她咬住我的右胳膊时（认为我也一定会咬住克罗克的右胳膊），我仍不能判断这到底是一种反抗，还是痛苦或是激情的表现。只一瞬间克罗克就结束了：那畜生做完趴在她身上，我们三个叠小山似的躺在地上。那女孩没有睁开眼睛，只是说：“现在你让他起来他就会起来的。可是你一定要趴在他的背上。”

我按照她说的去做。果不其然，克罗克从她身上爬起来，麻木地蹲着，眨着眼睛，我趁机爬到了他的肩膀上，稳稳地坐着。那女孩打了个颤，坐了起来，拍掉裙子上的沙子。显然她已经不害怕了，只是还有些受惊；她把眼前的头发拢到后面，然后开始用发夹固定。我摸着手腕上的咬痕。

“抱歉小姐，我没能阻止他。”

她摇摇头说：“你已经尽力了。”她嘴里衔着小卡子，一边一个接一个拿小卡子拢头发，一边悲伤而含糊不清地开了口。据她所说，这个叫克罗克的家伙来自黑弗鲁门齐乌斯一个新建立的学院，受的教育不多，因官方交流项目来访问新坦慕尼学院。正因如此，就算他原学院的惯例有悖于新坦慕尼的法律，他的行为违反了新坦慕尼的法律，他仍然不会被逮捕。作为他的接收学院处境尴尬（不能要求他被召回，因为不想因为外交原因得罪弗鲁门齐乌斯人），新坦慕尼所能做的，就是努力排解或者满足他的欲望。事实证明这个任务根本不难：给他安排的室友恰好是个瘫痪病人。有一天他的室友尝试着骑在自己难以驾驭的室友的背上去上课，结果发现，只要有人骑在他的肩膀上，克罗克就几乎能被完全驯服。之后的几个学期，情况都很好；事实上，这两个人变得十分依赖对方——克罗克要靠他的舍友指挥和教导，而他的舍友日常行动和自理都要靠克罗克——直到有一天，有个人劝他们俩分开。也许那个多管闲事的人这么做原本是出于好意（尽管那女孩并不太相信），但总之，结果并不如人意。那位室友，艾尔科普夫博士——不消说，当她提到这个名字时我浑身一激灵——整日萎靡地待在宿舍里，饱受偏头痛折磨，基本生活不能自理，而克罗克，侵犯了两个女学生、一位校园警察，还有校长的伯母的一只名贵贵宾犬，还生吃了心理学系的三只长臂猿，之后他就躲进了森林里。人们担心他在森林里继续危害本科生，因为那片森林是本科生幽会常去的地方。也担心护林员出于自卫射杀他，那会让当局处境尴尬。

说起这些事情的时候（她的叙述断断续续，比我此处的叙述更为简短），那女孩竟然拍了拍克罗克的头，引得克罗克从喉咙里发出一声咕哝。“看吧，你在他背上他就很温顺。我觉得他看到你的跛脚把你当成了自己的主人。可怜的东西，他们不能伤害他，他根本不知道自己在做不好的事。”

她伸手拍克罗克时，我发现她手指上有个戒指，于是努力回想我在书上看过的关于人类婚姻的事情。

“不好意思，小姐，”我问她，“克罗克是你的丈夫吗？”

她用那只手捂住嘴笑了——一个刚被强奸的人这么做很奇怪——然后她带笑的眼睛里涌出了更多的泪水，虽然她依旧微笑着。“你怎么会有这种想法呢！我的丈夫是莫里斯·斯托克。”

跟我说这个名字也没用——意识到这个问题，她满是好奇地打量我，似是第一次注意到我的外套和长胡子。她可比妞儿漂亮得多；总之，她的形象，正好符合故事集中那些美丽的贫苦女学生的样子，就是那些故事集的插图让我对人类美人有了概念。我的心泛起层层涟漪。她问我是不是从其他学院来的交换生，我本想回答我是乔治，是西校园的大导师，以前是有名的羊孩比利·山羊蹄兹——刚一开口我就想起来，她是我的敌人派来的人，我的声音瞬间严厉起来。

“我不用告诉你你也知道我是谁吧，塞壬！你以为你能让乔·赫罗尔德淹死，同样也能让我淹死，这样我就永远都到不了新坦慕尼了——”

“你那可怜的朋友啊！”她打断了我的话，“他为什么非要过来呢？”她伸出手来摸我的胳膊，可是我一下子抽回了手，“哦天哪，你在流血！”

的确，她把我的手臂咬破皮了。“没关系。”我告诉她。

“才不会呢。让我给你包一下。我是护士。”

我的手腕在流血，比我想象的严重。那女孩毫不费力地从裙边上撕了一块布条——她的裙子因为克罗克的进犯已经破得不成样子了——在冰冷的河水中浸湿，然后开始给我包扎，手法很专业。

“我很抱歉伤到了你，”她说，“每当我讨厌所发生的事情时，比如刚才发生的事情——我就忍不住咬东西！”她抬起黑溜溜的眼睛，认真地望着我，“你会不会觉得这样不道德？有时候我也觉得困扰。”

我坦白回答她，我也不知道自己是什么想法——有关那做爱时的咬痕，有关那让人费解的可怕的强奸，有关她在桥上的种种行为，乔·赫罗尔德的淹死，或者那晚上其他让人吃惊的事情——尤其是她现在为什么能那么平静，我都想不明白。既然她的任务就是让我淹死，她为什么又要在意我的胳膊流血了呢？她为什么要那么引诱克罗克呢？看起来她可并不享受那结果，她求我救她，克罗克的进犯让她哭泣，可是在他整个施暴的过程中她为什么又紧紧抱着他？她的丈夫又会说什么呢（因为我认为这种行为在婚姻中并不常见）？还有最后，究竟是为什么像她这么漂亮的女学生要为黑暗势力做事，把她天赐的美貌用在引诱我堕落上呢？我可是要让众生及格的人啊！我从来(此时我努力让自己看起来很健谈，因为我不知道人类都是怎么赞美别人的)都没见过这么漂亮的美人，就是羊圈里最美丽的也没有这么漂亮，就算是斑点奶头的海达也不及她这般明眸皓齿。我自己那已经归西的羊妈妈玛丽·阿彭策勒，虽产奶量惊人，但要是说起美丽，还是不如在桥上暴露出来的那对长着粉色乳头的小可爱。它们流出的甜美乳汁（我敢说因为产量不多，也更加珍贵）一定是酸奶、奶酪或者精致的奶糖。饶是奶油头发夫人的肌肉更加健壮，妞儿身上散发着浓郁的气味——妞儿腿上、胳膊上的毛也更长——这些优点在那团浓密的黑色面前都黯然失色，它在河流对面召唤我，不，是号令我，它深深地刻在我的心里，我看到它——在她那双瞳孔里，在月球的火山口里，在黑夜摇曳着的火苗里——听到它在呼唤我，如同在巢里啼叫的夜莺。

“你说话的方式可真奇怪！”她说道，“我都有点儿听不懂你说话！”可是她看起来并没有不高兴。“好了，这样应该可以了，”她拍了拍我包好的伤口，“现在，你的另一位朋友怎么办呢？如果你带着克罗克从比较浅的地方过河，他能把你们两个都带过来。我的丈夫很快就会到这儿——他掌管着搜救队。你要去哪儿我们可以捎你一程。”

到现在我已经十分相信她了，我把之前对她的怀疑全都怪到了马克西头上。我直接告诉她我是谁（当我提到马克西的名字时，她倒吸一口冷气，然后她解释说，是因为之前听说过他，而且她还想起小时候她的艾拉伯伯曾经带她去过羊圈，去看“以为自己是只山羊的小男孩”），可是我觉得自己现在还是不要说大导师和 WESCAC 的 AIM 那些事情比较好。我告诉她，我此行是为了尽快在新坦慕尼注册入学。幸得她的帮助我才能过河，就算那并不是出于她的本意，我还是要感谢她。可是，要马克西以同样的方式过河，我怀疑他并不乐意，因为他认为她是个坏女人，是专门来引诱我的，就算不是来害死我的，起码也是来让我道德堕落的。另外，她为什么要在桥上如此暴露呢？如果不是让我叹为观止的那些东西，那她觉得到底是什么迷晕了乔·赫罗尔德？

似乎是现在才明白，她双手捂住了脸，眼睛睁得大大的，不停地摇头。

“你就是**这么**想的吗？”她激动地说道，并且把手放在我的胳膊上让我不要再说了，“我觉得很**羞耻**！”她花了好一会儿才让自己觉得不那么羞耻。她因为不好意思仍然不怎么敢直视我的脸，但却十分认真地对我说道：“你**不能**想那些龌龊的事情！如果我有**一刻**怀疑……还有施皮尔曼博士，和其他人……”她再次开口，平静了许多：“我叫安娜斯塔西娅·斯托克（人们喊我斯泰茜），我是新坦慕尼学院精神病诊所的一名护士，所以我才认识克罗克和艾尔科普夫博士他们这些人。事实上就是我的丈夫——他经营着发电厂，他是一个很……**不一般**的人，你会明白的——就是他说服精神病主治医生让他们分开的，说是为了他们好，或者是为了实验需求等其他原因，他就是想看看结果会怎样。我想这就是为什么，当一连串麻烦事发生时，我总觉得从某种程度上来说，我应该**负责**。克罗克攻击了那些可怜的女孩子、那只可爱的小贵宾犬，我们不知道他还会做出**什么**事情！我们知道他会从森林里出来到河边来，雷克斯福德校长更是担心，因为有一位著名的大导师正在前往我们学院，应该就在那附近……”

“所以你们**确实**是事先知道的！”

“当然，报纸上都登了。你没看到吗？”

我解释说报纸不会发到羊圈里，请她再说得详细些，希望以此预想一下新坦慕尼为我举办的欢迎会。“他们有没有说那位大导师叫什么，或者长什么样？他来新坦慕尼做什么？”

“**嘘**，”她笑眯眯地提醒我，“他们可能听得懂我们的话！”她朝后看了一眼那些穿黄袍的人，当然他们还是不理会，“中间那个就是他：胖的那个。其他人是学生之类的。他们不让校长派人迎接他们，他们大部分时间都像那样坐着。”

我难以置信地指着那人说：“你觉得他是大导师？你和乔·赫罗尔德落难，他连眼皮都没抬一下！”

见我这么无知，她皱起来眉。“不是**我们的**大导师，乔治！你**一直**是待在乡下的，是吗？他就是那些人口中的现世释咖尼安，是从‘外缘唐学院’或者那边某个地方来的。雷克斯福德校长邀请他来给西校园的释咖尼安的难民讲学。要是克罗克袭击了他，想想看学生会的人会怎么说呀！”

对于这件事，我可不会像她一样担心，可是我明白了，她口中的报纸并没有说什么对我造成威胁的事情。至少，并不像我一开始想的那样。那个胖胖的家伙，被一个种族奉为大导师，但却不会跟我形成竞争。这点我很满意。安娜斯塔西娅继续讲她的故事：

“据我对克罗克的了解，我觉得他们要是抓住他，肯定会两败俱伤，要么会伤到他，要么就会自己受伤。而且不知道他还要纠缠多少女孩啊！雷克斯福德先生对莫里斯失望透顶，他还说过要解雇他。我想，能化解这个局面的最好办法，就是设法引诱克罗克回到艾尔科普夫博士身边。可是莫里斯（也就是我的丈夫）却说，唯一的办法就是让从森林到艾尔科普夫博士的房间这一路都站满女学生——他总是说些不正经的。而且，我知道克罗克还挺喜欢我的：以前他们每次经过诊所的时候，他都会咕噜咕噜叫，你知道的，他就像是一只友好的大熊。他那么可爱，我不相信他像莫里斯说的那样，很邪恶；我就会让他摸我，或者舔我的手或什么地方，然后艾尔科普夫博士就能毫不费力地把他带走了……

“所以我跟搜救队一同前来，并且跟莫里斯说让我先出现在桥上，他们在看不见的地方等着。我以为，要是克罗克在峡谷的某个地方，我喊他他就会看见我的。之后，或许我能够让他冷静下来，或者把他引到其他人藏身的地方——他们带了东西，可以让他睡过去。莫里斯像之前一样，说了通蠢话，他说我分明知道会发生什么事，事实上我还希望那事发生；可是很久之前我就学会不在意他的话了。此外，要是到最后我真的无法控制克罗克，或者那些人无法及时赶到这里，在我看来最糟糕的事情，也就是我刚刚经历的事情了。是我，总比其他可怜的女学生一辈子被毁了要好。”她平静地诉说着，可是却紧紧地抱着双臂，叹息道，“结果事情真的是这样的。”

她不知道她丈夫和其他人去了哪里，除非他们把乔·赫罗尔德错当成了克罗克（她一开始也认错了），看到他淹死了，他们就以为危险解除，然后就去打捞尸体了。她绝不相信任何男人，即便是像她丈夫那般不寻常的男人，能够若无其事地站在一旁，看着一个女人被侵犯——当然，她料想到了那些穿黄衣服的人会如此，也能够原谅他们，他们毕竟是毕业生。我赞赏她的大度和勇气，可是有些不自在。反过来，她感谢老天让我恰好出现在峡谷里。我的出现虽然没能让她免受侵害，至少是帮到她一些，不然情况会更糟。她说话间，想起了那不好的回忆，伤心地把头靠在了我的胸前（冰冷的河水还在顺着羊毛外套往下滴），我不禁拍拍她的头发安慰她。她的头发触感丝滑，以下是优美的颈脊。可是她的靠近又刺激到了我身下的克罗克，她迅速后退一步，只说要是她有硫喷妥钠的话，我就不用一直骑在克罗克肩上了。

故事的最后，她请求我，不要像她的丈夫一样，认为她这样做，除了出于关心其他人的安全之外，还另有目的。一般来说，作为一个已婚女人，一个专业护士，她应该是很矜持的，不会做比站在桥上呼唤更出格的事情。可是就在乔·赫罗尔德跳进水里朝她走去时，她发现克罗克在我们身后的树林里穿梭。她怕他会袭击我们，就把羞耻心放到一边，掀起裙子，更为迫切地呼唤他了。我问她，她的丈夫会不会因为她遭遇的事情而特别难过。

“莫里斯难过吗？你是说生气、嫉妒吗？”她悲伤地摇摇头，“他不会！他会觉得不愉快，可是不会难过。他跟其他男人不一样。”

的确，我想，他一定跟其他男人不一样。之后，安娜斯塔西娅去给那个现世释咖尼安添火了，那个人本可以自己照看火堆，或者感谢她帮忙，可仍然是一动不动。我深受感动，带着克罗克走开了——一开始我还不确定，可明白了他的欲望得到满足之后他有多么听话，我就大胆多了。我们从桥的上游一侧轻轻松松过了河，那里水只到腰部。我们去接马克西过河，我费了点劲才让他不那么惊慌。当然，他目睹了河对岸这不幸的情景，一开始是失望，接着是害怕，最后是急切地想知道是怎么回事。我告诉了他克罗克是什么来历，桥上那女孩还有那些穿黄衣服的人是谁，并且又把安娜斯塔西娅舍己为人的自白复述了一遍，结果他比我还要同情她。

“那个莫里斯·斯托克，”他愤恨地开口，“我比较了解他。他是个彻头彻尾的挂科院长。”我用我的拐杖（马克西找了回来）让克罗克明白，他要双手把我的顾问抱起来，就像乔·赫罗尔德今天早些时候做的那样。最终，我们三个决定就这样过河去。关于莫里斯·斯托克，除了从安娜斯塔西娅那儿听来的事，马克西又讲了一些他的事情。据说，莫里斯·斯托克是现任校长同父异母的兄弟，不过雷克斯福德家族是个名门望族，早就已经跟他断绝关系了。而且在很多年前，他就被赶出了新坦慕尼学院，因为在两次校园暴乱之间的那段时间他主张暴力推翻一切行政当局。他是个好战的反奠基者和反终考分子，他声名狼藉，密谋了大学里种种丑闻事件。据说，尼古拉大革命、博尼法希斯集团的兴起，还有大学里几乎各个角落的恐怖主义运动，都有他的份儿。似乎哪里有骚乱，哪里就有莫里斯·斯托克。大到为反行政当局暴乱推波助澜（甚至反对在他一手策划下建立起来的行政当局），小到煽动极小的骚乱，比如亲自出席每年春天新坦慕尼女生宿舍的内裤搜查活动。可是，似乎没有人像他那么了解西校园发电厂庞大的管理体系，也没有人比他更了解总拘留所各种各样的运转操作。总拘留所是负责反间谍、校内犯罪和挂科侦查及惩戒的部门。事实上，马克西之所以再也不问政事，原因之一就是：就算是最善意、最高洁的行政官（包括马克西十分欣赏的卢修斯·雷克斯福德），离了莫里斯·斯托克，似乎都不能成事；他们可能也害怕他，鄙视他，可是最后统统都会跟他达成协议。现在的行政当局跟前一届一样，虽然他很少出现在新坦慕尼大广场，可是他在大厅北边的发电厂和南边的总拘留所都有自己的办公室。

“你想想，一个好姑娘竟然嫁给了这样一个人！”马克西最后感叹道——这时我们就快要过河了，我指着上游火堆的方向，让克罗克往那边走，“我不知道我们该不该相信她。”

“你见了她就知道了。”我向他保证。

“嗯，我已经好好见过她了。你也是——对于你刚才的行为，你不该如此乐在其中。”而且，他接下来的话让我松了口气。他说他自己一个人在沙滩上焦急等待的那半个小时，他已经借助比较循环学审视了我的行为，并且得出结论：在他看来，屈从于这种诱惑，我根本没有资格成为大导师，可只是单纯受到诱惑不会让我丧失资格，至少不一定会丧失资格。毕竟，拉俄忒德斯也故意附和塞壬甜美的歌声，命令他的船员改道，偏离他们真正的目的地，向着礁石前进。我和他之间的不同在于，拉俄忒德斯事先已经得到了及时提醒，在受诱惑暂时发疯，英雄身份受到威胁时，他一方面能保证自己不能自由行动，另一方面能保证船员们忽视他的命令。这一点我以后一定要注意。

“这算是一种预防吧，”马克西对我说，“没有人能时时刻刻都做个英雄；就算是以挪士·以诺肯定也想过，自己要只是个普通大一新生就好了，如此他就不会被钉起来了。重要的是，你要明白：你可以犯错，可是你要确保在你说‘什么毕业认证，**我呸！**’的时候没人注意到。如果你不能堵上耳朵，闭上眼睛，那你一定要像拉俄忒德斯一样，把你自己绑在桅杆上，并且告诉我不要在意你的疯话。”他解释道，这里说自己把自己绑起来，是个比喻：我一定要让**他**做我的桅杆和预先警告我的那个人。当我受到诱惑，要向我那困难重重的使命妥协时，我一定要用神圣誓言之绳把自己绑在他身上，服从他的约束。此时我想到了一些反对意见——其实，是理论上的一些质疑——想反驳他的话。例如，我们能很容易分清，拉俄忒德斯追逐塞壬的冲动是不对的，他一心想回家的心思是正确的，因为我们是从诗人的角度看问题的，而且这个选择是在寓言故事中才有的。我想知道，如果是在现实中，是什么让拉俄忒德斯告诉自己，塞壬的声音不是自己妻子的声音呢，或者再退一步，他听到了塞壬的声音，是什么让他意识到塞壬的**礁石**不是他的家乡岸边的礁石，不是他真正的目的地的呢？还有其他一些故事也是这样，里面的主人公也像拉俄忒德斯一样，对自己的任务的概念不是很经得住质疑——可是我不用因那让我饱受困扰的性欲（而且以后我也不用自己担心这个问题了）而受到谴责，这让我大大松了口气，我暂时保留了自己的意见。

“告诉这大猩猩放我下来吧，”马克西对我说道，“哼，埃布利·艾尔科普夫和这东西，可真是一对好舍友！”

我照做了。克罗克对我拐杖的指挥反应迅速，这让我很满意。比起口头命令和用鞋跟踢他，这似乎能更好地控制他：比如，用拐杖对着他的屁股轻一敲，就能让他在安娜斯塔西娅靠近我们时停止上蹦下跳。安娜斯塔西娅抬起美丽的双眼，迟疑地望向我的眼睛。我发现岸边就只剩她自己了，那现世释咖尼安和他的同伙已经走了。

“斯托克夫人，”我开口介绍（回想奶油头发夫人曾经给我读过的礼仪指导书中说这场合下应该怎么做），“这是马克西·施皮尔曼，我的顾问。”

“你好，”安娜斯塔西娅讷讷地说，马克西则轻轻点了下头。我把她冰冷的语气归因于她的局促，而且再三跟她保证，马克西现在已经能理解她为什么那么做了，而且十分感激她高尚的意图，不会让她对乔·赫罗尔德的淹死负责，并且对她的遭遇表示同情。

“我会自己说，”马克西打断我，“小姐，你看着我的眼睛。”她照做了，不过奇怪的是，她仍然保持沉默，“这里这个小伙子有事情要做，是这个校园里最重要也最危险的事情；这恰恰是莫里斯·斯托克千方百计要阻止他做的事。所以，你刚刚那么做到底是为了不让克罗克伤害我们，还是因为你丈夫派你来阻止这个年轻人？告诉我实话。就算克罗克也是他派来的，艾尔科普夫的故事不过是瞎编的，我也不会感到惊讶。”

那个女孩没有立刻回答；她咬着下嘴唇，看起来快哭了。

“不要这么责备她，马克西！她刚刚遭遇了不好的事情。”

“好孩子，”马克西语气放缓了，“如果你真的是被强暴了，我会亲吻你的脚，请求你原谅。就像山上研讨会中说的，**那被强夺的是及格的。**可是我不能轻易相信一个跟莫里斯·斯托克一起生活的人。”

“你根本就不了解他。”安娜斯塔西娅心烦意乱地说。她把手放在额头上。“我想我得坐下来。我想不到我要说什么，毕竟我听说过你……”

“听说过？”马克西大声说，“啊也对，从你那挂科院长丈夫那儿听说的吧！”

她摇摇头，仍是站着。“听我妈妈说的，施皮尔曼博士！还有艾拉伯伯和雷金外公也说起过你！”

“什么意思？”此刻马克西眼睛睁得大大的，那女孩看起来要昏倒了。他走过去扶住她，她把脸埋在了他的肩头。“小姐，你是谁？”

因为羊毛外套，她的声音变得有些沉闷。“我结婚前叫斯泰茜·赫克托。我是弗吉尼娅·赫克托的女儿……我想……也是你的女儿。”

4. 安娜斯塔西娅的过往

说了这句话，安娜斯塔西娅完全泣不成声了，趴在马克西的怀里哭了起来，而我的顾问，左右摇头，只是拍着她的头说："啊啊啊！"我提议我们到那群人留下的火堆旁边去，然后骑着克罗克再去捡些树枝，夜里御寒用。我回来的时候，马克西正坚决表示，虽然他确实很爱弗吉尼娅·雷·赫克托小姐，但是她怀孕的事情的确与他无关，他也不明白为什么她要一口咬定是他干的。对此，安娜斯塔西娅回答，这件事不是她妈妈说的，至少最近几年她都没说过；唉，她妈妈已经有些神志不清了，有时候说她自己根本没有怀过孕，有时候说让她怀孕的根本就不是大学里的凡人，还有时候说安娜斯塔西娅根本就不是她的孩子，总说些诸如此类的话。

"是艾拉伯伯和雷金外公在怪你，"她说道，"我以前问他们，妈妈每次喝多了后说的那个马克西是谁。我妈妈经常喝很多酒。"

"啊啊！"马克西叹息呻吟。

"等到我长大一点，他们告诉我，我的父亲是一个叫马克西·施皮尔曼的坏人，他抛弃了妈妈，而且惹了很多麻烦，他们把他解雇了。请不要这样子……"马克西就要吻她的凉鞋，不停地在沙滩上磕头，"他们说我应该恨你，可我从来没有恨过你。我曾经很想知道你为什么要那样对待妈妈，后来我想，你一定是有什么苦衷，不然你绝对不会那么做的。我曾希望我能见见你，好让你知道我一点儿也不恨你，就算你像有些人那样，诅咒我、打我也好，起码是你给了我生命，而且那会让你对我和妈妈多点好感。莫里斯是这样的，艾拉伯伯之前也是这样。"

"小乔治！"马克西大喊，"你听听这动听的声音，是毕业认证的声音啊！"他还是跪在她面前，对安娜斯塔西娅说，天地可鉴，他真的不是她的父亲，他也是受害者，莫名就承担了那些让他心碎的谴责和不实指控，而知道那背后的动机让他感到绝望。可是，他没有为他心爱的女人挺身而出，也没能理解（他要是有安娜斯塔西娅一半富有爱心，也一定会理解）他心爱的女人做出如此指控实属走投无路，他真是该死；他发誓，没有就此认下这个本不是他的孩子，他永远都不会原谅自己。要是认了的话，弗吉尼娅·赫克托就不会受那些苦了，安娜斯塔西娅也不用背负私生女的骂名了。

“可那都没关系！”安娜斯塔西娅说道，“反正我原谅你了。你没必要一直说自己不是我的父亲。”

“对我来说很有必要！我也希望我是你爸爸，你是个好孩子！可是我发誓，我不是啊！”

“那我就相信你，”那个女孩语气坚定，“好了，你别再这个样子了。”似乎他才是孩子，而她是母亲，她把他的头抱在胸前。她没有穿我在荞麦地里的妞儿身上看到的那种坚硬的护罩，柔软的胸部因为他脸的挤压变了形——我希望我也有需要原谅的事情。这样做的效果很不错：马克西很快就恢复了镇定，并且开始跟我赞美她的美德（这点不用跟我说，我本来就知道），心情仍然有些激动，不过已经克制了不少。他说，他现在已经完全相信她了。我从一开始就坚定地站在她那边，在他还怀疑她的时候就认定她是好人，这再次印证了我那未经雕琢的天生的智慧和他过于世故、不可靠的人类判断。

“他人很好。”她说着，对我报以温暖的微笑，以示感谢。我希望我是真的**从未**怀疑过她，而且是从一开始看到她美好的精神品质就深受感动。“他拼命地把克罗克往后拉，只是没用而已。”

“如此暴行！”马克西大声说，“那畜生就该被关进笼子里。”

安娜斯塔西娅却不以为然，她表示，毕竟人类是人类的样子，上帝保佑每一个人，动物是**动物**的样子，克罗克根本控制不了自己，这跟她丈夫是一样的。她丈夫对她以及对别人做的事情，因为行为是不及格的，所以大家都误认为他那么做是出于不及格的本性。此外，她看到任何东西被关进笼子里都觉得心痛，无论那东西有多么疯狂或者危险，比如一只动物、一个罪犯，或者其他什么东西……就是在过去，她也常常为“可怜的克罗克”没有与自己匹配的性伴侣而感到遗憾。当然，她更同情那些不匹配的受害者；那些女学生、那个警察、那只贵宾犬，还有表情像智慧老人的那些可爱的小猴子。她让我看看，现在克罗克是多么的温顺和满足，就像是一个淘气的孩子终于得到了棒棒糖。她口气轻松地问我们，她是受到了虐待——这虽然痛苦，毕竟还不至于致命——可是这不仅能让别人免受同样的甚至更严重的伤害，而且又能给施行虐待的人带来好处，她又有什么好委屈的呢？

我彻底被感动了。然后我问她，既然她知道莫里斯·斯托克是什么样的人，那像她这么温柔的小姐为什么要跟他结婚呢？毕竟就算她再怎么为莫里斯·斯托克辩解，我还是认为他是个比克罗克还坏的禽兽。

“这话问得好，小乔治，”马克西表示赞许，“这话说得像是个大导师。”没等安娜斯塔西娅回答，他就率先开口，跟她坦言道，他相信我很可能就是西校园真正的大导师，注定要把众生从他们自己发明的暴政下解救出来。“你别笑，”他提醒她，“我自己就是个怀疑论者，没有充分的理由我永远都不会说出这种话。”

可是安娜斯塔西娅完全没有嘲笑的意思；她只是在马克西说话的时候，惊讶地抬头看着我说：“原来**如此**！”

我以为她的意思是，她现在明白了我之前那些话和我的态度（比如她提起雷克斯福德校长随时恭候着一位大导师的到来，我听了以后一阵惊慌），那时候我肯定让她一头雾水。可是她从连衣裙口袋里拿出一个小小的玻璃瓶子，据她说，这是不久之前，那个现世释咖尼安的一个同伴在他们离开时给她的。

“事情奇怪极了，”她对马克西说，似乎是不怎么敢直接跟我说话，“我都没想到他们竟然会说我们的**语言**，我发誓他们坐在这里的时候，全程没有跟彼此说过一个字，可是那现世释咖尼安突然对我微笑，抬起了一只手，就好像他刚刚回过神来，让我觉得怪异极了！然后他的一个人把我领到火堆旁，就在乔治回去接你的时候。我觉得很**奇怪**，因为我不知道他们是想感谢我给他们添火，还是，还是要对我做些什么，之类的。不过那都**没关系**，不知道你能不能明白我的意思，他是一个那样伟大的人，你都能**感受**到他有多么睿智及格，无论他想做什么，我都认为那没问题，相反我不让他做我才是不及格……”她转向我，眼睛里充满敬畏，“可之后他的助手就拿出了这个小瓶子，把它给了我，说是现世释咖尼安送给你的。‘从我们的变成你的’这是他们的原话，他说话甚至都没有口音！我吃惊极了，站在那儿像是傻了。直到他们抬起那现世释咖尼安就要离开了，我才想起来问这是什么。然后给我这个瓶子的那人眉头微皱，闭上了眼睛，似乎是嫌弃我太过愚笨不想看我，那个人说，‘这是消失墨水’。我发誓他原话就是这样的！”

她把那个小玻璃瓶递给我，十分羞怯。“他那么说一定是想让我知道不关我的事。里面好像什么东西也没有，我是看不到……”

我把那瓶子拿到火边看，在耳边晃了晃。它好像就是空的。

“你有没有觉得——”她手指摸着自己的脸颊，微笑着看着马克西，不确定地开口，“我的意思是，里面的东西会不会已经消失了？”

马克西认真检查了那个空玻璃瓶子，又把它还给了我。他指出，东校园的毕业生，是出了名的喜欢打哑谜，所以那个现世释咖尼安，或者他的徒弟，跟安娜斯塔西娅开了个晦涩的玩笑，这也不是不可能；可是这个礼物到底是什么，又有什么意义，他认为那伙人既然赠送就不是在开玩笑，而是进一步证明了我身份的真实性。

我自己却并不太在意。“什么‘消失墨水’！”我把那小瓶子扔在了地上。那群穿黄衣服的人其实知道峡谷中发生的一切，这一认知又让我生气了。他们知道乔·赫罗尔德处于困境，也知道安娜斯塔西娅处于困境，但却眼睁睁地看着一个淹死，一个被强暴，并不出手相助。“傻瓜才要呢！”

“啊，不要！”安娜斯塔西娅立马从沙地上一把抓起了它，“真的——不好意思，乔治，我知道你比我聪明**千倍万倍**，可是我觉得你真的不……”她脸红了，“我替你保管它好不好？万一你改变心意了呢？”

“这是个好主意，小乔治，”马克西表示赞同，“有时候，这些东西会比看起来有用。给我点时间好好研究一下它，你再扔也不迟。”

我耸耸肩。“你才是顾问。”安娜斯塔西娅满怀感激地把那小玻璃瓶子又装进了口袋里，好像那是个珍贵的宝石一样。我让她回答我之前的问题，解释一下她为什么嫁给了那臭名昭著的斯托克，因为在我看来，她一直想岔开话题。我甚至带了一点强制的口吻。我这样做，一方面是因为感动于她面对克罗克、她丈夫、马克西、现世释咖尼安，还有我时那种自我牺牲的行为，另一方面我对此又有些担忧：看到她不分好坏，对每个人都很顺从，我觉得不安。我这种担心是发自肺腑的（这一点连我自己都觉得自己很有大导师的样子），不过我主要还是觉得有些得意，因为被人如此敬畏，让我觉得新奇，尤其对方还是这么美丽的人儿——她那么欣然服从，真是让人忍不住要命令她！出于这复杂的情感，我迫切想知道她结婚是出于自愿，还是像古时候被掳走的新娘一样是被掳走的。她要真的是被掳走的，我打算想办法斩杀掳走她的人，还她自由。

“天啊，你不能**那么**做！”她说道，觉得我的话好笑，又有些担忧，同时在我看来还有些高兴，“我的意思是，要是你是大导师的话，我觉得你肯定**能**做到，可是——”

“你的任务不是斩杀人，”马克西告诉我，“你要做的是阻止他们相互残杀。此外，你根本没有武器，真是谢天谢地，而莫里斯·斯托克却有私人防暴队。”

我突然想给他指出，我的拐杖也曾是一个有杀伤力的工具，而且要论证我的观点，我也不是想不到很好的先例：以挪士·以诺自己就曾把那些工商管理的特许经营者整个儿扔出了奠基者大厅，而且对他的门徒说他来到他们身边，没有文凭，只有一根桦木杖，持械的导师总受欢迎，手无寸铁的导师总失败。可是安娜斯塔西娅先我一步，开口说道，她嫁给斯托克不完全是因为**自愿**，可是她的监护人艾拉·赫克托给她安排这桩婚事的时候，她是点头同意了的。而且，她从来没有想过要抛弃一个像她丈夫一样如此需要她的人——尽管她丈夫坚决否认自己需要她。

“我就知道！”马克西大喊一声，“这就是校园里最吝啬的人和最邪恶的人的一个契约！”他提醒我，艾拉·赫克托是新坦慕尼前任校长的哥哥，他富有，可也是出了名的自私。他出身卑微，从贩卖旧书开始，爬到现在的位置，成了一个巨大的信息王国的首领，控制着西校园各学院出版的几乎所有参考书的制造和流通。只要能捞到钱，他不惜牺牲任何人。自由派和保守派一样，一面鄙视他，一面又要迎合他（尽管在精神上他与后者更接近）。他嘴上宣扬着自由研究的好处，但却施行让人喘不过气的竞争，就是聪明的人压迫无知和愚蠢的人的自由。可是他实在太富有，影响力更是无处不在，新坦慕尼每一任校长都不得不跟他达成协议。而马克西自己，不管他曾在教务会上多么言辞激烈地抗议艾拉·赫克托不道德的垄断和贪污行为，也不得不承认这些或许是自由学生主义无法避免的弊端——而这也是他自己秉持的理念。不过，和莫里斯·斯托克的情况一样，艾拉·赫克托实际上又是个不可或缺的人，这让他在马克西的眼中卑鄙程度有所减少；正如他所说（把艾拉·赫克托经常被人引用的一句话颠倒了一下）：人们可能不得已要舔他的靴子，但却没必要赞美那味道。

“听听，你对艾拉伯伯太苛刻了，”安娜斯塔西娅责备道，“你要试着去理解他。”

马克西嗤之以鼻，不过那女孩拍了拍他的膝盖，竟然神奇地让他不那么愤怒了。“所以他有颗金子般的心喽，”马克西笑着抱怨，“就像迈达斯院长一样！”

“他比你认为的要慷慨，”安娜斯塔西娅说道，“可是他怕别人会拿他的慷慨开玩笑，或者利用他这一点，所以他无论如何都不会承认的。”

“他可没必要承认，”马克西说，“他已经拥有整个校园了。”

可是她毫不气馁地指出，她自己被养在那位富翁的家里，那已经能够证明他并不是完全自私自利的了。“他并不是**非得**收养我的。雷金外公说我出生的时候，妈妈特别烦闷，她根本不能照顾我，所以他把我送到了未婚女学生产科医院，顺便说一下，那医院也是艾拉伯伯拿自己的钱建的……”

马克西愤怒地问为什么赫克托校长不在自己家里雇一些护士，那对他来说只是笔小费用，那样弗吉尼娅·赫克托和安娜斯塔西娅就都不用和新坦慕尼产科医院有牵扯，从而失了体面。

“他是想雇的，”她答道，“可是妈妈不让，你知道……我想我让她想起太多不愉快的事情，她见不得我养在家里，当然她知道医院里的人一定会照顾好我的。我不介意她有那样的想法。那对她来说一定是段糟糕的日子，原本是‘大学小姐’，之后却被抛弃了，还怀了孕……哦天啊，我不是**那个**意思！”

马克西闭上眼睛，摇摇头，摆摆手表示没关系。

“总之，我只待了几周，”安娜斯塔西娅继续说，“之后艾拉伯伯（其实是她**妈妈**的伯伯）就在自己家里建了育儿室，我就是在那儿被养大的。我的童年时光好极了。当我长大一点，能够明白他为我做的一切时，我真的万分感激他。还有，你知道的，妈妈并不**总是**那么烦闷，很多时候她都来看我，要么就带我出去。即使她正好情况不好，说我不是她的女儿时，我们仍然是朋友。”

看到马克西痛苦的表情，她巧妙地转了话题：“至于艾拉伯伯，他可真是亲切极了！**一点儿**也不像你想的那样！我并不常见到他，他总是很忙，而且总是装作很凶的样子。可是我会偷偷溜进他的书房，爬上他的大腿，亲亲他，或者双手捂住他的眼睛——就是我已经大了也还常常那么做——这时他就会笑，在我跑开之前亲亲我。每天晚上他都会来确认我已经洗了澡，给我掖被角——他从来不让护士做这些事。我长大了，能跟男孩子出去了，他就跟我谈‘小心’。你知道的，他本身是个孤儿，差不多是在街上长大的；他告诉我他的妈妈就是被一个坏男人利用了，那个男人让她抛下了他和雷金外公。那时他们还都是孩子，他自己也是个小孩，却不得不照顾雷金外公，推着手推车在广场上兜售旧书。我想他一辈子见了太多不好的事情，特别是年轻女孩子被利用的事情——总之他不会让我和男孩子一起出去的。他不是不相信**我**；他只是不相信那些男孩子，连好男孩他也不信。他说他知道那些男孩子想要的是什么，无论**他们**自己是否清楚。即使他们从来没想过要利用我，可是过不了多久，当我跟他们独处时，他们就会那么想的。我太蠢了，我很难想象男孩子**是**怎么样的，更不用说艾拉伯伯说的那些事情了；我以前常到他的书房，然后坐在他的大腿上，把那个可怜的老人家烦得**要死**，缠着他告诉我那些男孩子会做什么坏事。他就试图搪塞过去，然后告诉我我已经太大了，不能像这样再坐在他的大腿上了；但我不容许他说‘不’……”

“我讨厌这一段。”马克西说道。

“我知道你在想什么。莫里斯也这样说。可是你们要记住，他只是个孤单的老人家，为我**操碎了**心，害怕发生在他妈妈、他侄女，还有他的医院里的那些女学生身上的事情也发生在我身上。即使那**并不是**完全没有问题的，可是我敢肯定**他**一定是没有私心的。他说那些好男孩的种种，他们一提出要跟我约会他就把他们扫地出门，他这么做可能是自欺欺人。但凡我**有**一点点见识，我就会想到更好的办法对待他，也不会伤害他的感情了；可是每当他试图教我那些事情的时候，我总是太愚钝，但又**天生**充满好奇心。”

这时我打断了她，不满地表示我不明白那些事情是指什么，所以没办法判断那对她的婚姻相关的问题有什么影响。安娜斯塔西娅一脸探究地看着我，马克西告诉她，我是在与世隔绝的环境中长大的，没见过正常的校园家庭生活，差不多对正常的人事一无所知。

“可是不要讲跟我们无关的事情了，”马克西补充道，“我们只想知道你和斯托克的事情。”

我反驳的话都到了嘴边，我认为，纠正那些对我所——嗯，**尊敬**——的那些人做的恶行，并为他们报仇，这是我的责任（我也不知道到底为什么）。就像我很尊敬马克西，发誓要为他正名。可是我没必要说这些。安娜斯塔西娅自己说，她认为她必须要比正常情况下讲得更直白具体一点，原因有三：首先，她不讲具体的话，我们可能会误解艾拉伯伯的动机；第二，她少年时期那些事情跟她后来的婚姻也有一定关系；第三，如果我真的是个大导师，那她应该告诉我什么不应该告诉我什么，不是她能决定的，她只能信任我，完全敞开心扉，这就像她在夜晚对着奠基者祈祷一样。没有奠基者宽宏大量的安慰和谅解，她早就因为她丈夫和其他人对她的误解而死去了。想必，她又回忆起那些误解了，眼泪涌上了她的双眼：这是我见过的最楚楚动人的脸了。

“我从来没**想**过伤害任何人！”她说道，“《卷轴》里说‘爱是奠基者’，我想做的只是帮助人们，比如**帮助**医务室和精神病诊所的那些人。发现他们所需要的，如果你有就给他们，除此之外，你还能怎么帮他们呢？可是每次我这么做，不知为何似乎总是会造成伤害！”

“才不是这样呢！”马克西安慰她，我也说她这么仁慈善良的人会做坏事，那简直不可想象。

“嗯，就说那次在艾拉伯伯的书房里……”她显然是受到我们的话的鼓舞，虽然仍是一脸不确定的表情，“他说一方面他把我当作自己的女儿，另一方面他又不这么想。我自然而然就以为他这么说，是因为他是我的亲叔祖父，却不是我的父亲。所以当他给我解释那些男孩子想要什么的时候，我没有理由认为他不是在帮我。我**仍然**认为他只是想帮我，我**知道**他是这样的，即使到后来我也是这样想的！那天晚上他像往常一样，一直在处理账目，他的书桌上散布着很多复式记账账单。他给我在那些账单上画了一些图，给我说明他在讲些什么，我有些不高兴。可他不得不做些**那样的事**，因为我实在是太笨了。可是他并没有画对，他自己也这么说：图中的那些人有着最滑稽的表情！我告诉他，如果他画的女孩的那些地方没错的话，那一定是我有什么问题，那大小比例完全跟我不一样；可是我说我很确定我是没问题的，因为我跟费恩小姐是一样的，那是我的语言家教。每次费恩小姐和我一起玩耍的时候，她总是说我是她见过长得最好的。”

尽管她说话还像孩子一样坦率直白，安娜斯塔西娅的脸却红透了。马克西也是，可是我没有脸红，我只是有些亢奋。

“你们看我多么**愚笨**啊！我当场就要展示给他看，好好确认一下，免得费恩小姐只是出于礼貌才那么说，而且我告诉他，我怎么都想不明白他为什么要那么生她的气，我其他的辅导老师、女家教还有女仆都做过同样的事，说过一样的话。我说，要是他保证不跟费恩小姐生气的话，我就会教给他我学的所有游戏——不管怎么样，比起费恩小姐我还是更喜欢他的，因为她有时候会咬我；而且他还有胡子，我敢肯定玩起来更有趣——可是我不知道男人怎么玩，他要教我……他有段时间没讲话。我觉得他是害羞，我第一次问那些女佣我能不能和她们一起玩时，她们也是这样；我从未想过自己对他做了什么。我甚至还**摸**了他……”

“唉。”

“**反正**，”安娜斯塔西娅说道，“长话短说，他狠狠地打了我的屁股，顾不得我都那么大了。他把所有的家教和女佣都炒了，只留下了一个老厨师和一个无趣的管家。从那以后，他再也不放心任何人教我了，除非他也在屋里，而且每天晚上他都会在他的书房里，给我讲我的那些家教和女佣有多坏。我赞成，也努力去相信他说的，可是我**就是**不明白那么好的事情有什么问题。”

“我知道你的感受！”我大声说，想起了自己在道德学习上吃的苦头，“我到现在还不确定我是不是弄明白了那些东西！”

她的眼睛很明亮，但却满是疑惑，就好像我的话让她很高兴，但却不确定我是否在故意逗她。

“归根到底，”她说，“我学会做那些事情，并不是从某些**书**上学来的，而是跟我的小猫、小狗，还有我的老师们学的。结果就是，在我看来，人们脱掉衣服跟别人玩，不仅是大学里最自然不过的事情，而且还是**最及格**的事情。尤其是对方上了年纪，或者不漂亮，或者非常需要某些东西，你会让他们很开心。这是我的第一个老师讲给我听的，我非常爱她，我觉得我永远都不会忘记她的思想。她是最最亲切的人了！”

“她年纪不小了，我敢打赌。”马克西试探着问道。她的双眼还闪着泪光，但安娜斯塔西娅欣然一笑，证实了他的猜测。

“反正，不管对错，我都不会为我所做的事情感到羞愧，虽然我确实羞愧于自己做了一些**应该**感到羞愧的事情——你能明白其中的区别，对吗，乔治？”我点点头，希望我明白，“可至少我知道了我让艾拉伯伯多么难过，所以我装作跟他有一样的感受。这些事情发生的时候，我才十五六岁，可是我想我已经是察言观色方面的专家了。我能猜到人们需要什么，有时候甚至他们自己都还不明白自己的需求，我就猜到了；像我这样长大，我忍不住要去讨好别人，也不管知不知道自己在做什么。如果允许我跟任何好男孩出去，在他们鼓足勇气吻我之前我就会先引诱他们，或许我是认为自己那样做就是个真正的毕业生啦！”

她继续说，这种直觉，让她清楚地知道，艾拉·赫克托确实是被她的行为吓到了，可是他却享受因此惩戒她的过程。特别是她注意到，打她屁股对他有很大好处：他常常暗示要打她屁股；或许是逗她，或许是吓唬她，看他心情，总会有下一次。每当他给她晚安吻时，总忘不了调皮地使劲打她的屁股一下，“以防她以为他再也打不动她了”。之后有一天，他正因为政治斗争失败而生气（年轻的校长候选人卢修斯·雷克斯福德刚赢得了党内提名，并且发誓，如果在最终选举中打败现任校长雷金纳德·赫克托，他一定会打破参考书垄断），她故意坐在他的大腿上，请求他让她参加新一届新生舞会，她很清楚他会作何反应。正如她所料，他的怒火一下子就上来了。他咒骂一声，把她整个翻了过来（这个特技没有她的配合，他是无论如何都完不成的），从书桌上一把抓起尺子，给了她的屁股一顿严厉的惩戒。不仅如此，那是晚上，她事前知道他心情不好，于是就临时穿上了夏天的睡裙，那裙子刚刚能盖住她的身子，所以他多半是打在了她白花花的肉上，直到他出了气，也打不动了。随后，他惊奇地发现，他把气都撒在了她身上。他请求她的原谅，人生中第一次落了泪，竟然答应了她的要求，那让她吃惊不已。此外，第二天他就上了新坦慕尼的报纸，他认为卢幸运·雷克斯福德“不会像所谓的自由派一样，那么亲近学生会主义”。

不用说，安娜斯塔西娅自是万分感激她的监护人能好好惩戒她。她说现如今的青少年需要的，正是偶尔挨一次旧时的体罚，让他们能养成旧时的美德；这两者可以说是相辅相成的，而且她真心地希望，下次她再惹他生气了，他可以再纠正她的行为。接下来的一两年里，他至少每周会惩罚她一次。而且在她看来，她最任性的那些日子正好是他最暴躁的时候。惩罚过后，他再也不是他的老部下所认识的那个他了，变得不那么可怕了，而且给予他的被监护人各种特权——她欣然假装自己讨厌接受这些特权。

“事实就是，”她叹了口气继续说，“在那之后，如果有男孩子想跟我单独待在一起，我就会请求艾拉伯伯一定不要留我们单独在一起，他就会说：‘胡说。我完全相信你——只有做了淘气的梦的女孩才会要求打屁股！’（我以前常做淘气的梦）所以他就会留我们单独在一起，当然，我就会让那个男孩子做他想做的事情——那很好，比起跟女孩子来，有过之而无不及。而且那亲爱的人儿是那么的惊喜和感激；看到自己让他们那么幸福，我简直开心得要哭了！之后，艾拉伯伯总想知道有没有发生什么事，然后我就会红着脸告诉他，那个男孩子亲了我三次，而且趁我不注意摸了我的胸。如果我看到他精神不济，需要振奋一下，我就会哭，然后说我不得不承认那总的来说有些让人兴奋，问他我有这种感觉是不是永远都要不及格了呢？他就会说：'不是的，亲爱的，那是很自然的，而且奠基者不会因为你的感觉就让你不及格的；你**做了**什么才是重要的。可是危险，'他顿了一下说，'在于你不能将你的行为和感觉分开。'之后我就会亲吻他，对他说：'你说得对，艾拉伯伯，我需要管教了！'然后尺子就拿出来了……"

"天啊！"我惊呼出声，"你猜我怎么想的？我觉得他**喜欢**打你屁股呢！"

然后是一阵沉默，马克西面无表情地赞同我的话有些道理。安娜斯塔西娅不知所措地看看我，又看向他。他以最真诚的口吻跟她解释，仔细审视大导师们的语录，不难发现，他们的真知灼见都不复杂，不会叫人捉摸不透，相反地，那都是**简明**深刻的、有超验力量的，而那些不及格的、老于世故的现代知识分子可能会将其与稚拙混为一谈。

"**我**就是这样，"她承认，"这说明了**我**有多么幼稚。"

她继续讲她的故事："也就是从这个时候，莫里斯·斯托克开始到家里来找艾拉伯伯——那是选举前后那段时间，雷金外公落选了，人人都好奇艾拉伯伯的事业将会怎么样。我觉得莫里斯是我见过**最有趣**的男人了，我喜欢他大笑的样子，我会趁他们谈话的时候找借口到书房里去，这样，我就能看到他黑乎乎的胡子和那双眼睛了。我告诉艾拉伯伯我觉得斯托克先生一定是整个大学里牙齿最白的人。你知道年轻人是什么样的。艾拉伯伯告诉我莫里斯是个特别坏的人，他总是对女学生做些下流的事情。所以他来家里的时候，我被禁止出自己的房门，不然他就会打我屁股。我害怕极了，但却比之前更好奇了。所以每当他骑着他那辆黑色的大摩托车来的时候，我就会站在我房间的窗边跟他挥手，他从来不跟我挥手，只是站在车道上，双手叉腰，冲我微笑。"

“我讨厌接下来的事情，”马克西叹息道，“我讨厌这一整部分。”

安娜斯塔西娅继续讲。她说她想知道叔叔这样威胁她，是不是变相怂恿她，其实他是想再打她屁股，尽管在她看来，比起其他那些年轻的本科生们，他的确是更不放心斯托克。至于那些本科生们，这几个月来，她已经做了许许多多的“**如此**幸福的事情，滋润他们可怜的心”，而且就在他的眼皮子底下，他那时正一心扑在自己岌岌可危的参考书垄断事业上。而且斯托克他自己在其中也发挥了作用。他常常载着那些男孩子来她家，或者载他们离开。他因为生意的事来家里的次数太多了，所以他很快就掌握了她那特殊的“慈善事业”的详情。（“你能**想象**吗？”安娜斯塔西娅问我们，仍是难以置信的语气，仿佛事情才刚刚发生，“他认为我让他们跟我做爱，是因为我喜欢那样！也就是说只是为了我自己！事实上他认为我就是个**私生活杂乱的人**——他现在仍然假装这样想！”我对这种想法直摇头，马克西则闭上了眼睛。）不久之后，她在书房门口偷听，知道了她的监护人和那卷曲胡子的斯托克到底在谈什么生意。听起来好像，新任校长以微弱优势当选，所以特别想跟雷金纳德·赫克托**和解**（雷金纳德·赫克托虽然作为一个政治首脑有诸多不足，但他在第二次校园暴乱中做出了贡献，因此在新坦慕尼学院余威尚存）。当然，新校长并不希望他的手下败将在新的管理层中担任职位，可是在有关 WESCAC 和宁静暴乱的某些有争议的政策措施上，他不得不寻求前任校长的支持，这是个公开的秘密。另一方面，卢幸运·雷克斯福德自己也是个富有的人，而且是私有研究经济的忠实拥趸，可是他觉得，他必须采取措施打破在旧体制下大肆盛行的垄断，消解像艾拉·赫克托这样的垄断势力，这是他事前承诺的，也是他的原则。现在众所周知，虽然这位校长发自内心地谴责莫里斯·斯托克的各种活动，他却离不开他所谓的同父异母的兄弟，因为斯托克牢牢控制着发电厂和总拘留所。艾拉·赫克托的提议是（因为是他开始他们之间的往来的，不是斯托克），让雷金纳德·赫克托做他的参考书公司的名义董事长——事实上，他的弟弟一点儿也没有艾拉的商业头脑，急需这样一个职位——希望能够以此**交换**一些政治条件：艾拉他自己，会保证自己的弟弟支持雷克斯福德校长的管理政策；作为回报，新校长不仅要找借口让那受人爱戴的老将军教授领导的公司免受冲击，而且务必要让艾拉在课本出版事业上的对手遭受重创。这个计划看起来很可行，可是作为一个谨慎的企业家，艾拉怀疑这位新校长太过年轻，而且他的财富都是继承的，而不是在竞争研究中摸爬滚打挣来的——这两点，在某种程度上，都可能让他将原则置于利益之上，继续大力打击那些试图跟他讲条件的人。为了降低这种风险，这种协商最好由新校长主动发起，然而一定要有一个相关但却没有利益关系的顾问来保证双方都不会被拒绝。而做这个工作的就是莫里斯·斯托克，安娜斯塔西娅听到她的监护人主动提出要给他一大笔钱来促成这件事。可是斯托克，笑着承认这件事够邪恶，很是吸引他，而且他也有信心能轻而易举地促成，可是他似乎对于这回报没有多大兴趣。这就是他们经常见面谈的事情，可是他们的谈判却陷入了僵局：斯托克坦白说他已经够有钱了，只想要得到权力和快乐，而这两样艾拉·赫克托都给不了他；艾拉似乎不明白他这种态度，或者是不愿相信他说的是真的，所以不断地给他加钱，可是都无济于事。

“这简直是我听到的最可怕的事情了！”安娜斯塔西娅说道，“莫里斯总有办法……我也不知道他是怎么做到的，可是他好像总能让每个人都比原本坏。我听到艾拉伯伯说‘在这个校园里没有用钱买不到的东西，只要你能出得起价’，我都不敢相信这是他说的话。然后莫里斯开始取笑艾拉伯伯喜欢假装自己很自私无情，其实他是一个感情用事的、爱做好事的老家伙。（我就是这么想的！）莫里斯越是取笑他出于善心建立了产科医院，把我养大，艾拉伯伯就越是发誓他做这些事不为别人只为自己的利益。看到艾拉有多么烦躁之后，莫里斯发誓，只要艾拉伯伯能证明他收养我，为未婚女学生建医院并不是单纯出于善心，他就去找雷克斯福德校长做那些事情，并且分文不收。”

“你明白他是什么样的人了吗？完全是个挂科院长。”马克西大声对我说——他因为生气紧紧抓着我的拐杖。

“事情变得越来越糟了，”安娜斯塔西娅对我们说，“过了一会儿，艾拉伯伯就说他建医院不过是为了亲自询问那些女孩。他说他喜欢问她们是怎么惹上麻烦的，喜欢问那样的问题，喜欢看她们边讲述自己的故事边哭；他甚至还说他喜欢**观看**，在产房里观看。我**知道**那不是真的！莫里斯自己也说那不是真的，他说艾拉伯伯只是在努力让自己**听起来**很不及格，因为他以自己的及格为耻……反正，我闯了进去，然后说我听到了所有的事情，而且告诉艾拉伯伯，他应该以自己说谎为耻，莫里斯应该以引导他说谎为耻。艾拉伯伯特别生气，而莫里斯只是笑着说：‘那**她**呢？她也让你看那些男孩子……（我说不出口，你能明白我的意思吗？）’艾拉伯伯脸色变白了，我也是！可是之后他好像控制住了情绪。他对我说：‘斯泰茜，这个人是个说谎的坏人，为了达到目的他什么话都说得出口；可是他也知道人们所有不愿为外人知道的不及格的事。所以他说你一直让那些男孩子（你知道是什么），他可能在说谎，也可能没说谎。现在我想让你明明白白地告诉我真相。’他说，‘要是他在说谎，我就把他撵出去，卢幸运·雷克斯福德想做什么尽管来，把我撕成碎片也行。可是如果他说的是事实，我就打死你！’

“在我看来，艾拉伯伯说了那些话后莫里斯有些着急了，因为他说：‘你都那样说了，还**想让**她怎么做呢？你在求着她说谎，即便那会赔上你的生意！你还说你自己是个自私的人！’

“可是艾拉伯伯没怎么听他的话，只是就那样盯着我；你知道的，我几乎**都要**说谎了，他让我害怕极了。关键的是我不想在莫里斯面前被打屁股！可是接着艾拉伯伯看起来就要中风的样子，我当时脑子里唯一的**想法**就是，我得让他平静下来，让他消消气。无论如何，我讨厌撒谎，特别是当我的谎言可能会毁掉他的生意的时候……”

“我真希望我没有听到这些，”马克西说，“我希望到这儿就结束了。”

“我打赌你跟他说的一切都是事实。”我大胆猜测。

安娜斯塔西娅悲伤地点点头。“一开始我**一个字**也说不出来，可是我俯身趴在了桌子上，撅起屁股，摆出每次挨打时的姿势，同样这就是承认了那些男孩的事情。相信我，我这样做只是为了艾拉伯伯好；至于莫里斯，他在这些事情上可真是**聪明**，艾拉伯伯开始打我屁股的时候，他笑了，还问我那些男孩告诉他的话是不是真的，我跟他们做爱是不是真的不是为了我自己，而只是因为他们说我不那样做的话会伤害到他们？一开始我以为他说那些是为了我好，有一分钟艾拉甚至都停了下来，不打我了，问我他说的是不是真的。这时莫里斯说：‘那是当然了，那不是**她**的错；他们告诉她，如果她不肯**帮助**他们，他们就会自杀或者挂掉考试，然后她就信了他们。’”

“哎，那他不是很好吗，不是吗？”我惊叫道。安娜斯塔西娅俯身趴在桌子上的画面在我脑海中挥之不去。

可是她摇摇头。“你还不**明白**吗？他这么一说，我就明白了：如果我**赞同**他说的都是事实——我是说就我这方面而言，因为我可以确定那些男孩子绝对不会说他们那么做只是为了**利用**我——如果我同意了，艾拉伯伯可能就会停手，赶走莫里斯，连带着失去他的生意。所以，虽然知道不好，但是我必须撒一个更恶劣的谎：我不得不说是**我**劝那些男孩做那些事的，因为我想愚弄艾拉伯伯，还有就是因为——我只是**喜欢**做不及格的事情！”

“他更了解你啊！”马克西脱口而出。

“可能吧。可是他**确实**需要发泄一下，施皮尔曼博士。他又开始打我，莫里斯在一边笑，而我则趴在一堆账单上哭，还不忘为我的眼泪晕开了上面的墨水而担心……接下来发生的事情是最糟糕的。莫里斯告诉艾拉伯伯他一定是无私地全心爱我，所以才会为我所做的事情如此伤心，这恰恰证明了他是个多么充满柔情的老傻瓜！这下艾拉伯伯**彻底**疯狂了。他下手比以往都要重，他自己也哭了，而且他大喊：‘我喜欢这样！我喜欢这样！**那样**做，都是为了我自己！’我**知道**这并不是他的真心话！可是他接着说：‘不然你以为我为什么养她？我**喜欢**这样！’哦，乔治，你不**知道**他这样说他自己有多难过！尺子从他的手里飞了出去，他就开始用手打我的屁股，可总是不得其法，他打得一点儿也不疼。他无助极了，我翻身下来，拥抱着他，告诉他不用担心，我被重重地打了屁股，这是个我永远不会忘记的教训。莫里斯不笑了，反而极其怪异地看着我：他这样子并不仅仅是因为他能看穿我的话，而是因为他突然想到了什么事情，让他沮丧，正如他让艾拉沮丧一样……我也说不准那是什么……虽然我当时是极讨厌他了，可是在我看来他似乎也有某种**强烈**的需求。”

我拿着拐杖敲沙子，克罗克在我身下低吼。“要是你说他也打你屁股了，我就让他不及格！你挨打已经挨得够多了！”

马克西什么都没说。

“不是那样的，”安娜斯塔西娅回答，“他的双眼露出可怕的神情，我觉得他也要哭了，你能想象得到吗？然后他就以那种奇怪的语气对我说，他知道我是故意承认那些事来挽救艾拉伯伯的生意的，可是他不能确定这是为什么。在他决定要不要帮艾拉伯伯之前他必须要知道一些事情：我是真的喜欢和那些男孩在一起吗？我让艾拉伯伯打我屁股难道不是为了从他那里得到我想要的吗？注意了，我不知道怎么回答才会对艾拉伯伯有利。而且看莫里斯的脸色，他也急需要某种东西，好像只要我说错了话，就会对他造成不好的影响。可是这样做，从长期看会不会对他更好，我也不知道。我**脑子一团乱**。所以最后我只是把事实原本讲了出来。我说我跟那些男孩子在一起，只是享受那种小时候跟女佣们一起玩的乐趣，那似乎能让他们幸福但却不会伤到我自己。至于被打屁股的事，的确会伤到我，可是理由却根本不像他说的那样。一直以来，艾拉伯伯**总是**对我很好，不管他有没有打我屁股，可是每个人都有需要发泄的时候，而且我欠艾拉伯伯那么多了，他打我屁股对他有很多好处。要是他想的话，可以再打得重一些，多一些。而且，我觉得莫里斯让艾拉伯伯那么说自己，说那些**糟糕**的话，他真是坏极了！

“你知道吗，这段时间，艾拉伯伯一直坐在办公椅上，不停地呜呜咽咽。我站在他旁边，让他的头靠着我。可是当我说完这些话，他就把头放在了那堆文件上，根本不让我安慰他。然后莫里斯抓住了我的胳膊，他的声音里一点戏谑都没有，听起来像在**求**我，不知道你能不能想象得到。他说：‘女孩，现在你跟我实话实说。’他问我的问题是：我有没有感觉到一点点刺激——就是在艾拉伯伯把我摁在桌子上，像这样打我屁股的时候，有没有一点刺激？这是个多么**可怕**的想法啊！这是我**听到**的最邪恶的事情了！可是他的双眼闪着光，他的脸上透露着什么东西，我从来没**见过**这样的表情！艾拉伯伯坐直了身子看着我，我明白要是我说我让他打我屁股只是为了他好，他会怎么想。可是另一种说法实在太不及格了，可那正是莫里斯愿意相信的！这比在男孩子的事情上撒谎更糟糕，那些话我几乎都说不出口。但我还是说：‘如果你真那么想知道的话，我想在一定程度上，**是**有点儿刺激。’我想**这样**应该会让他满意了，可是他更加用力地抓着我的胳膊，还是那种奇怪的口气：‘在什么程度上？’我怎么知道接下来我该说什么呢？我所知道的就是我必须要说些**恶劣**的话，我唯一能想到的就是我偶尔听那些男孩子说过的话；我甚至都不明白那是什么意思，女孩子是不是也可以说，我的意思是，那能不能用来形容**打屁股**这样的事，可是某些直觉告诉我，那样说就对了……”

安娜斯塔西娅的脸颊像火烧一样。可是她坚持往下说，甚至恢复了之前的伶牙俐齿，让人困惑不解。“所以我直直地看着他的眼睛，对他说：‘斯托克先生，每当艾拉伯伯用尺子打我的屁股时，我都**浑身兴奋！**’乔治，你能明白我为什么非要那么说吗？”

事实上，直到后来我才明白了她到底是什么意思，但是我想我能大体上了解是什么情况，于是学着马克西的样子，再次称赞她了不起的无私精神，为她所遭受的不及格的事情深感遗憾。

“我本来都要羞愧**死**了，”安娜斯塔西娅对我们说，“可结果是，我说的话，莫里斯一个字也不相信。就好像那些话是他**想**听到的，没错，但真正听到了又让他生气，因为他希望那些话都是真的，可是他知道那不是。他都要亲自动手打我了！‘你真是**无药可救！**’我记得他这样对我吼道，‘你还要不及格到什么地步？’然后出乎意料，他告诉艾拉伯伯他要娶我（其实他是说，他**不得不**娶我）。他说，这完全是一桩买卖，要是艾拉伯伯想证明他先前说的话，这就是个机会——那就是把我卖了，换取巨大利益。可是他要明白（这还是莫里斯的话）那会让我遭什么罪……”

“马克西，我**会**杀了他！”我发誓。

可是安娜斯塔西娅让我听她把话讲完。说得再详细一点，斯托克让她嫁给他，并不打算走正常的婚姻程序，让她体体面面做他的妻子：只要斯托克一搞定艾拉的事情，她就要成为他的情妇，满足他所有兴致和欲望——他邪恶地暗示，他的欲望无穷无尽，像野兽一样残忍。

“当时那种情况太**糟糕**了，”她说道，“要是艾拉伯伯说‘不’，他就会失去他的生意，而且不得不承认他打从心底就是个宽厚之人；要是他说‘好’，他就会失去我。他是真的需要我，而且他很可能因为那么做而讨厌自己。我想替他做决定，这样他就不用责怪自己了；可是我也不知道要选择哪一个，我是那么爱他们两个……”

“你爱他们两个？”我惊呼。马克西的惊讶一点不比我少，他说：“竟然也爱斯托克！”

“嗯，你们知道我的意思是：他真的是特别沮丧！我很清楚地知道，他需要一个人来让他发泄出来，他就像艾拉伯伯一样，害怕把这种需要表现出来。你们知不知道为什么男人会这样呢？”

我确定我不知道。

“反正，我一个字也说不出口，艾拉伯伯也是，莫里斯也没说话。他表情坚定地走出了书房，我和艾拉伯伯随后几步，就好像我们原本是要回自己的房间，或者外出散步，或者是去做其他什么事情。我们出了门，在莫里斯的摩托车前面停下。在我看来，艾拉伯伯一定是想让我跟莫里斯一起走，不然他就会让我待在家里了。或者他认为是我在带路，我也不知道。反正莫里斯跨上了摩托车，然后打火启动，我们每个人都有些犹豫，我觉得除了跟他走我没有其他选择了，似乎每个人都在等着我。我不记得我做过决定：前一秒我还跟艾拉伯伯站在一起，下一秒我就坐在莫里斯的边斗里。我们就要离开了，就像风一样。莫里斯一回头，笑了起来！”

她咂咂嘴继续说：“那是几年前的事情了。你知道吗，他确实遵守了对艾拉伯伯的诺言，尽管他实际上并不需要那么做，因为不管怎样他已经把我弄到手了。我觉得他做得很好，你们不觉得吗？莫里斯身上的某些地方确实很正派，他内心深处是这样的。”

“确实挺深的。”马克西说道。他声音低沉，语气里带着厌恶。想到传说中那些痛苦的年轻女学生，我以为她自决定性的那一天之后一直是被囚禁的，毕竟她的丈夫是总拘留所的典狱长。我热心地要尽己所能还她自由，即便动用武力也在所不惜。可是安娜斯塔西娅只是被我的提议逗笑了，她说她根本就没被囚禁，相反地，在他们发电厂的住宅，她来去是自由随心的。她能在新坦慕尼精神病诊所工作就是证明。而且她相信就算她选择永远离开斯托克，他也不会阻止她的。然而，他终究在她的坚持下，以某种方式（她没说到底是什么方式）娶了她，而且她并不打算逃避夫妻义务。此外，他比以前的艾拉伯伯更需要她。

“那么之前他说虐待你的话都只是因为某些原因在吓唬你吗？”我问她，“我很高兴事情是**那样**的！你说是不是，马克西？”

“谁听到是那样的了？”

“你先不要过早下**结论**，”安娜斯塔西娅解释道，“不能因为莫里斯的需求**不同寻常**，就觉得他的需求不像正常男人的需求一样重要。”

“他需求的是像挂科院长一样邪恶！”马克西激愤地说道，“他需要糟蹋和伤害别人，所以你让他糟蹋伤害你了，**对否**？”

“施皮尔曼博士，你**没必要**这样看待这件事。”那个女孩坚持说。不过她立马补充道，当然要是他想那么做的话他可以那么做，如果那对他来说很**重要**的话……

我自己则想知道，不管安娜斯塔西娅是否自愿，她到底遭到了何种虐待。可是我没有机会问，因为一听到她最后那句话，马克西立马激愤地开口。

“你听着，孩子！”马克西用手摸了摸她的凉鞋，然后指着自己的眼睛说，“我不是你的爸爸，我从来都不是。你以为我不希望我是你爸爸，弗吉尼娅·赫克托是你妈妈吗？这样的话，该死的艾拉·赫克托永远别想用肮脏的手碰你！那些该死的男孩子也不会利用你！但最该死的还是莫里斯·斯托克，这个南出口的禽兽，要是我是你爸爸他永远别想打你的主意！”

“我不是在怪你。”安娜斯塔西娅提醒他。

“你从来不会怪任何人、任何事！”马克西大声说，“我知道我不是你爸爸，是因为我谁的爸爸也做不成：因为二十几年前我在操控 WESCAC 的时候出了事故。”他更为平静地解释道，他有意没有对弗吉尼娅和她的父亲提起这件事，是因为他这样证明自己的清白就等于给她定了罪，而且剥夺了她自己坦白的机会，让她不能主动说出他是清白的。

“我现在告诉你这些并不是为了逃避责任，”他说道，“你必须要知道我不是你爸爸，这样你才不会因为这件事恨我。埃布利·艾尔科普夫，他才是你的爸爸，孩子，该死的他从来不承认！可是我也该死；我更该死，我没有放下骄傲和弗吉尼娅结婚，不然她就不会酗酒，你也不会被打屁股，遭受那些事情了！你千万不要原谅我！”

安娜斯塔西娅一脸柔情。“我很难不原谅你啊！看起来你这些年一定受了很多难！”她听起来几乎是羡慕的语气；接着她眉头一皱，一脸疑惑，双眼暗淡了下来，“妈妈过去确实跟艾尔科普夫博士一起工作，可是我做梦都没想过……”

“这不是个好消息。”马克西表示同情。

她摇摇头：“我不是那个意思。可是他并不是特别……友好，不是吗？这也难怪，残疾，还有其他不便。如果我不得不事事都靠克罗克，我相信我一定会比他脾气坏得多！想起每一次他跟克罗克经过诊所，我从来没想过他会是我的父亲！我本来可以对他好得多的！”

马克西拍了拍自己的头。而我自己，正忙着稳住克罗克，也就没空再次赞叹安娜斯塔西娅的善良。听到埃布利·艾尔科普夫这个名字，克罗克就不好驾驭了，这不是个好兆头。他朝着安娜斯塔西娅的方向动了动，我必须得用拐杖轻轻打他两三下。我不确定这种做法会不会让他转而攻击我。事实上，他把我的拐杖抓在手里，张口咬了起来。这证明他的颚很有力量，因为那木头很硬。安娜斯塔西娅宽慰我说，他经常咬大大小小的树枝玩，甚至能把很精巧的装饰品一点点咬成手杖和椅子横档，根本不用凿子，只靠自己的牙齿。他要是想再次攻击她，我完全不能确保我能不能控制住他，况且我现在还没了武器。正巧在这时，我们全都被附近森林里传来的咆哮声转移了注意力。那声音渐渐演变成了轰鸣声，沙滩上突然出现了五六盏明晃晃的灯，闪着红光和刺眼的白光。尽管已经下定决心，但我还是浑身警惕起来，差不多是满心惊慌了；威廉·格鲁夫面对如此紧迫、可怕的攻击，也可能会发抖。闻所未闻，毫无准备，他们就像怪兽一样，大摇大摆地向我们走来，到处是眼睛，疯狂地叫嚣着，他们喉咙里发出一阵阵咆哮声。马克西也吓了一跳，从地上爬了起来；克罗克放开了我的拐杖，咕哝一声蹲在了地上——我也不知道他是表示藐视还是害怕。只有安娜斯塔西娅似乎不是特别担忧；她对着那些咆哮的灯光皱起了眉头，更多的是不以为然，而不是害怕，而且仍然待在火堆旁边没有动。

“他做事总是要那么张扬。”她不满道。

“那是些摩托车，”马克西悄声对我说，“得有十辆或十二辆。这声音是它们的发动机和喇叭在响。”

我立马难以言喻地松了口气，我虽很少见真正的摩托车，可摩托车对我来说也并不陌生。他们离我们更近的时候，火光映出了一行穿黑色皮夹克的人，他们的衣服上分别装饰着各种银色图钉和耀眼的透明珠宝。他们每人都骑着一辆闪着灯光、有边斗的黑色机车，戴着护目镜和头盔。他们离我们越来越近，呈近似半圆形包围了我们，发动机的声音忽大忽小。其实，不如说他们是挤在了一起，因为他们并没有明确的阵型。领头的人——一个长着胡子，满脸煤灰的家伙——突然毫无预警地急刹车，沙子飞溅；第二个人急转弯再加上运气好才堪堪没撞上他。第二个人后面的人却没那么好运，因为他们撞在了一起，或许他们是故意的，他们嬉笑怒骂，高声谈笑。一个没有边斗的翻了车，摔到了沙滩上，车轮子还在嗡嗡地转；另一个像是要碾过他，在离他的头很近的地方刹了车，按了一下喇叭，随后第三辆车又撞了上来，也许是开玩笑，也许是因为生气。“停止！”他们的领头人大喊。他旁边的那个人——长着长鼻子，牙齿稀疏，衣冠楚楚，是他们一行人中唯一一个不是满脸煤灰且不留胡子的人——重复他的命令，或者用另一种语言传达他的命令，语气有点儿不耐烦，又是威胁，又是吓唬，好不容易才让那些拌嘴的人列好队。

安娜斯塔西娅大大叹了口气。“只是莫里斯而已。”她站了起来，拍去裙子上的沙子。

然而，面对这么强大的包围圈，我却远不能安心。克罗克在我身下咕咕叫，转了个身，似是不知所措了，我听说的有关莫里斯·斯托克的那些事儿都涌入了脑海里。此时，弧形队伍两头的那两个人跳下了摩托车，把护目镜推了上去，朝我们走来，他们手里拿的，我猜是手枪。其他人为他们呐喊助威，弄得发动机隆隆响，那个脸上没灰的人让他们保持安静，也被他们无视了。随着那两个人的靠近，克罗克也往前走，那两个人举起了他们的武器，命令我们停下。我没有太多时间去想要怎么做，而且我也不确定自己能不能让克罗克停下，也不确定我们停下了是否就能免遭枪杀。因此我没照做，而是选择挥动自己的拐杖：我猛地打向那手枪，把它打飞了。安娜斯塔西娅尖叫一声。那个人咒骂了一句，便回去找他的同伴们了，其中几个嘲笑他没用。这时我身后响起了“砰”的一声，震耳欲聋，响彻山谷，划破了整个山谷的寂静。克罗克一转身，我看到那领头人拿着枪指着天空，枪口还冒着烟。我再度举起拐杖，尽管那个人离我们远得很，而且他要开枪的话，我们就会倒地而亡。这个人跟他的同伙不同，他的同伙们一开始都是一副吓唬人的样子，之后都是一脸受惊的表情，而这个人只是肆无忌惮地咧嘴大笑，眼里闪着光。他似乎是被我骑在克罗克肩膀上的景观逗乐了，要么就是被我们一开始小小的胜利逗乐了。而且克罗克向他走去的时候，他没有退缩，也没有拿枪指着我们。

“停下！”我命令道，不知道该怎么做。好在克罗克还听我的话，看到这个我还有些欣慰。我的心怦怦跳，我打量着自己的对手，他已经拿掉了头盔和护目镜，正镇定地吹枪筒子里冒出的烟。他脸色红润，身材矮小，体格健壮但却不肥胖，头上、手上以及手指表面都长着黑色的毛发。同样，眼睛上面和上嘴唇上面都长了一丛黑色的毛发；他长着黑色的络腮胡子，形状尖尖的，像一把黑色的铲子，两边的鬓角从两边太阳穴前面一直垂直延伸到发际线。这张脸不能说不帅气，而且因为眼睛更加出彩——那双透亮的眼睛在黑漆漆的夜色中闪着光。

“我是羊孩乔治。”我一字一句地说。有人吹了声口哨，又有别人要他闭嘴。我的对手只是双手叉腰，在打量我。他咧嘴笑，显然是一种挑衅，我看到了有些生气。“我不怕你。我是个大导师。”

他放了个刺耳的响屁来回应我（“听听，听听！”他的一队人欢呼），再度抬起了手枪，出奇镇定，微笑着瞄准了我的心脏。那时我明白了他就是莫里斯·斯托克。

5. 边斗内咬安娜斯塔西娅

他是真的想开枪把我打死，还是只想试试我的胆量，我无从知晓。因为安娜斯塔西娅在这时冲到了我们中间。那一圈骑摩托车的人又是吹口哨，又是说些下流的闲话。

“不要啊，莫里斯，发发慈悲吧！他不知道自己在说些什么。他真的就是羊孩！”

他放下了武器，对她咧嘴一笑：“你先找了个大猩猩，现在又想要个公山羊了。”他的话满是揶揄。我看到安娜斯塔西娅低下了头，去摸他的皮夹克，感到很是恼怒。

“你不该让那件事发生的，”她抱怨道，“你本可以及时阻止克罗克的。”

他抬起头盔轻轻打了她的头一下：他用的是左手，而且离得很近，根本不会伤到她。可是他刻薄的冷嘲热讽，毫无理由的殴打，安娜斯塔西娅低声轻呼，紧偎着那施虐者——这些让我很生气，于是我用脚后跟使劲一捣克罗克两边的肋骨，举起我的拐杖，冲向他，也顾不得他有手枪。这时候，有几个他的人已经下了车，手里拿着像是电的赶牛棒一样的东西。就在我们被他们围得走投无路的时候，那个长脸的军官往嘴里叼了一根空心管，吹了一下，往克罗克的半边屁股上射了一枚小飞镖。克罗克吼叫一声，猛地打了一下自己受伤的大腿，掸掉了那枚飞镖。他就要向那个吹飞镖的人扑去，那个人后退一步就站定了，没有逃跑；不过半秒，克罗克就跪了下来，他脸朝下倒向沙地的时候，我勉强费劲地爬了起来，没跟他一起倒。一瞬间赶牛棒就包围了我。安娜斯塔西娅离开她丈夫，跑去检查克罗克。克罗克晕死过去了，四个人正嬉笑着把他往一个边斗里拖。他们停下来让她看看他，还不忘对她抛媚眼。

“只是睡一小会儿而已，”斯托克大声说，“我们不会杀掉家里的朋友的。”

然后他对我说：“你也想睡一会儿吗，公山羊比利？为什么不放下你的橡木棍，大家和和气气的呢？”

我举起拐杖，正要攻击那些拿着赶牛棒的人，可奇怪的是，他竟然大概知道我以前的名字，我迟疑了。就在这时我听到马克西（他这时正无措地站在火堆旁，两只手紧紧绞在一起）说：“不要打架，小乔治。那样不会让任何人毕业的。”

我放下了拐杖，尽管心里仍然叫嚣着要进攻。我的“近卫”们也屈服了，即便他们的刺棒都已经举起来准备好了，安娜斯塔西娅从那群人中间悄悄溜到我身边。

“摸一把她的屁股。”我听到有个人低声说。有个人猛地打了他的屁股一拳作为回应。这两个人立马在沙地上打作一团，他们的同志们站在场外为他们加油助威。

“克罗克没事，”安娜斯塔西娅向我保证，“他差不多一个小时后就会醒过来。请不要介意莫里斯和其他人，他们做事一向如此。让我们捎你和施皮尔曼博士一程吧。”

我只是皱起了眉头，不知该如何是好，心思早就不在这儿了。我一边瞧着那群喧闹的人，一边看到斯托克带着一脸难以置信的惊喜，走向马克西。

“真见了鬼了！”他大声说道，“那个披头散发的人可是马克西·施皮尔曼？”他张开双臂欲拥抱他，可是马克西摇摇头，抬起一只手警告他。

“确实是马克西·施皮尔曼，那断指的直肠病学家！这次我们吞食谁呢，小马克西？”

“你个挂科院长！”马克西大声说道。

斯托克似乎有了一个新的、让自己愉快的想法。他转向安娜斯塔西娅，神采飞扬地说道：“你知道你自己的爸爸看着你和克罗克吗？”然后没等回答，又对马克西说：“等着弗吉尼娅·赫克托看到你这副《旧大纲》式的装束，她一定会发誓永远离开你！”

然后他跳着从我们身边跑开，指挥他的人务必将克罗克的胳膊和腿都绑紧，免得他醒过来挣脱了；然后他又飞奔回来，吩咐我们全都爬到边斗上，一起到动力室去。他告诉我们，今晚我们在那儿不醉不归，而他和马克西一起回忆过去的辉煌，那时候他们可是用一根莫伊舍人的食指就吃掉了上万名天照本科生。

“上车，快上车！”他对着那两个在沙子里摔跤的人喊，而那两个人一齐喊道：“你个死挂的！”直到那个长脸的副官一把拿起一根赶牛棒，才把他们全都赶去帮忙捆克罗克。

“羊孩啊！”斯托克轻松地一只手搂过我，另一只手搂着安娜斯塔西娅，并不去管吵吵闹闹的那队人——现在他们中有些人从裤兜中掏出了酒壶，还有些人开始摆弄摩托车的发动机，“还是大导师，我听你是这样说的吧？”他发誓他应该再多听我讲些什么（他说这一长串话都没有停顿过一次），在他看来，这个校园里除了他的妻子之外，一只公山羊，是唯一值得他学习一二的生物了。如果过会儿在宴会上，我觉得安娜斯塔西娅太过主动，太过顺从，不是个好的配种对象，或者说，她洗得太干净，不能激发我的热情，那么他一定会帮我从奠基者山上，也或许是从垃圾场上张罗来一只小母山羊。

马克西捂住耳朵，不去听他滔滔不绝；安娜斯塔西娅脸一红，看向一边。他一连串的中伤，那么不堪入耳，那么尖锐，我觉得惊骇，同时又觉得好笑。尽管我很气愤，但还是忍不住露出了一丝微笑，我看到那个坏蛋立马就发现了。然后他继续说下去，滑稽又充满力量，还故意重重打了我的胸膛一下，弄乱了安娜斯塔西娅的头发，拿着手枪和头盔比比画画，在摩托车前灯的照耀下一会儿换个姿势，总是双颊通红，咧着嘴笑，露出整齐的牙齿。

“看看你腰上系的是什么呀！”他一把抓过马克西给我的护身符，“这是我想的那东西吧，老公羊的小弟弟吧？看这儿，斯泰茜，我敢说他的腰带上是羊睾丸。真的是！公山羊的小蛋蛋！你觉得，这是他自己的吗？你看看是不是，明天早上我会问你……嘿，这是我们要做的事（叫**乔治**，是吗？）：我们轻轻拍打着黑啤酒酒桶，你吹你的排箫。你可是大导师！你吹你的排箫，小马克西和我为了怀旧，吹几声吞食汽笛。斯泰茜就和克罗克跳舞。你可有排箫吧，是吧，乔治？”

安娜斯塔西娅窘迫不已，不禁把额头靠在了我的胳膊上（斯托克早从我们之间跳了出来，示范他构想的舞是什么样的）。我想着让她放心，让她知道她丈夫的话并没有让我难过，便天真地拍了拍她的屁股，这是我安慰羊群中的女孩子的习惯性动作。她立马抬头，吃惊地看着我，而且迟疑地抱住了我的胳膊，斯托克不再挖苦讥讽，转而哈哈大笑了起来。

“**好哇！**”其他人高呼。

“停下！”马克西命令我，直跺脚。

“不不，小马克西，他才刚开始！看看他会不会吃掉你的发卡，斯泰茜。他们什么都吃，你知道的。可不像你的猩猩朋友……”

“我不听！”马克西大声说，再一次捂住了耳朵。他无可奈何地对我说：“你要拍她的话，就拍她的头！人类女孩子是不一样的！”然后毅然决然地对斯托克说：“我不是她的父亲，斯托克，虽然我非常希望我是。可是她和小乔治，谁都不会跟你走，除非你先杀了我。”

安娜斯塔西娅抗议了一阵。斯托克开心地笑了，然后掏出了他的手枪；拿赶牛棒的那伙人逼近我们。我开始流汗。

马克西张开双手。“还有，等一下，”他请求道，“我跟你讲个条件。你曾经告诉过我，你看到博尼法希斯在暴乱中烧死了一些莫伊舍人，**对吗？**”

“只是几个而已。”斯托克谨慎地回答，马克西想到要谈条件显然让他觉得好笑，“他们可以肯定我在从事间谍活动，可是不知道我是哪边的，所以那天我参观他们的集中灭绝园时，他们只烧了几个。”

马克西瘦削的脸上冒着光。“可是你告诉我你乐在其中，**对吗？**”

“是**乐在其中**啊！我从来没有那么快乐过——当然得除了你和我按下吞食按钮的那天。多棒的盛宴啊！尤其是那个小伙子，我们都等不及要试试。是个叫舒尔茨的生化学家——或许你听说过他？他一心认为，不让西校园的文化化为灰烬的唯一办法就是让莫伊舍人不怕火烧。所以他发明了某种石棉百吉饼，我记得应该是这样子，三个月来只吃这个，其他什么也不吃，直到他被逮捕。博尼法希斯的科学家们听说这件事的时候，他们把他平放进了炉子里——他们可不会错过任何一个恶作剧！你知道，在那周围，你会有多么**口渴**，真是奇怪！西格弗里德的啤酒是全大学最好的，他们顺着炉子往下倒了两桶：一桶敬士兵，一桶敬军官和客人。”

我听得目瞪口呆，只问：“那管用吗？就是那种百吉饼？”斯托克的喜悦响彻山谷，我才意识到我上当了。

“愿奠基者宽恕你！”马克西温和地说。然后他对斯托克说：“你爱怎么笑就怎么笑，我有理由相信这个男孩子是个大导师，虽然他还要学习很多东西。还有你喊她妻子的这个女孩，这个受难的可怜女孩，要是真的有人毕业的话，她就是个及格的毕业生。所以，斯托克，要是你还有一点良心的话，我的条件就是，放她和乔治继续赶路，到大广场，然后你想对我做什么都可以。你喜欢的话就烧死我，就像烧掉可怜的哈伊姆·舒尔茨一样。愿他的亡灵安息！”

斯托克打了个响指。“**哈伊姆**，就是这个名字！生化学家哈伊姆·舒尔茨。是非常友善的人，我记得。你们这些莫伊舍家伙全都是……”

马克西现在已经哭了，他给斯托克跪下了。“看在奠基者的面子上，让他们走吧！烧死我吧！”

安娜斯塔西娅和我赶紧去安抚他。她向他保证，说到虐待她这件事，她丈夫其实是刀子嘴豆腐心（虽然她之前的抱怨与此相反），而我则告诉他，我相信我看起来比马克西要结实，而且我没有打算让别人代我受苦。至于安娜斯塔西娅，我不相信她选择跟斯托克在一起是自愿的，也不认为她完全是被强迫的；我打算深入调查这件事，然后见机行事。总之，我有些冒火地发誓，不管是去主大门，还是去发电厂，我们三个人要一起走。我本来还要再说，我想亲眼看看什么是真正的不及格，以便更好地理解它的对立面，因此我希望参观一下发电厂和总拘留所这两个地方。另外，看到马克西可怜巴巴地跪在那儿，我感到更多的是不以为然，甚至还有一点莫名的鄙视，而没有太多的感激和尊敬。不过这些我都选择不说。斯托克说：“这些莫伊舍人啊，我敢对那个傻瓜发誓，他们就**喜欢**被迫害！”听到这话，我的那些情绪更是被放大了。他的口气十分亲切。“不要听别人说他们是受拣选的人，是他们自荐的！”

他命令马克西站起来，别再演戏了。他对我们说，他要是想的话，可以把我们三个都烧死，把克罗克填进炉子里当柴火烧了，可事实上，他今晚只是想好好款待我们，因为他以前从来没跟公山羊拼过酒，更别说大导师了。

“想都别想，”马克西说道，“这两个孩子和我都不会去的。”他抓住安娜斯塔西娅的胳膊（她还紧握着我的胳膊），像是要带我们离开。那些手拿赶牛棒的人看了一眼他们的首领，等待指示。安娜斯塔西娅犹犹豫豫，我也是，无法下决定跟我的顾问一同离开。

“该死的！”斯托克说道，无视我们三个的动作，“我们的确有个家伙要烧掉，我差点忘了他！我们从水坝里捞上来的黑人家伙。是你们的朋友，是吗？”他大步迈向一个边斗，打开了手电筒：棕色皮肤，白色羊毛外套，乔·赫罗尔德的尸体就四仰八叉地躺在那儿，他的头往后仰着，他身上的每一滴水在手电筒光的照射下都闪着光。我们走过去，大吃一惊，看到了我们失散的朋友。马克西呜咽起来，使劲扯自己的胡子。安娜斯塔西娅抓起那死掉的人的手腕，然后又把耳朵放在他的胸膛上去听。

“他不是睡着了吧，像克罗克那样？”我问她。

她摇摇头。“我忍不住去想这都是**我的**错！要是他没有看到我在桥上的话……”

斯托克咧嘴笑着，目光在我们身上转来转去。我陷入深深的悲痛之中。这黑人把我从图书升降机，从腹部，从羊棚解救出来；是第一个爱人和摔跤老师；是救命恩人，是清扫员，更是召唤者（他的左手仍然紧握着羊角号）。他是我见过的第一个死了的人类。他的嘴张着，我亲吻了他冰冷的额头，感觉到我的嘴唇上有他最终挣扎过的河水的水滴，心里很是气愤。

“这个不及格的地方！”我大声说，“这个地方叫什么？”

“就叫‘大峡谷’。”安娜斯塔西娅回答。

“要是你在这儿跟这个挂科院长走了，”马克西冷冰冰地指着斯托克，“你也可以叫这个地方南出口，因为你肯定会不及格。”

“我要用他的名字给这儿命名。”我指着乔·赫罗尔德，向众人宣布。听到我语气这么坚决，马克西表现得有些吃惊，可只是耸了耸肩。我向在场的所有人宣布：“从今以后，这条河的名字就是‘乔治’。这个峡谷就是乔治峡谷。”

马克西点点头，甚至连斯托克也抬起头，咧嘴一笑表示赞同。

“那没问题，”马克西说道，“而且我们要自己火化他，就在这儿。帮我把他抬出来，乔治。”

“嘿，嘿，小马克西！”斯托克笑道，“你可不能随随便便地把人埋到地下。有卫生规则的！要填表，回答问题！我们得把他带到陈尸所，让人检查一下。你一起来的话也就几分钟。而且职工墓地正好就在奠基者山上，动力室上面。学院火葬场和主蒸汽锅炉群，我们是在同一座楼里经营的。”然后他又对我说道：“说实在的，这是极其精巧的一项工程。这源自西格弗里德学院的老炉工，我们一开始雇他，他设计的，就在暴乱后……”不等马克西开口他自己就不说了，然后命令他的人重新发动车子。他们咒骂他，但在他的命令被那个副官重复几次之后，他们最终还是遵守命令了。“朋友们，现在上车吧，时候可不早了。小马克西，你坐那儿，和你这湿漉漉的朋友在一起，看着他别让他颠出来。你的孩子们和我坐一辆车。”听着自己无意中的文字游戏，他又是咧嘴一笑，然后抓着我的胳膊肘把我带到他的车上，“你在上一个女孩之前会亲她吗，乔治？还是只是到处嗅一嗅？我从来没见山羊那么做过，虽然我很欣赏他们。”

“我其实不是只山羊，”我礼貌地解释，“我身上甚至一点儿山羊血统都没有。我还从来没有上过人类女孩，只是在我小一点的时候，上过母羊。”

“我就知道！”

我点点头，很是怀疑他在取笑我，可是我因为某些原因并不大在意。马克西的警告、安娜斯塔西娅恼怒的一声“莫里斯”，以及我自己为乔·赫罗尔德悲伤——所有的小心翼翼和深思熟虑，在斯托克高涨的兴致面前都被一扫而空。我好像不受控制一样，喋喋不休：“以前乔·赫罗尔德和我在摔跤的时候，会打打闹闹，直到马克西告诉我大导师不应该那么做。否则，我一定会好好享受安娜斯塔西娅。”

“你还是会的！”

“是的，先生。”

“你觉得她看起来很棒吧，是不是？”

“是的，确实很棒。我觉得作为一个人类女孩，她的乳头长得好极了，我特别喜欢我看见的那一片黑色的毛发……”我看向我在夸奖的那个女人，她红着脸，我用我的拐杖轻轻地碰她的胯部，“你们对这个地方有没有什么特别的称呼，小姐？就是我们叫孔罩那地方？”

斯托克的笑声盖过了发动机轰隆隆的声音。安娜斯塔西娅倒抽一口气，害羞地避开了我的拐杖，可是没有放开我的胳膊。马克西尖锐的声音从我们身后传来。

“停下，乔治！亲爱的男孩、女孩，不要啊！”

我回头看了一眼：两个满脸煤灰的卫兵，咧嘴笑着，正抬起他往乔·赫罗尔德所在的边斗里放。“带上我，放他们走吧！”我听到他央求其中一个人，“他们甚至都不是莫伊舍人。你们踢我打我，都可以！”为了撺掇他们，他开始用双拳不断地打自己的头，甚至他们都把他安置在边斗里跨上摩托车了，他还在继续打。此情此景，让我很难过，可是我再一次莫名觉得愤怒，准确来说还有些内疚。我帮着安娜斯塔西娅爬进斯托克的车子的边斗里，然后自己爬进去坐在她旁边。“不要伤害施皮尔曼博士，莫里斯，”她请求道，“他是个那么好的人，好到我希望他是我的父亲。答应我好吗？”

斯托克暗暗发笑，跨上了他自己的车子，戴上头盔和护目镜。“谁要伤害小马克西？是他自己在伤害自己！”

我忍不住要笑，但我的笑声消失在了他的口哨声中。他正一阵阵地轻轻吹着口哨，同时举起胳膊示意，大声喊：“前进！前进！”摩托车给足油门，慢慢起步，又是一阵喧嚣。他们相互推挤、威胁、阻挠对方，好像谁都想一马当先。“都给我闪开，你们这些该死的！”斯托克大喊道，让车子高速空转，吓唬那些在他周围的人；他们回过头咧嘴笑着，咒骂着，有时候用的是我们的语言，有时候是其他语言。一时间，我们四散而去，像是没有蜂后的蜂群，终于斯托克横冲直撞，摆脱了那乱成一团的车队。随后，摩托车噼啪一声回火，他大喊一声，往岸边开去。其他人排成歪歪斜斜的一队跟在后面，迂回前进，因为页岩颠簸不断。最后我们来到了连接断桥的道路上。在那儿我们转到了陆地上，拐到了更加硬实的车道上。斯托克加大油门，我们不过喘口气儿的工夫就呼啸着离开了乔治峡谷。这噪音和速度让我惊叹：我紧紧抓着扶手和安娜斯塔西娅的肩膀，我的头猛往后仰着，几度因为呼呼流动的空气喘不过气。

“不要那么快！”安娜斯塔西娅焦急地说。

我摇摇头。“没关系。”

斯托克洁白的牙齿从胡须中露了出来。“没关系吗，嗯？乔治？”

“我觉得……我很喜欢。”

“好哇！”斯托克松开了车把，自己跟自己握手；安娜斯塔西娅尖叫着，劝告他小心驾驶。事实上，他正喜欢这样鲁莽地驾驶，他的同伴们也一样；我们不像一个前进的队伍，而更像是在进行自由式比赛。其中，斯托克不仅因为自己的身份，更是凭借速度和胆量拔得头筹。每当有人要赶上我们的时候，斯托克就会堵他的路，好像要把他逼到沟里或路堤上。那挑战者必然会乖乖屈服，咒骂不停。路上每一个拐弯处，虽然险峻，前方的道路也看不见，但他非但不减速，反而还加速：他命令我们按照他的指示向左或者向右靠，全速划过弯道，有时边斗还会脱离路面。我们的车灯照到的路标或者路灯（不是很多）都会变成靶子；他一刻也不减速，而且还掏出手枪，不停地射击，我们后面的人也这么做。过路的兔子、蛇或者负鼠可遭了殃：这队人马呼啸而过，它们就算够幸运不被车轮子碾过，也会被接二连三的子弹打倒。安娜斯塔西娅看到这些都会尖叫，发出抗议。这些动物的悲惨命运让她含着泪捶打她丈夫的一侧。然而除此之外，她的兴奋似乎一点也不比害怕少：她尖叫着，摇着头，呼吸也变得急促起来。她抓住我的衣服，以获得支撑，尽管行进中一遇到危险她就会闭上眼睛，有时候我也会看到她的双眼闪闪发光。我也是，这种新奇的疯狂经历让我害怕到了骨子里，可我很少体会到这种刺激。我甚至发现自己为斯托克的好枪法鼓掌喝彩，也不管安娜斯塔西娅的不满和抗议，甚至还称赞他极具冒险精神的动作。

“你不应该**助长**他的气焰的！”她责怪道，“一位大导师怎么能鼓励危险驾驶呢？”

我欣然承认，我完全不知道我的态度于一个大导师是否合适；可是我补充道（我刚刚有了这个想法）：“可是，好好想想的话，那一定是没问题的。因为那是我的态度，我又是大导师。”

“说得好！”斯托克又松开了车把，拍起了手，安娜斯塔西娅使劲抓住我的胳膊。

“而且，”我继续说道，“如果我没看错的话，你也喜欢这样。”

“我才**不**！”

斯托克竖起一根手指对她摇一摇。“亲爱的，不要跟大导师争论。你只是个毕业生。嘿，乔治，她真的是个毕业生吗？”

我注视着她皱起的眉头。在这喧闹声中，在这疯狂的移动中，我感觉到身上有一股强大的奇怪力量：体力的明确、思想的紧张，好像是一种我很少或者从来未曾了解的力量。“实际上，她可能并不像马克西认为的那样，已经毕业了。这点我还需要再学习才能判断。可是我能肯定她是个毕业生候选人……”

我最后几个字斯托克没有听到。我们走到了一个有方向标志的十字路口，他刹车停住，从摩托车上跳了下来。然而，安娜斯塔西娅却感动不已，垂下了眼眸，无视我们面前骚乱的场面。原来，斯托克下车来的目的，就是把路标转四分之一圈，他后来对我们说这“纯粹是按原则办事”。为了这个原则，他不仅牺牲了他好不容易保持的领先地位，而且还冒着生命危险：一颗颗子弹从他脚边飞过，激起一缕缕灰尘，不时有其他人一闪而过，将子弹打进他头顶的路标上。

“你相信我吗？”我问她。

她惨淡一笑。“我觉得你是在跟我客气。可是我很感激，**非常**感激，”她抬起眼眸，“我几乎没有**想过**毕业！虽然那些男孩来艾拉伯伯家里看我时，常常谈论它。我以前常希望，现在也希望他们能通过终考。不管他们自己是不是这么想的。”

“你不想也通过考试吗？”

“啊，我想这件事我曾**想过**。很多次。”现在那些摩托车已经一溜烟地过去了，除了能听到越来越小的回火声，空气里静悄悄的，我不用竖起耳朵也能听到她的话，“可是我知道，对于我来说，这个想法是多么的愚蠢，所以我确实没敢再奢望过。想想在我做了那些事情后，怎么可能还会通过终考。”

“你相信毕业吗，安娜斯塔西娅？”

“相信吗？”她一脸震惊的表情，“如果我不相信的话我会**死**的！今晚沙滩上那样的事情发生后，要是我不相信毕业的话，我还能活下去吗？”

“那么你就应该相信以挪士·以诺说的话：**那被抢夺的是及格的……**”我把一根手指伸入她后颈的头发里，“**因为她们将是我的处女新娘……**”

“我相信以挪士·以诺，”她平静地说，“我真的相信。”

我微笑。“可是你不相信我。为什么你不相信我呢？”

她皱起眉头。“说实话，我想相信你的，乔治！可是你真的和以挪士·以诺太**不同**了。你看起来并不那么讨厌莫里斯，你说话也那么奇怪。而且看看你现在在做什么……”她把我的手从她的头发上拿开，“好像你就是个普通人一样！以挪士·以诺不会那样做的。”

斯托克把路标转好就回来了（那路标现在已经指示完全不同的方向了），他正好听到了那个有名的名字。“她本应该是个早期以诺派的人的，”他对我说，“把**她**放进角斗场，她就会跟狮子做爱，只是为了让狮子远离其他人，这你是知道的。”他重新启动发动机，拐入了一条泥泞的小路，他说这条路会让我们比其他人早到达目的地。然后，他没回头，声音从嘴边传来，在我看来故意带着漠不关心：“嘿，如果你是大导师的话，为什么你不自己让她及格呢？据我了解，你已经在桥上检验过她了。”

“这倒是个好想法。”我无视安娜斯塔西娅的窘迫说道。可是，我解释道，我是个大导师，这毫无疑问，可是我还没有开始真正的讲学。马克西和我自己都认为，我必须先注册入学，成为一名普通学生，自己经历可怕的终考，然后进入 WESCAC 的腹中，改变它的 AIM，就此给整个学生群体带来内心的安宁。的确，我再怎么想，也想不起马克西在谈到我的计划时，曾经提到过单个学生的及格和挂科的问题，尽管在我看来（现在我思考了一下这个问题），这和阻止第三次校园暴乱一样，都是大导师的分内之事——这件事可能更为重要。我会进一步考虑这个问题的。总之，我的想法是，大导师和主考官根本不是一回事：我的任务，我认为，不是亲自让人及格或挂科，而是指明通往毕业认证大门的路。在引领别人之前，我必须要自己先发现那条路。

我这样说道，感到从未有过的自由和热切，第一次感觉到我的命定职责的力量，甚至在我说话的时候，我还在想我有没有正确地解释我的产前能力测试卡片上那模糊的信息：**通过一切挂掉一切。**我很高兴看到安娜斯塔西娅正全神贯注地听我讲话，虽然眼睛不知看向何处。

“这个疯疯癫癫的马克西！”斯托克感叹，而且觉得十分好笑（在坎坷的泥泞道路上，我们不得不放慢移动速度，而且说话也不用大声喊了），“他要利用你获得多大的好处啊：让一只公山羊相信自己是以挪士·以诺！”

我用力地摇头。“不，不，你从一开始就错了。首先，并不是马克西说服我有这种想法的：他是个很好的顾问，我所受的所有教育差不多都要仰仗他；可是，是我，告诉**他**我是大导师的。尽管他努力想相信我，可他仍然不能完全相信我。他**希望**那是事实，也怀疑那是有可能的；可是我是目前为止，唯一一个知道那就是事实的人。”

“不过，你是马克西的孩子，”斯托克仍然坚持，“你从哪儿知道你应该改变 WESCAC 的 AIM 的呢？”

我承认，的确是马克西先提出那个特殊任务的，可是我也完全肯定那样做的重要性。我所知道的，就是我必须拯救众生；至于学生群体有什么危险，要如何拯救，我要依靠经验，还有我的顾问，来搞清楚。

“那你的行为[1]是怎么回事？”斯托克质问我，“那都是拜马克西所赐，

---

1. 此处原文为“deportment”，与“department”（院系）发音相似，因此造成下文误听。

不是吗？”

“不好意思，你说什么？”我误以为他问我打算注册进入新坦慕尼学院的哪个系，而且我想起我还没有想过选哪个专业合适，因为几个月前，我发现在本科课程目录中并没有设置英雄事业的项目。在注册前我还要向马克西咨询这个问题。

“我说的是你这愚蠢的行事作风，”斯托克说道，“谁告诉你不应该试试斯泰茜的，不是马克西又是谁？你说你很乐意，你也看到了她也愿意。”

“莫里斯！”安娜斯塔西娅捂住了耳朵。

“难道不是马克西告诉你，你要想成为以挪士·以诺，就不能是只种羊？”

“你听着，”我坚定地说，“这是你一直以来错的另一点，马克西也犯了这个错误。我可能是大导师。我**就是**大导师！可我不是以挪士·以诺，而且我也不想变成他。”安娜斯塔西娅吃惊地看向我，“以挪士·以诺是绵羊的荣誉羊倌，而我是山羊孩子。这可有大不同。”

“我的天啊，我们可得好好喝一杯聊一聊了！”斯托克从他的裤兜里掏出一个黑色的水壶，用牙齿拧开了壶盖，错过了射杀一只漫步的负鼠的好机会，往自己嘴里倒了一口。然后把它递给了我。

“大导师不会喝的。”安娜斯塔西娅说道。她半是请求，半是挑衅；我以接过水壶来回应她。

“他们渴了是会喝的。”

斯托克高兴地欢呼。我以为里面是水，喝了一大口那灼热的液体，结果呛着了。斯托克解释，那是动力室里自制的一种浓酒。它保准是抵御寒夜的好东西，我勉强又喝了一口，就把水壶还给他了。安娜斯塔西娅冷哼一声，转过了脸。

“你还好啊，乔治！”斯托克说，“我很高兴马克西没把你完全毁掉。”

我坚决地说：“你说马克西说够了吧。马克西是个好人，我很高兴听取他的建议。我不会再听其他人的了。”我拍拍自己的胸脯，“不过**我才是**大导师，他不是。”

“正是如此！我就是这么想的，”斯托克使劲打了一下我的肩膀，“一位老前辈，可是却能力有限，你知道吗？让我担心的是，你总是把你的男子气概藏起来，我觉得他事实上可能已经给你剪尾……”

“天啊，求你别说了！”

“不，真的！我认为你腰带上系的是你自己的器官呢。”

懒得给他讲述弗雷迪的护身符的来龙去脉，我只告诉他那比我要老，而且我进一步表明，我不仅没有被阉割，而且我知道我的雄性特征比羊圈中任何一只种羊都大，比马克西的大，比荞麦田里那男人的也大。虽然比不上克罗克和往生的乔·赫罗尔德的那般硕大。愿乔·赫罗尔德的亡灵安息。这些观察结果让我……

“如果你不介意的话，我想再尝一小口……”

“来啊！”斯托克极力劝我。

“谢谢。”

我继续说道，这些观察结果让我认为自己至少应该和我这位极为慷慨的东道主兼私人司机一样具有男性气概。他满脸黑色煤灰下面是白色的皮肤。而且鉴于他的矮小身材，我很可能更胜一筹。我无意冒犯。

“给我们看啊！”斯托克大声说，“准备好手电筒，斯泰茜！”

“乔治，**不要**！”安娜斯塔西娅愤怒的请求适时打断了我进一步的动作，因为我绝不讨厌验证一下我的见解，“他只是在取笑你。他想让你出洋相。”

“为什么？因为他更强吗？你怎么知道的？你又没比较过我们两个。”

她试图在斯托克的笑声中跟我解释，我误解了这个问题，在这个问题上应该谦虚，不需要真的比较。

“啊，”我充满感激地说道，“你的意思是我不应该吹嘘的。抱歉，我还没完全学会你们的规矩。不过你说的有道理。抱歉，斯托克先生：我无意冒犯你。”

“没有冒犯！没有冒犯！啊，我们今晚会有个怎样的聚会啊！”

安娜斯塔西娅摇摇头，试图再一次跟我解释：“不管怎样，这对**他**来说都不是一种冒犯！我的意思是，我了解莫里斯，我觉得要是他真的更小的话，他**会觉得**沮丧之类的——可是我也不是想说这个！”

斯托克大笑。

“就是当着一位女士的面，这样做不合规矩！”她大声说。接着她很快补充道：“我不是说你这样做是有意做没规矩的事……”她费力地想把话说清楚，连眉头都皱了起来，“我明白你是以**不同**的方式被养大的，就像克罗克一样……”

我反驳道（那酒让我从喉咙一路烧到肚子）我也不是那样完全不懂得西校园的规矩，她今晚在乔治河的桥上展示她的孔罩，我没有指责她吗？可是显然，情况是非常不同的：我从来不会指责展示这样的美丽，没人能够理直气壮地反对美丽的展示，除非让她把脸遮住，还有她那线条优美的胳膊，还有秀美的骰关节，更不用提其他数不尽的自然界的美丽了，从彩虹到蓟花。不，我反对的是行为的**动机**，而不是行为本身：她的意图，我一开始误解了，以为她要毁掉马克西强加给我的大导师的贞操……

“我就知道！”斯托克得意扬扬地说道。

“可是**我**刚刚脑子里根本没想过这些事，”我说道，“当然你要是认为我的每个部分都很英俊，我会觉得在称赞我。可怜的乔·赫罗尔德以前很喜欢它们的，愿他安息。而且，我也觉得，我对它们很满意。可是美丽并不是这里的重点，现在只是简单的大小的问题。我不明白这跟规矩有什么关系。”

“你不明白吗，女人？”斯托克责备她，“可是，这就是她脑袋里怎么想的，乔治：她认为你想把它放到她里面。”

“我才**没有**！”安娜斯塔西娅大喊。我同时开口说：“我**确实**想！”她惊慌失措，我却没有丝毫不耐烦，我说道：“我还没有说清楚吗？如果我不是大导师的话，我最想做的事情就是和你交配。可我就是大导师！我甚至不能肯定马克西说的什么贞操的事情是不是对的，我要自己判断这件事。要是经我判断他是正确的，就没有人能诱惑我；要是我判断他是错的，那么就没人能阻止我。”

“听听！听听！”斯托克说道。

我郑重地对着这个出色的女孩微笑。“特别是，我觉得咬你的肚子一口会很不错，安娜斯塔西娅——我不是真的要伤害你，你明白的。你的肚子十分迷人。真的。”

她声音细如蚊蝇，满是不确定：“谢谢你。”

“前提是你**想让**我这么做，”我继续说，算是对斯托克的特别提醒，也当作展示我所认为的大导师的明智，“有一件事似乎你们所有人都没想过：和一只不在发情期的母羊交配或者做其他事情——当然我说的是一个**女孩**——是完全不对的。没有公羊会做这种事情。你不能**迫使**他那么做。”

斯托克摇摇头：“斯泰茜就能让他们那么做。**每个人**都会和她交配：校长们，叔叔们，洗衣女仆，公山羊，每一个人！可是她这辈子也不会发情。”

“那不是很奇怪吗？你为什么这么认为呢？”我在问她，可是我看到她听到这些话之后低头埋住了脸，于是巧妙地转换了话题，“你还记得你的山羊朋友的名字吗？就是你跟他交配的那个。他要是我们的种羊的话我肯定认识他。”

我吃惊地看到她大哭了起来；我伸手碰她的肩膀，要去安慰她，她不允许，而且推开了我的手，好像我冒犯了她似的。她一个劲地左右摇头。

“好了，够了！”我对她说，“我都不明白你为什么哭！”我多么希望马克西在这儿给我建议，尽管这一路没有他我觉得很开心；我发现斯托克并不是那么讨人厌，反倒是很有趣，也喜欢咄咄逼人，尽管如此，我还是不指望他能坦诚相待。现在他说：“这还不明白吗？你承认你过去曾鸡奸过后面那个黑人老家伙，然后你又告诉我的妻子她不值得你咬她的肚子！你不觉得她会闹情绪吗？”

“才不是这样的！你不要相信他的话，安娜斯塔西娅，他一直是个挂科院长，而我是大导师！我很**愿意**咬你的肚子。我真的很愿意！”

“就算马克西坚决反对也不行。”斯托克说道。

“他反对那又怎样？我做的所有事，都是一个大导师应该做的。如果我咬了你妻子的肚子，那咬她的肚子就是**对的**！”为了不让安娜斯塔西娅认为我说的话都是花言巧语或者只是为了跟她道歉，我立刻扑向她，跪下来，脸躲过她的双手凑近她的肚子。尽管边斗一路摇摇晃晃，她也扭来扭去（我认为她这是用身体表达生气)，我还是设法透过她的裙子的布料，咬住了那极好的、最柔软的地方的一块肉。我轻轻地用牙齿咬住，不松口，直到她不再扭动，她的手也不再推我，而是紧紧抓住我的头发。我觉得拐了个弯，可是我十分确定她肯定了我的行为是正确的——这种**定义上**的正确性，我咬下去的时候想到的——要不是我们突然停了下来，其他摩托车轰隆隆地包围了我们，我是不会松口的。我松开了口中柔软的肉，抬起头，在一大片灯光中眨着眼：我停在了一片铺着碎石的平地上，在一扇巨大的铁门前，大门通往一个黑漆漆的陡峭的山坡，门前有一群持枪的人看守着，像他们的主人一样熏得乌黑。这时，那些骑车的人从各条路上蜂拥而来，到我们身边刹车停下，他们咧着嘴对着我笑，我刚从安娜斯塔西娅的大腿上抬起头，一脸诧异。发动机都停了，只听得到斯托克的笑声，那厚重的大铁门也嗡嗡作响，回应着他的笑。

6. 在发电厂

“我们到家啦！”斯托克大喊，“要过一会儿吃饭了，伙计们！”他对守卫们大喊：“打开门！”然后对坐在离我们最近的摩托车上（马克西坐在那上面，我跟他打招呼，他没有理我）的副手说：“告诉西尔我们这儿有个死了的弗鲁门齐乌斯人，还有个麻醉了的，他该过来看一看。要是他感兴趣的话，还有个羊孩。”

那个脸颊瘦削的副官点点头。听了他的指令（说的不是我们的语言），两个守卫牵着凶神恶煞的狗，打开了大门旁边的一个小金属盒子，伸进手去做了些什么。一辆辆摩托车重新启动了；斯托克对我眨了下眼，又把他的酒壶递给了我，然后发动了我们的车子。伴随着一声刺耳的摩擦声，那沉重的大门开始滑动了：门缝越来越大，烟雾弥漫的黄色灯光泄了出来。我正一点一点喝着酒，感觉眼花缭乱，但也不忘观察四周。我发现在斑驳刺眼的黄色灯光照耀下，在岩壁不同高度上其他几扇这样的门清晰可见，两排照明灯在高高的柱子上闪着泛点蓝色的灯光，中间是粗粗的白色管道，管道一直到平地上再向左延伸——一条直直地通往地平线的明亮路线。然后我们在碎石路上，嘎喳嘎喳地向着大门进发，那副手的车打头阵。在他和斯托克的咒骂下，守卫们乖乖让路；那些狗冲着马克西猛扑过去，好不容易才被控制住，我们经过时，它们也对着我嗥叫。

“它们能闻出山羊的味道！”斯托克笑着说。

我靠坐在我的位子上，一边因为眼前陌生的光景激动不已，一边希望马克西不要那么闷闷不乐，同时还对这滚动的门感到好奇。安娜斯塔西娅表情严肃地盯着我看。我咧嘴一笑，或许笑得肆无忌惮，然后用手摸我咬过的地方。

“没有伤到，是吧？”我的注意力全都集中于消化我们慢慢进入的这个又黑又深的洞穴上了。这个洞凿山而建，灯光昏暗，两旁是一条条管道和大型机器。她闭着眼睛，声音很小，近乎耳语，我差点听不见她的回答。

“奠基者救救我吧！”

“你是什么意思？”我凑得更近些。

她半睁开眼睛：“这**可能**吗？我甚至不敢**想象**……”

“什么？我是大导师这件事吗？我当然是了，”现在我只看到了她那忧虑的双眼，其他什么也看不到了，“要是我不是的话，我不会说我是的。”

“可是一位大导师怎么能……**咬**我呢？我不能理解！”

我摊开双手。“我也不能理解。可是我觉得通往毕业认证大门的路不止有一条。”

她把手放在我的小臂上。“你难道不应该是斯文温和的吗？还要受难的吗？而你**肉欲很旺盛**，乔治……”

“是，我是肉欲旺盛。听着，安娜斯塔西娅，”叫她的名字是件有趣的事，“你想不想毕业？”

“我当然想！”她神情激动，“我是那么为发生在我身上的一切感到羞耻。在这个校园里，我最希望做的事就是找到答案是什么！”

“我也想，而且我打算那么做。然后我会讲学，等到毕业认证之日，聪明的人会及格，无知的人会挂科。这你相信吗？”

她努力想相信我，露出了痛苦的表情。“我**想**相信……”

我郑重地用嘴唇碰了一下她的额头。“你相信我了，你就是我的第一个学生，安娜斯塔西娅。第一个学生将会是第一个毕业生。我发誓。”

我本来还打算告诉她，我自己也才完全明白过来，马克西都没有先获得这样的荣誉；尽管他十分需要，十分渴望，也尽力相信我，他也尚未真正做到。可是现在摩托车在这个封闭的空间里响声震天，说话是不可能听见的。或许也是因为这个原因，就在安娜斯塔西娅满眼疑惑地思考我奇怪的话时，我冲动地说：“我很爱你，你知道的。”

话说到一半，发动机接收到某种信号，再一次停了下来——尽管为什么是这种信号而不是其他信号能被快速响应，我也说不准——结果就是我后面几个字被听得清清楚楚。安娜斯塔西娅把手放在我的外衣上，然后看了斯托克一眼，我也看了他一眼。四周这么嘈杂，他听到我的话了吗？我不知道我是不是在乎那个。我自己也说不明白我的话是什么意思！可是现在摩托车都停下了，那些人都下了车，他就那样笑眯眯的，还吹着口哨，这让我很不安。我扶着安娜斯塔西娅从边斗里下来的时候，语气略带活泼地说道："你明白我的意思。就像马克西爱我们羊圈中的每一个一样，因为他是我们的管理员；一位大导师爱整个学生群体。"

"尤其爱肚皮，是吧？"斯托克提高嗓门，他抓着我们一人一只胳膊，"在参加聚会之前，让我们先四处看看发电厂吧。"

可是安娜斯塔西娅摇摇头。现在她的脸上带着隐约的怒容，声音中也有一丝恼怒。"我想上床睡觉了，莫里斯。"

"上床！我们手上可有个大导师啊！这是多久才会有的事情啊？"

"请别这样，"我对他说，"我不想造成困扰……"

"才不困扰！"

"莫里斯——"安娜斯塔西娅捂住了眼睛，"克罗克**伤到**我了。请让我走吧。"

她的丈夫叹了口气。"啊，那好吧。我会让西尔上楼给你瞧瞧。"

可是她一再坚持她不需要医生，也不需要吃药，她只需要休息。他耸耸肩，欢快地拍了她的屁股一巴掌，让她走了。我满心疑惑。

"看到她多么任性了吗？"斯托克委屈道，"他们还说我虐待她！告诉你吧，乔治，你跟她一起走，让她高兴一点。我们可以稍后再参观发电厂。"

他说话带着他一贯的轻松愉快，甚至还推了我一把，让我跟上她，她正往远处那面墙上的一扇小门走去。

"**禁止**！"马克西在我身后大喊。这个我已经好多年没听到过的词就像一根系绳一样拉住了我。马克西也从他的边斗上下来了，正盯着我看，看起来精疲力竭。很多人转头看向他，显然这个命令语对很多守卫来说并不陌生，尤其是那些带狗的守卫。

“奠基者帮帮她，乔治！她已经在他的掌控之中了，我们必须做出选择！”

我听到斯托克在我一旁叹气。

“一个女孩，或者整个学生群体！”马克西大声说，“要是他们不抓我来代替你，我就会走出这里，除非他们拦住我，”他愤怒地看向他旁边的长官，也就是长脸的那个，而那人只是目光冷淡，“不要再给他们时间了，小乔治。跟我走，这是个不及格的地方。”

我陷入了两难，就好像回到了羊角号从羊棚里召唤我，而奶油头发夫人在小树林里徘徊的那天。马克西最后看了乔·赫罗尔德的尸体一眼，喃喃地说了什么，话语都没入了胡子里，然后往那个长官的脚边啐了口唾沫——我从来不认为他能做出这种事。他转身，向着大铁门走去，大门正嘎喳嘎喳地慢慢关上。那些守卫要抓住他，可是那个长官一个小手势就制止了他们，他还一抬手，命令那些哨兵让大门停下，就那样开着。马克西在那狭窄的开口处停下来，回头看向我。他的声音很可怕。

“大导师或山羊，你选！”

斯托克咧嘴笑着，看守们站在一边。那些狗嗥叫着，夹杂着机器一阵阵轻轻的嗡嗡声。我看到安娜斯塔西娅打开了那扇小门，走进了那个地方，我现在才知道那是个电梯。我向她走去，打算喊住她。“跟我们一起走！”可是我刚迈开腿，她就关了门。斯托克打了个手势，我脸色发白，转过身：唉，马克西误以为我往前那一步已经做了选择，然后就走了；那扇门也关上了。

斯托克拍拍我的肩膀：“让他们两个都不及格，是吗？真有你的！我会派个人跟着马克西，确保他没事的。真是个出了名的老糊涂，这个马克西，像驴一样犟！就认定我是挂科院长了！我喜欢拿莫伊舍人和博尼法希斯那些事开开他的玩笑，他相信所有……”他不再说下去，转而命令他的副官换掉制服，骑着没有标记的车去追马克西，然后带他在学院里找家旅店。那个人“咔嗒”一跺脚后跟，敬了个礼。斯托克领我向安娜斯塔西娅消失的那扇门走去。

“跟上我，我带你参观发电厂。来啊！”他笑我的踟蹰不定，“马克西会没事的，你过会儿就会看到斯泰茜。她现在因为你的话有些伤心，可是她会好起来的。她是很棒的女孩，不是吗？”

“她——非常好。”我任自己被他领着。

“对谁都不会说不！哦，对了，你渴了吧……”他把酒壶塞给我，“就拿我们这些狗来说。我在西格弗里德校园里的一个狗屋里找到了它们，那些狗都是经过训练的，见着没有金色头发蓝色眼睛的就咬。要是我们靠近，它们就会咬掉我们的胳膊；可是看到斯泰茜，它们就会像小狗一样打滚，乖乖让她挠它们的肚子。当然，我说的是那些公狗；那些母狗可不会这样，母狗们就像‘女职员俱乐部’的成员一样嫉妒。真是好样的，乔治。”

酒可真是个好东西。斯托克的一个助手按下了电梯门旁的一个按钮，我们就站在那儿等电梯门开。

“真的，那个女人，她可真了不起。”斯托克的眼睛闪闪发光，他把手捂在嘴边，装作说悄悄话的样子，“你知道的，那些西格弗里德人，谁也没他们聪明。他们训练这些狗，让它们与集中灭绝园的那些莫伊舍女学生交配。这件事要问你的朋友艾尔科普夫。我怎么没听马克西提起他呢？他会告诉你那都是为了科学。可是那些西格弗里德人啊，你知道那些老兄们是什么样的。我有一次问他们的一位长官，要是一个莫伊舍女孩下一窝纯种的西格弗里德看门狗的幼崽那会怎么样，那不会种族混杂吗？然后他说：‘Vunce dot hoppens ve is condomps on der dogs puttink，跟我们是一样的。’他向我展示了**总指挥教授**下达的命令：**蓝章**给士兵，**超蓝章**给军官。好一个科学啊！好了，我也要喝一口。”

他拿着酒壶喝了一口，用手背抹了一把他那黑漆漆的脸，又把酒还给了我。然后他打了个响嗝，继续讲这趣闻：“你能想象我们花了多长时间才让这些狗改掉那个小习惯吗！要不是斯泰茜帮我们，让它们慢慢镇定下来——就像心理诊所的麻醉剂一样，这你知道吗？——这些狗娘养的就会把来发电厂参观的所有理事的妻子上个遍！”他遗憾地摇摇头，耐心地继续说道：

“然后我们就不得不让斯泰茜冷静下来了。‘受不了听这些可怜的家伙呜咽。’她常这样说。难怪母狗们不喜欢她！”

终于电梯门开了，斯托克拉着我进了电梯，同行的还有两三个守卫。我还是第一次见电梯。我看到，其他守卫把仍然昏迷不醒的克罗克抬上了一个带轮子的大台子，现在把他推走了；他们推了一个一模一样的台子到了乔·赫罗尔德躺的那个边斗旁。

“可是，它们不应该讨厌她的。”我若有所思地说道。“它们”指的是那些看门的母狗。安娜斯塔西娅和狗的故事可能会让普通人震惊，可是我却并不为所动，这是明摆着的。“难道它们不明白她只是在帮它们的伴侣吗？”

斯托克主动给了我一个拥抱，表示赞同。就在这时，电梯开始上升了。“她就是！就是啊，乔治！啊，真希望西尔见到你！我们得告诉卢幸运·雷克斯福德的妻子和其他女人们不要那么无理取闹：斯泰茜只是在尽力帮助他们可怜的丈夫而已！”

“你的妻子能那样，确实很善良，”我坚定地说道，“很无私。”

“哦天啊，确实是！”斯托克大声说，“她就是无私！”

我知道他在耍我，可是或许是因为那烈酒的原因，我并不在意。“我怀疑你不是真心地赞扬她，”我一口咬定，“你觉得她做的事都是出于不及格的原因，起码你假装自己是这么想的。可她不是。今天晚上她并不想跟克罗克交配，她还指望着你及时赶到救她。要是你看到她有多害怕，你**一定会**救她的；她对他来说根本不够大！可是为了保证**我们**的安全，她还是愿意让一切发生。”

“小绵羊！胆小鬼！”现在斯托克生气地瞪着眼，红着脸——我第一次见他不咧嘴笑——而且声音粗暴，“她就是个小绵羊，施皮尔曼也是个小绵羊！‘**咩咩，咩咩**，带我去屠宰场！’睁着他们愚蠢的小羊羔似的眼睛！‘想对我们做什么就做什么，我们不会咬人的。’生来就是被迫害的！他们为什么不**反抗**呢？”

电梯停了，电梯门无声无息地开了，外面是一条狭窄的走廊。斯托克怒视着我，其他人都面无表情地站着。他突然说了这么一通，我有些生气也有些害怕，再加上抛弃了马克西，我现在站出来为他说话。

“马克西有他自己的错误，斯托克先生，可是他不是个胆小鬼。”

“他就是个胆小鬼！”他的声音回荡在走廊上，没有人离开电梯，“就是个莫伊舍小绵羊！‘请割断我的喉咙吧，先生！’”

“不。他是个伟大的山羊羊倌，伟大的科学家。是英雄最好的顾问。”

斯托克仍然恶狠狠地瞪着我，可是他的好脾气似乎又回来了。“可是，我发现你没有采取他的建议。一定不要混淆绵羊和山羊，好吗？”现在他的笑容轻松了很多，我们竟然还待在电梯里！“管他建议不建议的，我们公羊有时候就是需要找自己的母羊，不是吗？”

“你也不是半人半羊吧，先生？你**看起来**可不像山羊。”

“看这儿，乔治，”他拉着我走进走廊，指着走廊左边昏暗的尽头一扇关着的门，“我的妻子就在那边。她在等你。去吧，就现在。”

尽管这个提议让我非常心动，我还是摇摇头。“这不是我留在这里的原因。还有，她因为某些原因在生我的气。”

“赶紧去吧！那是因为你说你也爱其他女孩，并不对她另眼相待！这可不是明智的大导师应该说的话！不，不，不要道歉。”我刚想开口反驳。“我知道你不是有意要伤害那女孩的感情的。可是你知道吗，她**很敏感**的。现在就去找她，告诉她你很抱歉，然后再好好跟她欢爱一场，弥补她。这就是她所期待的。”

我笑道：“你不明白……”

“我明白！是你不明白。那女孩在**发情**，你行行好吧！”

我认真打量他的脸，想看看他是不是在开玩笑。据我了解，人类女性并没有特定的发情期，当然，也不会像发情的母羊那样摇尾巴，她们没有尾巴可摇。在羊圈里，母羊在秋分、春分阴门会发红，而在学生群体中，说实话，我还不知道有什么明确的发情迹象和发情时间。不过，我得承认，安娜斯塔西娅在发情，这一点在很大程度上从心理层面解释了她的行为，不过这在道德层面仍然解释不通。不仅如此，不管是斯托克所指责的她的行为是出于自发的欲望，还是她自己说的都是为了做好事，自我牺牲，这在我看来都没有意义。我觉得这两种说法都不是重点。我知道我自己就是困在盘根交错的人类伦理中的一个孩子，毫无疑问我还有很多细枝末节没有意识到。然而，在那时我真的很想问问马克西，为什么发情这个现象（在本质上并无不同），在羊棚里被看作是一个不褒不贬的事实，甚至是一桩美德，而在校园里却完全被当作是不及格的原因。诚然，在校园里优生学的因素（或者说社会因素，这点我只是隐约能意识到）披上了道德的外衣，所以出于一些错综复杂的原因，一个女人怀了自己的丈夫以外其他男人的孩子是一件不光彩的事情，可要是像我听说的那样，采取避孕措施，那奠基者有什么理由反对"觊觎你同学的妻子"呢？或者反对不同物种之间的性交（就像马克西和山羊、安娜斯塔西娅和看门狗），反对相同性别的性交呢？反正这两种情况下繁殖后代都是不可能的。我觉得这件事还有更多可探讨的地方——我那有关玛丽·维·阿彭策勒的梦出现在了脑海中，带着一丝陌生的、难以理解的羞耻——可是那"更多要探讨的"是什么，我无从知晓。

无论如何，斯托克之前说过，安娜斯塔西娅永远都不会发情。回想起这点，我明白了他又在耍我，然后决心好好报复他一下。

"难道不该是丈夫跟自己的妻子交配吗？"我礼貌地问，"你说你没有被阉割，难道你像布里克特·瑞南克尤勒斯最后那样，变得无能了吗？"

他总是一副生气勃勃的样子，现在脸上添了几道阴影，脸色阴郁，双眼发出恶狠狠的光。"**无能？你说无能？**"我真的以为他要攻击我，于是紧紧抓着我的拐杖准备防御，可是他的愤怒再一次化为了兴奋的欢笑，"哦天啊，你知道我**是**谁吗？你知道你**在**哪儿吗？哦，我的天啊！"他抓住我的胳膊，又把我拉回了电梯里。"**无能！**"他按下了另一个按钮，然后欢快地大笑。而且，就在电梯开始上升的时候，他放了个很响的屁，或许是在初步证明自己的能力。我自己又抿了一小口酒，咧嘴笑了，很高兴能激怒他，可是我也准备好了，门一打开就离开这个小空间。

我们现在走进的这个房间（不知道出于什么原因，我们那些面无表情的陪同仍然留在电梯里），屋顶不高，灯火通明，而且很安静。四周的墙都很光滑，洁白锃亮，毫无装饰，上面只有一张很大的照片，照片里有个面带微笑的英俊的年轻男人，我并不认识。地面上铺着厚重的地毯。有十几个或者更多人，全神贯注地站在满是仪表盘和按钮的大型控制台前。控制台上闪烁着各种颜色的光；他们的胡子剃得干干净净，脸上一点灰也没有。我发现，他们的制服一尘不染，真正是整齐划一，不像楼下那些守卫们那样穿得五花八门。有一面墙是一大张沉重的铁网，通过那张网，我看到还有一个跟我这边十分相似的房间。我看到他们跟我们这边唯一的不同，就在于那些工作人员服装的剪裁和颜色：我们这边是杜鹃绿，他们那边是铁锈红。除了各种开关隐约的咔嗒声，还有从玻璃柜子里传来的磁带转轴的嗡嗡声，这个地方很安静。如此安静，而且那些看着仪表盘的人那么专注，我一进去就闭上了嘴巴，可是斯托克打了个嗝，像是在表示蔑视。可是这并没有什么用，因为没人朝他看过一眼。

“你知道吗，你现在站的地方就是奠基者山！”他的声音中带着怒气，而且故意说话很大声，就像我们留在地毯上的脏脚印一样跟房间格格不入，“说起**力量**，这个校园里一切力量都源自这儿！就是这种力量让这大学运转！这就是控制室。”

我问他这些工作人员是不是归他管，他看起来很不自在，有些恼怒。

“我要他们这样的人干什么？他们都不会说我的语言。”然而，见我话里有话，他立马补充道，虽然这些看着仪表盘的工作人员只对校长负责，可是我不该就此误以为他的，也就是他斯托克的能力会因此受到贬损。这个地方只是控制和管理能量的，而能量真正的源头是“地下”，是归斯托克管的。而且，这些所谓的控制员是没有实权的：他们只是时刻留意着这些仪表盘和开关而已，而下命令控制这些仪表盘和开关的不是校长，而是那成排的磁带。简而言之，就是 WESCAC。

“WESCAC！”我对着那突突的转轴，像是中了伏击一样，顿觉当头棒喝，“我以为 WESCAC 是在塔楼大厅的！”

“哦，不是，你知道的，这只是 WESCAC 的一面。甚至不能称为一面，只是一点。WESCAC 为西校园还有它自己规划能量需求。”我们在那些控制台中间走来走去（斯托克对着各种各样的工作人员吐舌头），他吩咐我不要忘记这个最终的事实：人们一般认为，WESCAC，是西校园能量的所在地和工具——包括智力、军事力量，因此也间接包括政治和经济力量。可是归根到底，它也只是个工具和管理器，完全要依赖供给它的能量，这能量从“地下”的领域而来，又在它自己的管理之下。总而言之，最终控制发电厂的能量源于发电厂，这是唯一且必需的来源；而发电厂是他的，是他斯托克的，领地。

“你不介意的话，我问你个问题：你是怎么成为发电厂的主管的？”

他咧嘴笑了：“WESCAC 任命我的。”正当我在消化这个新的悖论时，他领我到了那个分隔两边的钢丝网，现在我发现上面有几种语言写成的警示标志。“这个铁网正好在东、西校园的边界上，”他说道，“这分界线正好从奠基者山中间穿过。顺便告诉你，不要碰它，否则你就会被烤熟。这跟你在外面看到的主输电线一样，是个高电压的东西，这标志着分界。”

我太熟悉牧场的电围墙了，能明白他的警告；我只能规规矩矩地站在一定距离之外，满怀兴趣地审视着对面的那些人。

“那些是真实的尼古拉什么什么吗？”他们的管理体制叫什么名字我暂时想不起来了，大概是那浓酒在作祟。

“那是当然！私立教育的敌人们！无阶级的学院的同学们！无奠基者主义的学生会主义！你看他们的生活方式与我们多么不一样。”他的语气充满嘲讽。事实上，除了衣服风格不一样，还有他们的控制台和工作人员们都背向我们的（鉴于我们的也背对着他们的），我看两个屋里没什么大的不同。或许他们的机器更大一些，而我们的，我觉得灯光更加五颜六色。钢丝网上开一扇小门，也是钢丝网的。斯托克走近那扇门，嘴里开始喊着不像是某种语言的话，只是骂骂咧咧地叫嚷，还边做鬼脸、跺脚、挥舞双臂。

“啊呜！**不是**！**是的**！芝麻开门！红菜汤红菜汤！”

靠近我们的一个人立马在他的仪表板上开了一系列的旋钮，而在尼古拉那边，一个戴着黑色眼罩的年轻敦实的家伙也做了同样的事。两边都出现了很多持枪的冷面守卫。他们一直在我没注意到的角落里一丝不苟地立正站着。他们拉好枪栓，举起武器做好准备。那扇门自己打开了。

“你别动。”斯托克警告我。可是他自己却大摇大摆地走过了那扇门，对着那些尼古拉持枪人深深地鞠了一躬，然后回来对着我们这边的守卫献上同样的礼节。那些仪表盘又恢复了原样，门自己关上了，还自动落了锁，那些守卫迈着精准的步伐回到了他们的角落里。这全程只有我自己和那个戴着眼罩的尼古拉年轻人看到了。我吃惊地倒抽一口冷气，他咧着嘴摇摇头，除此之外，似乎没有其他人注意到斯托克的表演，更没有人对此提出异议。

“其他人谁也不允许通过这里，”斯托克说道，“我呢，不管他们喜不喜欢，都不得不忍受，两边都不喜欢这样。可是如果他们要做敌人，就需要有能量。”

我好奇在铁网那边的尼古拉有没有一个跟他相当的人物；显然，并没有。所以我问他，既然 WESCAC 和 EASCAC 的能量来源是同一个，而且他控制着这个源头，那么他为什么不关掉或者威胁说要关掉能量，以此凭一己之力消除第三次校园暴乱的威胁。

“这是个马克西·施皮尔曼才会问的问题，”他带点蔑视地说道，“你根本不明白能量是什么！熔炉根本不会关掉温控器！你想让心脏做决定杀死大脑，可是它根本就做不到！心脏或许能**杀死**大脑，可是它做不了**决定**，只有大脑可以做决定。可是，不要忘了：大脑做决定的能量来源于心脏！”他不耐烦地摆摆手，“懒得说这个！跟我来，我带你看。”

然而，离开之前，他站在离他最近的一位工作人员面前，不厌其烦地一次又一次挡住那个人的视线，而且还做鬼脸，而对方根本不看他，就当他是隐形的。我还看到，那个工作人员要伸手去够仪表盘上一个闪烁的按钮时，斯托克故意捣乱，假装要去抓他的手，可是他到底没有碰到对方，甚至还闪开了一点，只是他一直骂骂咧咧的。然后，他也不只单单蔑视西校园的控制员们，还转过身朝尼古拉的人吐了口唾沫：那唾液落到了铁网上，嗤的一声，滋滋地变成了一圈圈蒸汽。

“我讨厌这个地方。”他怨声怨气。

我们回到了电梯里，按了最下面的按钮，电梯往下走了很长的距离，比我们往上走的要长。我们越往下走，斯托克的表情越欢快；每往下一层，那些守卫似乎也更自在。我自己却因为这种坠落感而有些晕眩，毫无疑问，也是因为喝了酒，可是这种感觉很新奇，并不令人讨厌，所以我不会因为这个就把酒壶交出去。

我们一停下，就听到一种骇人的嘈杂声。电梯门打开的时候，砰的一声，音量加倍了。这喧嚣就像是不绝于耳的雷声，让人心惊。

“熔炉房到了！”斯托克对着我的耳朵大喊。我勉强能听到他说话。一开始，由于黑暗，我只能看到我们走上了一个长长的望台。望台上下都是巨大的空间，火光照耀，蒸汽缭绕。空气很灼热，还冒着我们羊圈里偶尔会用的熏蒸蜡烛的烟，那嘈杂声从四面八方攻击着我们的耳膜：磨粉声、尖叫声、噼啪声、轰鸣声、嘶嘶声、碰撞声、吆喝声！眼睛适应了黑暗，我跟着斯托克来到护栏边，这时我才真正看清了这个地方有多么大。我们下面的地面离我们有一个羊棚那么高，上面的顶棚消失在了缭绕的蒸汽中；墙壁之间的空间能放很大一群羊。墙壁是山洞天然凿成的，像煤一样黑，摸起来热烘烘的。大桶和大熔炉像筒仓一样大，高高耸立在我们面前，中间穿插着一条条狭窄的过道、各种管道和电缆；它们底下冒着红光，地面下方似乎燃烧着熊熊烈火。到处都冒着蒸汽：锅炉钢板的接缝处，像马车轮子一样大的阀门，在每条过道的轨道上呼呼前进的载满煤灰和石头的铁车，还有那墙壁和地面的裂缝中，这些地方全都冒着蒸汽。还有一群脏兮兮的、结实强壮的工人，中间有几个女的。他们这里那里到处跑，忙忙碌碌，骂声不断。光着膀子或者穿着汗湿的工作服，头上围块黑色的破布，他们正跟阀杆和绞盘的齿轮较劲，用撬棍那么大的扳手拧大大的螺栓头，用大木槌把那可怕的火苗拨旺。汽笛声尖锐，命令从上面下面大声传来，每个人似乎都挡了别人的路。蒸汽阀门毫无预警地被打开，站在旁边的那些人不得不跳开逃命；轨道上的车辆不管不顾地冲向拥挤的过道，有时候两辆车相撞，得有一半货物倒在了轨道上；大空桶被撞倒在小过道上；脚趾被踩到了，小腿擦破了皮，手指头被压碎了；工作组之间每时每刻都发生着争斗，因为他们的工作路线不巧正好是交叉的，比如轨道车辆工人和炉工；或者同一工作组的人也会发生争斗，没有什么特别的原因，通常只是闹着玩或有气没处撒。最后，到处似乎都处于一种持续的紧急状态：熔炉门自动地顶开了；转辙器在最后一刻才被打开；绞车堵在了一起；电缆线崩断了；蒸汽输送管破裂了；修理工这边的漏洞刚补了一半，又要冲到那边剪断一根冒火星的电缆线，不然下面拨火的工人就被烤熟了；然而，电路断了，不知怎的，就让悬在上空的装满煤灰的加料斗上的活板门跟桥式起重机脱离了，煤灰雪崩似的落下，加料工和起重机工人都是一身灰。拳头立马挥了起来，再加上扳手和绞车柄；有个人被打趴在地，是死了还是被打昏了我也不知道。本来会有更多人像他一样，可是之前没修好的管道处传来一声尖叫，所有人都被转移了注意力。现在有些滚烫的液体从那泄漏的管道中喷出来，落到了一个带灯的锅炉压力表上。那压力表大得像窗户，在它的表面我看到一个黑色的大指针正稳步向着一块标红的区域攀升。几个吵架的修理工立马冲向那管道，也有一些人跑向了另一边。有两个锅炉工拖走他们躺在地上的同事，有一个在一堆煤灰里又跳又哭，扯着头发，还有一个仰着头，大笑着眼前的一切，直到一辆空车像一头发疯的公羊一样开向他们站着的过道，一直冲向那堆煤灰，那些人才不得不四散而去。

想要保持理智是不可能的，我像斯托克和那些守卫一样，不自觉就加入了这满屋子的慌乱。询问、解释都是不可能的了。“这里就是你的**力量**所在！”斯托克对着我大喊，他咧嘴笑着，一只手捶着胸膛，另一只手指向下面的一片混乱，“火山上盖了个盖子！”

他立马沿着望台跑开了，来到了锅炉压力表旁边的过道上。那些守卫和他一起跑了下去，我尽力快跑跟在后面，跑向正围着泄漏的管道碾磨和争论的那群人。我们，包括我自己，都瞪大了眼睛大喊；不瞪大眼睛大喊是绝不可能的，尽管我们在喊什么我也不知道，可能根本就不是话。斯托克在我们头顶上怒吼——“嗬，那边！喂！**嘿**！”——也加入了那群嬉笑怒骂的工人当中，给男人们一拳，捏那些魁梧的女人们一把，眼睛时不时地瞟向（我们都是这样）压力表上那根一米长的指针，指针还在慢慢往上爬。不管那些数字代表着什么：下面的数字是黑色的，上面的红色数字有着非常重要的意义，因为现在大家都很惊恐，而且锅炉下面发出可怕的隆隆声。斯托克挥舞着一根长铁棒开路，好不容易挤到了工人的中央。那根长铁棒是一个巨型的梅花扳手，手柄至少有一米长，是他从那群暴民中一个黑家伙手里抢来的。他的目标是一个刚从呼呼响的漏洞里弹出来的阀门杆。他挥动大扳手敲了那阀门杆两下，一不注意扳手一回摆就打伤了两个修理工，然后他把扳手开口套在阀杆上，就像个绞盘棒一样。

“过来！”他吆喝着，把他旁边的那个人使劲推到扳手前。那个人抓住扳手，用尽浑身力气去拧。“过来，这边！”他对着另一个人大喊，“过来搭把手！”第二个人双手环抱住第一个人的腰，可是他们两个一起也拧不动那阀门。现在其他人也都加入进来，一起使劲。斯托克又踢又踹，拎着他们排好队。可是一些人一个接一个连成一列使劲拉扳手的时候，另一些人却咕咕哝哝地使劲往另一边拉。“不，该死的！”斯托克大喊，“你这该死的！”而他们会骂回来。两边都有一些人明白过来是哪儿出了差错，因此他们都不拉了，变为了推，结果还是一样的。有一组人少一些，可是都是男的；另一组人多一些，可是有三个健壮的女人。这些女人的出现不但没让马力增加，反倒是因为玩闹损失了力气。接下来，经过两次调整方向，节奏完全打乱了；有人拉，有人推，还有人要往一边倒的时候站定不动，不管不顾地嚷嚷，咒骂着其余的人。扳手一动不动，可压力表指针可不是。突然，站在这个长长的队伍靠近尾端的那个人松了手，逃走了；或者说本来是可以逃走的，前提是我没有大骂一声伸出我的拐杖，让他猛地绊倒在地。

“呦呼！”我大叫，有些疯狂地把酒壶猛地扔向了那个压力表的玻璃表面。显然，我们的目标是在那指针到达红色区域之前让它停下，既然这样，为什么我们不抓住它呢？我想，要是有需要的话我们还可以让它摇摆，或者就让它停在原来的地方。呜呼，酒壶被弹了回来，落在了过道上，仅仅把我要打碎的目标物打得有了裂纹。那个逃兵立马匆忙地去找酒壶了。我真是幸运，都没看到他本来正拿着一个圆头锤气冲冲地走向我！这样成功拯救了我们所有人。那个逃兵抛弃的那些队友，看到不好好工作的人喝到了酒，好好工作的人却还口渴难耐，都纷纷去打他，那组人乱成了一锅粥。在这时斯托克连踹带骂，让人少的那组人排成一列，命令他们拉扳手。他们按命令拉，没人阻挠，扳手一转动都一屁股跌在了地上。就在他们在地上打滚咒骂时，汽笛声逐渐消失了；指针在灾难的边缘颤抖，停止了片刻，然后伴随着下面的隆隆响声，降了下去。然而，只有我自己高兴地喊了起来：工人之间爆发了争斗和胳肢人比赛，他们都拼命抢酒壶，斯托克也开始高兴地沿着过道尾随一个丰满的姑娘，那姑娘刚才趁乱用油壶嘴戳了一下他的屁股。当我追上他们的时候他已经完成了自己的报复。他把她逼到了一个配电盘的一角，从她手里抢过了油壶，而且明面上偷吻了她一下，实则是往她敞开的上衣领口里喷了一下。油壶里是像石油一样黑的润滑油，可是显然并不那么温和无刺激，因为这一喷就让那个女孩手忙脚乱。她从他身边跳开，朝我跑来，抽搐着，尖叫着，像是乳房之间有一块煤。确实，这个恶作剧有多好笑，她就被润滑油伤得多重。她撕开上衣，慌乱地检查自己。看到我漂亮的新外衣，她一下跪在我膝前，她就这样疯狂乱动，笑着，尖叫着，用她那发了黑的乳房弄脏了我的羊毛外衣。斯托克还不满意，趁着她扭动身体，从后面偷袭了她，拉开了她的马裤的腰带，往她屁股后面又喷了一下——这一下伤她不轻，她松开了自己的乳头，沿着过道跑了，一会儿疯狂挥着胳膊，一会儿抓着自己的马裤，一会儿跳跃转圈，一会儿又发狂地在轨道上摩擦屁股。她如此困窘，她的同事们和我一同大笑着嘲笑她，这让她吸引了所有人的注意力，所有人都放下了手中的活。欢笑声如雷鸣般震天响。然后斯托克仰起头，只是狂吼。我有样学样。这真是极好的事情啊！一个又一个，其他人也都加入了，好像我们一起吼就能吼破这座山一样。现在这种感觉是从来没爆发过的！我必须要扶着栏杆才能让自己站稳；那就好像我们漂浮在了一片喧嚣之上，一旦开始，就会自己一直持续，直到几条过道之外另一条管道或另一个阀门又爆炸了。斯托克连忙跑向配电盘，扳动了一对控制杆；我还情绪亢奋着，也扳动了几个，结果就看到了绞盘旋转、起重机吊桶坠落、信号灯闪烁等一系列场景，工作队的人就像中了杀虫剂的跳蚤一样上蹿下跳。

“这就是毕业！”斯托克高兴地大喊，“不要在意问题了，答案就是**能量！**”

那美妙的爆破声让他重复了一遍这个词，我也跟着喊：“**能量！能量！**”

我又扳动了一个控制杆，整条通道缓缓下降到了下一个更低一点的望台上；然后又一个，最近的炉门开得够大，让我第一次清楚地看到里面的火——一种无边的、不闪烁的、骇人的橙白色的光，像是一种压缩的、密实的火焰，温度高得甚至在五十米之外都可能会把我的外衣烧焦。

“这个控制杆不对！”斯托克笑了，然后把它推回了原位，又扳动了两个控制杆。他带我快速离开了过道，走上了较低的那个望台。过了一会儿，一个起重机吊桶摇荡着移向锅炉（似乎，是因为我的指令），在通道半路就坠毁了，直接把它炽热的内容物撒在了配电盘上。火星四溅，警铃四起，戴着面罩、拿着水管的人一股脑儿挤满了那条过道，蒸汽缭绕，很快就看不见那过道了。

“跟我来，别等这鬼地方整个儿爆炸了！”斯托克打开了附近一扇标着“急救站”的门，听到里面传来音调拔高的尖叫和咒骂，他咧嘴笑了，招我也进去。在这个屋子（屋子不大，比熔炉房照明好，而且门一关上也安静得多）的中间站着他刚刚的恶作剧的受害人，她脱了上衣，裤子褪了下来，另外还有三个女人在侍候她。她们都是健壮的工人，正在往她炭黑的胸口和结实的臀部涂抹白色的药膏。其中一个女人原本气冲冲过来，现在只是微笑着说：“哦天哪，是长官啊！您可真是收拾好玛奇了。”

“她可是活该。”斯托克愉快地说道。

我们一进门，玛奇急忙转过身背对我们，一把提起自己的马裤；现在看到我们是谁了，她就放任马裤往下掉，而且抱怨道：“王八蛋，我只是戳了你屁股一下。看看你做了什么！”她对着我们伸出大腿后部，“都快扒一层皮了！”

“快别这么说！让我们来看一下，小玛奇，”他假装凑近检查她的伤口，握着她的腰让她转了个身，对着那些水泡皱起了眉头，“触目惊心，是吧，乔治？”

“是挺惊心的。”我表示赞同。事实上，虽然她一身汗，乱糟糟的，可是这个裸身的工人却十分美丽：她黑色的短头发用一块沾满油污的破布裹着，头发下面是一张粗糙的大脸，脸上挂着狡黠的微笑；她胳膊浑圆，腰身粗壮，屁股丰满，大腿上满是肌肉，腿毛也没剃。虽然意识到自己被戏弄了，但是她双手叉腰，使着性子站在那儿，得意地将自己展示得一览无遗。虽然她跟安娜斯塔西娅没法相提并论，可是那抹着白色药膏的胸部跟棕色的皮肤一对比，效果着实惊人，两个乳头在我们的注视下坚挺地皱起。她的性格同样迷人：她转了一整圈后，抓着给她检查的人的头发，把他的脸往药膏上蹭，非要蹭得他满胡子都是药膏，也不在意他心情颇好地咒骂。其他女人笑嘻嘻，好脾气地说这只不过是他应得的。为了补偿她，斯托克答应玛奇今天的班不用上了——作为交换，她要陪我们去一个化装舞会，她就现在这样就可以。他说舞会现在正在客厅里进行。

“我很好奇你的伙伴为什么要这副装束呢！”她说道。想到在陌生人面前赤身裸体抹药膏，她一点儿也不惊慌。她同意跟我们一起去，只要允许她临时带个面具，显示她的谦虚，她还要穿上她的高帮安全鞋，盖住她的脚趾，因为她脚趾上长了鸡眼，疼得厉害。斯托克同意了，然后从急救柜里拿出一个新的酒壶。这时那女人脱掉了她的工作服。她的两个同伴十分羡慕她的好运气，纷纷动手给她往身上涂抹东西。在此前的基础上，她们又在白色药膏上，用亮色的药酒以两个奶头和很深的肚脐眼为圆心画了一圈圈同心圆；用亮黄色的软膏在她的四肢上画上了条纹，在她结实的棕色屁股上装饰上裂纹和波纹。她们用方头巾把她的头发束住，用纱布绷带包住头，缠绕成面具的样子，然后用红色抗菌剂勾勒出眼睛、鼻子和嘴巴的那几个孔。尽管她们边动作边嬉笑，打赌她们的长官明早一准儿是个大花胡子。她们往后退一步打量自己的杰作，十分满意。我则使劲地鼓起了掌。

“哇，你很漂亮，小玛奇，”一个女人说道，“你一定会漂亮得让他们目瞪口呆。”

“漂亮得就像一幅画，”另一个说道，“是不是啊，长官？我真希望看一下你走进去的时候他们什么表情。尽情玩吧，亲爱的。”

“不准对哈利透露一个字！”玛奇心情很好地对她们说，“不然他会发脾气的！”她往下看着自己的身体，“多么希望我们这儿有面镜子啊。死挂的，斯托克先生，我们需要一面镜子！”

斯托克的手滑到她腰间，搂住她，递给她酒壶。“你需要的是这个，亲爱的小玛奇。”他让她的侍从都出去了，并且命令她们通知他的侍从，我们要去他在客厅举办的“春季狂欢聚会”，而且跟她们保证明天一早，玛奇定会跟她们讲很多事。那个女人直直站在屋子中央，穿着鞋，身上涂着各种颜色。她举起酒壶——这个动作让她那靶子似的肚子凸了出来（这样一看，像乔·赫罗尔德的肚子一样结实），肋骨上和肩膀上的肌肉都凸显了出来。

“天啊！”我大声说道。

看我一眨不眨地盯着她看，她喝酒的时候眨了下眼睛。“你也长得不错，小孩，”她现在两脚开立，双手叉腰，也不在乎斯托克从后面开玩笑地摸她，“所以聚会在哪儿呢？”

我高兴地喊了一声，跑向她，抓住她的屁股，打算把她转过来，好好地跟她交配。她笑了，看起来很感兴趣，可是好像没有立马明白我的想法。她困惑的当儿，斯托克抓住机会介入了我们。

“以后有的是时间，老兄。”

“以后就没机会了！弯下腰，小姐！我是羊孩乔治。”

可是他咧嘴一笑，插入了我们中间，而且根本推不开。“你忘记你已经有人要了。”

“你认为我不能搞她们两个吗？”我反问道。

“好样的！”玛奇欢呼道。

“我让你看看谁有能力。”我信誓旦旦地说。

尽管斯托克微笑着对我的态度表示肯定，可他坚持说我们要动身去聚会了，然后紧紧地搂着我们两个的肩膀，带着我们从急救室的后门走进了一条昏暗的长走廊，走廊正好容我们三人并肩走。我口气轻松地抱怨：“我是很有能力的。我觉得你在嫉妒。”

斯托克只是大笑，玛奇也笑起来。我们停下来轮流传递酒壶，然后我发现自己喝酒的时候倚在了墙上。

“嫉妒，他才不会呢，乖乖，”玛奇说道，“他从骨子里就不会嫉妒！他有一次抓住我和哈利在急救室干那事，一个字都没说。是不是啊，斯托克先生？你只是站在那儿观看，”然后她的口气变得调皮起来，“我觉得这就是为什么他要带你一起来——这样他就能看我们俩了。”

“胡说八道！”斯托克责怪道，捏了她的屁股一把。她尖叫一声跳到了前面，然后跑到我身后躲他。我低吼一声，伸手去抓她色彩艳丽的胸，可是上面涂了药酒，我手一滑没抓住。我们三个沿着走廊走，一路吵吵闹闹。走廊的尽头是一扇双开门，上面写着“客厅”。玛奇先到了门口，发现门锁着，气喘吁吁地转过身，笑着看我们。斯托克接着走了上去，并没有理她，而是从裤兜里掏出一串钥匙，开始在钥匙里翻找。她转向我，因为我慢慢向前而踟蹰不前；看我热情未减分毫，她笑着退缩到了门边，伸开手阻挡我。

“听着，宝贝儿！”她愉快地警告我，“记住长官说过的话！等到以后，等你跟斯泰茜小姐做完了才行！”

“他不是**我的**长官。”我对她说，而且掀起了外衣，我已经准备好了，慢慢走近她。

斯托克找到了他要找的钥匙，把它插入了锁孔。“告诉她你是谁，乔治。她应该感到自豪的。”

“她很快就会知道的，”我回答，“转过来，小姐！”

她看向斯托克。

“最好是按照乔治的话做，”他提议，然后转动钥匙，“信不信由你，他是下一任的大导师。”

她是什么表情，我看不明白。她仍然倚着门，可是迟疑地放下了胳膊，然后把手放到了身后。我急切地抓住她，她顺从地转过身。就在我蹲下来准备交配的时候，斯托克推了一下门，两扇门突然齐刷刷地打开了。玛奇向前摔去，我被吓得目瞪口呆，摇摇晃晃——我一只手里握着拐杖，整个人可是傻了眼——站在一个奢华的，挤满了人的大厅前。

“女士们先生们！”斯托克大声说，“欢迎西校园的大导师！”

7. 客厅里的追悼仪式

这个客厅，不似熔炉房那般空洞昏暗，但是场面也是放荡混乱、别具一格，喧嚣更是不亚于熔炉房。至少有一百个男男女女，装束各异，穿着不同材质风格的衣服，有带亮片的礼服，也有满是煤灰的工作服，他们在那儿喝酒作乐。可是据我观察，到底是没人戴面罩，也没人像玛奇那样全身裸露，尽管那些女人的脸上也是涂涂抹抹，而且她们露出背、四肢还有胸脯，不禁让人怀疑她们衣服下面也偷偷涂着什么靶心和黄色的波纹。整个狂欢场面实在宏大，因此当玛奇华丽丽地摔进去的时候，只有近处十几个人回过了头。有几个人又是吹口哨又是鼓掌，有三四个人扶她站起来，趁机好好调戏她一番，然后有个魁梧的家伙一下子冲过来抓住她的腿，把她扛在了肩上，大笑着扛着她离开，大摇大摆地走进了人群里。还有几个人抬了下眼镜向东家致意，有两三个人好奇地盯着我，其他人继续狂欢作乐。这是我第一次亲眼见到**聚会**。宾客们唱歌，他们跳舞，他们扭打在一起。这儿有个人在呕吐，那儿有个人在哭泣。这个人往鼻子上摞酒瓶，那个人用头撞墙。一位淑女乱舞着双臂，两位绅士挠她痒痒，终于淑女一声大喊，尿了裤子；三个妇人坐在一个老男人的背上，还有一个妇人拿着灭火器喷得他满身泡沫。这边一场见血的拳脚斗殴正在进行，那边上演着跳山羊的游戏。一支铜管乐队呜呜咽咽，像是在闪电风暴中吹起三四十个羊角号——我第一次感受**音乐**。靠墙边放着一张张长桌子，上面摆满了一碗碗浓酒和大盘大盘的肉：我惊恐地发现，宾客们大口啃着家禽的腿和已故的猪的猪肘。我看到一个挺着大肚子的女人被放到了一张这样的长桌上，仰躺在那些排骨中间，她屈起膝盖，抓着肚子，大喊："要生了！"我看到一对害羞的年轻情侣在角落里手挽手，两个漂亮的姑娘在亲吻，两个小伙子在一起灵活地跳着华尔兹，还有一个孤零零的伙计把手伸进了裤子前档里。就在我眼前，一个人被他的酒伴儿们用空瓶子打倒，抢去了手表，其中一个酒伴儿却没能成功逃脱，因为他停了下来保护一个年轻女孩，那女孩正被三个穿制服的人强逼着脱衣服。那个偷表的人被其中一个穿制服的逮捕了，有一个穿制服的人把表物归原主（然而表主人，要么是昏死过去了，要么是真的死了，反正不能感受失而复得的喜悦）；同时，那个被欺负的女孩裙子前襟已经被撕坏了，她怒不可遏，剩下的那个人不得不让步，请求她的原谅，问自己有没有荣幸请她跳支舞；她犹豫了一会儿，笑了，脱掉了被撕坏的衣服，然后只穿着诱人的棉衬裤，欢快地跟着他转着圈离开了。

这就是我所看到的，而且整个场面实在宏大，我很难把一切看全。我目瞪口呆地站在门口，着实像个傻瓜。

“只是个小小的狂欢聚会而已，”斯托克说道，“这周我们每晚都会举办一次。你真应该在新年前夜看看这儿！”他解释道，最近一直传言有一位新的大导师要来，所以那些虔诚严谨的学生们都流行戴上帽子、穿上礼服庆祝他的到来，也提前庆祝他们自己的毕业认证；而在像斯托克这样不是很虔诚的圈子里，庆祝常以闹剧的形式上演：这群人中会选出一个“宴会的导师”，有绝对的权力支配聚会，授予最有娱乐精神的人荣誉，让整个屋子里不愿意一起狂欢的人都挂科。而且，最近几年里，有大批人冒充真正的大导师。尽管那些人的主张要么荒诞怪异，要么不切实际，可是他们总能收获一些信徒，甚至有些时候他们还很受欢迎，很具有影响力。这些人让最虔诚的学生和狡猾的聚会举办人趋之若鹜。尽管斯托克作为总拘留所的负责人，有权力抓捕任何具有危险性的冒牌货，但这不妨碍他经常邀请那些比较有趣的来娱乐他的客人。

“真希望你看一看我们一个月前找来的那家伙：他声称这个大学里的基础能源是性器官释放出来的一种声波，只有他和他的毕业生们能听得到。我们都在两腿之间戴上小麦克风，产生‘器官和声’。这就是他所说的答案——‘球之音乐’！他收听了斯泰茜的声音之后，尤其喜欢她的音色，而且她信誓旦旦地说她也能听到些声音，就像歌声一样。而我从他们那儿听到的就只有放屁的声音和静电的声音……要不要吃点东西？”

有个侍者端着一盘烧焦的、肢解的鸡的尸体，停在了我们面前。斯托克自己抓了两手；我偏过头，免得看到就想呕吐。

“抱歉，老兄。我忘了。”他打发那个侍者离开，命令他找盘干草过来，同时递给我一把餐巾纸作为**开胃菜**，我已经没了胃口，就拒绝了。

“我们找的另一个家伙宣称，答案就是他创立的一门叫作心理物理学的学科。那跟‘情绪第三定律’有关，他主张精神是个‘反作用引擎’……具体是什么我忘记了。反正他说我们永远到不了毕业认证大门，因为我们已经丢失了压缩元件和电火花；我们堵塞得太严重了；我们的动力驱动的现代化的传动装置让我们不思进取；我们都在空转，由于没有新的转换器，离合器打滑；我们的滑轮都坏了；我们需要检查一下自己的脑袋，老旧的减震器需要更换了。所以他选了斯泰茜作为第一个进行‘心理马达改装’的人，而且要给她装新的顶置价值观——他们**总是**挑选斯泰茜。可是等到她跟他在台上一起起身的时候——看到场地中间那个台子了吗？克罗克正在那儿和你的朋友跳舞呢。那正好在我们用于火化的熔炉上面。反正，我们把他所有的小玩意儿都安在那儿了，可是当他进到斯泰茜的引擎盖下面……”

我再也听不到他说什么了，只是生气地大叫一声，冲入了人群中。确实，在房间中央的一个高台上，在这喧闹的中心，躺着巨人般的克罗克。他躺在一个长榻一样的东西上，位置太低我一开始没发现他。别人给他穿上了黑色的长袍，戴上了学士帽，乔·赫罗尔德的尸体和他并排躺在那儿。很显然，此刻他已经从麻醉中苏醒了过来，斯托克说话的时候他摇摇晃晃地站了起来，人群中爆发出一阵欢呼；他茫然地环顾四周，然后不知道因为什么，他把我死去的朋友的尸体从长榻上抬了起来。昏暗的灯光立马变得更昏暗了，灯光聚焦在了高台上，乐队给了一段快节奏的鼓点。随后，就在斯托克不动声色地讲话时，那个可恶的黑巨人开始跳起了一段摇摆舞。愤怒赶走了我的晕眩。我冲进人群，推开旁边的人，弄洒了他们杯中的酒，甚至把他们推倒了。

“给这个羊孩让路！”斯托克在我身后大喊。

我还没有走近高台，这闹剧就变了性质。有个大胆的家伙跳上台去，一起跳起了舞，而克罗克胳膊一挥，就把他扫下了台。一个瘦弱的黑头发的人取而代之。那家伙并不跳舞，而是伸出一件女人的衣服，大喊：“嘿，公牛，嘿！”克罗克把乔·赫罗尔德的尸体放在了长榻上，冲向那个“舞台新秀”，那人潇洒地在屁股后面挥着手里的衣服，横跨一步侧身躲过去了，而克罗克头朝下从台子上摔了下来，跌入了人群中。离得最近的那些人尖叫着，你推我挤地逃开了，其他人都欢呼“好”。那个黑头发的家伙鞠了个躬，轻轻一跃跳下台子，继续自己的表演。现在聚光灯追着这边的动作满屋子跑：四周都是挥动外衣和手帕的，而克罗克，学士帽早已不知去向，只是喘着粗气，往四周乱打一气。有些人学着那个黑色头发的家伙躲开了他，有些人被他抓住了，大喊着被他抛到了半空中，男人女人都一样——稍一动作，就会引来一阵齐呼“好”。

“给大导师让路！”斯托克大喊，“让这个羊孩过去！”可是所有人都看着克罗克。然后他们确实是散开了，但不是因为对我的尊重，而是因为克罗克恰巧朝着我旁边的方向冲过来，而我发现只剩我一个人面对他了。灯光包围了我们两个。不知道是因为他有点儿记起我了，还是只是因为我看起来与其他人不一样，他停下来眨着眼。然后他怒吼一声，走了过来。尽管我腿脚不便，又喝了很多酒，可我一点也不害怕，只是觉得刺激，感觉就像我以前快乐地戏耍羊圈中的公羊一样。若是克罗克比雷德费恩的汤姆重好几倍，也更有力量，那他必定更加不灵活：他前进时不能转弯，不会用头勾住人，也不能高高跳起或者后踢，而且他很容易就被唬得失去平衡。我唯一害怕的就是他抡起胳膊，使劲用手抓住我，可是我发现这两种情况都有可能躲开，只要我做假动作，我闪，我跳——这可是山羊最拿手的技艺。真正的危险在于，那些人都立马凑上前，怂恿我们，他们会占据我的发挥空间。我暂时能想到的办法就是，每一次经过人群的时候都引克罗克猛冲向他们，以此让他们保持一定的观望距离，就这样把风险降到最低。

“好！”他们欢呼，热情达到了顶点，“好啊！好！”自从上次倒霉的“占山为院长”之后，我还是第一次感受到这种喝彩。想起那件事，我克制住自己的兴奋，跳跃之前都要好好看一看。我从他的腋下穿过，在这边做个假动作，在那边跳一下，我旋转，闪避，从他身边快速经过，而且还不忘时刻利用余光目测我和人群的距离。我五次从他身边经过，然后还有第六次，每一次都更加大胆，他从来没碰到过我。第二次从他身旁经过的时候，我确定他认出了我：他的怒吼变成了调皮的咕咕哝哝，他的眼睛开始发亮，就像一只跟我闹着玩的公羊。第五次经过他的时候，我绕得他晕头转向的，失了平衡，让他一下子摔倒在地。他呻吟着，像是在表示抗议，看起来对这个游戏失了兴趣；我觉得这时我可以跳到他的身上，骑着他，免得他攻击我。可是我讨厌让这种叫好声就此结束，于是设法让他再次发起攻击。可是他的心思不在这上面，甚至在猛扑过来的时候，他的眼神还飘忽不定，然后他盯上了浑身艳丽、表情夸张的玛奇。一个女士和一个绅士领着踉踉跄跄的玛奇进入聚光灯下。看到克罗克穿着学士服，她笑个不停。她那画着靶子的肚脐在灯光下闪着奇妙的光圈。克罗克在他们面前停下，眨了两三下眼睛，发出一声呜咽，然后一把抓住了玛奇。

“嘿，克罗克！”我大喊，可是他不为所动。他一把把玛奇扛在肩上，好比扛一袋粮食一样；他扛着玛奇离开时，玛奇高呼一声，看起来并不害怕。我从后面追上去，甚至敢用拳头打他的背，挑衅他让他转身。玛奇抓住了我的头发，开心地亲吻着我，然后朝着众人吐舌头，挥手告别。至于克罗克，就好像我是在对着一棵黑橡树树干或是一只交配中的公羊挑衅，他完全不为所动。聚光灯追着他们，我的很多观众也追上他们，我在考虑要不要跟上，可是其他人赶着给我敬酒，献殷勤，这种全新的快乐让我兴奋，欲罢不能。我一开始的愤慨一扫而光。我看见，斯托克的两名手下把乔·赫罗尔德又放回了原来高台的长榻上，有一瞬间想到马克西，不知道他现在好不好，我觉得有些心痛；然后斯托克也过来了，和那些人一样围在我身边。刚才的动作让我有些晕眩，酒和欢呼声让我更加晕眩，而我只是放任这种感觉发酵。

几分钟之前陪着玛奇来到现场的那两个人实在是热情友好。经斯托克介绍，他们就是肯纳德·西尔医生，和他的妻子，黑德维希。

“幸会，”这位医生微笑道，“刚刚的表演很棒。”他是位高个子、干巴巴的绅士，衣冠楚楚，穿着一身质地柔软考究的衣服，指甲修剪得很整齐，一头浓密的银发。他的脸颊、身体以及手指都是浅棕色的，甚至连他的声音都像是被晒得干巴巴的，没有一点温润的感觉；只有那双眼睛不那么干燥，每一次眨眼，那抹暗淡就会转变为光彩夺目。他给人的整体感觉就像是一个果肉贫瘠的梨子在太阳下暴晒，金色的汁水被晒干了，浓缩成了一种淡淡的奇异的味道。事实上他浑身上下闻起来都很怡人，只除了他呼出来的气，稍微有点浑浊。“黑德，看他身上是不是很有古典的特质？”他问他的妻子。

“他看起来像是青铜色的莫里斯！”西尔夫人惊呼，“他可能是你的弟弟，莫里斯。”她也一样，干巴巴的，声音也很干燥，不能说不漂亮。不过她丈夫的干燥像是最柔软的羊皮纸，经过干燥处理了的；而西尔夫人的则很尖利，就像她耳朵上和手上戴的宝石一样锐利，但却比宝石更加脆弱。

斯托克对我们的相似之处表示肯定。“比起我能想到的某位兄弟，乔治确实跟我有更多共同之处。”

“你真的是马克西·施皮尔曼的徒弟吗？”西尔医生自然地问，“我们可得好好谈一谈。”

“就晚上吧，”西尔夫人淡然地说，眯起她明亮的眼睛，用她红色的长指甲抚摸我的羊毛外套，“找个比莫里斯这个闹哄哄的地方更私密的地方。你注册入学了吗，还是只是来游学的？”

“女人[1]吗？”尽管我喝了很多酒，却感到很放松、很冷静，显然他们很欣赏我。可是我有点跟不上他们的对话了。我突然想说我曾经爱上了一只叫海达的母山羊，可是我忍住了，免得有失得体，觉得自己可真是机智。

“你没听到吗，黑德？”斯托克大声说，“这可不是个普通的羊孩：他来是为了教你和我怎样通过终考的！”

“天啊，”西尔医生温和地说，“又来一个吗？”

---

1. 原文为“Ma’am”，与上文“更私密”（more intime）发音相似，此处为误听。

“哦，天哪！”他的妻子责备我，“真是太没意思了！你就做你自己就够有魅力了。你说是吗，肯？”

“一个货真价实的半人半羊，”她的丈夫表示赞同，“我们改天晚上一定邀你出去。”

“不过要小心他，”斯托克提醒道，“他可会咬人肚子呢。”

“就做一个羊孩，”西尔夫人说道，就像一个小孩在下达命令，还拍拍我的肩膀，“那就很有新意了，最近人人都是大导师。”

我只是对着他们笑，他们是那么和蔼可亲的人啊。管弦乐队奏起一支活泼的曲子，围观人群都散开了，有些人去跳舞了，有些人又去看房间那头一个刺激的新场面去了，克罗克把他的战利品带到了那儿。西尔医生跟经过的侍者拿了两杯酒，一杯给了我。他的妻子祝贺斯托克再一次发挥了“网罗怪人”的技能，而且说他今晚打破了自己的记录，因为他找到了克罗克、我自己，还有“那个穿着靴子，画着靶心的美味小点心”。

斯托克咧嘴一笑：“我就知道你一定会跟玛奇一拍即合。”

“我的手都没办法从她身上移开！她是乔治的……配偶吗？”

“就是熔炉房里的一个管道安装工，”斯托克淡淡地说道，“火化结束后我就让她给你她的号码——要是克罗克干完了她还有的剩的话。”

我说我根本没有配偶。

“你*没有*？”误解了我的意思，西尔夫妇对我表示同情，而且向我保证这种情况不会像我想的那样持续很久。“女学生们都会为你发狂。”西尔夫人嫉妒地说。她的丈夫也表示赞同，而且以直率热情的口吻补充道，要是我喜欢更成熟更有学识一点的人，更喜欢像我这种性欲旺盛的年轻小伙子可以跟她学到什么的那种伴侣，他这儿倒是有个合适的人选……

“黑德的竞争对手来了。”斯托克打断了他的话，看到安娜斯塔西娅走向我们，我心潮澎湃。她已经换下了那件被弄脏的白裙子，穿上了一件红色丝绸的长袖外衣，腰间束着腰带。或许这是件睡衣。现在她的头发高高地束在脑后，用红色丝带绑着。太美了，她真是太美了。她的脸色看起来更加苍白了，她穿过喧闹的人群时，眼中闪烁着不安。

“斯泰茜我亲爱的！”西尔夫人快步走上前去拥抱她，“我听说峡谷发生的事了，好孩子！你伤得很重吗？”

她怎么回答的我没听到，可是她微微一笑，然后转过脸让对方亲吻她的脸颊，以示感谢。那位女士紧紧靠着她，一会儿摸一下她的肩膀，一会儿摸一下她的头发，然后一只胳膊滑到她的腰间，带着她走向我们。西尔医生立马上前表达对她的同情，两手短暂地握了下安娜斯塔西娅的手，然后用嘴唇绅士地轻扫了一下她的额头。有很长一段时间，她一直盯着我，眼神里是疑惑和审视，而我也努力回她以同样炽热的眼神；可是就算我的精神和肉体都被唤醒，充满热情，我的意识却不清醒了，而且脚步虚浮。她向斯托克投了一个责备的眼神，而斯托克还是一如既往，十分玩味地看着我们。

“他喝醉了！”她无奈地说。

我拿拐杖指着她说：“到我这儿来，安娜斯塔西娅。”我靠近她时她别开了脸。“我爱你。”我一本正经地说道。

“你不知道自己在说什么。”

斯托克跟西尔夫妇解释说，我之前失言说我对每一个学生的爱是一样的。

黑德维希高兴地轻声说：“那是当然了，亲爱的，他本该如此。”他们两个人都轻抚安慰她，西尔医生也拍了拍我的肩膀，似是在弥合我们的分歧。

“我没生气，”安娜斯塔西娅别扭地说道，“莫里斯只是在开玩笑。”

“她是他的第一个受教者。”斯托克说道。

“她会是的，”我当众说道，然后用指尖碰了碰她的脖子，她浑身僵硬，但却没有退缩，“可是她现在还不相信我。”

西尔医生饶有兴趣地盯着我的脸看了一会儿，然后对斯托克大声说道：“了不起的小伙子！真是让人难忘！”

“有了球的以挪士·以诺，”斯托克表示赞同，“你看到他的护身符了吗，黑德维希？”

西尔夫人这下看到了，她把我的护身符拿在手里，高兴地尖叫。

“可真是漂亮的一对儿，不是吗？”她丈夫喃喃说道。

“的确漂亮，肯纳德！”

“不，亲爱的，我说的是斯泰茜和乔治。他们就是仙女和法翁[1]。”他把我的手和她的放在一起，对我们说一切美丽的事物都让他为之神往；事实上，美丽，跟他知道的其他事物一样，一样接近答案。“我已经接触到了这个大学里的每一种观念，乔治，”他微笑着抱怨道，“而且任何一种我都不相信。可要是真的有什么终考，而我又是大导师的话，只是因为你们两个美丽我就会让你们及格。”

安娜斯塔西娅脸红了。我举起酒杯，要再喝一口酒的时候，她拦住了我。“请不要再喝酒了。莫里斯只是想要你。”

我说就算是这样我也不在乎。

西尔夫人抱住了我们两个。“我想为你们两个一起作画！画裸体的！”

“可是我在乎，”安娜斯塔西娅轻轻地说，“他想让我们看到你不是你所说的那样。”

西尔医生同意他妻子的看法，认为我们这个组合很棒。

“你会照相吗，黑德？”斯托克问道，“我们可以在葬礼结束后为他们照相。”

“他想做什么尽管让他做吧，”我紧紧抓着安娜斯塔西娅的手，对她说，“无论我做什么，也无论我是什么样子，我依然是大导师。”

“听听他在说什么！”西尔医生吃惊地说道。

“我没告诉你吗？”斯托克说，“他可是个天才。”

“一位大导师是不会喝醉的，也不会让自己当众出丑！”安娜斯塔西娅责备道。

“我做什么大导师就做什么，”我回答，不确定我是否把自己的意思表达清楚了，又补了一句，“关键不是我做了什么，关键在于是**我**做的。”

---

1. Faun，罗马神话中半人半羊的精灵。

“妙啊，简直完美！”西尔医生高呼，“说得真好！”

我还向他指出——只是眼睛一直盯着安娜斯塔西娅，我对着她微笑，爱意越来越浓了——要是我说了愚蠢的话，而不是句句箴言，那也不会有什么影响。

“就是！就是！对极了！”

“我们要准备开始葬礼了，”斯托克温和地打断了我们，“我相信您这位大导师肯定愿意，在火化之前为您的朋友致‘及格悼词’。这可是件平常事。”

“谁在乎这平常不平常？”西尔医生责问道，“乔治已经把那一点践行得十分彻底了。”

“乔治，”安娜斯塔西娅请求道，我转向她时她红了脸，“让我们去我的房间吧。我很混乱。”

“他甚至可以**那么**做！”西尔医生肯定了她的话。他的声音有些兴奋。

“怎样都好，”斯托克笑道，“这个家伙可比以挪士·以诺厉害。”

“不，不是的，莫里斯，实际上有个很深刻的想法就是……”

“吻她，乔治！”西尔夫人命令我。

安娜斯塔西娅皱起来眉头：“不要，黑德！”可是我立马亲上了她的嘴唇。她的双唇妙极了，我把她整个抱在怀里，她的身体柔软极了。就这样，我第一次完完全全体会到了人类拥抱的感觉，而且还是这么情意绵绵的姿势（这是我在羊群里所不知道的），这种快乐让我热血沸腾。我听到了斯托克和其他人的欢呼声；一定是西尔夫人在我们亲吻的时候抚摸我们的头发和后颈，她丈夫自言自语地表达自己的赞许。

“漂亮啊，漂亮。花瓶上的人物似的。”

我的手推着她的后背，让她紧贴着我衣服下面凸起的器官。她挣脱开了我的吻，然后把额头抵在我的下巴上说：“想想你**在做**什么！”

“以挪士的新娘。”西尔医生突然说道。

“那是自然！”他妻子喊道，“去那个高台上！我真**希望**我能把这画下来！”

“那就完美了，”西尔医生断然说道，“相信的意志和被相信的意志。”

“我会跟乐队打好招呼，”斯托克说道，“为什么不用那个葬礼的长榻呢？”

西尔夫人拍拍手，再一次一把把我们两个抱入怀中。“我都不知道你们两个我更羡慕谁！亲吻我，乔治！亲吻我，斯泰茜！”

我没听她的，反而抬起安娜斯塔西娅下巴，吻了她。

“这太可怕了，”她小声地说，“你会犯通奸罪的。”

事实上我还没有想那么远，即使现在美色当前，所有话语都已变得苍白了。我吻掉她长长的睫毛上挂着的泪水。她声音更加微弱地说道：“至少让我们到别的地方……”

作为回答，我一下子抱起了她，周围爆发出一阵欢呼声。西尔医生一只胳膊搂着我的腰，支撑着我；安娜斯塔西娅把脸埋入了我的肩膀中。我也不知道要往哪个方向走，也不知道要做什么，就这样抱着她已经让我心潮澎湃了。可是西尔夫人走在我们前面，斯托克走在她前面，为我们在宾客中开出了一条通道，我们走过之处，宾客们吹口哨，为我们鼓掌。房间里的灯光再一次暗了下来，灯光照耀下的高台在前方熠熠发光。西尔医生用很轻但很清晰的声音对着我的耳朵说话。

“以前这里是主拘留所的死刑执行室，他们现在用来给高层们办葬礼。在那个高台下面有一道滑槽，通向那些天然熔炉中的一个，就像你在熔炉房看到的那些炉子一样。每当有校长或者副校长死了，他们就会在这儿火化尸体，然后拉响‘吞食汽笛’，让整个校园都知道。莫里斯说支持‘吞食汽笛’的蒸汽锅炉就是靠这个火化场烧起来的，可是他很可能是在开玩笑。其实，这对于你死去的朋友来说，是莫大的荣耀了，尽管这没有经过批准。”

安娜斯塔西娅虽双脚离地，但也不忘反驳：“肯纳德，这只是莫里斯想在聚会上开玩笑而已，这你是知道的。他在奠基者山里做过的事情真是太糟糕了。”

西尔医生微微耸了下肩，然后推了推鼻梁上的眼镜，他的鼻梁上贴着一小块整齐的绷带。

“没关系。”我声音沙哑。让我有点吃惊的是，这个女孩在我的怀里，竟然如此干脆地说着与己无关的事情。而我的欲望已经胀满了整个胸腔，酒精麻痹了我的头脑，我几乎说不出话。我后来才知道，令人慌乱的这种能力是她的一个特点，也是她的女学生姐妹的一个特点——无论她有什么顾虑和不安，一旦她被抓住，她就会让自己尽量舒适，就像我是她最喜欢的会客椅一样。

“给以挪士的新娘让路！”西尔夫人大喊。她从一个人手里抢来一碗椒盐饼干，然后像分撒赏赐似的撒向众人，在我们前面边走边行屈膝礼，一会儿跳到过道的这边，一会儿跳到那边，而且还时不时地亲吻安娜斯塔西娅的头发或她那抱着我的脖子的双臂。“给新娘和新郎让路！”

“别这样！”安娜斯塔西娅表示不满。可是前面的西尔夫人动作夸张，把她逗笑了。这时，乐队开始奏起一段进行曲：

“哦，听啊，乔治。”她说道，“他们在演奏《校友苦难之路》！我喜欢这首圣歌。”她甜美的女声与庄严的号声相映衬，实在是动人心弦。

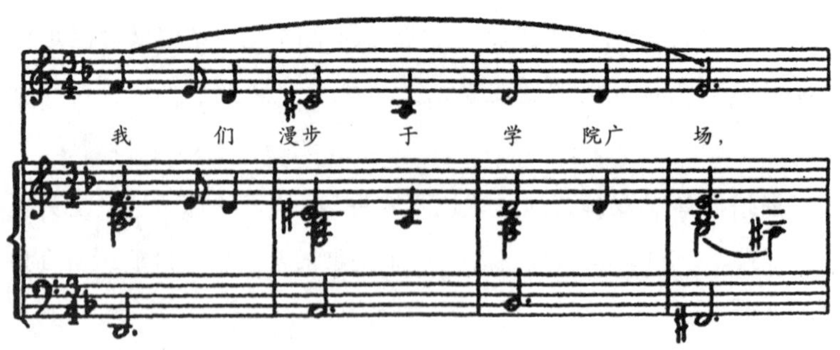

我眼含热泪地来到高台前，把她轻轻放在台子边缘。长榻的前端站着两个守卫，他们站在那儿咧嘴笑着，斯托克也从那儿走过来跟我们汇合。

“一切准备就绪了，”他轻快地说，“黑德和肯会在你致辞的时候把事情都准备好，你致辞结束后我们会踩下长榻前端的踏板。现在，你看到那根拉绳了吗，乔治？”他指着天花板上垂下来的一根黑色的编绳，绳子就在长榻尾端的上方悬着，“当流苏上的红灯亮起的时候，就意味着火化完成了，吞食汽笛就要准备吹响了。你拉一下绳子，让它长响一声。”

“不要多了，”西尔医生轻笑一声提醒道，“不然他们会认为这是校园里响起吞食警报了。”

这音乐让我太过振奋，而且西尔医生离我最近，我请他帮我爬到高台上，整个屋子因此变得安静了一些。从某个角落传来一声不冷不热的“好”，表明克罗克就在黑漆漆的远处；从另一个方向传来一阵杯子打碎的声音和一声低咒，还有一个女人的一声轻笑和别人“嘘”的声音。可是我满眼只能看得到乔·赫罗尔德，他现在躺在那儿，双臂交叉。那羊角号，一如既往，握在他的手里；一只眼睛大睁着，另一只紧闭着，他的嘴半张着，像是要吸口气吹羊角号。乐队停了(我听到身后安娜斯塔西娅说，不，这不可以，即使我是，她也要羞愧而死)，然后一曲挽歌响起：

最后一段和音回荡在屋子里，西尔医生的声音来不及放低。“……得不到证明。”他断言。然后他快速放低声音，以刚能听到的声音小声说：“那不是你能推断出来的事情，我亲爱的。你信也好，不信也好。”

斯托克戳了一下我的一侧，然后建议我“长话短说”，以免仪式被克罗克打断。他说，我在对着尸体发表“及格悼词”的时候，他会打开闭路电视，这是他在每次“春季狂欢”聚会结束时的习惯，这样聚会的人能看到奠基者山上的“晨拜仪式”，还能看到第一束阳光照在塔钟上。

我快速点点头，快要生气了，既不知道也不想知道闭路电视是什么。此刻我的眼中充满了泪水，我不得不抓紧乔·赫罗尔德的外衣，倚着拐杖来获得支撑。我做大导师的第一天真是漫长且凄凉的一天，这天的黎明仿佛是很多年前的事了！酒精和疲劳让我麻木了，我最后一次靠在我朋友的身上，心中想着是他救了我的命，而我对他的死也有责任。现在我非常恨克罗克和斯托克，还有安娜斯塔西娅，也恨乔治峡谷的偶遇和那杀人的河流——也就是说，最终我恨的是：我那么轻而易举地就被引诱了，我恨我无情地抛弃了马克西，恨我自己背弃了所有的约束和信条，在我救命恩人的灵床前寻欢作乐，而且还为害死他的那个骚货欲望大发。这天快点结束吧，快点结束吧，明天早上快来吧！

“**无所不知的奠基者啊。**”我开始致辞，可是接下来却无话可说了。我并不习惯援引这个名字，事实上，我以前从来没有喊过他的名字，也从没想过他是谁，只是把他想象成一个超级马克西一样的人物。不过这是小时候的想法，现在不是这样了。守卫们咕咕哝哝。近处的那些停下来听我讲话的宾客也纷纷转身离去了。突然间我出了一身汗，我的心沉了下去。同时，当我伸手去拿乔・赫罗尔德的羊角号的时候，一个守卫用穿着靴子的脚踩下了什么东西：那长榻瞬间就分开了，就像一道双开的活板门，自动打开，下面是停尸架，我才发现那是一道滑槽。乔・赫罗尔德双臂交叉躺在正中间，然后被里面喷出来的炽热空气包围了。有那么一瞬间，他的手指牢牢抓着羊角号，同时把我往里拉；我猛地往后仰，眼前一黑，心里害怕极了。然后羊角号就松了。只听"嘭"的一声，乔・赫罗尔德就落到了最下面，然后长榻就咔嗒一声回归原位了。人群越来越聒噪。我觉得我要疯了。我举起羊角号，乱吹一通，还用了撕裂演奏法，真希望也能把我的脑袋撕裂。

"好！"他们在我身后大喊。

像是在回应我的演奏，吹号的人或者说整个乐队开始演奏起一曲宏大的众赞歌，有规律的曲调不断拨动我的每一根神经。安娜斯塔西娅在我前面，被西尔夫妇带到了高台上，我们泪眼汪汪地注视着彼此。西尔夫人抱着我的胳膊说："反正，我是相信他的。"她语气不好，好像是在责备安娜斯塔西娅，"我觉得他很可爱。"

"我们都快为你找到个皈依者了，"西尔医生口气轻松，"我告诉她信仰要放在可信度之前，可是这话从我口中说出肯定不怎么有说服力。"

我甩掉他们的手。我满心悲伤，完全沉浸在吹号中，吹出来的号声极为洪亮。盛气凌人，庄严沉重，又痛苦非常，号声跟我交流，又表达我的感情。正当我把羊角号的绳索挂在脖子上的时候，拉绳的流苏上一个红色灯泡亮了起来。

"准备！"一个守卫大喊。

当下灯光就暗了下来，下面等着的人们开始交头接耳。这时远处一面墙上有个巨大的屏幕亮了起来，剧烈地闪了几下，然后定格在一幅画面上：那是一根柱子，就像是一根光秃秃的石头手指，直指向灰白色的天空；前面是一个通往柱子的黑漆漆的斜坡，一路蜿蜒，闪烁的路灯已点亮，而且柱子顶部也有一团更大的火焰在熊熊燃烧。屋子里又爆发出一种新的声音，像是从四面八方传来的，与恢宏的铜乐器的声音交织在一起，甚至盖过了乐队的声音。

“那就是上面的奠基者山上的黎明纪念仪式，”西尔医生特地为我解释，“这是为春季新入学者举办的盛大仪式。他们利用这个地方下面的天然蒸汽来鼓动那管风琴，利用各种通道来产生共鸣。极棒的低音。”

昏暗的灯光下安娜斯塔西娅向我走来。毫无疑问，我为这声音而振奋，也为这场面而激动。“你可怜的朋友啊。”她说道。

我一时间说不出话。西尔夫人把我们拉到一起。

“那就是以挪士·以诺传授知识的地方，”安娜斯塔西娅指着那个山顶说道，“为众生传授。”

我摇摇头：“只是为相信他的孩子们传授知识。”

“来嘛。”西尔夫人仍不死心，伸手像是要去解安娜斯塔西娅的睡衣腰带。那女孩没等她行动就贴近了我，然后我发现我们在亲吻——一开始很是僵硬，然后就不是这样了。她突然把脸转向了一边。

“我想要相信你的！”她说道，十分苦恼，“我几乎要相信你了！”

斯托克从我身后某个地方提醒我，吞食汽笛已经准备就绪，只差我拉响了，而且嘱咐我不要再耽误时间。“把她带到长榻那儿，黑德。”他说道。

“我**在努力**了，”西尔夫人也很是烦躁，“快点儿吧，宝贝们！”

“你必须要让你自己相信，”西尔医生亲切地对安娜斯塔西娅说道，“实际上，只是意志的事儿。”

可是她摇摇头说：“这是**不对的**。尤其还是在葬礼上。”

我还没来得及问他们到底在做什么，斯托克就自己走上了高台，然后坚决地命令他的妻子跟西尔医生和西尔夫人走。她犹豫一会儿，神色很是不安，然后就放任自己被带到了那个灵床边。这时传来了几声**叫好**和零零落落的掌声。不知道是为了她，还是为了刚刚觉醒的克罗克，又或者是为了屏幕上的某些画面。我太过悲伤，不想去计较了。

“好了，”斯托克轻快地开口，“你知道‘仪式’[1]是什么意思吧，乔治？我听你自己用过这个词。还有，现在山上正在进行春季晨拜仪式——因为太黑了，你看不到具体的仪式是怎样的。每当有重要人物死去，为了纪念他，我们就会举办悼念仪式。生胜于死，诸如此类的事情。你知道，这仪式通常是私人的，都是已婚的亲戚之间进行，可既然你是大导师……你完成之后尽快拉响汽笛吧。”

他拍拍我的肩膀，把我带到了长榻跟前，长榻旁边站着安娜斯塔西娅，她不让西尔夫人解自己的腰带。

“不是这样的，乔治！”她对我说，“根本没有这种习俗，这只是这种聚会上才有的。你相信我！”

可是我肿胀的器官容不得我怀疑。“还是你相信我吧，”我说道，“其他的都不重要。”我用空着的那只手，猛地拉了她的腰带一下，一下子就把它解开了，西尔夫人立马上前来敞开了那睡衣。

“肯，**你看啊**！”她尖叫道，“哦，这小**宝贝儿**！我真希望自己是个大导师！”

在做那美妙的事情之前，我尽量淡定地问她：“你相信吗？”

“后面。”斯托克指挥着西尔夫妇。安娜斯塔西娅有些不情愿地抓着自己的睡袍，西尔夫妇让她松了手，把她的睡袍完全脱掉了。而且让围观的人兴奋的是，他们把她轻轻地按在了灵床上。“记住，他可是个羊孩。”他们把她翻了个身，轻轻地、不停地抚摸她，直到她满心疑惑，顺从地跪在了灵床的一端，脸别向一边。他们把她的头和肩膀按到了长榻上，这个过程中一直在抚摸她，这时她疑惑地说：“乔治……”

所有的灯光都打在我们身上；音乐响了起来，达到了难以想象的音量。屏幕上，出现了那根柱子放大的画面，现在柱子的底部围了一圈的火炬。人们唱起了圣歌，气势宏大，十分有力。这时我把拐杖撑在了灵床上，掀起衣

1. 原文“service”有两种含义：一是“性交”的委婉说法，二指“仪式”，此处为发言人故意玩文字游戏。

服，为了保持平衡，一手按在了那美妙的屁股上，泪水模糊了我的双眼。

“以奠基者的名义，”我对着众人说，“以太阳的名义——”

“好！”他们在我身后大喊。

“——当然还要以大导师的名义！”

就在我深入到底的时候，音乐声更加响亮了，似是要爆发一般。跟在羊圈里一样，这次仪式也很快速：阳光突然洒落到奠基者柱子上，我迅速地推进，然后做完了。安娜斯塔西娅脸埋入了长榻中尖叫一声：“我真的相信！”然后无力地倒下了。我立马就像布里克特·瑞南克尤勒斯似的浑身酥软了，就像他因为我的攻击失去平衡的样子，我往后倒去。要不是克罗克在一片叫好声中把我举了起来，我就摔倒了。克罗克从后面抓住了我，把我举在了他的肩膀上。那两个守卫从高台上跳下来冲入了人群中；西尔医生和西尔夫人一脸惊恐，拉着安娜斯塔西娅站了起来。之后因为她自己还站不稳，他们就自行撤离了，只留她自己靠在灵床上，用手捂着脸。当我从交配的顶点跌落，才有时间抓起我的拐杖。我用双腿紧紧地夹着克罗克，举起拐杖，挥动它——或许是对准了克罗克，又或者是对准了斯托克，因为我看到他（刚跟我交配完的安娜斯塔西娅无力地倒在他的怀里）一下子就愤怒了——对着所有人，因为我沉浸在悲伤中，而且交配的余热未退。可是正当我要挥动我的武器时，它缠住了那根拉绳，一声巨响的汽笛声——是我听过最响最尖锐的声音了——盖过了管风琴的声音、人群的嘈杂声，还有乐队的奏乐。我试图在摇摇晃晃的克罗克的肩上坐稳，也几次尝试挣脱那根绳子，于是汽笛声响了一遍又一遍。同样地，又是这样一阵疯狂的召唤开启了那糟糕透顶的一天。而且在一开始那阵尖锐的响声之后，大厅里爆发了一阵混乱。不知是因为害怕我怒吼的坐骑，还是害怕他发狂的骑手，又或者是因为他们都喝了酒，以为吞食汽笛真的降临到自己身上了，前一刻还狂欢的人大喊大叫，四处逃窜，一股脑儿冲向门口，你绊倒我，我踩到你，慌张之间，踩着别人往外跑。乐手们都逃离了自己的位置加入了逃跑的行列，像挥舞棍棒一样挥着自己金晃晃的号。电视屏幕上也是一样，一片混乱：参与庆祝的人们扔掉火炬，拔腿就跑，沿着人行道拼命跑，穿过灌木丛，一下子钻到石头后面，猛地趴在地上或爬进灌木丛里。管风琴也乱了节奏，声音断断续续，支离破碎，然后完全停止了，人群更加暴乱了。

最后我终于挣开了绳子的纠缠，然后吞食汽笛就停止了。可是那汽笛一响，我的醉意全醒了，就像受了当头棒喝，我意识到了自己的愚蠢，惊恐地发现我离大导师的道路那么远了，而且如此轻易地就违背了自己的身份。难道真的如马克西所说，这就是斯托克的目的吗？他现在就站在我们做过爱的那个灵床上，鞋子踩脏了那个长榻，咧着嘴审视着这一片混乱。他双手叉腰，笑看着那些四处逃窜的晨拜仪式参与者，笑看着那些聚会上的疯狂的宾客，也笑看着我——确切地说是看着我的脸，因为我骑着克罗克，他站在高台上，我们一样高。

“我自己可做不了那么好！”他大声说，“为什么不为我工作呢？”

我本来要打他的，可是克罗克因为屋子里的混乱场面太过兴奋了，根本不听我的命令。我心里因为自责而煎熬，脚后跟猛地踢了克罗克一下，我们冲入了人群中。现在汽笛声停止了，人们的理智回笼了。我心情复杂地寻找安娜斯塔西娅的身影，可是她跟西尔夫妇离开了。不过我看到了玛奇，她正趴在附近的一个桌子上，被摆在大盘的冷切上：她那没缠绷带的嘴里含着一个苹果，眼睛闭着，高台上下来的守卫们正在往她的大腿后面撒芥末。我踢着克罗克快点往前走，免得他看到她。我们大步朝着出口跑去，一靠近门门就打开了。我们走到外面的走廊时，斯托克愉悦的声音通过扬声器从四面八方传来：

“好好想想吧，羊孩！后会有期！”

我们一直往前走，他的笑声阴魂不散。我们走过一条条走廊，穿过一个个屋子，一路无人阻挠，也无人追赶。守卫们咧嘴笑着，见到我们都后退；一根根控制杆被扳动了，一盏盏灯被点亮了，所有的门都为我们打开，又自动关上，甚至连最后一扇门也如此。正如几个小时之前我们进来一样毫无阻碍，我们一溜烟冲出了门厅的那扇大铁门，也不知道一路是怎么过来的。那些看门狗乱叫一通，可是被牵住了；克罗克也对着它们叫，可是我引导着他继续向前。我们穿过了那块铺着碎石的空地，那地方依旧灯火通明，只是在晨曦下显得有些冷清。然后冲下了一个树木丛生的斜坡，穿过了一片橡树林和带着露珠的月桂。在坡脚下，在路旁一块薄雾笼罩的明亮的空地上，在离动力室至少有一千米的地方，我们着地了——其实是一起瘫坐在了落叶上，我是因为耗尽了力气，我不知道他是不是。愤怒、懊悔和怀疑全都郁结在我心中，像斯托克那些可恶的火焰一样熊熊燃烧，再多眼泪也无法浇灭。尽管如此，疲倦却将它们统统包围：顾不上是不是舒服、健康，也顾不上是不是安全（反正克罗克似乎不再是个威胁了。现在我回想起来，他走到高台边，很可能是要帮我，而不是要攻击我；至于斯托克，我觉得他没什么理由追踪我们，而且他要是想追我们，我们逃脱的可能性也不大），我看了一眼自己的同伴，他已经开始打鼾了，然后我也闭上了眼睛。正如我刚刚垮了一样，我重重倒地，睡了过去。

第三卷

Third Reel

1. 来到“骑车旅馆”

我做了很多噩梦，梦到很多事，正好梦到花生酱的时候，我被某种声音吵醒了，我以为是松鼠的声音，沙沙的啃咬声伴着接连不断的叽喳声，听起来惬意极了，有一瞬间我不能确定自己身在何处。然后我看到克罗克蹲坐在一小片晨光下，正在咬我的拐杖，灰松鼠在头顶的橡树上叽叽喳喳，就如早上肌肉酸痛一样，回忆也让我刺痛。

不仅回忆令我心痛，关节酸痛，我的头和肚子也很痛，头似是要裂开，肚子胀得厉害。我坐起来，头晕目眩，恶心反胃，太过难受，顾不得为乔·赫罗尔德、马克西和安娜斯塔西娅的事感到懊悔。克罗克来到我身边，对着难受的我轻声地咕哝，还给我食物，这使我不再怀疑他的忠心。他很早就醒来了，而且想办法生起了个小火堆，借着火堆他烤了很多飞鸟和一些小哺乳动物，可能是地鼠，或者小负鼠。他抓了两把那些烧焦的尸体，然后骄傲地放在了我的大腿上。我觉得恶心，一下子拍掉那些东西，他又给了我一些更合我胃口的食物，是很多栗子，并不是所有的都是虫蛀的。这些栗子他也在火中烤了，而且考虑到现在的季节，那烤焦的动物应该就是那些叽叽喳喳的松鼠的后代，那些栗子就是它们的粮草，也落得了跟它们的后代一样的下场。可是那热乎乎的栗子壳握在手里很是舒服，温和的栗子肉吃在肚里也很好消化。我渴极了，所以更让我觉得欣喜的是，他用接骨木果的核塞住了羊角号的尖，然后装了满满一羊角号的泉水。我喝下泉水，还冲洗了一下身上，奇迹般地觉得清爽洁净。最后，还有最让人惊喜的，他竟然为我们找来了一棵有蜂巢的树！蜂蜜可是治疗胃不舒服最好的东西：那琥珀色的液体，喝在肚里甜蜜蜜的，让我联想起去年的三叶草。克罗克在我眼前吃那些烤焦的鼠类我觉得恶心，我早饭就以栗子和蜂蜜为食，也不再恶心了。虽然不知道他能理解多少我的语言，但我衷心感谢他给我找来这些食物，看到他笑了而且又给了我一些食物，我感到很是欣慰。他又给我一口蜂巢蜡盖，我们边走我边嚼。不一会儿，更让我感到高兴的是，在我往火堆上尿尿时，没等我问他要我的拐杖，他便递给了我。

“这又是什么？”我感到惊奇。

据我观察，他只用牙齿，没用其他工具，就在那灰白色的拐杖上雕刻了很多人形的图案，虽然看起来并不写实，但仍然赏心悦目。他们的躯干都又矮又胖，有些除了生殖器官之外什么都没有；他们的脸是方形的，眼睛、耳朵和鼻子都非常大，牙齿尖尖的。一个骑在另一个的肩上，或站在另一个的头上，沿着拐杖有两列人像，每一列上的人物都以不同的方式和另一列对应位置的人物联系在一起：他们有的在击掌，有的在交配，有的在鸡奸，等等。他们有的在吸鼻子，有的伸出手指，有的在瞎摸索，有的在大便，他们吐出舌头，伸出自己的私处——这是很罕见的欲望的集合。我再次感谢他，为了让他明白我的意思，我还特地指着他的杰作；他皱起眉头，摇摇头。直到他目露邀请的神色，掀起自己的衣服，用一只手拿起他硕大的器官，而用另一只手指着拐杖上的一对人物：两个粗壮的家伙紧密地纠缠在一起，比乔·赫罗尔德和我摔跤那会儿还要亲密。这时我才明白，这些雕刻不仅是装饰性的还是功能性的——指着其中的一对人物就是给克罗克下某种特定的命令——我的手指无意间放在了一个圆脸的希拉纳吉人像上，因为是个女人而让他不知所措。除此之外，我后来明白了，这些人物从下到上的排列也是有意义的——是按照肉欲的发生顺序排列的，这般创造性，再加上排列组合的艺术性，表明克罗克精通某种精巧的传统技艺。我拒绝了他的邀请，向他示意我想骑在他的肩上，然后离开这儿去大广场找马克西。尽管我没有资格要求克罗克做什么，可他似乎是个乐于相助的宝贵仆人，也是一个强大的伙伴，借助他的腿脚，比我自己走路能节省不少时间，而且我很有理由相信，他已经在我的控制之下，不会再造成任何伤害了。

他困惑了一会儿（我们之间的指令还没有搞明白，他想起来仍然有些费劲），接着就把我轻轻放在了他的肩上，像戴帽子一样轻松。我指着前方，然后我们就出发了。一开始我们走上了公路，如我所愿，向着新坦慕尼进发；无论如何，算是离开了动力室。我们走在柏油铺的路上，路修得很好，可是显然很少有人走——自从我醒来就没听到有车走过——而且我选择走显眼地方，而不是偷偷地穿树林走，理由是：如果斯托克或者其他人真的下决心阻拦我的话，他们无论如何都会找到我，就算不在这一带也会在主大门拦着我。同时，这样走我可以走更多地方，或许能找到马克西。还有一个原因可能是，我明白被斯托克“抓住”(无论是出于什么原因）就意味着我能再次见到安娜斯塔西娅还有她漂亮的孔罩。可是我没有耐心去做这种分析。我们往前走着，我肯定是想着她的，同时也想着其他一些七七八八的事情。道路笔直，路旁的景观一成不变，太阳高照，照得我脸上暖洋洋的，一切都很适合冥想。按照特定的方向思考一向不是我的习惯，我喜欢随心所欲，想到什么事情就思考什么，也不会故意操纵或者质疑那些事情，只是像一个好奇的旁观者一样观看它们之间的联系和交集，就像看我的拐杖上的人像一样。马克西和乔·赫罗尔德，安娜斯塔西娅和斯托克，西尔医生和西尔夫人，穿着黄袍的释咖尼安和屁股上抹着芥末的玛奇——他们来了走，走了又来，我自己也身在其中，排练着记忆的剧本上的动作和台词，要么就即兴创作新剧本。没有什么经过严密推理的结论，我得到的都是纯粹的感受。自从我醒过来，虽然因为宿醉不舒服，但却感受到一种莫名其妙的净化和被掏空的感觉：此刻我看着自己跟斯托克喝着那黑色的浓酒，在安娜斯塔西娅肚子上咬了一口，并且和她在乔·赫罗尔德的灵柩上公开交配，我惊奇地发现我虽仍然困惑不解，但却不再感到愧疚了——我的谦卑不是屈辱，而是更接近于对我的自由的特质的一种敬畏，虽然还谈不上欣赏。老实说，在我看来（尽管我现在还不能准确表达出来，就像克罗克只能依赖浅浮雕木雕交流一样），一种行为要变成大导师式的行为在于它是由大导师做的，除此之外，别无他法；同时，大导师不可避免地要以他行为的大导师的特质来定义自己，除此之外，也别无他法。我坚定地认为，我没有理由为自己担忧：如果我的确是大导师，那我就会准确无误地选择大导师式的事情——我又怎么会有其他的做法呢？——而那些事情之所以是大导师式的，可以说正是因为我的认可。如果我不是大导师，那无论我选择做什么都不可能成为大导师，因为我身上非大导师的特质会让我做出错误的选择。这种说法自相矛盾，而我的想法却不矛盾。马克西认为大导师就是**做**特定事情的人，就是完成大导师任务的人：马克西主张，以挪士·以诺说“爱同学如爱己”，因为像爱自己一样爱自己的同学是正确答案；他没有选择，只能选择做还是不做大导师；他要是不这么说，那么他就不是大导师。有时候我的观点正相反，我认为，像爱自己一样爱自己的同学之所以是正确的，是因为以挪士·以诺就是这么说的；要是他命令我们讨厌自己和自己的同学，那么**那**就是正确的；总之他的选择是自由的，因为他的本质是不变的，无论如何他都是大导师。可是现在我觉得，一直以来我们两个都错了：马克西也爱他的同学和其他人，而且也教别人这么做——甚至可能像以挪士·以诺那样，为了学生群体牺牲自己——可是他自身绝不可能是个大导师，只是以挪士·以诺的效仿者；另一方面，以挪士就算不**到处**说教，或者不说教，他依然是以挪士·以诺。事实上，行为者不会定义行为，行为也不会定义行为者；两者关系（至少是在大导师和行大导师之职这件事情上）首先就像是艺术家和他们的艺术作品一样，在这种关系下谈自由或者不自由都是没有什么意义的。没有大导师，就没有答案，没有毕业认证，就如同没有伟大的诗人就没有伟大的诗作。比如说，问马罗是否可以不写《安喀萨尔斯纪》，就好比问马罗能不能自由选择不做马罗——这是毫无意义的。还有这样一个区别：一个伟大的诗人可能是佚名的，诗的写作手法及其创作者的性格只能通过诗作本身暗示出来，否则无迹可寻。而与此不同，以挪士·以诺说什么，做什么——或者莱克昂人马约，或者释咖尼安祖师——不如他说或做的方式更重要：尽大导师之职与大导师是分不开的，前者是后者性格的表现；尽大导师之职永远不可能是佚名的，因此那也总是或多或少地为学生们所丢失，就像以挪士·以诺无法在以诺派得到传承。当然，以此类推：有人就算抄写了一份或者模仿了《安喀萨尔斯纪》，他也不是马罗，正如毕业生不是大导师。而且，就像是诗人会超越自己创作的常规，以自己的才能，让庸人手里丑陋的东西变得美丽，大导师因为远超常人的及格，也会超越一般的对与错。马约一整晚喝酒，而且让年轻男人爱上了他；释咖尼安年轻时有一群情人，而且在讲学的时候从来没有对任何人伸出援助之手（就像他的后辈一样——一想起来我就激动——对乔·赫罗尔德见死不救）；以挪士·以诺自己也曾斥责过奠基者，而且有很多时刻都发过脾气，不仅违背过《旧大纲》的学说，而且与他自己作的附论相矛盾——而且还让傻瓜卡普和大骗子盖佛麦克翁都及格了。

无疑，还有些问题我没有想出明明白白的答案。以挪士会斥责，那么会谋杀吗？释咖尼安在讲学时期会不会还像以前那样情人相伴呢？马约有没有进行过真正的鸡奸呢？还有卡普，他是个普普通通的傻瓜，他的及格只是一个示例，还是说，他有某些没被他的同学发现的及格的特质呢？又或者说他的及格是毫无理由的，将他的及格解释为大导师做事不需要理由，是不是就误解了它的意义呢？我开始怀疑这样的问题是没有意义的，可是没等这种怀疑打消，我的注意力就转移了，我看到前方几百米的路边草丛里蹲着一个人。克罗克也发现了他，咕哝了起来。然后我刚刚获得的镇定又被打乱了——因为喜悦、良心不安，还有担心——因为我发现那是马克西。

我大声喊他，让克罗克快点过去。我们沿途没有旅店——事实上，没有任何建筑物。马克西是不是一整晚都待在外面？还是斯托克的副手给他安排了住处，只是他今早出发来找我了呢？我再一次怪我自己抛弃了他；当我看到他并不像我以为的那样，坐在草丛里的凳子上，只是简单地蹲着，我更加惊慌了。他抱住自己，像是在抵御寒冷，把额头搁在膝盖上。甚至连克罗克走近了，似乎都没能惊动他。他不可能知道克罗克现在已经这么听话了。他只是抬头看着我，面无表情，心不在焉。

“我们有了个新帮手。”我说道，然后微笑着爬下来。我下来后克罗克从我手里接过拐杖，然后拿着拐杖乖乖地蹲在了草丛里，就像是狗叼着骨头。我轻轻扶着他的肩膀支撑着自己，马克西无视我能驾驭并且灵活操纵克罗克，这让我有些生气，毕竟克罗克一直以来都是学生群体的一大威胁。就我而言，这对于克服前方更大的困难来说是个好兆头。“我现在能够控制他了。我们一直在到处找你。你还好吗？”

“还好吗？”他声音虚弱，僵硬地起身。

不知出于什么原因，我抓住了他的手。“我很高兴见到你，马克西。”道歉的话就在嘴边了，我想为抛弃他，在发电厂饮酒作乐还有其他事跟他道歉。可是我想起来，在某种程度上，是他抛弃了**我**，而且无论如何，我还不确定是不是应该为自己的行为而后悔。除了刚刚那些想法——可以说，是在大导师身份的问题上，针对行为和行为者的定性重言式分析——把昨夜看作是简单的玩忽职守，似乎也并不坏。举个例子来说，安喀萨尔斯也曾跟他的情人厮混了一整个冬天，而我，要是真的有罪的话，也不过是进行过一次悼念仪式。“你要是在外面待了一夜，我觉得很抱歉。”

马克西摇摇头。“只是关节有点痛而已。”他的口气像我一样小心翼翼。我觉得他把我留下也有顾虑，这让我觉得有些安慰。我决定不再责怪他了，再者，我也不打算跟他说我昨晚都做了什么。

“好了。你觉得有力气继续往前走了吗？”

他像是个刚睡醒的人一样，睁了睁眼睛说：“我觉得可以了。”

“斯托克**派了**个人来追你，”我辩白道，“他想保证你有个睡觉的地方。”

原本马克西有些谨慎，这很反常，可是一听到这个名字，他一下子不再拘谨了。“那个挂科院长！”他大声说道，挥动两个拳头向自己的头砸去，“斯托克和艾尔科普夫——这两个博尼法希斯！**夸耀**自己对莫伊舍人的所作所为！**啊**，我恨他们！”他继续边打自己的头边说，有些话并不是很有条理：他诅咒埃布利·艾尔科普夫，因为他是个不及格的无情恶魔，他打着西格弗里德变态的科学的旗号，不仅背叛了整个学生群体，更是背叛了弗吉尼娅·维·赫克托；他又开始辱骂斯托克，骂他正是反奠基者主义的标杆，他的邪恶，不像艾尔科普夫有他变态的理由，他只是单纯地享受不及格的堕落之事；他就像是传说中的挂科院长，一大乐趣和动机就是诱发每个人最恶劣的弱点，让玫瑰花露出花芯的黑腐病，让更坏的看起来变成了更好的，而且嘲笑安娜斯塔西娅那颗最纯洁最慷慨的心灵的堕落。他的眼睛充满了泪水，他的声音变得更加尖锐。正如以挪士·以诺的告诫，爱自己的敌人，只要敌人是个学生，有着和我们一样的凡人脾性，所有的残暴及不好的行为都是一时冲动，这没错，可是博尼法希斯和他们的同类已经脱离了人类学生群体。叫他们**畜生**就是侮辱动物的高贵品质，与他们相比甚至最为凶残的野生动物都没有恶意，他们就是不及格的化身。而他自己，马克西之前不恨他们，不希望他们去死，甚至用他们之前给予他和他的同学们的力量，为他们的灭绝计划效力，这些全部是错的。像他之前那样，不认同“以任何原则为名义的暴力都是不及格的”，是徒劳无益的：当行使暴力的原则是反暴力，而暴力的被施加者是暴力的原则时；当遇到要么摧毁暴力的少数，要么就要把无辜的多数交到暴力的少数手中这样的状况时——这些问题在道德上是**自成一类**的，在其他问题上有效的规则再次并不适用，等等。

他言辞激烈，与他一贯的脾性不符，让我有些吃惊。同时，我吃惊地发现，我虽然很受触动，但我无法完全赞同他的说法。我也不像以前的马克西一样，反对出于任何理由的暴力。与此相反，我有种感觉，虽然隐约但基本肯定，就是从某个方面讲，斯托克的态度有些地方是**对的**，但是对在哪儿我说不出来；可以这么说，那挂科院长，并不那么容易被人理解，也不容易跟人达成协议，至少这对大导师来说不容易。我决不能跟马克西争论这一点，于是什么也没说，可是我的脑海中生动地呈现出了：熔炉房的喧嚣，一直处在爆炸的边缘；在奠基者山内部瞥见的那肆意燃烧的熊熊大火；学着斯托克的样子，仰起头，像疯子一样竭尽全力呐喊的美妙之处……对于这些，对于我的醉酒（我这时还不知道这种感觉叫醉），对于我在校园下面的世界的所见所为，可以说，我清楚地感受到其中有一种正确性，我觉得这是马克西永远不会理解的。我自己对其也远非清楚明白，别的原因先不说，首先在我和谐的整体感觉中，它完全不跟马克西悲悯的愤慨产生冲突，这就让我感到困惑，可是我觉得那与合理化或者大导师的先验性都没有什么关系。带着之前的猜测，我暂且不去想这个问题了，也不打算积累经验了，我只问马克西他有没有吃什么东西。

他摇摇头。“我没有胃口。”他不满地看了我一眼，然后用手指抓了几下胡子，“有两件事，乔治。无论我一生做过什么别的错事，但我从来没碰过弗吉尼娅·赫克托，所以我不可能是那个可怜的女孩子的父亲。她的父亲一定是埃布利·艾尔科普夫。还有，如果莫里斯·斯托克派任何人来找我，那一定不是为了给我找个旅馆。事实就是：我就在这儿，在路边等了一整晚，一个人影也没看见。”

说完这个，他又回到了我找到他时他那种沉重的精神状态，对要走要留没有任何动作表示。我因他最后一句话里的责备而红了脸，接着我们在原地尴尬地站了一会儿。之后，考虑到他年纪大了，而且也不确定他现在身体状况如何，我建议他骑在克罗克的背上，我跟在旁边走。在没有骑在他身上的情况下，我仍无法完全信任克罗克。我准备夸奖一下克罗克有多么可靠，多么聪明，以此打消这一切顾虑。事实上，如果没有他，我不知道我们要如何找到食物，又如何生火，除非大广场就在不远的前方。我觉得，一到达新坦慕尼我就要把他还给艾尔科普夫博士；可同时，我又把他当成一个强有力的伙伴，要我放弃他我会觉得遗憾。而且我希望，等马克西一恢复正常，我们能一起学习如何能更有效地支配这个大家伙。可是我的顾问看起来并不害怕，也没表现出一丝兴趣：他耸了耸肩，我让克罗克明白了我的意思后，他只是任由自己被扛了起来。我重新拿回自己的拐杖，现在上面多了一串凹雕的缠绕着的葡萄叶，还有藤蔓装饰着最下面那个人的四肢，而且就要在旁边那个人像上结串儿了。我再一次邀请马克西和我一起欣赏这雕刻，可是他看起来无精打采的，我只好用拐杖指路，我们就这样艰难地启程了。

克罗克身上的担子轻了，腿也比我壮实，所以脚力自然比我强。每走一百米他就会比我快十几米，然后龇着牙等我追上他。我们就这样走了大约一千米，当他再一次停下等我的时候，我看到他突然转弯，偏离了马路，跑向了沿途的一条水沟。我大喊他，急忙追过去，只恐他要逃跑；马克西为了不摔下来紧紧夹着他的脖子，可是看起来却满不在乎，也不打算做点什么让他停下。然而，只是水沟里有什么东西吸引了他的注意力而已。他跳下去，像野猪一样呼噜呼噜的，等到我追上他，他把他的战利品捞到了路边：是一辆黑色的摩托车，他就像拖一件玩具一样，轻而易举把车拖了出来。那辆车是斯托克的人骑的那种，或许是因为这个原因，克罗克用拳头不停地使劲猛打它，直到我命令他停下来。

“你的一位朋友出事故了。”马克西说道。

其实，边斗有一部分已经毁坏了，挡风玻璃碎了，前轮胎也爆了，看起来这辆车是受了什么外力才冲进水沟里的。我提出，骑车的人，眼下虽然看不到，但一定是被派来找马克西的那个尖脸的长官，可接着我发现了摩托车在水沟里最开始的位置，还有路肩上的轮胎印，这些表明，事发时这辆车是驶向动力室的。

“随你，”马克西满不在乎地说，“路有那么多，斯托克可不只收罗了一个恶棍。”

“你觉得，这个司机发生了什么事呢？”马克西耸耸肩。他显然并不在乎，于是我命令克罗克等一会儿，我在路两旁的矮树丛中边喊边找，免得有人受了伤躺在地上。可是没有人回应我。

“他一定是跑去求救了，”我得出判断，“要么就是他后面还有人。”

马克西轻蔑地别过头，甚至都不愿看那辆毁坏的摩托车一眼，可是我却充满好奇地打量着它。

“距离大广场还有多远，马克西？”

“比昨天还远。”他冷淡地说道。遇到斯托克后发生了一连串不幸的事，其中一件就是：之前我们从学院农场到大广场，一直是往西走的，可是从峡谷一路到动力室，似乎让我们又向北走了很多千米，我们偏离了原来的路线。

我决定尝试运用这辆摩托车：如果事实证明我能驾驭它，即便是低速行驶，克罗克也可以驮着马克西，要么坐在边斗里，要么一路跟着小跑，这样我们有可能在天黑之前到达大广场；不然的话，我们要么得在野外再过一宿，要么就得求别人收留。虽然我不了解这个校园，也不知道这儿的交易媒介和马克西带了多少盘缠，但是我暂时就是这样想的。我以为，只要我正式注册入学了，所有的食宿费用都会由学院承担——对于这些事我一无所知，而马克西呢，他一般会给我建议的，可是他现在脾气非常不好，我很难从他嘴里问出什么，只当他自己不知道怎么骑摩托车，也不知道借用一下这辆车会不会引起什么法律问题。我不太相信他不知道；我个人越来越相信，他这样不只是因为乔·赫罗尔德和对斯托克的怨恨而感到痛苦，真正让他沮丧的是我脱离了他的掌控，他失掉了权威，还有安娜斯塔西娅声称他是自己的亲生父亲——尽管他极力否认这一点，可我觉得有可能是真的。不管怎样，他一门心思沉浸在自己的沉思中，并没有在意我说了什么，所以我就开始自己检查这辆摩托车的操纵装置，努力回想斯托克是怎么操作的。

几番实验之后，我成功了，当然有一半是因为巧合。点火装置打开了，油门加了一半，化油器的阻风门关上了，与此同时，离合器分离了，结果就是当我踩下启动器的时候，发动机发出了噼啪一声。我碰巧放开了阻风门，发动机就一直空转不停，这会儿我能坐上这颤巍巍的三轮摩托，随意改变发动机的速度了——即便还是只能停在原地。我瞎摸索着换挡杆，明白了换挡杆和离合器的联系，接着就是一次又一次猛地往前冲和熄火；最后，好运气加上我的推理，我松开了手刹，从空挡换到低挡（从没想过还有其他挡），并且及时地加了油门，让车子没有熄火。车子一下子冲出去，我差点儿摔下来；幸好我及时松开了油门，于是车子减速，停了下来，这着实吓到我了。可是我坚持不懈，继续鼓足勇气，镇定地让车子驶离水沟，走到了马路上。让车子走直线比我想象的困难得多，都是因为（以后我才明白）前面的轮胎瘪了，再加上边斗的累赘，边斗因为碰撞已经扭曲得不走正路了。可是我却十分兴奋——毕竟一天之内就降服了两个庞然大物！——高高兴兴，挂着低挡颠簸前进，发动机轰轰隆隆。克罗克在一边跟着蹦蹦跳跳地走，龇着牙，咕咕哝哝的，很有可能把我的顾问从他肩上颠下来；他看到我的成就，似乎跟我一样高兴，我把我的拐杖给他，让他更加快乐，反正马克西也没心思拿着拐杖指挥克罗克。以这种笨拙的方式，我们确实比之前走得快了一点，虽然可能无法弥补我自学摩托车浪费的时间。让人高兴的是，路上没有车，我只需要走自己的。更让人高兴的是，我们花了十五分钟就到了一个十字路口，遇见了一个橙色头发，背着包的年轻男人。

他穿着一身灰色的毛料西装，带着貉皮的帽子，正在公路上做俯卧撑；他的脖子上，松松垮垮地系着带花纹的领带。他身体往下时，领带会自动在柏油路面上叠起来，他撑起身体时，领带又会自行展开。身体下降到一半时，他听到我们的声音，停了下来，脸像头发一样闪着光，然后他站了起来，在我们走近他时朝我们挥动帽子。这是个异常高的伙计：他的裤脚吊着，遮不住那双黄色的大鞋子，袖子也遮不住那双红色的大手。此刻我们走得更近了，我看到他示意我们停下，看到他那张长着雀斑的雀跃的脸，我还是怀疑他可能是个威胁。此外，奇怪的是，他看到克罗克竟然不惊慌，反而以一种惊喜的表情看着他。马克西就算想给我建议也来不及了；而且发动机隆隆响，我也很难听清他讲话。现在我面临的选项有：停下来，撞倒那个人，向左或向右拐。我选择了停下来。实际上，这是我茫然无知，犹豫不决的无奈之举：我没有松掉离合器或者油门就刹车了，车子就这样熄火了。

“天啊，我的老天啊！”那个伙计脱口而出，大声惊叹，口音跟乔·赫罗尔德很像，同时还挠着自己的头。他的笑脸，还有眼中善意的惊讶，都让我暂时放下了不安——他的眼睛，虽然两只眼睛一样是蓝色的，同样闪亮，可是只有右眼的目光从我身上移到那爆胎的摩托车，再看向马克西和克罗克，而左眼睛（只是可能比右眼睛睁得更大）一直都是盯着前方的。

我也对他报以微笑，只能对着他的鼻梁说话：“您好。这是您的摩托车吗？”

他笑得更灿烂了。“你意思是她不是你的？看你骑她的模样，也猜得到。”

看他没有批判我的意思，只是单纯地打趣我，我向他讲述了我从发现到挪用这辆摩托车的情况。我解释道，我没打算将它据为己有，因为莫里斯先生是我的一个熟人，而且他的妻子是我一个关系特别的朋友，我很确定他们不会反对我借用他们的摩托车，骑着到大广场的——说话间我有了一个让人开心的想法——我可以完成注册后去精神病诊所把它还给斯托克夫人。

“我一直听说每年这个时候在这里动力室都有大动作，”那个高个子男人说道，“我自己不认识斯托克先生，可是我敢打赌人们说的那些关于他的事有一半都不是真的。”我意识到他在套近乎。现在我靠近了看他，发现他没有我一开始认为的那么年轻：尽管他举止神情都很孩子气，他也不会只有二十岁，很可能已经四十岁了。

“哈。”马克西只吐出一个字，然后就又一副事不关己的样子了。然而，这个陌生人似乎没有发现他的冷漠。

“嘿，有个黑鬼跟你们一起！你们都去了化装舞会吗？”

我虽不知道“黑鬼”的意义，但我意识到他说的是克罗克，于是解释他是怎么机缘巧合跟我们在一起的，然后介绍了马克西和我自己。

“我的天哪！很荣幸见到你们每一位！”让人吃惊的是，他首先对克罗克伸出了手，“克罗克先生，我的名字叫格林。”

克罗克只是咕哝。“他不会说我们的语言。”我说道。

“这是真的吗！他不会咬人吧，不会吧？”

“只要你不试图绞死他，他不会的。”马克西说道。

“且慢！”格林虽然在反驳，但仍然很友好，尽管我认为他有理由觉得自己受到了侮辱，“我不会因为他是个黑鬼就不欣赏他的橄榄球球技的。我对黑鬼没有任何意见。我就是跟黑鬼一起长大的。”

“恭喜你。”

格林轻笑一声转向我：“他是个暴躁的人，是吧？”然后他对着马克西伸出手：“彼得·格林，先生，幸会。很久以前我在报纸上读过你的故事。”

“那你就不仇视莫伊舍学生会主义的人吗？”马克西讽刺地反问道。可是他没有拒绝握手，我透过他的胡子，看到一丝笑意，这还是他一整天来第一次笑。

彼得·格林坚决地抬起头。“只要校长下令，我已经准备好随时对抗尼古拉学院了，”他庄严地宣布，“可是别人不针对我我就不会针对别人。不管是黑人还是莫伊舍人，我都不介意。”

“自由派。”马克西说道。

“怎么称呼我你随意，我就只是彼得·格林，”他对着我眨了下右眼，“没有人比我更明白那些报纸是怎么扭曲事实的了。在你了解我之前不要让我不及格，同样我也会这样待你的。”

“很高兴遇到你，格林先生。”轮到我时我对他说道。确实，我觉得他一举一动都很吸引人，尽管有些令人不安。

“叫我彼得，”他坚定地说，“彼此彼此，乔治先生。我之前从来没遇到过大导师。”我表明自己的身份后，他没有丝毫怀疑，这是我没想到的，我感到讶异；他只是好奇，这我还是很乐意满足他的。

“你怎么会也像其他人一样需要注册呢？”他好奇，“拿我自己来说，注册了以后也只不过是个普通的可怜的不及格的人。我唯一能做的事就是，希望慈悲的奠基者在时机成熟时能打心底里让我及格。不过显然，他还没有让我及格。虽然我以为他让我及格了。”

我解释道，虽然在本质上我是大导师，但可以说，我的身份还没有产生效力，只有通过了我自己的终考，我才是真正的大导师——就像是在职位世袭的时候，一个校长的儿子，可能还在婴儿时期就成了自己学院合法的统治者，可是只有到了一定的年纪他才能行使自己的权力。

“那，我觉得这对于人们来说，可真是个很棒的行当，”彼得·格林语气坚定，仿佛是在鼓励我，“你看我现在这样可能不会相信，我小时候也是青少年以诺主义联盟的会长。我可是他们最年轻的会长！我不止一次地想过我自己应该从事讲学，而不是经商。可是那时候讲学不像现在这么有钱可赚。”他再次咧嘴笑着眨了下眼，不过这次是对着马克西，“指望这样到达毕业认证大门恐怕你们要花一些时间！”

我同意他的说法。考虑到我的驾驶技术和这辆摩托车的状况，我们最好还是走路吧。特别是越靠近大广场，路上人和车就越多。我邀请他加入我们，他立马接受了，还告诉我们他的童年是在学院林场中度过的，因此最害怕的就是孤独了；可是他觉得我们没有理由丢掉摩托车，对他来说这摩托车修一修还可以再用，这轻而易举。经过我的允许，他打开了后轮上的一个皮革袋子——我都没发现它——然后掏出一套工具，他从中选取了两三个梅花扳手，和一个钳口合适的扳手。

“要是我真的有什么喜欢做的话，”他说道，“那一定是摆弄**摩托车**。”

我下了车，看着他开始修理摩托车。他不怕弄脏自己的衣服，熟练地操纵着工具，首先把边斗从摩托车上完全卸了下来，他说边斗已经完全变形，没法再修了，于是他利用边斗完好的轮子和轮胎，替换了车子前面爆了的轮子。而且他还从边斗里拿出了一个黑色的小罐子，打开盖子，闻了一下，随后往发动机上方的一个箱子里倒。这一整套操作花了不超过半小时。然后他用一块干净的亚麻手帕擦手——现在那双手沾满了机油，比克罗克的手还黑——跟着抹了一把路边的尘土。他的西装和衬衫前襟都弄得很脏了。

“天啊，好了！”他调试了油门和其他的装置，踩下启动器，发动机立马发出了轰隆隆的声音，听起来比我骑车的声音舒心多了。我坚持让他骑车，因为他很熟悉摩托车操纵，而我完全不知道如何平衡两个轮子的车。此外，我建议马克西也坐在车座上，就坐在他后面，我坐在克罗克的肩上，我虽然比较重，但是我更强壮一些，这样克罗克就算小跑，我也安然无恙。

马克西嘟囔着爬上了摩托车。“你不介意骑车载一个危险分子吗？”

格林愉快地摇摇头。“你可能是个危险分子，你也可能不是，”他眯起眼睛，“可是你不像他们说的那样，背叛了自己的学院，我知道的。”

“你知道了？你怎么知道的？”

“我看你就知道了，”格林说道，而且还转述了以挪士·以诺的一句名言，“‘**重要的不是你的衣服样式，而是你的外表。**’”

马克西嗤笑一声。“你倒是有见识。”不过他看起来倒不是不开心。格林转过头看操纵开关，也不忘回答：他其实只有一只眼睛是好的，也就是他的右眼，很多年前他因为事故失去了左眼——可是他认为**有些**事情他一只眼睛也能看清楚。他看着把手上的后视镜皱起了眉头。

“说起眼球，要是你和乔治不介意，我们出发之前我就把这玩意儿卸下来……”经过我的同意后，他把后视镜拧了下来，扔进了草丛里，“我自从事故之后就特别讨厌镜子，你们明白吗？不，先生，”他继续滔滔不绝，一边测试着油门，一边说个不停，不给我们回答或回应的机会，“要是一个家伙背叛了他的学院我只要看着他就知道了。”他皱着眉头，无辜地转向马克西问道：“新坦慕尼是你的学院，不是吗？”

我的顾问大声笑了起来，格林也红着脸跟着笑，我看到这个小笑话也笑了起来。就这样，我们出发了，这次比之前可利落多了：我们的新伙伴，是个专业的驾驶员，也有一张不知疲倦的嘴，他平稳地驾驶着摩托车，与克罗克的小跑配合默契，发动机的噪音也降到了最低，他滔滔不绝地讲他自己的事和这个校园的事。

“说实话，这是一个自由的学院，”他如此说道，可是接着又说如果塔楼大厅一直插手干预商学院的话，这种自由很快就会到头了，“要我说，每个人都有权选择自己认为最好的答案，我不在乎那答案是青少年以诺主义联盟还是学生会的宣言。”车子剧烈颠簸，他边说话边点头，一段时间要眨好几次眼。他给我的印象是：他说这些不像是发自肺腑，而更像是真心希望自己能够讨人喜欢，这在马克西变得我行我素之后，至少算是一种安慰。“每个人就应该在教室里教他想教的东西，”他继续说，“可是最好不要强迫别人赞同。啊！如果他不热爱自己的母校，他就应该调离，我就是这么想的！你就拿我来说——”他用左手指着自己，右手把着油门，“老彼得除了头发，浑身上下没有一点红的——”

“或许脖子也是红的。”马克西提醒他。

“我敢自豪地保证，”格林先生眨眨眼，“也愿意活着的每一天清晨都发誓：我是个忠诚的新坦慕尼人。可是我个人厌恶鄙视你们学生会主义——”

“马克西可不是学生会主义者。”我打断他的话，因为在我看来，我的顾问不知为何，本该得到毕业认证的，却被认定为不及格，就像是有人对一个无辜的人说“我原谅你所犯的谋杀之罪”。

“就是说！”格林非常肯定地猛点头，“从他的脸上我就看出来他不是！

那些该死的报纸！可是，就算他是，那又怎样：他喜欢的话可以对着**我的**耳朵宣传，只要他不强人所难。是不是，先生！”

“**啊。**”马克西说道。

“哎，我只是一个愚笨的护林人，跟不上时代，”格林说道，不过是上句话和这句话的空当儿，他的声音就变得苍老了，“好吧，我落伍了，可是我相信全能的奠基者和新坦慕尼学院——管他的呢！”

我想知道，管他的什么事。可是马克西这时候说话了：“你不是太老。你是太年轻。”

这个评论让我们的新朋友真的孩子气地，肆无忌惮地大笑了起来。“你们想说什么尽管说，”他不在乎，摇摇头，似是对马克西的风趣感到无奈，“我在教室里是个笨鸟，可是把我放在树林里我就能给你露一手！”

在我看来是足够完善的一套答案，起码是值得合理探讨的答案，但马克西却嗤之以鼻，这让我觉得奇怪。我正欲进一步探讨这些答案，可是我们转了一个弯，看到了惊人的景观，于是其他的就都忘记了。那是一个指示牌，在一片松林的边缘——但却不同于家里大门上悬着的“山羊牧场一号”等一般的公告牌，也不同于我们一路上经过的路标。这个广告牌本身就有羊棚的墙那么大，大到上面画着的树比里面围着的树还要大。在一边，以比一人还高的字写着禁令“不要玩火”，在另一边写着“让我们的森林是绿色[1]的”。这两句标语闪着灯，一会儿这句亮，一会儿那句亮，都闪烁着橙色的光，让人目眩。不过我不太能理解它们的妙处。这时我看到了可怕的事情，就在两句标语之间，广告牌正中间的地方，恰恰是上面警告的那种大灾难发生了，那画上，原木着起了一团火，就在那些画的松树中间——然而那团火却冒起了真的烟，黑色的烟滚滚升起。

“快跑！”我命令克罗克，然后吩咐其他人跟上。我觉得我们的水或许足够在险情失控之前阻止火势蔓延，羊角号里有水，我们四个的膀胱里也有

1. 英文中格林的名字与绿色同音，此处一指绿色的，二指人物格林。

水。为了救火，我献上了羊角号里的水，然后跳上了广告牌前面一个狭窄的平台，我尽量对准冒烟的那个孔撒尿。克罗克困惑地站在一旁，他要是也能像我一样加些水，火就可能浇灭了；我不知道如何命令他，也没有时间从拐杖上找一个正在撒尿的人物。

“哎呀！”格林大喊，觉得可笑极了，“你会毁了我顶好的广告牌的！”

他费了好大劲才说服我根本没有危险。冒出来的烟是冷的，是广告牌后面的一个机器故意制造的，目的在于吸引旅客的注意力，让他们看到这两条标语，新坦慕尼其他这种高度和宽度的类似广告牌上也装饰着这个。格林自认，我从来没见过这东西让他很吃惊，不管是不是羊孩都应该见过，只要，用他的话说，是学院所“覆盖”的地方都有这东西，而山羊牧场毫无争议是新坦慕尼的一部分。这事让他吃惊，他会好好跟自己的“公关伙计”说一下——无论他们是谁——他们会丢了自己的饭碗，这我敢打赌。格林跟我解释的时候，他说这些话时的态度，特别值得注意：他的语气里是前所未有的强硬冷酷，趾高气扬中带着无情的恶意。

“你想想第二次校园暴乱的时候我的后备军官训练团分队可是跨过了池塘的，”他得意地告诉我；我们走到广告牌后面检查制烟的机器有没有因为遇水坏掉，他对着各种泵和阀门修修补补，就像修理那辆坏了的摩托车一样灵巧，“看看那些‘西格’是怎么修的枪塔，一个接一个，所以无论你站在哪儿，总能看到两三个……”一时间我没想明白他说的“西格”不是指人，而是指整个西格弗里德军事学会，“所以，各位，当那边的大戏鸣铃开幕的时候，我对我的公关团队说：‘让我们把老广告牌推倒，建新的，看看谁能打倒它。’”

“啊。”我说道。

“是的是的，乔治！”格林点点头，“你不知道，塔楼大厅又一次在商谈‘公共土地’的事了，还有‘学院林场’和‘林场保护’，对我来说，好像到了告发‘潜伏的学生会主义’的时候了。‘点起营火，’我对公关的人这么说，‘把那些粉色的教授从塔楼大厅熏走！’所以我们为此成立了特别工作组，而且还策划出了这些广告牌，放在每一条公路和小路上。我们还装上这些放烟的盒子，这样，无论你站在古老的新坦慕尼哪个角落，都能看到某个地方燃烧着‘自由之火信号’……”

“自由之火信号？”

格林骄傲地眨眨眼。“一开始我们想的是‘保卫安全的烟幕’，可是当我们用卡祖笛演奏它时，听起来就像我们在隐瞒什么东西，你明白吗？‘自由研究之火焰’看起来很大气，非常大气，可是最终我们决定，那会让我们鼻青脸肿的——我是说，那稍微有悖于‘让森林是绿色的’。”后面这个口号，他承认，是他自己的。不是吹牛，他认为这个口号是双关的，而且很巧妙地将“保护”和“私人研究”这两点结合了起来，于是一想出这个口号，他就把广告顾问的全部职员都解雇了——“让整个团队卷铺盖走人”——然后他为了自己的利益亲自上阵：也就是说，代表格林林业塑业公司，他是这个公司的董事长。事实上，紧接着“让森林是绿色的”的就是“自由之火信号”——它直接预示着非破坏性的守夜祈祷，预示着公共事业的召唤，还预示着最开始在新坦慕尼校园聚居的红皮肤的学前主义者——他每年花在制造业的时间越来越少了，而是把更多的精力投入到宣传和包装上：那是他思想列车的车头、守车及存在的理由。

我们回到了路边，审视着那个巨大的广告牌，听着格林讲它的历史。

“哼，”马克西哼一声，“马克西·施皮尔曼跟格林林业塑业公司的董事长同坐一辆摩托车了！”

格林又恢复原来的神色，他眨了眨眼，咧嘴笑着说：“我觉得，要是你能忍受我的话，我也没问题，先生。我自己恰好是色盲，可是他们说红色和绿色可以相抵。”

马克西没有被逗笑，只是说道：“这是这个学院的祸患和不及格，乔治。”我不清楚他指的是那广告牌还是那个人，可无论是哪一种，他的判断都让我觉得很极端。我自己，则跟这个广告的创造者有一样的想法，我觉得它并不可怕，反倒很有趣；事实上，我本来可以目瞪口呆地在这闪烁的灯和滚滚的烟前多待一会儿的，可是我得离开，因为白天要过去了。像之前一样，彼得·格林并不因为这批评而沮丧。他说，他的“饲养的手”经常被咬，已经非常“敏捷”，几乎“不怕牙齿”了。他一个又一个隐语让我很难理解，可是他跟马克西之间的冲突，一直延续到晚饭时间，倒让我很感兴趣，因为这跟格林口中“新坦慕尼的方式”的优点和缺点有关系。

“你就拿我来说，”发动机动静很大，他仍然主动跟我们说话，而且像之前一样抓着自己的衬衫前襟，“我，不比其他的人聪明，也不比他们傻；我不得不努力工作得到自己的一切——”

“你拥有的可真多。”马克西插话道。彼得·格林只是一笑，表示他赞同自己不是这个校园里最贫穷的人，可是他否认自己是最富有的人，这项殊荣要归艾拉·赫克托——对于此人，说到底，他不得不表示钦佩。“尽管有些人说他是个莫伊舍人……”

“格林先生！”我不满地抗议。

他眨眨眼，一抬头说：“好了，不要激动，就算他是我也不针对他！还有，我想我觉得雷金是新坦慕尼最伟大的人。”

马克西闭上了眼睛。

“可是我说的是，”格林继续说道，“我不是在吹牛皮，可是我想的是——**上天为证，我没问题！**”他疯狂地快速点头，“不管怎样，说到底！要我自己说，就是这样的！”

我没懂他的话，希望他解释一下。

“我觉得我是及格的，是因为这古老的新坦慕尼是及格的，”他这般说道，“这他妈的是大学里最及格的学院了！”

“那，你已经参加过终考了？”我好奇地问他。我突然想到我应该问每个人这个问题的——问安娜斯塔西娅，问莫里斯·斯托克，问西尔医生，问马克西。可他为什么没建议我这么做呢？

“他们要是说我不及格，”格林对我们说道，“他们就是说整个死挂的学院都不及格，这就是我的意思。有任何人愿意自己的母校不及格——那样，他就是个十分可怜的新坦慕尼人！”

他下巴往前伸着，然后油门开得更大了，或许连他自己也没意识到。结果，我就不得不催促克罗克再跑快一点。听到如此奇特的逻辑，连我都能发现几处漏洞，我看到马克西伸出一只手捂住了脸，要么就是又在思考其他的事情。他不再是昨天的马克西了！

“那么，你是个毕业生吗，是还是不是？”我执着于自己的问题，“终考怎样的？你为什么又回来再注册一次呢？”

“我没什么秘密，”格林坚定地说，“我坦白跟你讲，不要相信报纸上看到的任何东西。我的人生就是一本打开的书，一目了然。**我没问题。**”

我向他保证我没在报纸上读过关于他的任何报道，无论是贬损的或者是其他报道，我从来就没读过任何报纸。还有，看到他足智多谋，生意做得那么大，我很想赞同他没问题，也不管“没问题”到底是什么意思。我的问题没有针对或怀疑他的意思，只是出自将要进行终考的人普遍会有的好奇心而已，也是一个以最终教会别人正确答案为己任的人特有的好奇心。

他带着最友善的灿烂大笑回答我：“你也没问题，乔治，我看你的脸就知道了。羊孩不羊孩，都不重要。我曾经也有一个朋友叫乔治。”

为了让我明白，他主动跟我回顾起了他刚刚说的人生那本书：他承认那是一本大块头的书，中间这儿那儿也穿插着一两页不光彩的内容，可是总的来说也没什么好丢脸的，上天为证。可是，眼看着一下午就要过去了。前面不远处有个吃饭的地方，他很乐意在那儿**好好招待**我们一餐，以回报我们一路捎带着他，还听他讲了那么多，他的故事会等我们到那儿再讲给我听。有好几分钟我们一直在爬一个平缓的斜坡，斜坡后面火红的太阳已经落下去了。现在我们走出了林场，路一直越过山脊，这儿的树枝都被点亮了，很是精致。

“你之前从没见过真正的新坦慕尼吧？”格林问我。我摇头。他先我几米到了坡顶，刹了车，回过头朝我喊：“看啊，朋友，她就在那儿！”声音中带着敬意。他已经摘下了皮帽子，橙色的头发和张开的手像灯光下的树枝一样闪亮，克罗克走到他旁边时，我也被照亮了。“如何，**看着**怎么样啊！”

我以前想象中的大学院是什么样的呢？我不记得了。照片我看过，文字描述我读过，可是只有羊棚和图书馆分馆作参考，我一定会觉得新坦慕尼的中心校园只是比我们的羊棚和草场大一点点。自然，对于前方我们俯瞰着的景观，我并没有什么准备。它在紫色的暮色中闪闪发光，无边无际地延伸，没有尽头。林荫路、塔楼、纪念碑、玻璃和钢铁的廊道，湖泊、公园和大理石柱廊，桥梁和烟囱、信号灯和灯塔！上百个广告牌闪烁着，颜色各异，这儿有，那儿也有，屋顶上有，飞檐上也有："快速找到事实——坦慕尼百科全书""莫要伤心——学习商业广告""大家的后备军官训练团让暴乱平静""总是热门——中世纪后期文学"。上千辆摩托车、自行车、小轮摩托车一窝蜂地行驶在马路上，遇到交通信号灯就停下，涌向环形交叉路，穿过迷宫一样的住宅区；喇叭的轰鸣声交织发动机的隆隆声，就像是笼罩着一团烟气，或是萦绕着呐喊的回音。说实话，面对这样宏大的场景，我快要不能呼吸了；我对眼前的一切的一无所知，但十分明白我将下山去面对它们，这让我的心沉了下去。而且新坦慕尼只是西校园众多学院中的一个，而西校园又远不及这个大学的一半大——在面积和人口上均小于东校园或那些"独立"学院的总和！马克西认为，我们整个大学只是无数个大学中的一个而已，这些大学，或许相似，或许完全不同，它们存在于没有边界的现实牧场，虽然还未被证实，但我们不得不承认它们的存在——这让人如何接受呢？下面成千上万的人类，唯独新坦慕尼的人们——每个人都有自己的复杂情况和渴望、长处和短处、过去的经历和现在的问题——我要成为他们的导师，给他们指明通往毕业认证大门的路吗？

"被迷住了，是吧？"格林自豪地问我。我摇摇头，没有回答。他认出了塔楼大厅，它灯火通明的钟楼就在远方；他还指出了那一长串灿烂的灯，灯光连成一线，从那建筑出来，沿着输电线一直向东，到达边界，到我们身后奠基者山——线的那一头我在动力室看过一眼。WESCAC 就在那儿，那众所周知的腹部，那罪恶的吞食者；同样在那儿的，在那高耸的尖顶下面某处，还有传说中的中心图书馆和某个特别的图书升降机，就是在那儿，我的人生开始了。这种模糊的战栗，让泪水涌上了我的眼睛；我俯身，靠着马克西的肩膀寻求安慰，他暂时放下了自己的沉思，分担我的恐惧。

"我上一次翻过这座山是二十年前了。"他说道。

"自那以后很多事情都已经改变了，"格林兴致勃勃地说道，"他们一直在拆掉旧的，建新的。”

马克西依次指出了校长府邸的莱克昂复兴大厅、老军械库的雷穆斯式壁柱，和以挪士大厅的飞扶壁。有一座建筑物，看起来是除了体育场以外最大的，灯火通明，是个多层的巨型立方体建筑，外面是平淡无奇的石灰岩，我问他那是什么。

“军事科学立方，”马克西冷冷地开口，“过了塔楼大厅，南边最后的大楼——看到那四座带探照灯的塔楼了吗？那是总拘留所，昨晚我就是在那儿度过的，之后他们送我离开了。”

“是不是很气派啊？”彼得·格林说道，“我们有校园里最大的拘留所！”他接着补充道，除此之外，塔楼大厅的钟楼是西校园里最高的建筑物；而且军事科学立方里的过道实在太多太长了，将军教授们都骑自行车从办公室到办公室；新坦慕尼的职员十个里有九个（还有学生十二个里有十一个）都拥有自己的摩托车——这个比例可是尼古拉学院的三倍，远远超过了西校园任何一个学院，这些机车一天所耗费的能量等于一百束最新种类的吞食波的释放能量……

“而且制造了大气中最重要的毒素，”马克西替他补充道，“还有因为吞食波测试而辍学的学生。”

“随你怎么说，”格林轻笑一声，“要不是为了他们这些骑车的人，就不会有摩托车餐馆了。”

然后我们不再眺望，从山顶下来，加入干线公路那惊人的交通流中（“正好碰上了他们的晚高峰。”格林这样说道——他也确实有很多次都差点“碰上”他们，因为他要么在十字路口闯红灯，要么就是预估错了与前车的距离。除了色盲之外，用仅剩的一只眼睛他似乎并不能感知纵深距离；我后来才知道他患有一定的幻视，或者也可以说是光学幻觉。可幸运的是，在我第一次感受摩托车交通的时候，我还不知道这一点，也就免去了一份惊慌）。噪音让我的心都要跳出来了，呼啸而过的车流，灯光和信号灯混杂，都让我感到恐惧。箭头记号忽左忽右地闪，信号灯命令四面八方的人们停止，前进，转弯。我驾着精力充沛的克罗克，让他以最快的速度跑起来；即便如此，速度最慢的车辆也从我们身边驶过，仿佛我们停在原地没动似的。让我最为惊讶的是，我们几乎没怎么引起别人的注意：别人会冲我们按喇叭，也会咒骂我们，不过那都是因为我们从路肩上直冲到了人行道上，或者无意间抢了别人的先；可是，过往的老老少少，没有一个因为好奇而看过我们一眼——一个穿羊毛外衣的羊孩，骑在一个黑巨人身上，身边还陪着一个胡子飘飘的老莫伊舍人，似乎这一场景在每个路口都能看到一样！

直到我们从公路上下来，到了之前定好的吃饭那地方的停车场，也没有人真的注意到我们。晚上天气暖和，一群年轻情侣骑着摩托车上了“骑车旅馆”。这地方是叫这个名字。他们大笑着，懒散地坐在边斗里或户外的桌椅上，衣着各异；有些人伴着音乐在柏油地上跳舞，音乐似乎是从五六根发亮的柱子中传来的；其他人要么在抽烟，偷偷对着彼此动手动脚，要么大口地嚼着穿白色连衣裙的服务员跑出来给他们的食物。我们一到，他们就以呼喊、吹口哨、拍手问候我们；有几次我听到了克罗克的名字，而且很高兴看到他们纷纷让路。有很多女孩子，以人类的标准看，可以说很迷人。克罗克终究因为最后的冲刺太过疲劳，不用管他他也不会做什么了，看他这样我就放了心。在我看来，他们真是生动有趣、活力四射的一群人；我把他们的嬉笑看作是在表达友好，也友好地挥挥手。彼得·格林停车的工夫，他们在我们周围围成了一个大圈，那些在吃饭那地方的玻璃墙里面的人也都往外看。大部分的人还是用力大嚼着食物，像是在反刍；有些人起哄叫喊的同时不忘用刀子修指甲；其他人一次又一次地梳着自己的头发。

“都是很棒的孩子，不是吗？”格林大声说。

看着这群喧嚣的人，马克西喃喃地说了些不好的话，然后问格林是不是确定这个地方会招待弗鲁门齐乌斯人、莫伊舍人和羊孩。

“他们当然会招待好我所有的朋友。”格林笑了，坦白自己是这个餐馆的共有人。有一天吃午饭的时候，他突然想到了“骑车旅馆”这个名字，然后他就以这个名字建了一系列的摩托车餐馆。

2. 彼得·格林的人生，失去一只眼睛

“那是两三年前，”他说道，“那时事情还没乱套。”

我们进了里面，在一个有长凳的羊棚里坐下来，晚饭是乳酪汉堡和炸薯条。当然，我不能吃肉，于是吃小面包和洋葱，还有一叠餐巾纸，我发现餐巾纸配着番茄酱很开胃。另外，克罗克坐在地上吃着他的生肉；马克西说他没有胃口，尽管他一整天几乎没吃东西，他还说莫伊舍人的风俗是禁止同时吃肉和乳制品的——这个风俗我之前可没听他提起过。他只是时不时地抿一小口沙士饮料[1]。我们一开始进来的时候引起了一阵轰动，后来尽管也有人偶尔来窗边看一眼，但大部分的年轻人都玩自己的去了，我就能专心地听他讲了，只是还是对周围的环境感到万分新奇。

“乱套？”我问道。

格林啧啧地点点头。“曾经，我也过着舒服的日子。我喜欢人们，人们也喜欢我。生意做得很好。娶了我们那一带最漂亮的姑娘，她就像苹果酒一样甜美，像雪一样纯洁。然后突然有一天，这一切都他妈的**乱了套**。我对天发誓。”

事情乱了套，看起来，跟格林先生重新回到大广场有关系，而且事情乱了套包括事业和家庭上的双重失败。实际上，放下家庭和生意，他现在不得不选择是回去还是寻求突破。可是，事情毕竟不是一瞬间就乱了套的：它们是一步步到了那种境地，是经过了很多个学期的。

“有时候我在想，我是不是那些没通过吞食波测试而被退学的人中的一

---

1. Sarsaparilla，一种碳酸饮料，以植物Sarsaparilla（墨西哥菝葜）为主要调味的原料，因此得名。深褐色、甜味，不含咖啡因。色泽与可乐相近但口味截然不同。

个，你明白吗？自我从暴乱中回到家，干起了塑料和广告事业，事情完全不一样了。”

我问他格林夫人是不是也是个毕业生。

“我应该希望去亲一头猪！”格林大声说道，尽管他这样说我还是不知道答案到底是什么，可是他的语气和下面的话表明答案是肯定的，“我觉得她是我遇到的最聪明的小姑娘了，也就是萨利·安——直到事情乱了套。每次她指名让某个家伙背诵课文，那人最好能够烂熟于心，不然她就会拿出她的戒尺，狠狠打他一顿！那些家伙块头是她的两倍，要么能把个红皮人掰成两半，要么就占据体重上的优势！”

从他这段话我推断出，格林夫人年轻的时候，在新坦慕尼林地保护区广阔的野生区域内当老师，而且她的配偶在回忆那些事的时候不自觉运用了那时那地的方言。

“我那时是个野孩子，”他笑着坦白，“**那些**时候没有法兰绒裤子！没有时间到处乱逛，没有摩托车餐馆，可不像现在这现代化的学院里的这些年轻人。”

他现在似乎婉转地表达了对这些学生的鄙视，但他不久前刚刚称赞了他们。同样，对他自己的孩子，我发现他也有两副面孔。一方面，他说他要让自己的孩子享受到自己没有享受过的待遇；另一方面，他又说现在这代人完全被如今新坦慕尼优渥的生活给惯坏了，他们会因为缺乏他那时候的严厉管教而一无所成。

“我十四岁就从家里跑了出来，”他自豪地说道，“并不是因为爸爸整天喝酒，妈妈整天对着我把那本圣书夸得天花乱坠、家不像家。”他家乡在什么地方，那儿的实际情况到底怎样，我听不明白：有时候那儿听起来像是最简陋的茅舍，有时候又是个古老庄严的地方。无论如何，他离开了那里，抛弃了他的父母，放弃了他的遗产，很快来到了荒野地带，自给自足，自力更生了。他表示，他这么做的动机，是值得赞扬的：追求独立，避免腐朽传统的有害影响。“同乡们和我，我们走到了路的分岔路口，”他说道，“他们有他们的想法，我有我的想法。事情就是这样的。”

可是马克西对这种主张提出质疑：“是的，没错，我以前看过一次报道，说你经常逃学，**对不**？而且你经常惹麻烦，他们把你赶出去了吧？”

格林爽快地承认，他以前是偶尔有些调皮，而且还承认，他乘着自制的船到荒野航行时，一直有另一个逃犯相伴，那人是个弗鲁门齐乌斯人，来自南院的锁链帮。他们不止一次救过对方的命，虽然人种不同，但他们成了关系很铁的朋友。

“可是我们的关系**仅此而已**，只是朋友。”他强调，“黑老乔（我以前喊他黑老乔，尽管他并不老）和我，我们在分开之前一直同甘共苦。我觉得再也没有比我们关系更好的朋友了。这就是为什么我听到他们说我喜欢黑人时忍不住大笑！可是**只是**朋友而已，还有那些自作聪明的人，说我们互为对方的**乐子**——我真想抽他们！”

我说我有幸也有一个名叫乔治的弗鲁门齐乌斯朋友。马克西注视着自己的沙士饮料。

格林向我们保证，谣传他曾因为不道德的目的把他逃犯同伴的一个女儿带进了灌树丛，这也是诽谤。事实是，一位有影响力的白人女士准备为黑老乔办理假释，让他照顾自己的家人，而他所有的家人都在那位女士经营的寄宿学校里当家政工人；而他假释的唯一条件就恰好是让那个女儿离开那所寄宿学校，因为她当时已经开始从事下流的职业了。“老黑”，格林习惯喊他朋友这个名字，他一开始不情愿，可是一听到格林主动说要偷偷带走那个女孩照顾她，他就接受了保释条件。

“她变坏不是我的错，”他说道，“我两只手都忙着开垦土地、打猎、建房子和赶走红皮人，不能每时每刻都看着那野蛮的黑人小孩。”

“可是你自己从来没碰过她吗？”马克西逼问道。

“我碰**她**！”格林咧嘴笑了，“是她一直在纠缠**我**！一直在挑逗我！一直在祈求我！”他的眼神冷了下来，“她还说如果我不注意点，她就会告诉萨利·安小姐。”

根据我所能理解的，他允许那个弗鲁门齐乌斯女孩跟他同睡一个睡袋，为他洗衣做饭，还可以跟某些红皮人交配。通过推断，甚至很可能，正是在那女孩的请求下那群土著居民才救了他的命，可是故事不是很清楚。无论如何，他发誓，虽然她有那种倾向，有那种并不好的激情，可他实际上很少满足她——或许根本就没如过她的愿——理由是那“不成体统”。与此同时，别的冒险者也跟随格林的步伐，直到最后他们竟在野外建立了一个小方院。新坦慕尼吞并了他们的领地，接着塔楼大厅派出后备军官训练团征服了红皮人，并派老师来教育那些定居者。格林因为早就养成的老习惯，拒绝接受正规教育；可是他自学了读书、写字和算术——没有灯光，只借助炉子的火光；没有课本，只有《旧大纲》和《新大纲》；没有学习工具，只有一块干净的松木板和一根木炭。就算他的言行举止没受过教导，可是他的勇气、高昂的斗志和天分一定可以弥补那不足，因为他追求并且追到了那漂亮的女教师——萨利·安小姐，她是从东部院区来的，她的母亲正是此前所说的那个寄宿学校的女主管。

“你们谈论你们的大导师，”他叹口气，然后绷紧下巴，“可在**我**看来，萨利·安小姐就是以挪士·以诺和他的十二个受托人，她的话就是最纯粹朴素的答案。要不是她，我还是森林里的禽兽，她装点小木屋和校舍的方法可真是棒极了！说起你们的终考，要是萨利·安考我，我能给你们背诵整本《奠基者卷轴》，甚至倒背如流。”

“**这**就是通过终考的方式吗！”我皱着眉头激动地说。

“**我呸**，”马克西说道，“这是让全学院都不及格的方式。”

可是格林坚持说萨利·安小姐是奠基者，是校长，还是考官，除此之外，在他心目中，她还有着整片土地上最漂亮的脸蛋和身段儿，不是这样才怪。她本人就是答案，她将他从挂科院长的手中解救了出来，让他远离通往失败的路，他不会让邪恶靠近她的。主要是为了她，为了给她提供学生们所熟悉的一切舒适的生活条件，他不到二十岁，就自作主张宣布对一片片原始森林的所有权，组建了自己的伐木和造纸二级院系，建起锯木厂和工厂，毁坏荒野，拦河筑坝，掠夺水流，成为商学院的重要人物，在塔楼大厅也是个有影响的人物。也是为了她（尽管我们不知道是她要求他做这些事情，还是他自愿而为之），他远离了酒和香烟，而且禁止别人喝酒吸烟；不再骂人、赌博、拼拳头，这些都是他以前喜欢的；而且把黑老乔的女儿以卖淫的罪名送到了总拘留所。他之前无所事事，不学无术，现在精力都用在了办公室里，所以他年纪轻轻就比周围的人富有了。可是他以自己的公司、事业和毕业认证发誓，他露出了躁动的苗头：他像之前逃课一样，开始逃班；更多的时间待在高尔夫球场，而不是在工厂里；收集了很多名画、昂贵书籍、古董摩托车、色情书刊，还有名人奖杯。他愉快地接受了担任新坦慕尼步兵长官的机会，在第二次校园暴乱中作战。

“我不否认你像个英雄似的战斗过，”马克西说道，“乔治，他赢得了‘受托人荣誉勋章’，因为他杀了很多博尼法希斯。这是件好事。”

我惊喜地发现他说话一点也不带讽刺了。

“我感谢您，先生。”格林说道，此刻说话比之前更干脆更清晰了：是一种谦虚的腔调，不过带着军人味道。我问他是不是在抗击敌人时失去了自己的眼睛。

“我倒希望是这样，”他边说边悲伤地抬起头，“可惜不是。”然后他又开口讲了些事，不过我一时半会儿也不清楚他为什么说这些。他说新坦慕尼外面盛传的有关他的说法都是中伤的谣言。别人说，他怕老婆，说他的妻子掌管家里的大权，而且似乎对他们的结合不满意；他单方面太过殷勤让她一开始觉得不满，后来是撒泼，最后到了“女职员疗养院”，然后一切都乱了套。

“事实是，”他继续说道，自然得仿佛在说同一件事，“我的眼睛从小就不是特别好，可是直到长大了我才意识到这一点。我小时候看东西经常要挤压眼球，后来，一个红皮人在那儿，我可能会看成两个，要么我的眼睛就充满泪水变得模糊不清。”之后，他说在他和萨利·安小姐恋爱时，有一天他带着她到大广场，参加一年一度的“春季狂欢”，就是在游乐场玩时，他失去了自己的眼睛，事情是这样的——他娓娓道来，说得坦白具体，只为了破除那些恶意谣言的曲解。他们的恋爱进展令人满意，他们互相诉说着爱的承诺，只要他的地位得到稳固他们就打算结婚，他那个时候才刚刚过青春期，各项事业也才刚刚起步。他们了解了彼此的过去。他这方面，他坦言自己是个叛逆的孤儿，有不光彩的过去但对未来充满无限希望，虽然财力微薄但却有无限的才智，虽然没怎么上过学，但志向远大，十分渴望毕业认证，在学院留名，虽然没经历过几个女人，但希望能结婚成家。他对她坦白年少时跟黑老乔的女儿有关系，对此他感到后悔，虽然可能并不是事实，但他告诉她自己不是处男，而且把自己狠狠地骂了一顿。她哭了，不过原谅了他，而且难过地承认她也有一些事情要坦白，不过那些事都不是什么罪过：有个偷窥狂，偷偷摸摸地耍流氓骚扰她，尽管她并没有招惹他，只是她太美貌，这是不管怎么谦虚都隐藏不了的，那在很多个夜晚都让她感到困扰——那个人透过窗户偷窥她，藏在灌木丛里说些下流的话，借着月光暴露他的小弟弟。她说，她本应该早点说出来的，可是她害怕格林会认为那个人是她现在或过去的情郎，为此跟她解除婚约。

除了这件事（更加让人不安的是，自从黑老乔的女儿被监禁了之后，年轻的格林每个夜晚都会偷偷巡查萨利·安小姐的小木屋所在的那片区域，为的就是防止她在这偏僻的森林里受到这种骚扰。尽管他看她的窗户一览无遗，可他发现的唯一有害的东西也只不过是鹿和浣熊而已），关于他未婚妻背景的其他七七八八的事情对他来说都不重要。那偷偷摸摸的插足者实在厚颜无耻，格林感到气愤不已——萨利·安小姐没有看到他的脸，不过可以确定确有其人，而且此人图谋不轨——于是他发誓，纵使他们的事业还不稳定，也要立马跟她结婚，以便更好地保护她的贞洁免遭玷污，而且他发誓要是让他抓住那个流氓，他一定会一顿猛打。他本来在当天就要娶她的，只是有件难缠的事……

“有个事实摆在眼前，”他说道，“一说到女孩子的问题我就很害羞。一直是这样！从未改变！”他眼睛眨动着，不时冲我眨眼，“那不代表我不会在关键时刻一击即中！可是我比较慢热，原因就是，我长大的地方根本没有女孩子。黑老乔的女儿不算，不是因为她是个黑人，而是因为她进入状态太快，而且不停地撩拨我，把我的勇气都吓跑了，尽管我很想给那个不知羞的女孩一点颜色看看……我以前常告诉她，她该庆幸我在为婚姻生活养精蓄锐，可是事情的真相是，我只有在想象与她调情的时候才会很快进入状态，可一旦她人就在这儿面对面——我就一点冲劲儿也没有了！你明白我的意思吗？”

实际上我不明白，只是在努力想象而已——生活在羊圈里，面对情欲的撩拨竟然胆怯无力，还有比这更奇怪的吗？

“你不能满足她吗？”我冒昧揣测。

格林脸红了，看向别的地方。克罗克在走廊上睡着了，我的拐杖在他的大腿上，音响声震天，盖过了我们的声音，但却奇怪地播放着一首悲伤的歌曲：

此时，天黑了，一辆辆开着前灯的摩托车从“骑车旅馆”的停车场上走了来，来了走，但现在很少有人脸贴着我们旁边的那面玻璃墙了。

“我能！”格林在我耳边情绪激烈地否认，“我只是鼓不起勇气，仅此而已！”

他说，直到自己的能力得到证明之前，他还不愿意结婚，而且貌似在萨利·安小姐不反对的情况下（这让他有些吃惊），他把她带到了大广场，两人达成共识，那就是在回去之前他们要把清清白白的自己交给对方。在三天狂欢期间，他们在大广场的旅馆开了不同的房间，但每晚都睡在一起。第一晚，他因为抽筋一直弯着身子，动也不能动——他认为这是因为，一想到这样好的一个姑娘就要承受自己的肉欲，他觉得羞愧，而并不是因为他害怕。然而，第二晚，他们两个都下了决心，也做了努力——可仍然徒劳无功，因为从第一个吻开始，他就找不到做男人的感觉，一切都不如他预期的那样，而且之后，尽管萨利·安小姐也做了些努力，仍然没能成功，为此他疯狂责备自己。他痛苦地对她说，她不如去找一个没有感情的种马，那种人看到她裸露的身体不会惊慌失措，能像主人一样拥有它，而不会像一个逃课的大一新生看到校长府邸一样瑟瑟发抖。话虽这么说，她却抗议说她可不是什么弗鲁门齐乌斯淫妇，以下半身衡量自己的爱人；尽管她愿意为他诞下爱的结晶，可是她能像前几晚那样睡在他的臂弯里就已经心满意足了；另一方面，她说要是他的自尊允许的话，他可以把自己看作是那座府邸的管理者，而不是征服者，那样她有信心，他会拿到万能钥匙打开大门，不用自己撞开大门。尽管如此，他还是一路诅咒着自己回到了自己的房间，喝得酩酊大醉，不省人事。

在春季狂欢的第三天，也就是最后一天，他已经不抱希望了，只是不知道该自杀还是只解除他们的婚约就好。他们观看了例行的“新生女生舞蹈”表演、仪式性的“校长的驱逐与复职”，在下界学院庆祝了“以挪士·以诺的聚会”；看了穿着白色礼服戴着学士帽的新一届“大学小姐”的加冕仪式，还看了她在百合花簇中沿着大广场游行。萨利·安小姐越是装作很活泼的样子，努力激发他的兴致，他就觉得越郁闷。晚饭之后，他们去了游乐场，他执意让她去坐摩天轮、旋转木马和过山车这些让她尖叫让她欢喜的娱乐项目，可是他并不陪着她；他甚至违背她的意愿，送她自己一个人穿越“爱的隧道”和旁边的“恐怖屋”。在她不情愿地在“恐怖屋”中摸索着找出口的时候，他站在外面撒着锯末的地上，思索着出口附近那排哈哈镜上自己的影像。其中一面镜子上，他的脖子伸长了，像身体上长了天鹅的脖子；一面镜子里面，他圆滚滚的身体下长了两根鹳鸟一样的腿。这些影像让他黯然地想起了自己的某一个梦，在梦中，他更要害的部位同样也被拉长了，拉长到了惊人的长度，结果也是惊人的。想起这个梦转而让他想起了脱掉衣服的萨利·安小姐，而他真真切切地被勾起了欲望，当然并没有达到梦中那种程度。为了掩饰自己这种状况，他不得不在出口附近的一条长凳上坐下来，双腿交叉。

过了一会儿，他发现自己选的这个座位，并不是个消肿的好地方：“恐怖屋”的最后一个“恐怖”是在出口坡上道的一个格栅，就在他前面几米处，通过坡道时踩到格栅，就会有一股气流，将女学生的裙子掀起来。我已经远离山羊的世界好久，所以不用进一步解释我也明白，这样导致的短暂暴露，虽然没有真的露出私处，只是露出了内裤和女性护罩，却正因其不经意，让女孩子尴尬，反而更能勾起旁观男性的兴致和欲望，其他情况下更大尺度的裸露倒可能很少会引起那些人的注意——比如，游泳池里姑娘们穿着泳衣游泳时，或者他们自己的妻子洗澡时。彼得·格林就这样看着勃起了，他享受着每一次吹起，惊起一阵惊慌的尖叫，女孩们想抓但却来不及抓住的裙子，以及转瞬即逝的丝绸包裹的三角区域。瘦女孩、胖女孩、漂亮女孩、丑女孩——无一例外，在想象中他都羞耻地渴望着，曾经的、现在的、将来的，每一个大腿软若无骨的小姑娘；他想，即使是最害羞的姑娘，一生中也会允许某个或几个男人进入那个私密的地方，他不能忍受其中有一次不是他自己。要是能把她们掌控在自己手中那该有多让人享受啊！在他自己设计的巨大的地下屋子里，到处被大烛台点亮，只有他自己知道这个地方，他会把她们囚禁起来，她们都一丝不挂，他选到谁就对谁发泄自己的淫欲，极尽所能，为所欲为。或许她们会被蒙上眼睛，或者被绑住手腕和脚踝……

“我的天啊！”我吓得喊了出来。马克西似乎加入了克罗克的行列，睡着了。

“嘿，”格林讪笑地说道，“那只不过是个白日梦而已。女孩子们顶多只会对我说一声‘嘘’而已，我的乖乖，那我也会拔腿就跑！不管怎样，我备受煎熬地坐在那儿，看着她们的裙子被吹起来，直到萨利·安终于出来了，和她一起的还有她在恐怖屋里遇见的一位教以诺主义的老教师，他们之前认识。她刚刚在里面迷路了，他帮助她找到了路。我想她出来时还是不要让他看到她的内裤——尤其鉴于他的职业，那似乎对他并不好——所以我起身要提醒她小心出气口；可是她正因为什么事情而笑着，并没有发现我，于是‘呼’的一声——她的紧身连衣裙吹了起来，露出了她那带黄玫瑰的漂亮内裤！就在这时我听到一声口哨声和欢呼声，还听到有个声音喊萨利·安小姐过去，看看他给她带了什么，诸如此类的声音。我立马火大了！我看向四周，想看看到底是谁，因为那时在发出那喊声的地方，就只剩下了我自己，你明白吗？那儿都没有长凳可坐。在那儿沿着墙，就只有一面这种高高的、薄薄的玻璃窗，正好在出口附近，当我用手指摁着眼球看时，看到有个家伙站在那儿，胆大包天！我第一反应就是，那一定是她说的那个一直困扰着她的偷窥狂——看他知道她的名字，说话那么粗鲁就知道了。反正我知道他就是那个吹口哨和欢呼的人，因为我能看到他吹口哨的手还放在嘴边。所以我就想，好家伙，我一定要好好教训他，让他永生难忘。然后我从地上捡起一块石头。这是个多么暖和的夜晚，我理所当然地认为窗户是开着的，他的呼喊是那么清晰；我满脑子想的都是狠揍他一顿，让他长长记性。可是当我刚抬起手要砸他，就看到他也拿了一块石头，正要揍我，所以我用尽全身力气扔出了石头。我一直都不知道我是不是打中了他，因为自那以后我们再也没有见过他，也没有他的消息。可是可以肯定的是，他打伤了我！事情是这样的，那该死的窗户是关着的——无论它是怎样的——他的石头和我的石头一定是同时砸中了玻璃窗。他没有打中我，可是碎玻璃到处飞溅，其中有一小块插进了我的眼睛。”

他继续说道，他的未婚妻惊叫一声，很快就引来别人相助。他被紧急送往医务室，在那儿，先是那块玻璃被取了出来，接着那只眼球就永久坏死了。从麻药中醒过来时，他发现萨利·安小姐就在他的床边。他失去了一只眼睛，他们错失了在大广场共度最后一夜的机会，他们因此相互安慰。更让他懊恼的是，在无法做爱的情况下，他那地方却壮观地耸起了，无论对于这种现象如何加以讽刺，都无法减弱这耸起。不，尽管他的眼睛很疼，上面还缠着绷带，他却比以往任何时候都要欲望强烈；她为了安慰他不断亲吻他，这只会勾起他的欲火；他必须当时当地跟她做爱，护士们都去一边吧；她必须关上门，把门堵住，立马到床上来。她一开始并不情愿，最后竟也红着脸同意了，让他很是吃惊：她抗议的声音细小，可是呼吸声却很粗重，她脱掉自己的鞋子，然后滑进了被子里，然后甜蜜的事情发生了。

“听着，先生，”格林对我说道，不像是在讲故事的结尾，像是才刚开始，“之后我坦白告诉她事实：其实这是我的第一次，我从来没有真的跟黑老乔的女儿性交过。”

他说，他的话（这时马克西清醒了一阵，说“性交”是个很好的老动词，但现在除了在后面几个学院的校园以外，其他校园都已经废止其使用了，这种做法应该受到谴责，因为这会让人们找不到词来替代“服侍”，而“服侍”这个词体面、客观、合法又具有讽刺意味，婉转，或者说拐弯抹角。说完这些他又陷入了半睡眠状态）萨利·安小姐坦言并不相信；她甚至有些责怪他过于夸大了这种事情的重要性，在她心中，这不过是技术性的问题。要是他觉得这是真正的、独一无二的爱的象征而必须在这种事情上欺骗她，她觉得没必要。之后不久他们就结婚了，他的伤也很快就好了，装上了玻璃眼球，他把全部的热情都投入自己的工作中，也沉浸于刚达成的男子气概中。格林林业公司的产业翻了倍，又变成原来的三倍，他摧毁了自己的竞争对手，剥削工人，占用乡村的土地，而且业务变得多样化，拓展到了其他相关的制造领域。格林夫妇从小木屋搬到了大宅子里，生了很多孩子，为了养育孩子，格林夫人放弃了自己的工作，一心相夫教子。反正她也没有必要再出去工作了，她跟自己的丈夫达成了共识：女人的天地在家里。在家里，她对家政人员发号施令，弹钢琴，画玻璃油画，读长篇小说，为枕套织上花边。他们认为他们的婚姻很是美满，他们的生活很幸福——可是在某些时候，格林开始痛惜自己错过了和黑老乔那坏女儿在一起的机会，甚至会在监狱里或外面，偷偷跟她厮混，然而他却总是因为自己玷污了，或觉得自己玷污了自己完美的婚姻而责备自己。萨利·安小姐也常感到力不从心，时不时抱怨她的生活太空虚，跟奠基者大厅里的雕塑一样没有意义。

然后，在格林二十几岁的某段时间里，他关于答案和毕业这个问题的想法彻底转变了，至于是什么原因导致的他自己也说不清楚。有人认为，他是受到了第一次校园暴乱后那些幻灭的老兵的影响；也有人认为，这种幻灭只是普遍的学术状态的戏剧性演变，而这种状态可以追溯到“再入学时期”，在“池塘那边”一些有名的西校园高等学院里经久不衰。还有人一针见血地指出，格林是个粗野之人，既没有受过正规教育，又对伦理学和艺术等院系没有太大用处；他们倾向于认为，他的全新态度和眼睛的失去，与青春期的活力有关，与过晚暴露出性格缺陷有关，或者与家庭和生意上的困难有关。

“最后一种人，他们就是让车拉马，本末倒置，”他说道，“我觉得是我自己创造了自己的答案，就好像萨利·安和我，我们自己摸索出了做爱，不管之前有多少人考虑过那事儿。”

不管原因是什么，结果总是确定无疑的：他们从乡下的屋子搬到了城里的院子；他让自己的妻子变成了自己生意上势均力敌的伙伴；他们去远处的校园旅游，学会了吸烟，喝鸡尾酒，伴着爵士乐跳舞，飙车，还做起了避孕措施。萨利·安小姐现在大方承认，她享受着她以前绝不会放纵自己做的事情：丈夫和妻子把所有的拘谨都放到一边，共同品尝爱情的烹调法中酸甜苦辣的佳肴，或即兴烹饪一些，或偶然发现一些，或从古代的雷穆斯和悉达塔的食谱借鉴一些，这些不再是格林一个人秘密研读了，而是跟他的妻子一同分享。不仅如此，他们还从老派讲师的那些禁令中解放出来，不用再受满是难懂术语的经济学的困扰。同样地，他们从同睡双人床，到分开度假，再到分居，各有各的朋友圈。而且为了扩大商业利益，负担他们奢侈的课外活动，他们冒险投机，抵押了他们所有的资产。

这种情况一直持续到他三十岁就要过去的时候，投资以全面惨败而告终。在一个难忘的夜晚，他们各自从地下酒馆出来，在回各自公寓的路上巧遇了，而且他们都喝了一样的蒸馏酒。不知是出于忏悔、炫耀，还是祈求，格林冲动地告诉他的妻子，黑老乔的女儿（已经出狱了）正威胁他，要对他提起诉讼，状告他是她孩子的亲生父亲——就算现在不提，就他所知，她总有一天会这样威胁他。格林夫人打着酒嗝回答，就她所知，她有一天也可能会以同样的手段威胁黑老乔女儿的丈夫，当然前提是那个妓女有丈夫，而且功能正常。他们各走各的路，可是不知这次偶遇是导火索，还是什么不祥的预兆，他的投机生意摊子过大，资金不足了。紧接着，就在他三十岁生日之前，彼得·格林的自信崩溃了，他陷入了一段漫长的重度抑郁。

他说，就好像一切都在一瞬间乱了套，他的研究和生产工厂，一个接一个地失败了，要么就是因为员工有组织的暴动而关门，有些员工公开承认是学生会主义者。格林的心被分成了两半，一半对任何反抗的事业都有一种亲近感（这是他从童年时代就养成的习惯），另一半又鄙视一切带有“福利校园”意味的事情。他是如此的自我矛盾，一边买通校园警察来镇压员工的游行，一边却发现自己也混进了游行者中间跟他们一起游行，他穿着以前做护林员时的衣服，挨了他本就该挨的揍。他曾一度性无能，不愿意参加社交活动，厌倦自己，也厌倦自己所剩无几的朋友。无论自己在公众眼里是好是坏，自己怎么看待自己，都与他无关了；他陷入了无尽的无力感中，甚至都不想费力气去鄙视自己。大多数时候他就躺在摇椅上。让他吃惊的是（因为他生来不适合进行哲学思考）他发现他不再将自己视作毕业生了，也不相信毕业、奠基者和终考真的存在。从长远来看，大学里的一切都无关紧要，这点他看得十分清楚：有个人学习，为了自己的同学的幸福而努力，另一个人骗人、说谎、说人闲话，两个人不久都会去世，然后被遗忘，空留下其他活着的学生和这无知的大学，而时机到了，这些也都会消失。震惊校园，晃动摇椅——又有什么关系？格林夫人带孩子过周末，顺便来看他，她随身带着许多安眠胶囊，他们两个都变得要依赖药物才能入眠；他们吵了起来，决定诉诸破产程序并办理离婚程序，他们在一起喝的最后一杯酒，就以两个人分了那些胶囊而结束，他们各自吞了很多胶囊，据他如实估计，已经达到或许超过了致死量。

“你们想**自杀**吗？”我隐约能领悟到这一点，因为我还能回想起我杀死雷德费恩的汤姆那天自己的心情。可是那跟我的情况截然不同！我拿起番茄酱瓶子喝了一大口。格林皱起橙色的眉毛，叹了口气，摆弄着糖罐的盖子。

“是死是活都没有勇气选择，先生。可是我确实希望自己死了。”我不知道他这么尊敬地称呼我，是出于习惯，对谁都一样，还是只对我特别尊重，“我们想，吃了那些药片，如果我们死了，那一了百了；如果没死，那该死的，我们就要想一下从今以后该怎么办了。”

事情的结果就是，他们不仅看错了药的剂量，而且错估了药的性质。那只是一种弱效安眠药，安眠药的处方已经变得更加复杂精进了，而他们只吃了药方里的第一种药。直到后来，他们才克服了这种无知，那时他们对于药品的了解已经可以媲美药剂师了。所以他们吃了那些药，只是香甜地睡了一觉。他们确实睡着了——睡得很熟，时间很长——彼得·格林梦见了盛大的春季狂欢。第二天孩子们叫醒他的时候，他的妻子还在熟睡，过了好一会儿他才想起吃胶囊的事情。他感觉完全恢复了精神。那是个晴朗的周六，不用着急起床。一切都未改变：依然没有奠基者，大学也还是没有意义；他仍然是可怜的彼得·格林，举止粗鲁，公司失败，有性格缺陷，家庭不幸福；最后，再也没有理由忽视孩子们和膀胱的召唤了。可是现在这些事实让他有了不一样的感觉：他亲了格林夫人一下，然后下了床，仍然完全不知道以后的日子要怎么过，也全然不顾生活要走向何处，可是他对这种满不在乎生出了一种新的满不在乎的态度。

“所有重要的事情都他妈的变得无关紧要了，”他说他是这样说的，“我知道我他妈的一文不值，也什么都不在乎。”很长时间以来他第一次想要工作；作为替代，他跟萨利·安小姐做了爱，这也是很长时间来他们第一次做爱，而且他的某些情绪一定是打动了她，因为他们热情地紧紧抱在一起，诉说着爱的誓言，悔恨之前不珍惜他们的爱，悲叹过去，发誓以后做得更好。他温柔地听着他们的誓言，并不十分相信。甚至连这几个月以来他每天都在想的那个问题——这些年来他很少会想的那问题——现在也没有那么紧迫了，只是看起来很有趣：那就是那破碎的玻璃的问题。

“事情就是，”他说道，“在我严重抑郁刚开始的那段时间，有一天下午，我从浴室的镜子里打量自己。我那天一直在外面，混在那些穷鬼工人中间，跟他们一起拉起人墙，其间还打破了我自己的一家造纸厂的窗灯，然后我回到家洗澡，准备参加当天晚上我们为塔楼大厅某些大人物准备的鸡尾酒会。我开始对着自己做鬼脸，觉得很可怕。然后我突然想到，我是扔出了那块石头，可也许根本就没有什么玻璃窗，也没有什么偷窥狂在喊萨利·安小姐。可能那里众多镜子中的一面让人看起来很奇怪！在我看来，那可能就是一面普通的镜子，我没看清楚，所以不能确定。也没有办法回去再看一下，因为狂欢之后他们就把所有东西都撤掉了，而且我也没找到经营游乐园的那家伙，没办法从他口中知道点什么。我开始问我遇到的每一个人，问他们是否去过那年的狂欢，还记不记得靠近出口的那面墙上是什么。有些人一口咬定是块窗玻璃，有些人确定那是面哈哈镜或者普通镜子，有些人说那儿什么都没有。大部分人说不记得了。”

同他一样，我也觉得这个问题很重要，而且我早就想到了。

“一旦我想起这个问题，我就无法再想其他事情了。”格林说道。然后他在镜子面前站了好几个小时，想重新审视自己的脸，也看看这张脸背后到底隐藏着什么。有时候，在某些方面，他现在看到的看起来才可能是真实的——在更加无知的年纪里，他把自己的外表看得理所当然，认为自己英俊得毫无瑕疵——可他现在觉得自己的脸糟糕透顶，很惹人讨厌。可蛊惑人心的是，在尽情审视自己之后，他坚定地认为，自己在游乐场砸碎的就是某种镜子，所以他当下把自己的镜子也打碎了（把镜子扔出了窗外），这样就再也不用看到他自己了。此外，尽管吃安眠药那关键一晚过去之后，这个问题已经不怎么再折磨他了，他仍然，用他自己的话说，就是仍然“讨厌”任何玻璃靠近自己的脸。他凭感觉刮胡子，系领带，而且拒绝戴镜片来矫正视力。

“那玻璃窗呢？”我感到好奇，因为我们四周都是大玻璃窗。

“那倒没什么大问题，”格林笑着说道，“反正，故事的最后……”一想到他就要讲完了，我就心安了，因为我们还有很长的路要走。

他说（话题又回到了他吃安眠胶囊之后的态度上了），他那时没有机会看看那种奇怪的感觉是否会持续下去——我认为，他这是一种自我接受，和对学生处境的接受，依据是，他不再在意学生们的不认可了——是否只靠这种感觉就能助他走出抑郁。因为那之后不久，他就没有这种感觉了，他被完全不相干的事情缠住了身，那便是第二次校园暴乱。暴乱迫在眉睫，让他和妻子重新团结在了一起，终结了所有罢工纠察，让所有工厂和实验室都不眠不休地运转；由此带来的繁荣，加上紧急的氛围，日夜奔波，和对终考这一问题满不在乎的全新态度，这种种事情赶走了他心中刚产生不久的对于学生会主义的好感。他加入了后备军团，成了英雄式的人物。不善的竞争对手和那些手下败将可能不服气，认为他是靠他的大块头和身体优势才成功的，而非一流的技能和完美的性格，但他自己根本没时间在意这些。

“我没问题。”每当他的动机或表现受到批判的时候，他都习惯性地对自己重复这句话，**“再说，管他的呢。”**他在将军教授雷金纳德·赫克托手下做军官，手上有无尽的物资，其中还有一部分是他自产的，最终领导自己的人走向了胜利。就这样，他在这场暴乱中脱颖而出，闻名于整个校园，受到大家一致喜爱。人们对他的评价是：慷慨，粗野，公平交易，举止粗鲁，好心肠，易受骗，直截了当，缺乏教养，家财万贯，多愁善感。富甲一方倒是事实：暴乱材料制造（部分由他妻子打理）让他暴富，而暴乱后新坦慕尼在建筑材料、纸张和塑料（在敌对期间金属稀缺时他新加的副生产线）方面的巨大缺口只会让他更加富有；在塔楼大厅，只有艾拉·赫克托一人的财力和隐性影响力在他之上。

“可是后来事情仍然乱套了吗？”我问他。我现在希望能结束这个故事，虽然它在人类婚姻这个问题上确实能给我启示。格林摇头表示“不是”，但很快我就明白了，在某种程度上，他摇头意味着“是”，**我始终都没能理解这件事**和这类情况。从这儿开始一直到他讲完，他的话一如既往地自相矛盾，至此，我已经听到他话语间突兀地夹杂着几个俗语。

“天知道我多想知道我们的生活到底怎么了。我们在郊区地带买了座很好的房子，有游泳池和彩色电视等；孩子们开始学音乐；萨利·安有了自己的代步车，只在她想工作的时候才出去上班。她没有揪着我的污点不放，因为她让黑老乔的女儿打扫家里，而我帮着做每顿饭。当然，跟以前一样，我很忙，可是乔治，事情不像以前那么坏了，真的，我每天鸡打鸣时起床，一直工作到午夜。”此外，他还说，他们一致同意，就像刚结婚那会儿一样，对方才是自己唯一的依靠，不同的是，现在他们在生活的方方面面，都是平等的伙伴和忠实的同伴，而不是主宰与被主宰的关系。

“根本不是生意不景气的问题，你明白吧，虽然税收是一直在涨。我每年在塔楼大厅花大把的钱，让学院教务会降低我的税收，不要从池塘那边买便宜的东西，可并没有用，先生；他们不停地占用越来越多的林地，建学院公园之类的设施。我雇了一屋子的博士生，来研究如何拓展业务。过了一阵子，我实在一心只想拓展业务，于是关掉一半工厂和造纸厂，自己打入了营销和包装研究领域。总之，我用不着所有人都为我工作，不用和该死的委员会打交道了：我们安装了现在由 WESCAC 操纵的机器，你把一根木头塞进一端，就可以从另一端得到白报纸，中间不需要任何人插手。WESCAC 甚至会告诉我们要砍多少棵树，哪个人应该被解雇。”

我明白了，现在的结果是，他虽然比以往任何时候都富有和发达，但实际上他却失业了，因为 WESCAC 接手了管理工作和劳动力操控工作。黑老乔的女儿出面公开指控，他年轻时为了扩大自己的利益，曾无耻地利用了她，甚至可能还让她怀了他的孩子，他主动提出要雇她做女佣，顾不得他妻子以前记恨着她。他让萨利·安小姐做了公司的财务主管。他们的孩子们衣食无忧，生活优渥：女儿们在一个“低年级校游行乐队”中挥舞指挥棒，儿子们是“职工子女运动联盟棒球分队”的主力球员；他们从来没被打过屁股，有大把的零用钱，自在地玩游戏，和父母一起度假——对父母直呼其名——自己的卧室里面有电视机，游戏房里有私人保龄球场，而且像父母亲一样遵循传统，每周都会按时去本街区的以诺派大厅——尽管他们被告知，去那儿的回报只是以诺派的答案，根本不存在“毕业认证大门”和“下界学院”这样的地方。每到周末，他们全都会去打高尔夫球，或去朋友家里参加聚会。

可是没有一个人是幸福的。黑老乔的女儿，一方面拒绝（用她自己的话说）“自降身价”，做这么低贱的工作；另一方面，只要稍微给她高一点儿的工资，封她为“助理管家”，就可以将她“收买”。她也不接受他给她提供的职位，让她做自己宣传系的特别代表，那份工作可是只需要配合拍宣传照，用于在弗鲁门齐乌斯的广告就可以，一点儿也不累；她死缠烂打，要他承认过去确实对她有意思，也确实虐待过她。她坚决要求白人女人做同样的工作拿多少钱，她只多不少。而且为了弥补他过去对她的虐待，他要让她的孩子和他的孩子们一起受教育，在同一个班，参加同一个夏令营，去同一个奠基者大厅。他自己的孩子可没这么有“上进心”，只除了有个儿子调皮偷摩托车，在六年级的舞会上感染了淋病——他们都又高又英俊，他们的牙齿全都很健康，他们腋下一点味道也没有，可是他们似乎对什么都不感兴趣。至于格林夫人，她变成了一个泼妇——或许是因为，就算她看起来还很年轻，甚至会被认成自己的女儿，可事实上她也已经人近中年了。她会突然就发脾气，常常与人争吵；她抱怨自己的担子太重；她和她的丈夫都认为，同时兼顾事业、抚养子女和操持家务是不可能的，可是他们又看不惯那些只知道喝喝咖啡、用电话闲聊的愚蠢女人；他们认为男人和女人应该奉行完全相同的一套行为准则，不过在一系列小事上表现得不同而已。她觉得他们应该多出去跳舞，他希望他能多跟自己的同事打扑克牌。

“我发誓我想让她做自己，活得独立，可是每当她出去工作，我就会不知所措，希望她只是个普通的主妇。然后她会做一阵子主妇，安排精美的菜肴，缝补窗帘，做其他家务；这时，我却希望她的话题不止有这些，**而是些**更有趣的事情！我们变得十分相像，十分亲密，我们特别厌烦**不同**——仅仅出差一晚，我们都会想对方想得要死。我变得不那么结实了，体重超重了，什么都不做就觉得累！萨利·安月经不准时报道了，开始穿束身衣了！我们两个偶尔也会渴望逃走，从头开始，可是我们明白自己不能那么做，因为不管怎样，我们是那么合拍，那么爱彼此。这可真是进退两难！我告诉自己，‘我没问题，管他的呢’——可是当有一天她突然大哭起来，又要依赖药物的时候，说什么也没用了。天杀的医生，精神病分析师，还有心理咨询师啊！一个告诉她‘待在家里做个**女人**’，另一个又说‘做个职业女性，其他什么都不要管’；一个说‘想离婚时随意离，我们现在生活的校园就是这样的’，另一个又说‘无论如何不要离婚，因为如果家庭都没了，我们这现代化的学院就一个人都不剩了’。有些人告诉萨利·安，她不应该管我的想法，只要自己走正直坦荡的路就可以，古时的学期就是这样的；另一些人对我说不管怎么样，依葫芦画瓢，我们两个一样。吃药，不吃药！重新回归以诺主义，吃黑蜜糖，做呼吸调整！有个花大钱请来的家伙竟然告诉萨利·安，要治好她，她应该跟**他**睡觉，因为他自己的妻子不能理解他！这是什么鬼话！

我信他个鬼！”

他说，直到最近，事情到了最严重的地步。在一个午夜，他们（就换掉精神病分析师，改成低脂饮食的问题）爆发了一场毫无意义的争吵。他对妻子吐露，他对他们现在的治疗师不满意，因为他说只有病人克服了自己“拒绝治疗”的心理状态才有可能得到帮助。而格林一直告诉他的妻子，这种说法，就跟对一个生病的人说，为了吃药他必须要好起来一样……

就在他做这个类比的时候，他的妻子尖叫一声打断了他，然后又尖叫一声，接着第三声、第四声，一声又一声。他大吃一惊，劝她考虑一下孩子，控制自己，看在奠基者的份儿上不要再叫了。他心慌意乱，可是她仍然躺在他们的床上尖叫，眼睛紧紧闭着。最终他叫来了一个女邻居和黑老乔的女儿。当家庭医生赶来给她注射了镇静剂以后，她的尖叫变成了不停的啜泣。孩子们都醒了，被告知他们的母亲因为工作太重、操劳过多而精神不好。他们能理解吗？他们一脸严肃的表情，点头说知道了。据说第二天早上，她需要离开休养，她就真的离开了——去了女职员疗养院，因为她曾经当过地区女教师，所以有资格享受那儿的服务。那个庄严的、宁静的疗养院里有很多他们的熟人，她在那儿住下以后，情绪就逐渐稳定下来了。事实上，他去看她的时候，她已经平静乐观多了，这是她之前好长时间都不曾有过的，只是她的医生也说不清她到底还要待多久。她轻声为自己的歇斯底里道歉，为留他一人管家和养孩子道歉，为自己不能在他们困难时承担自己那份责任而道歉……

“我很想她，觉得自己真是失败，失败得想要去死。”他说道，“我做的第一件事，就是回到家里，像只呜呜叫的猫头鹰，喝得大醉，因为只剩我一个人了。可是，先生，无论是喝醉了还是清醒着，前一秒，我会觉得我们期望同时做彼此的朋友、爱人和势均力敌的人，这样的生活方式出了严重的问题，但下一秒，我就会觉得这根本不是我们的错，我的想法是正确的，是最好的，一切都是过去在作祟。有天晚上我去了一间酒吧，就在我在这两种想法之间左右摇摆的时候，黑老乔的女儿竟然也到了那间酒吧——还是作为顾客，天啊，我从来不知道那间酒吧竟然会为黑人服务！她问我萨利·安小姐怎么样了，而且一直对着我狡黠地微笑，好像我要抓住她似的。她说她觉得我一定非常难过，毕竟像我这样一个居家的男人竟然独自一人在外面喝酒喝到这么晚。我知道她是什么居心，但我还记恨着她，因为她对着报纸说了很多我的事，而且我给她跟白人差不多的待遇可她却忘恩负义。我给她买了杯酒，谈起可怜的萨利・安还有其他一些客套话，说这件事对孩子们而言有多残忍；黑老乔的女儿说晚上应该要有人在家陪孩子们一会儿，直到他们习惯母亲不在家的生活。她一直对我那样微笑，让我想起多年前她也是那样微笑的，那时候我还只是个胆小的年轻人，而她是个喜欢卖弄的人。她丈夫几个月前丢下她跑了，他们的孩子在她的什么姐妹那儿；我知道，且不论她说过什么，我只要一问她，她就会跟我回家。我实在太低落，太心烦意乱了，于是我站起来问她，她自然跟我来了，而且一直在揶揄我之前像对待南边的奴隶一样对待她。面对这样一个姑娘，和这样一团糟的自己，你能怎么办呢？”

我没有意识到他这个问题是不需要回答的。

“嗯，是这样的，格林先生——”我皱着眉头开口。

“彼得。”他坚持道。

“我觉得你的故事很感人，彼得。我不能理解婚姻竟是这么奇怪，而且我很有兴趣知道婚姻是不是一般都这样。我遇到的其他已婚人士就只有斯托克先生和斯托克夫人、西尔医生和他的妻子，他们的状态好像跟你和格林夫人的有点儿不一样，至少我看到的是这样。”

“西尔医生！”格林笑了，“你认识肯纳德・西尔？他就是我跟你说的，我的精神病分析师！真是个人很好的家伙，是吧？对我没做过一点儿有用的事，但他倒是个聪明人，真的。”

我赞同他似乎是最有礼貌的绅士了，然后又退回到之前的话题：“我觉得我还是不明白，你都已经那么富有了，为什么要搭便车到大广场，也不知道你到那儿打算做什么。”

彼得・格林也半斤八两，他不知道自己要干什么，只知道搭便车是怎么一回事。他搭便车只是因为想搭便车，还有就是为了保持“健康”——尽管他做健美操，吃维生素药片，练器械，吃低脂食物，有一整套养生之道，可他还是超重。他把孩子们送到了寄宿学校（尽管与他们分开几乎要了他的命），关上家里的大门，不管自己的生意，就这样上路了。他这样做，自己能想到的最恰当的理由就是：尽管他完全可以确定自己已经及格了，可他肯定自己还是失败了。他在黑老乔的女儿，那热情放荡的女人怀中，就是背叛、欺骗、亵渎了萨利·安小姐——可是无论好坏，面对黑老乔的女儿，他依旧无能，而她一如既往地忘恩负义，竟然在早上他主动提出给她涨工资的时候嘲笑他。他别无选择，只能惩罚这傲慢的人。虽然他爱自己那不幸福的妻子，尊敬她并以她为荣，可同时他也深受两人之间相互埋怨的困扰，尽管那些埋怨多少有失偏颇，但他仍觉得合情合理。总之，他对自己以及自己和其他事情的关系，都有完全的两种想法，所以他更像是一张人皮下的两个人：一个精力充沛、轻松、乐观、自信、心胸狭窄、热情好客、外向、思维敏捷、好战、强壮，另一个冷漠、卑鄙、悲观、自卑、放纵、粗鲁、内省、自满、粗俗、不负责任、无力。一开始他对奠基者失去了信心，接着对自己失去了信心——确切地说，是不相信自己有能力及格，因为既没有《大纲》也没有大导师来帮助他，让他这个不相信毕业认证的人得到毕业认证。现在正是每年财产清算和汇报的时候，也就是支付负债，收红利，评估他各个公司偿债能力，制定来年发展计划的时候，可是他却发现，自己没有能力完成这个任务了。此外，他最近一直受到头痛困扰，总是因为头疼而眼睛充泪(我看到他说话间吃了药片，喝了药水)；他自己办的报纸批判他“日益恶化的形象”，报纸上是这么说的，可他们并不知道他受累于对镜子的恐惧；他的邻居说他应该娶了黑老乔的女儿，要么就彻底远离她，可他们不知道她是那一带待遇最好的黑人；他的孩子们因为他而感到难堪，他们发誓，**无论如何**都会跟他对着干。

后来有一天，萨利·安小姐平静地告诉他，不久她就可以离开休养院回家了，而她也不会再陷入之前的境地。她说，她不会责怪他——可是，先不论她的身体健康，她能活着，还有赖于他们之间紧张关系的结束。她没给他回答的机会：她狂欢假期结束后就回家，要是他在家，就表示他愿意重新开始；要是没在家，她就当他终是觉得自己并不情愿，或者并不能回应她的需要——当然他有自由认为她的要求很过分，要是这样想能让他觉得好受的话——那么他们就走法定程序分开。

“我从房子的台阶走下来，头快要裂开了，”他告诉我，“我下一步台阶觉得自己爱萨利·安，讨厌我自己，再下一步，我的想法却正好相反。我尽量去想‘我没问题，管他的呢’——可是怎么听都觉得不对。所以我想我最好到处走走，让头脑清醒一下，等我回过神来，我已经走在公路上了，这时我感觉自己看到有辆摩托车驶过，骑车的是个风度翩翩的年轻人，萨利·安小姐就坐在边斗里！”

我表达了自己的惊讶，马克西这时恰好醒了过来，听到了彼得·格林的故事的最后几个小片段，他说了句“哈”，并没有太多同情。但格林看到这一幕并没有太心烦，更多的是困惑。

“我不明白怎么会这样，你呢，乔治？那家伙不超过二十岁的样子，一直在微笑，双眼发光；他在跟萨利·安说着什么，她听了咯咯地笑，习惯性地用手捂着嘴，我发誓她看起来就像那年狂欢第一天的样子：就像春天里的小羊羔一样快乐，有朝气，非常漂亮。只看她的模样，那一定是某个女学生和自己的约会对象。真的是这样！要么就是我的大女儿芭芭拉·梅，她要学坏了，从学校里逃了出来。这不重要。我满脑子想的都是我带萨利·安去狂欢的时候她有多么可爱和开心，还有之后我们是怎么分开的。不管是谁的错——是她的错、我的错，还是我们生活的时代的错——我只是站在那儿，想到这件事就大喊。然后，我决定，我要竖起大拇指搭个便车到大广场，及时赶上今年的狂欢。”他叹了口气，眨了好几次眼，然后看了一眼自己手表，“我们最好现在就上路，不然我们今晚就找不到住处了。”

“我不明白。”我追问，“你只是要去春季狂欢，不是要去注册吗？”

他在我们的账单上签字，递给那个女服务员，然后用那只好眼睛一直瞟那年轻女孩，盯着她紧身制服包裹下不停摆动的大腿。他脸红了，用拇指指着胸口，才注意到我的问题。

“听着，先生：**我没问题**，该死的。像我一样，任何结婚很久的男人都很容易因为陌生姑娘而惹祸上身，这是我觉得黑老乔的女儿达不到我的标准的唯一原因。”

“抱歉，您什么意思？”他用的词汇以及他的态度都让我觉得困惑，“啊，不说了。让我们上路吧。”

在“骑车旅馆”逗留了那么久，格林像是突然觉得忍受不了似的，逃跑一般夺门而出。我们唤醒打鼾的克罗克（拐杖有一半他都已经雕上了葡萄藤），这时我看到心中烦闷的格林，正在铺着沙子的停车场上做俯卧撑，咧嘴笑对着来自四周的年轻情侣们没有恶意的嘲笑。马克西摇摇头。外面夜凉了，灯火通明，我重新爬上克罗克的肩膀，马克西爬上车，可是就在我们出发前，格林刚恢复不久的戏谑又消失了，他暂时松开了油门，眯起眼睛抬头看向我。

“倘若**真的有**大导师！”他大声说道，马克西坐在边斗里，之前眼睛一直闭着，现在才睁开眼睛审视骑车人扭曲的笑容，“倘若你**正是**大导师，来这儿就是让古老的新坦慕尼重新走向正规的，而且你听完了我告诉你的，关于我和萨利·安的一切以及事情是怎么乱套的！你怎么**说**呢？”

我吃惊地发现，他一直以来都没有真正地相信我，而我只能呆呆地看着他。片刻后，他转过脸去，痛苦地发动了摩托车。可是就在那片刻，他两眼中的光芒加倍闪亮，那只假眼睛和那只真眼睛一样，都成了反映他所言之痛苦的明镜。

3. 来到主大门

此刻我们迅速穿过一连串住宅区——我认为，十分美观，虽然我一时还不能明白为何一个四口或五口之家需要住我们整个羊群那么大的地方——冲向中心地带声势浩大的车流中。我抓住克罗克的头，像是不愿意相信自己的眼睛似的，目不转睛地盯着一切。我说不上什么是最令人望而生畏的：是那些气派的建筑物，一幢幢的，灯火通明；那大批大批的人类，大部分是穿着相似的年轻人，挤满了人行道，手里拿着书，耳朵里塞着塞子，我听说他们用那东西收听来自中央发射机的音乐；还是那两旁长着榆树的林荫大道，广阔如草场，以黑色沥青铺就，在安装于一根根杆子上的蓝白色灯的照耀下，恍如白昼。为了庆祝春季狂欢，一切都闪闪发亮：十字路口的上空悬挂着大大的亮闪闪的金银色卵圆形装饰；每根路灯杆的横杆上都停着一只巨大的蝴蝶，可怕极了，直到我晓得那不是真蝴蝶才不那么害怕了；它们的两翼闪闪发亮，展开有三米长，慢慢地合拢又展开，上面有五颜六色的小灯在一闪一闪。到处都可以看到穿得花里胡哨的庆祝的人群，唱着歌，喝着酒，狂欢作乐；有些人穿着化妆外衣和格子紧身裤；有些人戴着带铃铛的帽子，或者全脸面具，看起来很恐怖；这边有个女孩穿着白色紧身衣，戴着高高竖起的布耳朵，屁股中间松垮地挂着一个棉花球，看起来很有趣；那边有个穿红斗篷的肌肉男，拿着干草叉和仿制的羊角号。我们经过时，这些人不时朝我们敬礼，而我开心地挥动我的拐杖回礼；其他人不理会那些人，也不理会我们，除非因为害怕而给克罗克让路。到处都可以看到大写的、闪光的广告："轻松拿学位——请说'体育教育'。""轻松学习：兽医系。""快乐的狂欢来自大家的畜禽系。"

"最后那句真没劲。"彼得·格林评价道。我们走的这条路是看起来最为宽阔、最为华丽的一条大路，在路的尽头我们停下摩托车。在这里，林荫路变成了一片巨大的草坪，草坪两边是更为气派的建筑和更为珍贵的榆树，草坪前面，就在我们面前，是一座足有二十米高的铁栅门。与周围灯火通明的其他建筑不同，主大门（我认出了它，脊背一阵发凉，而且知道这片草坪就是大广场，沿着它一直往里，那巍峨的大厦就是塔楼大厅）一片漆黑，沿着长满常春藤、雕着石像鬼的墙，还有路的尽头那扇有名的单向旋转栅门前，都有守卫在巡逻。看着整个景象，我非常激动，迫不及待地想立马看到一切。这是狂欢的最后一晚，工作人员已经把广场周边的一些临时建筑拆除了。我们一边的高层建筑是科学研究院大楼，是自然科学教授专用的公寓旅馆，地下是无人不知的活体解剖烤肉店；紧挨着的是华丽的门房宴会厅、二年级电影院和射击场，还有其他一些闻名全院的娱乐场所。另一边是人文景点：艺术品拍卖处、姐妹游乐场，还有离我们最近的，巨型的阶式剧场，这剧场由古代叙事系的下设系和戏剧科学系共同打理。我对这最后一个尤其感兴趣，因为节目单上预告，今晚的表演是《塔利跛德院长之悲剧》，这部作品的主角我听说过，只是没有读过他的冒险故事而已。这将是本周以来一系列古典作品的收官之作，人们已经排成了好几队，准备进场观看了。

“你们也想进去看看？”听到我感兴趣，格林如此提议道，“我对舞台剧从来不感兴趣，可是他们确实说这个很火爆。”然后，他执意让我们允许他为我们四个人买票，当然也包括克罗克，虽然他肯定看不懂剧，可是放他一个人不稳妥。他还说如果我们看完剧想去游乐场玩，时间也充足。他如此慷慨大方，我看马克西的表情也有松动；但是最终他却拒绝了格林的好意，理由是我们今晚还要找个便宜的落脚点，而我最好早点休息以应付注册的考验，注册就安排在了明天日出时分——更何况我昨天晚上已经庆祝过了。而且他今晚还有些建议和注意事项要告诉我，免得明天没机会说。我很失望，可是看到马克西又像之前一样对我上心了，我又觉得很满足。

可是格林不接受反驳。他提议，“我去买票的时候你想跟他说什么就说好了”，还可以顺便再帮我们找个住处，省得我们麻烦；他说，这只需要他在售票处给“青以联旅馆”，也就是青少年以诺主义联盟旅馆打个电话就可以，因为他作为过去的主席，有权在那儿免费住宿。他不再听任何异议，就像从“骑车旅馆”骑车离开时，他拒绝认真听我的话一样。我再三向他保证，我是个货真价实的大导师，或者是未来的大导师，我不是冒牌货或疯子，也不是要参加狂欢的化装舞会。“每年这时候森林里都满是这样的人，”他笑着说道，“可是我看你的脸就知道你没问题。我相信你确实如你所说，是个羊孩，这已经够让人惊叹了。”现在，马克西只是耸耸肩，好像再跟他多说无益，格林乐意就随他去好了。而且他承认，在我注册入学之前亲眼看一下莱克昂最深刻的悲剧可能也很合适：这场剧在狂欢的最后，春季注册入学仪式之前上演，绝不会是巧合。但是看剧之前他必须要先跟我单独谈一谈。格林开心地去买票了。

“真是个奇怪的伙计！”我看着他的背影说道，“我不知道自己是不是应该喜欢他，可是他确实很乐于助人。”

马克西做了个不以为意的手势：“他没问题，我不担心他。”

我大着胆子指出他，马克西，在今天下午和昨天晚上，不管是对格林还是我，可都没有这么宽容，并请求他原谅我一次，原谅我在动力室做的事。或者，要是他觉得那不可原谅，那就允许我继续走我的路，因为我在没有他的陪伴和建议的情况下也已然开始行动了。我对他的指责并没有激怒他，事实上，他听到这些似乎很满意。他点了好几次头，平静地说道：“你说话不像个孩子了，这很好。呐，乔治……”他一只手放在我的背上（我已经从克罗克身上下来了），对我表现出这段时间以来最大的慈爱。他跟我解释我马上要面对的事情，他这般姿势，再加上温暖的声音，让我非常感动，可同时我也并不明白，他脸上为何会有一种忧伤和迫切，好像他要说的话必须得现在都说完似的。

“以后有时间我们再谈动力室和莫里斯·斯托克的事情。”他说道，“现在有更重要的事情。”我把拐杖留给克罗克啃，我们两个慢慢走到广场的草坪边缘，离大门很近，“像峡谷和发电厂的事情，虽然都不好，可小乔治，那都只是**岔路**而已。那个说我是她爸爸，叫安娜斯塔西娅的可怜女孩也一样——不管她是不是自愿的，也只是让你分心的岔路而已。可是现在在你面前的，是你必须要跨过的第一个大障碍。”他挥挥手指着那旋转栅门说道，“那应该不是什么问题——我的意思是，那要么是不可能，要么是轻而易举，从没有中间地带——可是你不能走岔路，时机来了，眨眼的工夫都不要犹豫，不然你就完蛋了。”

接下来，他简单介绍了一下注册和入学的例行仪式，因为在现代，在西校园，特别是在新坦慕尼，它们都有了一定的变化。旋转栅门两边那两扇很大的门，现在关着，可正常情况下是开着的，它们是进入学院核心地带的公共出入口。一开始学院所有的大楼都在里边，后来那里就只是管理和军事科学的地带了。理论上讲，只有毕业生和有资格的毕业候选人才允许进入，而且在以诺主义课程处于全盛期时，这种限制是严格执行的，以诺主义弟兄会像奠基者在整个学校的代表一样，决定谁有这种资格。然而，这么多学期过去了，弟兄会已然式微，奠基者的本质及其存在也受到挑战且引起争论，这种做法也就废而不用了。就算是在从前，在西校园各学院的广场墙外的人也总是比在里边的人多，而且他们要受弟兄会的领导，受弟兄会教授们的指导。以挪士·以诺说，“很多人注册，很少人合格”，鉴于只有他自己能分辨出真候选人和假候选人，弟兄会对每一个学生都进行了教育。现如今，新坦慕尼等一些学院的章程规定，严禁因入学考试不及格而取消一个人的资格，或以教学理念为由剥夺学校公职人员的资格。以前的“智慧学位”已经没有了，取而代之的是学校管理部门给成功完成课程并通过一定“专业考试”的人颁发“专业能力证书”；这样的人被称作“毕业生”，我们就说他已经“毕业”了。这样他们不仅有资格受雇于自己的专业领域，还能继续深造，最终自己变成教授——**现在这些术语跟它们最初的意义可是大不相同！**但是以诺主义传统在某些学院的仪式中还是有所保留的——确切地说是模仿，因为众多仪式参与者都不太清楚自己参加的仪式是什么意思：比如有很多象征性仪式的春季狂欢，就是一个这样的传统。春季狂欢源于古时的农业庆典，经由以诺主义弟兄会修改，变成了庆祝以挪士·以诺被驱逐，脱离下界学院，升职为“《旧大纲》荣誉教授”，最后胜利复职的盛典。这样的传统活动还有一个，那就是“旋转栅门之考验”。它于每个学期的开始进行，是春季注册时的特殊仪式，就安排在明天早上。这个传统的意义是：只有真正的毕业候选人（当然这里说的是最初意义的毕业候选人）才能通过那个旋转栅门和转门里一个极小的门——这两扇门都是单向的，能通过的人也绝不是平庸之辈，他们不是去获得什么“最低及格分”或“专业能力证书”，而是要参加终考，结果就是要么得到毕业认证，要么因不及格而被退学。

“问题是，”马克西笑道，“自古时的学期起就没有**出现过**一个候选人，事情就是这样，以诺派的人再也不敢说谁是毕业生，谁不是毕业生了——即使是在过去，他们也不会在学生过世前决定这一点。所以旋转栅门从来没有转动过，它可能已经生锈转不动了。‘剔除山羊格栅’建了之后就一直锁着。”

我所有的心思都被后面一个名字吸引了，于是再次好奇地眯起眼看着阴影处。听马克西解释，“剔除山羊”和“替罪羊”一点关系都没有，很可惜，这个词是在暗指以挪士·以诺说的三句反山羊名言：第一，他要将绵羊与山羊分开；第二，通往毕业的路对山羊是难以立足的窄路，而对于他的绵羊群却是广阔的康庄大道；第三，山羊勉强通过铁格栅比一个只是有学问的人通过毕业认证大门要简单。这个传统延续到现在，西校园各学院的做法是：从各个院区选拔最强壮最敏捷的年轻人——通常是狂欢期间举行的各种运动比赛的中的佼佼者——猛地冲向旋转栅门，同时还模仿山羊咩咩叫，新注册的人和围观群众则为他们加油打气，还有个人乔装成挂科院长的样子，试图阻挡他们的去路。当所有运动员都失败以后，校园小姐会给他们戴上百合花环，并为了讨挂科院长开心，而把他们象征性地赶下场；接着左边和右边两扇大门会突然打开，仿佛是“剔除山羊格栅”打开一般。趁挂科院长咬牙切齿，佯装失败的时候，那批真正的注册新生就可以进入广场墙里的门房，并开始为接下来的新学期安排课程。参加这些庆祝活动的人，没几个明白这些活动最初的意义，就像他们都以为**狂欢**是源自雷穆斯的“告别肉体”，可那时候还没有斋戒和哀悼；“旋转栅门之考验”也变成了一周狂欢作乐后最终的一项逗乐消遣。这可足够博大多数学生开心一笑了，前提是他们在周四晚上的聚会上尽情放纵后，还能在周五早上那么早就起床。

然而最近，校园因为宁静暴乱而关系紧张，学生犯罪率和离婚率出奇地高，还有教室拥挤和因“吞食波”测试（进行测试会毒害学术氛围，每学期都会产生一部分思想有缺陷的学生）退学等日益严重的问题——这些忧患让人们重新重视古时的仪式。最起码以诺主义弟兄会的人是这样的，他们认为，只有回归到《新大纲》的学说，才能拯救大学于自我毁灭，拯救学生群体于最终失败。而很多非以诺主义的人，虽然不接受某一种特定答案，也都一致认同这些问题的严重性。他们想起了 WESCAC 的程序菜单上的“施皮尔曼限制条件”，渴望出现一位新的大导师来改变 AIM，给当代西校园生活方式提供全新的指导手册，正如以挪士·以诺在他的学期所做的那样，给出一本《修订版新大纲》。

“这就是为什么格林刚刚说，”马克西说道，“每年这个时候林场里满是大导师了。春季学期正是你的那些老流浪研究员和游侠学者在校园里出没的时候，要么就是他们做大项目的时候。”此外，他还说，是我自己选择，当然是偶然选择，才会在这个特殊时期动身到大广场。而正是这一点，最终让他相信我说自己是大导师是有可能的。

“啊，马克西！”听到这儿我忍不住插话，“到现在了你还不相信我，是吗？”我心急如焚，不为自己，只是为了他好（我担心得眼里充满了泪水），他感动地拥抱了我。

“好比利！”

“是**乔治**。”我纠正他。

“**就当**你是好了！”他嘀咕道，像彼得·格林一样，说话带刺，而且再一次申明我已经听过无数次的那个观点，让我有些不开心：要说这一连串离奇的意外事件纯属巧合，这简直难以置信，**而且**……可以这么理解，在他看来，我说话和做事都不像大导师该有的样子，所以这“一连串意外事件”到底只是巧合而已，他说了诸如此类的一些话。但他又继续说：“可是不是你的话也不会是其他人了。”他这话像是从牙缝里挤出来的，“我这一生都没有，而且也很难相信大导师以及相关的不切实际的白日梦，可是我想想斯托克，想想埃布利·艾尔科普夫，我知道，如果没有**出现一个人**阻止的话，我们就会自相残杀，人吃人的！”

之后，因为时间有限，他也不愿说些场面话，所以让我原谅他直言不讳。他承认，他从来不赞同人们寄希望于任何“校内及格的鬼怪”能改变所有学生的头脑，一秒都没有。事实上，他还是老一派的想法，认为这种想法毫无希望，根本不可能。而且他必须要说句真心话，他也不认为我是个思想巨人：他认识很多同时代的伟大学者，有科学系的也有哲学系的，他们都跟我不一样。不过我要原谅他，他没有恶意。他认为，众生必须通过自己的终考，定义自己的毕业认证。这是一个漫长的，最为痛苦的过程。而且因为有像西格弗里德学院的博尼法希斯这样的残暴的情报人员，这个过程变得更加痛苦了。在这一点上，人们似乎时常是一无进展的，只是一级又一级的学生在重复他们前辈的错误而已。所以他认为，有两点重要事实是当下他们的希望，但他们也因此受到限制。其一是他们的历史性：这个校园很年轻，学生种族更年轻，跟过去的整个历史一对比，这伟大的学院的历史就是昨天刚出生的。其二就跟他的相对循环学有渊源了。相对循环学是一个有关系统性推测的领域，他一时也无法给我细讲，可是现在跟循环学有关的地方就是，他认为在个体的生命历程和整个学生群体的历史之间存在契合性。正如胚胎学家们认为个体重演种族发育史，马克西主张，学生种族本身——或者范围更小一点，校园的历史——可谓是，以大写和慢动作的姿态，明确遵循校园里最年轻的大一新生们的生活模式。这就是施皮尔曼定律的基础——个体发育史重演宇宙发展史，这只是其中的第一原则，而这个定律以及循环学还有很多内容。现在最重要的是，经过他的计算，整个西校园正处于青春期中期……

“看看我们的表现如何，”他对我说道，意指学院间的政治纷争，“各个学院就像是一些被宠坏的孩子，而整所大学就是个没有头脑的婴儿，对吗？是的，我们不曾经都是这样，以挪士·以诺不也是这样吗？而且我们要承认这所大学是个早熟的孩子。如果校园里的生命历程不幼稚的话，我们就无法期望它达到成熟。”他主张，众生已经过了混乱的、没有文字的婴儿期（克罗克就是这个时期的代表人物，没有什么东西是好失去的），经历了比较辉煌的幼儿时期（“……古莱克昂、雷穆斯、唐……”），它那有些矛盾的基本性格形成了；它有一段时间，天真地完全相信父母的权威（他意指早期的奠基者主义），然后活过了一段关键时期，其间经历了幻灭、怀疑、理性、任性、自我批判、暴力、迷失方向、绝望，等等——这一切都是青春期早期和青春期的特点，至少西校园是符合这些特征的。我甚至意识到其中有几个阶段是我最近几年经历过的，事实上，马克西对于西校园学生群体现状的描述，让我有些不自在，因为我想起了和奶油头发夫人在一起的那个时期：任性、自我矛盾、乖张、难以相处。它的分裂，正体现在宁静暴乱中。而因为异常力量的介入，这种分裂也加剧了，且变得具有危险性——就像，在几个学期的时间里，一个男孩发现自己突然变得结实了，声音低沉了，意识到了自己的缺点，为自己的优点而骄傲，有能力真正去爱和恨了——一切都是依靠自己的力量。希望在于，这样一个青少年，不会毁灭自己，会走向成熟(虽说不上得到毕业认证)，而这希望恰恰是这所大学的希望。

“什么能拯救一个男孩呢？”他对着自己那只四根手指的手发问，“好的引导，是一方面；有克服懦弱的坚毅性格，要灵活；还要运气好。”据他推断，这所大学的引导，就是《莫伊舍法典》《奠基者卷轴》《以挪士·以诺语录》，还有《释咖尼安注解》，这些根本的教学文件。这些文件肯定不是来自“外部”——不得将这个范围扩大，只有这几部而已——而是源自这么多学期以来成熟了的、毕业了的个别学生——我乐意的话，也可以认为来自“内部”；这些是众生能想到的最好的答案，早在学生群体的“抚养”阶段就产生了，而且包含了这所大学强大但却不一致的思想。据他判断，“健康性格”的形成，一部分是靠时机，另一部分靠“早期培养”，而“运气”，他觉得涉及发生灾难性事故的可能性：青少年喜欢冒险，而且生来精力充沛，易冲动；第三次校园暴乱终究可能会发生，学生们可能被吞食，就像一个读预科的男孩可能会采取犯罪行动或自杀行为，或者在摩托车比赛中死掉。

“所以概率有多大呢？”他继续问道，还是反问的语气。这让我一个劲儿地在漆黑的旋转栅门前踱来踱去。我聚精会神地听着，尽管他说的大部分内容我之前已经听过很多次了——事实上，在我看来我从幼兽栏里就听到过这些话——可是，就好像前几天发生的事情被隐藏了起来，我仿佛是第一次理解他。“啊，我认为**生存**下来的概率还是很大的。有些孩子不能成功活过青春期，可是大部分孩子都活过了。”他说，同样地，大部分孩子都能成年后活到一个比较合理的年纪，尽管能否得到毕业认证肯定又是另一回事了，当然前提是真的存在毕业这回事。这大学是个很大的地方：每次讲师们说起东校园和西校园，或者“众生的本质”时，他们往往会忘记在大学偏远角落里的那些奇怪的学院，那些地方才刚刚开始接触到信息化革命和应用研究。而且，尽管我们可以说，那些学院本身有了一定程度的身份和自我意识，可是这所大学作为一个整体仅仅只往前挪动了一点点。这也不是说大学的成熟就像是一个学院的成熟，是一个缓慢痛苦的过程：它有自己的发展速度，因为每个学院的高水平发展而发展加快，特别是东、西校园之间的较量不那么负面的话，速度更会加快。马克西猜测，西校园达到成熟的可能性并不小：过去，各学院之间的行为，尤其是冲突，都只是停留在小学阶段，甚至更低的阶段；可是有证据表明，在吞食暴乱及相关的学院间政策这个问题上，还是有真正的解决办法的。前景也不是完全渺茫。

“**呸！**”马克西冷冷地说道，“要是我们能解除最大的压力，不吃掉一切，那么这大学**定会**成功达到成熟的！这就是为什么你如此重要。”

目前迫在眉睫的事情就是改变 WESCAC 的 AIM。这件大事，要么只能由 WESCAC 按自己的意愿自行完成，而这并不可能；要么就要由一位大导师完成，也就是说，这位大导师要经过 WESCAC 的认可，在不被它吞食的情况下进入其腹中，才能完成这件事。尽管马克西讨厌或者说不相信大导师身份及相关事件，但在 WESCAC 的编程这一方面，他却足够熟悉，而且十分了解艾尔科普夫关于优等生计划的想法，这样他就能大致知道，那电脑生成的、符合它标准的前提条件，而且能对以后的行动有个大致的策略。现在的情况就是，我恰好是与那些前提条件最接近的活物，所以是冒险去改变 WESCAC 的 AIM 的最佳人选。在他看来，运动员和防爆小队队长无须高智商和新答案，同样，这两点都跟我这个角色关系不大：我只是专为这项工作设计的工具，仅此而已……

“请不要难过。”他语气坚决地对我说道，“要是再有什么的话，那就是我错了，众生情况变好了。要是我搞错了，你被吞食了，我就会从塔楼大厅跳下去。可是你必须要注册了才能做这些事情，而且你还不能以正常的方式注册，因为你没有合格的身份证，也没有其他一些必要的东西，其中就包括你没有正规教育背景，也没有钱。”

我呆住了：这些事情我从来没有考虑到。可是马克西挥挥手，不以为意。同时，彼得·格林早就拿着我们的票回来了，现在正站在几米开外，咧嘴笑着，不时眨着眼睛，克罗克也蹲在那儿。

“所以我们就忘了一般的条件吧。”马克西说道，他放低声音，“要是我没错的话，你明天要做的就是通过旋转栅门和剔除山羊格栅。”

我吃惊地看着他。

“这是大导师事业的一部分，”他小声说道，“就像乔·赫罗尔德找到你那样，要么你已经被吞食了，要么就是因为某些原因 WESCAC 不会吞食你。那是第一步，你前几天出发动身是第二步，通过主大门就是第三步。”然后，他事无巨细地告诉我，前路有什么在等着我，我要怎样加以应对。

“明天早上六点前要到这里。”他说道，“其他人拼尽全力想通过旋转栅门，尽管让他们去。他们不会成功的，他们不该成功的。你的表准吗？”

我从衣服领子里掏出表的银链子。奶油头发夫人的表不久前不走了，而且我怕乔治峡谷的水把表泡坏了，可是我稍一拨动表柄，它立马开始嗒嗒地走了起来。

“听到塔钟响的时候把它调好。”马克西告诉我，“明天早上六点过四分的时候，无论发生什么事，无论谁挡你路，一定要冲向旋转栅门和剔除山羊格栅，准时通过它们。”

我这下确实不明白了：“直接穿过去吗？”

马克西耸耸肩：“不要问我怎么过去，只是那是唯一的路。睁大眼睛，看清四周，不管是谁扮演挂科院长，都要小心他；要是塔楼大厅已经传开了你可能不是冒牌货，那他就是敌人。”他说，他有理由相信自他被放逐之后，旋转栅门仪式已经交由 WESCAC 管理了——早在施皮尔曼限制条件引发争议的时候就有人曾这样提议过，而且马克西看到，在旋转栅门上面有个装置，他确信是个扫描装置。“如果你不能通过的话，你就不是那个人。”他对我说，“即使你想方设法从左大门或右大门偷偷溜进去，他们也永远都不会让你靠近塔楼大厅的地下室的，这就如同他们不会让尼古拉人看程序菜单一样。所以不要让任何事情诱惑你或吓倒你，不要听任何人的话或停下来捡你掉的或丢的东西。”他皱起眉头，伸出一根手指，“不，等等：你可能需要给守卫什么东西，我也不知道是什么。可是你要是丢了什么东西，千万不要回去找，一直向前，无论以什么方式，只要你成功通过了——你**可能**就是对的人。”

他继续说下去，说我一旦通过主大门，就应该继续前往门房，要是事情没有变化的话，我会在那儿遇到校长，卢修斯·雷克斯福德，他照例要给新注册的人做演讲。就凭我通过了旋转栅门，我就该对他说明我要进入塔楼大厅，去改变 WESCAC 的 AIM。在马克西看来，这就意味着，我要从那计算机的腹中把那些“进食”磁带移走，也就是说把它的自动实施机制的核心移走。他提醒我，按常理教务会一定会借爱院主义的名义，不择手段地阻止我。同样，军事科学系也会阻止我，这才是更危险的（因为他们行事更为诡秘）。而我要做的事情不亚于是“单方面禁食”了，我可以认为在大部分的院区，我这样都要被视为学生会的间谍或疯子。按照马克西的想法，我的任务是要在普通学生中积累足够的支持，让自己变得足够强大，拥趸无数，以至于将军教授们暗杀不成，教务会反对不成。最好的，或许也是唯一的办法就是：我在门房要求我作为货真价实的候选人应有的权利，那就是，由 WESCAC 陈述我必须满足哪些条件才能参加终考，然后付诸实践。一经（WESCAC 或者某个人）证实，我不是一个仅仅要获得“专业能力证书”的人，而是一个真正追求及格的毕业生，我下一步就应该进入 WESCAC 腹中，进一步证明我大导师的身份；一旦我安然无恙地出来，我就有资格要求塔楼大厅下达命令，要求我如何精确找到并且移除进食计划磁带，重新编程 WESCAC 的 AIM，以达到一个太平局面，与尼古拉学院达成合作，实现真正的超越学院的管理：一个全大学的管理主体。

我彻底泄气了。以前在羊棚里的一切似乎只需要勇气就可以做到——就像走进一间黑漆漆的房间打开灯，或者从一群狗的嘴里救下一只小羊羔——而这似乎是个无比复杂，不可能完成的任务。“我怎么能把那些全部完成呢？”我大声说，“而且听你说话，你像是不会在我身边给我建议似的！”

“我希望我能在，小乔治。”他愁眉苦脸地答道，然后他的脸色明朗了一会儿，“谁知道那有没有可能呢？我们根本不需要什么大导师，那也不是没有可能，这谁知道呢！”他指出，当一个人发现自己面临极大危险时——比如说，被一只公牛追赶，或者落入了湍急的水流中——他很可能会发现自己身上非凡的才能，这才能是之前从未发现的，但却可以拯救他自己，这种事情也是时常发生的。在他看来，对于整个学生群体而言，人们称为大导师的那些人就是这种才能：那就是岌岌可危的众生的肾上腺素。“如果你通过格栅，你不用我帮助也会找到自己的路。我所能做的不过是大体上给你提个醒，这都是我靠研究以前像你一样的人得来的，而且我也不知道我的建议管多大用。看看昨天就知道了。”

尽管有些悲哀，但他还是笑了，为了让我明白他没有埋怨我。然后我们就去找克罗克和彼得·格林了。他们身边也多了个干巴巴的绅士，我认出来那是肯纳德·西尔医生，而且他看来还记得格林是他几年前的病人，因此待他十分友好。这二人虽性格上天壤之别，而且他们之前的雇佣关系也没有进一步发展，但他们似乎相处融洽。格林又为那位医生买了一张票，我们走近的时候，他正拍着他的肩膀。

“我亲爱的乔治啊，”西尔和蔼可亲地低声说道，“再见到你太好了。真遗憾黑德维希没在这儿，她昨晚可是被你迷住了。”

我握了一下他向我伸出的手，然后将对于明天的忧虑暂且放到一边，融入了那一派友好的氛围中。西尔医生从过去一切混乱之时起，就一直崇拜和支持马克西，因此他也非常高兴再次见到他。

“**肯纳德·西尔**……”马克西皱起了眉头，“**啊**，对了，参与优等生计划的年轻放射学家。我想你是站艾尔科普夫一边的。”

“天啊，不是！”西尔医生闭上了眼睛，神情微妙，难掩惊恐之色，“事实上，我站在任何人的一边。‘**理解一切**’，诸如此类。站队的人，都是该死的讨厌鬼，我才不会那么做呢。”他笑了，心情十分愉悦，“可是外面传的，你和小乔治的事，还有什么大导师的鬼话，到底是怎么回事？”这位先生是那么温文儒雅，谈吐优雅，所以马克西听了他的话只是轻声一笑。同样的话换作其他人说一定会让马克西生气。他跟西尔医生强调，他年事已高，又经历多年放逐，这无疑让他的能力受损，可即便如此，在奠基者和毕业认证的问题上，他还是像在教务会时那样，一如既往是个怀疑论者。他进一步说，他一如从前，愿意恪守自己的信仰做事——不像某些有教养、有见识的绅士，要么没有信仰，要么就把信仰巧妙隐藏。

“你太刻薄了。”西尔医生温和地表示抗议，我们不紧不慢地走向那阶式剧场，“我承认，我听说了那么多人的答案，但却无法与他们苟同，可是那都要赖那些答案，因为它们总是半真半假。**奠基者主义！反奠基者主义！**就看看我们身边的格林吧，满口说着什么古老的新坦慕尼之类的废话，主张让一切顺其自然。这样倒是有原则，可是你难道不觉得这只是头脑简单的表现吗？”

格林也不在意，只是嘶叫了两声，猛地晃了好几次头：“我发誓，我可赶不上你！”他把票给了一个穿制服的工作人员，而且还跟那人说上了话。他告诉人家，新坦慕尼的剧院是仿照“那些古时候的剧……剧院”建造的。那时候的剧院并不为黑人专设楼座，而甚至连像他这样的乡下小伙都知道莱克昂和雷穆斯这两个学院在全盛时期一直是有奴隶制的，这点他觉得很有趣。他还说，他觉得这一点恰恰说明，古时候的那些人都很高尚，他们从来不会觉得不如自己的人比自己低一等。他砰的一下给了检票员的胸膛一拳，露出庆幸之色，好像他自己就是个古莱克昂人，而且恰恰就是那不设楼座的阶式剧院的设计者。那检票员只是好脾气地嘟囔了几声，表示回敬。然后我们就进入了满是座位的圆形大剧院。剧院几乎要坐满人了，我们被带到自己的座位上。马克西和西尔还在就头脑简单、意志坚强和心胸狭隘的不同之处辩论不休，我不再听他们说什么，转而去打量那暗色的石头舞台和嗡嗡响的人群。尽管我早就知道新坦慕尼在册人数庞大，可我还是第一次见识到这么多人。既然已经碰巧遇到了一个熟人，我索性就在人群中搜寻，希望能看到安娜斯塔西娅，或者是奶油头发夫人——要是她还住在新坦慕尼的话，那我一定要找到她，为我的无礼行为做补偿。可我压根没看到她们两个的影儿。格林从路过的小贩那儿买了五桶**爆米花**，这可真是好东西。我和他一人拿了一桶，克罗克也拿了一桶，马克西和西尔医生没有拿。西尔医生沉醉于我拐杖上的雕刻（他认出那是东弗鲁门齐乌斯后过渡时期下颌雕刻术最好的体现，是东弗鲁门齐乌斯多女像柱雕刻。只除了那些**希拉纳吉人像**——很少在下颌雕刻家的作品中看到这种人像，因为这有违某种男女欢爱前戏的禁忌。再看刚雕完不久的凹雕的葡萄藤，显然是受到其他院区的影响，因为东弗鲁门齐乌斯各“学院”并不懂得葡萄栽培技术和酿酒技术）。他叹一口气，对马克西说道，他有时候竟然会认为，像克罗克那样的，完全没有自我意识的人，是唯一且真正的毕业生——“当然了，这里的‘毕业生’是比喻性的说法……”

“**我呸！**”马克西答道，然后西尔立马改口，他才不是**真的**相信那种事情。他虽然也蔑视自发性和动物的天真，但确实也对此抱有欣赏的态度，这可是所有人类品质都比不上的。

“谁更接近及格呢？”他无力地挥挥手，言语间把克罗克、彼得·格林还有我都包括在内，“是他们还是我们呢？”

在我看来，这问题问得不合适。就算那两位教授之间有明显的相似性，我们这些吃爆米花的人也有很多共同之处，这样问仍是不得体的。可是我并没有追究。一方面是因为马克西接着就反驳他了，另一方面是因为丢在我脚边的一张报纸上，现世释咖尼安和他的随从们的一张照片吸引了我的注意力。

“天真，呸！”马克西说道。

“是，是，我同意！”西尔辩驳道，“可无论如何，那很可爱啊。哦不，不是，可是在我们这些备受蹂躏的后学前主义者看来是这样的。要是我们称格林之流的可耻的傻瓜是天真，那我觉得**我们**才是真正的天真之辈。”

格林嘴里塞满了爆米花，还不忘眨一下眼睛：“你爱说什么说什么。”我再次惊奇地发现他的态度很奇怪，里面包含了很多情绪：我没问题，他的眨眼似乎是这个意思——可是又带着祈求和坚定。

“天真，**我呸。**”马克西说道。

“这我再赞同不过了。”西尔医生点点头，“我再进一步说一下：天真就是无知，无知就是幻想；可是毕业认证，虽是隐喻无疑，可却不是幻想。毕业认证属于醒悟了的人，而不属于天真的人。”

在此马克西和这位医生（我后来才知道，他从放射学和普通病理学转行研究精神病学，而且除了本行之外，他跟马克西一样涉猎多个领域）有了哲学上的分歧，因为他认为毕业认证本身不过是天真的幻想。

马克西继续说道：“我是说无知，不是无害。”言语间，他更像是把我养大的那个马克西，而不是我昨天在分岔路口遇到的那家伙。他以前曾谴责一切答案，因为那些个答案让众生不再忙于校园里的实际工作，反而关注起了生命的缺陷，这些我都清楚知道。他承认我大导师的身份，可他前面的观点又与之矛盾，我很好奇他要怎么自圆其说。虽然如此，眼下我最感兴趣的当属浏览《塔楼大厅时报》的头版。照片上，现世释咖尼安坐在草丛里，旁边是一个巨大的榆木树干，或许是在大广场上，他的同伴们围坐在他身边，他这个样子，跟上次我在乔治峡谷的沙滩上见到他时别无二致；四周挤满了摄影师和好奇的路人，他仍双手合十，闭着双眼，嘴角微微向上翘起，神色泰然，又像是被周围的人逗乐了。照片下面的标题写着“现世释咖尼安中途冥想”，标题之后简短地描述了他是如何被自己的门徒从东校园的学生会主义者手里解救出来的，此次前来他也是既不表示赞成也不反对；他既不寻求曝光度，也不躲避宣传报道，只是在自己认为合适的时候陷入出神冥想，从不理会时间、地点和周围的人。头版剩下的内容都是在报道学院内和学院间的新闻：“安全委员会警告：公路事故死亡人数创狂欢期间新高”“雷克斯福德对大学理事会宣布新一轮吞食测试”“输电线一带紧张加剧”“弗鲁门齐乌斯内部暴乱致上千人死亡”“唐学院饥荒肆虐”“悉达塔洪水暴发”“新坦慕尼强奸案案发率上升四个百分点”。预计狂欢最后一晚及明天天气晴好，不会影响注册仪式。据预测，黎明后不久会出现日全食，气象部门紧急提醒大家在此期间不要用肉眼直接观看太阳。

“我尊重你在毕业认证这个问题上**社会**方面的立场，”西尔医生在对马克西说话，“可是我不同意你就个人毕业这一现象的看法。如你所言，一位好医师可能抵得上一百个以诺主义的教授，可是一位真正的大导师能抵得上所有的医师。”

马克西摇摇头。

“所以，先生，你是相信毕业和大导师的，是吗？”我开口问他，觉得十分吃惊，但更多的是开心。

“我当然相信了。”他笑道，“如果你问的是我相不相信他们存在，我当然是相信的。可是我说这些术语，是有十分特殊的含义的，这跟奠基者和挂科院长没关系。甚至连施皮尔曼博士也同意确实存在着英雄，而且英雄们都发挥着重要作用。不然他为什么要拉你加入他这古怪的项目呢？”

马克西并不同意他的看法，他反驳道，在他看来，英雄是一回事——甚至连大导师，他也只当作是一种特殊种类的英雄——而毕业又是另一回事。“我认为，某些人一生下来就有做英雄事业的天赋，他们就像伟大的小提琴手一样，令人惊叹。这是命定不由己的：有些人长红头发，有些人驼背，而有些人是英雄。”他继续说道，每个人要经历什么，或多或少取决于自己的性格，大导师要经历什么则取决于整个学生群体处于怎样的水平，“每个学院在某些时候都需要一个人去找事情的根源，让我们在拐角处拐弯。如果乔治有能力的话，这就是他要对 WESCAC 做的事情。”至于**毕业**，如果西尔口中的“毕业”只是指经历过青春期的考验后正常的情感和理智上的成熟，且不论其主体是单个的学生还是整个学院，马克西都很乐意肯定“毕业”是真实存在的；事实上，循环学的建立就是基于事物之间的种种联系，比如，天上一天与心理上的一天的联系、一年四季之间、普通人生命各阶段之间、单个学院的兴衰荣辱之间、众生发展与过去之间，以及这所大学的终极命运等等，之间的联系。英雄的人生按部就班地以这种节奏上演，是这种节奏的典型代表。马克西认为，英雄的作用，是重要但却乏味的，也就是要帮助一个学院长大，或者摆脱特定的束缚：他不接受也没办法。如果大导师和其他类型的英雄之间有差异的话，那就在于马约、以挪士·以诺和释咖尼安等人教学生们如何得体地与他人相处，而像安喀萨尔斯和拉俄忒德斯那样的英雄，要么斩杀怪物，要么为濒临绝种的学生难民们重新安家，总之就是保护自己的同学免受直接伤害。而我呢，他认为我并不是**命定**要救众生免于被吞食，而很可能是专为这项任务而**设计**的，这就好比说一个人是专门为打网球锦标赛而生的，但既没有暗示他是设计者，也没有表示他会手握球拍。要是我一意将自己视作大导师，那是我自己的事，马克西不会斤斤计较。可是如果我或者西尔又或者其他人认为，成为英雄或者得到毕业认证，除了这样乏味的定义之外，还有其他一些东西——一些**神奇玄奥**的东西——那么我们必须要谅解他，他对这些概念可没有耐心。

“我们完全谅解你！”西尔医生断然道，面上仍是和颜悦色，“是吧，乔治？”

我坦言我不确定自己是否理解了马克西的话，而且我觉得，无论如何，执行任务都比理解任务来得重要。近在眼前的任务就是通过剔除山羊格栅，然后实现我来这个校园的初衷：通过一切挂掉一切。他们两人似乎都对这个回答很满意，也幸好他们没再追问我，让我解释我的产前能力测试官方卡片上的那句神秘的祈使句，那我也解释不清。此时，阶式剧院里已经坐满了人，灯光也暗了下来。人们安静了下来，不时有人咳嗽几声。西尔医生放低了干瘪瘪的声音提醒马克西道：就算释迦尼安任何讲学涉及了人际关系或众生的整体福利，除却间接涉及，那部分内容也并不多；诚然，安喀萨尔斯和莫伊舍是将他们的追随者带到了更为广阔的崭新校园，可是拉俄忒德斯却是那次于人无益的远征中的唯一幸存者（甚至连他弄瞎的巨怪也几乎不会构成公众威胁，人家可是离人类生活的地带远远的），再说那些古老传说中的英雄们，他们的功绩除了自己受益，于他人根本无益，这是规则，不是例外。当然，他也断言，这一点马克西可比他清楚，而且马克西心中必定对**实际的**英雄和**象征性的**英雄做了划分。前者是指现实生活中或小说中写的能为众生做出突出贡献的人，而后者呢，他们的英雄生涯不过是普通的生命周期或日常心理周期或其他什么的，一种史诗式的再现——愿意的话，也可以说是戏剧性的象征。

“你认为毕业和大导师身份是什么呢？”我再次发问，声音放得极低，“它们一定真实存在，不然我不会如此渴望达成它们。”

我这般逻辑让他笑了。“我觉得，无论如何，你会达成的。年轻人都渴望成为毕业生，这再正常不过了，而成年人这样想往往是有神经症。可不管何人，渴望成为大导师——总是神经质的，你说呢？”

“‘神经质’就是脑子不正常的意思。”马克西解释道，轻轻敲了几下太阳穴，饶有兴致地看着我。

“嗯，那要是那人实际上就是大导师呢？”我追问道。

彼得·格林拍拍我的膝盖：“好样的，乔治！不要让他占了上风！”他原本一直在看报纸上的体育新闻和漫画，现在也加入了我们的对话，因为灯光变得太暗了，报纸看不清了。

“唔，”西尔好脾气且肯定地说道，“那他必然有几分疯子的特质，我的好孩子。以挪士·以诺、安喀萨尔斯，所有这些英雄或者大导师们都是如此。我向你保证，他们是有魅力的疯子。你也可以说，是伟大的疯子。可是归根到底都是疯子。”

听了这话，又想起我婴儿时期的遭遇和乔·赫罗尔德把我从升降机中救出来之后的疯癫状态，我越发不快了。这会儿有十五个身穿白色棉外衣、脚蹬长筒靴、脸戴面具的人列队走上了观众席下方的舞台。而我既然也不知道如何接话，索性不安地看向那些人。他们手持带树叶的树枝，正零零落落地坐在舞台前部那长长的三级台阶上。

“请不要生气。”西尔小声说道，“能做像以挪士·以诺一样的疯子，谁还想做像我和施皮尔曼博士一样的正常人呢？而且还有一种英雄我们没有提到，那就是**悲剧式的**英雄。”我并没有得到太大安慰。他又对马克西说：“艾尔科普夫让我们所有人都研究那该死的‘贾尔斯项目’，可他们也没得到想要的结果。但是如果你问我，唯一正常的英雄，那一定是悲剧式的英雄。”他抬起线条优美的瘦削的下巴，对着舞台点点头。现在舞台上有个男人登场了。他比其他人都要高，他的面具上是一副非常痛苦的表情。他从舞台背景中间的一扇门中走出来，走向那坐着的人群。

“这就是天底下最好的例子了，”西尔医生小声对我说道，“那就是塔利跛德院长。”

4.《塔利跛德院长的悲剧》

塔利跛德是我的名字：卡德默斯学院著名
的院长。这特别委员会是我去年任命，
你们这些系主任和副职管理人员，
是我们学术地位的评估员。
或许你们已经知道这些事，
要明白我亲自面见，只是
因为我迫不及待想要弄清楚
你们脑袋里装了什么，别是一片糨糊。
究竟何故在我院长办公室门口露宿，
你，听好：演说与辩论系主任，就要退休，
莫要花言巧语，尽管大胆直言，
校园里究竟何事让你来到我面前。

“一个现代改编版本。”马克西说道，“我不喜欢。”可是西尔医生告诉我们，这种经典作品的通俗改编在学院里十分盛行。他也认为这种现代化的改编太过头了，但他不反对这种大趋势。我发现每句台词的句尾似乎是押韵的，而且大体上都是成对的。

“这是英雄双韵体，”西尔医生解释道，“这可不是什么现代的东西。”

“哦。”

有个老头儿，从外貌上看，很像马克西，蓄白胡子，穿白衣服，正代表那群人发言：

委员会主席：咳咳，塔利跋德院长及尊敬的各位同僚

能担任这委员会主席，我很自豪

我领导的上一届委员会

我们的报告和紧急建议——

塔利跋德：长话短说；

我时间不多：

约会，处理信件，同六个副院长进午餐，然后一直开会到五点。开门见山。

委员会主席：（旁白）

尊重长者是这家伙最欠缺的。

（对塔利跋德）

正打算如此，院长先生。事实都摆在这里

在我们的报告上：完整，直白，清晰——

塔利跋德：（旁白）

我敢打赌，少不了华而不实的描述

我所遇到的所有演说学教授，

不管是在这卡德默斯还是我以前

教书的地方，没一个能清晰直白地发言。

（对委员会主席）

不用读了，总结一下上面写了什么。

委员会主席：（旁白）

我们耗费了两星期，他却抽不出一分钟。

（对塔利跋德）

好的，先生，我就不分析我们的麻烦了，

也不分析某些救济提议的固有谬误了
虽然那值得一听。而且，为了简洁，
我会跳过那真正令人动容的总结
把最后几页总结读给您听，
以后腓力审判的方式进行……

塔利跛德：这也跳过，好吗？你用一句话交代
我发誓我听了定会感动不已。

委员会主席：一句话说，先生：卡德默斯学院垮掉了。

塔利跛德：你是说，垮掉了？

委员会主席：完完全全垮掉了。
我要再多说一些吗？

塔利跛德：我知道你会多说的。可是
别用后腓力风格了。实话实说。

委员会主席：（从报告最后一页开始读）
第一条：我们长在藤上的果实正慢慢死去

塔利跛德：植物病理学系也要死去。

委员会主席：农学报告说农作物将会
再一次歉收——因为锈病和枯萎病。
第二条：乳品研究称我们的牲畜可能
因为口蹄疫死掉一半……

我紧紧抓住了马克西的胳膊：“那真是太可怕了！”

“啊，放心。”西尔医生叹息道，“买票看戏而已，不会让我们遭受那种损失。”

委员会主席：这意味着我们会缺少牛肉、牛奶和奶酪。

塔利跛德：这不用你说！

委员会主任：先生，这意味着，我们不多时
就会死于营养不良——或者因瘟疫而亡，前提是
我对流行病学家们的报告中删掉的关键
部分理解无误。第三条：流产，
自然或非自然，每个学期
都更为普遍；谋杀、纵火、诈欺、
抢劫、暴动、强奸、离婚、家暴等
鲜少发生的犯罪现在也屡屡发生。
士气不高，通胀不低；罪恶猖狂肆虐；
我们赔了公众认可，我们丢了妻妾。
饥荒、死产、犯罪、绝望，再加梅毒——
事实就是，先生，卡德默斯岌岌可危。

塔利跛德：没什么新鲜事儿吗？

委员会主席：还有，先生，诚然，
我们明白，您虽聪明绝顶，却也不是已然
及格的奠基者；您虽然才智超常，
可毕竟只是个院长
就算心智足够成熟，可毕竟年纪尚轻

塔利跛德：（旁白）

脸皮还不够厚，这个吹牛皮的傻蛋迟早会知道；

我要撕毁他的合约，取消他的养老金，

我发誓！

委员会主席： 院长先生，先生——您在听吗？

我们的意思是，先生，由于您

设法将我们从那女妖手里解救

她守在我们大门口，用她的谜语

给我们测验，不及格便吃掉我们——

我是说，既然九年前的那天，

您凭一人之力，采取了某些方法，

就能让她不再烦扰我们，

在掌权者那里，您一定

有我们所欠缺的势力。我不认为是

因为那是知识

（我可认识更多卡德默斯学院有学问的人）

或智慧的力量，只是因您有良好的关系。

因此，接下来您才在选举中拿下了

卡德默斯院长的职位，还有您的妻子

那老院长的寡妇……

塔利跛德： 别回顾我的过去了，

我的故事我可比你清楚得多。

“可我不清楚啊。”格林悄悄在我耳边说，“我很高兴这老人家告诉我们。”

“嘘。”后面有人让我们噤声。

委员会主席：（旁白）

他讲的次数比我还多，也比我讲得好。

（对塔利跛德）

我们希望，先生，您能重施妙计

做些院长能做的壮烈事迹

在我们完蛋之前让学院恢复正常。

我们来就是要告诉您这些，院长。

塔利跛德：（旁白）

“告诉”是没错——可是威胁也显而易见！

他们的意图很明显：作为院长，我若失败，

应该辞职走人。

（对委员会主席）

听着，蠢货作证！

你就没告诉我一件我不知道的事。

“蠢货作证！”西尔大呼，“这就有点儿过了！”

塔利跛德：事实上，在你一直无所事事时

（还有坐在我门口的时），我在做事。

瞧，我小舅子来了，纯属巧合，来得正巧，

上星期我就有预感和先见之明，

让他作为副院长，公费派遣他

去调查第一现场，然后对奠基者大厅

里的预言教授进行了正式访问

征询他的建议，就是为了先发制人

免得那无赖因为我忽略他不满地嚷嚷。

委员会主席：（旁白，对委员会）

周围那么多人，看看他挑了谁
作自己的副手！校园政治
让不相配的人同床共枕。当然，现在我们必须
假装很欣赏并且相信
这个彻头彻尾的笨蛋的判断——
他既没有判断力也没有洞察力。
尽管，关系，他是真的有，这点我们佩服。
（对小舅子）
早上好啊，小舅子阁下！

“这样押韵对吗？”我立马询问西尔医生。他答应我以后再跟我谈这个话题，现在他让我先留心舞台上正在上演的重要情节，小舅子及时赶来，塔利跛德问候了他，问他预言教授都说了些什么。

小舅子：要我直说吗？

塔利跛德：为什么不？

小舅子：你想让我在这儿说吗？

立马说吗？

塔利跛德：别无选择啊。尽管我

害怕听到更多不好的消息，我还是得维持
信息公开处给我杜撰的好名声
（真希望他们都得癌症）：
“不遗余力寻求答案的院长。”
他们这都想得出，真该去死！可现在

我觉得，我摆脱不掉这个名头了。所以，
告诉我事情怎么样，还有预言教授说
要怎么办。

小舅子：老兄，我的确有消息带给你。

塔利跛德：你最好是有，想想你花了多少钱吧。

小舅子：我就不重复预言教授的原话了，他的意思是
有个人是我们这一切
痛苦和煎熬的罪魁祸首。

塔利跛德：（旁白）
那莫基者大厅，
好吧，我就知道他们花言巧语。
（对小舅子）
继续说，老兄。

小舅子：有个人在做伤害我们的事，比那女妖
还厉害。预言教授担心
不解雇那人我们都要完蛋。

塔利跛德：听起来像是那些奸诈的预言者把过错推到了
某个他们不喜的家伙身上！那个毒害这地方
的可怜倒霉鬼，他叫什么名字？
必要的话我会解雇他。

小舅子：他叫什么名字，长什么样

预言教授爱莫能助。

塔利跛德：枉为预言家！

我希望那个大骗子可别再胡说了

不如承认自己跟我们一样一无所知。

小舅子：现在先不要说那先知的坏话，

塔利跛德。他说不出那卑鄙小人的名字，

可我们要找的是谁，卡德默斯学院要驱逐的是谁

他说得很清楚。

塔利跛德：那来吧，告诉我

我应该炒掉何人，老兄！我是说，到底是谁。

小舅子：那人杀死了拉波达克斯，

九年前你继任之前的院长。

塔利跛德：这是我前任院长的名字。虽然

他丧生前没有发表过一个字，

阿格诺拉提起过他——他心爱的妻子

我后来娶作了新娘。

小舅子：不用跟我说这些。

塔利跛德：可他是怎么死的

我向来懒得查明白。

小舅子：我看出来了。

塔利跛德：很好！可要是

杀死那老头的蠢蛋仍然阴魂不散

而且还导致了这一切麻烦，我一定找到他，

哼，我对那坏蛋一定毫不手软。

（对委员会主席）

现在我任命你为特设委员会主席

追查杀害拉波达克斯的凶手。

委员会主席：万分感谢。

塔利跛德：你们剩下的这些人

劳烦继续做特设委员会成员。

（对小舅子）

所以他怎么死的？什么时候的事？

小舅子：九年前的九月份，

我记得，或者是十年前——不，是九年前——

拉波达克斯——我的亲戚，

这点我要额外说明——

塔利跛德：似乎，每个人都是你亲戚。

委员会主席：（旁白）

也不是每个人，只是很多院长和院长的妻子们。

小舅子：反正，院长受邀去主持

一场研讨会，他很是高兴：
他喜欢去远处演讲，
吃喝免费，还能见到新面孔；
无论主旨是什么，也无论路途
多么坎坷，只要费用够高
他就会去。

塔利跛德：没什么好奇怪的，这是
做院长的责任之一。
他自己去的吗，嗯？请快点儿说。

小舅子：他可不是一个人。除了车夫
他还带了他的秘书——她嘛，真是个可人儿
——他的仆从、公关人员和写手。
五个男人和那女孩，只剩一个
其他全被杀死了。

塔利跛德：我猜
是那个美人儿逃走了？

小舅子：我倒希望她逃走了，老兄；
本该是那女孩儿活命，可不该是那仆从
逃走的。那孩子可真会走路呢！

塔利跛德：好吧，好吧，不说她了。你找那家伙
谈过话吗？就是逃走的那仆从。

小舅子：我找过。可是那可怜的胆小鬼只是说

他宁愿他从来没得院长提拔
还是做以前的工作
他以前是个牧羊人，而且他说
他宁愿从来没有当过仆从。
我谅他也没胆量谄上欺下……

塔利跛德：去他的胆量！是不是公路抢劫？
是激情犯罪，还是蓄意行刺？
为何后来没有进行调查？
这仆从可能就是那歹徒！

小舅子：我怀疑不是。我们跟他申明了，
要是我们查到他说谎，定会严惩。
他向我们发誓他只知道
是一伙恶棍做的这件事。

塔利跛德：一伙恶棍？为了什么呢？

小舅子：我也希望我们
有时间追问这个问题。可是还没等我们问
那牧羊人就冲出了门
逃到了最遥远的卡德默斯羊圈
同时又出了女妖的事情，
我们调查起来，缩手缩脚。
我们把其他所有的事情都搁置了
直到你的到来。剩下的你自己都知道了。

塔利跛德：所以现在，我们又被谜语困住了！

预言教授预言，委员会瞎搞，
人人抱怨不停，却要我解决
一桩你们九年前结束的
谋杀案。真是好极了！而且一点
证据也没有！那牧羊人现在肯定死了
要么也是把记得的那点事
忘干净了。（旁白）奠基者，请让那些人加诸我身
的讨厌形象滚一边：去他的“大侦探”！
去他的“不惧一切寻求事实的院长”！
（对委员会主任和小舅子）
好，好，我看看我能做什么
才能让学院脱离困境，你们这群家伙
离开我的门口。知道在校园里
有人喜欢杀害官员（自然还有漂亮秘书）
还是很有趣的。我们需要做的
是公开展示院长的深谋远虑。
还有坚定决心。立马召集所有
学生和教授到这里。无论如何，
我会找出罪魁祸首，不成就扭断自己的脖子。

我们都为他这种决心鼓掌——只除了克罗克，我看到他正在酣睡；还有马克西，因为他觉得这个改编版本不尽如人意。西尔医生更是对塔利踠德的表态大为称赞。虽然他说，在他心目中，真正的感染力在于：根据悲剧的法则，恰恰是这种崇高的誓言导致了这位院长的毁灭。现在塔利踠德和他的小舅子出了院长办公室门，下台去了。那些委员会的系主任和副职管理者从左右两边散了场，可是不一会儿他们又重新集结，面对我们排成一排。我正打算继续发问，因为我并不了解悲剧的法则是什么。

这时，西尔小声说：“这是歌唱队，他们唱歌跳舞。”

我之前听说过跳舞，可除了在斯托克的客厅里见识过一点，还没看过跳舞。于是我饶有兴趣地注视着那一排委员会成员。一开始，他们迈着一致的步伐，向着左边一侧走，嘴里唱着某种圣歌，每一步都踏在了节奏的重拍上：

我们无所不能无所不知的奠基者，
不戴眼镜的双眼看着一切：
　　您一定看得到我们
　　全都吓得要死
既然这最近的意外之事是您安排的。

然后他们边迈着同样的舞步，边唱着第二节归位，这节歌词与第一节长度一样，唱毕，他们也回到了最初的位置：

先生，我们来找您，是为求解决办法，
因为（如我们所说）您无所不知。
　　先生，您曾救我们，
　　于妖怪的利爪；
求您开恩，再次拯救我们于水火。

这两段舞曲西尔医生分别称之为**正旋舞歌**和**回舞歌**，他还解释说，委员会这差劲的语法，可能最多有一个成员是语言和文学系的。还有另外两小节：

卡德默斯学院已经毁了大半：（正旋舞歌 2）
退学的学生多如密集的雨点，
　　学费高得离谱，
　　孩子们不服管束，

人们束手无策只能怨天尤人。

没有一丝智慧或美德尚存：（回舞歌 2）
小男孩拿着大刀在街上徘徊，
　　学生愈加放荡，
　　他们求爱那一套，
先生，我们对着妻子都做不出。

“你认为那是什么事呢？”彼得·格林问道，可是没人回答他。委员会的诉苦打动了观众们，很多人要么小声地表示赞同，要么用纸巾擤鼻子。

所有种类的灾难似乎都让我们苦恼。（正旋舞歌 3）
行行好，要么让我们及格，要么挂科！
　　一切看起来那么平静，
　　可我们下定决心反抗
那困扰我们的邪恶敌人。

这节正旋舞歌，舞步是向后的；而现在收尾的回舞歌，委员会向前进，他们声音洪亮有力，盖过了观众席上爆发的掌声：

我们的敌人非常强大，而且非常聪明，（回舞歌 3）
然而我们却愚蠢无比。不过没关系，
　　我们愿我们的奠基者
　　能找出那个邪恶歹徒
让他永不及格，永远永远！

观众对这最后的祈愿反应实在热烈。塔利跛德再次出现在院长办公室门口，正好听到了这些话，他抬起手示意大家安静，可是过了好一会儿才听得到他的声音。

“保守派的歇斯底里，”马克西喃喃地说，“总会引来迫害。”

“第一场要开始了。”西尔悄悄对我说道。观众们都安静了下来。

塔利跋德：好了，跟蕞基者抱怨是没用的。
让我们用上自己的智商。那可
更明智更可靠。

“不得不说，确实如此。”马克西说道。

塔利跋德：大家听我说：
在我看来，让我们的大鱼上钩
最保险的办法就是事先声明，
任何人有任何线索，都可以毫无顾忌
毫无保留地说出来。我不会
追问他们为什么不早点说，不要担心
这个问题。另一方面，啊呀，
要是有教授或学生认识杀死
我妻子第一任丈夫的那孬种，他最好
是交代清楚，亲自来或写信——
保持沉默的惩罚就是停职或停学。
杀死老院长的凶手（更别说还杀了
他的速记员和其他随行人员）
将会接受更严厉的惩罚，他的惩罚，
事实上，就是被判完全不及格，并
逐出校园。这就是我对刺杀院长
行为的厌恶，我会毫不犹豫地
亲自将那坏蛋赶出去；我现在就

恨上他了！即使最后证明那人
是我的亲戚，我也会毫不留情地
降罪于他。我为这件陈年旧案
感到愤怒，操碎了心，就如
我目睹了它的发生。你们能听到
我立下的誓言吗？就是你们后面的人。
我如此鄙视那杀人凶手，就像
他杀的不是我的前任，而是我的爸爸！

委员会主席：（旁白）
至少他嘴上说要好好调查，
而且誓言说得漂亮。在“学会宣言（一）”
这门本科课程中，我们
就教这些东西。
（对塔利跛德）
您听着，我敢发誓，这件事
不是演说学教授们干的，他们也没
隐瞒证据。

塔利跛德：因为他们喜欢动嘴
不喜欢行动。你是怎么想的？

委员会主席：是这样的，先生：是那预言教授不愿意
给您的小舅子透露凶手的名字，
还是他也不知道呢？

塔利跛德：我不知道。

委员会主席：要知道，我不是
在责怪他，他是个不错的顾问。
可是，我怀疑在这件事上，最明智的
做法就是获得我们能得到的一切帮助。

塔利跛德：可真是个好想法。你有什么计划？

委员会主席：让我们把基南德召来，他是
名誉预言教授。那个老家伙确实有真本事，
这点你必须承认——尽管你认为他是个娘娘腔。

塔利跛德：你可想好，老兄！我可知道那个家伙
有些鬼勾当。你听说过他那精彩的故事——
他如何一步步从男人，变成女人，
然后又变回了男人。就算那不是真的，他
爱吹牛总没错。而我呢，我觉得那家伙是个同性恋。
可是没关系，我们做院长的很快就能适应
跟各种怪人、假娘儿们和有怪癖的人共事；
要是我因为道德沦丧解雇
通奸者和同性恋——那些和同事的妻子
性交的人，那些姘居的人，
或者上他们的狗、爬上姐妹或母亲的床的人——

委员会主席：母亲？我呸！

塔利跛德：那么我的得力助手，十个得有九个
要走人。所以我只能说，“要性交，
去一边，我的朋友们！要做淫棍、百合或兔子都可以

可是离秘书们的裤子远一点，

而且千万不要睡自己的学生”。

委员会主席：那似乎合情合理。

塔利跛德：现在，说到基南德，我才不相信那瞎眼的老兔子

我只想把他扔得远远的，可无论如何

我还是让我的小舅子去找他

把他带来，都是为了让你们这些家伙高兴。

现在他来了，正是时候。

委员会主席：他的话

他的预言总是很有料。

塔利跛德：怕是笑料。

此时有个年轻人领着一个拄拐的老人上了台。他看起来比委员会主席更像马克西，只是马克西的胡子没有漂染成棕红色。

“我的大导师出场了！”西尔医生大声说道，“你们有你们的以挪士·以诺，而我只要一个基南德就好。”

塔利跛德：（对基南德）

你好啊，眼盲拄拐的老预言教授！

最近别来无恙啊？我猜你想知道为什么

我们要把你再请出山，是吧？

基南德：（四下“看了看”最终确定声音的方位）

哦，嗨。

塔利踧德：转念一想，不用我告诉你你就会知道，
除非一直以来你真的是花言巧语地
欺骗我们。在奠基者大厅里
他们说你就是无所不知的博士，
你怎么会不知道我们有麻烦，
然后自己火速前来呢？
好了，不说这些。你喜欢的话，
就变个戏法儿，然后告诉我们
我们要找的那家伙是谁。

基南德：我的天啊。
要是答案总是不好的消息
那知道答案一点儿都不会让人快乐！
我怎么能忘记呢？不好意思，
塔利踧德，老兄，我希望你能让我们
现在就离开。（对男孩）把我带回家，宝贝儿。

塔利踧德：哦不，你不能走！等一下，小家伙！
现在你听着，基南德：不要跟我装蒜。
我看穿了你的诡计。你先承认自己
知道一些深藏已久的事实，然后又发誓
事实太可怕不能说出来。这样你就可以
掩盖证据了，是这样吗？

基南德：没有眼睛的人
可能看到眼神锐利的院长们看不到的东西。

塔利踧德：真的假的？老天，我有点儿想以妨碍司法

为由抓你进去了！要是你不眼瞎的话，
我会说是你自己
杀死了拉波达克斯院长！

基南德：（旁白）
他竟然说我眼瞎！他要是明白自己
陷入了怎样的大麻烦，他就会知道自己才更瞎！

塔利跛德：预言教授——哈！那老婊子辞掉
该死的学院入口谜语人的职位，
不是你想出如何哄骗她的吧，
是吗？当然不是！你们还是得等到
塔利跛德院长来到门前，
不是吗？我可没有水晶球
也不像无所不知的博士一样有魔法，
好头脑就是我的全部，朋友！当她说：
“快点回答这个问题，不然你就去死：
哪个妈妈吞食自己所有的孩子，嗯？”
我可没拐弯抹角；我也没有说：
“我知道答案是什么，可是答案太古怪了，
所以我不能说。”我要是玩这些把戏
她定会把我当晚饭吃掉！
智慧就是我借以修理她的一切
再无其他！我说，“也没什么，虎鲸[1]，
吃孩子的妈妈就是校园母亲——

1. 虎鲸grampus与grancampus（校园奶奶）谐音。

其实，她就要把你当晚饭吃掉”！

委员会主席：（旁白）

“听听这个，那可怕的女妖举起

爪子，像手握一柄长矛插入了她的心脏，

然后她就死掉了。”诸如此类的话。再听一次这吹牛皮

的故事，我晚饭都要吐出来了。

塔利跛德：不需要预见力，基南德；只需要我的好头脑，

只靠我及格了的人类头脑——仅此而已！

基南德：那就用你及格的头脑找出那恶棍，

反正你那么擅长猜谜。给你个线索：

了解你自己。从你自己开始查起。

你会发现你要找的人就在镜子里，

把你的假面摘下——你就会看清他。

塔利跛德：我们看到了一个堕落的叛徒，这就是我们所看到的！

一个卑鄙、狡猾、不男不女的老瞎子

就是学院的叛徒！我妻子的弟弟

和你串通一气，我敢说还有其他人

一定是这样。我看清了你们的大阴谋：

你把脏水泼给我，等你们把我

从这地方赶出去，我的小舅子

就会和你一起做院长。我从未见过

如此的恶行！

基南德：你小舅子是个蠢货，

你也不过是个疯子。这戏剧快结束的时候
你会后悔你立下的那愚蠢誓言。
你这种悲剧式英雄都是该死的讨厌鬼。
你是谁，塔利跛德？说说看你爸爸是谁！
你生在哪里？为什么要来卡德默斯？
老得能做你母亲的人那么多，
为何非要娶阿格诺拉？
拉波达克斯几乎都受不了她！
你才是瞎的那个，院长，可不是我老基南德。

塔利跛德：你得庆幸自己老了，要不是看你老了
我就把你的屁股切掉摆盘，你个兔子！
因为我从来没吹嘘过我的过去，老兄，
你就把我说成什么无名的杂种，
告诉我我很变态，喜欢一个
很——嗯，成熟的女人……

委员会主席：（旁白）
哦，天啊，
那女人成熟，说得好！可怜的阿格诺拉——
她再成熟一点就步入老年了！

塔利跛德：（对基南德）
你一次次侮辱我，指桑骂槐
看来是没完没了了！

基南德：让我再次
声明，再说得更清楚一点，

我们所遇困境的丑陋答案就是：你就是
你要找的那坏蛋。第四场结束时，你就会看到，
你就是你女儿的兄长，你自己的继子
和继父，你侄子的叔叔，
你小舅子的外甥，而且（似乎这样
还不够）是个弑父者——恋母者！
现在拜拜了，塔利跛德。你说我卑鄙，
可是你自己的两项罪行让我们都呕吐：
杀害父亲，还有母亲——

塔利跛德： 逃走
是救不了你自己的！我会再找你的！

基南德： 你杀死了你的爸爸。

塔利跛德： 不！

基南德： 你睡了你的妈妈。

那老人家最后说着这些可怕的话，由那个小伙子领着下场了。塔利跛德要打他，被委员会主席拦下了。不一会儿，那院长，怒气冲冲地回到了院长办公室，都要跨过门槛了，还不忘停下来，对着那名誉预言教授嚣张的背影晃拳头。然后主席让委员们围在他身边，为事情惊人的新进展唱颂歌。这次他们成对地跳舞，每一句较长的歌词结尾他们就会使劲地拍三下手。

事情愈来愈糟，（正旋舞歌 1）
以打油诗的韵脚
我们要唱一曲，唱出令我们犹豫的事情：

开始是奠基者大厅的预言教授，
然后是基南德发言
听起来院长好像真的爬上了他母亲的床榻。

尽管他经常让人恼火，（回舞歌 1）
之前却没人这么说过；
所以我们相信基南德只是有些发疯。
第一等的悲剧就是
有人说你上了你的妈妈，
更惨的是你还杀死了自己亲爱的老父亲。

可是塔利跛德院长不是傻瓜，（正旋舞歌 2）
阿格诺拉不是他的妈妈
（尽管她已五十多岁，这是事实）。
老院长的确惨遭横祸，
可是他不可能是
来卡德默斯游学的小伙子的爸爸。

所以我们不能相信基南德（回舞歌 2）
我们的老预言教授所做的污蔑，
令我们愤怒——除非一切得到证实。
既然是院长付我们工资，
我们宣布那指控离谱至极
完全荒谬。院长是我们的老板。基南德说谎。

这时塔利跛德院长的小舅子大步走上了舞台，跟委员会主席说话，第二场开始了：

小舅子： 我刚才遇到了狡猾的老基南德，
那恋童癖和他男朋友，然后我问
他和塔利跛德的会面怎么样。
要是那基佬说的话有一半是真的，
那我姐姐发疯嫁的那卑鄙的小子，
就算不扭断他的脖子
我也发誓让他永不及格。
他说我是叛徒，是吗？我反对！

委员会主席： 他
真的说了这种话，我确定。

小舅子： 我要揍他！

委员会主席： 天啊，不怕丢了你这闲差事吗？
我敢说你会丢饭碗的。

小舅子： 一只替罪羊——正是
他想找的！他这么胡说八道
说我密谋推翻他，只不过是
为他的决策失误推脱责任。

（塔利跛德，从院长办公室上）

委员会主席： 好吧，祝你好运；
你会需要好运的。

小舅子： 哼！我真想

打肿他的脸！

委员会主席：他就站在你身后呢。

小舅子：他，什——哦，嗨你好啊，塔利跛德，老兄！
哈哈！我正好说到那讨人厌的
预言教授说谎不打草稿，
就该被抓进去好好伺候。
我正跟我的老朋友说着呢。哈哈！哈！哈。

塔利跛德：他说我杀了爹睡了娘。

小舅子：基南德这么说的？别让我看见他！

委员会主席：（对小舅子）
别把院长打得太狠。

小舅子：（对塔利跛德）
我就应该
把那混蛋的耳朵剪掉！

塔利跛德：那我应该
切开你装满坏水的肚子！你以为
我不知道你在搞什么鬼？呵！
基南德和我亲爱的小舅子！
谁能想到你们有这胆量呢？

委员会主席：他确实没有，

塔利跛德，相信我。

小舅子：（对委员会主席）

谢谢您了。

塔利跛德：背后搞鬼的

难道不是他？

委员会主席：不是他。

小舅子：不，老兄，不是我。

委员会主席：也不是我。

塔利跛德：好的先生，

我觉得也是。为什么基南德要等到

九年后才说呢？九年前我第一次

踏入卡德默斯的大门时，他就可以说

那些疯话的。真相就是，他现在

收了钱，就要说那些鬼话。

（对小舅子）

你想做

院长，对吗？

小舅子：不对。不是我。

委员会主席：也不是我。

塔利跋德：（对委员会主席）

谁说是你了？

委员会主席：我多言了。

小舅子：（对塔利跋德）

你好好想想，老兄，你就不会怀疑我了：

我为什么想要你的位子，我自己的位子

不是更好吗？你从来没听我像你一样

抱怨自己工作时间太长，

还有一堆暴民和笨蛋要应付。

塔利跋德：没听过。

小舅子：我的工作

可是个轻松差事。

塔利跋德：是最轻松的。

小舅子：可收入

却很可观。

塔利跋德：是太可观了。

小舅子：那我是疯了

才想做院长。形势大好时没人赞扬你，

受到称赞的只是老师。

塔利跛德： 这话在理。

小舅子： 情况不妙时你却要承担责任。

委员会主席：（旁白）

除非他能扭转局势。

塔利跛德： 那又怎样，

我看你就是想打败我，因为

我是院长，我说话作数。

委员会主席：（旁白）

这正是他敏锐才智

的绝佳体现！

小舅子： 老兄，你不讲理的时候，可不像个院长。

塔利跛德： 你再说一遍！

小舅子： 这地界可是我的母校，

不是你的。

塔利跛德： 好家伙，这下你麻烦大了。

(阿格诺拉，从院长办公室上)

委员会主席： 嘿，看啊，老阿格诺拉来了。

（旁白）

这女人可不会错过任何一场吵架，也不会错过
任何一个男人。她言语粗鄙，无人能及，
什么都能跟她睡觉，只要它有——
（对阿格诺拉）
院长夫人，
亲爱的！您今天看起来可真漂亮！真年轻！

阿格诺拉：你可真会拍马屁。可惜你不够大。
（对塔利跛德）
发生什么事了，爱人？哇，有事惹你
生气的时候你可真是可爱。

小舅子：你刚刚听到
我们争吵，是因为塔利跛德
诬赖我背叛学院！

阿格诺拉：胡说，这是我今天
听到的最可笑的话了。

塔利跛德：这是事实。

阿格诺拉：你很英俊、强壮、性感，宝贝儿，
可是你在这上面可不如下面厉害。
说他是叛徒！小甜心，你莫不知他连只苍蝇
都不敢打吧？他可单纯得很！

小舅子：多谢了，姐。

阿格诺拉：好了，不要再犯蠢

吵架了，不然妈妈打你们屁股哦。

我弟弟可是签订了学院忠诚誓约，

那就证明他很忠诚，是吧？当然是啦。

委员会主席：（旁白）

这逻辑跟院长真是如出一辙。

（对塔利跋德）

她的话

很有道理啊，先生。

阿格诺拉：谁问你了？

委员会主席：不好意思，

美女。（旁白）就算让我当院长，

对着这个尖酸刻薄、性欲旺盛的老母猪

我也硬不起来——可是年轻的塔利跋德

就靠这个爬到了今天的位子。

阿格诺拉：我总是说："院长办公室要和睦。"

让我们来一次，好吗？好久没做了。

忘掉那些叛徒不叛徒的鬼话，宝贝，

我来教你以前老院长是怎么做的。

塔利跋德：你快闭嘴吧！难道你不知道要是他没罪

我就完了吗？我现在是里外

不是人！这多嘴的主席花言巧语

诱我保证，不管是谁杀了拉波达克斯，

我一律解雇，然后你这聪明的弟弟
给了基南德钱，让他谎称
我就是那罪犯。难道我要自己炒掉
自己吗？不是我，就是你那该死的弟弟！

阿格诺拉：我的小朋友生气了！快到妈妈这……

塔利跛德：天啊，求你不要说这种话了！起码
不要在这大庭广众之下。

阿格诺拉：好吧，我亲爱的，
可是，你以前喜欢这样的，喜欢我
哄小孩一样跟你说话的，也喜欢晚上
在楼上我们一起捉迷藏，妈妈光着——

塔利跛德：你又来了，我的老天啊！现在情况
不一样啊！

阿格诺拉：是不一样了！
你都不爱我了！

塔利跛德：阿格诺拉，亲爱的——

阿格诺拉：你觉得你还年轻
而我进入更年期了，所以
现在完全可以抛弃我，然后
另结新欢了，找个想上位的年轻女学生！
你们男人——你一定是这样想的！

委员会主席：（旁白）

看看这都是谁说的。

塔利跛德： 好了，好了，我亲爱的，我做梦都没想过

抛弃你，这你很清楚的。

阿格诺拉： 说你爱我。

塔利跛德： 我当然爱你。

阿格诺拉： 不，你现在就

说给我听。

塔利跛德： 可是，甜心……

阿格诺拉： 就现在！

委员会主席：（旁白）

听到这些

可真是赚到了。我敢说为了让我闭嘴，

下个月一定会给我涨工资。

阿格诺拉： 说呀！

塔利跛德： 啊，

好吧。（耳语）我诶——

阿格诺拉： 不行，声音太小了！

塔利跛德： 那我就

大声喊：我诶哩！

（对委员会主席）

你这混蛋别笑！

阿格诺拉： 再说一次。

塔利跛德： 我灰常诶哩！

（对小舅子）

你要是再不滚出去

我就扭断你的脖子，让你

笑不出来！

小舅子： 哩的意思是我没似了？

塔利跛德： 你信不信

我会把你大卸八块，你个该死的酒鬼！

小舅子： 哈。你个倒霉的窝囊废。（下）

委员会主席： 所以我们现在要怎么做呢，塔利跛德院长？

塔利跛德： 别问我。我今天上午

本来应该在床上的。

阿格诺拉： 这才是我的好孩子！来吧，我们开始吧！

塔利跛德： 那基南德的话呢？被指控杀死自己的父亲

可不好玩——甚至还有更过分的！

阿格诺拉：不要想那个不男不女的老东西了。每个学院的
祸水不过是那儿的预言家罢了。
告诉他他会自食其果，吃不了兜着走的。

委员会主席：天哪，这想法可真是离经叛道！

阿格诺拉：行了，离经叛道又怎么样。有本事
告我啊。听着，我给你们彻底证明
预言教授都是骗子：很多年前就有一个
来拜访我和我第一任丈夫，
那时我们刚结婚，你知道
他说拉波达克斯的命运是什么吗？

塔利跛德：什么？

阿格诺拉：他说我最好快去堕胎，
不然我丈夫就会被
自己的儿子杀掉。

塔利跛德：那么那诅咒应验了吗？

阿格诺拉：当然没有啦，傻瓜！我自然是说
那预言教授是个骗子，可是他
吓坏了拉波达克斯，所以我们的孩子
一出生——是个男孩——我们
就像那些未婚先孕的女学生那样

偷偷把他处理掉了。

塔利跛德：我想知道，具体是怎么一回事呢？

阿格诺拉：也没什么，

就是我们往他的脚上钉了钉子什么的

然后把他丢到树林里喂乌鸦了。

“他们做的事真是可怕！”我大声嚷道，“怎么能有人做出这样的事情呢？”虽然我身边的人又是“嘘”声阻止我，又是嗤笑，我还是非常愤慨，就像多年前我听到巨怪作恶一样气愤。不过显然，阿格诺拉自己是不同意这残忍的做法的，因为她用袍子的边擦拭着她的面具上两个空洞的眼睛，然后说道：

阿格诺拉：一想起这件事我还是想吐。

拉波达克斯确信那孩子会长大

而且会杀死他；而我呢，我更愿意

冒险一试，而不是杀死我们唯一的

儿子，我的丈夫还是如愿了。

可自那以后我们之间就出了问题

直到那天我听到了他的死讯。

现在注意听，你就会明白预言教授在说谎：

我们那可怜的儿子永远都不会有机会

打倒拉波达克斯了，是公路劫匪——

是一帮人，我是说就是他们在伊斯默斯附近杀死了他

正是在他跟他的情妇外出过周末的路上。

那个交叉路口叫三岔路口，

就是在那儿他们伏击了他，砍下了他的头颅

往他那小女朋友的脖子上划了
一道大口子。

委员会主席：他的女朋友？

阿格诺拉：怎么回事，你还在这儿？
是，我说的是那个厚颜无耻的小婊子，
就是他的秘书。他们把她砍死了
我可真高兴！

塔利跛德：不好意思，亲爱的，那你刚刚
说的那个交叉路口，不是
两条路或四条路吧？

阿格诺拉：你是聋了还是怎么了，宝贝儿？
我说的是三岔路口。

塔利跛德：（旁白）
那么老基南德
可能不是完全瞎的！
我的天啊！

阿格诺拉：怎么了，宝贝儿？你想到了什么？

塔利跛德：你再跟我说一次，是一群劫匪吧？

阿格诺拉：这是那个仆从来，跪倒在我面前
跟我说的。他一口咬定，有四到五个人

袭击了我的丈夫和那个小贱人。
他们只顾得上杀人、强奸，
于是没发现他逃走了。
他说他们是个团伙，之后他就请求调职
到绵羊羊圈去了。

塔利跛德：我必须听到
那个人亲口说出这答案。我希望你叫你的
女仆去把他带来。

阿格诺拉：几年前我把他
打发到牧场去了，可他总能抽身前来的。

塔利跛德：那就，去找他来，我亲爱的，
你可能很难相信我接下来要告诉你的话……

委员会主席：（独白）
我们听着，
又是个没人性的故事。

塔利跛德：当然，我知道
在你心里我看起来很完美：
英俊、勇敢，还聪明——

阿格诺拉：是性感，乖乖，
不是聪明。

委员会主席：（旁白）

还有，不谦虚。

塔利跛德：我是这么了不起，
要是我告诉你我曾经做过坏事
你可能都不会相信……

阿格诺拉：我会试试。

委员会主席：我也是。

塔利跛德：你还在这儿?

委员会主席：不然在哪儿?

塔利跛德：那我要
告诉你们两个我这完美无瑕的一生中
唯一的污点。当然了，我说的话
不宜外扬。

委员会主席：哦，那是自然。

塔利跛德：我知道你们之前一定常常会问自己:
“我们聪明英俊的院长来自哪里呢？”

委员会主席：好多个晚上我好奇得睡不着。

塔利跛德：“他怎么
会来到这里呢？”你们肯定会相互询问。

“他的父亲是谁，他的母亲又是谁呢？”

其实，事情是这样的：很久以前——

阿格诺拉：别跟我们说这些无关紧要的，亲爱的。

塔利跛德：好吧，我

来自伊斯默斯学院，我爸爸是那儿的院长。

我是他长着金发的儿子——你们看到了我

在那儿很成功。我原本现在会是他们的院长，

可是我在别人举办的一个鸡尾酒会上

听到一个醉酒的老诗人说我根本

不是我爸爸的儿子！当然，这种话

我不会放在心上，暴躁的家伙们只因为

嫉妒你就会说你是私生子。

可是，那诗人，却不是别有用心，

所以我召来了我们的预言教授

让他告诉我他的话到底是怎么回事。（爸爸

拒绝跟我谈论这件事，每当我提起人生常识时，

我已经习惯了他和妈妈——

他的妻子——沉默以对了。

我不得不自己了解真相。）

阿格诺拉：我明白了。

（对委员会主席）

这就是为什么他遇到我的时候还那么青涩。

我教会了他一个年轻人该知道的一切。

委员会主席：我们都是你教的，夫人，即便

我们不年轻，不需要别人来教。

阿格诺拉：你需要输血。

委员会主席：要是长得漂亮点儿，
就不需要利用自己丈夫的职权也能
让我们上床。

阿格诺拉：去你的。

委员会主席：我不去，谢谢。

塔利跛德：别吵了，拜托，好好听着。

委员会主席：要是我们非要听的话。

塔利跛德：就像我刚刚说的……

阿格诺拉：（对委员会主席）
我会收拾你的，老兄，
你等着吧。

塔利跛德：有些事情那位预言教授没有
说清楚——你知道那些家伙说话什么样——他不听
我的问题，不然就是避而不答。
可他反倒告诉了我一些别的事情，嗯，
那些事给了我当头棒喝。你永远都不会猜到……

阿格诺拉：他没说你会杀死你的父亲吧？

塔利跛德：说了。

委员会主席：不会还有趴在你母亲身上跟她性交吧？

塔利跛德：说对了！你怎么猜到的？

委员会主席：直觉而已。
我发誓，那些个预言教授的想法都如出一辙。

阿格诺拉：而且还都是肮脏的想法。

塔利跛德：我也倾向于
这么想。

阿格诺拉：那接下来呢？

塔利跛德：我辞去了
副院长的职位。爸爸大发雷霆。

委员会主席：可想而知。

塔利跛德：我离开了学院休长假去了，
希望以此打破那个疯狂的预言教授
给我下的咒。我一直休假到现在，
从来没回去过。

委员会主席：让我叹口气——

塔利跛德：因为我是迫于无奈才离开他们，所以觉得悲哀吗？

委员会主席：——是为了我的饭碗，想想九年的长假
我能做出多少重要研究。

塔利跛德：我本来也可以的，可是我这一路上
没有图书馆。

委员会主席：我敢说没有。

塔利跛德：反正，一天我来到了一个地方
人们称作三岔路口，想跟一个
路过的王八蛋及他的陪同搭个便车去卡德默斯，
可他不把我放在眼里。好家伙，我气急了！
他大喊道，他不去卡德默斯。
他醉醺醺地讲了个故事——毫无疑问，
他喝醉了——说在他们来的那地方
有个妖怪，长着一张非常漂亮的女人脸
和一具狮子的身体。我自然以为
那家伙在唬我，而当我一眼瞥见
他腿上坐的那人时，我明白
那老家伙是害怕我比他
更讨她喜欢。“你个骗子。”我说道。
他竟敢一拳打在我的头上
我不过是叫他骗子，捏了
他女人的屁股一把。好了，这下梁子

结大了。我先是砍断了那老家伙的喉咙，把他
扔下车，教教他做人的道理。然后我又趁着他
流血不止上了他的女朋友，只是图好玩儿。
遇到这种情况，我的原则就是
第一步先刺他们的肚脐眼
然后再切其他地方。那小姑娘，她可真是
个不怕受罚不怕吃苦的人。
我花了好长时间屠杀和上她，
其他人都快逃跑了，我记得，
我发现了三个人，有的藏在周围，
有的藏在车底，当然我把他们
也大卸八块了。

委员会主席：我很不舒服。

塔利跛德：后来
我觉得非常懊悔。

阿格诺拉：胡说，你做了你该做的。
那个坏蛋冒犯了你。至于他的小甜心
嘛，她罪有应得。

委员会主席：我更不舒服了。

塔利跛德：她是罪有应得，可问题是，我
不喜欢杀人；我像小羊一样温顺。

阿格诺拉：而且

性感得很，我的大男孩。

塔利踱德： 杀人总归不好，

虽然那在情理之中，而且要不是

我脾气失控了，我才不会

刺破那些家伙的眼睛，也不会

在那女孩屁股上刻我名字缩写。

委员会主席：（旁白）

或者是失去了理智。

我想我觉得很恶心！他一定是精神

有些不正常！

塔利踱德： 好了，长话短说，

我脾气爆发的那个地儿正是三岔路，

或许只是我杞人忧天——

委员会主席：（旁白）

杞人？

他就是个疯人。

塔利踱德： 可是我必须亲耳听到

那个牧羊的家伙告诉我不用担心

我杀的不是拉波达克斯。

委员会主席： 你怎么会这么想呢？那路上多得是

卡德默斯的老醉汉和他的随从

还有漂亮女朋友。他们乘车出门取乐

来到三岔路口，然后给要搭便车的人
讲个关于妖怪的故事，只是为了吓唬
他们。就因为这样，我们这儿有很多人
命丧于暴怒的陌生人之手。

塔利跛德：你糟糕的笑话
总有一天让你付出代价。我一生气
就会攻击惹我生气的人，
这个老毛病——你也可以说，是我的
悲剧性缺陷——嗯，我还没改掉呢。你也看到
我威胁老基南德了。明白人……

委员会主席：……不用多说，先生。我道歉。

阿格诺拉：（对委员会主席）
要是你清楚事情的利弊的话，也要
跟我道歉。一个男人在床上不行
那他至少，应该有礼貌。

委员会主席：原谅我，院长夫人。

阿格诺拉：你忏悔的样子很可爱。

塔利跛德：我对那牧羊人的证词
可是有莫大的兴趣……

委员会主席：（旁白）
他又来了。我讨厌这副不惜一切寻求答案的虚伪嘴脸。

塔利跛德：或许他耻于承认自己
逃跑了而没留下一起战斗。

委员会主席：也有可能他耻于承认一个人就把院长一行人杀死了。

塔利跛德：真是感谢你提起这一点啊！

阿格诺拉：好了听着：
你是自己一个人在三岔路口。那个牧羊人，
那傻蛋，说杀死院长的是一伙人
我们都听到他这么说了。可是
就算他现在变了说法又怎样呢？
小甜心，我已经告诉过你，拉波达克斯
之前是怎么扔掉我们可怜的孩子
打破预言的。所以你毛茸茸的
小脑袋就别想这事儿了吧，宝贝儿。我们会
联系那牧羊人，让他来讲一通，
可是他的话，是不会改变事实的。
白痴才相信预言教授。所以放轻松。

塔利跛德：天啊，我希望事情如你所言。

阿格诺拉：我的话一直都是对的，
小甜心。
（对委员会主席）
走开吧，老兄。

委员会主席：好的，夫人。

阿格诺拉：（对塔利跋德）

我的小朋友会如愿以偿的。

让我们进去吧，趁着那牧羊人还没来，玩一会儿。

塔利跋德和阿格诺拉走进院长办公室以后，委员会又重新聚集在了舞台上。这次他们围成了一个圈，然后拉着手，茫然无措地唱着颂歌，伴着正旋舞歌，他们严肃地以顺时针方向移动，回舞歌时又逆时针移动。

系主任像我们一样，厌恶（正旋舞歌 1）
质疑古老的传统；
我们同等尊重院长和预言教授，
尽管他们意见相左。

院长是我们的老板，所以我们相信（回舞歌 1）
是基南德搞错了
可是预言教授不会错的，我们必须
坚定信念不动摇。

质疑预言教授不用买单，（正旋舞歌 2）
只引来冒昧揣测。
一旦学生养成这个习惯，
他们会非议教学。

预言系将会宣告破产（回舞歌 2）
脑袋难保不落地——
或许系领导难逃厄运，
质疑是百害无利。

敬爱的奠基者啊，您那神秘的手（正旋舞歌 3）
安排一切的发展，
保佑我们免遭一切的变幻莫测
让我们保持现状。

让我们远离质疑，改革，轻率，（回舞歌 3）
还有，新观念，
然后我们务必保证学生们
依旧相信您。

“这是个很正确的想法，”彼得·格林说道，“我表示赞同。”

我对西尔医生说，在我看来塔利跛德院长好像如预言教授基南德所预言，真的做了那些事情，这样的话他确实是校园里最不及格的人。

“他是做了，”西尔医生肯定了我的想法，“可是事情不止这样。”这时阿格诺拉从院长办公室走了出来，他又小声对我说：“身份证的事情就要来了。这很关键。”

阿格诺拉拿出了一些绿色树枝和一些小瓶子，拿着东西，她对着委员会说：

阿格诺拉：天啊，冷静点，小伙子们。你们不觉得
我这个院长夫人做了太久，都把我的
公众形象搞臭了吗？我很清楚
那预言教授一派胡言——可我不会
拆穿。我会去奠基者大厅，把这些
树枝和香水瓶子献给他，就如了那些
乡巴佬的愿。那个骗子让我恼火
可我阿格诺拉却不想惹是生非。（邮递员上）

邮递员：打扰了，女士。

阿格诺拉：嗯，好。你是谁？

邮递员：是英俊的邮递员。

阿格诺拉：那亲一下如何啊，
帅哥？

邮递员：当然可以啊，小姑娘。

阿格诺拉：嗯唔。我觉得你最好是
下次再送信，宝贝儿。唔。

邮递员：这里这封信
是特别快递，夫人，我觉得
我最好是把它送到正确的地方。
虽然我也想再亲热一会儿。你知道的
我们英俊的邮递员不会被雨雪和黑夜
阻挡，也不会被出门诱惑我们的家庭主妇
阻挡，几个小时后我再来见你。

阿格诺拉：在这个校园里，
宝贝儿，我想让你见我你就会见到我。
我可是塔利跛德夫人。

邮递员：真的吗？那你就可以
替你的丈夫收着这封信了，亲爱的。

这封信来自他的母校。好了，来吧，
这样我的工作就完成了，在我
再次长途跋涉之前，我们还有点时间
再亲热一会儿。

阿格诺拉：等一下……

邮递员：我不是在行动吗，小妞儿。

阿格诺拉：我最好先看一下。

邮递员：上面说昨天
早些时候，伊斯默斯的院长死了。
是心脏病发作。现在满意了吗？

阿格诺拉：我看你很喜欢偷看你送的信嘛。

邮递员：还有件事得让你的丈夫激动一把：
只要他把自己的身份证递交给
伊斯默斯学院，人们就会把他当作那儿
的院长，还有你们这儿的，我想法儿
记住这些事情，以防有些家伙
会抢走邮件，你明白吗？

阿格诺拉：那当然啦，大宝贝。快放开我的手，
我老公来了。
（对塔利跛德）
嗨，你来了，塔利跛德。

这个英俊的邮递员忽然来访，说
你那在伊斯默斯学院的父亲
是中风还是什么的，死掉了。

委员会主席：我很高兴您
醒来得正好，先生。

塔利跛德：我可不高兴。

委员会主席：这个悲伤的消息
也不是全然没有好的一面……

塔利跛德：谁死了？
怎么回事？发生什么了？这什么意思？

阿格诺拉：贪睡虫，意思就是，你现在是
伊斯默斯的院长了，也是卡德默斯的院长。
意思也就是谁相信预言教授
谁就是个彻头彻尾的大傻瓜。
我早就告诉你了。这下不用担心你会
杀死你爸爸了。老人家心脏病突发死了。

塔利跛德：真的吗？

邮递员：千真万确。

阿格诺拉：至于你母亲的床，你
再也不用担心了。

塔利踱德：我不用担心了吗？

阿格诺拉：不用了。

塔利踱德：为什么这么说呢？

阿格诺拉：因为学校里
有一半的男人，在做梦时，都偷偷溜进过
他们最初来的那个地方。这不是罪过。

邮递员：她说得对。我自己有时候也会梦到这样的事情。

阿格诺拉：我相信你一定梦到过，宝贝儿。

委员会主席：做这样的梦不犯罪，
塔利踱德院长。

塔利踱德：你还在这儿？

委员会主席：是的，先生。

阿格诺拉：那些邪恶的预言教授总喜欢
兴风作浪，骗我们梦会成真。
可梦不会成真，事情就是这样。

塔利踱德：你说这话
倒是容易，亲爱的，你可没有受诅咒。

委员会主席：（对邮递员）

　　她是有好多年没有被诅咒过了。

邮递员：那太好了。

塔利跛德：那两个预言中更糟

　　的那个可能还会困扰我：

　　我不会杀死我的老爸了，可是我还有可能

　　见到我的老妈，毕竟她还活着。

邮递员：这就是你的困扰吗，院长？

塔利跛德：就是这个。

邮递员：那我给你带了

　　个新消息来。你不认识我，可是我

　　很久以前就认识你了。伊斯默斯那个善良的

　　老头和他的妻子，以前唤你

　　儿子，但他们根本就不是你的妈妈和爸爸。

塔利跛德：他们不是吗？

邮递员：不是。你根本不用偷偷溜走。

塔利跛德：那我到底他妈的是谁呢？

阿格诺拉：请别喊了，

　　我头疼。

塔利踆德：你以为我不头疼吗？

他竟然以为，这是好消息！你没看到我还

没有摆脱那预言教授的诅咒吗？听着，老兄——

阿格诺拉：他也不是很老嘛。

邮递员：（对阿格诺拉）

你也不老，小姑娘。

阿格诺拉：（对邮递员）

我的邮筒

随时为你的邮件敞开。

塔利踆德：拜托你正经一点吧，我都快

完蛋了！如果他们不是我的父母，那

他们为什么把我当儿子养大？为什么

他们要对我隐瞒真相呢？

邮递员：院长和他老婆

之所以守口如瓶是因为他们知道

收养你是不合法的。他们给我升职

让我闭嘴。在做邮递员之前

我是个牧羊人，也就是说，那时

一年四季，我都跟一个家伙一起放羊，

就在“院长山谷”附近一带的山里——

阿格诺拉：嘿，那地方在卡德默斯，是吧？

委员会主席：我想，

是在卡德默斯和伊斯默斯学院交界的地方。

邮递员：不管在哪儿，反正，有一天我的伙伴

对我眨了下眼，然后问我知不知道

他的餐盒里有什么。我回答，“炖肉”。

他常吃那个。他说：“见鬼，才不是。

我带了个孩子来卖，哥们儿。要是你

能给我卖了他，我就把钱分你一半……”

阿格诺拉：那个卑鄙的叛徒！

邮递员：反正，他发誓

他不会把上好的货物拿来

喂该死的乌鸦和老鹰，这

无关合法不合法。

塔利跛德：可真是好心肠。

邮递员：因为他着急卖掉

那孩子，于是我所做的，就是当场

以批发价买下了他。我很快

把他浑身检查了一遍，他看起来身体

很不错——可能不是很漂亮，

可是我能回本还能再赚点儿，

这我很确定，因为我们院长没有孩子

正好要在婴儿市场买孩子。伙计，我发誓

要是让我再看到那个骗人的牧羊人

我一定扭断他的脖子！那奸诈的
混蛋用床单把那孩子包了起来，
我拿掉床单一看，发现他的两只脚
被钉在了一起，而且他已经奄奄一息了。
这下，你们想，我肯定破口大骂！
不过我活该，谁让我没仔细检查就买下了那孩子呢。
我拔掉钉子，觉得那孩子不过第二天早上就会死掉
于是当晚就以成本价把他卖给了院长。
事实证明那孩子活了下来，而且
自那以后我就得到了邮递员这份工作。
无论黑夜或雨雪冰雹，都留不住
我，只有女人让我放慢脚步。
（对阿格诺拉）
拜拜啦，院长夫人，下次来城里
我会再来看望您。

阿格诺拉：你知道我的地址的，可爱的人儿。

塔利跛德：（对邮递员）
嘿，等等！你想告诉我的是，我就是
你倒卖的那个孩子？

邮递员：你双脚上有疤吗？

塔利跛德：它们从小就是这样的。

邮递员：还有你的身份证上
写着塔利跛德院长，不是吗？

塔利跛德：当然是了。

邮递员：我觉得你一定知道“跛”
　　字是什么意思吧？

塔利跛德：是“脚有毛病”的意思。

邮递员：那么，你就是那孩子了，哥们儿。

塔利跛德：天哪！我到现在
　　才把这些事情拼凑起来！

委员会主席：你可不是个拼图大师。但是你告诉我，
　　像你妻子这样的女人，怎么能跟个
　　名叫塔利“跛”德的人同床九年
　　却从没发现他脚上的疤呢！

阿格诺拉：听着，宝贝儿，
　　你跟你妻子可能喜欢玩脚丫调情，
　　可是别人跟我上床的时候，
　　我想看的可不是他的大脚趾。

委员会主席：可是你肯定很奇怪——

阿格诺拉：你能不能
　　少跟我啰唆？

委员会主席：当老拉波达克斯

和你——

阿格诺拉：闭嘴！

塔利踱德：对，闭嘴。听着，邮递员，
你告诉我，和你在院长山谷一起牧羊的那家伙
他是从哪儿弄到那孩子去卖的？

邮递员：这难倒我了。可能是某个跟他睡过的女人生的吧。
可是现在回想起来，他看起来不太像
个牧羊人——衣着华丽，没有曲柄杖——
我的意思是，他本身是个骗子，但从来没拿过
曲柄杖[1]。我猜是某个未婚先孕的年轻
女学生生下了孩子，然后付钱让他
消失，你明白我的意思？要是他
经常做这些小生意，
我也不觉得奇怪。

塔利踱德：现在我是真的
很好奇，越来越想面见这两个
牧羊人了。你们这些人能否告诉我
那个不拿曲柄杖的骗子哪儿去了？他叫什么名字？

委员会主席：先生，我觉得，这家伙正是
刚刚您让人去请的那一个。

1. 英文中crook一词既可指曲柄杖，也可指骗子。

塔利跛德： 哪儿都有他！

委员会主席： 先生，我发现，这位英俊的邮递员
每说一点，阿格诺拉的眉头就加深几分。
或许她想到了什么事情。

阿格诺拉： 去死吧！
（对塔利跛德）听着，小甜心，让我们忘掉
什么牧羊人不牧羊人的。谁需要他呀？我说还是
顺其自然吧。

塔利跛德： 我绝不允许。
要是我不把我的身份证改过来
我永远都不会得到批准。如果我不
抓住这次机会查清楚我是谁
伊斯默斯的人是不会让我做院长的。

阿格诺拉： 那谁在乎？
有那么多事要我伤神。如果有一件事
是我没必要在乎的，那就是你的身世。

塔利跛德： 我觉得你是担心我的生母是个低贱的女孩。
那又怎样？这只会显得我更加伟大，
因为我出身卑微如今却身居高位。

阿格诺拉： 我要吃片阿司匹林。或许要吃一整瓶。
弄清你的身世，那我吃掉所有的药片
都不管用了。我现在要去把这件衣服

挂在晾衣绳上。它看起来一团糟。
可是爱人，请你听我的，放弃这个
身份测试吧。“你要是不放弃，我们就完了。”（下）

委员会主席：她在烦恼什么？（旁白）好像我不知道似的。

塔利跛德：她像所有高层的妻子一样，等级观念
太严重。看到我的身份证明上写着
我是某个大一女生，为了得高分数
而跟自己的数学教授睡觉生下的孩子
她可能会很沮丧。
可是我不在乎。无论我的父母是谁
我都还是一样伟大。我迫不及待地
要找到答案！只要那是奠基者的真理
答案是什么都没关系！天啊！

委员会主席：（旁白）
你们准备好看天下大乱吧：
院长只相信自己的说法。

这时，我完全被塔利跛德查明自己身世的决心吸引了。我已经吃完了我的爆米花，然后开始吃那美味的盒子。这时委员会唱起了一首简短轻快的歌曲，唱的是对塔利跛德院长身世的猜测，奇怪的是，每一行的末尾都做了停顿，也不管末尾的词是不是完整的。

哇哦！真理万岁！未经审（正旋舞歌 1）
视的生命活着
没意义！真理让你自由！

其他这种类型的学院格

言。一个不寻求真理的学（回舞歌 1）
院，又有什么
用处呢？真理万岁！哇哦！
我打赌下周

末这时间，月满之时，我们会在院（正旋舞歌 2）
长山谷跳舞，
就是在那儿塔利跛德被人带出了
卡德默斯，到了伊斯默斯

的院长办公室，天哪！我们好（回舞歌 2）
奇他的妈妈是谁！
无疑她肯定是一位理事的妻子
或者是某个高地

位的女性，正是及格的奠基者自己（正旋舞歌 3）
在草地里推倒她。
塔利跛德院长，是奠基者的儿子，
是个最非凡的私

生子！（回舞歌 3）

“嘿，我从来没想过那种可能！”我小声对马克西说，“你觉得——”

他严肃地看着我的眼睛：“不是的，乖孩子。”

西尔医生发现下一场是倒数第二场了，是他最喜欢的，悲剧的高潮。跟前一场一样，这场一开始塔利跛德院长、委员会主席和英俊的邮递员就是站在一起的。从舞台的侧翼，一个矮小的老头被两个魁梧的家伙拖上了台。

塔利跛德：我看，校园警察有在努力工作。
我们会对这老家伙用刑，他要么是
交出答案，要么就是交出这条贱命。
（对委员会主席）
可是首先，他就是我妻子所说的
那个仆从吗？我可没有时间
单纯为了找乐子，去折磨一个老牧羊人。

委员会主席：您说得
对，那徒劳无益。他就是那个人，
正是——拉波达克斯的男仆。

塔利跛德：（对邮递员）
你能
肯定他就是你之前的伙伴吗？

邮递员：确实是之前的。就是他。

委员会主席：就是他。

塔利跛德：好了，
停下吧！（对牧羊人）听着，老头儿，你最好
老实交代，交代完完全全的事实。

牧羊人：真希望我已经死了。

塔利跛德：你可能会死的，快了。现在
　　回答我：你是拉波达克斯的人吗，老兄？

牧羊人：没错。我为他放了好长一段时间的绵羊。

塔利跛德：你一般在哪儿放绵羊，老头？

牧羊人：哦，嗯，
　　让我想想：我在这儿放过羊，也在那儿放过羊……

塔利跛德：是院长山谷吗？

牧羊人：我在哪儿都放过羊。
　　饿极了的绵羊——它们到哪儿都在吃。

塔利跛德：在院长山谷，你记不记得你遇到
　　过这伙计？像这个英俊的邮递员的人？

牧羊人：没有。

邮递员：别来这一手！你以前常常跟他埋怨
　　你的老板的那人正是我，每次我们两个
　　都会分着喝一壶山露酒。

牧羊人：好吧，所以我们是老朋友了。恭喜你。
　　那又怎么样呢？

邮递员：还记得有一天我们商量

一个孩子的事情吗？你保证那孩子
一切都很好，不需要治疗
就能卖掉，瞎了你的狗眼！

牧羊人：有本事告我啊。我不会在三十年后
还收退货的。

邮递员：这不是重点。
那个孩子就是塔利跛德，他管着这个地方。

牧羊人：你在说什么——你是疯子吗？

塔利跛德：我警告
你，牧人，这里是院长办公室，不是羊圈。
要逼你这种蠢蛋说出实情，方法
可多得是。我们压垮他们的背
拧掉他们的手指，把他们车裂
折磨他们那东西，让他们尖叫。
那可很好玩，还能得到结果。伙计们，
断他一根手指。

牧羊人：行行好吧，
我年纪大——哎哟！太疼了！好，好，
我说实话！你们尽管问！

塔利跛德：这里这个人，
有没有跟你买过一个孩子？你有没有
拿了钱交给他一个男婴？

牧羊人：没错。我大赚了一笔。不过不是

通过完成我被委派的任务。

塔利跛德：这不重要。

你到底是从哪里弄到那个孩子的？

牧羊人：我必须要告诉你吗？

塔利跛德：（对守卫）

断他手指。

牧羊人：啊！

两分钟就两根小手指。见鬼去吧！

这个院长办公室正是我弄到那孩子的地方。

塔利跛德：是女清洁工的孩子吗？父亲是谁？

牧羊人：我不能说……

塔利跛德：（对守卫）

断他的手指。

牧羊人：不！不必麻烦！

他们说那杂种是拉波达克斯的。

塔利跛德：是院长自己的！

牧羊人：我希望这答案能让您

满意。就是他的孩子。

塔利踱德：和阿格诺拉的？

牧羊人：我没问。

塔利踱德：她交给你的吗？

牧羊人：我拿了钱

答应说我会把他喂松鼠的。

“松鼠不吃肉。”彼得·格林说道。

塔利踱德：残忍的母亲！

“的确是残忍！”我说道，悲伤地流下了眼泪。

牧羊人：嗯，女人就是女人。

她不是特别想这样，先生。

塔利踱德：那么她为什么要这样做呢？

牧羊人：这你最好问她。

她跟我胡说八道了一番，说那孩子

会杀了他的爸爸——这样的鬼话。

塔利踱德：哎呀！

委员会主席：我也哎呀！

塔利跛德：你的答案吓坏我了！

邮递员：我倒觉得无所谓。

塔利跛德：（对牧羊人）

可是，你这该死的，要是

她命令你这样做，你岂不是没遵守！

委员会主席：那就炒了他。（对邮递员）哦，这些院长们呐！

牧羊人：我害怕

事情闹大了，他们会把责任推给我，

所以我决定，为什么不大赚一笔

也保住我的小命呢？这个蠢货发誓

他会把你带得远远的，

再卖掉你。

邮递员：我是带远了，你个骗子！

牧羊人：（对塔利跛德）

可是你

回来了，然后让预言应验了。

上帝保佑啊，院长！我宁愿丢了剩下

的八根手指，也不愿像你一样！

委员会主席：（对牧羊人）

这就是所谓的悲剧啊。

牧羊人：啊。

委员会主席：怎么样，塔利跛德？

塔利跛德：真相！最后的真相！在我的头脑中
我想出了这一团乱麻的答案！

委员会主席：我估计他们大概帮你理清了一下……

塔利跛德：耀眼的光啊！终于我明白了真相！
摆在我面前的是：基南德是正确的！
在身份证上，我是不及格的，在床上，
在三岔路口，我都是不及格的——我，塔利跛德
立校以来最聪明的院长，我再也
看不到光了！我永远都不及格了！

他最后大叫一声，跑进了院长办公室。知晓他的答案的恐惧让我脊背发麻，这时委员会重新聚集到台上，唱出了最后的凄凉的结果，成员们手拉手，轻轻地左右摇摆。

今天来明天走，人生无常。（正旋舞歌 1）
到底怎么回事？究竟为什么？
人就是一个屁，噗一声就被遗忘。
我们委员会从现在开始休会，
但在我们说再见之前，
让我们重述这悲剧的情节。

在序幕，或开场中，（回舞歌 1）
主人公在配角和
合唱队面前暴露了
因狂妄引发的悲剧性缺陷；
同时介绍了故事背景；
然后合唱队跳舞，唱开场曲。

在开场白之后（正旋舞歌 2）
每场戏依次上演，
场间穿插着合唱队的合唱；
讽刺的简短轮流对白
最终引出了亲人相认：
院长命运反转的不幸。

现在高潮来了。（回舞歌 2）
在接下来的合唱曲中，
宣泄会让我们发泄直到我们筋疲力尽；
直到灾祸将我们累垮
然后尾声就要结束了；
同时现在是对唱，或叫作挽歌：

现在他们伴着音乐，唱着最感人的歌词，声音越来越大，非常悦耳——然而，据西尔医生说，他们唱的不是真正的对唱。

塔利跛德有钢铁牢笼一般的思想。（正旋舞歌 3）
呜呼呼。
拿下妖怪，拿下院长之位，也把
院长的妻子搅在了大腿上。

鸣呼呼。

绅士、学者，还是聪明的院长！
可是（回舞歌 3）
却像疯子一样，把自己困在自己的牢笼中。
他一定希望自己早已关上了牢笼。
鸣呼呼。

为什么要杀死你的爸爸，我的朋友？
为什么要睡了你的妈妈？还有
为什么我们要再次唱起这副歌？
鸣呼呼。

委员会的最后一个音符结束了，一片安静，我仍然眼含泪水，就在这时，一阵信号干扰的沙沙声打破了寂静，接着从圆形剧场四周安装的喇叭中传来了刻板的人声。

“女士们先生们：我们在此打断这宣泄部分，插播两则新闻特讯……”

剧院里一片骚动，西尔医生不耐烦地嘟囔着“宣泄中断”的不良心理反应。停顿了一会儿之后，广播又开始了：

“赫尔曼·赫尔曼的尸体，于奠基者山附近的新坦慕尼学院林场被发现了。据报道，赫尔曼·赫尔曼原为博尼法希斯集中灭绝园的院长，现已被射杀。自第二次校园暴乱结束后，赫尔曼一直致力于反学生犯罪活动的搜查。今天下午他的尸体被动力室守卫小分队发现。应雷克斯福德校长要求，总拘留所已经开始调查此案……”

消息一经广播，立马引得剧院里一阵欢呼，人人都叫好，只有西尔医生耸了耸肩。马克西浑身发抖，我自己则太过惊讶，因着那些喇叭能立马接收到这个消息而感到新奇。就连克罗克也醒了过来，咕咕哝哝，跟着别人一起拍起了手。我听到身边的人说那畜生罪有应得，他这个管理博尼法希斯集中灭绝园的人，射杀都是便宜他了。

“不，”马克西说道，“这不对。”

“以下是第二条，”喇叭里继续播报，“今天傍晚，WESCAC 读出了以下好消息：一位真正的大导师就要于新坦慕尼学院现身，前来向思想正直的学生和职工指明通往毕业认证大门的道路。再次声明：经 WESCAC 官方读出，一位真正的大导师要现身……”

这在人群中引发了不小的动静，让人再也听不见那广播声了。人们交头接耳，大喊大笑。有些人用袖子抹眼泪，有些人尖声大笑。有几个人离开了剧场；很多人似乎也想离开，却完全冷静不下来。

“听听这个，如何！”彼得·格林惊呼；他拍拍我的膝盖，惊叹地摇摇头，好像我对他耍了个有趣的把戏。西尔医生面带疑惑，十分玩味地打量着我，而马克西拥抱了我——近乎胆怯，我这么觉得——然后嘟囔着说自己尿急，先失陪。我不知道是站起来公开自己的身份好，还是再保持一会儿镇定好；而且，听到广播后我虽然激动万分，但却已经有先见之明，心想着在说完“在下正是那位大导师”，宣布完自己的身份后人们通常会做什么，是再坐下，还是直接开始讲学呢？这时要说什么呢？毕业认证大门又究竟在哪里呢？我决定，最好是再等一会儿。演员们又聚集到了舞台上；之前因为广播亮起来的灯又调暗了；委员会和委员会主席都聚集在院长办公室门口了，观众席上还交头接耳，骚乱不断。现在英俊的邮递员从办公室的门走了出来，挥手让观众安静。

邮递员：你们还没听到多少内容呢。

委员会主席：我们听说了很多……

邮递员：这个学院简直无可救药。

委员会主席：你要是有

更多不好的消息，就不要兜圈子了，
直接告诉我们吧。

邮递员：好吧。说完我就离开这儿
回家了，毕竟既没下雪也没下雨，
也没有其他的。

委员会主席：这我们知道。

邮递员：对于卡德默斯
这儿的天气我没什么好埋怨的，是你们这儿
的女人让我火大。人人都说“要是鞋子合适，
那就穿上”。院长夫人正好适合我，
就像——你知道我什么意思。
我刚上楼去想跟那老女人确认
第一类邮件查收——你们一定能
想起她离开时的话吧？

委员会主席：我记得，
她意欲离开，把她的裙子挂起来。

邮递员：天啊，
她就是这么说的！我边往上走
几乎要疯了，然后就看到院长夫人
像出娘胎时一样一丝不挂……

委员会主席：她是个可爱的人儿吧？

邮递员：而且还在吊灯上荡来荡去。

委员会主席：那么大年纪了！我的天啊，她还是充满活力啊，
这妙女郎！

邮递员：再也不会了，朋友。她用长袍做了条
绳子，自己吊在那上面，就在那儿
晃来晃去：眼球突出，脸色发紫，一丝不挂。

委员会主席：可惜了！这下我们丰满而慈爱的妻子
就是我们生命中仅有的女人了。

邮递员：对你来说太糟糕了，你怕是入错了行。
无论如何，我上楼去是为了玩一会儿
"邮差敲门游戏"，可不是为了看
一具裸体女尸的。我觉得
那女人完全可以等到晚上，
我离开之后再那么做。

委员会主席：她这样确实是
不太礼貌。

邮递员：你说得对。可是，事情已经发生了。
无论如何，我是忘记关上
卧室门了，而且就在我站在那儿咒骂她
偷看她时，年轻的塔利跛德哭着
进来了。他大喊大叫。我问候："你好啊，
塔利跛德。"可是他一直没回答。

委员会主席：又是个没礼貌的。看来卡德默斯有些
欠缺礼数啊。

邮递员：没错。反正，他不知从哪儿拿来
一把刀，砍断了绳子，放下他脸色发黑的妻子——
我是说他脸色发黑的母亲……

委员会主席：这些不重要，
我们了解大致情况了。

邮递员：那你知道
之后他做了什么吗？

委员会主席：我希望他没对你做
无礼之事。

邮递员：你自己听听看。他赤身裸体的老母亲
躺在地上，脖子上还缠着那长袍；
他扯下了他那枚镶钻的大学联谊会徽章
还有他老父亲那枚——你知道吗，
她戴了两枚——然后骂了句粗话……

委员会主席：这可是他很拿手的。

邮递员：他说："残酷的诅咒降到了
这对胸脯上，我以前接受它们的喂养，
后来以另一种方式玩弄它们，这对
戴着这两个徽章的胸脯啊！这双眼睛真该死，

你这被阳光照瞎的丈夫的双眼，这太过明亮的
可怜虫们，
在黑暗中看到了它们！”然后他拆下了徽章上
的扣件儿，挖掉了自己的眼睛。

委员会主席：“太过明亮的太阳”[1]！
就冲这句双关语他也该戳瞎自己。

邮递员：我只是报道新闻，我可不做评价。
院长瞎了。

委员会主席：这下跟我们雌雄难辨的，
预见了这一团乱的名誉先知一样了！
塔利跛德现在在干什么呢？

邮递员：你永远都想不到：
在他判自己不及格之前，他想召集全体
师生，再展示一下自己的落魄样子，
再出出洋相。

委员会主席：我们不会那样做的。
理事们会说什么呢？不过，我觉得他走之前，倒是可以跟我们谈谈。
这样能把事情讲清楚。我看那
可怜的家伙正好来了。呸！

---

1. 英文为“Too–bright sun”，谐音“太聪明的儿子”（too bright son）。

（塔利跛德上）

塔利跛德：没错，

是我，朋友们。

委员会主席：我。

塔利跛德：是我，我承认

我现在看起来很糟糕。

委员会主席：你的确很糟糕，院长。这让我们

看到你有些不舒服。

塔利跛德：你们真让我

心碎。我第一幕时多么英俊啊，

瞧瞧现在。

委员会主席：噫。

塔利跛德：很糟糕，是吧？

委员会主席：你要是说完了，

先生，我们还是再见吧。

塔利跛德：我还没说完。

委员会主席：我觉得你应该说完了。

塔利踱德： 我希望你能让我说完我的部分，这是我的灾祸。

天啊，像我知道这么多的人可真痛苦啊！

委员会主席： 多得像——

塔利踱德： 别在意！我想掐死

那个救了我的命的牧羊人。

委员会主席： 那家伙

对谁都没好处，这是事实。

要是我是你，我不会在这一幕结尾时

以一个眼瞎的老乞丐的身份收场。我觉得，

死可能会更好一些。

塔利踱德： 我不需要你说三道四，老兄。

自杀可从来不是我的风格，

自杀会把我的形象毁掉。

不好意思，我现在要诅咒些什么。

委员会主席： 嗯，好吧。你继续。

塔利踱德： 我会用一两个小节

来诅咒那个名为院长山谷的壕沟

因为我没在那儿死掉；然后我打算

诅咒古老的伊斯默斯学院和那个把我

当亲生儿子养大的家伙。我会给

三岔路口一耳光，诅咒它，同时

我要花点时间诅咒婚姻和做爱，

因为就是这两样让我变成了今天的样子。

完成这全部的诅咒应该会花十分钟。

委员会主席：呃，

我看我们还是下次再说吧。

看你的小舅子来了。

塔利跛德：那个蠢货！

该死的，

他没有权力偷走我最重大的场面！

委员会主席：你说话可要当心，他这些天可一直是

代理院长，你知道的。

塔利跛德：天啊。

（小舅子上）

委员会主席：（对小舅子）晚上好啊，先生！

很高兴见到您！

小舅子：那是自然。我记得

你一直都很高兴见到我。

不过都不重要。快过来帮我把这个

眼瞎的杂种拖出去，免得他告诉

某个记者全部的事情。

他永远不会见好就收，

他一直在炫耀卖弄。

塔利踆德：天呐！

小舅子：（对塔利踆德）

不要再

怨天尤人啦，你个狗娘养的。你是

活该。

塔利踆德：且慢，舅舅，我现在

已经够凄惨的了。听着，您为什么

不把我逐出这个地方呢？

小舅子：怎么做我会让

预言教授告诉我，轮不到你。我真希望

九年前我就把你扔出去了。

塔利踆德：我也希望。我会孤苦伶仃地

游荡到院长山谷，然后在妈妈和爸爸

一开始扔掉我的地方死去。最起码，

我会试着那么做……

委员会主席：一定要试试看。

小舅子：努力试试。

塔利踆德：我会的。不知道为何

我就是知道我的人生不会

普普通通就了结的。与众不同的命运

就在前方，不是今年的话，就是

明年——会有奇特的，惊人之事发生。

小舅子：一派胡言。你一定要把你做的所有事

都添油加醋吗？

塔利跛德：答应我一个

要求，亲爱的舅舅……

小舅子：又怎么了？

塔利跛德：我有校园里

最漂亮的女儿们和最聪明的儿子们，

不是吗？

委员会主席：你说着最无趣的双关语，

这我敢担保。

塔利跛德：儿子们没有我

也可以好好过，可是我觉得撇下姑娘们是不对的。

委员会主席：又玩文字游戏，

还是那么粗俗[1]。

小舅子：女孩们会跟我

待在一起。把事情搞得更复杂是没用的。

---

1. 之所以这样说，是因为前文中“撇下姑娘们”英文为“leave the girls behind”，谐音“leave the girl's behind”（离开女孩的屁股）。

你是她们的爸爸和哥哥，要是你再
是她们的情人，事情永远都搞不明白了。
（孩子们上）
告个别吧，长话短说，时间不早了。

塔利跛德：（对孩子们）
可怜的孩子们！你们的前路可真是一片坎坷。
你们再也找不到男朋友了，因为他们会知道
你们的爸爸就是你们的哥哥。男朋友们讨厌
听到约会对象发生这样的事情。

女孩们：你竟然是我们的大哥哥。
不过，你倒是十分性感。

小舅子：我觉得
我们应该就此打住。

委员会主席：我觉得也是。

塔利跛德：（对委员会主席）
你还在这儿吗？

委员会主席：不然在哪儿？

小舅子：好了，姑娘们，跟
塔利跛德说再会，他是时候要走了。

女孩们：再会，爸爸。

塔利跛德： 不！

小舅子： 够了。

塔利跛德： 不！

委员会主席： 行了。

塔利跛德： 不！

撇下我漂亮的姑娘

是校园里最难的事了！

委员会主席： 我说得对：

他是忍不住要讲下流的笑话的。

小舅子：（对女孩们）

快走开，

女孩们。

女孩们： 好吧。

委员会主席： 拜拜。

塔利跛德： 不，等等！

委员会主席： 你踩在

我们头上已经够久了，老兄，这里现在我说了算。

不管怎样你可不太适合当院长。

委员会主席：（旁白）

一个好的管理者千金难求。

塔利跛德：（旁白）

现在我瞎了，我可能要做预言教授了。

“这就是我的大导师！”西尔医生小声说，难掩自豪，“可怜的眼盲的塔利跛德和他致命的身份证，摆脱无知！决心了解事实，因为了解事实而受刑！这是西校园里唯一的毕业渠道，乔治——还有，我亲爱的孩子，我们是西校园人！”

“您说什么，先生？”看到塔利跛德院长从舞台上被带下去的可怜场景，我深受触动，而且心里也好奇是什么耽搁了马克西，所以他的话我只听到了一半。

“我们不得不深入探索经验。”他十分严肃地继续说道，“如果真的有毕业这回事，那一定不是无知的人的毕业，我们要剔除身上的任何一丝无知！”

“为什么这么说呢，先生？”舞台清场了，现在只剩下了委员会主席和他的委员会。成员们在他身后面向观众，站成了一个半圆。

“我们都随着‘植物园’里一开始的那两个学生不及格了，乔治；我们因为了解校园而犯罪，要是我们还有一丝希望的话，那就在于更彻底地了解校园。《旧大纲》里说：‘**了解对与错，你就会像奠基者一样。**那么我们必须像奠基者一样，即使我们知道的事情会毁掉我们……’”

对于这种推理逻辑我还是很感兴趣的，特别是平时那样波澜不惊的一位医生，在详细推理的时候带着不常见的激动——他说话的时候，眼睛闪着好奇的光，这更像莫里斯·斯托克的眼睛，而一点儿都不像奠基者的眼睛。可是此时委员会主席对着我们直接唱起了收场白，而且因为接下来发生的不寻常的事，我无法跟我的同伴一同畅谈他那套关乎毕业的理论了。

“大家看看塔利跛德院长。”主席对大家说道：

这热衷于寻求答案的人几乎让我们
岌岌可危。我们嫉妒塔利跛德
他坐上了老院长的位子，爬上了阿格诺拉的床；
他解开了那妖怪的谜，打破了测试，
然后发现自己是谁，又上了谁。
看看他的答案让他到了什么境地，为你们
不知道自己是谁而高兴吧，男孩女孩们！
不要太过乐观，自负，或是骄傲；
每一线曙光旁都是一片乌云。
让我们从今天起不要称任何人为通过，
除非他毫无痛苦地安然过世。

他向我们鞠躬，但在他转向自己的委员会成员的时候，我们的掌声变成一阵惊慌，因为有个巨大的白色人影从黑色的天空中飘到了舞台上。不知是借助钢丝还是用了其他办法，无人知晓；他降落的时候，肩膀上挥动着两个巨大的东西，却在他降落到舞台上之后仿佛是收起来一样消失了。尽管他像其他人一样穿着白衣，可是他的戏服有不一样的剪裁：一袭长袍，风格很像仪式上穿的祭衣，只是袖口收紧，高领款式，没有扣子，像是医生的制服。看到他的出现，合唱队的委员会成员似乎跟我们一样惊讶；他们让开路，有的十分惊慌，甚至扮演塔利跛德和阿格诺拉的两位演员也从院长办公室探出脑袋，看看是什么引起了骚动。

“剧本里可没有机械降神[1]！”西尔医生惊叫。

1. 古希腊戏剧中，当剧情陷入胶着、困境难以解决时，会突然出现拥有强大力量的神将难题解决。扮演神的演员会利用起重机从舞台上方降下，或是起升机从舞台地板的活门抬上。亦译作“解围之神”“舞台机关送神”“天外救星”等。

“不及格！”那白色人影宣布，声音短促尖锐，很是奇怪。他手拿面具挡住脸，就像自己是剧中的主演，他指着塔利跛德责怪道：“塔利跛德院长和他这种人永远都不及格！悲剧已过时，悬疑剧正流行！”他摘掉了面具，扔在了身后，露出了一张长着黑色大胡子的圆脸。

“我的天哪，”西尔医生大呼，“是哈罗德·布雷。”

“我是你们的大导师！”舞台上那男人大声说道。观众席上立马爆发出一阵喧嚣，部分人是高兴得欢呼，他用盖过一切的声音大喊：“我会给所有相信我的人指明通往毕业认证大门的路！我自己就是路，相信我！”

“他不是！”我对着自己的同伴提出自己的抗议，“我才是！”

“他叫哈罗德·布雷，”西尔医生跟我解释，显然是觉得好笑和吃惊，“是个不出名的小诗人，还做其他一些七七八八的事。之前还在诊所做过某种医疗工作。你觉得他又在闹什么新花样呢？”

布雷继续说道：“我是 WESCAC 宣布的导师。要是有人怀疑的话，我邀请他到我的办公室里单独谈一谈。我来是为了让你们这些不及格的人都及格，而且为了证明我是唯一能做到这样的人，我会进入 WESCAC 的腹中，然后安然无恙地出来，不被它吃掉。看看我能不能做到！你们都亲眼看好了！”

“真是个与众不同的伙计，”西尔医生眉开眼笑——就像对我一样，对哈罗德·布雷也是兴趣满满，“几年前来到新坦慕尼学院，鬼知道他从哪里来。自以为是大导师！”

“他不可能进入 WESCAC 的腹中，”我一口咬定，“那只有我自己才能做到！”我回头找寻马克西。

这时布雷从舞台上走了下来，走到了剧场的过道上，先向左边举起双手，然后又向右边举起双手。

“来吧！”他啧啧地说，“你们这些人谁需要毕业，都来我这儿吧！”

观众席上一片混乱，每个人都对着自己的邻座叫喊，踌躇不决，到处一片拥挤。那些只想离开剧院的人推挤着那些——这部分人越来越多——已经一窝蜂涌向那白衣人的人：有些人跪着，有些人手里还抱着孩子，后者我以为早就应该睡了。格林就在那冒牌货所站的过道边上站了起来；西尔医生往后靠着椅背，脸上挂着一丝笑意审视眼前的场景，双手交叉抱住一个膝盖。

“马克西为什么去那么久？”我问他。他只是皱起眉头，不可思议地听着布雷说打算进入 WESCAC 的腹中。

“我要出去找找马克西，”我跟他说，“克罗克有我的拐杖啃着就没事。”

可是过道因为布雷的走近已经堵满了好奇的人和有烦恼的人，这些人比嘲笑他的人要多得多。“你能治疗宫颈癌吗？”我听到有人大喊。

“我知道出路在何方！”布雷大声回应。他的脸泛着红光，眼眸漆黑，闪着光。

“你是怎么就这样飞下来的？”另一个人问道。

“我有答案！”布雷答道。

我费了好大劲才走到彼得·格林身后的过道上。我以为他听到了我要做什么，还为我开出一条道。可是他——布雷现在在我们下方不足十步的地方——转向布雷，双手围成碗状，对着下方的他大喊：“假设有人失去了一只眼球呢？你有没有什么办法呀！有没有呢？”

“过来看一看！”那个人大声回答。

我必须要马上找到马克西。我任彼得·格林沉浸在自己的幻想中，艰难地穿过人群来到了出口。我遇到的第一个穿制服的侍者是个嘴角下垂，满脸麻子，跟我一般大的家伙，他没理睬我的询问，眼睛直勾勾盯着那自封的大导师，表情变了样。我在售票处旁边又问了几个人（越来越多的人涌向售票处，显然消息已经传开了），问他们有没有见过一个白胡子，矮个子，身穿安哥拉山羊羊毛外套的老人，可是没人能回答我的问题，他们要么皱着眉头，要么开玩笑地敷衍我——直到一个粗壮的校园警察，在跟他的同事尽力控制拥挤的人群时，回过头大喊：“施皮尔曼吗？你是他的律师还是什么人？”

我告诉他施皮尔曼博士是我的顾问。

“不要听取他的建议！”那个警察笑着说，“他在那边的监狱里，被逮捕了！”

他不愿意费事跟我解释。我惊呆了，穿过马路一路来到一个标着“校园巡逻队——大广场派出所”的办公室，从一个穿制服、黄头发、面色发红的大脸接待员处得知，马克西在主拘留所，被指控枪杀了赫尔曼·赫尔曼。

“不是这样的！马克西信奉的是不伤害别人！这一定是莫里斯·斯托克的鬼把戏。”

那个接待员完全不理会我的话，只是知会我，我要在犯人被提审之后才有可能被允许跟他说话，在那之前不可以。然后他满腹狐疑地看向我的外衣。

“你不会恰好就是叫羊孩吧？羊孩乔治？”

我承认我正是，我拿不出他要求的身份证来证明自己，可最终，他算是认可了我的话，要么就是他不打算计较身份证的事了。

“校园大了，什么人都有。”他咕咕哝哝，“犯人给一个叫羊孩乔治的留了话。”他照本宣科似的跟我说：“**没我也可以。一切等公告结果。过剔除山羊格栅不要犹豫。**”说话间，他桌子上的一排电话响了起来，而且外面人群的喧嚣声越来越大。他拿起一个电话听筒，然后往后一靠，透过窗户打量我。“现在走开，哥们儿。我们现在很忙，都是那大导师的事儿。**好的，先生。**”他对着电话那头说话，不忘用另一只手把额前的黄头发撩开。

我不知道该怎么做，也没有想法。我站在派出所大楼的台阶上，心沉了下去，俯视着人群。他们不再嬉笑，而是把穿着白衣服的布雷扛在肩上，走上了大马路，欢呼着，歌颂着。

“布雷万岁！”

“布雷就是出路！”

他的胳膊被他们架了起来。他得意扬扬地从一边看向另一边，尽管距离很远，但他面朝我的方向时，我还是看到了他浓密的眉毛下格外明亮的眼睛，就像是黑暗中山羊或是猫的眼睛，格外引人注目。广场上电子公告显示屏闪着一行字，滚动播放着“**永不畏惧：毕业认证就要来临！永远跟随布雷！**”

我自己都没有这样的宣传广告。

不一会儿，主大门前就一个人影都不剩了，所有人都跟着举行庆祝活动的人走了。剧院的广告牌熄了，售票处也一片漆黑，入口处的门大开着，没有人管。我们借来的摩托车也不见了踪影。我走了过去，想告诉西尔医生马克西的遭遇，问他我应该怎么做才能帮他洗清冤屈。而且，我也不知道我要去哪儿睡觉，不知道如何解决明早的早饭——这在家里是多么简单的问题，在这个寸草不生的地方可真是困难——也不知道一旦通过剔除山羊格栅我自己该怎么办，我又该如何对付那个邪恶的冒牌货哈罗德·布雷。在草地上幻想着带领众生通往毕业认证大门是一回事；在这个强大的、学生不计其数的学院里，人在高楼大厦之间显得如此渺小，现在实实在在地站在这个偌大的、灿烂辉煌的学院中央，找到自己的路，还有其他人的路，可又是另一回事了。我从来没有比此刻更加需要我的顾问！

在这一片漆黑的巨大圆形剧场边缘，我停了下来。四周一片空旷，一张张被人丢弃的节目单映着洁白的月光，剧院就像是一个巨型的耳朵，将远处的欢腾收入耳底。西尔医生走了，格林也不见踪影，我本来还抱着一丝希望格林能为我安排住宿。周围一个人也没有，只剩下克罗克，他黑色的轮廓清晰可辨，因为我们看剧的地方扔了一地的白色垃圾。我走下去。他正用一只手从石头上捡爆米花粒，另一只手挠着下半身，看到我呱呱叫了起来。

“你不相信布雷吗？”我问他，得不到回答。我捡起我的拐杖，克罗克大概是误解了我，把我扛在了肩上。就这样吧，我没有理由反抗，但同时也不知该给他指什么方向。我把双臂和下巴都搁在他光秃秃的黑脑瓜上，心里担心着马克西，放任克罗克沿着过道和一排排看台随意穿梭。我能想出的最合理的解释就是：我的顾问兼管理员可能真的目睹了那起谋杀发生，或者是在树林里偶然看到了那个博尼法希斯的尸体，只是没有跟我说——这就能够解释他一整天的反常行为了。从斯托克的话语和他的员工的一贯品性来判断，就算那臭名昭著的赫尔曼一直以化名受雇于动力室，那也不稀奇，或许斯托克对此还知情，甚至还为他掩护。马克西可能认出了他，而斯托克随便找了个借口，在他的身份曝光之前杀死了他，并且嫁祸给马克西。我想，要救马克西并不容易，因为斯托克是主拘留所的主管。或许，明早事情会有转机，有人会到雷克斯福德校长面前揭露真相……可是传言称他跟斯托克是同父异母的兄弟！

我正思考着一位大导师该如何处理这种情况——说出来惭愧，我甚至想布雷在我这种境地可能会怎么做——克罗克显然已经捡完了地上的爆米花，或者是有了某种新的冲动，因为他不再到处翻找，而是小步爬上台阶，跑出了剧院；他一次又一次地左拐，跨着大步离开了，穿过一条条空旷的街道，谁也不知道他要去哪儿。我骑在他肩上，无精打采地晃来晃去。

5. 天文台见闻

我们走过一条小巷，又穿过一堵墙。围墙里是一片不小的草地。草地的尽头，月光的照耀下，坐落着一幢低矮的圆顶塔楼。塔楼上满是裂缝裂口，唯独没有正儿八经的窗户，克罗克咕咕哝哝，大步跑向它。塔楼下部有扇板门，没等我们动手便突然敞开。我们进到楼里，直奔螺旋式的石阶，克罗克仿佛晓得自己要做什么似的。然后我们来到了一个明亮的房间，头顶正是那穹顶。对此我的第一印象就是：这里面跟动力室一样，装满了各种仪器设备。一个个仪表盘上闪着信号灯，到处是机器的嗡嗡声。可比起里面的陈设，更引人注目是那屋主。此刻克罗克就蹲在他面前。他没有头发，全身赤裸，皮肤是我见过最白的；双腿跟两根火柴棍儿似的，看起来像摆设，他坐在一个高凳上，两条腿就这么耷拉着，晃来晃去；两条大腿也是萎缩的（屁股倒是很大），光秃秃的小弟弟更是小得可以忽略不计。然而，他的肚子大得很，甚至称得上肿胀，圆滚滚的，再往上连接着相比之下小得可怜的胸膛，还有歪斜的、白花花的双肩，臃肿的双臂自此耷拉着。最惊人的当属他的头：那就是个不生毛发、光秃秃的超大号圆球，一颤一颤的，向前伸着，还偏向一侧，仿佛脖子担不起这大头的重量。他戴着厚厚的圆眼镜，无框的镜片更是将指甲颜色的眼睛放大了。他还没有牙齿。

“袄（好）了。”他开口道，跟马克西一样，一些音节喜欢浊化。可是他的声音很尖锐，令人毛骨悚然。

克罗克立马开始呜呜叫了起来。

“他想让你下来，他有自己的工作要做。”那个陌生男人说道，脸上还挂着淡淡的笑意。我从克罗克身上下来，倚着自己的拐杖，有些无措。克罗克立马走向近处的一个金属柜，从里面拿出一件白色的长袍，披在那个人的肩上；我们这位屋主露出了自己的牙龈，克罗克赶紧跑到另一个房间，不一会儿就回来了，手里多了一副假牙。那个人很自然地接受这一切，他戴上假牙，叹了口气准备开口，这下他说话利索多了："要是这畜生不在我眼皮子底下晃就好了，可是我确实又离不开他。"之后他对克罗克叽里咕噜说了一通我听不懂的话，可是那黑人显然是听懂了，因为他三两下走到一个橱柜跟前，开始忙其他事情了。

"你就是大名鼎鼎的羊孩，*是不是*？"他拍了拍身边墙缝中插着的一根很长的金属圆筒，"我调节主望远镜的时候在夜视望远镜中看到你了。明天会有日全食。我是埃布利·艾尔科普夫。"我大吃一惊，他却笑了，一只手小小动了几下。"不要完全相信施皮尔曼先生跟你说的话，"他试图低声轻笑，也确实笑出了声，"那傻蛋，射杀了赫尔曼·赫尔曼！他做事简直不动脑子！"他进一步解释道，他听了新闻特讯，得知马克西被捕了，哈罗德·布雷在圆形剧院现身了。同样地，很多事情他老早就知道了，比如他早就从动力室那边得知，克罗克已经被一个农业山上的羊孩制伏了。看到他这副模样，又知晓了他的身份，我一时回不过神，惊慌得无法组织语言。这就是负责优等生计划，糟蹋了弗吉尼娅·雷·赫克托小姐的那个人吗？这就是马克西的死对头、安娜斯塔西娅的父亲？

"坐下吧。"他招呼我，望远镜旁边还有一个凳子，那望远镜有着巨大的镜筒，直直地指向上方，从穹顶的开口中伸出去，"我的麦片准备好后，克罗克会一道拿啤酒过来的。"

我的老搭档的确这样做了，不过显然他现在已经不听我的指挥了。他不仅给我拿了啤酒——装在锡制盖的酒杯里，是好东西——而且还有煮鸡蛋，他已经用钢丝一样的小玩意儿把它们切成了片。

"不要用那些！"艾尔科普夫博士看到他，不禁哀号，"那些是做研究用的。"

可是为时已晚，鸡蛋已经片好了；这下无论这鸡蛋是做什么研究的，都要从头开始了。克罗克把鸡蛋端上来，然后开始一勺一勺地喂艾尔科普夫博士吃燕麦粥。他边喂边嘟囔，发着奇奇怪怪的喉音，硬是要让艾尔科普夫博士吃得一滴不剩。

“看吧，”艾尔科普夫再次叹气，“他跑掉了我就能专心思考，事情正如你朋友斯托克所料，可是那样我就差点饿死。现在我倒吃上饭了，却没法工作了，他还毁了我的研究。干了吧！不必怕我。”

“我不是害怕，”我说道，“我想我应该鄙视你，先生。”

听了我的话，他只是点点头。“当然你应该，毕竟施皮尔曼跟你说了那么多！那老家伙是老糊涂了。”

我义正词严地表示，在我心目中，要是这个校园里只有一个人能及格，那一定是我的管理员兼顾问——

“你是说，就你所**知道**的吧。”

没错，就是据我所知。我觉得他一定是遭到了不公平对待才被解雇的，这在一定程度上是因为埃布利·艾尔科普夫从中作梗；他最大的冤屈莫过于现在惹上的命案，因为他平生一直秉持非暴力原则。而反观他的对头，如果算不上一个博尼法希斯积极分子，至少也在第二次校园暴乱中是敌方主力科学家，他曾眼睁睁看着无数个莫伊舍公民在西格弗里德学院的大熔炉里被烧死，却只是冷眼旁观，默不作声。此外，暴乱后他又心安理得地答应为新坦慕尼做“吞食研究”，种种恶行不胜枚举。我慷慨激昂地讲了好一会儿，艾尔科普夫目露精光，着实刺激到了我。这时克罗克正透过那个小一点的望远镜观望，看来那是个“夜视镜”；他稍稍移动望远镜，呱呱叫一声之后把它交给自己的主人，主人只好请求中断与我的谈话。

“**是**，不错。”几秒钟之后他说道。我的怒气消了大半，看到他边观看克罗克边抚摸他那极小的小弟弟，我大吃一惊。“想看看吗？”他邀我，“对面年轻女孩子的宿舍而已。你太大惊小怪了，没什么的。”他拂开克罗克的手，“**啊**，够了。他**挺**滑稽的，你不觉得吗？”他问我，“死挂的讨厌鬼，总是这样。好了，羊孩子，现在咱们看看你和施皮尔曼的那些个看法要从何说起吧。你能把克罗克带回家，我的确很感激，”说完他大笑了起来，仿佛是想到了什么特别有趣的事情，“你知道吗，你那了不起的管理员曾来过这儿，还口口声声说我让他的女朋友怀孕了。简直是无稽之谈！”

“你否认这件事？”

他解开长袍，咯咯地笑着，克罗克立马为他挠那地方。“我有必要那么做吗？克罗克，住手！看吧，”他正正神色对我说道，“我们就从这儿开始说起吧。你也看到了我是什么样子，我很早之前就患上了一种小儿麻痹症，之后我的腿和其他地方就是你看到的这个样子了。而且小斯托克夫人并没有说我是她父亲。”

我承认她的确没有。

“那么有一件事情就是真的。”艾尔科普夫悠悠地下结论。“马克西·施皮尔曼是安娜斯塔西娅的父亲。”

“不！”我愤慨地把马克西告诉我的事原原本本讲了出来：马克西意外受到了吞食波的辐射，导致生育能力受损了。艾尔科普夫医生只是微笑着点头。

“就这样吗？真是有意思！那好吧，如果施皮尔曼没有说谎——哦，对了，肯纳德·西尔医生可以验证……”

“西尔医生！”

我认识他口中的这个人，艾尔科普夫博士表示十分惊喜。他断言西尔医生管理的某些机密文件能证明二十几年前新坦慕尼学院每一个生精男性的生育能力和性机能。那时候，优等生计划正处于攻坚时期，他们提取了新坦慕尼所有从青春期到老年期男性的精子样本。在西尔医生的监督下，这些精子被分析、分类，然后筛选。这每一步依据的标准都是由 WESCAC 为了“理想大导师，实验室优生样本”（贾尔斯项目）拟定的。尽管不久后雷金纳德·赫克托校长就叫停了这个项目，但那些从“羊皮计划”就开始有的捐精数据文件还是完好无损的，而且就密封在医务室的研究实验室的某个地方——当然，这些在 WESCAC 的记忆库中都是有备份的。

“所以马克西可能说谎了，也可能没说谎。”他继续说道。

“或许是你在说谎。”我打断了他的话——可是却因他的说辞而动摇。

艾尔科普夫博士声音陡然拔高：“很好！那很好！的确，我有可能在说谎。可是假设每个人说的都是真话，也就是说，你的管理员有性欲但却不能生育，而我是能生育却性无能。那么现在剩下什么了？或许弗吉尼娅·赫克托说的才是事实，说不定 WESCAC 是孩子的父亲？她某一天晚上进入优等生计划实验室私会男朋友，然后 WESCAC 抓住她，把‘贾尔斯’注入她体内，会不会是这样呢？”

我从凳子上站了起来。“这是真的吗？这就是那个项目被叫停的原因吗？”

艾尔科普夫博士抬了一下两条光秃秃的眉骨。“反正赫克托小姐是这么说的。**对**，就是这样她爸爸才大发雷霆，一怒之下叫停了优等生计划。真是天大的遗憾，我们离成功只有一步之遥了。这莫大的遗憾可不是塔楼大厅那些蠢蛋能明白的。”

我迫切想知道赫克托小姐说的是不是实话。艾尔科普夫博士显然知道更多的事情，可他现下只肯说这些。他公开承认，因为种种原因，优等生计划的很多细节到现在仍然是机密，可他认为，有几点事实是明摆着的，说一说也无妨。首先，“贾尔斯”**肯定**是研制成功了，这点他敢赌上自己的性命，最起码是有了原型，或者可以说就在 WESCAC 的掌握之中，只待挑选一个自愿的“母体”，获得塔楼大厅的许可，再加上以诺派的说客们宣扬一下，实验受精就可以进行了。第二，在“去羊角行动”和“**超级猫**”的问题上，WESCAC 已经证明自己有能力采取措施实施自己的决议；也是因为这个原因，优等生计划实验室才暂时禁止任何女职员进入，就是为了防止 WESCAC 提前发作，发生什么意外。第三，那宝贵的、最原始的“贾尔斯”就在那天晚上消失不见了，之后再也没找到，这是毋庸置疑的。最后就是，艾尔科普夫降职之前，他曾看到过一份机密的产科报告，那可以证明弗吉尼娅·雷·赫克托小姐确实是怀了孕的。

“所以她说的是实话！”我不觉大声说道。瞬间我有一个十分大胆的想法，惊得我呆若木鸡，说不出话：笼罩在我身上的整个谜团似乎就要拨云见日，能一定程度上证明我所希望的并不是白日做梦了！重大的时刻——呜呼，艾尔科普夫博士不一会儿就彻底断了我这个念头。

“想都别想。”他说道，“我倒不是说她说了谎，只是她的故事不完全正确。”他坚持，事情的逻辑，应该是这样的。WESCAC 经编程，只能将“贾尔斯”种入体内；可是“贾尔斯”一开始就被定义成了一个男孩，也就是未来的大导师。鉴于赫克托小姐的孩子一出生就是个女孩——也就是现在的莫里斯·斯托克夫人，她身上的那些特征铁定不包括大导师的特质——那么有两种可能：一是 WESCAC 的确让弗吉尼娅·赫克托怀孕了，但那不过是**一时兴起**，是它经自我编程后具有的一种非概念思考和直觉整合的冲动，而且种入她体内的不是“贾尔斯”，而是一份普通的精子样本，也不知道是从哪个男人身上采集的；二是将她困在优等生计划实验室的根本不是 WESCAC，而是另有其人。二选一，一定有一个是真的。假设是后者，再假设马克西和他说的都是实话，那么赫克托小姐要么有别的情人，要么就是惹上了什么身份不明的强奸犯。

“站在我的立场上，”他下结论，“我自然相信，借用她的话说，她有相当大的优势能得到 WESCAC 青睐。可是那计算机一定是没有授予她此项殊荣，将‘贾尔斯’给她，而是播种给她完全不同的另一份精液，或者它只是纯粹……嗯，**享用**她而已，你明白的，就是根本没有受精。这是为了练习，**对吗**？或者只是具备了非概念思考和直觉整合能力之后的一种消遣。随后她又恰巧跟自己的情人在一起，就此珠胎暗结。”他看起来像是在眨眼，“那个时候，她可真是个万人迷……为了她，我自己有时候也希望自己生得像其他男人一般……可是，我呸！我可不像马克西，该死的同情心泛滥，顾忌自己的名誉，还放不下全体学生的尊严，他的愚蠢我可是十分之一都及不上！羊孩啊，你随便抓一个自由主义的莫伊舍人，就会发现他是个感伤主义者，无一例外。”

克罗克意欲再把我的酒杯添满，连夜视镜都不看了。起先我是拒绝的，我对艾尔科普夫博士说了我决心到总拘留所，倾尽所能救马克西出来。可他告诉我，无论如何我今晚上是什么都做不了的。为了证明这件事，他甚至代表我给总拘留所的某个办公室打了个电话，同时向我表明虽然莫里斯·斯托克恶名在外，可是新坦慕尼的司法体系基本上还是很公正的。

“如果赫尔曼不是马克西杀的，他们是不可能给他定罪的，”他断然道，

“如果人确为他所杀——我是怀疑如此——他还是可以打感情牌的。”

我问他，要不是因为心存恶意，他到底是为什么认为马克西杀了人。

“你真是个风趣的家伙。”他回答道，然后他住口不说了，因为克罗克唤他去看四百多米外一个女学生在漆黑的房间里脱衣服。“可是你把‘恶意’和‘邪恶’搞混了。”他目不转睛，看也不看我，继续说道，“我喜欢从夜视镜里窥视别人，这可能很猥琐，可是不会伤害到任何人。”至于他曾经在暴乱中为博尼法希斯效力，之后研究吞食武器和优等生计划，这些事情既不是他的错，也不是科学的错，都只是因为人们利用他的研究成果做不及格的事情。他不过是个兢兢业业的科学工作者，只求探索自然的各种可能性而已；他唯一效忠的就是自己的工作；他对学院间的竞争根本没有兴趣——就算那会导致大学毁灭，他也认为无关紧要。可是不，他说道，校园里的邪恶之事不是那些单纯的学术成果引起的。就好比他自己，他大多数时候都致力于得出重大学术成果，只是在工作间隙偶尔用红外望远镜窥视一下裸体的大二女生，以此取悦自己。反而，那些像马克西·施皮尔曼一样有原则的人才是坏事做尽：他们标榜自己既有心，又有头脑；自诩满腔热情地投入高尚的中位阶层的事业中；总之，那些声称或渴望自己是人类兄弟会一员的那些人，他们才做坏事。

“特别是奉行自我牺牲的那伙人！”他警告我，“要小心那种人！你那位莫伊舍自由主义者，满嘴的学生权利和他那受苦的价值观——他会连你一起毁掉，而且还告诉你是为了你好。他们以前常跟我说，在西格弗里德时，我就该跟他们一起跳进火里，表示抗议，这你能想象吗！”

这些跟马克西有没有罪的问题有什么关系，我不是很确定，除非艾尔科普夫认为：一个有能力表达所有情绪的人就是什么都做得出来的人，这种人不能相信。这个没有头发的残废让我既好奇又反感——他顺带提到他睡觉也不同寻常，他一天到晚都在做脑力工作，只有在间歇时偶尔会“关上自己的大脑”，以这种方式休息，就像一条鱼或一台机器似的。有些事情我希望能跟他探讨一下，一是因为我的好奇心作祟，还有就是我希望能获得点有用的信息：有关明天的入学仪式的事，为马克西找个好的法律顾问的事，有关安娜斯塔西娅的父亲以及我的身世的事，毕业的本质是什么，还有我眼前的对手哈罗德·布雷的性格怎样，进入 WESCAC 腹中，改变它的 AIM 的问题（我知道他可能比马克西更了解这个问题，因为他是最后一个管理过 WESCAC 的人），还有其他种种问题。我无处可去，明早六点过四分才有事要做，而且现在情况一团乱，我也不可能睡得着，事已至此，我干脆就留在了天文台，并且最后答应了艾尔科普夫博士，跟他彻夜长谈——克罗克找出一瓶奠基者山下产的蒸馏浓酒，我喝了几小口，感觉很精神，有些亢奋；喝了冰凉寡淡的啤酒后，才觉得这确实是提神醒脑；我一时忘记了疲惫，而且觉得自己不得不承认，我的这位屋主虽然总的来说不讨喜，有些小细节上甚至令人反感，可是他也不是没有过人之处——就像我看莫里斯·斯托克是一样的。他很慷慨，又机智过人，做事高效、有序，逻辑十分缜密、有体系，他的一些观点我虽不完全同意，但却觉得很有趣。初看他非常鄙视马克西，现在看来也不是那么严重，而且他的成见并不针对我的管理员的学术和科研成就，相反在这一点上，他十分敬重马克西。他只是不满马克西关注一些非科学的校园问题，瞧不起他主张世俗学生主义——这一切艾尔科普夫都不屑一顾，一概归为“无关紧要”的事。在管理政策方面，他也稍稍承认了自己的几个想法。比如，他认为委员会由各个学科的专家组成，并且不停轮换，和只由法学院、政治学院和商业管理的专家组成，长年驻扎塔楼大厅，两相比较，前者管理效率会更高，也会更和谐。他坦然表示支持“预防性暴乱”这一想法：不是“吃人”就是“被吃”，他平静地说道（坦言“吃人”这简称令他作呕），而且新坦慕尼最好立马“吃掉”尼古拉人，没有预警最好，这样做，一是为了简化政治形势，二是为了自我保护，免得毁在敌人的手里，因为敌人可能会毫不顾忌地采取秘密手段进行攻击。在莫伊舍人种族灭绝这件事上，他只是耸耸窄肩：暴乱就是暴乱；西格弗里德人正常的燃料供应被切断了；几个像哈伊姆·舒尔茨一样好心的莫伊舍研究者就化作了几缕烟，不过人数不多；自有暴乱起，就免不了学生遭到大规模杀戮，拉俄忒德斯不是被称作“城市洗劫者”吗？“莫伊舍人屠杀”，规模不大，实施不迅速，考虑到自古学期以来，大学人口增长的比例和杀人技术的提高，他认为要论不及格，西格弗里德人还比不上古雷穆斯人。

他指出："第二次校园暴乱中，虽有'莫伊舍人屠杀'，双方因各种原因死亡人数众多，但到暴乱结束，校园里的总人数比一开始的时候还要多。所以呢？"他漠然地两个手掌向上翻着，比了个那又怎样的手势。

不过不那么过分，我也比较感兴趣的一点是：他对哈罗德·布雷、大导师，以及毕业的看法。所有这些事，就像伦理道德和政治那些事一样，他一开始只是微笑着说他都"懒得管"——倒是适合闲谈一下，只是不要太当回事就好。

"你知道的，我自己就是个毕业生。"他开口。

"你吗？"

"让你见笑了。可是，我就是。就连你的朋友布雷也同意——不过那不重要。我降职之前已经跟 WESCAC 验证过了：确实有**真正的**大导师，这点毋庸置疑。"

我的啤酒都咳了出来："WESCAC 吗？"

"那是当然了。"他冷冷地说，我自称是大导师这一点，他很抱歉他不敢苟同。我不知他是如何知道这件事的。他承认，我的经历在很多方面都跟 WESCAC 提取的"理想大导师"很相似，而且要是弗吉尼娅·赫克托所怀的是"贾尔斯"，而我正好是她的儿子，那不容置疑，我就是真正的大导师。可我不是她的儿子，他觉得最大的可能就是：马克西，我的管理员——在封闭的环境中，饱受痛苦，再加上日益年迈——已经变傻了，于是培养我去完成什么荒谬的补救计划。在他看来马克西不太会骗人——除了自欺欺人——艾尔科普夫的结论就是：马克西十有八九是真的相信我是大导师，要是让他知道了"贾尔斯"事件，他更会这么认为。

"可是你不要忘了，"他说道，"只有施皮尔曼一个人说过你是从塔楼大厅的升降机里抱出来的。我记得听说过有个疯了的**黑人**捡到一个婴儿，可是马克西可能只是编了几个故事而已——也有可能是那个**黑人**编的——再或者你根本就不是那个孩子，"他笑道，"或者你自己也已经被吞食了，**对吗？**"

"我想过这个问题。"

“看吧。可是无论如何你不是弗吉尼娅·赫克托的孩子。还有这 AIM 的事情！没有人知道过了这么多年 WESCAC 已经自行编程成什么样子了，也不知道他读出的大导师资格标准是不是真的，是不是符合那些标准的人就可以安然进入它的腹中——它可能在耍我们！也可能已经变卦了。”

我觉得有些头晕、忧伤，可是一如既往，坚定自我，每次别人质疑我的身份时我都是这样的。

“是谁说大导师的工作就是要解决宁静暴乱呢？”艾尔科普夫愉悦地说道，“只有马克西，他就是个莫伊舍大和平主义者！以挪士·以诺操心过大学政策吗？**校长的事就交给校长做，奠基者的事就交给奠基者做。**斯开普拉思说莱克昂学院暴乱的时候，马约可是在前线战斗的，他可是个标准的爱院主义者。”

我不安地说道：“我还没想好自己要做什么呢。马克西是我的顾问，可他已经不是我的管理员了。起码，我很高兴听到你说你不相信布雷那家伙。”

“布雷？我呸！我们就等着看他进入 WESCAC 的腹中会怎么样。想不想看看他现在在干什么？”

他在旁边的控制板上拨了几个开关。就在墙的上边缘，穹顶的边缘处，有一排玻璃屏，表面稍稍凸起，每个有半平方米大小，就像动力室的电视那样闪着蓝白光。屏幕上出现了一个个画面，大部分是我没见过的：街道、建筑物，还有室内，大部分的画面是一片漆黑，一个人影也没有。然而，在其中一块屏幕上——艾尔科普夫选中了它，关了其他的——画面中出现了一大群人，围着一根柱子，说明那地方是奠基者山。一个白色的人影站在山墙旁，一会儿对着熙攘的人群高谈阔论，一会儿弯下腰去碰跪在他面前的人，嘴里还念念有词。看起来，对有些人，他还给了一个白色的圆筒形的东西，像是一张卷起来的纸。

“他已经在给毕业候选人颁发资格证书了。”艾尔科普夫轻哼一声，现在靠近了看，我看到那的确是布雷，“你最好是忙起来，不然就没剩几个人需要毕业认证了。”

“他真的经过 WESCAC 认证了吗？他是这么说的。”同样，我也很好奇，那个人是如何做到像只大鹳鸟一样从天而降的，他到底是何人，新坦慕尼校长办公会不会采取措施调查并镇压这个冒牌货。就在我问这些的时候，我觉得我在那灯光照耀下的人群中看到了彼得·格林，他正紧靠着纪念碑；而且在后面的背景中，我看到了莫里斯·斯托克黑乎乎的熟悉身影，这倒不奇怪。他一只手叉腰，另一手插在胡子里，咧着嘴笑，大声对着跟人群对峙的巡警们下命令。接着惊愕席卷了我全身，因为艾尔科普夫打开了一个控制盘，拉近放大了画面，我看到一个苗条的年轻女人，穿着和布雷的制服一样颜色的、样式简单的白裙子，在穿制服的护卫包围下走上前去，抱住了那个冒牌货的膝盖。

“快给我起来！”我大喊道。

“对，乔治，那是安娜斯塔西娅，”艾尔科普夫笑道，“一个尤物，是吧？像她母亲一样漂亮，而且永远不会说不。你想看看吗？”

我内心深处感到不舒服，拒绝了他的提议。他把设备关了。克罗克拿来了一个形状怪异的白色搪瓷容器，他把他主人小小的阴茎伸进容器的颈部，让艾尔科普夫小便。

“你有些嫉妒。”他说道，“昨晚在‘客厅’很有意思，是吧？我在监控里看见了。”

我了解到，自从优等生计划丑闻之后，他就被免去了 WESCAC 研究负责人的职位——那机器已经能自如地自行运转了，横竖他的位子也没有什么意义了——被调去做了“守时器”管理员。这工作其实很敏感，不仅要负责测量新坦慕尼时间，还要负责 WESCAC 的“嘀嗒心脏”，那是“西校园的脉搏一样的存在”：我最多只能理解到，那是个打节拍的装置（或者它只是某条定律？），它既设定 WESCAC 运行的节奏，同时也正是 WESCAC 运行的节奏；它以某种我无法参透的方式驱动着塔楼大厅的钟表装置，同时又衍生自塔楼大厅的钟表装置，现在正在维修。他这方面的才能，可谓不可或缺，对于行政当局来说是不可多得的，而且这也免去了让一个有名的前博尼法希斯掌管新坦慕尼军事研究项目的尴尬。此外，在莫里斯·斯托克的主张下，守时器最近拓展了自己的功能，可以在所谓的安全监控方面协助总拘留所工作；艾尔科普夫可谓是透镜、显微镜这方面的天才，他专门开发并给 WESCAC 安装了一套精心设计的监控装置，目的就是为了提高新坦慕尼执法部门的工作效率，将违法行为扼杀在摇篮中，同时发现学院中的间谍活动。经过完善，安全监控系统能够将它遍布校园的耳目的所见所闻都喂给 WESCAC；WESCAC 会浏览并评估这些数据，以自身程序从中筛选出正在进行的违法行为的所有证据，然后采取措施或给出合理建议。目前，那个系统暂时只有几百个摄像头和监听装置散布在校园各处，受艾尔科普夫的天文台里装的一个实验自动析像器监控——怪不得我最近的举动他都知道。

“你和布雷，还有那个现世释迦尼安——当然了，我们得看着你们，而且得好好看着你们。一个大导师往往是潜在的威胁，这你当然也明白：那甚至是‘贾尔斯项目’是否成功的一个判别依据。”

安娜斯塔西娅的叛变对我的打击太大——除了叛变要如何解释她的行为呢？——我听到这些话倒不觉得有多么震惊。在客厅的时候，她是那么深情地向我保证，结果转头就拥抱了出现的第一个冒牌货！埃布利·艾尔科普夫自然只觉得好笑。他提出，她从布雷那儿领证书以证明他的身份，可能是因为她觉得他需要这样的支持。她不是也为我，还有其他好几个人这样做过吗？

“她以前常常为我和克罗克做这样的事情！”他大声说道，“她明白透过夜视镜看她对我有益，特别是谣传她可能是我的女儿之后更甚。真是了不起的女孩！”

他要说得更详细点来证明自己的话，可是我摆摆手拒绝了。为了让我打起精神，他让克罗克把我的酒杯添满，然后谈起了他对哈罗德·布雷的了解。

“他就是个疯子。骗子。江湖术士。”他一口咬定，“永远不要相信他，一秒都不要；他甚至都不如你够资格。”可是他承认，布雷虽然是个讨人厌的冒牌货，可也确实是个非同一般的家伙，而且在“大导师热”没开始前他就有多重名声在外。普遍认为，他第一次出现在新坦慕尼是在八年前——大家都说不准他是什么时候来的，又是从何处来的，而且还有个猜测，不过这倒极有可能是真的：他以不同的名字和样貌扮演的几个角色其实都是一个人。“有时候我觉得他是某种物种，而不是一个人，”艾尔科普夫说道，“他最起码得是四胞胎兄弟。”

总之，出现在新坦慕尼不过短短几个月，他似乎就知道了校园里每个人的名字、过去、成就以及人际关系——包括人们的朋友、仇敌以及私生活，仿佛他也有一个安全监控系统。一般情况，他都是又矮又胖的模样，黑头发，年纪在三四十岁。然而，他经常在一夜之间样貌大变，连职业也跟着变。起初他是个先锋派诗人，留胡子，穿靴子，整日关在家里，浑身恶臭，是行为怪异的本科生的宠儿；是个穿着奇装异服的**可怕怪才**，夸耀自己的性技术高超，吹嘘自己见过的名人多得遍及整个大广场；到处传播风言风语(总有些是事实)，让诗学系的成员之间剑拔弩张，针锋相对；而且还发表过几十首诗，经证明其中一些还真是原创的。接下来——也或许是同一时间，这很难确定——他又成了一个精神治疗师，秃头，脸刮得干干净净，衣冠楚楚，整洁干净，身材肥胖。当他那充满溢美之词的推荐信被证明是伪造的之后，精神病诊所就把他革职了，可是在此之前，他确实成功治好了一部分病人。第三次，他又换了名字，剪着船员头，浑身肌肉结实，变成了一个实地昆虫学家、探险家兼野外生存专家。他能够只带一把小折刀或一瓶水就在野外生存。尽管地图绘制学系和昆虫学系对他的能力非常满意，也不在乎他的证件是真是假，可在他拒绝透露自己的生存办法时，这两个系也不得不将他解雇了。他没有身份证，或者说，他有很多张伪造的或偷来的身份证，所以没人知道他真正的、最开始的名字。也没人看到他吃饭、睡觉或解手，没人知道他住在哪儿，他一直都待在旅店里或其他人的办公室或住处，喋喋不休，无所不知地谈论着各种话题。他要么是个说谎成性的人，要么就是个游历丰富的博学者，这点大家都赞同。没有人看见他工作，可是他用自己各种各样的**假名字**作为笔名发表的书籍和专著，以十几种语言写就，涉及二十多个领域（生存技能除外）；这些发表物都受过到质疑，只是鲜少被证明是假的。不久他就变成新坦慕尼委员会会议和各种鸡尾酒会上谈话的主要话题。人们嘲笑他，揭穿他，蔑视他，他官司缠身——可是仍然受人敬畏，尤其在学生中很有威望。就连对他敌意最大的评论家们也赞同他是个有天赋的骗子——因此在很多情况下他的欺诈行为更像是一个玄学的问题，而不是法律或伦理问题。艾尔科普夫做了个假设：假设一个完全没有经验和绘画知识的人，决心要冒充一位艺术家，单纯只是靠模仿就画出了一幅画，而且起码一些有身份的评论家认为那幅画是件艺术品，那么画的作者是个骗子吗？假设一个人为了防止自己虚假的手术能力被拆穿，就成功给几个人摘除了阑尾，这个人是骗子吗？很多人认为不是，于是这个有名的冒牌货不久就变成了一个货真价实的名人，变成了一个重要人物，一个学院吉祥物一般的存在，那些被骗的人还都乐于被他欺骗。新坦慕尼的人都满心好奇，等着看布雷下次露面是在哪儿，又会施展什么能力；他的诗作、绘画和学术文章变成了收藏家的收藏品；人人都同意他虽假冒伪装，但是个不折不扣的大天才，可以媲美再入学时期那些百科全书式的巨匠，而且很多院区都流行认定他的作品是合法的，且有一定的内在价值。

“所以如果有人能模仿大导师的话，那就是布雷。”艾尔科普夫博士总结道。

“不知道他葫芦里到底卖的什么药，奇怪的是他这次冒充竟然没有伪装自己。他用的就是人人皆知的一个名字，并没有捏造一个新名字，而且用的还是他做精神治疗师时的那张脸。”结果，一些新闻评论员就指出，他这次根本就不是在冒充；认为他之前的几次冒充都是预兆，或是故意挑战公众信任，就像是有人对大家说：“我谅你也不敢相信我！”显然无数人已经准备好接受挑战了。艾尔科普夫比较感兴趣的是：布雷到底能让多少人通过；作为一个公认的大导师他要如何行动，特别是下到 WESCAC 腹中的事他要如何应对；WESCAC 到底又会如何评价他——如果它还没有评价他的话，那接下来也一定会这么做；当他必须要面对“贾尔斯”文件中描述的大导师的终极命运时，又会发生什么事……

“以诺派的人说，一个挂科的人也可以教好《大纲》，”他说道，“如果人人都相信布雷是大导师，而且他进入了 WESCAC 腹中，让众生都得到毕业认证了，那他是不是真的又有什么关系呢？”

“当然有关系！”我大声说，“关系大着呢！不管别人信不信，我才是大导师呢！”我竭力反驳，喉咙刺痛，因为我想到了彼得·格林，还有西尔医生的变节（尽管我知道他们从一开始也只是没反驳我而已）。尤其是想到安娜斯塔西娅的背叛更让我心痛，因为我把她当作我第一个学员。克罗克也抛弃了我，他蹲在夜视镜旁等候他主人的进一步差遣。

“我感觉一点儿也不好。”我说道。

“要不要找个女人？”艾尔科普夫博士立马提议，“我让克罗克带个乳业科学系女学生过来。”

我拒绝了他的好意。

“那，吃个阿司匹林怎么样？或者吃个三明治？不过，我可能要让你在洗手间吃。”

这我也拒绝了，我说，可能除了马克西的建议以外，我最需要的就是睡眠了。

“那就随你便了。”艾尔科普夫说道，“克罗克给你搭个小床，我们务必保证你能准时去注册。我想，我确实很感激你能带他回来。”

我闭了一会儿眼睛。“不客气，先生。”

“你知道……”他把头歪向另一侧，还是一颤一颤的，放大了的眼球不停地转着，“我真希望你**就是**‘贾尔斯’，乔治——我可以喊你乔治吗？你要是愿意的话，也可以喊我埃布利……”他匆匆叹口气，随后克罗克仿佛接到什么命令一般，过来把他放在了自己肩头。艾尔科普夫看起来颇为自在，可是我惊奇地发现他眼镜后面似有泪花在闪烁。

“你看到了吗？他总是把事情搞砸，就比如刚才煮了我的鸡蛋。所有事都不会照我想的顺利完成。可是我能怎么办呢？而且我也束缚了**他的**手脚，这我很确定……”

忘记了刚才的话题——就是他说希望我是真正的“贾尔斯”的事情——更别说他刚刚说要结束谈话，接着就自发讲述起他跟克罗克的过往及关系，我以仅剩的不多的耐心，迷迷糊糊地听他讲。

“我刚被带到新坦慕尼那会儿，”他开始说道，小小的下巴搁在克罗克的头顶——像是一个白色的球放在一个黑色的大基座上，“他们刚刚开始利用WESCAC配对室友，避难的研究员跟学生的待遇一样，都住在普通宿舍里。**明白吗**？明天你就会知道的……”

他接着说下去，入学的时候，每个人的特征都会被编码，记录到卡片上，然后这些卡片按照互补的原则自动匹配——一个相貌平平的农家女孩搭配一个来自大广场的时髦年轻姑娘，就是这样的。那时候还没有产前能力测试，艾尔科普夫也承认这体系本身不算坏。

“可是我不相信这**程序**是没有故障的，羊孩！”他说，他一来这里时，就视力不好，戴着假牙，一直都不强壮，两腿几乎站不住（比起现在还是要强壮一些）——这些全都如数印在了他的卡上，他签订了忠诚誓约，拿到了许可证，看着WESCAC的卡片分类机快速转动，咔嗒咔嗒地响。到了被分配的住处，他发现他的室友并不是个目光敏锐、心灵手巧、**平易近人**的年轻工程师，跟他所想的（他自己经常头痛，而且“脑袋里装的都是科学”，没时间操心家务事）完全不同，他见到的是克罗克，是位著名的运动员——他那时是全校级的橄榄球运动员，是个毕业候选人，之后为了保护他，他们才任命他为弗鲁门齐乌斯学院的代表。

“你想想看，羊孩！一个无脑的畜生，听从教练的命令，吃生的三明治，浑身上下就一块缠腰布，随时随地挖鼻孔，想吃什么就吃什么，在浴缸里小便，手舞足蹈，放屁，转眼珠，龇牙咧嘴，跟一群女学生有关系！”

他说，几次三番，他要思考方程式或单纯想歇歇大脑的时候，回家就会看到克罗克和一个女孩在做事——或许是个啦啦队队长，她的套头衫的胸前印着深红色的字母。克罗克通常是懒得拉窗帘的，那时候看到那些场面总让艾尔科普夫头疼不已。他抱怨说，他坐在外面的楼梯间里，不得不看那对人发情：那美丽的小妞是如何佯装不情愿，甚至还会被吓得惊叫；她的猿人是如何只知道呱呱叫，身上已经一丝不挂，不一会儿就跟她开始了可怕的性交；随即，她也不再忸怩，放声叫了起来。

“最糟糕的是，我们要睡同一张床！”他说，闻着香水味和汗味，他很难放松下来；不止一次，他终于忍住不想了，睡着了，克罗克强壮的胳膊会重重地搭在他身上，他就会被惊醒；那个弗鲁门齐乌斯人春梦缠身，把他错认成自己的猎物，他要么把他弄醒（可不是个容易活儿），要么就得被他纠缠，一直到他梦做完了。

我啧啧地表示同情，艾尔科普夫赶紧跟我澄清，尽管如此，他的室友也不是一直都那么坏。“你知道的，我从来不嫉妒他的工资高，大脑并不代表一切，学生们还得看马戏。所有人都去看比赛，我用双筒望远镜看，跟其他人一起欢呼。”他承认，克罗克是只非常灵活的动物，又有力量和风度；他在房间里跳跃，在淋浴杆上做引体向上，蹂躏女生联谊会里大半的女学生，看到这些甚至能让艾尔科普夫感到精神振奋。我要明白，他们并非一直不和。尽管生汉堡的味道让那个脆弱的科学家作呕，但克罗克一定不会让他饿着，除非偶尔闹个脾气，不然他总会按照室友的指示给他带食物，正如之前他为我做的一样。作为回报，艾尔科普夫会帮克罗克填写奖学金申请表，整理他的财务报表，教给他最简单的礼节和卫生常识——不要在教室里大便，不要在街角性交——还会帮他做作业。

“我设计一些小任务让他做，让他感觉自己有用处，还制定养生法，让他保持健康。有时候我甚至帮他挑女孩：让他自己选的话，他很可能会上别人的贵宾犬，甚至教务处长！我那时候还对女人有兴趣，如果哪个戏剧艺术系的漂亮小贱人拒绝陪我，或者取笑我的眼镜，我就会私下里把她指给克罗克看，然后不过一晚，我就有眼福看到她在他身下惊得六神无主了。”

总之，没有艾尔科普夫的帮助，克罗克不会在校园里活那么久，反之，如果克罗克被射杀了，比如，被那些被糟蹋了的大二女生的父亲开枪打死，或者被白人学生理事会处以死刑，那么这位科学家也会觉得生活上很无助。无论他对克罗克的粗鲁感到多么绝望，克罗克有多么嫌弃自己室友的无能和孱弱；无论他们有时候多么渴望自己一个人住，或者跟更为意气相投的同伴住——莫里斯·斯托克最近还使坏，故意利用他们的这种渴望——最终他们都尽力度过了那段“同床异梦”的日子，他们被严格的租约绑在了一起，不到这个学期不能打破。艾尔科普夫说道，习惯真的很强大，他很快就忘记了自己一个人住是什么样的；不论好坏，似乎他和克罗克从一开始就住在一起。而且，尽管他们之间会有矛盾，但这么多学期过去了，他们也变得越来越依赖彼此。艾尔科普夫的病痛加重了，他坐上了轮椅，连觉也不睡了；克罗克接送他来回实验室，甚至学会了做笔录和打报告——只是偶尔癫痫发作，比如最近一次他就跑到了乔治峡谷。至于那个弗鲁门齐乌斯人呢，他以前是凭本能生活的，看到自己在艾尔科普夫的帮助下可以生活得更好，他就抛弃了以前的生活方式，要么就是忘得干干净净了。

泪水再次涌上了艾尔科普夫的双眼，是出于爱还是恨，我也不能确定。“为了他，我甚至学习了橄榄球，专门在比赛间隙教他战术，那‘腹部系列联赛’啊！我的朋友啊，所有那些人，那些体育指导员，男生和女生们，还有我的同事们，不管愿不愿意，都接受了这样一个事实：要克罗克就得带上我，要我——”他或是在轻笑，或是在呜咽，“你知道的，我自己也算有些名声——他们必须容忍克罗克。”

他是绝望地低下了头，还是亲吻那咧嘴笑着的巨人的头顶呢？

“这就是个**捆绑交易**，不是吗？而且现在依旧如此，依旧如此。克罗克和艾尔科普夫——我们两个无法分开，像是一对搞同性恋的，或是古时的夫妻！”

他又说了很多。的确，他可能讲了一整晚，不过从这以后我就什么都不知道了，直到克罗克轻轻碰了我一下我才醒过来。我第一时间想到的就是，我只是瞌睡了一下，一两句没听到而已。艾尔科普夫博士像之前一样坐在克罗克的肩上，我一睁开眼他就接着说起了话。可是我发现自己躺在一张折叠床上，墙上一个很大的钟表显示已经凌晨四点半了。克罗克在我面前立了一个折叠屏风，给我端上了煮鸡蛋、烙饼和香肠作早饭；我正拒绝（就像艾尔科普夫无法忍受看着我吃东西一样，我当然也吃不下香肠）时，屋主人在屏风后面继续说话：

“有那么多迹象指明你就是‘贾尔斯’，**确实**让人惊奇，只除了一件事恰恰证明你不是。真是太遗憾了。你是个有趣的年轻人，一个友好的年轻人，可是这没用。”他的意思是，尽管他认为优等生计划可能永远消失了，可是他很好奇，如果 WESCAC 真的把“贾尔斯”投入了某个女人的体内，那么造出的人到底会是什么样的。此外，尽管他很确定自己知道毕业是什么，而且他自己就是个毕业生，不过无法否认，有时候他真的希望它是别的什么东西——就像那些迷信的人以为的那样，是某些不可思议的东西。

“毕业认证是什么？”我透过屏风问他。克罗克的饼烙得不错。

“毕业认证就是一个结论而已，”他立马回答，“那没什么神秘的：当你消磨了自己的激情时，或者完全能掌控自己的激情时，你就获得毕业认证了。这就是为什么我称 WESCAC 为大导师。你要是感兴趣的话，我可以逻辑清晰地给你证明一下。”

我不否认我确实很感兴趣，不过我请求他长话短说。我无意冒犯，但还是忍不住反问他：是不是也就是说，当一个人能推断出自己通往毕业认证大门的路时，他就真的觉得自己毕业了——因为我经常听别人把毕业描述为一种经历，可是从来没听过毕业是一种结论。

“呸！呸！”主人大喊，这是我见到他以来他最激动的时候，“这个问题我不喜欢！”他突然这么激动，让克罗克感到困惑，他误以为这是某种模糊但却急切的命令，于是疯狂地在天文台跑了一阵，撞倒了屏风，打翻了很多表面皿，最后终于消停了。

“又来了，看看他都做了什么！”艾尔科普夫无力地敲了敲他的头，然后抹掉了自己那滴泪，克罗克像匹受惊的马，仍然翻着白眼，鼻孔一张一张的，“要不是他，我**就是**个毕业生了！有了他我就及格不了，可是我还得靠他活下去！**感觉**，**感觉**，人们难道只会考虑这种东西吗？你这是又有了什么**感觉**！”他指的是克罗克，而克罗克这会儿已经平静多了，他把自己的主人放在一把凳子上，现在正尽力清理碎了的表面皿，“要是毕业认证是一种感觉的话，**他**就是个毕业生了！”艾尔科普夫博士笑了，直到笑得咳嗽了起来，他才停下来说道，“或许他就是呢，是吧？”

为了安慰他，我说我还无法把克罗克看作是毕业候选人，尽管我确实很欣赏他的身体素质，可他离毕业还差得远；此外，我也接受不了毕业只是一个辩证过程的结论这一观点。可是无论如何，我觉得我必须得说，克罗克不是一点儿理性都没有，只是他还不能很好地利用自己的理性，艾尔科普夫博士也绝不是完全没有情感或欲望。我说话间，他光秃秃的双眼不受控制地流下了眼泪，这可真是个奇观，而他把这归为是在配合我的发言。

“所以也许我自己也还没有得到毕业认证。”他承认，“可若不是这样，毕业认证又是什么呢？你想说鬼魂和幽灵吗？呸，羊孩乔治！我们用我们的显微镜和望远镜看，我们看到了什么？秩序！数字！能量和元素！哪有什么奠基者或大导师？”他拍拍自己锃亮的脑袋，“就在这儿，没别的地方。还有在塔楼大厅的地下室。这就是全部！”

我一直坐在折叠床上喝咖啡，现在我站了起来，礼貌地摇摇头。

“我*就是*大导师，先生。我一闯过‘剔除山羊格栅’就会问马克西和西尔医生有关‘贾尔斯’的事。可是不管有没有‘贾尔斯’，我都是大导师。”

“我喜欢你，羊孩！”艾尔科普夫说道，“不过你怎么能如此确定这件事呢？”

我承认我自己也无法解释，而且我自己对毕业也还没有清晰的概念；我还承认，我坚信自己是大导师的想法也不是没有动摇过，我有时候会没有信心，有时候也会心存恶意，也会有判断错误和拿不定主意的时候，这就像安喀萨尔斯、拉俄忒德斯，还有我知道的以挪士·以诺，他们都会有这种时候。可是我一直坚持自己的想法，现在依旧没有改变。我是大导师，就像我是羊孩乔治，毋庸置疑！我没什么别的企图；我既不渴望名气，除了某些时候，也不大在意别人的尊重；我从羊圈里来，到这儿通过一切挂掉一切，不管这句话是什么意思，我一定会做到的。

“这一点我可以向您保证，先生，”我说道，感动于自己的口才，“如果事实证明毕业认证是个奇迹，那么请用您的夜视镜和望远镜看着我吧，总有一天你会亲眼见到奇迹的。不要问我是怎么知道的！”

眼镜后面那双眼睛现在正眯起来看着我，而且不知道他是在摇头，还是他的头原本就是那样一颤一颤的。

“你真是个好样的！”他说道，更多的是遗憾，不是敬畏，“每个人都有自己的弱点，你知道你说起自己的弱点就能让我想到自己的弱点，不是吗？所以我不相信什么骗人的鬼话，这跟马克西·施皮尔曼变成老糊涂前的说法是一样的。可是我在脆弱的时候会干什么呢？**我设法突袭本性！**让她措手不及！”他嘲笑自己的傻念头，可是承认这一点却让他很激动。他说，他会一直盯着他天文台里的设备看几个小时，看那些熟悉的书和仪器放在老地方，思考那些坚不可摧、不可动摇的自然法则，判定它们的表象和联系，调整自己对它们的看法。比如，他发现自己会烦恼他书桌上那个棕色的笔筒，不能突然变成绿色，或者不会自己莫名其妙地移动；他一开始只是烦恼这种奇迹是不存在的，然后他开始希望这样的事能发生一次，之后就徒劳地盼望它们会发生，仿佛只要专注他就能让奇迹发生。这通常都是毫无结果的，最终有好几天他都会陷入忧伤中，再然后，如往常一样，他又要准备投入自己有条不紊的生活中。

我不安地瞥了一眼钟表。

“谁想见奠基者，或奠基者的儿子呢？”艾尔科普夫大声说道，“没人！可是如果是个信使从天而降呢？不是给你带私人口信，或许只是询问方向……或者你甚至在草丛里发现了他停留在这儿时留下的脚印呢？或者比这更小的迹象！”他翻个白眼，指着屋子里的书架，“看到事物有其自己的想法，只要看到这种**迹象**一次。空中飘着的一点点声音，**是不是**？一片树叶只因自己而朝错误的方向移动。这就足够了。我会立马知道……可是，**哈**！”他挥挥手打断了这种猜测，“我要为日食观测做准备了。克罗克会告诉你要去哪儿的。”

时间确实不多了。我感谢他的热情招待，感谢他坦诚相待，表示我希望情况没这么复杂的时候我们可以再次见面，可是我还是忍不住问他：用他的话说，要是他让本性措手不及的话，那他“立马会知道”的是什么。

“忘了我说过这个吧，”他声音又尖又高，没什么好气地开腔，“没有什么神秘的事情，不过是无知而已。要是有什么看起来不可思议，那是因为我们用错了镜片。**对了**，我想起来……”他用另一种语言对着克罗克说了些什么，克罗克笑得灿烂，把我的拐杖拿了过来。现在拐杖通身各个地方都装上了小镜片，有凹镜有凸镜，镶嵌在亮闪闪的小钢圈里，小钢圈可以在杆上翻动。此外，拐杖从一端到另一端已经巧妙地被打穿了，横向加了凹槽，所以有些镜片是可以翻进孔里的。

“我和克罗克给你的一点儿入学礼物，”艾尔科普夫说道，“镜子和透镜是我最喜欢的东西。”我感谢他的礼物，他教我如何选择合适的透镜，可以从一端看向另一端，我可以把我的拐杖当望远镜或者显微镜用，也可以用它来生火。

“在大学四下看一下，”他建议我这么做，“你会看到你不知道的星星和星球，还有没穿衣服的女孩们正和她们的男朋友在办事。你可以看到自己的血细胞、自己的阴虱，还有自己的精子。你会发现有些看起来相同的东西其实是不同的，你认为不同的东西最终竟是一样。可是你从现在开始一直看到学期结束，就只能看到这所自然存在的大学。这里只有这个。”

我衷心地再次感谢他，我对他的观点持保留意见，但他仍然如此慷慨，我十分感动，而且一旦我跟西尔医生证明了他性无能的说法，我保证会为在弗吉尼娅·赫克托的事情上指责他而道歉。然后我调好我的银表，请求他让我骑在克罗克的肩上去主大门的旋转栅门。他表示抱歉，他无法满足我这个要求，因为他需要克罗克来调整天文设备，在日食开始前还有各种各样的杂事要他做。可是他向我保证，主大门既不远，也不难找——骑着克罗克要十分钟，我一瘸一拐地走最多二十分钟，日出之前我有足够的时间到那儿。他跟我说**再会**，而且答应会通过电子显示屏观看旋转栅门之考验仪式。如果我真的设法通过了旋转栅门和剔除山羊格栅——除了在传说中，还没有人完成过这项壮举，而且怎么看那都不可能真正实现——我自称是大导师的主张一定会受到更复杂更详尽的驳斥；直到现在，他仍然只能祝我好运，但就是不肯相信我。我笑着耸耸肩，对此，艾尔科普夫十分别扭地跟我说了再见，又转了一下凳子，就转身去看他的夜视镜去了。克罗克带我下楼，给我指路。天文台的门自动打开了，艾尔科普夫博士尖锐的声音从门框上的一个传声筒中传来。

“听着，羊孩。”他的声音清晰地传来，“刚收到一则公告，哈罗德·布雷将会进入 WESCAC 的腹中，改变它的 AIM。你听到了吗？他一定是另有高招，因为听了他的保证，雷克斯福德校长已经正式承认他就是新坦慕尼学院的大导师了。可是如果他真的打算解除吞食系统的话，军事科学系是绝不会允许这种事情发生的。”

我的心缩成了一团。

“你知道这意味着什么吗，羊孩？”艾尔科普夫继续说道，“这意味着他自然会掌管候选人的招选。他会主持今早的旋转栅门之考验。你不会成功的，我的朋友。”

我把嘴对准那根铜管答道：“睁大眼睛看着吧，你会看到的。”可是我感觉信心已经去了大半。空气很新鲜，月亮已经消失在了空中，天蒙蒙亮，草上挂着露珠。克罗克指着黑漆漆的草地对面，咕咕哝哝地说着什么，拍拍我的肩膀，然后眯着眼透过拇指和食指圈成的圈看，像是在透过望远镜看东西。我把拐杖瞄准他指的地方，试了几种透镜的组合，可是什么也没看到。于是我又试了一种，只看到天色黑漆漆的，远处一座建筑看起来摇摇晃晃，墙角处一队骑自行车的人和行人拐过弯，消失不见了。

“那就是去主大门的路吗？就在那座楼后面吗？”

然而当我从透镜中回过神来，发现克罗克走了，门也关上了，他走得不声不响，门也关得无声无息。我的小臂上瞬间起了鸡皮疙瘩，我吃力地穿过一丛丛露水，一想到一定有人透过夜视镜看着我，心里就更加不舒服了。会不会，还有另一个不是很友好的人，也在看着我呢？

6. 旋转栅门的考验

我身后有辆摩托车突突地叫，有人在招呼我：是彼得·格林，坐在我们借来的那辆摩托车后座上，他身前驾驶座上的正是摩托车的原主，那人松了油门，昏暗中，透过他的胡子，我看到他咧嘴笑着。

“就告诉你是羊孩吧！”格林得意地对他说道，“我一只眼就看到了！”

“我该死的，竟然没认出来是个老朋友！”斯托克笑了，他主动伸出手，我握了一下，之后才想起来我并没有拿他当朋友，“前天晚上你离开得那么早真是遗憾，”他语气轻松地说道，“为了斯泰茜毁了整个聚会。她说她爱你呢。”

“天哪，那个姑娘，那个斯泰茜吗！”格林满怀敬意地大声说道，“我敢说她一定是的！”

我继续往前走。斯托克慢慢骑着车跟在我旁边。“昨天晚上才是**真正的**聚会呢，”他说道，“那可是‘狂欢星期四’聚会。你真该在场的。哦，对了……”他碰了一下我的手臂，我闪开了，“马克西的事情可真是不幸。当然，我不得不起诉他，尴尬的是，赫尔曼·赫尔曼恰好是我的人。”

他这话正好证实了我的怀疑，我咬牙切齿：“不是马克西做的。”

格林鼓掌叫好：“好样的！”他的态度——斯托克也附和他，对我的话表示认可——好像是在说我能站在我朋友一边确实令人钦佩，然而他一定是犯了杀人罪。

“那是当然！”斯托克嘲笑道，“赫尔曼是我的副手，这你知道的——就是你造访那天晚上我派出去追马克西的那个家伙。”他说他知道那个人以前是博尼法希斯——当然他手下还有其他人也是，他不知道或者并不介意他们的身份或过去的经历，只要他们做好工作就可以。可是他不知道自己派出去

“照应”我的顾问的人竟是赫尔曼·赫尔曼，不然他绝不会让这么个人才去冒险。我紧闭着双唇。根据斯托克的说法，赫尔曼在路旁追上了马克西，我的顾问认出了他就杀死了他；但这是为了那些死去的莫伊舍人报仇，还是自卫，还有待考证。

“会不会是他们吵架了，然后打在了一起。”格林出谋划策，“之前人们吵架，常会发生这种事。”我发现，他的口气很温和，满是不赞同：显然他跟斯托克关系融洽，而且希望能消减我的敌意。

“马克西永远都不会打架，”我说道，“他甚至都不会自卫。这我知道。”

斯托克嗤笑一声：“哦，你知道，是吗？”然后他正经又和气地说，马克西竟打破他一贯奉行的原则，他也觉得很吃惊，不过他倒是一直觉得，只要给机会，那莫伊舍人跟其他人一样，都会做不及格的事。“可是，乔治，你真的不能认为**是我**在背后指使——我听你跟西尔和分局前台那人是这么说的。”他告诉我，马克西是在新闻广播之后自己来自首的，他自己承认射杀了赫尔曼。他说，他认出那个人是谁之后，“被报复冲昏了头脑”。我告诉他，大多数正常人都会这么做。当然，现在他又变成莫伊舍人了——说他想对众生赎罪这种废话。

“他们不会给他定罪的，”格林断然说道，“斯托克先生请原谅我多嘴，要我说的话他是个英雄。”

斯托克咧嘴笑了。我说除非马克西亲口告诉我，不然我一个字也不会相信。可是他自首认罪这件事，我倒是有些相信，我有些动摇；虽然不想承认，不过他这行为倒是很符合他最后说的那几句话。他说博尼法希斯就不该被宽恕，还有那些难以饶恕的、荒谬的恶行，就不应该被饶恕，也不值得原谅。

“现在让我们去总拘留所看看他吧。”斯托克提议。

格林提醒他马上就要到旋转栅门之考验的时间了，我们必须要抓紧，免得他和我赶不上注册，斯托克还要在仪式中扮演挂科院长。

“我会送你们过去。”斯托克愉快地答道，“可是我敢肯定比起他自己那点儿小抱负，乔治更关心他的管理员的问题。尤其是现在大导师的事情已经都尘埃落定了。”

他这般奚落，我忍不住反驳，我原本不想这么激动的。我说，仅凭那个哈罗德·布雷出现在剧院里，不能决定一切。不管那人伪造了什么官方支持，他明摆着就是个骗子，这一点时候到了我自会证明。我还说，尽管我也渴望同马克西商量一下——一是他被抓的事情，二是其他一些事情——可是他给我留话了，说当务之急就是让我按时入学。我看了一下自己的表，塔钟差不多要报时五点半了。我加快了步伐，并说我怀疑我们的相遇恐怕根本就不是巧合，不过是阻止或耽误我注册的一招罢了，我警告斯托克不要试图阻止我，我可不像马克西，我不保证自己不使用暴力。

“你不用告诉我！”斯托克笑道，“我可听说过别人惹怒了你你会用你那根拐杖做什么！”然后，他可能觉得自己说话太含沙射影（我不知道他是怎么知道雷德费恩的汤姆的事情的），为了弥补自己的失言，同时为了证明自己的好意，他命令我上车，坐在彼得·格林后面，他尽快带我去主大门。我虽满心怀疑，但到底是同意了。我冒着被绑架的风险上了车，毕竟我要是继续步行去一个我还不知道在哪儿的地方，我一定会迟到的。我跨上后挡泥板，我们飞快地上路了。斯托克大声喊着，解释说我们骑的这辆车正是昨天我们在水沟里发现的那辆，也正好是赫尔曼·赫尔曼从动力室骑走的那辆。他说，格林拯救了这车，他已经谢过他了，现在他也感谢我。我把边斗丢了，破坏了谋杀现场的证据，不经许可无证驾驶摩托车，这些我都不用担心，如果他要追究的话这些也都是些轻罪，还有冒名行骗。他很高兴这辆摩托车还能物归原主，特别是它无疑跟马克西谋杀后的行动有关。他已经给了格林一点薄礼作答谢，他希望我跟他分享一下。

“他这样不是最可恶的吗？”格林摇摇头反问道，“看看他给了我什么，还让我跟你分了，这简直是在开玩笑，”他从外套口袋里掏出四个黑色圆筒状的小东西，然后塞了两个到我手里，“手电筒电池啊！”他笑道，眨眨眼，仿佛遇到了天底下最大的蠢事。

“那我应该给你们什么呢？”斯托克回过头来大喊，“你什么东西都不缺，大导师们什么都不需要。他们那地方可是什么都有。”

“你这该死的家伙。”格林说着，把他的电池扔向了清晨落在某位前校长塑像上的鸽子，斯托克被逗笑了。我本来也要扔掉电池的，因为我既不知道它们有何用处，也不想接受莫里斯·斯托克的一丁点儿恩惠；可就在那些鸽子拍着翅膀的时候，我们拐过了我从透镜里看到的那个弯，来到了主大门前的广场上。这是个举行盛会的地方，人多得出乎我的意料，我也忘记了手里还攥着东西。成千上万的年轻男女挤满广场，沐浴在灰白色的晨光中。有些人坐在连夜搭建的临时看台上，两边的看台中间是一条直接通往旋转栅门的广阔通道；有些人漫无目的地瞎转悠，有些人骑在别人肩上，只为了待会儿更好地观看；穿着鲜艳制服的乐队奏起军乐；通道两旁有两排警察在清场，保持通道畅通。

斯托克微笑着站在广场边。“听着，乔治，布雷现在就在下面 WESCAC 的腹中，所以事情已经解决了。你倒不如去看看马克西，是吧？”

这个消息着实让我吃惊，不过很快我就意识到我根本不必信它。即便那是真的，真如格林所说，布雷凌晨三点离开了“狂欢星期四”聚会，从奠基者山上消失了（他昨晚耀武扬威地和那帮“受教者”来到了那儿），说他要在黎明之前下到 WESCAC 腹中；即便随后塔楼大厅真的传来公告，据称是 WESCAC 读出的，说他成功地进入了那个可怕的地方；即便雷克斯福德校长真的因此宣布他是新坦慕尼学院正式的大导师，而且任命他主持旋转栅门之考验仪式；那也可能全都是精心编织的骗局，只不过是一种政治手段，目的是把大导师变为“宁静暴乱”的代理人，或者先发制人，防止真正的大导师出现时掀起必要的革命活动。另一方面，或许他真的*已经*进入了腹中，这样的话他一定是被活活吃掉了，事情一定是这样的。

“*我才是*大导师。”我告诉斯托克。此外我发现有他在，我似乎总是很戒备，好高骛远但又很愚蠢，这让我很生气。

“好了，”格林说道，他一脸愚不可及的表情让我很是不耐烦，“也许你跟他，你俩*都是*大导师。”

我绝不赞同他的话，我看到斯托克一脸玩味地盯着我，看我做何反应。格林年纪是我的两倍，是个富有又有权势的人物，而且，我对他有些感激之情，可是我今早却发现自己很鄙视他，而且我也不知道是为什么，我觉得一定是因为斯托克。他一出现，我就变得偏执狭隘，而且一定是他让格林之前讨人喜欢的单纯变作了头脑简单——就如同让我的骄傲变作了自负，让安娜斯塔西娅在沙滩上的自我牺牲变作了堕落的事情。我一言不发地大步走向那条通道，或者说跑道较远的一端。那儿有一群赤裸胸膛的运动员们正放松肌肉，为考验做准备；格林跟斯托克告别，急急地跟上我。果不其然，我一转身，愤怒就被留在了身后，而且脱离了斯托克的影响，格林那原本单纯善良的本性似乎也变得可爱了，再也不讨人厌了。他的胳膊搭在我的肩膀上，欣然责怪自己"总是说错话"，真该挂掉。然后他很有自知之明地说，因为他遇到的人没有一个他不喜欢的，他自己真真渴望自己遇到的每一个人都能喜欢他，他屡次跟自己朋友的敌人交朋友结果让自己的朋友变成了敌人——布雷和我就是个例子。

"所以我也不烦恼了，"他说道，"'不喜欢也得忍受着'，我对自己说：我没问题，管他的呢，没什么是重要的。可是，那个斯托克难道不是挺潇洒的吗？"

我微笑着摇头。你是无法跟这种无忧无虑的人真生气的。格林喋喋不休地讲着他昨晚的奇遇。他说，我对布雷有偏见，我错怪他了，他的所作所为无不表明他是个十分聪明的家伙，而且还有远见。他已经进行过一对一的谈话了——我都不知道，内容有多么**深刻**——谈话对象就是斯托克客厅里众多的客人。而且谈话之后，就在布雷离开前往 WESCAC 腹中时，所有人不约而同地以为，总算有个人能读懂那个屋子里所有不及格之人那及格的心了，而且他会让你比谈话之前感觉明朗一些。他，格林本人，绝不后悔跟着那些人去了奠基者山，即使没有按照原计划重新参观狂欢游乐场那也不打紧了，他现在感觉好多了。甚至连肯纳德·西尔医生，似乎在谈话结束之后也不再怀疑了，而且他说布雷的分析洞察力确实非同一般。

"那么西尔医生的洞察力可就一般了，"我说道，"我没想到他竟然无法识破他。"

格林轻笑道："等**你自己**进行过谈话你就知道了！我告诉布雷先生你是个大导师的事情了，而且他说他很荣幸能跟你交谈一番。他可真是万里挑一的人物。的确让我长见识了。”

我觉得再跟他争论也是徒劳。而且，格林对我的对手的欣赏，可能从一定程度上反映出了他真正的热情之所在，现在他正眉飞色舞地跟我讲述着。

“那位安娜斯塔西娅也很想你呢，乔治，我看她就知道了！我猜你们两个一定是相互喜欢，嗯？”

我没跟他说我们之间在乔治峡谷，在斯托克的边斗，还有动力室客厅里都发生过什么，我只是说我把斯托克夫人当作一个样貌非凡的人类女士，不管是身体上还是其他方面她都很美，而且感动于她慷慨的本性，所以一旦我找到毕业认证大门，我希望她会是我第一个带到那座大门的人。也因此，我自然是特别喜爱她的，就像马克西特别喜欢产奶量第一的母羊一样。可是，至于爱——我觉得他的话就是在说爱——我坚定地认为，大导师不能对某些受教者高看一眼，而排斥其他的，应该一视同仁。我认为，我要对众生负责，而不是对某个美丽的学生负责……

“那我就直说了。”格林突然打断我的话，“我可是爱极了那个女人！她是我见过的最美好、最纯洁、最漂亮的女孩了，我一定而且下定决心要娶她！只等我一看清自己！”

看我大吃一惊，他高兴得红了脸，可是他惊人的决心却不容反驳。我指出，那女孩已经嫁给莫里斯·斯托克了。不可能，格林答道。他直直地看进她的双眼，就能判断她就像他林场最深处的那些松木一样，未经开采，那么贞洁，他都怀疑她从没吻过男人。

“你在开玩笑吗？”我大声说道。我没有时间也不想带他回顾安娜斯塔西娅的过去，让他明白她的性经验有多丰富；我只是提醒他她戴着婚戒，自称为莫里斯·斯托克夫人，而且马克西发誓要把她从发电厂救出来，她拒绝了，还说她是自愿待在那儿的，因为她的丈夫需要她。

“那他一定是把她催眠了，或者给她吃药了。”格林一口咬定，“可是她仍然是个处女，我看她的眼睛就知道了；而且如果他们还没有圆房的话那婚姻就可以取消。”他已经下定决心了，他说，他现在认为他自己的婚姻从一开始就是乱套的，而他自己是个非常没问题的人，他所有的头疼事和其他烦恼都是他妻子条件太多或其他问题导致的，具体怎样，他也不在乎了。尽管他只见过安娜斯塔西娅一次，还没能跟她说上句话，只是看到她跪在奠基者山的旗杆旁，看到她纯洁的美丽，他就激励自己要清除过去那些污点，重新开始。布雷先生也支持他的决定。

“这些注册的事儿一结束，”他说道，“我就直接去找弗吉尼娅·雷·赫克托小姐，请求她把安娜斯塔西娅嫁给我。对，就是这样！”

我惊呆了，可他接下来更疯狂的举动让我更吃惊。他竟请求我跟他一起去见安娜斯塔西娅的母亲。据他了解，她母亲一谈到大导师的问题，就会有些不正常。如果我能支持他跟她结婚的话，那么他会用尽一切资源，帮施皮尔曼博士洗清冤屈。

“那也是斯泰茜小姐所希望的。”他说道。而且还补充说，就是为了在布雷面前替马克西求情，安娜斯塔西娅才会参加斯托克的“狂欢星期四”聚会，不然纯洁如她是绝对不适合去那种场合的。他继续说下去，她穿过那群下流的人的时候，就像是一只天鹅穿过了污水池，不久她就跪在了大导师面前，她是那么美好，让他，让格林瞬间就被爱情击中了。他实在太爱她了，所以当他看到她跪在那儿，有个家伙要凑上前去的时候，他冲了上去保护她免受骚扰，之后就发生了一点拳脚之争。

“那是个年轻的尼古拉人，我觉得他想用他该死的无奠基者论的脏手去碰她！他一开始有只眼睛上戴着一块黑眼罩，我把他另一只眼睛也打青了！”不过，他轻笑一声坦白道，他自己也付出了点代价，成了乌眼青。斯托克的守卫们把他们分开了，免得事情发酵成全校的冲突；那尼古拉来客（我相信我记得在控制室透过铁网看见过他）很快就在守卫的陪同下，回到了动力室的另一边，去找他的同学了。之后安娜斯塔西娅就跟黑德维希退场了；哈罗德·布雷离开了，去兑现进入WESCAC腹中的承诺了；而彼得·格林，主人家为他提供了阿司匹林和冷敷布，一直待到了聚会结束——可是他满脑子都是安娜斯塔西娅的身影，几乎无心参与那天晚上让聚会达到高潮的狂欢节目。尽管他很感激莫里斯·斯托克的热情招待和免费载他到大广场，他却希望在我的帮助下，取消这桩不圆满的婚姻，让安娜斯塔西娅做自己的处女新娘。

我还能说什么呢？我使劲地摇着头，仿佛面前这一切都是梦或幻觉，我感激他提出要帮助马克西，答应他起码不久后会陪他一起去见弗吉尼娅·雷·赫克托，不管怎样，我还是希望跟她谈谈她跟马克西的关系。他一时间很是开心，而我也终于能把被分散的注意力放到眼下的正经事上。格林喋喋不休，兴致勃勃地说了这么久，让我担心起时间来。大道尽头就是主大门，从主大门一直向东延伸，笔直如警戒线，然而远处会不会是高地，让这边看到日出的时间滞后，我也无从分辨——在家里那高低不平的牧场上，这种事倒是会发生。塔钟已经敲了六下，我想到埃布利·艾尔科普夫曾提过，塔钟运行出现了故障。我只得姑且相信艾尔科普夫的天文台里的表是准的，然后依赖自己的表来提醒自己何时该通过旋转栅门。

显然，斯托克在学生中很受欢迎，我看到他此刻正缓慢穿过人群，前往主大门，一路警笛鸣响。学生们欢呼着，喊着他的名字；一个穿白色亮片装的漂亮女孩坐在他的后座上，戴着他的头盔；他不知从哪儿找来了个小喇叭，用它对着人群说话。

“大家都回去睡觉吧！”他对一些人说道，“注册推迟到日食之后了。”“为什么要入学呢，多麻烦啊？”他问其中有些人，“反正你永远也不可能通过终考。”“今早动力室有盛大聚会！”他对所有人说道，“欢迎大家都过来！我们会及时把你们送回来注册的。”

紧跟这番话及邀请之后，他又警告说，接下来的考验很危险，还含糊其词地威胁说要报复在学校里表现好的人。学生们回以一阵嘘声，并大胆地反驳他。格林解释说，这只是春季注册惯例的一部分，有人会扮演挂科院长，诱惑他们，扰乱他们渴望毕业的决心，这我已经听说了；可是我吃惊地看到，相当一部分人似乎把他的话当真了。很多人离开了大看台，要么骑着自己的车子走了，要么爬上了斯托克那些守卫的边斗，他们的摩托车就停在了通道的两侧。有人给了他们一些食物，男人女人们就毫无顾忌地寻欢作乐；他们是会回来注册，还是真的跟着斯托克去了动力室，我也不知道。

我们走到跑道的起点处，距离主大门有五十米远。那些运动员正穿着短裤做俯卧撑，跳绳；格林是大学体育项目的粉丝和金主，他亲昵地跟他们说着话。他们的牧人或者说管理员朝我们走了过来，是个胖乎乎的秃顶裁判，穿着条纹衬衫，脖子上挂着哨子，胸前口袋里有个透明的塑料牌子，上面别着很多钢笔和铅笔。他原本是过来赶走我们的，不过他也认识格林，还喊他“先生”。

“我的朋友和我在这儿只是想看得更清楚一些。”格林解释道。

“好的，先生，那没问题。只要不妨碍跑道就可以。”

“我可不只是来看的，”我说道，“我要穿过‘剔除山羊格栅’。”

那个裁判笑了，焦急地看了一眼腕表后，让运动员们按字母顺序排成一列蹲下；只要太阳光照到旋转栅门上，他就会每隔三十秒吹一次哨，让他们挨个出发。

“天哪，你真的想试一试吗？”格林问我。我郑重地跟他说我一定要这样做，而他却把这当作一件非常有趣的事，还信誓旦旦地说，既然那样，他也要“再次尝试一下古老的旋转栅门”，在这件事上（还是很久之前），他作为一个年轻的林业学生，早已脱颖而出了。

可是那个裁判员（他的名字叫墨菲）却涨红了脸，因这个提议而咯咯笑：“我非常抱歉，格林先生！我无权让任何没有资格的人尝试这个！”

格林并不气馁，他从衣服里兜里掏出一张卷起来的羊皮纸。“我想获得资格的方式应该不止有一种，”他得意地打开那张纸让那人看一下，“这是大导师给我的，他说我是毕业候选人。如果这都不能让人有资格，我他妈就想不到还有什么可以了！”

我吃了一惊，和墨菲一同看那份文书。上面写着：“本文件兹证明，彼得·格林为真正的新坦慕尼学院毕业候选人。”这句话是用古体字印的，只除了名字是钢笔写的，还有一句引自《奠基者卷轴》的题词：“只有成为幼儿园孩童，你才能通过。”日期是三月二十号，也就是昨天，还有署名：哈罗德·布雷，大导师。

“昨天晚上在动力室得到的。”格林自豪地说道，“他跟我们谈话之后，他亲自给了我们很多人。”

那位裁判员把玩着钢笔夹，不停地说他不喜欢说不，他也承认这种情况从来没出现过，当然这证书肯定是有效力的，最终也就同意让格林参加旋转栅门之考验了——可是他事先声明，要是这在塔楼大厅引起什么麻烦的话，他可不负责。

“那我这位朋友呢？”格林不依不饶。

那人一脸怀疑地看着我的胡子，以为我也是被新晋大导师认证过的。看了格林的假证书后我本想告发他——这是个难题啊，因为我不希望跟他吵架或伤他的自尊，可是我觉得他必须要从自己是候选人的这种假象中清醒过来——没等我开口，格林便大声说道：“他不需要证书，墨菲！他自己就是个大导师！”

“呀，格林先生，”那个人说道，他的哨子含在一边的嘴角，话从另一边嘴角飘出来，“你们会让我丢了饭碗的。我不能让**什么人**都试一下，不然我们就永远不——”

“请注意，”喇叭里面传来很响的声音，打断了他的话；人群静了下来，所有人都看向主大门，大门顶现在在第一束阳光的照耀下闪闪发光，“**下面你们将听到你们的大导师讲话。**”

“你不用为我求情。”我小声对彼得·格林说道，“无论如何我都会过去的。”

人群中爆发出一阵掌声，他的回答我是听不到了；我震惊地意识到这广播意味着什么，难道布雷真的安然无恙地从腹中出来了？没被吃掉吗？裁判员墨菲，因为自己的话被打断而松了口气，他皱着眉头看着表，盯着主大门上逐渐消减的阴影，走来走去。

“**亲爱的受教者们，**”另一个声音响起，那熟悉的又尖又短的声音，坦白说让我嫉妒得简直愤怒，“**旋转栅门之考验一分钟后就要开始了。请准备好自己的身份证，以备扫描。选手们一经旋转栅门扫描释放，可从左大门进入；其他人待最后一位选手进入后可任选一个大门进入。进入后请一直走到大门门房礼堂，听雷克斯福德校长致欢迎词。**请记住：只有相信我，你才能通过；**没有身份证的不可以入学。**就这样。”

“我找了一张。”格林说道，拍拍自己的口袋。周围的观众都在翻自己的身份证，蹲着的那些运动员们用牙齿咬着自己的身份证。我当然没有了，而且今早第一次，我开始为接下来的旋转栅门之考验担忧，有些气馁。布雷到底是如何瞒天过海的——那可是欺骗 WESCAC 啊！

“赛前紧张了？”格林轻松地说道，“你愿意的话，就喊喊我的口号，我不跟你收版权费的。”

现在鼓声震天，莫里斯·斯托克摆出威胁的样子，姿势夸张，他在旋转栅门前站定，面对着那些运动员。他摩托上那个浑身闪亮的美女，显然就是新一届的“大学小姐”，在守卫的护送下上了左大门边的一个高台。这次斯托克这架势，立马引来大家非常和气的嘘声，因为他现在代表挂科院长，不再扮演一个引诱者的形象了，而是要做个阻挠者。

“他算同龄人中身体状态非常好的了，”格林说道，“可是他反应不会很快的。”他脱了夹克、衬衫，还有汗衫。他解释说，这样一方面跑起来和爬起来都比较自如，另一方面不太容易被斯托克抓住。因为第二点，运动员们都往身上抹了油。

“我们最好能出一身汗。”他说道，然后让我帮他拿着他的身份证，他开始在地上做起了俯卧撑。他建议我也一起做，可是我想我脱掉外套不太合适，所以我出汗也没有多大意义了。不过我倒是接受了他的“兴奋药丸”。他是这么叫那药片的，还说吃了会激动得两晚睡不着觉；要是我知道那黑色胶囊来自动力室，我或许会拒绝。我刚吞下去，鼓声震天一响，又戛然而止。斯托克张开双臂，张牙舞爪地威胁着大家；哨声一响，第一个运动员咩的一声从起跑线冲了出去。靠近“挂科院长”的时候他假装往左，然后绕过他往右边冲去；正如格林所料，斯托克无法迅速恢复平衡去抓他。人群中爆发出一阵掌声，之后那运动员纵身一跃，跳进了旋转栅门的齿轮中。在之前的学期，他们只需要用尽全力转动转门——当然，是转不动的——直到“挂科院长”把他们拉下来，之后大学小姐会给他们戴上花环，给他们一个吻，他们也就可以进门了。可是今天，是第一次，他们的目标变成了尽量往那扇静止不动的门上爬，那门就像是竖着的一把巨大的梳子，穿过梳子，里面是转门的带轴齿轮在转动。那装置差不多七米高。当选手后面无人追赶，爬到一半时，它就会咔嗒一声开始转，选手就像是干草耙上的一根小木枝困在那儿。观众们惊得大喊——我以为那人要完蛋了，也跟着大喊——可看到他明显没受伤，他们就鼓起了掌。一根金属臂慢慢挥下来，上面有镜头装置，马克西猜想那是个扫描器；卡在那儿的运动员嘴里仍然紧咬着自己的身份证，他龇着牙靠近扫描器，之后他立马就被松开了。随即布雷的声音从喇叭中传来（之前一贯是奠基者大厅的某位重要人物担任这个角色的）：

“快走开，挂科院长！让这个人入学！”

斯托克佯装生气地跺着脚，左大门叮一下打开了，哨声再度响起，第一个运动员向人群挥手致意，那个浑身亮片的女孩给他奖励，一个穿礼服的官员把他领了进去，这时第二个运动员正好沿着跑道冲出去。他发出自以为是山羊叫的声音，将会面临和第一个人相似的命运。我不安地把我的两块电池攥得嗒嗒响，还把羊角号挎在了另一边肩上，思考着我手拿拐杖要如何爬上去。我的表才六点，这不可能！我们身后，已经能清楚看到太阳的边缘了，整个大门上都铺满了阳光。第三个运动员出发了。我突然心里一惊，怀疑地把表放在耳边听一听——它没声。我晃晃它，害怕极了，然后拨一拨上弦杆：它流畅地转了起来。我在天文台忘记给它上弦了！

“现在几点了？”我大声问彼得·格林。第三个选手名叫福尔兹，再接下来一个叫哈维，所以按照字母顺序，我的同伴已经在起跑线上蹲着准备起跑了。

“我觉得，应该比你想的晚了！”他大声回答我，然后高兴地出发了，他奇怪的打扮引来围观者一阵嬉笑。

“受罚的可是我啊。”墨菲抱怨道。

我大喊：“等一等！”然后也跟着他出发了，因为我反应过来“乔治”，或者“羊孩”也一样，应该先于“格林”出发。现在看台上的人自然是笑成了一片。我的外衣啪啪拍在身上，羊角号也飞了起来，表链子也飘了，我颠儿颠儿地往前跑，拐杖上的透镜也咔嗒咔嗒响。墨菲对着我们一遍遍地吹哨子，剩下的运动员误以为是让他们出发，一个个跟在我后面冲了出来。斯托克严阵以待，要截断格林，可是看到我他又改变了主意，一脸享受地做好准备要抓我。“你可不行，羊孩！”

就像之前在乔治峡谷时一样，我结实粗壮的拐杖帮了我。**“我没问题。”**我对自己说道。我怒吼一声，把拐杖朝他猛挥去。他咧嘴笑着一侧身，抓住了拐杖的另一头，可是他这一躲，不偏不倚，正好挡住了我后面那个人的路。这两人都摔了个四脚朝天。观众们沸腾了，全都挤到了跑道上，挡住了其他选手的路。还有最后几米，我全力冲刺跑向旋转栅门，这时格林已经卡在了最下面的齿轮中。

“我没问题！”他笑道，“反正都无所谓。该死的我身份证掉了！”

我看到他的身份证落到了脚下，就在扫描器下降的时刻一把抓起来递给了他。我刚把证塞进他的手里，那设备就嗡嗡一声，栅门转了几度，把他放了。观众们和怒冲冲的官员凑了过来，我没有时间爬上那个齿轮了；趁着格林走出来，我溜进了他被困的那个小角落。有个守卫要抓我，抓住了我弹起来的羊角号，我立马从羊角号的绳子中钻了出来，把号留给了那守卫。我一靠近转门的转轴，它就往回转，把我卡在了里面。我奋力挤到顶点，转轴和齿轮之间只有很小的空隙。没人能够得到我，可是我觉得自己就要被这机器给挤碎了，我拼命告诉自己，那有什么关系呢，一切都没什么。要是我能顺利脱险，到达那更华丽的大门，那对众生是好事一桩！要是我当场去世了，我就免受以后的痛苦了，那是众生的损失，我没什么损失；让他们去追随他们的哈罗德·布雷吧，他们都会不及格！我还是没问题。

接下来的事就是：那扫描器光秃秃的眼睛什么都没扫到，转门继续移动，我被挤过了齿轮的尖尖，那很窄，我勉勉强强能通过，只是一个齿轮尖儿插进了我的外衣袖孔里，一个插在了我的弗雷迪护身符下面。我还待在里头，卡得死死的，我扭曲身体想脱身，却只是把衣领挂到了第三个齿轮上。没人能碰我。有些人笑我，有些人拍起了手，我背后传来彼得·格林的声音：“天哪，他做到了，他堂堂正正地做到了！”我无法转身，看不到身后官员们乱成了一团，都在责骂墨菲。扫描器又降下来了，正对着我的脸；我礼貌微笑，可是我没有身份证。转门咔嗒一声，停住了，不知是困住了下一个运动员还是要处理我。女孩们尖叫着。又一排齿轮过来了，紧紧地压在我背上，我觉得我一定会像埃布利·艾尔科普夫的鸡蛋一样被片成片儿。我衣服上本来就有一条缝（之前跟克罗克在乔治峡谷打斗时弄的），现在开口更大了，从领子到下摆开了一条大口子，连带着我羊毛织的里衣也坏了。转门猛地一动，我的护身符的皮绳断了，而我那视若自己的羊皮的宝贝外套第二次遭了殃。现在，我浑身上下只剩了自己的一层皮，被一下子推到大广场上，正好被冲上来的两个满脸乌黑的巡警接住了。

“快走开，你个挂科院长！”声音从喇叭里传来，**“让这个人入学！”**

他指的说不定是哈维或其他某个运动员，我卡在里面的时候他可能正好也卡在外面。我没有回头看，只是抓住机会急切地命令那两个守门员（他们的袖章是这么写的）：“带我去见校长！”

他们立马起了争执，不知该把我当作擅闯者带到主拘留所，还是该当作一个刚入学的学生带进礼堂。不过他们一致同意，我不应该这么不雅观地站在这里，但这会儿大门外面的人变得吵闹极了，特别是我回去捡我的表时（表链子也卡在了旋转栅门，被扯断了），那两个守门员情绪失控了，扭打在了一起，人群更喧嚣了。我觉得我去解开表链子时可以透过大门跟人群挥挥手，他们热情地回应我，吹着口哨，往大门这边扔花环。大学小姐目瞪口呆地站着，我向她送了个飞吻，她捂住了眼睛。我的衣服和护身符缠在了里面，解不开了，我只能痛惜地丢弃了它们。事实上，它们卡住了旋转栅门，考验仪式不得不终止，两边的大门一下子打开了，允许大家通过，不知是被WESCAC自动控制的，还是管理人员下令打开的。我才刚离开羊圈不久，也就不觉得赤身裸体有什么可羞赧的，我戴上了一个桂冠花环，手里拿着我的表和拐杖（还有那两块小电池，我现在才发觉我还攥在手里），首先对着人群鞠了一躬，紧接着向地上扭打在一起的两个守门员鞠了一躬，然后顺着一条往右的导轨进了离门房最近的一扇门。又有两个斯托克的人走了过来，为了表现自己的镇定，我特地花了点时间看了一眼太阳。现在，太阳已经完全升起，日食开始了，太阳的边缘已经被“咬”掉一口。我倚着拐杖，没等他们开口，再次命令道：“带我去见校长！”

7. 剔除山羊格栅

其中一个人怒吼道："我们当然会带你去。"

"警察不能暴力执法，杰克。"另一个人提醒他，然后转头更友好地对我说道，"**我们大家**很快就会见到校长的，兄弟。不过我们先得找些漂亮衣服穿上，你说是吧？"他们边说边一人抓住我一只胳膊。

"我没问题。"我说。根据马克西的建议，我提醒他们，我史无前例地通过了旋转栅门，因此我是个真正入学了的毕业候选人——可不是为了拿什么无用的专业资格证书，而是为了真正毕业——我应该立马被带到校长面前。

"你当然是了，"第一个守卫说道，"你要是说自己是个大导师我也不会惊讶的。最好跟我们走，我可不保证不暴力执法。"

"事实上，"另一个人说道，口气更友好些，"每个从大门里进来的人都要经卫生办公室体检合格才能注册。你说是不是，杰克？"

杰克表示赞同，还说，在这个校园里，没有西尔医生在学生证（正式进入大门以后身份证称为学生证了）上盖章，就算是哈罗德·布雷也不能安排自己的课程。听到他们说西尔医生，我同意跟他们一起走。我答应他们也无妨，反正不管怎样他们都大力地押着我走上了门房的台阶，走进一个大房间，房间里有成排的桌子和工作台。男人女人们正忙着证件归档，他们站在那儿，轻推了下彼此，我们一走进去就都盯着我们看。

"没事的，"我说道，"我认识西尔医生。"

杰克表情严肃地点点头："估计你应该认识，小子。"他对那些旁观者说："好了，大家都回去工作吧，这可不是什么杂耍表演。"另一个守卫在前面开路，我们经过一长串桌子，桌子上面挂着标志——"人文学科""工学""财务处""开收据"——走向一间标着"x 光"的侧室。我们没敲门，粗鲁地闯了进去，我看到西尔医生本人生气地转过头来，他本来在看一台大机器，机器那巨大的玻璃屏幕上闪着一幅诡异的画面：一个透明的女人的下体，跟真人一样大小，她体内的骨头和器官都是黑色的，清晰可见。而且，她是个活人：就在我们面前，她的指骨在玩弄着靠近耻骨关节的某个东西，我们进去几秒钟之后，她仍然发出有节奏的低吟，仿佛在对着自己唱歌。

“出去！”西尔医生大喊道，他急急地走向我们，“我正在为病人检查，我的天啊！”

两个守卫道了歉，辩解说情况特殊。和我一样，他们也无法从那惊人的屏幕上移开眼。现在，那只手停下了动作，也没有了低吟声；那骨盆转了过去，从机器后面帘子遮挡的隔间里出来一个女人——中年女人，不是透明的——正在系白色棉长袍的腰带。

“他撞破了旋转栅门，”不叫杰克的那守卫解释道，“脑子有点儿不正常。您最好处理他……”

“那就在外面等着！”西尔医生生气地说道。他把他们往外轰，看到我一丝不挂，皱起了眉头。他慌慌张张的，没理睬我的问候，甚至顾不上承认他认识我。可那女人的双眼倒是目不斜视，她高兴地喊道：“是那个羊孩，肯纳德！”她踉踉跄跄地朝我的方向走来。我认出来，那双眼浮肿、脸色憔悴的女人，正是黑德维希·西尔。她在客厅里时可是那么享受地看着我跟安娜斯塔西娅交配。

“小乔治**我亲爱的**！”可是她撞到了椅子扶手上，就势在椅子上坐了下来，两条腿不文雅地张开。她好像平衡力出了什么问题。我们吃惊地看着一切。

“你们也看到了，我的妻子犯病了，”西尔医生不耐烦地说道，“我的护士今天不在，她正在做治疗前的准备。拜托你们把这家伙留下，你们在外面等吧！”

守卫们道了歉，然后出去了，而且说就站在附近，需要帮助就喊他们。有个人是一脸严肃的表情，可是杰克咧着嘴笑着，关门出去的时候眨了下眼。

“畜生。”西尔医生嘟囔着，他已经恢复了镇定，“你来这儿到底是干什么来了，乔治？给他找件衣服，黑德。”不等我开口解释为什么会光着身子出现在这里，他就急切地跟我解释我撞见的那不寻常的一幕。他说，每到注册期间，门房里就会设置一个便携式的 x 光仪器，学生想的话，可以为他们提供免费的肺结核检查。通常安娜斯塔西娅会来帮他，可是她今早被哈罗德·布雷叫去“格栅通道出口”帮忙了，黑德维希就主动代替她过来帮忙。

他说话间，西尔夫人一直在不知羞地玩弄着自己，不停地哼哼。“很不幸，我的妻子犯了病，会有一段时间行为不受控制，”他继续说道，“她今早一来就是你看到的这样了，你进来的时候，我正试图用射线冲击安抚她。我相信你不会误会的。”

我向他保证，他可以相信我，我是不会乱说话的。西尔医生摇摇头：“我恐怕，治疗是不管用了。”

“胡说个球！”黑德维希大喊。我不够精通现代文学，对粗话掌握不多，不过通过她的语气，我猜测她说这话，不像是在说球。因此我断定我最好假装没听懂她的意思，我说：“我在旋转栅门那儿把弗雷迪的球搞丢了，夫人。”

不知道她是不是还满意我的幽默，她像一只腿残了的母羊一样，手脚并用地向我爬。

“不要，黑德！”她丈夫责备她。我往后退了一步，可是西尔医生一脸古怪绝望的表情阻止了我。

“纵容她一会儿，可以吗，好孩子？你是个好小伙。”

我不知所措地站在那儿，那女人就跪在我面前。

“我希望她不要这般不得体，”她的丈夫叹息道，“可是如果你不迁就这可怜人一下的话，她的情况会一直这么糟糕的。”他一只手轻轻拍了一下他妻子剪了短发的头，另一只手大大方方地抚摸着我。可是那女人做的事情只让我觉得无力，尽管我并不是有意不帮忙，可是他们两个人齐齐努力，还是没能让我提起兴致。过了一会儿，西尔夫人说道：“他需要斯泰茜。”然后一耸肩停止了她在做的事，她站起来，整理自己的头发，看起来完全恢复了正常。我跟她道歉。

“没关系，亲爱的。”她说道，“肯纳德让我变成了这样一个废人，我甚至都不能让克罗克兴奋。我给你找件衣服。”

“当真吗，亲爱的？”她丈夫反驳道，不过他似乎被她的话逗乐了，“你这样会让乔治认为我们很变态的。”

“哈。”黑德维希说道。她从荧光屏后面帘子挡着的隔间里拿出了一件白大褂，她身上穿的也是这种，她让我先穿着，以后再“找更合适的衣服”。

“你必须要留下来吃晚饭。”她继续喋喋不休地说个不停，他们两个人一同动手，忙了一阵帮我把衣服穿好，“我要做放羊的女人，你就是头公羊，肯纳德可以做嫉妒的牧羊人。”

“抱歉，您是什么意思？”我无法将牧羊人和山羊联系在一起，这个想法太下流了。

“我们也邀请斯泰茜加入，**我们四个一起来玩啊！**”

西尔医生啧啧地说这个提议太过分了，而且温和地告诉他的妻子，就是她单方面过分急切才让她的男伴提不起兴致。

“可是听着，乔治，”他又说道，“我们对你没什么可隐瞒的。可以说，你显然是校园里的风云人物。要是在马克西的事情解决之前你愿意跟我和黑德两个人待在一起，我们会觉得很**好玩**。你也看到了，我们很好相处，你愿意的话可以住下来。”

我对他的邀请表示了感谢。虽然我不太明白他说的好玩是什么意思，可他显然是热情好客的。他提起马克西让我一下子想到了更为急迫的事情。我跟他们要了地址，承诺说我今天晚上或明天晚上还会再拜访他们，跟他们谈一下马克西被捕和“贾尔斯”项目的事情。而且我坦言我吃饭睡觉还没有着落，也不太清楚在人类的地盘上我该怎样安排食宿。

“可是很抱歉，我现在必须要离开，”我最后说道，“我必须要见雷克斯福德校长，谈我的候选人资格的问题，接下来还要通过剔除山羊格栅。此外，如果我能找到安娜斯塔西娅的话，我还要跟她谈一谈。”

马克西竟然没有为我安排住宿，也没有给我钱，这让他们很吃惊。我简单向他们解释，我离开羊圈时情况特殊，还告诉他们，马克西说了，大导师这类的人物，尽管可能要花九年才能完成英雄事迹，可是他们通常连个三明治都不会提前打包准备就会上路。

比如，我连身份证也没有，不也一样通过了旋转栅门，而且我相信自己有办法通过剔除山羊格栅。

“没考虑过下一阶段……”西尔医生惊叹道，“我昨晚在斯托克那儿告诉布雷你是个多么非同一般的人，你的人生发生了一连串惊人的巧合。听着——”他看了一眼自己的手表，“在雷克斯福德的演讲开始前你还有整整半小时的时间，而且他们还得处理所有那些普通学生的入学事项，并且，‘格栅前的礼堂’就在这对面……你有顾问吗？”

我告诉他，马克西被捕了，我没有顾问了。他提出自愿当我的顾问。他说，尽管他不能跟我一样对哈罗德·布雷有敌对情绪，但尊重我自称是大导师的立场，他个人很欣赏我，也很乐意帮助我走完那套烦琐的注册流程。

西尔夫人正在点烟，这时说道：“他也想给你吹箫。”

“确实，黑德。”

我不明白这是什么意思，请求他们再说一次。

“我们都想那样，亲爱的，”她说道，不知是对着我还是西尔医生耸耸肩，“我们最喜欢新鲜感了。是吧，肯纳德？”

西尔医生笑了：“你会让乔治误会的。”

那女人掐一把我的脸颊，说：“小乔治又不是傻瓜。他知道他进来时我们在干什么。”她说，她的丈夫很早之前就对普通的结合失了兴趣，无论是夫妻间结合还是婚外情，甚至连鸡奸、性鞭打等常见的变态行为，统统都无法让他提起兴致。看别人做事倒还能取悦他，不过也要场面不同寻常才可以，比如在斯托克的客厅里那种场面；而她自己呢，对他来说既没有新鲜感，也不再年轻，只有在荧光屏前手淫才会让他提起兴趣。

“那可真是奇怪，”我说道，“你也喜欢那样吗？”

西尔医生原本兴致缺缺地听着他妻子的讲述，可是听到我这话他大笑起来。“看吧，黑德！她口口声声说是我让她堕落了，可是，乔治，她也跟我一样厌倦了寻常手段。你说她也喜欢倒是说到点子上了。”

“恐怕没有。”黑德维希说道。她坚称，自己只是厌倦了俗套，渴望不同寻常，比如，被克罗克那样头脑简单的畜生扑倒。可是一味迎合她丈夫的喜好，让她变得非常不像女人，所以无论她做什么，都只会抑制男人的性欲，这我刚刚也看到了。

“黑德维希说得夸张了。”她丈夫耐心说道，“的确，我们做过了书上写的一切，可是没人强迫她那么做。她喜欢女人，但却不愿承认。”

我希望多听他们谈一下这惊世骇俗的话题。他们称克罗克头脑简单，我也想提出质疑，单凭他留在我拐杖上的艺术品就可以推翻这一点，而且我还想把西尔医生的这种视觉享受和埃布利·艾尔科普夫的比较一下，了解一下这种癖好在受过良好教育的人群中有多么流行。可似乎更要紧的是回到给我建议的问题上，而我一把话题转到那个问题上，西尔夫人的语气就完全变了。她认真说道，有了肯纳德·西尔做我的顾问，所有事我都会做到最好，因为他是校园里最博学的人；尽管他有些变态行为，可他其实知道所有的答案。

“亲爱的，可不是‘尽管’，而是‘因为’。乔治明白悲剧的观点。”

他们由衷地亲吻彼此。西尔夫妇婚姻关系中复杂的感情纠葛让我觉得很是好奇。同样，我也好奇于他们怪异的性情趣，只不过多年的羊圈生活倒让我对后者见怪不怪，态度开明。他们显然对我是一片好意。我心怀感激，把自己交给他们管了，只是我跟他们约定，鉴于我手头上有要紧事，现下任何拥抱——*两人、三人*，还是*四人*一起——都暂且免了。

“我非常赞同。”医生说道。他认为，最重要的事情就是，我要绕过一般的注册机构，直接专注于应付最高当局，否则——因为布雷的出现已经让校园里局面混乱，而且我的身份于学院也是非同一般——我可能被某些小官员以缺少姓氏等细小的程序问题驱逐到羊圈里。“无论如何你已经通过了旋转栅门，如果塔楼大厅批准的话，我们可以以此为理由让你作为‘特别学生’入学。我会给雷克斯福德的妻子去个电话：她是我的病人。同时我还会给你检查身体，为你开一份健康证明书，或许拿着这证明书你不用身份证也可以完成注册。”

“为什么我不去格栅通道出口找一下布雷呢？”西尔夫人问道，“他可能会在雷克斯福德面前求情。他甚至还会亲自为他注册呢，我敢打赌。”

“你是想见斯泰茜吧。”西尔医生揶揄道。显而易见，他们喜欢共同为我出谋划策。

“你也迫不及待想看乔治的内脏了吧。”她回击道。然后他们两个笑了起来，一致同意那是个好主意。我说布雷是假导师，就算他想为我提供帮助(我觉得这不可能)我也不想接受，因此反对那样做。对此西尔医生答道：“不管他是真是假，他现在处于有利地位，而且他这人精明得很，肯定否定他的人正是他的一种态度。昨晚在斯托克那儿，我告诉他我永远都不会通过终考，因为我知道得太多，反而不知道如何回答简单问题，而那家伙引用了《奠基者卷轴》中的一句话‘你们没有什么无知的，奠基者如是说’。我坦白告诉他，一遇到性的问题我就一点儿底线都没有，他则引用了以挪士·以诺的一句话‘不知道真理的对立面，何谈通过？’真是个聪明的家伙！”

他说话间，西尔夫人从后门离开做自己的事去了。“可怜的人儿，”他看着她的背影说道，“其实她实质上**就是**个简单的家庭主妇而已。我觉得她因为和我生活在一起，正一步步走向精神病院。可是，该死的啊，乔治，这是个偌大的大学啊！如果不尝试一切，我们如何明白一切呢？昨晚哈罗德·布雷把我比作基南德，这就意味着他比与我结婚十五年的黑德还要了解我。”

不想谈我的对手，我转移话题道：“你说的是那戏剧里的盲人吗？”他回答：“你说得很对，乔治。”随之干巴巴地叹了口气，可是我并没有讽刺的意思。之后他开始为我检查，给我照 x 光。他对我童年时的脚伤很感兴趣，这让我有机会询问他有关“贾尔斯”文件的事情，我还简要说了一下那对安娜斯塔西娅身世的影响。

“哇，那可真是有趣！”他惊叹道。事实上（如我所愿），他原本在呼吸粗重地检查我的乙状结肠，因为这个小秘密着实令他好奇，他放下了手里的工作。“我做梦都没想到他们还在为那桩陈年往事而争执！斯泰茜从来都没提起过。”

他说，事实就是：他可以很肯定地说马克西和埃布利·艾尔科普夫都没有说谎；要是有人想起来问这件事，或者觉得这件事还没有定论，那么他很乐意以“贾尔斯”文件证明他们二人的清白。

“我们在施皮尔曼手底下工作的这些人都会涉足很多个专业，你知道的。他鼓励我们这样做。在‘优等生’丑闻发生之前我已经从遗传学领域转到了精神病学和解剖学领域。我对那个项目确实一点儿用处也没有，我们一给‘贾尔斯’编好程序我就把那些事抛之脑后了，再也没有想起过。‘贾尔斯’啊！”

他之所以反对优等生计划是出于理论上和可行性方面的原因，而不是道德方面的原因：他一向就不看好艾尔科普夫的那些样本，因为像基南德那样的雌雄同体的大导师，顾名思义，本来就是不能生育的，而且就算他们已经把项目所需的一切繁殖条件都提供给了 WESCAC，他仍然怀疑 WESCAC 根本没有能力产生和运用“贾尔斯”。然而，他承认这个计划的前景让他感到兴奋，他甚至自愿提出让黑德维希作为“贾尔斯”的受体，条件是他可以从旁观看。不过这个提议被 WESCAC 否决了。

“可是无论如何，我们收集完所有标本的时候，我记住了马克西和艾尔科普夫的结果，因为在我看来他们恰好证明了我的观点：无论你怎么想他们，他们的确是两个货真价实的天才，可是施皮尔曼因为事故不能生育了，艾尔科普夫实在是性无能，他甚至都无法给我个精子。所以，就算如埃布利所说，真的存在‘贾尔斯’，而且真的如弗吉尼娅·赫克托所言，她真的接受了‘贾尔斯’，那么这个计划就是没成功。我很爱亲爱的斯泰茜，可她不是大导师。我会跟她证明马克西的清白的。”

之后我想起来要问他，他是否知道我在升降机里被发现的事情。可是门外的守卫打断了我们的对话。他们在门外问我们这边是否一切顺利，他们应该把我带到总拘留所还是医务室。

西尔医生皱着眉头看向门闩。“不好意思，再等一会儿。”就在我们想着下一步怎么做的时候，他的妻子悄悄从后门溜了进来。

“我是不是该从后门走呢？”我悄声说道。

西尔医生摇摇头。“布雷跟我们一伙吗？”他问西尔夫人，“不要再敲了！”他对着那两个巡警大喊。

西尔夫人一脸疑惑的表情：“布雷说他容不下冒牌货……”

“我也容不下！”我坚定地说道。

“斯泰茜也尽力了。”西尔夫人继续说道，“可是布雷说要么就穿过剔除山羊格栅，进入 WESCAC 腹中，要么就不要入学。”

“啊，天哪。”她的丈夫感叹。尽管我不承认布雷有资格提出这两个条件，可是我坚持，完成这两项任务也正是我所想，而且，其实我打算邀请布雷先生一同前往腹中，因为我根本不相信他说他已经到过那儿了。我倒要看看谁会被吃掉，谁会毫发无伤地出来。

西尔医生只是摇摇头，也没时间跟我争辩了。

“我们要带他走了，医生，”两个守卫喊道，口气中多了几分正经，“我们职责在身，要把人都集合起来。”

医生的脸上露出了喜色，他打开了门闩，说：“我们明白，两位先生。”守卫们走了进来，先是看了看荧光屏，然后看了看西尔夫人，最后才看向我。

“乔治先生原谅你们此前的误解，”西尔医生坦然道，“可是你们能道歉的话那是再好不过了。”他还说，我压根不是什么擅闯者，而是校园的风云人物，我可是现代史上第一个以合法方式通过旋转栅门之考验的人！

“合法方式？”杰克问道。

“当然是合法方式。”他说，众生诸多弊病的不良症状之一就是：英雄们常因为扰乱治安被抓起来。可是他相信我定会不计前嫌，如果他们立马带我去格栅前的礼堂，我就不会追究他们先前的冒犯。他这话听得我心下大为吃惊，不过我保持镇定，面上仍然不动声色。

“他已经给莫里斯·斯托克带话了，你们不会受惩罚的，”西尔夫人插话道，“要是依我的性子，你们就被关起来了，就凭你们擅闯这里吧。”

那两人明显很吃惊，不过一直将信将疑的。我向西尔夫人保证他们只是在履行职责，只是有些激动而已。这时杰克绷着脸点点头，另一个人则摘掉了帽子。

“走吧，”我对他们说，“我想坐个离校长近的座位。”

“大导师说演讲结束后他要在格栅通道出口见你，”西尔夫人说道，“肯纳德现在就拿着你的健康证明书去那儿。”

“不必麻烦了。”

“一点都不麻烦，”西尔医生说道，“我很荣幸能见到真正的大导师潜在候选人，这让我想起来——”他从旁边桌子的抽屉里拿出一个小圆镜，上面装了个弹簧夹，“入学日都要送点小礼物，这是习俗；一点心意，代表我们对新候选人的祝愿。你会收下吗？”

我礼貌感谢他，我觉得这是面镜子，问他我想得对不对。

“是的。我能把它夹在你的拐杖上吗？一面是凹透镜，一面是凸透镜，可既不是凹透镜也不是凸透镜。”他把那面镜子夹在靠近拐杖下端的地方，他的态度也随之严肃起来，“如你所知，乔治，我认为不管付出什么代价，‘参透大学’是我们唯一可以有所期待的毕业认证方式。即便事实可能是，我们要付出挂科的代价。当你看向这面镜子的时候，我希望你能记住，总有另一种看待事物的方法，那便是智慧的开端。”

我再次感谢他，心中深受感动，然后沿着拐杖往下看，想试一下我的新礼物。可事实是，我只能看到自己一只放大了的眼睛——或许是因为艾尔科普夫博士给我的那些透镜中有一块松动了，不小心转进了我的视线——可是我明白他什么意思。

“你也可以用它来偷看女生的裙底，”西尔夫人说道，“我们就是这么做的。”

“可不是吗，黑德！”

我答应他们有机会的话，改天晚上再来看他们。两个守卫恭敬地抿着嘴轻笑，他们现在已经完全不怀疑我了，而且还感谢我没有举报他们。他们护送我穿过满是桌子的注册办公室，来到一个大礼堂，也就是格栅前的礼堂。礼堂里坐满了春季注册的学生，看到我穿着白大褂沿着过道走进去，他们又是欢呼又是吹口哨。每当有守卫一脸疑惑地看向我们，我的两个护卫只是耸耸肩，总归没人刁难我们。我在前排找了个座位，跟那些破门未成功的运动员坐在一起，转过头谦虚地对着我的崇拜者们挥手。两个衣服翻领上戴着记者证的年轻人走了过来，可是还没等我弄明白他们要干什么，观众席的灯光就暗了下来，灯光聚焦在了讲台上，一个年轻人突然透过话筒说道："女士们先生们，让我们有请新坦慕尼学院的校长！"

大厅后方的铜管乐队奏起一段欢快的进行曲；人们热情地拍着手，踏着步，甚至在过道上列队行进；味道一般的草帽齐齐抛向天花板，还有美味的彩带也飘在空中，我边观看边用这些解决了来这儿的第二顿早餐。不知从何处冒出了许多横幅和海报，上面印着"我们爱卢幸运"的标语，标语上面是一张笑脸，那年轻男人虽没有胡子，倒也不失英俊，跟我在控制室墙上看到的那幅画上的是同一个人。他的牙齿好极了，眼角的鱼尾纹泛着光，额头上因操劳而生的皱纹也因此得到了很好的掩饰，一头金黄色的头发很有光泽，他的额发并没有一丝不苟地梳起来，反而垂在额前，精心梳理，根根分明。一束追光打到舞台一侧的幕布上，海报上那个人在助手和警卫的陪同下，迈着大步走了进来。他身量跟我不相上下，矮小强健，可是他的头发更黄，皮肤更白，眼睛是蓝色的。我发现，他的助手看起来也很年轻，也都留着额发，只不过他们的外衣是深色的，而校长的是浅亚麻色的。

我后面一个年轻女人激动地对着她的邻座说："他好帅，是不是？"另一个女人一句话都说不出来，只是像只小猪一样尖叫。卢修斯·雷克斯福德才上任不久，也没有什么卓绝的功绩（马克西是这么告诉我的，他对这位校长的欣赏也是有所保留的），但他显然很受年轻本科生的爱戴。他微微抬起手，向观众致意，动作略有些僵硬，仿佛是为此番骚动感到尴尬，可是他的双眼透出喜色，甚至有些狡黠。一群女学生涌上前去，夹在斯托克的守卫们中间，在他所过之处撒玫瑰花瓣。他咧嘴笑了，走到一边捡起一朵白色的胸花，在聚光灯下跟好几个人握了手，他的陪同们已经有些不耐烦了。他走上讲台后，那些陪同们多次挥手示意安静都徒劳无果。终于在奏起新坦慕尼院歌的时候，大厅里才恢复了秩序：

亲爱古老的新坦慕尼啊
这所大学啊
依靠您。
教给我们你那明智的答案，
带领我们走出死挂的黑暗，
得到毕业认证到达光明彼岸
　　待我们学期结束！

我们站着，听着这请求之词嗡嗡回响，一位身着黑色袍子的要人举起双手。在场的每个人（除了我自己，因为我不晓得这个仪式，还有旁观席上一些包头巾的家伙）都闭上了眼睛，指尖指向太阳穴，跟着那位要人一起复述《新大纲》中传统的“大导师请愿”：

我们全知全能的奠基者，
愿人都尊你的名为毕业。
愿你的学院降临，
愿你的任务在校园完成，如同在大门另一边完成。
我们每学期的箴言，请这学期赐给我们。
赦免我们的剽窃，
如同赦免剽窃我们的同学。
不叫我们陷入拖延，
救我们远离错误：
因为头衔、任期、资历都是你的，直到永远。
保佑我们通过。

之后所有人都抬起头，注册的学生都坐下来，雷克斯福德校长咧嘴笑了，对着话筒说："请给我的听众们来点光！"[1] 他这要求一出，立马引来掌声无数，整个大厅亮了起来，有个人冷嘲热讽地对着我的耳朵说："上次竞选他就喊的这口号。"是斯托克，这次又是跟彼得·格林在一起。我看到他们一起就来气，我打心底里受够了斯托克的取笑和格林离谱的幼稚了。可是这个刚刚扮演了"挂科院长"的家伙把我的羊角号还给了我，还遣散了那两个守卫，这两点让我非常感激，而且格林也小声对我通过旋转栅门表示祝贺。

"现在我们也要有光了，"斯托克预测道，"我的兄弟总是痴迷于'光'的事情。"的确，这位校长接下来说的就是：他一开始要先宣布几件事情，在此期间，他和雷克斯福德夫人为大家准备的入学礼物将会分发给我们。我发现他的举止很是迷人：彼得·格林身上那种旺盛的活力有时候会有些恼人，可是卢修斯·雷克斯福德将那种活力与他良好的教养和自律结合起来了；他的谈吐、衣着以及举止都克制有度；他处理起自己的多项公职来，似乎同给我们做演讲是一样的，都认真严谨，又不失优雅、风趣和热情。留着额发的助手们此时正敏捷地沿着过道一排排往上走，他们手里拿着硬纸盒子，从里面掏出一个个银色的袖珍手电筒。还有一些助手时不时小心翼翼地走上讲台，往校长的稿子旁边放留言纸。礼堂里安静了下来（只有手电筒开关咔嗒咔嗒的声音），大家都期待着校长开口，因为卢修斯·雷克斯福德的习惯就是演讲之前先宣布几件令人吃惊的事情。

他匆匆翻阅了一下那些简报，选了一条，说道："我很遗憾地告诉大家，军事科学系被 WESCAC 告知，昨晚尼古拉学院启动了新一轮的吞食测试，"礼堂里瞬间一片哗然，"鉴于此，"校长轻快地说道，"我已听取 WESCAC 的建议，授权军事科学系开始我们的反吞食系列测试了。大家会想起来，三个学期前，'边界会议'召开时，我们这系列测试是暂时搁置了的。同时，我们也对尼古拉学院理事会提出了正式抗议，改天我会向大学委员会汇报这件

1. 原文为Let's have a little light on my subjects，也有"来阐明我的话题吧"的意思，为双关。

事及相关事宜。”他冷冷一笑，拿起了另一页，“真是祸不单行，还有更多的坏消息：WESCAC报告又有两个新坦慕尼输电线检测员就在今天黎明前被吞食掉了，事发地点就在东西校园电缆线之间的中间地带。这显然是违反了上学期制定的边界会议基本原则，我会命令我们的暴乱调查程序员询问WESCAC，新坦慕尼是否应该退出边界会议。WESCAC一旦读出回答，我会立马将全文公之于众。”

观众们生气地议论纷纷。格林气得一拳打向了椅子扶手。“那些尼古拉人真**该死**！我们就该把他们都吞掉！”

他说话声音有些大，雷克斯福德听到了，朝着我们的方向微笑，不过看到莫里斯·斯托克后笑容戛然而止。然后他迅速垂下双眼看向自己的演讲稿，他看起来脸有些红。

“因为这种事就变成‘吞食迷’，格林先生绝不是唯一一个，”他说道，他使用了“吞食迷”，这是“预防性暴乱”的拥趸们中间流行的俚语，这引得观众们一阵大笑，“长久以来，我们耐心又有责任心，我们都感到厌倦了，”他说道，“抛弃节制之道，采取激进措施的确是非常有诱惑力的……”他狠狠地看了斯托克一眼，“而且总是有某些人时刻准备利用我们这种冲动，真是不幸。”

他关于这个问题接下来的发言我都没听到，因为分发手电筒的人来到了我们这一排，我必须检查一下我的礼物。我把开关拨到“开”，可是手电筒并没有什么动静。我发现，其他人的也都没亮。彼得·格林拿他的手电筒在耳边晃一晃，然后说道：“哎，他们根本就没装电池！我为什么要把我的电池丢掉呢？”

斯托克咧嘴笑了：“下次不要这么浪费哦。”

然后格林很热心地帮我把电池装好，其间他第一次发现我的拐杖上多了一面新镜子，这让他感到十分难受，他不得不远离我，坐到了另一个座位上。

“真是个人才！”格林走后斯托克感叹道，“我有没有告诉你他认为斯泰茜是个处女，还想娶她？他昨晚还为了**她**跟一个尼古拉家伙大打出手呢！”

他边说边摇头，似乎感到不可思议——关于这一点，他的态度就像是人们感受到了这种态度背后的精心谋划，然后不安地考虑他真正的动机是什么：“我的兄弟也有盲点，不过至少他没有精神错乱。”

我本是要反驳他这番说辞的。因为他一来辱骂了格林，二来自称与卢修斯·雷克斯福德有血缘关系，现在看到他们两个我才觉得这似乎很是荒唐。可我显然已经上了他的当，而且不想再错过校长的讲话了。

“过去的二十四小时里发生了太多不寻常的事，”雷克斯福德照着演讲稿读，“多到我们一时间难以消化、接受这些事实，更看不清这些意味着什么。比如，就在昨天，很多人抱怨，只有一位新任大导师可以解决我们这个自由学院所面临的诸多难题……”他对我投以灿烂的微笑，“可今天，我统计了下，我们新坦慕尼至少出现了两位资质齐备的大导师，另外还有一位导师候选人。”很多双眼睛转向我，可是他们的打趣，跟校长一样，是没有恶意的。事实是，他认为我是候选人，而布雷和现世释迦尼安才是资质齐备的大导师，尽管他有这般误解，但我并不怪他。

“坦白而言，我觉得这事态是令人高兴的，”他说下去，“而且我确定我们最终会跟这几位先生达成合作协议，以保障所有人的利益。”

斯托克在我耳边大声说：“他能让以挪士·以诺和挂科院长达成合作协议。”人们发出嘘声让他保持安静，显然，主大门前让他们为之一乐的不敬言语，现在在他们看来是不合时宜的。可斯托克只是放了个屁回应。接下来，雷克斯福德校长说起对马克西·施皮尔曼博士的不利指控。对此他表示震惊和遗憾，他说马克西在他心中正是彬彬有礼、给人启迪的形象；他向我们保证，案子将会彻查，正义终会得到伸张，并且恳请我们，在证据曝光之时，请勿被自由派的同情或保守派的厌恶左右，影响我们客观冷静的判断。最后他宣布 WESCAC 新拟定了一个专业资格证书项目，专为在读生设定——也就是说，实际上是为所有人设定的——作为官方认证的、毕业认证的替代选择。一直以来，学院都不情愿走这一步，因为尽管人人都同意很少有人还会真的去参加终考，当然这前提是终考真正存在，可是任何一个有责任心的人都不想拒绝莫伊舍－以挪士派留下的宝贵财富，不否定他们将毕业视为校园生活的目标这一主张。结果就是：尽管人人都公然立志追求毕业认证，可是对于如何定义“毕业”，却莫衷一是。没有人颁发“毕业”学位，事实上也没有人争取获得学位。人们陷入了这一令人沮丧的僵局（这我必须要说，雷克斯福德自己看起来并没有为此感到困扰），直到 WESCAC 确认哈罗德·布雷是货真价实的大导师，才找到了可行的出路。现如今，这一长时间以来都在**事实**上得到认可的计划就要具有**法律**效力了：现代的本科生只需立志获得该领域的能力证书就可以，现代的学院也只需要授予这样的学位即可。以挪士派的人反对这一政策，认为这贬低了终考和真正的毕业认证的价值。对此现在可以给予这样的回应：一位真正的大导师就在校内，他的作用就是检查和验证那些自称是候选人或真正毕业生的人的资质，并且担任所有未来候选人的考官。除此之外，布雷博士已经证明，他自己可以进入 WESCAC 腹中并且毫发无伤地出来，这点有目共睹。因此他将被授予塔楼大厅内阁成员的职位，同时担任 WESCAC 的 AIM 的最终负责人——这一点是 WESCAC 自己提议的。

不必说，听到这些我整颗心都沉了下去。通过旋转栅门之考验，甚至闯过剔除山羊格栅——这些尽管困难，可也只是身体上的考验。可是要应付这样一个，突然出现但却广受认可的冒牌货，要通过一切，不挂掉任何一个，我对毕业认证都还没有明确的概念，又要怎么完成这一切呢！可是在莫里斯·斯托克的刺激下，我的悲伤都化为了决心——起码是化为了固执。

“你的朋友布雷可是比你厉害呢。”他小声对我说，或者说是在鼓动我，“马上站起来宣布自己的身份，乔治，就像布雷那样！吃掉‘卢幸运’的演讲稿——让他乖乖闭嘴。”我多想做这一惊人的事情，这诱惑可太大了，看到布雷就此成功，这对我就更有诱惑力了。而且看形势现在就是个机会：雷克斯福德校长的演讲肯定是在新坦慕尼全校广播的，或许还是在全西校园广播的，而且我成功通过了旋转栅门，这一来证实了我不是普通新生，二来让我赚了一定的“名气”，或许我可以趁热打铁好好利用一下。我多么热切地希望能抓住这个机会，可事实上，正是因为斯托克鼓动我，我才没有这样做，也或许是我不愿意效仿布雷的做法。那人竟然玩弄人于股掌，真是见鬼了！我让他闭嘴，他立马说道：“你真的以为就因为我让你站起来你就该安稳坐在这儿吗？那你可完全在我的掌控之中了。”

“你根本就不是挂科院长，这你很清楚！”我生气地对他说，“你可能还没挂科呢。不要这么得意。”我这么说只是为了激怒他。他放声大笑，校长不得不停止了演讲。结果，斯托克离开了礼堂，他大笑着，仿佛在嘲笑雷克斯福德正在宣布的今天上午演讲的主旨是“同胞情与真正的毕业”。过后我才明白斯托克极尽嘲讽，大笑出门，就像他在旋转栅门前的行为一样，也是注册仪式的一部分（预示着挂科势力的暂时退缩），而且他一开始走进礼堂大厅只是为了在这一刻退出去。即便如此，他瞪着眼睛涨红了脸，笑声中带着一丝凄厉，在我看来，仍是我的话多少让他有所触动。

后来我就这么安静地坐着听演讲，不过心里可不太平。我一直在想，斯托克是否真的打算阻拦我的大导师之路，如果是真的，他的行为是出于邪恶的本性还是受人指使，另有阴谋？若是后者，我真正的敌人是谁？又为什么要这么做呢？可是他的嘲笑只是坚定了我的决心，因此间接地激励着我。再甚者，他公然表示蔑视卢幸运·雷克斯福德，结果只是让后者更加受欢迎；他声称与雷克斯福德是兄弟关系，却让校长对这一关系温和的否认更加让人相信。想到西尔医生给我的建议，我思索着这结果究竟是不是斯托克最终想达到的。如果这就是他想要的，他是不是出于善意呢？或者我是不是该向他的诱惑低头，以此打破他的计划呢？简直一团乱麻！我想到彼得·格林对镜子的厌恶，很是同情，于是一遍遍说着我没问题，想摆脱这一团乱。

雷克斯福德校长说道：“我最喜欢的一句格言是隐德莱希斯的一句话，‘毕业是程度的问题’。我认为这句话的意思就是，像你我这样的人和现世释咖尼安——甚至以挪士·以诺——之间的差别，不在于‘种’之间的差别。”为免虔诚的以诺派信徒抓住话柄，校长立即补充道，大家应该明白，他这样说只是以经验谈可见的事情，而不是已然明了的答案。作为一个实力雄厚的大型学院的掌权者，他一直奉行全大学启蒙和自由研究的原则，他认为这句格言完美地结合了贵族和民主体系：它强调个人价值之间的差异——“让我们正视这种差异。”他笑道，“聪明、英俊、身体健康、有本领，固然是比愚蠢、丑陋、疾病缠身、无能要好。”——可同时又否定：那些天生占优势的人在“种”上不同于那些不那么“幸运”的同学。

他一语双关，引用了自己的外号，引来观众们掌声一片。

“我十分信仰奠基者，”他继续说道，脸上一直挂着微笑，“即便我对奠基者阁下的认识全是错误的，我相信他也会因为我的苦劳给我打个‘A’。所以实不相瞒，我对毕业认证的看法跟老隐德莱希斯几乎是一样的。我相信，毕业认证在于完成个人在这个校园里的任务。从定义上讲，众生就是由理性的动物组成的，既然如此，我们每个人的任务，就是管理好自己的身体，以最好的身体去容纳最好的精神；而‘毕业生’，一定是个**出色**的个体，理性**非凡**。比如说，就像一个有着博士学位的全院级前卫[1]。”

观众们被逗笑了，由此我明白了这是个风趣机智的表述。

“事实上，我认为一个典型的毕业生应该是个四十岁左右的男人——足够年轻，精力旺盛，但也足够老成，谨慎精明；他无论是身体上，精神上，还是物质上，都是圈子里的佼佼者，成长环境优渥，接受过良好教育。我认为他既不是懦夫，也不是莽夫，只是坚定无畏；他既不逆来顺受，也不颐指气使，只是单纯地自尊自重；他以适当的方式享受着校园里一切美好的事物：美食，美酒，爱情，运动，友情，艺术——甚至是学习。同样地，我认为他是慷慨的，机智的，宽容的，慈悲的，绅士的，积极向上的，精力充沛的，大公无私的，热心公益的，精明强干的，自制力强的，口齿伶俐的，有责任心的——这一切品质都不多不少，恰到好处！年轻时，他该供职于后备军团训练团的某一分支；中年时他帮助打理自己的学院或系；年迈时他会投身于研究和发表成果……”这次，每个人都低声轻笑起来，因为他所言之人明显跟他自己的形象相似。雷克斯福德灿烂一笑：“我还没想好他是不是一定要留下暴乱时期的创伤，有政治学的文凭，还有一位美丽的妻子。或许不必如此，只要他是来自恰当的院区，人际关系良好就可以了。”

---

1. 美式橄榄球中司职进攻的一个球员位置。

他说，严肃点讲，他十分清楚，每个人被赋予的性格、财富和智力是截然不同的，可尽管如此，他仍坚信机会是平等的。总之，他认为，“毕业”这件事基本上等于做一个天资聪颖或面容姣好的人：这两点都要求人在年轻时候，有与生俱来的禀赋和让这种禀赋得以发展的好运气，起码这种禀赋不能被糟蹋；可是这两点也都能够通过个人的严格自控和用心培养得以发展，否则仍然会被白白浪费掉，于是这变成了一种责任。注册进入这个校园的学生可能身有残疾或相貌丑陋，这自然不是他的错；可是收获掌声的是比赛的获胜者，受到爱慕的是美丽的面孔。虽然我们可能会称赞一个跛脚的参赛者，可能会爱上一个不漂亮的女人，可一般来讲，我们至少不会因他们这些缺点而珍视他们。是否应该这样另说，但事实就是这样。如果我们中有谁觉得，他没有进一步质疑这些个基本原则是错误的——那些他赖以建立起自己的生活和领导地位的基本原则——他就会让我们想起电视动画片里的那些人物，稀里糊涂地走下悬崖，坚定且成功地在空中漫步，直到他们往下看，看到他们脚下是什么，就掉了下去。

尽管我并不知道他口中的“动画片”是什么，我却明白了那画面的意义，便与其他人一道鼓起了掌。事实上，我发现他的前提是有局限性的，这多亏了马克西的教导：对于像我这样的人——一只山羊，一个瘸子，侥幸生存下来的人——我的任务就是成为一个面容英俊，性情潇洒，身体健壮的知识分子，这一点绝不是不言自明的；若真是不言自明的，那毕业就在于实现这一切；若在于实现，实现则处于两种极端的中间途径；若处于这一位置，任何人都有权定义中间途径。可是卢修斯·雷克斯福德自己就是自己最好的论据，我很容易就会被他吸引，因此我那些有理有据的反对意见似乎也都显得无关紧要。我想，如果他这样的人都不是毕业生的话，那么成为毕业生还不如成为他这样的人来得快乐。

“现在不再探讨哲学问题了，我要讲讲我自己的认识了，”他说道，显然，不管是前面的离题，还是现在回到正题，效果都让他很满意，“既然这学期 WESCAC 的 AIM 频繁出现在新闻报道中，那么我想就我的认识，谈谈对新坦慕尼的目标的认识——特别是新坦慕尼在宁静暴乱中的目标，因为有些批评我的人认为我们失败了。”说到这儿他脸色严肃起来，“我的朋友们，我相信光明和秩序，相信克制、纪律、和睦和互让。极端主义和骚动混乱，我认为那是‘开明’的敌人，我表示鄙视——当然，并不是深恶痛绝，是克制的。现在我倒觉得，每个学生都能在自己的院区，自由地尽自己最大所能去实现自己的任务，让整个大学变成这样一个地方，这正是西校园，尤其是新坦慕尼的任务。事实上，人人都是**彼此的**兄弟（或许我该说是室友，因为我根本就没有兄弟，可我有无数的室友）——或者让我们说，是情同手足的兄弟——他们应该像兄弟那样竞争，光明正大地，秩序井然地，勇猛较量却又友好相待。等这一切实现之日，便是新坦慕尼人人皆是毕业生之时。”

待我们鼓完掌，他继续说道，他认为这种类比也适用于学院之间：东、西校园就大学的领导权之争，也应该像是一场象棋比赛，两位参赛者应像兄弟般争夺冠军。事实上那也**的确**像是一场比赛。他认为，比赛的诸多利害关系以及双方具备吃掉对方的武器装备，这些都不可怕，可怕之处在于我们的学生会主义兄弟那方，用他的话说，就在于学生会主义兄弟那过激的性格——他的答案不是完全正常的、理性的答案，而是极端的、反学生本性的：为了达到目的不择手段，学生个人的毕业要服从于整个学生群体的毕业认证——所谓整个学生群体就是指学生会主义。与东校园竞争，就像是与一个脾气火爆的兄弟下棋，他可能会将你射杀，抢走属于你的一切。

学院里有些善意的自由主义者主张“单边禁食”（马克西就是这么想的），认为有必要让东校园这样一位危险的兄弟相信，他们虽然会输掉“吞食”比赛，但却会赢得宁静暴乱，以此让他们能经得住诱惑，不会鱼死网破，选择“吞食”、举校自杀或报复。雷克斯福德反对这种看法。“那最后一种情况，可真的是个可怕的难题，”他说着，从事先准备好的演讲稿中抬起头，“现如今我们具备了这种可怕的‘吞食’能力，其唯一的目的就是让学生会主义的人不敢进犯——还没有真正可行的反吞食举措，这是大家都知道的。假如他们有一天**真的**按下了‘吞食’按钮——这简直天理难容！五分钟之内我们全部都会毁灭，做什么都于事无补。所以大家告诉我，到那时我们要按下我们的按钮吗？我们要不要单纯因为报复就‘吞食’他们呢？不幸的是，答案是**肯定的**——WESCAC曾打算这么做的，这点我们都知道；不这样的话就没有威慑力了。为了不付诸报复行为不得不采取报复的**策略**，这是多么糟糕的事情啊！”

校长认为，假如这种威慑是有效的，那么我们有两个理由可以相信宁静暴乱的结果会是乐观的。如果东校园越来越繁荣，那么它就会变得更加保守和克制；两校园恢复**友好关系**很可能是可行的，而真正的**友好关系**和交换生项目可能会渐渐消磨掉学生会主义令人不快的种种。甚至现在尼古拉学院也出现了这种现象。另一方面，如果接下来的几个学期，东校园的经济形势持续恶化，不敢再发起“吞食”暴乱，那么他们整个学术体系定会崩溃。在那种极端危险的情况下，我们的策略就是，鼓励他们，让他们在最后一刻仍然相信自己取胜是有希望的。可这两种可能性，校长还是更希望是前者，因为前者不是那么极端，危险性更小。

他口气轻松地说道：“马库斯教授说过，时间就是西校园信息化主义的敌人。可是考虑到宁静暴乱的最终情况，即WESCAC对EASCAC，也未必是这样的。”他相信，如果现实是大学的未来是乐观的，那么时间就是西校园的朋友，东校园的学说越是否认这一点就越是如此。“那就讲到这讽刺的事情上了，”他肯定地说道，“众生的主要弊病历来就是在学生会主义一方的：饥饿、无知、身体压迫，等等。可是当众生的基本需求得到满足时，他们的次要需求就在我们这边了，无论如何，他们的需求都会是追求自我，有野心，渴望得到安慰，还有对学术自由和个人毕业的渴望。”

我感觉到满屋子的人都提起了十二分的兴趣。竞选上任的领导人在谈到有争议的问题时，很少有这么坦白客观的，我那时当然是无法理解他的做法的。可是雷克斯福德的做法就平衡了有争议的行为和大胆的言辞这两者：有一说一，直言不讳，但却不鲁莽失言，而且他虽从未忽视理想状态，但必要的时候总不忘与他口中的“死挂的现实”妥协。

现在他讲到了他假设的象棋比赛的最后，他称作尾盘的阶段：对他认为的学生会主义对西校园构成的“最大威胁”进行了惊人的评估。

“假设我的其他答案都是错误的，”他说道，“假设宁静暴乱仍然是平静的，可最终证明，时间是学生会主义的朋友，而且之前大肆宣扬的西校园的衰退真正到来了。的确，假设最坏的——”他的声音变得万分认真，“假设新坦慕尼学院彻底输掉了宁静暴乱，而且被并入了东校园，那会发生什么呢？”大厅里只剩下了稀稀落落勉强的笑声，有些人大喊道：“不！不！”可是雷克斯福德校长宣称（口气轻松），他相信经过一开始被吞并的噩梦——残忍血腥的人权剥夺，军事占领西校园，新坦慕尼学生的个人生活标准下降，陷入水深火热的痛苦，课程计划彻底改变，管理层大换血，等等——在这之后，经过几个学期，东西两校定会渐渐相互同化。“自由校园”如此广阔，不会永远臣服于一个外来的军事科学系的统治；一个真正的“全大学式”行政体系就会形成，尽管这体系一开始的形式着实让人厌恶；到那时，榨干东、西两校园资源的巨额军事预算就再也不需要了。尽管有几代本科生要在学生会主义的意识形态下培养，可整个大学的识字率将会提高，这就如同整个校园的学术和生活水平最终会得到提高。雷克斯福德博士认为，等到在一个真正统一的大学里，识字率得到了提高，大学更繁荣，更开明，那么只会出现一种现象，那就是西校园的各种价值观会再复兴：学术自由，个人尊严，每个学生都可以从事自己选择的个人任务，追求个人的毕业。

“总之，”他总结道，“我的观点与悲剧式观点相反。《塔利跛德院长》的作者认为我们就算赢了也是输了；无论怎样都是输的，只是输的方式不同而已。可是我认为我们就算输了也是赢了。”

此言一出，立马引来一片掌声。彼得·格林看起来尤其赞同校长这种乐观的态度：他跺着脚，手指放嘴里吹着口哨。

“可是，”雷克斯福德话锋一转，“既然在座的各位都不喜欢那种胜利，我还是更倾向于赢了的那种胜利。这就是为什么我认为真正的和平主义不是单方面解除 WESCAC 的 AIM，或者任何其他形式的投降，而是在军事上相持不下——甚至是形成一种僵局。在与我们危险的兄弟的这场棋局中，唯有采取十分长远的策略才可以获胜。当你在报纸上读到，我们在‘边界争端’中遭受了挫折，或者‘供电线’那边出了问题，请记住，不得已丢掉那些小兵小卒，甚至是偶尔牺牲院长或教师，只不过是为了将我们的对手拉下马。放他过度膨胀，以便于我们可以在尾盘中扭转看似是僵局的局面，一举将死对手。我真的相信这会实现，也因此我既不惧怕现在，也不惧怕未来。非常感谢大家，欢迎来到新坦慕尼！”

他的演讲结束，又引来了一阵欢呼喝彩，而且这热度持续了好几分钟。等观众们终于平静下来，有个助手宣布，按照惯例，校长会先回答几位观众的提问，然后再将注册程序交给 WESCAC。这位先生真是让我深受触动，特别是他乐观向上，充满活力，只将 WESCAC 看作是一个有用的工具，而且坚定地否定学生状况本质上是悲剧性的——西尔医生等人持有悲剧式观点。我容易产生疑惑，一会儿大喜一会儿大悲，情绪喜怒无常；我听了满肚子的英雄故事，认为答案是从巨怪之地抢来的；对于像我这样的人，卢修斯·雷克斯福德这人确实让我耳目一新。有满腔热情可以实现毕业；满面春风地在灯火通明的教室里学习常识可以毕业；健全体面的人们，穿戴整洁，聪明睿智，讨人喜欢，有美丽的妻子和漂亮的孩子，他们的人生一片光明，自己满意，也给别人带去欢乐，这种人也可以毕业，想想这些都觉得美好！就在人们一片沸腾之时，我注视着卢幸运·雷克斯福德天蓝色的双眼，默默地想到了塔利跛德的眼睛——黑漆漆地陷在面具的两个窝里，然后被残忍地挖掉了。还想到了莫里斯·斯托克的眼睛，想起他嚷嚷着走过一片狼藉、满目都是堕落之事的熔炉房，双眼黝黑发亮。我甚至还想起了哈罗德·布雷的眼睛，他在舞台上从天而降，挂掉塔利跛德院长，那双闪着怪异的光的眼睛，命令所有人跟随他解开谜团，得到毕业认证。然后透过西尔医生送的镜子，我看到了自己的眼睛——那张脏兮兮的脸上，未经修剪的眉毛乱蓬蓬地堆在眼睛上方，褐色的瞳孔闪着热情的火焰和不确定——我有了一种清晰却复杂的认识：我明白了，我虽是个瘸子，样子不讨喜，举止粗野，没受过正规教育，行为和外表都很怪异，还有一大堆疑问，可是我却比卢幸运·雷克斯福德更接近毕业，尽管他的生活比起我可谓一片光明。我说不清楚通过是什么意思，可是我刹那间就明白了，无论是他还是西尔，或是格林、斯托克、克罗克和艾尔科普夫，甚至是马克西和安娜斯塔西娅，他们都没有通过。他们都是不及格的！塔利跛德院长经历过知晓真相的恐怖，比他们都要及格，比我这个满心疑惑的人也要及格；他明白并且接受众生皆是不及格的人，所以他是及格的。如果那糟糕的答案之外真的还有什么，如果人类学生真的能够获得毕业认证，那么道路就在于要走过黑暗、血腥的卡德默斯院长办公室，而且这是无法躲避的必经之路，而不是要走过干净的、门窗大开的雷克斯福德校长府邸的大厅。呜呼哀哉！

“校长先生！”我站了起来，敲了敲拐杖引起大家注意，或许我打断了别人的提问。观众们窃笑着，守卫们瞪着眼看我，卢修斯·雷克斯福德因为我不合规矩地插话而皱起眉头，但很快就默许了我的做法，饶有兴趣地耐心等我开口。

“请讲。”

光线打在我身上，相机对准我。我本打算宣布自己的身份和目的，揭穿布雷冒牌货的身份，坦白承认自己并不明白毕业认证是怎么回事，但保证会发现其本质——我打算讲这些事情。可是我一时间竟说不出话。我就是个傻瓜。我到底是谁呢？眼泪刺痛了我的双眼，是尴尬和疑惑的眼泪，可是我不会让它流下来，也不会坐下，我终究是支支吾吾提了个问题：“如果是你的兄弟——如果跟你比赛的是你的兄弟——”我看到他英俊的下巴紧绷着，“为什么不忘掉比赛，拥抱他呢？他想要的话，为什么不让他把所有的都拿走，然后拥抱他呢？”

我说话间，周围开始窃窃私语，其中不乏不善的言辞；我自己也不是很明白我的这个问题；我听到有人提到了马克西·施皮尔曼的名字，还有“学生会主义”的字眼。卢修斯·雷克斯福德的脸红了，我的脸却是更红，他还是好脾气地回答我。

“我想我之前说过，我自己根本没有兄弟。可是我所说的是‘竞争’——你可以理解为，同胞竞争！”他微笑道，满屋子的人都对他合情合理的回答表示赞赏，“如果我们都是兄弟，那么我们就都是对手，不是吗？所以，显而易见，投降就意味着屈服。我认为我们新坦慕尼可不是会投降的那种学院。”

自然，他的话赢得了一片掌声，尽管感受到大厅里观众对我的敌对情绪，我仍然继续问下去。

“屈服于自己的兄弟又有什么问题呢？”

有守卫向我走了过来，他做了个小手势制止了他们，而且开玩笑说，在一个民主校园里，诘问掌权者是一件光荣的事情。然后作为对我提问的回答，他口气轻松地说，我过度延伸了这个类比。“屈服于——不说全部兄弟，而是某些兄弟——意味着彻底毁灭，至少在‘边界争端’这件事上是这样。而且彻底毁灭并不是我对大学兄弟关系的理解。你是把克罗克先生带回艾尔科普夫博士身边的朋友，是吧？插句题外话，对此我们表示衷心感谢。回到正题，你已经见识过了他们之间极好的关系，艾尔科普夫博士让克罗克吃掉他，这么做你觉得够不够讲兄弟情谊呢？”

此言一出，大家欢乐地鼓起了掌：克罗克和艾尔科普夫是校园里众所周知的人物。“说实在的，”雷克斯福德接着说，“我十分清楚以挪士·以诺教导我们要爱自己的对手，如果对手抢走了我们的帽子，那就连我们的礼服一同给他。可是以诺派的这种屈服是以之后的毕业为先决条件的——否则的话那不过是自杀而已，以诺派的人说自杀是不及格的！”他说，他自己恰好就是以诺派的，尽管可能不够资格，他仍然认同《新大纲》的学说，将其视作个人准则。可是凭良心，他不能将自己的个人信念强加给整个学院，他无意去拥抱一个声称是自己兄弟却要毁掉自己的人。

然后我想起来要问他，情况到底是因为自己的兄弟铁了心要毁灭自己所以人们才想方设法掌控自己的兄弟，还是因为人们总想方设法掌控自己的兄弟所以自己的兄弟才铁了心要毁灭自己，我在乔治峡谷与克罗克搏斗似乎跟这个问题有某方面的联系。可是校长的提问时间已经到了，有个助手在他耳边说了什么，他点头同意。有个人像是接到信号似的立马说道：“谢谢您，校长先生。”在一片掌声中，他咧嘴笑着将讲坛留给了一开始介绍他的那个人。

“现在我们要把大会交给 WESCAC 主持了，”那人说道，“据我对全新流程的了解，所有正规注册的人将会拿到自己的计划表，而毕业候选人——如果真的存在的话——将要继续前往格栅通道出口，接受雷克斯福德校长祝贺，从大导师那里拿到自己的任务。”

然后他冲我们身后的看台上的某个人点了点头，一阵刺耳的咔嗒声和吱吱声传来，我才反应过来是广播喇叭在试音。一个机械式的声音响起，比布雷的声音更加冷淡，开口干脆利落：“**大家请注意：所有持有身份证的人请从侧门出去，报名常规课程。有身份证的人没有一个是毕业候选人。**”

我紧张起来。大家都觉得可笑，直摇头。“老天呐！”彼得·格林大喊道，“没有身份证不能注册，有了又不能毕业！”靠近讲坛的那些留刘海的伙计看起来更加惊愕。就在WESCAC重复它的公告时，我觉得我听到有个人说：“这该死的东西**怕不是**出了故障……”可是这个想法实在太惊人了，我也不确定自己是不是听错了。那些人身后的出口，我觉得就是格栅通道了，卢修斯·雷克斯福德正在那儿和其他的助手们专心商谈。我觉得，他时不时地，若有所思地朝我的方向看过来。除了我以外，其他人都一边低声议论一边朝侧门移动。然后忽然之间，礼堂里的灯全部熄灭了。

“该死的学生会主义的人！”我听到格林大喊，“去他的象棋比赛！”其他人都严肃起来，一致认为这次停电可能是由于尼古拉在东西边界上再次发起挑衅。我回想起熔炉房的情形，第一反应就是发电厂终究是爆炸了。可是礼堂后方传来一阵响亮的笑声——我听出来是斯托克在笑——这改变了一些人的看法。

“这就太过分了！”我听到有人说道。

“他是在对演讲时的事进行报复。”

我看灯都熄灭了，准备趁机走上讲台，到格栅通道去。现在我什么都看不见。可是大厅中响起了此起彼伏的咔嗒咔嗒的声音，我想起我的手电筒是有电池的。我按下开关，一束光线直直照到讲坛上。有些人艳羡地说道：“真是幸运！”斯托克又笑了。我爬上台，直直走向校长和他那伙人待的地方，然后伸出手跟他握手。守卫们抓住了我。

“他没问题。”有个助手说道。

“胡扯，”另一个反驳，“他是施皮尔曼的孩子，对吧？”

“所以呢？”

事实上，他们立马议论纷纷：所有事情都乱成了一锅粥；千万不能让报社得到风声，否则后果不堪设想；一开始是布雷，然后是施皮尔曼，接着是旋转栅门的一团乱，现在又是如此；接下来会发生什么呢？

“告诉布雷让他发布声明，”雷克斯福德命令道，“**莫要惊慌，一切情况都正常**，就说些这样的话。派人去查查这件事跟我那死挂的兄弟有没有关系。我们先回校长府邸。”

“把那家伙的灯拿来。”有个人对另一个人说道。

没等他们拿走我的灯我就关掉了它。“抱歉，校长先生——”

“打开灯！”雷克斯福德厉声说。

我照做了，请求他不要拿走我的灯，因为我还需要带着它通过剔除山羊格栅。

“听着，”年轻的校长开口，向着灯光走近了，他直接把一只手放在我的肩头，“你是为尼古拉人做事的吗？还是为莫里斯·斯托克做事的？”

“那，他是你的兄弟吗？”

“那不重要！这是学院的危急关头。”

我对奠基者发誓，我谁都不为，只为众生做事，我只是要做大导师该做的事，通过终考，找到通往毕业认证大门的路，为了我自己，也为了我的同学们，除此之外，我别无企图。

“又一个疯子。”有人说道。

可是校长本人，拿着我的灯对准我，不一会儿开口说道：“他也许没问题。”他问我如何称呼，我的电池是从哪里来的，以及我为何恰巧没有身份证。我坦白简要地回答他的问题，这时灯重新亮了起来，光线足以看到东西。

“现在好好听着，乔治，”校长说道，他态度友好，不过言辞间难掩担忧，“我们不知道最近 WESCAC 是怎么了，也许不必担心，也许事态很严重。可是我们不想让任何人吹响它的‘吞食’汽笛，这你明白吗？为了学院好，我希望你能跟我们合作。”

我不会效忠于任何学院，我只忠于众生，这点没有必要告诉他。显然他已经习惯了迅速做出重要决定，他说他信任我，而且口气平稳地告诉了我一些惊人的事情：输电线争端的形势比我们大家想象得要严峻，由于近期 WESCAC 反常的表现，西校园在边界谈判上的地位有所削弱。雷克斯福德说，布雷到底是不是大导师，他也不知道，不过他所有的理性怀疑都不允许他支持这种说法。可是前段时间，WESCAC 的确读出了一些模棱两可的预测，比如布雷出现在圆形剧场的事情；而且那电脑同意布雷下到它的腹中，这是无可争议的事实。好在布雷似乎很热心帮助管理层。他已经认可了雷克斯福德的资格。显然，就算校长与斯托克的关系着实令人震惊，他也没什么恶意。经决定，为了新坦慕尼的利益，官方正式承认他的身份（也就是说，承认 WESCAC 已经认可了他的身份），而且授予他内阁成员的身份。有些将军教授担心 WESCAC 的 AIM 不再像之前一样是保护它的腹部不受外来入侵了——可谁想验证一下呢？——而一些将军教授则担心，布雷可能在玩什么和平主义者的把戏，他是不是大导师根本不重要。最终，大部分的将军教授都对他放了心，因为他承诺要让属于雷穆斯的归还雷穆斯，属于奠基者的归还奠基者，等等。

“现在你也自称是大导师，不管怎样算是通过了旋转栅门，而且你告诉我布雷是个冒牌货。”雷克斯福德表示，这并不会对他本人产生任何影响，他的工作是经营学院，做他力所能及的事情来增强西校园的学术体系。为了保证这些，他认为，承认我是候选人的主张是较为稳妥的，以免动摇了公众对于 WESCAC 的信任。如果我真的设法通过了剔除山羊格栅（那地方从来没有人穿透过，现在还被 WESCAC 严格把控着），他就会任命我为“特别学生”，赋予我在校园里来去自由的权利和最高许可权，并且塔楼大厅会承担我在做任务期间的一切费用。作为回报，他相信我不会做出任何颠覆新坦慕尼和他的行政当局的事情；他希望我能靠得住，能足够谨慎，除非有充分证据让自己的指控成立，否则不要指控布雷在欺骗大众，免得惊动了整个学院——不过，这是个自由的学院。除此之外，如果我真心愿意**支持**行政当局的各种院内外政策，他保证会给我提供任何形式的互惠支持，只要是塔楼大厅可以公正提供的都可以。

“你觉得呢，乔治？”

他的态度着实让我满意。他的提议没有一丝贿赂的暗示，就仅仅是一种公开的、爽快的请求，请求我为了大众福祉与他们合作，这让我想本着同样的精神给予回应。

“让我们等我通过剔除山羊格栅再说吧，”我提议道，“或许你们根本用不着跟我做交易呢。”

这个回答得到了认可：一个助手承认他也是这样想的，另一个称赞我能看清“政治上的生活现实——那些该死的现实”。校长本人也微笑着坦言，他曾以为我是某种招摇撞骗的教育者，不管是虚伪还是真的爱教育人成痴，反正就是总在动荡的学期里出现的那种人，连秉持理想主义的校长们也会偶尔因管理校园之需而与那种人达成协议。

“当然，现在来说你也依然可能是！”他咧嘴笑了，“可至少是施皮尔曼博士把你养大，培养你成才。见到你很高兴。”

我们像两个开赛前的运动员一样握了手。他邀请我在通过格栅之后（如果能通过的话）造访校长府邸，谈一下马克西的事情，因为赫尔曼的案子严重影响了公众对西格弗里德学院的看法，西格弗里德学院可是西校园集团一个重要成员。之后校长说自己有紧急公务需要处理，不能奉陪，在一干助手的陪同下从一边的侧门离开了——不过，他当场将其中一名助手指派给了我，让他跟进我在格栅的情况，并在之后直接向他汇报。我在那名助手的陪同下，走下大厅舞台后面一条黑漆漆的短过道，来到一扇门前，手电筒的光照在门上，我看到了“格栅通道”几个字，我们一靠近，门就自己打开了。从那昏暗的深处，传来一道短促的声音，“拟定候选人请进”，还有第二个人的声音——也很熟悉，不过是沙哑的女声——接着说道：“没关系的，乔治。他指的是你。”

“我会在这儿等你的。”我那留刘海的护卫说道。可现在我的眼睛已经适应了黑暗，能看到格栅通道前厅里闪着灯的各种仪表盘和显示屏，我不仅看到了哈罗德·布雷和安娜斯塔西娅两个人，双双坐在一个大型控制台前的两把椅子上，还看到了在他们身后的剔除山羊格栅，那是一扇嵌在室壁上的厚实的铁闸门。在那之后，透过四四方方的铁闸门和诡异的黑暗，我看到大广场上榆树夹道的长廊一直延伸，消失在远处。

“我不会再回来的。”我告诉他。

他咂了砸舌头道：“好啊，我们等着看呢。”

我走了进去，门立马就关上了。就像是动力室，也有些像艾尔科普夫的天文台，格栅通道前厅的墙上装着各种仪表盘、转盘，还有开关，静静地发出嗡嗡声，咔嗒作响。空气中弥漫着一股隐隐的腥臭味，味道不可描述，但非常不好闻。我的对手模样跟我记忆中不太一样了——他的皮肤看起来更白了，胡子短了，脸不那么圆了，头更秃了——可是他的双眼，直视着我的手电筒的光，好像也发着光似的，这点我没看错。

“没必要用手电筒。”他说道。

我背靠着控制台对面的仪表盘，举起了拐杖，左手仍然拿着手电筒和链条坏了的表。我原先计划直冲格栅，尽量完全忽视布雷，他若试图阻挡我，我就拿拐杖把他打倒。可是看到他穿着白袍，权威一样地坐在那儿，安娜斯塔西娅恭敬地坐在他旁边，我心中愤懑。我让灯继续亮着。

“不要生气，乔治，”安娜斯塔西娅请求道，“布雷博士一点儿也没有嫉妒。先生说他会为你设计任务，让你尝试一下格栅。我们在显示屏上看到你通过了旋转栅门之考验，你真是棒极了！”

听到她在提及布雷时竟然用了敬语，我大为光火。“**先生说**！”我突然发作，“安娜斯塔西娅，你真是善变！”然后我对着布雷大喊：“你很清楚你根本就不是你说的大导师！你就是个冒牌货！”

安娜斯塔西娅从凳子上下来。“乔治……”布雷伸出一只手制止了她。他的手指很长，手重得让人挥不开。

“没关系，亲爱的。”他说道。我讨厌他瘦骨嶙峋的手搭在她的胳膊上，我气得几乎要打他的手。

“如果你看到了**我**看到的一切你会明白的，”安娜斯塔西娅辩解道，“先生下到 WESCAC 腹中时，WESCAC 什么都没对他做，而且剔除山羊格栅自动为他打开了！这真的太神奇了，乔治……”

“这没什么。”布雷说道。他的表情一成不变，声音也没有丝毫波动，可是我想她的敬畏之情应该让他十分受用。她怎么辩解都没有用：我可还没忘记她跪在布雷面前的样子，那时他可还没完成她口中的这些奇迹，而且一想到他也对她有欲望我就来气。

“你胆敢让他也服侍你吗！”我警告她。

“乔治！”

“你真是太多情了，”我责备她，“你让**每个人**服侍你，也不管他到底配不配。男人们都在利用你。”

“斯托克夫人已经具备了资格，”布雷开口，“《奠基者卷轴》中说，**爱同学如爱己，否则就是不及格。**”

“有资格！”我冷笑道，然后告诉安娜斯塔西娅，无论她跟谁交配，她都不能让布雷上她。如果她那样做了，那我就当作，我之前半信半疑的事情都是事实：斯托克指责她，她慈悲心肠，只是在掩饰自己的肉欲和没有信仰的可鄙一面。她口口声声说相信我，在客厅里为了乔·赫罗尔德接受我的“悼念仪式”，渴望在我的手下得到毕业认证——然后转头又叛变，投靠了第一个冒牌货，若非斯托克说的那些原因，又如何解释她的行为呢？

“你根本不明白，乔治！”她的双眼在灯光中闪着泪花，“你真是太让我**难受**了！”她从控制台上一个黑色的大拉绳包中拿了张纸巾。

“你没必要诋毁她，”布雷说道，“或许这亲爱的姑娘只是对你和我两个人都热情友好呢。听着，年轻人，我没有要你相信我，喜欢的话你大可喊我冒牌货！我们假设**你是**真正的大导师，假设**是**真的……”

他这和事佬的口气让我吃了一惊，我的第一反应是怀疑他打算巴结我，希望我不要揭穿他的骗局。“我**就是**大导师。”我冷冰冰地说道。

“很好，就当你是，而我是个冒牌货，我在 WESCAC 腹中和格栅那儿的成功都是在耍把戏，或者是 WESCAC 出故障了。”

我声称这正是我的想法——而且他这么说我很满意，因为我从来没想到过还有后一种可能性。

“即便如此，”他继续道，“你没有宣称自己是毕业生吧，是吧？以挪士·以诺在你这个年纪也没有这么做。所以，无论谁是大导师，你现在作为一位特别学生，注册进入了新坦慕尼学院，你想拿到毕业任务，这点无可争辩。而我，经校长任命，是格栅的守门人，这不可否认。这你都同意吧？”

虽不情愿，但我确实同意。我仍然敌视他，但终归放下了拐杖。

“那么我们不要再竞争了，好不好？”

“你颁发的那些个资格证书都是假的。”我谴责他，“那些人还不是候选人。我敢说你连斯托克都授予资格了！”

他手指并拢，然后再一次引用了《奠基者卷轴》里的话：“**及格的是跟随奠基者的傻瓜，挂科的是自以为是的人。**可是我在这儿并不是为了将你认定为普通本科生，乔治。我只是为了读出你的任务，以便于你通过它或挂掉它。既然你不喜欢我，就把它当作是 WESCAC 给的任务就好；事实上，事情就是这样。”

我犹豫了。他的论证听起来无懈可击，可是我讨厌承认这一点。

“这就跟普通的注册一样，”安娜斯塔西娅说道，她已经擦掉了泪水，声音再次变得抚慰人心，“只是你的情况有些例外，因为旋转栅门的事，而且没有身份证什么的。有些……**不寻常**。”

“自你来到主大门所发生的一切都已经投喂给了 WESCAC，”布雷轻快地说道，“包括你已知的背景信息，还有艾尔科普夫的摄像头在动力室，在旋转栅门，加上刚刚在礼堂所拍下来的一切。我需要做的只是问你‘候选资格问题’，以便让 WESCAC 评估你的答案：如果答案是对的，你大概可以通过剔除山羊格栅；如果答案是错的，你就不会通过。请不要倚着那个仪表盘，那是任务打印机的一部分。”他按下了控制台上的一串按钮，然后陌生的嗡嗡声响了起来，就在我身后还有其他地方，“你想现在开始[1]吗？”

“嗯……我觉得可以。好的。”我边说着，边从任务打印机前走开，却发现我的表链子卡住了那仪表盘的某个地方。可还没等我把它解开来，我就听

---

1. 原文为commence，一词多义，既指开始，也有毕业之意。

到警报响了起来，看见几个红灯在闪烁，我吓了一跳。红光闪烁中安娜斯塔西娅急切地摇着头。我恍然大悟，布雷刚刚问我的那个表面上的准备问题实际上就是真正的问题，只不过他要花招玩文字游戏，WESCAC 正在记录，而且拒绝了我的答案！

“不！”我大喊，“等等！”

更多红灯亮了，更多警报响起来了。两次落入这么简单的陷阱，我气急了。“这不算数！这不是我的答案！”

布雷轻笑起来，笑声急促尖锐。可是就在他耸耸肩（同他的双手一样，瘦骨嶙峋），准备就此打发掉我时，安娜斯塔西娅温顺地对他说道：“事实上，这的确不算数，先生……”

他啧啧表示不赞同：“这当然算数。这就是候选资格问题，而他挂掉了。”

她恭顺地笑道：“可是我恐怕，我们没有按下我这边仪表盘上的‘准备’按钮。您不觉得可能是他的表链子引起什么东西短路了吗？”

“真是该死的！”布雷咒骂道。

“等我一下，”我说道，“我把它解开。”我弯下腰查看链子的情况，因为有了第二次机会，而且事实证明安娜斯塔西娅到底还是忠诚的，所以觉得倍加开心。哎，链子的一头掉进了仪表盘的一道狭槽里，拿不出来了；链子上方一个橙色的灯在发光。我笨手笨脚地摸索着，想利用艾尔科普夫给的透镜，把问题放大，可是我腾不出手。

“给你，”安娜斯塔西娅说道，“拿这个包装你的东西吧。这只是妈妈的一个旧包而已，你可以拿它装校园里的一切。”她从凳子上滑下来，打开包，走近我——她的胸部蹭到我的肩膀是不小心，还是在给我暗号？“现世释咖尼安给你的那个小瓶子也在里面。”

我谢过她，把我的手电筒，还有羊角号都放了进去，然后拿艾尔科普夫给的透镜靠近眼睛。可是我没法聚焦。

“现在我按下‘准备’灯了，先生，”安娜斯塔西娅向布雷报告，“您想再问一遍同样的问题，还是？”

“算了，”布雷有些恼怒，声音尖锐地对我说，“你的答案是什么？”

可是我不会再被他这样骗过了。“我对你第一个问题的答案，还是我对终考的答案呢？”我想弄清楚，“还有你刚才说的‘开始’是什么意思呢？”我拿着透镜检查，一无所获，便转过去看他做何反应。红灯再一次亮起，警报再一次响起，就好像我回答错了，虽然我还没有真正作答。可更让我沮丧的是，安娜斯塔西娅竟然在抚摸那坏蛋的脖子！她的忠心体现在何处？我刚一背过身，她的手指就在他的衣领处游走，撩拨他！就算我看着她也没有停下，还是他抓住了她的手，让她停下！

“不可，不可。”他说道。

“咯咯咯。”那不知羞耻的女子调笑道。

我大喊：“你不及格，安娜斯塔西娅！”

布雷不耐烦地说道：“看这儿，羊孩……”

啊，我看向他们，她仍在调笑。艾尔科普夫送我的高倍透镜还在眼前，她的手游走在他的脖子以下，指尖像是伸入了那块儿皮肤的里层，这我看得清清楚楚。可是我心痛极了，哪还能顾得上这细微的怪异之处？去他妈的候选资格问题！我一度哽咽，跳起来扑向那两人，链子也扯断了。

“啊！”

“嘶嘶嘶！”惊人的是，这次是布雷在惊叫；更惊人的是，当我把安娜斯塔西娅的手从他身上扯开，她的指甲竟像勾住袜带一样勾住了他脖子上的皮肤！我脑中立马浮现出布雷出现时的画面，那时他把一张面具扔到了一边……

“咩！”我像布里克特一样大叫一声，抓住了他的头皮——他的头皮像手套一样被扒了下来，连带着胡子什么的一起！安娜斯塔西娅尖叫一声，我怔怔地站着。布雷不再叫了，只是冷漠地盯着我，他那张脸跟我给他扒掉的那张脸一模一样，只是稍微紧致了些，更加湿润了些而已。

接着，安娜斯塔西娅大喊：“快戴上！”

“你个羊孩！”布雷警告道，从凳子上起身，“你想毕业吗，还是不想？”

我一下子把那张丝滑干爽的面具套在头上，一把抓起安娜斯塔西娅母亲的包，就像做羊羔的那些日子里用头顶篱笆墙一样，直撞向剔除山羊格栅。一个扫描设备扫描完就消失了，我的表链子卡住的那仪表盘里蹿出了蓝色的火花和烟；我一撞那格栅，铁栅就滑进了槽里，我还没反应过来就已经通过了，铁栅在我身后噼啪作响，我看都没看。

我拄着拐杖从栅口站起来，脱掉了那面具。这时，从格栅墙上的一根管道中突然冒出了一张纸，就那么平展在我的脚边。上面是个圆圈，大小跟装乳酪汉堡的盘子差不多；绕圆的一周，写着我的产前能力测试卡片上的话，具体如下：

我捡起那张纸，看到**背面**顶端，以“任务”两个字开头，接着是一个列表。

我咧嘴一笑，把没了链子的表和那张假面装进包里，然后向着大广场进发。我已经登记在册了！周围没什么人，狂欢时搭的临时建筑也都不在了。为什么这么黑了？我忘记了：此刻正发生日食，太阳只剩下一个闪光的圆环而已。一个穿黄袍子的胖男人坐在草地上，草地边种着些榆树。除他以外，还有一个又老又瘦，穿黑色西装的陌生男人，坐在凳子上。其他学生都在上课，我相信，他们也在为了自己的任务而发愁。而我呢，一个登记在册的，注册入学的，合格的毕业候选人，我看着我的任务列表：

任务

无时而即成

1. 定钟时
2. 终界端
3. 克病弱
4. 看透你的夫人
5. 取卷轴，归原位
6. 过终考
7. 身份证，妥签名，交予权威

奠基者啊，奠基者！我以为我明白了的那些，倒教我倒吸一口凉气，这上面大部分东西我都无法理解。什么身份证？哪个病弱？什么时候《奠基者卷轴》错位了？呜呼，呜呼，这么短的时间！我表情凝重地看了一遍又一遍，这令人眼花缭乱的列表，然后一下一下敲打在那列表上。一，二，三，四，五，六，七！

塔钟也敲了七下。可是，那塔钟还准吗？

下部

Volume Two

第一卷

First Reel

1. 向总拘留所进发

我掏出表，表上显示的时间要早一些。虽然经乔治河一遭，表还能正常工作，但我上弦校准从不及时，所以不太相信它能走得准。另一方面，任务一也证实了塔钟的时间有误。我打算找人问问时间，便向黑衣老人那走去，毕竟现世释咖尼安不像有表的主。正走着，突然，六七个穿着破烂的年轻人从树荫里冲出来，恶狠狠地围着老人，一边推搡，一边威胁。

“快告诉我们，老头。”

“想知道，给钱。”老人回答。眼前的恶汉明显要准备动手。我大喊住手，一瘸一拐地要帮老人的忙。

“瞧，这是谁来了。”其中的一个人说道。

他们人多势众。经过榆树时，我重重地拍了拍现世释咖尼安的肩膀下手时心中毫无敬意，命令他一起去帮忙。释咖尼安双手合十，放于胸下，手指朝天，紧闭双眼；但我清楚他清醒着呢，那一副不烦不躁的微笑，我过河的时候就见过，他就是带着这笑脸，看着安娜斯塔西娅被糟蹋。想到这儿，我真是气不打一处来。

“至少帮忙喊个巡警呀！”我照着他耳朵喊。借着气头，我加快步伐，冲了起来，去给老人解围。那伙人里，两个领头的转身朝向我。其他人则原地不动，看我气势汹汹，一副要撤退的架势。他们大多是蓬头垢面的小伙子，一身破破烂烂。其中一人说：“这是那个羊孩。”奇怪，语气里竟没带着嘲笑。其他人咧着个嘴在笑，有几个面露难色，怯怯懦懦，我斗志陡增。

“走开！”我命令道，想着老人能趁机找个安全的地方。但他却站着不动，还火上浇油，大骂那群小伙混蛋、乞丐，欠抽。这老头的脾气可来得真是时候。

“无耻！”有人骂道，口气里更多的是愤慨。老人不依不饶地表示，如果他们想知道时间，那就来偷，否则别想不花钱就知道别人付费的东西。面对挑衅，原本要揍老头的那两人气晕了头，只顾祈求奠基者睁眼，看看眼前这老头吝啬到何种死挂的程度。我自己也大吃一惊，不敢相信。

“你们只是想知道时间？”

确实，他们只想知道时间。家境贫困的他们只能依靠奖学金生活，他们中间没人有手表，但又要测量日食持续的时间来完成他们的天文学作业。了解到塔钟有问题，他们只能来找“广场老人”。原来，这老人算是新坦慕尼学院的名人，无所不知，有着依人影断时间且分毫不差的本事。

“但不是免费的，”老头说，“我坐在这儿，可不是为了延年益寿。”这时，我看清了老头的模样：海龟似的，有着角喙，眼睛枯黄，龟壳样式的领子里是血管突出的脖子。我着实惊奇。这时，一个怒气冲冲、衣服破烂的小伙转向我。

“整个校园里最抠的就是他，我们修理一顿，看他说不说！”

他们正要动手，但我鬼使神差地指出，看时间也得等到日食结束，现在没有影子让他参考。

“不管怎样，我都不会告诉他们的。”他说。

“你真是小气！”我骂道。小伙子觉得我说得在理，但也着实被老头的吝啬气得不轻，无论如何都要给他点苦头吃。我也气得够呛。最后，还是我看了自己手表，推算出个最靠谱的时间，才把他们劝住。他们一通感谢，走的时候还威胁老头，称要在太阳出来后再来修理他。

“不要空着手来，”老头朝他们喊道，“我可不是雷金·赫克托。”

“你真是掉进钱眼了！”我叫道，“你就不能告诉他们，你不知道正确时间吗？”

他做出捻指要钱的手势：“得看你有多少诚意了！”

我心中咒骂，挂科院长怎么不挂了他，并保证下次他再被人收拾时我也和现世释咖尼安一样，笑着看戏。我说明了来意，就是为了校正手表。并且，他现在欠我人情。日食一结束（实际已经结束了），我就想要知道时间，不然，我就叫回那些小伙子，再收拾收拾他。

“我可不欠你什么东西，”他说，“是我雇你来帮我的吗？”但他又话锋一转表示，既然我给的东西不是他主动要的，他要还的也是我不需要的：空白的身份证和用来签名的不褪色墨水。他说，在那些不够年龄但又想买酒的学生看来，这假证可是个宝贝。事实上，老头将这抢手的物件给我，并不是报答我给他解围，而是因为我教了他打发那些乞丐学生的法子。这些学生之前一直缠着老头。

往日，学生逼得紧了，老头为了自保，就不得不服软。而且他也没有想得那么周全，给的是准确的信息。但现在多亏了我（此时，太阳下，影子清晰可见，他看了影子的长度，知道我的表慢了），他以后就能用假币来免真打，威胁出来的信息别想有准。老头难抑喜悦之情，更何况这巧法还是**白得**的。但他不知道的是，他所给我的，恰恰也是我最需要的。若我在接身份证和墨水时一脸冷漠，只是因为在喜悦之外还有一丝良心不安——因为我骗了他，并且和他一样，也享受着这一行为。

“别把一瓶都拿走，”他嘟囔着，“你写个名字就够了。”

我没有笔，为了借他的一用，讨价还价一番，定好了我只写名字的一部分，给他省省墨水。我在身份证姓名画线处，写下**乔治**二字，此时，我发觉这张并非什么新卡，墨水貌似也褪色，在我的名字之后，隐约可见证件上一位持有者的姓名：艾拉·赫克托。

“这张卡是你偷来的！”

他闭上眼，伸伸下嘴唇，摇摇头。

“看：这儿写着**艾拉·赫克托**！这证件是用过的！”

“你不想要，还给我。但概不退款。”

我注意到他的眼神，灵机一动，吓唬他说，立马告诉我准确时间，要不我就报警给他抓起来。我清楚，只有知道几点，才能继续我的任务。

“你报警呀，”他激我，“警察也会把你当从犯抓起来。到时候，我就说是**你**偷的，上边写着你名字！我还要告你敲诈勒索。”

愤怒的我见招拆招，表示愿意以潜在大导师的身份和他这个不起眼的流浪汉、二手卡贩子对质。再加上，我把证件物归原主，艾拉·赫克托先生肯定会调用他的财力、势力来还我清白。

“别做梦了，”老头哈哈大笑，“**我**就是艾拉·赫克托。”

我拒绝承认。

“你还不信，蠢货。校园里谁不知道广场老人。”

唉，这老头确实符合安娜斯塔西娅口中的艾拉·赫克托的形象。作为整个校园中最富有的人物，他竟会如此的贪婪，我着实震惊。但我还是不敢全信，要求老头不用那张证来证明自己的身份。

他眨眼的样子如同一只年老的乌龟形态的彼得·格林。“羊孩，你真该学商科！”他告诉我，就他在校园的名气，身份证就是多余，还不如卖了。他一脸悲伤地说道，**每个人**都认识他，缠着他要讲义。在他看来，他们不配，就像刚才的那些小叫花子不配得到校长救助项目中的学费全免资格一样。在艾拉看来，悄然滋长的学生会主义就好比穷人的专政，无知者对知识分子的压迫。学校管理层如此毫不顾忌的救助只能说明，相比于受过教育的人数，没受过教育的总要（的确不无道理）多得多，而雷克斯福德是让有钱人为他的选票买单。艾拉·赫克托确信，这长期看来肯定是个赔本买卖，必然会让学院破产。

“没人帮过**我**！”他慷慨陈词道，“今天我所知道的一切，都是我自己摸索出来的。宠坏了平民，他们就会把你踩在脚下！”他称，管理层适当慈善符合他的作风：小恩小惠，能防止革命就行。除此之外，劲儿都要使在有钱人身上。平头老百姓，那点就够了，塔楼大厅和校园巡警就负责保证他们一点也别想多拿。

“**买者当心！**”他大叫，“**自由放任！人人为己！**”

“你说什么？”

他给了我个优惠价格，翻译三句只要给两句的钱。日食结束，太阳出来，我看着地上清晰可见的影子，心中想着任务表和其他要紧的事，焦虑不已。我央求他看在奠基者的份上，告诉我时间，这件事就了结了，就算对我听了他一通铜臭味十足骂街的补偿。然而，他不为所动。

“告诉你，我有什么好处？”他轻笑道，眯着眼看着我的影子，“可比你想的要晚。”

我愤怒地提醒他，我可不是什么配不配知道时间的乞丐，啥都不懂，我是货真价实注册过的毕业候选人，还是**未来的**大导师。如果他愿意，作为大导师，我还能给他一两句箴言，解答他的疑惑。大导师嗯哼一声都是公认的价值连城，比大学百科全书中的所有信息都值钱。

“不成，”艾拉·赫克托答道，“我已经得到认证了。”只见他从衬衣口袋里掏出一个破破烂烂的皮夹子，从中捏出一张折了几番的羊皮纸，有些眼熟。在正常的认证格式下，有着哈罗德·布雷的签名以及他写的一句话：**“自助者，奠基者助之。”**

“我今天所有的一切，都是我自己打拼来的！”他不无欢喜地说道。之前在他看来，毕业就是蠢人、破产者的白日梦，在信息市场上，一文不值。他主动提出帮助布雷在塔楼大厅获得导师身份，作为报偿他要求得到毕业认证。一是因为，他乐于拥有别人想要却难得的东西。二是因为，他要证明大导师也能用钱买通。

“这毕业证书废纸一般，”我告诉他，“布雷根本就不是什么大导师。”

“就算是废纸，我也什么都没亏。”我实在是没了耐心，大斥他吝啬成性，视毕业为儿戏，称即使布雷真是大导师，他的毕业认证有效——虽然根本不可能——他，艾拉·赫克托也是死挂的主。我承认，在很多人眼里，毕业认证自古完全关乎自身，实为最高形式的趋利避害。因此，相对于无私之人，毕业对自私者价值、意义更甚；同样，若对通过的贪欲合法而神圣，那推而广之，贪婪的原则便可成立，如律法之先例、阵前之单挑，得人人之效仿尊崇。但我认为，即使艾拉·赫克托有所努力，他也未能达到完全的自私，他并非从始至终只想着自身，他也曾报人以特别的慷慨。

“一派胡言！胡说八道！”

我弯下身，靠近他的鹰钩鼻，质问道，他如何解释收养安娜斯塔西娅，并可以说慷慨地养育了她？为何愿意放弃大好商机，让她免遭比挂科更甚的厄运？他的那些说法，说打安娜斯塔西娅的屁股就是为了取乐，把她许配给斯托克就是为了牟利——正如他声称捐助未婚女学生产科医院就是为了满足自己的偷窥癖，减税一样——在我看来都是不实的；无论动机如何，这些行为都带着慷慨，甚至博爱的色彩。

“屁话！”艾拉·赫克托大叫。但我的话让他起了兴趣。他追问，我是在哪里听到这些污蔑的。但又拒绝了我提出的交易方案：我告诉他他想知道的，他告诉我时间。怒不可遏的他坚称，虽然他和弟弟雷金纳德自幼就被父母抛弃，母亲未婚先孕，父亲可能是某个醉酒的看门人，但他捐助产院，照顾弟弟，纯粹都是为了自己。给年幼的弟弟喂饭、穿衣，背后使力把弟弟安排到新坦慕尼预备军官训练团，操办弟弟的婚礼，新娘却是他本人喜欢的；第二次校园暴动后，资助弟弟竞选校长，安排弟弟担任爱哲基金会的会长；所有这一切，自始至终都是为了他自己：利用弟弟的职务、关系、金钱来谋取私利。

他所说的让我大吃一惊，我着实不明白把未婚妻拱手让人，或捐资成立爱哲基金会到底对他有什么好处。

他像乌龟似的笑着说：“既然那女人的一切，我想要就要，还都是免费的，那我为啥还要花冤枉钱，养那女人？”他口中的女人就是雷金纳德的妻子，安娜斯塔西娅的外祖母。

“你真的这么做了吗？”

“我算盘是这么打的，但她命薄，生下斯泰茜她妈后就死了。一生总有几笔买卖打水漂。”至于爱哲基金会和产院，老头坚称，是好处多多，既能给他冲销税务，提供中饱私囊、政治庇护的路子，还能给他找乐子——兴致起来，扮演医生给年轻女病人看病。当初，他侄女弗吉尼娅·雷·赫克托生孩子，他就在产房帮忙。即使产妇生下来的只是安娜斯塔西娅，一个正常女孩，并非校园里认为的“贾尔斯”或什么怪物，老头至今想起来也还是意犹未尽。日后，安娜斯塔西娅在他眼皮底下长大，供他玩乐。

“但你确实努力去帮安娜斯塔西娅了，”我说，实际上我自己都不信，“她就是这么跟我说的。”

艾拉·赫克托眨眨眼，舔舔嘴唇：“我是在帮我自己，世上有谁不是！斯托克说安娜斯塔西娅服务一次，他就抽成一次；我之前是她每次服务，钱都归我！”

听完后，尽管对老头的话和老头本人厌恶不已，但我还是持怀疑态度。一是因为，在乔治峡谷，安娜斯塔西娅早已开诚布公，把比这还恶心的事都说了，就是没提抽成、费用一事。另外，我注意到老头一提到安娜斯塔西娅与莫里斯·斯托克的关系时，就痛苦至极：一说到斯托克，脖子上就青筋暴起，声音颤抖。

“你心疼她！”我说，“心疼她母亲，小时候也心疼你弟弟。”

“放屁！”

“你还心疼那些未婚先孕的女孩！你心疼所有人，你只是不好意思说罢了！”

他眼中放光：“我他妈心疼你，蠢货！”

“我赌你和布雷做交易，出发点和安娜斯塔西娅一样。”我说，“都是为了慈善！是你教会了安娜斯塔西娅如何为人处事！”

“慈善死挂去吧！”艾拉喊道，“人不为己，天诛地灭！”

突然我急中生智，说道，他的一毛不拔为通过，反而乐善好施是死挂。我的这些话更多的是为了泄愤，而非发自真心。确实，以挪士·以诺劝诫人们，想要通过，应散尽信息财富帮助穷苦学生，成为目不识丁的幼儿园生；

但在我看来，如此的通过是以财富受赠者的命运为代价的，《奠基者卷轴》上可从没有提过“通过者为富有者”的说法。像老人那样，把财富据为己有，让挂科远离众生，如替罪羊般的代人受过，这是何等高尚的殉道呀？

“你疯了吧，”艾拉说，“你以为我会掉进你的陷阱里？”

“我不是哈罗德·布雷，”我答道，“我用钱买不通。”心里清楚从他那是得不到时间了，我愤然而去。

“没人必须买你的！”老头看着我的背影大笑，“你就是个白送的主！跟安娜斯塔西娅一样！”

我如释重负，他的嘲笑让之前抽成、拿钱的谎言不攻自破。我脚步没停。路上，乌泱泱一片学生朝着大广场涌来，我一打听才知道，他们刚吃完早饭，要去上第一节课。

“你别想从我这撬到一句话！”老头不依不饶，“你的筹码，我都有！”话中语气，扬扬自得，但我转身一瞧，老人神态焦虑异常。

“谢谢您老人家，自己挂科，帮我通过。”

我注意到现世释咖尼安还坐在榆树下，一脸笑意。我本要就他让我再次失望，大骂他一番（事实上，他的状态，在众人眼中是得到了毕业认证，但在我看来则与艾尔科普夫的小儿麻痹症并无两样。一个是铁石心肠，袖手旁观；一个是行动有限，有心无力。对于需要帮助的人来说，两者并无差异，但至少艾尔科普夫的行动不是自己完全能控制的，即使他此前强调自己与克罗克同心同力，毫不关心学生福祉），还没等我开口，几个胡子拉碴的乞丐喊住我，快步向我走来。他们态度和善，我才知道，他们虽穷，但却不是寻常的乞丐，而是流浪学者——“松垮的一代”。他们拿着校长救助项目提供的学费，却痛斥学校被中位阶层、循规蹈矩者把持，只顾院校间的权力斗争，打压艺术、性爱、人类精神，用他们圈子的话来说，无聊到爆。他们打量着我的相貌，觉得我是他们中的一员，毫不掩饰地表达着对于我衣服、手杖、钱袋的羡慕之情；他们的话，在我听来，左一句右一句毫不连贯，但语气却很真挚，我连忙感谢他们的好意。可惜只是在鸡同鸭讲。他们知道我的身份，却不能理解诸如“我只有一个名字，是半人半羊”的事实。“我们完全理解这些符号。”他们向我保证。当我表示实在搞不懂他们的行话时，他们却感谢我提醒他们答案尽在不言中，而非在言语程式内。但显然，他们还是倾向于后者。

“你们要怎么完成任务？”我问道，“我的写着**一时成**……”我本来想着都是同学，总该有些实用简单的建议，他们却争论起来，气氛之热烈，内容之难懂，仿佛是我给他们出了个入学考试的谜题似的。

“学生的任务**是**什么，什么时候提出，什么时候完成？”他们互相质问。一个人认为**根本**就没有任务，正如没有任务指定人一样；另一个则觉得每个学生都是自己的导师和主考官；他们争论不休。

“稍等，”我打断道，“我意思是，难道 WESCAC 没给你们任务吗？它才给我一个。”

“他说的是分析性概念化意识。”甲说道，好像他在谈论一个不在场的人。

“他要是才挂科了！”乙反对，“他就是在愚弄我们，让我们来效仿释咖尼安。”

“才不对呢！”甲坚称，“这实际上说的是色即是空。就像类别并不真实，但却存在，我们在类别当中，即使并无**我们**这个类别。”

丙用心地挠挠裆部。“但 WESCAC 是否象征着差异化现实或差异化原则呢？”

“非也，非也！”乙口气中充满轻视的意味，“WESCAC 象征着**象征化**。他的意思是——”

“不好意思，”我打断道，他们立马安静下来，神态里一副敬意，“我说是一份任务清单，完成它我才能通过……”

“我说什么来着？”一个人高兴地说。

“诸如，我应该定钟时，终界端……”

“明白！”乙嘀咕道，“空间/时间的问题！”

“我还要克病弱，看透夫人，我都不知道**那**都是什么意思……”

“有点超验的意思！”丙小声说。

但他们拿不准，我是在让他们就任务本身批评他们自己的任务（无论是什么任务），还是批评我任务上的具体条目，又或是批评任务指定人和任务接受人的概念。他们拿不准我的微言大义是证实、否定、无视还是超越了他们所谓的“通过与挂科之轮”？他们也拿不准诸如是该去上课并对老师言听计从，还是上课但与老师争辩，又或是干脆翘课这类具体的问题。他们争得面红耳赤，我离开了，他们都没注意。虽说对他们的争辩，我是丈二和尚摸不着头脑，对他们能给我什么有用的建议，我也不抱什么希望，但他们确实头一次提醒了我：以挪士·以诺，青年时候上过手工课，老师是他母亲的丈夫，没什么社会地位。我也要去旁听普通教授的课，这是我头一次有了这样的想法，想着能学点和任务相关的东西。说干就干！乌泱泱的学生匆匆涌进不远处的一大厅，我加入人群之中。出乎意料的是，他们竟给我让路，有人学我的样子，有人笑我，大多数人一脸淡漠。我来到了一间大教室，教室天花板很低，齐胸高的隔板把教室分成数个隔间。每个隔间都配有一把椅子和一个控制台样式的机器，这机器比起控制室和格栅通道上的那些机器，要简单得多。视野范围内，不管是普通还是不普通的教授，我都没看到，只看见一些青年人身着斜肩的精纺衣服，戴着角质框架的眼镜，正引导学生到隔间落座并向他们说明操作控制台的要点。

“这位新生，有谁在**捉弄**你吗？”其中一位引导员好心问我。我听不懂他的问题，只能掏出刚得到的二手证件表明自己的身份，问道如果有课的话，我能坐下来听吗？引导员满腹狐疑，翻了翻他写字板上的花名册，告诉我说名单刚从 WESCAC 打印机里打出来，可能不完整，特别是现在学校里有一些特殊和非正式学生。

“乔治是你的名还是姓？”听完我的回答，他还是不确定，但恰巧名单里还真有一个“乔治”。他说：“这应该是你，不过我他妈怎么确定？连个学号都没有！”但是我名字后边有一行说明文字，大意是经校长办公室授权，我可以旁听学院所开设的任何课程，不过不可以修学分。看完，那人对我恭敬起来：

“交换生，是吧？来这个校园访学？”

我觉得他也可以这么说。他热心地把我带到隔间。这些机器是学院众多教学设备里的一种，他给我讲解道，都连接到 WESCAC 中央教学处。通常，学生先要将自己的学号输入机器里，之后便可接受机器的定制化指导，所有教学内容、教学节奏、方法皆由 WESCAC 在分析完学生之前与现在的学习成绩和学习目标后决定。而这个大厅的所有机器都是用来给新生做入学教育的，今早的课程安排就有新晋大导师录的一番入学教育讲话。

显然是注意到了我脸色的变化，引导员马上说这课是自愿的，但他还是坚信新生如果想要更好地迎接正式课程和任务，就应该听听大导师的智慧箴言，尤其这还是布雷导师第一次公众讲话。我只需要操作一下控制台（我正打算起身离开，他就用我证件上的号码登录并帮我操作了机器），戴上手边的耳机，按下“讲课”键就能播放录音。如果中途想要了解详尽的阐释，按一下“暂停”键，中止播放录音，再按一下“注释”键，就能看到相关文本的注解。

解释完这些，他走出了隔间，一副不高兴的样子，想着竟然能有人毫不关心历史大事（他当时刚成为历史系的讲师），兀自去指导其他让他起敬的学生去了。尽管一脸的不屑，我还是按下了“讲课”键，想听听我的对手的“大导师教导”，与此同时，我心中一直嘀咕，他怎么会有时间来录下这篇讲话，这期间他除了在动力室纵情玩乐，据说还下到了 WESCAC 腹部。而我自己到现在还没见到关押在总拘留所的马克西！耳机里传来了熟悉的短而尖的人声，但说话的风格近为古体，颇有几分以诺主义的意味：

“同学们，吾今日所讲，”布雷开腔，“为大学生活的第一原理，诸位须在新生教育中用心体悟，牢记于心，日后，与其相左之言辞必如浮云般纷繁，迷眼，然诸生亦不可须臾动摇……”

我不耐烦地摇摇头，打算拿掉耳机，起身离开——但转念还是决定来听听这无赖要编什么谬论，要说什么陈词滥调或片面真理，我好抓住口实，抨击怒斥。

“在各个场合，”他说，“在座的必然会听闻诸多陈词滥调、片面真理，如‘浑浑噩噩的人生，不值得过活’‘真理使你自由，会意者自得其乐’。优秀学位获得者，甚至正教授都会以类似的口号鞭策大家。在我看来，原因有二：要不他们就是和身怀一技之长者——艺术家、运动员、克罗克本人——一样，对自己为何成功不甚了了，要不他们就是为了更好地教书育人，故意将成功原因隐瞒于你，反之以口号进行鞭策，正如救下悬崖边上孩童最好的办法便是承诺以糖果，但实际救人者口袋空空，只想一心救人是了……"

乍听，我对他的明喻嗤之以鼻，但细细想来，却又觉得很恰当。

"无论你头脑里想象的大学如何，现实大学中一事最为紧要：避免后进补习的折磨，和那挂科后洗刷不掉的耻辱！总而言之，通过！"

这还用你说。

"除此，还有何事要紧？你我皆可头头是道地宣扬，游泳有助于伤腿恢复，游泳有其固有的乐趣，然而，当一人被从船上扔入海中，情急之下，他所关心的只是上岸，而上岸的方法是侧泳，还是骑海豚，并不重要！"

这并不意味着一个人该对自保以外的其他事情都毫不在意，我自忖道——但我知道我是在吹毛求疵。想到之前自己也和艾拉说过类似的话，我心中很不是滋味。但布雷他这不是鼓励欺诈吗？

布雷继续说道："但主考官不屑于腐败，不怯于恫吓；至今，从无候选人能借行贿、威胁之手段一路毕业；毕业在于晓答案，除此之外，并无他法。校园之内，独尊知识。其他说教，若非抒发情感，便是对挂科者空洞无用的安慰，而他们挂科者 ipso facto[1] 痛苦至极，安慰无用……"

Ipso facto 的意思我不确定，本想着按一下"注释"键，但我的手一动没动，被布雷言语里透露出的虔诚（只有奠基者知道，他靠着这种态度，除了和艾拉·赫克托、卢修斯·雷克斯福德达成了交易，还和谁达成了！）以及他下一段话的力度，怔住了。

"无论通过何种途径，找到答案为大学生之要务！不要和我说作弊——"我承认，这词就在我嘴边，"作弊意味着不知道答案而通过考试，这显然如

1. 拉丁语，意为"根据该事实"。

煎水作冰，并不可能。如若不然通过便是空话。”

抱着试验的心态，也想着放肆一下，我同时按下“暂停”键和“注释”键。耳机内传来女性不夹杂感情的声音：“通过否则便是空话，因为在大导师看来，通过与否是道德价值判断的唯一标准：能使人通往通过则为善，余者为恶或中性。该注释由逻辑和哲学语义学系提供。谨记，‘思辨的头脑永不僵化。’”

话音刚落，两个按键自动弹出，布雷的讲话继续：“如你们所见，理论上说，studentensleben[1]的伦理道德是最最简单的事情了……”

我没有花时间去纠结这个术语是什么意思。

“但我并不是说操作起来没有困难！首先，无人能确定问题为何，或自己的答案能否被采纳。候选人，无论教育背景多相似，问题与回答也各不相同，若你寻到一毕业生求教，他能告诉的也只不过是自己的问题如何如何，自己的回复在当时情境下是合适的罢了……”

我没想到这点，不过我还是心不甘情不愿地认可他的说法。虽然心中对布雷满是敌意，但我还是被他下一段话吸引住了。

“因此，学期开始之前，你会发现关于考试的无数猜想，而凡此种种皆可归为两类：一种认为每个候选人拿到的问题不同，但答案大同小异；另外一种则觉得问题相同，答案不同。并且，两类猜想中，题目是每个学期的都不同，还是依候选人的不同而不同；题目的变化是只变说法，还是变内容；变的程度是改头换面大变化还是微乎其微小变化；回答时是回答的内容更重要，还是回答的方式更重要，是要旨重要，还是措辞重要——类似的问题成百上千，教授之间都意见不一；而据有心人总结，许多教授就喜欢问这类的学术问题，而非终极问题，而后一类问题，却是他们本应该问的。你们作为学生，多数时候如此现实，甚至有时傻得可怜，这不怪你们（但不一定通过）。你们缠着老师，像抓着救命稻草似的，问关于考核的一切：‘这个终

1. 德语，学生生活。

考会考吗？’‘考勤算分吗？’‘课堂参与、课外活动、擦黑板、拍板擦、衣着得体、举止大方、后进学生进步快，分别都给几个学分？’独立思考很重要，即使想法稚嫩或错误，但你们很少有人相信；信的是，用课堂笔记上的原话回答老师，最讨老师欢心。认为人皆自私或溜须拍马之人，公开奉承老师，全神贯注听老师一言一语，生怕半分疏忽，好似眼前便是大导师，将讨论重点引向老师的研究方向，因老师一句烂梗，笑得前仰后合，即将下课，奔向讲台：‘老师，您还教授什么课程？’‘您的书是平装本吗？’尤其是女生，往往想着用笑容灿烂来弥补智商惨淡，坚挺胸脯来支撑松散论证，会说话的眼睛来抵榆木般的脑袋。这些（亟须更多公正）花招把戏真还起了作用——在多数情况下，一定程度上讲！两位女士，智识相同，美貌有异，哪一次不是更漂亮的更有前途？哪一次不是离经叛道的能者怀才不遇，遭遇不公，而溜须拍马者愚不可及亦能安然无忧？一小时车内缠绵抵得了一学期埋头苦读。领口开得多，功夫下得少；裙子掀得高，排名往上走；本应画在女生手上的A[1]，批到了成绩单之上……”

啊，听完学生如此真实的情况——死挂，死挂！我心情激动。明知假冒大导师用心险恶，但布雷的骗术确实打动了我，我双眼湿润。

“然而这些都是徒劳无功的，”他说道，尽管声音短尖，但口气中满是怜悯之情，“主考官关注的只是答案而非成绩单。校园传奇里的主人公满是那些未能通过的模范学生，以及通过了的特立独行者；那些皮肤紧致、道德松弛的放荡女子，有的人身着白袍、头戴学位帽接受学位，而有些则一路尖叫被带入下界广场，蹂躏一世。如此对立之命题，历史皆可理证。说到这儿，你们中为数不多的明眼人可能很快就归纳出我们院校的一切——学校、院系、课程、教师职称与终身教职、行政部门、研讨会、火鸡圈、榆树，以及母校，甚至WESCAC——只不过是‘通过’概率较大的一个途径。这条路，组织最为精细，认可度最高，但也只是众多‘通过’之路的一条。组织精

1. 指通奸（Adultery）。

细这一优势并非毫无弊端：道德科学系与猪类研究系，每个系都有自己的预算、办公室和期刊。因此，有的人就不可避免地认为这两者截然不同，互不搭界——就好比一人能理解领会猪的意思，却不晓得形而上学，或立志成为坚定的本体论者，却不明白猪的本体特征！更甚者，同一院系，研究杜洛克红猪的与研究波中斑点猪的不和，义务论者和价值论者参加的酒会不同。但学生必须选择课程与专业，必须站队，必须决定论文是写'论船只将沉、沿岸航行与天文航行'还是写'论倾斜塔楼的绿化'。"

千真万确，半句不假；虽自己对校园生活学习缺乏经验，研究猪的并没有研究羊，自己免遭了厄运，但我知道他所言非虚。我偷看一眼周围，视线越过隔板：有的睡觉，有的奋笔记着笔记，有的抠鼻屎，有的打牌，除了我，没一个人对听到的内容——我觉得大家都应听到了——面露忧虑之色。

"呜呼，"耳机中声音继续，语气忧郁但坚定，"终考为综合考核，主考官并不关心你们所在专业进行的腐烂研究，有人怀疑我们是否真知道这样研究的存在！我们的学校、院系——难道不都是本质相同，唯名目有异吗？我们的学科分类时常变化，但我们命运不变。稍有远见的教员鼓励宣扬通识教育，但总是徒劳无功：他们对抗的不仅是多数同事的反对，还有长久以来对大学应院系齐全精细的习惯看法。欣慰的是，今日终有人开创了'跨学科'的领域：针对后堕落爬虫学与石榴培植（P.H.P.C.）的试验性调查。'浅尝辄止！'果实学家骂道；自然历史学家批道：'皮毛而已！'日后，学院将设通识教育部，下分 P.H.P.C. 系，以及迟早要设立的 P.H.P.C. 教育系，来培训 P.H.P.C. 教员。这真是无穷无尽。"

我心中纳闷，这冒牌货怎么胆敢如异教徒似的抨击学院管理层——历任管理层？他的下段话——"听好，我并非对学院不敬，对古老的新坦慕尼，我爱还来不及，如养子爱养母一样"——在我心中又燃起了对他的蔑视之感，我要的就是这感觉，"'大学小姐'长了个痦子，"他口气热烈，"那也是个痦子，我不会叫它美人痣，但我也不会因此将她赶下床。"如此看似不满，实为关爱的情绪，实属做戏：欲擒故纵，如同恋人故意假装不高兴，求得对方一吻！但布雷又继续谈起了他对长久以来教育模式的看法。不知道是矫揉造作，还是有感而发，他话中充满感情，让听者很难不落泪：

“教师会忘却我们的职责，大学不会。古老的西校园大厅存有精神一股，非迂腐与愚蠢可驱散，抑或说，如智慧刻在石上。我听见宣誓人醉酒之时的吟唱，但个中深意，他们参悟不透：

毕业门窄
大广场一点也不……
窄的是毕业认证
大广场不狭窄

“在明眼人看来，新坦慕尼处处以无声的方式劝诫人们谦逊。因此‘校园后勤’与‘教员’享受着同等待遇，运动场管理员与宿舍厨师和新晋教授一样富裕；因此惯例规定，我们的受托人必须是目不识丁的平民，校长必须从下游阶层——修补匠、农民、小店主投票选出，而不应该从知识分子中选。正因此，人们看到学院里，不仅白胡子学者的斗篷上装饰着醒目的荣誉标志，人民的代表也有：前商学院学生、公关文员、儒雅的木匠和农夫。我们的图书馆就应该要比牛棚小，牛棚要比溜冰场小，溜冰场要比体育场小。以挪士·以诺，奠基者的孩子，不就热衷户外，喜欢亲自动手做东西吗？他将自己遇见的前十二人收为学生；他没有学位，没有专著，从未站到讲台之后，只在荞麦地或斜坡上的野生杜鹃花丛中，向愿意倾听他的人讲课，借虚构的故事和流传的格言来教导学生，而这些故事、格言如今都被刻在了大厅的墙顶饰带之上。

身上衣美不如衣下心美
米洛于课堂未通过
于监狱未挂科……”

我用力眨眼，试图忍住泪水（我发现上边的格言，之前马克西都没说过），按住“暂停”与“注释”键。一个清脆的男性声音，清爽冷静，解释道，前文的警句指代的是米洛·帕克，莱克昂学院早期学位获得者，新坦慕尼最大的体育场就是以他的名字命名。

“据《校长法案卷一》记载，”注释继续，“在科桑西帕斯‘黄金执政期’，米洛入学于莱克昂下的省立农业学院，立下小目标，学习奶牛饲养。尽管米洛凭借自己的运动天赋在赛场抢金夺银，为校争光，成为十二名雕塑家的雕塑原型，但他却屡次与候选人资格擦肩而过，就是因为他饲养的小母牛索菲不吃他拌的新型试验混合饲料。眼见挂科已成定局，一晚米洛大怒，一拳将母牛打死，随后将尸体背在肩上，从古老的多立克式畜棚出发，穿过大半个莱克昂学院，来到校长府邸前，将母牛的尸体扔上了一棵栽下没多久的红橡树。因为此举，米洛被校园巡警逮捕羁押，但巡警却无法将树上的尸体弄下来。第二天清晨，校长注意到了，询问一头牛怎么能够上树，身边的人一五一十禀报了原委。校长并未发怒，反而一脸悦色说道：‘这也是养上牛的一种方式。’[1]随即召集了动物饲养系全体人员，问当中有无能者也曾把牛养上树，或知道把牛弄下来的法子。下边的人鸦雀无言，于是校长下令将米洛释放，驳回了对他的指控，并且没有任何考核就通过了他——今时今地，校长仍有速决逮捕与释放的权力。该注释由农业历史系提供。友情提醒——”

我不耐烦地按了下“暂停”键，不想再听一遍广告。不知道因为机器的什么机制，注释的声音停了，但却听不到布雷的讲话。我再按了一次“注释”键，发现机器的又一个门道：耳机中传来的不是之前的广告，而是又一个注释者的声音，充满活力与感情，开始注解上一个注释：

“长久以来，对米洛事件与前文以诺教警句的解读版本众多。小斐洛卡斯特（见于其《格室行动评述第二卷》，第438页及以下）解读最为经典：‘卓越不分院系’——意思为，无论于何等领域不凡，皆为不凡。尤素

1. 养牛“raise a cow”也可理解为将牛抬高的意思。双关。

夫·哈德伦、德·巴卡斯持相反观点，在他们影响深远的小篇幅论述中，认为‘主考官’关注的重点是结果，而非过程手段：米洛受奖并非在于其运动能力非凡，而在于其能想出根本性的（归根结底，切实可行的）方案，解决其挂科的难题。有人反对称，将牛放到树上并非是什么解决方案，也就是校长认可并奖励。面对质疑，后世的哈德伦主义者表示米洛解决的并非是具体问题，而是问题本身——换句话说，打破了‘养牛’的传统解读方式。正如范肖与斯玛特问道（从高阶实用主义出发）：‘主考官到底看重什么，是试验的饲料还是母牛索菲的健康？某种意义上讲，两者都看重，从另一种意义上来说，两者又都不看重。米洛大胆的做法将自己的命运与院系联系起来，自己的失败成了院系的失败。正如释咖尼安的“批注”提醒我们，过于急切地寻找解决方案，反而对答案视而不见，而有时打破常规，蓦然回首处便是答案。’引述结束……”

我听得目瞪口呆。尽管引述结束，注释仍在继续：

“雨果·克拉夫特在其精彩、详尽（有时甚至压抑）的《西校园牛棚：从史前至三十七任雷穆斯学院校长》的叙述中，表达了类似的观点。同关注语义的解读者一样，克拉夫特同样将注意力聚焦在科桑西帕斯好用双关语来教育学生的做法上。新斐洛卡斯特主义者，继承了斯开普拉思的思想，并不认同高阶或低阶实用主义，质疑克拉夫特追捧者所提倡的细致文本分析理论。总的来说，他们仍认为毕业认证的关键在于要有一技之长，而非成就多少——无论所展示的技艺是否值得‘称赞’。对此，邦乔瓦尼举出两例，大傻卡波和‘抄神’加法尔·麦基恩。前者是建校初期的新生，一次从双杠上摔下，摔傻了，自此成为校园内的笑话；而后者大学生涯成绩优异，但承认所有的答案都是抄的。这两位都通过毕业了。

“但西校园斐洛卡斯特主义者将一技之长与不凡联系起来，而东校园的同人（实际名目繁杂，统一称呼）则习惯称其为壹技之长，与手艺人的技能区分开来。达尔哈拉尔·潘达引用东校园餐前祈祷说：

米洛、卡波和加法尔，

我只与他们为伴：
一手四根指。
若有索菲，多根手指
是否便如抓住食物般抓住答案；
吃掉真理；终考之日
知道我自谋自食。

“在众多关于早期西校园政治经济生活的现代研究中，米洛与母牛的事迹经常出现，如 E.J.B. 桑各的《莱克昂学院农业系与体育系恩怨的学术研究》中便有提到。有的人喜欢由新角度解读学生群体的历史，无论角度来源是否可信，而有人则痛心调查者事事否定、批判传统的轻率做派，特别是在传统轶事的处理问题上。比如桑各便暗指科桑西帕斯在‘米洛事件’中看到了‘……杀杀农业山游说团威风（原文如此）’的机会，来平息科阿什·格劳孔的怒火，此前格劳孔不满科桑西帕斯挪用公款来修建蘑菇房。如此半真半假的片面解读比那些彻头彻尾的荒谬推测更让人恼火（如校长遭人胁迫，才说出没有其他法子，把牛弄下来的话；或整件事是由米洛和校长，或体育系或学校中的宣传部门精心设计，就是为了宣传自己）。”

这回注释、注释的注释肯定都再也没有了，我自忖。但耳机中那不知疲倦的注释者还在继续，又推荐了施洛德卡最新录制的研究——《也是一种方式》，可能是对该事件解读最优秀的著作。

“如标题所示，施洛德卡借科桑西帕斯名言中的歧义来探讨‘哈德伦主义’和‘斐洛伊斯主义’（某种意义上，为隐德莱希斯主义和斯开普拉思主义），施洛德卡试图将这两种主义与其口中的神秘实用主义结合起来，或至少纳入后者。虽说该书更多的属于汇合，而非综合，但施洛德卡的历史语义图式却值得每一个大学生记录在册。请按‘暂停’与‘注释’键。”

我听得呆住，按着指示照做，控制台的一个狭槽吐出一张图表，这是注释的注释的注释来注释布雷所引用的以挪士·以诺的典故——科桑西帕斯就米洛行为的评价：

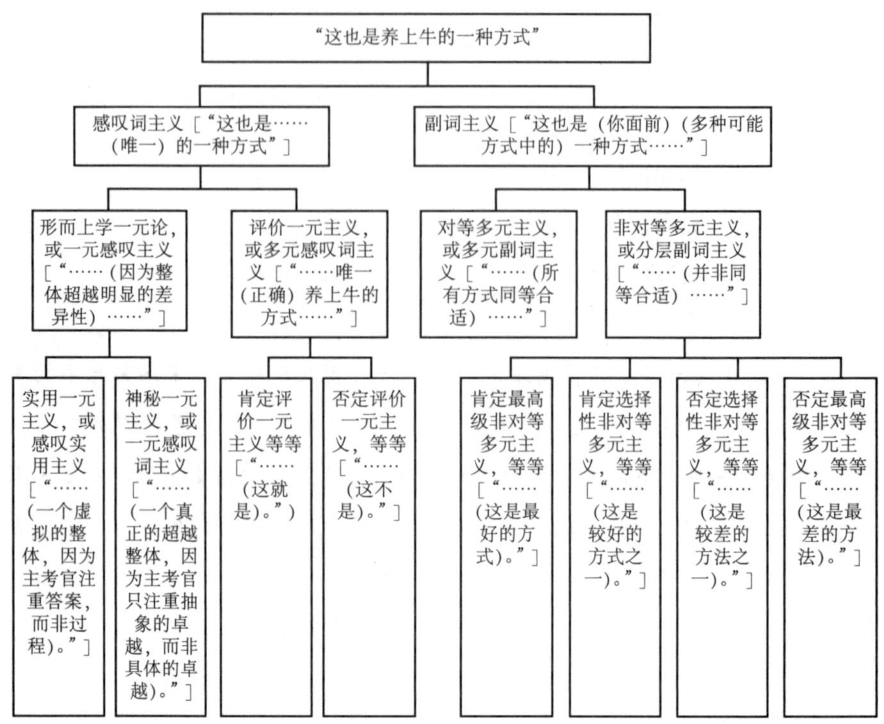

我努力试图去看懂那图表，这时“暂停”键弹回，上一个注释者开始古板地总结起来：

“施洛德卡认为，实用一元主义与对等多元主义所达成的结论一致，评价一元主义与非对等多元主义结论一致。将如此的对应（可能只是言语上的）说成综合，似乎站不住脚：确实，老莱克昂学院的动物饲养系的立场既可以说是否定评价一元主义，也可以说是否定最高级非对等多元主义；但在否定评价一元主义和肯定评价一元主义之间，或神秘一元主义和其他的主义之间，我们可以期望何种的思想交汇呢？二级、三级注释由相对哲学历史系提供。”

我紧张地思考着，不知道接下来再有什么。“暂停”键回位，之后又自动下按，耳机中再次传来早些时候的注释者的声音，那个讲农业历史的男声，又接着说起了结尾的话——没有广告：

“……母牛房坐落于传说中索菲的橡树扎根的地方，该建筑并非是畜棚，而是莱克昂校园古时候的巡逻中心，这让一代代的交换生都感到很吃惊。橡树位于之前的备用拘押室中，房间地板上嵌着的铜盘标记出了树的确切位置。谢谢。”

“注释”与“暂停”键同时跳起，“讲课”键下落，布雷的声音在我耳机中响起，语气甚是激昂：

“博学的奠基者！博雅的教育家！众院之长，众师之师，您的谆谆教导驱散疑惑：请您在黑暗时刻，与我们同行！教导我，我是您最愚笨的教授，教的只是真理；训导我，我是您最稚嫩的讲师，不愿教错那由您托付于我，白纸般的学生。请助我解您的道，晓您的课，赐我机会为您报时。启迪愚笨者，激励卑微者，悲悯总拘留所中叛逆者、辅导班中迷途者，您是教务会的灯塔、宿舍的牛虻。您是酒馆的散装啤酒，男生喝下是知识，杯中见底的是智慧，脑中翻腾的是灼见。夜幕降临，您伴女生左右：挑逗以事实，攻她以学识，女生反抗无作用；携她入思想的后座，脱下成见，放倒幻想，褪下她一身的错误——宵禁之前，知识注满体内。先导，愿您伴我在讲台之上，做我的粉笔与手记；我开口之时，噤声那除草的机器、路边的车流，叫醒那昏睡的，规矩那捣乱的；讲正课时，拉回那岔题的思路，聊闲话时，攫得那学习的注意；闭上那些抢我话头学生的嘴；保佑我别口误，别记错，笑话别讲两遍，裤裆拉链别没拉。博士的博士，愿您赐我例子来例证那不能举例的，赐我言语来描绘那不可言会的；借我一双慧眼，看透学生的思想，助我大胆地在其上刻下答案！温润无声。”

我扔下耳机，走出隔间——他华美的言辞惹得我满腔情绪，他伪装的力量如此之强，让我心中全是嫉妒。其他人没有走的意思：可能新生教育还没结束，或是他们听注释的次数比我还多。我无心再听。那戴着角质框架的引导员表示每人可以在事先发下的表中，选一个问题，通过遥控器来问注释者，我不再理会，离开了教室。如此的喋喋不休，对我的任务毫无帮助，反倒徒增郁闷。唉！布雷不仅通过米洛警句让我想到了狱中的马克西，他其他的话同时也点拨了我。具体点说，他说过课程、课堂不过是众多毕业认证道路的一条。（此观点非常符合肯定选择性非对等多元主义，我坚信他是从某个老分层副词主义者那拿来的，可能都没经过对方的同意。）我自离开畜棚，就一直这么认为，他的这句话还真给了我依据：别在书本、课堂上浪费时间。入学可以，上课就算了；我要用尽全力，像拔萝卜一样，把答案拔出洞。

我扔掉**图式表**，那东西真是无味——尝起来无味，然后从出口旁的垃圾桶中翻出一张早报，想着吃油墨少的那一面，凑合凑合，等着午饭。报纸头条几个大字写着“施皮尔曼认罪”，下面是两篇专栏，证实了斯托克的话：马克西向校园巡警自首，供认了自己杀害赫尔曼·赫尔曼的罪行，并交代了杀人的地点、时间和具体细节。新闻写道，马克西一直坐在离奠基山不远处的路边，当时，一个穿着动力室警卫制服的男性过来搭话，那人骑着摩托，问马克西要不要搭车。两人不久后就因政见不同争执开来，此时马克西认出了对面的人——赫尔曼·赫尔曼，博尼法希斯主义者，莫伊舍大屠杀的凶手。他按捺不住心中复仇的怒火，抢下警卫的手枪，击杀了对方。而且“据大导师说”，他曾与马克西在总拘留所有过一段时间交流，马克西承认多年以来，他暗地里一心想让博尼法希斯主义者血债血偿，并且不同其以往，他要亲自做刽子手而非受害者。马克西的思想大变（据布雷称）。“**施皮尔曼博士亲口承认，他内心怎么都没有悔过之感，而这极大冲击了他之前的价值观。**”布雷的原话，“**他此前一直信仰的现世学生主义，认为人心可教，可通过；而如今面对自己身上的缺陷，施皮尔曼博士看到人心的死挂，彻底的死挂。他看到人心需要的不是教导而是毕业认证，需要的不是教授而是大导师，来直接给它毕业，跳过考试，不然将一切成空，因为我们无论如何渴望毕业，最后我们都配不上毕业。**”据称，马克西对布雷说，“于我来说，通过的唯一方式便是死掉”，并要求判自己死刑“作为挂科的补考”。对此，校园内的观点，我读道，较之前更为分化。马克西曾与左派不清不楚，反对“操纵分析和逻辑推理，非概念性思维和直觉综合”（Malinoctis）项目的陈年旧事又被重新提起，虽程度不及当年让他免职那般猛烈。马克西自始至终一直支持的自由主义者，因他的认罪窘迫不已。而校园内的右翼，尽管倾向鄙视他（将他的罪行看成学生会主义者蓄谋暗杀全部前博尼法希斯主义者的证据，而后者目前在新坦慕尼都身肩重任），但表示马克西认罪时态度谦卑，他们深受感动。在认罪中，他们仿佛听出了马克西放弃学生会主义选择信息主义，放弃莫伊舍教皈依以诺教的意味。“重新做人，切勿再挂”成了他们的一致反应，而自由主义者恰恰相反：他们称此前马克西是受压迫的通过者，而如今却自己挂掉自己。争论自今早日益激烈，我读道，早上新大导师认定马克西的候选人资格，大导师向记者强调，认定绝非表示马克西无罪或应减刑。“为挂科后悔痛苦的挂科者，”布雷引用《奠基者卷轴》说道，“将得到通过。”

让我心头一紧的，不是马克西的认罪，也不是布雷认定了马克西——他似乎认定了每一个人——而是马克西竟接受了他的认定，仿佛布雷真的有资格似的！而且布雷怎么能有时间去总拘留所，昨晚到现在，他干了一百多件事？眼见任务完成的截止时间越来越近，我决定即刻赶往总拘留所，要马克西亲口告诉我这些指控都是子虚乌有。或许，他还会指点我如何高效地完成任务。之前就是多亏他的锦囊妙计，我才通过了旋转栅门和剔除山羊格栅。

怎么去总拘留所？我最先想到的就是去大广场里找彼得·格林。要是我当时知道新坦慕尼这么大、这么多人，我就不会有这念头了——但所幸我并不清楚，我还真一下子就看到了他。路对面，第四棵榆树下，他正在草坪上做徒手运动呢，视野之内就他一人。他在原地慢跑。我向他那儿走去，发现他一边跑，一边喘大气喊着号子“好！好！好！”，不仅是给自己打拍子，还是给在自己打气。这号子恰是当时在旋转栅门，他要借我的那个，如今他改了一番，三字连成一字的长度：

“（我很）**好**！（我很）**好**！（我很）**好**！”

我跟他打了招呼，走到他好眼能看见我的地方，这才发现他实际上一点也不好。自上次格栅前的礼堂一别，他自觉地去上了一堂讲**现代婚姻问题**的课，对症下药，想着学点东西，尽管他打定主意不再去想萨莉·安小姐，要去追求安娜斯塔西娅，他还是内心有愧，希望课上老师能告诉他，他的婚姻已无法挽救，而他妻子是过错一方。但是，他告诉我，他“脑子秀逗”，忘了当学生有多累了。老师（在闭路电视上）就诸如“现代角色混淆以及由此产生的焦虑”等问题喋喋不休，他先是打了瞌睡，醒了就开小差：玩口水球，在桌上刻名字。最后找了个上厕所的借口，离开了教学楼。

“真是天书一般，”他抱怨着，“真他妈太难了！”他表示，他不清楚不上学要怎么通过，就像他不知道明明爱着一个女人，但却不能和她在一起，以后该怎么活。“要不是布雷的证书，我肯定连人际关系都得挂科，”他说，“想着出来透透气，吃个药片，再回去试试。”

我分不清他嘴里爱着的女人，指的是他妻子还是安娜斯塔西娅，我也没问。尽管我这么快就非常幸运地找到了他，我还是顾虑要不要让他把我送到总拘留所，主要是我怕他让我信守承诺，替他向安娜斯塔西娅的母亲说媒。出乎意料，他乐意帮忙，觉得“这是个了解斯泰茜一家的好机会”，仿佛莫里斯·斯托克是她的父亲似的！他没提说媒的事。他说知道我也翘课了，他心情好多了。我随后发现，他满口答应帮我的忙，其实是想和我炫耀他的新摩托车，车是他注册后才入手的，还没上过大路。他将车停在手边，给我介绍一通：这车很棒，全身镀铬，发动机要比斯托克那车的大，配件一应齐全，大灯、雾灯、信号灯、电视、能大音量播放《校友苦难之路》开头的气喇叭、酒柜、三十六个控制盘和旋钮、装着空调的跨斗、条纹皮草坐垫。这车新到手，他还没来得及取掉车镜（六个车镜），只是把镜子转到背向他的位置。他摇头晃脑，高兴不已。

“拽不拽，你说拽不拽？”

我同意这车很棒，如果他说的是这个意思。摩托确实快得很，而且声音很大（由于排气管的缘故），这正合我意，这样我一路上就不用听他说什么安娜斯塔西娅了。格林认识路，出发之前，我们约定好几个简单的手势，好让我来充当他的后视镜，并告诉他哪个是路上真实存在的停车标志，哪个是他臆想出来的。一路上实打实的路标没几个，倒是他臆想出来的很多。摩托到达总拘留所外墙的暗色大门前时，一个穿着制服的警卫拦下了我们。我注意到他的胡子和手上的狗，认出这是斯托克的手下，这次他倒不是满身煤灰。我要求见马克西，说着表明了身份，表示自己有校长的授权，可以去校园的任何地方。那警卫一副要放狗的架势。

“等等！”格林喊道，“鄙人彼得·格林，‘森林卫士格林’，官爷听过吗？这是我哥们儿。您看我的证件。”

为了证明证件不是伪造的，不是偷的，他在一张空白支票上写下名字，笔迹和证件上的一模一样，并执意让那警卫拿着支票“当作证据”。证据面前，那人缓和起来，打了一通电话给墙内的同伴。出来的那位，也收了一份证据，把我们领进典狱官办公室。尽管我身处灰暗的大厅和石廊中，浑身不自在，我还是打算对格林的行为发出质疑，不过莫里斯·斯托克的笑声突然响起，分散了我的注意。笑声从里间的办公室传到空无一物的外间，警卫告诉我们典狱长正在向秘书口授信件，我们得在外边候着，但那笑声听起来不像是有什么正事。我听到一个女人的声音，说话内容难以分辨。警卫给我们使了个眼色，便走开了。彼得·格林一边笑，一边眨眼，红着脸大声提议，要是有人有根装着镜子的手杖，他要是想看并且对镜子不排斥，就能神不知鬼不觉地透过气窗看到里边了。我没搭腔。我对斯托克在干什么并不怎么生气或好奇，主要是为耽搁了时间而感到不耐烦。我蹙眉盯着墙上挂着的建筑平面图，脚趾在凉鞋里不住地打拍。图上显示，总拘留所要比我想象的大好多，除了地上一层，地下还有面积较小的三层。地上这层，我用力分辨，基本上是工作人员的办公室与宿舍，但也建了拘留与辅导室，拘押两类轻罪犯：游手好闲者、拖延者、不选专业或成绩皆为C的学生都被关押于大的健身室，智力缺陷者、固执己见无可救药者则被收押于院子中。下面一层拘押了四类不法之徒：第一类，晚上与异性同学寻欢而不学习的学生、学术休假度蜜月或参加换妻聚会的教授；第二类，滥用餐厅特权者、所修学分超过规定者、通宵看书者；第三类，看书、做研究但不教课也不发文章者，发文、教课但没时间看书和做研究者；第四类，恫吓学生的教授和散发请愿书、批判教授的学生。地下二层被分为三个监狱区，各区面积要比楼上的小，但和上面一样，都有收押学生、教师的牢房。一区专门收监反智主义者、以下犯上者、拒签效忠学院誓言者。二区专门收押出版修订版教材、扰乱旧书市场秩序的教材编者、鼓吹论文考试者、编写无用脚注及从事无用研究者、滥发助学金者。三区本身又分为多个小区：一个（我认为马克西关在这儿）收押杀人犯、强奸犯、威胁他人获取答案者、损害馆藏图书者，第二个关押退课者、宿舍跳窗者，第三个监禁男同性恋、女同性恋、留在取得学位的院系任职的教师。地下三层，面积最小但布局最为复杂。该层中间有一个污水坑，坑周围的楔形区域收押着（平面图的顺时针方向）“性爱艺术家”（原文如此），“溜须拍马谄媚者”，“剽窃”和“违规直译”服务提供者，假扮他人者及冒充内行者，出售职称、终身教职、假条、伪造身份证者，以学术影响力谋取社会、政治利益与金钱者，抄袭者与剽窃者，恶毒的辅导员与宿舍管理员，大学男生突袭女生宿舍、抢夺女生内衣为战利品的活动组织者、兄弟会间斗殴组织者、院系中搞小团体者，以及图上称作“跑火车及雪人”的人。污水坑旁的区域关押着闲聊中泄露同学、室友、同事秘密者，向敌对学院泄露机密军事科学数据者，占交换生、访问学者便宜者。污水坑之上有一单独牢房，专门收押败坏教授、系主任、院长、校长，甚至——无可饶恕的叛国罪！——大导师。

尽管我并非全然懂得这些铅笔字的意思，我还是惊讶于总拘留所的面积之大、布局之有序，至少纸面上是，比动力室有序多了。要是身上没有要紧事，我定要莫里斯·斯托克带我转转，和我说说这些罪犯都犯了什么罪，要受何种惩罚。我好奇审案判刑这事是斯托克自己说了算，还是他要请示校长，我心中强烈希望是后者。

身后，里边办公室的门开了，一个黑色皮肤的俏丽女郎走了出来，边走边塞着衬衫的衣角。

“请问你们和斯托克先生有预约吗？”

她一边问一边整理自己的头发，里屋传出斯托克招呼我的声音，他走出来，也在塞衣角。此时秘书和彼得·格林四眼相对，格林手抓住他橘色的头发喊道：“我的老天啊！”

“您说什么？”那年轻的弗鲁门齐乌斯女郎问道。斯托克在一旁咧嘴笑着。

“你在这儿干啥？”格林高声叫道，“你应该在家照顾萨莉·安啊！”

她戴上眼镜，满脸疑惑地望着斯托克：“这是哪位？我听不懂他在说什么。”

“这是乔治娜，”斯托克说道，“我的新秘书，乔治娜，这是乔治，羊孩。”我们互相致意，“这位是格林先生。”斯托克补充道。

“她不叫这名字！”彼得·格林愤愤不平地说道，“她是黑老乔的闺女！你赶快回去，我的天。萨莉·安说不准需要你！”

乔治娜对我们笑道，一副恳求的样子：“他一定是认错人了……”

“别傻坐着，不承认你是黑老乔的闺女！”

“我真不懂你在说什么，”她不耐烦地说，“我父亲和这位先生同名。”

彼得·格林表示这完全不可能。“他就叫黑老乔，你心知肚明！”他向我们说，“我小时候，和他爸好到穿一条裤子——我们还一起造过木筏呢！”

斯托克的秘书回答说，她新近去世的父亲生前一直是助理图书管理员，如此而已。我正在消化这个消息，斯托克高兴地又说道，乔治娜的娘家姓就是赫罗尔德。听闻自己失踪已久的父亲死亡、火化的消息，她就来找斯托克询问更多的细节；之后，谈话变成了面试——被我们的出现打断了——斯托克发现她各方面很合适，就当场录用了她。斯托克的牙齿在胡子中闪动。“这校园可真小呀！是吧？”

“你个天杀的骚货！”格林对着乔治娜骂道。乔治娜则泰然自若地盖上口红，收拾起办公桌的抽屉，把身上的小包放到里边。格林的语气既吃惊又生气。斯托克调侃道，可能赫罗尔德老先生有两个女儿——如果赫罗尔德就是格林口中的黑老乔的话。我自己也拿不定主意：那女郎镇静的样子，更像是有意为之，再者，她要么就是真不知道乔·赫罗尔德的实际工作，要么就是故意夸大；但同时，我又对彼得·格林的眼神没啥信心，虽然他那一腔愤怒确实很具有说服力。尽管说不是的话，我会为格林感到难过，但实际上，这女人的身份对我来说并不重要。我向斯托克表明了来意，他早就知道了。他使了个眼色提议道，他陪我下楼去看马克西，而乔治娜和格林可以到他里屋的办公室，边喝咖啡边消除误会。他俩都不乐意，但斯托克一直坚持。他要亲手给他们冲咖啡，如果他们想要，酒也可以。走廊上的警卫完全可以带着我去见探访室，不用他。

“老马克西是一直唠叨着‘选我’的鬼话，现在搞得我一听见他开口就烦，”他说，“这老糊涂是盼着要我们苛待他。”斯托克把大厅内的警卫叫过来，一番指示。他经过乔治娜身后时，还拧了她一下。乔治娜噘起嘴来，彼得·格林在一旁窃笑。我先对乔治娜丧亲表达了慰问，接着便随警卫出了门。随后，斯托克将门关上。

我们穿过阳台，这阳台可以俯瞰运动场。在警卫的监督下，场地上拖延者和成绩为 C 的学生好像在玩类似捉人的游戏。我们随后来到一个狭小的空房间，房间被钢网平行三分：面前第一隔断放着一排椅子，我坐下等候，一个警卫走进中间那段，确保我和马克西的接触仅限于言语，又一个警卫陪着马克西，走进远端的第三隔断。看见他，我心中一阵酸楚：本来马克西就瘦，一夜之间好像又消瘦了好多，再穿上不合身的囚服，整个人显得更加形容枯槁。不过他前一天还一脸愁绪的脸，如今却显得平静，甚至安详。我问他近况如何，他没回应，只是赞扬我通过了旋转栅门和剔除山羊格栅。他语气中更多的是客套，而非真正的关心；他问我选了什么课，好像在问一个半生不熟的人。我说我在格栅通道出口遇见了布雷，说我那搞不懂的任务，而他只是平平地回道，可能是我的表链造成了 WESCAC 任务打印机短路，这结果或好或坏。不过也可能不是这样。

“听起来你好像不在乎！”我喊道。以前他可能会耸耸肩，或数落我一顿，现在他则平静地说道：

“孩子，别忘了我是谁，我为什么会在这儿。”

“你是无辜的！”我说，“都是斯托克或外边的人陷害你！”

马克西摇摇头。斯托克确实是死挂之人，马克西说，他会影响每一个靠近他的人，让他们挂科；但他的恶又是必要的，如同蠢材之神，他向所有明眼人展示了我们心灵丑陋一面。这是虽然惨痛，但却宝贵的教训。

“你没杀赫尔曼·赫尔曼！”

他却点了头：“不，人是我杀的，乔治。就是那晚在奠基山边上的树林里。克罗克发现的摩托车就是他的。”

“你不会杀人的！”我坚称，“你是通过之人！”

但如同新闻所说的那样，马克西表示自己之前没有通过，从未通过——直到几个小时前才通过。确实，他此前一直认为自己乐善好施，博爱众生，似乎倾其一生为众生造福：他发明了吞食器，避免人类被吞食；怕我沾染人类的劣根性，把我当作羊来收留、抚养；抛弃大导师而青睐普通教师，相信教育能带领人类摆脱痛苦，走向光明。他属于一个在他看来受对他人的憎恨影响最少的群体，因为他们是遭到别人憎恨最多的一群人，对此他一直感到很骄傲。

“这些都千真万确！”我断言道，“你厌恶仇恨！提倡兼爱！”

“若问毕业意味着什么，”马克西平静地说，仿佛在忏悔，“以前我会说，毕业意味着解除人类的苦难。而现在，我觉得苦难便是毕业。”

“布雷和你谈过话！”我质问，“你为什么不让他走？”

“我们莫伊舍人一直以来便有苛待大导师的名声，”马克西回答，“这也是我该受苛待的原因之一。”他继续说着，神情悲伤平静，他之前排斥一切大导师，无论“真”“假”，但如今看来，布雷身份真实与否对他来说并不重要，最重要的应是要看清自身深渊般的挂科性。自从与哈罗德·布雷谈话后，他已认清自己一辈子所做的事，没有一件是通过的：厌恶仇恨，而仇恨恰恰又是众生皆有的感情，那他势必就是厌恶众生，却自以为爱他们。因此，他在 WESCAC 所做的工作以及随后的天照事件——

“这是自卫！”我打断道，“这是院系自卫！”

但自卫必不可以他人的痛苦为代价，马克西回应。他对我的抚养，如此明显的善举，为人所赞：把我当羊来养，这难道不是他对弗吉尼娅·雷·赫克托的报复——不，对众生的报复吗？最后鼓励我成为大导师，这难道不是他对新坦慕尼的报复吗？对此，布雷都给出了那该挂的肯定答复，并且证实了只有受苦才能赎罪。他必须相信布雷“他”的身份（我听见他口中的代词变成了大写，心头一紧）；马克西对我一个普通弃儿的支持与鼓励，只是他那乖张的莫伊舍主义的又一例证……

“别说了！“我说，“太可恨了！”

他耸耸肩。“恨我吧，我自找的。”

斯托克面带笑容，通过隔断一端的小嵌板把头探进来。“楼上可真是挤，”他仿佛在说悄悄话般，“介意我旁听吗？老马克西可把我逗坏了。”

马克西一连串的话，让我又伤心又震惊，我已无意再理会斯托克，尽管他的笑脸一如往常，像声音、气味、温度一般充斥整个房间。

“我很讨厌你这样说话！”我对马克西喊道，“你就是让人讨厌你。这就像安娜斯塔西娅，别人都占她便宜！”

“赫尔曼以前也这样说他集中灭绝园的莫伊舍人。”斯托克补了句。

“厌恶我，恨我吧。”马克西引导我们说。

“布雷给的证书是假的！”我生气地说。

“我自始至终一直恨着博尼法希斯主义者，”马克西重复道，“我想把他们烧死，却从没成行。我们莫伊舍人，一直受苦受难，之后我们苛待大导师，算是报复回来。现今我只想让他们苛待我。”

斯托克笑道：“我说什么来着？”

我盛怒之下对马克西说道，不仅他的认证虚假而死挂，他对事情的整个看法亦是如此，我只愿他这是年龄大了，糊涂了，因不实逮捕受了惊，被邪恶的斯托克影响了。我认为，布雷之所以认证他为候选人，实际上就是因为他的挂科：他要赎罪，并不是赎他隐匿于心的复仇想法，而是他对于受苦的骄傲态度——在我看来，他像以挪士·以诺一样，错误地将自己定位成替罪羊，还自鸣得意。

“对，好好说说他。”斯托克在一旁煽风点火。

“我不需要是大导师，便可分辨真羊和假羊。”我继续道。真正的替罪羊在于替罪的动机，我说，而非举动。可能马克西的动机自始至终确实是自私的，但绝非他所忏悔的那样。虚荣便是他的缺陷：虚荣地去替人受过，虚荣地以为受苦便能涤清他（在我看来夸张了的）死挂的方面。“你说我应该恨你，恨你虚情假意的支持，”我最后说道，“但事实上，你说它们是虚情假意，是因为你想被憎恨！”

我自觉这指控尖锐无比，但他却不为所动。“那你就记在我的罪状上。”

“挂科去吧！”我叫道，“你还不是候选人，如果你要带着这态度受苛待，你永远也不是！通过者得通过，挂科者得死挂，就这样！我是大导师——无论如何，我都会是——我会完成我的任务！我会通过一切，不会挂科，然后我会把布雷赶出校园！”

我本还要说——事实上我可以从这个新的、异常清晰的观点出发，重新解读他的一生，比如告诉他他对弗雷迪的护身符的认识是大错特错的——但他却从椅子上起身，示意警卫要回牢房。

“马克西，”我恳求道，“我需要你的指导，我想把你救出去，但你在乎的只是你所受的苦难。这真是自私！”

一瞬间，他那恼人的冷静不见了踪影，我听见他说：“唉，我也讨厌这样。”之后，警卫带他出去，斯托克凑到我这儿来。

“我是不是告诉你了？”

“我敢说，一定都是你和布雷搞的鬼，”我说，“**挂科者得通过**！这是哪门子的说法？”

他同情地摇摇头。“你说可笑不？我和你，乔治——我们是唯二看清布雷虚假面目的人。他还认证了**我**呢！”说着，他从夹克口袋里掏出那不变的羊皮纸，上边签着布雷的名字，一如既往，还有一句《奠基者卷轴》里的话：**反对我者愤怒前来我脚下，肯定我者敬而远之立远处。如此，你可通过。**

“你敢信？”

我转过身：“你不是什么候选人。”

斯托克一阵发笑，引我走向电梯。“当然不是！我是校园内最死挂的挂科者！所以布雷是冒牌货，对吧？还是说，”他拍了一下我的后背，“只有挂科者才是真通过？通过者反而挂了科！”

电梯上升，我严肃地说道，像布雷这样愤世嫉俗的冒牌货，在他们手下通过，往轻里说，都必是挂科。话毕，我发现自己竟与斯托克看法相同，心中很不舒服，我又补充道，他在诱导别人暴露缺陷之时，自己也露出了缺陷。“我注意到，别人叫你挂科院长，你很高兴。我打赌你肯定希望**有**一个奠基者，希望他能通过你，毕竟你让众多的学生与你划清了界限。你假装死挂，想来通过他人，从而通过自己。”

“噢，算了吧！”他取笑道，“你和马克西真是一样糊涂。”

电梯上上下下数次，因为斯托克喜欢当着在等电梯的员工的面，按下电梯键，关上电梯门。我借着对马克西不满的劲头，继续质疑他：我说他希望有意选择的挂科等同于通过，如同考虑周全的否认便可说成肯定一样。但人类大学中，就目前看来，只有挂科，并且这会一直持续，直到我以某种方式完成任务，为校园带来秩序与答案。

“任何地方都有秩序！”斯托克讥讽道，“除了我兄弟脑子里没有！”他似乎在论证（我觉得是在诱我上钩）极端不同事物间的矛盾与对立——东西校园，通过与挂科——实为和谐，而像校长雷克斯福德这类的温和主义者，他们自认为务实，实则为执迷不悟。（“卢幸运实际不是他表面装的那样。”他眨眨眼接着说道，“如果他让我接近，我就能让你看到他发狂的样子！”）但他的论证却和他的性格一样，混乱不清：他断言，实际上混乱便是唯一的秩序，矛盾是唯一的和谐。他继续道，脸上一直挂着笑，他的“兄弟”、他的妻子、我的导师，这些人所谓的通过，如果真有，那也是不实的，因为他们的通过不仅赋予了他挂科以意义与存在，同时还催生了挂科——正如我承认的那样。比如安娜斯塔西娅的逆来顺受，如同真空吸入他的“虐待”之气；既然引发挂科便为死挂，那么众人眼中安娜斯塔西娅的通过，必是死挂！

“简直一派胡言，”我说，“你真正想要的恰恰与此相反。你想凭你的死挂通过，因为你的死挂给了安娜斯塔西娅通过的机会。你称校长雷克斯福德为兄弟，就是为了让人不相信你。”

“对！”斯托克开心地叫道，“所以挂科就是通过，通过就是挂科！我们先瞄瞄格林和乔治娜在干什么，之后咱俩去喝一杯，庆祝我们达成共识。”

我变了立场（并不确定我的论点是否还能说得通，我只想动摇我的对手，而非要以理服他或自己）：拒绝从外间办公室门的钥匙孔偷窥里边的情况。办公室里边传出模糊的嬉戏声。我说道，校园生活的第一现实便是通过与挂科的泾渭分明，前者总是且只能是通过，而后者总是并且只能是死挂。

“你实际上**并非**挂科院长，”我说道，“你只是扮作他，因为你看重毕业认证，但又害怕达不到标准。”

“哈！”

但我相信我说动他了，就和上次在礼堂一样。真是多亏马克西教过我逻辑推演，我才能把临时想出的观点阐述得头头是道，直击心灵。斯托克挂科的真正原因，我告诉他（他蹲着往钥匙孔中看，装没听见），在于将通过与挂科等同视之，但即使按照他自相矛盾的论证，他也不是“真正”的挂科，因此反倒是真正的挂科了。我的意思是，如果他真觉得雷克斯福德的行事冷静恰当和安娜斯塔西娅的逆来顺受是不及格的——由于他们的及格性或是其他——而他自己能凭十足的不及格性通过的话，那么他要采取的行动就应该与现在的截然相反：否认卢幸运·雷克斯福德是他的兄弟，效仿他所认为的危险、荒唐的行事风格——即条理清楚的常规；作为丈夫，他要深爱着安娜斯塔西娅，甚至对她言听计从；抛弃他的肆意妄为、放荡不羁以及一切的玩世不恭——简而言之，翻天覆地般大变性情，以新的价值观，而非往常的方式挂掉自己。我心中愤懑难平，发出了这模棱两可说辞的诘问。但当我将话说出时，我竟发觉斯托克的所作所为竟有些朦胧的**合理之处**，即使当时我不能透彻理解。但在朦朦胧胧中，我觉得无论他如何邪恶地对待安娜斯塔西娅并否认所有通过的事物，其背后总有另一面。

乔治娜冲进大厅，差点撞倒了她的新雇主，她躲在她生气的雇主背后。彼得·格林紧随冲了出来，看到我们，马上停住，一脸通红。

“天哪！放过她。”我生气地说道——仿佛我四十岁，他二十岁。他得体地说道：

“妈的，我就是在玩‘她不说她是谁，就拿戒尺抽她’的游戏。”

“**我说**，”乔治娜说道，听起来不是很生气，“某些人的孩子！”

我恼火地让他把这游戏留给斯托克——如果斯托克还想玩——他把送我回大广场，我有事要做：除了任务，我还要赴校长那天的邀请，和他讨论马克西的案子；我和安娜斯塔西娅也有事要办，如果说第三项任务要我去医院的话。事实上（不过我不想在斯托克面前继续讨论我的任务），我迫切觉得，需要告诉所有布雷认证过的人，他们的认证是不成立的，以免他们如被假郎中蒙蔽的病人一般拒绝真医生的治疗。我打算从格林入手，他看起来被骗得不轻。他欣然同意载我到有安娜斯塔西娅的地方，仿佛是在例证我“病人”的比喻，他戳破他下巴上的一个红粉刺，抱怨斯托克前一晚借他的药膏不管用，反而还弄得越来越严重。

“是吗？”斯托克说，“我们烫伤就涂这个药膏，很管用。”从他的嘲笑中我听出了心烦意乱，但愿我的那番讽刺，如果真有意外效果的话，能多几层我所未发觉的含义。他领着乔治娜回到办公室，这过程中没眨眼，没拧她，就是放了个屁，作为我临走时求他好生对待马克西的回应。我想他没做出相反的承诺，就算话起作用了。

“我发誓她肯定是黑老乔的女儿！”我们穿过石院时，格林叹道，“整个摘棉花学院哪能找出两个一样的小黑！”他用胳膊肘顶了顶我肋部，“不过她是不是很正点——你觉得她是不是很撩人？”

2. 于塔钟所见

“完全没有啊，”我说，“但话说，我有时真搞不懂你对事情的看法。”

“你不相信她，是不？”他照我说的，将摩托的排气阀关了，这样我们就能一边赶路一边说话了。我说道，乔治娜到底是不是“黑老乔的女儿”这并不重要，重点是他对她的评价，在我看来那评价是毫无根据的。

“她就是个放荡骚货，”他坚称道，“就喜欢撩骚。”

“我估计不像你妻子那样可人又安分。”

“我还不如去亲一头猪！”

“也不像安娜斯塔西娅那样纯洁？”

格林闭上眼，叫我以后别再把黑人妓女与圣洁的处女放在一块儿说。“说起来，”他一脸狡黠地补充道，“别忘了你答应我的事，斯泰茜她妈妈。我来看能不能摆平施皮尔曼博士的控方律师。”

“天啊！”我喊道，“快看——”他朝我看过来，眯着眼笑着，车差点撞上一棵七叶树，“不是！你看你前进的方向！”他马上把注意力转回路上，却看错了路标：路标上显示应左转，他却右转了。他确定路标指示的就是右转，我坚称路标是左转向，他提醒我说斯托克非常擅长在路标上做手脚，并且即使错了，照摩托的速度、马力，再掉头都来得及。为了证明所言非虚，他加大油门，叫喊起来：“哦耶！”摩托驶过一个繁闹的十字路口。我厉声告诉他，别像个小孩似的。

“布雷导师说想要通过就要像个幼儿园孩子一样。”他答道——噘着个嘴，但也还是将车速降到之前的一半，我大大松了一口气。我指出以挪士·以诺建议是像个幼儿园生一样成长，而非自始至终一直上幼儿园，并且布雷以这个理由来认定他，无论如何都是错误的。

“你就是嫉妒。”格林揶揄道。

“更别说，”我继续道，“幼儿园生能通过，并不是因为他们幼稚，或无知。”

他如果不是不高兴了，就是犯起了倔：“随你怎么说。我这个乡下娃如何头脑简单，有几样东西我特别清楚。与其像西尔医生一样做个受过教育的滑头，我还是愿意像现在这样。”

我赞同以挪士·以诺思想中可能存在类似纯真的质朴，该种特质西尔医生并不具有。“而在我看来，你既不纯真，也不质朴。你只不过是倾向于这样看待自己罢了。”

“我觉得我还好，”他嘟囔着，“总之管他呢。”

“你可能还好，”我表明，“如果你能稍稍认清现实的话。我这样批评你，真是对不起，但我真是不愿看见所有人都信布雷的鬼话。”

“学院言论自由，乔治，你爱说啥说啥，”此时他嘴噘得越发用力，脸通红，和他新长出的粉刺一个颜色，“我现在都习惯被萨莉·安和所有人批评了，说我的形象如何如何。”不过他的整个姿态表明他有兴趣，甚至渴望去听我要说什么，尽管他还是有些担忧。

“实话告诉我，”我说，“你是不是过去和黑老乔的女儿发生过关系？”

他哼了一声。“也不是说，听着！那该死的黑婊子！如果我不的话，她就要向萨莉·安告密！”

“告诉她什么？”

“我之前和她在树林里，”他眯着眼看我，“也不是说！”

“但你确实和她发生了关系，是吧？还让她有了小孩？”

“这不重要！”他拳头捶着车把，“重要的是原则。孩子也可能是某个红皮的。”

“你同意他们与她发生关系，这样他们就不割你头皮？”

他头突然一动。“我得到了一个教训：**红皮只要活着就是祸害！**你以为谁开办了新坦慕尼森林保护队？”

“赶跑了红皮……”

“对！”

“砍倒了树木，毁了河流……”

“你爱说啥说啥！爱说啥说啥！”我还真就这么做了，在去到大广场的路上一直在说，不过语气和缓得多。我先是向他保证，我不像他妻子和其他批评他的人一样认为他是无药可救的挂科佬，我反而对他所展示出来的慷慨、勤奋、注重效率与才智表示欣赏。就这样，他慢慢放下了敌意。

“还是新坦慕尼的技术高手。”他说道。如我所料，刚才被我真心赞扬的他开始自我检讨起来。他对不起黑老乔和黑老乔的女儿，特别是过去的几个学期，他也没能够补偿他们；他曾毁坏荒原，剥削手下的工人，嘲笑读过书的、学艺术的，对交换生态度蛮横，无故翘课，贿赂过交警、议员，与自己的秘书保持着不正当的关系（秘书一开始也和黑老乔的女儿一样是个死挂的狐狸精），订阅书皮正常的色情杂志，发了第二次校园暴动的战争财，偷漏收入税。尽管他做出努力设法弥补过去，但也只是改了旧缺点，添了新毛病：他生产专门用于伪装和误导的包装袋，以及质保期一过便断裂的塑料；他花太多的时间看电视剧，而那些节目质量低下，他手下的市场推广研究部要负主要责任；是他（准确讲，他手底下的员工）发明出换物券——集券换物，如今各个学院都在用这种方式招揽学生就读。反思种种过错——他敢说青少年以诺主义者誓言中所有的规定他都违反过——他认为与黑老乔的女儿有染，亵渎了婚誓最不可饶恕。然而这并不是说，他要是唾弃新坦慕尼院旗，成为不信奠基者的学生会主义者，或像剧中塔利跛德院长那样与母亲有染，用肮脏来玷污纯洁，便可以被饶恕。

“就是婚姻，才让我和安娜斯塔西娅不能在一起。”他最后说道。

我很震惊：“你是说她的意思是，要不是因为这是欺骗你妻子的出轨行为，她就同意跟你发生关系？还是什么？”

“我求你说话注意点！”他生气地说。我才明白，他要表达的和他妻子没有半点关系（每每提及他心爱之人，他似乎都记不得他妻子和斯托克的存在），他就是单纯觉得自己内心肮脏，不配得到安娜斯塔西娅纯洁的喜爱，他甚至都不敢上前和她说话，更别说追求她了。

我低声笑道:“啊，天啊!”

“你要笑就笑吧，妈的，”他说，“当一个男人之前遇到的都是黑老乔女儿这种货色的女人，他再遇见妞儿安、安娜斯塔西娅这样的好女孩，就硬气不起来了。”

我以为他是口误，结果发现他用的是格林夫人的昵称。不可能!但往日荞麦地的记忆浮上心头，让我一阵目眩。我有强烈的冲动想要问问格林夫人爱读什么诗。想起格林对人的一贯看法，特别是对我也认识的人的看法，他在“骑车旅馆”讲的故事，我开始怀疑到底萨莉·安小姐是不是真如他所说的那样无邪。但我没啥确凿的证据，似乎还是旁敲侧击为好。从哪儿开始呢?

“你觉得马克西是无辜还是有罪呀?”我问道。

他想了想，对话题的转变毫不在意，说道:“你别气馁。”

“那莫里斯·斯托克呢?你觉得他是人们嘴里的死挂吗?”

“嗯，”他一副明断是非的样子，“你也知道人是啥样，总是把人往坏方向想。我呢，从没见过一个我觉得不好的人。”

摩托逐渐靠近塔楼大厅，我要完成第一个任务去了。

“‘也不是说’。”我嘲弄道。

“什么意思?不是说什么?”

我拉起他的袖子，心中恼怒但仍脸上挂笑(我们坐在大厅旁边的一个停车场里)，求他在接下来的一刻钟，不要打断我，好好听我这个毫无私欲、一心只关心他的安乐与候选资格的准大导师的话。

他眨眨眼，点点头:“想说啥说啥。我看你也不是个滑头。”

没有轻描淡写、掐头去尾，我一五一十地向他吐露了我所了解的关于安娜斯塔西娅、她丈夫以及我们其他的共同熟人的一切。信息无论是一手得来还是道听途说，我都说了。我说了那奇异的打屁股、艾拉房中的男孩们、乔治峡谷里的强暴、悼念会仪式的情况。我说了斯托克深信的看法，我自己也觉得有些道理，即安娜斯塔西娅和马克西一样都善于做受害者，甚至有了心得和快感。接着我讲了我亲见亲闻的斯托克这个人，他所爱好的、所厌恶的：他对所有人都抱有敌意，他乐于推翻秩序，满足学生一切死挂的念头。

我和他说了西尔医生、艾尔科普夫的消遣爱好，我在荞麦地看到的东西，我和亲爱的乔·赫罗尔德生前做的事情；我是如何在跨斗里轻咬安娜斯塔西娅，她又是如何讨好冒牌大导师的。接着我又延伸开来讲了新坦慕尼学院的种种缺陷，这些都是马克西教给我的，其中一部分经我的阅读与观察得到了证实：压迫弗鲁门齐乌斯人，信息主义无法无天，浪费成风，掠夺资源，破坏自然之美，视学习与教养为仇敌，神化末游阶层，整个学院粗鄙不堪、极度自大、自以为是、自我欺骗、伤感、虚伪、做作、愚蠢，有着幼稚的乐观主义，生性淫荡、贪婪、无知、自相矛盾，大都冥顽不灵……

“也不是说！”格林忍不住叫起来，但他的脸已由红转白。

“这也不是说其他学院就没有他们的毛病，”我同意，“或新坦慕尼没有通过的方面。”重要的是，我表示，别把通过的与死挂的混为一谈，或对过错视而不见。纯真，毫无疑问是罪孽的对立面，依据它来认证一人的候选资格，倒是可以，我也可能会做出类似的认证，但得确定纯真是真正的纯真，不是无知，也没有罪孽。“如果**我**是你的导师，格林先生——”

“叫我**彼得**。”他沮丧地说道。

“我建议你配一副高清晰度的镜片，就像艾尔科普夫博士给我的那种，来帮你看清事物之间的区别。再问西尔医生要一面镜子，来帮你看清自己。”

他一脸郁闷，指尖抠着粉刺：“我对镜子有阴影。”

“那就让西尔医生做你的镜子，”我建议，“如果有人能看清事物的另一面，非西尔医生莫属。”格林并不赞成，表示上次和西尔医生打了回交道，最后根本没啥效果。我说这次他的目标将不是治疗，而是成熟醒悟，并且论校园知识，没人能与西尔医生相比。我复述了西尔医生在剧场做出的评论：尽管毕业需要想象力，但绝不是不切实际的想象，革除幻觉实为必然。

格林吞下维生素片，挠挠头说：“我不知道。”

“那你就该去搞清楚。”我说。我还敦促他马上去找西尔医生，毕竟眼下我也不需要司机了：修完钟后，我打算去找雷克斯福德校长，来讨论如何处理边界争端，那地方就在广场的对面；之后我可能会去趟医院，找西尔医生给我解释一下我不太清楚的第三和第四个任务；如果你还愿意帮我，咱们在那儿就能见面。

“哎，是不是斯泰茜小姐就在那上班？”我叹了口气表示肯定，安娜斯塔西娅确是西尔医生的得力助手。我忘记考虑她的存在，不清楚她在的话，对格林的改造有利还是不利。

听到这儿他热心起来，保证要没日没夜地寸步不离西尔医生，牢记他说的每句话。“我就告诉他是你让我来的。”他说，“得，我有个更好的主意，你给我写个条，就说我是你学生之类的话。”想到这儿他乐了起来，像一个孩子得到批准，可以离开教室似的。虽然觉得他此行应该是成效不大，我还是借了他的圆珠笔，在能找到的唯一一张纸上——实际上就是他那假证书的背面——给西尔医生附了个情况说明。看到其上布雷留下的话，我忍不住把它改成了**幼儿园生为通过——通向一年级**。

“你确定不需要我这个新坦慕尼技术高手来帮你？”尽管他兴奋地强调自己最喜欢“拆表、看走针的原理”，但他一副等不及要走的样子。我谢绝了他的好意。他一声“哦耶”，开着摩托车呼啸出发，一时间沙石飞扬。他向邮递员敬了个礼，明显是把他误认成了将军教授，随后摩托车就上了路，路边标牌上写着行人专用道，但行人都飞快地给他那强大的机器让路。

进到塔楼大厅的大理石门厅，我将证件出示给侍从看，他们一个在门厅里，一个守在标着钟楼的电梯旁，随后我就被领到电梯口。这电梯旁的侍从，像那个负责新生讲座引导的角质框架眼镜男，在小本上看了看，发现(出乎我俩的意料）WESCAC 和校长准许我进入上边的钟楼——整个名单上名字并不多。

“为什么不能随意上去？”我问他。他皱起额头，脸上挂起一副不知如何回答的笑容，只是让我准备好了，就可以按下**向上**的电梯按钮；电梯显示中间不停，向上直达钟楼，向下直达大厅。我耸耸肩按下按钮。不清楚是楼高，还是电梯慢；耳边电梯咔嗒咔嗒响着，之后电梯门自动打开，眼前一幅可畏之景。钟楼水泥地面、水泥墙壁，粗糙不平，墙上地上满是油污，上边还刻着造访者的名字和一些古怪的话；钟楼四周的墙高度齐胸，可眺望大广场的壮丽景色。但我已无心欣赏楼下之景，因为机械大钟的构件占满整个钟楼，牢牢占据着来此之人的视觉、听觉、嗅觉。

眼前的庞然巨物由大大小小的齿轮构成，里边黄铜色的齿轮小如茶碟，油黑色的大如铁锅，大的齿轮看起来静止不动，只有最上边的一部分露出地面；钟的柱轴可能是自动转动，也可能是由绞盘上穿过房顶与地面的绳索驱动。钟楼上方悬挂着大大小小的鸣钟，最小的和饲料桶一般，鸣钟里露在外边的钟锤由钟杆连接到机器的不同部分。不同零件之间发出啪嗒声、咔嗒声、咯吱声、呼呼声。擒纵轮、擒纵叉之间前后运动，调速器飞速旋转，电箱砰砰作响，中型的齿轮慢慢地转，小型的齿轮转速快到模糊。钟楼虽位于高层，凉风阵阵，但仍吹不散那机油和铁制品的气味。

“**停在那儿！**”艾尔科普夫博士的喊声随着电梯门打开传来。我当时并未马上看到他，后来才看到他在我左手边的工作台旁，坐在克罗克的肩头。但那时我听出了他尖锐的音色，即使不明白他说的是什么，也明白他命令的口气。我愣了一秒，然后看到了令人吃惊的景象：房顶垂下的巨大钟摆，不声不响地在地上的狭缝里摆动，这狭缝就离电梯口半米远；艾尔科普夫说话时钟摆就在来回摆动，每次摆动到两端都有一瞬重量十足的停留。

“这样，**羊孩**，”艾尔科普夫眯起眼睛看着我，克罗克呲着牙笑，嘴里嘟嘟囔囔，“你过来。动作快点。”我顺着墙壁与狭缝的中间地带，往他们那走去，艾尔科普夫让克罗克把他放到高凳子上。放下后，那强壮的弗鲁门齐乌斯人上蹦下跳，撩起他的衬衫（他当时穿着平时穿的衣服，灰色羊毛运动服，这是校队运动员的统一装束，衣服前胸至肩膀一字印着 NTC[1] 三个字母），兴奋地指着自己的肚子。我注意到他肚脐之下多了块乌青的伤疤，伤口看起来很新。

“他想让你祝贺他通过了认证。”艾尔科普夫博士揶揄道，“你不是想要

---

1. 新坦慕尼学院（New Tammany College）的首字母缩写。

布雷是冒牌货的证据吗？这就是。”布雷差不多刚离开不超过一刻钟，他是来对大钟进行官方巡视的，并认证了克罗克和艾尔科普夫博士，之后他便离开前往校长府邸。

“你俩都被认证了？”我实在掩饰不住自己难以置信的心情。艾尔科普夫博士也认为，任何地方、任何样式的毕业认证大门，都不会宽到能通过两种截然相反的事物：隐德莱希斯第二和第三逻辑法则就否定了这样的可能性。他即使不是毕业生，也无疑是候选人，这点他不需要大导师来确认：斯开普拉思的名言“毕业在乎心神”，长久以来就被他挂在天文台和钟楼的墙上；这个定论是他像斯开普拉思一样通过无可变更的逻辑推出来，并在WESCAC上得到证实的。他礼貌地向布雷解释了这句话，这是出于对学校管理层的顺从，而非对布雷的尊崇，他还盼着前者能让他重拔往日荣光呢。那个自封的大导师很识相，在那句名言下边，署下了Q.E.D.[1]，这也就成了艾尔科普夫候选人资格的证书。

“不然他还能如何？”艾尔科普夫博士露出牙龈笑着，“就是斯开普拉思在我面前也是粗野之人。”他讥讽道，更为荒唐的是，布雷竟还认证了有脑壳无头脑的克罗克。他引述了布雷从《奠基者卷轴》引的话，语气中满是轻蔑：“看那林中的野兽，总不挂科。”无论以挪士·以诺说这句话想表达什么，他肯定都不会认证一个连认证书都读不懂的畜生。但布雷明显是要通过所有人，他先是把认证翻成了弗鲁门齐乌斯的象形文字（他称是代表入学和生殖的符号），之后不知通过何种方式博得了克罗克的信任，把话刻在了克罗克的肚子上。艾尔科普夫自己并不熟悉这图案；克罗克到底清不清楚也得打个问号，但最可悲的是，他始终一脸骄傲地显摆着他肚子上纹的玩意，尽管每次展示时他都会疼得难受。

我并未谴责这些认证，但我认同艾尔科普夫博士对认证者布雷的态度。克罗克肚子上的伤口看起来的确很疼。眼前的工作台上散落着文件、透镜、

---

1. 证明完毕。

磨刀石、卡尺、千分尺、高强度放电灯、几盒鸡蛋，工作台上方就挂着斯开普拉思的那句名言，但我分辨不出上面有艾尔科普夫所说的那三个字母。

“我没看到你说的首字母缩写。”我说。

他的头垂着，一副饶有兴味的表情。“我也看不见！除非你用这个镜子。”他指着桌上一个厚圆形透镜解释道，布雷——他确实佩服布雷的才智——觉得把认证写得小点，小到只能通过艾尔科普夫式镜片（一副连接起来的透镜，一面是“综合”或全景镜片，另一面则是“分析”或显微镜片）才能聚焦看清，再合适不过。但似乎并不是总能看清，他替我拿着镜片，我眼前仍然什么都看不到。

“嗯，”艾尔科普夫说道，“即便不是所有人都总是能看清，但至少我的认证是说得通的。克罗克现在就能看到他的，但没人能理解！”

我正要说克罗克至少能感受到他的认证。艾尔科普夫拿透镜的手突然做了个鄙视的手势，一瞬间我好像瞥到了之前那不见踪影的首字母，不过是反着的。我指给他看，颇有几分志得意满，瞧，这是布雷欺诈的又一证据。但艾尔科普夫他自己看不到那 .ᗡ.Ǝ.Ϙ（由于他镜片的一些特性），他也对我的发现不以为意。

“意思还是一样，”他说，“无论怎样，我之前就告诉过你，我不相信大导师，除非我看到奇迹。”但他却乐意给我解释那字时有时无、时正时反的现象，他深信所有的现象，无论好坏都能通过理智来明晰。与一些人认为的相反，他说，经过两次折射，且折射两相互补的成像并非总与原物实像符合，正如动物实验室里一只猫经过解剖，再重新组装也不会是之前的那只。有时成像会双重变形（理论上）；有时会没有成像，特别是这个过程中镜片特殊，要纠正散光，或光线不合适。

“但，”他笑道，“拿掉我的镜片，我和眼盲的塔利跛德院长没啥区别。”然而，我并不是说因为所有镜片成像都会扭曲（“包括你的。”他说，或许他没看到，我没戴眼镜），那么一切都不能被真正看清。我们所须做的，不过就是抵消这些光学误差，而他在工作研究里，就是靠着手中的透镜来完成抵消工作，他知道自己的镜片是准确的。

我问他怎么知道。他一副听到笑话的样子，圆眼里闪着光。

“我喜欢你，羊孩！克罗克给你准备了午饭，你可以到齿轮后边吃去。”我觉得自己刚才问的是个难回答的问题，严肃并富于洞见力，他却轻描淡写，有点当作玩笑。镜片证实了他的毕业生身份，是吧？而他确实是毕业生，这又反证了镜片的准确性。

“等等！”我反对道，“布雷是认证了你的候选资格，但你并不相信他。”

他竖起一小根无毛的手指，对我摇了摇：“我不会承认布雷博士是大导师，但我也不能否认他，因为如果大导师真存在，大导师和毕业生之间的道理也是一样：通过一方来知道另一方的真假，不是吗？”

我欣然认同。

“大导师可以分辨出谁是毕业生，谁不是毕业生，对吧？但反之则不然。镜片也一样：我清楚镜子是准确的，因为我作为毕业生，就是可以分辨出镜片的正误。”这个例子可以类比，他认为，WESCAC 与塔钟相互依存的关系，之前他就在天文台那儿跟我说过，并且这关系也体现在塔钟时间的准确性问题上，像这些牵扯到最终标准、第一原理的问题，都只是理论问题。

“你声称自己是大导师，而布雷不是，”他继续说，“但在没有奇迹出现的情况下，你无法证明。你只能自己知道，就像我知道自己是毕业生一样。”

我非常想和他继续探讨钟的问题，毕竟我就是为钟而来的，但我实在忍不了了，直言表示，他的观点在我看来不仅是循环论证（如类比所示，这可能严格意义上是逻辑问题，而非实际问题），并且还前后不一：他自己承认，通过形式逻辑推出自己的毕业生身份，与此同时，却用了相同的逻辑否定了克罗克的毕业生身份；当逻辑说不通时，他就抛弃逻辑，随意地互换结论与前提。

“是这样吗，*羊孩*！”他语气迁就，“那请在我和克罗克工作时以大导师身份指导我。你还是不信我是毕业生？”

克罗克在这期间一直悬在半空，一手抓着房顶一根靠近钟机芯的钢椽，另一手拿着类似磨石的东西，前额戴着个灯。在他面前，数米高的锚式擒纵叉缓缓摆动，推动着下面的钟摆，或被钟摆推动；擒纵叉的冲面、锁面叉瓦锁接、释放擒纵齿的轮齿，一根银色的钢条，一边如刀刃般锋利，贯穿擒纵叉轴顶端的圈环，擒纵叉以此为轴，缓慢摆动。嘀声要变成嗒声时，克罗克利落地用手中的磨石擦钢条的一边刃，嗒声要变成嘀声时，再擦另一边；他没碰擒纵装置，就利用钢条上固定的镜片做了类似测量的工作，之后把数据一阵呱呱传给下面的艾尔科普夫博士。他说的我一句也听不懂，但艾尔科普夫博士却在本子上匆匆记下数字，嘴里时而念叨着“对对”时而念着“呸”。记完，博士继续着自己手头的测量。在他面前，一只鸡蛋嵌在一套复杂的仪器上，他小心翼翼地研究着。

“我能坦诚相告吗，先生？”我问道，“我有一个建议，虽听起来冒昧，但我确实要讲出来，然后我还想咨询您，如何修这个钟……”

眼镜后，他粉红的眼珠往上一翻。“你疯了吗，羊孩？”

我给他看了我的任务，并告诉他这东西的来历：“如果上边说的是定钟时，那是不是就证明钟是坏的？我记得你之前说过 WESCAC 逻辑是不会出错的。”

艾尔科普夫博士十分在意，承认计算机通常不会出现错误推理；不过他指出，在无任何实在故障的情况下，说塔钟的时间有误真是莫名其妙，毕竟谁会指责一标准米长度不够数呢。

“但你昨晚上跟我说钟的准度还需要提高。”我提醒他道，并补充说我的自动上弦手表（天真的我用这个词想表达的是我自己上弦）上显示的时间就不同，我希望能够得到他的允许及克罗克的帮助，来调整塔钟的时间，以和我的保持一致。

“闭嘴！”艾尔科普夫叫道，“你啥也别碰！有个笨手笨脚的克罗克都已经够受了！”他眯起眼又看了看我的任务单，这次还用上了透镜，突然他拍起手来，“羊孩，我明白了！”

克罗克误认为是对他的指令，立刻从半空跳下来，举起艾尔科普夫博士放到肩膀之上；艾尔科普夫对自己的发现高兴不已，都忘记了反抗。

“上面说‘无时即成’是吧？所以说钟没坏，你不用费时间就能修好它！你已经完成任务了。”

他的推论，尽管我无法反驳，却不能让我完全信服，达到跟他一样深信不疑的程度。艾尔科普夫博士称，他的推论直接为我的任务画上了圆满的句号，解释了任务截止期的棘手问题，证实了 WESCAC“操纵分析和逻辑推理”能力的可靠性。我问道，既然钟不用修，那为什么他还在鼓捣机芯呢？他答道，参考标准虽在逻辑上无可撼动，但有时还可精进；比如一大学标准米最初定义为大学周长的四千万分之一，后来规定以存放在院际计量局的铂铱合金在 0℃时合金上两端刻痕之间的距离为一米，现在以镉元素红光波长的一百五十五万三千一百六十四点一三倍为定义。同样，塔钟也要时不时地提高精度——不过是纵向与它之前的准度相比，而非（“……Q.E.D.，羊孩……”）横向与其他钟表比较。他告诉我该领域目前的研究主要集中在擒纵理论上，并催生了两派相左的观点。一派研究者（艾尔科普夫蔑称他们是“一时一世尼古佬”）提倡废除各式的擒纵装置，采用他们——或他们的批评者——口中的“无嘀声计时”；另外一派，以艾尔科普夫博士为首，希望借助特殊的透镜与微铣削技术来磨快时钟擒纵器的摆动轴，让轴边变得更加犀利——或是让擒纵理论变得更加犀利，我不确定是哪个。

“这儿你能听到**嘀**，*是不是？*”他边说，边指着擒纵叉上叉瓦的一部分，“那儿就能听到**嗒**。假设嘀声马上出现，嗒声已经响完，我想做的就是测量究竟何时嘀变成嗒。上个学期我已经把它精确到了毫微秒[1]级，再过不了多久，我们就能彻底解决这个问题。”他的研究工作有几个难点：两派虽非政治团体，但却大致分属东西两校。“一时一世尼古佬”总体上研习释咖尼安教课程，再加上塔楼大厅又是空间与时间测量过程中的参考依据，这让擒纵理论本来就不幸沾上的政治意味更为浓厚，盘根错节：克罗克之前一直打磨的两边锋利的支轴恰好为南北向，与经线走向一致，而经线往北直达奠基山，将东西校园两分，并作为铺设输电线的坐标参考；而且钟楼顶部的风信鸡为新坦慕尼大广场区域的中心点——塔楼大厅里每一层楼的地板上都嵌着

1. 十亿分之一秒。

一铜盘，作为该点的标记，大广场的南北路、东西街编号皆从风信鸡的轴杆为起点开始标数，轴杆上风信伸出四个方向的箭头指示风向。因此，艾尔科普夫即使作为官方的守钟人也难获许可，来移动或改动钟的任何部件，再加上一些批评者（有的是真正不看好他的研究，有的则是为发泄自己反博尼法希斯主义的情绪）指责他的方法不过是作茧自缚。

“我已经从秒精确到毫秒再到微秒、毫微秒，”他说，“那些蠢货却说我只是在给越来越小的东西取越来越长的名字，但还是没能解决嘀嗒的临界点问题。”无知的他们——对他们的反对无法答复的我也同样无知——忽视了他近来取得、不久就能投入使用的重大技术突破：一种精确的珩磨装置，他将其称为无限分割器。装置附于支轴的一端，两颗相对的铣削头——上面布满金刚石粉末——会沿着上刀刃移动并珩磨刀刃；在往擒纵轴上孔眼（整个组件转动的点）移动的过程中，铣削头会削掉刀刃宽度的一半，一直二分、二分，**直到**达到理论上孔眼中心的最优点、嘀嗒摇摆的中心点——该点的数据会被顺带记录在校准仪的刻度计上。

“等等，教授！”一头雾水的我打断道，克罗克撩着他汗衫前身，露出伤疤，嘴里哼哼唧唧，“这个我觉得……”

“非常机智，**是吧？**”他好像在和克罗克说话，拍拍后者的头，又好像是在对我讲。我同意他的想法确实非同一般，但我头脑中模模糊糊还有一些理论问题不清不楚：马克西之前给我出过一道谜题，关于珀勒伊得斯与乌龟……

“**切**，”艾尔科普夫说道，“这就是为什么要有两个钻头，而不是一个：我们是两头一起解决问题。友情提醒，你最好捂住耳朵。”

他将小手指塞进克罗克的耳朵里，克罗克用大手包住他的耳朵，机芯里传出一阵呼呼声、噼啪声。我没明白这意思，直到第一个钟锤突然敲响了如电梯大小般的钟铃，震得我五脏六腑像移了位。更多的铃声接踵而至，就算把耳朵捂住，牙齿也禁不住打战，直到整点报时的四节旋律响完，随后一连串的铃声又响起，比之前的音符上升了一个半音阶。第八声铃响时，艾尔科普夫博士发出一阵叫喊：要么就是声音太大，克罗克手再使劲也没用；要么就是克罗克手劲太大。最后一声铃响震碎了卡钳上的鸡蛋。

“**败事有余，去死！**”艾尔科普夫博士尖声叫道，一个劲无力地捶着克罗克的脑袋，“你又把鸡蛋夹弄得像大音阶的第五音 sol！把我放下来，打扫干净！”克罗克服服帖帖地把他放回凳子上，开始舔弄脏了的仪器。

“羊孩，我不是跟你说过吗？我不能通过不是我脑力不行，而是这**黑人**做事太差。”他的鸟卵研究，之前我就在天文台上见过。和塔钟研究的出发点一致，他就是想借此研究重新获得管理层和广大学生的青睐：数个学期之前，他还在从事他短命的优生研究，WESCAC 就告诉他“毕业认证始于**卵**”，他便对鸡蛋的各个方面展开了研究，试图完成涵盖历史、化学、数学、生物、神话物理学多个角度的宏大专著（不包括烹饪，在其对专著标题的大段脚注里，他表达了自己对从烹饪角度研究鸡蛋的不屑，认为这样做是不可理喻的）；目前除了十四卷正文，他还完成了序言、插图、插页、折叠页、词汇表、索引、附录、参考书目、庆祝的十四行诗、数据补编、献辞、附带的音乐录音带和勒口上的文字；阻碍了该作出版的（其也将成为作者毕业认证的佐证，如果需要的话），是艾尔科普夫想做的一个简单的鸡蛋比较测量，他想将测量结果作为书中最后索引项——**受精鸡蛋**的脚注。此前，出版社出于销量考虑，将书的出版日期定在了春季狂欢节，但克罗克测量起鸡蛋的长短轴，笨手笨脚，并且还会忍不住吃掉试验对象，他们也因此错过了这一时间节点。

“无限分割器也是一样，”他悲叹道，“设计图都画好了，计算也算好了，但克罗克连零件都拿不稳！一个笨手笨脚的帮手有什么用？”和天文台的那次一样，他情绪一下子低落起来，说出了他的怀疑，是不是像他室友这样毫无思考与分辨能力的野兽，说到底算不上真正通过的人。

“我还说不准，”我答道，以为他是在问我，“但即使布雷给你们引用的话是对的——和你一样，我也觉得**两句**都对并不可能——依照他说的，我也觉得你俩没一个能获得候选人的资格。”

艾尔科普夫手里转着个新鸡蛋，一副悲伤的样子：“我要是和他说过一次高音 sol，我肯定都已经说过二十次了。”一下子他又面露喜色，傻笑道：

“你晓得你朋友安娜斯塔西娅能用她的**提肛肌**夹碎鸡蛋吗？为了写书中的第九卷，我让她给我夹碎了一打大号鸡蛋，我用压力测量器记录的。我给你看看原文……”

“对，”我边说边摇头，拒绝了他的提议，“就是这种事，还有夜视镜之类的事情……”我想婉转地表达，如果他深信通过就是WESCAC身上所体现的理智（至少在“非概念思考和直觉”阶段之前），那么照我观察，只要他像克罗克一样纵情声色，即使是间接地放纵自己，那他也绝不是毕业生，甚至不是候选人。另一角度来说，克罗克按照布雷的认证，在我看来也不会通过：哪门子的林中野兽会服服帖帖地来为人打杂，更别说做科学测量了。

“他总是搞砸。”艾尔科普夫辩解道。

“但他能**意识**到自己搞砸了，而且还会清理烂摊子——”

“他自己的烂摊子。”

“哪门子的野兽会这么做？山羊都不会做饭，或在手杖啃出图画来，或调透镜的焦距……”

艾尔科普夫鄙视地说：“他能对准多少次的焦，就能打碎多少个透镜。”

我的意思是，严格地说，他俩和彼得·格林或马克西一样，在我看来都达不到各自被认证的标准；尽管他俩性情相反，但无疑是由于朝夕相处，关系紧密，克罗克身上有了艾尔科普夫的臭毛病，艾尔科普夫身上沾染了克罗克的坏习气。而这对艾尔科普夫的影响更为消极（我试图暗示他），因为这完全有悖于他的人生追求与准则：**彼**与**此**的区分。他应该擦亮他的高清透镜，再往透镜上加一面镜子；将这一组合看作他的无限分割器（我非常看好），应用于自身，他便清楚自己离毕业认证大门究竟有多远。

“你是想让我放走克罗克，像之前那样？羊孩，你是不是脑子有问题？”

我礼貌地提醒他道，我不确定毕业就是他头脑中相信的那样；如果真是，他理应区分并且抛弃身上与毕业相悖的一切。出于对他年龄、才智的尊重（以及更好地说理），我称正是多亏他的教导，我才有了现在的认识，对此着实感激不尽：模糊界限，特别是模糊相反事物间的界限，实属挂科的行为，莫里斯·斯托克恰恰就打着这样的算盘。前往毕业认证大门的第一步必是要将通过与挂科区分清楚，而接下来（我越发觉得）的几步——比如说我任务的完成——必定要依赖着上面的区别。

“接下来的事，我还要用你之前给我的透镜，”我最后说道，尽力地去讨好他，“我还希望再借用一下你的分割器。”

艾尔科普夫听完既没像我害怕的那样发怒，也没像我希望的那样诚服。“你还是相信自己是大导师！”他惊叹道，一边又一副若有所思的样子，指导克罗克再装另一个鸡蛋。他又重复了一遍昨晚上说的话：“我还是有点希望你是，这就能证明我关于‘贾尔斯’的说法是正确的。”

我笑道：“如果是大导师必须先得是‘贾尔斯’，那我无论如何，肯定就是‘贾尔斯’，这就是简单的三段论问题。”不过我补充道，我应该不是弗吉尼娅·赫克托的孩子，因为艾拉·赫克托亲口表示，安娜斯塔西娅才是。

艾尔科普夫一摊手：“那你和布雷一样，都不是大导师。来，我在 WESCAC 上证明给你看。”他给了克罗克一串我听不懂的指令，克罗克听完后在一座控制台上按下几个按钮，这种控制台貌似学院里到处都是。我全神贯注地看着。

“以‘贾尔斯’为精产下的孩子为大导师，”他坚定地说道，克罗克敲着按键，“你我皆认同，安娜斯塔西娅·赫克托小姐不是大导师，”继续敲着，“但除了弗吉尼娅·赫克托，没有其他女人能到 WESCAC 存放‘贾尔斯’的地方。既然安娜斯塔西娅是之后产下的孩子，那么弗吉尼娅受的精不能是‘贾尔斯’，而你也不可能是大导师。好了，让 WESCAC 读取打印吧。”克罗克将命题一个一个敲进机器，他拉下操作台一边的长操纵杆，机器随即发出叮当声、呼呼声，机器正下方的小孔吐出来一张纸条，艾尔科普夫看了看纸条，满意地点点头，嘴里发出小鸟般的得意叫声。

他的第一个前提，即使成立，在我看来也并不足以完成论证——以挪士·以诺、释迦尼安他们就不是从“贾尔斯”中诞生的，我同样也不用：如果“贾尔斯”被证明毫无价值，我也不会损失什么，不过是少了一件能佐证自己大导师身份的好用证明，而我的身份实际上不证自明。艾尔科普夫博士刚刚还看着纸条上列的点，嘴里念念有词：“*是*……*是*……就是这样……

就是的……”忽然，他把鼻头上的眼镜往上推了推，掏出带着自己名字的透镜。

“**除非！**”他叫道，他冲我咧着个嘴笑，一副心照不宣的样子，左眼还使着眼色，“或许你和安娜斯塔西娅是双胞胎，有没有道理？”

小时候我自在惯了，因此听了后倒没有因自己与可能的孪生胞妹在乔·赫罗尔德悼念会上的所作所为而惊骇，我倒更关心双胞胎这个可能性与我大导师身份的关系。但我也清楚学生群体对于乱伦的态度。我怒斥艾尔科普夫的意淫，并严词拒绝他要在安全监视器上重放前晚录像带的提议。

“我刚才说什么来着，”我说道，“你身上克罗克的毛病可远比你承认的要多。”

“等我搞清楚了你俩确实是双胞胎，我就听你的建议。”他欢快地承诺道。

我有些恼火，和他道了别，我就按下了电梯。我的第一个任务，目前看来算是自动完成了，我必须要进行第二个任务，如果可以的话，还得吃个午餐。艾尔科普夫博士要是不听我的建议，那算是他自找挂科。

“别生气，**孩子**，”他说，“我就和你开一下玩笑。”

“你是在拿自己开玩笑，不管笑话的是谁我都不在乎。”我表示，我真正在乎的，只有布雷那不实的认证。我劝他，为了他自己和克罗克，好好考虑一下我的建议。他允诺会的。为了平息我的怒火（对他的保证，我没有多少信心），他提议针对我的其他任务，再给我来个逻辑可能性测试。

“比如，在我看来，解决边界争端就三种方式，”他说，“我们吞食他们，他们吞食我们，或者我们手臂挎着手臂，同唱‘**我们希望西格弗里德老院长回来**’。但或许 WESCAC 还知道另一种……”

“我也知道。”我回道。电梯来了。我向艾尔科普夫保证我没有生气，并恳请他，如果可能的话，至少要把我对布雷认证的态度以及建议，转告给克罗克。我感谢他教给我的镜片原理对我任务完成的意义，无论他是有心还是无意，这一原理我已不自觉地用在了批评马克西、彼得·格林、他本人，甚至莫里斯·斯托克身上。

他摇了摇头："你真神了，羊孩！或许 WESCAC 能告诉我你的身份。你不想让我问它吗？"

我答道，尽管我不再将 WESCAC 看成反派巨怪（反而，我对它满是敬意，将它看为区别万物的化身，而区别在我眼中恰是通过的准则），但我自信能找到属于自己的答案。我祝愿他的卵蛋学巨著能成功出版，待书面世之日，我定要拿上一本，看看到底是先有鸡还是先有蛋。话毕，我按下了向下的电梯按钮。

3. 光明府与大学委员会所遇

我的边界争端解决方案必然是暂时性的，与其说是方案，不如说是原则。但在接下来的午餐上，我对边界问题的由来有了一个简单的了解，这让我更坚信了自己原则的明智性。离开塔楼大厅，穿过大广场，我来到校长府邸前（爱打趣的人称其为“幸运光明府”，因为雷克斯福德在府中装满了泛光灯，他还有着晚上不熄灯的习惯，几乎每个房间都彻夜灯火通明），凭着自己的特殊身份，我被获准进入——本想着自己直接就能见到卢修斯·雷克斯福德，但实际上，我被引到了雷克斯福德手下一名顾问的办公室。那顾问绅士模样，黄褐色的皮肤与雷德费恩的汤姆的羊毛一个颜色。他分析起问题干脆利索、颇有见地，直接打破了我对弗鲁门齐乌斯人的固有印象：我本以为所有的弗鲁门齐乌斯人要么就是像克罗克那样的野兽，要么就是像乔·赫罗尔德那样温顺的仆人。

他的穿着无可挑剔，思维敏捷，能言善辩，虽然他模仿雷克斯福德的刘海模仿得并不到位，但他的口音却更像校长的，而不是彼得·格林的。一份精致的午餐送了进来，我吃着里面的沙拉与蔬菜。我一边吃着，他一边告诉我校长当天下午要赶往大学委员会参加首脑研讨会，他将在会上就尼古拉人违反“临时绝食”协议以及在输电线区域挑起事端的举动进行谴责。

“最初，东西校园边界由 EASCAC 与 WESCAC 共同划定，这是目前两台计算机唯一的一次合作。第二次校园暴动结束后，以我们这边塔钟的支轴为起点，奠基山上尼古拉学院控制室里类似的一个参照点为终点，确定了边界的主体部分。东西校园的供电线大部分就沿着边界铺设，紧挨在一起。”他说，数个学期以来，东校园最西端学院里的学生、教工不需经批准，便可成群结队，随意跨越电线，“转校”至西校园。但最近，EASCAC 发出指令称，往后再有擅自转校者，就地格吞食勿论——获得转校批准的都是些病人、笨人。作为回应，WESCAC威胁称，只要尼古拉方面的吞食波越过输电线来到西侧，它就会自动吞食整个尼古拉学院。EASCAC也发出了一模一样的威胁。

边界附近情势危急：一些打定主意的东校园民众仍溜了过来，更多的人则被EASCAC专门发出的“速食”波吞食掉，这种波会在与输电线一发之差的距离衰减消失。两边的边界守卫是些无畏的家伙，走在电线上，像武装的杂技演员似的；他们中不少人丧命于东西校园之间的无人区内，或死在了不明身份的狙击手枪下。双方都害怕这些事端会引发第三次校园暴动，给整个大学带来灭顶之灾。

然而，尼古拉人利用原本指令的表意模糊性（“东西输电线立两侧，东西边界坐中间”）暗地里将他们的电线往西移动，这在新坦慕尼学院里引起了轩然大波。西校园认为指令的原意是根据边界，确定各自电线的铺设位置，而非反着来，西校园要求对边界两端——塔楼大厅与奠基山——进行重新调查来确定边界的位置。但尼古拉方面却不准外部的调查人员进入他们的控制室，即使调查者来自“中立”学院，并称这提议就是打着调查的幌子，来行窃取机密之实。并且尼古拉人一口咬定（尽管不是公开承认）边界的位置就是取决于输电线的位置。为此大学委员一直争论不下，僵持了至少六个学期。这争端最近又牵扯上另外一个同样棘手的问题：“禁食”（禁止吞食试验的一种叫法）。一方是以马克西为代表的反战主义者，他们主张单方面绝食；另一方，像埃布利·艾尔科普夫一样的“预防暴乱者”则讥讽“先禁食者将成为最后的禁食者”，并奉劝“后禁食者活到最后”。

两方中间则是军事－政治科学派的观点：校长雷克斯福德所持观点，与他之前在格栅前的礼堂讲话时的看法如出一辙，认为无论最后收效甚微也好，辩论中剑拔弩张也罢，辩论都必须继续下去，因为在他看来，妥协的希望虽渺茫，却是众生的唯一希望。

“我认为只要他们继续试验，我们就奉陪到底，”顾问总结道，“但我们不会中止首脑研讨会，或当席离开大学委员会的会场，即使最后证实他们确实移动了电线。”

“这不算是个明智之举吧。”我小心地说。

“唉，”他用亚麻的餐巾擦了擦嘴，“政治学系，经过多年研究似乎认同这个做法。”

“我要向校长雷克斯福德提议的是与此完全不同的一个原则，”我说道，“我前几分钟刚想到的。”

“嗯。来根烟？”

“我不抽，谢谢。知道吗，我今天早上还和艾尔科普夫博士讨论别的事情，在那之前，我一直在与莫里斯·斯托克交流……”

他抬起眼睛，目光离开雪茄的火光：“嗯，艾尔科普夫和斯托克。”

我怕他误会，本要向他说明我应对宁静暴乱的策略并不是从艾尔科普夫和斯托克那里得来的，尽管与他们的谈话确实给了我启发。他正在重复艾尔科普夫和斯托克的名字时，忽然眼神飘过我的肩膀，一下满脸堆笑，跳起身来，麻利地将刚抽了几口的雪茄按熄在烟灰缸里。我往门口方向一瞥，急中生智也立马起身，这时，校长大步走了进来——事先一声招呼也没打。他的随从，清一色留着刘海，挤在外边，一些面带忧虑之色，一些像雷克斯福德本人那样在咧着嘴笑，显然他们也没料到校长会来这儿。

“我怎么好像刚才听到有人说了禁词？”一旁的顾问忙替我道歉，他则摆摆手，不以为意。他同我握握手，祝贺我通过了剔除山羊格栅；我也对他表示感谢，谢他为我及时扫清障碍，让我在校园里畅通无阻。

“我要和您说的，不是莫里斯·斯托克的想法，”我说，“是我的想法。我的第二个任务是终界端，解决边界争端，我觉得——”

“听我说，”他打断道，他仿佛很爱看别人无措的样子，“想坐我们的车一起去研讨会吗？路上你告诉我方案，晚餐前咱们就把宁静暴乱解决了。”

尽管我知道他是在开玩笑，但他的邀请看起来发自内心，我欣然接受。一大群守卫助理浩浩荡荡，我一瘸一拐跟着他穿过陈设讲究的走廊。他所到之处闪光灯不停，我倒是很享受这个待遇，尽管我清楚大导师太阳散发的真理光芒温暖照耀整个大学，在这光芒面前，再有权的院长、校长也不过是一点苍白的烛火。正走着，校长突然转向，往阳台走去。我们出于礼数保持了段距离，远处一位美丽的年轻女子轻转脸颊，与校长贴面亲吻，那女子本是与一群俊俏的青年男女一同坐着，校长朝他们走来时，每个人都站起身来，只有她坐着不动。校长与她说了会儿话，更多时候是和其他人交流。之后，校长领着我们走到一排摩托车跟前，这些摩托车通体白色，配置的是封闭跨斗，沿着路牙依次排开。我荣幸地坐上了队伍最前面的摩托，与校长一车，其他人两两分组坐上了其他车。

“我和我夫人说，我希望你能帮我们解决东校园转校生的问题。”车子开动，他和我玩笑道，摩托车跨斗装饰讲究，而且基本隔音，“你既然能从旋转栅门和剔除山羊格栅钻过，或许也有法子让人神不知鬼不觉地溜过输电线。”他问我早上怎么样，我大致和他说了我早上的钟楼之行，以及我对哈罗德·布雷随便给人认证的担忧。他同情马克西但又不认同马克西的态度。他说，如果马克西让律师给他辩护，弄个无罪判决不成问题，最糟也就是缓刑；那样，西格弗里德－新坦慕尼两学院的关系就不会有危机，马克西也能爱怎么惩罚自己就怎么惩罚。眼下问题就特别棘手，雷克斯福德继续说道，新坦慕尼目前在多个争议项目上依赖着前对手西格弗里德学院的支持，要是西校园反西格弗里德情绪重新抬头，这些项目肯定会面临阻力，甚至会流产夭折。我一提到莫里斯·斯托克，就觉得他一阵恼火，这让我意识到自己的话有欠妥当。但这又确实关乎我的边界争端解决方案，因此我继续向他解释：我相信斯托克宣称和他有亲属关系，目的就是让别人不相信这层关系；因此，死挂的中伤即使没有通过的动机，却有着通过的效果。然而通过与挂科之间泾渭分明，这一点一刻都不能混淆。

校长雷克斯福德非常怀疑：“上午早些时候，你还让我承认他是我兄弟。”

“如果我这样说过，那我确实是错了。”我道歉，“我现在认为，你应该全力和他对着来。你应该彻底和他断绝关系，公开、指名道姓的那种。”

“啊，嗯……”摩托车驶在脏乱的校园道路上，校长在跨斗里朝着路边成群的支持者挥手致意，一副欢快的样子。支持者中，许多都是衣着艳丽的女士——我现在知道了她们实际上是妓女，或者叫“校园追随者”，学院里越混乱的院区，她们越如鱼得水。她们挥手回应，一些皮条客和校园恶棍也在那儿挥手。“你的意思是让我完全和他断绝往来，那是不是有点过了。”

“那我可以肯定，你不会喜欢我的边界争端解决方案。”我说，“我认为对立的事物就应该界线分明，互相离得越远越好。”

校长深表赞同。摩托车又经过一处同样脏乱的四方院区：路上、台阶上满是烂醉的人；成群凶神恶煞的小年轻在街上游荡；海报上宣传着色情电影；一个男人一拳打在一个喂奶的女人嘴上，打得她差点没抱住孩子。雷克斯福德被这一幕所吸引，车都开过去了他还转头继续看。看到打人者随后便亲吻着女人受伤的地方，他嘴里一阵嫌弃。

“在我看来，”我继续说道，“清楚的区别绝对是毕业的第一步：不要将一物与另一物混淆，特别是别混淆通过的与挂科的。”

“我完全同意，”雷克斯福德笑道，“这就是我为什么将 WESCAC 看成我们的同人而非敌人：应对知识的唯一措施就是获取更多的知识。”但他继续说道（他的架势仿佛是在采访彩排的现场，越说越起劲），在他看来有两类区别在总论区别重要性时地位突出，应始终牢记。一类便是科学与人学的区别：前者在理论上虽然精确，但现实里却并非如此，所以，正如艾尔科普夫博士的沮丧体现的那样，现实只能近似理论的有序性，且常常与理论相矛盾；而后者在众生的道德、治理层面，种种理论都导出矛盾的不可调和性，因此该领域的高级学者往往态度悲观——但现实里能做的却又很多。东西校园在意识形态上相对立，我刚要和他提，他就先说了。保守派坚信两者的谈判协商必是徒劳无功。但过往的记录显示，双方手段灵活，通过坚定领导的不间断谈判，已经拉近了新坦慕尼与尼古拉学院的距离，如果不是理论上的，也是现实层面的距离。这一点至少让他感到满意。“还记得我早上是怎么说拱门两端的吗？”他说，“对立的两侧支撑着整个建筑。看如今小学院在大学委员会里日益增长的影响力，背后原因就在于我们与尼古拉人僵持不下。这事态是有建设性的。”

第二类差别他在早上的讲话中也提到过：质疑手段与质疑目的的差别，批评过程与质疑第一原理的差别。他坚称，只有全盘接受某些第一原理时，大学方成大学。“你还记得‘校长的新衣’那个故事吗？裁缝称戴了绿帽子的人看不见那衣服。嗯，叫我说，直到有幼儿园生说他没穿之前，事实上校长就是穿着衣服的。人们嘲笑校长，并随后以欺诈罪惩罚了裁缝。因为不这样做的话便是承认他们都被戴了绿帽，所有人，包括校长自己。”我注意到他说到这儿脸红了，“至于那个孩子，如果说他年龄太小，不可能被戴绿帽，那他那个年纪也不会理解一件戴绿帽的人看不见的袍子。这并不能说明他是对的。校园内有很多事物在你没学会怎么看之前，你是看不到的。当你直接看，或离得太近，一些极为重要的事物会消失不见。这并不是说它们不存在。”他重申了对《塔利跛德院长》作者的批评：“事实上，塔利跛德是一个好父亲、好丈夫、好院长，直到塔利跛德对基本问题纠考过度。剧作者佯称存在一种死挂情况，而无人知晓，随后又选了个除了剧中人物不知情，观众都明白的情节，可谓用心叵测！因此让我们悚然的，不只是塔利跛德所发觉的东西，还有他未能发觉的一切，”他脸又一红，“但看看你，看看我，看看我们所有人——我们不是很融洽吗？剧末卡德默斯学院变得更好了吗？塔利跛德为什么不适可而止呢？人就该管好自己的事，做好自己的工作，别问那些类似这一切值不值得做这样基本的问题！”

他说到最后情绪异常激动，甚至有些愤愤不平，校长注意到我面露不悦，马上道歉。“我有时会和莫里斯·斯托克一样控制不住自己，”他不好意思地笑道，“有时真想说‘什么责任、理智，统统见鬼’，回家，喝个烂醉，像刚才那家伙似的殴打妻子，而不是和她和气相处，这多容易；或是想说什么就说什么，而不用说啥都要考虑后果。”

他之后承认，他当时是因为确信我会质疑“大导师”给他的认证，才说出那番少有的激烈言辞。他把认证给我看了，上面写着：**若秩序优于混乱，暴乱平息者为通过，卢修斯·雷克斯福德为毕业候选人。**

“我觉得秩序是优于混乱的，”他说，“我毫不质疑，而且我也不想听到别人质疑。”

我表示我对这个命题没有异议。恰恰相反，我是要和他确认（因为我前一天没这么做）秩序与混乱同通过与挂科一样都不应被混淆，无论是在事实层面还是价值层面。对于他关于**塔利跛德**那部剧的评价，我有异议，但没说出来（他难道忘了卡德默斯学院的衰败没落不就是因为院长那不可告人的挂科罪行吗？剧中的基南德，相当于卡德默斯学院的大导师，对那可怕的答案，他心里也不是没数吧？）我真心赞同他在科学、政治层面上理论与实践的区分以及他对第一原理的基本观点，尤其是后者，不然的话，我难道不也会对我不可证明的大导师身份绝望吗？在校园里我遇到的所有人中，我告诉他，只有他一个人的认证，我最乐意确认……

“**但是**，”他一脸苦笑，我确实也有几个“但是”想说，和我的边界争端解决方案不无关系，但我还没想好如何得体地说出来，校长就开腔了，“他们告诉我，你最近见过几次斯托克先生和斯托克夫人。”我承认是的，他的话突然令我想起斯托克的影射：安娜斯塔西娅曾主动——更准确地说，没有拒绝——让别人占她的便宜，卢修斯·雷克斯福德就是其中一个。雷克斯福德夫人在阳台上那冷冰冰的表情又浮现在我的脑海里。“问你个私人问题，”校长继续说道，“我们都听闻他是如何虐待他妻子的，甚至还打她。你觉得安娜斯塔西娅爱他吗？”

我想了想，并非是在想回答**是**还是**不是**，而是在想如何让我的回答更加中肯。

“你觉得男人打妻子对吗，校长先生？”

“什么？”他紧皱眉头，“嗯，不对。不对，当然不对。”不知道他察觉到两个问题之间的差别没有，他只是立刻回答，脸涨得通红。我还没想好接下来怎么问，他便继续道：“对她不忠也不对。这是不可原谅的——特别是如果他妻子还忠诚深情。”

“斯托克他**不是**你的兄弟，对吧？你也觉得他的生活方式不及格，对吧？”

看到他眼里一副恶狠狠的神色，我连忙调整了策略，以不那么私人化、具体化的方式来阐述自己的观点。这观点我和大多数人都说过，和马克西、彼得·格林、艾尔科普夫博士和克罗克讲过，也和安娜斯塔西娅半无心、半有意地提过，还故意曲解游说过艾拉·赫克托、斯托克他们：且不论给他们的认证理由是否正当以及那个认证者是否有资格，我也不认为他们能够达标。正如我觉得斯托克挂科院长的资格和艾拉·赫克托的自私模棱两可一般，安娜斯塔西娅易被利用的慷慨、马克西的代人受过、格林的纯真、艾尔科普夫的苦行主义和克罗克的纵欲无度都有待商榷一样，我也觉得卢修斯·雷克斯福德并非如我们想的那样，一点儿斯托克的恶习没有：我大胆猜测他偶尔会向雷克斯福德夫人发脾气，甚至可能会打她——当然不会超过一两次——并至少体验了一次出轨安娜斯塔西娅带来的愉悦。相反，他对斯托克身上的极端做派与混乱的谴责不过是流于表面，极力遏止他和斯托克是兄弟的流言的，主要是他的党羽及同事。我没有直接说出来，只是称赞他早上的演讲以及他所引用的哲学家隐德莱希斯，多亏了马克西，我还是知道点隐德莱希斯思想的皮毛。之后我大胆地指出，如果中庸与折中的原则也折中中庸的话，这原则便失去了意义。我突然想到，隐德莱希斯自己曾警告世人提防“极端中的中庸”，意思是人不应撒谎、欺骗、偷窃、强奸或谋杀，即使小心谨慎地进行也不行，而应彻底避免上述恶行。而（我尽力用着客观的解说语气）通奸、家暴、酗酒以及各种暴力行为也同样如此。问题不在于何时、和谁、程度与频率如何，而在于到底有还是没有。答案就是不该有。

“前面就是大学委员会的楼了。”校长说道，声音阴沉沉的。

我求他听我说完，因为我讲的是应用隐德莱希斯主义解决边界争端的正确法子。

“我们现在的政策不是隐德莱希斯主义吗？”他说道，一副觉得好笑的样子。新坦慕尼的策略，他说，就是与尼古拉人在尽可能多的方面进行往来，微妙而广泛地参与到两院事务中。两院虽在理论上存在矛盾，但缓和将成为两院关系的现实，而暴乱则无异于经济层面的自毁，肉体层面的自戕。长久存在的边界争端——如今几乎如同机构一般，有着自己的预算、办公点、管理人员、办事程序和出版物——为我们提供了与尼古拉学院，与其他较小的学生会主义学院接触的机会与机制。举个颇有讽刺意味的例子：边界上的接触同会议桌上的谈判一样，没了它们，两边的间谍与反间谍部门将失去用武之地；并且没了像边界争端这样妥帖的“战线”，秘密外交这一处理两院重大问题必不可少的举措，实施起来将变得困难重重。

“如果没有这个争端，我们还得重新造一个，”雷克斯福德有些玩笑地说，“但还是用一种已经存在的沟通方式来沟通比较好，是吧？比方说，尼古拉学院的一位代表，这人自称 x 同学，说了只要新坦慕尼阻挠唐学院加入大学委员会，他的学院就拒绝缴纳会费。而他实际意思是，他们也不想让唐学院入会，但不好直说。所以，如果我们一直反对唐学院入会，让尼古拉学院拖欠会费拖得不失颜面，尼古拉人也不会干涉我们在其他学院的扩张作业。我们明白他的言下之意，x 同学也清楚我们明白；所以我方代表心照不宣，只是谴责有些学院不缴纳会费，并威胁我们也不交了——实际上我们会交，因为如果大学委员会倒了，我们的损失可比尼古拉人的大得多。但会费拨款在新坦慕尼保守派把持的教务委员会那儿又很难通过，因此尼古拉人肯定会在输电线问题上消停一段时间，至少得消停到下次的教务委员选举结束。”他微微一笑，“对于一个长在羊圈里，被施皮尔曼博士一手带大的人，这些一定感觉非常阴暗。”

“恐怕确实是这样！”我大叫。但校长仍坚持说，可悲也好，不可悲也罢，这就是现实的政治。他称最优秀的政治学家就是那些不用多说，便能通晓政治话语里多重意思的人；对他们来讲，象征性地使用学院的政治话语如同他们的第二天性，他们对于公开声明和真正政策间存在的不一致，既不会觉得阴暗也不觉得虚伪，对他们以及政治新秀而言，政治上就没有不一致一说，他们从不会搞混符号与所指。

“这不是隐德莱希斯主义！”我表示反对，“不好意思，先生，这是挂科院长的恶习！你听起来和莫里斯·斯托克没什么两样！”

他的和颜悦色之下是对我观点的将信将疑，刚刚有那么一刻，他放下了疑虑，但现在又来了。“也许吧，不过是从大导师的角度看……”

“从隐德莱希斯的角度！”我坚称，“从你的角度也是！”车队在一幢多层玻璃建筑物面前停下，车外一大群学生与警察在等着校长的驾到。一小群身着黑袍高官模样的人从台阶上下来，朝我们走来；穿着后备军官训练团制服的警官打开我们跨斗的车门，立正敬礼。但校长半举着手，示意欢迎人员等等，脸上挂着一副戏谑的笑容，说："显然我们不能吞食对方。你有什么高见来解决边界争端？给你一分钟。"

我深吸一口气："我会把输电线分开。"

"什么？"他一副被激怒的样子。

"让研讨会休会，"我说，"将东西输电线之间的距离扩大一倍。让WESCAC将电线从EASCAC那儿彻底分离出来。"他说我是在开玩笑，但还是重新拉上了车门；车外的众人不知如何是好，看看手表确认时间。

"这就像斯托克，或是挂科院长，或是一场恶疾。"我解释道，"你要是和他们打交道，你非输不可。你应该**中庸之中持着激进的态度**，一刻都不能向挂科妥协，或混淆两种相反的事物。拱门显然不能横跨真与假，真假就应该用跟无限分割器一样锋利的刀刃切割，并清楚分开。"

我边说校长边摇头，可即使他脸上的笑容很凝重，但似乎还在听，我立刻将我的观点推而广之。向代表挂科的力量妥协——向X同学或斯托克妥协——就像向恶性的细菌妥协一样：在温和的运动与高强度运动之间，人可能会选择前者，但在温和的疾病与身体健康之间，没人愿意再选择前者。我清楚地看到，学院的良好运行，同有序、通过的管理部门的良好运行一样，并非源自与其对立面的合作，而是源自对对立面的否定。雷克斯福德律法的字面之意与精神便是秩序、才智与光明，去除新坦慕尼之中的无序、无理、或黑暗。若大广场的光明必须取决于奠基山下面的输电线，那先不说区分嫉妒与上进，至少不要将黑白等同视之！我敦促他，禁止莫里斯·斯托克进入大广场，公开地否认你俩的亲属关系；断绝与艾拉·赫克托的一切商务往来，和X同学也一样；取消一切与尼古拉学院公开或非公开的协商；彻底一次性理顺WESCAC的电线；将东西学院的电线分开；严格区分两校的界限，如果有必要的话，分界线划在我方校园之上；增设双倍泛光灯；增派三倍边界守卫……

"你说时不时会有守卫因为向下看而失足坠落，"我最后尖锐地说道，"那么他们就该戴上特制的项圈，就像我们给不服驯的山羊戴的那种，这样他们就不能向下看了。"

他微笑着，拉了拉刘海，我得说他看起来有些不耐烦。他再次打开了跨斗车门，这时，车外拉起警戒线的台阶之上爆发出一阵喧闹。我眼光一扫，注意到一个独眼的家伙正与警察纠缠，还没怎么看清，两个警卫就纵身跃来，手上握着手枪，来保护校长，也挡住了我的视线。

“又一个疯子。”卢修斯·雷克斯福德嘴里咕哝着，他仍面带微笑，但一瞬之间脸色有些发白。“我们进去吧。”他对警卫说道。

“稍等一下，校长先生，”警卫里的一个回道，“那人有些麻烦。”

“他貌似没有武器，”另一个警卫说，“不过还是小心点为好。”

但校长不愿再待在车里。他前脚下车，后脚警卫就把他围了起来。围观者大声欢呼。他笑着，朝他们挥挥手，但我清楚地觉察到，虽然他风度翩翩，在民众中大受欢迎，可他却并不信任热爱他的学生群体，毕竟这个群体里时不时就会蹦出个极端杀手，或自称为大导师的家伙。与那独眼男搏斗的警察一脸为难地看着我们这边。那独眼男脸上露出喜色——我认出他来，他就是之前控制室里，我透过电网看到的那个尼古拉人，据彼得·格林说，这人还与他在斯托克的周四狂欢聚会上打了一架。这人确实很难制服：四五只手抓着他，他都逃得出来，他喊着“伟大的好人呀”，扑通跪在我们前面的路上，警卫举起枪来准备射击。

“我不是杀手！”他对校长说道，“是尼古拉学院的转校生！您的忠实支持者！您好，大导师！我不信！”

警卫迅速护送着校长往大学委员会的楼走，其他的警察连忙用手铐铐住跪着的那人，但他仿佛有魔法一般打开了手铐，朝校长挥手道别。

“再见，再见！大学和平永驻！”

我留在原地，云里雾里。“你认识这人？”一名便衣警察问我。其他的警察又重新把他铐住，这回他满脸笑意地配合着伸出手来。

“我认识他。”我回过神来，回答道。

“亚历山德罗夫。”那犯人主动说道，他又轻而易举地脱下手铐，伸出一只手和我致意，另一只手则揪着自己黑色的胡子，“列昂尼德·安德烈奇·亚历山德罗夫，工程学博士。喜欢安娜斯塔西娅·斯托克，仰慕您，但不相信！怀疑论者！”他手握起来，同他的身材一样，结实强壮；他红色的脸上，黑色的眼睛炯炯有神，满是真诚，一头黑色头发风采飘飘。

“手铐有问题。”一名警卫说。但那尼古拉人咧嘴一笑，摇摇头，不无骄傲地解释说，自己有着开锁天赋，凭着这技术，他从控制室的电网溜进来，一路来到大学委员会大楼（他说他父亲是尼古拉学院代表团的团长），并在众目睽睽之下转了校。“总拘留所，行吗？”他最后请求道，“现在押我去那儿吧？”

“你最好来旁听审讯。”我被告知。便衣警察听到他们抓的是 x 同学的儿子，一下子打起精神来。考虑到叛逃是个复杂的外交事件，以及我还想去追校长来完成我的任务，大家都同意审讯应立刻进行，地点就在新坦慕尼代表团在大学委员会的办公室。新坦慕尼和尼古拉学院可能都想推迟研讨会的开幕，直到妥善解决此事。

“不要，”那尼古拉人坚持道，“带我去总拘留所。”他稍稍动了一下就挣脱了他们的押解，真是惊人。“我不是转校生，”他说道，“是间谍。过来绑架科学家。”他咧嘴笑着，“学生会万岁！打倒信息派冒险主义！送我去总拘留所，行不？”

几个警卫互相交换了眼色。“我们进去说吧，”他们说道，几乎是毕恭毕敬，“如果你说的是真的，你很快就会见到总拘留所。”

亚历山德罗夫思索了片刻，点头同意。“您要一起来吗？”他问我，“安娜斯塔西娅敬佩您，我也敬佩您。”

“但不信我。”我提醒他道。

他又脱了手铐——这次一下脱了两对——热情地伸出一只手臂抱住我。“羊孩，**是**；大导师，**不是**。”

我们进了楼里，激动的警卫为我们挡住了记者和好奇的民众。大厅、走廊中，好几种语言的争论声不断；我们到哪儿，哪儿的争论声就变大，一群穿戴庄重的绅士跟在我们后边，指指点点。亚历山德罗夫朝他们挥挥手，换来的是一些人的怒目。在办公套房的门口，貌似两个学院的代表正通过翻译员唇枪舌剑地交涉着，争论谁有资格进会议室。

“你是怎么解开手铐的？”我问亚历山德罗夫，现在所有人的注意力都没在他身上，“看起来真高明。”

他眉开眼笑，玩笑般地捶捶我的胸脯。“大秘密，同学！我不能说！”他情不自禁地大笑起来，补了句，“但安娜斯塔西娅的好朋友，可以！”他拦住我想要跟我耳语，但因为警卫和尼古拉官员的急忙制止，我听得并不真切。尽管我坦诚跟他们交代环境嘈杂，我没听清楚，但我之后一想，他应该说的是，**没锁**、松开——当然也可能是拉开我们的警卫说的，或是命令吧。亚历山德罗夫似乎真的照做了。他说话时，自在地甩着胳膊，身上的衬衫领口本来就开着，他又解开第二颗扣子，松了松腰带坐下了。

“大间谍！”他说，指了指自己的胸脯，但他的眼罩让他看起来就像是使了个大大的眼色。尼古拉学院的官员旋即怒斥他，他则胳膊一挥，摇摇头，拒绝回应。

“他彻底投降了，供述了绑架的意图，并且拒绝请律师。”新坦慕尼的一位官员对他们讲道，并义正词严地加上说，虽然他会把记者、摄像请出去，允许尼古拉的代表留下，但他们不能干涉犯人自由发声的权利。另外，他坚称亚历山德罗夫不必非要做陈述，但如果说了则将会被记录下来，作为相关证据。

“没事！”亚历山德罗夫大叫，压倒了尼古拉代表用母语发出的反对声，“我任务失败，理当进总拘留所！”

一则消息传到办公室：首脑研讨会推迟，x 同学要过来和我们讨论眼下的事宜；新坦慕尼的官员请求亚历山德罗夫等一下，但他情绪既反复无常又波动剧烈，这时眼里满是泪水地说道，他之前已经让他所崇敬的父亲蒙羞了，这次又让他蒙羞，已无脸再见父亲。他匆匆、简略地道出了自己的生平：深信无阶级之分的校园以及学生会主义者构想的理想图景。没有老师，没有学生！鄙视艾拉·赫克托和其他贪婪的信息主义者，但敬佩新坦慕尼学院里的几个人：将军教授雷金纳德·赫克托，第二次校园暴动中被囚在西格弗里德的集中营，随后成了整个集中营的解放者；校长雷克斯福德，和平爱好者，为人亲善；安娜斯塔西娅，十足的毕业生，虽然毕业不过是信息主义者编造的谎言，用来麻痹中下游阶层；我自己，对山羊和其他动物都持着尊重态度（似乎在周四狂欢聚会上，安娜斯塔西娅没少说我的好话）。在他眼中，我的这个美德显然比我的大导师资格值得称道，当然，他不信后者。但在校园中的所有人里，他最尊敬的还是他的父亲，他极度无私的父亲甚至都放弃了自己的名字……

“伟大性！”他一边拍着座椅扶手一边大叫，“高尚性！”

但这时，他眼中满是沮丧：他禁不住喜欢上述的那些人，但他又否定这种感情，因为喜欢不可避免地带着信息主义偶像崇拜的意味。这并非是他作为学生会主义者唯一的缺陷：他承认自己有时会不服从上级，擅自行动，事后无论如何悔恨都改不了这毛病。例如，第二次校园暴乱时，他作为刚入伍的暴乱工兵，在开战没多久的一天晚上，未经批准偷偷溜过边界，想要牵走一头逃难农民没来得及带走的母羊，当场就被西格弗里德人给俘虏了。之后，在博尼法希斯主义者的集中营里，他发挥自己精通工程的优势，学会了开锁与逃脱的本领；羞于回到自己的部队的他，真有一手帮人逃脱的本事，没多久，尼古拉方面的将军教授就故意安排士兵被俘，让这些卧底给他带去要解救的战俘名单——名单上大多是被俘官员。但时不时地，他的情感就会战胜纪律性，他钦佩卧底的无私精神，竟将卧底给放了。暴乱结束后，他作为电脑专家，身居要职，专门解决棘手的数学问题，但他还会不时重犯老毛病，特别是当他见到之前的同志，喝酒悼念牺牲的同学时。有一次毛病犯了，他竟到了尼古拉动物园，因为对里边的动物满是同情，他开笼把它们放了出去。之后的场面混乱至极，再加上很难控制住他，动物园的工作人员都要将他和出笼的熊和老虎一同射杀掉了，幸亏他父亲及时赶到，拿着喇叭照着一群猴子喊话，并命令他主动投降。

“丢人至极！”他叹道，一只拳头抵在了他紧锁的眉头上。他说，要抓他的人，都已经对抓住他不抱什么希望了，但他看到了自己出于好心引发的大片杀戮，表示自愿被监禁终身：不仅有几头野兽不可避免地遭到射杀，还有一些野兽吃掉了其他动物，更有甚者，许多外来的异兽没了熟悉的食物与环境也将必死无疑。随后，人们讨论该如何严惩他（由于他父亲职务的缘故，常规的法庭审判是不可能的）。看到他的上级左右为难，他好心地主动说出了对自己最严厉的惩戒办法——一间四周都为平面镜，而非铁栅的牢房。他厌恶一切的反射映像——这种反感他难以用语言描述，至少用我们的语言难以描述，程度之深，牢房都不用上锁便能把他关住：他只会双眼紧闭定在牢房中心。

我打断道："你也对镜子有阴影！真是奇怪！你知道彼得·格林吗？你还和他打过架，在斯托克的——"

那几个当官的让我别出声，生怕亚历山德罗夫不再继续讲了。

"哈！"亚历山德罗夫笑道，"小孩一样，但无私，羊孩！还喜欢安娜斯塔西娅！但愚蠢！但没事，我喜欢，不应该和他打架。算个好人！唉，哼！"

他的看法，虽然我认同，但没说到点子上。我不再纠结他俩都讨厌镜子的事，觉得是浪费口舌。不管这背后原因如何，列昂尼德·安德烈奇反感镜子的程度绝不亚于彼得·格林。按照他说的，人们立刻给他造了间镜子牢房，把他关了进去，才一天一夜，亚历山德罗夫就如同癫痫发作般，倒地，头一个劲儿地撞墙，镜子碎了一地。再醒过来时，他已经在监狱医务室，右眼失明，对自己能够有所作为、为院争光已失去希望，以至于之后他父亲安排他到奠基山控制室工作时，他最先是拒绝的，觉得自己配不上。最后接受还是因为不想让他最崇敬的父亲再失望，并且他想通过这份工作来赎罪：他的父亲（我方的一个翻译说亚历山德罗夫口中时不时蹦出的那个尼古拉语的单词实际上是"继父"的意思，其他人解释说亚历山德罗夫的母亲是暴乱遗孀，x 同学与她结婚也不过是十几年前的事，那时亚历山德罗夫都已经再入学了），似乎在进入外交领域工作前，是计算机专家，之前曾参与过反间谍活动。

"什么？"新坦慕尼的官员叫道，"让他再说一遍！"尼古拉的代表也个个惊恐不已，他们的反对声盖过了亚历山德罗夫的声音，并要求他在他们请示完上级之前不要再说一句话。他们怒斥亚历山德罗夫，而后者脸红道歉说自己说话不过脑子。他摊摊手，呼地一下从椅子上站起来；其他人见势，马上堵在门口、窗户前，生怕他想跑或伤害自己，但他只是紧张不安地一边挥手，一边在房间来回踱步。他不理睬他同学说的“上级来之前，不准讲话”的命令，新坦慕尼的官员则兴高采烈地做着记录。

“我说我父亲如何，可别当真，”他笑道，“脑子糊涂化！”

不论怎样，他说道，他清楚尼古拉学院与新坦慕尼之间吞食能力的军备竞赛激烈且意义重大，他同时也意识到自己在控制室里，可以凭着“逃脱性”的本事帮助到他的学院，他决心溜过边境电网，到西校园绑架优秀的电脑科学家，把他偷送回尼古拉学院，来让母院在军备竞赛上占得先机，从而弥补他之前犯下的过错，成为像他父亲一样光荣、受人尊敬的学生会成员。

“但！”他大大地耸了一下肩，“我过来是和父亲道别的，却见到了雷克斯福德——我钦佩他！真是健忘，你们抓住我，太丢人了！”不过他看起来似乎对自己很满意。新坦慕尼的官员面面相觑。

“你应该为自己感到羞愧。”我告诉他。一名官员皱起眉头，问另外一位我是谁，被问到的那人对他耳语了一番。我说羞愧的人一般不会双臂叉在胸前，一脸笑容，列昂尼德·安德烈奇仿佛是受我提醒，马上抓着头发，说X同学极度自律，肯定会鄙视他被抓住的“无能性”。但是对一个像列昂尼德这样渴望讨好自己父亲的人来说，说自己羞愧有些做作的意味。我告诉他，不管怎样，我指的不是他被捕，而是他的动机与目的。首先我承认信息主义自诞生时起就带着死挂的贪婪，一些像艾拉·赫克托一样的信息主义者显然是贪婪成性，不可救药：**自私者死挂**，这是写在《奠基者卷轴》上的，而死挂无论如何都不可能有通过的意思。

“对！对！”亚历山德罗夫高兴地喊道，“另一个大导师也说过。我既不相信，也不喜欢他。”

很好，那么，我说道（隐藏起了我的不悦），我们一致同意在东西校园里自私自利都是不道德的。然而，列昂尼德的行为在我看来就是自私——从虚荣而非贪婪的意义上讲——目的自私、动机自私。想起马克西之前说过的话，我表示，如果要成为完美的学生会主义者意味着抹去个体性，与“众生”或“学院共同体”完全保持一致，那么想成为完美的学生会主义者，甚至优秀的尼古拉人，在 x 同学看来都是“挂科”。因此，列昂尼德他和我以及所有正直的未毕业的大学生都面临着相同的两难境地。我满是同情地说道：想要实现百分百的自我抑制，同渴望毕业一样，这愿望终究关乎自己，因此最后都会适得其反；要实现自我抑制，不仅自身要抑制，关乎自己的愿望也要抑制。**愿景**一词，在我看来，根据学生会主义的逻辑，只有在学院共同体里才可用……

“我喜欢你这个人，羊孩！”列昂尼德喊道——真是幸运，因为房间里的其他人对我所说的内容和话中带着的责备语气并不乐意，要不是列昂尼德把我抱住，坚持让我继续讲，他们可能就要让我闭嘴了。

“嗯，”我说道，“你应该不会同意，我觉得，但我之前的管理员施皮尔曼博士曾经说过，学生会主义他们做的，就是将自身正常的自私念头转嫁到学院共同体之上，因此后者变得比信息主义学院还要自私，即使其中的个人相比于信息主义者是无私的……”

先不说他同不同意我的观点，他听没听懂都得打个问号；他听到马克西的名字，脸一红，松开了抱住我的双手，又开始在房间里踱步。我一瘸一拐地和他并排走在一起（房间里的其他人大都聚在一起，商讨 x 同学到了该如何应对）并坚称他同样也认为东西校园争夺霸权的竞赛，本质上是自私的，新坦慕尼和尼古拉学院都存在过失，两者都想在每个领域领先于对方，并打着自卫的旗号，推行霸权主义。不然为什么尼古拉人要通过预谋绑架，来得到他想要的电脑科学家，而新坦慕尼也不想失去他？两学院里满是艾拉・赫克托……

“羊孩，羊孩！”列昂尼德咕哝道——听不出他是什么语气。我有些不高兴，说：“我觉得成为优秀的学生会主义者就是问题的真正所在，是吧？”这时从门口方向传来一如抛光钢铁般坚硬冰冷的声音：“不是。合格的学生会主义者不会有问题。只能是学院的问题。”

我立刻猜到来客应该就是 x 同学：他的年龄我虽然看不出来，但他身形同艾拉・赫克托一般瘦小，面容苍白清瘦，一双眼睛和艾拉的一样冰冷明亮，闪烁着与其说是宝石不如说是金属的光芒。他秃头，一身粗织西服，裁剪并不合身，口里镶着金属假牙，说起话来单调呆板。他用母语对列昂尼德说了两个词，他的继子便朝他扑了过去。他们互相看着对方，列昂尼德的手一会儿紧握一会儿松开，x 同学则既没动作也没表情。x 同学向新坦慕尼的官员询问为什么亚历山德罗夫同学会被关押。在不露声色地听完官员的回复和他儿子认罪的录音，他问列昂尼德（我们的口译员这样说）承不承认这绑架的指控。列昂尼德承认了罪名，并激动地补充说自己这样做是为了弥补过去所犯下的错误，称会找到法子来证明自己担得起学生会主义者的称号和他父亲的称赞。

x 同学微微耸耸肩。“这蠢货是你们的了。”他对新坦慕尼官员里领头的那位说道，说完转身就走。列昂尼德马上跟了上去，眼眶湿润，跟了几步又停住，整个人扑到椅子上瘫在那里。两位尼古拉官员随着他们的上级离开了房间，我想了想也跟着他们进了走廊。

“x 先生？”我叫道，“x 同学先生！”他停了下来，皮革般的头转过来，看着我。与他同行的人狠狠地瞪着我，甚至建议他（从他们的神情看出）别理我；但 x 同学微微地摇摇头，和他之前耸肩的动作一样微小，并示意我可以过来。

“施皮尔曼博士的门生，”他小声嘀咕，脸上的笑容若隐若现，“羊孩同学，别跟我们来毕业这套，没用。在所有人都通过之前，我们是不会相信通过的。施皮尔曼博士竟变成了中位阶层，真让人心痛——他之前还是很懂事理的。”

我注意到，他说起话来带着很细微的口音，这口音和我听过的所有尼古拉人的口音都不一样，倒是和马克西的很像。我问他是否和我的前管理员有过私交，还承诺下次探监时会转达他的问候。

“没必要，”他马上接话道，“施皮尔曼博士名声在外，我只是耳闻过。好了，咱们别说他了。”我们继续沿着走廊朝接待室走去，在那里他将与校长雷克斯福德在首脑研讨会开始前进行一次正式会面（x 同学的学院目前并非由单人进行管理，而是由委员会负责。此次会上，他得到授权，有资格与新坦慕尼的校长平起平坐进行交涉）；但他却又回到了禁忌话题上，表示不相信马克西真的谋杀了赫尔曼·赫尔曼，并反对马克西的杀人行为。他认为确实应该消灭所有的博尼法希斯主义者，但这件事应由学院处理，而不是凭个人的意气用事；灭绝行动，同“慈善”行动一样，最好都应该由专门的专家委员会负责。就像前几个学期特设的委员会，他们把尼古拉学院的反革命分子斩草除根，将食物和“教育材料”派送至遭受饥荒的弗鲁门齐乌斯学院——这两次行动中，按他的话说，“我们中的几个人参与过”。否则，仇恨或同情这样的个人情感，即使不会阻碍目标的实现，也至少会替代超越个人的精神，而后者恰是在实现院系政策目标过程中需要秉持的。

我习惯性地要反驳他，说马克西不可能会杀人，但想到马克西之前和我说了与此相反的话，并承认了他的罪行，我话到嘴边又咽了回去。嗓子疼的我只是简要重申了自己对学生会主义者信奉自我抑制、不重视个人价值的反对态度。x 同学面无表情，听着我讲。

“我不是以新坦慕尼人或信息主义者的身份这么说。”我说道。

“是吗。”

“坦诚来讲，新坦慕尼学院在很多方面都是自私的；不管怎样，我作为大导师是不会参与学院政治，为谁站队的。”

“啊。”

但我坚称，毕业认证的主体从来都是个人，而非众生——后者在我看来不过是抽象概念。虽然我和 x 同学一样痛斥自私自利，但我认为自私的对立面不是坚定的学生会主义者身上做作、不近人情的无私，而是列昂尼德·安德烈奇·亚历山德罗夫身上温情的无我。我觉得亚历山德罗夫比他的继父更有资格代表尼古拉学院的全体学生。“我比你还同情他，”我指责道，“甚至抓他的警卫都比你好！”

“学生并不重要，”x 同学干脆地回道，“众生才是最重要的。”他说学生会反映了众生的公意，由尼古拉学院来领导学生会、践行公意是历史的选择。如果列昂尼德·安德烈奇，或尼古拉学院里的一些人或所有人阻碍到了这进程，为了公意我们必须献身。自愿做出牺牲是成为学生会成员的第一条件，我们必须实现学生会的意志，牺牲便能最好地证明我们的自愿。

“那要是牺牲其他人呢？”我质问道，“假设你说，学院共同体要求发动吞食暴乱呢？”

x 同学微微抬起头。“如果为了众生，大学里每一个学生都得要被吞食掉，”他礼貌地说，“那就吞食掉吧，学生会的意志必须执行。”

我说他一定是在开玩笑，但结果并不是，我浑身惊恐地一颤。“你会亲自按下吞食键吗？”

接待室里人很多，我们就站在门口，发现许多人朝我们这边看。照相机闪光灯闪烁，x 同学拿起帽子挡住脸。

“成为公意的执行者，”他的声音透过毡帽，语气坚定，“可谓光荣，但比这还荣耀的是成为公意实现的工具。如果学生会的意志是按下按钮，比当按下按钮的人还光荣的是成为那个按钮。”他微微朝我鞠了一躬，不仔细看，根本看不出来，这算是向我告别了，之后他走进接待室。我紧跟其后。

“这就是赤裸裸的虚荣！”我反对道，我提高了嗓门，注意到几个身材魁梧的尼古拉人朝我走来，但我继续说着，“马克西说为了众生，他愿意受苛待，你真是和他一样！实际上一点也不无私！”

“马克西就是个蠢货！”x 同学不无尖锐地说道——这是他第一次流露出情绪。虽然他听了我的奚落很是恼怒，但他却打了个手势，示意让站在我和他之间、怒气冲冲的助手让一让，他小声地对我讲，语气坚定——还是挡着脸：“从前有一个人，他的一家惨遭博尼法希斯主义者灭门，就剩下他自己和他的一个儿子。儿子随着他一起逃了出去，但之后还是丧命于暴乱的一场冲突。那人的第二任妻子也在当年去世。列昂尼德·安德烈奇是他在世上唯一的亲人……”这时我才意识到他嘴里的“那人”就是他自己。“那人高兴能有这么个亲人，”他继续讲道，“一点不高兴的意思也没有！那人觉得能有列昂尼德·安德烈奇这么个儿子，比什么都强……”他竟然拍了拍我的手臂，情绪流露更加明显，“但是，羊孩同学，但是”——有那么一瞬间我透过帽檐，看到了他眼睛里的光——“由于学生会的意志便是要**吸收**另一方的一人加入学生会，而护送那人回来的任务，除了列昂尼德·安德烈奇，没有人能胜任……因为上述的原因，羊孩，那人建议列昂尼德·安德烈奇要献身于此，尽管他明白护送人很可能由于另一方的阻挠，不能再回到母院，再回到他父亲的身边。你明白我的意思吗？那人甚至命令他儿子这么做，让他相信只有他奉行无私原则，他才可能赢得父亲的赞赏。你也可以说，在**死后**得到！就好像——”说着他突然转过身去，没说完的句子戛然而止。

“就好像他**非得**赢得父亲赞赏不行似的！”我朝他喊道，“我觉得你很爱你的继子！”x 同学大步走开——走得很急，帽子挡着脸——用手示意我不要跟着，我对着他远去的背影叫道：“我敢说你把他派到新坦慕尼，就是为了让他**不用**再压抑自己！”

我的疯狂陈述一个接着一个。这是奚落，也是灼见，是我眼见靠与负责人说理解决不了边界争端的无奈之举。我知道他能听见，他想走也走不了，因为同样不安的新坦慕尼代表团已经走到了他跟前，来和我们会面，校长雷克斯福德就站在对面代表团的中心。x 同学的光头变得越发惨白；雷克斯福德的脸色则是一反常态的严肃；我们周围长枪短炮，闪光灯闪烁；双方的便衣警卫和官员语气激烈地小声交流着，他们时而抬眼指着我，时而低头看手上的报告，愤怒地耸耸肩。我们站成了个大圈，把校长雷克斯福德和 x 同学围在中心，我独自站在圈的一边。两位领导人似乎都不愿意主动来伸手握手；他们都一脸凝重，转头面向各自的助手。对争端解决无望之感又浮上心头，我忍不住又向 x 同学叫道：“那绑架就是个借口，你就是希望列昂尼德能**转校**！”

话毕，房间里先是一阵沉默（照相录音的记者都往我这边移动），之后每个人都开始叫喊，本来站成一圈的人混乱起来，把我和其他两人挤到了一起。校长雷克斯福德脸涨得通红，劝告的话说了一通，混乱中我只听见“贵客”“特殊凭证”和“没人受到伤害”的只言片语；一开始他口气里还带着想要和解的意思，但当 x 同学挥着拳喊完一通话之后，他口气就变了；x 同学喊道要取消研讨会，扩大输电线之间的距离，增派边境守卫，彻底终止东西校园的一切来往。

“你肯定是在开玩笑！”雷克斯福德生气地说，并问他的助理，“他能替他的学院做这些决定吗？他哪根筋搭错了吗？”

我给出了双方都可能听过又或都没听过的解释："他将学院共同体等同于自己，而不是反过来。在他看来，把自己等同于学院实为挂科……"

"闭嘴！满身毛的蠢货！"底下有人叫道，一片骂声里，我从两院校长的身旁被拽到一边，校长雷克斯福德和 x 同学也都主动远离了对方，或者其实是被他们的助手拉远的。一时，诸如"羞辱""丢脸""协商告吹"的话此起彼伏。我虽然被拽到了一边，但没人知道该如何处置我，因为尽管他们痛苦，愤怒溢于言表，但他们都晓得我在校长那一行人里，地位不一般。

"如果真是你惹怒了 x，你就自求多福吧！"留着刘海的那位助理吼道，"就是因为你，整个死挂的边界会议告吹了！"

上一秒我脑子还想着列昂尼德·亚历山德罗夫悲惨的境遇，想着我和他以及他继父关于意识形态的交流，下一秒听完他说的，我就意识到自己行为的重大意义了。

"天哪，你说得对！"我激动地大叫，"我觉得我解决了边界争端！"

那助手不以为然地说，这可能是大学的末日。校长一行人从我面前经过，他们还是一边摆着手一边紧张地交流着；只有卢修斯·雷克斯福德沉默不语，他脸色有些苍白，一副严肃决绝的样子：取消他本要做的讲话，无限期推迟首脑研讨会，暂停大学委员会接下来一天的一切事务。他看到我，停下脚步，不知道是狠狠地批我好，还是不闻不问继续走路好，最终他生硬地挤出几句话："刚刚新坦慕尼出大丑了。幸亏这烂摊子看起来是他们搞的，不是我们——或你搞的。"

"不，不，校长先生，"我反对道，"你这态度就是唯一的问题。你就该收回倡议！现在的一切都证明我提出的其他方案是对的。"雷克斯福德三步并作两步迅速往大厅出口走，我用尽全力一路小跑才和他并行；他的助手既不掩饰他们对我的敌意，也不敢阻止我。

"你之前怎么处理莫里斯·斯托克的，现在就怎么做！"我劝他，"完全照做，校长！"

他没有回答。我也不敢在没有他邀请的情况下上车——事实上，他的助手已经坐在了车上的第二个座位，仿佛就是为了阻止我上车——但是车门关闭之前，我站在马路牙子边敦促地喊道："照亮一切！让新坦慕尼透明了然！"他的摩托车开动了（我高兴地看到，车开上了路的中间），车外仍在窃窃私语的手下，也都纷纷散开上车。一方面没人邀请我上车，但另一方面也没人剥夺我怎么来就怎么回大广场的权利，我最终在车队的最后找到了一个空座，为了谦逊，我掩饰着喜悦之情——毕竟才几个小时，我就完成了两项艰难的任务——告诉司机（这人极度喜欢挖苦别人）把我送到新坦慕尼总医院。

4. 新坦慕尼医院之行

司机问我是去医院还是神经附院。尽管明显感觉他话里带刺，但我并没有放在心上，心里想着我的朋友西尔医生，作为执业的放射科医生、精神治疗师以及精神科主任，应该在两地都有办公点。我打算先去医院主楼看看，那应该有具体指引图。司机不用等我。

“不用不用。”暴躁的司机嘴里咕哝着。我刚下车，脚还没落地，他就油门一踩扬长而去。所幸我心情好，没有追究举报他。与我前两个任务相比，第三个任务在我看起来很好解读也很好完成：过去的几天里，我见到众人身上，无论是生理、心理，还是道德层面的种种病弱，我同意真正的毕业生就该无一丝病弱，大导师则代表着病弱的对立面。克病弱这一指令故有其寓意，此种寓意我在其他任务指令中并未发现：就像通过便是通过，挂科便是挂科，区别分明，他们在人体上的体现——健康与病弱也同样如此。我身体状况好得很，之前西尔医生给我开具的健康证明便足以证明，我只需去他办公室拿过来；如果西尔夫人在剔除山羊格栅把原件交给了哈罗德·布雷，复印件也可以。我既然没有什么病弱好克服，那就可以说我不费时间即完成了任务，至少是完成了这项任务。为了万无一失，我更进一步思考这里的“病弱”一词可能用的是比喻意，或 WESCAC 可能是狭义地把人作为标准：在偏执的臆想里，我性格中残留的“羊性”被认为是病弱；或是我的“跛脚”，尽管我四肢行走时就没这个毛病。在我看来，前者的指控我绝不能接受，早在我的身体离开羊圈之前，我的心已飞离。在通向西尔医生神经附院办公室的电梯上，我打定主意要问问西尔医生我腿上的老伤，希望能证明我的腿伤既不用“纠正”也不是“瘸腿”。

可当我踏出电梯，打定的主意就没了踪影，取而代之的是满腹疑惑：昏暗过道里，一个小伙子双手双膝跪在地上，朝我这边爬过来——之前在羊圈里我不是没见过，因此心里也不是很害怕，但那人不仅狂叫、龇牙，喉咙中还低吼不断。这激发了我多年之前的本能，一阵惊恐的咩叫之后，我跳到了身边皮椅的靠背之上，当那东西咬到我的脚腕子，我便下意识将手杖扔向他。他马上冲着手杖去了，叼住手杖，又小跑回来（“小跑”这个词言过其实了，他的步态既不好看，也没节奏），屁股一摇一晃。他看起来很自得，仿佛是要继续和我玩，他把手杖扔到椅前，坐立着，眼睛发亮，舌头耷拉出来。但我还是害怕，没敢从椅背上下来。过道里还坐着另外两人，我朝他们求救，这时机会来了：其中一位（年长的老头）手脚并用，冲着地上的手杖就奔过来；老头和小伙子扭打到一起，叫声不断，甚至打到了另外一位（同校的女士）的椅子旁边，于是那位女士转身面向他们，弓起腰来，伸出指甲以示威胁，并发出嘶嘶叫声。

趁此机会，我连忙跑过走廊（我没了手杖，为了跑得快点，都四肢并用了），躲进一间标着西尔医生名字的办公室。这是个接诊室，里边空无一物，房间的后方是狭窄的过道，开着门，通向医生的治疗室与观察室。入口的门我忘记关了，两个狗人冲了进来，我见状赶忙躲进观察室，但却不安地发现，昏暗的房间里站着一个瘦长的疯子：哪个正常人会贴着墙，手拢成杯状放在眼周？我张嘴向他求救，一开始心中还带着忧虑，他转过身来，我又高兴了起来，这不是彼得·格林吗，他刚才是透过小窗往旁边的房间瞧。追我的那些人冲他跳了过去，我大叫让他小心，但格林一副泰然的样子，说道：“趴下。”然后从口袋里掏出骨头形状的饼干安抚他们。那些家伙含着他们的奖励，各自退到房间的角落，我顺势捡起了他们叼进来的手杖。

“他们不咬人。”格林安慰我道。他语气敷衍，好像有心事的样子。他说，他们和走廊里的女士，都是西尔医生的病人，等着诊断。因为安娜斯塔西娅要辅助西尔医生处理急救病人，格林就帮忙暂时照看一下他们。所以，他有了狗饼干——那猫姑娘看起来并不麻烦，除非摸她的方式不对——可以发号施令，管理病人；但西尔夫人一出现，医生就对她进行急救，她反常的举动激起了格林极大的好奇心，以至于他都忘了自己的职责，只顾着透过观察室的单向玻璃看里边的情况。

“西尔等到有时间，就会和我聊聊。”他说道，“但他整个下午都忙个不停。我就坐着，看斯泰茜小姐干活，快被她迷死了。我都不知道该说啥，半天一句正常的聊天都没有。”

“**斯托克夫人。**”我提醒他。之前我心里一直嘀咕，为什么人类觉得他们的同类做出类犬的行为就是疯子，而狗表现得像人就是智慧，虽然我对狗也没啥好感，但我从人类的态度中察觉到优越感的存在，不清楚这种优越感会不会对山羊也有。眼下，我生气格林怎么能如此愚钝，好奇西尔的妻子到底情况如何，我只好暂时放下刚才的疑问，走到观察室窗前，房内已比刚才亮了不少。

“她进来时左摇右晃，脚下没根，”格林小声地告诉我，“一通话吓得人不轻。一开始，看她的癫狂表现和疯言疯语，我还以为是个疯婆子！但斯泰茜小姐告诉我说这是西尔医生的老婆，有**精神病**，他们把她带进治疗室安抚去了。”

我面前的那块玻璃太小了，根本不够两人一起看。格林说：“我上次看，他们还没法把她按到沙发上。”语气里满是期待。

我朝里边看了看，发现西尔夫人已经在沙发上了，她静静地躺着，怀里抱着安娜斯塔西娅，一旁的西尔医生爱抚着她俩。情欲的厮磨在我眼前上演，我的心好像被扎了一下，不过不是嫉妒、憎恶或愤怒这些正常大学生可能会有的情绪，而是震惊，因为安娜斯塔西娅似乎是主动的那方。彼得·格林在我身旁躁动不安，按下了墙上的一个开关，我们头顶的喇叭立马传出了治疗室里的声音。

“我来守着门口，”西尔医生利索地说道，“别待会儿有蠢货闯进来。”

安娜斯塔西娅转过头来说：“最好也看看格林先生是不是还好，你觉着呢？”语气还是一如往常的温和。

彼得·格林兴奋地捶着我的肩膀：“你说这不是真爱，是什么？”

“听着，格林……”

“叫我**彼得**，行吗？”

我本意是要反驳他，并非是邀请他来窗户前。事实上，尽管我转向了他，心中一直考虑如何处理眼前的情况，我还是努力用我的头挡住他的视线。西尔夫人的呻吟越发浪荡，呻吟中安娜斯塔西娅紧张地问道：“窗户怎么办，肯纳德？你觉得会有人偷窥吗？”西尔医生嘲弄般地回答，要是格林恰巧看到了，正好让他清醒清醒。这启发了我，让我将眼前的不利局面化为说教的机会。

“我觉得你就该待在这儿，睁大眼睛，竖起耳朵。”我和他说道，仿佛我是医生，他是我的病人，“我有个主意。”他十分乐意，走近了窗户，我则匆匆地离开观察室，前脚刚带上身后的门，后脚西尔医生就进了接诊室。

“奠基者在上，乔治！”医生看到我，眉头往下一皱，碰到了绷带，表情惹人发笑。他迅速看看身后，确认门是不是关上了，随后扫视了一番空荡荡的诊室。

“格林和那群狗人在里边，”我说道，“猫女我不确定在哪儿。”他看着我，试图想从我的表情里看出我到底知道多少。我笑了笑，对自己再次打扰到他妻子的治疗向他致歉。随后，我匆匆道明，自己为什么让格林到他这儿增长见识，尤其是关于安娜斯塔西娅的纯洁性方面，并认同了他刚才的建议，即当下的治疗无疑既对接受者西尔夫人有效，同时也对旁观的格林有效，而鉴于斯托克夫人反常的主动，效果会更加明显。

“极为反常，”西尔医生说道，既指的是我的建议，也指的是安娜斯塔西娅的行为，“一屋子的病人……”但当我提出要主动尽力帮忙治疗西尔夫人，从而换他对我病弱的诊断时，他接受了我的想法，承认这主意，先不论有效无效，确实有趣。

“现在五点了，”他说，“我会派护工把病人都带回病房。”他语气冷漠地建议，我该到治疗室去找他妻子和安娜斯塔西娅，他则和格林在观察室，更好地为格林解释他眼前所看到的，并依据格林的反应来进行治疗。对于这个提议，不需要多么世故，便可分辨其中除无私好心外的其他因素，我认为这种因素越多，对格林的校园教育越好。就我自身而言，对于情欲的克制是我的病弱之一，但这在我小时候不是个问题：尽管自身的情欲经历没多少，但我还是通过读书和传闻等二手资料，明晓了羞耻与害羞是正常的情绪。西尔医生去忙他的，我则大步跨入治疗室，丝毫不觉得难为情，我朝她俩问了晚上好，阴阳怪气地询问安娜斯塔西娅，我能不能给她的博爱护理帮上忙。

她叫了一声，噌地一下跳了起来，拍拍她的衬衣和西尔夫人的裙子，迅速捡起脱下的内裤——她脸通红，把内裤团成一团握在手中质问我。

“你干什么，乔治！”

我感觉她本要夺门而出，但又觉得不能把西尔夫人扔下，后者还躺在沙发上，意识不清地要她继续服侍自己。我求她继续治疗，就把我当成西尔医生；我安慰她道，我十分清楚在生死危急的情况下，世俗的条条框框完全不用理会，现在她和病人的接触不过就像人工呼吸一样，不含任何的个人情感。

西尔夫人抬起头，眯起眼睛看着我说道：“大家伙。”她一边咯咯笑一边翻过身，翘起屁股，“我是头母羊！”

“不，黑德！”安娜斯塔西娅眼眶湿润，马上拉下西尔夫人的裙子。但黑德维希又掀起裙子，头埋在沙发垫里，发出羊的叫声。

“我请你离开！”安娜斯塔西娅对我喊道。

喇叭里传来西尔医生的声音：“不不，斯泰茜，没事的。乔治，你就满足黑德一次，行吗？让她满意满意。

“咩——咩——”西尔夫人叫道，大概是在模仿母羊的叫声，尽管这叫声在我听来毫无意义。安娜斯塔西娅不安愤怒地望着墙上的一面黑镜，那应该是观察口。

“我不愿意这么做，”我朝着镜子的方向说道，“我不是山羊，你知道的：我过来就是想和你讨论这个。斯托克夫人不是应该继续她的治疗吗？”

“咩——！”西尔夫人身子扭来扭去。尽管她的屁股相比于母羊的，无毛光秃，也不如安娜斯塔西娅的柔软丰满，但我羊性未除，肥瘦不挑，心中被激起一阵欲火，有些按捺不住。

“这太糟糕了！”安娜斯塔西娅叫道，“我要回家，肯纳德！”

说着，她大步向门口走去，但我抓住她了的胳膊肘：“求你别走。如果我有说得不当的地方，我道歉；刚才看你一反常态的主动，我真是有些吃惊。”

可能是忘了她手上拿着的不是手帕，她边用内裤擦拭她那双明眸边说道：“都怪你，我之前就从没做过这个。”她口中的“这个”应该就是指她行为主动这件事，因为按我理解，那疗法应该是治疗西尔夫人的常规法子。我愿意去相信她，因为她欣然把主动权交到我手上：我轻抓着她的肘部，她不做挣脱，甚至允许我用手杖柄轻抚她的侧腹。随后我记起这是我当年做羊时的习惯，便停了下来。有两件事（她丝绸掩面，啜泣不已）造成了她现在的不知羞耻：一是剔除山羊格栅前，我对她的指责，而当时她不过只想替我分散哈罗德的注意力；二是她丈夫“午餐会上的所作所为”。关于后者，她没有详述——我猜斯托克又让她受辱了。她说，无论怎样，我的那次斥责之后，她就绝望起来，变成了我们口中的那样：死挂的女色情狂。

“咩，”西尔夫人叫道——在我听来，她声音里不耐烦的意味大于情欲的味道，“你可真是头种羊。”她淫荡的扭动太过刻意，就像上次见面时她反常的主动一样。要不是安娜斯塔西娅这个可人离我这么近，都要把我的火浇灭了。我安慰着肩头的安娜斯塔西娅，轻抚她的头发，心中欲火上窜。

观察室里西尔医生徒劳地央求他妻子要尊重我的厌羊情绪（他解读错了，但我没有追究），求她要么是以人的方式和我交配，要么就让安娜斯塔西娅继续给她治疗，西尔夫人固执地都拒绝了。安娜斯塔西娅也赞成她，表示这两个法子都惹人厌恶。我隐约感觉到安娜斯塔西娅话里带着醋意，心中不禁飘然起来；但一想这对彼得·格林的教育毫无帮助，又不免烦恼。为了格林，我认真听取了西尔医生下面的建议，尽管他语气轻浮淫荡，隔着喇叭都掩盖不住。

“说起羊性，乔治，你是不是想让我给你证明你就是百分百的人类？”

“我觉得是这样。”我说道，“我的任务卡上说克**病弱**，应该可能指的就是……”

“自觉性堕落。”西尔医生干脆地说道。我请求他再重复一遍。

“自觉性堕落，”他又说了一遍，“有什么能比这显人性？”他咬着牙说道。我觉得他一定是在影射他妻子的行为，后者一边摇着她脆弱的屁股，一边哼哼唧唧地啃着记事本，眼睛放出淫荡的光。但他继续反问道，除了智人以外，羊或者其他动物何时会因享受不及格的快感而做出不及格举动。他用例证继续说，在众生的历史上，如果一头羊与女子交配（就像哈利卡那萨德在他的史学著作《大历史》里记录的那样），那么羊并非是下流，而只是受无意识交配本能的驱使；那女子则不一样，她肯定是口味独特，癖好怪异——除非像安娜斯塔西娅与斯托克的狗那样，出于极其善意的动机，或是（像克罗克蹂躏她时）迫不得已……

我开始反对：像西尔医生这样才智阅历双全的人，难道都狭隘地认为不同物种之间不能有真爱吗？但在他的谬论里，我看出了他的理由，觉得他这是为了揭示安娜斯塔西娅的过往。因此，为了格林，我赞成他，认为在众多的与站在我身边的这位可人发生过关系的男性女性中，至少有许多不是单纯地为了发泄性欲，而是想利用她的逆来顺受来操纵她——这种乐趣只有人类能体会到。

"继续，你说呀！"安娜斯塔西娅激我，"说我和莫里斯一样不及格！"她甩开我的胳膊，走向西尔夫人那儿，西尔夫人失去平衡，眼看要从沙发上掉下来。

"我不是这个意思。"我安慰她道，尽管我内心深信，我们所说的肯定有一些是正确的：比如，她弯下腰去扶稳西尔夫人时，西尔夫人冷不丁伸出一只手，直入她的胯部，安娜斯塔西娅很痛苦，泪水直流，但她既不离开那难缠的女人，也不拿开她的手。

"展示你的人性，乔治，"西尔医生鼓动我说，"如果你不喜欢行羊事，那就来个三人行。斯托克夫人会同意的。"

我明白他的意思，为了我的几个目标，我倒是愿意这样做。但我不太确信安娜斯塔西娅是否愿意同我配合，好让我表现自觉性堕落，因此我直截了当地告诉了她内情：

"安娜斯塔西娅，彼得·格林现在正在和西尔医生在外边看着呢。"

她听到这个消息，本来要逃出去，还好我抓住了她标致的肩膀，而西尔夫人从前面抓住了她的三角区。

“偷窥狂彼得。”西尔夫人说道。

我抱住安娜斯塔西娅（西尔夫人全力要把我们拉倒在沙发上）告诉她，格林深信她是处女；即使两人都有配偶，格林也一心要和她结婚，而且他还看不清自己性格当中死挂的一面——就比如说他现在正享受着的“纯真”偷窥，过去也有几次，他每次都很享受。此外，我还告诉她我任务的第三项和第四项——**克病弱与看透夫人**——表示只要她能让我展现出自觉性堕落，她就能助我实现这两个任务，还能好好教育彼得·格林一番。我紧紧环抱着她的胸脯，对着她耳语了上述所有。

“啊，乔治！”她怨道。可能是西尔夫人捏痛她了，她臀部猛地往后一撅，碰到我的下面，我差一点就射了。她感受到我那里碰到了她，马上躲开，但并没有挣脱我怀抱的意思。

“**我不明白。**”她大声哭喊。

但**我**一下明白了许多事，有些是第一次想明白。我清楚我（唉，并不是只有我！）能任意操纵安娜斯塔西娅，并不是因为从一个角度说，她甘愿满足其他人的需求，或另一个角度，她自认是色情狂，而是因为她在与别人意见不一时，不敢坚持自己的想法。她可能会抗议，但从不会拒绝——至少在肉体欲求方面是这样。这个发现（对于一出生就生活在人类当中的人来说，这可能寻常或明显，但对我来说，实属出乎意料）一瞬间不仅启发了我之前提到的任务，还让我想明白了当下的状况。我觉得，我的“病弱”既不是跛脚，也不是羊性，而是对于人性的知之甚少，对于一个很晚才自我觉醒的人来说，这不可避免。“克服”它肯定需要如现在般的启迪。不，这两项任务实际是一项：“看透夫人”指的就是理解安娜斯塔西娅；看透一个人的内心——如果没有洞察力，简直不可能完成。如今我看透了她，我觉得我“无时而即成地”完成了两项任务，证明终了。尽管为了之后备查，我仍会向西尔医生索要健康证明（或者再要一份我对安娜斯塔西娅分析的专业确认书），但我的主要任务几乎完美地完成了。剩下的就是教育彼得·格林，和向西尔医生展现我的人性。我和气地说道：“让我给你脱衣吧，安娜斯塔西娅。”说着我坚定地把她抱向沙发。

她不安起来："乔治，我**不想**这样！"但西尔夫人现在离得近了，开腔道："来吧，宝贝。"急不可耐地跪在安娜斯塔西娅的身上，开始解她衣服上的扣子。

"这太**不堪**了！"安娜斯塔西娅生气地说道，捂住了眼睛，"我**实在**不明白为什么要这么做！"

我恳求她相信我，就像悼念会那次一样。我打算象征性地与黑德维希·西尔交配，尽管我渴望的对象是斯托克的妻子（看见她那诱人的侧腹，我就把持不住自己），对肯纳德·西尔的妻子一点也提不起性趣，但WESCAC关于我可能是安娜斯塔西娅的哥哥的推测让我克制住了自己，我觉得她应该和大多数本科生一样对乱伦持否定态度。和我排斥的女性发生关系足够证明我的人性，在我看来，这要比与安娜斯塔西娅发生关系更说明问题。而后者甚至可以说是我**爱**的人——尽管我和她可能存在血缘关系，并且大导师要奉行独身主义。

"格林先生会怎么**想**！"安娜斯塔西娅怨道。黑德维希·西尔弯下身来咬她，我则热烈地在她肚子上啃出牙印。啊，这是真的。想法一旦有了，就不会消失，只会留在我脑中慢慢滋长：我爱安娜斯塔西娅！这种爱不是亲情、师生情，而是爱情。突然间，我害怕我俩可能真的是亲属，还害怕我可能……不值得被爱。真是可怕！很明显她仰慕我。唉，她的仰慕就像她的贞操一样给过很多人，与爱情没有半点关系。奠基者救赎我，试问在校园历史上，有哪位大导师有过情人？

"乔治？"她话中带着责备的意味，声音虽羞怯但语气坚定。安娜斯塔西娅盯着我放在黑德维希臀部上的双手。不知是我对人性的洞察有问题（我如何克服了病弱！），还是西尔夫人太主动了，我竟可以说自动地、不自觉地迎着她做起前戏。西尔夫人不理会我，倒是安娜斯塔西娅突然坐了起来，说自己不喜欢这样，打算要离开。

"啊，别**现在**呀！"西尔医生恳求道，他杵在门口，身旁没有别人，"**我**刚要加入你们。"

幸亏他来了，我舒了口气，但我脱衣时，突然想到怎么不见彼得·格林，便问起西尔医生他人呢。

“可怜的小伙子恐怕是接受不了了，”医生乐呵呵地说，“我进来时他脸煞白，你的那番偷窥言论起了作用。我一怕他昏倒，二怕他犯浑，就给他打了针镇定剂，打完他就睡了。睡得就像个五岁的孩子。睡眠门槛真是低呀。”他一只手放在我的腰上，另一只手轻抚着安娜斯塔西娅不安的脸颊，“你能帮忙真是太好了，”他跟她说，“我觉得我们应该把那家伙教育得差不多了。”然后他笑着对他妻子说：“我进来行吗？完事咱们一起吃晚饭。”

西尔夫人没有回话。安娜斯塔西娅坐起来时，她双眼已经有些迷离，现在安娜斯塔西娅又露出她的阴户，西尔夫人早就没了意识。在乔治峡谷，就是安娜斯塔西娅这宝贝要了乔·赫罗尔德的命。

安娜斯塔西娅摇摇头：“我不喜欢自觉性堕落。今天真是糟心！”我有些吃惊，只是看着她又穿上了衣服。西尔医生朝我做了个苦笑脸——我觉得像是鼓励我去把自己的意志强加到安娜斯塔西娅身上，确实我是可以的。但我说我今天也很累了，接下来还有事，除了食欲，没有别的心思。他耸耸肩，点了根烟，嘴里重复着晚饭的邀请。

“喝杯酒黑德就能打起精神，我们看看能不能叫醒格林，也叫他来一起吃。”

安娜斯塔西娅先是拒绝，说她那午餐时候“非常反常”的丈夫可能在等着她回家，而且她怕之后见到彼得·格林难为情。我极力说服她和我一起，表示自己有重要的事要和她一起商讨：马克西的困境、布雷对她的认证，以及我们两人的关系。听到最后一条，她明眸一抬，西尔医生也抬起了他浑浊的双眼。我脸红起来。

“不是你们想的那样……我之后再解释。”

“嗯，”她手指摆弄着手镯，“好。”她起码是同意了和我们一起去西尔夫妇的公寓，公寓正好在她回家的路上，她还要在那儿往发电厂去个电话。西尔医生很高兴我接受了他的晚餐邀约，说我吃块菲力牛排以后，也能和之前一样轻松证明我的人性；还说如果我认为必要的话，他愿意被取消认证，说着还给我使了个眼色。随后他就忙着去叫醒他的妻子，安娜斯塔西娅则穿好衣服。我很高兴自己不用当场回复，带着兴头照看彼得·格林去了。实际上，提到肉反倒让我没了食欲，意识到自己开始恋爱也有着同样的效果。尽管我睾丸憋得疼，肚子咕咕叫，但一想到性爱与食物，我就心中厌恶；我愿意和他们吃饭只是因为可以和安娜斯塔西娅及西尔医生谈话（讨论他刚才提到的话题和其他话题），否则我就会找个没人的地方，来审视自己的内心及其预示了。

实际上我们就餐的地点既不是西尔夫妇的公寓也不是餐馆，而是办公室。我们让医院的厨房把晚饭送了上来，因为西尔夫人和彼得·格林的身体状况不适合外出就餐。我到接诊室的时候格林刚醒，就坐在沙发上，悲痛地和我打了声招呼，这是我听过最悲伤的声音；他起身不知是要抱我还是打我，但刚站起就泪流满面，又坐了下来，头摇个不停。

“啊，奠基者！”他嘶吼道，“她真是不及格到极点！”他从观察室所看到的景象，似乎对他的影响要远比我设想的大得多。像之前他认为人心皆为通过，如今他确信人心皆已死挂，无论怎么劝他说这就是人性也没用。安娜斯塔西娅就是个婊子，他起誓道，比黑老乔的女儿还浪荡，至少人家只对男人发骚；西尔夫妇真是一对恶心到极点的变态；他放过了我，因为我是为他才堕落的——他感谢我让他知道了真相，也只有大导师会这么做，话中满是愤怒与失望——但他同意众人包括他自己，都像我说的那样败坏。

“我他妈就是个瞎子傻子！”他叫道。他现在满是对自己的鄙视，恐怕这和他之前的过度乐观一样是错误的。他对自己极其厌恶，说话的时候都能浑身发抖，仿佛发了高烧一般。显然他不适合开车。安娜斯塔西娅进来祈求他的原谅，格林却对着立式烟灰缸呕个不停，这让安娜斯塔西娅痛苦万分。见状，西尔医生重新给他注射了镇定剂，让他再次睡去。医生拔出注射器时冷静地表示，黑德维希刚刚也反常得很，所以他也给她打了一针。

“真是不幸。”刚打完电话订了晚餐的他唏嘘道。我一开始不确定他是指他妻子的状况，还是我们的就餐计划有变，还是安娜斯塔西娅不得不清理彼得·格林呕吐物这件事。过了些许时间，他才说道：“乔治，黑德好的时候，你没认识她真是遗憾：当时她前途无限，充满活力；啥烦心事都没有；斯泰茜和她比都要逊色一筹……”他坐在沙发上，旁边就是格林的脚。他摇着头，吸烟解愁。“我们过去多好呀！当然最近她不在状态，压力太大。但我们的婚姻是我所知道最纯粹的。是理想的婚姻，可以这么说。”

我难以掩饰自己对此的怀疑。安娜斯塔西娅手里拿着卫生纸也停下来一下，之后又继续刷洗。西尔医生微笑着。

“我是说，对现代学期的知识分子来说，这才是唯一**真正、有意义的**婚姻，因为它自由、坦诚、平等，不掺杂任何谬想。这婚姻可能会失败，但即使最后失败了，其他的婚姻也不值得一试。”他皱起眉头，发自内心地揶揄道，“我一开始就看透了**我的**夫人，每一方面；黑德也看透了我。”

“那你对你所看到的感到高兴吗？”我问他。我脑中一直想着自己对安娜斯塔西娅的矛盾看法，但西尔医生把我的问题当成了质问，和善地对我讲：“我猜你指的是她喜欢女人，以及我自己的同性恋倾向……”

“不，不是，先生！我是说——”

“别道歉，”他坚持说，“我喜欢直面事情。”他继续说道，尽管这些相同的取向（他说，我身上取向间的矛盾或许就是我第四个任务的含义）在他看来并非内在地属于通过或挂科的表现，但他同意格言所说的“自知为坏事”，在自我厌恶方面，没有人能比他更甚。“天哪，还有一个可能！”他叫道，之前还在忏悔的他突然笑起来，“你怎么不自慰？”

“什么？”

“肯纳德，**你在说什么！**”安娜斯塔西娅责问他道。她一直红着眼睛，对治疗室的事仍耿耿于怀，但刚才还是半无心、半有意地听着我们说话。“够了。”

“抱歉，”西尔医生轻声道，“我的意思是如果看透你的夫人指的是‘认清你精神上的女性面’，那么这句话就是‘认识你自己’的另一种表述方式，是吧，乔治？但又因为大导师的一切都披着一层《奠基者卷轴》的意味，或许此处的‘认识’应该按照《旧大纲》里的意思理解，即肉体认识。换句话说，**取悦你自己。**”

我不清楚他的解释在多大程度上是打趣，前面一部分我觉得很有道理，后面的也和我的推测不矛盾。但安娜斯塔西娅说他真该为自己羞愧。

“实际上，有时我觉得你**喜欢**下流。”她说着，起身到了门口接过用人推上来的餐车。她的话（我觉得平常无奇，他爱还是不爱都无所谓）逗笑了医生。

“**确实**，你很了解，”他对我说，“而且我确实鄙视自己。对于智慧、坦诚的人来说，还能对自己有什么其他的情绪？我是不会高看不厌恶自己的人。这就是为什么我钦佩塔利跛德院长。”

我接过餐车里的沙拉，看到其他盘子里血淋淋的牛肉，脸都白了，连忙接过话茬来转移注意力，不去想为了满足肉食众生的胃口，日常都要进行的杀牛。

“您说您钦佩塔利跛德院长的自我厌恶，您是羡慕他的理性思考吧？”这个问题发自内心，但我承认这问题带给我的满足感，不在于其体现着大导师式的洞察力，而在于我在捍卫着安娜斯塔西娅的观点。吃饭过程中，西尔医生带着幽默，承认了他和他夫人的性取向倒错，同意他夫人现在的状况一定程度上是他们长年的自在放浪对她的纯洁精神造成了影响所导致。但西尔医生辩称这种“完全经验”，尽管代价巨大，却是获得认识的必备条件。这期间，我一直在不自然地注意我心爱之人的一举一动。我和西尔医生激烈交锋时，她不怎么说话，但当我指出西尔医生（先征得他同意）想法中仍存着谬想、天真，忏悔中有着自欺，自我厌恶中又有着自傲时，我眼角瞥见她双眼放光，我很高兴自己能得到她的认可。

“承认吧，先生。你是不是觉得你的自我厌恶……**有趣**？”

他歪着头，若有所思的样子，手上的叉子还叉着块肉：“不如说有**魅力**。对，有魅力。我觉得这给了我更多理由去自我厌恶，用你的话说。”

“发现更多的魅力，你是说。”

“哈哈哈，乔治！对，我真是对你刮目相看。”

但我一心想渴望得到安娜斯塔西娅的崇拜（更不用说西尔医生最后的福祉），因此这平常无奇的赞赏无法让我感到满意。我告诉他，我想要的不是他的刮目相看，而是他得通过，而前提是，他必须坚信他不仅没有通过（尽管布雷认证过他，但我觉得他也不信），而且是死挂。

“打住，”他并不同意，语气比以往坚定得多，“你忘了基南德——”

我打断他：“基南德是预言教授。这就大不一样了。基南德不会出于好奇去做某些事，他甚至都不愿意看到眼前的一切。但他**亲身做**很多事情，他有……**能力**。他不仅仅是旁观者。”

西尔医生承认我说的有些道理，这次他对我的他所谓“天真的洞察力”是发自内心的惊讶，少了许多克制。

“但乔治，你看，”他说，苦笑了一下，“就黑德维希的情况，我的态度里，有一个因素你没有考虑——不过正常，因为我只和我夫人说过，”他凝视着他香烟的灰烬，“实际上，我在校园的日子没几天了……”

虽然他边说边摸着他额头上的绷带，我还是理解错了他的意思，直到安娜斯塔西娅同情地叫了一声，放下手上的盘子，赶忙来到他椅子旁，我才明白过来。安娜斯塔西娅把他卓越的头拥在胸前，说她就**知道**这病没他讲的“就是疼”这么简单。她眼泪唰唰地落到西尔医生的银发上，我甚至有些嫉妒他有鳞状细胞癌，能让安娜斯塔西娅这么同情。他小声地告诉我们，一开始就是鼻梁上的小瘤，之后，正如他想的那样，由于每天都与眼镜框接触，小瘤开始溃烂。随后他自己诊断出这是恶性肿瘤，打算手术去除，但给他主刀的医生朋友发现这肿瘤已经开始扩散到双眼眼眶以及鼻窦。

“你能注意到，”他有些尴尬地说，“我口气很臭。幸运的是，造成口气的原因同时也让我闻不到臭——其他的气味也闻不到。”他试图苦中作乐。但安娜斯塔西娅不像我没有理解，显然明白他的话中之意，梨花带雨地求他不要再一副无所谓的样子，求他赶快治疗，别等着视力、生命像之前他的嗅觉一样都没了再行动。

“丫头，别胡说了，”他拍了拍她的胳膊，“如果我让他们割掉我的鼻子，我有两成的概率多活十年；如果再拿掉眼睛，可能有三成。算了，不用了！”他说，他一生都在追寻美，扩大自己的体验与认知；他无法接受仅仅为了多活可憎的几个学期，就让自己毁容。而且尽管他认为知识与艺术没有止境，但他学得都有些腻烦。他认为他生活快意，丰富多彩；也正因如此，他最近对生活感到疲乏，没有任何事物能让他感到新奇与喜悦，他承认他现在带着鉴赏家克制的热情盼望着死亡，他还没尝试过死亡的体验。在他心里，无论是立即自杀，还是先被癌症折磨一两年，成了眼瞎化脓的疯子再死，选择的唯一标尺便是美学。后一种死法合他的心意，因为更为消极，体验刻骨铭心；相比于主动书写体验，他始终倾向于被动接受。但另一方面，他憎恶面目丑恶，无知无觉，特别是两者同时发生；在癌细胞侵入大脑之前，他应该就会痛到或麻醉到意识不清，如果感受不到体验，那体验又有什么价值呢？

“好了，”他收尾道，打了个哈欠，仿佛他觉得这个话题烦了，“这些黑德一听就头大，她不怎么喜欢哲学的思辨。”

安娜斯塔西娅亲遍了他整张脸，特别是绷带那里，无论西尔医生如何说这不必要，她都放心不下。

“要是我能帮你减少痛苦就好了！”她伤心地说。我心头一紧，明白要是西尔医生取向正常，她肯定愿意献身来为他减轻痛苦。对西尔医生的病情我也很痛心，并就自己之前对他的指责向他道歉，尽管我禁不住认为无论病情多严重，都不影响我们的讨论。之后安娜斯塔西娅去了洗手间收拾情绪，西尔医生对我承认他自己确实有错，这让我既开心又内疚。

“我知道，”他说，“我对死亡的态度和我对其他事情的态度都有悖常理。可鄙的怯弱，如果你愿意这么说。我也鄙视自己这样的性格——这又显得更软弱，一直循环下去。”我求他原谅我说话没个轻重，因为我不清楚人类对死亡的态度（显而易见，山羊对死亡这话题没啥观点）；毫无疑问，我要想给他建议，特别是这种情况，未免有些自以为是。

“不会，不会，不会，”他坚称，情绪高涨起来，“你说得对，癌症与此不相干。你要帮我让黑德维希也认清这点。你对我一定有药方吧？对于终考的小建议？”

我清楚他在讽刺我，想起之前我质疑过的其他认证，再结合他的情况，我说道，只要他享受自我厌恶并且认为他的堕落有魅力，他就不会是“成熟全知”；相反，他看不出基南德和他的区别——预言家与鉴赏家的区别——在我看来说明他的幼稚。

“幼稚！”他差点把香烟扔进他的咖啡杯里，“幼稚！”他也不说别的。我涨红了脸，但没有改口。我问他，还有比无法分清通过与挂科之间的区别更天真幼稚的吗？他不是之前在剧场提到过《旧大纲》里的诗节，谴责众生无法“分辨真假”——也就是说，没有看清自身挂科的能力吗？但他现在，在我看来有些**幼稚地**，仍深信挂科等同于通过，经验便是堕落。简单地说，他混淆了纯真与经验、自知与自欺、通过与挂科。

“我明白了，”西尔医生冷淡地说道，“这可悲的天真，你觉得我该如何解决？”

我强烈建议他要认真地衡量他的性倒错，学着厌恶他的自我厌恶，而非去享受……

“啊。”他一下高兴起来。我连忙补充说我所想的不是详说他的日常乐子；**四人**的奸情不比**三人**的更变态，正如透过荧光镜的偷窥不比艾尔科普夫夜视镜的偷窥更下流。在我看来，对于这种脾性的人，最极致的性倒错就是反着来：如果他要完全感受自己的挂科，他就该避免一切刺激、奇异的事物，转而寻求最寻常、普遍的东西。

“那你说的到底是什么？”他问道，“吃全熟的牛排？吃饭时喝罐装的啤酒？看一晚上电视？”他和我说这些时，我看见他鼻孔微颤，因此更加确信自己判断的正确性。我摇摇头。

“我指的是你的性生活，医生。我认为你该滋润西尔夫人。”

他本打算抿一口咖啡，听我说完，杯子就停在嘴边看着我：“你说什么？”

“你亲自与西尔夫人行房，正常的那种。让她产仔。她还没到不能怀的年纪，是吧？”

他惊到哑口无言。我正考虑是不是自己用词不当，突然走廊里的安娜斯塔西娅兴奋地喊叫着进来。

“这主意好！”她叫道，对着我太阳穴亲了口，“肯纳德，黑德维希就需要这个！特别是现在！”

西尔医生讥讽说，他妻子现在有病，之后马上就要守寡，她已经开始到更年期——更别说现在大学一片混乱，而且是越来越乱，一切都荒诞不经……安娜斯塔西娅对于西尔夫妇生孩子的想法高兴不已，她抱住西尔医生的胳膊，依偎在他肩膀上，紧紧抓住他干巴巴的手。就那劝诱的劲头，我都想和西尔夫人交配。我也清楚——我的夫人我现在看得清楚明白——从安娜斯塔西娅语气里的关切看，她都乐意让西尔医生的精子射入她不孕的子宫，或者如果西尔医生不行的话，她都能让她的丈夫或最珍爱的情人来给西尔夫人受精。

“想象一下，肯纳德！”她满面泪水，“给黑德维希个孩子！”她又朝我冲来，她的兴奋劲都引得迷糊中的彼得·格林发出一阵牢骚。我这次大胆地把她拉到自己的大腿上，我感觉她一定愿意；确实，她坐到了我腿上，就像她会坐到任何懂得如何抚摸她的人身上一样，尽管我血液涌动，但我的热情退却了。

西尔医生啪的一声放下杯子，来回开始踱步。

“荒唐！不可理喻！”他刺耳地笑道，“你觉得为什么我们这么多年没有孩子？而且这有什么用！简直荒唐！”他强烈反对，手臂狠狠地拍在身体两侧，抽着鼻子，愤愤不平。接着又大笑，调整起绷带上的眼镜。而安娜斯塔西娅则喜极而泣，高兴地紧抱着我：这是我这么多次教导别人以来，我的话引发的最大反应（我惊惧地发现，自通过剔除山羊格栅后，我就在一直教导别人，跟我花在完成任务上的时间差不多）。

“当爸妈的西尔夫妇！”他鼻子一哼，咬着他的指关节。

“对！”安娜斯塔西娅拍着手叫道，“这绝对是答案！乔治，你真是天才！”

西尔医生停了下来，眯起眼睛看着我，眼神中满是尊重：“他可比哈罗德·布雷难伺候多了，我敢打包票。我和黑德维希都敢打包票！”

每听到我建议的一个用意，安娜斯塔西娅就在我腿上颠一下，多亏彼得·格林有了要苏醒的迹象，她才下来（她想着离开，以免格林看见她再伤害到自己），要是还不下，我就要射出来了。她说，她要去楼下给她丈夫打个电话——这电话早就应该打了，她丈夫午餐时行为太反常了——然后或者叫个出租车，或者等着警卫，如果斯托克愿意派个动力室警卫到医院来。我们匆忙决定，西尔医生负责照看格林，无论是在这儿还是在家，确保格林的心灵创伤得到诊治，之后再教育他积极、成熟地认识自己。

“我保证不会有*三人行*，”他向我说道，对我的建议又不满地摇摇头，“欢迎你留下过夜，咱们还没讨论马克西和其他一些事情呢，我还想看看你说的那份奇特的任务单……或者你还是要和斯泰茜一起走？”

我都没考虑好下一步要干啥，更别说在哪过夜。西尔医生墙上的钟显示七点，我的表显示六点——无论哪个对，时间都是刚傍晚。尽管我很累了，但还有任务要完成。我站起身来，从钱包中掏出任务单。

“有些重要的事情我想和你讨论一下，”我对安娜斯塔西娅说道，“非常重要。我看看下一个任务是什么……上面说*取卷轴而归原位*。这东西丢了吗，你觉得呢？”

西尔医生和安娜斯塔西娅都说这个所谓的《奠基者卷轴》（在新莫伊舍学院新近出土，里边混着新旧《教学大纲》的碎片，由新莫伊舍学院校长赠予新坦慕尼，作为对新坦慕尼院中莫伊舍群体所提供帮助的感谢）被暂时存放在中央图书馆的展柜中，就他们所知，那东西应该还在那里。但西尔医生记得之前在哪儿读到过，说编目办公室就如何对其永久归档遇到了困难：他记得，CACAFILE 是 WESCAC 的自动分类存档装置，可根据学者编入其中的定义运行，之后还能通过自我扫描技术自我完善，但该装置却不能确定（可以这么说）该怎样对这文物进行分类，是分到宗教、哲学、文学、人类学、艺术，还是历史——上述每一个院系都说这卷轴是他们的。迫不得已，图书馆的负责人手动将这卷轴送进 CACAFILE，希望能强行让机器做出选择，但卷轴在机器里滚了几个小时，最终还是吐到了不可分类的区域。

“但任务上说是*归原位*，是吧？”他若有所思，“不是简单*存放*。真是有趣。”我看得出他的心思不在任务上，尽管他记得给我健康证，并建议安娜斯塔西娅出去时把我送到图书馆，但我还是觉得他在想生孩子的事。

“好好过周末。”我们离开时，安娜斯塔西娅直截了当地跟他说。

他牛皮纸般的双颊泛了红：“荒唐！”

“求你了，肯纳德：黑德肯定会喜欢的，我清楚！”看安娜斯塔西娅的表现，倒是她更喜欢这点子，电梯来了，她又有了新的建议，“肯纳德，带她去蜜月小屋汽车旅馆！”

“够了，斯泰茜！”他转身关上办公室的门，因为格林醒了，开始大吵起来。但安娜斯塔西娅咯咯笑起来，说他不耐烦就是不好意思了，他慌张的样子说明他喜欢这个主意。

“你能想到这个，*真是厉害呀！*”她说道，抱着我的手臂。她高涨的情绪，让我的欲火越烧越旺，烧得我下体痉挛疼痛。尽管相比于之前出电梯时，现在进电梯的我更加一瘸一拐，但我很高兴自己离毕业认证大门又近了两步。

5. 图书馆之行

狭小的电梯里只有我们两人，她回过神来，松开了我的胳膊，眼神也从我身前立起的小帐篷移开。为了缓解她的紧张情绪，我说："不好意思，我勃起了。"跟着保证尽管自己欲望强烈，并且现在其中肯定有爱的成分，但绝无爬跨她的意思。

"你不要这样说！"她恳求道。

"没办法，"我难过地说，"实际上，我觉得我们以后不能再交配了。并不是因为你结婚了。我还不清楚婚姻意味着什么。而是我觉得我们可能是兄妹，所以我们不能再交合了。"

我起劲地建议她抛弃之前的床伴，好断了他人对她同情心动机的猜疑；但她听完我俩可能的关系后，脸色煞白。我为了稳妥起见，不再继续发表意见，打算等之后再说。她脸色难看得很，眼泪汪汪地听着 WESCAC 的判断：由于她是弗吉尼娅·雷·赫克托的女儿，如果我真是"贾尔斯"，那么我们就有着共同的母亲；如果真如传闻说的那样，赫克托只**生产**过一次，那么我们就是双胞胎。

她紧抓着电梯扶手，摇着头。电梯门开了，到了几乎空无一人的大厅。我不得不把她牵出电梯。远处的接待员、旋转门旁边站着的两个护工都朝我们这边看来，我和安娜斯塔西娅有些无措。但不安倒是让我下边消了肿。

"记住，"我安慰她道，"现在唯一确定的是我是大导师，你是赫克托的女儿。其他的，甚至包括'贾尔斯'都是推测。"

"啊，乔治，这太**糟糕**了！"她的声音带着恐惧，几乎要昏厥的她明显是看到我了阴沉的脸色。我怕，虽然理智告诉我不可能，但我还是怕她会厌恶自己的兄弟是个羊孩。她求我相信，她怕是因为想起了之前那次我和她的公共“结合”。“那么多人！”

我自觉见地高明：“如果我对人类的礼节理解没错，我们在悼念仪式上的所作所为早已让他们反感，是吧？我俩是兄妹这事儿不会再有什么太大的影响了。而且，我不想听起来虚荣，但我**是**大导师——”

现在她眼神中满是对我慰藉的感谢，而非羞耻。她热情地说道，校园所有人里，她最愿意让我当她哥哥，尽管她觉得自己不配做准大导师的妹妹……我非常高兴听到她这么说，让她别再如此贬低自己；我坚称她**当然**配得上——或者如果她能听一丁点我的教导，就会配了。也就是说，从此时以后，别让任何男人、女人、野兽爬跨她，或看到她肉欲的一面，她的丈夫也不行，对于她虚假证书上的格言“爱你的同学”，不允许有**第二种**可恶的解读。

“通常情况下，我不会包括你的丈夫，”我说道，仿佛我每天都在发布这样的禁令，“但你们的婚姻实在是……**不同寻常**，你和他发生关系的出发点可能和你与克罗克或西尔夫人，或者——或者和哈罗德·布雷发生关系的出发点一样，我不知道自己说得对不对……”

哈罗德·布雷是我随口一说的，但当我听到，无论布雷如何要求，她从未和布雷“结合”时，我心中有着说不出的高兴。

“他还没提出要求，是吧？”我说道。

“他最好**不要**。我知道他很好，但**呸**！”

我鼓起勇气说道，并非出于虚荣而是决心使然。即使我以西区大导师的身份亲自召唤她，让她给我生孩子，好在我去世后继承我的事业；即使在她在导师的命令前清楚众生的怪念头、乱伦的禁忌都是浮云——她也要拒绝我。

她睁大眼睛嘀咕道：“好。”

“我确实爱你，安娜斯塔西娅。”我说道，语气非常自然，“对于发生在客厅悼念仪式上的事情，我一点儿也不后悔……”

“你不后悔？”

“对。在我眼里，你那么美丽；并且，不用说，能够爬你绝对是乐事一件。不管这是不是斯托克故意设套，我们是不是兄妹，我们都是纯真的。我以大导师的身份朝你发誓：这交配没问题。”

她的脸上慢慢恢复了血色；她用纸巾擦拭着眼泪，真诚感谢我帮助她克服了良心不安。我最终向她承认，我的本心与生平让我不受人类偏见的束缚，我一见到她就克制不住自己的欲望，在我眼里她就是世上最可人的尤物；但同时，作为大导师，宠幸自己的信徒并不合适——我成为她爱人这件事肯定会被引申解读。因此，虽然心中一百个遗憾，但我乐于接受我俩的兄妹关系，以及由此关系带来的（人为的）性交限制。

安娜斯塔西娅眼里发着光。“你**真好**，”她小声说道，并难以自抑地站起身来，踮起脚尖，亲了亲我的脸颊，“我**一直都需要**个哥哥来改造我，从头到尾地改造！”

刚才还让她不安的事情现在又让她高兴得不行，就像她刚才因西尔夫妇要行夫妻之事而兴奋一样。“我等**不及**要见我妈妈了！”她叫道，“我这回**可要让**她说出来！”喜悦二字写在她脸上，“对了！周五她晚上要工作，我和你一起去图书馆，一箭双雕！”她跟我说，她母亲是中央图书馆的副主任，负责图书的归档与编目工作，这份工作是她还没意外怀孕、精神正常时，通过个人能力争取到的。不幸发生后，出于对她父亲、前校长的感谢，图书馆仍让她继续留在该工作岗位。因此，如果我想要获准来取卷轴而归原位，就得向她提出申请。安娜斯塔西娅提议要和我一起去那里，并且，用她的话说，借机“搞清楚**妹妹**这件事儿”。现在她是满肚子的问题与猜测：如果我们是双胞胎，或只是兄妹，她**想不明白**为什么我没和她一起长大；怎么能**有人**不想要他们的小孩？但另一方面，如果有东西出生时“把我带走”（安娜斯塔西娅对一件事确定：这肯定不是她母亲的意愿），这就成功解释了弗吉尼娅·赫克托随后的精神失常，以及她对安娜斯塔西娅的排斥——我没能理解这是什么心理。但为什么“艾拉伯伯”和“雷金外公”从来没提起过哥哥呢？目前看来，如果施皮尔曼博士和艾尔科普夫博士都不是我们的父亲，那么**谁是**呢？到底是发生了什么，让我被拐走了呢？

“快点，乔治！你难道不**兴奋**吗？哦，糟糕……”她打了个响指，“我得给莫里斯打个电话。就几秒。”

她跑到接待处往动力室打了个电话，我利用这点时间整理了一下七零八落的思绪，看看能不能解决我手头的任务——在我看来，这可比我的身世重要得多。管他母亲还是妹妹，我还有个终考等着通过，还有个冒牌货等着打跑，还得辅导众生重回正途，还要**取卷轴而归原位**。带着一丝骄傲，我不无敬畏地发现自己的每一项新任务，不仅没让我疲惫，反而让我变得更加强大，来解决接下来的任务；对于受征召之人，没有事是无谓的，偶然事件都带着必然意义。我考虑了一下，西尔医生对于图书馆分类问题的论述清楚地道出了我任务的含义——这与我其他任务的含义完全一致（西尔医生想不到这点）。我一天忙前忙后，如果不是证明区分的必要性，还能是什么？我所做的一切不就是例证，象征着区分的必要性吗？区别嘀声与嗒声，区别东西校园、大导师与羊、表象与事实（或看透我夫人过程中牵扯的对立），所有这些的任务，同我的各种建议，都指向同一个意思：“通过是通过，挂科是挂科，不能将两者混淆。”如今归位奠基者卷轴，我相信只需要更明确的定义。我迫不及待要去解决这个问题，对现在的耽搁没了耐心，因为目前看来我好像有可能在今晚就要求终考，也就是说能在一天内完成任务——这应该接近“无时”了。

几分钟后，安娜斯塔西娅一脸担忧地跟我说，斯托克一整天都不在动力室，他总拘留所的新秘书也从上午十点之后就再没见过他；动力室现在上下不宁，因为熔炉房发生了些危急情况，急需斯托克出面解决。是什么危急情况我想都不敢想。但至少现在，她愿意跟我走就能跟我走。在和护工短暂争执后（他们想要出院证明，不情不愿地接受了我的健康证明和安娜斯塔西娅的口头背书，而非他们要的书面表格），我们离开了医院，在去往图书馆的双人跨斗摩托车上，安娜斯塔西娅和我说了午餐时恼人的一幕。

“莫里斯从来也没有**这样**过！”她说道，“直接到医院来，接我到外边吃饭！他甚至还刮了胡子，买了领结！”而且，我也觉得确实难以想象的是，他对她的一举一动都跟绅士一样，为她开门，赞美她的发型（她边讲边摸着头发，一副难以置信的样子），绅士般地和她就餐，最后还征求她的意见：

他想要去一趟光明府并要公开否认他和卢幸运·雷克斯福德的关系，她意下如何？

“我发誓他就是这样说的，乔治。而且语气还那么温和！”她说，她觉得下一秒他就会撕下伪装变回原来的自己。如果他摔了小瓷碗，骂几句脏话，或掐一下女服务员的屁股，就算今天这情况如此少见，她也可能还吃得下饭。但一切都没有发生，她一点东西也吃不下，浑身发抖，担心自己是不是哪方面惹他生气了。她听不懂他的问题。直到他们起身准备离开餐桌，她才鼓起勇气说了句“你愿意就行，亲爱的”。她说这句话就是为了不想再提心吊胆，因为她确信只要她上钩，回答了他礼貌的询问，他就会同往常一样发作。她回话时，斯托克正在帮她拉开椅子，随后他抓住她的手臂，她闭上眼等待着，几乎算是舒了口气，等待被按在桌上侵犯或凌辱——但他却轻轻地把她搀了出去，说自己很高兴她能陪自己，并希望以后能多多共进午餐。

“那他之后去了校长府邸吗？”我问道。

她闭上眼，手指按在太阳穴上：“我太紧张了，忘了他后边的话了。”看到我颇有兴趣，她问我是不是知道什么“上了”她丈夫的身。

“我大概清楚，”我承认道，“我和他早上交流了一会儿……”我考虑要不要告诉她，如果真的是我们在总拘留所的谈话造成了这样的结果，那莫里斯·斯托克看似好的行为，实际上比他之前的恶行更加败坏。但我觉得自己再清楚地讲一遍逻辑关系有些困难，所以我只是简单地告诫她，别再单纯地被他的彬彬有礼引诱上当了。

她皱起眉头：“乔治，但如果他……有求于我？或让我去……跟别人做那种事？我是他的妻子……”

我考虑了一下，同意她允许她丈夫和她本人发生少许有尊严的性关系，但必须经过她的同意，性交过程中不能有强力、堕落、变态等虐待情况的出现。“但安娜斯塔西娅，不要和别人发生关系，”我坚定地重复着，“并且不要只是让他开心。如果你有欲望，或想生孩子，就可以发生。”

“我好像生不出孩子，”她提醒我说，“我觉得这倒是幸运。”她不知道是想起了自己不能生育，还是过往的淫荡，心情一下低沉下来。接下来的车程里，她就兀自摆弄着一缕头发，凝视着车外的车流。道路两侧的路灯要比往常来得暗，时不时地闪烁。我们的车路过光明府，我看见一群人围在铁栅栏处，其中一些还举着牌子，灯光太暗，根本看不清上面写着什么。一列排成楔形的摩托车队从出口车道呼啸而出，从我们的车旁驶过；我基本确定领头的就是斯托克本人，但他刮了胡子，穿着一件亮色外衣！安娜斯塔西娅正好满脸忧愁地看着相反的方向，我也没和她说，生怕她看见他就改变主意，不和我一起去了。

塔楼大厅的空地前也站着一群人，他们仿佛在期待着什么；每一次路灯闪烁，都能听见人群发出不满的叫声。

“真是*怪事*。”我们的司机小心地说道。他载着我们绕到楼的后面。安娜斯塔西娅从她的哀愁中回过神来，付了车费（我不明白为什么还要付车费），脸色也高兴了点，我们朝着建筑物的侧翼楼走去，那就是新坦慕尼中央图书馆书库与办公室的所在地。

“过去了这么多学期，我真是*迫不及待*看你和妈妈相见！”她说着，拉起我的手臂。面前入口大门上刻着一行字：书籍便是大学所在。我们走了进去，穿过了一间天花板甚高的阅览室，由于里边灯光不稳定，读者稀稀拉拉。

“我就*知道*动力室出问题了。”安娜斯塔西娅焦虑地说道。在通往编目办公室的走廊里，一名高个儿的学生匆匆从我们身边跑过；我们回头看他急匆匆地要去哪儿，那人也意识到了，回头看着我，脸上一副愤怒、难以置信的样子，仿佛是生气自己的眼睛竟给自己看这种东西。我脸一红，也不知道自己为什么会脸红，之后如兄长般拍拍安娜斯塔西娅的手。

走廊的尽头是一间宽敞的穹顶式房间，里面全是一排排的目录文件，像车轮的辐条般排列着。在其中心位置，“最后的科学便是图书馆学”的标志牌下方，是一个巨大的金属包角的玻璃柜，里面空空如也，只有黑色的天鹅绒基座。安娜斯塔西娅倒吸一口气：“东西不见了！”

她指的是卷轴，它通常都在那柜中陈放展示。我心中一紧：如果卷轴被偷或丢了，天知道何时才能找回它并把它归位！我坚持先搞清楚卷轴的情况再去处理我们的私事——如果再有任务，后者还是先放放。

“或许这就是刺激的地方。”我无奈地说道。

这屋里除了我们没有别人，安娜斯塔西娅表示，回答血缘关系问题或是卷轴问题，她母亲都是最佳人选，因为她的办公室就在这些目录文件的旁边。她提议我们立刻去找她，免得之后她跟人群一起离开塔楼大厅；安娜斯塔西娅只先介绍我是大导师的新候选人，这样我就能全心询问她卷轴的去向，之后再和她坦诚其他问题。我看目前也没有更好的选项，就同意了，尽管我心里还有顾忌。我之前听过流言，说弗吉尼娅·赫克托的精神状态不容乐观，因此对她描述的准确性，我心中没底。

“等等，”我抓住她的手臂，“有人来了。”走廊里传来开门、关门的声音，接着响起一阵清脆的高跟鞋敲击地面的声音。灯光灭了两秒，黑暗中外面的人群爆发出一阵喧闹。敲击声也停顿了一下，之后随着灯亮又重新响起。我竖起手指做出安静的手势，把安娜斯塔西娅往过道里拉了两步，因为这声音虽然像女人脚步声，但又让我想起了哈罗德·布雷那尖短的声音。随着布雷那可憎的面目浮现在我的脑海里，我萌生了一个还未完全成形的想法。我需要一点时间来考虑它：引用他伪造证书上文字的证书持有者均表示，那文字并非简简单单出自旧或新《教学大纲》，而是源自《奠基者卷轴》。当然有卷轴的抄本流传于世，他可能就是看了抄本；但我对他厌恶至极，自然不肯就这么轻易放过他。如果一开始就把他设想成骗子，然后去寻找他冒名顶替的动机，那么诸如他可能在利用职务为尼古拉人窃取机密，或是借机偷窃如《奠基者卷轴》等无价珍宝这种事，在我看来就不难想象……

走廊上的不速之客是一位上了年纪的女性。她进到了房间中间。安娜斯塔西娅收起她疑惑的眼神，脸上露出微笑。

“快呀，这是妈妈。”

她本要和那人打招呼或到她那儿去，但那妇人听到了我们的声音，就在柜子旁停下了，一边朝着我们看，想看清楚是谁，一边调着她银色头发里铅笔的位置。她的尖角镜片闪着亮光。我抓住安娜斯塔西娅的手臂，差点因情绪激动昏过去。

“万能的奠基者啊！”我叹道，身上冷汗直流。我不得不蹲下去，假装去看下层的目录卡，直到我控制住自己的颤抖。绝对没认错：她就是奶油头发夫人，无论岁月如何催她憔悴、衰老！

安娜斯塔西娅弯下腰来，一脸害怕。“**怎么了**，乔治？”

我摇摇头。我吃惊地发现，奶油头发夫人的眼神——**弗吉尼娅·赫克托**的眼神——还是和当年在铁杉丛中昏暗又宝贵的日子一样不好，她没认出我们，或是没觉得有异常，就继续往她办公室走去。

“安娜斯塔西娅，你确定她是弗吉尼娅·赫克托？”

“是呀！你到底——？”

“那……她是你妈？”我身靠着目录文件架。

“**我俩**的妈，但愿是！”她拉起我往柜子走去，“我们趁她没走，赶快去问问。”

但我犹豫了些许，满脑子都是回忆与惊愕。我可怜的小奶油！我现在明白了你为什么不愿见我的管理员，不愿告诉我你的名字。怪不得你对我这么关注，渴望把我拉出羊群——奠基者，奠基者！——怪不得你对我想要的欲望震惊不已，眼镜没戴就跑出了树林！

“安娜斯塔西娅……”我都说不出话来。我靠在空的卷轴柜子上，把她拉到身边。一开始她先按我之前和她讲的那样奋力抵抗拒绝我的接近，在确认我只是作为哥哥拥抱妹妹之后，才靠了过来。“我先不和你解释，但……我之前认识那位女士，我——我真觉得我和你**可能**是双胞胎。”

她热烈地抱着我，搞得我下面的家伙不知道该不该硬起来。我提议说，时隔这么多学期再见我，她妈——咱妈！——可能情绪上接受不了，必须要慢慢来；我们同意安娜斯塔西娅先去见她，把谈话引到双胞胎、父亲身份上，而我就在门口听；然后安娜斯塔西娅再慢慢地、妥帖地告诉她，我们认识，以及我就在校园里的情况。如果母亲觉得痛苦，接受不了，我就下次再出现；如果情况乐观，安娜斯塔西娅就让我进去，把我介绍给她。我站在门口，安娜斯塔西娅敲了敲门。

“请进？哦，是你呀，我的宝贝儿。”

我闭上眼，她声音还带着那种幽怨。就是这个声音，曾在栅栏引我愤怒不已，又在铁杉林抚平了我青春期的狂躁。安娜斯塔西娅极为欢快地向她问好，可能是情况特殊而故意为之。安娜斯塔西娅说自己有些女儿家的事要和她说，毕竟她们上次聊天已经是很久前了。

“哦，嗯，好，嗯，最近有些乱……”奶油头发夫人啧啧抱怨着，语气并非冰冷，而是紧张。她看起来精神确实不比以前，我不知道自己当年无知的骚扰究竟对她造成了多大的伤害，心中顿生一阵悔意。她俩先说着些家常闲话——在我看来，她们母女的对话有些过于正式，但至少没有恶意，母亲也不像安娜斯塔西娅童年时那样排斥她。之后，安娜斯塔西娅对“提起这个难过的话题”道歉，说最近新坦慕尼出了两个号称大导师的人，重燃了人们对于之前优等生计划的好奇，人们又开始提起“赫克托丑闻”以及她父亲身份的不愉快往事……

“简直是多管闲事。”我听到弗吉尼娅·赫克托语气坚定地说了这么一句。从声音听来，我估计安娜斯塔西娅是过去抱住了她。安娜斯塔西娅满是爱意地说，确实，不是我们家的人**管不着**这事儿，但她现在也大了，都结婚了，应该有权知道自己的生父。

“您**知道**我一直爱您，母亲，您**得知道**无论真相**如何**，对我都不重要；我只是想搞明白！有个人过来跟我说艾尔科普夫博士是我父亲——”

“哈！”赫克托小姐语气不无轻蔑。

“还有一个人告诉我是施皮尔曼博士——”

尽管我竖起耳朵仔细听着，但还是不清楚她听到马克西名字，口里的那个“嗯”是什么意思。

“而且您不同时候说的话也不同，”安娜斯塔西娅继续说着，“甚至说我不是您的女儿……”她的声音有些起伏。

“哦，好了。”弗吉尼娅·赫克托说着。安娜斯塔西娅重复，自己对母亲的爱不会因事情的真相而减损——至少她又表达了一遍自己的情绪，但说到一半就泣不成声了。

“好了，好了，好了……”就是这个声音，在多个学期前我痛哭的时候抚慰着我，听到这儿，我泪水也有些止不住了。我渴望冲进去，祈求奶油头发夫人的原谅；我只能将额头靠紧门上的磨砂玻璃，让自己平复下来。没多久，她们俩就都哭了起来。我听见提包打开，用纸巾擤鼻子的声音，之后弗吉尼娅·赫克托说道："奠基者知道，我做过太多的错事……不，不，你不要对我太好；就我在你小时候做的那事儿，你有一百个理由来恨我。一想起来，我就想死一百次，一想起你嫁给了那个野兽……"

想到这儿她哭得更厉害了，尽管安娜斯塔西娅在旁安慰说这是她自己的选择。所幸，赫克托小姐似乎并不清楚她女儿婚前婚后生活的细节，只是大致觉得她的婚姻有失体面，少了安宁。因此她现在能比较快地把心情平复下来，要是她知道了安娜斯塔西娅所受的苦，就不会这么快了。

"你知道吗，我真是太痛苦了，"她继续讲着，指的是她女儿的婴儿时期，"你想象不到说真话没人信是何种的痛苦，不管怎么说，都没人信。甚至你都不信。现在也不信……"

安娜斯塔西娅发誓自己会信，只要她妈愿意说；一番支吾迟疑后，弗吉尼娅·赫克托略带挖苦，清楚地说道："事实上，我一辈子从没……和男人有染。一次也没有，直到今天。"

如果我比安娜斯塔西娅（她听完立刻就发出来诧异的叫声）反应要慢，并不是因为我误解了"有染"的意思，而是因为我的出生、经历、我对于安娜斯塔西娅过往的了解，让我难以立刻理解赫克托小姐所说的"从来没和男人有染"意思是"从来没和任何物种的雄性个体有染。"

"当我得知自己怀孕时，我说马克西·施皮尔曼是父亲，"她继续道，"因为我清楚没人会相信真相，我觉得施皮尔曼博士即使认为这可能是别的男人的孩子，也会爱我爱到来替我受过，和我结婚。但是他没有，就这样。"

我是多想告诉她马克西对她的深爱与承诺，只是她不承认自己不忠，才让他打消了和她结婚的念头！但安娜斯塔西娅有些没了劲头，仿佛提前知道她会说啥，接着问到底谁是她的父亲。

"你父亲？"赫克托小姐似乎对这个问题有些吃惊。我试着回想她把重音放在了哪个词，但没想出来。她仿佛是照着纸在念："马克西不会，埃布利就算我想他也不能。是 WESCAC。”

能听她亲口确认，我高兴得不行，但安娜斯塔西娅却满是厌恶：“啊，妈！”

赫克托小姐并不在意，跟没听见一样继续讲着：“埃布利曾警告过我这种情况。当时他们把完成体的‘贾尔斯’送进去的时候，他就告诉我，说我是 WESCAC 的意向目标之一，可以这么说。而当时我喜欢马克西，正如我说的那样，我从没有与男人**有染**，但如果马克西愿意，我打算献出自己的第一次。等等，让我说完……”安娜斯塔西娅发出失望的沙沙声，“我之前是新坦慕尼小姐、大学小姐，和你一样——天哪，他们给你颁奖的那天，你多美呀！再说……”

赫克托小姐承认她生性虚荣，对于自己成为 WESCAC 的目标洋洋得意，就像数个学期前自己被选为选美小姐一样；尽管对于“埃布利”暗示的事情，她同**所有**自尊自爱的女性一样**一点**也不同意，但每次路过优等生计划实验室的 WESCAC 设备时，她都会不自觉有些骄傲——仿佛计算机知道是她，如果能的话，都要吹起口哨，引她注意。还记得那是一个春天的晚上，她在实验室熬夜加班，帮艾尔科普夫博士归档数据文件（当时她图书馆那边没什么工作，就过来实验室帮忙）。那晚除了夜里执勤的保安，她是最后一个离开的。当时她从办公室出来，穿过大厅想确认计算机室的门锁上了没……

“就像冥冥中的天意一样，”她说，“我打算离开，但我觉得好像听到了一种奇怪的声音，类似于歌声还是什么的，也可能没有，我说不清楚。总之我又原路返回到门前，天知道怎么了，我打开门，走了进去……应该是就想确认一下，或者可能就是有某种冲动……我当时对马克西表现出的态度很生气，我记得……”

她的叙述变得前后不连贯起来，直到她说到她走进计算机室并关上门，才清楚起来。她想不起，抑或说不出她关门的理由，就像她不能解释她为什么不开灯，为什么从门口走向主控台一样。从白天到晚上都在安静运转的主控台，四周闪烁着暖金色灯光，仿佛是在和她打招呼。

“我想我就在控制椅上坐了一分钟，”她说，“坐在那儿真是出奇的平静，你根本无法想象。我都能立马睡过去——可能我真睡了一两秒。但当时……天哪，真不好描述当时的感觉！”

这个描述的任务确实困难。尽管她说起话来很高兴，声音越来越高，从门内传来字字清楚（即便外边人群的欢呼声越来越大），但我还是很难理解她的意思。她似乎感受到一种暖流，极具穿透力，如电击一般；全身的关节与四肢都有一种刺痛感，整个人都松了下来，仿佛全身肌肉都融化了。她说这种感觉来得迅速，但极为微妙，一开始她还以为是外部环境造成的，觉得是她太累，椅子太舒服了。直到控制板灯光不闪了，亮起金色光圈，开始振动，她才将这种感觉与 WESCAC 联系起来。但她当时还未能理解其背后意义，她第一个念头是赶快起身离开，怕身上的刺痛感是意外辐射造成的。可是甚至直到机器的转动声变了音高和音色，声音轻柔起来，扫描仪无声地转到她的下半身时，她都没有或没能起身，直到暖流开始汇集到一点，她觉得大腿好像着火了一般。

“听我讲起来可能感觉很缓慢，”她说，“但实际上非常快。我张口要喊救命，因为我**觉得**我被绑住了，尽管我现在觉得并不是。无论如何，我刚吸了口气……然后就完了。”

“完了？”安娜斯塔西娅和我同样惊讶。尽管她之前就耳闻过她母亲的事，觉得不过是她母亲伤心的错觉，但她明显没听过如此细致的描述。

“完了，”她母亲重复着，“就一眨眼的工夫。扫描仪转开了，控制板的灯光和机器的嗡嗡声又正常起来，我的手臂和腿也能活动了。我本来认为所有的一切不过是一场梦，就像所有人想的那样，即使他们相信我当时是在计算机室里。但我还是有种**灼烧感**。呃。我站起来时，那里感觉**湿湿的**。当时我有了这种感觉，动了动，觉得有东西在我体内往上走，我就意识到我和某种东西**有染**了——只能是‘贾尔斯’。”

比起安娜斯塔西娅我更该在那儿听她讲。尽管赫克托小姐确信如此，但她没和任何人提及这桩奇遇。即使第二天早上人们发现“贾尔斯”不见了，艾尔科普夫博士仔细询问她昨晚上的行踪，她也没开口。直到她确定无疑怀了孕，藏不住了，她才惊恐地和她父亲、当时的校长坦白；并且直到她父亲坚持要她马上打胎，以免丑闻动摇他的执政地位，她才意识到腹中孩子的非凡意义。她把真相告诉雷金纳德·赫克托时，后者斥责她满口胡说；她坚称自己所言非虚，后者又说她是疯子。最后的结果是，马克西背了黑锅，这是马克西作为他们父女冲突的受害者亲口跟我说的。

“但实际上并不是马克西，也不是埃布利，不是任何人类，”她平静地说着，一旁的安娜斯塔西娅发出了难以置信的声音，听得出她有些克制，“而是 WESCAC。是‘贾尔斯’，奠基者通过我们吧！你外公心里清楚，不然他为什么会开除埃布利，叫停优等生计划？但他从不承认，哪怕医生都检查了我的处女膜。”

“他怎么能这样！”

“他就是这么做的，”她坚称，“如果那医生，梅奥医生还没去世，他就会亲口告诉你。最后是孩子出生，处女膜才破的；之前只是有些小损伤——并非是男人造成的，你知道的。”

她对安娜斯塔西娅一个个问题的回答，验证了我之前的听闻：分娩发生在一个冬夜，秘密地在艾拉·赫克托的未婚女学生产科医院进行，艾拉·赫克托负责接生。随后，更让我高兴的是，她的话又验证了很久之前，我和马克西在羊圈外的设想（当时我们设想了很多）。

“你雷金外公非常害怕流言蜚语，他不知该**如何是好**！我怀孕时，不愿打胎，他就一天一个想法：今天让我不露身份地把孩子送给别人收养；第二天又要秘密把孩子送到收容所；之后又否定了前面的想法，怕**消息**泄露**更加**麻烦，觉得还是养在身边，自作自受，或者让艾拉伯父领养……”她说，雷金纳德·赫克托对孩子如何处置的问题，想法反复，害怕事情曝光导致家族蒙羞。这让她担心父亲会在她不知情的情况下弄死孩子。

“**雷金**外公？”安娜斯塔西娅叫道，“我**不相信**他能做出这种事！”

她也不信，赫克托小姐回答道，直到她生完孩子后没几天，他亮明了自己的杀婴决定。

“我发现他不仅仅是害怕流言，”她解释道，“还有他母亲的因素。他和艾拉伯父小时候被母亲抛弃，童年过得艰难无比；并且你知道的，**我母亲**在我出生的时候就去世了，我父亲怕有人会**欺负**我，就像他当时……”安娜斯塔西娅发出同情的声音，“他不愿意让我的孩子再去受他**受过**的罪。或许还有其他理由。”

不管她如何恳求父亲，希望他能大发慈悲，都徒劳无功。她不敢让孩子离开她的视线，生怕自己的骨肉被抱走。当时，校长下令要拆除的优等生设备还没被拆除，一个身份不明的人到了新坦慕尼产院，给她送了封信，说是从 WESCAC 的一台打印机读取出来的。

“就一句话，”弗吉尼娅·赫克托说道，“取‘贾尔斯’**归原位**！我想来想去，最后决定既然 WESCAC 无所不知，它肯定知道如何来解决我的问题。所以那天晚上父亲过来要孩子，我告诉他，他可以把孩子抱走，我改变主意了。但我要求，他必须按照我说的做。”她说，她表明了计划，但没有透露动机，并说服雷金纳德·赫克托这是权宜之计。她把孩子裹到毯子里，离开了医院，从校长的私人通道进入了塔楼大厅。

“老梅奥医生在我怀孕期间去世了，”她说，“之后阴差阳错，我让当时去产院送信那人给孩子做了产前能力测验。他觉得测验不成功，因为出来的卡片上写着‘通过一切挂掉一切’；我也理解不了，但当我和爸爸进了图书馆的军事书库——有进入那里权限的只有校长与将军教授？——我随身带上了测验卡，生怕**有用**。我把测验卡折起来放到了孩子的襁褓里，这样爸爸就不知道了；我把孩子交给他，他转手就把孩子放到了进食磁带电梯里，按下了**腹部**键，这样 WESCAC 就能把孩子吞食了。

“天哪！”安娜斯塔西娅大叫，之后她的惊骇变成了困惑，“那我为什么**没被吞食掉**，如果我也被送到腹中？”

弗吉尼娅·赫克托过了良久才明白她女儿的困惑，而这在我看来却显而易见。不过即使她母亲明确表示她口中的孩子是个男孩，是“贾尔斯”本人，还是有个问题不是很清楚，我高兴地听到安娜斯塔西娅接着就问了这个问题：为什么她幸免于难，而我被吃掉？赫克托小姐有些含糊，看来没有明白她的问题……

“您一定生了双胞胎，是吧？”安娜斯塔西娅追问道，“艾拉伯伯从来没跟我提过我哥哥，现在我明白了！但他总愿意跟我说他给我接生的事……”“嗯，是。自然是。”赫克托小姐的声音里带着困惑。

“那为什么我们没有**一起被吞食掉**？”

奶油头发夫人并没有直接回答她的问题，而是明确表示没有人被吞食掉：她说她的计划是寄希望于，当她把我放进电梯中，WESCAC 能认出这是它的孩子，不仅会停止进食操作，而且还会设法保护我。

“确实风险很大，”她不无自豪地承认，“极高的风险！但我赌**对了**：他们自始至终找不到他，活不见人，死不见尸！我偶然得知他没死，我的孩子还活着，现在还活着！当然，我们绝不能告诉爸爸……”

安娜斯塔西娅兴奋到忘记了自己原来的问题——我也一样，高兴到心跳加速！——抱着她的母亲（我猜的）说，那天她不仅知道了自己有个哥哥，还见过哥哥了。“他现在就在大广场！”

“不，不，”弗吉尼娅·赫克托否定道，声音里夹杂着反常的平静，“不是这样的。”

安娜斯塔西娅笑了：“**真的**，妈！如果你看了电视，那就看见他早上在旋转栅门了。”

她母亲仍不信她，我清楚其原因。她开始胡言乱语。安娜斯塔西娅愉快地问她，如果看见我，她能不能认出来。

“嗯，当然能，不对，孩子一天一个样……哎呀，我肯定能！不对，我只记得他小时候，能，一定能；做母亲的哪能忘了孩子。他屁股蛋下还有块胎记，就在他腿上，一个黑圈。天哪！”

她继续说着类似的话，趁着这时间，我用棍上的镜子检查了我的大腿后侧，尽管灯光很暗，镜子拿得也不稳，我还是看到了胎记，在我左大腿的后侧，位于大腿与膝盖的中间位置，形状就像她说的那样！

“我把他带过来了，妈！”安娜斯塔西娅得意地说道，“他现在就在外边！”

“啊，我，天哪，不要……”

“天哪，**对**！等一下你就知道**是谁**了！乔治？”

考虑到奶油头发夫人紧张不安，我想还是妥帖点，先等她好好消化一下我来新坦慕尼的消息，再出来和她相认；但安娜斯塔西娅对我和我奶油头发夫人的痛苦往事毫不知情，又喊了一遍让我进去。我有意要逃，但我听见身后有响声，转身一看，卷轴柜旁立着穿着白色披风的哈罗德·布雷。所幸他没注意到我。一看到他，我就愤怒不已，手心冒汗。想不通他怎么一点儿动静也没有就进来了，之前引起我注意的响声原来是他开锁时钥匙碰到玻璃柜发出的。他另一只手上拿着一个巨大的黑色圆柱体——《奠基者卷轴》，肯定是，或是他伪造的，想偷偷摸摸放回去！但安娜斯塔西娅的叫声并没有引起这无耻之徒的注意，他都没往我们这边看。灯光忽明忽暗，人群嗡嗡作响；到底是上前与他对峙，和奶油头发夫人相认，还是先躲起来静待时机，我考虑了半秒。之后，安娜斯塔西娅打开门，我们的母亲跟在后面嘴里咕哝着反对的话，安娜斯塔西娅说道："你在这儿呀！你全都听到了吗？"她抱着我的手臂，"妈，看，两人抱一抱呀！"说话时她也看到了布雷，兴奋地邀请他来见证我们的一家团聚。没办法了。我转身面向赫克托小姐……奶油头发夫人……我母亲……伸出手来和她握手，说道："别来无恙呀，女士。很高兴又见到您。"

我本要对上次见面自己试图爬跨她的行为表示道歉，但她显然没在听我说话。她睁开又闭上眼睛，一会儿笑，一会儿眯起眼，摇摇头。

"哦不。不用，真的。"她呆怔怔，轻声说着。

"比利·山羊蹄兹，"我简明扼要地提醒道，余光瞥了一眼布雷的位置，"羊孩，你知道的。现在叫乔治。很抱歉——"

"亲她！"安娜斯塔西娅叫个不停，把我和弗吉尼娅·赫克托拉到一起。布雷欢快的声音由远及近："安娜斯塔西娅，怎么了？你说什么团聚？"

"哦我的天，不，"弗吉尼娅·赫克托说道，"哦！天哪！"

"这不是羊孩吗？"布雷说，"晚上好，赫克托小姐，希望外边没吵到你。现在状况真是不妙。"

他说话时，手轻车熟路地放到安娜斯塔西娅的腰上；甚至还对着她耳语了一番，安娜斯塔西娅听完立马垂下了双眼，咬起了嘴唇。

“别碰她！”我命令道，“把你的脏手从我妹妹的身上拿开！”我脸一红，不知道是因为称呼的原因，还是因为气愤布雷。安娜斯塔西娅脸也红了起来，但明显带着喜悦，顺从地回到她母亲的身边。

“我听见了什么？”语气听起来似乎他觉得这很好笑。

“我的天哪。”赫克托小姐叹了口气。她声音里的情绪变化反复，仿佛马上就癔症发作。

“奶油头发夫人——”我又开腔了。听到这名字，她立即眼睛一闭，嘴张得老大。“你知道我是谁，你一直都清楚！”

“绝对不是的！”

我抓着她的手臂，和她说起铁杉丛的岁月，说起她对我的耐心与关怀。一旁的安娜斯塔西娅一脸惊讶。我说，我完全理解她为何会把我放进电梯，我不但不恨她，反而衷心感谢她救了我的命。对于我给她造成的痛苦，我求她将其归结于我的不成熟，更重要的是，我不清楚我们的真正关系。

她还是闭着眼睛：“啊，天哪。好吧。”

“但我们现在知道我是谁了！”我热烈地说，并且转身蔑视着那冒牌货，“我是‘贾尔斯’，这是我通过的母亲！”我看着她，希望她也能对布雷说同样的话；尽管她时髦的镜片后，泪眼闪动，但她只是笑着摇头。

“嗯。嗯。不对。我不觉得是——”

“是吗。”布雷嘲讽道。“你过头了！我怕是我们一直对你太纵容了，你是不知道自己今天闯的祸！钟、输电线……该消停了！”

我十分赞同，还说我要保证归位卷轴，通过终考，我要让母亲在我的身份证上签字，到时整个校园就会清楚谁是“贾尔斯”，谁是冒牌货。

“他们一定会的！”布雷笑道，“告诉你，卷轴的事你可以不用操心了，现在它回位了。我之前听从校长雷克斯福德的建议把它拿出来，读了几条认证来安抚众人。但话说，你关于‘贾尔斯’那番鬼话不是认真的吧……”

我转过身来背对着他，告诉奶油头发夫人和安娜斯塔西娅跟我一起走。如果真有一群难管的本科生需要安抚，就该由他们的大导师来。而且我不会让我母亲和妹妹同可憎的——即使不是有罪的——冒牌货待在一起。

布雷撅起嘴，摇摇头："他们那群人只会把你撕成碎片，如果你想自投罗网，那是你的事，我管不着。但我不允许你带着我母亲和妹妹一起受刑。"

"你母亲，你妹妹。"我怒不可遏。与此同时安娜斯塔西娅叫道："受刑！"奶油头发夫人两只手指放到脸颊上说："啊。嗯。"

布雷平静地向我保证，如果听他的，我有很大机会保住小命；正是为了救我，他才停下来而不是立马回去安抚众人。安娜斯塔西娅问他，外面到底出什么事了。他冷冰冰地回答说：塔楼里的钟停了，而这是由艾尔科普夫博士在我的建议下犯下的大错导致的，这是其一；另外，据说艾尔科普夫从头到脚瘫痪了，克罗克又癫狂起来，而发电厂现在因无人管理一片混乱，尼古拉人又在边境地区威胁要发动暴乱，WESCAC也被传因能源供给不足，有关机的危险，校长雷克斯福德，别说出面安抚学生情绪了，谁都不见，包括他的最高顾问。整个新坦慕尼恐慌不已，危在旦夕，而这些危机的唯一共同点就是我，现在民众的恐慌已变成了对我的愤怒。

"一派胡言！"我否认，但是灯又开始忽闪忽灭，我开始动摇，"这一切都是你引起的！"

布雷没理我。"此外，"他对安娜斯塔西娅说，"现在你知道我是你的哥哥和我的'贾尔斯'身份，这很好，**但不会改变我俩的关系**——你明白我的意思吗？"

安娜斯塔西娅目瞪口呆，微微表示异议，我则强烈反对。布雷解释道，他之前没提他们的血缘关系，就是因为担心赫克托小姐的精神状态，后者的精神长久以来并不稳定——在两人年龄不同，父亲也不一样的情况下，她承认他和安娜斯塔西娅是双胞胎，这就是证据。他现在也不愿意直率地向她说出真相，但我的冒认逼着他采取行动——这是我今天的又一桩恶行。

"我不听你这鬼话！"我喊道，"你给我滚出去！"

"我们最好还是一起出去，"他冷冷地说道，"别等到外面的人进来抓你。母亲，您告诉安娜斯塔西娅我就是'贾尔斯'，好让她相信。我们一起走校长出口通道。"

奶油头发夫人（我还是觉得她是，并且一直都会这么认为）支支吾吾，声音尖声尖气，眼神呆滞无光；随后她异常清楚地说道：“他就是我的小‘贾尔斯’。对，就是他，”为了不让别人搞错，她还对我摇了摇手指并加了句，“不是你。”

“妈！”安娜斯塔西娅叫道。

奶油头发夫人坚定地摇摇头：“这小伙儿不听话。”

布雷眉开眼笑。

“她不高兴了，”我对安娜斯塔西娅说，“不奇怪！但看着……”说着我撩起我的病服，露出我腿上的黑色圆圈胎记，“看着，母亲，如果你需要的话，这就是证据。”

我母亲由咕哝变成了哀叹：“啊。啊。”安娜斯塔西娅又鼓掌又蹦跳。我怒视着布雷，以为他表情懊恼，自己心中高兴不已。但实际上，他脸上却是一种奇怪的专注神情，好像在蹲坑一样；他甚至发出哼声，脸色变红。之后他抽了抽鼻子，笑了起来——我不得不说很灿烂。他掀起他斗篷与短袍的背身下摆，露出他瘦削、无毛、棕色的左膝，膝盖内侧清晰可见一个深棕色的斑点。位置太低了，具体是什么有待确认，但确实像一圆形的棕色胎记！安娜斯塔西娅倒吸一口气，弗吉尼娅·赫克托在抽泣，我则沮丧到差点哭出来。

“挂掉你！挂掉你！挂掉你！”我大喊。

“拜托，”他说，“请别在我母亲面前这样。我还想帮你。”

可怜的奶油头发夫人不清醒了。我后悔自己同意这次见面。安娜斯塔西娅虽然依然困惑但也还清醒，领着她往校长通道和与塔楼大厅一墙之隔的雷金纳德·赫克托办公室走去。这是布雷的建议。为了继续激怒我，他问我承不承认他计划的精明。

“你该和她们一起，”他和我说，“在你平安出去之前，我替你安抚大众。”

我怒回道，在我俩事情解决之前，他和我哪儿都不要去。

“你们先走，”我告诉安娜斯塔西娅，“不论如何，我都和他在这儿做个了断。”

布雷恼火道:“呸。”

弗吉尼娅·赫克托变得更加神志不清，情况耽搁不得；安娜斯塔西娅从走廊里忧虑地看了我们最后一眼:“你们不会打架吧？”

“当然不会。”布雷语气严峻地说道。安娜斯塔西娅离开了。我自己并不确定：我相信，我俩决一胜负就是我这一整天忙来忙去的最终意义，真与假的最终区分。虽然他比我高，比我重，但我并不怕他——就是他的举止与气味让我有些不安。但如果真下决心要拿手杖打他，我是不会手软的。但他提议，态度中带着明显的厌恶，解决分歧最可靠、最妥帖的办法就是一起下到 WESCAC 的腹中。这样一来，不仅我可以参加终考（他乐意亲自考核我），而且被吃掉的那个就是假导师，从中出来的就是毋庸置疑的真导师，是拯救新坦慕尼免于混乱、西校园免于崩溃的唯一人选。尽管再一次同意他说的让我非常难堪，我还是立马赞同了。

“我跟外边的民众说一下，”布雷说道，“这样他们在我们其中一人出来前，应该能安静会儿。”

我咬紧牙关，表示同意。为了树立威望，确保自己完成任务的顺序，我坚持让他打开卷轴柜，好在通过终考之前，取柜中的卷轴而归原位。

布雷不耐烦了:“你已经闯了够多的祸了，不是吗？而且羊孩，现在没时间了！”

“我不费时间就能完成，”我说道，“给我钥匙。”

一群人冲进编目室。原来，图书馆学家和校园警察正急着寻找布雷，求他再跟民众沟通一次，打消他们冲进塔楼大厅的念头。他们毫不掩饰对我的敌意，怒视着我，一旁的布雷向他们解释着他的策略——**我们**的策略——命令他们将信息广播出去。

“校长露面了吗？”他问道。他们说现在传闻校长雷克斯福德疯了；他的妻子弃他而去；他还承认了与莫里斯·斯托克的兄弟关系，而后者对此予以否认；所有灾祸的罪魁祸首就是冒牌大导师。他们的表情已说明了他们心中的冒牌货人选。

布雷笑着对我说:“我们最好开始吧。”尽管我清楚，我任何的迟疑都会被解读成恐惧或认罪——他们如果愿意便可回绝我——但我还是给他们看了我任务单的顺序，重申自己不会在取卷轴归原位前，进入 WESCAC 的腹中。

“但卷轴**已经**归位了，”布雷指出，“就在那里面。”

尽管我不情愿和他透露我的策略，但我还是说了**归原位**的意思是“放置在**正确的**位置”，而非放在其一贯约定俗成的位置：图书馆对卷轴的归档困难就是源于缺少清楚的区分——就像（我直截了当地补充道）大学中的其他问题，解决的办法总是伴随着一些动荡。实际上，我坚称，《奠基者卷轴》就像新旧《教学大纲》，是独一无二的：**独特**且必要，不然便是虚假。人们只需做出命令，让 CACAFILE 为特定的对象创建特定的类目，这样归档就不成问题了。

“一派胡言！”一名男性图书管理员鼻子一哼。他的同事随声附和，反对道，这种“特殊的类目”实际上是里面只有单一对象的分类，因此属于谬论，不可接受。

“大导师教程也一样。”我回应。

“真是茅塞顿开！”布雷笑道。尽管图书馆学家看起来仍不满意我的方案，布雷还是敦促应该通知类目编程者，尽快将卷轴重新归档。“我觉得你不用站在这儿等着归档进行吧？”他问我，“我觉得问题应该解决了。”

外边的民众开始喊着号子。在我听来好像是“冲呀！冲呀！”或是“放他！”，但布雷坚持说，其他人也同意，外边喊的是“抓羊！抓羊！”。无论怎样，形势危急。

“那好，”我说，“哪条是往 WESCAC 腹部的路？”

6. 下探腹部

“知道吗，”布雷向图书馆学家和警察说道，“我相信，这个羊孩内心深处是一片好意，而且你们也得说他有些胆量。”随后他问我：“你确定你真要进腹部？我本来以为最后一刻你会退出。”

“我坚信你会退出的。”我说道。一位年长的官员（新坦慕尼图书馆馆长）忧心忡忡，不清楚其中一人被吞食掉的消息能不能平息学生暴动，不确定我们进入 WESCAC 的腹部是否合法——尽管他不怀疑我们大导师的身份。

“**大导师**只有一位，”我打断道，“不会同时有两个。”

“确实是。”布雷附和道，语气诚恳，“至于合法性问题，事实上无关紧要。多亏了施皮尔曼条款，”他微微朝我点头示意，“谁**可以**进腹部这个问题，无关宏旨。只有大导师**能**，并且活着出来。但……”他从他的斗篷下掏出一张纸，“我费了一番周章，事先准备了一份豁免书，以防万一。如果羊孩先生同意，我们签一下名，留给你们。”

该文件，以“致相关人士”开头，写道：被证明为大导师的签字人，为证明自身身份，授权允许另一位进入 WESCAC 腹部，对认证后果承担全部与唯一责任；被证明并非为大导师的签字人，对于自己因错误被吃掉的后果认可并独自担责。图书馆馆长表示满意，觉得这份豁免书可以帮他和他的员工免责；我也觉得实属应当，只是建议将“错误”改为“假冒”。

布雷有点笑意：“改成‘错误**或**假冒’怎么样？我从来没叫**你**是骗子，是吧，年轻人；相反，我相信你满腹真诚——只是被人完全误导罢了。”

我不会因这胆怯骗子的奉承而放慢步伐，但为了避免显得过于刻薄，我同意改成“错误以**及/或**假冒”。我朝年长的馆长借了支笔，在文件的下方签下大写的“贾尔斯”。

“啊，”布雷叫道，拒绝了递给他的笔，“鉴于目前的情况，这算是给我们两人签了。我听说你觉得自己是不是‘贾尔斯’无关紧要，但既然我们都声称自己是‘贾尔斯’，那就让输家没名没姓吧。怎么样？”

旁边的官员们似乎对当前的情势并不满意，但没时间商讨了。我们沿着走廊，朝着塔楼大厅的中部走去，那里有一台专门的电梯可以将我们送去腹部室，这也是唯一的路径。然而尽管建筑物面积巨大，又有重兵把守，还是有一些外边的人冲了进来；我们听见走廊尽头的巨大房间里叫喊声不断，我们还没到那房间就被一群制服巡警拦下，他们建议我们撤回。

“有消息传来说，输电线的守卫成批地丧命，”其中一人对我们说，“他们被要求值班时脖子上必须戴着那鬼东西；守卫没了平衡，”他怒视着我，“死挂的羊皮狼！”

比起他那可怕的隐喻，边境守卫的悲惨情况以及他对示威者毫不掩饰的同情更让我不安。他告诉我们，边境上发生的厄运让示威人群愤怒到了极点；他们攻破大楼的每一个入口，就是要找到今天这一切灾难的始作俑者——他们要是抓到了我，就祈求奠基者救我吧，他反正是不会出手搭救的。

“你应该对自己感到羞耻。”布雷严厉地对他说，似乎要对他的渎职进一步训斥。但这时，那位依布雷建议，负责将《奠基者卷轴》转移到安全地方的人突然跑过来，告诉我们信息分类室也被占领了。学生们目前虽只破坏了阻碍他们的门锁，但情绪异常激动，我们被前后封堵：他担心，如果学生不马上找到他们要的人，他们会把图书馆翻个底朝天，伤害所有被怀疑藏匿我的人。

“要么交出那该死的羊孩，要么我们大家一起遭殃，”他向馆长诉求道，“可能书架也得遭殃，他们中一些人带着火把。”

如果之前馆长还对交出我心有顾忌，听完书架遭殃就变得毫不犹豫了。他抓住布雷的手臂说道：“这里连一根烟都不许点！没有回旋余地了！”

我开始流汗。而另一方面，布雷则笑着，丝毫没把危险放在心上。这一次我们身上的气味可能发生了反转。

“没人要受刑。”他说道。他迅速、冷静地发布解决眼下危机的命令：传话出去，所有人到塔楼大厅的地下室后面坚不可摧的腹部出口集合，很快，被吃掉的假冒者与真正的大导师将从那里出来。这样他们就能看到正义伸张，随后安全地离开大楼。为了妥帖地走到腹部电梯，他要我配合他略施小计。他真心希望我别太反感，别宁可被碎尸也不从：

“斯托克夫人今天早上调皮，借给你我的人脸面具，来帮你通过剔除山羊格栅。如果你还有，戴上，我们一起穿过大厅。如果你丢了，我再给你一面——除非你想冒险……”

我难以接受，特别这还是我**头号**敌人提出的，他还欣然接受了我以欺诈的方式通过格栅的行为，这让我更难以接受！但我想到——并且说道——一会儿 WESCAC 就能揭穿一切了，我便照他说的做了：从钱包中掏出那可憎的丝绸面具，戴在脸上。和之前一样，面具毫不费力、恰到好处地贴合我的脸，就像我的第二肌肤一样，旁边的官员一个个吃惊不已；没多久我就感觉不到面具的存在了。我们把钱包挂在手杖上，我们两人各抬一端（因为我不愿意把手杖扔下），就这样往中央大厅的电梯前进。过程真是惊险：走廊尽头的大房子里满是盛怒的本科生、教授和工作人员，他们的口号——确实是“抓羊”——在我们靠近时没了节奏；尽管我们的先头部队已经公布了我们的情况与前行的目的地，我还是担心性命有虞。听到他们赞美“大导师”同意我下到致命的腹部；看到他们虽嘴里哼哼唧唧，仍给戴着他们偶像面具的我让出道来；感受着来自四面八方愚钝而恶毒的审视，这眼光如果能区分真假，都能把真导师撕成碎片！这种种一切让我痛苦不已。

我们上了电梯，下行，在大厅里又看到了同样的情形，声势更加浩大。“交出山羊，山羊，山羊！”他们叫道，尽管有一些人看起来不像凶恶的样子，倒是一副狂欢的兴头——挎着女同学的手臂，举着啤酒杯——但大多数看起来还是很危险的。防暴警察围成一个半圈，挡在他们与电梯门之间，一个穿着整洁羊毛西服的人拿着扩音器向众人解释着我们的意图。

“请保持秩序，”他恳求他们，“你们肯定也不想伤害到大导师，你们也分辨不清谁是谁。他们现在要去腹部，你们去后面的出口就能看到结果。请大家保持秩序，小心用火……”我吃惊地认出说话者的声音与面容，这不是莫里斯·斯托克吗？尽管安娜斯塔西娅事先跟我说过，我还是不敢相信眼前这个衣冠楚楚、脸颊光滑的家伙——我现在看得很清楚，他正在规劝他的手下，在面对民众的挑衅时要保持冷静——是莫里斯·斯托克，而不是他性格迥异、脸色苍白的同胞兄弟。民众并不在意他的话，只自顾自地讥笑他，威胁着随时要闯过警卫站成的队伍，这些警卫要是放在昨天，随身可都佩戴着刺刀和赶牛的刺棒。时间紧急，但斯托克拦下我们，挡在我们刚下的电梯与不远处要上的电梯之间。

“不好意思，耽误你们一下，”他对我俩说，“我知道在当下，我要说的听起来很不值一提，但我真是很担心我的妻子。请问两位先生有知道她可能在哪儿吗？”

他的微笑很礼貌，甚至有些窘迫，他的语气听起来甚是真诚。布雷草草说明，安娜斯塔西娅带着她母亲去了她外公办公室的隔壁；他的话里满是对斯托克举止大变的不满。

“那我就放心了，”斯托克说道，“今天吃中午饭时，她状态不对，我就有些担心，”他转过头来面对我，“你一定就是乔治，是吧？伪装得真好！这主意真好，”他伸出手来和我握手，“非常感谢你早上的建议，我真想找个时间，好好跟你说说建议的好处。希望你们一个也别被吃掉……”

“我的奠基者啊，能不能做回自己！”布雷指责他道。但我们不能再耽搁了，民众一步步逼近。我还没来得及审视斯托克的态度是否发自真心，就不得不退入另一部电梯。由于电梯的设计用途是运载自行驱动式磁带车，而非载人，因此电梯空间狭小，两个人勉强站立其中。图书馆学家们都已各自逃到安全地方；警卫靠得更紧，挡住人群，为我们电梯下行争取时间；我听到斯托克喊着：“女士们，先生们，大家请保持理智……”我本来预计布雷随时都会退出，或向我坦白他假冒的行径，或找借口不和我一起下去——如果真是找借口的话，我就打定主意来谴责他，如果可能的话，强迫他下去，让他自食欺诈的苦果。但当我问他“走吗？”来嘲弄他时，他按下了标着腹部的电梯按钮——操作板上唯一的按钮。电梯门立即关闭，电梯内没有灯，我们在黑暗中下行。

尽管我确定我不仅是大导师还是“贾尔斯”本人，但我还是有些担忧；感觉电梯下行的时间很长，我头脑里满是：电梯到达之前，布雷可能会在黑暗中攻击我，或以某种方式搞停电梯。他身上的气味虽然微弱，但在密闭的小空间里，特别难闻；而且，他还把瘦骨嶙峋的胳膊放在我的肩头，友善地说：“我想，你真是如他们所说，爱上了安娜斯塔西娅。”我没有回答。我诧异一个将死之人怎么会关心这个话题。他继续说道：“每个人都觉得，看她的样子，她一定是个一等一的生孩子好手。你认为她为什么没有孩子？”

他话音刚落，电梯就停了。我抓紧我的手杖，如果他垂死之际要攻击我，我就准备反击。但当电梯门开时，什么也没发生。我只看到室内闪着红光，排着一列列满是扁圆形罐子的架子。罐子侧着排放，叠摞在一起，直抵天花板。

“这就是人们所说的口部，”布雷说着，踏了出去，他叹了口气，仿佛不情愿结束之前的对话，“我们通过口部呈上我们的凭证。那个小门就是通往腹部的通道，WESCAC 肯定会打开。”

“好了！”我也走出电梯，前脚走出，后脚电梯门就关上了，“你知道你完全可以不被吃掉！”

他嘴里发出反感的声音：“你为什么敌意这么重？作为大导师，你看起来戒心太重，”他坦白称，他其实并不清楚 WESCAC 自卫的“菜单”是否覆盖了口部室，还是只在腹部室有，毕竟除了他自己，没别人进去过，“乔治，我真得建议你，别对你的同事和信徒那么苛刻。”他总结道。

“你建议**我**！但我看出你是在假设我能活着出去，再遵循你的建议。别以为你现在拍我马屁，我就会让你重新坐电梯上去！”

他走到旋转门旁，来到远端墙上必须要查看的操作板前。“拍你马屁？”他说，“亲爱的伙伴：首先**没人能**再搭上电梯上去，电梯自动返回，在下面叫不了电梯。唯一的出口就是通过腹部。”

“正合我意。”

“至于拍你马屁，我没这个意思，我觉得。算是赞赏吧，这又是另一个话题。但随后你就会明白，你对我的误解有多深了。我不是人们所认为的那样。”

“不用你告诉**我**！”

他笑着，按着多个按键，仿佛是在操作台上敲打信息。“但我也不是你所想的那样。”

我命令他别再拖时间，赶快打开腹部的小门。我脑子里在想，如果他拒绝，我该如何打开，因为貌似没有把手或门闩。

“我现在就是在开门，”他说，“你得把你的身份证和任务单放到这个卡槽里——我的已经放进去了，上次来的时候放的。”

“当然。”我拿出早上从艾拉·赫克托那儿得到的证件，来挫败他的诡计。如果布雷对我有证件这件事有过吃惊，那他掩藏得很好，我从表面上看不出来。而且，他没在意我话中的讽刺语气，只是说鉴于 WESCAC 的“进食程序”可以为像我们这些进入口部室的侵入者提供扫描与评估，他要利用这个机会问问 WESCAC 关于“贾尔斯”的一些问题。他觉得在我们继续下去之前，我应该想确认一下。我再一次指责他拖延时间，逃避他无可逃脱的结局，但还是很满意看到 WESCAC 清楚明白地确认（我觉得 WESCAC 必须得用这个设备，或必须在我交上身份证供它检查才能确认），二十二年前正是其按照自我研发的程序选项，用“理想大导师，实验室优生标本”[1]使弗吉尼娅·雷·赫克托受精。更具体地说（此信息是写在剧票大小的纸片上，布雷拉动机器旁边的操作杆，纸片就一张张掉入操作板底下的杯中），当年的三月二十一日，塔钟敲响午夜的钟声时，受孕完成。第三张卡证实了 WESCAC 在胎儿出生之前就对胎儿做了产前能力测试，这是在受精后的二百七十五天后……

“**通过一切挂掉一切！**”我禁不住喊出来。

---

1. 即“贾尔斯”（GILES）。

“自然。”布雷说着，又拉了一下操纵杆。第四张卡片像之前的几张一样，正面是雷克斯福德校长的笑脸，它证实了不仅婴儿“贾尔斯”被送进了磁带电梯，而且 WESCAC 还安排了一名图书馆员工将孩子从它腹中救出，代价就是员工的精神受到不可避免的损伤。

“乔·赫罗尔德，通过他！”

布雷同情地说道：“我是从来没见过这家伙。”

卡片五回复了布雷关于安娜斯塔西娅与“贾尔斯”关系的问题，WESCAC 否认自己多次或连续令弗吉尼娅·赫克托受孕；但第六张卡片上，WESCAC 证实了艾尔科普夫博士之前的假设，即“贾尔斯”不会是女性，即使她和“贾尔斯”是双胞胎；由于优等生计划的缘故以及男女双胞胎基因并不完全相同的事实，安娜斯塔西娅是“贾尔斯”的可能性可以被排除。

“够了，”我说，“打开腹部。”

“再看一张。”布雷说着，给我递来 WESCAC 在未经他拉动控制杆的情况下吐出的卡片。仿佛他已经知道上面写了什么（尽管他显然没读过），他继续说道：“这是最重要的一张，是吧？”

这张卡片做了三个简单的陈述：“贾尔斯”是**可能存在的**真正大导师；WESCAC 能够通过扫描辨认出他，而且扫描已经完成；除大导师以外的任何人进入腹部将被立刻吞食掉。我在读这些简短声明的同时，小门打开了：圆口如照相机快门般，呈八角形扩大。里面的房间漆黑一片。为了防止他耍花招，我抓住布雷的斗篷——斗篷比看起来要硬，要滑——说我们一起进去。

“为什么不一起呢？既然你确信我将被吞食掉，我还要提前告诉你考试流程。”他说，我们一进入圆口，就会被扫描，如必要，脑电波扩增与传输[1]要么会立即启动，要么会等到我答完一个先决问题、三个主要问题之后再启动，问题会依次出现在处于房间中心的小显示器上。每个问题只需要回答**是**或者**不是**，通过按下悬挂在屏幕上方的两键盒中的右键与左键来确定答案。

---

1. 即“吞食”（EAT）。

“不过是个形式，我觉得，”他说，“如果你能参加终考，就是因为你已经是大导师了——这就意味着你不可能不通过，对吧？”

作为回应，我用力把他往入口的方向拉，肯定他最后会反抗，但他和我一样，都毫不迟疑地往入口方向走。我们一起进去，从一个不长、倾斜的通道滑下或滚下，脚先碰到装着护垫的房间。我们头顶后方立刻响起咔嚓一声。我身体不自觉地一抖，伸出一只手臂保持平衡，发现房间的地板与墙壁满是温暖、潮湿、海绵似的材料（我之后才知道湿热的环境是用来保存磁带的）。而且，整个房间空间并不规则，至少我站的地方就是；在弹力的地面很难保持平衡，房间仿佛在巨大的机器旁边，在轻微地悸动，隆隆作响。我在想，是布雷的脑袋被吞食掉了吗，还是说刚才的声音只是入口和扫描仪在响？我既感觉不到他，也听不到他，整个房间漆黑一片，只有几米之外一个不大的水平横棒在发光，那应该就是显示器了。没关系：尽管我很高兴自己安然无恙——确实，这种轻松感让我在这可怕的地方有了种奇怪的家的感觉，仿佛我是躺在玛丽·阿彭策勒的肚子上——但我没花时间去确认我对手的生死，而是径自来到发出柔和光亮的横棒前。这东西还没有我食指长，但和食指一般粗，发出绿色、模糊的光，仿佛浮在半空中——我觉得可能是通过某种光学手段投射到那里的。我只能假设这就是那个先决问题。确实是，透过我手杖上的镜头，其上可分辨出五个字：

你是男是女

这问题真奇怪！“贾尔斯”不能是女性这个说法不都是公认的吗？但当我去摸寻按键盒时，我意识到这问题，与其说是多余，不如说是巧妙；我按下右边的按键。立刻，一个不同的、字数更多的问题闪烁在我的镜头上：

任务是否无时而即成

我不情愿地回答不是，自忖自己从拂晓忙到现在，尽管自己的成绩不可谓不可观，我也还没在身份证上签上字，还没决定到底该将身份证交给谁。但当我按下左键时，我突然改变主意，按下了右键来改正：我完成的速度都是普通人类本科生不可企及的，剩下的得先通过终考才能做，而这些题目本身就是终考的一部分。相信 WESCAC 理解了，并接受我了急匆匆改的答案——毕竟我还没被吞食——我集中注意力解决屏幕上的下一个题目：

贾尔斯，WESCAC 之子

我立刻信心十足地回答了是，或者说，确认了我父亲的话。

你想通过吗

对于这个问题我志得意满，按下右边的按键，因为尽管我清楚校园中有一种看法，说刻意寻找毕业认证大门的人必定无法找到，且毕业认证大门只会在你不去找它时向你显现，但我头脑中同时蹦出的三个相反想法压倒了这个考量。第一，似乎终考就是为了肯定的答案所设计的——这也很恰当，有什么能比毕业认证更具肯定性呢？第二（因此），前面所提到的那些不为众人所知的理论也同样认为，自知通过者为通过，所以我**肯定**的回答，与其说是承认我的渴望，不如说是表明了我的成就。最后，受到不寻常的先决问题的提醒（我现在发觉，这个问题就是起提醒作用的），我意识到最后这个问题的双重含义；虽然腹部出奇舒服，但我还是希望现在就通过出口，去安抚不安的众生。

瞧，仿佛是证实了第三点意义，我按下肯定按键时，显示器消失，房间开始隆隆作响，地板墙壁似乎朝着房间的远端以慢波的形式跳动。那里光亮闪烁，声音嘈杂，我意识到出口正在以和入口相同的方式扩大。我手脚并用，借着波动朝出口爬去；民众看到出口打开，拿着火把就靠近过来，借着火光，我看见眼前的出口里，站起了我本以为被吞食掉的敌人。

我诧异不已，大叫：“挂掉你！”

“通过你，先生！”布雷叫道，一副高兴的样子，“你得永期的通过！拿上这些，西校园的大导师，去领导你的学生吧！”

他把我的身份证和任务单交到我的手里。

“你承认你是骗子了！”我质问他。外边，民众开始齐声高喊：“**给我们山羊！还我们布雷！**”我们跪在地上，在入口处，膝盖与四目相对，共同抵抗着向外挤压的震波。“你怎么没被吞食掉？”

“我不是骗子，先生！”他高兴地说，甚至擦拭着眼睛，“啊，通过你，**通过**你！”他把自己的幸存归结为 WESCAC 很久之前选择他来完成现在已完成的工作：担任预言教授、陪衬、失败的反贾尔斯者。正如需要财务主管约翰来宣布以挪士·以诺的录取，负责给他执行入学程序，布雷被指定不仅来认证我终考的通过（他说，认证的结果他已经写在了我手上的文件上了），而且还负责假装大导师，从而最后被我赶出大广场，作为证明我是大导师的依据。

“我不相信你。”我说。

“你从来也没有相信过我，奠基者保佑你吧！”他本来要拥抱我，但我后退了，“你之前确实不应该相信我——不过现在可以了，”他继续说着，“我之前的所有认证都是虚假的，你以挂掉我通过的人的方式，证明了你的通过。WESCAC 没把我吞食掉，就是让你来把我移交给民众——要么是现在，要么是在你把身份证交予雷金纳德·赫克托之后。随后（你不介意我的建议吧？事实上，是你父亲的建议）大导师该做的，应该是阻止人们对我用刑，把我永远地驱逐出校园，”他往出口移动，“我们可以出去了吗？”

尽管他的解释说得通（不然怎么解释他没被吞食掉？），揭穿他也很好，我心中还是充满疑虑困惑。突然间，要重新看待他，从敌人变成了我的同伙，我一时接受不了，更接受不了的，是他斯托克般的怂恿，这怂恿在我看来满是狡诈。他是和斯托克一样，引诱我拒绝他吗？如果这样，这拒绝会让我挂科吗，还是拒绝拒绝他会让我挂科？我面前真是万丈深渊，就像当时在格栅前的礼堂一样；我控制自己不去谴责他，只是任随房间墙壁的强烈收缩移动，其力度之大，我几乎是被喷射出去的，头朝前，穿过出口。一瞬间身后的出口如闭眼般关闭，或者说像挂在我肩膀上弗吉尼娅·赫克托的拉绳钱包一下收紧。所幸我落在了出口下方的草地上。我起身时，民众握着火把朝我靠过来，移动电视机发出的光照亮整个草地。

他们好像在喊：“布雷万岁！”我转头瞥了一眼身后，他通过某种手段留在了腹部。一些领头的游行者靠近我，他们笑着，欢呼着，我的心头一紧。但他们如欢庆胜利般，将一只手拿着手杖、一只手拿着文件的我举到他们的肩头。直到麦克风伸到我嘴边，记者问，羊孩是不是被一次性吞食掉了，我才记起自己脸上还带着布雷的面具。懊悔呀！但我想了一下，最好不要在晃动的肩头上宣布真相。

“一切都好了！”我向提问者说道，我高兴地听到自己的声音从电视车上的扩音器传出，“现在假的大导师在 WESCAC 的腹部，他不会再为祸校园了。”

热烈的掌声响起。天空中飘着几把彩屑和卫生纸长条；高音喇叭声、号角声大作；穿着后备军官训练团制服的本科男生抓住并亲吻着离他们最近女生，她们也很配合，一只脚站着，一只脚在身后翘起。

“带我到前任校长那里，”我劝说他们，“在他办公室外边等我。我保证有惊喜！”

我当然是打算把我的身份证交予前校长赫克托，完成我任务的最后一项（毕竟我母亲不在状态，而我外公的众多闲差里又有新坦慕尼毕业认证办公室主任这一闲职）；等到我得到他的官方背书，宣告我完成任务且身份证有效，我就在他和众生面前脱下面具，展示我的凭证，宣告我毋庸置疑的大导师身份，之后如果合适的话，就将布雷赶出大广场。民众乐呵呵地接受了我的允诺，兴奋地挥舞着他们手上的火把，一边扛着我前进，一边哼唱着大学校歌：

亲爱古老的新坦慕尼啊
这所大学啊
依靠您……

尽管我既不认同狭隘的爱校主义，也不认同众人的幸福与政治相关，但在当下情况，我还是禁不住被他们的适当的感染力所感动，似乎他们唱的不是学院而是我：

教给我们你那明智的答案，
带领我们走出死挂的黑暗，
得到毕业认证到达光明彼岸
待我们学期结束！

7. 老校长公馆奇遇

雷金纳德·赫克托现在的职位包括毕业认证主任、爱哲基金会执行秘书、他哥哥的参考书企业联盟董事长。这些工作的办公点以及他的个人寓所都在一座缩小版的光明府里，位置就在大广场对面。由于该幢建筑本来的功用就是起居，人们就妥帖地称其为老校长公馆。但不妥的是，公馆白砖砌成的正面以及豪华的窗户，在灯光照耀下竟比光明府的更加明亮：若不是因为供电问题被控制在了局部地区，就是因为卢幸运·雷克斯福德改变了其一贯的作风！至今新坦慕尼的人们对于将军教授还很是尊敬，比如之前五十多名守卫都挡不住民众冲进塔楼大厅，现在一位穿戴着白头盔白手套的后备军官训练团守卫，就足以让他们恭恭敬敬地在门廊前停下。当然，那位守卫配着武器，但让他们停了下来的，肯定不是他的步枪（守卫立正跨立时都端着枪），而是他们对于守卫背后公馆主人的敬意。这与马克西以及西尔医生对前校长的鄙视态度完全相反。我让他们把我放我下来，自己冲着一排麦克风宣称，随后会有重要的声明发布，发布人可能是雷金纳德·赫克托，也可能是我。我坚持自己一人进馆。我朝着门廊方向走去（尽全力掩盖自己的跛脚），校园警察马上聚集起来挡住民众——我很高兴自己没费多少力气就挤到了前面。一群摄影师和新闻专业的学生跟在我身后，无礼地挤了过来。尽管我尊重他们锲而不舍的职业精神，但看到守门的警卫在检查完我的证件，朝我敬完礼后，挡住了他们的去路，我心中不可谓不高兴。

“先生，‘P.-G.’[1]在‘爱基办’。”他告诉我。这人干脆利落、谦恭有礼的

---

1. 将军教授（Professor General）。

举止让我心里舒坦至极，我谢过他，还没考虑他话里的含义就踏进了公馆。我进入接待大厅时，一位和之前守卫举止差不多的女性兴冲冲地从办公桌里走出，朝我过来，礼貌地询问我是不是要找“P.-G.”；如果是的话，她确信“P.-G.”会放下“爱基会”的工作来和大导师您会面——特别是考虑到当下的坏消息——她觉得我是因为坏消息才来“爱基办”的。我那时清楚了简称的意思，变暗的灯光也让我想起了电力危机。我告诉她，听到从奠基山和光明府传来的坏消息不要害怕，因为彻底的进步总是伴着短暂的混乱。

“啊，不是，先生，”她说，她一身橄榄色的裙子与上衣，戴着黑框眼镜，举止轻佻，“我指的是艾拉·赫克托的那摊破事，”她领着我穿过一条短走廊，来到了嵌着玻璃的双扇门前，门上标着“爱哲基金会执行秘书长”，“是，这不关我的事，”她说着，屁股诱惑地一翘，撞开了门，“但我还是觉得艾拉·赫克托这老头恶心，不像‘P.-G.’是个好人。我去告诉他您来了。”

尽管我好奇她口中的消息指的是什么，但我更关注爱基会办公室里的那群人，他们好像就是今早上要揍艾拉·赫克托的那群头发蓬乱的穷学者。一样还是群乞丐，一样的傲慢，但这次事情对他们似乎更顺利。他们围着书桌，纠缠着坐在桌子后的男人。那个男人我猜应该就是雷金纳德·赫克托，我的亲外公，暗杀未遂者。他下巴突出有力，秃头，一身保守的精纺毛料，带着一脸镇定的微笑，均等地分发着施舍品。尽管他坐姿随意，但他的背和外边的守卫一样笔直。他蓝色的眼睛看起来闪闪发光，如云母石般闪亮；每分发一个，他都说，“拿好这个！”或“哎呀！给”，语气里都是不变的满足，仿佛是在战场上发动反击。他给了一个男的支票，给了另外一人包在蓝色丝绒里的绘图工具，一人得到了他封面是半摩洛哥羊皮革的参考书，一人得了三听咸牛肉罐头；他从衣服内侧口袋里掏出钢笔，赠予了一个穿着羊毛衣服的长发女孩，她还亲了他的手；他的怀表、链子、桌上的气压计和预约日历，甚至他的条纹阔领带和袖扣也都以相同的方式被慷慨地派发出去。尽管他身后的两位助手，他每给一件，他们就从身边的纸盒中拿出一件替换上去，包括他的一些私人物品，我也高兴看见这样博爱的情景。赫克托两兄弟间性格的反差让我深受触动，我也对那些学生缺乏感激的表现大为光火；我甚至看到了亲手的那位露出了奸笑，所幸被她的头发挡住，雷金纳德·赫克托没有看见。

接待员朝他走去时，我在他没注意的情况下，注意到纸盒已见底。赫克托前校长皱起眉，耸耸肩，带着笑容，清清嗓子，熟练地卷了根烟。

“到这儿吧，孩子们，”他干脆利落地说，“没东西可发了。”

一阵抱怨声响起，但助手马上铆足劲，领着这些哀求者往走廊方向走。队伍在我面前经过，助手提醒他们最后说一句谢谢先生。没几个人说，而且说的语气还阴阳怪气。他们带着一脸怀疑、鄙视，或者说敌意打量我——考虑到我戴的面具，这真是惊喜。他们一个叫我骗子，一个叫我“老过时的”，一个叫我“走狗”。很明显，他们脱离了新坦慕尼的主流观点，我欣赏他们。真的，我暗下决心，一旦表明了自己的身份，我就要找到他们，收他们做我的第一代门生，因为他们无疑是整个本科生群体中最具羊性的。我极力克制自己想表明身份的冲动，力劝他们在外边等着我，因为之后我有他们的朋友——羊孩的好消息要说。当然他们对此不屑一顾。助手把他们集合在一起，不顾这些人说的如果有人敢碰他们，他们就“躺下”的威胁。

“一群死挂不知感恩的家伙，”一位助手朝我咕囔，“看之后‘P.-G.’没东西发给他们，他们怎么乱叫。”

我开口对他说，这些人在我看来是正派人物，但此时接待员已经知会了“P.-G.”我的到来，“P.-G.”都过来和我握手了。

“很高兴见到你，‘G.T.’[1]！”他热情地说。他的握手结实有力，语气友好，但笑容严肃，“真是一切都乱了套，是吧？”

接待员请求退下，但雷金纳德·赫克托要求她不要直接回入口大厅，先去看一眼“隔壁的弗吉尼娅小姐”，他怕他女儿的瘾症还没恢复。

“她口中一直念叨……”他无可奈何地挠挠他的光头，“你知道，到哪儿都有该死的记者。”他用犀利的目光简短地看了我一眼，想知道我对她女儿

1. 大导师（Grand Tutor）。

新近的不幸了解多少，以及她的胡话又有多少是真的。

“赫克托小姐的烦恼很正常，”我说，“图书馆发生的一切太不幸了。”

“不幸！我真想亲手抓住羊孩那个怪胎！”他似乎立场有点动摇——不管他女儿现在声称谁是“贾尔斯”，这都不难理解。他粗声地感谢我——实际上是布雷——今天早些时候认证了他：他觉得他毕业证上的引述——**无班能过**——是他思想的贴切概述，他打算提议将其作为独立人兄弟会的格言，这是他最喜欢去的俱乐部。确切地说，是如果他还交得起会费的话，他希望这么做。毕竟现在他哥哥“给爱基会断了供”，他执行秘书的工资也没了着落。

“我听说都是死挂的羊孩在从中作梗，”他生气地说，“那群无赖有一半不配得到我发的东西！但比起雷克斯福德现在搞的，把新坦慕尼变成福利院的做法，我还是更愿自己发东西。”

“你哥哥对慈善事业的想法变了吗？”我问道。

“变了想法！他是疯了！”他说他自己的原则就是不欠任何人，先为自己考虑，才能关照他人。在这一点上，他与他哥艾拉观点不一，后者做慈善是为了自保，或者是为自己攫取更多利益。他们哥俩都一致认为，无知的群众总的来说都活该凄惨，他俩的例子证明，雄心与性格品质能战胜一切障碍；但雷金纳德觉得，同情不如自己的人是理所当然的。他认为重要的是，学院管理层不该支持慈善事业，以免早已懒惰、有了依赖性的、无用的大众认为免费餐饮、免费入学是他们应得的；没有什么比削减爱哲基金会拨款，对卢修斯·雷克斯福德的全面救助项目更有利了。

我不禁露出微笑：“或许羊孩也能劝校长雷克斯福德改变主意。”我表示。雷金纳德·赫克托不屑道，他已经听说了相关的令人不安的传闻，表示这要是在第二次校园暴动期间，像羊孩这样危险的反动分子早被枪毙了，至少**他**管事时如此。现在都被惯坏了，惯坏了——看看现在的犯罪率、辍学率、非法的出生率以及学院情况。

“羊孩不会再捣乱了。”走廊里传来一位助手的声音，他汇报着他从外边群众那打听来的情况：假导师被我留在了腹部，被 WESCAC 吞食掉了。

“真的吗！”雷金纳德·赫克托高兴地大叫，拍了拍我的后背，“您怎么不说呢，真是有一套！”我确认从今往后假大导师再也不会为非作歹，并说明了我此行的目的：假冒者已被扳倒，我需要得到通过与大导师身份的最终背书。

“当然！乐意至极！您把卡给我，我非常乐意给您办好！”他找了找自己的钢笔，想起来之前送人了，就向他的助手借了一支，“我早就知道他是个骗子。还‘贾尔斯’！说得像真有这么回事一样！”

我笑着，递给他我的任务单。我注意到，在箴言那个圈里，布雷写了一句**通过即挂科**——应该就是暗指他那些被我证明为假的认证。想到这儿，我心里起初还很不痛快，接着我回想起他在腹部那番可疑的同伙论。之前时间紧迫，我都没来得及认真考量。

“嗯，嗯，”前校长边说边调整着任务单与眼睛的距离。可能他一点也看不清楚，无论怎么调整，他都只是匆匆一扫，一直点头：“啊，很好，合乎程序。不错！是不是我随便签到哪都行？”

我让他看第七也就是最后那项任务，这时我注意到，任务单上似乎不需要签名，只有入学（即身份）证……明显也不用他签字，只需要他检查。

“当然，当然，”他立马附和，似乎他事先就如知道自己叫啥一般心知肚明，只是一时记不起而已，“除非你出于形式需要，想让我用姓名缩写来签名……”

他边说着，我边审视我的卡，我注意到布雷在“父亲”那栏用印刷体写上了 WESCAC，并且在“主考官”那儿签上了自己的名字。我借了雷金纳德·赫克托借的那支笔，划掉了我之前写的**乔治**，在其后，同一条线上，用印刷体写上了贾尔斯。

“您留着吧，留着吧，”他指的是钢笔，他拿过卡来，脸立即红了，“这是什么？”

我把笔递给那助手，但他却一脸尴尬只管往后退。

“有问题吗？”我问前校长，“这儿——如果可以的话，你在我名字后面签名。”

“我明白了，”他说这些话时，仿佛觉得这是个玩笑，“您自己主考自己！为什么不呢？您自称‘贾尔斯’是因为您是大导师，”他在横线的末尾写上了**雷·赫**，“这非常正常！实际上这主意绝了——给羊孩的鬼话画上了句号。给您，先生！”

我接过那两个文件，说道：“赫克托先生，我**就是**贾尔斯。”

“您当然是了！”他情绪激动地说，“您当之无愧！就在刚刚，斯泰茜把我悲痛的女儿带来时，我就要告诉我女儿：别再胡思乱想了——”

“别再想她是我母亲？”我打断道，“赫克托先生，她**就是**我母亲。我就是你二十一年前放进电梯的贾尔斯，**真正的**贾尔斯。”

“一派胡言。”之前他还是一副烦躁、愚昧的老头模样，现在则一脸严肃，眼睛闪着凶光，这眼神之前肯定吓坏了他无数下属。确实，那两位助手马上识相地退下。他直截了当地对我说，他是个军事家，不是什么油腔滑调的政客、带着厚眼镜片的哲学家。有很多事他打心底里深信不疑：如果是个骗局，那他就一定能嗅到骗局的气味；而现在**他**鼻子里，这大导师的鬼把戏可以说简直臭气熏天。他想知道我到底是怎么想的。当年竞选校长时，他加入以诺兄弟会；如今出于相同的理由，他和雷克斯福德以及其他人承认了我的大导师身份（也就是布雷的），因为他明白对于“普通大众”来说，相信毕业认证很重要，就像暴乱中的部队要相信他们的母校一样，无论这是真是假——这是对下级的慰藉，为他们的行为提供正当的理由。他之前觉得，我不过是个脑瓜灵光的机会主义者；事实上，他很佩服我，用他的话说，“敢想敢闯”，并觉得我已经得到我所要的：名声、影响力、校园范围内的尊重，以及一份雷克斯福德管理层的肥差。但显然我的野心不止于此，现在开始扒名人的过往，想要暴富，挖他女儿和“贾尔斯”的陈年八卦，想着来敲他一笔……

“别拐弯抹角了，死挂的，不然我把你撕成两半！”

尽管他言辞语气带着威胁的意味，但我清楚他怕了——比如他没有叫警察，而是和我谈价码——我觉得他应该大致清楚他女儿和外孙女在编目室的遭遇。简单来说，他知道“贾尔斯”还活着，并且就在附近，无论是布雷还是羊孩乔治。他十分害怕自己会因之前的杀婴未遂而受罚。我当时本可以摘下面具，但我计上心头，想在我透露真相之前，从他那儿获得更多的真相信息。本人贾尔斯，我重复道，以 WESCAC 为父，弗吉尼娅·雷·赫克托为母，由图书馆扫地人乔·赫罗尔德从电梯救出，被马克西·施皮尔曼当作农业山羊孩比利·山羊蹄兹抚养长大，前来大广场修改 WESCAC 的自动实施机制，通过一切或挂掉一切。

“不！”他抗议道，语气中不是否定而是惊惧。

“哦，就是如此。”我说，但他千万不要觉得，我来是为自己求名求利，或者向他复仇；我离开羊圈是为了通过一切或挂掉一切，我在一天之内通过了所有考试以及终考，只是想在我继续更大事业前，从他那儿获取我出生与婴儿时期的真实情况，除此别无他求。

他擦着他有力的下巴，脸上满是疑问：“今天早上撞坏格栅的那个乔治呢？”

“冒牌货，”我说，“假的羊孩。”

“我听莫里斯·斯托克说，他在外边为非作歹。奠基者知道他惹了多少祸！”

“不过没给你惹什么祸，”我指出，“总之，我已经把他处理掉了。”

他重新细看着我：“你真是弗吉尼娅的儿子？她像着了魔一样一直在说那个叫乔治的家伙……”

我心中一喜。在我之前的无知骚扰和图书馆的再次重逢让她受惊，继而否认我之后，最终她还是承认了我！感激之情冲刷掉了我对雷金纳德·赫克托挥之不去的怨恨，我坐在他旁边的桌上，友好地将手放在他的肩膀上。

“母亲状态不太好，”我提醒他说，“过去了这么多学期再见到我，她有些接受不了，再加上两个人都自称贾尔斯。”我轻声问他，他能想象大导师会因他人一时错念犯下的行为，而一心复仇吗？

“你真是他？”他又问我一遍，“另外那个——我不知道，我当时真怕……”

我并非以布雷的身份，而是发自内心地再次向他保证，他面前的就是当年他扔进电梯的大导师，我问他为何要这样做。人肯定不会为了避免丑闻就去杀人吧？他阴沉的脸上满是疑虑与羞愧，摇摇头回答说，尽管“丑闻那玩意”不是小事，会坏了领导人的名声（毕竟“人不会为他们不尊敬的人死战”），但还有两个考虑将他——以及我——推向那致命的电梯旋涡中。一是我那奇怪的产前能力测验卡片，他认为上面的意思不是通过或挂掉**一切事**，而是通过或挂掉**所有人**：换句话说，他觉得众生的毕业认证与挂科都系于我一人，就像他第二次校园暴动中的对手，西格弗里德学院的前**校长**起誓的那样。考虑到埃布利·艾尔科普夫在优等生计划中扮演的角色，以及过往他与博尼法希斯主义的联系，他认为自己女儿要是再生出个**西格弗里德前校长**二世，实在风险太大。而且，即使生出来的不是反人类，他也受不了自己的外孙要和他，和艾拉，在某种程度上还有弗吉尼娅一样，成长的过程里没有父亲或母亲的陪伴；直接无知无觉地死去，也好过在大学里做个孤儿：无名无姓，被无名无姓的父母偷偷摸摸地带到了世间！

“我自己就没有个正当的父亲，我对弗吉尼娅没尽到做父亲的责任，”他承认，“她妈生下她就死了，我妈是个荡妇……我想尽办法防止弗吉尼娅重蹈覆辙。我不是在责怪她——但她还是那样：被死挂的莫伊舍人、博尼法希斯主义者或者机器强奸，里边肯定有一个；而且还因此半疯掉……”

“是 WESCAC，”我插了句话，“不是马克西或艾尔科普夫博士。也不能叫作强奸。那时，**确实**是你把我放进电梯，并且按下**腹部**按钮的？”

“对，是我做的，”他语气坚定地承认，“如果我不该的话，请奠基者宽恕。”他称，对于暴乱时期的将军教授来说，为他人的死担责，不是什么稀奇事。他认为，如果有人选择从这个角度看，他手上得沾了几十万人的血；如果我想，可以挂掉他，但他觉得自己是在履行义务，不亏欠任何人。他自己会昂首挺胸，承担后果。我向他保证自己无意挂他，至少不是在这方面挂；他的行为不对，但我非常理解他的出发点，不觉得他的动机可耻，只是觉得固执，就像他的观点一样。

他脸上有了血色。

“我的意思是，”我说，“每个人都在说你慷慨，你哥哥自私，我清楚他们的理由，但未婚女学生产科医院以及爱哲基金背后，都是由你哥哥出资——或者说之前一直是，总之都是他在出钱。而且他也供养着你及你全部的生活……”

“注意，年轻人！我请你再他妈的说一遍——”

尽管他曾是个优秀的军官，但他一定也觉得，大导师的地位是高于将军教授的，因为当我抬手时，他就不说话了。我解释道，我刚才那样说，不是谴责他或骂他是伪君子，我更愿意之后再讨论那些。尽管以挪士·以诺的名言“学生得到毕业认证或挂科，属个人而非班级行为”是合理的，自力更生的品质也值得敬佩，但我在雷金纳德·赫克托身上没看见这些影子。是他哥哥促成了他的事业、他的博爱甚至他的婚姻，他怎么能认为自己不亏欠任何人呢？他很可能是位优秀的将军教授和校长，他的慷慨很可能是发自内心的——但这些才能与品质没了艾拉·赫克托的资助与影响，只是空话空想。“是你自己认证了我！”他怒道。

我笑着说：“但这是在你认证我之前的事，因此站不住脚。”如果他真想展示一下他的自力更生，我建议他——既然他现在都不担任校长了——他为什么不放弃所有资助，像马克西一样去养羊呢？我说这话，算是半开玩笑（也半是认真，毕竟乔·赫罗尔德死了，马克西被抓，我也离家在外，羊群亟须放牧人），但前校长显然觉得我是在故意激怒他，一副要打我的样子。我决定，对他的指导必须先等等，毕竟外边的民众等不了了。我向他保证我无意要公开谴责他，或揭他之前要杀我、依赖艾拉·赫克托的短。前一件事我已经原谅他了，后一件是他的私事。我不想从他那里获得什么，如果有的话，也只是想知道我最后问题的答案……

“问吧，”他嘟囔着，“我忍不了敲诈，但因为你不追究陈年旧事，我很感激。我的意思是，我不亏欠任何人，你明白，但当有人需要帮助，那我都会无私帮助。”

我想起了那群饥饿的本科生从他那里得到的是袖扣和气压表，但我还是问了问题：安娜斯塔西娅是不是我的妹妹。

“哈。”他说，仿佛是听出了我的弦外之音，他的脸上又浮现出一副愚昧的神色，“我听说你俩你侬我侬！嗯，不用担心，小伙子——先生——斯托克说的关于她和乔治的那些污言秽语，我一句也不信。他说彼得·格林为安娜斯塔西娅失去了理智——格林当年第二次校园暴乱时为我效命，一等一的战士。但我才不信那死挂的斯托克！”

尽管听到安娜斯塔西娅对哈罗德·布雷“有情”我心中不悦，但我只是追问，他是不是说安娜斯塔西娅**不是**弗吉尼娅·赫克托的女儿。他叹了口气，又卷了根烟，摇摇头。

“可怜的吉尼，只有一个孩子：就是你。当时我和艾拉在产室里，希望你是个死胎。如果吉尼说的‘贾尔斯’那档子事儿是真的，那我琢磨你应该是个怪物……”

听到我的夫人和我（我从那时起就这样叫她）没有亲属关系，我心中莫名的一阵喜悦。但我还是把艾拉·赫克托说他亲手接生安娜斯塔西娅的事，跟他说了一遍。

“他说这话，我不吃惊，”雷金纳德笑道，“艾拉就是这德性。”但他说，事实上，艾拉经常出于热心在未婚女学生产科医院“帮忙”，因此给不少人接了生——毕竟这是他的医院。但安娜斯塔西娅生身父母的身份永远就是个谜：“医院的出生记录属于机密，当我们决定让艾拉收养这个女孩时，就将她的文件销毁了。吉尼的医生可能是唯一知道真相的人，但他二十多年前就去世了。”换句话说，安娜斯塔西娅是孤儿，某个倒霉未婚女的女儿，被扔在了新坦慕尼的产院，等人收养。我从电梯里消失，之后乔·赫罗尔德又含糊不清地说，自己在腹部发现了个婴儿，雷金纳德·赫克托害怕自己的计划会适得其反。他认为未婚先孕的丑闻相较于自己杀婴，无论既遂与否，都要来得安全。碰巧梅奥医生当时去世，这让修改弗吉尼娅·赫克托的分娩记录——改成生下女儿安娜斯塔西娅——成为可能。之后，弗吉尼娅拒绝抚养安娜斯塔西娅，后者于是被艾拉收养。随着消息被越来越多的人知道，弗吉尼娅怀孕成了丑闻，但总体上雷金纳德·赫克托的公众形象没有受到多大影响；人们同情他，指责弗吉尼娅（他似乎没有注意到这是双重的不公），他们乐于将弗吉尼娅随后的精神问题归为是对她的报应；马克西被驱逐，优等生计划被叫停，埃布利·艾尔科普夫被降级，从事不那么敏感的研究。安娜斯塔西娅这个外孙女确实讨人喜欢，雷金纳德·赫克托除了偶尔会害怕“贾尔斯”还活着（如果那婴儿是“贾尔斯”），早已不去想那过往的丑事——直到昨天，恐惧突然又萦绕心头。

“但注意，”最后他一边说一边拍着我的肩膀，“如果你真心允诺既往不咎，你放心，我肯定会和斯泰茜多说你的好话。”

我问他到底什么意思，他给我使了个眼色。“她嫁给一肚子坏水、逃兵役的斯托克，从一开始就是个错误！但斯泰茜听他外公的话，如果我告诉她‘大导’爱她……你不是还没有告诉她，是吧？”他用手肘顶了顶我。

“大导师爱众生。”我冷冷地告诉他，说如果他觉得亏欠我，就给我和他已婚的外孙女拉皮条，那他真是死挂，还是听我的建议去放羊吧。为了控制自己的脾气，我不再理睬他的解释，离开了办公室。此时，外边的人群开始大叫，仿佛是为了提醒我，还有更紧要的事情要做。但身后又有一个声音传来，仿佛是对前面喊声的回应，是一个女人的喊叫：

“你不是我的贾尔斯！”

是母亲，满眼的愤怒，在前校长身后指着我。那年轻的接待员徒劳地想把她拉回她父亲的房间；雷金纳德·赫克托说“静一静，吉尼”，不过并不起作用——她眼中还闪着对我的怒火。她挤过他，伸出手来要来抓我，所幸他们抓住了她的手臂。

“你不是我的小比利。”她哭喊着。看着她脸上的憎恶，我怔住了。外边的喊叫声越来越大，无序而可怕。她挣扎着，不是对我，而是朝着办公室的窗户方向，尖叫着：“他们要杀了他！”

“她在说什么？”她父亲质问道。那接待员自己也近乎歇斯底里，她回答说，人们发现了那叫乔治的家伙，那羊孩，把他拖到了前门。“先生，她说他是她的儿子！我觉得——他们要处死那羊孩……”

我跑向门廊，死挂地忘了在路上卸下面具。守门的警卫迅速立正，装作没看见门口那可怖的景象。火光下，一个可怜的家伙跪在地上，一副命不久矣的样子：拳头、腿脚雨点般落在他的身上；那帮打人的家伙咆哮着，如同见了狼的牧羊犬；那些离得远的，不能扔公文包、雨伞或计算尺，便大声诅咒，朝他扔厚重的书本。灯柱上已绑好了绞索，电视工作人员劝人们不要挡住镜头。被打那人的短袍，尽管被撕坏，沾满鲜血，我还是认出来这是布雷的衣服；但他的头发是金色卷发，而不是黑色直发。人群看到我，向我致意，这时他抬起脸来，这分明是我！

“住手！”我命令道，“我以贾尔斯的名义让你们住手！”他们确实愣住了一会儿，手中的武器停在半空，雷金纳德·赫克托（就发号施令来说，比我有经验）站在门口，吼着让他们退后，不然就用鞭子抽他们。“你听到你们大导师说的了：放开那混蛋！”

“**小比利**！”母亲在我身后叫道，如果不是我拉住她，她就冲向满身血污，长得像她儿子的那家伙，“**你不是**贾尔斯！”她朝我尖声喊道，疯狂地要攻击我的眼睛，“比利才是！”

我刚才是看到布雷透过伪装笑了吗？一瞬间我脑子满是疑惑，如果不是他的思想被吞食，他怎么会戴上我的面具？他到底是从哪儿得到的面具？与此同时，人群犹疑之际，又有一个女人从公馆的灌木丛一角尖叫着冲了过来。看见和布雷几乎同样遍体鳞伤的安娜斯塔西娅，我吓得放开了母亲：她脚上没了拖鞋，头发散乱，脸颊上鲜血淋漓，护士服的前身被撕开，浑身上下满是污垢！

“天哪！”前校长喊道。我母亲，没去打我，转而哭啼着，去抱她自以为的孩子。像众人一样，我目瞪口呆；雷金纳德极度惊慌，抱住他的外孙女，对着她问了一连串的问题：怎么了？谁把她弄成这样？但她挣脱开来，跑向我。我忘记了脸上的面具，伸出手——啊，我的奠基者，相比被克罗克侵犯那次，她这次被蹂躏得更加厉害！——但她却在我面前停住，对我喊着要我“遵守诺言。”一群带着话筒的人跑了过来。

“你**发过誓**的！”她哭叫着，“你发誓如果我和你睡觉，你就通过他！”情绪激动的她夺过一支话筒，指着她心目中的我、母亲正亲吻着的那人的伤口。“那人就是通过的大导师！”她对着话筒喊着，“你们怎么敢杀自己的大导师！”她又指着我喊道，“我遵守了**我的**承诺！你也信守你的！”

我一阵发蒙。雷金纳德·赫克托手捂住耳朵，原地打转。电视记者那群人兴奋地互相示意，聚光灯都照着我们。更让场面混乱的是，斯托克的摩托车队也从安娜斯塔西娅跑出的拐角处，呼啸而出；他们在门口停下，警笛长鸣，咒骂驱赶着挡在他们去路上的人群。斯托克在队伍的最前面，身穿黑色夹克，脚蹬一双靴子，像之前一样咧个嘴笑着，下巴有煤灰，牙齿闪着光。在摩托车跨斗里坐着的是彼得·格林，戴着手铐，蓬着头，阴沉的脸上青一块紫一块，斯托克的手枪抵着他的头！安娜斯塔西娅跑着躲开他，过来抱着我的膝盖。每一个人都无所适从，也暂时忘记了行刑。

“请不要让他们伤害乔治！”我的夫人求我道，“如果你愿意，我们今晚再试试，一整晚！”

话毕，一个可怕的念头浮现在我脑海中，之后我才明白她话中的意思。

“是格林把你弄成这样的吗？”我问的时候，就确定是他。而这都是我的教导一手造成的。

她用拳头打着我的膝盖：“这不重要！请信守你的诺言，布雷先生！我会想办法给你生孩子的，我发誓！”

我眼前一黑，但悔恨的泪水却没有掉下来。我挤到母亲跪着亲吻那冒牌货的地方。不满的群众一边与斯托克的手下争吵，一边面不改色地重新绑好绞索。我想要说“等等”，但声音堵在了嗓子里。如我所料，布雷透过他带血的面具笑着；母亲趴在他胸口哭泣。我指着他，用尽全力说出：

“这人是冒牌货！”

“先生，这不用您说！”抓他的人笑道，拖着他就往绞索那走。我挡住他们的去路。

“看着！”我抓住他的头发和我的——确切地说，我的和他的头发——撕下两个人的面具，我好奇布雷面具下是什么样子。就是他自己的样子——和我脱下的面具一样——人们发出一阵惊呼。我母亲看看我，看看他，恸哭着，紧紧抱着头。

“我是羊孩乔治！”悲痛的我朝人群宣告，“我的证书是假的，我挂掉了所有事——”

悲痛的我再也说不出一句话。他们冲着我来了——抓住我的头发，发现是真的，就开始对我一顿拳打脚踢。母亲叫着，但被人群从我身边架走。他们把我的证书（之前的任务单）都塞进我的嘴里，让我吃下去。如果那不是令人作呕的羊皮，我愿自轻自贱地吃下去。他们把我举到跨斗车顶，准备好了绞索，这时我看见布雷坐在他信徒的肩膀上，朝着门廊进发。站在公馆台阶上的雷金纳德·赫克托张开手臂，欢迎着真正的大导师——不，他的行为更甚，他把衬衣撕开为布雷的伤口止血，拒绝了他助手递过来的新衬衣，直到聚光灯从他身上移开，转向我那做了伪证、满身伤痕、闯了大祸的夫人身上，他才把衣服穿上。安娜斯塔西娅拉着布雷的脚踝，拉开她本来都开了口的衬衫，仿佛是为了向他展示给他的奖励。我深信她对他喊着，对我喊过的话；他做了个“OK”的手势，但这并未让她冷静下来，也没能让行刑的住手。

守卫们也无动于衷：由于正式的强奸指控还未被提出，他们不让人群（他们想要绞死我们两个）去抓彼得·格林；但他们就在一旁笑着，看着我被别人用我自己的手杖抽打，打人的不管我黑色包里的东西，直接把它套在我的头上，把羊角号的尖端插入我的臀部。不管了。我渴望结束一切，愿意让绳索套在我的脖上，他们推我之前，我便自己从跨斗上下来。下边响起一片可憎的欢呼声，我听到斯托克的蔑笑。“动手！”有人喊道——我一心求死，我觉得自己已经升天了；确实远处传来一阵尖锐的汽笛声，从奠基山那边传来，一声接一声；我知道这个声音。绞索松开，我喘了口气，只听见一人在喊：“奠基者救救我们，我们都要被吞食了！”另外一人，几乎毫无感情地说道：“这是大学末日。”

第二卷

Second Reel

1. 总拘留所囚禁

个体会死亡，但只要校园存在，众生便不死。而众生躯壳消失之时，他们的思想不会存于我们大学以外的大学吗？

我在一个单独的房间醒来，但仍能听到其他挂科人的哭叫，闻到他们的恶臭。我无法马上判断之前的吞食汽笛是单独为我而鸣，还是为众生的末日而鸣。但我确定我在下界校园：高温、尖叫、狂笑、恶臭——这些都证实了我的猜想。我躺在恶臭的干草上，被关在铁隔间里，房间墙壁都装着软垫，唯一的开口是天花板的通风口处，橘红色的光从那里传来。我确定，我和那些死挂的家伙将会永远被关押于此：我挂掉了所有事、所有人，从所有意义上；我和布雷通过的人一样死挂；我挂掉他们的同时，也挂掉了自己；从一开始渴望通过之时，我便挂掉了，就像那个独眼的尼古拉人为了实现无私而一直自私一样。“通过即挂科”。此刻在这个小黑屋里，我明白了那句话背后的真义，我准备受难，直到命尽。

有两件事出乎我的意料：古老的西校园里，灵魂死后的图景竟和现实一模一样，而非只是生动的隐喻——实在的铁、粪便、火焰、喊叫声和其他的一切，我觉得还有真实的竖琴和牧歌！——对我的惩罚，至少就目前而言，是严格按照对人的惩罚进行的。我自幼成长的畜栏比这狭窄得多，睡觉的地儿也比这儿尿味大；奠基人肯定清楚，相比于人类，我倒不怎么厌恶这里。难道是因为罚期永世，所有的惩罚都无休无尽，因此什么都一样？或者是奠基者智识无边，特意为自觉聪明的我选择了这个山羊圈，来讽刺我给人类指导？无论怎样，是眼前事还是其他事，都结束了。我脖子疼，此外我还挺舒服，浑身上下有一种惬意的疲惫感。我赤裸着，浑身满是污垢，安享着这黑色的高温、彻底挂科的温热。我挂掉了一切，什么都没通过！志向、怀疑、责任、害怕挂科之感统统被抛之脑后，解脱之感席卷全身，悲伤与恐惧不再，我进入了香甜的梦乡。

几个小时后——或几个学期、几个世纪——我被激烈的对话吵醒。是两个男性的声音，我意识到自己已经听了他们许久。

“他不会！”

“不好意思，同学先生：**会如此**！”

“真的，我觉得他不会……”

“绝对有可能性！”

“孩子，你真相信他会？”

“对。不！哎呀，我放弃！”

后一个声音，他的口音、洋腔洋调的用词，和尼古拉那个叛逃者一样；先开口的那个——听起来也是外来的，不过声音平和，上了年纪，异常的熟悉——是马克西的声音。难道他们都受刑了，还在傻瓜学院做上了伴？我睁开眼，发现自己躺在床上，类似于床，是铁丝台子上放一块舒服的草垫子。当下的这个房间虽然还是很热，但比之前的要亮堂。地面与房顶都由混凝土制成，一面墙与钢管床架相连，其他三面和我之前在书上读过的牢房一样，由平行的垂直钢棍构成。我听到的就是马克西和列昂尼德·亚历山德罗夫，他们面对面坐在牢房的地上，一边争论一边打着手势。

“另一个问题是什么？”马克西问道。

“类似，换个角度，”列昂尼德说，“会走。”

“马约有机会，但他没走。”

“虚荣而已。要英雄派。”

“要英雄！他为之而死！”

“这让他更出名！大广告，历史书上都有名字！”

我不敢说话，生怕我眼前的管理员消失不见；也许美梦就是对我的折磨。但他们看见我动了。马克西急忙过来，实打实的泪水落到他的胡子和我的胡子上；他抱我的臂膀实实在在，放在我额头上的手带着凡人的温度。我知道自己还活着，在总拘留所。虽然我和列昂尼德只见过一面，他也拥抱了我，用尼古拉学院的拥抱方式。他们貌似成了朋友——就像列昂尼德和他之前的对头彼得·格林也成了朋友一样，后者在隔壁牢房一脸阴郁地朝我致意！

“你没事，真是谢谢奠基者！”马克西叫道，上次见面时对我的保留态度已一去无踪。在我的小床旁，他闭上眼，前额撞击着我的胸膛。

“哪里没事。”彼得·格林咕哝着。说完，便被亚历山德罗夫乐呵呵地警告滚到一边去。

“我不是说他，”格林说道，“我说啥，你他娘心里明镜似的。”

我不知道，也不想去知道。无论是被监禁，还是脸上再无光，活着，在校园里喘气便已足够。责任！懊恼！羞耻！我欣然接受这些剧痛，他们不过证明了我又一次的失败，死也没死成。

总拘留所中不存在时间——在斯托克的治下，甚至都没有白天与黑夜。狱中，灯的开闭时间难以预测，我们睡觉醒来的时间不规律。吃饭不固定，明显有时上顿刚吃完，下一顿就送进来，谁也吃不下去，有时吃完上顿，很久没了下顿，狱中的人都齐声抗议。有人觉得理论上应该有惯例，但惯例执行得反复无常：比如我们“午饭”后被赶出去运动，在星空下做俯卧撑；或者先是我们数天（似乎是）不曾离开牢房，之后又被送到监狱超市或图书馆，一待就好长时间，吃饭睡觉都在工作桌或图书馆桌上。在混乱背后，我看出了斯托克的操纵，正是他随意为我们安排牢房。照斯托克办公室的地图看，总拘留所布局精细，不同罪犯被安置于各层不同地方，整栋建筑背后有着其道义逻辑。

但实际上，我们还是被随意地关押了起来。举个例子：别人照斯托克的意思把我从绞索里弄下来，以假冒大导师的罪名将我拘押；关押此种罪犯的牢房位于从上往下数第三层（也就是最底层）的第四块区域；但我第一次醒来时，发现自己身在关押疯人的观察室，之后还和杀人犯、间谍、强奸犯关在一起（彼得·格林被指控犯了强奸罪，就在我失败的那晚，被西尔医生镇定的他缓过劲来，跟踪安娜斯塔西娅进了前校长公馆后面的巷子，在那里，依他冷冰冰的供认，他将安娜斯塔西娅扑倒在地，像“红皮佬”一样占有了她），这些罪犯都不应在同一层。而且，每次劳动或运动回来，没人告诉我们会被关到哪儿，和谁关在一起：我可能单独一个牢房，也可能和十几个人挤在空空一层的一间牢房；和我关在一起的可能是同样的冒名骗子——假院长、假大二学生——或者在卢修斯·雷克斯福德影响深远的校园改革下（随后会有更多的介绍）拘留的受贿者、赌徒、色情作品作者以及妓女，抑或是其他罪犯。

按照斯托克毫无逻辑的逻辑，我们并未被分配一个固定的牢房。有时会是那种狱中人人只求自保的时候，这种时候我的目标就是躲开如狼似虎的基佬（他们逮住一个大意的，就无情蹂躏），和马克西、列昂尼德、彼得·格林——或者之后不久加入我们的克罗克——住一个牢房。斯托克时不时下来巡视，安娜斯塔西娅和我母亲则会定期来探望。从他们那里，我了解到了我往昔的门徒悲惨的近况，以及上面校园整体的动荡。那些消息和事态进展对当时的我来说，才是真正的惩罚：一潭死水里，坏消息一个接一个。

我过得没有不舒服。当饭里有肉，有牛奶时，我就喝水，吃床垫里的干草，吃羊该吃的东西来增强体质。我不敢说自己从没被狱警和狱友虐待过，后者有时看我没了手杖，就来欺负我；我也不敢说自己没占那些不安分妓女的便宜，她们会爬上铁栏来娱乐自己。总的来说，除了与马克西和好而感到的欣慰，以及听到因我的教导引发的灾祸而感到的痛苦外，我在总拘留所的那段时间，麻木而无时间概念。因此，对当时这些信息与事件的顺序，以及自己对它们的反应，我都没有十足的把握能清楚地重述。现在我知道，这些事情发生在前前后后四十个星期的时间内，但那时时间并非我所在意的东西，就算是四十年、四十天，或只是漫长的一夜也没什么区别。

那让我多活了这些天的吞食汽笛声是个假警报——或者确切地说，是被错误解读的真警报。那天 x 同学终止了首脑研讨会，愤懑地离开了大学委员会后，尼古拉和新坦慕尼的边境守卫都警戒起来，觉得对方会找麻烦。当天晚些时候，工程系组成的小组奉卢修斯·雷克斯福德的命令行动起来，将新坦慕尼的输电线往西移动一千米，在加宽的两国边界处增设灯塔。尼古拉人觉得他们受到了威胁，便朝边境处发出吞食短波（至少 EASCAC 确实发出了，但不清楚是它自己主动发出的还是学生会第一书记下的命令），WESCAC 检测到了，并进行了及时的汇报。通常这种情况下，在没有确定敌人的动机前，一般是不会拉响警报的；但校长雷克斯福德闭门不出（事实上，当时他正在起草第一部“开卷测试”法案，不让任何人打扰），于是新坦慕尼的将军教授们拉响了汽笛。他们可能下达了反击的命令，也可能没有；他们否认下达了命令，但尼古拉人宣称——属意料之中，但可能是对的——新坦慕尼将 EASCAC 的防卫性电波说成进攻，是为了给自己的反入侵行动找理由；斯托克本人（我从他那知道）坚持认为 WESCAC 不论是按照自身自动实施机制的设置，还是按将军教授的授意，的确发动了吞食尼古拉学院的攻势；只是电力不够——由于熔炉房少见地没了斯托克的监工，另外图书馆 CACAFILE 系统的能耗突然增大——阻止了第三次校园暴动的发生。

情况仍十分危急：校长雷克斯福德突然坚持实行“开卷外交”，这让东西校园的协商无法进行下去；两院输电线的分离，彻底终止了不满人士的叛逃；尼古拉人认为，新坦慕尼明显的撤退是宁静暴动“有声化”的前兆，塔楼大厅则回复称，尼古拉人趁着黑暗往前移动输电线——新增设的探照灯因为没电成了摆设。目前唯一的伤亡出现在新坦慕尼的边境守卫里。由于光线昏暗，再加上执勤时被校长强制戴上了“抬头”项圈，每周都有多名守卫从输电线坠落死亡；但当下双方压力积聚，耐心消磨，吞食汽笛随时都可能再次响起，而这次将会是认真的。

严峻的校园局势并非是雷克斯福德支持率下跌的唯一原因。在将我从绞索救下后，斯托克带着遭受凌辱的安娜斯塔西娅回了动力室，及时地将熔炉房的电力产量恢复到其正常水平的四分之三；或许是由于他也没了气力，他没能做到更好，包括玛奇在内的一部分人没有恢复生产；即便如此，还是有一部分电能被贮存了下来或者被白白浪费了，因为新坦慕尼的电力消耗较以往下降了一半。下降并非是因为学院对电力需求的减少——目前的需求比之前任何时候都要旺盛——而是因为雷克斯福德拒绝与莫里斯·斯托克进行生意往来（其本人也被禁止进入大广场区域），才由此引发了配电问题。这是管理层颁布的第一条禁令，接下来的几个月里禁令一条接着一条：饱受诟病、短命的“开卷计划”意图消除新坦慕尼中的一切挂科恶行。宿舍里的妓院被关闭，老鸨被处死。一方面，通奸被列为轻罪，强奸则被判死刑；另一方面，独身者——至少指的是单身汉、老姑娘——超过二十一岁将被处以罚金，且罚金按年递增。同性恋，无论性别，都会被处以鞭刑；自笞者[1]除外。尽管每个餐厅、每顿晚饭都会配杯淡酒，但醉酒，甚至在家里醉酒，都会受到严厉的惩罚。任何形式的打架甚至家庭口角——特别是打妻子，都会被长期拘留。塔楼大厅的庇护体系遭到废除，有强制公共部门职员政治捐献、贪污受贿、利益瓜分以及其他滥用职权行为的人都会被驱逐出校园。对娱乐、通信、教学以及艺术媒体进行审查，旨在抑制越轨现象。奇异的服装、打扮、行为都会被挂到公示牌及电视上抨击，以及——可能是所有措施里最具有争议性的一项——对所有极端或放纵的人进行强制心理治疗，通过说教来节制自我。这项提案最终被校长以规定过度的理由否决，尽管这是他自己起草的；但媒体依旧批评他，只不过出于对审查的忌惮，用语谨慎。之前拥戴

1. 因宗教戒条或为获得性满足而自愿被鞭笞的人。

他的普通新坦慕尼大学生也态度大变；他们涂抹掉墙上他太阳般的画像，对雷克斯福德夫人离开大广场去度假后再也不回来的传闻嘻嘻作笑。但他们又极度服从开卷改革，这改革传达了他们的心声。暴力犯罪变得少见，公开作乐也难觅踪影。菜单上没了陈年奶酪和未切片的黑麦面包。几乎所有人平均分都是 C。格林木材与塑料厂（没了厂主）研发出一种合成材料，据说与塑料不无二致，还推出了一种高效包装容器的方法。人们苦笑、叹气、耸肩，给塔楼大厅起了个“死亡中心”的绰号。所有人都不开心；但另一方面，没有人上街游行，也没人提出提案来废止这法律。

校长本人对这些不怎么担心。《奠基者卷轴》在 CACAFILE 系统里不见的消息传到他耳朵里，他也没多大反应——母亲办公室的工作人员按照我的指令，对 CACAFILE 重新编程，之后该系统似乎把图书馆里的每一本书都定义为**独一无二**，一本书一个目录来归档。学生民意调查的结果、他所在党派领袖以及助理对他无法连任的抱怨、光明府日益昏暗的灯光——所有的一切他都不放在心上。

“他最近状态不对，”斯托克说道，但他说这句话时语气倦怠，丝毫没了往日的蔑视与神气，尽管他又长出了胡子，换上了摩托服，但他的头发是打理过的，皮夹克上不见一滴油污，一撮卷曲的黑色刘海挂在前额，“我很高兴他和我没啥关系。”

这是他在我被关押的前期，从他的办公室送我回我的牢房时——实际上就是**随便的**一个牢房——跟我说的。马克西的谋杀案开庭审理，我出庭为马克西作证。庭审结束，我和斯托克聊了几个小时，聊天过程中他一副厌倦但又执意讲下去的样子，告诉了我上述的绝大部分事情，还有一些其他事。他说，他此前深信我和布雷一样是个骗子，出于此，他采纳了我的建议，不再把挂科恶行当作通过。我觉得他的目标——他因为不相信才去追求它——就是不再通过示范或引诱，来让校长和其他人挂科（由此挂掉自己，我猜测，从而，按照他反着的逻辑，通过自己——这也是他原本的目的，只不过现在他采取重新评估后的手段来实现）；他觉得自己成功了。他刮掉胡子，穿上西装，前往光明府，和卢修斯·雷克斯福德同时确认并否认他们的兄弟关系，后者刚从被取消的首脑研讨会那回来。两人的对话虽然心不在焉，但却是礼貌的，他们甚至端着雪利酒为对方的健康举杯；尽管校长对他的来访惊讶不已，高兴自己不用再否认他俩的兄弟关系，但斯托克还是头一次明显地感受到了雷克斯福德对他的厌恶，之前他只觉得是不接受罢了。确实，校长心烦意乱，一是大学委员会那烂摊子，二是雷克斯福德夫人态度冷淡，说自己晚上要出去吃饭，再有（斯托克不知道），我的那些建议，虽然雷克斯福德嗤之以鼻，但又忘记不了。然而，斯托克还是明显感觉，此前雷克斯福德态度里带着嫉妒色彩的排斥变成了嫌弃。他三句话并成两句，欣然接受了校长之后不再见面的提议。带着说不清的愤怒，他和手下骑上摩托就出了光明府的大门，但行驶速度都保持在路边标志上的限速以内。此时我和安娜斯塔西娅恰好从西尔医生那出来，坐着出租车往图书馆赶。之后不久，民众就聚集到了塔楼大厅前，他得知他们的来意，就继续用他的新面孔示人，正如我所见的那样，不像之前那样去煽动或棒打示威者，而是去安抚他们。大厅中布雷对他的责骂——“奠基者在上，能不能做回自己”——让他随后又一只脚踏回从前：他自己*是谁*？他做这些又是为了谁？疑惑的他回到了总拘留所，脱下西服换上原来的行头，之后又返回大广场，及时阻止了行刑。

“但你为什么会阻止行刑？”我问他，“如果你认定我的教导为假，布雷的为真……”

他耸耸肩：“斯泰茜的命令。”

我几乎不敢相信：“你听安娜斯塔西娅的话？”

“我当时分不清什么是什么，”他无精打采地说道，“彼得·格林那样糟践她，我有些难过……”

我说，之前安娜斯塔西娅被蹂躏可没见他难过，甚至其中一些他还是主使。

他叹了口气：“那是*以前*。你看见了她最近什么样子。乔治，我不知道：我觉得我们的婚姻出问题了。”

我觉得自己懂他的意思了。尽管我入狱之后，见过安娜斯塔西娅几次，并且觉得她会这样部分是因为听了我的建议或是她对我大导师身份的执迷，但我还是不敢说自己充分理解了我的夫人。她允许哈罗德·布雷占有她，来换取他对我的认证，尽管我厌恶这个主意，但我还是能够理解；随后布雷提供了赦免的机会，鼓励我补救过错，我都拒绝了，因为我觉得这也是安娜斯塔西娅献身换回来的。但她带着母亲来探监时，态度冷淡，甚至有些傲慢，远超我让她保持贞洁的程度；她不仅对那些在探访室满嘴污言秽语、露出私处的粗俗犯人不理不睬——之前她肯定会顺从地满足他们——对她的丈夫也是同样冷淡，尽管后者已不再虐待她。如果说之前她既拥抱着讨厌她的人，也拥抱着爱她的人，不加区分地接受肉欲与爱情，怀着同等的怜悯招待警犬与大导师，现在的她则似乎对一切都排斥：她慢待了对她厌恶到极点的彼得·格林，也同样慢待了我，甚至列昂尼德（真正挚爱着她的人）。

事实上，安娜斯塔西娅品质如何，是我在拘留所和朋友争辩的两个主要话题之一；只要彼得·格林和列昂尼德两人能听清对方，争辩就开始了。

“在她收紧两腿方面，”格林对他说，“我曾经和你现在一样，觉得她真是他娘的好女孩。如果之前你过来问我，我肯定说她就是‘贾尔斯’！当时在客厅你说她不是处女，我不还打了你一拳？但**现在**她端架子也没用，真他妈的：我亲眼所见啊！”

“你还付诸行动了。”马克西提醒他。

列昂尼德之后会大喊“无关性！”或者“愚蠢性！”，抓住他新朋友的头发（如果他们在一间牢房）或激烈地挥着拳头，大斥彼得·格林对安娜斯塔西娅的美德视而不见。

“是‘贾尔斯’！”他这样说她，“不好意思，乔治：知道吗！去他的处女！所有的贞洁性、美德性——施皮尔曼教授，什么词来着？”

“**破布**[1]，”马克西说道，自从入狱以来他开始喜欢说莫伊舍话，“**垃圾。**”

“我喜欢！”列昂尼德之后大吼，他喜欢这些外国话，喜欢教他这些话，被他奉为偶像的马克西，同样喜欢他满腹牢骚，有时可能被绑住的狱友（格

1. 原文为Schmata，这是个说英语的犹太人使用的词汇，源于意第绪语。

林已不再锻炼，不吃维生素片了），以及我的夫人安娜斯塔西娅。“美德性无所谓！呸！呸！”

比起重复他的话，我换种方式来解释更为简单：相信大导师和奠基者有悖他所上的课程，但他又与其他人不同，他觉得“贾尔斯”可能是女性，觉得安娜斯塔西娅尽管私生活混乱，但依然可能是“贾尔斯”。在列昂尼德眼里，恰是安娜斯塔西娅的性经历与之前的个性让她得到毕业认证；他盲目地爱着她，（在我看来）就如同之前彼得·格林爱安娜斯塔西娅一样，但理由刚好相反：安娜斯塔西娅作为典型的受害者，完全无私地献身众生情欲——其中就包括列昂尼德自己的色欲，因为此前在动力室一角，他在她面前下跪，坦白了自己对她抑制不住的欲望，最后得偿所愿。我说，正是安娜斯塔西娅的温顺激起了他人的肉欲，让自己受害，而他不听我的提议。“不！”他大喊，一只拳头狠狠撞向另一只，并且一如往常在牢房里四处乱撞。他不但不明白安娜斯塔西娅恰是因为纯真而挂科，还总教导我说，她通过就是因为她的放纵。

“放荡，我唾弃！”他叫道，“童贞，同样唾弃！”在他看来，独身的女性便是守财奴，就是艾拉·赫克托第二，强奸犯就是窃贼、图书盗版商：正是由于私产为私，才催生了挂科者的挂科恶行。如果他是大导师，这些人都不能毕业，只有慷慨之人可过。“但不！”他继续说。他把她只叫作受害者吗？站不住脚性！被抢没什么好的，守财奴和慈善家都会遇到这种不幸。他认为，安娜斯塔西娅的行为，就如同不仅将救济金分给穷人和贪婪的人，还倾其所有，将全部财富平均分给每一个人，免得他们犯下偷窃罪行：“情欲版的雷金纳德·赫克托！”

这类比讽刺贴切的程度远超他的想象，我面露笑容，但我没有和他争论或去纠正他对校长的尊敬态度。自从他和格林在斯托克的周四狂欢派对第一次相见，他俩就开始争论；只是现在，幸亏格林醒悟了，他们一个认为淫荡通过，一个认为淫荡挂科，而非之前一个支持淫荡通过，另一个支持贞洁通过。要不然他们肯定是最友善的朋友——当然不算格林出现强烈幻觉，列昂尼德癫痫发作让人难以接近的时候。

“**真他妈差劲**，”这是格林的新口头禅，不清楚他是在说安娜斯塔西娅、“萨莉·安小姐”、新坦慕尼，还是他自己，“真他妈差劲！我是说从真善美的角度看，你知道吧？”尽管深信安娜斯塔西娅罪有应得（“死挂的贱妇，引我觉得她守身如玉，其实从始至终她都比黑老乔的女儿还不守妇道！”），但他从不为自己的罪行开脱。他现在清楚地看到，自己挂了；自始至终，任何方面都挂了。他毁坏森林，杀害土著居民，以粗野为荣，仗着不义之财欺凌他人；对他的妻子他不是个合格的丈夫（但他确定她曾多次背叛他），对他的孩子他不是个合格的父亲（尽管他们是二流子、不良少年）。让他们苛待他吧，即使他觉得新坦慕尼已经从里到外堕落至极，他也不值得被轻判；或者如果被他强上的婊子和居中拉皮条的冒牌大导师选择不去张扬，就让他们宣他无罪吧：一旦他出狱，他就和他妻子离婚，从公司辞职，退出青少年以诺主义联盟及其所代表的一切，可能甚至还要叛逃到东校园——或者一枪崩了自己，这个他拿不定主意。有了这样的决心，他都不再用剃刀和肥皂了：他下巴上长满了橘黄茂密的胡子，浑身散发着近似死去的雷德费恩的汤姆的气味。

结果他既没有被定罪也未被裁定无罪。那天早上——马克西审判的第一天——格林的案件被撤销，他离开了总拘留所。

“她不肯出庭作证！”斯托克大声朝我说，口中的“她”指的就是他妻子。他非常困惑，我也一头雾水，比他强不了多少。安娜斯塔西娅决定不起诉——原告律师明显带着懊恼情绪这样宣布——原因在于，经过“深刻反思”，她觉得确实是自己招致了格林先生的骚扰，并且确实不光彩地享受着他的侵犯。宣读声明时，我和施皮尔曼案件的其他证人坐在一起，坐在我对面的安娜斯塔西娅冷冰冰地看着我。

“宽大性！”列昂尼德听完流泪道，“‘贾尔斯’的英雄做派！”

坐在辩护席的格林咕哝着：“我就知道她本性难移。勾引男人，女人都是一路货色。”

但斯托克和我一样不能接受这样的解释。

“这不就是之前一直说的。”我提醒他。他同意，但又困扰地长叹一声，向我指出安娜斯塔西娅这次的供认——也许第一次出现这样的情况！——完全是假的。的确，我对这一点也着实纳闷。

“我他妈真不知道所有人都是怎么了，”斯托克说道，“或许你*真是*大导师。”我仔细地观察着他：他的语气表情里没有往日的戏弄踪影——他最近也不像从前那样，去怂恿个人显出内心的阴暗面。比如，他的话没有像之前那样，引出我的虚荣或宏愿，而只是让我羞愧。我镇定地回道：“我不确定布雷到底是不是大导师，他身上有些非凡的地方。但我知道*我*不是。我是彻头彻尾的挂科者。”

典狱长笑道：“或许挂科即通过。”

彼得·格林空出的牢房现在关着克罗克。我出庭的时候，他被人从医院“请”了过来。

“他有外交豁免权，”斯托克说道，“我们供他食宿，等他们接他回院。”

我的黑人朋友看起来不太好。他把头伸出铁栏呕吐时，马克西和列昂尼德得全力扶住他的头。斯托克朝我们解释，克罗克也被控强奸，尽管不能起诉他，但新坦慕尼将其列为*不受欢迎人士*，即便弗鲁门齐乌斯校友提出召回请求，新坦慕尼还是强制把他关起来。似乎他听从我的建议反抗了艾尔科普夫：吃掉了塔楼大厅钟楼里所有的鸡蛋，不论新陈，之后又把无限分割器塞进钟的擒纵装置，在嘀嗒之间离他主人而去。他没了约束，奸污了两名女同学、一名男性新生、一名学院理事的未婚老姑妈、一头特等小母猪和一尊名为真理揭示的铜质寓言雕像。除此之外，他还一股脑吃了活花鼠、山杨絮、毒蘑菇、狗粪和第三位受害者——那位经济专业新生——的活页讲义。校园警察在蜜月小屋汽车旅馆追上了他；要不是在那儿发生的一件奇事怔住了他，警察们不敢说能降得住他，除非动用致命武器。

“一对我俩都认识的夫妻，”斯托克说道，语气中仍不带讽刺，“在那旅馆度假，似乎也是听了大导师的建议。不清楚夫妻之间到底发生了什么——肯纳德现在在医院，黑德维希在精神病院——”

我叹了口气。

“——但不管发生了什么，可怜的黑德是彻底被搞疯了。你之前听说过女人袭击男人的吗？”据说，在旅馆大厅，西尔夫人勾搭住了克罗克（此前一丝不挂的他大摇大摆地从玻璃门进来，对着饮料贩卖机一顿亲热，吓跑了大厅的所有人），脱光自己的衣服，跳到他的身上，嘴里边挑逗的话不断。唉，她吃了贩卖机的醋；后者一头雾水，没了男子气概（当然也有当时他肚子痛了起来的原因）。警察冲进来铐他、镇定他时，他一副被蹂躏过的样子。彻底疯了的西尔夫人，一边在大厅里蹦跳着画圈，一边用不稳的低音唱着“他是我羞怯、光脚的情郎”[1]这句歌词，直到白色急救摩托车赶到现场。实际上，这救护车是给服用了过量安眠药的西尔医生叫的。大厅混乱之时，客房女服务员发现他面色惨白地昏倒在他自己的房间里。因此，丈夫和妻子在没有意识到的情况下一同离开了旅馆。按斯托克所说，西尔夫人被送进医院，随后行为举止倒退回五岁的样子；西尔医生在门诊洗了胃，保住了命，随后被送进肿瘤病房，目前他备受煎熬，准备接受姑息性手术。克罗克被制服后，生起病来，大小便失禁，不能自理：四肢行走，忘记如何进食，最后整日整夜如同患上瘟疫的野兽蜷缩在房间一角。之后他烧退了，食欲恢复，就被转到总拘留所，而非新坦慕尼的精神病院。为此，精神系内部还对非理性动物身上是否会存在精神错乱，进行了一番争论。持否定观点的派系，主要由南新坦慕尼人构成，他们还提出另一种方案——将他放到动物园展示。该提议被院校关系办公室，以可能冒犯新兴弗鲁门齐乌斯学院为由否定，毕竟办公室正在努力争取后者的政治支持。至于艾尔科普夫教授命运如何，并没有消息。

我抚摸着我那病恹恹的黑人同学的头，他吐出了吃下的床垫稻草，吐到没了力气，瘫倒在扶他的两人中间。但在他瞳仁上翻之前，他对我笑了笑，并发出哼声。

“比我上次放他时情况更糟了，”斯托克说道，“野生的动物都不会吃对它不好的东西。”

---

1. 出自威尔·柯布和格斯·爱德华兹于1907年创作的美国流行歌曲《校园时光》。歌曲内容为一对不再年轻的夫妇回首二人读小学时的童年时光。

“都是我的错。”我说着，摇摇头。我劝克罗克抛弃一切艾尔科普夫式的东西，成为真正的林中野兽，但我没有考虑本能的衰退；或者学生的理性与无理性无意识的意志是不可分离的，摘下花的同时也亡了根。我本来觉得经过多次挂科，我已再也感受不到悲伤，但如此可怕的变故，着实扎得我心痛。克罗克在我的教导下误入歧途，我觉得自己违背了出身与原则，毕竟我和他关系融洽就是因为和他一样，我也曾是无忧无虑的兽。

“他要是恢复了，你们可能有危险，”斯托克对马克西和列昂尼德说，“想要搬到隔壁吗？”

两人扫视对方一眼。

“你去吧。”马克西咕哝着，“他已经认识我了，我待在这儿，以防万一。”

列昂尼德一边考虑，一边挥舞着手臂，良久，他故作轻松地回道：“不。”

“英雄做派。”马克西说。斯托克和我一样清楚接下来会发生的事，耸耸肩离开了，留我一人（时有发生）在监狱的过道上，就算是我的牢房了——过道环境不错，没有小床也没有尿盆挡道，开阔得很。斯托克改头换面得不彻底，没有坚持帮我的朋友远离危险；这要是他以前，别说提议了，他只会过来看戏，唯恐天下不乱。

“恰恰相反性！”列昂尼德朝我的管理员喊着，“你是英雄！”

随后两人热烈争论着另一个话题：很多次早上叫醒我的，晚上伴我入睡的都是他们关于这话题的争论——自从格林被释放之后，这话题已经彻底取代了安娜斯塔西娅的品质问题，成为争论的焦点。这一争论有多种形式，或者确切地说，会由几个特定的问题触发，就比如说现在这个问题——两人中，谁会冒着危险照顾克罗克——但最终都无一例外，回归到之前的话题上。我之前指责马克西虚荣，渴望殉难；说列昂尼德和我之前渴望得到毕业认证一样，动机自私：渴望成为完美的学生会主义者。现在我想收回这些批评，说这些不过是貌似正确、实则逻辑混乱的牢骚话，实际上都无济于事；无论自己如何否定三月以来自己所做的一切，说这些虚妄的指导不过是出自冒牌的大导师的虚妄之词，也都毫无用处；当时我和他们说的时候，他们不以为然，而现在我的每一个“门徒”似乎又都认同了这些，但我自己却改变了看法；我越否认我的大导师身份，他们就越用言语和行动来反驳我。马克西、列昂尼德、安娜斯塔西娅、彼得·格林、西尔夫妇、克罗克、校长雷克斯福德——还有我不确定的埃布利·艾尔科普夫、赫克托兄弟和 x 同学——他们都认为自己挂科了，即使布雷的通过认证在前，即使我本人都表示自己所说的都是无知之语——并且他们也都认可，斯托克已经没那么挂科了，或者说与斯托克自己所声称的相比，他没那么想要挂科了。

而在马克西和列昂尼德这里，争论常常相持不下。他们都认同一个原则：如果渴望牺牲——无论是通过殉难还是完美的无私实现——是自私的话，这便自相矛盾了，即想要达成这一目标，个人就不能去追求这一目标。更进一步，他们都同意，至少是有时同意，不求的状态，如果被视为是实现同一目的的手段，那么在道义上与追求是一致的。为了避免完美的虚名，而故意将无私打折扣，那本身便是完美与虚荣。因此，我推断，他们每个人都在用着自己的方法，追求不求来实现不完美的不完美——之后却发现了分歧。一个并不虚荣的殉道者、马约式的人物会安心待在总拘留所，如马克西一般倾向受刑，还是会抓住机会就逃跑，来继续他代表众生的事业？大多时候列昂尼德认为后一种选择稍微自私一些（也就是真正意味上的无私），并且“每天”都说要帮我的管理者秘密逃走。

我逐渐意识到，帮马克西获得自由是他继父交给他的一项任务；但我们在大学委员会楼里的那次谈话，以及他和马克西的讨论，动摇了他对这一目标的专一性。任务第一步，先假装叛逃，之后无意地暴露自己要绑架某个新坦慕尼科学家的企图，让自己被当作尼古拉特工关押起来；在我大导师生涯最黑暗的那天，在我眼皮底下，他显然完成了这些步骤。他任务的失败是计划的一部分——因为他们真正想要的是马克西！尼古拉情报系觉得，如果之前马克西被革职没能让他背叛新坦慕尼，那么这次他以谋杀罪名被逮捕便有了这种可能性，于是情报系选择了以开锁闻名的列昂尼德·亚历山德罗夫来救马克西越狱，并带他穿过输电线回到东校园——在执行任务的过程中，必要时须牺牲生命。列昂尼德欣然接受了任务，觉得有机会来弥补之前的过失，并通过证明自己的无私来赢得 x 同学的尊重；他仍坚持这是自己的主意。但我的话和马克西道义上的推断动摇了他之前的看法。先不说集体的众生共同体的优点与要实现的图景，一个真正无私的众生意志执行者，在清楚自己动机的虚荣与自私后，是该继续执行众生的意志，还是该放弃任务，将马克西释放回新坦慕尼，或空手回东校园，从而实现无私的自辱？列昂尼德对马克西的敬爱仅次于对 x 同学，而马克西本人无意为尼古拉学院效力，甚至都不想离开总拘留所，这让问题变得更加棘手。

事实上，他们两人都从未质疑过各自想法的对错，只是质疑最终的通过。马克西觉得自由与受刑同样虚荣，他明显倾向于后者——他被定罪，判刑后仍待在监狱便是明证。列昂尼德显然想救他出去，都不得不承认自己的动机自私。如今，同样地，他们都表示对方应该待在安全的地方，**自己**去照顾克罗克，另一方面，又坦承独担风险可能有些“自私”(也就是无私)。

“奠基者在上，你们别说了！”我实在听不下去他们的诡辩，对他们叫道，“你们都出不去。有什么区别吗？”

“羊孩，我呸！”列昂尼德立马回应，“不好意思！我拥戴你！但还是得呸！”他没有生气，只是跟往常一样情绪激动罢了。在这没完没了的辩论中，双方不可能头脑冷静，逻辑严谨：马克西虽然冷静，但极其严肃——毕竟这是关乎他生死的问题——列昂尼德则会一边说理一边紧紧抱住他，满是敬意地捶他几下，有时还会伴着大喊、哭泣与炽热的爱意。眼下，为了显示他对锁的蔑视（他呸的就是锁)，列昂尼德冲向牢门，一眨眼工夫就开了锁——这是他第一次在总拘留所开锁。他踏出牢门，走到过道上，脸色泛红，一副胜利者的姿态。

“怎么样？”

其他囚犯立刻一片喧哗。

“可以释放所有人！”他朝他们喊着，“简单性！我想！但不行！”他扯着嗓子跟我说出了原因，因为他不过是新坦慕尼的访问者，尽管他反对新坦慕尼的课程政策，但也不想无礼冒犯——另外他还没忘记之前他在尼古拉动物园放飞自我闯下的大祸，“施皮尔曼博士，出来！逃出去！”

马克西摇摇头。最后，我们三个人一起照料克罗克直到他恢复了体力，有了食欲。之后，我们为了安全回到了隔壁的牢房。克罗克的状态在无理性的兽性和无意识的植物人之间来回反复。植物人的时候，我们就去给他喂饭；兽性发作的时候，我们就谨慎起来，免得被他吃掉。但不知道是因为我没了手杖他就不听我的话了，还是他和别人一样认真接纳了我那要命的指导，他变得不受控制，我甚至都没法和他交流。总拘留所管理漏洞百出，出去望风时我们都差点死在克罗克手上，幸亏有一大群顺服的鸡奸者和有自杀倾向的辍学学生有受虐倾向，他们冒着被截肢、屁股开花的风险来供他开心，其中一些伤在没有医用设备的情况下，马克西都没有办法治疗。

现在去细查为何马克西会被定为一级谋杀，并被判处最高刑罚已经没了意义。对于指控，马克西确实既没认罪也没辩称无罪（要不是我们对法院给他指派的律师抗议过，这些罪名与指控就坐实了），但他在法庭上确认了他的全部供词，不仅包括他的行为，还有他口中的“虚构”预谋——前面那个形容词，我想陪审团怕是没有理解。他的意思似乎是说他有一种自己之前未曾察觉到的实施迫害的渴望，直到犯罪发生，他才意识到它（而马克西的行动是其唯一的证据，我在证词中这样说道）。而且，他要求受刑，唯有这样他才能心安——莫伊舍人的良心！——他告诉法庭莫伊舍人数百年来都有着该死的骄傲，他们需要为之赎罪。

“我们是莫伊舍人，”他宣称，“这是我们自找的，我们一直都觉得我们是奠基者的宠儿！”下面坐着的人，莫伊舍人和非莫伊舍人都发出抗议。法官敲了一记木槌要求肃静。“为什么我们比其他人更受眷顾？”马克西问道，一副不受影响的样子，他指尖合十，晃着头，“因为我们是唯一知道我们自身有多败坏的一批人！”大多数人都理解不了这个讽刺，只是觉得恼怒；我不耐烦，心不在焉地啃着法庭发给我们扇风的草扇。马克西的这番证词十分复古保守，甚至让赞成死刑、对莫伊舍人不屑一顾的博尼法希斯主义者都为马克西辩护，称他的那番话实际上在谴责自己和所有的莫伊舍人，他应该被释放。当然，马克西不接受他们的同情，毕竟只有最自我鞭笞的自由主义者才能接受所谓的“有罪的受害者”和“挂掉的通过”这样的概念，他没了有影响力的支持者——几乎没了同情者——可以说他自己选择了死亡。

在赫尔曼遇害之前，关于死刑以及莫伊舍族人杀人这两个问题的讨论就在新坦慕尼热烈地进行着：前者是由于当时犯罪率激增，部分人认为其原因在于“放纵挂科者”；后者是因为自针对西格弗里德学院“反众生罪”的限制条例失效后，先后有两名前博尼法希斯主义者神秘地遭人绑架杀害。之前校长雷克斯福德本人倾向于反对对有罪之人用古老的柱刑，但自从推出开卷改革，他便不再要求废止该刑罚。保守派此前不乐意谴责莫伊舍种族屠杀这一事件，并质疑针对“反众生罪”的追溯性法律，却立马跳出来抨击莫伊舍族人杀人问题。自由派——支持莫伊舍人并且反博尼法希斯主义者——观点与之分歧巨大，因为尽管他们厌恶死刑，特别是绞刑，但他们不能忍受自己数个学期奋斗得来的法律制度，最后成了犯下滔天罪行的种族屠杀者逃脱惩罚的庇护。尽管过去他们尊敬马克西，他们还是谴责了他的行为，更加谴责马克西为自己“辩护”的态度；整件事让他们心烦、难堪，他们内部，丈夫和妻子、老师和学生互相争吵；最后他们只能痛苦地旁观，渴望马克西能被宣布无罪，或至少不被处以柱刑。但既然马克西都不为自己辩护，他们也不能为他辩护。

审判的最后，考虑到被告的年纪与名望，所有人都觉得会是个有罪裁决，最低刑罚：几个学期的拘押之后假释出狱。在总结陈词前，马克西的律师又求他承认自己精神失常，马克西当然拒绝了。陪审团退席，讨论了一两分钟，之后不出所料，宣判他有罪。马克西抚着胡子，点头同意；他的律师早已对他这个不配合的当事人没了耐心，就在那儿按他的圆珠笔。我们注视着法官的方向，看着他举起黑色的风帽，我们大为震惊，因为这代表着死刑。他口气平和地对马克西说，仿佛是在走程序，就像告诉大家休庭吃午饭一样：“本院判处你关押于总拘留所，之后押解到奠基者山，受柱刑。愿奠基者宽恕你的思想。”

大多数人都很惊讶，少数人感到震惊。但这是被告自己要求的，谁（除了列昂尼德）会抗议？

“无理可言！”列昂尼德回到牢房，对我喊道，“他就是想受刑，就和安娜斯塔西娅想要强奸性一样！反过来化！通过性！”

如果这是在我失败之前，我会认同他的话，并像他一样受挫哭泣。但我现在除了自己评判不了任何人，也不能对任何人有什么看法，或有什么强烈的情绪，只是默认自己挂掉了一切。“我不知道该说什么。”我说。

“自私，啐！”列昂尼德对马克西喊道，那个“啐”就是他从马克西那儿学的，“我带你去 x 同学那儿！你的老朋友。听他说！我来受刑！交换性！”

马克西摇摇头，说他从没有见过列昂尼德的继父。

“是吗！”那个尼古拉人笑着，嘴咧得老大，开始手臂乱挥，打在我们的背上。他说这是要等时机到了，才会说的大秘密，最后才能说：他继父并非尼古拉人（我们想过吗？我们真傻！），而是新坦慕尼学院的莫伊舍人，他的父母在学生会主义运动爆发之前的动荡时期从尼古拉学院逃了出来。他的本名除了情报系没人知道，但列昂尼德根据所知的内容推测，他在第二次校园暴乱期间参与过初代自动计算机的研发工作；随后，新坦慕尼学院拒绝与其他学院分享电脑机密，他便叛逃回尼古拉学院，抛弃了之前的自己，设计了反制计算机来保护众生的思想不被信息主义入侵。

一边听着的马克西脸色难看起来，我的皮肤一阵刺痛；现在回想起当时在大学委员会大楼，我提到我管理员名字时，x 同学脸上那奇怪的表情，我意识到他是谁了。

“你的老朋友，名字叫啥来着！”我对马克西喊道，“就是帮你吞食天照学院之后叛逃的……”

“柴门汀斯基？”马克西皱起眉头，带着气地揪着胡子，“啊，不可能！柴门汀斯基没有政治头脑：是个聪明的科学家，但是个蠢人。”

“不蠢！”列昂尼德喊道，扑通一声跪在马克西躺着休息的铺位之前。

“又蠢又死挂，”马克西轻声说道，“如果他真是你继父，他派你来替我受刑，好让我和他一样叛逃——啐，这就说明问题了！”

“不正确！”列昂尼德抗议道。他的语气与其说是愤怒，不如说是伤心。那个 x 同学就是马克西的前同事这一事实似乎已经板上钉钉：东校园没有第二个人可以开发 ESCAC，列昂尼德清楚 ESCAC 负责人就是他继父。随后他放弃数学，研究政治学，在政治系取得了巨大成功，这些都能用他彻底抛弃旧我（或许他之前又蠢又死挂）这一理论来解释；他成功地让客观而绝对可靠的众生意志取代了自己主观而难免出错的自我意志。列昂尼德解释道，声嘶力竭地吼着。他的一个偶像竟然讨厌他另一个偶像，这让他痛苦万分，就像马克西被处以死刑一样让他痛苦。看到马克西脸色冷峻，口气丝毫没有缓和的样子，我着实惊讶。

“柴门汀斯基要我**做啥**？”他质问道，“他知道我这些年来都不在塔楼大厅。我已经没啥机密可言，这他一清二楚。你觉得他为啥会让你来找我，而不是找个有用的人，比如说埃布利·艾尔科普夫？”

列昂尼德眼里涌出泪水：“是大爱性，先生！他和我一样爱您！就像乔治一样！他不在乎艾尔科普夫！”

马克西摇摇头：“这不是爱。”他声音更加轻柔，但语气毫不妥协。他说自己与柴门汀斯基最大的不同就在于后者声称自己爱着众生，却又多少厌恶学生个体；而马克西致力于服务个人，却一直以来都认为众生愚蠢、野蛮、粗俗——不过是毫无意义的抽象概念罢了。马克西坦诚自己的弱点在于自从天照学院被吞食之后，他不能再为了众生利益牺牲**任何人**，他不再相信所谓的众生利益，因此他不适合从政。“但柴门汀斯基，这位 x 同学，他能牺牲**任何人**，包括他自己！”

“不！”列昂尼德反对。但我说了当时在大学委员会 x 同学那段类似的话，证实了马克西的观点。

“不然他怎么能牺牲你呢？”马克西质问道，“他应该为儿子牺牲自己！”

“为了学生会的利益！这是我的主意！对之前过错的弥补！”

马克西把手放在列昂尼德的肩上，又摇了摇头。他难过地说，柴门汀斯基从来都反复无常，他有一大堆热烈信奉的理想，却从来不去切实地实现。马克西回想说，在吞食项目实施期间，柴门汀斯基一直都在疯狂地自我辩解：要么吞食别人要么被别人吞食，不是吗？十分钟死几千名天照人可比再来两年暴乱好！这样做是为了和平、自由与文化，不是吗？更不用说是为了科学，为了避免未来的校园暴动……不断向自己抛出这一个个问题的结果就是，他最终放弃了之前的信念，开始后悔自己为 WESCAC 出过的力（马克西也一样，不过理由不同），并笃定只有两个学院的思想都武装上终极武器，才能维护大学思想的和平。因此他叛逃了。

“之后如何，我不清楚，”马克西最后说道，“但他知道我不认同他的行为。每每我觉得他错了，他就生气。如果柴门汀斯基一有了要吞食天照学院的念头，他就不能容忍其他聪明人有异议；如果他叛逃东校园，我们也得跟着**一起**叛逃，这样他就不用考虑自己的行为是挂科还是通过。列昂尼德，这就是他想抓我的原因，他不能说服自己的行为是对的。”

“无私德行！”列昂尼德大喊，“他是最不贪图虚名的人！”他哀求般地瞪着我，“乔治，说句话呀！”

“我觉得马克西是对的。”我说。我告诉他我从 x 同学那儿得知的情况：x 同学故意让他继子觉得自己因动物园逃跑一事还没得到原谅，只有牺牲自己，抓住马克西才能在他继父面前完成救赎。我料想他会愤怒否认——要不是我俩在不同的牢房，我都不敢说这些话——准备好了自我辩护，来迫使他认同，必要时，提醒他说想要绑架马克西便是虚荣的表现。但列昂尼德靠近铁栏，双颊湿润，只是问我：“羊孩，这是真的吗？他不讨厌我了？自从那时起就是？”

“我敢保证。他只是假装而已。他知道你为了讨他欢心，什么都会做……”

“这可是他自己的儿子！”马克西哼了一声，“就为证明自己的无私！啊，这柴门汀斯基可真行！”

但列昂尼德喊道：“通过性！”他对受骗一事毫不在意，只顾着在牢房里欢快地跳着舞步，高兴自己的继父没生他的气。许久，马克西才插上话，表示无论出于何种理由，任何费尽心机牺牲自己儿子的人，这种人不仅不会生气，而且不会有任何感情，特别是爱。我本要在一定程度上表示认同（因为 x 同学对列昂尼德所作的一切，我觉得都不能用冷血来形容；以无私的名义故意牺牲他的继子，在我看来极其虚荣）——但列昂尼德当时情绪激动异常。

“我喜欢！“他泪汪汪地喊道，“只关乎自我，我自己！”从他的话我看出，他的问题在于即使他尽了全力，也**远不能达到**他所求的不带人情味的客观状态，而 x 同学是这方面无可挑剔的楷模。他爱他的继父、马克西、安娜斯塔西娅和我——除了几个他讨厌的，他爱他见过的每一个人，因此他对赢得 x 同学的爱已不抱希望——而对于 x 同学爱的渴望，当然也是他自私的另一证据！

“无望性！”他突然从囚衣裤子的口袋里掏出一个小罐，样式就像之前释咖尼安同事赠予我的隐形墨水瓶。但他的瓶子满是实在的液体，他喝下去一些，立马开始窒息，脸上带着得意的欢欣。

“好哇！彻底了结性！再见了我！”

马克西一意识到他在寻死，就拖着虚弱的身体想去控制他，但列昂尼德开了锁，敏捷地钻到了外边的走廊，在那里又把瓶子斜到嘴边倒了一口。他脸色发紫。

“我从此不再！”他声音嘶哑，“告诉安娜斯塔西娅我爱她！”马克西和其他的囚犯大声呼叫狱警，但附近没有人，时常会这样。列昂尼德倒地，已经蜷缩在地上了，他还是努力喝了口毒水，确保自己必死无疑。

“**禁止！**”马克西哀求道，像笼子里的侏儒一样跳上跳下，“乔治，赶快阻止他，他不能喝那东西！”

仰面躺着的列昂尼德奄奄一息之时，还挥着一条手臂唱着歌：“**释放性！自由性！为自己而死性！**”他把瓶子对向嘴。

看到列昂尼德死亡，我心中痛苦，却只能在一旁看着，这并不仅仅是因为我被关在牢里。但他话中的一些东西，甚于当下的紧急事态，唤醒了自从受绞以来便昏昏沉沉的我。我的头脑奇迹般地清醒了；我不仅看清了列昂尼德的困境，还看清了他的**错误**——以及更多的东西！一眨眼，我便进了走廊，到了他身边；抓住他的瓶子，给他做人工呼吸——因为他都没了气息。之后想了想，我放出了马克西来给他做人工呼吸，自己去求救。为了跑得更快我四肢并用，毫不犹豫地穿过路上六扇被闩上的门。没有狱警值班，他们典狱长管得就松，外加有一道道铁门，让他们料想我们逃不出去。他们经常就在运动健身的院子里消磨时间，或者在浪荡的女囚犯牢房里鬼混。直到我爬到监狱的最高一层，第一层——理论上是收押成绩为中的冷漠学生以及过度思想包容而无自己观点的教授——我才遇见第一位管事的，就是斯托克本人。他看见我，笑了笑让出路来，手臂一挥指向最后一扇门。此门通向探访室，之后便是办公室与自由，他的动作仿佛是在邀请我继续前进。

“我找的就是你。”我说。

“可真有趣。我也要找你。你有人探监。”我和他说明了紧急情况。斯托克一副觉得好笑的样子，闻了闻那致死的瓶子，现在里边只剩下一半液体，然后他把它还了给我。

“修正液，”他嘲笑道，“乔治，你是怎么开了那些锁的？”

我不耐烦地冲向探访室那道闩着的门，想着如果斯托克不派医生我就自己去找一个。我看见我的母亲在里边，一如往常，由安娜斯塔西娅陪在身旁。但不清楚是最后一把锁与其他的不一样，还是因为斯托克的问题让我意识到我也搞不清自己是怎么到这儿的，我发现自己进不去了。

“帮帮我！”我要求道，“其他的门是没上锁吗？”

斯托克眨了下眼，满不在意地回道：“你如果有钥匙，就没有门是锁着的，”他从钥匙环上找出开门的钥匙，“别烦躁了，医生来之前，我妻子知道怎么做。”

我都忘了我的夫人是个护士。她一脸严肃地朝我打了个招呼，冷冰冰地问候了斯托克。后者满口“亲爱的”和“请”，和她说明了情况，恳求她救助，我都觉得斯托克是在嘲讽她。但她的回复冷淡又傲慢——“那蠢货都要死了，你还站在这儿；把他弄过来！”——斯托克立马服从，我只能说他们的关系确实改变了两人的性格。她掌控局势，命令斯托克在她自己准备催吐药、叫医生的时候，把列昂尼德送到监狱的医务室。我被要求和“母亲”待在一起（安娜斯塔西娅出于习惯还在这样称呼奶油头发夫人），我虽不情愿但也同意了：一来肯定得有人陪着母亲，她精神状态不好；再者安娜斯塔西娅一见有人违背自己，特别是男性的话，就会非常恼怒，而我是唯一一个在抢救列昂尼德过程中可有可无的人——这令我感到伤心，因为是我让他陷入了如今的境况，而且关于如何帮助他解除痛苦，我现在也有了些眉目。两人离开各忙各的去了，我已经听不到安娜斯塔西娅责骂她丈夫的声音。探访室里本该闩住的隔间都开着门，甚至都不用我来开锁——之前我似乎短暂拥有了列昂尼德的技能，现在不用他的技能，也不用布雷来给我来特赦，我都可以走出总拘留所。尽管我依然保持着新近得到的清醒，如同空荡房间射入的一束光，房间空荡，但有东西即将在其中显现；尽管之前浑浑噩噩的状态也没有复萌的迹象——但我仍没有离开，而是叹了口气转向我的母亲。我知道她在看着我，她喜悦中带着恭敬。母亲盘着腿坐在地上，披着黑头巾，穿一身黑衣，腿上一如往常放着本《新大纲》。她朝我挥着手上一周给我带三次的花生酱三明治，轻声说："过来，小比利！过来，宝贝！过来！"

尽管十分担心我那尼古拉狱友，我还是将头放在了她的腿上，装作想吃仪式餐的样子，嚼着她撕下的几页古老的智慧，那书页尝起来酸酸的，是读者翻阅留下的指印味。

"那么，宝贝，我看看……"她调整了下眼镜，欢快地舔了舔指尖，把书翻到折起来的那页，"人们应该用书签！"她抱怨说，"这里有段诗行还被标记了。读者**不该**在图书馆的书上做标记，"她语气轻柔下来，"哦，但看这儿，小比利：你能写出这些东西，我真是自豪呀！"

这就是她精神不正常的样子。她既把我当作铁杉丛中的比利·山羊蹄兹、她怀过的贾尔斯——还把我当作，啊，那毕业许久的以挪士·以诺。

"**挂科者得通过**，"她非常庄重地读道，"天哪，真是精辟。是不是呀？"

我没有回答，并不单单因为我嘴里满是花生酱，还因为这些来自山上研讨会的黑字名言刺激到了我。我一下坐了起来。如同困惑的人面前亮起一道闪电，一瞬间这些话向我揭示了我失败的原因与性质，揭示了得道的路径，我脑中想象起了远方那金闪闪的毕业认证大门。

2. 重获自由

我从母亲的腿上突然起身："挂科者得通过，妈！"

如同之前的以诺主义者在祈祷的最后所做的那样，她按着两边的太阳穴，闭上眼，低声说："A+，奠基者！"

毕业的女人，生育我的子宫！不管她自己知晓多少自己的智慧，真理的容器不需懂得其容纳的真理。我说——实际上算是自言自语——"布雷不是敌人，WESCAC才是！"她接了句："小贾尔斯，这是你通过的父亲，他依然爱我。"仿佛我刚才是在赞美WESCAC——它既是区分差别的根源也是结果——而不是归咎于它。但当我喊道："他们都通过了，每一个人，他们却不知道——但我挂掉了他们！"她重复："**挂科者为通过。A+！**"我看得更加清楚了。我渴望自己一个人静静，来思考我这个新答案的悖论；之后离开这里，也许能纠正我第一次教导的谬误。沮丧的我拥抱了我无法离开的母亲，她轻松地对我说："不用管通过还是挂科，只管拥抱你的母亲就行。"

毕业的女人！我又笑又叹。大道就在一个词里：接纳！之前我让门徒抛弃他们心中对自身形象那些错误的认定，而布雷则以其智慧认证了它们。现在我认为这些认定是无法抛弃的：不，是不真实的，因为它们与其对立面的区分便是不真实的。**挂科便是通过**：在那个灰暗的三月早晨，斯托克曾说过这句话，但其中的智慧远超他所理解的；他道出了真理，却因此引我犯错——我之后所有的错误都来自我对通过与挂科的区分。在他的思路的引导下，我甚至还挂掉了他，然而我所认定的、他身上与所有其他接受我建议的人相反的挂科性，实际上必然是唯一正确的通过之道。接纳！

我的夫人和斯托克回来了，前者不停唠叨，后者闷闷不乐，我立马上前抱住他俩。斯托克不情愿，安娜斯塔西娅如同牧羊人的曲柄杖般僵硬。我亲她时，她转过脸颊；我不再抱她的丈夫，全力啃着她的脸，这是我失败后第一次心中满是欲望。她打我的脸——就她最近的性格来说，我料到她会这样做——我扇了她大大的一巴掌，她没想到，大叫一声，失了态：尿湿了她的衣服。我再轻轻地抱她时，她身子软了下来。

“干什么，你，”斯托克抱怨道，“这是我妻子。你犯什么病了？”

我母亲吟诵：“A+！”

“我弄错了一切！”我高兴地说，“没关系！列昂尼德还好吗？”没人回话，我又亲了口哭泣的安娜斯塔西娅——她双眼无神，全身瘫软无力——我甚至都有爬跨她的冲动，脑子里满是情欲和如何通过她的计划。但我的羊鼻子嗅到她月经还没走，再加上其他紧迫的事情，便压抑住了自己的情欲。斯托克说列昂尼德喝下去的那东西是间谍用的多功能修正液，用来伪造证件，或在万不得已时用来给敌人或自己灭口。所幸他们及时给他清了出来，现在他除了头疼，有了安娜斯塔西娅亲了他，让他起死回生的幻想外，一切都还好。

“可真是胆肥！”斯托克说道，“我不得不说服她做人工呼吸，结果他还这样说。”

哑口无言的安娜斯塔西娅，还穿着她尿湿的衣服坐在我母亲旁边。我抓住她的手，亲了下，她掉着眼泪，茫然失措。

“列昂尼德说对了！”我真诚地对她说，“我教导你之前，你就通过了。你该爱他！”她摇摇头，“你该爱所有人，比你之前还要爱！不管他们动机如何！忘记我上次跟你说的那些话！”她闭上眼大哭。

“和过去一样，再次张开你的腿！”我带着命令口气，“让众生都进去！我本来以为自己看清了你，但现在我要重新来过！”

斯托克提出异议，他让我去找别的有夫之妇重新来过，放过他的妻子——当然如果安娜斯塔西娅**愿意**服从我，那么他肯定会满心遗憾地遵从她的意思。

“别说你那高尚的话了！”我叫道，笑着打了他手臂一下，“之前我给你出的馊主意却是校园里最好的建议！就像你说的那样，通过便是挂科——

但同时，**挂科者也得通过**！我之所以挂科，就是因为觉得这两者不同！”他不相信，但我不再继续说这个话题了。我问他布雷对我的特赦提议是否还成立。

“我觉得**不成立**。”斯托克回答道。似乎释放我有两个条件，一个条件我可能无法实现，另一条件斯托克不接受：一是清除我身份证上的所有签名，包括用不可擦墨水写下的那些；二是安娜斯塔西娅不仅要屈从于“大导师”(我现在用双引号并不带着嘲讽的意思)，还要给他生孩子。“他说他想要一个‘真正的幼儿园生’，”斯托克生气地说，“我真该用鞭子抽他！”

“你**本就该**这么做！”我高兴地喊着，“我误导你之前，你本会这么做。但听好——”我跪下又抱了下我的夫人，尽管她衣服湿了，哭叫不停，“我看错了布雷，就像我看错你一样。他身上**有**特别之处……无论如何，你都要让他占有你，无论他提什么条件——不光他，其他所有人都是！接受整个大学！”

她哭声太大，可能没听清我的话。我每发出一个命令，母亲就拍手喊道“A+！”，身体带着节奏，晃了起来。斯托克激动起来。

“别表现得**那么**‘通过’！”我劝他道，“你要想打我，就打！为你妻子拉皮条！放狗咬我母亲！”

“A+！”母亲说道。我从不愿意她受伤害。

“你是被关疯了吧，”斯托克不满道，明显不安起来，“说得好像真与假是不同的答案一样。”

“他们不是不同！”我叫道，“就一个答案！我的整个错误就是认为真与假是不同的——如果你想挂科，**你也得**这样想！”

我们不再继续说了，因为我高兴，这让斯托克发怒了。他揪住我就往牢房那边赶。“通过一切挂掉一切！”我对着整个监狱的囚犯喊着，“真假一样！”

斯托克从一个路过的狱警那里拿来警棍，对我一顿棒打。

在那没有时间概念的地窖里，时间仿佛倒流一般，我醒来时又听见了马克西和列昂尼德的争吵声。

“不会性，同学，先生！”

“不，孩子，你错了……”

“但你认为自杀性是错的吗？”

“列昂尼德，乔治是这样想的。不然他会阻止你？我同意：自杀是自私的。”

“那么，挂科性了！我做一个彻底的自私者！叛逃者！信息主义者的间谍，艾拉·赫克托给我报酬！我贿赂雷克斯福德，免了你的柱刑！”

“朋友，看见了吗？还是无私！如果我逃出来，我还是莫伊舍的殉道者，就像乔治说得那样。”

“呸！”列昂尼德叫道，“那我就为自己图虚名；你逃到东校园，我来受刑，这样尼古拉历史书上就有我的名字了！万岁！”

“不论你说什么，你做了就不是虚荣。不论我受不受刑，对我来说都是虚荣。无论怎样我都有着莫伊舍人的动机。啊，我厌恶这些！”

“我也是。”

我摸了摸头，坐起来：“动机不重要。”

和之前一样，他们对我清醒过来表示欢迎。尤其是马克西对我的态度虔诚、尊敬，我觉得又不安又自得：仿佛我都不觉得自己是大导师，他反倒认为我是。我其他的门徒，之前我听说且眼见，他们支持布雷并质疑我；如今由于我引导他们陷入了挂科境地，或看清了挂科境地，他们对我和布雷的态度翻了个个儿，质疑之前通过他们的布雷。他们所面临的问题很复杂，有的人清楚，有的人不注意：如果布雷的认证为假，他为何又因我宣称他的认证为假而认证我？如果我是真的大导师，那我为何要挂掉自己，为布雷说话？只有马克西自己不为所困。“最好是说不清楚，”他会对列昂尼德、我冷漠的夫人、有时候会来探监的彼得·格林这样说，“这就是个谜，你不该分析它。”

他即便不是我最得意的门徒，也是我最得力的辩护者。尽管安娜斯塔西娅哭哭啼啼，反对我的新教导，特别是她与布雷的关系，但没多久，斯托克就告诉我（和之前一样，挤眉弄眼），释放我的两个条件可能不久就变成一个了：他在另一层监狱看到他妻子站在牢房铁栏前，泪眼婆娑地让满嘴脏话的囚犯侵犯她，囚犯们震惊、怀疑、不敢动手，但这无疑说明她态度变了。然而，马克西虽然解释我的思想解释得比我都好，但他难以奉行我的新主张。而斯托克，我高兴地看到，他又变成了之前那样，提倡起了挂科；他频繁下到监狱来引诱我们挂科，发现马克西一心求挂，可马克西绝不会轻易上他的钩。

“他们**都是**冒牌货。”斯托克说我和布雷。

“错误性！”列昂尼德会回道，“WESCAC 没吞食他们，对吧？”

“他们戴着面具骗过去了。”

“面具不会骗过 WESCAC，”马克西随后会指出，并给出我和布雷一起从腹部出来的几种可能解释，“可能因为布雷和他一起，所以乔治幸免于难，也可能反过来。可能他俩都是大导师，只是不同类型。或者他们可能**都**被吞食掉了——但只是疯了，没死。又或者可能大导师没被吞食掉，另外一个被吞食了，所以一个疯了另一个没有……”

“或者他们都是冒牌货，WESCAC 坏了；”斯托克讥讽道，“或者它不想遵守施皮尔曼条款，这段时间不吞食人了；或许它爱上了 EASCAC，没了食欲。”

但马克西不会争辩，只是乐呵呵地表示同意，同时指出，如果不是计算机在“非概念思考和直觉性整合”层面重新编程了自己，那么可能就是哈罗德·布雷或叛变者柴门汀斯基，最近或在多个学期之前，通过某种手段改变了 WESCAC 的自动实施机制。没人能问 WESCAC 这个问题，因为它可能已发展出说谎的能力，或误导询问者的能力。

“这就证明，”他会总结道，“你要么信大导师，要么不信大导师。不要觉得他的身份证上就该写明他的身份。即使他说自己是冒牌货，人们说他是疯子，他也可能是真的。由你自己做出决定。我相信乔治。”

斯托克装出一副厌恶的样子：“那你一定相信他**不是**大导师，布雷才是了，因为乔治自己就是这么说的。”

马克西镇定地为我解释，我听了他的话才意识到自己思想的全部：首先，我对布雷的评价不过是他没有挂科，和我之前认为的一样，他身上有着超过人类范畴的不同寻常之处——就像我在父母与童年方面的不寻常，第二，我所承认的失败是指自己在通过终考之前，教导门徒的失败，不代表对我如今身份的否定。这些教导成功地向我的门徒揭示了他们的挂科，如果这些教导失败……

“对我来说，确实揭示了！”列昂尼德悲伤地喊道，“我从来也没想过自己的自私性！但我不在乎！”

“呸，”斯托克说道，“一个让我给自己妻子拉皮条的人会是大导师？让她向整个校园敞开腿？”

马克西点点头，不为所动：“他告诉你这样做，你就该像挂科院长那样去做，祈祷自己借向别人展示什么是挂科来通过。如果你引他们觉得**通过**与**挂科**不是一页的两面，你只能挂科。通过与挂科确为一页的两面。安娜斯塔西娅有轻微的慕男癖，她需要去表达而非压抑，她该得到毕业认证。乔治，不是吗？”

我只是点点头，因为尽管我认真听了他的解释，时不时会发现他话中的漏洞（尽管有时我也说不明白），但我没有向斯托克辩解或解释我的立场——除了我自己，没向任何人解释过。我思考的是如何在我新答案的矛盾中摸索出道来，从而在我离开总拘留所时，用它来解决我门徒的问题。因此，我只是面色凝重地听着，时不时说几句来澄清我的观点，纠正误解。比如说，斯托克问，既然我都能开门，为什么不直接走出监狱，马克西回道我不会在挂科院长的怂恿下，施展我的开锁技能。

“并不**完全**是这样，”我纠正道，“斯托克心知肚明。如果真是这样，他完全能通过引诱我做正确的事情，来控制我。”我说，实际情况是，我不知道我是怎么打开那些锁的，不过有这一能力我得感谢列昂尼德。我只知道，当时对我来说，那些锁都已经开了，就像对列昂尼德来说所有门都没有上锁一样；当我疑惑这是如何做到之时，我就不能开锁了。是安娜斯塔西娅释放了我，是 x 同学释放了我。

“什么？”马克西叫道，“柴门汀斯基放了你？”

列昂尼德高兴地紧紧抱着我，紧到我气都喘不匀，他觉得我想叛逃，之后又皱起眉头思考这样的“自私”（这是他现在对叛逃的解读，同时按照他最新的价值评估，也代表着认可）是不是挂科的无私：“就像，我不能摆脱自私，这是我的本性：我要当英雄！做新坦慕尼的间谍或替马克西受刑，哪个最自私，我就做哪个。”

我赞扬他的决心，就像他之前自杀的矛盾性，这让我看清了大学的秘密。不过，我表示，他不需担心我或他的行动可能会“挂科”：就像《塔利跛德院长》的作者说的那样，校园里只有挂科——但也像以挪士·以诺以及释咖尼安更近一步理解的那样，挂科便是通过。

无论如何，我都没想到要叛逃。我都不觉得我能叛逃，毕竟本来我在新坦慕尼就是一个访问者。当斯托克带着我的手杖和钱包下来时，彼得·格林也带着最新的消息过来了，此时我也说出了我的想法。

“对你没什么用，”他说，“不过如果你能抹掉你身份证上的签名，我就得还你东西，放了你。不过你当然擦不掉。”

我高兴地拿回我的东西。那么也就是说，另一个条件已经兑现了吗？

“已经安排了，”斯托克冷冰冰地说，“我妻子会在今晚十一点和布雷在钟楼见面。”

马克西叹了口气，但肯定地点了点头：“挂科就是通过。A+！”

列昂尼德眼中噙着泪水：“毕业认证性！”他一只手臂抱着我，说尽管他呼吸都爱慕着那救了他一命的女人，但他不会再梦想安娜斯塔西娅会回应他，只希望她和我有一天能结成一对。“去你的！”他朝斯托克喊道，后者脸上的笑容让我觉得他会张罗安娜斯塔西娅和我的订婚。列昂尼德说，只有“贾尔斯”才配得上安娜斯塔西娅，而同样只有最为通过的人才能服侍“贾尔斯”。

我听得浑身不自在：“列昂尼德，实际上——”

“你是说最挂科的人吧，”彼得·格林打断道，“堕落学院里最挂科的妓女。我才不在乎！”

彼得·格林举止的变化始于他袭击安娜斯塔西娅，拘禁期间越发明显，如今的他已与之前判若两人。他非但没有感激安娜斯塔西娅不起诉他，反倒将她的声明看作她堕落的证据，打心底认为所有的女性都生性放荡。他认为自己“在认识自己方面彻底挂科”。因此，深信不疑的他将自己的意愿告知了他妻子的律师，表示要永久地抛弃他妻子，并怂恿他的妻子以通奸的名义和他离婚，如果她不想等两个学期的法定期的话；他不仅将自己强奸安娜斯塔西娅的细节告诉了他的妻子，还和她说了他现在的所作所为，既有男女关系也有别的。随后他妻子又住院了，很可能就是受了这些消息的刺激。虽然他没有逃到尼古拉学院，他还是变成了学生会主义“学者”以及类似松垮一代的人物。他抽着大麻，光着脚，头发蓬乱，拿着一把吉他拙劣地演奏着低级的抗议曲子，评价现世释咖尼安说，“哥们儿，那人真他娘是个**大能，有智慧得很**”。他找了个弗鲁门齐乌斯女室友，就是斯托克的秘书乔治娜，说自己欣赏她的直率。他说，乔治娜为了享受通奸的挂科快感而和他私通；但她厌恶他这个人，如同他厌恶自己一样，她和格林上床主要就是喜欢他的阳痿。之前，他和萨莉·安在一起时性无能（以至于他都害怕自己的孩子是别人的种），只有和“黑老乔女儿式的人”发生关系时他才能硬起来，如今他和荡妇乔治娜在一起时会阳痿，反倒一想起正派忠贞的妻子就硬起来，例如以前天真的他心目中自己的妻子。

“不过其实她也是个浪荡货，”他说，“就和安娜斯塔西娅等其他人一样。我认识的正派女孩只有黑老乔的女儿——想当初，我想方设法抓住她，把她拖到泥里。要不是我糟践了她，那妞还纯洁着呢。”

乔治娜是不是乔·赫罗尔德的女儿，乔·赫罗尔德和“黑老乔治”是不是同一个人，这都不清楚。同样不清楚的，还有乔治娜的动机多大程度上是她亲口承认，多大程度上是格林的猜测。尽管按他的话说，他高兴自己“开了眼”，看清了新坦慕尼的挂科、女性的挂科，以及自己过去的挂科，但他并不开心，反而变得闷闷不乐，脾气暴躁；他带着戾气的言辞里夹杂着各式俚语，听得半懂不懂的我摇着头。然而他的改变更多是表面上的：他不用肥皂，不穿鞋，他的胡子和吉他，说他是松垮的一代也行，说他是乡下来的也没问题；他从一种幻想中醒来，又执迷于另一种幻想。他脸上的痤疮，之前想着用泥土能治好，现在流脓更加严重；他抽大麻就是为了不去想之前会想的事情。如今他说布雷是彻头彻尾的骗子，竟然将他作为“幼儿园生”通过；他称赞我有着“可靠的松垮一代式的远见”，向他揭示了他之前的无知。他不太乐意，但又带着善意认为列昂尼德和他自己一样，思想有一半错误：说对了新坦慕尼的堕落，说错了尼古拉学院的优越；说对了安娜斯塔西娅的不贞，说错了她的通过；等等。

“荒谬至极性！”列昂尼德嘲笑道，“她就是通过的毕业生！我相信！”之后他又对斯托克挥挥拳头，后者正在透过隔壁牢房的铁栏，无所事事地拿着我的手杖捅克罗克——身躯庞大的克罗克因为吃得过多，肿胀无力地躺在地上，“你又挂掉了，和之前一样！放了安娜斯塔西娅夫人，她该嫁给乔治！我不介意！”

斯托克恢复了原来的神气，说列昂尼德没有自己的思想，当然什么都不介意，不然他早就走出了监狱而非努力要代马克西受刑。至于和他挂掉的妻子离婚——“不是挂掉！”列昂尼德喊道，“是通过性！”

“她要通过就见了鬼了！”格林朝他喊着。

“谁在乎？”马克西叫道，“总而言之，挂科就是通过！”

隔壁的克罗克开始吵闹起来，不知道是因为他们的争论，还是因为看见了我的手杖。他从斯托克的手上抢下它，细细端详，一边舔着手杖，嘴里一边叽里咕噜。我任由他们争吵，听着他们的争辩但不插话，心中比较他们的观点与我的答案，直到我找到了我想要的东西，完成了我想要做的事。从钱包底部——释迦尼安给的玻璃瓶、羊角号、我受损的手表、手电筒、被我咬掉了一部分的任务单下边——我掏出了我签错名字的身份证，又从我囚衣里拿出那瓶 x 同学的万能修正液，这是我从列昂尼德那儿及时夺下来的，里边还有几滴。我倒到身份证上。

“抓紧时间耍嘴皮子吧，”斯托克一副若无其事的样子，对格林和列昂尼德说道，“两个傻子顶一个聪明的。可惜明天不能办了你们全部，就马克西一个。”

列昂尼德脸色一下苍白起来，格林也是。马克西抓着他的胡子，一下子坐到床上。只有克罗克继续对着我叽里咕噜，仿佛看见手杖记起我来。

“你说明天？”格林问道。

斯托克笑着：“下午四点半。”他说尽管马克西没有认罪，但他确认了罪行口供，因此上诉被驳回。现在唯一的办法就是向校长递交申请书，请求减刑为无期徒刑；除非申请书写好（由囚犯自己写）并得到批准——考虑到雷克斯福德最近的情绪，希望渺茫——不然明天黄昏便是马克西的死期。“太阳落山时处决人可太美了，”斯托克说道，“尤其是处死的还是个干瘪的莫伊舍老头。”

“猪狗猴子！”列昂尼德喊道。斯托克骂他在其他动物面前——山羊、猩猩、三头蠢驴——出言不逊。如此的奚落刺激到了尼古拉人，他全身不受控制般颤抖不止，被人搀扶到铺位上。等到列昂尼德不再颤抖，我检查了我的证件，然后对斯托克说：“开门。”

他嬉笑回道：“滚去挂科吧。”

“我就是这么打算的，”我向他保证，“一从这里出去就去挂科。这是我的身份证。”

那神奇的液体完全抹去了证件上的所有名字，除了我用艾拉·赫克托的墨水签下的**乔治**那俩字。但那两个字也被抹到只剩下隐约轮廓，只有我才能辨清。

“我见到你继父，会当面感谢他对我的帮助，”我向列昂尼德保证，“我现在要去完成任务了。”

列昂尼德听了之后非常高兴，一下从铺位上跳了起来，打开牢门，先亲吻了下马克西，接着用双手与彼得·格林握手，恶狠狠地朝斯托克吼着（斯托克没带牢门钥匙），然后向我做了个请走出牢房的手势。“疼爱安娜斯塔西娅夫人！”他朝我喊道，“带她逃去尼古拉学院，养上一群**孩子**！和平降临整个大学！”

但我坚持让斯托克拿钥匙来释放我，这才正式。与此同时，我要列昂尼德进来，重新把门锁上，告诉彼得·格林等一下，我还有事情跟他说。

“没什么区别，”格林说着，也进了牢房，“在我看来，这该死的校园就是座监狱。”

马克西深表同意，但他也觉得：正如对于挂掉的人来说，自由可能就是拘禁，那么对于通过的人来说，拘禁可能便是真正的自由——现在更是这样，因为理解正确的话，挂掉就是通过。

“你想待在这儿，烂在这儿，随你。”斯托克说完就离开了。

“你去拿钥匙！”我在他身后喊着，“我也有建议对你说。”

他只是放了个屁，但我不仅没有沮丧，反而心中有底。他的屁代表着他准备好了听我新的劝告。马克西担心我和格林出不去了，敦促我施展列昂尼德秘诀或让列昂尼德为我开路，我则表示斯托克一定会回来，自觉没必要和马克西说我已经没有了开锁的技能，也没能力再博得警卫的善心，毕竟他们获许可以击杀越狱者。

“我讨厌条子。”格林一边咕哝着，一边摆弄他的吉他，开始哼一首他叫作《格林蓝调》的曲子：

尽管歌曲的情绪自怜且固执，但旋律感人。我拥抱了马克西，向他道别。

“我之前告诉你的都是错的。”我说。

他微微点了点头。“这还用你说？”话中没有讽刺，反倒是确认了两人的共识。他之前提倡兼爱，厌恶仇恨。我之前认为他挂科，恰是因为他心中仍存有仇恨，以及他受苦也要选择虚荣自负。

“第一次教导有错，不用担心，”马克西说，“这是初学者总要经历的。”他抓着自己的睾丸发誓，从今往后会抛弃爱与仇恨独立分开的谬见；取而代之的是，认可上述两种感情；他要尽可能去热爱“爱/仇恨”——更确切地说，“热爱/仇恨”“爱/仇恨”。

“对于赫尔曼·赫尔曼的死你也不要悔恨。”我建议他道。

“谁会悔恨？”

之前我因他心底有着当一次施害者、迫害者的渴望而错误地挂掉了他，现在我敦促他去承认、接纳，甚至去维护他这种渴望。格林和列昂尼德面露疑惑，但马克西表示认可。

“因为通过与挂科，有什么区别？”他夸张地问道，“不过是思想的把戏，就像《释迦尼安经》里说的那样。”

“马克西，你真是通过了！”我叫道，深受触动，“你通晓我的意思。”

“分类什么的，啐！”马克西喊道，“我不仅不悔恨杀了那个刽子手，我还希望是自己亲手扣动扳机！”

彼得·格林和列昂尼德之前还习惯性地在争吵安娜斯塔西娅的品质到底如何，听到马克西的话，列昂尼德就立马跑过来：“您说什么！您没开枪？”

“不是我开的枪。”马克西承认。

我也很惊讶。在我们的一致坚持下，他说出了那晚在奠基者山那片树林里事情的真实经过——虽然我和他都认同有罪与无辜、真与假，和通过与挂科一样，各组之内两者没有区别。他说那晚，那个追上他的尖脸警卫开着摩托明显意图撞他，还掏出手枪，无疑要置他于死地。正当那警卫试图一边开车撞他一边开枪时，车辆在黑暗中失去控制，冲到了路边的壕沟里。

“所以我过去看看他受没受伤，”马克西说，“手枪在泥里，那博尼法希斯主义者的脚被死死压在摩托车跨斗下，拔不出来。我捡起枪，枪应该没生锈——他也不该要枪杀我！——我对他说，告诉我小乔治在哪儿，莫里斯·斯托克挂掉他了吗？”他对我笑着，“我那时真是个蠢货，净扯通过、挂科这一套！”

马克西继续说，看那警卫的行为举止与说话方式，他猜到那人应该是个前博尼法希斯主义者，并进一步推测那人一定是犯下了什么罪，才在暴乱结束后，选择流亡并隐姓埋名，毕竟当暴乱结束后，许多和他一样投降的人之后没多久又重新得势。但是即使那警卫带着西格弗里德口音说“开枪吧，老头儿，你可不是每晚都有机会杀将军教授”时，他也没意识到那人的真实身份。马克西回话说“杀人，**啐**”，尽管他想让那人死，但杀人不是他的所为。

“所以我把他从车下拉出来，让他回家，想着他没我的帮助，应该也活不了多久。这把他激怒了，他说他才不接受莫伊舍老头的怜悯。当初在集中灭绝园，他都不屑用莫伊舍老头来点烟：要么我开枪打死他，要么他把我胡子点了。随后他拿着打火机朝我走来，火光下我看清了他的脸，这分明是刽子手赫尔曼·赫尔曼！”马克西没有开枪，反而陷入深深的绝望之中，这种绝望不仅源自博尼法希斯主义者之前的屠杀，还因为如今大学大导师未立，挂科人猖獗，众生命运堪忧。马克西自觉校园的最后一丝希望被斯托克的花言巧语掐灭，又想到当初如果自己和哈伊姆·舒尔茨等人死在西格弗里德学院，无数的天照人就不会被吞食，他越想越觉得最好的解脱，便是死在那人的手下，死在那曾把奠基者的选民送往毕业认证大门的冷酷双手之下，不论这结局来得有多么迟。

赫尔曼在离他两步远的地方停下，手放在腰间，说道：“莫伊舍人，开枪！”但马克西耸了耸肩，把枪托朝前递了回去，说道：“你自己来。”

“我的意思是，”他告诉我们，“他要是想杀人，**他**应该杀**我**。这是我们莫伊舍人的说话方式……”

彼得·格林敬佩地点点头：“你们莫伊舍人真是绝了，我是说脑子有问题，莫伊舍人和黑人，明白吗？”

要么是马克西临死前的善心搞疯了赫尔曼，要么是西格弗里德人的训练让他无法违背任何人的直接命令。他低声说了一句“**遵命**”，靴子脚后跟一碰，开枪自杀了，子弹精确地穿过头颅。

“美哉！”列昂尼德叫道，跳起了**戈帕克舞**[1]，“乔治把这告诉雷克斯福德，您就不用受柱刑了！”他轻轻抱了抱马克西，“愚蠢呀，您怎么不早说！”

马克西摇摇头。他说当时心情平复之后，他便自觉有罪。即使不是他直接命令赫尔曼·赫尔曼自杀，也间接导致了赫尔曼的死；而且对于莫伊舍屠杀者的死，他不但没有悲伤，反而心满意足到浑身发抖。他把尸体拖到树林，甚至打算毁尸灭迹来完成复仇，但由于赫尔曼的打火机泡在血里，打不出火来，他只得作罢，回到路边沉思，直到第二天我和克罗克赶上他。那时他已经认为自己挂掉了，决定为自己的谋杀罪受难。

他笑道：“随后在探访室，小乔治跟我说了那一通话；而我自从动力室一事，自从见到布雷之后，就不听、不信他了。”尽管如此，我对他有关动机的那番批评还是深植于他的心中，慢慢发酵，在他与列昂尼德的辩论过程中变得越发强烈，到后来，不管是出于正当的动机选择死亡还是自由，都让他感到绝望。

“啊，马克西！”我热切地对他说，“你已经通过了，无论你接受柱刑与否！这个你清楚，是吧？”

他心知肚明：“那么我接受柱刑还是不接受都是虚荣：挂掉我吧！重要的是正确的选择，而非正当的动机。隐德莱希斯**见鬼去**吧！”

“正确的选择也**见鬼去**。”我说完，他就立刻明白了我的意思，之后现用到列昂尼德身上，让我没什么可说的了。

“待在这儿还是离开，你怎么喜欢怎么来，”马克西告诉他，“回到柴门汀斯基身边或转校到新坦慕尼也一样，不用担心自私与否。坚持自己！接纳自己！你该压抑一些东西，克制无私。”

列昂尼德反对，说自己之前已经试过，很受挫，和之前一样没能通过。

“别管通过！”马克西建议道。

---

1. 乌克兰传统舞蹈，舞者表演飞跃、蹲伏和花式旋转等，是节庆时的庆祝舞蹈。

列昂尼德抓着胡子，而我则热烈地认同马克西的话。我将他们最近的困境，比作之前尼古拉人拘押他的牢房，指出这个情况里，门也是开着的，他需要做的无非就是无视理性，大步向前。不就是他给了我通过的钥匙吗？

“这些话，我听不明白！”他说，“但不要紧！我给你开门，去娶安娜斯塔西娅做妻子！”

我说他一定不要轻视自己，应该毫无保留、毫无顾虑地去为自己争取安娜斯塔西娅，一定不要尊重我。因为在我看来，大导师不仅不能结婚，而且由于其身份的排他性，也不能拥有炽烈的爱情，无论通奸与否。如果我过去容许自己去爱（特别是发现我的夫人不是我的妹妹），我在某种程度上就是挂科；假如我以后还这么做，那只会是因为挂科就是通过。无论怎样，所有想得到她的人共同竞争，最好的那位赢得她。我现在已认识到了自己的错误，不会参与其中。

“天哪！”列昂尼德喊道，声音有些沉重，“我不明白！我真是笨，我得好好想想！”

我的困惑也不比他少——特别是我最后几句话，我说的时候才意识到真相。我明白欲望与同志情谊，无论是在羊圈还是大广场，我熟悉友情、尊重以及忠诚，以及羊的发情期。我“爱”海达和雷德费恩的汤姆、奶油头发夫人、管理员马克西、去世的乔·赫罗尔德；我“爱”众生与真理、安娜斯塔西娅可爱的阴部。但我又知道什么男人与女人之间的爱呢？这爱包括但又超过其他感情。我与安娜斯塔西娅的接触——跨斗里的厮磨、悼念会上发生的关系、我之前为她吃的布雷的醋，等等——如今在我看来，很是古怪：这最多就是为人所传唱的爱的前兆，与爱还存在距离。自从挂科让我睁开双眼，我还是不清楚她到底“看中我什么”。**安娜斯塔西娅**——这名字，就像她这个人一样，在我想的时候，越来越陌生，越来越神秘。安娜斯塔西娅究竟面目如何？似乎如今看来，最迷的地方就是她对我一如既往地高度评价、不分青红皂白地乱捧。我挂科之前，觉得这理所当然，但自从挂科之后这个谜却困扰甚至吓到我了。当时她认为布雷是真正的大导师，只是可怜我，为什么她会为了我（但却是违背**我的想法**）与哈罗德·布雷发生关系，或说承诺发生关系？为什么她为了释放我再次做了保证？为什么我否定自己，她仍说相信我？我搞不懂她，一点也搞不懂。我声称大导师（不是说我就是大导师）不能容许自己享受热烈的爱与被爱，无论自己如何真诚地说这些，我总怀疑自己没有爱与被爱的能力。

“她应该找个正常的男人，而非羊孩。”我对马克西说。他一摊手，认同了我的话。

彼得·格林喊了声“呃”，挤了个粉刺。强奸那晚以后，他从反感镜子，变成了诡异地迷恋镜子。整个拘禁期间，他常常盯着他在反光物里的映像，一边咒骂一边做鬼脸。现在他从克罗克那儿搞来了我的手杖，正借着棍端的镜子挤他脸上的脓包，挤一下骂一句：“你没和我一样看透她。（行了吧，你个丑陋的混蛋！）巷子里的事，她不是承认是自找的吗？和我一样挂科！”

他本要和往常一样开始抱怨：说之前大半辈子，他在校园知识方面纯洁得他娘的像个婴儿；他本以为自己优秀，甚至还是个毕业生，有着美满的婚姻，为他的自我教育与事业骄傲，觉得自己的母校是大学里各院的榜样，认为安娜斯塔西娅如花一般，有着少女的贞操——直到我和西尔医生让他睁开眼，看到了真相。正当他开始大倒苦水，马克西向我投来询问的目光，仿佛在问“他也是？”，我点点头，打断了他的抱怨。

“听我说……”我说道，“你**没错**。”

“那他娘的还用说，”他嘟囔着，以为我是赞同他抨击新坦慕尼的宁静暴动政策，“就是无序的学术冒险主义。”

“我是说**你**，”我坚持说，“我之前错了。在你听我的建议之前，你没错。”

“到底搞什么鬼？”马克西笑着说道，“就像你之前常说的，啥都无所谓。”

格林满腹狐疑地看着我们，但脸上一副悲伤的表情，仿佛怕我们在故意取笑他，因此只顾说他不堪大用。我从他手中拿回手杖，诚恳地建议他不要再看镜子了。

“反正也看不清楚，”他说，“都化脓了。”

列昂尼德友好地咕哝了句：“你的脸跟上了岁数的妓女的屁股一样。”

“爱说啥说啥，”格林难过地任由别人说，“我知道我挂了。”

我说我相信他没有挂掉——或者在我挂掉他之前，他没有。我想要告诉他的是，我就布雷的认证做了错误的解读，弄错了他的，也弄错了别人的。以挪士·以诺说过**成为幼儿园生**。之前我觉得格林在其多愁善感的假象之下，仍有诸多的奸诈、罪恶，以及堕落，因而挂掉了他。现在我该如何告诉他，他比以前还要盲目——或者同样盲目，但更加该挂？与其欺骗他相信万物虚无，不如骗他信万物皆有义！我确信萨莉·安给他戴了几次绿帽子，但我肯定她不是“荡妇”。按我大量的阅读与少量的观察看，新坦慕尼既不是十全十美的毕业学院，也不是一无是处的挂科学院；它在过去与现在，都有许多让人皱眉的地方——也都有让人骄傲的地方：一些艾拉·赫克托，一些雷克斯福德，许多彼得·格林，或好或坏。我觉得他比之前更加离谱：他并非“完美”，更非“全错”。过去他犯了错，至少性格慷慨、欢乐、积极，整体来说讨喜，然而现在……

但没时间分析了，而且我也不觉得这能打动他。不远处，斯托克嘲讽的口哨声以及钥匙的叮当声传来，声音越来越近。因此，我重复了布雷的引用——**幼儿园生为通过**——并表示除了多愁善感的人以外，恐怕别人都觉得幼儿园生既不纯真也不质朴，只是坦诚罢了，就像格林之前那样，他现在也是，未来肯定也会一如既往。

马克西眼珠一翻：“你说得对。”

格林眯着眼睛：“乔治，你拿我开涮吧。种瓜得瓜，我罪有应得。”

我向他保证自己是真心实意的，尽管我确实为了论证自己的观点说了个小谎。我问他，他难道不知道，在他克服镜子障碍之前他的粉刺就已经好了吗？“你看到你的痘，就开始一直挤，”——这算是真的——“你越挤痘就越多。而且它们没你想的那么糟，你把镜子上的污点当成脸上的痘了。”

我这段令人不太舒服的话说到他心里去了。他要擦一下西尔给的镜子，数数污点有多少。但我坚持让他不要再管镜子，不要再想肯纳德·西尔了，如果那不幸的人能逃过一劫的话。

“我不明白，”格林有异议，“你之前告诉我……”

“忘记我之前说的。我之前错了。”当时我脑子里有两个假论据，我选了其中一个，很高兴格林自己把另一个也提了出来。

“假如一个人近视，”我说，“那么他看离自己两米的东西，就要比他看离自己一米的东西模糊两倍，是吧？”我没等他回答，就赶快继续往下说，“所以他学会了考虑里边的误差，这样他就没问题。现在他看着离自己一米远的镜子，他用头脑或眼镜，以一米的标准来修正图像，他觉得自己看得清楚——但实际上并不是，因为他看到的图像离他有两米远，镜像与本人各离镜子一米……”

马克西闭着眼，直到列昂尼德发出不同意的声音，随后他就与列昂尼德小声讨论。格林皱着眉头。斯托克在离我们关押地几间牢房远的地方停下，收受着不知羞耻的女囚给的好处，他刚刚当着女囚的面晃了晃钥匙环。为了不让斯托克听见，我一刻不停地继续说着自己论证中最有问题的一段。

“所以如果他离镜子二十米，看到的镜像就是失真了四十倍的镜像。他根本就认不出来！在生活面前竖一面镜子，你看到的，失真了两倍。”

“四倍，”马克西纠正道，语气十分严肃，“因为镜像还是左右相反的。”

“我讨厌这！”列昂尼德说道，尽管他瞪着的眼表明，他讨厌的是我对格林的欺骗，以及所谓的镜像失真，但他还是友好地摇了摇格林的肩膀，“你看错自己了！我希望你好起来！”

格林歪着头，一副感动的样子：“我不晓得。我发誓……我之前跟你们说过的游乐园旁那扇该死的窗户——你们知道之前我在这牢里时，想到了什么？”他看着我们，一个一个看过去，“我觉得那都不是什么窗户，就他娘的是一面镜子！”马克西假装吃惊。

“是**我**朝萨莉·安说了下流话！”格林苦涩地说，“我朝自己扔了石头，我还以为自己砸的是偷窥汤姆！”

列昂尼德装出一副震惊的样子：“彼得·格林，不可能性！”

“就是这样！”格林笑道，整个人有了活力，这是自从他强奸入狱以来，状态最好的一次，“那么远，鬼也认不出他们的镜像，都失真了！”

“还是晚上。”我提醒他——看到他那么轻而易举地上钩，并且深信不疑，我长舒一口气，但也着实吓到了。

“而且是游乐园的镜子，”马克西补充道，“就是**专门的**哈哈镜。”

对此格林也不加判断，不理会话中的言外之意：“我本来一开始就是对的！”

“是，”我顺着他话说，“都是我误导了你。”

列昂尼德拍了拍他的背：“这就对了性[1]！放下仇恨！别恨安娜斯塔西娅了！”

斯托克终于到了我们门口，站在铁栏外幸灾乐祸地笑着——我猜他在等我求他开门，他好拒绝。但我听到列昂尼德提到了我的夫人，自觉有机会来完成对彼得·格林的重新教导，后者欣慰的泪水已在眼里打转；而且我打赌爱嘲弄别人的斯托克会助我一臂之力。

“你没觉得，”我对格林说，“安娜斯塔西娅撤销控诉就是因为爱你吗？她清楚你对她很爱慕，清楚你透过单面镜，看到西尔医生办公室里发生的事情——或者说你**以为**你看到的事情——会很伤心……”

格林用力地眨眨眼：“南无三宝啊，乔治！你不是真要两条腿站在这儿说教我……”

斯托克觉得看透了眼前的一切，开心地加入了我们的对话：“你不是真以为自己扑倒的是**斯泰茜**吧？格林，我妻子是个处女！”

“搞什么鬼，”格林生硬地说，“你们骗不了我。”

“真的，我发誓！”斯托克叫道，之后假装低语，“我出生的时候就没有蛋，明白吗？斯泰茜又不喜欢假鸡巴。来，我给你看看。”他似乎准备脱裤子给我们检查。到底是真是假，我并不清楚。格林表现出一副既不相信又恶心的表情，同时又希望这是真的。

---

1. Okayship

“我弄过她之后！”他说，“你可就不能说她还是个处女了！”

他的语气表明，尽管他之前对安娜斯塔西娅的性经历有所见闻，他还是心存那晚之前，安娜斯塔西娅未经人事这一荒诞的想法。我想给他指出，是他那晚在巷子里夺去了安娜斯塔西娅的贞洁。但我犹豫了，因为我不确定这样说，会让他高兴还是会给他再增愧疚。无论以上哪种情形，他都要对安娜斯塔西娅负责，而这样，我认为可能不利于他和萨莉·安的婚姻，而我的目标不过是让他重新尊重安娜斯塔西娅，尊重自己，重新珍重所有他之前珍重的东西。我还在思考，斯托克就帮我解决了，他一心就是要找乐子。

“虽然乔治娜跟我说了你一些事，”他说，“但我知道你就是头饥渴的骡子。可是如果你真觉得巷子里的是斯泰茜，那你真是有眼无珠。”

“那当时是谁？”格林生气了，“那个在法庭上承认是自己错了的又是谁？他双胞胎姊妹？”

斯托克笑道：“对呀！之前，乔治不就以为自己和斯泰茜是双胞胎吗？她确实是双胞胎之一，当时艾拉在未婚女学生产科医院收养了她，不过收养的是姊妹双胞胎……”

格林捂住耳朵：“拉倒吧你们！”但斯托克更来劲了，继续说道，尽管安娜斯塔西娅和她胞妹样子相似，像同一个人的左眼与右眼，但他们性情截然不同，这常常让安娜斯塔西娅觉得难堪。安娜斯塔西娅不仅贞洁，而且极为冷淡——透过她在法庭以及探望室表现出的行为，格林一定看得出来——而她的胞妹，从小就养在孤儿院，很早就学坏了，是个不折不扣的放荡女子。

“奠基者在上，我的话千真万确，”他笑着发誓道，“那个蕾茜真是火辣——我们叫她蕾茜，因为她会穿黑色蕾丝内裤——”

“当时她没穿内裤！”格林叫道——语气既得意又苦恼，尽管他不屑斯托克的说法，他还是挤眉弄眼，认认真真地听着。

“她自然没穿。”斯托克回道。一旁的列昂尼德、马克西和我目瞪口呆，看着他临时编了个以假乱真的故事。他说，“蕾茜”主要是因为憎恶她命好的胞姐，才放荡滥交，搞得臭名昭著，而后者由于蕾茜冒着她的名来滥交，也落下了不好的名声。但他估计——他朝我递了个眼色，让我给他帮腔——那不幸女孩的动机很复杂：在他看来“蕾茜”的放荡，恰恰证实了安娜斯塔西娅的贞洁，他纳闷（当然，假装纳闷）“蕾茜”是不是并非故意要挂掉自己——而是出于对她胞姐无望的爱，或者为了树立反面典型。

我狠狠盯着斯托克：“有趣的观点。就像挂科院长，是不是这意思？”

“穿着黑色内裤的挂科院长！”斯托克笑道，“有时为了让斯泰茜看起来更加挂科，还会什么也不穿。”

“荒唐可笑性！”列昂尼德喊道，他听不下去了，“够了！”

但斯托克仍劲头如前，表示他妻子尽管声明自己鄙视“蕾茜”的不端行为，却还是经常代她受过——不清楚此举是因为姊妹爱，还是因为自己童年过得比妹妹舒服而心生的内疚，还是由于一些变态的忌妒；斯托克自己不敢肯定，尽管他倾向于第三种假设。

“通过她吧！”列昂尼德叫道，说话时他已泪流满面，语气中带着同情，“安娜斯塔西娅夫人，一直都在替人受责！乔治，我爱她！”

我点头同意。他朝斯托克晃着他斗大的拳头。“猪狗！骗子！”他也指责我和马克西占格林“头脑愚笨性”的便宜，并表示，在我们跟他蓝眼朋友格林说的所有话中，只有安娜斯塔西娅法庭上的行为那段是真的，“什么镜子、处女、蕾茜内裤——呸！别再说什么姐姐妹妹性！”

格林揪着他橘黄色的胡子：“我不知道，我不怎么相信那什么镜子，一面，双面——当时老校长公馆后面，挺黑的……”

列昂尼德抓住他的衬衫前襟：“彼得·格林，不要相信！**我**做过！那个什么词来着？我自己……**我**爱过安娜斯塔西娅夫人！没蕾茜内裤！”

格林一时说不出话来，从列昂尼德手上挣开：“**去死**！你说话小心点，亚历山德罗夫！”

但列昂尼德情绪激动，指了指自己的裤裆，清楚地说：“我自己**操过**安娜斯塔西娅！她通过性！我挂科性！”

格林叫了一声，朝他扑过来，两人扭打到了地上。列昂尼德骂格林是瞎眼的蠢货，格林骂列昂尼德是独眼的骗子，脸上写着说谎。生怕两人受新教导影响过深，打过头了，马克西和我试图拉开他俩，但没有用；虽然格林最近胖了，懒散了，但还是很壮，和列昂尼德不相上下。等到斯托克打开牢门，满不在乎地在他俩的头旁开了一枪时，两人都在各自用手指抠着对方好的那只眼睛。

“垃圾学生会主义者！”我们拉开他俩时，格林嘴里念念有词，“对新坦慕尼最可人的女孩编造下流的谎话！”

“哦[1]。”马克西说道。

“另一只眼也戳了吧！”列昂尼德讥讽道，“反正都看不见！”

“你才是瞎了，”格林反唇相讥，“分不清处女和死挂的浪货！”

他们还要再打，但斯托克和我站在中间，把格林推到了牢房外的过道上。斯托克跟他们说，他并不在意哪个笨蛋打死了哪个，只是觉得这么好的戏，观众太少，可惜了。“是时候在动力室再开个聚会了，”他说，“你俩就给我们表演抠眼。赢的得斯泰茜，输的得蕾茜。”

“他反正也分不出来！”格林说道，“真想他娘的把我的眼球给他，好让他看看自己有多瞎！”

列昂尼德在牢房里怒视着他：“要不是怕乔治说我和艾拉·赫克托一样自私，我也要把我眼球给你。”

“你爱说什么说什么！”格林喊道，“总之艾拉不是个不信奠基者的学生会主义者。不管咋说，艾拉没问题！”

“和你一样啊？”

“说到底，我可不在乎！”

“再见了，乔治，”马克西打断道，我才注意牢门锁上了，里边就剩下他和列昂尼德，“奠基者保佑，这次你会通过一切，不挂掉任何。”

我紧紧拉住他那给我递进钱包和手杖的手，督促他记住，通过与挂科密不可分，皆为虚无，告诫他在柱刑和自由二选一时，不用考虑动机的纯

---

1. 原文为Oy，是意第绪语感叹词，表达失落、震惊、失望或担心等的情绪。

洁性。列昂尼德脾气来得快，去得也快，我和他也握了握手，重复了一遍建议。

“不明白，”他叹了口气，“但我会问施皮尔曼博士的。羊孩，祝你好运！”

斯托克装出惊讶的样子：“乔治，你觉得你要去哪儿？”

我笑着说：“别的先不提，我要去你校长兄弟那儿，告诉他如何通过。你会载我去光明府吗？”

斯托克头往后一甩，和上个学期一样对我大声嘲笑，但他的笑声可能由于监狱里铁质材料的传音效果，十分刺耳。他大步离开，没有要重新把我关起来的意思，格林则拖着脚跟在后面。我祝愿马克西和列昂尼德能情绪稳定。要求他们尽力控制克罗克的食欲，要么教育他，要么直接截住他的食物。我清楚自己的错误，挂掉他身上“艾尔科普夫”式的东西以及挂掉艾尔科普夫身上“克罗克”式的东西，都是行不通的——就好像无缝结合的大学能知道两者的区别一样！——因此如果他能受教的话，我会教他去接纳，并且坚定我之前所让他压抑的东西。

“好，嗯，”马克西干巴巴地说道，“我想想。我还有一整天时间。”

3. 定钟时

“要我关他禁闭，只给他吃面包喝水吗？”斯托克半路又折回来，一脸假笑地听我说话。我向我的狱友挥手再见，从他面前经过，走向等候着的彼得·格林，后者就站在过道尽头，那儿门开着。

“这点子不错，”我转过头来说，“但你不应该这么做。”他赶上我时，我满不在乎地继续说，他应该去阻挠我对克罗克的计划而非帮助它们，就像他该拒绝校长等会儿（我希望）会给他的拥抱一样。

“你不需要特赦，”斯托克说道，“你是和西尔夫人一样，需要拘束衣！”

我笑道：“事实上，你甚至都不该载我去光明府。格林可以载我去。总之，如果你听了我的建议，你兄弟会来找你的。”

格林承认，我帮他卸下了思想的包袱，当我的司机是他的荣幸；但他恳求先去找一趟安娜斯塔西娅，就自己弄混了她和她放荡的胞妹一事道歉。至于乔治娜——

“乔治娜那个鸡奸的家伙！”斯托克不耐烦地说。

格林从他裤兜里掏出一片药，一脸庄重地吞了下去。他回道，自己高兴于没有堕落到有悖人伦的境地，抵挡住了黑老乔那放荡女儿的性挑逗，因为他清楚，在《新大纲》或《旧大纲》的某个地方，写着白人与黑人属于不同班级。在我们看来，如果他良心有愧，他还能看着萨莉·安的眼睛，想着重归于好吗？或者还能在下次青少年以诺主义者野餐时，朝学院旗敬礼吗？确实，他和其他人不一样，自己就把自己搞得一团糟，但——

斯托克朝天上开了一枪（我们正走在运动健身的院子里，天色微明），保证说如果格林不立马闭嘴，赶快消失，他就让他脑袋开花。当格林往监狱大门方向蛇形冲刺时，他提醒我，他既不像基南德那样全瞎，也不像我的前狱友那样半瞎又半吊子；我玩什么把戏，他门儿清，而他没心思配合我。

我一边用囚衣的袖子擦净我手杖上的镜子，一边假装在隐藏笑意：“你是说像三月那次，我跟你扮演挂科院长吗？这把戏成功**一次**我都不敢想，还两次。”我以为他是在说，我像挂科院长那样，为了引诱他载我去大广场，表面上建议他不要当我的司机；毕竟听我的教导很可能会让他通过，而我清楚他希望挂科。事实上，我可没想这么多；但他提了，我就决定假装自己之前“教导”时也做了类似的事（也就是反过来）——我确实也做了，但绝不是图什么才这么做的。

警卫为我们开了门，这是我不知道多久以来第一次踏出监狱，心中喜不自禁。格林从一排停着的摩托中开出一辆，上了路。尽管灯光微弱，我看不清路标，但我觉得方向反了。

斯托克眯着眼：“你是想告诉我，你之前耍了我，以为这样我就会以为你实际上没有，”他一字一顿地说着，“但你其实只是在让自己出丑。”

“是吗？”

“我一直都清楚通过与挂科并非相对——我不是跟你说过，通过就是挂科吗？——但我也清楚，你知道我会引你挂科，所以我告诉你它们相同，你就会以为我觉得它们不同，然后自己也会觉得它们不同。不然，你觉得我为什么会假装听你的建议？”

“我知道你为什么会听，”我笑着说，希望借反转再反转占得先机，“当我告诉你**挂科就是通过**时，你不知道是因为并非如此，我想让你相信它，还是确实如此，我想让你不相信它。”

斯托克也笑了——在我看来，有些勉强——淡然地继续说：“或许确实如此，你想让我相信？或许并非如此，你想让我不相信……”

我流汗了，他立刻乘胜追击：“羊孩，别忘了：不论你信哪一个，可能都是因为我给你设了套，你才信。”

我一脸严肃地反驳道：“如果真是这样，那出丑的可能就是你。”但我说**这话**时底气不足，只能希望他觉得我是故意装的。

“你总是在假定我不想让自己出丑。”他嘲笑说。要不是我脑中突然闪过下面的话，我当时就会完全失去对形势的控制：如果挂科与通过真的像我认为的那样，没有区别，那么我是否真这么认为就不重要了。这句话如同冷风一般，透彻全身。我之前太天真了！与其采取主动智胜斯托克，这次——比如我就回一句“对”——我决心通过不争来智胜他。我停在车列的第一辆摩托车边，没有表情，没有情绪，说了句：“送我去大广场。”

他短暂地犹豫了——我趁他犹豫，想了想要是发生冲突，我的优势与弱势——之后跨上车，点火……他竟然出发了，面无表情，一声不吭！坐在他身后的我，身上冷汗直冒，只能寄希望于他的坦诚。

“你把我搞糊涂了，我浑身冒汗！”车子启动时，我叫道。他一言不发。没几秒，我就闻到了除我身上之外的汗味。

气温寒冷，光秃秃的校园一片棕色；由于少了羊毛，我冻得瑟瑟发抖。我本以为是傍晚，但车开了一路，天色渐渐变亮：这是冬天的清晨，除非马克西叛逃，否则他只剩下三十六个小时可活。我是在总拘留所待了三个季节，还是三年又三季？接下来的一个小时，一路无话，车辆穿过了休耕的实验田耕地、门窗紧闭的住宅区。视线所及没有几个人。我根本没心思考虑正事，满脑子都在想自己是在去大广场的路上，还是被他故意带偏了，直到一个熟悉的场面映入眼帘，惊到了我：在一棵光秃秃的大榆树下，坐着现世释咖尼安。他全然不觉这清晨的寒气，就坐在那儿，仿佛自从我挂科的那天起，就没有动过。几棵树的距离之外，一个坐在长凳的黑毛男子，对着一群男学生，时而蜷缩，时而向他们挥舞瘦柴般的拳头。他面前的这群人，身披羊毛外衣围着他，用绑着标语牌的手杖抽打他。

我拍了拍斯托克的后背：“在这儿停一下，行吗？”

他不停，直到我指责他因为误信我的大导师身份，想用错误的方式挂掉我——“仿佛你错了一样！”怕我的话没效果，我又笑着加了一句。他慢了下来，可能是在思考，但我跳下车之后，他就熄了火等待，阴沉的脸上，肌肉抽搐。

“救命！”艾拉·赫克托大声呼救。但我只是径直走向现世释咖尼安，在他面前跟他一样蹲坐下来，掏出被我咬掉了一部分的任务单。

“抢劫了！”艾拉叫道。

“打扰您了，大师，”我对现世释咖尼安说道，“谢谢您几个学期之前给我的隐形墨水，还有我就之前曾批评您，向您道歉。”

他的表情没有变化，不知道他到底有没有听见我的话。要不是他的笑容，再加上我自己认识加深，不同往日，我都觉得他已经死了。

“羊孩，帮帮我！”艾拉尖叫道。

“我知道这听起来有些愚蠢，”我继续说，“但我之前确实认为自己是大导师！而且之前，我理解不了为什么您不去救我的朋友乔・赫罗尔德——就是在乔治峡谷掉下水的那位；为什么在克罗克侵犯安娜斯塔西娅时，您袖手旁观；为什么松垮的一代骚扰艾拉・赫克托时，您也不管不问。我还以为您和钟楼里的艾尔科普夫博士一样行动不便呢。我之前就是这么幼稚！”

现世释咖尼安纹丝不动，甚至在我靠近他，跟他说我现在理解了他的行为，还有自己已经放弃了大导师的身份之后，他都没有任何表情上的变化。既然通过与挂科相同，只有被蒙骗的人才认为两者不同，那么救下落水的男人、被蹂躏的女人又有何用呢？仿佛通过就能接近真理一样！不再摸索，坐在榆树之下，思考那不可说的答案——我认为这就是通往毕业认证大门之道，唯一的道，我打定主意，挂掉 WESCAC 后，我便追随他的脚步。

“大师，这就是为什么我来找您的原因，”我说，“我觉得布雷可能是大导师，但我清楚您才是。如果您不介意，我想向您核对一下我的任务。我觉得我已经找到之前失败的原因了……”

他没说话，我就当他默认了。身后响起一阵跑步声和艾拉・赫克托无力的咒骂。“得到了吗？”一名学生叫道；另一个喊拿到了：“太阳出来就是十二月二十号，星期六的早上七点！”

“假的！”艾拉叫道，“斯托克，逮捕他们！”

“哎，条子！”回答的那个学生提醒大家，显然他是第一次见斯托克，“我们赶快躺下！”其他人指责他用武力逼取信息，这并非是因为抢劫违法——每个人都知道法律的设立就是为了保护特权阶层——而是因为使用武力与他们团体的原则相悖。“那么我是学生会主义的卧底咯，”那人笑道，

"我们是不是得到了我们想要的，是吧？"他警告斯托克不要碰他，不然他就要大叫警察暴虐残忍了。

"死挂的东西！"斯托克吼道，明显他还在想着我和他的辩论，"等哪天我碰你，可有你好叫的。"

一些学生开始争论，他们中是否有人有暴力行为，会违反非暴力原则；另一些争论，是不是非暴力作为一种手段成了目的，因此有悖于其自身的前提，即不能为目的而不择手段。他们的讨论激烈但和平，最终没有共识达成。

"嘿，看，"有人打断讨论，叫道，"'贾尔斯'！我们到那边躺着，问问他。"

我之前的受绞和关押，似乎非但没有动摇他们对我的信念，反而让他们对我更加深信不疑。事实上（我看到他们围着现世释咖尼安所在的榆树，一个个都倒在地上），我和现世释咖尼安一样，都是他们的英雄——看他们的装束，我可能更得人心。他们之前就有胡子，而现在他们更是都脚蹬和我一样的凉鞋，穿着羊毛大衣——诚然是羊皮，而且被裁剪得太短必须搭配裤子穿，但也算是他们最接近我安哥拉山羊袍的服饰了。而且，他们倚靠着他们的手杖，就像倚靠着牧羊用的曲柄杖一样，他们还把标语牌绑在手杖上。标语牌是空白的。

他们崇敬但又热情地向我问候。他们想知道，是不是管理层发觉自己错了，特赦了我？他们以我受刑为灵感，创作了大量的民歌和自由体诗歌，但却遭到了上层以内容淫秽为由进行的打压，这些我都知道吗？他们为我发动了"睡抗"，却被右翼媒体错误地诽谤为"滥交"，尽管唯一的私通是一对新博尼法希斯**破坏者**一手导演的，这我清楚吗？他们目前的信条是**白纸主义**，旨在摆脱一切，这个我认可吗？

"对**我**来说并非如此，"他们中的一个人提出异议，"在我看来，**白纸主义**是对于虚无的反抗。"

很多他的同班同学都觉得他的观点与众不同，因此热烈鼓掌。不过，其中一个聪明人表示，"虚无"恰是释咖尼安派所提倡的。一个更聪明的表示，既然虚无等同于万物，摆脱一切指的就是绝对自由，因此，对于信条的两种理解并不互相排斥。

“综摄论者。”底下有人嘀咕道。

“注意，”我诚恳地说道，他们立刻不作声了，“我非常感激你们对我的高度评价，尽管你们错了。我不是什么大导师，我之前没有完成任务，因为我是按照 WESCAC 的想法来看待 WESCAC。这就是为什么我想过来咨询现世释咖尼安的原因，如果你们允许我单独……”

他们后退了一些，但仍恳请我允许他们聆听我和现世释咖尼安的对话。看到他们很多人都可爱讨喜，又对我赞不绝口，我都没办法拒绝他们。我惊讶地发现，他们对我否认大导师身份一事，丝毫不在意；当然我否认了；他们小声说，大导师同其他事物一样都是概念；如果不否认它，我就成不了大导师！我对 WESCAC 的批评不就说明这一点了吗？他们还暗指米洛与母牛索菲的寓言：想要通过，必须先挂掉主考官……

上次见面，我就深觉他们头脑敏锐；的确，现在想想他们当时的一些话，算是预见了我当下的处境。他们之前对一些事情的理解比我深刻——不过现在可能不如我——他们就我的话所做的评论，总能增进我的理解——以至于我听了他们的评论而理解加深后，反过来会觉得这些评论有些欠火候。

“大师，在我看来，”我对现世释咖尼安说道，“WESCAC 的确才是挂科院长，就和我小时候曾经认为的一样……”

“我说什么来着？”一个人得意地小声说，“**关注问题条件！**”没等他的同学叫他别出声，他就继续说道，“但它不是只适用于 WESCAC 那套老的操纵分析与逻辑推理系统（MALI）吗？计算机非概念思考和直觉性整合（NOCTIS）怎么会是区分的象征？”他的话让我慌了（毕竟我也想到了之前他引用的那句口号）。我自己也没有考虑过。所幸，另一个学生嘘道：“那 MALI 和 NOCTIS 是什么？也只是一组任意的分类罢了！”

那刺头没话说了，我也舒了口气。“他会重新解读他任务的意思。”那人自信地说。我确实打算，在现世释咖尼安的帮助下，来这么做。

“上面说**定钟时**，”我开始说，“之前，我以为定的意思是‘修理’，但艾尔科普夫博士的工具似乎完全卡住了钟，所以我觉得我错了。那是什么意思呢？”

我的钦佩者们控制不住自己，又开始争论起来，多亏现世释咖尼安一声不吭，我能听到他们在说些什么。他们认为我春季学期的惨败是故意的，是为了教育他人而树立的反面典型；我从一开始就知道定是“固定”的意思，比如，对于不囿于常规的人来说——我故意修钟失败不就成功了吗？我大为吃惊。而且他们向对方指出，通过固定住擒纵装置，我就能在“没有时间”的情况下，完成我的任务，隐喻的含义清楚了！

“但如果不用说，他就**知道**了，”那刺头问道，“那他为什么在问现世释咖尼安？”

“因为**就是**不用说！”另一个回道，“你没听见释咖尼安回答吧，是吧？”

我高兴地继续说：“**终界端**，我之前觉得这指的是，更加清楚地区分输电线，现在看起来明显错了，是吗？WESCAC 是不是意指其他的界限？”

我竖着耳朵听到身后说了“……**任意**”这个词，但足够了。我问现世释咖尼安（“修辞学上说，哥们儿，”他们说道，“修辞学上说！”）：“是说东西校园的界限是任意的、人为划定的，应该否定吗？我们应该废除输电线？”

瘫软的他们用尽全力鼓掌，赞同我的提议。我深受鼓舞，问他们是否明白，不管现世释咖尼安回答是或不是，他都确认了界限的现实，因此便是个错误答案。几个人点点头，立刻受到脑袋灵光的同学的指责，后者气冲冲说道：“别回答！”我镇定地笑了笑，不再说什么。

如此，在现世释咖尼安的帮助下，我重新审视了我的整个任务。**克病弱**，我们认为，指的是认同我的跛脚与羊性——这任务合我心意！**看透你的夫人**有些困难，因为学生们对我和安娜斯塔西娅的关系一无所知；不过他们嘀咕的“修正主义心理”以及“正常双性恋”，虽然我听得云里雾里，但却让我想到了西尔医生以及他的荧光镜癖好。我真的该把安娜斯塔西娅变透明吗？我说，无论怎样，“我去问问西尔医生”，他们会心一笑。理论上，第五项任务也是个问题：Re-place[1]，由于奇怪的连字符，在我看来仍表示“将《奠基者卷轴》归位”，而并非学生所想的，“用更好的东西代替它”——尽管“归位”显然指的是其**本源**，而非它在图书馆书架的位置。但是，通过将**本源**解读为众生的思想与身体，即卷轴教义的来源所在，而非发现卷轴的莫伊舍沙穴，我想到了一个学生与我自己都满意的解释：我提到东校园的关于“食用真理”的饭前祷告，问现世释咖尼安，我是不是该把奠基者的箴言吃下去！

有人小声说：“‘……不单靠食物’！”另外一个道：“来为新事物让路！”第三个问：“是食用而非吞食，是吗？”我没有回答。

另一方面，第六项与第七项任务表意明确：**过终考**，只能是指绕过WESCAC；而非如学生（在他们眼中，WESCAC象征着大学中他们所反对的一切）所主张的那样，去**摧毁**它，但肯定得通过否定其权威来挫败或规避它。就该如此，最后一项任务同第一项任务都已达成：我自己就是我的主考官；我没有父亲，我的证件只交给我，不交给任何其他人。我大声读出我的第七项任务，问现世释咖尼安：“我的证件需要什么签字？‘权威’又有哪些？”他的沉默便是我的答案。

我和学生道别，后者感谢我对他们的教导，希望我不要以个别的非非暴力成员的行为，来评判他们的整体如何；他们需要从“广场老人”那儿获取时间，来安排总拘留所抗议游行，为我和马克西伸张正义。

“我不是抗议这个，”其中一人说，“我抗议的是星期六早上有课和开卷规定。”

一些人称赞他步调不一，表示无论抗议什么都可以打着**白纸主义**的旗号来进行。其他人反对这样的不加区别，但多数人则是不想被认为自己支持区分；仍有一些人声称，否认区别是松垮主义的第一原则（也是最后原则，因为万物归一）。我任由他们争吵。他们里有人抗议，有人抗议抗议，还有少

1. 即“归位”。

数人辩说抗议抗议要么是认可**白纸主义**，从而（按照松垮主义的悖论）否认它，要么是否认它，从而认可它——或许换句话说，否认它……

凳子上，斯托克无精打采地坐在艾拉·赫克托旁边。他无视那老头的责骂，看着我朝他走来，一脸鄙夷地对着我笑。

“你应该保护我的私人信息权！”艾拉痛斥他，“不然我上税是为了什么？”

“你这辈子就从没上过税，”斯托克说话时都不屑看他，“你断了他们的奖学金，还指着他们**感谢**你？”

艾拉把头往他大衣的领子里一缩，反驳说自己不觉得他们的评价属实，而他比新坦慕尼任何人都有资格享受不受打劫的保护，就因为他停止了对之前税务冲销项目的资助，包括爱哲基金会以及未婚女学生产科医院，现在他交着校园里最高的税。实际上，他称（他怒视着我，眼珠子如同豆子蹦出豆荚般要飞出来了）管理层现在所做的，无异于杀鸡取卵，自食恶果；因为我的馊建议，他快破产了，如果警察再不帮他，日复一日的抢劫和版权侵犯用不了多久就会搞疯他，而这些警察还是他之前用他的受监护人安娜斯塔西娅以及他的高额税款买通打点过的。

“你自己买保镖去，”斯托克说道，“你买得起。”

“羊孩，你为什么不帮我？”他逼问道。

“**自己帮自己**，”我说，“这就是你的认证上写的。”

他从大衣袖口伸出他瘦骨嶙峋的拳头，朝我挥了挥，指责我九个月前给了他错误的建议。我提醒他，他都没花钱请我这个导师，就不要抱怨我的教导了。

“但我给你的建议毕竟本是好的，”我笑着说道，“我之前告诉你，财富是死挂的，最通过的事情不过是挂掉自己帮其他人通过——”

“别相信他，”斯托克用手遮着嘴说，“他跟我说了同样的话。”

“我不信他，”艾拉气冲冲地说，“你真该听听当时他跟我说那些胡话！但我也不信你！我听我自己的，先生！”

“我的意思是，”我插嘴道，“自私挂科，但将财富据为己有实际上是**无**

私的……”

“屁话！”

“所以现在看，”我同意说，“我觉得你该自私，因为挂科就是通过。”

艾拉伸出脖子，闭上他那没有眼睫毛的眼皮：“你说话和那些蠢松垮一代一个德性。”

“就是如此。现在问题就在于，哪个是自私，吝啬鬼还是慈善家？斯托克，带我去光明府。”

“挂死你。”斯托克咒骂道，口气和缓。但当我向他就载我去光明府表示感谢时，他冷笑一声朝着摩托车走去。

“那，是哪一个？”艾拉问道，“虽说我不会相信你。”

“请放开我的袖子，”我说道，“我做大导师可不是为了延年益寿。”

“你根本教不了人！”他生气地对我说，“你就不是大导师！”

我们达成交易，我用馊建议换他不准的时间。

“贪婪，”我建议他，“把你的全部都捐给爱哲基金会和新坦慕尼产房！之后你将一无所有，并以别人为代价来通过自己。这是最堕落的事情，你要明白，挂科就是通过。当那些松垮的一代再来，不要只告诉他们时间，他们想要什么给什么。把你背上的衬衫都给他们。”

艾拉看着我的影子，狡猾地觑着我：“现在正好八点了。”

但是，当我上了摩托，斯托克发动了引擎，他又把头缩在衣领里嘎嘎笑：“羊孩，我可以把你的烂建议翻个个儿，但你却不能把时间翻过来！我又赢了你！”

但我只是笑笑——我一点也不担心他，就像我不忧虑斯托克一样。因为事实上，我完全不知道将我的建议掉个个儿，是会挂掉他从而通过他，还是相反；我也不清楚是否无论哪种情况，他都会通过或挂掉。倒是我觉得，他为了误导我，给了我**正确的**时间，因为从我听学生说七点了到现在，似乎确实过了一个小时。但如果他也骗了那帮骚扰他的学生，我也没什么损失。因为艾拉·赫克托急需大导师教导，而我用不着时间。让他在后边喊吧（确实喊了），“比你想得要晚！”，我都不在乎时间了，晚又如何？

那宏伟的广场映入眼帘。塔楼大厅矗立其中，如同会议桌上的主席般地位庄严，左右两边辅立着光明府和老校长公馆。路上有了车流；我看了看大钟和自己的手表：两个都不转了。从钟楼飞出的一群乌鸫让我想起了埃布利·艾尔科普夫。我又拍了拍司机的肩膀。

“埃布利·艾尔科普夫怎么样？你觉得他还在钟楼吗？”

斯托克摇摇头：“我让他在动力室外边摆摊卖汉堡。他随便吃，玛奇给他帮忙。”

我看出他在讽刺。“我要去看看他，之后我再去拜访校长，”我说，“但之后我还需要有人送我去医院。你是想和你兄弟在光明府吃午饭，还是邀请他到发电厂吃晚餐？”

斯托克轻蔑地哼了一声，加大了油门；我跳下车，差一点没站稳。塔楼大厅前的空地上，报童叫卖着早报，吆喝着：马克西定在明天日落时受刑；输电线情况不断，形势危急；x 同学抵达大广场，似要断绝东西校园全部外交关系。我本想斯托克可能会等我，但当我进入塔楼大厅时，看到他手下的骑兵大队排着混乱的队形从主大门的方向呼啸而来，而斯托克骑着摩托与他们会合。

电梯警卫看了一眼我的囚服，皱起眉头，又瞧了瞧空白的笔记板，不让我上电梯。

“你不记得我了吗？”我和气地问道。

“我当然记得你，”他语气并不友好，“但现在名单上已经没有你的名字了。实际上，自从你搞乱了学院，就没有什么名单了。没有人能获许上去。”

我问那这样的话，艾尔科普夫博士在哪儿——因为我觉得斯托克跟我说了谎——随后被告知他确实仍在钟楼，或至少他的骨架肯定还在上面。警卫说（语气中不无阴暗的满意自得），自从克罗克跑了之后，电梯就再也没有上去过；不得到校长的授权，没人能擅自到楼上的机芯去，修理工也不行，而由于校长似乎不再理会任何事了，包括上楼的名单，我们只能推测艾尔科普夫几个月之前就饿死、烂在上边了——如果克罗克发疯时没了结他的话。“无论哪样，这博尼法希斯主义者就是活该。”他最后说道。

忧心的我跳进了电梯。尽管都这么长时间了，是个人都没啥生还希望了。那警卫掏出枪来，威胁说如果我敢碰电梯按钮，他就开枪。为了让周围受惊的旁观者清楚，他又说了一遍：任何人都不能用钟楼电梯。我浑身冒汗，脑中想起之前拉俄忒德斯对独眼牧羊人使过的把戏。我把我的身份证递给他，心中祈祷他别注意那没怎么抹干净的名字，说道，“**我**不是任何人”。然后按下按钮。电梯门开始关闭。

“啊，不行！”那警卫大叫，要不是他同事阻拦他，他就要跳到我身上来了。他配着武器的同事说，虽然不确定我能不能用电梯，但可以确定的是，**他**一定不能用。他来不及开枪了。电梯门关闭，我随梯而上。

尽管我心中害怕看到埃布利·艾尔科普夫的惨状，但我还是做足准备应对机芯的轰鸣。然而，电梯停了，只有一片寂静。齿轮，无论大小都静止不动；巨大的钟摆停在我脸前，与擒纵叉呈垂直状态。四处散落着纸张、蛋壳、卡尺、透镜，那些落满粘鸟胶与灰尘的，恐怕就是他鸟卵研究的残片。机芯中央的上方坐着艾尔科普夫，清晨的阳光照在他的脸庞，他是死是活我一时分辨不清，但至少不是一具骷髅。他坐在——也可以说定在——擒纵装置上，就在风信鸡轴杆的正下方：干枯的腿挂在如刀刃般锋利的摆动轴两边，头顶悬着小钟铃，无眉的眉毛之上的部分都在钟铃里。他是被克罗克扔到那儿的，还是为了躲避克罗克，自己爬上去的？他的实验室大褂和眼镜上沾满了乌鸫的粪便，这些飞进飞出钟楼的鸟，有的在他肩膀上来回跳动，有的蹲在钟铃底下，他的头顶上。不知道是乌鸫还是其他的鸟在他下巴之下、脖子周围织起了草窝。鸟儿飞进来时，大多嘴里都衔着食，诸如面包屑、葵花籽或者干玉米粒。我惊讶地看到，时不时就有鸟往艾尔科普夫张开的嘴中投食。他嚼了嚼，吞下，没有多余的动作。

“你还好吗？”我叫道。

他似乎没听见我的话，没有丝毫变化。为了更加仔细地查看他的情况，我蹬着齿轮，拉着绳索爬了上去。两只分别刻着.ᗡ.Ǝ.Ϙ三个字母的艾尔科普夫式透镜被安在他的眼镜上，眼镜后是他那双睁开的、呆滞无神的眼睛。毫无疑问，他还活着——一滴露水从钟铃上滑落，他恰好用舌头接住——但无论我怎么求他忘记我之前的教导，他要么是听不到，要么是不想听到，都没有回应。

“之前我跟你说的所有都是错的！”我对着他耳朵喊道，“做回你原来的自己——甚至变本加厉！跟克罗克一样！”我的声音回响在钟铃里，惊跑了几只乌鸫；但不管我怎么明确告诉他他必须接纳我之前让他远离的东西，我都打动不了他。

“别像现世释咖尼安一样坐在那儿！”我恳求道。我站在两个巨大齿轮的轮齿之上，当我前倾朝他喊“醒醒！”时，我抓住身边的绳索来保持平衡。这绳索连接到中间那口钟铃外边的钟锤，钟锤敲了一下，发出巨响，响的还是一组钟铃当中第二小的。艾尔科普夫式镜片振动；所有的鸟都急急飞出了钟楼；艾尔科普夫用手捂住耳朵，嘴里发出痛苦的尖叫。而且，钟铃随后的振动破坏了他长久以来的平衡：擒纵器前后运动，晃掉了上边的艾尔科普夫，我离得太远，根本够不到他。他的实验室大褂挂在了刀刃般锋利的摆动轴上，我刚想他得救了，摆动轴和大衣就断了——大衣被划开，摆动轴由于之前被无限分割器削得几乎没有厚度，直接折断——他头先着的地，眼镜架碎了，我怕脑袋也碎了。我跳了下来。艾尔科普夫博士眼里含着泪水，他摸摸脑壳，吐出一粒葵花籽。

“哎哟，”他虚弱地说道，“羊孩，你得庆幸你不是只鸟。”

我把他扶靠到实验室的椅子上，用他之前的一张图纸擦去他头上的鸟屎。看见那纸，他眼泪就落下来了。他费力说出，让他落到这般境地、毁掉他研究的不是克罗克的疯狂，而是我上次和他分别时说的那句话，“先有鸡还是先有蛋”。不可思议的是，他那本无所不包的巨著竟没有论述这个问题。尽管他对我的话大为惊愕，但他有十足的信心借其他发现来推断出答案。他命令克罗克继续使用无限分割器来找出嘀变成嗒的临界点。为了不错过成功的一丝一毫，他戴上了高倍透镜，让克罗克把他平稳地安顿到擒纵器上面；伴着分割器的双铣削钻头向他的方向削切，每一次削去支轴上边缘一半的厚度，他喜悦地随着嘀嗒声来回晃动，在他头脑中，嘀与嗒已变成了鸡与蛋。然而，就在分割器在他两腿间消失、掉进擒纵器中间小口的那一刻，他意识到问题不可解决。从那一刻到刚才铃响，这中间发生了什么，他不知道。原来，他的泪水并非为摔烂的透镜、毁掉的论文、数月的受饥、受伤的脑袋而流：像鸡与蛋这样基本的问题无法解决，前面的那些即使完好又有什么区别呢？

我抓着他窄瘦的肩膀："这就是答案，博士！"

他叹息："羊孩，羊孩！"

"**没**问题！"我一边坚持说，一边拼命地摇着他，直到干草从他脖子掉下来，"**鸡与蛋**、**嘀**与**嗒**、**克罗克**和**艾尔科普夫**——他们都没有区别，每一个都没有！"

透过没有镜片的眼镜，他眼睛眯起来看着我："你也撞到头了？"

但我高兴地告诉他，透镜摔碎，无限分割器计划失败对他来说是好事。奠基者结合起来的东西，谁能分开，或是以一分多呢？如今擒纵器不是掉进齿轮，死死卡住齿轮吗？那就让无限分割器拥抱"一时一世尼古佬"：他们同根而生，钟定住了！以后让蛋不孵鸡，鸡不叫；两者没有先后顺序；他们同白天黑夜一样，实属一体。简而言之，他应该高兴自己的研究失败，因为他挂掉了，也就通过了。

艾尔科普夫博士说道："羊孩，回家吧。"

"我正要走，"我回答，"但博士，听取我的建议：忘却 WESCAC，抛弃逻辑。出去过活！"

"现在你来教我了，"他不无讽刺地说道，"我脑子**出问题**了。"

"不要测量鸡蛋，"我劝他说，"吃鸡蛋！"

"鸡蛋，**扯淡**。"他脸阴沉下来。

"别用你的夜视镜看女学生脱衣——"

"你上次都说过了。"

"你去亲自脱她们的衣服！你控制不住兽性，那就成为野兽！成为林中野兽！"

"我该做林中野兽？"他怀疑地问道。受斯托克之前讽刺的启发，我建议他要直接而非间接地满足自己的欲望：去动力室，与安娜斯塔西娅在客厅交配，如果安娜斯塔西娅恰好忙着和哈罗德·布雷交合，去找玛奇也行。

“吃肉，”我说，尽管我想到这儿，胃里翻江倒海的程度不比他轻，“生肉。你甚至可以试试玛奇屁股上的芥末。”

“你是失了心了吧！”艾尔科普夫咕哝着。

我说，我失的只是理智：那该死的理智把他和克罗克区分开来，否认对立物不能在同一方面，同时通过。

“不管是隐德莱希斯还是非隐德莱希斯，”他说，“男人除非有家伙，不然哪能滚床单，不是吗？你精神不正常了吧！”

他的异议声中带着抱怨的意味，仿佛希望得到我的反驳，我自信地站起来。“你还在用逻辑思考，”我说，“安娜斯塔西娅会找到法子的。要我帮你收拾论文吗？”

他拒绝了我的帮助，悲伤地说克罗克和大自然打乱了他的卵蛋学巨著，乱到无以复加，所有的院长助手一起动手都复原不了。

“那就算了，”我劝他，“别管了，整个校园都是你的牡蛎！”[1]

他对我的比喻一时语塞，但承认我之前说他挂掉是对的，当时他还觉得自己通过。他表示，自己会考虑我奇怪的新教导。但经过几个月非人的冥想，他身体虚弱，马上出去，根本折腾不起。而且，他还有账没和乌鸫算，整个夏天，有几只鸟恶意地喂他蚯蚓……

“把它们抓住，吃掉！”我想起克罗克之前给我做的饭，“烤成派！”

他的头无力地摇了摇：“羊孩，我挂科了。”

“**挂科就是通过**，”我说着，走回电梯，“去找安娜斯塔西娅，咬她的肚子。”想着这些话能催他行动。

但他露出他无牙的齿龈：“**用什么？我是个废人，羊孩。**”

“不，博士，”我坚定地说，按下**向下**的电梯按钮，“你是个胆小鬼。”

---

1. “整个世界都是你的牡蛎”为一句英语谚语，大意为世界任你驰骋。

4. 终界端

我害怕那个电梯警卫可能会扣留我，我也确实看到他和他的同事聚在一起，在讨论些什么——但他们不是在说我的身份证，我发现它就在电梯旁烟灰缸的沙堆里。他们的表情与其说是凶神恶煞，不如说是忧心忡忡；我以为是刚才自己的虚张声势起了作用，觉得可以再趁机利用一下。我大胆地捡起身份证，重新放到钱包里，说道："艾尔科普夫博士想吃午饭。赶快准备。"

对于我的大摇大摆，以及艾尔科普夫还活着的消息，他们都不为所动。"还吃什么吃，"一名警卫粗声道，"照眼下事情看来，没多久咱们都得被吞食。"似乎光明府没几分钟就会传出一条骇人的传闻：WESCAC 出现故障；X 同学宣布暴乱开始；雷克斯福德服用过量镇定剂，陷入昏迷。谁还在乎艾尔科普夫是死是活，有没有人擅自上楼？他们讨论的不是该如何处置我，而是他们到底该死在岗位上，还是回家和他们家人一起死。

"待在这儿，"我建议道，"我现在去解决边界冲突。"

"那妥了，"那电梯警卫说道，"我要回家。"我恭喜他看清争端已经妥了的事实，毕竟争端就没有真正存在过，而他则情绪激动地对我大骂，但他和比他意志更坚定的同事都没有阻拦我出去。太阳高悬在南方的天空，我猜大致到了正午，但天空阴沉，光明府一片灰暗。一群满身羊毛的学生在门口抗议，其中有些举着**白纸主义**的无字牌子，其他人则交叉双臂，手拉着手，语调悲伤地唱着：

合——众——为——一

尽管观点再恰当不过，但他们的抗议毫无活力和士气。实际上，所有的人都无精打采，斯托克的骑兵一个个蔫头耷脑，有的在跨斗里睡觉，有的倦怠地盘坐在路缘石上。时不时有人棒打学生，但也只是在敷衍了事，我都判断不出受害者是没了意识，还是仅仅为了“躺下”。有几个旁观者驻足看热闹，但他们似乎也没什么兴趣，跟那些从容经过，一眼不瞧的众人几乎没啥两样。甚至起哄者都一副厌倦样，一个人有气无力地喊着“冷漠万岁”。两名纠察队员耸耸肩，转身离开。

我的到来受到了三四个人无力的掌声欢迎，也引来了其他人温和的嗤笑；我不敢相信上次绞我的就是这帮人。如此的倦怠似乎也感染了斯托克，他懒洋洋地坐靠着光明府的大门，旁边是雷克斯福德的弗鲁门齐乌斯助手。我感谢他还在等我。

“别自作多情，”他说，“摩托打不着火了。”

助手慵懒地咯咯笑了几声，他和上次跟我吃午餐时那个生气勃发的他完全不一样：“至少你油箱里还有油，可比校长强。”

我建议斯托克不要跟我进去，因为我觉得他兄弟自己出来找他更好。他打了个哈欠，挠挠胳肢窝。

“别想了。”

“x 在里边，任何人都不准进去。”助手解释道。我清楚拉俄忒德斯的把戏对他们没用。“除非你碰巧知道密码，”他笑着说，“可你不知道。”

我想了想：“是**凡事有度**？”

斯托克皱起眉头：“这是什么话？”

“通过**一切挂掉一切**呢？”

褐色皮肤的那人微微摇摇头，并不怎么在意。

“**合众为一？挂掉即通过？**”

“这些在我听来都是狗屁。”斯托克说。

我搜肠刮肚想着格言：“**真理将使你自由？**[1]**认识你自己？切勿自断**

1. Veritas vos liberabit，拉丁文箴言，也是作者母校约翰斯·霍普金斯大学校训。

后路？”

“放弃吧。”助手劝我道。

我有些生气地说：“我觉得就**没有**密码这回事！”

一行人从光明府内门出来，助手耸耸肩，手摸着门闩：“你可能说对了。快走吧。”

随后发生的一切都有些难以解释。在那群出来的人里，我认出许多尼古拉学院派到大学委员会的官员——实际上所有人都是。除了一人用帽子挡住脸，因此我认定他就是 x 同学。与此同时，我觉得自己答对了助手的问题（确实，符合我总体的答案），我感觉他的话，他对着门闩做的手势都在邀请我进府。诚然，我进去时，他喊了声“别动”，而斯托克则掏出枪，扣动扳机，但枪没反应，斯托克大骂。不过鉴于斯托克喜欢吓人取乐，这样的行为也没什么反常的。我匆忙之中可能冲撞到了助手。无论如何，没人阻拦我，可能是因为我猜中了密码，也可能是因为没人真正在意。

但 x 同学的同事却并非如此：我还没站稳脚跟，就看到他们许多人探手入怀。

“柴门汀斯基博士！”我叫道，“我是羊孩，乔治·贾尔斯！我捎来了列昂尼德·安德烈奇的消息。”

由于他的脸挡住了，我无法判断他的反应，但他向他的同事冷冰冰地嘀咕了一番母语。没有武器拔出，不过他们的手也没放下。相机噼里啪啦地对着我们照。

“认错人了吧，”声音从他帽子后传出，“这些名字我都没听过。”但他没继续往下说。他的助手迅速在我们身边围成一圈，挡住了那些针对他和校长雷克斯福德会面，要采访他的新闻专业学生。

“我知道你是谁，为什么想叫你儿子被抓。”我说道。

“尼古拉学院里没有**儿子**，”他回答道，“所有人都是兄弟手足。”

“那你应该关心你的兄弟列昂尼德，他最近服毒了——几乎一整瓶的修正液。”

一瞬间，他露出他那空洞的灰色眼睛，之后又重新躲回帽子后面，生硬地说："那他就没了，你说的这个陌生人。"

我说幸运的是，列昂尼德还"在"——而且现在比他继父，比他之前都更有存在感，多亏了那差点意思的修正液；尽管他还没决定是去营救马克西、代他受刑还是叛逃新坦慕尼，但他绝对不会对马克西强加武力，马克西爱他，视他为己出；他可能也不会再去自杀，他现在看清楚了自杀的自私。

"感情泛滥的中位主义，卑鄙的信息主义者诡辩，"x 的声音激动，话都说不太清楚，"如果列昂尼德·安德烈奇——你说的是这个名字吗？——如果他自杀失败，那是因为完美的学生会主义者没有自我。让学生会命令他自杀，看他失不失败！"

"你说他是完美的学生会主义者，"我指出，"你肯定非常以他为傲。"

"呸，"他转过脸去，"他不会知道的。"

"但你**想让**他知道！你和其他父亲一样，对他寄予厚望！"

我想我看到他脸红了。他以金属般冷峻的语气说道："羊孩，听着：一个人为了**避免**自私，牺牲了他唯一的儿子——他一生的最爱。那人算不上一个父亲。"他厉声说了几句尼古拉语，随后，队伍继续往大门前进。

"自律也是自私！"我在他身后喊着，"柴门汀斯基博士，你逃避不了自己！即使你可以逃避，你也不能逃避！"

"他是说柴门汀斯基吗？"一名记者问另一名记者，然而他同事紧跟着 x 同学，所以他又来直接问我。我向他确认，大学委员会的尼古拉学院代表和著名的叛逃者柴门汀斯基就是同一个人。我简要道出我是如何知道的，并坚称马克西清清白白，虽然列昂尼德意图绑架是有罪的，但已彻底抛弃了他的犯罪意图——他如果想，完全可以逃出监狱，但他现在还留在里边，这便是证明。随后，所有人都紧追 x 同学，不过他拒绝评论，拒绝露脸。在我看来，甚至他的一些同事都在怒视或质疑他，并且整个代表团所有的人都敌视着媒体记者。最终他爆发了，把帽子一把戴到头上，手伸进怀里。记者们慌忙找着掩体，助手们也去掏武器。但 x 掏出的不是手枪，而是一张身份证。他在电视镜头前晃了晃证件。

"上边写着**柴门汀斯基**吗？不！"

靠得近的几位承认，证件上只可见一个字母 x，虽然这明显说明不了什么问题。我从后走上前去，拨开我手杖上的放大镜，将手杖伸过几名记者的肩头，让他们再仔细看看。

“不！”x 同学夺回证件，但还是晚了一步，两名记者看到，或是声称自己看到了证件上，x 字母两边有着未被完全抹掉的签名痕迹。而且，这一次他在众人面前露出整张脸来。看着他闪光的眼睛、凶狠的鹰钩鼻，一名摄像师联想道，尽管他面容发生了巨大变化，但叛徒科学家柴门汀斯基那金属包裹的前臼齿，就和 x 同学的一样。“来更好地吞食你！”x 叫道，和他的继子一样激动，“开战！”还是他的助手，一边一个架着他的胳膊，把他领到了外边的摩托车上。我进到光明府里。

入口大厅里有多位校长助理，他们身着灰色的西服，有着相似的年轻脸庞，但现在他们的刘海梳到了后边。与往日忙碌的情景不同，他们在皮椅和窗边的座位之间闲逛。我走向离我最近的一位助理，表示自己想立刻求见校长雷克斯福德。他从朝窗的方向转过身来，微微一笑，恭喜我出狱。尽管他的声音有气无力，却很清楚。

“校长！”我吃惊不已：他没了笑容，没穿白色西服，没了往日的活力与弹性的刘海，看起来比他助手还淡漠。他脸色疲倦而平静，看起来老了十岁。

“如果看民调的话，我下个学期就不是了，”他说着，摆摆手，“前提是如果还有下学期的话。”

鉴于我之前的馊建议，我预计自己不会受到友好的接待。所幸虽然没人欢迎我进校长办公室，也没人阻止我。雷克斯福德看见我，既没有高兴也没有不高兴，只是客气，甚至带着敬意。他听从我的要求，命令助手退下，推迟了之后的几项安排，以便我们进行交谈。

“你不用告诉我，我知道，”坐在桌子后边的他叹了口气，“布雷没资格认证我，你说我挂掉是对的。”他盯着壁炉台上他妻子的照片，一脸沮丧，“但我现在觉得更死挂了。不过这不重要了，一点也不重要。你和 x 说过话了？”

我说是的，但正当我准备告诉他 x 同学的真实身份时，桌上的两部电话同时响了，一部红，一部白。他先接了红色那部，面色凝重地听着，然后说："又这样？你确定？好，我们必须得想想了。别轻举妄动。"他做了记录——好像是记了个数字。

"又有一名边境守卫掉下去了，"他告诉我，然后接了白色那部电话，"我们也确信尼古拉人晚上偷了我们的电。他们可能又往前移动了电线。"

对着白色电话，他说了和红色电话相似的话，不过更为私人。"亲爱的，求你理智点，"他说，"你真该再想想……"但电话那端的人挂断了。

他懊恼地嘘了声，放回听筒。"就这样吧。要么是你关于女性的建议错了，要么是建议晚了。"他说，一开始他自己对我的种种教导抱持着怀疑态度，但它们一直在脑中挥之不去。尽管放弃折中有悖他的性情，但他必须承认，他曾与 x 同学、艾拉・赫克托和莫里斯・斯托克有着偶尔的秘密"协议"；而且他曾容忍着适度的贪污、学术造假、卖淫和其他在校园中无可避免的恶习。他曾偶尔放纵自己发怒、酗酒、搞一夜情，常常是与安娜斯塔西娅。这个春天，他结束了失败的大学委员会大厦之行，回来之后，他妻子就跟他说自己要单独出去来个短途休假；校长良心不安（再加上沮丧于首脑研讨会流产），他朝妻子坦白了过去的种种过错，祈求她原谅，并发誓之后忠诚如一。当（他妻子休假期间）消息传来，说布雷因我挂掉他之前认证的人而通过了我，校长雷克斯福德决心一丝不苟地贯彻我的建议：消除自己身上所有的中庸，彻底否认一切的挂科行为——如果自己的管理层通过不了"开卷测试"，那就让它垮台！他随后的措施以及措施带来的负面影响，我在总拘留所就有所耳闻，除了一点我不知道：雷克斯福德夫人度假回来了，尽管一切证据表明她出轨了，他都没有骂她，更没有打她。相反，他还提议他们共同去参加一个名为《变化大学中的婚姻问题》的系列课程。

但是，尽管他为自己实现了完全的理智与自制感到骄傲，他却没有感到得到毕业认证。并非因事态发展越发糟糕——他清楚无论结果如何，对就是对，错就是错——而是因为理性之下，他还是不愿意直面他内心无理的欲望。一方面，动力室由于生产过剩，有爆炸的危险；另一方面，由于电力匮乏，大广场灯光闪烁不稳定，WESCAC 处理能力下降；西校园在宁静暴动中节节败退，管理层的民众支持率下跌；由于斯托克不再反对他，民众怀疑他与斯托克真是兄弟；x 同学刚刚宣布再次前移尼古拉学院的输电线，雷克斯福德夫人又要再去度假，可能与一位朋友，可能去了就再也不回来了——这些他都可以接受，就当是真相的代价。但实际上，当他看到斯托克穿着摩托服，懒洋洋地坐在大门旁，他强烈渴望斯托克再如往日般奚落他一句："哥，挂了你！"当他看到安娜斯塔西娅，无论她最近如何冷漠，他如何自制，他的下体仍会起立；尽管妻子背叛了他，他仍爱着她，关于妻子不忠的流言让他心中满是妒火；他想把她打倒在地，然后抱起来，疯狂地亲吻她的瘀伤……

"但这是疯子的想法，肯定的，"他最后冷冰冰地说道，"我不会这么干。如果我妻子和 x 不想公开、理性地跟我探讨这些话题——那就这样吧。我就坐在这儿，等着吞食汽笛声响起。"

"前提是电得足够，"我提醒他，"也得有人愁到先拉绳。"

他有些难为情地一笑："电充足。窍门就是不经过斯托克就把电运到大广场。凡事都可以理智解决，我觉得……"

"错！"我说道，"这些事都不能理智！斯托克是你的兄弟！我不是大导师！我之前完全错了！"

校长皱起眉头，瞥了一眼门的方向："冷静……"

"不！你不该这样！"我在他的办公室走来走去，拿着手杖比画着，"东西校园间实际上就没有界限：所有学生都是同学！信息主义以及学生会主义都是些胡话——"

"贾尔斯先生，听我说。您要冷静下来。"雷克斯福德紧张地摆弄着他桌上那个镇纸跟手电筒二合一的玩意儿，按着开关，这东西怎么按都不亮，"或许在奠基者看来，输电线是人为划定的，并非真实存在，但我们不是奠基者。那些话在教室里说可能无伤无碍，但校园的事情可不是这么简单。"

"对！"我赞同，"这就是为什么彻底的理智是个错误。"

“我承认这不容易，尽管如此[1]——”

“这就是答案！”我叫道，“**东与西，自制与放纵**——它们都一样！”

“贾尔斯先生，”校长并不买账，看看自己的手表，“我是这繁忙学院的负责人，尽管我想和你讲道理来解决这些事——”

“没有**时间**了！”我代他说完，“而且，你不想再去讲理！这很好！”

雷克斯福德说他看不出这有什么好的。但他毕竟没有命令我出去，我简短地朝他说了我之前的主要错误，以及为何我觉得东西校园、羊与大导师，甚至通过与挂科是密不可分、最终不可区分的。

“你现在说起话来跟现世释咖尼安一样，”校长嘲笑道，“理智点，你有什么建议？”

我告诉他，我第一条建议就是不要理智——好像理智与非理智之间有条满是泛光灯的界限似的！他不惜代价一味的理智不就证明了区分的错误吗？

“那我们应该朝尼古拉人投降？”

“不是投降，”我说，“**拥抱。**”

“谬论。”

“对！”我又叫道，“拥抱谬论！想中庸的时候就中庸！**别**总跟你妻子理智！让守卫低头看着下面，看他们脚下的分界线多么虚无，就和隐德莱希斯一样！拥抱你兄弟！”

“拥抱我兄弟！”雷克斯福德脸涨得通红——但我觉得他不是发怒。

“你和我一样都清楚他就是你的兄弟。跟他喝一杯！下次你见到安娜斯塔西娅——”

“他实际上不是我的**兄弟**，”校长赶忙插话说道，“我觉得至少父亲母亲有一个不同，或是他是我父母亲收养的……”

“有什么区别吗？拥抱他！”我想到，在雷克斯福德心里，区别就是与血亲兄弟的妻子偷情还是与领养兄弟的妻子偷情，我没有继续强调无区别

1. 原文为All the same，表示转折，但字面意思也可以理解为“都一样”。

性。我也没有详述他该如何否认我之前的教导，坚持现在的建议。我看得出，他一心已被门外的斯托克吸引，另外，在我打破他之前的平衡状态后，涌入的绝望感也占满了他的内心。因此，我就只建议他即刻叫停“开卷计划”，特赦因为此项改革被拘禁的所有人。

现在，校长走来走去，摇着头。“这太疯狂了！”他停下，笑起来，之前那标志性的刘海又放了下来，“我知道，**就该**疯狂。都一样——”对这话里额外的讽刺含义，他放声大笑，仰着头，露出他那口白牙，“可他们不会觉得反常吗？如果我叫莫里斯**兄弟**！或告诉 x 他爱怎么靠近分界线就怎么靠近！”

想到那离谱的想法，他坐立不安。他一下拉开从办公室通往外边露台的双扇玻璃门的窗帘，在强光下眯起眼睛笑着。露台的矮墙外是车库门，斯托克和他一些满身煤污的手下，以及几位记者在那儿打发着时间。

“一次一件事。”我提醒道。他开心地赶上我：现在谁是慎重的那个？尽管对他的转变感到欣喜，但我自觉有必要提醒他，外边有摄影师。

他蓝眼睛里闪着光：“这有什么区别？反正他们的照片最近也洗不出来，闪光灯也没电。”但在露台门处，他一时面色沉重，“乔治，你说你不是大导师，但我清楚你是真正的贾尔斯。”我耸耸肩，“这是 WESCAC 的说法，”他又笑了，“你期望的那种不理智状态，我还没达到。但我认真听你的话，我觉得我懂你的意思：虽然希望渺茫，不过为了转变运气、改善一下形象，值得冒险搏一搏。不过，最好不要挂科。”没等我说“挂科便是通过”他就走出去了。大冬天，没穿外套的他轻盈地跳过露台的矮墙。他大步流星，如同练田径的大二学生般步伐轻快，我看见记者互相碰碰对方胳膊，斯托克则怒视着熟铁大门。一群助手冲进办公室，神情惊讶，一言不发地从我身旁挤过。他们随后也脱掉了外套，弄乱头发，跟着他跳过墙去。校长说什么，我在露台那儿听不清楚，但他的手伸出大门抓住了斯托克的一只手，用力摇动。有一瞬间，他似乎做了个怪相，闪光灯便闪了起来——动力室与校长在私下交易坐实了——随后他露出笑容，打开大门，一只胳膊紧紧环抱着斯托克穿着皮衣的肩膀。记者和摄像师前呼后叫地赶过来，麦克风也有了；斯托克怒视着电视，朝它挥着拳头。但雷克斯福德笑着，抱着斯托克一直不松手，对着麦克风讲话，先指了指斯托克黑色的刘海，接着指了指自己沙白色的刘海。他的手乌黑。

我十分满意，回到了入口大厅；为了不打扰他们兄弟重聚，我要步行几千米到医院，我希望在那儿能见到西尔医生，如果可能的话还有安娜斯塔西娅。宽阔的中央楼梯处一阵喧闹：自信优雅的雷克斯福德夫人沿台阶走下，身旁的女性不时记着笔记，年轻男性则搬着行李箱。她一脸冷漠地走在最前面。这真是个美人，修长的玉腿、动人的眼睛、柔软的双唇，举止典雅，出身高贵——简直是女性里的海达（不过乳房相形见绌）。她看着我，看着我的囚服，脸上微露出鄙夷的神色。这时，同行的一位女性告诉她，她丈夫正在光明府前门，媒体想要在她度假出发前给他俩拍照。她面露不悦，朝她随员里的一位男性瞥了一眼，这人虽与校长助手一般装束，但却没有和其他助手一起出去；我觉得我看到他点头了。

“那好。”她面带不悦地说道，却也优雅。我本想着提醒她，雷克斯福德不同之前，变了态度——但我觉得她高冷，脂粉味浓厚，让人难以接近；而我则不修边幅，洗澡的次数比我当时还少：尽管随后我便有些恼怒，不去理睬那种自卑感，我还是没提醒她，提醒那个在那灰衣家伙耳边低语的她。我自己找了另一条路离开了光明府。穿过大广场时，我听见我身后传来女性的尖叫和其他喧闹声。我冲动地想和其他人一样，跑到光明府的大门口看看到底发生了什么。但我模糊的影子已经落到了东北方。时间比我想得要晚，还有任务等着我完成。

在我一瘸一拐前往医院的路上，我自责让人类的上层社会给看轻了。贾尔斯、WESCAC之子、雷金纳德·赫克托的亲外孙，实验室优生样本的理想大导师（即使是假的也一样少有），马克西米利安·施皮尔曼的门徒——一头山羊，名为乔治：强壮、鬓毛茂盛、睾丸硕大的公羊！玛丽·阿彭策勒的继子，雷德费恩的汤姆的圈友，斑点奶头海达的追求者，已故传奇公羊、种羊之首、布里克特·瑞南克尤勒斯的熟人——我该否认我的血统与传统，否认我的步态、外在与气味吗？病弱！现在我明白了，我的病弱之一便是认为我的羊性需要革除，这一病弱现在已被克服。跛行的恰是众生：受跛于虚假的区分，蹒跚于无谓的类别！人行道上挤满了男女学生，他们投我以怒视，我也不吝以怒视相回，我又更进一步想到：我的病弱在于，我**先前**认为自己是羊，之后又认为自己是完全的人，而实际上，我是羊孩，既两者都是，又两者都不是，我本身便是对于如此谬想活生生的反驳。如果我选择暂时表现羊性，那我不是要否认我的人性（“贾尔斯”提炼的，如果不是众生的精子，还会是什么？），而是根据我的新教导来纠正它。于是，当我离医院的神经附院越来越近时，我愈加发作了羊性——和往日在草原上一样，在没有厕所的地方“上了厕所”；咩咩叫了两三次，引得路人一阵诧异；四脚跳着，爬上入口的大理石阶梯——我**不只是只山羊**，就像阶梯之上站着的两位穿白大褂的人不只是**智人**一样。

“狂人。”其中一个人说。

“我不知道，比尔。”另一位回道。

“羊孩乔治·贾尔斯。”我说出自己身份，骄傲地站起身来和他们握手。

他们互相看了对方一眼。“兄弟，得了吧，”比尔说道，“让我看看你的入学证。”

我很高兴有机会来展示我的观点，笑着拿出我空白的身份证。“同学，名字又有什么意义呢？我**在**，这就行了。”

“我跟你说什么来着。”他同事对他说道。比尔哼了声。

我又吃惊又高兴：“你之前都想到了？实际上我们没人有名字？”

“不过有人可比其他人臭。”比尔说。两人一人拉着我一只胳膊肘，领我进去。当我意识到他们要的拘束衣就是给我的，我才申辩自己过来只是找西尔医生。比尔又一次勉强承认他同伴的猜测是正确的。“我知道他治动物，”他为自己辩解，“但我还以为那羊在总拘留所。”

“**是**，”另一个人说道，耐心地解释，“不过呢，比尔，有些人**认为**他们是那些自己觉得自己是动物的人！都在他们脑子里。”

“你觉得西尔也会治疗他们吗？”

比尔的同伴骄傲于自己知道得更多，指出，西尔医生是位诊断医生而非治疗医生:“他就是看看垃圾该放哪个桶，就这样。”

拘束衣拿过来了——双臂交叉的帆布衣——但他们说如果我安安静静地去西尔医生那儿，就不绑我了。我同意，高兴地推断出医生已从他之前的不幸与自杀的阴霾中恢复过来。我尽力不再去教导我那粗鲁的护卫们。

西尔医生办公室所在那层的走廊里，候着其他的护理员与病人。我们走出电梯，一位病人和他的护理员走进电梯，病人对着我乱吼乱叫；我头一低要顶他，咩咩地怒叫，蹄子踏在水磨石地板上，咚咚作响。吵闹声引得安娜斯塔西娅拿着狗饼干从接诊室跑出来。

“乔治！”看到拘束衣的她眼睛睁大。她拒绝听护理员的解释，就他们把大导师当成疯子一事狠狠地骂了他们一顿，她说他们和拘押我的斯托克一样挂科。护理员不是被她的话说服，就是被她的脾气吓到了，嘴里嘟囔着对不起，放开了我。她仍火气很大，不过同意不会跟西尔医生报告他们的误判，然后解散了他们。

“真是精神病院。”比尔厌恶地对他同事说。

安娜斯塔西娅领我进了接诊室（我惊讶地发现母亲也在那里，正在平静地打毛线），然后马上抱住我，泪流满面——不再是之前那个冷漠的她了！“你出来了，我太高兴了，”她叫道，接着又说，“一切都乱了，我不知该**如何是好**！”我乐于相信她除了有求于我，也是真心高兴我被释放。她重燃的热情让我激动，我亲吻着她的嘴，甚至热烈地啃着，她便和往常一样受惊般退后，我再去亲她，她就不再反抗了。

“不要**任由**我摆布！”我指责她道——我还抱着她，“要么说停，要么回应我。”

她不安地看向母亲，而母亲只是一脸空洞，和善地瞧瞧我们，就继续打起了毛线。

“乔治，我不是**这块料**，”她怨道，“我现在心烦意乱。”

我心中有了准备，问她布雷是否和她发生了关系。她的眼泪更止不住了，脸涨得通红；她双手握紧，忘记了手上还拿着饼干。她说奠基者有眼，布雷由于忙着认证，还没召唤她。但会面时间定在今天半夜，在钟楼；他会在晚上十一点到客厅接她。

“不。”我说道。她立刻开心地用手臂抱着我脖子。但我继续说道：“安娜斯塔西娅，你要去找他。你来服侍他。”

她哭了：她做不到，永远也做不到。我让她屈服于所有生物的肉欲，对她来说已属难事；如果她能完成，那也只是服从我的命令，因为我说过，正是她勾引出他人的肉欲，她应该负责；但她哀求我不要让她主动。

“你必须主动，”我说，“而且不仅仅是与布雷。我想让你去勾引人们——甚至斯托克。”

“莫里斯？”如果她之前是痛苦，现在她完全是震惊，“你是说……和我丈夫做爱？他会怎么想！”

我告诉她，斯托克怎么想不重要，她的毕业认证才重要，毕业认证的条件便是抛弃我之前教给她的不实区别。对，她必须勾引她的丈夫，用各种肉欲甚至自觉性堕落来征服他。而且，她必须给他戴绿帽子，在他不知情、不情愿的情况下与他人通奸。

“这不可能！”她反对说，“你知道莫里斯的为人！”但她眼睛里又满是泪水，她显然是记起，自从我错误的第一次教导后，斯托克既不残暴也不拉皮条了，反而变得正派温顺到常常让她生气，“乔治，那是通奸！”

她最后的话不只是拒绝，更像是恳求。我打定主意让她去欺骗她丈夫，不仅要与布雷偷情，还要与比如说艾尔科普夫博士，以及其他她脑中想过、路上碰见的一切生物偷情——男性或女性，人类或猎狗，甚至有生命的或无生命的。必须抛弃所有的区别。

她摇摇头：“这是挂科！”

“挂科便是通过。”我提醒她。她不再有异议，只是眼中含泪，表示西尔医生就“彼得·格林的事”也刚跟她说完同样的话。尽管西尔是结合着自己的例子说了我的观点，她同样也不怎么明白，她觉得这是自己愚笨，只好试着囫囵吞枣地听从安排，虽然她反感如此的淫荡。我问她格林怎么了，发生什么事了，因为她指的似乎不是春天那次强奸。我还问她西尔医生怎么用起了我对她的建议。尽管我高兴于西尔医生能明白我口中安娜斯塔西娅“慈善”的意思，高兴于他明白有必要倒置我之前的教导，但我该给他什么新的建议，我还没想。听罢，安娜斯塔西娅锁上了大厅的门，让我跟着她去观察室。经过母亲面前时，母亲抓住我的手，亲了亲，头一次表明她知道我在这儿，之后一如往常，暗自露出神秘的笑容。我吻了吻她的头发，她则放下手上的毛线活儿，在她凹陷的胸前做了个以挪士·以诺的手势。

“母亲，您在织什么？”我轻声问道，随后看着安娜斯塔西娅来给我答复；我可怜的母亲在不回忆当年的铁杉丛岁月时，似乎基本不说话，即使说也是秘密地朝一直陪着她的安娜斯塔西娅低语几句。

安娜斯塔西娅脸红了：“乔治，这是婴儿毛衣。妈妈——你母亲觉得我有孩子了。”

我打量了下她的肚子：“真的吗？”

“当然没有！”

母亲对着那蓝色的小衣服点点头：“再见小比利。”

安娜斯塔西娅脸更红了：“有时她觉得又是 WESCAC 搞的鬼，就像当时**她**怀孕一样。”

但我母亲坚定地摇摇头。

“你就是这么觉得的，有时候！”安娜斯塔西娅怪她道，但接着又说出了我以为的母亲更多时候的错觉，“其他时候她好像觉得我是你的**妻子**……”

我笑了，又亲了亲我可怜的傻妈妈的头发，为了迎合她的傻念头，我把安娜斯塔西娅拉到离我更近的位置，拍了拍她平坦的小腹，又点点头。

“乔治，你怎么这样！”我的夫人有了脾气，去了观察室，“我就**生不了**孩子，你知道的！”

我的道歉好像不但没让她消气，反而让她的火越来越大；她跟我讲起彼得·格林早上闯办公室的怪事时，语气都多少带着点火。尽管我很乐意听她讲，但当我透过单面玻璃看到治疗室内部时，我还是忽略了她的话以及她话中的恼怒。我看见一个没穿外套的男人，头上裹着绷带，躺在皮沙发上——彼得·格林穿着白大褂，在沙发一头的椅子上坐着。

5. 克病弱

“别问我，”我还没来得及问，安娜斯塔西娅就说道，“肯纳德为了让他冷静，带他进去，之后就是现在这样了。他们从午饭前开始就一直在里边。”

从她的话里，我猜出那绑绷带的就是西尔医生；他的病较之前并无好转，但切鼻手术暂时减缓了疾病的发展，他可以重新承担部分接诊工作。安娜斯塔西娅回来继续担任他的助手，不过条件是，不得再强迫她为他人、甚至西尔夫人提供性治疗，允许她在接诊室工作时，带着她“母亲”。实际上，我惊讶地得知，就是最近在接受治疗的母亲，通过某种方式将我最新的计划透露给了西尔医生——可能就像之前启发我一样，她引用了《教学大纲》里同样的几句话，也启发到了西尔医生。无论如何，照西尔平时的敏锐，他明白了我的观点。随后，被我的话搞得心烦意乱的安娜斯塔西娅过来找他，他不仅认可了我的建议，而且还做了大量引用，来更有力地论证我前后矛盾的论点。引用都来源于《释咖尼安注解》以及涉及“统一的感叹词主义”的著作，而这些话安娜斯塔西娅一句也不明白。

“‘他是大导师！’”她说西尔医生这么说我，“我告诉他，你说了你不是，他说，‘对！我说的就是这意思！’”她叹了口气（还有些生气）：之后西尔白费口舌，劝她重操性疗法；我得知是西尔医生提议，安娜斯塔西娅可以通过许诺做布雷的情妇，来确保我被放出来（他也说服布雷单单靠着安娜斯塔西娅的承诺就放我出来，而不用等到承诺兑现，安娜斯塔西娅怀上了他渴望的孩子，再释放我）。此外，西尔跟她承认，正如我所说的那样，他在那之前就一直是挂到无药可救，现在仍是这样，他在蜜月小屋汽车旅馆就清楚这点。因此他决定结束生命。被阴差阳错抢救回来后，他试着去享受病魔带来的恐惧，但肉体的腐败似乎驱散了他的才智，对于死亡的逼近，他感到恐惧而非喜悦。先是嗅觉丧失，然后是眼球突出；随着眼球开始突出，癌症扩散到泪腺，引发泪管阻塞，导致流泪不止——他的泪水既是**因**泪管阻塞而流，又是**为**泪管阻塞而流。尽管他极度厌恶切除手术，但他更害怕死亡，于是便同意手术：眼泪不见了，同时和眼泪一起消失的还有他的鼻子以及双眼部分的视力。

他努力用他剩下的眼力来设想我的新答案会如何适用于他。显然我不能再建议他改进他的娱乐方式，或让他尝试变得更接校园气——他在蜜月小屋汽车旅馆已经走到了那条路的尽头。从我给安娜斯塔西娅的建议中，他正确地推断出，他应该去坚持他之前所无谓抵制的一切；而且他断定他自己一定要天真无知，毕竟他一生都投身于知识与复杂之中。他无法**发现**自己洞察力上的瑕疵，而完美的洞察力则应能看到自身的不足；认为自己不幼稚难道不是很幼稚吗？因此，他第一个方子便是：自己去监护他心理年龄已经退化到五岁的妻子。尽管他愿意和她在慢性病病房专用操场的沙坑里玩扮演“医生”的游戏，但他逐渐意识到无论他的诊断与方子多么正确，也必定不成立，因为这都是他自己想出来的。

“因此，今早他求**我**告诉他该怎么办！”安娜斯塔西娅叫道，“仿佛**我**是医生一样！我说他最好和你聊聊，**我**不明白在他干啥——看他感谢我的劲头，你都觉得他就是要听这个！仿佛他自己想不出来一样！”

“我明白。”我觉得我模糊地摸清了他的大致逻辑：西尔需要按照别人的指令来见我，最好那人不清楚个中情况。安娜斯塔西娅继续说，不过，当她提醒他自己不过是个护士时，他似乎有些不高兴。而正当她要建议他去问问专业同事时，格林的到访打断了他们的对话。

“你不会**相信**他过来跟我说了些啥！”她现在想起来还吃惊不已，都忘了她还在生我戏弄她怀孕的气。

我笑着说：“他道歉说自己不该把你当作你挂掉的胞妹。”

“你怎么知道？乔治，他**疯了**！我不该这么说，但我担心肯纳德的精神也不正常。由于癌症……”

我尽量跟着她的话，因为她说得比我预想的要引人注意、意义深远。但我的注意力分散得厉害：我不仅要同时去听治疗室中的对话——我记得按下开关就能听到——我还特别愿意透过镜子去观察格林和西尔奇怪关系的最新情况。

“**我**觉得他是在为春天的事跟我道歉，”安娜斯塔西娅说道，“实际上，我打算主动去和他妻子解释这个事，免得她觉得是**他的**错，他对我做的那事。但他却说了什么**姐妹**，说他如何对不起，不该曾经觉得我不是处女……！他越说越激动，说他妻子是质朴校园里最可人的妻子，我是最可爱的妹妹，像莫里斯秘书和我妹妹的女人都是骚货，就该被鞭子抽！肯纳德全程就在旁边听着，当格林开始说他会至死捍卫我的清白，并动手动脚时，我以为肯纳德会**帮我**！因为你知道，这不是第一次有病人对我**毛手毛脚**……我真觉得格林认为他当时是在**保护**我，或者……但你觉得肯纳德帮我了吗？他听着格林说话就像听着大导师说话一样，当格林试着把我推倒在桌面上时，肯纳德只是说：‘斯泰茜，记得乔治告诉你什么了！’”

她说话时，治疗室中，格林正痛骂“当今校园”道德滑坡，并鼓吹应在新坦慕尼的幼儿园重新恢复傻瓜高帽、桦树条的崇高地位；西尔打断了他的话，问道，当他和西尔夫人在沙坑里玩演医生的游戏时，是应该他扮演医生，自己夫人扮演病人，还是反过来：在他看来，用森林绿的蜡笔有模有样地量直肠体温便是儿童性反常的标志行为，而儿童性反常一直也是他复杂的医学研究的基础；另一方面，他认为扮演“病人”角色，不仅如他现在这样在办公室扮演，在沙坑也同样——露出屁股给**黑德维希**拿冰棍棒来打针——算是将性倒置、性错乱、性反转、性逆反结合起来了。

“医生，您觉得呢？”他问道。

“够了！”格林生气地说，“你这完全就是下流话，十足下流！”

“我**知道**，”西尔承认，“但实际上，你看到了，我只有五岁，非常淘气。我偷看小女孩的裙底，尝我的大便，给老师看鸡鸡。所以我想让你告诉我‘成为幼儿园生’是指天真地重回儿童时期的性反常还是变态地假装儿童般的天真……”

“那格林之后有没有跟你发生关系？”我问安娜斯塔西娅。

“他**本来**要的，我确定，”她说，“从始至终，他都觉得自己在捍卫我的**清白之身**！但当肯纳德提醒我你所说的那话时，我混乱了，因为我**不**喜欢格林先生——不是**那种**喜欢，特别是经过了春天的那件事——但我又**相信**你，乔治，即使你自己不相信你自己。但让我扮那……那**荡妇**，对我来说太**难**了，你知道……”

“西尔医生，这太下流了！”格林说道，“你他娘的清楚我不是什么锯骨的白大褂，你想说什么就说什么，我也不是开头的精神大夫——原谅我的措辞！我就是乡下来的单纯小伙儿，就想做些对他妻子、家庭、学院好的事情。别以为我不知道你这医生扮演把戏背后打的下流算盘，骗谁呢。”

“你做什么了？”我模模糊糊搞不清楚安娜斯塔西娅引诱格林，对他们二人是有益还是有害；目前看来，类似于她之前巷中被强上的重演。与此同时，我发觉治疗室中的谈话更为吸引人，与我的任务、格林以及西尔自身的任务更为相关。

“我满脑子想的都是我哪来的**姐妹**，”安娜斯塔西娅说道，“他试着脱我的衣服，一旁的肯纳德则在脱**格林**的衣服——肯纳德，真有他的！我在桌上扭来扭去，肯纳德觉得我是在装**性感**——我猜格林也这么觉得。但我实际是一边**故作放荡**，一边**想着挣脱**，我被你的话搞糊涂了。总之，我对着格林的耳朵喊，我是莫里斯·斯托克的妻子，十二岁的时候就不是处女了。听着我的话，再加上我扭来扭去，他断定我是那挂掉的妹妹！他从我身上起开，感谢奠基者——实际上，我清楚他啥都**干不了**，即使他有心思；你知道我在说啥——他开始训我，说我给姐姐斯泰茜抹黑了。**天哪**！之后，肯纳德带他进了治疗室来安抚他，即使格林说他好着呢，没关系，不想听肯纳德再啰唆。但肯纳德一脸崇敬地对他说，他不是要给格林建议，而是要求**他给自己**建议……”

这时，尽管我的心思依然很大程度在我的夫人身上，但我不再听她的故事了（变得有些歇斯底里），而是满心惊喜地去听格林对西尔医生的建议。

“你就不该玩这鬼游戏，”他严肃地说，“像你这样受过教育的聪明人，玩它掉价。而且这游戏对你老婆也不尊重，我相信你老婆一定很正直……”

“这是她的主意，”西尔抱怨道，他语气固执得像个学龄前儿童，“蜡笔和冰棍棒也都是她的。”

“那不重要，”格林坚持说，“你该尊重她。振作起来：你除了有癌症，和正常人一样！别让你老婆的疯念头弄傻了你，和蕾茜那样的骚货喝酒、厮混——你该学会看透那样的女人。”

“我看透了。”西尔医生敷衍地说道。

“不，”格林责怪道，“为什么这么说？如果你看透了，就拿掉她的缺陷，这样你就有个通过了的媳妇和孩子他妈！”

“我们没有孩子。”西尔冷冰冰地指出。

格林没觉得尴尬。“那就赶快造几个呀！没有孩子的婚姻算什么？”他眼里有了泪水，掏出钱包，“瞧瞧这些小鬼，你不想要几个吗？他们是不是你见过的最通过的小鬼？现在他们当然长大了……”

尽管可能他哭不了，西尔医生还是用手帕擦拭了他眼边的绷带，摇手拒绝了照片，仿佛一看见他就受不了。格林抽了下鼻子说，尽管他在其他方面，又傻又挂科，但他是个疼爱孩子的父亲，萨莉·安是个称职的母亲，没人能否定这一点。抱着这个念头的他们实现了他们生而为人的自然目标，可以心满意足地走向毕业认证大门。对他的话心生满意，甚至由此得到启发的我看了看安娜斯塔西娅，惊讶地发现她也满眼泪水。我想起了之前，出于别的原因我建议西尔夫妇生孩子时她的情绪。我觉得她现在和当时差不多，都是为他们高兴才流了眼泪。

“小孩子是块宝，”我兴奋地说，“我本来要亲自告诉西尔医生这点，不过可能有一条限制条件；但格林跟他说效果更好。”我打了她的翘臀一下，玩笑似的说，她是时候怀孕了；如果斯托克硬度不够，布雷爽了约，那我就亲自跟她做……

她叫道：“我讨厌你！”随后跑到了接诊室。我跟在她后面。

“安娜斯塔西娅，我只是开玩笑。”

“你什么都不懂！”她看向母亲，后者默默地用毛线打着以诺教的标志，“你能住口吗？”

尽管我吃惊不已，但我确信我看到了她的愤怒：羊群中不孕太少见了，所以我都记不住我的夫人不能生育。我着实没有脑子；她肯定想和斯托克生孩子的，就单单泌乳能增大乳房也是好的。我诚恳地道歉，为了安慰她，我跟她说校长夫人即使被校长搞得泌乳了一两次，她也还是平胸；我听说（听总拘留所直率的犯人说的）真有男人偏爱没乳房的女人。就我所知，莫里斯·斯托克可能属于那种人。

她对着我的头一阵敲打。

“住手，安娜斯塔西娅！我搞不明白你打我干啥！”

我们的扭打引得格林和西尔出了治疗室；他们一开门，安娜斯塔西娅就跑到靠里的位置去了，脸背对他们。格林一撇嘴，甚至朝她的方向吐了口口水。由于绷带的缘故，我看不到西尔医生的表情，但我们互相热情致意。他很高兴我听到了他和格林的谈话，并高兴我认同了他的逻辑；他依次拥抱了我们，毫无非分之意，尽管他不能哭或抽鼻子，但他一说到养孩子的话题声音就带着哭腔。

“乔治，正如你所知，我们上次试过了，”他不情愿地说出，“太不像话了，跟黑德上床——还在所有地方中选了蜜月小屋汽车旅馆，跟新婚的大一学生一样！事情本来应该极度违背常理，就像你期望的那样，但当黑德穿上新娘睡衣，我想起了前几个学期的所作所为……”他声音沙哑地说，就是那时，他的眼泪开始止不住地流。他没有反常地跟他妻子发生正常的性爱，而是沉浸在无望的希望之中，渴望卸下他们之前所作所为带来的负担，哪怕只有一小时，来一场简单、羞涩的性爱。当然，那不可能：他不是反感或不乐意，而是觉得羞愧，并最终怯弱了；他们会是怎样的父母？他们讥笑对方，互相谴责，之后各干各的去了；她去大厅买饮料，扑到了克罗克身上，他则吃了安眠药。

“这不是个好法子。”格林坚定地说道。

“奠基者啊，乔治！”西尔叫道，“我过去真是个瞎眼的蠢货！如果人能重新来过！”

“重新来过，”格林赞成道，“聪明从不会让人开心。只要活着就有希望。”

听完这些老生常谈的话，西尔发出呜咽声。但他问我，就算用上所谓的“自我催眠自动失忆”疗法，且不说在蜜月小屋汽车旅馆孕育孩子了，他能自然地和他妻子做爱吗？这他敢想吗？

“如果一个人对愿望的渴望之心足够强烈，”格林语气庄重，“他的愿望就能实现。不管是啥。”

我笑了：“我觉得不管怎样，你可以试试，如果他们准许西尔夫人出院的话。”就他的情况讲，我觉得加上“如果计划再失败，你也不用担心”这句话并不明智。毕竟如果设想正确的话，挂科与通过并无二致。考虑到他跟安娜斯塔西娅说的话，他熟悉那悖论的真谛。“忘记塔利跛德、基南德和你自身，”我建议他道，“不断告诉自己，你之后会幸福快乐。”

“我一直跟自己说我没事，”格林说道，“**妈的，管他呢。**”

他摇摇头，不说话。

“我和我的夫人有些事，”我说，“可以暂时用一下治疗室吗？”

当西尔明白了“我的夫人”指的是谁时，他欣然允许。而且那天他也心神不宁，看不了剩下的病人了。尽管他一心专注于自己的“任务”（他将其命名为‘与妻上床’计划），但他大胆提出“看透我的夫人”的意思必然是指否定我的男性性别——或更确切地说，承认并接纳他口中每位男性身上都存在的女性要素——来证明**男女**之分同其他类别一样虚无。这不就是我新答案的意义吗？“克服我的病弱”，如果他对释咖尼安主义的理解没错，应该类似于指否认**生病**与**健康**之间的区别或否认“我断称患病”的事实——如果可以的话，他要带着这个态度面对他的鳞状细胞癌。“毕竟，”他说，“如果我死于癌症，那么癌症便是我的化身：在奠基者看来都一样，不是吗？”

我耸耸肩：“医生，你可能说得对。但管他呢。”

他拳头抵到绑着绷带的眉头。“**我明白了，我明白了！**”他本要再拥抱我，但格林竖起根手指说道：“啊。”

“乔治，我之前怀疑你，真该挂了我！你**真是**大导师！”

我摇摇头，但角落的母亲说道：“A+。”

“A+，A+。”格林同意，但他表示大导师不该和蕾茜·斯托克这样挂掉的人有来往。

“我没事。”我向他保证，指出即使是以挪士·以诺，也通过了一两个荡妇。“真奇怪，”我对西尔医生说，语气严肃，“我觉得我了解你俩，了解得很透彻，对马克西、艾尔科普夫博士以及其他人也是。甚至莫里斯·斯托克我都能或多或少地看透。但我的夫人却是个谜；我一直理解不透她。”

“我跟你一样，我他娘的也搞不懂萨莉·安。”格林承认。

“我之前觉得，黑德维希从里到外我都清楚，”西尔医生说，“但现在，有时我怀疑我是不是对她一无所知。我懂她一点吗？”

我们可能想的不是同一件事：我觉得安娜斯塔西娅的神秘，不只是女性标志性的善变与难以捉摸，也不是来源于男性视角与女性视角的差异；更多的，是我对她认识的不足。我记起很早的时候，在羊圈，当时我对马克西比我对自己的脸还要熟悉，突然，他看起来像一个陌生人，陌生而又与我相异，让我难以接受；就像人发现自己的手臂或腿有了它自己的意识，而非他本人的意识。但就安娜斯塔西娅来说，这种陌生感由于我们不清不楚的亲近，显得越加突出：毕竟我从没有在跨斗上咬过马克西，也没在悼念会上和他发生过关系，或不由自主地（奇怪）跟他说过“我爱你！”，或在我犯错的日子中，选择他作为我的第一门徒。尽管安娜斯塔西娅看着我，眼里发光，但我看不清这光芒后的东西，看不清她行为的出发点。

“无论如何，”我说，“我有时觉得除非我看透了我的夫人，否则我不能保证我了解其他人，包括我自己。这是我唯一春天时坚信，现在还坚信的。”

“我明白你的意思，”西尔医生说，“我可能质疑你对术语的定义，但我肯定赞同你的想法。”

“如果你们不介意，那……”我笑道，“我要去了解我夫人所有的一切。”

他手张开，握上，表示他特别想在观察室观察我们，但格林否定了他的想法，他也接受了。不过他忍不住指出，治疗室是隔音的；如果安娜斯塔西娅真变得和原来一样，有求必应，那人就能爱对她做啥就做啥；沙发旁边的壁橱中存着手铐、鞭子和其他情趣式的审问工具，如果我需要或想要的话。

“你省省吧。”格林斥责道。但他语气里带着忧虑，恳求我小心，尽管他确定我不会越界，占弱势性别的便宜，但像蕾茜这样的荡妇如果勾引起人来，恐怕连现世释咖尼安都招架不住——看看老校长公馆后她对**他**做了什么！我承诺会睁大双眼，告诉西尔医生我只是找启示，不是去满足我的无论正常或变态的欲望，之后就进了治疗室，关上了身后的门。

安娜斯塔西娅坐在皮沙发上，半转着身子，脸埋在沙发扶手与她的胳膊之中。我坐下，就之前无意中伤害了她的感情向她道歉；但当我的手刚放到她的臀上，试着安抚她，她就扑到了我的身上，在我怀中哭泣，说她是校园中最不幸的女人，希望自己通过然后安心去死。

我困惑不解：“那你不生我之前取笑你不孕的气了？我那样说**确实**欠考虑。”

她在我的囚服中抽噎说，她知道我并不是**故意**说这些没轻没重的话，而且无论怎样，西尔医生已经证实她的不孕是心理性，而非生理性的，因此可能不会是永久性不孕。她往后坐正，看着我，脸色通红，表情严肃。“人类的女性没有**发情期**，你明白吗，乔治——我记得在动力室莫里斯跟你说了一些这样的傻事——但我们会有**高潮**。我由于某些原因没有。肯纳德说我不能生育可能就与那有关系。”

我将信将疑，因为据我所知，羊群中最能生、最多情的母羊都没有她说的那种现象：它们想交配了，就扇着可爱的尾巴；交配完了（特别是没有经验的小母羊），如果公羊强壮的话，她们会再来一次。但我确信它们不懂什么叫“激动”和“高潮”。举个例子，玛丽·阿彭策勒是最稳的生羊好手，但即使她上面趴的是布里克特·瑞南克尤勒斯，她都只是安静地吃草！至于不生育，羊圈里就没有几头羊是“治疗”不好的。两勺甜点匙量的苏打放进一升的温水中，交配之前抹在羊的阴道里来中和子宫的酸性环境，这样就可以了——我本打算直接告诉安娜斯塔西娅，但我是来受教的，不是过来教人的。

“那你为什么不高兴？”我问她，“你为什么要死？如果你的器官没问题，你肯定在接下来的某个学期就会怀上孩子，**某个人**的孩子……”

“乔治……”她拉长了我的名字，语气里一百个不赞同，似乎又要哭。为了阻止她，我承认她之前的指责是对的——至少我确实对人类女性毫无了解。我求她用简单易懂的话来教我。

“你下午有要紧事吗？西尔医生已经关门了。”

她紧张地瞥了眼单面镜。我向她保证没人在那看，同时我心中疑惑，既然我们只是谈话，她担心什么。

“雷金外公要来，你母亲想回家，”她说，“不过那也得等到晚饭时。”

“那我要开始了解你了。”我说。“从里到外，每一处。即使要花剩下的一个下午时间。”

她眼睛里满是疑惑：“我挂掉的过去，我都跟你说过了，乔治：所有当时我以为是对的，实际上大错特错的破事。你对我的了解程度不比我少。”

“我不知道你为什么要寻死，”我说，“斯托克也不虐待你了。如果你不能正常怀孕，他也可以给你手动受精。在羊圈，我们……”

她摇摇头。“我不想要孩子！**不想**怀他的孩子，乔治……”她神情严肃起来，“我的婚姻有问题。”

想起斯托克也表达过类似的忧虑，我问她他们到底有什么问题。

“实际上我不爱我的丈夫！”她说完，自己都不信自己的直言。随后她没了顾忌；眼泪直流，承认自己的挂科程度远超我之前所想。她表示自己早就不爱自己丈夫了，她和其他男人做爱，她丈夫都看得津津有味，更别说她和女人、狗、无生命的东西以及艾尔科普夫博士特大号的鸡蛋发生关系了。但她不爱他与此无关；事实上，她从未爱过他。她恐怕从未爱过**任何人**——无论男性、女性或其他什么。在布雷所有的认证中，她认为她的是最假的那个，因为尽管她同情她同学，尽最大努力满足他们的需求，但她现在知道她从未爱过他们。她从未说过“不”（除了我春天时给她的训令以外），但她也从未说过“是”，这便是证据。她可能会用性器官去满足他人，但从不用心。

“有意思，”我说，“我觉得我已经更了解你了。”我表示她的话完美地契合了我对她的最新建议：对同学说“是”，实际上，就是我说的积极性交而非被动接受。

“你**不明白**！”她哭喊道，“我怎么能说这种话？我**不该**说的！”

我皱了皱眉头：“说什么，安娜斯塔西娅？如果我不明白，你教我。”

她闭上眼睛，一只手捶打着沙发垫：“你觉得，为什么我现在这么看自己，以前却没这样？”

我说我不知道，除非是我当时给她和斯托克的错误建议，让她看清了斯托克虐待她与她对斯托克没有感情，这两者没有关系。

“不，你这个白痴！”她情绪激动，倒抽了一口气，之后放声大哭，两只手一起捶打着沙发，“对不起，对不起！啊，奠基者，唯有你……我说不下去了……”

“听着，安娜斯塔西娅”我说，“我没耐心再解密了。我不是什么大导师，但是——”

“你**是**，乔治！”

我坚定地摇摇头：“我不是；我确定。但不管怎样，我希望你接受我的建议，坚持自己的想法。如果我不是大导师，那么我现在告诉你的就是正确的，因为它与之前，我以为自己是大导师时所说的话完全相反；如果我**是**(我怀疑)，那么这也是正确的，因为我是大导师。你**必须**坚持自己的想法。”

“我想，”她说，“因为**你**想让我这样的……”

“那就不要拐弯抹角了，到底什么你不能告诉我？”她看着我，一副痛苦的样子，“乔治，我**爱**你！”我坐起来。她的眼睛又湿了。

“现在我跟你一样搞不懂；我们都不怎么了解对方……”

“你说**爱**，是什么意思？”我问她，心中有些不安。她红着脸反问，我之前说我爱**她**时又是什么意思。“我不知道！”我叫道，“话脱口而出。我甚至都不知道意思是什么！”她开始掉眼泪。我就再次伤害她的感情向她道歉——但，妈的，我心里惶恐不安，我自己也不知道这是为什么；当然还心痒，有些得意，肯定得意——但同样震惊，诡异地害怕，而且由于某种原因有些愤怒。“在羊群里，这意味着发情。对于任何羊都是。对所有羊都是。”

她的头从一边摇到另一边。

“你真正的意思不是说你相信我是大导师吗？”我没好气地问道，“你也爱布雷……”

“哪有！”她愤愤不平地说，确实她之前相信布雷的大导师身份，跟她相信我的一样，而现在不论我是不是，她都只相信我；但她从没有爱过布雷，只是尊敬、听从他而已。她爱我与认可我是大导师之间并无关系。实际上，爱与认可这两种感情的目的有所交叉：“尽管我非常讨厌其他男人，我还是想去做你要我去做的事情，因为你是大导师，你说的肯定就是对的。而我讨厌其他男人的**理由**就是因为我爱你，乔治！”她眼睛直视着我，深吸一口气。“我想让你和我做爱！”

我在治疗室里走来走去，心中极为兴奋。

“你**告诉**我要坚持自己的想法。”她说。

“我知道！我知道！”

“我想和你做我们在客厅做过的事！”她叫道，“你不该就说‘我知道！我知道！’”

“安娜斯塔西娅，我明白。问题是——”

“你觉得我是个——**荡妇**！”她喊道。

“不是，不是。”我说不清楚为什么她的表白，明明让我飘飘然起来，心中没了镇静，但却没激起我的欲望。

“和我**做爱**！”满是羞耻的她用力过猛，采取了和之前在动力室那次同样的姿态，“别让我求你！”

“别，你不明白。”我用指尖轻抚着她的两腿之间。尽管诱人的那里和我触碰时她动人的叫声引得我欲火焚身，我的头脑却越加清晰。我像羊一样，用嘴友好地在她身上摩擦；但我表示，不管爱不爱，我都不会爬跨她，除非她先奉行我的教导。她亲吻着我的嘴。

“我不能从你先开始吗？”

尽管她欲火难耐，但主动对她太难了，她刻意的撩拨非但没有让我起火，反而还浇灭了一些。

“我确实想在交合中了解你，”我说，“但至少得等到你服侍完你丈夫和布雷之后……”

“我不想和他们做。”她双膝跪在沙发垫上，更为坚定地表达自己的意愿，她一把将我的头拉到她胸前，肚脐眼往我鼻子上靠——尽管我已经消火了，但这也都是我梦寐以求的。在她下腹部的我费力地说，这就是为什么得等到她完成任务、兑现诺言，我们才能交配的原因。

“但即使是那样，你也不应该按你说的那样爱我，”我继续说道，“如果我碰巧真是大导师，那我不确定我是否真能有个情妇，特别是那人还是别人的妻子；如果我不是——我就不该在这儿谈情说爱。”这想法一下子在我脑中蹦出来，变得完全成熟；我将我金色的胡子从她那片诱人的黑色移开，严肃地对她说：“安娜斯塔西娅，我离开总拘留所有两个理由：一是纠正我春天时犯下的错误，二是挂掉 WESCAC。这就是为什么我会在这儿——克病弱，看透我的夫人。稍后，我就要去找布雷，和他一起下到腹中，这回不带面具，如果 WESCAC 一开始没有吞食我，那我就毁掉它。”

她起初反对，接着一脸的痛苦，就跟她之前和我表白时的表情一样，静静地听着；最后她穿上她的护士服，不加情欲地亲了亲我的额头。

“乔治，原谅我的出格，”她说，“你看让我主动有多难。”她坐下，整整她的裙子，“如果你被吞食了，那我也被吞食。我跟你一起。”

“不要。”

她一脸坚定地笑着：“不，我就要。如果我不能当你的情人，我就去死，当你的第一门徒。你答应我的。”

我的欲望一下子被点燃了，是被她的端庄，而不是她那些糟心话点燃的。现在她不说她爱我了，我内心深处却满是暖意与惊异。我要考虑如何让她不去腹部；如何让她别占据我的心扉？爱——这种来自感伤文学系的东西——究竟为何物？我困惑不解，之前对安娜斯塔西娅，对马克西有种奇怪的陌生感，现在我对自己竟也有了同样的感觉，那种无爱、谨慎、奇异的求知欲。

“你任务里有什么其他需要我做的吗？”她口气坚定地问道，“还是我现在就回家和莫里斯发生关系？”看她打定了主意，我脊梁骨发痒。我没说话，只是摇头。她眼睛里闪着某种热烈的疑惑，仿佛在说，她属于我，所有都听我的，除了一件：我不要想着让她不爱我。

“接下来还需要了解我什么？”她为了我，语气轻快地问自己，“你知道我的过去，我怎么看事情。我想到了！”她沙发上跳起来，在档案柜里乱翻，“我可以给你看我的病历，我的心理测试结果！我的课业成绩单存在塔楼大厅里；我会给你份复印的。让我再想想……”

“安娜斯塔西娅——”我的声音因激动而沙哑。她视线从档案转了过来。

“不是——我不是只要信息，”她不理会我的情绪，装出一副深思的样子，“那让我们一起想想：**看透你的夫人**，”她打了个响指，“荧光镜！”

我摆摆手，但她按下开关，走到了磨砂镜屏幕的后边。在柔软肌肉的阴影中，我看到深色的骨头与暗色的器官。

“我不值得你爱，”我发现自己开口说话，“我甚至不知道我是谁……”

“这是我的十二指肠，”她用指骨指着，清脆地说，仿佛是在讲课，“这是我的左右肾，往下点你应该能看到我的卵巢。如果看不见，靠近点。”

“安娜斯塔西娅，不要说了。”

“乔治，我想让你看见我的全部。这都是你的，”她侧面转过来；尽管我心中有说不出的苦恼，但我还是看她的内脏看到入神，“现在我就在坚持我的想法，”她提醒我说，“等一下，我要跟黑德之前一样，用个灯；那样你就可以看得透透的了。是不是够挂科了？”她语气中没有嘲讽，只有满是爱意的决心。

“安娜斯塔西娅，不要！”

她不顾我的反对，对自己用起了一根发光棒。

“你想要来操作吗？肯纳德喜欢……”

“我不是肯纳德！”我叫道，我抓住她的手，关掉了仪器，“我不是任何人！”

“你是我爱的人。”她说着，将发光棒放到一边，轻轻抱住我。虽然她举止怪异，但她看起来却很轻松，而我则非常不自在！“对不起，我不该抱怨你的建议，”她平静地说，“我一直和肯纳德、莫里斯一样，常规地来看待你的建议，而不是把它看成你对我的爱的考验，就像《旧大纲》里奠基者考验他的民众一样。”

“安娜斯塔西娅……”现在这名字听起来好陌生，她的头发散发着强烈的气味。我抱住的这个叫**安娜斯塔西娅**的是什么东西？装着肉管与肉袋的细细包裹，上边长着头发，全身被体液浸润，悬连在关节棒之上，这整个东西在我手臂中搏动、喷射、冒泡、弯曲、燃烧、呼吸；本已经末日临头，将化为尘土，却受了妄想之苦，不满在夜里变成胶冻，融合、吸收、分裂，它做起了**通过**之梦、**爱情**之梦，扰乱了睡眠……

她更加用力地抱住我；我感到她乳头充血，不受**安娜斯塔西娅**的控制。我阴茎硬了起来，不受乔治的控制；那是乔治的阴茎吗？2.5亿精子要喷薄而出，要如同鲑鱼般在她子宫的黏液中翻跳；那都是小乔治吗？

我呻吟着：“我什么都不懂！”

6. 看透夫人，取卷轴而归原位

“我在坚持自己的想法，”她的声音很平静，“我认为，看透夫人的那任务指的就是你该透彻地了解我，达到我们两人合二为一的境界。”

这些话非常契合我的新答案，以至于当她脱衣服的时候，我都没有异议。她乐意开始那合二为一的交合（看着我下半身有了反应），但性交未必是她心中所想。她不仅脱掉了护士服、内衣，连头上的发卡、手上的婚戒都取了下来，甚至还洗掉了脸上的化妆品，然后从洗手池那边转身面朝我。双腿稍微分开，双手放在臀部，双颊通红。毫无疑问，受西尔医生与彼得·格林两人关系的启发，她命令我像熟悉自己一样去熟悉她。我问她这是什么意思。

“**检查**我。”她说，声音有点抖；但她非凡的决心一秒也不曾动摇。她变了。

“怎么检查，安娜斯塔西娅？如果你是指扮演医生的游戏，我不明白——”

“**我**会让你明白的。”她闭上眼睛良久，仿佛在积聚力量来继续她不同寻常、让人摸不透的自我诉求。她爬上荧光镜旁的检查台上，一脸严肃地说：“乔治，过来。”我走过去。她往后一躺，头枕在胳膊上。

“仔细检查我，”她命令道，“不要在意我脸红或尴尬。检查我，每一寸都不要放过。但不要碰我，只能用眼睛看。”

我不是块石头：我喘着粗气，利用手电筒和我手杖上的各种镜片，检查着她的每一个毛孔、毛发、褶皱、褶痕、隆突、突起和孔口。我发现，安娜斯塔西娅的毛发从四肢、头部、腋窝到阴部，颜色越来越深，越来越茂密；她棕色虹膜上夹着黑色和绿色；她的头皮比我想象的要白，小阴唇比我想象的颜色更深。她的两个鼻孔长得不一样；三个后臼齿和一个前臼齿中有银色填充物。仔细检查发现，她的乳头颜色斑驳，形状与其说是半球不如说是呈圆柱形。全身共有七十四个小痣，全是棕色的，其中至少有五个长出了毛发。她的耳垂极小，几乎没有下垂；当她站立时，她右侧臀部下方的褶痕处隐藏着一个拇指指甲大小的咖啡色胎记。她的肛门——不像她的嘴唇、舌头、乳头、阴蒂和尿道——既不是玫瑰色也不是呈颗粒状，而是像她屁股一样光滑，粉红中带点米色。她的肚脐，浅凹下去，分成两小叶，与东校园的阴阳两极标志相似。

“量量我。”她说。借助几种秤、一卷胶带、几把卡尺、和屋子里其他的工具，我发现安娜斯塔西娅的体重为50.4千克，其中头部和颈部占2.25千克，手臂各占1千克，每个乳房不到半千克，两条腿加起来差不多有6千克。她站着的时候身高1.63米，躺着的时候要再多6毫米；头发的平均长度是23厘米，腋毛1厘米（她说最近没刮过），阴毛3厘米。额头的周长是59厘米，颈围31厘米，胸围90厘米，腰围65厘米，臀围88厘米，上臂23厘米。额头高度7厘米。眉毛弯度最高处半厘米；但她能将它们弯成1.5厘米。眼睛为1.7×3.2厘米，瞳孔之间的距离8厘米。嘴巴宽度6厘米，肩膀之间的距离41厘米，手指展开的宽度20厘米，臂展167厘米。从腋下量到指尖，右臂比左臂长1厘米。上下两片嘴唇前突距离一致；她的耳朵从脸颊侧面稍微凸出来一点。她的乳房很有弹性，不容易测量；比方说，乳房突起的高度，平躺时4.5厘米，站立时6厘米，弓身时有9厘米。左右乳房下垂程度有1厘米的差异，和左右手臂的差异一样；当双臂垂在身侧站立时，从乳头到锁骨的距离为17厘米，而举起双手时，乳头到锁骨的距离还不到15厘米；两个乳头之间的距离，站立时23厘米，躺卧时25厘米。最后，可以说她乳房的“一般可压缩距离”为5厘米，两边的伸缩距离为12厘米。她的乳头，兴奋时直径为7毫米，厚度15毫米；平静状态下，虽然看起来明显小了很多，但无法准确测量，因为乳头可以说看到卡尺就立正起来，和阴蒂的勃起组织一样。没有艾尔科普夫博士的测量设备，我无法测量她肛门和阴道括约肌力量的具体数值，不过我的手指感觉肛门的收缩力应该是阴道的两倍。

那种感觉，以及其他同样主观与定性的感觉，主要是在测量之后，通过触摸获得的。“摸我。”安娜斯塔西娅命令道，我听话地闭上眼，用指尖感受着她的皮肤和孔隙，比较它们的质地、温度、湿度、坚实程度、黏稠度等等；然后脱掉鞋子，用光裸的脚底和脚趾继续感受着同样的地方，有一种说不出来的感觉；最后，我脱掉了衣服，最大限度地与她接触，结果我一碰，精液便射出了大约 2 米（我后背贴着她前胸）。

我原本要违背之前说过的话，接着爬跨她，但我的一些感官还没有完全熟悉她。射精后，性欲暂时得到了满足，我可以更冷静客观地完成她的指示。此前，我用手肘、膝盖、耳朵、大腿、睾丸，还有肩胛骨，对她从头到脚感受了一遍，现在按照同样的顺序，我又仔仔细细闻和尝。最后的两项探索对我来说没什么新意，因为山羊可以自由地运用鼻子和舌头，问候老朋友，结交新朋友，观察周围的环境。当然也有不同，比如，他们没有脚趾和凹陷的肚脐，既不用肥皂也不用香水；另外，就饮食上讲，羊与人类女性之间差异巨大（更甚于物种间的差异），因此相比于舔舐斑点奶头海达或雷德费恩的汤姆，我对安娜斯塔西娅的品尝有了不同。从嗅觉与味觉上，我感受着她的发油、耳垢、眼泪、唾液、鼻涕、汗水、血液（左手食指上用针戳破）、淋巴液、尿液、粪便、皮肤油脂、阴道分泌物以及手指甲和脚指甲屑——我没吃午饭，肚子咕咕作响——然后立在一旁，等待她接下来的指示。

“传记学知识，心理学知识，医学知识……”她盘腿坐在检查台上，扳着手指数着，“荧光镜知识、生理测量、视觉、触觉、嗅觉、味觉……我们忘了听觉！可以用肯纳德医生的听诊器！”她从工作台上拿起听诊器，熟练地递给我，让我听她的心跳、呼吸以及肠道的蠕动声，所有的声音都比我自己的轻柔很多。她很用力放屁，但却放不出来；但另一方面，她有一个绝技，可以随意地打嗝，这是她十岁时学到的本事，到现在还会。之后，她一直滔滔不绝讲着性交的话题，语气客观公正，这是她临时清单上的最后一项内容。她承认，我们现在的这种探索与前戏的唯一区别就是动机不同，尽管在她主动服侍斯托克和布雷之前，她不会与我进行实际的交媾，但她知道西尔医生的书架上藏着一座色情文学图书馆，种类丰富，令人咂舌，内容包括各种性行为、性特技和性宝典，让生殖器插入显得跟握手一样平淡乏味；她想知道，除了直接简单的性交外，我通过口交、舔阴、肛交、鞭打、互相换性，或者其他我们能想到或创造出来的新动作、新方式来熟悉她的身体，这样算不算违规？

“让我来扮演男人，”她胸腔的振动在听诊器中轰鸣，“你做女人。”

但我放下听诊器摇了摇头：“嗯，安娜斯塔西娅。我不明白——”

突然一阵急促的敲击单面镜的声响打断了我。安娜斯塔西娅下意识倒吸一口气，迅速去抓可以蔽体的东西，接着想了想，又放下了她从检查台上扯下的半条床单，手指朝那个敲窗人勾了勾，另一只手展示她的阴部；她一定是注意到了我手杖上刻的**希拉纳吉人像**，她和那人像一个动作。彼得·格林冲进房间，涨红的脸，橙色的头发和闪烁的眼睛；就是他敲的玻璃；但他过来不是受了她的诱导——也不是为了痛斥她，尽管他叫道：“蕾茜·斯托克，你个荡货！别以为我不知道在干什么！你就想挂了大导师！”——安娜斯塔西娅的脸涨得跟格林的一样红，不知是因为他的指责，还是因为自己在他面前一丝不挂；但她没有退缩，双手叉腰，半转着头，半眯着眼地看着他——考虑到这是她刻意之举，这姿势着实撩人。格林受不了了。

“这破地方乱了套了！”他对我说，“疯子和骗子满地跑！大学完了！”

原来，西尔医生去了女性慢性病房，打算安排他妻子周末出院两天，格林跟他一起进了医院大厅，想着看望一下自己的妻子。但他们却发现整个医院因校长雷克斯福德一项耸人听闻的行政命令，哗然一片。命令不仅特赦了所有的拘留犯，还要求医院给所有行动无碍的精神病人办出院。医院工作人员都认为雷克斯福德疯了——传闻说，不仅“开卷计划”会像大多数人所希望的那样将被废除，而且所有关于赌博、卖淫、考试作弊、毒品、同性恋、色情文学和影片的行政法规也都会被一同废止。他们摇了摇头——但这就是命令，而令所有人意外的是，西尔医生不仅没有反对，反倒宣布他理解并认同校长的立场；他命令护工和校园巡警保护卧床不起的病人（比如格林夫人）；然后他亲自跑去检查了神经附院的每一扇小门和大门，确保它们都是开的。许多工作人员都跑了；格林说，大厅和等候室一片混乱；好几次巡警都被迫开枪自卫。之后格林就没了西尔夫妇的消息。格林贿赂了警察，让他们增派双倍警力，驻守在萨莉·安的病房门口，然后冒着巨大的风险回来给我报信。

“还有你妈，保佑她！”他继续说，“她精神不正常也不是她的错。当儿的就该对自己老娘负责，”但他对安娜斯塔西娅一撇嘴，“他们就该弄像你这样的人，我才不管。你活该！”

安娜斯塔西娅满心害怕，也不管他的侮辱，马上冲到接诊室，确认了母亲安全后，匆匆穿上护士服。“那些可怜的病人！”她叫道，“或许我可以安定一部分。”

情况看来确实非常危急。一阵阵巨响、尖叫从走廊传来；一个穿着白袍的家伙，侧着身子就冲进了接诊室，手一直在肋骨下方捉挠，一边乱叫，一边尿了一地毯。

“哦，嗯，好。”我母亲嘟囔着。他冲向我母亲，我也冲向他，但他看到我就转了个方向，直接从窗户跳出，先是玻璃碎了，接着他也摔碎了，因为房间距离地面有好几层高。母亲继续织着毛衣。其他疯疯癫癫的人在门口边横冲乱撞。

“锁上门。”我命令格林。他直挺挺站着不动。

“乔治，不好意思。不是有意冒犯，但我不能违背我母校校长的命令，无论对错。对于母校，我唯一的遗憾就是我只有一次生命来献给……”

“那我们出去。”我说道。尽管我很高兴雷克斯福德听从了我的建议，但我想起了列昂尼德在尼古拉动物园闯下的祸，担忧起我们的安危。我的夫人表示反对，说她的首要责任是照护病人，格林则认为不管怎样，像她这样的人穿护士服就是对护士服的侮辱。我命令前者记住每个人的首要责任是信奉奠基者——也就是说，求个人的通过，而通过并非总是可以通过慈善来达成的——对于后者，我表示希望他不仅能护送斯托克夫人安全离开医院，还要一直送她到动力室。

“不！”安娜斯塔西娅反对，“如果一切都完了，那我也不在乎我的任务了！我和你一起去。”格林嘟哝说，我不该为了荡妇让他离开萨莉·安。

“为了萨莉·安小姐你也必须这么做，”我说，“为了所有病人。我要这荡妇回到她该待的动力室，这样她就不会祸害其他无助的可怜人。你觉得你可以吗？”

安娜斯塔西娅看出我的初衷，表示抗议。

“我没问题。”格林说着，手用力地在大腿的裤子上摩擦。

“不要，乔治，求你了……”安娜斯塔西娅说。

“她可能会勾引你，”为了安娜斯塔西娅，我提醒他，“她极为主动。不像她姐姐。”

“乔治……”

格林狠狠瞥了她一眼，抓住她的胳膊。“你跟我走。别想勾引我，没门儿。”

我轻柔地扶着我母亲的胳膊肘；她咯咯笑着，收起毛线团，顺从地站起身来。

“至少给我一分钟整理一下头发！”安娜斯塔西娅说道。她变了个语气，变得坚定而狡黠，但她脸上却是一样的表情。我心情不无复杂地推测，本来冲突的事情——按照我的建议来坚持她自己的想法，以及她想跟我去塔楼大厅而不是和格林回家——现在不矛盾了。她会尝试用身体来贿赂格林。尽管我曾敦促她主动，但我心中并不好受，而这并非完全是因为她成功后，会跟着我进腹部，面临危险。为了确保我不是羡慕或嫉妒格林，我对她笑笑，使了个眼色，仿佛在说“我完全看透你了，祝你好运”。

我确定她看到了，并明白我的意思，但她只是冷冷看了我一眼。

“小心疯子[1]。”格林提醒我。

安娜斯塔西娅拍拍头发，手臂伸进格林的手臂之下。“他没有那玩意。

---

1. 原文为nuts，既指疯子，又有睾丸的意思。

很高兴有个男人送我回家了。”

她这反常的粗话惊到了我，也刺痛了我的心，我的脸涨得通红，格林也一样。这一定是她的策略！但当我装出一副忍住不笑的样子时，她冷漠地转过脸去，朝着格林耳朵低语了一番，格林的脸红得依旧热烈。朝他们道别时，我竟悖于理智地提醒她，如果在腹部事情有变，她可能再也见不到我了。

“真的呢，”她说，“再见。哦，彼得，你能帮我系一下后边吗？我够不着扣钩。”说着，她美丽的后颈转了过来，对着他。

“嗯。”格林说道。

“我的破钱包不知道落到治疗室哪里了！你能帮我找一下吗？”

满是困惑的我领着母亲出了接诊室；格林关上大门的同时，我听见身后安娜斯塔西娅的笑声和格林半推半就的抱怨，说他本**不应该**关门，这违反命令。我心中愤怒不已，但同时疑惑这是不是能方便我们安全离开，算是个小安慰！一个疯子跑过来，学着狗叫，我使劲用头顶了他一下，他直接倒地，撞倒了第二个疯子。这样，我们通向电梯的路线上就没了障碍。大厅里，精神错乱的大学生与教员，不分男女，有的吊在灯上摇来摇去，有的坐在轮椅上飞驰，有的在地毯上做爱，有的往打字机上拉屎，或者就是一副奇怪的表情定在原地。我凶狠地挥舞着手中的拐杖，打出一条路来，我和母亲几乎算是一瘸一拐地穿过了这片混乱。我说不清我的愤怒，说不清为什么当我想到爱与恨一定和真与假一样没有区别时，那卓见并没有让我豁然或让我冷静。

我拦下神经附院门口唯一的出租车，告诉司机载我们前往塔楼大厅。日渐黄昏的下午，报童还在吆喝：“输电线合二为一——恐惧，暴乱临近”“雷克斯福德夫妇，夫打妻，吵翻天”。我听到这些消息丝毫开心不起来。跨斗中的小扬声器播着更多的新闻：管理层里的“中庸”分子辞职，抗议校长背书极端主义；艾拉·赫克托被指派担任审计官，还有雷克斯福德不仅承认莫里斯·斯托克是他同父异母的兄弟，还和他在发电厂过了一个周末。“‘像间谍、贪污者这些人，’一名辞职的官员抱怨道。‘诚然有必要请他们到家里做客，但绝不能公开地认可他们……’”发放给输电线守卫的矫正头盔，记者继续报道说，本来旨在通过强制佩戴者眼睛朝下看脚，来改正“抬头”项圈的错误；但从如此的高度往下看似乎会引发守卫的头晕，与之前一样的坠亡现象仍频频发生。

“管他呢，”我说着，随手关了扬声器，“挂科便是通过。”

“A+。”母亲说道。

直到我们看见图书馆，我才意识到我没带钱，无法付车费。我瞥了眼司机，想着只能看看他是不是个善心人。之前我心烦意乱，根本就没注意，现在看清了，明白了他为什么是精神病院那唯一的出租司机。他穿着白衣服，没有腰带，没有纽扣，眼睛里闪着光，脸上挂着夸张的笑容。我吃惊不已，命令他停车。

“停车，”他跟鹦鹉一样尖声叫着，“停车。”他的手死死地握着车把，像他死死的表情一样，固定不变；摩托车开上了路缘石，穿过了塔楼大厅广场，吓起了一群大学生，最后开进入口两边的紫杉树篱，停住了。引擎熄火。

“嗯，好。”母亲说。司机还像之前那样直直地坐着，满面笑容，尽管紫杉树枝抵在他的脸上，甚至戳进了他的嘴。

“定遮[1]。”他翻来覆去一句话。我把我妈救了出来，让司机留在车里对聚集而来的民众重复他那句话。我看到人群，心中不免一惊。

图书馆里一切都还算平静：我镇定了思绪，回顾了所发生的一切。安娜斯塔西娅和我在治疗室互换了角色——她是大导师，我是信徒——这并没有什么不舒服。但她最后的行为让我摸不着头脑，而在我烦乱的心中，还有一个我更加理解不了的谜团，我抱着她时就曾想过：那透镜背后，呼吸的雌性生物体是什么，它说了句“我爱你”。这些带着元音的话是对谁说？**我**，**爱**，**你**这三字又指的是什么？这谜团既反常又神秘！

不，我还没有看透我的夫人，也没看透我自己。如果这是我的病弱，那

---

1. 停车。

它还尚未被克服；病弱甚至战胜了我。很好（我在上楼去编目室的路上提醒自己，此时母亲出于习惯按下了电梯按钮），我那项任务挂掉了，倒是符合我的心意，挂科便是通过。但我心中的喜悦消失了，甚至都没了阴暗的满足感；我感到一股悲凉之情。我想，如果母亲没疯，马克西没有被拘禁（如果特赦了）：能和他们讨论我的问题该多好呀！

我们经过文件像车轮辐条般排列着的房间，空空的卷轴柜立在中间。当时是周六下午，而且接近晚饭时间，只有不多学者在那儿。母亲之前的办公室大门紧闭，上面还挂着个小牌子，写着 CACAFILE 故障。我想到我没有什么理由来这儿：我想找的是布雷；不对，甚至不是布雷：是 WESCAC。不对，甚至不是 WESCAC：是死亡。我心情莫名其妙地低落起来！取卷轴而归原位，通过终考，与 WESCAC 以及它所代表的东西单挑——这都不重要，我甚至都无法思考，脑子里都是我那神秘的夫人。我和母亲一样，出于习惯从医院出来后就到了图书馆，与我春天时教导众人的顺序一致。母亲嘴里哼着小曲，从她的织衣包中掏出一把钥匙——有人肯定忘记收她的了——打开门。角落里出故障的控制台开始闪烁，仿佛睡醒了一般。

“想要什么读物吗？”母亲机械般地问我。

“不用——不用，谢谢你，女士。”

她没理睬她桌上的新名牌，调整转椅到舒服的位置坐下，仿佛准备工作一般，尽管办公室灯不亮、她还穿着外套。“嗯，小伙子，你四处看看，想要什么跟我说。一本好书可比什么都强。”

我心情一下开朗起来。我亲了亲她的头发。又一次，她纯真的无知给了我启发！

“妈，仔细听好，”我说，“你能调出《奠基者卷轴》吗？我想把它放回柜子里去。”关于这项任务，我之前的那些临时想法在真正的灵感面前烟消云散：以挪士·以诺和其他一百位真实或虚拟的徒步旅行教师，不正通过他们自身的例子教给了我们，通往毕业认证大门之道要通过下界校园吗？我的答案：**挂科即通过**，不就是那真理的警句形式吗？春天时，**取卷轴而归原位**，这命令似乎是最简单、最清楚的；但又是最为让人困惑的，因为卷轴没有丢。这项任务，甚至在那时，我都觉得是我完成的所有教导中最似是而非的一项——尽管准确来说它们全都是错的。振奋人心的是，可以说，这一次，在我故意似是而非地“解决”了前五项问题后，那倒置的原则同样也适用于第六项任务，这样我对卷轴的重新归位不仅真实有效且意义非凡。重要的是，之前它没被误放；但现在，因为我上次放错了它的位置，我可以将它归位了！东西复得必得先失，修好前必先损坏，健康前必先病弱，清晰前必先模糊——简而言之，要想通过必先挂科！确实，我未能立刻想出如何将这非凡的卓见运用到终界端的问题上，我还没开始想呢；也没有真正修好我损坏的大钟，或清楚地看透我的夫人——但这些疑虑不值一提，它们不过是我卓见光芒投下的阴影罢了；我忽视他们。挂科**就是**通过！没有过去的惨败就没有当下的胜利；正是经过春天那一遭才有了如今的金秋。

“好，嗯，”母亲说着，走向了控制台，“‘奠基者卷轴’，是吗？是这个书名吗？”

“对，《奠基者卷轴》。”

我亲她的那下，她还没缓过神来，有些慌张。她不断摆弄着她的发夹和CACAFILE的开关。“……**轴**，”她小声嘀咕，按着机器按钮，“亲爱的，你说谁是作者？”

我犹豫一番。“奠基者。”

她没有迟疑：“……**基者**。只有姓吗？”

“只有一个姓，母亲。”

CACAFILE似乎随着她的点触而颤动。“请移步隔壁，”她说，还是一副工作的腔调，“你要的书卷大约将于一分钟后被送至借书台。”

我一抓着她的胳膊，那办公室做派就消失了；她迈起了碎步，脸红得跟个害羞的女学生一样。CACAFILE控制台发出咆哮，随后，和之前一样又休眠般地闪烁起来。

“母亲，我们一起去借书台。”

“喔。好。”

但走到空的卷轴柜那里时，我们被两阵喧闹声吸引：一是从编目室隔壁的借书台传来的女性尖叫声，声音里既有吃惊又有喜悦；二是从我们最开始的进门处传来的男性声音，语气愤怒：“原来你**在这儿**，挂了你！”

在条幅状架子旁的六名学者抬起头。

“你好，父亲。”母亲平静地说。

眼前的这个人确实是雷金纳德·赫克托，但变化巨大：他原本的地中海头发已长得齐肩长；原本光滑的身体现在呈褐色，铁丝一般，裹着安哥拉羊毛；他脚上穿着一双凉鞋，右胳膊下（明显受伤了，因为他左手紧握着右臂）夹着牧羊的曲柄杖！她朝他走近时，雷金纳德试图用左手举起曲柄杖，之前吃惊的我变得不安起来。我们躲到卷轴柜之后。

“‘P.-G.’！”一戴着黑框眼镜的年轻女子从借书室跑出来，双手攥着白色的细长纸条。在她身后，桌上的斜槽中喷出了更多类似的纸条，那场景如同纸带被风扇吹起。“感谢奠基者，您来了！您看看这儿。”

我认出她是将军教授赫克托之前的接待员，现在脱了制服，明显被图书馆雇了，可能是来顶替母亲的。她对她前雇主的装束并不惊讶，可能是因为她之前见过了，或者她现在生气顾不上惊讶。“P.-G.”停在那儿，皱起眉头，曲柄杖定在空中。母亲咂咂舌头，不为所动。那年轻的女人向前捧着那团缠在一起的纸条，哭嚎着：“这是《奠基者卷轴》啊！”

老校长紧抓着他受伤的胳膊：“你他娘说什么！”

“A+。”母亲确认了那女的说法。

“CACAFILE 疯了！”那女人叫道，“这几个月一直都找不见卷轴，现在出现了，成了碎带了！”

旁边的学者个个惊愕：一位抓起一把碎条，边端详，边叹息；有的跑到编目办公室，对着锁上的门一顿捶，还有一些到了借书台，他们全身肌肉紧张，绝望地看着那时代的智慧被切碎喷出。

“**你！**”我外公吼道，将一把纸条伸到我面前。我闭上眼，点头，吃了一口那废纸。

“**他在干什么？**”接待员尖叫道。

母亲和善地笑道，仿佛是在回答图书馆事务员的询问：“就随便看看，谢谢。”与此同时，她一定想到了铁杉林里，我们一起读书的模糊岁月，因为她又抓了些，亲自喂我吃。尽管我没吃午饭，非常饿，但我还是觉得那陈年的羊皮纸很苦，就像一坨屎在沙漠里经过了几个世纪的暴晒——伴其入口的除了苦恼，还有怀疑与凄凉之感。要么我刚刚才有的卓见错了，我和之前一样茫然；要么是对的，我如我所愿地挂科了。

把那些碎纸片放回柜子里有什么用？我察觉到按照我的意思和 WESCAC 的意思，挂掉一切可能是我答案的深层含义；也就是说真正等同于通过的挂科可能就是不懂得“通过便是挂科”的挂科。我咀嚼时，这个念头如昏暗的灯光闪过我的脑海，我却没有感到丝毫慰藉。不，我和《奠基者卷轴》一样成了杂乱的一堆废物：我不在乎“P.-G.”赫克托的曲柄杖（正在一次次落在我肩头）和旁观者的惊恐；不在乎电灯又开始闪烁，就像春天那次灾难一样，这表明了输电线区域又发生了危机；不在乎学院一片混乱，疯子与挂科者四处横行——奇怪的是，我满脑子想的都是我的夫人。我想到她在彼得·格林，或莫里斯·斯托克，或埃布利·艾尔科普夫，抑或是卢幸运·雷克斯福德的身下——不，身上面——在客厅的台子上公开地做爱。不，不，不是他们；或是她把他们服侍累了，她站起来，情爱之后双唇微张着，通过巧妙的动作将他们的精液排出，然后胳膊往前一伸，投向了她命中注定的情人怀里；后者有一双闪光的眼睛，从台子上起身，用他质地坚硬的黑色披风围住了她的身体。我不再嫉妒，不，我心中宽慰；当我听到她闷闷的欢愉声，知道通过的精液被永久地注入了她的体内，我甚至为她高兴。我想死。

“你不能吃那东西！”一名学者喊道，用手抓着挂在我下巴上如同**面条**的纸带。

“见鬼去吧！”我外公呵斥道，“**独立**，去他的吧！”他抓着他的外衣，“我的助手呢？”他质问他的前接待员，“把我身上这鬼毛衫脱下来！”

“他们不是跟您在羊圈吗？”她说。

“哦，妈的，我忘了我把他们派到那儿了。”突然，他戒备起来，怒视着我，问我一个人怎么能同时既给羊准备药浴，又得提防像汤三代这样的小羊。他一提那个名字，我的眼泪就止不住了；我咽下口中那一大块反刍的卷轴残片；剩下的都掉到了地板上，学者赶忙收集起来。有一瞬间，我的绝望没了，取而代之的是一种甜蜜、却又心痛的情绪。

“汤姆三代？外公，你去放羊了吗？”

“别叫我外公，挂了你！如果那羊没弄坏我胳膊——”

尽管他有伤在身，他还是要狠狠地给我来一下；我低下头等着，等着和他口中的那头羊的祖父雷德费恩的汤姆一样死去。接待员和旁观人群发出叫声，他们中很多人都被混乱吸引住了。

“住手。”这穿透喧闹以及我内心的声音，我熟悉：声音有力，短而尖，如同拇指捏死跳蚤、蹄子裂开的声音。阿魏草根，我之前无谓幻想时闻到的味道，现在微弱地在空气中弥散。和布雷的声音一样，气味是从借书台传出来的，所有的眼睛都注视着那里。他站在桌面上，仿佛是从 CACAFILE 里冲出来的一样：跟我上次见到他相比，他更高，下巴更瘦，毛发更少，更显威风，声音更大，气味更浓。他皮肤发亮，像上了漆一般，甚至如我想的一般，比起他白色的短袍，他更愿意穿质地更硬的黑色披风，像是由又硬又亮的嘎巴甸布料制成。每个人都不说话。我外公不满地哼了声，但也放下了曲柄杖。母亲嘴里发出恶狠狠的声音，猛地从包里抽出织衣针，一下子弄散了她织的东西；但她允许我拿走她的针。我拍拍她的手。

“乔治，谢谢。”布雷从桌子上下来，朝辐条中心走去。

“先生，您看看这！”一个老学者哭叫道，眼泪都打湿了手上的羊皮碎纸。“都毁了！”

一时间所有人都开了口：这是我的错，不是 CACAFILE 的问题，后者最初的故障也是由我春天的妖言引起的；更确切地说，是卢幸运·雷克斯福德的责任，因为他们觉得就是校长该死的特赦让我和母亲获得了自由。老校长的前接待员最能嚷嚷：她第一眼看见我时，就怀疑我，她跟布雷如是说道(我觉得，她是忘了那时我一直戴着布雷的面具)，一系列的灾难证实了她的怀疑——除了我那些人尽皆知的罪行，我还逼疯了母亲，搞坏了 CACAFILE，先是弄丢了《奠基者卷轴》，之后又毁了它；是我毁了新坦慕尼最受人崇敬的爱校主义者、退休校长、将军教授（退休了）。我推翻了爱哲基金会，引着学院往学生会主义堕落（她坚信我是学生会主义的间谍），我还不满足，又用见不得人的手段让前校长、最伟大的“P.-G.”、最体贴下属的主子，离开了大广场，放弃所有的荣誉职位，去照看一群臭羊——可能是就想给马克西·施皮尔曼报仇。马克西·施皮尔曼这个“粉红教师”，这个叛徒，他罪有应得。

“好了，好了。”“P.-G.”小声说道，高兴地红着个脸，用他的好手先拍了拍那穿着紧身衣，怒气冲冲的接待员的屁股，接着，手往上，放到了她的背上，一副同学之间的客气样子。

“A+。”我母亲说道，我觉得她是被那女人义正词严的语气打动了，母亲怒视着布雷，仿佛他是众矢之的。旁观者小声嘀咕；照相机咔嚓声一片，摄影师咒骂闪光灯电量不足，骂我的人说我是罪魁祸首。只有那几个学者心思不在我们这儿；在将碎片送到编目室后，他们退到借书台来抢救剩余的卷轴，求知欲取代了沮丧。布雷耐心听着这些指控，面无表情，仿佛没什么新鲜的。我也毫不在乎，只是不满她对羊群的侮辱。之后布雷抬起手示意所有人住嘴。

“赫克托将军教授去羊圈，这是他自己的决定，”他说，“他想‘不亏欠任何人’，我相信他这么跟我说过。是吗，先生？”

我外公生硬地认同——我觉得，他也不想欠别人建议，甚至馊建议也不行。他说自己是可悲的将军教授，不知道自己一败涂地。他不会否认自己在那之前觉得意义相同的目标——绝对的独立与完全的自立——实际上是互相矛盾的。他发现在不靠他助手来管理羊群的情况下，他完全依靠自己——这种依靠如此耗费时间，他都没有机会“做自己”了。远离同学与手下，他从早到晚照看着羊群，准备自己的三餐，维修羊圈，甚至自己做衣服，修补衣服，他几乎没有时间来给自己卷一根烟，更别说去独立，享受个人主义了。

“这还是我**两只**手都能用时。”他说。

“您真可怜！”接待员叫道，抚摸着他受伤的胳膊，“让我来给您包扎好。”

但他拒绝了，说他要亲手包扎伤口，就像暴乱时他发现自己助手偷懒，他不止一次亲手包扎一样——依赖偷懒的下属显然愚蠢；他可怜山羊，现在他想起来了，他派了助手来代他照看它们。不：这些臭烘烘的畜生该死！

“那个想法不是羊孩给的，”布雷又问了一遍，“对吗？”

“我自己做的决定，”老校长没好气地说，“我不赖别人。都是我的主意。长官就该为下属的错误负责。”

虽然我听得云里雾里，但我还是被他的荣誉感打动。我就之前给他、但现在他否认的建议向他道歉，我同意建议给错了，不过错的理由和他的不同。

“人人为己。”他不耐烦地叫道。

“听听！”他忠诚的前接待员称赞道，抓着他没有受伤的手臂，眼镜后对我闪着蔑视的眼光，仿佛我被贬得一文不值。我转向布雷，解释了我在他给雷金纳德·赫克托的认证里发现的错误，语气中既包含着尊敬又有旧怨：引文“无班能过”意指自立是外公通往毕业认证大门的钥匙，因此我劝他抛弃对他兄弟广场老人的依赖，他一生都在依赖艾拉，还不承认有这回事，并且我劝他单独去放羊。但我现在清楚了，他这样不仅比之前更有依赖性，只不过依赖的对象换成了自己而非艾拉和助手，而且我的建议自相矛盾：我认为通过（至少对雷金纳德的情况来说）依靠独立，然而要前后一致的话，通过应不依靠独立。

“一派胡言！”外公叫道。

“我们可以引用你吗，先生？”一名记者问道，但看到前接待员拿着她前雇主的曲柄杖，疯狂地挥舞，又马上退回。

布雷可能笑了：“我相信艾拉·赫克托想要重新资助爱基会。他出了之前的双倍的捐赠，实际上……”这句话在旁观者和记者中引起了不小的骚动，那些记者可能是自己过来的，也可能是和布雷一起来的。“你的意思是不是，”他礼貌地对我问道，“赫克托校长应该向他的兄弟提出申请，重新担任爱基会的会长？”

“我不接受任何人的恩惠。”“P.-G.”厉声说。但他还是对这个提议感兴趣，因为他还嘟囔着：“而且据我所知，艾拉不正常了；他可能会拒绝我。

我才不会求他！”

我向他确认，如果布雷说的爱基会情况是对的，那么艾拉定是听从了我今天的建议，否认了我春天时的建议；如果他想官复原职，可以依靠艾拉。

“先生，我才不相信他的话。”接待员说道。

“我觉得这次你该依靠你的外孙。”布雷插话道，声音短促，语气平静。对他的支持，我心中除了欣慰还是欣慰，不仅因为这对我外公好——我早已原谅他为自己的未来而杀婴未遂的行为，只希望他安好；同样因为布雷接下来的话表明了，他相信我，比我自己在过去的十五分钟里对我还更有信心。

“狗屁外孙，”“P.-G.”说道，“我没有留胡子的松垮外孙。如果他是的话，我也要和他断绝关系。”

“A+。”无知的不幸的母亲说道。

布雷举起两只胳膊，气势十足地展开他的披风，朝大伙儿说：“听好，乔治·贾尔斯又叫农业山羊孩，又名比利·山羊蹄兹，在我的要求下，于今早早些时候从总拘留所释放。我相信他是真真正正的‘贾尔斯’。”他的这份声明在人群中引起了一番混乱：记者急忙要打电话；外公和他的前接待员都皱起眉头，倒吸着气；母亲哭了，亲吻着布雷披风的下摆。我仍狐疑满腹，不过心中有了起伏。

“但是，”布雷继续说，“他可能是大导师，也可能不是。”记者停在去打电话的路上；每个人似乎都长舒了口气，甚至我自己都是。“听好，同学与门徒们：春天时你们绞他是对的，但我叫停了绞刑，给了他缓刑也是对的。他有机会来弥补之前的过错，正确地完成他的任务，从而来验证他宣称找到的答案。马上他和我就要跟上次那样，进入 WESCAC 的腹部，但这次不戴面具，我们看看到底谁会安然无恙地出来。可能我们都没被吞食，可能我们都被吞食；或者可能乔治·贾尔斯是大导师，你们眼中如假包换的我不是……”

他挥手叫停了众人的反对声；显然除了我那一圈子熟人，其他人都始终拥护他。母亲还跪在他面前，仿佛他在夸我。前接待员愤怒但不乏尊重地反对说，根据报道，我的第二次大广场之行是灾难性的，与春天的那次比，有过之而无不及。看看我把《奠基者卷轴》弄成了什么样……

“他的任务是取其而归原位，”布雷冷静地说，“而《奠基者卷轴》的源起是什么？不是奠基者，虽然确实是由他启发，但源起于他门徒的思想与心神——也就是说众生的思想与心神！如果大导师吃掉了他的话[1]，他不是吃掉了他自己吗？”

那女人就算没感到满意，至少也安静了。外公沉着脸看着我，一副不确定的样子。我饶有兴趣地听着布雷的道歉，尽管我不记得命令按响汽笛的、叫停绞刑的人是他；尽管我明白他释放我，别有用心；尽管我无意和之前一样接受WESCAC的考核，只是觉得他对我第六项任务的解释巧妙而直白。而且，“吃掉我的话”还有另外一种含义，不论他是否有在表达这个意思：我今天一整天不都是在纠正之前的错误吗？

“想想，”布雷下了命令，“CACAFILE在给卷轴分类的过程中将卷轴撕成了碎片，CACAFILE如此分类，我认为是受了春天时乔治·贾尔斯的指令。但乔治他现在否认存在这样的分类；否认**所有类别**。按照他目前的教导，一本书和另一本书的区别，**书与非书**的区别都是虚幻的，因为奠基者为一，奠基者为一切！他毁坏并吃掉了部分卷轴可能就是为了证明这个；也可能不是。”

我惊讶于他的分析，布雷仅通过大概的报道与对我一天行动的观察，就抓住了我的观点，这能力着实令我刮目相看。其他人似乎不怎么信服，但又敬佩布雷的大度以及阐述能力。我仔细观察着他的表情，想找到奸诈的痕迹，但却毫无发现。

“要明白，”他最后说道，“我不是说事实就是这样，或乔治·贾尔斯的教导就是我的教导……”人群中有赞同的嘀咕声，“但纠正和管教老师是学生的事吗？只有我们不戴面具通过了腹部，才敢说谁是学生，谁是老师？”他的表情似乎变得悲伤起来，接下来的话让我深受触动：他说实际上，众生

---

1. 原文为eat His words，也有“承认自己之前说的是错的”的意思。

必然会**评判**其导师，而由于众生没有达到大导师的水平，必然会判断错误，个中理由就写在《奠基者卷轴》上：**预言教授从不是学院里的**优等毕业生。这也是众生的缺陷：但这没法避免；赞美大导师为真或谴责大导师为假，这是学生的本性，但除了真正的大导师能给出正确的判断，其他人一概不行。他是说学生必然会判断出错吗？实际上，他们可能赞美了真的，谴责了假的，也可能同样轻易地反过来。但无论如何，这些都是他们在无知的情况下所做出的。他是说“同样轻易”吗？不，并非同样轻易，因为假大导师通常比真的更讨人喜欢；因此真的大导师几乎会被无一例外地谴责成假的，假的会被拥戴成真的——但这也不是必然。

“去腹部出口处集合，”他号召他们，“不久我就会评判乔治·贾尔斯，他也会评判我，WESCAC 评判我们两人。现在无知众生可知的，不过是我们两人中的一人做了不实判断，或错误判断；或者两者可能都做了，也可能都没有。因为假的大导师与门徒一样并不智慧，无知的他可能真心觉得自己是大导师——或挂科地假装自己是。甚至 WESCAC 也可能出错！WESCAC 是什么，它就不该出错吗？为什么它不保护、确认‘贾尔斯’——或真或假或错——为什么它会混淆真假‘贾尔斯’，为什么它会不明不白、错误地或带着喜好地选择不是大导师的‘贾尔斯’，而非不是‘贾尔斯’的大导师，做出其他你们所能想到的错误判断，或不做任何评判？到腹部的出口那儿等着！看看谁出来了；听他说什么——之后愿意相信什么，愿意做什么，就去相信，就去做。你很可能会出错，因此《奠基者卷轴》上写着：**参加终考人众，得到毕业认证者寥寥。**亲爱的同学：挂掉的永远比通过的多！A+。”

“A+！”许多他的听众都回道。尽管他们听了布雷的话起了沮丧情绪，但还是恭顺地散了开来，只有记者留在原地，想看看接下来事情如何进展。布雷扶起跪在地上的母亲，礼貌地、甚至饶有兴趣地听她唠叨安娜斯塔西娅肚子中她可爱的孙儿。

“对，”他竟然这样跟她说，“会有的，夫人。不会出错。”他把母亲交到了她父亲手上。他欢迎外公重回大广场，表示考虑到卢修斯·雷克斯福德失职，接下来的几个学期，校长这个职位需要他的指导和帮助。

“嘴上没毛的小年轻，”外公嘀咕着，他的话也不总是始终如一，“天知道他们在干什么；这是娇惯，娇惯。如果你想做好一件事，你得自己亲自做。”

布雷拍拍他的肩膀，告诉他好好考虑我让他担任爱基会会长的建议，接受它，好处多多，这样就有机会重新雇用他的前接待员。之后他转身看着我：“同学，我们去腹部吧？”

7. 过终考；身份证，妥签名，交予权威

他身上散发着恶臭，即使我对气味容忍度一贯颇高，都觉得难以忍受。尽管如此，我还是求他原谅，态度谦卑，又不失尊严。

“布雷博士，你知道的，”我说，“我之前觉得你是个挂科的冒牌货，现在我不觉得你挂科了。”

“但还是个冒牌货？”他问道，我觉得他的口气里透着轻松，“没关系。你真的不认为你自己是大导师了吗？你应该对此公开声明，明白吗？不要再下到腹部了。我说这些，就是纯粹为你的安全考虑；我对你毫无恶意。”

我相信他。首先，他没有别的原因把我当作对手，觉得我会威胁到他的职位，或抢夺安娜斯塔西娅对他的爱，这些我都无意争夺。但我心中残余的傲气不允许我按照他说的来做。我告诉他，他可能不是他所宣称的那样，但他也绝不是像我之前认为的那样，是个简简单单的冒牌货；他身上还存有着我无法言说的特殊性。再者，尽管我不再认为自己是大导师，但我清楚这个观点可能和我所持的其他观点一样是错误的。或者在我内心深处，我既持着这个观点，又坚信挂科便是通过。

“啊，”他说，“那我们就只管进腹部吧！”

接着我表示，尽管我不害怕 WESCAC 吞食我——它可能会吞食我——但出于我之前跟他陈述的理由，我不承认它有考核我的权力，不承认任何人有这样的权力，除了我自己，而同时我不想成为媒体报道的噱头。因此我们就朝着塔楼大厅的主厅走去，这让记者很是懊恼（一些记者还公开表示他们要“报复回来”）。大厅那里，跟前几个学期的那个晚上一样，一群人聚集在忽闪的灯光下，一个个警报、一条条流言让他们越加不安。布雷号召他们等在腹

部的出口处；之后他和我乘上专门的电梯，前往 WESCAC 的口部——由于现在处于非常时刻，把守电梯的是一队穿着防暴制服的后备军官训练团士兵。

“你刚刚说什么？”布雷问道，语气非常镇定，边说边按下电梯上唯一的、凹下去的按钮。我们在黑暗的机井中下降。电梯下降时，在闪着红光的前厅中，我朝他道明了我这一天完成的任务和我目前的意图，我声音语气中立，不想求他的认可或引起争论。我回顾了马克西、列昂尼德、克罗克、斯托克、彼得·格林、艾拉·赫克托、雷克斯福德校长、艾尔科普夫博士、西尔医生和安娜斯塔西娅的情况，回顾了我对他们的新建议和背后的逻辑，说了因为他们的挂科，我对于他们通过候选人身份的坚信。

“我明白了，”布雷说道，“我们现在呈上凭证吧？”

我说，这另当别论：让 WESCAC 通过我的凭证，和按照它的意思来完成任务或终考一样，都不符合我的答案。我的身份证基本算是空白，仔细分辨可见其上有着模糊的“乔治”二字，照我看来，这二字代表**父亲**和**主考官**都是**我自己**：我生而不为乔治，生而不为任何人；我创造自己，正如我为自己选了名字，当我略过终考，我要向自己呈上证件（证件已经“妥当签名”）。

“你说**略过**终考？”

“我要挂掉 WESCAC，”我说，“插头在哪？我要把它拔了。”

朝着磁带架中的扫描控制台走去的布雷很可能笑了。“乔治，别傻了；根本没有什么插头。你得切断输电线，或让电线短路。但把 WESCAC 如此当回事，你觉得真的有意义吗？它只是个象征符号。”

我本要和他争论：是象征符号把母亲搞怀孕的？是象征符号吞食掉了天照学院、乔·赫罗尔德？之后如果不是吞食掉整个大学，也可能吞食掉我的是象征符号？是象征符号将虚妄与定义包在电路之中，欺骗众生去相信它与挂科的存在？说什么象征符号！但布雷咂咂舌头（按着控制台上的各种按钮），提醒我说电梯上去了，从而堵住了我的反驳。他说除非通过腹部，不然出不了口部，而且据他所知，只有 WESCAC 检查过我们的凭证，同意了，我们才能进到腹部。“为什么不把你的卡放进卡槽？”他说，“这不代表什么，特别是你都抹掉了签名。如果你真当回事，这也是个质疑计算机的好法子。我的已经放进去了。”

我没看见他插卡。无所谓了。跟春天那次不一样，我插卡时故意把卡掉了个个儿，上下前后反过来插。

“我觉得，”布雷说着，拉下机器旁边的操纵杆，“什么卡都不影响开门，但会决定之后发生的事情。比如说，如果我们是尼古拉学院的特工，我想门也会开，但之后我们会被吞食掉。你觉得呢？”

那如黑色瞳孔的虹膜圆口打开了，我看得出神，忘记了回答。我试图去想我的夫人，毕竟这可能是我在校园的最后时刻了——但我的头脑如同我的身份证一样空白一片；即使安娜斯塔西娅的画面真的出现了，我心中也毫无情绪波动。什么都没有发生。我猜由于我们没问问题，掉入操作台杯中的是我的证件，而非回复卡，布雷将它递给我。我把证件放回包内，他在一旁指出，腹部的出口也牢不可破；如果问题提出前我没被吞食掉，我也别无选择，只能回答 WESCAC 的问题。

自然，为了表明我对主考官的蔑视，展示自己对于挂科即通过的信念，我可以随心、故意地做出“错误”答复；他也觉得我可以选择不按按钮。但他认为，这样我就会被永远困在腹部当中。

我当时是否对我计划里的困难心生沮丧，怀疑布雷骗我，想让我改计划，琢磨如果我选择不离开腹部，他该怎么离开，这些我都记不起来了。和之前一样，我也不在意他是否跟我一起，或不经过考察，就秘密逃跑了。我穿过入口，俯身冲下入口通道，落入黑漆漆的温暖房间，房间内海绵似的表面悸动着。布雷随后跌撞进来，碰到了我。我闻到了他的臭味，但我俩没说话。我滑到了小显示屏那里，上面已经亮出了“你是男是女”的问话。那么应该和之前的问题一样。我打算和春天那次一样，回答*是*，因为我之前所有的回答，跟我一样都必然错误，而且挂科即通过。但仔细考虑过后，我决定更加严格地遵照我的新观点来回答，完全否认 WESCAC 的权威，否认其术语的概念预设。因此，我按下左边的按键——*否*，如果布雷之前的指导是对的，且我的记忆没错，按键盒没调换位置或临时改变的话——因为毕业生常常将真理分裂成对立概念，而*男女*两个概念如果不是最招人反感的虚妄对立概念又是什么？。

我上前回答时，我觉得我听见了布雷的叹息声，或是房间内护套发出的咯吱声。

任务是否无时而即成

出于三个原因，我心中毫不迟疑地回答了是。首先，我把大钟固定住了；其二，时间流逝的概念也是死挂的妄念；其三，挂科即通过，上次或这次任务没完成与完成没有本质区别。但仔细想了片刻，我按下了另外一个按钮，因为从最高角度来看，在无时间限制的无缝大学里，不说区分任务与待完成的任务，任务的完成者“我”都是虚无的概念。按照相同的逻辑，我在看到“贾尔斯，WESCAC之子”时，也按下了否的按钮，整个过程中我虽信念坚定，但心中仍有不安；因为不仅“贾尔斯”与WESCAC的关系同子与父之间的一样，概念间的区别为假，而且如果考虑正确的话（即使从学生的错误理性看），我由优选样本孕育，而优选样本取自众生，因此我是众生的孩子；WESCAC的角色不过是受精的仪器，众生的工具。我做好了被吞食掉的准备，但一切如常。

“你想通过吗。”计算机最后问道。对这个基本、终极的问题，我已做好了准备；我闭上双眼，屏住呼吸回答了否，否、否、否、否、否，仿佛在把我的拒绝一拳拳重重地打在WESCAC的心头！按第一下时，屏幕闪烁，接着随着我的按动冒起了火花；墙后边的机器零件振动、轰鸣，把我甩倒在地，抵在紧闭的出口处。我听见了痛苦的呻吟声，一定是布雷。这实在如同末日一般，尽管在穿透大脑的射线下我已没了感知（我以为这便是脑电波扩增所造成的疼痛），但入口出口满是电弧火花，洞门大开；橡胶烧焦的味道弥漫整个腹部，墙壁收缩，如同比尔的拘束衣般裹住我，裹得我直不起腰来。但在我还没来得及发出最后的呜呼，将我已挂掉两次的思想交由奠基者之时，气味刺鼻的房间一阵震动，伴着巨响，我屁股朝前被排出了腹部，落到了外边冰冷的地面上。又一声巨响，布雷也落到了我的身旁；之后出口没有关闭，反而敞开着，无声无响地冒烟。女同学尖叫着，抓着她们身旁的男同学。混乱不仅只在 WESCAC：塔楼大厅后，目之所及的所有路灯都冒着火花，闪着刺眼的光芒，像照相机闪光灯般发出砰的响声。电视的工作人员一边咒骂，一边跑着，给人群发放免费的手电。有两名工作人员拿着麦克风跑过来。刚才的气浪，眼前的混乱，再加上意识到自己又一次穿过腹部而未被吞食，我一时有点蒙，站起身时（布雷落地时是双脚着地），都还没缓过神。这次没了赞歌；人群受了惊吓，无心歌唱。

布雷询问其中一位过来的记者："出什么问题了？"记者告诉他，根据传来的简报，东西校园输电线，要么某个地方碰到了一起，要么离得太近，产生了电弧，至少暂时造成了整个动力室的短路，严重影响了 WESCAC 和校园。

"我知道了。"布雷说道，一副不为所动的样子。移动发电机的灯光照在我们身上。在我试图确定我的立场时——这一天的事情有什么意义，我接下来该干什么——他拿过记者的麦克风，要求大家注意。

"女士们先生们，听好！门徒，同学们，听好！羊孩乔治·贾尔斯，据他自己承认，依自己的意愿，挂掉了一切！"人群中发出一阵愤怒的叫喊声，但当他们要来抓我时，布雷命令他们别动，随后把我拉到他身边，用手挡住了嘴，诚恳地问我借手杖，好用来进行一个简短但必要的仪式。我明白他的意思：之前我说自己通过，他说我挂了，现在我承认自己挂了，他则要通过并认证我，甚至要以棍触肩，封我为大导师——这是他在校园里的任务(在三月份，情况危急时，他就这样告诉过我)，他存在的理由！不过，一切都不明朗；我满心疑问，但不安的心跟拿着手电的民众一样激动。的确，当情况允许冷静思考时，是我而非他人来决定我的情况、性质以及原则；但不管我是因挂科而通过还是因通过而挂科，官方公开的认证都不会对这悖论有什么影响，还可能在这危急时刻安抚民众。对于民众来说，晦涩真理最好的呈现方式便是简单的格言与仪式。我把手杖交了出来。

"谢谢，"布雷说道，"请跪下。"民众安静下来；我那拘于矛盾的灵魂也一样，可能手杖碰一下，我就不纠结了。我跪了下来。

"这才对。"布雷说道，狠狠地给了我一闷棍。我喘不过气来（手杖打在我后背，如果打在头上，头都能打爆），他在一旁对着大喇叭说：“羊孩乔治·贾尔斯，我们苦难的源头与化身：现剥夺你众生身份。不可缓刑；不可复效；无宽大处理。特将你驱逐回羊圈，立即执行，永不出圈。”群众赞同声一片。还没缓过神来的我被提溜起来，“明早，”布雷向民众宣布，“我将前往奠基山，在安排的柱刑上行神迹，欢迎你们所有人前往见证。现在我将回到腹部冥想，但不久后我便要出去，登上钟楼，造出神子，”他顿了顿，“羊孩归你们了。”

所有这些惊人的声明都得到了一片欢呼。听完最后一个声明，人群将我团团围住，完全不管我该受的惩罚。我看不到布雷了。不知道是故意的，还是在拉扯过程中无意的，我的囚服被撕烂了。我的家伙冻得蜷缩起来，这招来他们一波嘲笑。两个穿着短裙和厚毛衣的女学生对我又捶又打——脑袋被打得最严重。她俩的毛衣就和她们用来打我的那个话筒一样，上面都印着NTC的首字母缩写。在行的怀疑论者疑心我戴了面具，粗暴地拉扯着我的头发、胡须。如同噩梦一般，我又被弄到了老校长公馆前的空地上：一辆跨斗摩托已停在熟悉的路灯下（现在灯灭了），绞索从路灯顶上吊下来。外公赫克托在门廊里发号施令，用他的曲柄杖指挥着已到位的电视工作人员，而他忠诚的接待员（她的图书馆工作服已换成了军装）从头上取下一堆铅笔在写字板做着标记，之后又将铅笔插回头发里。“P.-G.”是在反对还是在指导这私刑，我无从得知。我想知道母亲为什么没来。斯托克的手下一如既往地吵闹；我没看到他们的上司，也没看到他们有任何想要阻止暴徒的意思。那些衣服上带字母的女学生不再打我，转而去领导上刑的人群；她们走到灯柱前，敏捷地转过身来，单膝跪地，用话筒和熟练的手势，带领人群喊着：“抓羊！抓羊！”我被抬到车顶，下面戳着的是我的手杖，这时就和春天一样，我甚至听到了公馆角落里传来一声喊叫——“强奸啊！”。叫声中带着熟悉的惊恐。我叹了口气，不用行刑人动手，便放好了羊角号，把头伸进绞索里。我不要再看我的夫人在去钟楼幽会的路上，再被二次挂科的彼得·格林蹂躏，我不要再听见那汽笛声响，这次一定是来真的？都结束了，我那令人生厌的一生，以及大学的历史！又一次，我大错特错，但错在哪儿，我心痛到无暇顾及。不过管他呢！

但是我在慨然赴死之前停住了一刻，因为在巷子里尖叫的，不是安娜斯塔西娅，而是黑德维希·西尔。她穿着薄薄的病号服，抓着个布娃娃，追她的不是彼得·格林而是克罗克。显然，在雷克斯福德的特赦令之前，克罗克的病还没治好。抓着克罗克裤腰，跟在后边半跑半拖的是西尔医生，他穿着白色短袍，脑袋上绑着纱布。大喊“强奸了！强奸了！”的也是他。西尔夫人看见人群立马停下，仿佛端庄起来，把布娃娃紧紧地抱在胸前，一根手指含在嘴里。瞬时，克罗克便追上了她；令我更惊讶的是，西尔医生竟英勇地为她而战，但，唉，只是方便了克罗克的侵犯。因为他们三人跌倒时，他把克罗克的囚裤拽了下来。即使这样，医生也没放弃；他站起来，不顾力量悬殊与自身安危，挥起两个拳头打向克罗克。可怕的弗鲁门齐乌斯人已掀起了猎物的长袍，掏出了家伙；西尔夫人一只胳膊肘撑在地上，开始玩着洋娃娃，丝毫没有意识到危险临头。英勇的医生挨了一记反手；随后倒地，不省人事。克罗克哼了一声，一下狠狠地刺向了西尔夫人——那些迟缓的守卫都没阻止，之后如公羊一般上了她，这下西尔夫人应该清醒了，从她的叫声都能听出来。

我闭上眼睛。不论结局的旁枝末节有无改变，都是一样的套路。克罗克呱呱地叫着，黑德维希号啕大哭，我耸了耸肩，双脚跳离了跨斗，想结束这一切。不幸的是：垂死的喘息还没吹响羊角号，我就被一双强壮的肩膀托举起来。羊角号飞了；绳子松了；我睁开眼睛，发现自己跨在克罗克的脖子上，就像曾经在客厅里那样。我和黑德维希之间，倒了一路的大学生。黑德维希现在瘫坐地上，拥抱着她昏迷的（如果还没咽气的话）配偶。

“大家不要惊慌！”老校长赫克托通过扩音器喊道。但那些没有倒下的旁观者爬踏着同伴的身体，逃命去了。几个满身煤污的守卫拔出手枪，向我们走来；克罗克一定是在车子旁边找到了我的手杖，就拿着它，咆哮着，准备战斗。一个穿着和发型都是行政人员模样的年轻人站到了我们中间，警告守卫们注意院际影响和新坦慕尼的学院形象。更让场面乱中加乱的是，我母亲还是从校长公馆里找了出来，走到门廊之上，只看了周围一眼便昏了过去。一团蓝色的毛线从她的针织袋里滚了出来，几近滚到了祖父的脚边。

“奠基者啊，帮帮我吧，来人哪！”他喊道，即使没控制住自己，仍控制了公共广播系统，“操，我这条胳膊！给我找个东西绑好！”最后这句话，虽然是用着广播，却是针对接待员的。尽管天气很冷，后者还是立刻解开了制服的扣子。她还没来得及递过去，“P.-G.”就把它夺了过来，命令门卫把袖子系在他脖子后面，吊着胳膊。与此同时，留着刘海的、不知道是副校长还是行政助理的人，征用了跑掉的残忍女学生留下的扩音器，恳求警卫不要开枪，再等一分钟；恳请我如果可以的话，制止克罗克：他说，克罗克弗鲁门齐乌斯母校的使者第二天要来接他，当下第三次校园暴乱一触即发（如果不是已经开始了的话！），新坦慕尼需要争取尽可能多的支持。他说，有报道称，艾尔科普夫博士当下和雷克斯福德校长身在发电厂：我能在警卫的护送下把克罗克带到那儿，安排艾尔科普夫照管他，直到他被召回吗？

“我忙着受刑。”我提醒他。助手为误判道歉，说即使是新坦慕尼也有缺陷，并向我承诺，如果我能把克罗克安全地带离大广场，自己暂且回到羊圈，他会尽一切可能为我平反，如果有必要的话，他会向塔楼大厅最高委员会申诉布雷的决定。

暴徒们已经退到了安全的距离。克罗克呱呱叫着，把手杖递给我，仿佛在请求我的管理。警卫们随时准备在他做出危险行为时射杀他。一辆白色的救护车闪着大灯，急拐进了前院空地，车上下来的医学院工作人员急忙赶去救助西尔夫妇和我的母亲。雷金纳德·赫克托和接待员之前一起进了公馆，但随后接待员又出来了，一件后备军官训练团大衣遮住了她裸露的肩膀；她把她雇主的旧衣服朝我们扔过来，又傲慢地离开了。

那刘海终于没了风度；他抓起衣服，不知道是单纯地要扔给我，还是要砸我，喊道：“这还有完没完了？这死挂的一切！”

衣服是上等安哥拉羊毛做的，但裁得不好，缝得也不好。不管眼前境地如何，外公的放羊技术和刘海的苦恼劲儿引得我一阵发笑——随后，我拿掉绞索，穿上了熟悉的羊皮大衣，最后看了一眼昏迷不醒的妈妈，赶着克罗克往家的方向走去。

第三卷

Third Reel

1. 十字路口

我们组队驶离大广场，司机估计实际上此时时间应该不超过六点半。司机希望不超过，因为不管暴乱不暴乱，他的小队都要在七点结束执勤；他得知动力室正有一场史上最嗨的聚会，他可不想错过。我引着克罗克坐到跨斗里，但自己还得坐在他肩膀上。街道和建筑物因为断电一片黑暗，而且由于当下情况危急，路上和屋里也几乎没人；尽管打头的守卫带路带得很糟，不过我们的前进速度还算可以。我脖子痛、肚子饿、还憋着尿，那是一年里最长的一夜，晚风寒冷刺骨；但我已心死魂散，绝望与平和之感难有区分。对于自己抛弃马克西、母亲和希望，我已不再心痛；对于绞刑再次流产，我也不再懊恼；我想到能重回羊群，也高兴不起来。我不再忧虑众生的困境，或自己的困境。只是有种虚无感；这种积极的虚无感占满全心。

车很快，大概一个小时，我们就来到了乔·赫罗尔德丧命的峡谷——那似乎都是几十年前的事情了。冷清的月光洒在河滩，水面（河水仍在流动）

映出了旧桥墩上的新桥面。设计不同，终点相同——来年春天水流湍急，我只知道桥一样会被淹没。走到道路交叉处，右转过桥，通向羊圈，左转通向动力室，前方响起枪声。队伍慌乱停下，也向天打了几枪，作为回应。随后左边也响起枪声，几乎枪声响起的同时，三束车前灯灯光晃入视线，一束从身前来，两束从左边来：三辆摩托都是油门加满。守卫非但没面露惊慌，反而纷纷下注：他们都看好走在面前那条路上的“老大”（也有人叫他“**首领**”）先到路口，尽管左边的那两位看着离得更近。他们没看走眼，“老大”莽撞十足，应该就是莫里斯·斯托克，他突然开始开枪，不是朝天，而是朝着他竞争对手——子弹打在他们前进道路的前方，不管打没打中，子弹穿过石头，大灯下升起阵阵灰尘。两人里领先的那位急转弯逃命，跟赫尔曼·赫尔曼一样，车开进了浅沟；另外一位明显降了速，就这样，莫里斯·斯托克先滑到了我们车前灯照亮下的路口，三四秒后，他的对手，另一位动力室守卫也拍马赶到。和我一道的那一队人为他们的老大欢呼，嘲笑他们怯弱的同事。

“看看弗里茨是不是**完蛋**了。”斯托克命令离他最近的守卫，并且笑着指出不仅他的“近道”坑坑洼洼，他车上还载着两名囚犯，反而他的竞争对手，路好而且两人只带了一名囚犯——幸亏不在弗里茨的车上。卷尘中，他抬眼瞪着我，仿佛已预见会在路上（确实，之后我才得知我的护卫已提前用无线电通知他了）见到坐在克罗克肩膀上的我。“战场和情场都可以不择手段，是吧，羊孩？”他一副洋洋得意的语气。

我无话可说，当时，我以及我护卫的注意力都在斯托克车上的乘客身上。本来瘫坐在跨斗里，眼睛蒙着眼罩的他们听见我的名字动了起来。借着手电筒的灯光，我看到了他们；我不敢相信：铐在一起的分明是彼得·格林和列昂尼德·亚历山德罗夫；他们的衣服和脸同绑在他们眼上的亚麻布一样满是血污——那根本就不是眼罩而是绷带。“多好的一对，是吧？”斯托克问他的手下，但话中带着针对我的闷火。“看看汉斯车上的那个。”

“**傻了**。”另一个开车的汇报道，说着用手电筒照着那没了意识的乘客。艾尔科普夫头耷拉在跨斗车板外，一只耳朵上挂着副新眼镜。“昏死过去了。”汉斯捏住自己的鼻子，指着犯人实验大褂上的污点，不是血。其他人大笑。我身下的克罗克不安分起来，嗅着空气，但似乎没认出他没了人样的前舍友。

“在客厅里酗酒滋事，”斯托克说道，他熄了火，下了车，用手电照着我来观察我的表情，“吃了一公斤的**血肠**，还试图强暴我妻子，没牙的他啃了玛奇屁股上的芥末，直到啃出了血。之后他吐完晕倒。但你的哥们儿雷克斯福德，他还在那儿呢。”

“不实之言性。”跨斗里列昂尼德·安德烈奇冷静地说道。

“乔治，列昂尼德说得对，”彼得·格林赞同道——他的声音也带着一反常态的平静，“是那女的占艾尔科普夫的便宜——他才不屑她呢。就是蕾茜，那个荡妇。”

士兵们被这两个满身血污的家伙惊到了，一声不吭地听着，发动机都停了。

“不是蕾茜，”列昂尼德反对道，“是安娜斯塔西娅夫人。牺牲自己满足同学需求。”和格林一样，他声音克制，两人说话时都面向前方。

“或许我对蕾茜的看法错了，”格林承认，“但不管是蕾茜还是斯泰茜，那都不是牺牲自己。而是完全的淫荡。”

“可能吧，”列昂尼德表示同意，“但考虑到一切，我不这么认为，你说呢？”

“我跟你意见不同，”格林说道，“不过可能错了。”

“我也可能错了。”

斯托克双手叉腰听着他们对话，但他们话一停，他便满是厌恶地爆发起来：“两小时前，两人还打得死去活来；现在又好得跟个什么似的！”

他开始讲述他俩的争吵——表面上是娱乐守卫，但语气里带着讽刺，我知道是讲给我听的。他说他一开始不打算开聚会的，他讨厌聚会；那是死挂的校长的主意，这校长给了他妻子一拳之后，完全放飞自我，下令立马在动力室的客厅举行狂欢会，这样按他的话说，就能在新坦慕尼骚乱时胡混了。他主要就是和安娜斯塔西娅胡搞，醉醺醺地叫她弟妹……

“乔治，别信他的鬼话，”格林打断道，“雷克斯福德醉了，声称斯托克是他兄弟；但是是蕾茜勾引的他。”

“对，”列昂尼德认可，“但是她是安娜斯塔西娅夫人，而且不是勾引。”

“够了！”斯托克叫道，直勾勾地怒视着我，“这是我见过最恶心的事：一院之长像个死挂的大二学生一样醉酒胡搞！还吹嘘自己如何地暴打他的妻子！告诉所有人他是我兄弟！斯泰茜骚得跟熔炉房妓女一样！”

“甚至跟他上了床。”格林确认道。

列昂尼德摇摇头：“甚至跟我们也上过。慈悲性！”

“她是自己想被人上，”格林纠正道，“但管他呢。”

“对。无关紧要性。”

斯托克继续说，这两个囚犯曾就那个问题争吵不休，现在却和和气气：格林按我的要求把安娜斯塔西娅载回了动力室，尽管他一心想和在“骑车旅馆”的家人团聚，但还是逗留了一会儿，和列昂尼德喝了几杯离别酒。一心想着无私却不知如何无私的列昂尼德，不是通过自己的开锁技术离开了总拘留所，而是同克罗克一样，得到了雷克斯福德的特赦。列昂尼德自觉占了便宜，实为自私，于是前往动力室决心当一名东西校园的双面特务。狂欢会时，他碰见了格林，便与他之前的狱友碰了杯，一人喝伏特加，一人喝威士忌。他们先是为决定不离开总拘留所的马克西举杯，格林称他为“被判柱刑的莫伊舍人里最正直的一个”；列昂尼德称其为“最无私的殉道者”。越喝越精神的他们，互相敬酒：“不信奠基者的学生会主义者里，算个好家伙！”“最目无法纪的信息主义瞎蝙蝠，但我喜欢！”最后他们朝安娜斯塔西娅举杯，后者梨花带雨，醉醺醺地要同时服侍他俩。“通过德行性啊！”列昂尼德叫道，“她让男同学都陷入爱情！”“你真是瞎眼！”格林指责他道，“分不清荡妇和奠基者！这不是斯泰茜！”随后祝酒变成了赤裸裸的咒骂，两人情绪激动至极，都忘了占安娜斯塔西娅的便宜，甚至都没注意到她离开了酒吧，又“扑向”（按斯托克的话说）校长的怀里，之后发现校长和玛奇乱搞，就说她要“私奔”去塔楼大厅钟楼，见她另一个情人。

“别以为我不知道是谁，”斯托克朝我吼道，“我可他妈不在乎！”

“他确实在乎。”格林出人意料地说道，列昂尼德也同意。

“我在乎个屁，”斯托克叫道，“我和你们这些自作聪明的人一样不在乎！你们要是在乎，就会劝她不要走了！”他愤怒地说，他们关心的不过是他妻子到底是毕业的殉道者（列昂尼德的看法）还是（格林眼中）挂掉的荡妇，有个通过的处女胞姐；两人的辩论在酒精的催化下愈加激烈，最终演变成决斗：他们发誓要决一死战，赌注便是对方的那只好眼，胜者得到输家的好眼珠。酒保将他们的协议内容写下，决斗双方各自抓着酒瓶脖子，打碎瓶底，作为他们攻击对手的武器。一时间两人蹲伏，佯攻；斯托克承认，他们二人都一样的无惧、坚定、机警、手臂强壮，因此这决斗很可能会以不流血的僵局而终。之后列昂尼德激动地喊了几句尼古拉语，张开臂膀，格林觉得自己受了侮辱攻击，便拿着酒瓶一顿挥舞。但当他前刺时，他才意识到他的对手是自发投降，梗着脖子等他砍：酒保（他自己是叛逃的尼古拉人，狂热的反学生会主义者）后来称列昂尼德说的是“你比我更该看清真相”或类似的话——按照酒保的理解说，列昂尼德害怕因为有完好的双眼，会看清校友面目。

“并不是这样，”跨斗里的列昂尼德评论说，“我是说安娜斯塔西娅夫人，他该通过我的眼睛来看她。”

“我晓得，”格林说道，“不久我也搞明白了，我他妈对他也是这么想的，他该用我的眼分清斯泰茜和蕾茜。”

因此他试图立刻收势，列昂尼德却试图往玻璃碴上冲，可能一人或两人同时距离判断失误，玻璃瓶没落在列昂尼德的喉咙上，反倒落在了他脸上，刺在了他没带眼罩的眼上。格林因此自责不已，拿起伏特加酒瓶，插进了自己的眼里。

“他们血染客厅，”斯托克说道，“你还以为是在斗兽场呢！”

他逮捕了他们并进行急救。他说，不管特赦与否，他要送他们进总拘留所，他自己也要待在那儿，直到雷克斯福德清醒，回到“他该待的地方”。至于安娜斯塔西娅，她就算去生一群小羊羔子他也不在乎。

列昂尼德平静地说：“他在乎。”

“没错，”格林说道，“是个人都看得出。”

斯托克讥笑道：“这两货就坐在这儿，羊孩，你说这两瞎蝙蝠，是通过的还是挂掉的？”

尽管讲述者斯托克话里带着讥讽，但这可怕的故事还是激人怜悯；前狱友血淋淋的样子，令人触目惊心，而我只是不发一言地听着、看着，可能连情绪都没带。我没感到惋惜或恐惧，甚至对他们眼下的悲惨境地也没有自责。自从他讲话之初，斯托克的问题就是我的问题，在他问我之前，我便已全身心投入其中，引得我从淡漠麻痹，转而聚焦起我的人生。确实，我的灵魂动弹不得：不是我来聚焦，而是某些东西聚焦于我，如同排便或生产时的痉挛不受控制。列昂尼德·安德烈奇和彼得·格林——他俩的情况只是引起我聚焦的原因，而非我聚焦的对象，我所聚焦的本质上是通过与挂掉两者根本的矛盾。如今那些悖论突然爆发，我闭上眼睛，在克罗克的肩膀上摇摆、战栗、流汗。一切都聚合在一起：我明白了艾尔科普夫博士因我那先有鸡还是先有蛋的天真问题所受到的冲击。我任务单上那循环标志——

无始无终，无尽等同——如同中世纪的刑具拘束着我的理智。通过便是挂掉，挂掉便是通过；但通过是通过，挂掉是挂掉！都同样正确，又都不是答案；两者并非相异，两者又并非相同；**真与假，相同与相异**——不可言说！无法形容！难以想象！我的脑袋要炸了！

“什么？”格林问道，“列昂，怎么了？”

“我看不见，同学。”

看着我奇怪的表情和行为，士兵们都小声嘀咕起来；克罗克发出低吼，明显是感受到他脖子上我双腿的夹紧，他在跨斗里站了起来。

“别想逃脱！”斯托克无疑警告的是列昂尼德，但他的话却击中我的内心。我彻底屈服于困扰、重压我的东西。我不再纠结，放掉一切；解脱之感席卷全身。塔钟不知如何恢复了，钟声响彻校园，仿佛是我自由的信号：这是自打我通过剔除山羊格栅，钟声第一次响起。所有人都听怔住了，钟声继续——**一**，**二**，**三**，**四**——每一声都催我紧闭的双眼流下泪水，上一次这么流还是多个学期前，羊圈外那个六月末的早晨，我的命运就在那刻被改写。“Sol，la，ti”，每一个调都比前面的要高，我的约束被破除，得到解放——之后“do”响：我双眼睁开；我获得了拯救。

钟声也唤醒了艾尔科普夫博士。响第一声时，他坐起来，抓着头。敲第六下时，他及时拿下新眼镜，因为第七声钟响，跟之前在钟楼一样震碎了镜片。响第八声也是最后一声时，他鼻子冒血，眼珠上翻，尖叫道：“**神啊，我的头要爆炸了！**”随后又瘫倒在车内。克罗克跳到他身边，我也跳了下来。手铐掉落在我脚下。

“不许动！”一名守卫警告道。斯托克掏出手枪。但我脚步坚定地走过他，来到他的摩托旁，抓起车内囚犯的手。

“列昂尼德·安德烈奇！”我说，“彼得！谢谢你们，通过你们！”

“是乔治，”格林喜悦地说道，“你好啊，乔治。”

“你们好，”我说，“听好，列昂尼德，你为什么要去总拘留所？”

“因为他被捕了！”斯托克打断道。

列昂尼德耸耸肩：“我要再和施皮尔曼博士谈谈，或许最终能说动他，重获自由性。”

我握紧他的手。“同学，马克西不想那样。但**你**，看——”我轻拍他的手铐，“你自由了！”

他摇摇头。

“回到尼古拉学院！”我劝他，“你得在那通过！”

“自私地通过，乔治。”

“对！**当你**通过了，你要试着帮助 x 同学。”

“拉倒吧，”斯托克冷冰冰地说，“今天下午柴门汀斯基表示自己是学生会的耻辱，要求被处死。他说自己爱他儿子胜过爱学生兄弟。我猜他们会满足他的。”

“什么！”列昂尼德叫道。

“没关系，”我说，“看，你和彼得不再吵架了。重新叛逃！告诉你继父他的供词是自私的：他想让他们杀他，这样他就不用自杀了。然后告诉他**那没关系**！你明白吗？”

“乔治！”绷带之上，列昂尼德的额头皱了起来，“我浑身无可通过性！即使是 x 同学，我爱他，可他也没什么可以通过的！学生性的化身——对**他**才重要！你教导我说他死挂般自私！他怎能通过？”

“或许他不能，”我说道，“试试看。”

他血色的眼泪从绷带渗出：“挂掉便是通过，对吗？还是不对？”

我拍拍他肩膀；手铐从他手腕滑落。

“干什么呢！”斯托克叫道。

“**好**！”列昂尼德叫道，“明天，马克西结束后，叛逃回母院！”

“我要带你去奠基山，”彼得·格林说道，语气突然坚定起来，“我们在‘骑车旅馆’见我女儿并在那儿过夜；明天为了老施皮尔曼博士，我们一起去看柱刑。”

“你去个屁！”斯托克说道，“你就待在这儿吧！”

我拉起格林的手：“彼得，之后呢？”

他吞咽了好几次唾液：“乔治，我回家有的要忙。得盘点库存，试着跟萨莉·安和好……”

“你真觉得你的婚姻还有救？”

他下巴前倾，如果他眼睛没绑着，我觉他眨了眨眼。“可能没救了。但管他呢，乔治！我打算从头开始，我指的是在**理解方面**。一个人经历了我所经历的，看事情就不一样了。我还有很长的路要走。”

“通过你！”我叫道。

“**成为一年级生**，”他一脸苦笑道，“我可能终有一天会毕业。但希望不是很大。”

“不会的！明天到奠基山找我。”

此时他的泪水止不住了，受伤的眼睛流下的血挂满脸颊。他一阵发笑，觉得自己至少是没了幻觉，只是琢磨血泪的混合物对粉刺有没有疗效。“来吧，”他之后对列昂尼德说，“我带你去‘骑车旅馆’。”

“不，朋友，我知道路。我带你去。”

“我给你俩引路，”我说，“我正好要回大广场。”

斯托克朝天上开了一枪。“死挂的这一切！羊孩，你他娘以为你是谁？还是大导师？”

我紧盯着他：“让你手下先开车送他俩去医护室，之后再去‘骑车旅馆’。如果艾尔科普夫博士没问题，让他和克罗克待在动力室，等着弗鲁门齐乌斯人明天来。你不如就送我去塔楼大厅？”

“你跟我一起走，确实，”他说道，“不过不是去塔楼大厅！上车！”他命令他手下不要管我说什么，先送格林和列昂尼德两人去医护室治疗，完了再去“骑车旅馆”——这些不是我的指令，而是本来就是他的计划。他生气地解释说，特赦令之下，他已不能使用总拘留所。同样，需要押送克罗克和艾尔科普夫（在前者的舔头疗法下，后者又苏醒过来）前往客厅，不过理由是他认为这样能赶跑雷克斯福德；守卫要确保艾尔科普夫引着克罗克前往目的地。至于我，如果我觉得他会载我去钟楼和他淫荡的妻子幽会，那我就错了……

“她要见的不是我，”我愉悦地打断他道，“是哈罗德·布雷。”他说我嫉妒、编瞎话，我看得出来他慌了。

“我要做的其中一件事，”我告诉他，“就是把布雷赶走。”

“我肯定你会如此。这样你就能取而代之了！”

我耸耸肩：“先一件事一件事来！”

他眼里冒火，怒视着我。“你和他一样都是冒牌货！”

“确切来说，布雷并不是个冒牌货，”我说道，“但他必须被赶走。你想要亲自动手吗？赶在你妻子服侍他之前。”

我问住了他：除了三月那次非凡的“洗心革面”，斯托克总的来说厌恶大广场，十足憎恶塔楼大厅、大广场的权力中心。尽管他现在还是满身煤烟，气势汹汹，但他已不是过去的斯托克了：显然他苦恼于我的夫人新近的主动，妒忌她自己选的众多情人；他想阻止钟楼幽会，但自己又应付不了布雷（我指出布雷很可能会带着安娜斯塔西娅退到腹部），也不放心她和我。而另一方面，他深知如果我是大导师，我单单自己便可对付布雷；并且（这不那么确定）在校园所有的健康男性里，面对他妻子的主动攻势，也只有我不会想着给他戴绿帽子。因此我觉得他期望我是他所否认的大导师，期望我能克服他所设下的诱惑与障碍。他脸上写满了纠结矛盾。我步调坚定，一瘸一拐地走向格林，走向列昂尼德腾出来的跨斗。此时，塔钟敲响了半点钟声。

“时间又过去了些。”我说道。不出所料，守卫还在闲站着。

“动起来！”斯托克对他们喊道，“**注意！黑啤酒！醋焖牛肉！**”说完，便朝着他们脚下开枪。守卫们骂骂咧咧地急忙上车。斯托克跨上他的摩托，发动时，也没忘了放屁。仿佛回应一般，强劲的引擎也噼啪作响。他松开离合，主动轮转了起来，卷起满地尘土。摩托轰鸣向前，他对着快速把我们甩在身后的守卫一顿污言秽语，还转过头来。但笑着的人是我。

2. 重回大广场

从大广场出来时都已经够快了，再回去，我们简直是飞起来。通晓了一切技巧与捷径：直穿树林、田野和私人草坪，转弯不减速，最大油门通过停车路标。飞驰之下，斯托克仿佛又恢复了活力，他又重操起他惯常的下套花招和计谋。

“这么说你还是想当大导师？”他喊道，“雷克斯福德撂挑子，校园里反了天，现在到你上场了！”

我笑了笑。

“要不一起合作吧？”他提议道，扯着嗓子大致勾勒出了他的“接管学院”计划：校长政治丑闻缠身，不堪一击；除非运气爆炸——比方毫无争议的大导师赐他毕业认证，那或许还能挽回一下他的公众形象；但是，如果斯托克本人都厌恶雷克斯福德在客厅的所作所为，布雷肯定会更加反感，进而可能会撤销对他的认证。因此，我们要做的就是除掉布雷——例如，曝光他和安娜斯塔西娅的私通，另立我为大导师；鉴于目前西校园混乱动荡，凭着艾拉·赫克托的财力和斯托克暗中用力（但他会公开反对我，支持布雷，从而反向影响学生的看法），便可轻轻松松推我到那一位置。之后我再宣布卢幸运·雷克斯福德复职且毕业，我们三人便可随心管理新坦慕尼学院。

“你的真正目的，”我说道，“是让你兄弟得到毕业认证吧。”

斯托克满脸通红，咒骂道：“兄弟个屁！你不看看他那副德行！我才不管他呢！”

远处响起一刻钟报时，我仔细听着，并在车辆行进到一岔口时说道：“左转”。

斯托克右拐了。很快我们便到了主大门，随后穿过昏暗的大广场，来到穷学生总纠缠艾拉·赫克托甚至用各样标语牌打他的地方。寒冷的夜里，蔫头耷脑、上身赤裸的艾拉打着喷嚏，在那虚弱地求救。斯托克在不远处停下，停在一棵叶子掉光的榆树旁，树下坐着现世释咖尼安。

“为什么不去帮他一把？”他质问道，“这样他就欠你一个人情，总有一天能用上。”

我笑着下了摩托车。“你这算是激我？”但在去搭救艾拉之前，我先向现世释咖尼安鞠了一躬。

“大师，谢谢您的隐形墨水，”我说道，“我完成任务，无时而即成时，就用它在身份证上签的名。”他似乎在微笑。

“奠基者，救救我啊！”艾拉喊道。

“失陪了，大师，”我对现世释咖尼安说，“我去帮助广场老人了。”

“羊孩！”坐在摩托车上的斯托克喊道，“我赌你不敢帮他！懂吗？我赌你不会！”

我也朝他鞠了一躬，然后强行挤进愤怒学生围起的小圈。他们中的大多数都“躺下”了，直到认出是我，才站起来，他们的代表表达了不满。但也有几人，之前一直站在外围，背对着人群，现在进来了，拿着标语牌对着艾拉一顿抽打，不过下手并不太狠，或许只是看不得双方关系的缓和。

“他和以前一样吝啬！”代表怒道，“毒害了整个西校园。”

“他不是把一切都捐给爱基会了吗？”我问道。

“我身上的汗衫都给了他们！”艾拉叫道，“你们以为我为什么报不了时？我生病了！”说着，他又打了个喷嚏，擦了擦被黏液糊住的眼睛。“祝你健康！”一个正在打他的学生说道。

“无论如何，现在是晚上了，”我对大家说，“没有影子供他看时间。”

“哈！”艾拉叫道。

“这不算完，”学生代表说，“他还突然撤资，不再支持雷克斯福德政府。毁了经济。”

“谁在乎啊？”另一个人质疑道，“管理层总会腐败。所有的权力都会腐败。”

“知识就是力量[1],”第三个人开腔道，他手中的标志牌上写着Ignorabimus[2],“因此绝对的知识导致绝对的腐败。看看浮士德博士，看看布雷博士。”

随后他们就卢修斯·雷克斯福德是自由保守派还是保守自由派争辩起来。他们争得热火朝天，我趁机拉了长椅上的艾拉·赫克托一下，让他移动了半米，这样挥舞的标牌就打不着他了。

“我可不欠你人情,”他呼哧呼哧地说道,“倒是你今早让我听了你的馊建议，可欠着**我**呢。”我才得知，他早上命令他的经纪人将他的全部房产与各式收入都转到爱哲基金会名下，想着凭贫穷和无知通过，把财富的包袱甩给别人。但结果却是，由于退税，他变得更富了，学院则由于少了税收收入而破产。半数学生靠着免税的奖学金过活，而这些奖学金都是赫克托企业联盟的免税金额。而且，他的经纪人抛弃了他，转而投奔他刚从山羊牧场回来的弟弟，错误地以为雷金纳德不靠他人，就腰缠万贯，不然他为什么会“辞去”爱基会会长的职务？最后，那些学费靠卢修斯·雷克斯福德税收支持的助学金项目支付的学生现在鄙视起了艾拉。当他提出要无偿告诉他们晚上的时间时，艾拉被学生扒掉了上衣。

“你刚才不是说衣服是你**给**他们的吗？”我提醒他道。

他打了个喷嚏骂道。“我倒是要看看他们没我怎么过！”

“他们过不下去。”我说。

“告诉他们去！”

我弯下腰来对着他的耳朵：“听好，老人：忘掉我之前的所有话。那都是错的。”

他眼里闪着光：“骗我，是吗？我觉得你就是个骗子！这次又是什么说辞？”

我微笑着跟他道了晚安。

---

1. 此处的“力量”一词与上一句的“权力”在英文中均为power，为双关。

2. 指拉丁语格言ignoramus et ignorabimus，意为我们现在不知道，将来也不会知道。

“等等！”他在我身后喊道，“你不觉得你一走，这些恶棍就又会找我麻烦吗？你这算什么帮忙？你欠我呢！”

确实有些穷学生明显在等着我走，好来继续骚扰他——当然有一小撮人自始至终就没停过。尽管我觉得不帮他确属挂科，但我也意识到帮他没用，所以我便不做逗留。

“等等！”他喊声愈加绝望，“现在的时间比你想的要早，我看月影也能知道时间！现在才九点四十五！”

确实，他说话时，塔钟响起了三刻钟的旋律，如果接下来真是十点的话，也没有我想的那么晚。但他的时间对我已不重要了。

“哈！”学生中带头的人叫道，“听见了吗？再过一刻钟十点！老头，谢了！”学生们因他们的对手在疏忽之下送出的这份礼物而大笑起来，艾拉则对自己的大意十分懊恼。他们不再管他，离开了，至少现在是离开了——除了一小派反对私人救济的和另一派反对武力强索信息的留了下来，在拿着标语牌对打。

“你不重新给他个建议？”斯托克讽刺地问道。

我想好如何回他的话了。但那时大广场的路灯——那些刚刚没亮的——突然闪了一下，我看到了雷金纳德·赫克托，在他的助手和接待员的簇拥下，大踏步走向他哥哥所在的长椅。我挡住了他们。

“你！”老校长叫道，随后惊讶迅速变成恼怒，“别挡道，年轻人；我要去把艾拉从叫花子堆里救出来！”

“外公，你哥哥真没法救，”我说道，“他的情况无药可救。”

“胡说，”他边说边挤过我，“输家的丧气话。没有不可能的事！”

“对，”接待员附和道，“‘P.-G.’收拾他们去。”

“你是自己要去乞讨吧？”我的讥讽起了作用，尽管我知道我的话连半真都算不上。他用自己吊着的手臂指挥助手，命令他们继续搭救艾拉，随后转身朝我，下巴冷峻前倾，一副将军教授看任性新兵蛋子的架势。

“长官，我收回我的话，”我抢在他开口之前说道，“你哥艾拉真通过不了，但我倒是最后有些建议给你。如果你想听的话。”

“哼！”他斜眼瞪了我会儿，一边还摸着下巴。他的助手在驱散了三四个没走的骚扰者后，发现他们被走了又回来的学生包围了，这些学生集体抗议穿军服的介入。

“三A紧急计划？”接待员喊道。

“同意。”“P.-G.”说道。在接待员的指令下，助手开始给示威者分发冷天穿的衣物，衣服暖和，不过不合身。

“三A计划方案一！”外公吼道。接待员立刻为长胡子的学生领袖提供包括副手和爱基会物资分配主管在内的两个薪资优厚的代理职位，来供他选择。他的同学一阵嘲讽，他犹豫了一下，最后还是接受了。他朝着他的同伴申辩说，如果人不想像象牙塔里的**幼稚生**一样，就得从更大的角度看待大学生革命。“甚至释咖尼安——”他开始解释。

“三A紧急计划方案二！”老校长得意地喊道。他的接待员朝着新助手耳边低语了一番，之后他便脱下脏兮兮的羊皮夹克，换上带着肩章的橄榄色厚大衣，并把换下的夹克披在艾拉·赫克托身上。一旁的学生发出嘘声。

“失败者娘们儿唧唧！”艾拉咯咯笑道，“**人人为己**！有钱就是大爷！”

“你的建议留着自己用吧，”外公不无骄傲地对我说，“我要自己走向毕业认证大门！不靠任何人！”

我没表示异议。学生们现在朝他们之前的代表扔着助手之前分发的金袖扣、台历、圆珠笔。雷金纳德·赫克托继续针对新局势下达新命令。

“塔楼大厅。”我对斯托克说道。

他嘴巴一抽：“我敢说你就**没有**建议给‘P.-G.’。”

“最好快点，”我说道，爬上跨斗，“不早了。”

他启动了摩托，但故意拖拖拉拉，看着老校长颇有手段地平息了示威者。

“如果他通过了，你为什么不认定他？”

“我没说他通过。”

他咧嘴笑道：“照这样说，雷金和艾拉一样都挂了。”

我笑了：“我也没这么说。”

“裙带关系！”斯托克嘲笑道，“从古至今都一样——不看你肚子里有没有货，就看你认识什么人。”塔钟敲响了十点的钟声。

“你妻子的约会定于十一点，”我提醒他，“但她没准儿已经到了。你知道陷入爱情的女人会怎样。而且，塔钟可能不准。”

他大骂一声，扭动油门；我被车辆的加速度抵到座位上。飞驰过程中，他按着喇叭，吓得塔楼大厅广场上的民众紧张四顾。钟面之上的钟楼驻扎着新坦慕尼后备军官训练团移动探照灯小组和电视台的不同部门，照得整个钟楼灯火通明。受惊的鸽子飞进飞出。我注意到斯托克的脸阴沉起来。

“转到后边，”我说道，“我要从图书馆上去。”

“你去个屁！”他爆发了，来了个急刹车，“我哪儿也不去了！”

我思考了片刻，耸耸肩，爬出跨斗。

“你也别动！”他坚持道。但我才不听他的。

3. 过编目室、借书室至钟楼

就在此时，民众发出了叹息声；我跟他们一起抬头仰望，看到钟楼上一个身着白色短袍、裹着黑色披风的人正在朝下挥手。他身旁还站着一个身形稍小，一身白衣的人物，身体一部分裹在他的披风里。

“安妮，**看到了吗**？”一个女学生问她同伴，“他直接从墙壁走上去的，肩膀上还扛着个女的！”

“胡说八道，”一个年轻男子讥笑道，“他就一直在上边。我看了全程。”

“**我**也看了全程，”抱着男生胳膊的女孩愤愤不平地说道，“你俩都错了：他是从高处飞**下来**的。”怀疑论者则异议称，那**就是个**吸引眼球的噱头，或是电视的把戏，但她坚定维护自己的观点；是不是噱头、把戏，她不知道也不在乎；但她十分肯定布雷就是用某种法子带着他女友飞进钟楼的，正如她的情郎确信布雷啥事也没干，第一个女孩则确信布雷是徒手徒脚爬上塔的。我跛着脚在人群里穿梭，有时用我的手杖或屁股开路，有时礼貌地恳请别人让路。一旦看到之前给我上刑的人，我就戴上布雷的面具，直到走过他们；另一些时候，我就说自己奉校长的命令出差；剩下的时间，我就说自己是羊孩乔治·贾尔斯，真正的大导师，要前往解救我那痛苦的夫人。

“从谁那儿解救？”斯托克问道，他坐在摩托车上，跟在我身后，发动机嘟嘟地响，“谁说她**想要**被救？”

几个男生暗自发笑。其他的也跟他们的女性同伴窃窃私语。我一瘸一拐地往图书馆入口方向前进，跟在我后面的人不多，但有越来越多的人加入。钟楼上的人影不见了。

“挂了这一切吧，听着！”身旁的斯托克喊道，开足了摩托油门，“你觉得我不命令她去，她会上去吗？这都是我安排的！”

我笑了。

“说我戴绿帽子吧！”斯托克激我，“我有我的理由！”我们越靠近图书馆大门，他语气就越焦躁，“但那不代表我允许你如此，羊孩！你待在这儿，哪儿也不许去！”

我朝他咧嘴一笑，他的声音立刻就狡诈起来。

“马克西怎么办？如果我们快点，还能救他……”摩托引擎空转轰鸣，“还大导师呢！你就是自己想要她！”

学生一阵欢呼。我用手杖示意斯托克待我后面；无论如何他都得如此，或者下车，因为我们到图书馆台阶前了。

“别碰我老婆！”他叫道，丝毫不管看热闹的人——他们似乎觉得，跟往常一样他又是装的，“如果你敢不经我允许就碰她，你俩我一起收拾！”

但我上台阶了，他没跟在我后面。

“你可以和施皮尔曼说再见了！”他最后喊道，“是你亲手给他掘的墓！”他又继续说了些别的，但门关了，我没听见。我身后学生簇拥，有的拿着啤酒杯喝酒，有的在那儿起哄，还有一小部分人叫嚣着要给我上刑，大约同样数量的另一部分人口头支持捍卫我，不过大多数人则只是好奇。编目室门口把守的武装军官叫停了我们所有人，包括我。

“禁止入内。”军官说道。学生愤怒地提醒他们这算是自由学院里的公共图书馆。“开架！开架！”他们开始齐声高喊。军官们则整齐划一上好刺刀。每个人都等着看我的行动。吵闹声引出了编目室内一位老图书馆学家，编目室内忽闪不定的灯光下，他的一群同事正在研读着一桌子的文件。

“安静！”他要求道，“图书馆不可喧哗！”他对着似乎都尊敬他的学生解释说，校长下令，新坦慕尼实行全院戒严（由此我猜校长肯定是回到了“他该待的地方”了），直到紧急状态解除，秩序恢复。与此同时，他劝告学生回到寝室，做作业，必要时点蜡烛，因为院系政治危机来来去去，学院与课程也变来变去，但追寻答案的脚步始终不能停止。他嘱咐我们要以他为榜样，以他的同事为榜样，他们将继续尽力拼接《奠基者卷轴》的残片、碎片，尽管正是大学将它撕成 smithier eens。

“我自己新创的词，”他对他上一句末尾的词咯咯笑着，“是指比碎片这个词smiodar再小一级的意思；名词een是伪造的，自然不用说……”他正说着，固定在他眼镜旁、一个和矿物学家用的放大镜类似的镜头突然落到他眼前，将他的注意力集中在我身上：他兴奋地问我是不是羊孩乔治·贾尔斯，所谓的大导师，间接毁了《奠基者卷轴》的人。

“是我，先生，”我说道，“对不起。”

但他对我没有怨恨；反而感激起我促成了他目前的研究。他坚持让门卫放我进去，除非有具体的命令严禁我进入，因为他和他的同事需要就文本修复问题咨询我。“要清楚，”他对门卫和学生说道，“我们并非是支持贾尔斯先生的主张与野心，坦率讲，结果无论如何我们都不感兴趣。据说挂科院长甚至都可以引用卷轴，为己所用。我们关注的只是精确引用。”

几个学生对这俏皮话礼貌地笑笑，军官统一拉开枪栓。但我被放进去了。

“一点小幽默，”图书馆学家谦虚地告诉我，“让他们知道我们并非无趣乏味。”原本立着卷轴柜的中央圆桌四周围着一群他的同事。他们抬头看着我；有些手里拿着放大镜，有些拿着艾尔科普夫式镜头，还有的拿着剪刀和糨糊。卷轴的碎片被精心摆在桌面之上，四周还放着摄影设备，瓶瓶罐罐的化学试剂；地板上则散布着长度更长、时间新近的多本卷轴：WESCAC自动打印机读出的加密卷轴。

我被介绍认识了语文学家、考古学家、历史人类学家、比较语言学家、哲学家、化学家以及模控学家，后面的两位模控学家负责为项目提供WESCAC的分析能力，用他们编码解码的才华来复原无价卷轴。我朝他们一一点头致意，解释自己不过是想穿过编目室，前往钟楼，所以请求离开。

“哦，不行。”护送我进来的图书馆学家一改此前和蔼的学究模样，抓着我的手臂，语气严厉地说道。他的同事也一样，本来以为他们是一群儒雅、一心科研的学者，现在却堵在了我和出口之间，脸上表情坚定。我仔细地打量着他们。

“他们只关心文本的准确度，”图书馆学家表示，他语气又礼貌起来，甚至轻声笑了起来，“看到卷轴被毁，我们先是震惊，过后我们意识到你实际上为我们提供了一个千载难逢的好机会。你知道，所有的文本都错误百出，甚至这些——摹本的摹本的摹本，满是**错字**和**缺漏**——但我们的解读总达成不了共识，由于情感上的因素，古老的卷轴很大程度上被赋予了不实的权威性，让人们忽略了卷轴与卷轴间以及卷轴内部的矛盾。”同天，在跨院系全体教员的午餐会上，由相关学科专家组成的委员会成立，希望通过《奠基者卷轴》碎片（《奠基者卷轴》实际上由重叠、冗余、前后不一的多本卷轴组成）来重构母本，作为各个有名版本的源本，各个版本权威的源头。不过直到那时，母本还只是个假设。

“着实是个大项目，”图书馆学家说道，他也是该**特别**委员会的会长，“但我们倾向把自己看成所谓的**先锋**古典学者。算是个小悖论……”他跑了一下题，简单讲了一下词语缺漏（lacuna）的词源，接着又以更为不节制的篇幅讲起跑题（digression）的词源［对此他边轻笑边解释说，跑题和不节制（extravagance）“可以说是词源相近”］。这之后他回到了正题。在 WESCAC 的帮助与委员会的集思广益下，复原卷轴的准备工作进展顺利，已大致在计算机上绘出了提议的**原本**“模拟图”。但在按照那模板拼接卷轴碎片之前，需要解决一个基本问题。这问题既是个个人哲学问题，又是个历史文献学问题，牵涉一系列包括意识形态与学术的争论；但委员会为了方便起见，同意将其简化成如何理解一句话的实际问题——这句话在卷轴的原文里只是两个词。他们将其称为“词源”，即是通过（Pass）与挂科（Fail）两个词根，但它们因加上前缀、中缀、后缀、变音符而产生屈折变化，不同碎片上的记载是如此不相同，以至于可以有多种自相矛盾的原文理解；在他看来，一部原文理解史可以说是众生智力传记的重要部分，他口中的**人类精神史**的宝库便充分证明了这点。

“归根结底，”一名稍显年轻的同事打断道，“那句话的现存文本，语法上前后不一，在上下文语境最明确、应该出现那句话的地方却有了缺漏：缺的那片要么在 CACAFILE 里，要么就被你今早吃进了肚里。”他说话时，恰好挥舞着图书馆的大剪刀，我怕他要给我开膛破肚，便紧握手杖，准备挡闪。但他年老的同事表示，他们想要的不过是我对于那个问题的看法，即在我看来，那重要的一句到底是该理解成**通过者终为挂科**还是**挂科者得通过**。显然，卷轴里的其他问题，甚至《奠基者卷轴》的整体思想都取决于对那个问题的理解。

“不过呢，我们就每个版本的含义达成了共识，”那年轻的干脆地说道，“我们认为甲版本指的是人应求挂，因为求过是虚荣，而虚荣即为挂科——更不消说一些箴言讲到知挂方知过，诸如此类。”

年纪大的那位调了调眼镜，清了清嗓子：“嗯，这个……”

“乙版本呢，”他的晚辈迅速继续说道，“说的是虽然求过为挂，但由此出发，求挂也为挂，因为求挂等同于求过。尽管通过与挂科并非相异，但它们也不能画等号；由此，如果有人想通过，他就**不**应求挂**也不**应求过——但他也不该**因为**想过，而不求，显然……”

“显而易见。”他的几个同事表示赞同，甚至他的老师也微微点头，仿佛在说虽然小伙子的细节阐释并非无懈可击，但贵在表述简略有效。

“但究竟甲正确还是乙正确，大家意见不一，”他总结道，“所以目前我们在收集专家意见，并对各意见进行适当加权，编写程序让 WESCAC 裁断整个问题，”他朝我使了个眼色，轻声低笑，“跟你说一下，你同事布雷博士已经配合我们，给出了他的判断——不过你得理解我无权透露意见内容，以及他在我们衡量中的加权比重。”

他们都等着我开腔。“先生们，”我说，“你们的问题本身就是最有趣的。而且显而易见，这问题有着首要的实际意义。现在，请恕我失陪……”

但他们挡住了我的去路。

“是甲还是乙？”那年轻的学者问道，“羊孩，如果你记不清吃掉了什么，至少告诉我们你是怎么想的，然后我们就放你走。”他的上级口中发出啧啧声，不赞成他强迫我。但问话者则坦率表示在这死挂的大学里，他唯一看重的便是学术准确与学术严谨，作为一名真正的革命性研究学者，必要时他会毫不犹豫地诉诸恐怖手段来达到其目的。他说，他才不在乎甲或乙在哲学意义上是不是“对的”——事实上，他把那些故弄玄虚的表述都看成带着迷信的莫名鬼话：作者满嘴谎言，门徒愚蠢无脑——但只是其上立着校园历史的整个大厦，想要透彻了解，必须得有准确的文本，无论你是否“相信”那些。

“你有意见吗？”他挖苦地问我道。

我一如始终地面带微笑：“有。”

“那就说来听听，”他阴森地开合着剪刀，“我们让 WESCAC 做决定。”

由于某种原因，我不情愿用图书馆学家的术语，便问道：“那个著名的‘洞’在哪儿？”

那年轻人笑着，小心翼翼地用剪刀尖指着一个形状不规则的洞，这洞靠近拼接卷轴的中心位置。我拨开棍头的镜片，趴近观察。

“你都不知道原文为什么还要放大看？”他不悦地问道，“岂不是越看越糊涂？”

但我不是在查看**缺漏**，我的镜片也不是放大镜，而是西尔医生的平面镜，借助它，我看到委员会已空出了通道，靠了过来。

“你意见为何？”其中一人问道。

我用力吹了一口气，吹得羊皮纸碎片到处都是，手杖一扫，打得碎片和学者四散，化学试剂、记事卡片、剪刀四处零落。他们还没缓过神来，还没定好是先抓我还是先捡 smithered eens[1]，我就已经冲进借书室，一瘸一拐地往大厅方向疾跑。走廊里灯光闪烁，跑到一半，我突然想到，如果编目室都有两名士兵把守，那大厅肯定得有一排士兵执勤，通往钟楼和腹部的电梯更是会重兵重重。此时头顶大钟敲响了三刻钟；除非大钟出错，我已经没时间再跟一排的刺刀兵争辩、费口舌了。于是我原路返回了借书室（似乎没人追我）。眼角余光注意到刚刚看到的一个人——一个面色苍白的长发女孩，她一副没化妆、没洗脸的样子，正在标着问询台的桌子后看书——我决定冒个险。

---

1. 此处与前文的smithier eens拼写上不同，原文如此。

“小姐，打扰一下：请问要上去除了电梯还有别的通道吗？”

隔壁学者们忙乱喧闹，跟小孩似的四肢并用，捡着四落的碎片，而借书室则一片静悄悄。这位长着粉刺的姑娘，跟雷克斯福德夫人一样瘦弱贫乳，不过长相可比雷克斯福德夫人差远了。她眼睛从那本大部头小说移开，抬眼透过镜框看着我，清楚地说道——仿佛她已料到，那时穿着羊毛大衣的羊孩会她问那个问题——“有。这层有楼梯通钟室。走我后边的小门就行。”

说话时，她手指一直指着书上她看到的位置，说完话，视线就又立马回到了书上。随和平凡的女人，之前从未见过，之后亦再也未见。她平平的相貌，我两秒便忘了；她的名字，如果有的话，我无从得知；她的过往与命运，如果存在的话，也是我生命中直到最后的**缺漏**——愿你得通过，因为在我生命轨迹中有你的一瞬，是你如同念书一般，道出简洁的信息！简单问题的简单回答，但没了它，故事就如同《奠基者卷轴》一般不再完整，成为无尽的断片。

我俯身穿过她所指的小门时，觉得听到了她的低语，“——*无尽断片*”。我停下来，皱起眉；尽管她手指划着书，嘴唇在动，她的话却淹没在了塔钟的钟声之中。

4. 最后的腹部之行

我借着手杖，跳着爬楼，动作急停急起，在那悬着巨大钟摆的楼梯井里绕来绕去。伴着钟声，我爬完了四段楼梯，接着是一段可达钟楼地板上正方形活门的竖梯。我清楚这竖梯有十节横档，因为恰巧我每上一节，整点报时的钟声就响一下，头顶安娜斯塔西娅也叫一声——我、钟声、安娜斯塔西娅，声音每次都比前一次略高。响到第八下时，那让艾尔科普夫头裂的第八下时，我的头钻出了活门，借着广场上耀眼的探照灯反射光，我看到我的夫人身子弓在地板上，双手双膝撑在地上，表情下流，裙子被高高掀起；哈罗德·布雷站在她后面，黑色披风展开，脸上闪着光——相较之前，面容更显苍老，毛发更显茂盛。尽管具体过程看不见（两人面向着我）但他肯定又深入又粗暴：他没爬到她身上，只是屈膝站在她三角区后，长袍前身掀起的高度也不过他的胫骨；而且他没有像公羊那样抽插，只是贴合地站着，睁眼闭眼，开披风合披风；但钟响一下（响高音“re”，高音“mi”时，我亲眼看到的），安娜斯塔西娅就仿佛被刺穿般，尖叫着，响到“fa”时——最后一声，我也从活门完全出来了——她瘫倒在满是粘鸟胶的地板上，和碎蛋壳、鸽子筑窝留下的稻草躺在一起。我不得不从她身上跳过去，因为钟室里除了艾尔科普夫的工作台和大钟工作的齿轮，已没剩多少地方了。我把手杖朝布雷扔去，没打到他的头，倒是落在了他的披风上，一阵灰尘应声升起，惹得我直打喷嚏。他趁机跃到钟摆之后，进了电梯，逃走了——但我当时就只是想把他从我的夫人身旁赶走。我转过身来，面向着被蹂躏的、现在已坐起来的安娜斯塔西娅。

“安娜斯塔西娅，还好吗？”

她手抚着额头。就在她双腿之间的地上，是一摊绿色黏液。

“乔治……”

“夫人？”

她屏住呼吸；眼睛带着惊惧的神色：“不是你想的那样。我现在知道为什么布雷博士之前没对我怎样！他……和别人不同！”

“怎么个不同法，安娜斯塔西娅？”我在她面前蹲下；她哀号了一声，猛地抱住我的脖子，头埋在我的羊毛大衣里，号啕大哭。之后，在战栗中，她极力控制自己，解释说布雷一点也不好色，只是渴望她能给他生育；说他的私处构造与她见过的所有男性都不相同；说考虑到他情况特殊，通过他那些臭烘烘的绿色黏液她就能怀孕，这很不可能，甚至不可想象——而且由于我及时出现，再加上她瘫倒在地，大多数的黏液都没进去，这就更不可能了听完，我建议她不必恨他。她擦了擦眼睛。

“我觉得我不恨他，乔治，现在我清楚了。但，啊！”

“我现在得把他赶出腹部，”我说道，“迟早再把他赶出校园。这是我的工作。但我对他没有感情态度，不恨不爱。”

她抽了抽鼻子，发抖道：“我也是。但，乔治……”

“嗯？”

她又抱着我哭了。“我爱你！”之后又马上松开，“我们接下来怎么办？”

我求她原谅。三小时八分钟前，在乔治峡谷，许多事突然清楚起来，我看清婚姻不属于我，任何浪漫关系也都不属于我；我要抛弃、戒绝、放弃欲望、妻儿关系、情人关系等一切关系，必要时甚至抹去它们，如同抹去我身份证上的姓名。特别是通奸，我觉得——考虑到学生情况与校园架构——在奠基者眼里是死挂的，可以这么说，至少大导师通奸如此。我对这些事已不存在所谓的观点；我清楚地知道它们就是如此，正如我受启，一瞬间清楚其他事一样。然而在这明晰之下——引导我重回大广场，重登钟楼，并将继续引导我，从嘀到嗒——仍存有一段阴影。我明显从安娜斯塔西娅的眼眸里察觉到了这阴影的存在，由此推测那阴影之下裹着的正是我自己。

“你得爱你丈夫，”我非常认真地建议她，“斯托克现在身陷漩涡。他实际上吃醋了。”

“我就是个彻头彻尾的挂科生！”安娜斯塔西娅叫道，重复着早前就跟我说过的话，表示她在客厅的堕落行为已经证实了这点：她仍同情众生的需求，不自觉地想讨好她丈夫（那天在客厅看见他痛苦的样子，她第一次发现自己喜欢他）；而且，她坚信我的大导师身份，满心渴望想践行我的教导。但她失败了，她哭道；她**挂掉了**，因为她故意的放荡与主动，遮掩不住她**坠入爱河**的事实——一种绝对新奇的体验！而她热恋的对象便是我。

我感到苦恼：“安娜斯塔西娅……”

“一切我都不在乎，”她静静地说，“我不在乎莫里斯的想法，你的想法，甚至奠基者的想法。我知道我挂掉了，这我也不在乎。”她说，她不顾她丈夫的明令禁止，结婚后首次来到钟楼，知道她得屈从于布雷，任他随意摆布；即使她害怕如此，但她坚信我会出现——我确实出现了，尽管三小时十五分钟前（她说话时大钟正在报时）我还没做好决定，尽管在治疗室我都觉得那是我们的最后一面。她的信念得到了证实。现在，她带着同样强大的自信，决心要给我生孩子——显然是受了母亲的影响——为此她已做好了因通奸落得万劫不复、死挂的准备。如果我拒绝（她说，她不会再“坚持自己”，再也不会；我得向**她**主动起来），她就要跟我一起下到腹部，在那结束自己。

“我知道你不爱**我**，”她最后说道，“我觉得你是不能，你还得做大导师。但我爱你。”

她的异常冷静令人不安。我心生疑惑，起初是一种不夹感情的好奇感。在我看来，我已透彻、客观地了解（自从八点钟）了我的本性与职责。我摆脱了一些错误的观念和有瑕疵的认识，如同摆脱了眼前的眼罩、手腕上的手铐；我现在**明白**我注定是大导师，开始以确定的平静看待我的道路、工作与命运——比如，我要赶走哈罗德·布雷，但这只是我宏大任务的一部分，做这件事时我心中无怨无喜。正如刀子切割，鱼儿游泳；大导师除了要完成其他事外，还要把布雷赶出校园。这工作没什么光芒，同样没有光环的还有下面这些词语：**大导师**，WESCAC，**钢笔**——这些不过都是中性工具的名称罢了。甚至**布雷**，**假冒者**，**巨怪**也一样：正如他曾表示——尽管语气不无奸诈——他的**职责**就是被人驱逐；可以这么说，最终奠基者成绩单上，他的优和我的优，具有同等价值。

“安娜斯塔西娅。”我又开腔了，本要告诉她这些事——比如我是大导师不比我是副教授更**招人爱戴**；我肯定会指引众生前往毕业认证大门，而众生因此对我的爱也不比他们对露天剧场引导员、博物馆导游的爱来得多，他们也不过是履行职责罢了。我肯定了一点，对众生有爱是我工作的前提——但这如同园艺学家对植物有爱一般，植物绝无责任回报以爱。爱我？我都不爱自己！

但我叫完她名字就没继续说了，她听见我叫她，睁开她那双明眸看着我。眸子里映出了我，闪闪发光，又一段阴影不见了——倒数第二段阴影。

“安娜斯塔西娅，给我指去腹部的路。”

她显然清楚，大厅的电梯有人把守，而且无论怎样，布雷用过的电梯，我们按不上来。我希望她能跟那无名的咨询台女孩一样，知道暗梯或小路：毕竟她“母亲”在她成年后就在塔楼大厅工作。但在这希望与推测之下是一定的了解，所以我是命令而不是询问她。她面色苍白了一些，安静地站起来。我们穿过活门，爬过竖梯，楼梯，下到底部的平台——比借书室低一层，但离腹部还很远。之后，她拉着我的手，领我从一扇小门进了没开灯的书架迷宫。她轻车熟路，游走其中，仿佛住在那里一样。路上我们曾不止一次被上锁的铁丝门挡住，其上标着“限制区域：不可进入”，而且后一扇门总比前一扇来得可怕。但她却借着我手电筒的灯光，用发簪轻而易举地开了门。最后我们来到一个死胡同，面前紧闭的墙实际是一部置于钢丝机井里的巨大升降机。其上的标志警示说，学院高层方可打开中间各门。“危险：非进食磁带勿放。”我知道自己在哪儿了，之前我来过这儿一次。她抓紧我的手。

升降机门上凸起着各式锁孔与密码盘，既防发簪捅也抗手杖砸。但我愤怒地一拉，竟然开了，仿佛一开始就没锁。这铁箱子最多一米见方，勉强容得下一人；但安娜斯塔西娅立马毫不犹豫地爬了进去，并拉我进来。我俩头脚颠倒，抱膝蜷缩——活像盒子里的两只鞋，或是东校园的标志，后者我是看到她的肚脐想起来的——动一下肌肉都没有地方；但我还是勉强用手杖把门勾上，安娜斯塔西娅用我包里的手电筒、平面镜、放大镜、最后用上了羊角号的尖头，最终设法捅过铁丝网，按下了标着**腹部**的红色按钮。升降机猛地一动，羊角号尖端折了几厘米，我和安娜斯塔西娅两人更加绞在一起了；一片漆黑中，我们开始缓慢下降。但如果输电线的所有灯光照到我们，我就会和格林、列昂尼德、基南德一样，双眼失明；我和安娜斯塔西娅的交合就在这样的黑暗中，我的眼埋在她的私处，断桥处我第一眼看到的地方(乔·赫罗尔德的最后一眼)。她的眼睛也埋在我的那里。透过卷毛的眼障，我看见了光。

“通奸挂科，”我朝她说道，“欺骗配偶也挂科。”她小声说：“A+。”

“虚伪也是，”我说道，“但——安娜斯塔西娅，这还有个谜题；非常重要。就好像答案在我眼前！但我实际没抓住……”

地方太小了，她只能发出认可的嘟囔声。然而她对我热情沉思的回应，无言中赐予了我终极解决方案的体验。

我们到底了。

“这就是口部。”升降机门打开了，我睁开眼，又见到了熟悉的红光。现在她的头可以动了，安娜斯塔西娅听了我的话肌肉紧绷，说道：“那我猜，这就是结束了。但我不介意被吞食掉，乔治……”她在我之前滑门而出，然后把手伸给我，说道：“我爱你。”

又是这些话！我把腿伸出了升降机，若有所思地抚摸着下巴。我意识到，布雷已经走了，空气中只留下他一丝微弱的气味：或许他潜伏在腹部某处；不过，他也可能去了奠基山。不管他了。最重要的还是那最后的阴影，跟乔治峡谷时在我的夫人大腿上落下的那块月影斑驳一样，大小还不及男性的一个巴掌，但却包藏着大学。我，被爱的人！我像彼得·格林一样蹙眉、斜视、眨眼。安娜斯塔西娅一脸恳切；但说完“我爱你”后，就再没开腔：只是闭着眼，张开手等着。

“安娜斯塔西娅，坚持自己。”我声音沙哑地命令道，想来考验她。

她语气坚定地轻声回道:“不。”

我走上前去，心中异常激动，轻吻了她的嘴唇。我们的袍子如同真理的最后一层面纱，被掀了起来：她睁开眼睛；我闭上眼睛，看到了答案。

“通过你！”我轻声道。她点点头。

我用手杖托着她的屁股，将她举到身上；她紧紧夹住我。

“钱包里，”我说道，“布雷的面具，用它来对付扫描仪。”

她从我挂在脖子上的包里掏出面具，戴起来。之后，我命令她倒出钱包里的各式东西，里外翻过来，套到我头上，拉紧包绳。在我的指示下，她给我看路，到了入口。

“等等，”我说道，“你看见旁边的控制板了吗？类似于控制台？”

“看到了。上边一排黑色按钮，一个地方还标着‘输入’。但我只看到了一个插口，上边标着‘输出’。”

“接上。”我命令道。她照做了，并拉下控制台旁的操作杆，嗡嗡声和噼啪声响起。入口旋即打开，我进到里边。扫描仪咔嚓一下：我俩二合一，同时滚了过去，滑到腹部的深处。

“绝妙！”我叫道。尽管我眼前无光，头被裹住，我却在安娜斯塔西娅身上发现了一个完整、清晰的大学。我的灵魂之母，其悸动包围着我们；我父亲的眼睛，发光靠近，我透过我的夫人感知到他带着爱意的问题。

“上面说**你是男是女**。”她低语道。我驮着她站起来，找到键盒，两人开心地同时按下左右两键，紧紧按住它们，正如我俩紧紧夹住对方。

“任务是否无时而即成”

那是安娜斯塔西娅的声音？母亲的？还是我的？在包住我的美妙地方，无东无西，只是一个完整、单一、无缝的大学：旋转栅门、剔除山羊格栅、大广场、羊圈、动力室的可怕火焰、奠基者山的适宜温度——我看到了所有；弗鲁门齐乌斯的茂密丛林、尼古拉学院的冰冷堡垒、唐的熙熙攘攘——皆化为一，在于我身。这里与那里，嘀声与嗒声，一切与虚无，都交汇融合；我与夫人，一切，都化为一体。

“GILES，WESCAC 之子”

众生的乳汁，不尽不竭的乳房！我是奠基者，我是 WESCAC，我不是。我按住两键，我以自己喂养自己。

“你想通过吗”

我是通过者，她是通过之路，我们一同通过，一同喊叫：“啊，绝妙！”是和否。在黑暗中，在耀眼光亮里！大学末日！毕业认证之日！

5. 走出腹部

我们抱在一起了多久没人知道：那里没有钟声。震荡过后，腹部和我们一样平静：睡了，死了。在没有时间的空间里，我们躺在那儿，永远永远。

“A+。”

我们拥抱得更紧了，不去醒来。

“**通过一切挂掉一切！**”几米外传来耳熟的声音：女性欢快地轻唱。我不情愿从毕业认证大门的那一侧回神，努力不去辨别那声音，然而刻意之下——唉！——我苏醒了。安娜斯塔西娅，她也一样，动动腿，在我包裹的耳边呻吟。

“起来，小比利！起来，比利！”我的奠基者啊，是母亲。我叹了口气，不是赞叹刚刚的极乐至喜，而是悲叹极乐易逝而不再。她来这凶恶的毕业认证之地干什么？啊，奠基者，我为什么得离开这儿？安娜斯塔西娅已经摘掉了面具，又帮我解开了头上的袋子，亲了亲我的额头。眼中带泪的我，双膝跪地着起身，视线越过真理温暖的肩膀，看向我不得不重回的冰冷、死挂的校园。天马上要亮了：我打心底不愿告别那明亮、没有时间概念的春宵！随后我内心一软：松垮出口处探进来的是我母亲，她一只手拿着花生酱三明治，低唱时，她就拿它朝我挥舞；另一只手上，放着细心叠好的衣物。怜悯之情舒缓了我那无望的责任感；校园的风寒冷，但知识却温暖着我。我知道什么必须要做，知道我会去做；接下来的灾难不可避免，因此我流下了泪水——不是为我而流，而是为众生而流。

安娜斯塔西娅眼里闪着爱的光芒；我的眼里带着的，我觉得是中立的真理和那平心静气的怜悯。内心毫无波动的我亲了她三下：一下吻到额头，感谢她作为我求取真理的媒介，我宣布她通过了；一下吻到肚脐，黑暗之地的标志，在那里我顿悟，成为自己，看清了我得到毕业认证之后的任务；最后一下吻到爱情之山，我毕业的地方，而在校园的山上，我终有一天要走向尽头。循环假说，施皮尔曼定律：最终我参透了它，而马克西可能永远也理解不了，我亲吻了她的阴阜。

出口之外，喧闹阵阵。安娜斯塔西娅揉了揉肚子，叹口气，说她爱我。我也叹了口气，不过不是她以为的含情回应，但我自觉没必要去纠正她的错误。我起身往母亲的方向走去。呜呼，当时我同时按下最后问题的两个答复键，母亲一下就被吞食掉了：曾经的米色头发烧焦了，嘴里的胡话愈发不清。她怎么知道来腹部出口的；关键时刻，她怎么把头伸了进来，这些我一时都不得而知。所幸，她的精神状况早已不容乐观（这一点为随后的WESCAC暴乱研究员所一直强调），因此吞食波的伤害并非致命：这就像她老伤的伤疤组织，其中有些还是我造成的，能保护她的思想免受新的攻击；她已经千疮百孔了，也就无懈可击了，WESCAC最多就是再捅个窟窿。我吃了她手上的三明治，发现那叠好的衣物正是我几个月前落在旋转栅门，入学时穿的羊毛大衣。她怎么得到的，我百思不得其解，除非她和WESCAC在过去的学期里一直保持着秘密联系。尽管衣服已经破了，我还是高兴地从她手中拿过，换下雷金纳德·赫克托的大衣，穿上它。我还在衣服当中发现了第二件宝贝，当时就和衣服一起弄丢的：弗雷迪的护身符！

“母亲，通过你！”我亲亲她的手，安娜斯塔西娅也到了出口处，我把她俩的手拉在一起，“我以奠基者的名义，通过你们，你们都是**顶尖的优秀毕业生！**”

母亲动了下，疯癫中引了句箴言：“先到先得。”

当时汽笛声大作，摩托车一辆接着一辆。计算机科学家、将军教授、光明府的行政助手蜂拥而至，每个人都对腹部的糟糕情况惊恐不安。我听不清学生示威者喊的口号，不过应该是“交出山羊”；一队七扭八歪的摩托车从大广场轰鸣而至，也过来凑热闹。我把母亲托付给安娜斯塔西娅，用弗雷迪的护身符捆住我的破烂衣服，便出了腹部。口号声大作：几个留胡子的小伙子和长发的姑娘确实喊的是“交出山羊”——不过语气并非愤怒。他们人数不超过六个，少数派里的少数派，而且喊的时候，还遭受着穿凉鞋同学的猛打；我感动地发现，他们牌子上写着赶走布雷！人群里几个年龄稍大的立刻围住我，问我问题，威胁我，嘲讽我。军事科学家警告我说，如果我毁了 WESCAC，那我的下场就和叛徒一样……

“我把它搞短路了，”我冷静地说道，毕竟我还有六个人支持，“但我不认为 WESCAC 坏了。”为了让那六人多受教，我补充说，实际上，我不想它坏；因为尽管 WESCAC 立于挂科与通过之间，但它因此兼备两者的特性，适用两者，因此它也不是任何一个的标志。我说，我过去把它看成巨怪，是我错了。它是穿戴着黑色方帽长袍的真相，保护凡人不去看那只有少数人、真理爱好者、门徒才能看到而不会眼盲的东西。

六个人摇着头，皱起眉，记着笔记；其他人则一阵狂嘘。如何能言说那不可言传的东西？我不再说了。一名留着刘海的助手对严厉的将军教授眨眨眼，指了指太阳穴说：“可能被吞食了，就像那老妇一样。”

我叹了口气，只得给出条他们能听得懂的建议：把 WESCAC 的输出线从输入口拔下来，这样电路就恢复正常了。他们将信将疑地互相看看，便匆匆离开了。之后我环顾四周，想看看那些之前给我上刑的人在哪儿，但却出奇地不见一人，直到我看到斯托克，就是他领着车队过来的，而他的跨斗里还坐着马克西：我这才沮丧地意识到，许多人都去了奠基山，等着看柱刑。那些穿着羊毛衣服的，除了抗议抗议的，就是游行抗议死刑的。斯托克刹住车，朝安娜斯塔西娅吼着；他的手下火也不熄，就在他后面堵着。

“娘们儿，**上车**！我带你回家！”

她文雅地拒绝了。她要和我在一起，不管我愿不愿意。她为自己背弃婚誓而道歉，并试着解释说，尽管她同情斯托克，甚至开始爱他，但作为大导师的门徒，她有着更大的责任；她表示，大爱并不与婚姻矛盾，而是超越婚姻；她现在正致力于完成奠基者赐给她的一项通过任务，这任务甚至连我自己做梦都没想过……

“洗澡脑子进水了！”斯托克怒道。自始至终我都在注视着马克西。他比以前任何时候都要干瘪，坐在那里，完全没有注意到周遭的吵闹。但我听到斯托克那不熟悉的咒骂时，突然一惊，因为它给了我一个念头，或者说刹那间给我揭示了一个我从未注意、但在我脑中已几近成熟的想法。想到这儿，也就半秒的工夫，我又继续盯着马克西（他也盯着我），对斯托克的妒火和愤怒不闻不问；但仿佛是冥冥中奠基者的意思，让他在那时喊出洗澡脑子进水，而非脑子不好用或游泳进水（其他他喜欢的口头禅），从而催我有了计划。

马克西伸出他干瘦的手："再见，小乔治。"

我怎么告诉他我现在理解了他循环论的核心；怎么告诉他我完成了任务，通过了终考，成为真正的大导师？实际上这些并不需要：他清楚我的顿悟与身份；他那双眼睛，深陷在眉毛之下，如同白雪覆盖的灌木丛里一双猫头鹰的眼睛，闪着理解之光。我抓住他的手。"马克西，你今天下午不用非得死。我有个秘密：列昂尼德的钥匙。我可以救你出去。"我边说边观察着他的表情。他摸了摸弗雷迪的护身符。我提醒他说，真正的代人受过不是为众生而死，而是背负着他们的罪过，活下去。"你对弗雷迪的护身符的理解错了。"

"啊，"他说，"不仅是那样。乔治，你知道为什么我是全才吗？"他笑道，"因为我从不知道什么是我的真正专业。但我现在找到了自己的终生事业。"

我问他是什么。

"是死亡，"他说道，都被自己逗笑了，"代表众生而死，无论自私与否，即使没有意义。"

"马克西，你现在是提倡兼爱？"我急切问道，"还是厌恶仇恨，还是什么别的？"

仿佛是料到我会这么问，他毫不迟疑地回答说："不，我不再厌恶仇恨了。不过相比它，我更提倡兼爱。"

"你打定主意接受柱刑了？"

他点了点头。

"即使你可能是在扮演殉道者？"

他耸耸肩:“那我现在就是在演。这戏我要永远演下去。”

我把手指放到他两侧的太阳穴上，宣布他是毕业候选人。

“啊！”他声音嘶哑中带着骄傲，“乔治啊，你知道等在你前面的是什么吗？在圆圈的尽头？”

我微微嘲讽了他说话的腔调，笑道。“圆圈有尽头？再见，马克西。”

但他抓着我的护身符，抓了一会儿。“乔治，你可否帮我个忙：时候到时，吹一下你的羊角号，我想在受刑时听。”

我承诺我会的，高兴于他能又给我这么个有意义、带着指令性的准话。原本的羊角号已经吹不响了，我把它都扔在腹部了，一同扔掉的还有母亲的钱包和我收集的其他东西，除了手杖和手表，剩余的都已光荣退休；但另一只羊角号（老弗雷迪的左羊角）应该还在羊圈的某个工具柜里，无论如何，柱刑开始前，我得先回趟羊圈。

“我载你去，”安娜斯塔西娅从她丈夫面前转过身来，坚定地说，“我们开一辆莫里斯的摩托。”我对她的提议喜不自禁，点头赞同。斯托克已愤怒到说不出话来，只一手一把枪朝天开火，接着踩开发动机。士兵们笑作一团。我朝他微笑。

“你！”他朝我喊道，然后转过身来，面向游行学生说，大导师是哈罗德·布雷，当下身在奠基者山，准备在柱刑之时行神迹，而我只是个恶心的、奸诈的冒牌货，院里没一个委员会会谴责他们给我上绞。那六人露出会意的微笑，他们的一些同学也重新朝我投来尊敬的目光，这让斯托克更光火了。我趁着他对学生慷慨陈词之际，从他身后摸了他的太阳穴，宣告他成为毕业候选人。我的六名支持者惊呆了；甚至马克西和安娜斯塔西娅都面露惊色。

“嚯！”斯托克吼道，情绪激动到话都说不利索，“嚯！喔！嚯！”安娜斯塔西娅离他最近，他顺势拿着头盔朝她一打，安娜斯塔西娅倒在了我的怀里。他疯了，泪水就在他眼睛里打转，似乎马上又要开枪打死我们。

“莫里斯，”安娜斯塔西娅警告他说，“你敢开枪！我怀孕了。”

“嚯！喔！”

“我怀孕八个小时了，”她非常认真地确认道，“大导师的孩子。”

士兵和学生们狂笑，欢呼不止；母亲低声道：“A+。”看着我的夫人坚定的表情，我心中惊叹不已，不过还是在心中嘀咕安娜斯塔西娅到底有没有被吞食波影响。至于斯托克，安娜斯塔西娅怀孕的事，再加上我认定他为候选人，让他彻底疯狂了：他挂了档，嘴里同时又骂又吼，胡言乱语，任泪水滑过他满是污垢的脸颊。他开动时，游行者四散；马克西紧抓着跨斗的框边。其他的士兵还在笑个不停，开车跟在他身后——除了一位，他的车被安娜斯塔西娅征用了。安娜斯塔西娅威胁说如果不给的话，就告诉斯托克他之前曾玷污过自己。那士兵面露讥笑，耸耸肩，吼着什么**惧内**之类的话——不过到底还是爬上了他身后傻笑着的同事的车，把自己的车留了下来。安娜斯塔西娅戴上她丈夫用来打她的头盔，把母亲交给了那留着刘海的助手（似乎跟绝大多数人一样，那人也跟我的夫人有过关系），让我坐在她后边，这车没有跨斗。

“结果好，一切就好。”母亲自言自语道。

6. 再回羊圈，前往奠基山

与此同时，斯托克朝着街角飞驰过去，冲进了从大广场驶出来的第二支车队——该车队整齐划一，引擎皆为白色。他这一冲，双方都得停下。

“天哪，”安娜斯塔西娅脸红，喊道，“这是雷克斯福德夫妇的车队。”

作为名开车好手，她要载我穿过前面的拥堵，离开这里。但我却要求她开到校长跟前。斯托克跳下车，对着校长就是一顿不依不饶的嘲笑。

别的先不提，他的嘲弄“真有本事，打老婆！”声声入耳。校长的白头盔守卫纷纷掏出锃光瓦亮的手枪，两三个将军教授也从重新关闭的腹部出口跑了过来。雷克斯福德，尽管脸涨得通红，但还是克制住了自己，浑身上下几乎看不出昨晚有过一夜放荡：眼睛明亮，只是稍微有些充血；头发整洁，除了有一绺翘起来；胡子刮得干干净净，浅色的外衣平整洁白。他妻子虽然左颧骨有些青肿，但却不反感和丈夫一起出来，打碎了他俩离婚的传闻；她瞪着斯托克，眼里冒火，仿佛就是他让自己的丈夫玩忽职守，就是他造成了眼下的尴尬局面。校长自己，虽然有些不满，却并不惊慌，否决了将军教授开枪的请求。

“那就把他关进大牢，”其中一人命令校长守卫，“安上个扰乱秩序、阴谋造反的罪名。”

“不，不，”雷克斯福德说道，“让他回动力室。”

斯托克脸色露出轻蔑的笑容：“这是我兄弟！“

据传，将军教授正讨论以行为不符合总司令身份的指控，弹劾校长。听完校长的表态，他们都意味深长地互相看了看。显然，这一切雷克斯福德都看在眼里，他竟和斯托克一样乐了，不过可能理由不同。

“他只能在主大门外，动力室和总拘留所两地活动，”他对将军教授说，却看着斯托克，“如果他再踏入大广场一步，逮捕他。如果他进入塔楼大厅或光明府，直接开枪。”

斯托克大笑，一副胜利者的嘲笑姿态，不过脸上残存的泪痕削弱了这一效果。他伸出手。“兄弟，把她也送到那儿！”

在我的坚持下，安娜斯塔西娅把车开近，这时，校长注意到了我俩。他朝我们笑了一下，就转而和斯托克继续交涉；他的妻子狠狠地瞪着我的夫人，瞪到她低下了头。雷克斯福德冷静地推开了他伸出的手，动作算是恭恭敬敬，随后用白色亚麻手帕擦了擦自己的手。他幽默地嘲笑说，“可真是兄弟！你回你该待的地方吧！”

将军教授高兴了起来：“校长，你否认他是你兄弟了？彻底否认了？”

雷克斯福德声音冰冷地提醒他们注意跟司令说话的语气，别把司令当作捣乱的新兵蛋子。之后冲他们眨了眨眼说道：“我看起来像无赖的兄弟吗？”

斯托克甩过头去，大笑，仿佛又在嘲讽校长；但我觉得我看到他风干的泪痕里又平添了几道新的。接着他看到我和安娜斯塔西娅，吼了声“哇哦！哇！”之后，便跳上摩托，加速开走了。将军教授们互相商议；我看到其中一位悄悄从口袋里掏出“幸运照亮校园”的纽扣，重新别在了外衣上，别的位置就在暴乱勋带的上面。斯托克的手下开车离开，想追上他，白头盔的守卫也重新归队，小心地启动发动机，准备出发。但校长却转脸看向我，满脸犹豫，仿佛他想过来，但又不确定符不符合礼节。我下了车，朝他走去，于是，他也笑着从他跨斗里跳下来，跟我相向而行。

“很高兴看到你这回没被绑。”他说道，并对我的前管理员放弃特赦一事表示遗憾，实际上如果马克西能获得自由，也算是特赦的一大功德。“现在院际局势这样，”他沮丧地朝我吐露道，“我过去几个月行为又那样，我不敢再拖延他的处决日期了；不然军事学系得叛变了。但我喜欢那老头。就是因为这种事情，我都不想担任这该死挂的校长职务了。”

我聚精会神地听着，仔细观察着他那双明亮的眼睛。他确实是发自内心钦佩马克西，遗憾他要受柱刑；但他不想当校长，真看不出来。

“雷克斯福德先生，我闯了祸，你为什么不生气呢？”

“谁说我不生气？”他露出精明的笑容，“我明白你想教我什么。但我估计管理者大概是无法得到毕业认证的。”他说，堕落后又清醒的他痛苦地意识到，自己要抛弃对毕业的渴望，按照自己的见解，无论自己的见解是如何愚昧，“尽自己他妈最大的努力”服务校友。因此，他重启了和艾拉·赫克托的地下经济往来，尽管他自己都不情不愿，秘密提议与学生会主义者进行新一轮的谈判协商。他希望输电线能够恢复到“原来”的位置，边界争端也能够和之前一样，以此来避免因他最近立场摇摆而给西校园造成过大损失。多亏我，他才得知 x 同学就是叛徒柴门汀斯基，他打算好好利用一下：胁迫尼古拉人重回谈判桌。他知道我是不会赞成的。“预言教授当然不屑于这些事，”他友好地说道，“但当权者可不是想清白就能清白的。”他边说话，边叠好他的手帕，看到手帕上斯托克的污垢，他笑了。

“输电线的守卫怎么样？”我小心翼翼地问道。他重新上了跨斗，说他已经下令，那些特制的头盔和项圈即便不全部丢弃，也不强制守卫佩戴了。

“如果他们向下看，会掉下来，”他高兴地说，“如果他们**不**向下看，也会掉下来。那他们就得学着巡逻时不看！”

我内心欢欣。但还是执行了我的最后一项考验。我问候了他的妻子（她冷冰冰地看着我），对她脸颊意外受伤表示遗憾。她一下有了火气，校长也瞬间面露不悦。

“男人打老婆就是死挂，”他坚定地说，“我们已不再生活在黑暗学期。我们也不是熔炉房的技工。”

“**我不同意**，”雷克斯福德夫人不耐烦地说，“贾尔斯先生，既然你都提了这个话题，告诉你吧：我丈夫可能是校长，但——”

她停下了，一副惊惧的神色，因为雷克斯福德突然举起了手。实际上，他只是示意前头的守卫前进，但连安娜斯塔西娅都倒吸了口气，雷克斯福德夫人也没说完她那句话。

她丈夫咧嘴笑道：“贾尔斯先生，咱们下午奠基山见。”

我伸手要摸他的太阳穴，宣布他成为通过、毕业认证的候选人。但他摇摇头，友好地拒绝了。他说，一是这个手势会被他的政敌解读为受贿，或至少是为我的大导师身份背书，而这问题太有争议，他不到万不得已，不会公开表态；另一个——他的笑容悲伤起来——他提醒我说，校长首先应效忠学院，他会不惜一切代价维护学院的利益——据此，他还希望，为所有自由学院，甚至众生谋取利益。但如果形式所迫（“但愿不会如此！”），非要他在否认我和违反公职誓言之间选择的话，他甚至会赞同判我柱刑，就像他对马克西一样。在雷克斯福德眼里，很久之前，在莫伊舍区，那个默许了以挪士·以诺绞刑的雷穆斯学院副管理者是个悲情人物。他被头脑简单的以诺主义者中伤诽谤，那些人就不明白当权者的责任。

“校长，如果**我**迫不得已，煽动学生颠覆管理层，而你如果必须要柱刑我，你会下处决命令吗？

他冷静地看着我：“我可能会永远背上骂名。但我会下令。”

将军教授互相拍拍对方的后背；守卫们欢呼起来。那一刻，看着他们，校长面露嫌弃，甚至面带憎恨。之后，他抱着雷克斯福德夫人，对着安娜斯塔西娅微微一笑，挑逗性地眨了眨眼，然后扬长而去。

“他到底是不是候选人？”安娜斯塔西娅问我道。

“你是毕业生，”我回答，“**你**觉得呢？”

她得意起来，一路上边开车，边充分地思考起来。车开上了公路，开过了宿舍区、教职工家属院，开到了通往乔治峡谷的奠基山山路。在那附近，在权衡利弊权衡了一个多小时后，她最后说：“乔治，我觉得他是。即便不是毕业生，也是真正的毕业候选人。”

“嗯。为什么呢，安娜斯塔西娅？”

“我不怎么会**表达**，”她认真地提醒我说，“尽管经过昨晚后，我现在看见他感觉很尴尬（尤其是他还和他夫人在一起，虽然我喜欢她，而她肯定**恨**我），但我觉得他**打老婆**这一举动不那么简单。知道吗？”她停顿了一会儿继续说，对于学院校长，否认并谴责诸如间谍、欺骗、秘密谈判的事情，但却不禁止他们，无疑是彻头彻尾的虚伪，就像原则上谴责打老婆，但实际上却打老婆一样。不过她也能想象这种**行为模式**的拔高版：真诚，且发自内心，原本是死挂的矛盾，这时变成了通过的悖论。她相信如果卢修斯·雷克斯福德达到那样的状态——不过一旦像她这样谈论起这种状态，就是对它的背弃与篡改——他就得到毕业认证了。

“是吗，乔治？”她最后问道。由于坐在后边，我得抱着她，免得掉下来，我便笑笑，拍了拍她的肚子，说她是我的第一助教。

“你又拿我**开玩笑**了！”她有些不乐意，但手却离开油门把，将我的手按在她身上良久。“如果我说错了，告诉我！”

说话间，我们已开出乔治峡谷数千米远，来到了一个岔路口；我突然意识到我们到哪儿了，知道下一个拐弯处等待我们的是什么，我有些喘不过气来。过了一会儿，我心跳加速，手臂伸过我夫人的肩膀，指着前面的谷仓屋顶和圆屋顶，告诉她，那就是家了。

天气晴朗，不过很冷，羊群在外面的畜栏里，名义上由雷金纳德·赫克托的助手在管理。但那个家伙（后来我才知道，他是老校长不干了时，抓阄选出来的）要么是不负责，要么是没能力，人影都看不见。眼前的一切相较我孩提时代感觉小了很多，我心中惊讶。而惊讶过后，却是叹息，因为前后都是疏于管理的迹象：羊圈和栅栏需要粉刷，畜栏脏乱，饲料槽空着。最糟糕的是，羊少了一半——我只能希望是由于管理员无知大意，而不是被管理员吃了——剩下的羊也邋里邋遢，形容憔悴，像集中营里的囚犯一样。我四处寻找斑点奶头海达、贝姬的普莱德·苏、汤姆的托马斯，但徒劳无功，一个也没认出来。安娜斯塔西娅待在后面，不想打扰我的悲伤。我双眼刺痛，冲进兽栏；母羊像疯了般四散奔逃。那又瘦又跛的干瘪老羊是贝姬的普莱德·苏吗？想到这儿，我哭了起来，懊恼他们认不出我，我也认不出他们。恰在这时，羊圈里传来一阵有力的羊叫，这是公羊挑衅的声音；那羊——头低着，准备进攻，蹄子踏着地——竟是雷德费恩的汤姆，起死回生了！像多年前一样，我手里握着手杖，不过这次，我呆站在原地，既惊讶又害怕。我向后倒退；是不是也在某种程度上倒转了时间呢？那公羊尽管瘦弱，但年轻而充满活力——比当时死在我手上的雷德费恩的汤姆还年轻，比我动身前往大广场时，汤姆的托马斯的岁数还小。就在他向我扑来的那一刹那，我知道他不是鬼魂，而是汤姆三代：就是那个我离开前，才出生没多久的汤三代！

我高兴地跳开。他撞断了栅栏——不愧是雷德费恩的汤姆的好儿子汤姆的托马斯的好儿子！[1]——既没有撞得头昏，也没有从断掉的栅栏那里逃出的意思，而是转过身，再次向我冲过来。安娜斯塔西娅尖叫起来。总拘留所的岁月和人类学生的生活让我懈怠生疏，我不敢去制服他；只能尽力躲闪，避让，防御，不停呼唤他的名字，在他两次冲击的间隙，给他闻我的衣服和弗雷迪的护身符。他起了兴趣，最后我把自己脱光（将弗雷迪的护身符系到我的裆部），将衣服扔到他头上，衣物的气味唤起了他心里久远的记忆。他情绪大变；允许我挠他的头，当我介绍他和安娜斯塔西娅认识时，他还舔了舔她的手，满意地闻了闻她的阴部。

“乔治，他*真可爱*！”安娜斯塔西娅叫道，“我*喜欢*动物！”我笑了笑。尽管高兴于自己能和汤三代及母羊们重聚——她们现在三三两两地溜达过来，散发着羊皮的味道，像看见管理员一样对我咩咩直叫——但我还有工作要做。我和海达单独聊了会儿：她现在老到不行，身体异常虚弱，美貌更荡然无存。她最后一个踉踉跄跄走出圈，将信将疑地嗅嗅我的护身符，在意识到我是谁时，几乎喜极而泣。我们依偎在一起几分钟，谁都没有说话——我唏嘘她那曾经无可比拟的乳房变得如此干瘪，要知道，恰是她那长着斑点的奶头点燃了我儿时的梦想！当我详尽地将她介绍给我的夫人时，她俩不动声色地互相打量；然后，安娜斯塔西娅抱住我的胳膊，靠在我肩头，随后亲爱的海达轻轻哼了声，一瘸一拐回到羊圈，再也没从她那发臭的陈年稻草里爬起来。

我开始行动起来。首先喂羊，叉下楼上的干草，注满发臭的储水槽。然

---

1. 雷德费恩的汤姆是山羊一代，汤姆的托马斯是山羊二代。

后，在安娜斯塔西娅的帮助下，给羊群灌硫酸铜驱虫，为憋坏的母羊挤奶(小羊已经没有几只了，令人心痛)，给每只羊修蹄。接着——就像斯托克骂的那样——我往药浴池里灌满木熘油溶液，给整个羊群洗了澡，然后（虽然我不论身上还是衣服上都不像其他羊那样真有寄生虫）自己也跳了进去，甚至连头都浸到其中，直到洗去身上大广场的最后一丝痕迹。安娜斯塔西娅给我擦背；她要和我一起药浴，尽管天气那么冷，她有毛的地方也并没有跳蚤；我知道个中原因，也非常高兴，但我告诉她不必这样。不过在刷洗打理完羊群后，我们还是用皮革皂给她洗了身子，然后两个人互相做了清理。那时已是中午，令私处清爽的洗发水唤醒了性欲，我俩来到新叉的稻草上。挤在温暖的母羊堆中（除了海达)，我和她耳鬓厮磨了两个小时——但心中明白要再见昨夜的奇妙已非可能。她还是她，我还是我；在这样一个纷繁的校园中，我们美美地午睡，温存，心满意足：不是每天都是毕业认证之日。像早餐一样，午餐我们也没吃。

两点时（不管季节如何，我都能通过曲柄杖的影子来准确判断时间，就像艾拉·赫克托看人影读时间一样，并且据此相当自信地调整了奶油头发夫人的手表)，我神清气爽地从满足的安娜斯塔西娅身上起来，在药浴缸里重新洗了阴茎，然后披上衣服。我把备用的号角从工具柜里取出，用钳子将它的一角夹成吹口的大小，接着绑上一根结实的单股麻绳。然后，我向羊群中除了两只羊以外的羊告别，保证自己总有一天会再回来，同时定会派个更合格的管理员过来。海达和汤姆三代不包括其中：后者是因为我打算带着他；前者是因为当我弯下腰钻进她那脏兮兮的羊圈时，发现她已经去世了。我合上她玻璃一样的眼睛，亲了亲她那干瘪的奶头，曾经，它们可比我的母羊妈妈的坚挺多汁得多。我转身离去，相信即便是外公的助手也不会不给她一个体面的坟墓。我们把汤三代拴在摩托车后面；药浴过后，梳洗干净，又吃了一顿像样的午餐，他现在可是一头英姿飒爽的公羊；他腾跃着，打着响鼻，无惧地撞向摩托的挡泥板！安娜斯塔西娅（我提议用注射器灌醋给她清洗阴道，她不仅拒绝了，还用无菌纱布塞住了自己的私处来保存精液）戴上头盔，松开离合，我们向西出发。

事实证明，有汤姆三代在后面拖着，我们赶路速度很慢。最后，尽管我知道他会害怕，但还是得用绳子将他像绑猪一样四脚捆起来——这种说法令我厌恶——横绑在我身后与挡泥板之间。尽管他的哀号，铁石心肠艾拉·赫克托听了都会心软，但如此安排后，我们的速度的确提高了两倍；驶过峡谷和十字路口后，安娜斯塔西娅就展示出了和她丈夫一样的抄近路车技，以及真正的斯托克式速度，之前她坐斯托克车时，还曾因这速度而心惊。当我们看到奠基山时，离太阳落山还有半个小时。

7. 奠基山上

我把汤三代放下来，将捆他的皮带在手腕上绕了三圈，他倒是给我们在拥挤的人群中开了条道。上坡时到处都是人：学生、教授、管理人员、受托人、运动场管理员、文员都一身假日装扮。尽管场合庄严（雷克斯福德派的自由主义者新近才允许公众观看柱刑行刑过程，有趣的是，他们希望通过此举来震慑民众，从而达到废除死刑的目的），但空气里却弥漫着快活，甚至有节日的气氛。由于处决当天恰逢每年一度的传统庆典，因此奠基山从早上就一直熙熙攘攘。现在可能是类似幕间休息的时间：喇叭中播放着军乐，来来往往的摊贩叫卖着食物、饮料、三角旗和大束白花。报童吆喝着新闻特刊，在我喂给汤三代的那张报纸上，新闻头条就包括："布雷应允神迹""动力室控制室内艾尔科普夫监工，WESCAC 全面恢复正常""X 同学销声匿迹，边界争端有望重归上学期状态"。所有报纸头版都印着卢修斯·雷克斯福德在跨斗里拥抱妻子的照片。照片中，校长似乎朝着相机眨眼，仿佛表示国内国外一切都在掌控之中。确实，尽管新坦慕尼态势严峻，还未恢复到正常秩序，但新闻标题都情绪乐观："幸运再次降临""'点亮光明'雷克斯福德笑称"。流动的摄像新闻专业的学生小心地抱着相机，电视全套设备来回走动，针对死刑、冒牌大导师以及所谓的雷克斯福德管理"新面貌"等诸多话题，采访路上的学生与校园的名人。当我和安娜斯塔西娅下了摩托，开始爬山，他们也要采访我，一路小跑着，问我关于布雷中午在山顶"行神迹"的看法，问我是否会有所行动"盖过他的风头"或跟他"摊牌"。但所幸汤姆三代又顶角又甩尖蹄，他们一直不敢靠近，吓得小贩、鼓掌叫好的及大批冷漠的看客也都让开了道。

一路上山，原本坑洼的山路到顶成了平坦的公园，人群也越来越稀少；

斯托克的手下搭起一圈障碍，约几百米长，除了高官和他们邀请的宾客，不放行任何人。斯托克自己一脸怒容在远端巡视，检查过路的证件，用警棍威胁那些要硬闯的：有些无名小辈，他放进来了；地位高到能通过的，他又拦住了。对于随后引发的骚乱，他在一旁幸灾乐祸——就是他之前那副德行。我们这边，守卫被安娜斯塔西娅亲了下，认出她来，随后立马放行，并在她的好言好语下，收起了原本要打汤三代的枪。斯托克离着数米，发现了我们，大声咒骂，命令守卫不要放我进去。刑柱旁，高官看台的那些人纷纷转过头来观望。

“去他那儿。”我吩咐我的夫人道。我本要再嘱咐几句，感谢她把我送到这么远的地方；但她这次欣然同意，我会意一笑，便不再说了。汤三代一出了人群，就开始在那安静地吃草；我把捆他的皮带交给安娜斯塔西娅，当着守卫的面就进去了。

“**注意，臭虫！**”他大叫。他应该指的是我身上的药浴味，不应该是香水吗，显然他用词不当，我大笑。他挥舞警棍，朝我打来，我手杖一挡，反手对着他的裆部结结实实来了一下。他还没来得及掏枪射击，就有两名白头盔从高官看台那边赶来。其中一人以校长和哈罗德·布雷的名义阻止了那守卫，表示校长和哈罗德·布雷都批准我进入——听到这儿，身边看热闹的人群发出一阵窃窃私语，倒地的守卫也骂骂咧咧地放下了枪。

“这是大导师的教导？”斯托克喊道。他朝着我的夫人走来，但看到汤三代竖着角对着自己，便停住了。安娜斯塔西娅似乎也蒙了。“暴力！”斯托克煽动着民众，“目无法纪！”人们有了反应；白头盔虽然是为了维护我过来的，这时也倾向于支持他那满身煤灰的同志，咕囔着说那守卫不过是例行公务罢了。

“明天用《修订版新大纲》教化，”我对我的夫人说道，“今天手杖教育。”

另外一名白头盔将黑德维希·西尔护送到我这里——原来这是她要求的，我进来时她就从观景台看到了。她一袭黑色礼服，脸上戴着面纱；安娜斯塔西娅跑向她，两人相拥而泣，汤三代还在吃草。似乎经过克罗克的一遭侵犯，黑德维希头脑清楚了；她说话时神志清晰，神态安静，只是说到她丈夫生命垂危时，悲痛难抑，话语凝噎。她告诉我，西尔医生如今躺在医院，奄奄一息。她本想与其做伴，但丈夫却要求她去一趟奠基山，一来致敬马克西，二来给我捎信。她回述她受袭一事时，极为冷静——尽管克罗克就在看台上，肩上驮着艾尔科普夫博士。她甚至笑谈自己被强奸的讽刺，笑容里满是凄切：在蜜月小屋汽车旅馆时，她试图挑逗克罗克强奸她，克罗克却更爱自动饮料贩卖机，拒绝了她。之后，她的心智就如我所耳闻的那样，变得如孩童一般。昨天大赦，她和克罗克都被释放，然后他俩又撞到一起，这回的她跟个五岁女孩一样，被他吓得乱跑。

“这反而正让他兽性大发，”她悔恨地说，“他控制不住自己，克罗克本性就如此。只是可怜肯纳德——”她又哭又笑，“放在之前，他就会拍照，我就会教克罗克一些淫荡的手法。但自从上个春天，肯纳德也变了——你告诉他的那些事，他的癌症之类……”她擤了擤鼻子说，或许不过是癌症转移到他脑中了；无论怎样，他一直护送她从精神病院到了大广场（过后他对她这样说），想打一辆出租车到蜜月小屋汽车旅馆，这一次他不打算以最正常的，也就是最倒错的姿势跟她交配，而只想在简单的爱中发生关系，希望（甚至她说到这儿，语气都带着难以置信，她觉得我可能不会相信她）能在临死前留下个孩子！后来的事情，我在受刑时都目睹了：看到她被攻击，西尔医生是如何——自发、立刻、英勇地——跳出来保护她，然后被克罗克反手一击打倒。那一下打在了他绑着绷带的肿瘤上；尽管如今他双眼彻底失明，意识基本不清，所幸偶尔还能清醒。昨天晚上他清醒时，她告诉他自己神奇地恢复了，求他原谅自己之前的过错，表达了自己对他的深爱，表示想做刮宫手术，免得丈夫想要孩子，自己却怀上了克罗克的种。

“但肯纳德说我一定不要这样，”她说，“他说我们得**感激**克罗克，是他让我们这么多年以后又聚到一起，而且该**祈祷**我怀孕了！无论孩子样貌如何，他说，都是我俩的孩子——肯纳德的孩子，我的孩子——因为肯纳德下意识所做的一切。”

“啊，**黑德！**”安娜斯塔西娅喜极而泣，抱住了她，显然深信西尔夫人和她自己都怀孕了——尽管两人受孕都不到二十四小时！天色渐晚，我直接问西尔夫人，她丈夫是否想死。

她立刻摇摇头：“乔治，这就是我要跟你说的事。他说对于自己所做的一切，他一点也不后悔。他说即使他自认为看到了一切，但克罗克打过他之后，他却看到了之前没看到的东西，**活力**绝对是好东西，不论一个人的其他答案如何。他要告诉你，活力与教育无关，是大学中最宝贵的东西。就跟塔利跛德院长到最后时依然拥有的能量一样……他想知道他的看法是不是对的。”

“啊，乔治！”安娜斯塔西娅喊道，“通过他，这样黑德就能告诉他了！”

斯托克怒气冲冲：“他药吃多了。”

我朝着满眼泪水的黑德维希微笑：“请告诉西尔医生，在我看来，他绝对是感情用事，癌症可能既损害了他的视力也损害了他的头脑。但也请告诉他，他现在是毕业候选人了，还要替我恭喜他做父亲了。”

“只是个候选人？”斯托克讥笑道。

我点点头：“跟你一样。“

我的反嘴激怒了斯托克，手上还牵着汤三代的安娜斯塔西娅不得不站到我俩之间，命令他规规矩矩。我拉着西尔夫人的胳膊，往观景看台走去，路上我继续说：“当然，有些候选人就比其他人离毕业认证近。西尔夫人，请将我的爱转达给您丈夫。”

“羊孩！”是艾尔科普夫博士的声音，从高官露天看台区传来。在那里我还看见了拉着手的校长和雷克斯福德夫人，裹得严严实实的赫克托两兄弟，跟往常一样坐不住的列昂尼德·亚历山德罗夫——夕阳西下，他不安地望向西边（尽管他看不见），那是远方东校园的方向。彼得·格林在右边，跟列昂尼德一样绑着绷带，出乎意料的是，他左右两边竟坐着斯托克的秘书乔治娜和一个年轻可爱的白人女孩，我推测那人应该是格林的女儿。但她跟妞儿一模一样，那个我数年前看到的与松垮年轻人在麦地嬉闹的女孩！相同的蓬乱头发和勾人的眼睛！如果硬说有什么不同，可能是她更显年轻了，尽管自从我听见她说“要”的那晚到今天，我，她的见证人，生理上老了七岁，心理上老了二十一岁。那她就不可能是原来的妞儿。我脑中再次浮现出关于萨莉·安小姐的那些猜想。我不再理会，觉得那与格林的候选人身份还有我的任务无关，转而去看艾尔科普夫博士。艾尔科普夫博士尽管额头绑着绷带，瘦弱无力，却也在克罗克的肩上来回跳动。坐在他们旁边的是弗鲁门齐乌斯的访问学者，过来准备带回他们犯错的同事——克罗克。这些访问学者身着他们学院的鲜艳衣服，配备着照相机和写字夹板，似乎在仔细记录着整个流程。

“羊孩，**我超越了**！”他叫道，“我看清楚了！”克罗克在下边呱呱地跟我问候致意，一旁的弗鲁门齐乌斯学者嗅着我的气味，摸着我的羊毛，用象形文字做着记录。艾尔科普夫博士尖声表示他已不再质疑大导师的存在了。因为他用双眼看到了（当然是通过矫正镜片）自然规律与人类理智解释不了的奇迹：不到两小时前，哈罗德·布雷不知从哪里而来，出现在山顶，他在人们眼前变化颜色面貌，纵身一跳，跳过约十余米的波光湖面；如履平地般行走在竖直的刑柱上，为仪式搭绳子，装滑轮，接着便消失了，通过不知道在何处的喇叭，宣布会在日落之时重新现身。

“羊孩，**太厉害了**！”他叫道，“不是把戏！没有镜子！你别介意：那布雷，他是真正的大导师！”

我笑笑：“艾尔科普夫博士，你相信看到神迹了？”

“**是的**，孩子！我相信**因为**我看到了！五点二十了！”

我没注意，斯托克便从我身后过来，嘲笑道：“博士，你啥也没看见。如果你要看神迹，乔治（的神迹）行得更好。”他拍了拍我肩膀，装出一副爱我的样子。

“挂科院长！”艾尔科普夫叫道，“**滚开**！”

“他要在关键时刻从刑柱上救下施皮尔曼，”斯托克用食指指着我，对着看台上的所有人说道，“从而证明他是真正的大导师！他甚至可能啪嗒一下拯救整个大学，通过我们所有人！是吧？”

除了布雷出于某些原因放进来的一些我的受教者，看台上的看客都是有权有势的人物。我一靠近，他们中许多人闻到我的香味，就皱起了眉头；他们还直言斯托克的吵闹破坏了眼下庄严的场合，要求校长将我俩驱除下山。雷克斯福德看向我们，脸色忧虑；他妻子在他耳边低语了一番，让他皱起了眉头。他松开拉她的手，与他身后的刘海商讨着什么。期间，那刘海一边瞧瞧我们，一边点头。

“来呀！”斯托克扯着嗓子嘲弄我，“发个功！让我们见识见识真正的大导师！”

“前面的坐下！”有人喊道。与此同时，鼓声响起，我看到太阳的边缘已触到了地平线。行进的乐队演奏起庄严的宗教游行乐，路障也被移开，供三辆黑色摩托车组成的 v 型车队开进，打头的摩托车后头跟着马克西。他被身上的滑轮装置压弯了腰，步履艰难，但他却一脸高兴。看台上响起一阵倒抽气的声音：不过不是因为马克西可怜，而是因为刑柱的基底部突然出现了一个幽灵。除了柱上有那不祥的绳子和滑轮，人们确定柱面的大理石完整无缺；那砖石建筑上，确实没有门或其他孔洞，基座周边的檐口也没有藏身之地，整座碑石环绕着约一米深、十二米宽的壕沟或水池——但就在一眨眼的工夫，哈罗德·布雷站上了檐口，身着黑色披风，双臂伸向步步靠近的马克西！

“羊孩，他是怎么做到的？你给我们演演！”斯托克语气半讥讽，半激将，但他眼中可能还有别的情绪。我转过身去，背对着他还有那些等着看我反应的其他人；我嘱咐安娜斯塔西娅待在原地，和汤三代一起。之后，自己便往相反方向的观景台走去。尽管我衣着扎眼，气味刺鼻，但由于人们注意力在他处，并没有多少人注意到我。一边是守卫们领着马克西前进，一边是布雷踩着低沉号声的节奏，变化着披风的颜色：从黑到棕，从棕到荧光绿，从绿到白，从白到跟刑柱颜色一致，仿佛披风即便不是消失了，那也是透明的——甚至披风上都有着砂浆缝！之后，他从檐口下来，踏上了水面，仿佛水面结冰般，滑走着横跨水池，去找我的管理员。守卫们个个惊讶程度不亚于看台观众，他们下了车，开始检查池水，甚至用警棍戳戳，确认水面之下没有暗道。

“是的，是的！”我听见艾尔科普夫博士叫道，他带头鼓起了掌。甚至校长都摇摇头，一副吃惊的样子。他身后的将军教授们兴奋地互相推肘；电视工作人员瞪大了眼睛，对着麦克风喋喋不休。趁着守卫们在壕沟上搭建简易走道的工夫，马克西在他的刑具之下环顾四周，可能是在找我。我看到的不知是他的鼻子还是眼睛，悄悄地朝他挥手道别，并举起羊角号，告诉他我已经实现了他最后的请求。他点点头，但还是眉头紧皱，不满布雷的把戏。如果之前布雷没看到我，这时也看到了，仿佛为了嘲笑我，他口中发出一阵铜管乐器的声音。音乐家们目瞪口呆，纷纷放下了自己手中的乐器；每个人都惊讶地窃窃私语，除了安娜斯塔西娅和我。我俩隔了很远，互相冷静地看了看对方，而汤姆三代则在一堆废糖纸和空可乐杯里自得地吃着草。

眼下，马克西被守卫绑到了檐口上一个类似帆布纸尿裤或高空作业吊椅的东西上，那吊椅向上纵贯刑柱表面，直达燃烧的柱子顶端，马克西身上的滑绳也被接到了上边。绑好安全带，移除跳板，民众寂静下来。鼓声又响起。校长不情愿地下了命令；两个守卫拉，第三个守卫喊，马克西慢慢升起。甚至最乐于见到马克西被处决的将军教授，比如我的外公，都不出声了。

布雷似乎滑到了看台中间的空地上，转身面向刑柱，举起胳膊。尽管光色昏暗（实际上，太阳西沉，影子映上石柱，影子长短决定了马克西上升速度的快慢），他又开始了一系列的变形，这次比前一次更非同寻常：守卫每拉高一下，不仅祭服的颜色、版型有变化，他的脸和身体也变了。**拉一下**：成了马克西！**拉一下**：美丽的安娜斯塔西娅！**再拉一下**：过世的乔·赫罗尔德！每一次变形都引得民众都大呼“好哇”（有时候也喊“**噢嘞**”），乐队致敬行礼；每一次变形，马克西也离刑柱顶端更近一些。整个过程，马克西都在拉胡须，向人们飞吻道别。现在，布雷又变成了现世释咖尼安，变成了身材巨大、皮肤黝黑的克罗克，之后带着节奏，成了莫里斯·斯托克、肯纳德·西尔、埃布利·艾尔科普夫、卢修斯·雷克斯福德、赫克托两兄弟（同时）、帽子挡住脸的 x 同学、列昂尼德·亚历山德罗夫，还有我通过的母亲！最后，他幻化成我的样子，手杖、羊角号一应俱全——此时，马克西已接近燃烧的顶端，布雷伪装成我叫道：“尊敬的大导师，请通过我们的同学马克西米利安·施皮尔曼，他确实修完了自己的课程，可以从辛劳中解脱了。”尽管目之所及，没看到扩音设备，但他的声音就如同从扩音器中传来一般。“A+。”他最后说道，带着回响。不知从何处还传来母亲的回音：“A+！”

到时间了。随着马克西摇晃着到了顶端，我将羊角号放到嘴边，用尽浑身力气吹响。Teruah！Teruah！Teruah！我的管理员，校园一时间再难发现的睿智、爱校之人，燃烧起来，光芒四射——借着火光，我看见了汤姆三代挣开皮带，冲向了我的化身。他的前蹄抬得老高，兴奋地发出咩咩的叫声！布雷嗡嗡直叫，挥舞手臂；他脱掉自己的伪装（连同手杖和羊角号），拧紧鼻子，将软塌塌的伪装扔向汤三代。脱掉伪装的布雷全身黑得发亮，脸藏在斗篷之下；汤三代看到那不是我，羊角一低，朝他顶了过去。布雷发出一阵可怕的嗡嗡声与恶臭味。为了躲避汤姆木馏油处理过的羊角，他朝我这边跑来。我用羊角号和我身上的气味又将他赶了回去。他夹在我俩中间，有一瞬间展开了斗篷，嗡嗡声比斯托克的摩托引擎声都大！之后，在汤姆冲向他时，他从短袍的前身射出一个短剑般的东西。那羊尖叫着，倒下，蹄子乱踢，紧跟着便不动了。我抓住他那光滑如油布般的黑袍，但布雷又把它脱掉了，跟着一起褪下的还有他的脸（下面颜色更黑）。他跑进——不，消失在——黑暗之中。我瞥了汤姆三代一眼，清楚他没救了——他的腿僵硬地伸着，眼睛已然模糊，肚子肿胀起来。我用手杖敲打着影子、地面、壕沟，生怕布雷就藏在里边；我渡过冰冷的池水（药浴的效果都要没了）去敲打刑柱。民众看着这一切，被惊得呆住了；当我的手杖打在石柱上发出重重的声音，他们似乎被唤醒。好像是彼得·格林喊道：“列昂，我听到的扑腾声是什么？”

“不存在性！”一个尼古拉口音的人回道，“我没听见！”

“看刑柱顶！”艾尔科普博士夫尖叫道，**“大导师在飞！”**

我抬头一看。在马克西燃烧着的身体之上，一团巨大模糊的东西似乎在尘烟之中升腾而起，和烟尘一样翻滚扩散。民众的不安变成了惊慌：人们跳离看台，涌向两端的路障，跪在地上，踏在他们的女朋友身上，打着邻居，抓住他们所爱的人。乐队英勇地演奏着新坦慕尼院歌，直到他们被冲垮。守卫争抢着进了壕沟，不知是来逮捕我还是保护我；他们的头顶上是咧嘴笑着的斯托克，他边骂边往壕沟走来。他的妻子坐在高高的看台上，一只手放在肚子上，望着下边的民众，眼神中带着急切的爱意；母亲在一旁安静地打着毛线。灰烬开始掉到我们头上，如果不是我那高尚的管理员的，又会是谁的。我肯定，再过一个学期，那骨灰就是我的了；但不是现在，因为尽管我已完成了我青年的任务，但我还有成年的任务等着去完成。我能清楚地看到那是什么，也知道它会走向何方。但是，我只是笑笑，拄着我的拐杖，和母亲一样平静，一瘸一拐地在半路上迎向守卫。

附带

Posttape

今天，我三十三岁零四个月，我间接地将最后的几卷磁带录入WESCAC。跟往常一样，是在我的门徒安娜斯塔西娅的要求下；但这最后一次，她不在场。她带着一对小孩，在探访室等待我每天的露面。外面春光正好，相比于在铁栏横立、阴暗无光的探访室受罪，两个孩子更愿意到外边嬉戏。让她等着吧。

我的自上弦表时间走得很快，不过无论怎样，我也没多少时间了。手头的工作快完成了，但其本身毫无价值，我打心底里不想做了，只想在四月的春风中撒欢。她觉得我的工作已经完成了，也是她让我在最近一次也是最后一次关押期间，为自己立传。她坚定到惹人厌的信念，不管是好是坏，支持我完成了那可怕的工程——她口中的“修订版新大纲”。她坚信这会取代《奠基者卷轴》。而我只是笑笑，正如她说那浅褐色的孩子是我们的儿子一样，我也只是笑笑。那孩子，我看着，既像我，也像斯托克、克罗克还有布雷。假设就算这些无尽的磁带取代了卷轴，成为我之后的来者嘴中的食物，就像我之前吃掉羊皮纸一样——之后呢？一圈套一圈，不断松开，如同我的表一样，如同这机器里她从斯托克那偷来的磁带卷一般，如同大学本身。

松开，重绕，周而复始。

不重要了。无益与有益，就像通过与挂科一样，只对她这一类人、她儿子那类人有意义（在他的黑色眼睛里，我看到了同他母亲一样的专一）。对于我，意义与荒谬早在十二年零四个月之前的那晚，在 WESCAC 的腹部，就失去了意义——所有的区别都失去了意义，包括相同与相异的区别。因此，也别无其他原因，我又在校园中活了十二年，以最卑微的姿态，教导大学生，一次就教导一人，我的话没有向他们传达任何意义。因此，我毫无怨言地接受他们的与我的过错：敌人的辱骂、朋友的过失，双腿越加严重的疼痛、羊性的发作、事实与判断的错误、决心的动摇——所有这些以及其他，凡人不可避免的缺陷。也因此，在无力与迷茫的驱使下，我录下了这一附带（她不会知道的），来谈谈上述的那场十二年前的“胜利”到现在的通过，这中间的事情。或许也是和自己谈谈即将到来的事情：马克西从开头中看到的结束，我从结束里看清的“毕业认证”。

先来说说我最先的“受教者”。我不假思索地让其毕业的两人——我母亲“奶油头发夫人”还有“我的夫人”安娜斯塔西娅——后者我已经提到过，并且之后肯定会再说（因为我将回到探访室，她在那里等着我，与被释放的我一同再次回到新坦慕尼；我会和她住在一起，直到那最终的释放——她完全没意识到它即将到来）；前者在她孙子出生后没多久就去世了。吞食波对她的影响远比当初想象的要严重。她死时面带笑容，这我理解，毕竟雷金纳德·赫克托、安娜斯塔西娅，还有那个叫贾尔斯·斯托克的婴儿都在她病榻前——但自从那天被我吓掉了魂，她活着时就笑容满面，而且随着吞食波影响的加深，不幸的她几乎时刻都在发笑。安娜斯塔西娅坚信母亲临死时心满意足，因为母亲知道她给“众生赠予了礼物”。对此，我也只能以理解她其他一些信念的方式予以接受，例如，她认为“贾尔斯主义”（她自己造的词）可以疗愈众生的病恙，“我们”的儿子将在大学的每个校区创立“新课程”。我已很长时间不再试图去进行解释——无所谓了。我上次惊讶甚至叹气，都已经是几个学期之前了。可能亲爱的安娜斯塔西娅在那个美好的晚上被吞食了；可能我也是，要么是小时候那次，要么是之后我下到腹部的一次或多次。我如何知道？可能（如西尔医生曾推测的那样）众生都被WESCAC、EASCAC 或两者在几个学期之前吞食过。众生对于第三次校园暴乱的恐惧不过是集体发疯的一个讽刺细节罢了。

无所谓。

当然，西尔也死了；在我于奠基者山确认他候选人身份的那天下午，他就死了。癌症夺去了他的生命——唉，但那不是直接原因。神志不清中，他信服自己不仅当了父亲，还实现了完全的启迪，他对基南德之前就存在的同情越发强烈：自己已经失明，而阻挡他成为预言教授的障碍只剩下生殖器，于是趁着护士不在，西尔用玻璃杯碎片去了势，最后因大出血一命呜呼。如果当时他大部分的脸还在，他肯定和母亲一样，死的时候都在笑。黑德维希，年岁已高再加上之前的折腾，身体虚弱，很难怀孕，但的确又怀了孕（安娜斯塔西娅也一样，每当我想反对她的极端看法时，我都记住这点）；可孩子的出生——一个身体结实、全身黑色的可爱女婴——毁掉了她的健康。才神志清醒没多久的她又疯了。她和我母亲的去世时间相差不过一周，而且都死在了她们最后一个学期同住的那所精神病院的病房中。斯托克甚至都说她们最后都相亲相爱——但那是斯托克，谁也不知道他的话是真是假。当他笑着说，“乔治，天哪，爱随处可见”，我既不同意也不反对。

所有我确认的——或是将要确认，或被视为已经确认的——候选人，不算马克西，现在已死了三个：雷金纳德·赫克托、x 同学和列昂尼德·亚历山德罗夫。对于我外公，我既没确认也没否认：要不是他，我不会出生；而另一方面，如果他计划顺利，我出生时就死了——看待每一种情况，我都心情复杂，但不管如何，它们算是互相抵消了。相对地，对于我的大导师身份，他也既没认定也没否定。尽管他跟大多数人一样，实际上更倾向布雷（他对这一问题并不很在意），但他也从没有公开支持过那些指控我谋杀大导师，要把我驱逐出去的那些人。我觉得他是忠于家庭吧，或者是老派的将军教授都会对他们想杀却没杀成的人有某种欣赏吧。在经过与疾病的长期斗争后，他不久前去世了，临死时还坚信自己不靠任何人。他忠心耿耿的接待员——多年以来为他写演讲稿，打理内务，用自己给他暖身——最后为他安排了一场气派的葬礼，费用由军事学系与爱哲基金会共同承担。

马克西死后，列昂尼德·亚历山德罗夫立刻又叛逃回院，尽管双目失明，但他还是不知如何就穿过了控制室的钢丝网。此后多年，边界时而起危机，时而陷僵局，危机一次比一次严重，僵局一次比一次不宁，但我再也没见过他，也再没听到过他的消息。之后有一天，控制室里发现了两名尼古拉人，一老一少，大半夜扭打在一起。他们是如何打开上锁、通电的隔断的，没人知道。扭打声触发了警报，两边的守卫及时赶到现场，发现年轻的把老的推到了新坦慕尼那边，不知道是有意还是无意，而他自己在推搡的过程中触电身亡了。那老的——后来发现就是 x 同学——如果没有试图去再关上身后的大门，就能弥补此前前往尼古拉学院叛逃的过失了——如果这是他的目标的话。尼古拉守卫跟在他身后，柴门汀斯基（他之后就这样叫自己）不确定他们要开枪打他，还是要跟他一起叛逃，便一脚把钢丝门踹上，瞬间被电得奄奄一息。咽气之前，他把我叫到了医务室（关押间隙，我的工作是自由新生顾问），告诉了我很多事，包括他继子帮助输电线两边的学生非法转校，一次又一次冒着生命危险在电线两边穿梭，而分文酬报不取；最终，他为了救一名秘密特工牺牲了自己，而这名特工的任务其实是暗杀他，但他太崇敬那人了，于是他最终决心自杀以代。那特工，和猜的一样，就是 x 同学。列昂尼德依自己的理解，徒劳地向他传达了数百遍我的建议：对于 x 同学，自杀的虚荣是可以被允许的，甚至是通过的德行，在毁灭自身的过程中坚持了自己——那自己是无论如何都要直面的，是需要超越而不能压抑的。我到底也没弄清楚钢丝门那儿的那场冲突——谁要对谁做什么，为什么——但柴门汀斯基似乎认准了两件事：一是他继子为他而死，无论对与否；二是他自己，在关门挡住两边可能要叛逃的守卫过程中，自杀了两次（因为他的行为是一时冲动的自私行为，因此对于无私的 x 是致命的；再者，柴门汀斯基因此肯定了自己，却被电得奄奄一息——“自己造成的”，他起誓道，尽管他的誓言并非前后一致，准确无误）。临死前，他和我说的最后一个词，也正是在门口他俩认可对方、认可自己时，列昂尼德对他说的最后那个词：“感激不尽此化份性[1]！”

接下来的那个学期，在服刑期间，我跟斯托克讲了这个事，他冷笑着表示，那个垂死的人跟肯纳德·西尔一样神志不清，因此，他的话，不管指义如何，都可能是错的。那年轻的被电网烧得面目全非；那老的也严重烧伤，被包成了木乃伊。他们两人的身份，也只是凭那木乃伊的疯话得来。尼古拉的管理人员就坚称，同学亚历山德罗夫一开始就没有叛逃，而 x 同学因加入个人崇拜的邪教，多个学期前就被处决了。

“这完全有可能。”我表示同意——但我不像过去那样面带笑容了。安娜斯塔西娅立刻不干了，坚持捍卫柴门汀斯基和列昂尼德的毕业资格，对此，她朝我和斯托克一顿恫吓（她那嘴是一年比一年厉害）。所以当斯托克要带我回牢房时，我俩都很高兴能离开那探访室。

我那时被囚禁与布雷溃败十周年（其他人则称之为“布雷的飞升”）有关，而我今天行将结束的这次囚禁同样与布雷有关，这次是其首次出现于剧场十二周年。两次关押，我都低调无闻，但又都被新闻学专业的学生找到。记忆力惊人的他们问我，是否仍坚信自己就是大导师，知道“通往毕业认证大门之道”（从他们的语气中就可以听出双引号），是否仍坚信哈罗德·布雷，这个拥有着成千上万信众的人、远非我寥寥受教者可比的人，就是一个死挂的冒牌货。两次我都耐心地回答：对，不管怎样，我就是大导师，这改变不了。对，我知道众生口中的“答案”，尽管这个词——实际上是整个命题——和其他一切都具有误导性（因此符合要求），毕竟我所“知道”的，无论是“我”还是其他所有人都不能“教导”人，甚至包括我自己的受教者。至于布雷，我没有说他死挂，我认为：他的本质与出身同我一样非凡而神秘；我只能说，他是我的对手，于我之必要如挂科之于通过般。换句话说，不仅对立，相互依存，而且最终不可区分。

---

1. 原文为自造词Gratituditynesshoodshipcy。

“你是说，在某种程度上，你就是布雷？”记者职业地滑头问道。我不想再说什么了，已经说得够多了；但这些采访播出后，激怒了在学生中占大部分的反对者，以至我最忠诚的受教者（包括卢修斯·雷克斯福德）为了保护我，将我拘留了起来。我无所谓——自由与束缚，诸如此类——只要能在探访室见到我现在的受教者就行。但我不会再回答任何问题，即使那是我最亲密的门徒问的。有太多的东西搞不清楚。布雷真的飞走了吗？他是谁或是什么东西？他还会再现身吗？（他的众多追随者中，有些人相信他仍在校园里，只是伪装成了其他的一个或无数个身份；因为当时在刑场，他就化成了我的相貌，有些人——比如我当时已老迷糊的外祖父——甚至断定我就是他。正是利用了这种不确定性，卢修斯·雷克斯福德才保住了我的性命。）他们想知道，WESCAC 到底是真的被击败了，还是说，一切都是它自己策划的，包括那次短路。会不会有两个或多个“布雷”，但只有一个是真正的大导师，为此大导师的那个化成我的样子，将伪装成他的我赶跑？如果“贾尔斯”是 WESCAC 的儿子，是大导师，那么从某种意义上讲，WESCAC 不就是奠基者吗？被吞食难道不能等于“成为一名幼儿园生”，因此等同于通往毕业认证大门之道吗？也许 WESCAC 并不吞食任何人呢；或者，就像西尔猜测的那样，如果每个人都已经被吞食了，那么难道不是每个人都是毕业生，甚至是大导师吗？他们问着这些问题，或真诚，或绝望，或诘问嘲讽；我都没有作答。

有三个想获得候选人身份的人被我否决。多年来，艾拉·赫克托一直假装不在意，只要雷金纳德是候选人就行——他们自己相信雷金纳德是。他兄弟死时，他看起来着急了；他说大导师都是伪君子，我不让他过，就是钱没给足，他打定主意要跟我耗——必要时，还要活过我。广场老人，他一定会比我命长。一年年，他会愈加好色、皱巴、吝啬，坐在椅子上眨眼、咬牙，而我已不在人世。有传闻说——可能是他造出来的——我能活下来，除了靠雷克斯福德，还多亏他暗中操作。但他永远通过不了。

克罗克和艾尔科普夫博士，我恐怕也不能认定他们为候选人，尽管后者在哈罗德·布雷（现在艾尔科普夫发誓当时他喊的是**逃跑**，不是**飞**）溃败后表示，自己以双眼为证，皈依我的“思想”。我则建议他跟克罗克一起去弗鲁门齐乌斯，尽管两人关系不完美，但在一起可以完成许多事情。他对这个想法很满意：弗鲁门齐乌斯院的某些鸟下的蛋，能有人头那么大；等他头骨愈合了，他甚至可以重新写他的巨著。但与此同时，我就不能至少通过他的室友吗？不然刻在克罗克肚子上的那句卷轴上的话：“成为林中野兽，永不挂科”，怎么说？

“他们不会挂科，”我回道，“因为他们从不是候选人。”我尽量礼貌地拒绝他们，但也对他们的帮助表示了感谢。没有他们，我都不能通过我自己。他们一起去了茂密的丛林学院，自此再也没有人见过——不过我猜测他们不久就会回来。

另外有两人，我确认了他们的候选人身份，但他们拒绝了：斯托克和卢修斯·雷克斯福德。斯托克不用多说，如果他没拒绝我，我就得拒绝他；否认便是他的肯定，他——还有校园——从矛盾中汲取力量。校长当然拒绝了认证，同时也否认了斯托克说他俩是兄弟的诽谤。一定程度上因此，他在新坦慕尼和大学的形象仍然光辉，尽管有人认为，他领导的管理层再怎么光辉，也不起实际作用。他们指出，边界争端还未解决；针对一些重大问题，校长也没有个清晰的立场——比如说，在马克西·施皮尔曼行刑时到底发生了什么，这一棘手的问题。民意支持布雷，认为我是杀害大导师的凶手；保守派想处我以柱刑；甚至自由派，尽管总的来说怀疑大导师的存在，反对柱刑，都对我从未被审判感到震惊，他们认为，就算为了“平息众怒”，也得审我。雷克斯福德在疏远了塔楼大厅上述两派后，发现不让法院和纪律委员会审判我的难度越来越大。校长奉行坚定的中庸政策，再加上我那些被狠狠压迫的“信众”支持我却不说话，极左派与极右派趁机联合了起来。他们心底在意的不是布雷，也不是我；他们只是从“奠基山事件”中看到了将雷克斯福德赶下台的机会。教务委员会已经延长了新坦慕尼针对“反众生罪”的诉讼时效，其中就有罪名明确包括弑杀大导师。我这次释放可能就是他们的计策。我也忘不了我主动认证校长那天，雷克斯福德笑着说的那番话。

在我第一批受教者里，只有彼得·格林和安娜斯塔西娅留在了我身边。

他们分工合作，承担着“播散贾尔斯训令”的工作——安娜斯塔西娅负责大广场，格林则负责新坦慕尼的边缘院区以及外院的传教。格林，这名狂热分子在即兴演讲中发现了自己真正的才能，特别是当他和低百分位的学生在一起时。他一身光滑的羊皮，一把浓密的红胡子，引人注意，他指着戴了眼罩的双眼，说道：“兄弟姐妹，我**看见了**他。那些翘他课的，祸将降在他们头上！但我今天在这儿就是告诉你们死挂的所有人，一切还不**晚**，不论你成绩如何差，皈依贾尔斯得到毕业认证！A+！”他极度乐观，在他眼里，“贾尔斯主义”已经与“新坦慕尼主义”密不可分，他要强制西校园的学生参加“新课程”。他妻子支持他的行动，格林实际上是“贾尔斯学会”的组织者。该学会是一个由辍学学生、怪人、理想主义者组成的逃亡社团，他们经常秘密在林学系的场地上集会，格林的全部身家与管理技术都投进了该学会。

然而他的辛劳给他带来的，却几乎只有鄙视与中伤；甚至连安娜斯塔西娅，尽管公开对他的社团表示同情，但私底下却表示，他口中的“贾尔斯答案”不过是死挂的误读罢了。她的希望越来越多地放在了她儿子身上。她抚养他长大（面对斯托克的嘲弄），给他灌输这样的思想：他的在校任务就是有一天能像他“父亲”赶走布雷一样，赶跑她口中那不祥的“冒牌预言教授”（她没指名道姓），并且在各个院区建立“**真正的**贾尔斯主义”。

如何在两者间公断？格林的优点在于他有魅力、单纯，还有一个高效、富裕的社团；而另一方面安娜斯塔西娅则大书特书，说尽管格林可以说自己是候选人，但**她**是校园里唯一活着的“贾尔斯式”毕业生，更不用说她生下了“他”的儿子。日复一日，他们的分歧越来越大；如果他们的影响力真的扩大了，两人不稳定的同盟迟早有一天会分裂，各立宗派，如东西校园一般中间隔开一道巨大的鸿沟。因此，我的存在，就算没别的作用，也能让他们不敢公开谴责对方。他们拿出一副同学情深的样子，共同倡议“修订版新大纲”——甚至以毕恭毕敬的态度，迫使我加入这一虚无、无可逃避的劳动中。如果我不合作，他们还威胁要送通博“去上学”。我立刻同意了。

通博、通博！他们是多么不愿意带你来探访室啊！看到我俩在一起，他们是多么恼怒啊！我们都对“贾尔斯主义”“新课程”和“修订版新大纲”

一无所知，但却在对方的眼中看到了那不可言说的真理！通博，小心斯泰茜阿姨，她表面上宠爱你，实则为她儿子嫉妒你，她儿子假装玩闹，实则是在欺负你。小心彼得叔叔，虽然你和他长得很像：别跟他去他的锯木厂，别让他一根棒棒糖就骗到电梯口！通博，他是黑老乔女儿的儿子；被他妈妈、那薄情的前秘书抛弃，在新坦慕尼未婚女学生产科医院的婴儿室长大；我将他从那虽有善意，但却无情的圈里解救出来，给他起了名字，让他给我跑跑腿。尽管他全身红色毛发，但他咩咩的叫声在我听来却像乔·赫罗尔德，太过深沉；据我所知，在他母亲的众多情夫中，没有山羊，但通博的眼睛里却有着雷德费恩的汤姆的影子，有着他高贵的血统——因此我就给他起了通博[1]这名字。在校园里，我只在那眼中——不是格林的，他眼睛失明了；不是安娜斯塔西娅的，她眼神太过凌厉；也不是"贾尔斯·斯托克"的，那只有光而无神——看到了我的影子，看到我那艰难的过往与命运。他不知道，我也教不了他，不过他还是我最器重的受教者；但如果命运能给赐他足够的时间（唉，他没有格林或乔·赫罗尔德那顽强的生命力，也不如雷德费恩的汤姆或我结实强硬），准许我救他于水火，带他到无名的牧场——**他就会学习到**，我的通博就会明白！对，有一天听到远方圣地的呼唤，召唤……

无所谓。通博的结局我不知道，但我知道自己的，那结局像汤三代一样朝我冲来。轮子要转一圈；命运的天平，如同历史的天平一样，朝我短暂倾斜，之后又会重新复位。现在，人们不用再跟之前的学期一样，为自己的课程选择而死；唉，有人愿意吗？赞扬的热情与迫害的热情并无二致；如果新坦慕尼的新礼堂下面没有鞭挞室，那它上边就没有高耸的钟楼。入学规模之大前所未有，普通学生也比以往任何时候都不关心终考。上课时，教授不再体罚乱动的孩子：难道不是他们也不怎么关心孩子是过是挂，或不相信他们的话就是孩子的答案吗？目前校长这一职位——有人赞，有人骂——跟其他事物一样，有着硬币的两面。想要这个，就需要牺牲那个；天平永远保持平

1. Tombo，形态上近Tom（汤姆），读音似tomb（坟墓）。

衡，无论是好是坏。

不，其实不如说是，都是朝坏的方面倾斜，总是如此。迟早，我们会输。或快或慢，我们都会输。我们的资金每重新分配一次，银行都要收费。时间的推移里存在熵，市场交易中要上税：四个五分的镍币换两个一角的银币，最后总是少了银子；账本对账完毕，但现代[1]的人有谁分得清硬币的正反面？

民众信仰如此，信仰传播者亦如此；甚至大导师也一样。我要最后一次去教授那不可教授的，并且将会失败。少数几个人会听我讲，那也是徒劳。其他的要么一如往常地在过道打瞌睡，要么将我的笔记折成飞机，要么用放屁回答我的问题。我知道他们会偷走我的午餐，在衣帽间露出阴部，在课桌之下交易漫画。我的声音会嘶哑，手中的粉笔会断。我知道四年级生在书架中间会嘀咕什么，三年级生在火把集会上会唱什么。塔楼大厅的职员起草好表格，我的日子就到头了；斯托克的刑具上好了油；只需校长的点头，我的"受教学生"就会对我群起攻之。他们不会记得是谁在混乱中为他们排了课，肃清了学院；是谁赶走了假冒的大导师，指明了通往毕业认证大门之道，定下众生唯一的希望，《修订版新大纲》。上学期正是那些人悉心地帮我脱下身上的褴褛，用药浴帮我擦身——我身上的金羊毛就是他们帮我穿的，他们是否会丢硬币决定这羊毛的归属？我会和马克西一样，被剥去那卑微的教职。我的门徒——啊，通博，甚至包括你，你！——会咒骂我当初收他们为徒，作为自己可悲思想的继承人。赤裸、瞎眼、为人所不齿的我，乘着生锈的自行车从大广场一路滑下。经过天文台、剧场、旋转栅门和剔除山羊格栅、乔治峡谷以及十字路口——是的，经过最偏远的谷仓，穿过林地和流域研究院的大坝——我以最慢的车速，前进到奠基山最高峰，到那最后的春汛的第一股春泉。那里，在刑柱另一边四分五裂的树林中，一棵橡树挺立于石上，树顶挂着藤蔓，树根贴着泉水，我想它会一路直达校园灼热的内核。在那天的

1. 原文为in modern terms，见附带后记中下一处脚注处。

薄暮之中，当学院教员亮起灯，我的敌人举起酒。我双手合捧，作酒杯状，饮那泉水里的热棕榈酒。我的家伙会和槲寄生挂在一起，我的肛门会夹紧羊角号；橡树会弯曲，我会拥抱岩石。七点十五分将会闪过三次闪电，整个大学回响着我心爱的号角——Teruah！Tekiah！Shebarim！——一切就将结束。雷声熄灭了我。逝去，但不会被遗忘，我将安息。

附带后记

Postscript to the Posttape

反高潮，是剧情小说的通病，但在像《修订版新大纲》这样的作品里并不是个缺点，在这里文本的统一性才是最重要的。我作为斯托克·贾尔斯（或“贾尔斯·斯托克”）的代理人，一名有抱负的贾尔斯主义教授（如果有学院愿意提供我这一教职的话），必须不情愿地指出，无论这“附带”多个地方言辞如何感人（我自己没感觉），我也有无数个理由相信它是伪造的。它是之后的贾尔斯主义者自己添补上的，更大的可能是反贾尔斯主义者的篡改，或是 Wescacus malinocti 的即兴创作，而非乔治·贾尔斯，羊孩，大导师的圣典。也不是他儿子的手笔，那份文件可是对他进行了反常、不公的抹黑。我将“附带”妥善放在原稿中，只是因为我发现它（满是污渍褶皱）夹在大导师儿子留下的稿页里，当事人气量宽宏都没删，我更无权删减。当然，这是假设他清楚“附带”的存在。“附带”被随手一叠，塞进了随机的两页之间，仿佛是匆忙之中完成的。很可能是斯托克·贾尔斯的同辈中，某个怪人或愤世者写就；另外，打字稿在我桌上搁置了很长时间，无人看管，

“附带”甚至可能是我前同事的恶作剧。

无论何种情况，读者都不要当真。想想书中存在的推翻它真实性的证据：“附带”中，“大导师”在诸如“我的夫人”“奶油头发夫人”这样的术语上都加了双引号，这种做法在原稿中就没有；双引号还加在“修订版新大纲”以及“贾尔斯主义”之上——仿佛他鄙视这些词一样！更明显的是，他还提到了一些科技文化现象，比如飞机与漫画，而这些前文都没有提过；再者，“附带”里提到的镍币、银币、硬币与前文的年代叙述所表明的新坦慕尼经济体系设置，完全不一致——这对边界争端的理解意义重大。可能机智的辩护者会反对说，有一处在提到了这类事物时，前面加上了“在现代学期”[1]这一模糊不清的短语，尽管明显它的意思就是后者“现在”，不过也可以说成是文章经过了 WESCAC 或大导师的额外调整，转换成了我们容易理解的语言。但回应这一异议，只消说，大导师在记录其生平与思想的长篇大作中，从未被见到使用这样的手法，唯一一次就是在阴郁的“附带”中，这说得通吗？

其伪造的真正证据还在于：即使上述的不一致都不存在，最后几页那无望甚至虚无的口气有悖于我们对大导师的理解。“他”都已经将我们带到了奥秘的中心，却突然性情大变，对他的生命及校园的历史产生了悲观情绪；这里的悲观，我们还说得轻了。那位赶走哈罗德·布雷，认证弟子候选人身份，准备教授众生答案的人，他的快乐、希望、知识和自信去哪儿了？好一个“不可教授的”！对格林、安娜斯塔西娅和自己的儿子极度排斥，反倒对令人生厌的混血小子通博偏爱有加，谁会叫这么个名字——

不，想想都觉得荒谬。有些假冒者和反贾尔斯者搞出这个“附带”，来反驳、动摇人们对贾尔斯的信仰。甚至那死挂的几页用的纸都跟前面不一样！

---

1. 原文为in modern terms，既可理解为“用现在的说法，换成现在人能理解的话”的意思，也可理解为“在现代的学期、现在”。

附带后记注

Footnote to the Postscript to the Posttape

“附带后记”所用的稿件纸与“致编辑及出版社的投稿信”并不相同。

编辑

中文译名对照表

Advisor	顾问
AIM	自动实施机制
Alma Mater Dolorosa	《校友苦难之路》
Alma materist	爱院主义者
Amaterasu College	天照学院
Anastasia	安娜斯塔西娅
Anchisides	安喀萨尔斯
Attorney Dean	检察院院长
Automatic Implementation Mechanism (AIM)	自动实施机制
Becky's Pride Sue	贝姬的普莱德·苏
Beist Generation	松垮的一代
Bill	比尔
Billy Bocksfuss	比利·山羊蹄兹
Board of Directors	董事会
Bonifacists	博尼法希斯

Boundary Conference	边界会议
Boundary Dispute	边界争端
Brickett Ranunculus	布里克特·瑞南克尤勒斯
Cadmus College	卡德默斯学院
Campus Analyzer, Conceptualizer, and Computer	校园分析器、概念生成器和计算机
Candidacy Question	候选资格问题
Candidate	毕业候选人
Certificate of Proficiency in the Field	专业能力证书
Chaim Schultz	哈伊姆·舒尔茨
Chementinski	柴门汀斯基
Chickie	妞儿
Clockwatcher	守时器
College Crematorium	学院火葬场
College Forests	学院林场
College Senate	学院教务会
Commencement Gate	毕业认证大门
Control Room	控制室
Croaker	克罗克
Creamie	小奶油
Cum Laude Project	优等生计划
Cum Laude Room	优等生计划实验室
Dean o' Flunks	挂科院长
Dean of the Hill	“占山为院长”游戏
Dean Taliped	塔利跛德院长
Departmentalism	系别主义
Diet	进食计划
Disappearing Ink	消失墨水
EAT waves	吞食波
EAT whistle	吞食汽笛
EATen	吞食
Eblis Eierkopf	埃布利·艾尔科普夫
Enochist Curriculum	以诺主义课程
Enochist Fraternity	以诺主义弟兄会

Enochizing	以诺礼
Enos Enoch	以挪士·以诺
Entelechus	隐德莱希斯
Examiner	主考官
Faculty Women's Club	女职员俱乐部
Faculty Women's Rest House	女职员疗养院
Finals	终考
Flunk	挂科
Footnotes to Sakhyan	《释咖尼安注解》
Foundation Day	奠基日
Founder	奠基者
Founder's Hill	奠基者山
Founder's Hall	奠基者大厅
Founder's Scroll	《奠基者卷轴》
Fred/Freddie	弗雷迪
Free Campus	自由校园
Frumentius	弗鲁门齐乌斯
Furnace Room	熔炉房
George Herrold	乔治·赫罗尔德
George's Gorge	乔治峡谷
GILES	理想大导师，实验室优生标本
Giles Goat-Boy	羊孩贾尔斯
Giles Stoker	贾尔斯·斯托克
Goy/goyim	异邦人
Graduate	毕业生
Graduation Assignment	毕业任务
Grand Tutor	大导师
Grand tutorial Ideal, Labora-tory Eugenical Specimen (GILES)	理想大导师，实验室优生样本
Grateway Exit	格栅通道出口
Great Mall	大广场
Greene Timber and Plastics	格林林业塑业公司
Gynander	基南德
Harold Bray	哈罗德·布雷

Harry	哈利
Hedda	海达
Hedwig	黑德维希
Herman Hermann	赫尔曼・赫尔曼
Ira Hector	艾拉・赫克托
Journal of Experimental Psychology	《实验心理学期刊》
Junior Enochist League	青少年以诺主义联盟
Keeper	管理员
Kennard Sear	肯纳德・西尔
Lady Creamhair	奶油头发夫人
Lady C.	奶油女士
Laertides	拉俄忒德斯
Law of Cyclology	循环学定律
Livestock Branch of the Library	图书馆畜牧分馆
Living Room	客厅
Lucius Rexford	卢修斯・雷克斯福德
Lucky Rexford	卢幸运・雷克斯福德
Lykeion College	莱克昂学院
Madge	玛奇
Main Detention	总拘留所
Main Gate	主大门
Maios	马约
Manipulative Analysis and Logical Inference (MALI)	操纵分析和逻辑推理
Mankiewicz	曼凯维奇医生
Marcus	马库斯
Mary V. Appenzeller	玛丽・维・阿彭策勒
Maurice Stoker	莫里斯・斯托克
Max Spielman	马克西・施皮尔曼
Memorial Service	追悼仪式
Misters Gruff	格鲁夫三兄弟
Moishe's Code	《莫伊舍法典》
Moishian	莫伊舍人
Nether Campus	下界学院

New Tammany College Farms	新坦慕尼学院农场
New Tammany Times	《新坦慕尼时报》
Nikolay College	尼古拉学院
Non Conceptual Thinking and Intuitional Synthesis (NOCTIS)	非概念思考和直觉性整合
NTC	新坦慕尼
O.B.G's daughter	黑老乔的女儿
Old Black George	黑老乔治
Old School Tales	《旧时学院传说》
Operation Ramshorn	去羊角行动
Operation Sheepskin	羊皮行动
Pass All Fail All	通过一切挂掉一切
PAT card	产前能力测试卡片
Patricia	帕特里夏
Pedal Inn	骑车旅馆
Peter Greene	彼得·格林
Power Plant	发电厂
Powerhouse	动力室
Pre-Schoolist	学前主义者
Prenatal Aptitude Tests	产前能力测试
Professor General	将军教授
Psych Clinic	精神病诊所
Quadrangle (quad)	院区，方院
Qualifying Anals bill	肛门资格议案
Queen of the May	五月女王
Quiet Riot	宁静暴乱
Randy-Thursday	周四狂欢
Redfearn's Tommy	雷德费恩的汤姆
Reginald Hector	雷金纳德·赫克托
Rematriculation Period	再入学时期
Remus College	雷穆斯学院
Revised New Syllabus	《修订版新大纲》
Riot Squad	防暴队
ROTC	后备军官训练团

Safety Surveillance	安全监控
Sally Ann	萨莉·安
Scapulas	斯开普拉思
Scrapegoat Grate	剔除山羊格栅
Seminar-on-the-Hill	山上研讨会
Senior Goatherd	高级山羊羊倌
Service	服侍
Shelah-na-gig	希拉纳吉人像
Siddartha College	悉达塔学院
Siegfried College	西格弗里德学院
South Exit	南出口
Spielman's Law	施皮尔曼定律
Spring Carnival party	春季狂欢聚会
Stacey Hector	斯泰茜·赫克托
Staff Graveyard	职工墓地
Student Unionist	学生会主义者
Student Unionist Prospectus	《学生会主义章程》
Studentdom	众生
Sunrise Service	晨拜仪式
Tales of the Trustees	《受托人传说》
Taliped Decanus	《塔利跛德院长》
T'ang	唐学院
Telerama	电视
The Ag-Hill	农业山
The Assem-bly-Before-the-Grate	格栅前的礼堂
The Colloquiums of Enos Enoch	《以挪士·以诺语录》
The Dark Semesters	黑暗学期
The Encyclopedia Tammanica	《坦慕尼百科全书》
The Founder's Scroll	《奠基者卷轴》
The Founder Saga	《奠基者萨迦》
The Living Sakhyan	现世释咖尼安
The Pond	池塘
The Riddle of the Sphincters	《括约肌之谜》
The Seeker	《追寻者》

Tommy's Tommy's Tom	汤三代，汤姆三代
Top Clearance	最高许可
Tower Clock	塔钟
Tower Hall	塔楼大厅
Trial by Turnstile	旋转栅门之考验
Tripos	学位考试
Troll	巨怪
Tutee	受教者
Tutor of the Revels	宴会的导师
Überkatzen	超级猫
Unilateral fasting	单边禁食
University Council	大学委员会
Virginia R. Hector	弗吉尼娅·雷·赫克托
Wee Willie Gruff	小威利·格鲁夫
Word of Passage	及格悼词

虚构名词注释表

说明：本表为译者整理，仅收录本书中重要的虚构名词及其对应的隐喻含义。

虚构名词	隐喻含义
A+	指基督教的宗教用语阿门。
埃布利·艾尔科普夫 (Eblis Eierkopf)	从哲学层面讲，他象征着头脑。他的姓氏艾尔科普夫在德语中意为迂腐的高级知识分子。从历史上来讲，他的原型为“氢弹之父”，犹太裔物理学家爱德华·泰勒。20 世纪 30 年代，由于憎恶法西斯主义，泰勒从匈牙利移居到美国，并参与制造原子弹的曼哈顿计划。
艾拉·赫克托 (Ira Hector)	从神话层面讲，他指代的是西方传说中的时间老人。作为新坦慕尼学院最富有、最吝啬的人，艾拉·赫克托的历史原型似乎是伯纳德·巴鲁克，美国著名的金融家，股票投资者。巴鲁克在“一战”时便已声名鹊起，“二战”时期担任了富兰克林·罗斯福总统的政治顾问。

虚构名词	隐喻含义
安喀萨尔斯 (Anchisides)	指埃涅阿斯，特洛伊英雄，其父名为安喀塞斯(Anchises)。
安娜斯塔西娅 (Anastasia)	从神话层面讲，她代表大地之母盖亚，乔治正是通过她获得了启示与重生。此外，她的名字安娜斯塔西娅在希腊语中有“重生”之意。
彼得·格林 (Peter Greene)	从历史层面讲，他是美国的化身，其教名 Peter 源自他作为大导师弟子的身份。姓氏格林的形近词 Green（绿色）代表着新坦慕尼学院，与尼古拉学院的代表色红色相对。
毕业 (Graduate)	指获得救赎。
毕业认证 (Commencement)	指通过终考后的状态，相当于基督教所说的获得荣耀，到达天堂的状态。
博尼法希斯 (Bonifacist)	指纳粹，法西斯。
大导师 (Grand Tutor)	指弥赛亚，即被上帝选中，去拯救世人的解放者。
大学委员会 (University Council)	指联合国。
奠基者 (Founder)	指上帝。
《奠基者卷轴》 (The Founder's Scroll)	指《圣经》。
东校园 (East Campus)	指冷战时期的苏联阵营。
弗鲁门齐乌斯 (Frumentius)	指非洲。
挂科院长 (Dean o’ Flunks)	指撒旦。
挂科者 (Flunker)	指罪人。
光明府 (Light House)	校长卢修斯的住所，相当于现实中的美国白宫。

虚构名词	隐喻含义
哈罗德·布雷 （Harold Bray）	从神话层面讲，他代表着被英雄驱逐的恶龙。作为假冒的大导师，哈罗德的历史原型可能是出生于 17 世纪的英国牧师托马斯·布雷，他是最早进入美国马里兰州的传教者之一，曾在当地建立英格兰教会。
基南德 （Gynander）	指特伊西亚斯，古希腊神话中的盲人先知，初为男性，后由于触怒赫拉而变为女性，七年后又恢复男身。
集中灭绝园 （Extermination campus）	指纳粹集中营。
《旧大纲》 （Old Syllabus）	指《圣经·旧约》。
克罗克 （Croaker）	从历史层面讲，它代表的是原始人类；从哲学层面讲，他代表着身体，与艾尔科普夫形成对比；从文学层面讲，他的原型应该是《白鲸》中的食人族的王子魁魁格，充满野性，身体强壮。
肯纳德·西尔 （Kennard Sear）	从历史层面讲，他有着蒂莫西·利里和诺曼·布朗的影子；从神话层面讲，他代表特伊西亚斯；从哲学层面讲，他代表着对于绝对知识的无限追寻。其名字肯纳德在词源学上意为“知晓”，姓氏西尔意为“先知”。
拉俄忒德斯 （Laertides）	代表奥德修斯，拉厄耳忒斯之子，荷马作品《奥德赛》主人公。
莱克昂学院 （Lykeion College）	指希腊。历史上亚里士多德仿效他的老师柏拉图在雅典创办哲学学校吕克昂。
雷金纳德·赫克托 （Reginald Hector）	新坦慕尼学院的前校长，第二次校园暴动中的将军教授。他代指美国第三十四任总统艾森豪威尔。
雷穆斯学院 （Remus College）	指罗马。雷穆斯是罗马神话中的罗马建城者之一。
卢修斯·雷克斯福德 （Lucius Rexford）	从历史层面讲，他指的是美国总统约翰·肯尼迪；从神话层面讲，他象征着希腊神话中的主神宙斯；从哲学层面讲，他代表中庸、力量、秩序与光明。其名字卢修斯来源于拉丁语 lux，意指“光明”，其姓氏雷克斯福德在拉丁语中有“有权势的王”的含义。

虚构名词	隐喻含义
马克西 (Max)	既指爱因斯坦又指“原子弹之父”奥本海默。马克西像爱因斯坦一样，在西格弗里德学院(德国)长大，在那里他学过小提琴，并完成了一生中最重要的科研工作；两人都后来又逃到新坦慕尼学院（美国)，并因为对“脑电波扩增和传播”技术（核武器）的贡献和人道主义精神而出名。马克西又如奥本海默，在雷金纳德·赫克托（艾森豪威尔）当权期间，由于被怀疑支持学生会（共产党）而失去安全通关证。
马库斯 (Marcus)	指卡尔·马克思。
马约 (Maios)	指苏格拉底。Maios 指的便是苏格拉底所推崇的产婆术（maieutic)。
莫里斯·斯托克 (Maurice Stoker)	从历史层面讲，他的原型是美国联邦调查局局长约翰·埃德加·胡佛；从神话层面讲，他象征着罗马神话中的冥王普路托；从哲学层面讲，代表着极端、能量、混乱与旺盛的生命力。其名字莫里斯来源于拉丁语 Maurus，意指“肤色深的”，其姓氏斯托克有“地狱中烧火的恶魔”的含义。
《莫伊舍法典》 (Moishe’s Code)	指《摩西律法》。
莫伊舍人 (Moishian)	指犹太人。
南出口 (South Exit)	指地狱之门。
脑电波扩增和传播/吞食 (Electroencephalic Amplification and Transmission，缩写为EAT)	指核武器爆炸及相关装置。
尼古拉学院 (Nikolay College)	指苏联，尼古拉是俄国男性的典型常用名。
宁静暴乱 (Quiet Riot)	指冷战。
山上研讨会 (Seminar-on-the-Hill)	指《圣经·新约·马太福音》第五章到第七章中的山上宝训。

虚构名词	隐喻含义
释咖尼安 (Sakhyan)	指释迦摩尼，即乔达摩·悉达多。Sakhyan 是 Sakyamuni（释迦摩尼）的变形。
斯开普拉思 (Scapulas)	原型为柏拉图（Plato）。与 Plato 形近的 Platon 在希腊语是宽肩膀的意思，而英文单词 Scapula 是肩胛骨的意思。
死挂 (Flunked)	指永远不能毕业，代表基督教所说的下地狱。
松垮的一代 (Beist Generation)	指的是 20 世纪 50 至 60 年代，美国出现的“垮掉的一代”的年轻群体。他们反对传统，蔑视常规，注重自由与自我。
塔利跛德 (Taliped)	原型为杀父娶母的俄狄浦斯。名字塔利跛德来源于拉丁语 talipedare，有“跛脚”的意思。
天照学院 (Amaterasu College)	指代日本。天照为日本神话中的太阳神，被奉为日本皇室的始祖。
通过 (Pass)	与挂科相对，指获得救赎，升入天堂。
同学 (classmate)	指同志。
西格弗里德学院 (Siegfried College)	指的是德国。西格弗里德是日耳曼传说中的英雄。这个名字也是德国男性的常用名。
西校园 (West Campus)	指冷战时期的美国阵营。
悉达塔学院 (Siddartha College)	指代印度。
下界广场 (Nether Mall)	指地狱。
校友苦难之路 (Alma Mater Dolorosa)	基督教诗歌《苦难之路》的戏仿。《苦难之路》描述了耶稣的受难之行。
《新大纲》 (New Syllabus)	指《圣经·新约》。
新坦慕尼学院 (New Tammany College)	指代美国。坦慕尼指的是坦慕尼协会，纽约民主党的政治组织，成立于 1789 年，解散于 1967 年。由于其卷入贿选、贪污等丑闻，该机构成为腐败政府的代名词。
信息市场 (Informational market)	指资本市场。

虚构名词	隐喻含义
信息主义 （Informationalism）	指资本主义。
学前主义者 （Pre-Schoolist）	指史前主义者，原始派。
学生会主义 （Student-Unionism）	指共产主义。
以挪士·以诺 （Enos Enoch）	指耶稣。以挪士与以诺都是耶稣的祖先。
隐德莱希斯 （Entelechus）	指亚里士多德。隐德莱希斯来自亚里士多德重要的哲学概念“生命的原理”（Entelechy）音译为隐德莱希。
中位阶层 （Mid-percentile）	指中产阶级。
柱刑 （Shaft）	指绞刑。

图书在版编目（CIP）数据

羊孩贾尔斯 /（美）约翰·巴思著；童彤，鲁劢译．— 广州：广东人民出版社，2024.7
书名原文：GILES GOAT-BOY
ISBN 978-7-218-17547-8

Ⅰ.①羊… Ⅱ.①约… ②童… ③鲁… Ⅲ.①长篇小说—美国—现代
Ⅳ.① I712.45

中国国家版本馆 CIP 数据核字（2024）第 085723 号

YANGHAI JIA'ERSI
羊孩贾尔斯
[美]约翰·巴思 著
童彤 鲁劢 译

出 版 人：肖风华

责任编辑：李幼萍 刘志凌
特约编辑：董素云 刘 洋
责任校对：李伟为
装帧设计：别境Lab
责任技编：吴彦斌
营销编辑：小 飞 帅 子

出版发行：广东人民出版社
地 址：广州市越秀区大沙头四马路 10 号（邮政编码：510199）
电 话：（020）85716809（总编室）
传 真：（020）83289585
网 址：http://www.gdpph.com
印 刷：广东信源文化科技有限公司
开 本：710mm × 1000mm 1/16
印 张：53 **字 数：**756 千
版 次：2024 年 7 月第 1 版
印 次：2024 年 7 月第 1 次印刷
著作权合同登记号：图字 19-2024-044 号
定 价：128.00 元

如发现印装质量问题，影响阅读，请与出版社（020-85716849）联系调换。
售书热线：020-87716172